LE TALISMAN
DES
TERRITOIRES

Stephen King
Peter Straub

Le Talisman des Territoires

FRANCE LOISIRS
123, boulevard de Grenelle, Paris

Titre original : *The Talisman*
Traduit de l'américain par
Béatrice Gartenberg et Isabelle Delord

Édition du Club France Loisirs, Paris
réalisée avec l'autorisation des Éditions Robert Laffont

© Stephen King/Peter Straub, 1984
Traduction française : Éditions Robert Laffont, S.A., Paris, 1986, 1996

ISBN : 2-7441-1424-3

Ce livre est pour
Ruth King
Elvena Straub

Arrivés au sommet de la colline, Tom et moi contemplâmes le village qui s'étendait à nos pieds. Nous aperçumes trois ou quatre lumières, probablement des maisons où il y avait des malades. Au-dessus de nous, les étoiles brillaient merveilleusement, et, près du village, large d'un kilomètre au moins, la rivière, impressionnante et majestueuse, coulait en silence.

MARK TWAIN, *Huckleberry Finn*

Mes vêtements neufs étaient tout crottés et graisseux, et j'étais complètement vanné.

MARK TWAIN, *Huckleberry Finn*

PREMIÈRE PARTIE

Jack prend la route

CHAPITRE 1

LES JARDINS DE L'ALHAMBRA

1

Le 15 septembre 1981, le jeune Jack Sawyer, debout à l'endroit où les vagues viennent mourir sur le sable, contemplait l'immuable océan Atlantique, les mains enfoncées dans les poches de son jean. C'était un garçon de douze ans, grand pour son âge. Le vent du large ébouriffant ses cheveux châtains, probablement trop longs, dégageait son grand front pur. Il était immobile, en proie à des sentiments contradictoires et douloureux qui le taraudaient depuis trois mois — depuis le jour où sa mère avait fermé leur maison de Rodeo Drive à Los Angeles et que dans un chambardement de meubles, de chèques et d'agents immobiliers, ils étaient venus à New York où ils avaient loué un appartement à l'ouest de Central Park. De là, ils avaient pris l'avion pour cette calme station balnéaire située quelque part sur la minuscule côte du New Hampshire. L'univers de Jack était dépourvu d'ordre et de régularité. Sa vie semblait aussi instable et mouvante que l'océan houleux qu'il avait devant les yeux. Sa mère lui faisait traverser le pays, le trimbalant d'un endroit à l'autre ; mais qu'est-ce qui faisait courir sa mère ?

Car elle n'arrêtait pas de courir, de courir.

Jack se retourna et regarda la plage vide autour de lui. Il vit sur sa gauche le parc d'attractions Arcadia, dont le joyeux tintamarre retentissait du 31 mai au 1er septembre, et qui maintenant était désert et silencieux comme un cœur entre deux battements. L'immense charpente du Grand-Huit, avec ses montants et ses supports anguleux comme autant de grands traits au fusain, se dressait contre le ciel morne. C'est là-bas que vivait son nouvel ami Speedy Parker, mais le jeune garçon ne pensait pas à lui pour l'instant. Il regardait à droite, où se trouvait l'hôtel des Jardins de l'Alhambra, et où ses pensées le ramenaient impitoyablement. Le jour de leur arrivée, Jack avait cru apercevoir un arc-en-ciel au-dessus du toit en croupe percé de lucarnes de l'hôtel — un heureux présage, en quelque sorte. Une girouette tournait de droite à gauche, de gauche à droite, soumise à des vents contraires. Jack était sorti de leur voiture de location, et sans s'occuper des bagages, était resté planté, le nez en l'air. Mais il n'y avait pas d'arc-en-ciel au-dessus du coq en cuivre de la girouette. Le ciel était désespérément vide.

Sa mère l'avait rappelé à l'ordre :

— Allez, mon grand, ouvre le coffre et sors les valises ! Ta vieille actrice de mère a hâte d'être dans sa chambre et de boire un verre.

— Un martini « élémentaire », avait dit Jack.

— Tu aurais pu dire « Tu n'es pas si vieille que ça ! » avait-elle dit en s'extrayant à grand-peine de la voiture.

— Tu n'es pas si vieille que ça.

Elle lui avait lancé un regard perçant — expression fugitive de l'arrogante Lily Cavannaugh (Sawyer) d'autrefois, la reine des séries B des années 60.

— Je vais être bien ici, Jacky, lui avait-elle dit en se redressant. Tu verras, tout se passera bien. C'est un bon endroit.

Une mouette était apparue au-dessus du toit et Jack avait eu, l'espace d'un instant, l'impression désagréable que la girouette s'était envolée.

— Ici, au moins, il n'y aura pas de coups de téléphone, hein ?

— Bien sûr, avait répondu Jack.

Elle voulait échapper à l'oncle Morgan, elle ne voulait plus se disputer avec l'associé de son mari défunt, elle voulait se glisser dans son lit, avec un martini élémentaire et tirer ensuite les couvertures sur sa tête...

— *Qu'est-ce qui ne va pas, Maman ?*

La mort était toujours présente, elle rôdait partout. Au-dessus d'eux, la mouette avait poussé un cri.

— Vamos, mon garçon, Vamos, lui avait dit sa mère. Entrons au Paradis.

Jack s'était alors dit : *De toute façon, si les choses tournent mal, on peut toujours compter sur l'oncle Tommy.*

Sauf que l'oncle Tommy était déjà mort et que la nouvelle n'avait pas encore parcouru le gigantesque réseau de fils téléphoniques pour arriver jusqu'ici.

2

L'Alhambra se dressait au-dessus de la mer — grand édifice victorien posé sur des blocs de granit qui prolongeaient le cap, clavicule rocheuse en saillie sur les rares kilomètres du littoral du New Hampshire. De l'endroit où se trouvait Jack, sur la plage, les jardins tirés au cordeau de l'hôtel étaient à peine visibles — on apercevait seulement une haie vert sombre. Le coq de cuivre se découpait sur le ciel, pivotant de l'ouest au nord-ouest. Dans le hall de l'hôtel, une plaque commémorative rappelait que c'était là qu'avait eu lieu, en 1838, la première réunion en Nouvelle-Angleterre de la Conférence Méthodiste des Etats du Nord pour l'abolition de l'esclavage. Daniel Webster y avait fait un long discours aussi inspiré qu'enflammé dans lequel il avait déclaré : « A dater de ce jour, sachez que l'esclavage, en tant qu'institution américaine, a commencé de péricliter et qu'elle devra bientôt disparaître totalement de tous nos États et territoires. »

3

C'était donc ce jour-là, la semaine dernière, qu'avait pris fin le chaos des quelques mois passés à New York.

A Arcadia Beach, pas d'avocats à la solde de Morgan Sloat qui jaillissaient de leur voiture en agitant des papiers à signer, à classer *absolument*, Mme Sawyer. A Arcadia Beach, les téléphones ne sonnaient pas de midi à trois heures du matin (l'oncle Morgan paraissait oublier que les habitants du quartier Central Park Ouest vivaient selon un horaire qui n'était pas celui de la Californie). D'ailleurs, les téléphones d'Arcadia Beach ne sonnaient jamais.

Lorsqu'ils avaient traversé en voiture la petite ville balnéaire, sa mère conduisant avec concentration, en clignant des yeux, Jack n'avait vu qu'une seule personne dans les rues : un vieux fou qui poussait nonchalamment un caddie vide sur un trottoir. Au-dessus d'eux, le ciel était gris, un ciel lourd et oppressant. Le contraste avec New York était saisissant : il n'y avait ici que le bruit du vent qui mugissait dans les rues désertes, elles-mêmes paraissant bien trop larges, sans circulation pour les animer. Accrochées aux vitrines des boutiques vides, des pancartes annonçaient : OUVERT SEULEMENT LE WEEK-END, ou pire encore : RÉOUVERTURE EN JUIN ! Dans la rue qui menait à l'Alhambra il y avait des centaines de places de parking disponibles et des rangées de tables vides à l'intérieur du Salon du Thé et de la Confiture d'Arcadia, situé juste à côté.

Et des vieux clodos qui poussaient des caddies dans les rues désertes.

« C'est dans ce patelin que j'ai passé les trois plus belles semaines de ma vie » lui avait dit Lily en dépassant le vieux bonhomme (qui se retourna d'un air soupçonneux et craintif en marmonnant quelque chose que Jack ne comprit pas) et en s'engageant dans l'allée sinueuse qui traversait les jardins de l'hôtel.

C'était donc pour ça qu'ils avaient entassé tout ce dont ils ne pouvaient se passer dans des valises, des sacoches et des sacs en plastique ; c'était pour ça qu'ils avaient tourné la clé de leur appartement (ignorant la sonnerie persistante du téléphone qui les poursuivait par le trou de la serrure jusque dans le couloir) ; c'était pour ça qu'ils avaient bourré le coffre et le siège arrière de la voiture de boîtes et de sacs remplis à ras bord et passé des heures à lambiner le long de Henry Hudson Parkway en direction du nord et à rouler péniblement sur la 1-95 : parce que Lily Cavannaugh avait été heureuse ici autrefois !

C'était en 1968, l'année qui précédait la naissance de Jack ; Lily avait été nominée pour l'academy Award, pour le rôle qu'elle avait tenu dans *Blaze*. *Blaze* se démarquait nettement de la plupart des films dans lesquels elle avait tourné et elle avait pu y faire preuve d'un talent beaucoup plus riche que ne le laissaient supposer les rôles de fille perdue auxquels elle semblait vouée. Personne, et Lily moins que quiconque, ne s'attendait à ce qu'elle obtînt un Oscar ; il n'en restait pas moins vrai que le cliché habituel concernant l'honneur d'être nominé s'avérait dans son cas, elle se sentait véritablement, profondément et sincèrement honorée, et c'est pour célébrer ce moment (unique) de reconnaissance professionnelle que Phil Sawyer l'avait sagement emmenée passer trois semaines à l'hôtel des Jardins de l'Alhambra, à l'autre bout du continent, où ils avaient regardé la remise des Oscars à la télévision, dans leur lit, en buvant du champagne. (Si Jack avait été plus âgé et plus intéressé par la question, il aurait découvert, en faisant la soustraction nécessaire, que l'Alhambra avait été le lieu même où sa vie avait commencé.)

Selon la légende qui courait dans la famille, Lily avait dit à son mari, tandis qu'on annonçait les nominations des meilleurs seconds rôles au micro : « Je te préviens que si j'obtiens ce truc-là et que je ne suis pas là-bas pour le recevoir, je danserai le cha-cha-cha en talons aiguilles sur ta poitrine. »

Et en voyant que c'était Ruth Gordon qui avait obtenu le « truc » en question, elle s'était exclamée : « C'est vrai qu'elle le mérite. Elle est formidable ! » et avait ajouté en donnant un grand coup de poing dans la poitrine de son mari : « Espèce d'agent à la manque, t'as intérêt à me dégoter un autre rôle comme celui-là. »

Mais il n'y avait plus eu de rôle comme celui-là. Le dernier qu'elle avait tenu, deux ans plus tôt, après la mort de Phil, avait été celui d'une ex-prostituée cynique dans un film intitulé *Les cinglés de la moto.*

C'était cette époque que Lily évoquait maintenant, tandis qu'il sortait les lourds bagages du coffre et du siège arrière. Un sac d'Agostino s'était déchiré complètement au niveau du grand sigle A.G. et un fouillis de chaussettes roulées, de photographies en vrac, de damier et de pions d'échec, de bandes dessinées, s'était éparpillé un peu partout dans le coffre. Jack s'était débrouillé pour caler la plupart des objets dans les autres sacs tandis que sa mère gravissait lentement les marches de l'hôtel en s'aidant de la rampe, comme une vieille dame.

— Je t'envoie le chasseur, avait-elle dit sans se retourner.

Jack s'était redressé au-dessus des bagages bourrés à craquer et avait à nouveau regardé le ciel où il était certain d'avoir aperçu un arc-en-ciel. Toujours pas d'arc-en-ciel, seulement ce ciel lourd et oppressant.

C'est alors qu'il avait entendu derrière lui, parfaitement audible, une petite voix lui dire :

— Viens me voir.

— Quoi ? avait-il demandé en se retournant. Les jardins et l'allée étaient déserts.

— Oui ? avait fait sa mère. Penchée sur la poignée de la grande porte en bois, on aurait dit qu'elle avait un lumbago.

— Rien, avait-il répondu. J'avais cru entendre quelque chose.

Il n'y avait pas eu de voix, et pas d'arc-en-ciel non plus.

Ça lui était sorti de la tête quand il avait vu sa mère peiner contre la lourde porte de bois.

— Attends, je viens t'aider ! s'était-il écrié. Il était monté maladroitement jusqu'en haut des marches en traînant une grosse valise et un sac en papier rempli de chandails.

4

Jusqu'à sa rencontre avec Speedy Parker, Jack avait passé ses journées à l'hôtel aussi inconscient du temps qui s'écoulait qu'un chien endormi. Il vivait un peu comme dans un rêve rempli d'ombres et de transitions inexplicables. Même la terrible nouvelle de la mort de l'oncle Tommy, enfin parvenue jusqu'à eux la veille, ne l'avait pas vraiment réveillé, aussi traumatisante qu'elle eût été. S'il avait été mystique, il aurait peut-être pensé que des forces étrangères s'étaient emparées de lui et qu'elles manipulaient sa vie et celle de sa mère. Mais à douze ans, Jack Sawyer était un garçon qui avait besoin d'activité et ces journées passées à ne rien faire dans ce lieu désolé et sinistre, après le tohu-bohu de Manhattan, l'avaient profondément perturbé.

Il se retrouvait sur cette plage sans savoir comment il y était venu ni ce qu'il fichait là. Il supposait qu'il était venu pleurer la mort de l'oncle Tommy, mais son esprit endormi n'avait pas de prise sur son corps qui se débrouillait tout seul. Il n'arrivait plus à se concentrer assez longtemps pour suivre les comédies que Lily et lui regardaient le soir à la télé, et moins encore pour en garder le souvenir.

« Tous ces déménagements t'ont épuisé, lui avait dit sa mère en tirant profondément sur sa cigarette et en le regardant, paupières mi-closes à travers la fumée.

— Tu n'as rien d'autre à faire qu'à te détendre, Jacky. C'est parfait ici. Profitons-en le plus possible.

Sur l'écran, Bob Newhart, un peu trop rouge, regardait, obnubilé, une chaussure qu'il tenait dans sa main droite.

— « Fais comme moi, Jacky. » Elle lui avait souri. « Je me détends et je me laisse aller. »

Il avait regardé sa montre : deux heures pleines s'étaient écoulées depuis qu'ils s'étaient installés devant la télévision et il ne se souvenait de rien de ce qui avait précédé le programme qui passait maintenant.

Jack s'était levé pour aller se coucher quand le téléphone s'était mis à sonner. Ce brave vieil oncle Morgan les avait donc retrouvés. Les nouvelles de l'oncle Morgan n'étaient généralement pas très bonnes, mais celle-ci donnait l'impression d'être une véritable catastrophe, même pour lui.

Jack, debout au milieu de la chambre, avait vu sa mère pâlir à vue d'œil. Elle avait porté la main à sa gorge où de nouvelles rides étaient apparues au cours des derniers mois. Elle n'avait pratiquement rien dit jusqu'à la fin, puis avait murmuré : « Merci, Morgan », puis avait raccroché. Ensuite, elle s'était tournée vers Jack, l'air plus vieux et plus malade que jamais :

— Il va falloir te montrer fort, hein, Jacky ?

Mais il ne s'était pas senti fort du tout.

Elle lui avait alors dit en lui prenant la main :

— L'oncle Tommy a été renversé cet après-midi par un chauffard qui a pris la fuite.

Jack avait suffoqué comme si on lui avait arraché l'air des poumons.

— Il traversait le boulevard La Cienega et une fourgonnette a foncé sur lui. Un témoin a vu qu'elle était noire avec l'inscription ENFANT SAUVAGE sur le côté, mais c'est tout...

Lily avait fondu en larmes. Tout de suite après, presque surpris, Jack s'était mis lui aussi à pleurer. Tout cela était arrivé il y avait seulement trois jours. Trois jours qui lui paraissaient une éternité.

5

Le 15 septembre 1981, le jeune Jack Sawyer, debout sur une plage déserte devant un hôtel qui ressemblait à un château de roman de Walter Scott, contemplait le vaste océan immuable. Il aurait bien voulu pleurer mais les larmes refusaient de couler. Il sentait la mort autour de lui, la mort qui rôdait partout dans un monde sans arc-en-ciel. L'ENFANT SAUVAGE avait arraché l'oncle Tommy de cette terre. L'oncle Tommy, mort à Los Angeles, trop loin de la côte Est, trop loin de chez lui, même un gosse comme Jack savait ça. Car un homme qui met une cravate pour aller manger un sandwich chez Arby n'a rien à faire sur la côte Ouest.

Son père était mort, l'oncle Tommy était mort, sa mère était peut-être en train de mourir. Il sentait la mort jusqu'ici, à Arcadia Beach, où elle lui parvenait par la voix de l'oncle Morgan. Quoi de plus banal et ordinaire que le sentiment de mélancolie qui s'empare de vous dans une station balnéaire en morte-saison où l'on ne rencontre que les fantômes des étés passés ; une mélancolie qui imprègne la texture même des choses, une odeur dans le vent. Il avait peur... il avait peur depuis longtemps. Le fait d'être ici, dans cet endroit si tranquille, lui en avait fait prendre conscience, l'avait aidé à comprendre que c'était peut-être la Mort elle-même qui avait roulé sur la 1-95 depuis New York en clignant des yeux à travers la fumée de cigarette en lui demandant de chercher une station de bop à la radio.

Il se souvenait — vaguement — que son père lui disait qu'il était né avec un cerveau d'adulte. Mais pour l'instant, il n'avait pas du tout l'impression d'être adulte. Il se sentait même très jeune. *J'ai peur*, se dit-il. *J'ai vachement peur. J'ai l'impression que ça va être la fin du monde.*

Un vol de mouettes traversa le ciel gris au-dessus de lui. Le silence était aussi gris que le ciel — aussi lugubre que les cernes qui s'aggrandissaient sous les yeux de sa mère.

6

Lorsqu'il avait été se balader dans le parc d'attractions où il avait rencontré Lester Speedy Parker, il ne savait plus très bien combien de jours il avait passé à errer comme un zombie. La pénible impression d'être dans *l'expectative* avait en quelque sorte disparu.

Lester Parker était un vieux Noir au visage buriné et aux cheveux gris crépus. C'était un homme ordinaire en dépit de son passé de musicien de blues itinérant. Les choses qu'il avait dites n'étaient pas non plus particulièrement extraordinaires. Pourtant à peine Jack était-il entré dans le parc d'attractions et avait-il rencontré le regard clair de Speedy qu'il s'était senti soulagé. Il était redevenu lui-même. Comme si un courant magique s'était établi entre le vieil homme et lui. Speedy lui avait dit en souriant :

— Eh bien, j'ai comme l'impression d'avoir de la visite. Le petit vadrouilleur est arrivé.

C'est vrai qu'il ne se sentait plus dans *l'expectative*. Il éprouvait une impression de liberté, alors qu'un instant plus tôt il était encore comme engoncé dans de la laine mouillée, de la barbe à papa collante. Il crut voir une aura argentée autour du vieil homme, une petite auréole de lumière qui disparut dès qu'il cligna des yeux. Il remarqua alors que l'homme tenait dans la main le manche d'un lourd balai mécanique.

— Comment tu te sens, fiston ? lui demanda le balayeur. Ça va de plus en plus mal ou ça va mieux ?

— Euh... mieux, dit Jack.

— Alors je crois que t'as bien fait de venir. Comment tu t'appelles ?

Speedy l'avait appelé le *petit Vadrouilleur*, ce jour-là, et *Jack la Vadrouille*. Son grand corps anguleux appuyé contre la machine à ball-trap, il avait enlacé le manche du balai comme s'il se fût agi d'une jeune fille dans un bal. *Eh bien moi je m'appelle Lester Speedy Parker, fiston, hé hé ! Tel que tu me vois aujourd'hui, j'ai été un grand vadrouilleur moi aussi dans le temps... Eh oui, Speedy en a fait du chemin, il connaissait toutes les routes, dans le bon vieux temps. J'avais un orchestre, fiston, et je jouais du blues. A la guitare. J'ai même fait des disques, mais je ne vais pas t'embêter en te demandant si tu les as entendus...*

Il s'exprimait en rythme, marquant le tempo sur certaines syllabes, on aurait dit qu'il swinguait en parlant. Il avait beau tenir un balai au lieu d'une guitare, c'était toujours un musicien. Après cinq secondes de conversation avec Speedy, Jack avait été sûr que son père, qui adorait le jazz, aurait apprécié la compagnie de cet homme.

Pendant les trois ou quatre jours qui avaient suivi sa rencontre avec Speedy, Jack avait passé la plupart de son temps avec lui, le regardant travailler, lui donnant un coup de main à l'occasion. Speedy lui avait demandé d'enfoncer quelques clous, de poncer un ou deux piquets qui avaient besoin d'un coup de peinture ; ces simples tâches effectuées selon les instructions du vieil homme ne remplaçaient pas vraiment l'école mais contribuaient à ce qu'il se sentît mieux. Jack considérait maintenant les premiers jours passés à Arcadia Beach comme une mauvaise passe d'où l'avait sorti son nouvel ami. Car Speedy Parker était un ami, c'était certain. Tellement certain que cette amitié gardait pour Jack une grande part de mystère. En effet, depuis que le malaise de Jack s'était évanoui (ou depuis que Speedy l'en avait guéri d'un seul regard de ses yeux pâles), Speedy Parker lui était devenu plus proche que n'importe quel copain, hormis Richard Sloat que Jack connaissait pratiquement depuis le berceau. Même à distance, la présence chaleureuse et bénéfique de Speedy suffisait à contrecarrer la terreur que lui inspirait la mort de l'oncle Tommy et la crainte de perdre sa mère.

A nouveau, Jack eut la désagréable impression d'être manipulé ; comme si un fil invisible les avait attirés, sa mère et lui, dans cet endroit abandonné au bord de la mer.

Quelqu'un, quel qu'il fût, voulait qu'il se trouve là.

C'était complètement dingue ! Il repensa au vieux clodo siphonné qui parlait tout seul en poussant un caddie vide sur le trottoir.

Une mouette poussa un cri et Jack se promit de s'obliger à parler de ce qu'il ressentait à Speedy Parker. Même si celui-ci pensait qu'il était complètement barjot, même s'il se moquait de lui. D'ailleurs, il ne se moquerait pas, Jack le savait au plus profond de lui-même. Ils étaient amis désormais, et ce dont Jack était certain, c'était qu'il pouvait dire presque n'importe quoi au vieux gardien.

Mais il n'était pas encore prêt. Tout ce qui se passait était trop dingue, et il n'y comprenait pas grand-chose lui-même.

C'est presque à contrecœur que Jack tourna le dos au parc d'attractions et qu'il se mit péniblement en marche sur le sable en direction de l'hôtel.

CHAPITRE 2

LA SORTIE DU TUNNEL

1

Le lendemain les choses ne s'étaient pas clarifiées. Il avait pourtant fait un des plus terribles cauchemars de sa vie. Il avait rêvé qu'une créature épouvantable était venue chercher sa mère — une espèce de monstrueux nabot aux yeux mal placés et à la peau galeuse et répugnante.

« Ta mère est mourante, Jack, connais-tu tes prières ? » avait croassé le monstre, et Jack savait — comme on sait ces choses dans les rêves — qu'il était radioactif et que si par malheur il le touchait, il mourrait lui aussi. Il s'était réveillé en nage, près de verser des larmes amères. C'est le bruit régulier du ressac qui lui avait fait prendre conscience de l'endroit où il se trouvait, et il lui avait fallu des heures avant de retrouver le sommeil.

Il avait eu l'intention de parler de son rêve à sa mère, mais celle-ci s'était montrée revêche et taciturne en se cachant derrière un nuage de fumée. Ce n'est qu'au moment où il s'apprêtait à sortir de l'hôtel, en prétextant quelque course à faire, qu'elle avait daigné lui sourire.

— Réfléchis un peu à ce que tu veux manger ce soir.

— D'accord.

— N'importe quoi mais pas de fast-food. Je n'ai pas fait tout le chemin de Los Angeles jusqu'au New Hampshire pour m'empoisonner avec des hot-dogs.

— Si on allait dans un restaurant de fruits de mer à Hampton Beach ?

— Je veux bien. Va jouer maintenant.

Va jouer maintenant, se dit Jack avec une amertume qui ne lui ressemblait guère. *Mais oui, Maman, j'y vais. T'exagères un peu, quand même. Va jouer. Et avec qui ? Maman, pourquoi es-tu venue ici ? Pourquoi sommes-nous venus ici ? Comment se fait-il que tu ne me parles pas de l'oncle Tommy ? Qu'est-ce que l'oncle Morgan est encore en train de magouiller ? Qu'est-ce que...*

Que de questions ! Et pas une de valable puisqu'il n'y avait personne pour y répondre.

A moins que *Speedy* ?...

Mais c'était ridicule : comment un vieux Noir qu'il connaissait à peine pourrait-il résoudre aucun de ses problèmes ?

Pourtant, la pensée de Speedy Parker ne le quitta pas tandis qu'il traversait à grands pas les caillebotis pour descendre sur la plage désespérément vide.

2

C'est peut-être bien la fin du monde, se dit à nouveau Jack. Des mouettes traversaient le ciel gris au-dessus de lui. D'après le calendrier on était encore en été, mais à Arcadia Beach l'été finissait le 1ᵉʳ septembre. Le silence était aussi morne que le ciel.

Il s'aperçut qu'il avait du cambouis sur ses baskets. *Encore cette saloperie de pollution*, se dit-il. Il ne savait pas où il avait attrapé ça et s'éloigna du bord de l'eau, mal à l'aise.

Les mouettes planaient en poussant des cris. L'une d'elles au-dessus de lui cria plus fort et il entendit aussitôt après un craquement sec, presque métallique. Il se retourna à temps pour la voir se poser maladroitement sur un rocher en battant des ailes. L'oiseau agitait la tête avec des mouvements rapides presque saccadés, comme pour vérifier qu'il était bien seul, puis sautilla jusqu'à l'endroit où il avait laissé tomber sa proie, un clam, là où le sable était lisse et compact. Le clam s'était brisé comme un œuf et Jack aperçut, à l'intérieur, la chair qui bougeait encore... mais peut-être était-ce son imagination.

Je ne veux pas voir ça.

Mais avant qu'il ait eu le temps de détourner les yeux, le bec jaune et crochu de la mouette avait saisi la chair et tirait dessus comme sur un élastique. Jack sentit son estomac se nouer. Il entendit le cri du mollusque dans sa tête — rien de cohérent, seulement un bout de viande stupide qui hurlait de douleur.

Il essaya vainement de détacher son regard de la mouette. L'oiseau ouvrit le bec et Jack entrevit son gosier rose sale. Le mollusque se rétracta dans sa coquille brisée tandis que la mouette fixait Jack d'un regard meurtrier qui confirmait la terrible vérité : les pères meurent, les mères meurent, et les oncles meurent aussi, même s'ils ont fait des études à Yale et paraissent aussi solides qu'un roc dans leur costume trois pièces de chez Savile Row. Les enfants meurent peut-être aussi... et il ne reste finalement plus rien que le cri poussé par un bout de chair vivante, stupide, sans conscience.

« Eh ! » fit Jack à haute voix sans se rendre compte que tout ça se passait dans sa tête. « Eh ! Laisse tomber ! »

La mouette se pencha sur sa proie qu'elle examina de ses petits yeux noirs. Puis elle recommença à fouailler la chair. *T'en veux, Jack ? Elle remue encore ! Bon sang, elle est tellement fraîche qu'elle ne sait même pas qu'elle est morte !*

Le puissant bec jaune s'enfonça dans le mollusque et tira jusqu'à ce qu'il se déchire. *Déchchchchchire...* Il l'arracha d'un coup sec.

La mouette leva la tête vers le ciel gris de septembre et sa gorge palpita. Et Jack eut à nouveau l'impression qu'elle le fixait, un peu comme dans certains portraits, les yeux des personnages représentés vous suivent où que vous soyez dans la pièce. Et ces yeux... il connaissait ces yeux-là.

Il éprouva soudain le besoin de voir sa mère, de voir ses yeux bleu foncé. Il ne se souvint pas avoir eu autant besoin d'elle depuis sa tendre enfance. *Do Do*, entendit-il chanter dans sa tête ; sa voix était celle du vent, elle était présente pour l'instant, mais bientôt hélas... *Do Do, dors maintenant fais dodo, mon Bébé. Ton papa est parti chasser. Et tout le tremblement !* Il se souvint de sa mère qui le berçait en fumant à la chaîne des Herbert Tareyton, lisant peut-être un scénario : elle appelait ça « les pages bleues ». Oui, c'est comme ça qu'elle les appelait, les pages bleues. *La la la, Jacky, tout va bien. Je t'aime, mon chéri Chut... dodo, Lalala.*

La mouette le fixait.

Un sentiment d'horreur l'envahit soudain, qui lui brûla la gorge comme de l'eau trop salée, lorsqu'il s'aperçut *qu'elle le fixait vraiment.* Ces yeux noirs (les yeux de qui ?) le *regardaient.* Et il connaissait ce regard.

Un bout de chair crue pendait encore au bec de l'oiseau. Il l'ingurgita. Puis le bec s'entrouvrit en un étrange mais évident sourire.

Alors Jack lui tourna le dos et prit la fuite. Il courait tête baissée, les yeux fermés pour empêcher les larmes brûlantes de couler, ses baskets s'enfonçant dans le sable, et si on avait pu le suivre de là-haut, à hauteur de vol de mouette, on l'aurait vu, on n'aurait vu que lui, dans ce paysage gris et désert, Jack Sawyer, douze ans, courant tout seul vers l'hôtel, ayant oublié Speedy Parker, sa voix se perdant dans les larmes et le vent, et qui criait : *Non ! Non ! Non !*

3

Il s'arrêta en haut de la dune, le souffle coupé. Une douleur fulgurante lui déchirait le côté gauche, du milieu de la poitrine à l'aisselle. Il se laissa tomber sur l'un des bancs installés par la municipalité pour les personnes âgées et écarta ses cheveux de ses yeux.

Allez, reprends-toi. Si Popeye se dégonfle, qui est-ce qui va sortir Olive des griffes de l'ignoble Brutos ?

Il sourit et commença à se sentir mieux. De là-haut, à quinze mètres au-dessus de la mer les choses s'arrangeaient un peu. C'était peut-être à cause de la pression atmosphérique ou quelque chose comme ça. Ce qui était arrivé à l'oncle Tommy était épouvantable mais il s'en remettrait. C'est ce que sa mère lui avait dit, en tout cas. L'oncle Morgan s'était montré particulièrement odieux depuis quelque temps, mais finalement, est-ce qu'il n'avait pas toujours été odieux ?

Quant à sa mère... Eh oui, c'était vraiment ça le problème, non ?

D'ailleurs, se dit-il, assis sur le banc et creusant le sable d'un orteil investigateur, sa mère n'était peut-être pas si mal en point. Elle pouvait guérir ; c'était certainement possible. Après tout, personne n'avait dit qu'il s'agissait du C, pas vrai ? Non, si c'était un cancer, elle ne l'aurait sûrement pas amené ici, hein ? Ils auraient plutôt été en Suisse où sa mère aurait pris des bains de boue froide et des médicaments bidon, genre glandes de chèvre, ou quelque chose comme ça. Elle l'aurait fait, c'est sûr.

Alors finalement, peut-être que...

Un bruit sourd et indistinct s'insinua dans sa conscience. Il regarda par terre et ses yeux s'écarquillèrent. Le sable avait commencé à bouger contre l'intérieur de la semelle de son pied gauche. Les grains de sable blanc se déplaçaient en formant un cercle de la largeur d'un doigt. Le sable au milieu du cercle se creusa soudain pour former un trou d'environ cinq centimètres de profondeur. Les parois de ce trou tournaient à toute vitesse dans le sens contraire des aiguilles d'une montre.

Ce n'est pas possible, se dit-il immédiatement, mais son cœur commença à battre plus vite. Sa respiration s'accéléra elle aussi.

Pas possible, il était encore en train d'imaginer des choses, encore une de ses chimères. Ça devait être un crabe ou un truc comme ça.

Mais ce n'était ni un crabe ni un produit de son imagination. Ça n'avait rien à voir avec le pays des Chimères auquel il rêvait quand il s'ennuyait ou qu'il avait un peu peur ; en tout cas, ce n'était pas un crabe.

Le sable tourbillonnait de plus en plus vite avec un bruit aride et sec qui évoquait l'électricité statique, et qui lui rappelait une expérience qu'ils avaient faite l'an dernier au cours de physique avec une bouteille de Leyde. Mais peu à peu le bruit se mit plutôt à ressembler à un long râle, le dernier souffle d'un moribond.

Un peu de sable se détacha des parois et se mit à tourbillonner. Ce n'était plus un trou maintenant, mais un véritable entonnoir qui se creusait dans le sable, une espèce de spirale de poussière qui tournait à l'envers. Un papier de chewing-gum jaune et brillant apparut, disparut, réapparut pour disparaître à nouveau et réapparaître — et chaque fois, au fur et à mesure que l'entonnoir s'agrandissait, Jack déchiffrait ce qui était écrit dessus : AUX, FRU, et enfin FRUITS. L'entonnoir s'élargit davantage et le papier fut brutalement arraché au sable. Aussi brutalement qu'une main inamicale arrache les couvertures d'un lit bien fait. AUX FRUITS, lut-il, et le papier remonta à la surface.

Le sable tournait de plus en plus vite avec une violence inouïe. Hhhhhaaaaahhhhhh, faisait le sable en tournant. Jack regardait fasciné, puis horrifié. Le sable s'ouvrait comme un gigantesque œil sombre : c'était l'œil de la mouette qui avait laissé tomber le clam sur le sable sec et qui avait tiré sur sa chair comme sur un élastique.

Hhhhhhhhhaaaahhhhh ! faisait le goulot de sable d'une voix sèche et lugubre. La voix n'était pas dans sa tête. Malgré tout le désir de Jack qu'il en fût ainsi, la voix était bien réelle. *Ses fausses dents sont tombées, Jack, quand il a été renversé par ce vieil ENFANT SAUVAGE. Elles ont jailli de sa bouche avec un bruit de crécelle ! T'as beau avoir été à Yale, quand la fourgonnette de l'ENFANT SAUVAGE te fait cracher tes fausses dents, t'as plus qu'à disparaître, Jacky. Quant à ta mère...*

Jack se leva et se mit à courir, aveuglément, sans se retourner, les cheveux ébouriffés, les yeux hagards et terrifiés.

4

Jack traversa aussi vite qu'il le put le sombre hall de l'hôtel. L'atmosphère ambiante interdisait toute précipitation : l'endroit était aussi silencieux qu'une bibliothèque et la lumière blafarde qui tombait des hautes fenêtres à meneaux ternissait et estompait les couleurs déjà passées des tapis. Jack passa en vitesse devant la réception et le concierge au teint blême choisit cet instant précis pour sortir d'une porte cintrée en bois. Il ne dit rien, mais l'air maussade qu'il arborait habituellement s'accentua et les coins de sa bouche tombèrent encore plus. C'était comme être surpris en train de courir dans une église. Jack essuya son front de sa manche et s'obligea à marcher normalement jusqu'à l'ascenseur. Il poussa le bouton, sentant le regard hargneux du type lui brûler la nuque. La seule fois de la semaine où Jack l'avait vu sourire, c'était quand il avait reconnu sa mère. Un sourire qui était tout de même un minimum de courtoisie.

« Je suppose qu'il faut être un vieux croulant comme lui pour se souvenir de Lily Cavannaugh », avait-elle dit à Jack dès qu'ils s'étaient retrouvés seuls dans leur suite. Il était une époque, pas si lointaine d'ailleurs, où être reconnue par des gens qui l'avaient vue dans l'un des cinquante films qu'elle avait tournés dans les années 50 et 60 (on l'appelait « La reine des séries B » et elle-même se qualifiait de « Madone des Drive-in »), que ce fût un chauffeur de taxi, un serveur, ou une vendeuse de la succursale de Saks, Wilshire Boulevard, lui remontait le moral pour quelques heures. Mais maintenant, même ce petit plaisir s'était tari pour elle.

Jack piétinait devant les portes immobiles de l'ascenseur, entendant une voix irréelle et pourtant familière qui s'élevait en lui, celle d'un tourbillon de sable. Il eut pendant une seconde la vision de Thomas Woodbine, le solide et réconfortant oncle Tommy Woodbine qui était sensé le protéger — un véritable mur contre les tourments et le désarroi — écrasé boulevard La Cienega, ses dents projetées comme des pop corns, à cinq mètres de lui, dans le caniveau. Il appuya une nouvelle fois sur le bouton de l'ascenseur.

Arrive, bon sang !

Puis il eut une vision encore plus terrible — sa mère, entraînée de force dans une voiture par deux brutes. Il eut soudain envie d'uriner. Il colla sa paume sur le bouton d'appel et l'homme blême et voûté de la réception fit entendre une toux glaireuse en signe de désapprobation. Jack pressa son autre main sur son ventre pour atténuer la pression de sa vessie. Il entendait maintenant le bourdonnement de l'ascenseur qui descendait. Il ferma les yeux et serra ses jambes l'une contre l'autre. Sa mère, perdue et bouleversée, semblait avoir de la peine à tenir debout, et les hommes n'eurent pas plus de mal à la faire entrer dans la voiture que si elle avait été un chien collie apathique. Mais cette vision ne correspondait pas à la réalité, il le savait : il s'agissait d'un souvenir — d'une de ses Chimères — et c'était arrivé à lui, pas à sa mère.

Tandis que les portes d'acajou de l'ascenseur s'ouvraient sur une cabine sombre où il rencontra son visage dans une glace piquée, la scène qui avait eu lieu quand il avait sept ans lui revint. Il vit un homme dont les yeux devenaient jaunes, et un autre homme dont la main se transformait en espèce de griffes, cruelles et inhumaines... Il se précipita dans l'ascenseur comme s'il avait été piqué par une fourche.

C'était impossible : c'était une hallucination, il n'avait pas vraiment vu les yeux bleus d'un homme devenir jaunes, et sa mère était en pleine forme, et il n'y avait rien à craindre, personne n'allait mourir, le danger n'existait que pour les clams, sous la forme de mouettes. L'ascenseur s'éleva péniblement et Jack ferma les yeux.

Ce truc, dans le sable, s'était moqué de lui.

Il se glissa hors de la cabine dès que les portes commencèrent à s'ouvrir. Il passa comme une flèche devant les portes closes des autres ascenseurs, tourna à droite dans le couloir lambrissé, passa en courant devant les appliques et les tableaux accrochés au mur — courir ici paraissait sacrilège — et arriva enfin devant la porte de leur suite. Ils occupaient la suite 407 et 408, consistant en deux chambres à coucher, une petite cuisine, et un salon avec vue sur la longue plage lisse et l'immense océan. Sa mère avait commandé des fleurs qu'elle avait arrangées dans des vases à côté de sa petite collection de photos encadrées. Jack à cinq ans, Jack à onze ans, Jack encore bébé dans les bras de son père. Son père, Philip Sawyer, au volant de la vieille De Soto dans laquelle lui et Morgan Sloat avaient débarqué en Californie à l'époque inimaginable où ils étaient si pauvres qu'ils dormaient souvent dans la voiture.

Jack ouvrit brusquement la porte du 408, celle du salon, et appela : Maman ? »

Les fleurs lui souhaitèrent la bienvenue, les photographies lui sourirent mais il n'entendit pas sa mère lui répondre. « Maman ! ». La porte se referma d'un coup sec derrière lui. Jack sentit son estomac se serrer. Il traversa en courant le grand salon et se précipita dans la chambre de sa mère. « Maman ! » Encore un vase de fleurs éclatantes. Le lit vide, parfaitement amidonné et repassé, semblait si raide qu'on aurait pu y faire rouler une pièce de monnaie. Sur la table de nuit, il y avait un assortiment de flacons bruns contenant des vitamines et autres pilules. Jack recula. La fenêtre de sa mère donnait sur des vagues sombres qui déferlaient vers lui.

Deux inconnus sortant d'une voiture inconnue essayaient d'entraîner sa mère.

— Maman ! hurla-t-il.

— Je t'entends, Jack. La voix de sa mère lui parvint de derrière la porte de la salle de bains. Mais qu'est-ce qui... ?

— Oh ! fit-il, et il sentit ses muscles se relâcher. Oh, je suis désolé. Je ne savais pas que tu étais là.

— Je prends un bain, lui dit-elle. Va te préparer pour le dîner. J'ai encore le droit de prendre un bain, non ?

Jack réalisa qu'il n'avait plus envie d'aller aux toilettes. Il se laissa tomber dans l'un des fauteuils rembourrés et ferma les yeux de soulagement. Elle allait encore bien...

Elle allait encore bien pour l'instant, lui chuchota une voix lugubre, et il eut à nouveau la vision de l'entonnoir de sable qui tourbillonnait.

5

Ils trouvèrent un restaurant — le château de la Langouste — à une dizaine de kilomètres au nord, sur la route côtière, juste à la sortie de Hampton Township. Jack avait fait un compte rendu sommaire de sa journée — il se remettait peu à peu de la terreur que lui avait inspiré la scène de la plage. Un serveur en jaquette rouge imprimée d'une langouste jaune sur le dos les conduisit à une table près d'une longue fenêtre à panneaux.

— Madame prendra un apéritif ?

Le serveur avait un visage de marbre, un visage « morte-saison-en-Nouvelle-Angleterre », et en le regardant bien, on devinait derrière son regard bleu la rancœur qu'il éprouvait de voir l'élégant et confortable manteau sport de Jack et la non moins élégante robe d'après-midi de Lily. Jack éprouva soudain un sentiment douloureux qui lui était familier — la nostalgie. Il avait tout simplement envie d'être chez lui.

Maman, si tu n'es pas malade, qu'est-ce qu'on fiche ici ? Il n'y a pas un chat ! Bon Dieu que c'est sinistre !

— Apportez-moi un Martini « élémentaire », dit-elle.

Le serveur haussa les sourcils.

— Je vous demande pardon ?

— Vous mettez de la glace dans un verre, expliqua-t-elle. Puis une olive sur la glace, et vous versez du gin Tanqueray sur l'olive. Ensuite, vous me suivez ?...

Maman, je t'en supplie, tu ne vois pas comme il te regarde ? Tu crois que tu te montres charmante, et lui est persuadé que tu te fiches de lui ! Tu ne vois donc pas ses yeux ?

Non. Elle ne voyait pas. Quel manque d'intuition, elle qui avait toujours été si sensible à ce que les autres éprouvaient ! Il en ressentit un pincement au cœur. Elle démissionnait... à tout point de vue.

— Oui, madame.

— Ensuite, vous prenez une bouteille de vermouth — peu importe la marque — et vous la tenez contre le verre. Puis vous replacez la bouteille de vermouth sur son étagère et vous m'apportez le verre. D'accord ?

— Oui, madame.

Les yeux bleu glacés de Nouvelle-Angleterre fixaient sa mère sans la moindre sympathie.

Nous sommes seuls, ici, se dit Jack en en prenant conscience pour la première fois. *Vachement seuls !*

— Et pour le jeune homme ?

— Un Coca, s'il vous plaît, répondit Jack, la mort dans l'âme.

Le serveur s'éloigna. Lily fouilla dans son sac et en sortit un paquet de Herbert « Taritoune », c'est ainsi qu'il appelait les Herbert Tareyton quand il était tout petit. « Apporte-moi les Taritounes qui sont sur l'étagère, Jacky »... Et il avait continué depuis. Elle laissa échapper la fumée et eut un accès de toux rauque.

Encore un autre pincement au cœur. Deux ans plus tôt, sa mère avait complètement cessé de fumer. Jack, avec ce curieux fatalisme qui est le revers de la crédulité et de l'innocence enfantines, s'était attendu à ce qu'elle recommençât. Elle avait toujours fumé, elle recommencerait tôt ou tard. Mais elle avait tenu le coup jusque... il y a trois mois, à New York où elle fumait des Carltons à la chaîne, faisant les cent pas dans le living-room de leur appartement de Central Park Ouest ou accroupie devant le casier de disques, tripotant les vieux albums de rock et de jazz de son mari disparu.

— Tu refumes, Maman ? lui avait-il dit.

— Oui, mais c'est des feuilles de chou.

— Tu ne devrais pas.

— Pourquoi n'allumes-tu pas la télé ? avait-elle répliqué d'une voix dure, inhabituelle, en pinçant les lèvres. Tu trouveras peut-être une émission religieuse. Ou alors va donc chanter au coin de la rue avec les dames de l'Armée du Salut.

— Excuse-moi, avait-il marmonné.

C'était seulement des Carltons. Des feuilles de chou. Mais maintenant elle fumait des Herbert Taritoune — le paquet démodé bleu et blanc avec des embouts qui ressemblaient à des filtres mais qui n'en étaient pas. Il se souvint vaguement de son père qui disait à quelqu'un que *lui* fumait des Winstons, mais que sa femme fumait des « Feuilles de Silicose ».

— Qu'est-ce qui se passe, Jack ? Tu as l'air bizarre, lui demandait-elle maintenant, ses yeux trop brillants fixés sur lui, la cigarette ayant repris sa place habituelle entre l'index et le médium de la main droite. Qu'il ose donc dire ce qu'il pensait. Qu'il ose donc lui dire « Maman j'ai remarqué que tu avais recommencé à fumer des Herbert Taritoune — est-ce que ça signifie que tu n'as plus rien à perdre ? »

— Rien, répondit-il. Le mal du pays, qu'il avait éprouvé tout à l'heure, l'envahit à nouveau et il eut soudain envie de pleurer. Rien, sauf que cet endroit est vachement bizarre.

Elle jeta un regard autour d'elle et sourit. Deux autres serveurs, un gros et un maigre, tous deux en jaquette rouge avec la langouste jaune dans le dos, se tenaient debout près des portes à battants qui menaient à la cuisine et bavardaient tranquillement. Un cordon de velours fermait l'entrée d'une immense salle à manger déserte derrière le coin où Jack et sa mère étaient installés. Les chaises retournées sur les tables de cette sombre caverne formaient comme des ziggourats. Tout au fond, une grande baie vitrée donnait sur un bord de mer sauvage et romantique qui rappela à Jack *Death's Darling*, un film dans lequel sa mère avait joué. Elle y tenait le rôle d'une jeune femme qui avait épousé un bel étranger malgré l'opposition de ses parents. Lequel sombre et bel étranger l'avait emmenée dans une grande maison au bord de la mer où il essayait de la rendre folle. *Death's Darling* avait été un film plus ou moins caractéristique de la carrière de Lily Cavannaugh — on l'avait beaucoup vue dans des films en noir et blanc où des acteurs beaux mais terriblement insignifiants l'emmenaient dans des voitures décapotables qu'ils conduisaient avec le chapeau sur la tête...

La pancarte accrochée au cordon de velours qui fermait l'entrée de cette sombre caverne annonçait avec un humour involontaire : CETTE PARTIE EST FERMÉE.

— C'est vrai que c'est un peu tristounet, reconnut-elle.

— On se croirait dans la Quatrième Dimension, fit-il, et elle éclata de son rire rauque, maladif, mais si séduisant pourtant.

— Oh ! Jacky, Jacky, Jacky, dit-elle en souriant et en se penchant pour lui ébouriffer ses cheveux trop longs.

Il repoussa sa main, en souriant lui aussi (Bon Dieu, ses doigts étaient maigres comme ceux d'un squelette ! *Elle est presque morte*, Jack...).

— Touchez pas la marchandise.

— Bas les pattes.

— T'es drôlement branchée pour une vieillarde.

— Dis donc, petit salaud, essaye donc un peu de me soutirer du fric cette semaine !

— Ouais !

Ils se sourirent tendrement, et Jack ne se souvenait pas avoir jamais eu autant envie de pleurer, ni de l'avoir aimée si fort. Il y avait en elle une espèce de dureté maintenant, la dureté du désespoir... fumer des Feuilles de Silicose en était une manifestation.

On apporta leurs verres. Elle trinqua avec lui :

— A nous !

— D'accord.

Ils burent. Le serveur leur présenta la carte.

— Tu trouves que j'ai charrié tout à l'heure, Jacky ?

— Peut-être un peu, dit-il.

Elle réfléchit puis haussa les épaules.

— Qu'est-ce que tu choisis ?

— Je crois que je vais prendre une sole.

— Moi aussi.

Il commanda pour eux deux, pas très à l'aise, mais sachant que cela faisait plaisir à sa mère. Et quand le serveur s'éloigna, il vit dans son regard qu'il ne s'en était pas trop mal tiré. C'était en grande partie grâce à l'oncle Tommy. Un jour, en revenant d'un voyage à Hardee, l'oncle Tommy lui avait dit :

« Je crois que tout espoir n'est pas perdu, Jack, si nous réussissons à te guérir de ta révoltante fascination pour le fromage industriel. »

On apporta les plats. Jack se jeta sur sa sole, qui était citronnée, piquante et délicieuse. Lily chipota dans son assiette, picorant sans appétit quelques haricots verts.

— Ça fait deux semaines que les cours ont repris à New York, annonça Jack au milieu du repas.

Il avait éprouvé un sentiment de culpabilité en voyant les gros autobus scolaires jaunes avec ÉCOLES DU DISTRICT D'ARCADIA écrit en gros sur les panneaux — étant donné les circonstances, il trouvait ça plutôt ridicule, mais c'était ainsi. Il faisait l'école buissonnière.

Elle le questionna du regard. Elle avait commandé et terminé un deuxième Martini ; maintenant le serveur lui en apportait un troisième.

Jack haussa les épaules.

— Je disais ça comme ça.

— Tu veux aller à l'école ?

— Hein ? Non ! Pas ici !

— Tant mieux, fit-elle. Parce que je n'ai pas emporté ton maudit carnet de vaccination. Et on ne t'accepterait jamais à l'école sans ton pedigree, mon pote.

— Je ne suis pas ton pote, lui dit Jack. Mais Lily ne sourit pas à leur vieille plaisanterie.

Pourquoi tu n'es pas à l'école, mon garçon ?

Il cligna des yeux, comme si on lui avait vraiment parlé à haute voix.

— Qu'est-ce qui se passe ? demanda sa mère.

— Rien. Enfin... il y a un type au parc d'attractions. A la foire. Un gardien, un concierge, un truc comme ça. C'est un vieux Noir. Il m'a demandé pourquoi je n'allais pas à l'école.

Elle se pencha en avant, et lui demanda sans la moindre trace d'humour, d'une voix sinistre en fait :

— Et que lui as-tu répondu ?

Jack haussa les épaules :

— Je lui ai dit que j'avais eu une mononucléose et que j'étais en convalescence. Tu te rappelles quand Richard l'a eue ? Le docteur avait dit à l'oncle Morgan que Richard ne devait pas retourner en classe avant six semaines, mais qu'il avait quand même le droit de sortir, de se balader et tout.

Et il ajouta avec un petit sourire.

— Je trouvais qu'il avait du pot.

Lily se détendit légèrement.

— Je n'aime pas que tu parles à des étrangers, Jack.

— Mais Maman, c'est seulement un...

— Je me fiche de qui il est. Je ne veux pas que tu parles à des étrangers, c'est tout.

Jack repensa au vieux Noir, à ses cheveux gris comme de la paille de fer, à son visage marqué et à ses étranges yeux clairs. Il poussait un balai sous les arcades de la grande galerie sur la jetée — la galerie était le seul endroit d'Arcadia qui restait ouvert toute l'année, mais les arcades étaient désertes à l'exception de Speedy Parker et de deux petits vieux qui jouaient tout au bout au ball-trap dans un silence apathique.

Mais pour l'instant, dans ce restaurant plutôt sinistre, ce n'était plus le vieil homme qui lui posait la question, mais lui-même.

Pourquoi je ne suis pas à l'école ?

Eh bien c'est comme elle t'a dit, fiston. T'as pas de vaccinations. Pas de pedigree. Tu t'imagines qu'elle est venue ici avec ton acte de naissance ? Qu'est-ce que tu crois ? Elle est en cavale, mon garçon, et t'es en cavale avec elle. Tu...

— Tu as des nouvelles de Richard ? demanda-t-elle.

Quand elle lui dit cela, quelque chose se déclencha dans sa tête. Mais non, ce n'était pas possible. Mais la vérité éclata en lui. Ses mains se crispèrent et il lâcha son verre qui se brisa sur le sol.

Elle va bientôt mourir, Jack.

La voix du tourbillon de sable. La voix qu'il avait entendue dans sa tête.

C'était la voix de l'oncle Morgan. Pas peut-être, pas presque, pas qui ressemblait, pas comme. C'était vraiment sa voix. Celle du père de Richard.

6

Sur le chemin du retour, elle lui demanda :

— Qu'est-ce qui t'est arrivé tout à l'heure ?

— Rien. C'est mon cœur qui a fait un petit battement à la Gene Krupa. Il tambourina sur le tableau de bord pour illustrer ce qu'il disait.

— Il a eu une contraction ventriculaire précoce comme dans *General Hospital*.

— Ne te fiche pas de moi, Jacky.

Le reflet des lumières du tableau de bord lui donnait un air pâle et hagard. Une cigarette se consumait entre ses doigts. Elle conduisait très lentement — ne dépassant jamais le soixante — comme chaque fois qu'elle avait un peu trop bu. Elle avait avancé son siège au maximum : sa jupe relevée montrait des jambes maigres comme des pattes de cigogne de part et d'autre de la colonne de direction et son menton paraissait suspendu au-dessus du volant. Pendant un instant elle ressembla à la fée Carabosse et Jack détourna les yeux.

— Je ne me fiche pas de toi, marmonna Jack.

— Quoi ?

— Je te dis la vérité, c'est tout, dit-il. J'ai eu comme un élancement. Je suis désolé.

— Ça va, dit-elle. J'ai cru que c'était à propos de Richard Sloat.

— Non. *Son père m'a parlé par un trou dans le sable, c'est tout. Il m'a parlé dans ma tête, comme quand on entend une voix dans les films. Il me disait que tu allais bientôt mourir.*

— Est-ce qu'il te manque, Jack ?

— Qui, Richard ?

— Non, Ronald Reagan. Bien sûr, Richard !

— Parfois.

Richard Sloat devait être en classe maintenant — dans une école privée de l'Illinois où les services religieux sont obligatoires et où les garçons n'ont pas d'acné.

— Tu le reverras, dit-elle en lui ébouriffant les cheveux.

— Maman, tu vas bien ?

Les mots jaillirent de lui. Il sentait ses ongles qui s'enfonçaient dans ses cuisses.

— Oui, dit-elle en allumant une autre cigarette.

Elle ralentit jusqu'à vingt kilomètres-heure pour le faire et une vieille fourgonnette les doubla en klaxonnant.

— Oui, je ne me suis jamais sentie aussi bien.

— Tu as maigri de combien de kilos ?

— Jacky, on n'est jamais trop riche, ni trop maigre.

Elle se tut et lui sourit. Un sourire las et douloureux qui la trahissait.

— Maman...

— Ça suffit, dit-elle. Tout va bien. Fais-moi confiance. Cherche-nous plutôt un peu de bop sur la bande F.M.

— Mais...

— Je te dis de nous mettre de la musique bop et de te taire.

Il trouva du jazz sur une station de Boston — un saxo alto qui jouait « All the things you are ». Mais derrière la musique, il entendait en contrepoint le bruit régulier et indifférent des vagues. Il aperçut un peu plus tard l'immense carcasse du Grand-Huit qui se dressait dans le ciel. Et les bâtiments des Jardins de l'Alhambra. Si c'était ça leur maison, eh bien ils étaient arrivés à la maison.

CHAPITRE 3

SPEEDY PARKER

1

Le lendemain le soleil était de retour — un soleil éclatant qui se répandait comme de la peinture sur la plage et les dunes, et le toit aux tuiles rouges que Jack apercevait de la fenêtre de sa chambre. Loin dans la mer une longue vague basse se forma et lui envoya un trait de lumière directement dans les yeux. Pour Jack cette lumière n'avait rien à voir avec la lumière californienne. Elle paraissait plus pauvre, plus froide, moins nourrissante. La vague disparut puis s'éleva de nouveau, traversée par un éclair doré. Jack se détourna de la fenêtre. Il avait déjà pris sa douche, était habillé, et l'horloge de son corps lui disait qu'il était temps d'aller prendre son bus. Sept heures et quart. Sauf qu'évidemment, il n'irait pas à l'école aujourd'hui. Plus rien n'était normal et sa mère et lui erreraient comme des fantômes, pendant les douze heures qui allaient suivre, jusqu'au soir. Pas d'emploi du temps, pas de responsabilités, pas de devoirs... aucune obligation, sinon celle des repas.

D'ailleurs, était-ce même jour de classe aujourd'hui ? Jack s'arrêta net à côté de son lit, paniqué à l'idée que son univers fût à ce point déstructuré... Il avait oublié que c'était samedi. Il essaya de se remémorer tous les jours qui avaient précédé et put remonter ainsi jusqu'au dimanche précédent. Il fit l'inventaire des jours à venir, ce qui l'amena jusqu'au jeudi. Le jeudi, il avait cours d'informatique avec M. Balgo et gym le matin. Du moins c'était ce qui se passait quand sa vie était normale, à une époque qui maintenant lui semblait — bien qu'elle eût prit fin il y avait seulement un mois — à jamais révolue.

Il sortit de sa chambre pour aller dans le salon. Quand il tira les cordons des rideaux, une lumière vive inonda la chambre, éclaircissant les meubles. Il appuya sur le bouton de la télévision et se laissa tomber sur le canapé. Sa mère ne se lèverait pas avant un quart d'heure. Peut-être plus, étant donné les trois apéritifs qu'elle avait bus la veille au dîner.

Il jeta un coup d'œil vers la porte de la chambre de sa mère.

Vingt minutes plus tard, il frappa doucement à la porte.

— Maman ?

Il entendit un marmonnement. Il poussa le battant qui s'entrouvrit et regarda à l'intérieur. Elle redressa la tête et lui lança un regard à travers ses paupières mi-closes.

— Bonjour, Jacky. Quelle heure est-il ?

— Environ huit heures.

— Mon Dieu ! Tu as faim ?

Elle s'assit et pressa ses paumes sur ses yeux.

— Un peu. J'en ai un peu marre d'être ici. Je me demandais si tu allais bientôt te lever.

— Seulement si j'y suis obligée. Ça t'ennuie ? Tu n'as qu'à descendre prendre ton petit déjeuner à la salle à manger. Va faire un tour sur la plage, d'accord ? Tu auras une mère tout à fait présentable si tu lui accordes une heure de plus au lit.

— Très bien, dit-il. D'accord. A tout à l'heure.

Sa tête était déjà retombée sur l'oreiller.

Jack éteignit la télévision et sortit de la chambre après s'être assuré que les clés étaient bien dans la poche de son jean.

L'ascenseur dégageait une odeur de camphre et d'ammoniaque — une femme de ménage venait de renverser une bouteille sur le sol. Les portes s'ouvrirent et le portier blafard lui jeta un regard sévère puis détourna ostensiblement les yeux. Le fait d'être le rejeton d'une actrice ne fait pas de vous quelqu'un de spécial, mon petit... D'ailleurs, pourquoi n'es-tu pas à l'école ? Jack se dirigea vers la salle à manger — « La Selle d'Agneau » — et aperçut des rangées de tables vides dans la grande salle sombre. Six tables seulement étaient mises. Une serveuse vêtue d'un corsage blanc et d'une jupe rouge le regarda puis détourna les yeux. Un couple de petits vieux qui paraissaient exténués étaient assis l'un en face de l'autre au fond de la salle. Il n'y avait personne d'autre. Le vieux monsieur se pencha au-dessus de la table et coupa, le plus naturellement du monde, les œufs au plat de sa femme en quatre parts.

Une table pour une personne ?

L'hôtesse responsable du restaurant s'était matérialisée à côté de lui et saisissait déjà un menu à côté du livre des réservations.

— Non merci, je ne vais pas déjeuner, dit Jack en s'esquivant.

La cafétéria de l'Alhambra — « Le Joyeux Matelot » — se trouvait de l'autre côté du hall et on y accédait par un long couloir sinistre flanqué de vitrines vides. A l'idée de s'installer seul au comptoir et de regarder le cuisinier lancer d'un air excédé des tranches de bacon sur le gril encrassé, sa faim disparut. Il attendrait que sa mère se lève : ou, mieux, il allait sortir de l'hôtel et trouverait bien un magasin en ville où il pourrait acheter un carton de lait et un beignet. Il poussa la lourde porte de l'hôtel et sortit dans la lumière du jour. Le soleil éclatant lui fit mal aux yeux — le monde n'était plus qu'une surface éblouissante et aveuglante. Il cligna des yeux en regrettant de ne pas avoir pris ses lunettes de soleil. Il franchit le perron de briques rouges et descendit les quatre marches de l'escalier tournant qui donnait sur l'allée principale qui traversait les jardins devant l'hôtel. Qu'arriverait-il si jamais elle mourait ?

Si le pire se produisait, si elle mourait pour de vrai, si elle mourait vraiment là-haut, dans cette chambre d'hôtel, qu'adviendrait-il de lui ? Où irait-il, qui s'occuperait de lui ?

Il secoua la tête pour essayer de chasser l'horrible pensée avant que la panique embusquée dans les jardins bien ordonnés de l'Alhambra ne l'assaille et l'anéantisse. Il ne pleurerait pas, il ne se laisserait pas détruire — il refusait de penser aux Taritounes et à la maigreur de sa mère, à cette impression qu'il avait parfois que Lily Cavannaugh était vulnérable et paumée. Il marchait très vite maintenant, les mains enfoncées dans les poches, suivant l'allée courbe qui traversait les jardins jusqu'à la route. *Elle est en cavale, fiston, et tu es en cavale avec elle.* Mais qu'est-ce qu'ils fuyaient ? Et pour aller où ? Pour venir ici ? Dans ce patelin désert ?

Il arriva sur la route du bord de mer et regarda le paysage qui s'étendait devant lui : un vaste tourbillon qui pouvait à tout moment l'aspirer pour le rejeter dans un grand trou noir où la paix et la sécurité n'existaient pas. Une mouette passa au-dessus de lui en faisant un grand cercle avant de repiquer vers la plage. Jack la suivit du regard dans le ciel jusqu'à ce qu'elle ne fût plus qu'un point blanc survolant la piste capricieuse du Grand-Huit.

Lester Speedy Parker, le vieux Noir aux cheveux crépus et au visage buriné, était là-bas, quelque part au milieu des baraques foraines, et c'est lui qu'il devait voir. C'était aussi évident pour Jack que la soudaine intuition qu'il avait eue à propos du père de Richard.

Une mouette poussa un cri perçant, et une vague renvoya un rai de lumière dorée dans sa direction. Jack perçut alors l'oncle Morgan et son nouvel ami Speedy comme des personnages opposés, comme des statues allégoriques et symétriques personnifiant le JOUR et la NUIT, la LUNE et le SOLEIL — l'obscurité et la lumière. Ce que Jack avait compris dès qu'il avait su que son père aurait aimé Speedy Parker, c'est que l'ancien joueur de blues n'avait rien de mauvais en lui. L'oncle Morgan, en revanche... était d'un genre bien différent. Il ne vivait que pour les affaires — pour faire des affaires et gagner de l'argent, et réussir par n'importe quel moyen ; son ambition était telle qu'il contestait même les décisions de l'arbitre sur un court de tennis, qu'il insistait pour jouer aux cartes avec Jack et Richard (à un sou la partie) et qu'il ne pouvait s'empêcher de tricher pour gagner. Ce que voyant, Jack en avait déduit que l'oncle Morgan n'acceptait pas facilement la défaite.

La NUIT et le JOUR, la LUNE et le SOLEIL. Dans cette dualité, c'était le vieux Noir qui représentait la lumière et l'autre l'obscurité. Ces profondes réflexions rameutèrent la panique qu'il avait éloignée dans les jardins de l'hôtel et qui déferla à nouveau sur lui. Il prit son élan et partit à fond de train.

2

Lorsqu'il aperçut Speedy, agenouillé devant la grande bâtisse aux murs gris et écaillés des arcades — en train d'enrouler du chatterton autour d'une grosse corde, sa tête couverte de paille de fer touchant presque le sol, ses fesses maigres pointant à travers l'étoffe usée de son bleu de travail, les semelles poussiéreuses de ses bottes recourbées comme une paire de planches de surf —, Jack s'aperçut qu'il ne savait plus du tout ce qu'il avait l'intention de dire au vieux gardien, ni même s'il avait le désir de lui dire quoi que ce soit. Speedy donna encore un tour de chatterton autour de la corde, hocha la tête, sortit de la poche de sa chemise un vieux couteau Palmer et découpa le chatterton avec une précision de chirurgien. Jack aurait bien pris la fuite s'il l'avait pu — il dérangeait cet homme en plein travail, et d'ailleurs c'était complètement idiot de penser que Speedy pouvait lui être d'une aide quelconque. Quelle sorte d'aide pouvait-il attendre d'un vieux gardien de parc d'attractions vide ?

C'est alors que Speedy, tournant la tête, s'aperçut de la présence de Jack. Son visage s'éclaira d'une expression chaleureuse — pas tant par le sourire que par les rides qui se creusèrent encore davantage — et Jack comprit qu'il était bienvenu et qu'il ne dérangeait pas Speedy.

— Jack la Vadrouille, fit Speedy. Je commençais à avoir peur que tu ne veuilles plus venir. Juste au moment où on commençait à être copains. Ça me fait plaisir de te voir, fiston.

— Ça me fait plaisir à moi aussi, dit Jack.

Speedy remit le couteau dans sa poche et déplia son long corps sec avec une telle aisance qu'on l'aurait cru sans pesanteur.

— Tout se déglingue par ici, dit-il. Je rafistole ce que je peux au fur et à mesure pour que ça puisse marcher quand même. Il s'arrêta au milieu de sa phrase et dévisagea Jack. J'ai comme l'impression que ça ne va pas comme tu voudrais, hein ? On dirait que Jack la Vadrouille est dans un sale pétrin. C'est pas vrai ?

— Ça ne va pas très fort, en effet, commença Jack.

Il ne savait pas encore très bien comment formuler les choses qui le tourmentaient. C'était difficile de les exprimer par des phrases ordinaires car les phrases ordinaires rendent tout rationnel. Un... Deux... Trois... Or l'univers de Jack n'était plus conforme à la raison. Et tout ce qu'il ne pouvait expliquer lui pesait sur le cœur.

Il regarda d'un air malheureux le grand homme maigre qui était devant lui. Les mains de Speedy étaient enfoncées dans ses poches ; ses épais sourcils gris se rejoignaient à la ligne verticale qui les séparait. Les yeux de Speedy, si clairs qu'ils semblaient presque décolorés, délaissèrent la peinture écaillée de la jetée et rencontrèrent ceux de Jack — qui aussitôt se sentit mieux. Il ne comprenait pas pourquoi ni comment, mais le vieil homme semblait communiquer directement avec lui sans parler. On aurait dit qu'ils se connaissaient non pas depuis une semaine mais depuis des années, et qu'ils avaient échangé davantage que quelques mots dans une galerie déscrte.

— Bon, ça suffira pour aujourd'hui, dit Speedy en levant les yeux en direction de l'Alhambra. Si j'en fais trop, ils n'apprécieront plus. Au fait, t'as encore jamais vu mon bureau, hein ?

Jack remua la tête.

— C'est le moment d'aller boire quelque chose de frais. C'est tout à fait le moment.

Il se mit en route, faisant de longues enjambées, Jack trottinant derrière lui. Tandis qu'ils descendaient les escaliers de la jetée, traversaient l'herbe rachitique qui poussait sur la terre brune en se dirigeant vers les bâtiments situés à l'autre bout du parc, Speedy se mit à chanter, à la grande surprise de son jeune compagnon.

> *Jack la Vadrouille, mon pote le vadrouilleur*
> *A un long chemin à parcourir*
> *Et encore plus long pour revenir.*

Il ne chantait pas vraiment, se dit Jack, c'était à mi-chemin entre parler et chanter. Même sans les mots, Jack aurait eu du plaisir à écouter la voix grave et rassurante de Speedy.

> *Un long chemin à parcourir*
> *Encore plus long pour revenir.*

Speedy lui fit une espèce de clin d'œil par-dessus son épaule.

— Pourquoi m'appelez-vous comme ça ? lui demanda le jeune garçon. Pourquoi Jack la Vadrouille ? Parce que je viens de Californie ?

Ils avaient atteint la cabine bleu pâle où on vendait les billets à l'entrée du Grand-Huit, et Speedy, enfonçant à nouveau ses mains dans les poches de son bleu de travail trop large pour lui, pivota sur ses talons et s'appuya contre la clôture bleue. La précision et la rapidité de ses mouvements avaient une qualité presque théâtrale, comme si, pensa Jack, il avait su que le garçon allait lui poser cette question particulière, à ce moment précis.

> *Il dit qu'il vient de Californie*
> *Mais il ne sait pas*
> *Qu'il va bientôt retourner là-bas.*

chantonna Speedy, son beau visage sculpté rempli d'une émotion qui parut presque repoussante à Jack.

> *Il est venu de si loin, le petit Vadrouilleur*
> *Mais il lui faudra pourtant repartir là-bas...*

— Quoi ? fit Jack. Retourner là-bas ? Je crois même que ma mère a vendu la maison, ou qu'elle l'a louée, je ne sais pas exactement. Je ne comprends rien à ce que vous racontez, Speedy.

Il fut soulagé d'entendre Speedy lui répondre d'une voix normale et non en chantant.

— Je parie que tu ne te souviens même pas de moi, c'est pas vrai, mon petit Jack ?

— Vous voulez dire que je vous ai déjà rencontré avant. Et où ça ?

— En Californie. Du moins c'est ce que je pense. Même si toi tu ne t'en souviens pas, Jack la Vadrouille. On ne s'est vus que quelques minutes, mais ça a beaucoup compté. Ça devait être en... attends... ça doit faire quatre ou cinq ans. C'était en... 1976.

Jack le regarda, complètement éberlué. En 1976 ? Il devait avoir sept ans, à l'époque.

— Allez viens, on va dans mon petit bureau, lui dit Speedy en se détachant de la cabine avec grâce et légèreté.

Jack le suivit, contournant les hauts montants du Grand-Huit — leurs ombres noires dessinaient un immense quadrillage, comme celui d'un jeu de morpion, sur le terrain poussiéreux parsemé de boîtes de bières et d'enveloppes de bonbons. Au-dessus d'eux, les pistes du Grand-Huit faisaient penser à un gratte-ciel en construction. Speedy se déplaçait dans l'enchevêtrement des ombres des supports avec une dégaine de joueur de basket, tête haute et bras ballants. Son allure générale, la façon dont il se mouvait, était celle d'un jeune homme — on lui aurait donné vingt ans.

Mais lorsqu'il déboucha dans la lumière crue du soleil, cinquante années marquèrent aussitôt sa nuque et teintèrent en gris sa chevelure crépue. Arrivé à la dernière rangée de piliers, Jack s'arrêta avec l'impression que l'illusoire jeunesse de Speedy Parker était la clé qui lui permettait d'accéder aux pays des Chimères, le rendant en quelque sorte plus proche, plus tangible.

1976 ? En Californie ? Jack marchait sur les pas de Speedy qui se dirigeait vers une petite cabane en bois rouge appuyée contre la clôture en fil de fer qui délimitait le parc d'attractions. Jack était certain de n'avoir jamais rencontré Speedy en Californie... Mais la présence presque tangible de ses visions avait fait surgir dans sa mémoire un souvenir précis de cette époque : une scène qui s'était déroulée quand il avait six ans, alors qu'il jouait avec un taxi miniature derrière le canapé du bureau de son père... son père bavardait avec l'oncle Morgan et ils parlaient curieusement, magiquement du pays des Chimères. *Chez eux, la magie remplace la physique, n'est-ce pas ? Une monarchie agraire qui utilise la magie à la place de la Science. Est-ce que tu te rends compte tout le fric qu'on pourrait se faire, si on leur apportait l'électricité ? Si on filait des armes modernes aux hommes ad hoc ? Tu imagines un peu ?*

Attends, Morgan, moi j'ai un tas d'idées, qui à l'évidence ne t'ont pas encore effleuré...

Jack pouvait presque entendre la voix de son père et presque voir l'étrange et inquiétant royaume du pays des Chimères se matérialiser devant lui, sur le terrain vague, à l'ombre du Grand-Huit. Il se remit à trotter derrière Speedy qui ouvrit la porte de la petite cabane rouge, s'appuya contre le chambranle et lui sourit sans sourire.

— Il y a quelque chose qui te turlupine, Jack la Vadrouille. Quelque chose qui bourdonne dans ta tête comme une abeille. Viens dans mon bureau directorial et raconte-moi ça.

Le sourire eût-il été plus large, plus évident, Jack se serait peut-être sauvé : le spectre de la peur du ridicule rôdait encore autour de lui. Mais toute la personne de Speedy exprimait un intérêt bienveillant — c'était le message que lui envoyaient toutes les rides de son visage — et Jack passa la porte devant lui.

Le « bureau » de Speedy Parker était un petit rectangle en planche — du même rouge qu'à l'extérieur — sans table ni téléphone. Deux caisses d'oranges étaient posées contre l'un des murs, flanquant un chauffage électrique débranché qui ressemblait à une calandre de Pontiac des années 50. Au centre de la pièce, une chaise d'école en bois à dossier rond tenait compagnie à un fauteuil rembourré, tendu d'un tissu gris passé.

Les bras du fauteuil paraissaient avoir subi l'assaut de plusieurs générations de chats : des mèches de laine défraîchie sortaient d'un peu partout : sur le dossier de la chaise d'école il y avait un entrelacs compliqué d'initiales gravées. Des meubles de dépotoir. Dans l'un des coins de la pièce il y avait deux piles bien rangées de livres de poche, et dans un autre, un électrophone bon marché dans une boîte en faux crocodile. Speedy désigna le chauffage d'un signe de tête et dit à Jack :

— Si tu viens dans ce patelin en janvier et février, mon garçon, tu comprendras pourquoi j'ai ce truc-là. Il fait un froid de canard !

Mais Jack était à présent plongé dans la contemplation des photos collées sur le mur au-dessus du radiateur et des caisses d'oranges.

Toutes, sauf une, étaient des photographies de femmes nues découpées dans des magazines pour hommes. Des créatures pourvues de seins gros comme leur tête étaient mollement appuyées contre des arbres inconfortables et étendaient avec grâce les colonnes de leurs jambes musclées. Le visage de rapace de ces femmes exerçait sur Jack une espèce de fascination — il avait l'impression qu'elles allaient lui arracher des bouts de chair après l'avoir embrassé. Certaines n'étaient pas plus jeunes que sa mère ; d'autres paraissaient à peine plus âgées que lui. Le regard de Jack parcourait toutes ces chairs avides. Toutes, sans exception, les jeunes, les moins jeunes, les roses, les brunes chocolat ou couleur de miel semblaient appeler ses caresses. Mais il était trop conscient de la présence de Speedy Parker, à côté de lui, qui le regardait. C'est alors qu'il vit le paysage au milieu des photos de femmes nues, et l'espace d'une seconde, il en oublia de respirer.

C'était aussi une photographie, et qui semblait s'approcher de lui, comme en relief. Une longue plaine d'un vert vif s'étendait au pied d'un massif de montagnes basses. Au-dessus de la plaine et des montagnes, le ciel était profond et transparent. Jack pouvait presque sentir la fraîcheur de ce paysage. Il connaissait cet endroit. Il n'y était jamais allé, pas vraiment, pourtant il le connaissait. C'était un des paysages du pays des Chimères.

— C'est drôlement beau, hein ? dit Speedy, et Jack revint sur terre.

Une Eurasienne, le dos tourné vers l'appareil, lui tendait son derrière en forme de cœur et lui souriait par-dessus l'épaule. Oui, se dit Jack, en effet.

— C'est un très bel endroit, ajouta Speedy. C'est moi-même qui l'ai accroché. Toutes ces belles filles étaient déjà là quand je suis arrivé ici. Je n'ai pas eu le courage de les arracher du mur. Elles me rappellent un peu l'époque où moi aussi je vadrouillais.

Jack leva sur Speedy un regard surpris et le vieil homme lui fit un clin d'œil.

— Vous connaissez cet endroit, Speedy ? demanda Jack. Enfin, vous savez où ça se trouve ?

— Peut-être bien que oui, peut-être bien que non. Ça pourrait être en Afrique — quelque part au Kenya ou tout simplement dans ma mémoire. Assieds-toi, mon petit Vadrouilleur. Prends le fauteuil, c'est plus confortable.

Jack tourna le fauteuil pour pouvoir continuer à regarder la photo du pays des Chimères.

— C'est en Afrique ?

— C'est peut-être pas si loin de nous. C'est peut-être un pays où on peut aller — chaque fois qu'on en a envie, enfin, si on a vraiment envie d'y aller.

Jack se rendit soudain compte qu'il tremblait, et depuis un moment. Il ferma les poings et sentit le tremblement se déplacer jusqu'à son estomac.

Il n'était pas sûr d'avoir encore envie de revoir le pays des Chimères mais il posa sur Speedy qui avait pris place sur la chaise d'école un regard interrogateur.

— Ce n'est pas en Afrique n'est-ce pas ?

— Ma foi, je ne sais pas. Ça se pourrait. Moi, j'ai un nom pour ce pays. Je l'appelle les Territoires.

Jack leva les yeux sur la photographie — la longue plaine vallonnée, les montagnes basses et brunes. Les Territoires. C'était bien ça ; c'était comme ça que ça s'appelait.

Chez eux, la magie remplace le physique, n'est-ce pas ? Une monarchie agraire... des armes modernes aux hommes ad hoc...

L'oncle Morgan intriguant. Son père lui répondant, tentant de le freiner : *Nous devons faire attention à la façon dont nous intervenons chez eux, Morgan... N'oublie pas que nous leur sommes redevables, et pas qu'un peu...*

— Les Territoires ? dit-il à Speedy aussi bien pour le plaisir de prononcer le mot que pour poser la question.

— L'air a aussi bon goût que le meilleur cru de la cave d'un riche amateur de grands vins. La pluie est douce comme une caresse. C'est comme ça là-bas, fiston.

— Vous y êtes déjà allé, Speedy ? demanda Jack, espérant avec avidité une réponse claire et nette.

Mais comme il s'y attendait, Speedy ne lui donna pas satisfaction. Le vieux gardien lui sourit, un vrai sourire cette fois, pas seulement une émanation subliminale de sympathie. Puis au bout d'un moment il lui dit :

— Bon sang, je n'ai jamais mis les pieds hors des Etats-Unis, Jack la Vadrouille. Pas même pendant la guerre. Je n'ai même jamais été plus loin que le Texas et l'Alabama.

— Alors, comment connaissez-vous les Territoires ?

Le nom commençait seulement à s'adapter à sa bouche.

— Un homme comme moi entend un tas d'histoires, tu sais. Des histoires sur des perroquets à deux têtes, sur des hommes qui volent vraiment de leurs propres ailes, sur des types qui se transforment en loups, des histoires de reines. De reines malades...

... La magie remplace la physique, n'est-ce pas ?

Des anges et des loups-garous.

— J'ai déjà entendu des histoires de loups-garous, dit Jack. Il y en a même dans les dessins animés. Ça ne prouve rien, Speedy.

— T'as probablement raison, mais j'ai entendu dire que là-bas, quand un type arrache un radis de terre, un autre type qui se trouve à un kilomètre de distance peut sentir l'odeur du radis, tellement l'air est pur et transparent.

— Mais les anges...

— Des hommes avec des ailes.

— Et les reines malades, fit Jack, histoire de le taquiner un peu. *Dis donc, espèce de vieux Guignol, il est pas piqué des hannetons le pays de tes rêves !*

Et au moment où il lui disait cela, il éprouva un malaise. Il venait de se rappeler les yeux noirs d'une mouette qui le fixait d'un regard meurtrier en dépeçant un clam dans sa coquille, et il entendait l'oncle Morgan qui insistait au bout du fil pour parler à la reine Lily.

La reine des séries B. La reine Lily Cavannaugh.

— Oui, mon garçon, lui dit Speedy d'une voix douce. Il y a des malheureux partout. La reine malade... est peut-être en train de mourir. Oui, mon garçon, de mourir. Et là-bas, il y a un tas de gens qui attendent pour que quelqu'un vienne la sauver.

Jack le regarda bouche bée, comme si le vieux gardien venait de le frapper à l'estomac. La sauver ? Sauver sa mère ? Une fois de plus, la panique commença à s'emparer de lui. Comment pouvait-il, lui, la sauver ? Et toute cette conversation idiote signifiait-elle que sa mère était vraiment en train de mourir dans sa chambre d'hôtel ?

— C'est toi qui doit la sauver, Jack la Vadrouille, lui dit Speedy. Tu ne peux pas faire autrement, c'est la volonté du Seigneur. Je préférerais que ce soit autrement.

— Je ne comprends rien à ce que vous racontez, lui dit Jack.

Il avait l'impression que sa respiration était bloquée dans une petite poche douloureuse au fond de sa gorge. Son regard se porta vers un coin de la pièce et il aperçut dans l'ombre à côté d'un matelas soigneusement roulé une vieille guitare appuyée contre le mur. Speedy dormait à côté de sa guitare.

— Tu sais, reprit Speedy, il y a des fois où on en sait plus qu'on le croit. Vachement plus. Tu vois ce que je veux dire ?

— Mais, je ne... commença Jack et il s'arrêta net.

Il venait de se rappeler quelque chose. Et maintenant, il avait encore plus peur — un autre pan de son passé venait de lui revenir, mobilisant toute son attention. Il fut aussitôt couvert de sueur glacée, comme s'il venait de se faire asperger par la pluie fine d'un tuyau d'arrosage. Il s'agissait du souvenir qu'il avait tenté de refouler hier matin, devant l'ascenseur, quand il avait eu tellement peur que sa vessie éclate.

— Mais au fait, on était venus pour boire quelque chose, non ? fit Speedy en se baissant pour faire glisser une latte du plancher.

Jack eut à nouveau la vision de deux types en train de pousser sa mère dans une voiture. Le feuillage dentelé d'un arbre immense retombait sur le toit de la carrosserie.

Speedy sortit avec précaution une petite bouteille d'entre les lattes du plancher. Le verre était vert foncé et le liquide à l'intérieur paraissait noir.

— Ça va te faire du bien, mon garçon. Juste un petit coup, ça va t'aider pour aller là-bas. Un petit coup de pouce pour découvrir le boulot dont je te parlais tout à l'heure.

— Il faut que je parte, dit soudain Jack, désespérément pressé de retourner à l'Alhambra. Le vieil homme eut l'air surpris et remis la bouteille à sa place. Jack était déjà debout.

— Je suis inquiet, dit-il.

— A cause de ta maman ?

Jack hocha la tête et se dirigea vers la porte ouverte.

— Alors il faut aller voir si elle va bien. Tu peux revenir quand tu veux, Jack.

— D'accord, fit le garçon, et il hésita avant de se précipiter dehors. Mais vous savez, ajouta-t-il, je crois que je me souviens où nous nous sommes rencontrés.

— Non, non, ma mémoire me joue des tours, fit Speedy en remuant la tête et en agitant ses mains devant lui. C'est toi qui avais raison. On ne s'était jamais rencontrés avant la semaine dernière. Retourne voir ta maman, et arrête de te faire du mouron.

Jack courut vers la porte et traversa comme un bolide la grande étendue ensoleillée qui le séparait du grand portail en arc qui donnait sur la rue. Tout en haut du portail, les immenses lettres se détachaient à l'envers du ciel — CRAP S NOITCARTTA AIDACRA : la nuit, le nom du parc serait illuminé par des ampoules électriques de toutes les couleurs. Les semelles de Jack soulevaient la poussière. Il luttait contre ses propres muscles, les obligeant à aller plus vite, et quand il passa sous le grand arc de l'entrée, il avait l'impression de voler.

1976. Jack se baladait sur Rodeo Drive un après-midi de juin. Ou de juillet ?... C'était en tout cas avant la saison sèche, cette période de l'année où les gens commencent à s'inquiéter des incendies de forêt dans les collines. Il ne se souvenait plus maintenant où il se rendait ce jour-là. Chez un petit copain, sans doute. De toute façon, il ne se pressait pas.

Il commençait à peine à se remettre de la mort de son père, survenue au cours d'un accident de chasse — pendant les mois qui suivirent la disparition de Phil Sawyer, et aux moments où il s'y attendait le moins, le spectre de son père, le sentiment douloureux de la perte fondaient sur le petit garçon. A sept ans, Jack savait déjà qu'une partie de son enfance lui avait été volée — ses six ans lui paraissaient maintenant incroyablement naïfs et insouciants — mais il avait appris à faire confiance à sa mère et à s'en remettre à elle. Les coins sombres, les penderies aux portes entrouvertes, les rues obscures et les chambres vides avaient cessé d'être des pièges où se dissimulaient le danger.

Mais les événements de cette après-midi paresseuse avaient anéanti cette paix provisoire. Pendant les six mois qui suivirent, Jack, qui faisait des cauchemars toutes les nuits, dormit avec la lumière allumée.

Une voiture s'était arrêtée de l'autre côté de la rue, pas très loin de la maison blanche à trois étages de style colonial des Sawyer. Une voiture verte, c'est tout ce que Jack avait remarqué, outre le fait que ce n'était pas une Mercedes — celles-ci étant les seules automobiles qu'il reconnaissait. L'homme au volant avait baissé la vitre et souri à Jack. Ce dernier avait immédiatement pensé qu'il s'agissait de quelqu'un qu'il connaissait — un ami de Phil Sawyer qui voulait dire bonjour à son fils. C'était bien ce qu'impliquait le sourire spontané, sympathique et familier du conducteur. Puis un autre type, assis à côté de lui s'était penché en avant et avait dévisagé Jack à travers ses lunettes d'aveugle — des lunettes rondes si foncées qu'elles étaient presque noires. Il portait un costume blanc immaculé. Le conducteur avait demandé à Jack en continuant à sourire :

— Dis-moi, mon petit, tu sais où se trouve l'Hôtel Beverly Hill ?

Finalement c'était un inconnu. Jack en avait éprouvé un petit pincement de déception.

Il avait montré la rue qui montait. L'hôtel se trouvait juste là, assez près de chez lui pour que son père se rendît à pied à la cafétéria de La Loggia pour ses petits déjeuners d'affaires.

— Tout droit ? avait demandé l'homme, toujours avec le sourire.

Jack avait acquiescé

— Tu es un petit bonhomme drôlement futé, lui avait-il dit et son voisin avait ri. Est-ce que tu sais si c'est loin d'ici ? Jack avait fait signe que non. A quelques rues d'ici, peut-être ?

— Oui, avait répondu l'enfant, commençant à se sentir mal à l'aise.

Le type gardait le sourire, mais un sourire qui paraissait maintenant artificiel et sans chaleur. Quant au rire de l'autre, il était poussif et asthmatique, on aurait dit qu'il suçait quelque chose de mouillé.

— Environ cinq rues ? Ou peut-être six ? Qu'est-ce que tu en penses ?

— Cinq ou six, je crois, avait dit Jack en reculant.

— Eh bien, merci, mon petit gars, lui avait dit l'homme, et il avait ajouté :

— Est-ce que tu aimes les bonbons, par hasard ?

Il avait passé son poing fermé par la fenêtre et ouvert la main qui contenait un Carambar :

— Prends-le, c'est pour toi.

Jack s'était un peu rapproché, entendant dans sa tête les mille recommandations de sa mère concernant les étrangers et les bonbons. Mais l'homme était encore dans sa voiture et s'il essayait quoi que ce soit, Jack aurait tout le temps de filer avant qu'il ait le temps d'ouvrir sa portière. Et refuser le Carambar lui semblait terriblement mal élevé. Il avait fait un pas en avant et remarqué que les yeux bleus de l'homme étaient aussi durs et éblouissants que son sourire. L'instinct de Jack lui dictait pourtant de ne pas le prendre et de s'éloigner. Mais il avait approché sa main du Carambar et les doigts de l'homme s'étaient aussitôt refermés sur elle.

La main du conducteur serrait celle de Jack et le passager aux lunettes d'aveugle riait. Surpris, Jack avait regardé les yeux de l'homme qui l'emprisonnait et les avait vus commencer à changer de couleur — il avait *cru* les voir changer de couleur.

En fait, ils étaient jaunes.

Le passager avait alors ouvert sa portière et fait le tour de la voiture en courant. Il portait une petite croix dorée sur le revers de son veston de soie. Jack tirait désespérément en arrière mais le conducteur, toujours souriant, ne relâchait pas son étreinte.

— Non ! hurlait Jack. *Au secours !*

L'homme aux lunettes sombres avait ouvert la portière arrière du côté de Jack.

— Au secours ! avait crié Jack à nouveau.

L'homme l'avait pris dans ses bras et essayait de le faire se baisser pour qu'il puisse entrer dans la voiture. Jack résistait de toutes ses forces mais l'autre lui serrait toujours la main sans effort. Jack se débattait et essayait de le repousser. Il comprenait avec horreur que ce qu'il sentait sous ses doigts n'était pas de la peau. Il avait tourné la tête et vu que de la manche noire sortait une chose dure qui ressemblait à une griffe ou à une serre articulée. Il avait poussé un hurlement.

Puis il avait entendu une grosse voix dans la rue :

— Eh vous, laissez ce gosse tranquille ! Je vous dis de lâcher ce gosse !

Jack avait poussé un soupir de soulagement et s'était tortillé dans les bras de l'homme pour se dégager. Du coin de la rue, arrivait vers eux en courant un grand Noir maigre. L'homme qui tenait Jack l'avait laissé choir sur le trottoir et refait le tour de la voiture à toute vitesse. La porte d'entrée devant laquelle se trouvait Jack s'était ouverte bruyamment — un témoin de plus.

— Magne-toi, magne-toi, disait le conducteur en appuyant déjà sur l'accélérateur. Costume Blanc avait bondi sur le siège avant et la voiture avait démarré sur les chapeaux de roues en coupant Rodeo Drive en diagonale, évitant de justesse un long cabriolet blanc conduit par un monsieur bronzé en tenue de tennis qui avait donné un furieux coup de klaxon.

Jack s'était relevé. Il avait la tête qui tournait. Un type chauve en saharienne beige était apparu à ses côtés et lui avait demandé :

— Tu connais ces types-là ?

Jack avait fait signe que non.

— Comment te sens-tu ? On devrait appeler la police.

— Je voudrais bien m'asseoir, avait dit Jack à l'homme qui recula d'un pas.

— Tu ne veux vraiment pas que j'appelle la police ? avait insisté l'autre, mais Jack avait remué la tête en signe de dénégation.

— Je n'arrive pas à croire à un truc pareil ! Tu habites par ici, non ? J'ai l'impression de t'avoir déjà vu.

— J'habite un peu plus bas. Je suis Jack Sawyer.

— Ah, la maison blanche ! avait fait l'homme en hochant la tête. Tu es le fils de Lily Cavannaugh. Je vais te raccompagner chez toi, si tu veux.

— Où est l'autre monsieur ? lui avait alors demandé Jack. Le monsieur noir. Celui qui a crié.

Il s'était écarté de l'homme en costume de safari pour regarder autour de lui. Mais il n'y avait personne dans la rue.

Le fameux monsieur noir qui avait couru vers lui ce jour-là était Lester Speedy Parker. C'est Speedy qui lui avait sauvé la vie ce jour-là, comprit soudain Jack, et il reprit sa course de plus belle vers l'hôtel.

3

— Tu as pris ton petit déjeuner ? lui demanda sa mère en laissant échapper un nuage de fumée de sa bouche.

Elle portait une écharpe en turban autour de la tête et avec ses cheveux cachés, son visage paraissait encore plus décharné et vulnérable. Quand elle vit son fils lancer un regard désapprobateur sur la cigarette qui achevait de se consumer entre ses doigts, elle l'écrasa dans le cendrier qui était sur la coiffeuse.

— Oh, pas vraiment, répondit-il, sur le seuil de la porte de sa chambre.

— Réponds-moi oui ou non, fit-elle en retournant à son miroir. Cette ambiguïté me tue.

Dans la glace, le poignet et la main qui appliquait le maquillage étaient d'une maigreur inouïe.

— Non, dit-il.

— Bon. Alors tu attends une minute que ta mère se fasse une beauté, elle descendra avec toi et elle t'offrira tout ce que tu voudras.

— D'accord, fit Jack. C'est trop déprimant de manger tout seul.

— Je te jure qu'il n'y a pourtant aucune raison d'être déprimé.

Elle se pencha en avant et étudia son visage dans la glace.

— Sois gentil et va m'attendre dans le salon, Jacky. Je préfère être seule quand je me maquille. Secret tribal !

Jack tourna les talons sans rien dire et se retira dans le salon.

La sonnerie du téléphone le fit sursauter.

— Tu veux que te réponde ? demanda-t-il.

— S'il te plaît, répondit la voix calme de sa mère.

Jack souleva le récepteur :

— Allô !

— Ah, c'est toi, j'ai enfin réussi à vous joindre, dit l'oncle Morgan Sloat. Mais à quoi pense ta mère ? Bon Dieu, on va être dans un sacré pétrin si personne ne commence à prendre les choses en main. Est-ce qu'elle est là ? Dis-lui que je veux lui parler — Je me fiche de ce qu'elle raconte, il faut que je lui parle. Crois-moi, mon garçon.

Jack laissa le récepteur se balancer dans ses mains. Il avait envie de raccrocher, de monter dans la voiture avec sa mère, et de filer dans un autre hôtel, dans un autre Etat. Mais il ne raccrocha pas. Il appela :

— Maman, c'est l'oncle Morgan. Il dit qu'il a besoin de te parler.

Elle ne répondit rien pendant un moment — il aurait voulu voir son visage — puis elle finit par dire :

— Je vais le prendre ici, Jacky.

Jack savait ce qu'il lui restait à faire. Sa mère ferma doucement la porte de sa chambre ; il l'entendit retourner à sa coiffeuse et décrocher le combiné.

— Ça va Jacky, dit-elle.

— Très bien, fit-il.

Puis il recolla l'écouteur à son oreille et couvrit le microphone de sa main pour qu'on n'entende pas sa respiration.

— Bravo, Lily, disait l'oncle Morgan. Formidable ! Dommage que tu ne fasses plus de cinéma, ça t'aurait fait de la pub, genre « Une actrice disparaît. Pourquoi ? » Tu ne crois pas qu'il serait temps de te comporter à nouveau comme une personne raisonnable ?

— Comment as-tu fait pour me retrouver ? demanda-t-elle.

— Parce que tu crois que c'est difficile ? Allez, laisse tomber, Lily, je veux que tu ramènes ton cul à New York. Tu ne peux plus continuer à te sauver comme ça.

— Parce que tu crois que je me sauve, Morgan ?

— Ecoute Lily, tu n'as pas tellement de temps devant toi, quant à moi, j'ai autre chose à faire que de te courir après dans toute la Nouvelle-Angleterre. Dis donc, attends un peu. Ton gosse n'a pas raccroché.

— Bien sûr que si !

Le cœur de Jack avait cessé de battre depuis quelques secondes.

— Repose le récepteur, Jack, lui ordonna l'oncle Morgan.

— Ne sois pas ridicule, Sloat, fit sa mère.

— Moi je vais te dire ce qui est ridicule, ma petite dame. C'est de te terrer dans une station balnéaire minable quand tu devais être à l'hôpital. C'est *ça* qui est ridicule. Bon Dieu, tu ne sais donc pas que nous avons des milliers d'affaires à régler ? Et puis je me fais du souci pour l'éducation de ton fils. Et heureusement, car j'ai l'impression que ça ne te préoccupe pas tellement.

— Je n'ai pas envie de te parler, dit Lily.

— T'en n'as peut-être pas envie, mais c'est nécessaire. Je vais venir là-bas et je te ferai hospitaliser, de force s'il le faut. Nous avons des choses à régler, Lily. Tu possèdes la moitié des parts de la société que j'essaye de faire marcher — et c'est Jack qui récupérera tes parts quand tu ne seras plus là. Il faut assurer l'avenir de ton fils. Et si tu crois que c'est en restant là-bas, dans ce putain de New Hampshire, que tu vas le faire, c'est que tu es encore plus malade que tu ne le penses !

— Que veux-tu au juste, Sloat ? demanda Lily d'une voix fatiguée.

— Tu le sais très bien. Je veux que chacun ait la part qui lui revient. Je veux ce qui est juste. Je m'occuperai de Jack, Lily. Je veillerai à ce qu'il aille dans un bon collège. Quand je pense que tu l'as retiré de l'école !

— Sloat au grand cœur, dit sa mère.

— Tu crois que c'est une réponse ? Lily, tu as besoin d'aide, et je suis le seul à t'en proposer.

— Et combien tu prends pour ça ?

— Tu le sais très bien. Je prends ce qui me revient. Je ne prends que ce qui est à moi : tes intérêts dans l'affaire Sawyer & Sloat — je me suis crevé le cul pour cette société, elle devrait m'appartenir entièrement. On pourrait régler tout ça en une matinée, Lily, et ensuite on n'aura plus qu'à s'occuper de ta santé.

— Comme tu t'es occupé de la santé de Tommy Woodbine, dit-elle. Parfois, je me dis que Phil et toi avez trop bien réussi, Morgan. « Sawyer & Sloat » était plus facile à diriger avant que vous ne vous lanciez dans l'immobilier et dans la production. Souviens-toi quand vous n'aviez pour clients que deux ou trois comiques ringards, une demi-douzaine d'acteurs pleins d'espoir, et quelques scénaristes. La vie était plus belle quand on n'avait pas autant de fric.

— Qu'est-ce que tu racontes ? Plus facile à diriger ! hurla l'oncle Morgan. Tu n'es même pas capable de te diriger toi-même ! Puis, faisant un effort évident pour se calmer, il ajouta : Et j'oublierai ce que tu as dit pour Tom Woodbine. C'est indigne — même de toi !

— Je vais raccrocher maintenant, Sloat. Ne viens pas ici. Et ne t'occupe pas de Jack.

— Tu dois te faire hospitaliser, Lily. Et tous ces déménagements vont te...

Sa mère raccrocha au milieu de la phrase ; Jack reposa doucement le récepteur puis il s'approcha de la fenêtre, le plus loin possible du téléphone du salon.

Le silence régnait dans la chambre de sa mère.

— Maman ? appela-t-il.

— Oui, Jacky.

Il perçut un léger tremblement dans sa voix.

— Ça va bien, Maman ? Tu te sens bien ?

— Moi ? Bien sûr.

Ses pas se rapprochèrent de la porte qui s'entrouvrit en grinçant. Leurs yeux se rencontrèrent — le bleu dans le bleu. Lily ouvrit complètement la porte. Leurs regards s'affrontèrent à nouveau, douloureusement.

— Bien sûr que ça va. Pourquoi ça n'irait pas ?

Leurs yeux lâchèrent prise. Ils s'étaient communiqué quelque chose, mais quoi ? Jack se demanda si elle savait qu'il avait écouté leur conversation ; puis il se dit que ce qu'ils venaient de se communiquer était tout simplement et pour la première fois le fait de sa maladie.

— C'est que... dit-il, embarrassé maintenant. La maladie de sa mère, sujet inabordable entre tous, prenait pour eux une importance insupportable. Je ne sais pas exactement, mais l'oncle Morgan m'a semblé...

Il haussa les épaules.

Lily frissonna et il devint alors évident pour Jack que sa mère avait peur — au moins aussi peur que lui.

Elle planta une cigarette dans sa bouche et ouvrit son briquet d'un coup sec. Ses yeux profonds lui lancèrent à nouveau un regard perçant.

— Ne fais pas attention à cet emmerdeur, Jack. Je suis énervée parce que j'ai l'impression que je n'arriverai jamais à me débarrasser de lui. Ton oncle Morgan adore me harceler.

Elle exhala la fumée grise.

— Il m'a coupé l'appétit, je n'ai plus envie d'aller manger. Va donc prendre un vrai petit déjeuner maintenant.

— Viens avec moi.

— J'ai envie d'être un peu seule, Jack. Essaye de comprendre ça. *Essaye de comprendre ça.*

Crois-moi.

Ah ! ce que disent les adultes et qui signifie tout à fait autre chose.

— Je te promets que je serai plus sociable quand tu reviendras, dit-elle.

Ce qu'elle voulait vraiment dire c'était : *J'ai envie de pleurer, je n'en peux plus, va-t-en, va-t-en !*

— Tu veux que je te rapporte quelque chose ?

Elle remua la tête, lui sourit bravement et il dut sortir de la pièce. Il n'avait plus du tout faim lui non plus. Il traversa le corridor en direction des ascenseurs. Il ne lui restait de nouveau plus qu'un seul endroit où aller, mais cette fois il le sut avant même de passer devant le portier blafard qui régnait sévèrement sur le hall de l'hôtel.

4

Speedy Parker n'était pas dans la petite cabane rouge qui lui servait de bureau ; il n'était pas sur la galerie de la longue jetée où les vieux étaient revenus jouer au ball-trap comme à une bataille perdue d'avance ; il n'était pas sur le terrain poussiéreux sous le Grand-Huit.

Jack Sawyer tournait sans but sous la lumière crue du soleil, regardant partout dans les allées, sur les places désertes du parc d'attractions. La peur se nouait en lui douloureusement. Et s'il était arrivé quelque chose à Speedy ! C'était impossible, mais si l'oncle Morgan avait découvert que Speedy — (découvert quoi, au fait ?) et qu'il avait... Jack eut une vision de la fourgonnette de l'ENFANT SAUVAGE, garée à un coin de rue, qui démarrait brusquement en faisant grincer ses vitesses.

Il se mit en marche, sans trop savoir où aller. Dans son délire, il voyait l'oncle Morgan courir devant des miroirs déformants qui le transformaient en être difforme et monstrueux. Des cornes poussaient sur sa tête chauve, une bosse se développait entre ses épaules grasses, ses larges mains se transformaient en pelles. Jack tourna sur sa droite et se retrouva en train de marcher vers une construction bizarre, presque ronde, faite de lattes de bois blanc.

De l'intérieur lui parvint soudain un *tap tap tap* bien rythmé. Le garçon courut vers le bruit — une clé sur un tuyau, un marteau frappant une enclume, quelqu'un travaillait. Il découvrit une poignée au milieu des lattes et poussa une porte fragile.

Jack avança dans l'obscurité rayée et le son augmenta. L'obscurité changeait les formes autour de lui, transformant les dimensions. Il tendit les mains et toucha une étoffe. L'étoffe glissa de côté ; il fut ébloui par une lumière jaune vive.

— Jack la Vadrouille, fit la voix de Speedy.

Jack se tourna vers la voix et vit le vieux gardien assis par terre à côté d'un manège en partie démonté. Il tenait une clé dans la main, et devant lui était couché un cheval blanc à la crinière neigeuse, empalé du pommeau à l'abdomen sur une longue perche argentée. Speedy posa doucement la clé sur le sol :

— Alors, tu es prêt maintenant ? demanda-t-il.

CHAPITRE 4

JACK DANS LES TERRITOIRES

1

— Oui, je suis prêt maintenant, lui répondit Jack d'une voix très calme. Puis il éclata en sanglots.

— Allons, allons, Jack la Vadrouille, lui dit Speedy en abandonnant son outil pour venir près de lui. Voyons, calme-toi, fiston...

Mais Jack ne pouvait se calmer. Il était à bout, tout ça était trop pour lui, c'était ou pleurer ou être submergé par une vague obscure — une vague qu'aucun rayon de soleil ne saurait éclairer. Ça lui faisait mal de verser des larmes, mais il avait l'impression, s'il les réprimait, que la terreur le tuerait.

— Pleure, Jack, lui dit Speedy en mettant son bras autour de lui.

Jack posa son visage brûlant contre la chemise fine de son vieil ami ; il sentit son odeur, qui faisait penser à Old Spice — un mélange de cannelle et de livre resté trop longtemps sur un rayon de bibliothèque. Une bonne odeur réconfortante. Il mit ses bras autour de Speedy : ses paumes sentirent le dos décharné du vieil homme.

— Pleure, si ça te fait du bien, lui dit Speedy en le berçant contre lui. Ça marche quelquefois. Je sais. Speedy sait le chemin que tu as fait et celui qu'il te reste à parcourir. Il sait que tu n'en peux plus. Alors pleure, si ça te soulage.

Jack saisissait à peine les mots — leur musique suffisait à l'apaiser et à le calmer.

— Ma mère est vraiment très malade, dit-il enfin contre la poitrine de Speedy. Je crois qu'elle est venue ici pour échapper à Morgan Sloat, l'ancien associé de mon père.

Il renifla un bon coup, recula, et frotta ses yeux gonflés du dos de la main. Il était surpris de ne ressentir aucune gêne. Généralement, ses propres larmes le dégoûtaient et il se sentait toujours honteux de pleurer... presque autant que de faire pipi dans son pantalon. Etait-ce parce que sa mère avait toujours été si dure ? Probablement ; Lily Cavannaugh pleurait rarement.

— Mais ce n'est pas seulement pour ça qu'elle est venue ici, tout de même ?

— Non, fit Jack à voix basse. Je crois qu'elle est venue ici… pour mourir.

Sa voix fit un drôle de bruit sur le dernier mot, un peu comme un gond mal huilé.

— Peut-être bien, dit Speedy en regardant longuement Jack. Et peut-être bien que tu es là pour la sauver. Elle… et une autre femme qui est comme elle.

— Qui ça ? demanda Jack, les lèvres engourdies. Mais il savait de quoi il s'agissait. Il ignorait son nom, mais il savait qui c'était.

— La reine, répondit Speedy. Elle s'appelle Laura DeLoessian, c'est la reine des Territoires.

2

— Donne-moi un coup de main, gronda Speedy. Attrape Dame d'Argent sous la queue. C'est un peu cavalier mais je crois qu'elle ne sera pas fâchée si tu m'aides à la remettre à sa place.

— C'est ça son nom ? Dame d'Argent ?

— Oui, mon garçon, dit Speedy avec un grand sourire qui découvrait toutes ses dents. Tous les chevaux de manège ont un nom, tu ne le savais pas ? Attrape-la, Jacky-boy.

Jack saisit la queue du coursier blanc et Speedy, poussant un grognement sourd, attrapa dans ses grandes mains brunes les pattes de devant de la Dame. Ensemble, ils portèrent le cheval de bois sur le plateau incliné du carrousel, la hampe, dont l'extrémité était noire d'huile de machine, pointée vers le bas.

— Un peu vers la gauche… haleta Speedy. Oui… maintenant enfonce-la ! Enfonce-la bien.

Après avoir enfoncé la perche, ils reculèrent, Jack, le souffle court et Speedy, la respiration sifflante mais souriant.

— On est vraiment les meilleurs ! fit Speedy.

— Si vous le dites, dit Jack en souriant, lui aussi.

— Et comment que je le dis !

Speedy sortit de sa poche revolver la bouteille vert foncé. Il dévissa le bouchon, but une gorgée, et pendant un instant Jack éprouva une étrange certitude : il voyait à travers le vieux Noir. Celui-ci était devenu transparent, aussi transparent que les fantômes du *Topper show* qu'on voyait dans l'émission télévisée sur une des stations indépendantes de Los Angeles. Speedy avait disparu. *Disparu*, se demanda Jack ou *parti ailleurs* ? Mais c'était encore une idée farfelue qui n'avait aucun sens.

Puis Speedy réapparut, plus solide que jamais. Ses yeux avaient dû lui jouer un petit tour, il avait sûrement eu une…

Non. Non, ce n'était pas une hallucination. Il avait vraiment été ailleurs pendant une seconde.

... Hallucination.

Speedy lui lança un regard pénétrant. Il ébaucha le geste de tendre la bouteille à Jack, puis il remua un peu la tête et après l'avoir rebouchée, la remit dans sa poche. Il se retourna pour contempler Dame d'Argent qui avait repris sa place sur le manège. Il ne lui restait plus maintenant qu'à boulonner la perche.

— On est vraiment des chefs, Jacky-boy, dit-il en souriant.

— Speedy...

— Oui, ils ont tous un nom, poursuivit Speedy en faisant lentement le tour du plateau incliné du carrousel, le bruit de ses pas résonnant dans le grand bâtiment. Quelques hirondelles nichées dans l'enchevêtrement sombre des poutres pépiaient doucement. Jack suivit Speedy.

— Dame d'Argent... Minuit... Le nom de ce rouan, c'est Scout... cette jument c'est Ella-fend-l'azur.

Le vieux Noir rejeta la tête en arrière et se mit à chanter, effrayant les hirondelles qui s'envolèrent.

« *Ella-fend-l'azur prenait du bon temps... Je vais te raconter ce que le vieux Bill Martin a fait... Oh ! regarde-les voler !*

Il éclata de rire... Mais quand il se retourna vers Jack, il avait repris son sérieux.

— Es-tu prêt à sauver la vie de ta mère, Jack ? Sa vie et celle de l'autre femme dont je t'ai parlé ?

— Je...

Je ne sais pas comment faire, eut-il envie de répondre, mais une voix intérieure — une voix qui venait du même recoin de sa mémoire que le souvenir des deux hommes qui avaient essayé de le kidnapper — s'éleva soudain :

Si, tu sais ! Tu auras peut-être besoin de Speedy au début, mais tu le sais, Jack. Tu le sais très bien.

Il connaissait si bien cette voix. C'était celle de son père.

— Je suis prêt à le faire si vous me dites comment m'y prendre, dit-il d'une voix tremblante.

Speedy traversa la pièce jusqu'au mur du fond — grande surface courbe constituée d'étroites lattes de bois, décorée d'une fresque primitive mais puissante représentant des chevaux au galop.

Ce mur évoquait pour Jack la paroi mobile du bureau à cylindre de son père (le meuble se trouvait dans le bureau de Morgan Sloat la dernière fois qu'il s'y était rendu avec sa mère, se rappela-t-il soudain, et cette pensée souleva en lui une vague de colère).

Speedy sortit un gigantesque anneau de clés, chercha parmi elles, trouva celle qu'il désirait et l'introduisit dans un cadenas. Il retira le cadenas de la porte, le referma d'un coup sec et le glissa dans sa poche de poitrine. Puis il fit glisser le mur sur ses rails. Un merveilleux soleil pénétra dans la grande pièce et fit cligner les yeux de Jack. Un friselis d'eau traversa doucement le plafond en dansant. Ils étaient devant la mer, devant la vue superbe qui s'offrait aux petits cavaliers du manège chaque fois que Dame d'Argent,

Scout et Minuit passaient à l'est du carrousel. Une légère brise marine agita la chevelure de Jack.

— Il vaut mieux être au soleil pour parler de ça, dit Speedy. Viens ici, Jacky-boy et je te dirai ce que je peux... et ce n'est pas tout ce que je sais. Que Dieu te préserve de savoir tout ce que je sais.

3

Speedy parlait d'une voix douce — apaisante, caressante comme du cuir souple. Jack l'écoutait avec attention, tantôt bouche bée, tantôt sourcilleux.

— Tu sais, Jack, ces choses que tu appelles Chimères ?

Jack acquiesça.

— Eh bien, c'est pas des rêves, Jack la Vadrouille. Ni des rêves, ni des cauchemars. Ça existe. Pour de bon. C'est très différent d'ici, mais ça existe.

— Mais Speedy, Maman dit que...

— T'occupe pas de ça pour l'instant. Elle ne sait rien des Territoires... pourtant, en un certain sens, elle sait quand même. Parce que ton père, *lui*, il savait. Et l'autre type...

— Morgan Sloat ?

— Oui, c'est ça. Lui aussi est au courant.

Puis il ajouta à mots couverts : Et je sais qu'il est là-bas aussi ! Hou la la !

— La photo dans votre bureau... c'est pas l'Afrique ?

— Non.

— C'est pas une blague ?

— C'est pas une blague.

— Et mon père, il y est allé là-bas ? demanda-t-il, mais au plus profond de lui-même il connaissait déjà la réponse — une réponse qui expliquait trop de choses pour n'être pas la bonne. Mais que ce fût vrai ou non, Jack n'était pas certain de vouloir y croire. Un pays magique ? Une reine malade ? Ça le mettait mal à l'aise. Ça le faisait douter de sa santé mentale. Sa mère ne lui avait-elle pas répété maintes fois, quand il était petit, de ne pas confondre ses chimères et la réalité. Elle s'était toujours montrée sévère à ce propos, et avait un peu fait peur à Jack. Etait-il possible qu'ayant vécu si longtemps avec le père de Jack elle ne sût rien de tout cela ? Jack ne pouvait le croire. *Elle ne sait peut-être pas grand-chose,* se dit-il. ... *Juste assez pour avoir peur.*

Ils devenaient fous. C'est ça qu'elle disait. Les gens qui ne voyaient pas la différence entre la réalité et les apparences devenaient fous.

Pourtant son père connaissait une autre vérité. Non ?

Ils utilisent la magie comme nous la physique, pas vrai ?

— Ton père y allait souvent, oui. Et l'autre type, Groat...

— Sloat.

— Ah oui, lui ! Il y allait aussi. Sauf que ton père, Jack, s'y rendait pour voir et pour apprendre. Alors que l'autre y allait pour le dépouiller de sa fortune.

— Est-ce que c'est Morgan Sloat qui a tué l'oncle Tommy ? demanda Jack.

— Je n'en sais rien. Ecoute-moi bien, Jacky-boy. Car nous n'avons pas beaucoup de temps. Si tu penses vraiment que ce Sloat va venir jusqu'ici...

— Il avait l'air drôlement furax, dit Jack. (L'idée seule de l'oncle Morgan arrivant à Arcadia le rendait nerveux.)

— Alors, on a encore moins de temps. Parce que ça l'arrangerait peut-être que ta mère meure. Quant à son Double, il attend avec impatience la mort de la reine. Laura.

— Son Double ?

— Oui. Il y a des gens ici, qui ont leur double dans les Territoires, expliqua Speedy. Pas beaucoup, car ils sont moins nombreux là-bas — environ un sur cent mille. Mais les Doubles peuvent aller et venir plus facilement que les autres.

— Cette fameuse reine... c'est le Double de ma mère ?

— Oui, ça en a tout l'air.

— Mais ma mère n'a jamais...

— Non, jamais. Je ne sais pas pourquoi.

— Et mon père, il avait un... Double ?

— Oh que oui ! Un type formidable.

Jack se mouilla les lèvres — quelle conversation de dingues ! Des Doubles et des Territoires !

— Et quand mon père est mort ici, est-ce que son Double est mort aussi, là-bas ?

— Oui. Pas exactement au même moment, mais presque.

— Speedy ?...

— Quoi ?

— Et moi, est-ce que j'ai un Double dans les Territoires ?

Speedy le regarda avec une telle gravité que Jack en eut froid dans le dos.

— Pas toi, mon garçon. Il n'y en a pas deux comme toi. Tu es unique. Et ce type, Smoat...

— Sloat, corrigea Jack en souriant un peu.

— Oui, peu importe, il le sait. C'est pour ça qu'il risque de débarquer bientôt. Et c'est l'une des raisons pour lesquelles tu dois te mettre en route sans tarder.

— *Pourquoi* ? s'écria Jack. Qu'est-ce que je peux faire si c'est le cancer ? Si c'est le cancer et qu'elle reste ici au lieu d'aller se faire soigner dans un hôpital c'est qu'il n'y a plus d'espoir. Vous comprenez, si elle est ici, ça veut dire que...

Les larmes menacèrent à nouveau mais il les ravala frénétiquement.

— ... Ça veut dire que c'est trop tard.

Trop tard, oui. Encore une chose qu'il savait sans vouloir se l'avouer : c'est pour ça qu'elle était si maigre, c'est pour ça qu'elle avait des cernes bruns sous les yeux. *Trop tard.* Oh mon Dieu ! Eh, Dieu, je vous en supplie, c'est ma mère !

— Alors, fit-il d'une voix étouffée, qu'est-ce que le pays des Chimères peut faire contre ça ?

— Assez de blablabla pour l'instant, dit Speedy. Ecoute-moi, Jacky-boy : je ne t'aurais jamais dit d'aller là-bas si ça n'était pas pour son bien.

— Mais...

— Calme-toi, Jack la Vadrouille. Je ne peux pas t'en dire plus sans te montrer ce que je veux dire. Ça ne servirait à rien. Allez, viens.

Il prit Jack par l'épaule et le dirigea vers l'une des allées désertes du parc d'attractions. Ils dépassèrent, sur leur gauche, le manège des autos tamponneuses, fermé maintenant ; et sur leur droite une série de baraques foraines : Emportez-Le-Avec-Vous — Les Rois de la Pizza et des Beignets de l'Embarcadère — le Stand de Tir — fermées, elles aussi (des animaux sauvages aux couleurs passées bondissaient sur les contrevents : des lions, des tigres et des ours, ça alors !).

Ils débouchèrent dans l'allée principale — l'avenue de l'Embarcadère, pâle imitation de celle d'Atlantic City. En effet le parc d'Arcadia possédait une espèce de jetée qui n'avait rien d'un véritable embarcadère. Les arcades se trouvaient maintenant à cent mètres sur leur gauche et la grande entrée en arc du parc à deux cents mètres sur leur droite. Jack entendait le grondement régulier des vagues qui venaient se briser sur la plage et le cri solitaire des mouettes.

Il regarda Speedy avec l'intention de lui demander des explications, pour être sûr que tout ce que le vieil homme lui avait dit était bien sérieux et pas une cruelle plaisanterie. Speedy lui montra la bouteille verte.

— Ça... commença Jack.

— C'est ça qui va te faire partir, lui dit Speedy. La plupart des gens qui vont là-bas n'en ont pas besoin, mais toi, ça fait une paye que tu n'y es pas allé, pas vrai, Jack ?

— Si.

Quand, pour la dernière fois, avait-il fermé les yeux dans ce monde pour les ouvrir dans le pays des Chimères, cet endroit magique aux senteurs riches et vivifiantes et au ciel transparent et profond ? L'année dernière ? Non. Ça faisait bien plus longtemps que ça... en Californie... après la mort de son père. Il devait avoir...

Jack ouvrit grand les yeux. Neuf ans ? Si longtemps que ça ? Ça faisait déjà _trois ans_ ?

C'était terrible de penser que ces rêves, parfois agréables, parfois très troublants, l'avaient abandonné discrètement — comme si son imagination s'était en grande partie tarie sans qu'il s'en aperçût, sans qu'il en souffrît.

Il prit vivement la bouteille que lui tendait Speedy et faillit la faire tomber. Il se sentait paniqué. Certaines de ses Chimères l'avaient perturbé, c'était vrai, et sa mère l'avait effrayé en lui recommandant de ne pas prendre ses rêves pour des réalités. _(En d'autres mots : ne deviens pas fou, Jacky, hein, mon petit bonhomme ?)._ Oui, mais maintenant, il s'apercevait qu'il tenait terriblement à ses Chimères et qu'il ne voulait pas les perdre.

Il regarda Speedy dans les yeux et se dit : *Il le sait aussi. Il sait tout ce que je pense. Qui êtes-vous, Speedy ?*

— Quand ça fait trop longtemps qu'on n'est pas allé là-bas, on a tendance à oublier comment faut faire pour partir, dit Speedy. C'est pour ça que je prends un peu d'élixir magique. C'est un truc très *spécial.* (Speedy prononça ces derniers mots sur un ton très respectueux.)

— Ça vient de là-bas ? Des Territoires ?

— Non. Ça vient de Californie. Ici aussi il y a de la magie, tu sais Jack. Pas des masses, mais un peu.

Jack lui lança un regard circonspect.

— Vas-y. Bois un petit coup et tu verras si ça ne te fait pas partir illico, dit Speedy en souriant, puis il ajouta :

— Si tu en bois suffisamment, tu peux aller presque partout où tu veux. T'as devant toi quelqu'un qui sait de quoi il cause.

— Ça alors ! Mais Speedy...

Il commençait à avoir peur. Sa bouche était sèche et le soleil tapait trop fort, il sentait son sang battre de plus en plus vite sur ses tempes. Il avait un goût de cuivre sous la langue et se dit : *C'est le goût qu'aura son « élixir magique », c'est dégueulasse.*

— Si t'as peur et que tu veux revenir, t'auras qu'à en boire une autre gorgée, lui dit Speedy.

— Je l'aurai avec moi ? La bouteille ? Vous me promettez ?

L'idée de rester coincé là-bas, dans ce lieu mystique, alors que sa mère était malade avec Sloat auprès d'elle l'épouvantait.

— Je te le promets.

— Alors d'accord.

Jack porta la bouteille à ses lèvres... et l'éloigna aussitôt. L'odeur qui s'en dégageait était rance, insistante, répugnante.

— Je n'ai plus envie, Speedy, murmura-t-il.

Lester Parker le regarda, ses lèvres souriaient mais pas ses yeux — ils le dévisageaient sévèrement. Inflexibles. Redoutables. Jack repensa aux yeux noirs, ceux de la mouette, ceux du tourbillon. La terreur s'empara de lui.

Il tendit la bouteille à Speedy :

— Vous ne voulez pas la reprendre ? demanda-t-il d'une petite voix à peine audible. Je vous en prie.

Speedy ne répondit rien. Il ne lui rappela pas que sa mère était en train de mourir, ni que Morgan Sloat allait arriver. Il ne traita pas Jack de lâche, bien que celui-ci ne se fût jamais senti aussi lamentable de sa vie, pas même le jour où il avait renoncé à grimper sur le grand plongeoir du camp de vacances Accomac et que tous ses copains s'étaient fichus de lui. Speedy se contenta de se détourner pour contempler en sifflant un nuage qui passait.

Maintenant, ce n'était plus seulement la terreur qui le submergeait, mais la solitude aussi. Speedy s'était détourné de lui ; Speedy lui avait tourné le dos.

— Bon, ben d'accord, fit-il soudain. D'accord puisqu'il le faut.

Il leva à nouveau la bouteille, et sans prendre le temps de réfléchir, en avala une gorgée.

C'était pire que ce qu'il avait imaginé. Il avait déjà bu du vin auparavant, et y avait même, en quelque sorte, pris goût (il appréciait surtout les vins blancs secs que sa mère servait avec les soles, la dorade ou l'espadon), et cette boisson avait un goût de vin... ou plutôt c'était comme une caricature de tous les vins qu'il avait déjà bus. C'était fort, sucré, pourri — pas du jus de raisin vivant, mais du jus de raisin mort après avoir mal vécu.

Tandis que le liquide âcre-doux inondait sa bouche, il *voyait* vraiment les grappes devant ses yeux — des grappes lourdes, obèses, poussiéreuses et écœurantes qui grimpaient le long d'un mur de stuc sale dans une lumière de soleil épaisse et sirupeuse, dont le silence n'était troublé que par le bourdonnement stupide d'une kyrielle de mouches.

Il l'avala et une langue de feu descendit aussitôt dans sa gorge.

Il ferma les yeux en grimaçant pour réfréner son envie de vomir. Il ne vomit pas, pour la seule raison qu'il n'avait pas pris de petit déjeuner.

— Speedy...

Jack ouvrit les yeux et le reste de sa phrase mourut dans sa gorge. Il en oublia le besoin de vomir cet ersatz de vin répugnant. Il en oublia sa mère et l'oncle Morgan, et son père aussi, et presque tout le reste.

Speedy avait disparu. Les arcs gracieux du Grand-Huit qui se dessinaient contre le ciel avaient disparu. L'avenue de l'Embarcadère itou.

Il n'était plus au même endroit. Il était...

— Dans les Territoires, murmura Jack, le corps entier secoué d'un mélange dément de terreur et de joie. Il sentait ses cheveux lui caresser la nuque, il sentait un sourire lui remonter les coins de la bouche.

— Ça y est, Speedy, j'y suis ! Mon Dieu, je suis dans les Territoires ! Je...

Saisi d'émerveillement, il mit la main devant la bouche et, pivotant sur lui-même, contempla autour de lui l'endroit où l'avait transporté l'élixir magique de Speedy.

4

L'océan était toujours là, mais d'un bleu plus intense, plus profond — du plus bel indigo que Jack eût encore jamais vu jusqu'ici. Les cheveux ébouriffés par le vent du large, il resta pétrifié pendant un long moment, fixant l'horizon où l'indigo de l'océan rencontrait le bleu délavé du ciel.

La ligne d'horizon était légèrement mais indubitablement courbe.

Il secoua la tête en fronçant les sourcils et se tourna de l'autre côté. Un enchevêtrement de hautes salicornes sauvages recouvrait le promontoire où se trouvait un instant plus tôt le carrousel. Les arcades de la jetée avaient également disparu, à leur place, un éboulis de blocs de granit descendait jusqu'à la mer. Les vagues venaient frapper les plus bas et se précipitaient en mugissant dans les crevasses et les goulots. De l'écume épaisse comme de la crème fouettée jaillissait dans l'air transparent et était chassée par le vent.

Jack se prit brusquement la joue entre le pouce et l'index et pinça très fort. Si fort qu'il en eut les larmes aux yeux. Mais rien ne changea pour autant.

— Ça existe vraiment, murmura-t-il, comme une autre vague venait frapper le promontoire en faisant s'élever des gerbes d'écume blanche.

Jack fut surpris de voir que l'avenue de l'Embarcadère existait toujours... quelque peu transformée il est vrai. Là où prenait fin, dans ce qu'il persistait à considérer comme le « monde réel », l'avenue de l'Embarcadère, à l'entrée des arcades, un chemin charretier descendait du sommet du promontoire jusqu'à l'endroit où se tenait Jack. Il continuait vers le nord, dans la même direction que l'avenue de l'Embarcadère, laquelle, après avoir franchi le grand portail en arc du parc d'attractions, devenait l'avenue Arcadia. Au milieu du chemin poussaient des salicornes, couchées et tassées celles-ci, ce qui laissait supposer que le chemin était toujours utilisé, du moins de temps à autre.

Il se mit en marche vers le nord, tenant toujours la bouteille dans la main droite. Il lui vint soudain à l'esprit que quelque part, dans un autre monde, Speedy avait le bouchon qui la fermait.

Est-ce que j'ai disparu devant lui ? Probablement ! Ça alors !

Après avoir fait une quarantaine de pas sur le chemin, il aperçut un buisson de mûres. Au milieu des ronces, ces mûres étaient les plus grosses, les plus noires, les plus appétissantes que Jack eût jamais vues. Son estomac, probablement à cause du goût abject de « l'élixir magique », émit un gargouillis.

Des mûres ? En septembre ?

Quelle importance ! Après tout ce qui lui était arrivé aujourd'hui (et il n'était encore que dix heures du matin), hésiter à avaler des mûres sous prétexte qu'on était en septembre était comme refuser de prendre un cachet d'aspirine après avoir avalé un bouton de porte.

Jack s'approcha du buisson et cueillit une poignée de fruits qu'il se fourra dans la bouche. Elles étaient merveilleusement sucrées et savoureuses. Le sourire aux lèvres (maintenant toutes bleues), il envisagea gaiement d'avoir perdu l'esprit, et en cueillit une autre poignée... puis une troisième. Il n'avait jamais rien mangé d'aussi exquis — bien que, se dit-il plus tard, ce n'était pas dû aux mûres seules, mais à la pureté incroyable de l'air.

Il s'égratigna un peu en en cueillant une quatrième poignée — c'était comme si le buisson lui donnait l'ordre d'arrêter, trop c'est trop, ça suffit maintenant. Il suça le sang de la plus profonde égratignure, à l'intérieur de la main, à la base du pouce, et reprit sa marche entre les ornières, essayant de ne rien perdre de ce qu'il voyait.

Il s'arrêta un peu plus loin pour regarder le soleil, qui paraissait à la fois plus petit et plus ardent. Jack avait l'impression qu'il avait une teinte un peu orangée, comme sur les enluminures médiévales. Et...

Un cri, rauque et désagréable, comme celui d'un vieux clou rouillé que l'on arrache d'une planche, s'éleva soudain sur sa droite, chassant ses pensées. La tête rentrée dans les épaules, les yeux écarquillés, Jack se tourna vers le bruit.

C'était une mouette — d'une taille époustouflante, presque incroyable (mais elle était pourtant là, solide comme un roc, aussi réelle qu'une maison). Elle avait en fait la dimension d'un aigle. Sa tête ronde, blanche et lisse était penchée de côté. Elle ouvrit et referma son bec crochu et battit ses grandes ailes en faisant frissonner les salicornes autour d'elle. Apparemment sans la moindre crainte, elle s'approcha de Jack en sautillant.

Le son d'airain d'une fanfare de cors parvint soudain aux oreilles de Jack qui, sans raison particulière, se mit à penser à sa mère.

Il jeta un coup d'œil dans la direction de la musique — qui déclencha en lui une indéfinissable sensation de nécessité et d'urgence. C'était, se dit-il (quand il eut le temps d'y repenser) comme lorsqu'on a envie de quelque chose qu'on n'a pas eu depuis longtemps — une glace, des chips, ou peut-être une pizza — mais dont on ne sait pas ce que c'est tant qu'on ne l'a pas devant le nez. Cet espèce de besoin indescriptible le rendait agité et nerveux.

Il aperçut au loin des fanions et un pavillon qui flottaient à la vergue de ce qui ressemblait à une tente immense.

C'était là que se trouvait l'Alhambra, se dit-il, et la mouette poussa un autre cri dans sa direction. Il se tourna vers elle et prit peur quand il se rendit compte qu'elle était maintenant à moins de deux mètres de lui. Elle ouvrit à nouveau le bec, découvrant l'intérieur d'un rose sale qui lui rappela l'autre mouette, celle d'hier, qui avait lâché le clam sur le sable dur et l'avait fixé de son œil horrible, exactement comme celle-ci. L'oiseau lui souriait — il en était sûr. Il s'approchait en sautillant et Jack commençait à sentir son odeur sourde et fétide — une odeur de poisson mort et d'algues pourries.

La mouette émit un sifflement et battit une nouvelle fois des ailes.

— Fiche le camp, lui dit Jack. Son cœur pompait le sang à toute vitesse et sa bouche était sèche, mais il refusait de se laisser effrayer par une mouette, même énorme.

— Fiche le camp d'ici !

La mouette ouvrit le bec... et s'adressa à lui, ou parut s'adresser à lui en émettant une épouvantable série de cris rauques :

A Ere... A... Ourir... Ack...

Ta mère va mourir, Jack...

L'oiseau monstrueux fit encore un bond maladroit dans sa direction, ses serres s'agrippant aux herbes enchevêtrées, son bec s'ouvrant et se fermant, ses yeux noirs rivés sur ceux de Jack.

Sans même se rendre compte de ce qu'il faisait, Jack porta la bouteille à sa bouche et en avala une gorgée.

L'horrible goût lui fit à nouveau faire la grimace et il ferma les yeux. Lorsqu'il les rouvrit, il se retrouva planté comme un imbécile devant un panneau jaune sur lequel était dessinée la silhouette noire de deux enfants qui couraient — un petit garçon et une petite fille. SORTIE D'ÉCOLE. RALENTIR, indiquait le panneau. Une mouette, de dimension normale celle-ci, s'envola en poussant un cri, sans doute effrayée par la soudaine apparition de Jack.

Il regarda tout autour de lui, étourdi et désorienté. Son pauvre estomac plein de mûres et du répugnant « élixir magique » de Speedy lui remonta à la gorge. Les muscles de ses jambes se mirent à trembler désagréablement et il se laissa subitement tomber sur le trottoir, au pied du poteau indicateur, avec un bruit qui remonta le long de sa colonne vertébrale et lui fit s'entrechoquer les dents.

Il se pencha entre ses genoux écartés et ouvrit grand la bouche pour vomir. Mais il se contenta de hoqueter deux fois, et après un haut-le-cœur, son estomac reprit sa place et se détendit lentement.

C'est grâce aux mûres, se dit-il. *S'il n'y avait pas eu les mûres, j'aurais dégueulé à coup sûr.*

Il leva les yeux et sentit la non-réalité l'envahir une fois de plus. Il n'avait pas fait plus de six pas sur le chemin des Territoires. Il en était certain. Disons que ses pas mesuraient soixante centimètres chacun, non — disons soixante-dix centimètres, pour être plus juste. Ce qui signifiait qu'il n'avait même pas marché cinq mètres. Or...

Il regarda autour de lui et vit le grand portail avec ses grandes lettres rouges : PARC D'ATTRACTIONS ARCADIA. Bien que sa vision fût de 10/10, l'entrée était si éloignée qu'il avait du mal à déchiffrer le nom. A sa droite, il y avait l'hôtel des Jardins de l'Alhambra et ses dépendances, avec l'océan derrière.

Dans les Territoires, il avait parcouru une distance de quatre mètres cinquante environ.

Et ici, il avait fait huit cents mètres.

— Ça alors ! laissa-t-il échapper, complètement éberlué, en se frottant les yeux.

5

— Jack ! Jacky-boy ! Jack la Vadrouille !

La voix de Speedy s'éleva au-dessus du grondement d'un vieux moteur qui faisait un bruit de machine à laver. Jack leva les yeux — il avait la tête lourde et les membres engourdis de fatigue — et vit un vieux camion qui datait de Mathusalem rouler dans sa direction. Des ridelles rudimentaires avaient été rajoutées à l'arrière et brinquebalaient comme des dents déchaussées tandis que le camion montait la rue. Il était d'une affreuse couleur turquoise. Et Speedy était au volant.

Il se rangea contre le trottoir, emballa le moteur (Vroum ! Vroum ! Vroum !) et l'arrêta (Hahhhhhh !).

Il sauta par terre.

— Tu vas bien, Jacky ?

Jack lui tendit la bouteille.

— Votre truc magique, c'est vraiment dégueulasse, dit-il en souriant d'un triste.

Speedy parut vexé... puis il sourit :

— Où t'as vu que les médicaments avaient bon goût, Petit Vadrouilleur ?

— Nulle part, dit Jack.

Il sentait ses forces lui revenir — lentement — et l'oppressante sensation de désorientation se dissiper.

— Tu y crois, maintenant, Jack ?

Jack hocha la tête.

— Non, insista Speedy. Ça ne suffit pas. Dis-le à haute voix.

— Les Territoires existent vraiment, dit Jack. J'ai vu un oiseau...

Il s'arrêta et haussa les épaules.

— Quel genre d'oiseau ? demanda brusquement Speedy.

— Une mouette. La plus grosse saloperie de mouette que j'aie jamais vue... Incroyable !

Puis il réfléchit et ajouta :

— Non, pas pour vous. Incroyable pour les autres peut-être, mais pas pour vous !

— Est-ce qu'elle parlait ? Beaucoup d'oiseaux parlent là-bas. La plupart du temps pour dire des conneries... mais pas toujours, en tout cas, c'est jamais des choses agréables, c'est plutôt des bobards.

Jack l'écoutait en hochant la tête. Ecouter Speedy parler de tout ça comme s'il s'agissait de choses rationnelles et normales lui faisait du bien.

— Il me semble l'avoir entendu parler. Mais c'était comme... Il réfléchit... A l'école où j'allais avec Richard, nous avions un copain, Brendon Lewis, qui avait un gros défaut de prononciation. On avait du mal à comprendre ce qu'il disait quand il parlait. C'était pareil pour l'oiseau. Mais j'ai compris ce qu'il a dit. Il a dit que ma mère allait mourir.

Speedy mit son bras autour des épaules de Jack et ils restèrent assis, sans rien dire, sur le trottoir. Le portier de l'Alhambra toujours aussi blême et guindé, arborant son sempiternel air soupçonneux, sortit avec une pile de lettres. Speedy et Jack le regardèrent se diriger vers le croisement de l'avenue Arcadia et de la route de la plage et glisser le courrier de l'hôtel dans la grosse boîte aux lettres. En revenant sur ses pas, il leur lança un coup d'œil indifférent et tourna dans l'allée principale qui menait à l'Alhambra. Sa tête dépassait à peine le haut de la boîte aux lettres.

Ils entendirent distinctement le bruit de la lourde porte d'entrée qui s'ouvrait et se refermait et Jack fut frappé par l'impression de désolation automnale qui se dégageait de cet endroit. Les rues larges et désertes. La longue plage abandonnée avec ses dunes de sable fin. Le parc d'attractions vide avec les wagons du Grand-Huit rangés l'un derrière l'autre sous des bâches et toutes les baraques cadenassées. Il eut vraiment la sensation que sa mère l'avait emmené dans un endroit au bout du monde.

Speedy releva la tête et se mit à chanter de sa belle voix grave : « *Je m'suis baladé... Je m'suis amusé... dans cette vieille ville, trop longtemps. L'été tire à sa fin, oui, et l'hiver arrive... L'hiver arrive et j'ai envie... j'ai bien envie de reprendre la route...*

Il s'arrêta et regarda Jack.

— T'as envie de reprendre la route, mon Vieux Vadrouilleur ?

L'effroi s'infiltra dans les os de Jack, le paralysant littéralement.

— Je veux bien, dit-il. Si ça peut l'aider. Est-ce que je peux l'aider, Speedy ?

— Tu le peux, répondit gravement le vieil homme.

— Mais...

— Hou lala ! C'est pas les mais qui manquent, interrompit Speedy. Il y en a des tonnes, mon petit Vadrouilleur. Ça ne va pas être de la tarte. Je ne te promets pas que tu réussiras. Ni que tu en reviendras vivant ; et si tu reviens, c'est pas sûr que tu auras toute ta tête. Tu vas pouvoir vadrouiller comme tu aimes sur les Territoires. C'est beaucoup plus petit qu'ici. Tu l'as remarqué ?

— Oui.

— J'en étais sûr. Il t'en est arrivé des drôles de trucs sur la route, hein ?

Une autre question venait maintenant à l'esprit de Jack, et bien que ce fût hors du sujet, il devait la poser.

— Est-ce que j'ai disparu, Speedy ? Est-ce que vous m'avez vu disparaître ?

— T'as filé, dit Speedy en frappant un coup dans ses mains, juste comme ça...

Jack sentit un sourire involontaire lui étirer lentement les lèvres.

— J'aimerais bien faire ça de temps en temps pendant le cours d'informatique de M. Balgo, dit-il, et Speedy pouffa de rire comme un gosse. Jack se mit à rire, lui aussi, et son rire était délectable, aussi délectable que les mûres.

Au bout d'un moment Speedy redevint sérieux et lui dit :

— Si tu vas dans les Territoires, c'est pour aller chercher quelque chose qui se trouve là-bas. Un truc qui a un pouvoir fantastique.

— Et c'est là-bas ?

— Comme je te le dis.

— Et ça peut guérir ma mère ?

— Oui... et l'autre aussi.

— La reine ?

Speedy acquiesça.

— Qu'est-ce que c'est ? Où ça se trouve ? Quand dois-je...

— Oh, pas si vite ! Arrête !

Speedy leva la main. Ses lèvres souriaient mais ses yeux étaient graves, presque tristes.

— Chaque chose en son temps. Et puis, je ne peux pas te dire ce que je ne sais pas... ou ce que je n'ai pas le droit de dire, Jack.

— Pas le droit ? fit Jack interloqué. Qui...

— Vlà que tu commences, dit Speedy. Écoute-moi bien, petit Vadrouilleur. Tu dois partir le plus vite possible, avant que Bloat débarque et t'en empêche.

— *Sloat.*

— Tout juste. Tu dois partir avant qu'il arrive.

— Mais il va s'en prendre à ma mère, dit Jack, se demandant pourquoi il disait ça — s'il le pensait vraiment ou si c'était une excuse pour couper au voyage que Speedy lui proposait, comme s'il s'agissait d'un plat qui risquait d'être empoisonné. Vous ne le connaissez pas ! Il est...

— Oh si je le connais, dit calmement Speedy. Je le connais depuis longtemps, Jacky-boy. Et lui aussi me connaît. Je lui ai laissé des marques. Ça ne se voit pas — mais elles sont là. Quant à ta mère, elle peut se débrouiller toute seule. Du moins, elle sera bien obligée, pour un temps. Parce qu'il faut que tu y ailles.

— Mais où ?

— Sur la côte Ouest. D'un océan à l'autre.

— *Quoi ?* s'écria Jack, épouvanté par la distance. Et il repensa à une publicité qu'il avait vue trois jours plus tôt à la télévision — un type, hyper décontracté, en train de se servir des trucs drôlement appétissants, devant un buffet à huit mille mètres d'altitude. Jack avait déjà traversé le pays en avion avec sa mère une bonne douzaine de fois et avait toujours été secrètement ravi par le fait qu'il faisait jour pendant seize heures d'affilée quand on allait de New York à Los Angeles. Un peu comme si on faisait la nique au temps. Et ce n'était pas si difficile.

— Je pourrai prendre l'avion ? demanda-t-il à Speedy.

— Non ! fit Speedy presque en criant, les yeux écarquillés de consternation. Il saisit fermement l'épaule de Jack : Ne monte jamais dans un appareil qui t'emporte dans les airs ! Gare à toi si tu le fais ! Si tu survoles les Territoires...

Il n'ajouta rien de plus ; ce ne fut pas nécessaire. Jack eut soudain une vision épouvantable de lui-même tombant d'un ciel limpide et sans nuage, un projectile humain en jean et maillot de rugby à rayures rouges et blanches qui piquait sans parachute.

— Tu iras à pied, dit Speedy. Et tu feras de l'auto-stop quand tu pourras... Mais faudra faire attention, il y a des étrangers là-bas. Tu rencontreras des dingues, des pédés, qui voudront te tripoter, ou des voyous qui voudront te casser la gueule. Mais faut te méfier des vrais Étrangers, Jack la Vadrouille. Ceux qui ont un pied dans chaque monde — ils voient ce qui se passe ici et là-bas, comme ce putain de Janus. Ils ne vont pas mettre longtemps avant de savoir que tu arrives. Ils vont se méfier.

— Est-ce que ce sont... des Doubles ?

— Des fois oui, des fois non. Ça dépend. Je ne peux pas t'en dire plus pour l'instant. Mais il faut que tu traverses. Il faut que tu atteignes l'autre océan. Essaye de voyager le plus possible sur les Territoires car ça va plus vite. Tu vas boire l'élixir...

— J'ai horreur de ce truc-là !

— Aucune importance, dit sévèrement Speedy. Quand tu auras traversé le pays, tu trouveras un endroit — un autre Alhambra. Tu y entreras. C'est un endroit effrayant, un sale endroit. Mais tu dois y entrer.

— Mais comment le trouverai-je ?

— Tu entendras un appel. Tu l'entendras très clairement, fiston.

— Pourquoi ? demanda Jack en se mouillant les lèvres. Pourquoi dois-je aller là-bas si c'est vraiment aussi horrible ?

— Parce que c'est là-bas que se trouve le Talisman, dit Speedy. Quelque part à l'intérieur de cet autre Alhambra.

— Je ne comprends rien à ce que vous racontez.

— Tu comprendras, lui dit Speedy.

Il se mit debout et prit la main de Jack. Jack se leva. Les deux hommes, un vieillard noir et un petit garçon blanc, se firent face.

— Écoute, lui dit Speedy, et sa voix prit un rythme lent et chantant. On te remettra le Talisman en main propre, Petit Vadrouilleur. Ça ressemble à une boule de cristal, ni trop grosse, ni trop petite. Mon petit Vadrouilleur, mon pote le routard, tu vas le rapporter de Californie. Seulement voilà, Jack, si tu le laisse tomber, tout sera perdu.

— Je ne comprends rien à ce que vous racontez, répéta Jack avec une espèce d'obstination craintive. Vous devez me...

— Non, dit Speedy plutôt gentiment. Moi il faut que je termine mon carrousel ce matin. C'est ça que j'ai à faire. Je n'ai plus de temps à perdre en blablabla. Faut que je retourne là-bas, et toi, faut que tu partes. Je ne peux pas t'en dire plus pour l'instant. Je pense qu'on se reverra bientôt. Ici... ou là-bas.

— Mais je ne sais pas ce que je dois faire ! s'écria Jack comme Speedy sautait dans la cabine de son vieux camion.

Speedy mit le moteur en route en riant. Le camion démarra dans un nuage de fumée bleue.

— T'as qu'à regarder dans le dictionnaire ! lui cria Speedy en mettant la marche arrière.

Il fit une manœuvre, tourna, et le camion repartit dans un bruit de crécelle vers le parc d'attractions Arcadia. Jack, debout sur le trottoir, le regarda s'éloigner. Il ne s'était jamais senti aussi seul.

Chapitre 5

JACK ET LILY

1

Quand le camion de Speedy eut quitté la route pour disparaître sous le portail du parc d'attractions, Jack se mit en marche vers l'hôtel. Un Talisman. Dans un autre Alhambra, au bord d'un autre océan. Son cœur lui semblait vide. Sans Speedy à ses côtés, la tâche lui semblait gigantesque, démesurée ; vague aussi — pendant que Speedy lui parlait, Jack avait eu l'impression de presque comprendre tout le fatras d'indices, de menaces et de recommandations de son vieux copain. Mais à présent c'était vraiment redevenu un fatras incompréhensible. Pourtant, les Territoires existaient. Il se raccrocha à cette certitude du mieux qu'il put, ce qui le réconforta et le refroidit à la fois. Ils existaient et il allait y retourner. Même s'il devait se comporter en pèlerin ignorant, il irait. A présent, il ne lui restait plus qu'à convaincre sa mère. « Un Talisman » se dit-il en lui-même, prenant le mot pour la chose ; il traversa l'avenue de l'Embarcadère déserte et grimpa quatre à quatre les marches qui menaient au chemin bordé de haies. Une fois la porte refermée, l'obscurité à l'intérieur de l'Alhambra le surprit. Le hall était une longue caverne dont seul un feu aurait pu disperser les ombres. Le portier blafard, oscillant derrière le long comptoir de la réception, transperça Jack de son regard blanc. C'était un message : oui. Jack avala sa salive et détourna les yeux. Et bien que l'intention de l'homme fût toute de mépris, Jack se sentit plus fort, plus déterminé.

Il se dirigea vers les ascenseurs, tête haute et sans se presser. *Tu fricotes avec les nègres, hein ? Tu les laisses mettre le bras autour de toi, hein ?* L'ascenseur atterrit comme un gros oiseau, avec un lourd bruissement d'ailes, les portes s'ouvrirent et Jack se faufila à l'intérieur. Il se retourna pour appuyer sur le bouton marqué d'un 4 lumineux. Le portier, spectre immobile derrière son comptoir, lui envoyait son message débile.

— *Tu fais ça avec les nègres. Tu fais ça avec les nègres. C'est ça qui te plaît, hein, morveux ? Tu les aimes grosses et noires, hein ?*

Les portes se refermèrent charitablement. L'ascenseur démarra brusquement et l'estomac de Jack lui descendit dans les talons.

La haine resta en bas, dans le hall : l'atmosphère de l'ascenseur s'allégea dès qu'il s'éleva au-dessus du premier étage. Maintenant il ne restait plus à Jack qu'à annoncer à sa mère qu'il devait partir seul pour la Californie. *Ne laisse surtout pas l'oncle Morgan signer des papiers à ta place.*

En sortant de l'ascenseur, Jack se demanda pour la première fois si Richard Sloat savait qui était vraiment son père.

2

Il passa devant les candélabres vides et les tableaux représentant des mers agitées et écumeuses pour arriver devant la porte 408 entrouverte qui révélait quelques centimètres de la moquette pâle du salon. La lumière du soleil pénétrant par la fenêtre dessinait un long rectangle clair sur le mur.

— Dis donc, Maman, fit Jack en entrant dans la pièce. Tu as laissé la porte ouverte, qu'est-ce qui se... Il était seul dans la pièce ... passe ? dit-il en s'adressant aux meubles. Maman ?

Le désordre semblait s'être faufilé dans ce séjour si net : un cendrier débordant de mégots, un verre d'eau à moitié plein sur la table basse.

Cette fois, Jack se jura de ne pas paniquer. Il tourna lentement sur lui-même. La porte de la chambre de sa mère était ouverte, la chambre elle-même était aussi sombre que le hall de l'hôtel car Lily n'avait pas tiré les rideaux.

— Eh, Maman, je sais que tu es là, dit-il, et il traversa la chambre vide pour aller frapper à la porte de la salle de bains. Pas de réponse. Jack poussa la porte et vit une brosse à dent rose sur le bord du lavabo et une brosse à cheveux abandonnée sur la coiffeuse. Avec des cheveux pris dans les soies. *Laura DeLoessian,* dit une voix dans l'esprit de Jack et il sortit de la petite salle de bains — ce nom l'avait piqué au vif.

Oh non, ça suffit, se dit-il. Où est-ce qu'elle est allée ?

Il le voyait déjà.

Il ne voyait même que ça en entrant dans sa propre chambre, en jetant un coup d'œil sur son lit chiffonné, son sac à dos vide, sa petite pile de bouquins, ses chaussettes roulées sur la commode. Il le voyait en entrant dans sa salle de bains où les serviettes étaient éparpillées dans un désordre oriental sur le sol, les bords de la baignoire et les étagères en formica.

Il voyait Morgan Sloat forçant la porte, attrapant sa mère par le bras, l'obligeant à le suivre jusqu'en bas...

Jack se rua dans le salon et regarda derrière le divan... la faisant sortir par une porte de service et la poussant dans une voiture. Il voyait les yeux de Morgan Sloat devenir jaunes...

Il souleva le combiné et appuya sur le 0.

— Allô ! ici... euh... Jack Sawyer, je suis... euh... dans la chambre 408.

Est-ce que ma mère a laissé un message pour moi ? Elle devait être ici... et je ne sais pas pourquoi... euh...

— Je vais voir, dit la jeune fille, et Jack, au supplice, étreignit le récepteur jusqu'à ce qu'elle revienne.

— Il n'y a pas de message pour le 408, je regrette.

— Et pour le 407 ?

— C'est la même chose.

— Ah bon ! Est-ce qu'elle a reçu de la visite il y a une demi-heure ? Je veux dire, est-ce que quelqu'un est venu la voir ce matin ?

— Il faut demander à la réception, dit la jeune fille. Je ne peux pas le savoir. Voulez-vous que je me renseigne ?

— S'il vous plaît.

— Oh ça me fait plaisir d'avoir quelque chose à faire dans cette morgue, dit-elle. Ne quittez pas.

Le supplice continuait. Quand elle revint, ce fut pour lui annoncer :

— Il n'y a pas eu de visite. Mais elle a peut-être laissé un message quelque part dans l'appartement.

— Oui. Je vais vérifier, dit-il tristement et il raccrocha.

Le portier lui dirait-il la vérité ? Ou Morgan Sloat avait-il glissé dans sa grosse patte un billet de vingt dollars plié comme un timbre-poste ? Ça aussi, Jack le voyait.

Il se laissa tomber sur le divan, réfrénant une envie irrésistible de regarder sous les coussins. Evidemment, l'oncle Morgan n'était pas venu en personne enlever sa mère — il était encore en Californie. Mais il pouvait très bien avoir envoyé ses sbires pour le faire. Ces types dont Speedy avaient parlé, les Étrangers qui avaient un pied dans chaque monde. Il se leva brusquement et se précipita dans le couloir en refermant la porte derrière lui. Après avoir fait quelques pas, il fit demi-tour et rouvrit la porte avec sa clé. Il poussa le battant de quelques centimètres et retourna en courant vers les ascenseurs. Il envisageait l'éventualité qu'elle fût sortie sans ses clés — elle était peut-être allée faire un tour dans les boutiques du hall ou acheter un journal ou des magazines au kiosque.

Mais il ne l'avait pas vue acheter un journal depuis le début de l'été. Elle écoutait les nouvelles à la radio.

Elle avait dû aller faire un tour dehors.

C'est ça, elle était partie prendre l'air en respirant à fond. Faire un petit jogging, peut-être : Lily Cavannaugh, en train de piquer un cent mètres ! Elle avait installé des haies sur la plage et s'entraînait pour les prochains Jeux olympiques...

Dès que l'ascenseur le déposa au rez-de-chaussée, il se rendit directement à la boutique où une femme blonde d'âge mûr derrière un comptoir le dévisagea par-dessus ses lunettes. Des animaux en peluche, une minuscule pile de journaux anémiques, un rayon de rouges à lèvres aromatisés. Sortant des poches des présentoirs, les magazines : *People, Us,* le *New Hampshire Magazine.*

— Excusez-moi, fit Jack et il lui tourna le dos.

Il se retrouva en train de contempler une plaque de bronze à côté d'une immense plante verte flétrie... *elle commence à s'étioler, elle va bientôt mourir.*

La dame de la boutique s'éclaircit la voix et Jack se dit qu'il avait dû rester une éternité devant les paroles de Daniel Webster.

— Oui ? fit la dame derrière lui.

— Excusez-moi, répéta Jack et il retourna à la réception. L'horrible portier leva un sourcil puis se détourna pour examiner un casier vide. Jack fit un effort pour s'approcher de lui :

— Monsieur, dit-il, devant le comptoir. Le portier faisait mine d'essayer de se rappeler la capitale de la Caroline du Nord ou le principal produit d'exportation du Pérou.

— Monsieur.

L'homme prit un air renfrogné : il l'avait sur le bout des lèvres, il ne fallait pas le déranger.

Il faisait un cinéma pas possible et Jack le savait bien.

— Pourriez-vous me donner un renseignement ? fit-il.

L'affreux bonhomme décida finalement de lui accorder son attention.

— Ça dépend de ce que vous voulez savoir.

Jack décida d'ignorer la sarcasme voilé.

— Avez-vous vu ma mère sortir de l'hôtel, il n'y a pas longtemps ?

— Qu'est-ce que vous appelez pas longtemps !

Maintenant le sarcasme était évident.

— Je veux seulement savoir si vous l'avez vue sortir ?

— Vous avez peur qu'elle vous ait vu main dans la main avec votre chéri ?

— Vous êtes vraiment un ignoble salaud, lui dit Jack surpris par sa propre réaction. Non, je n'ai pas peur de ça. Je veux simplement savoir si elle est sortie, et si vous n'étiez pas aussi ignoble vous me répondriez.

Il avait le visage tout rouge et il s'aperçut qu'il serrait les poings.

— Oui, elle est sortie, fit le portier en reculant vers la rangée de casiers qui se trouvait derrière lui. Mais vous pourriez surveiller vos paroles, mon petit. Vous feriez mieux de me faire des excuses, maître Sawyer. J'ai des yeux, moi aussi. Je sais des choses.

— Occupez-vous donc de vos oignons, répliqua Jack en ressortant cette phrase qu'il avait entendue sur l'un des vieux disques de son père — ça ne collait peut-être pas vraiment à la situation mais ça sonnait bien ; et le portier tiqua ; Jack avait atteint le but voulu.

— Elle est peut-être dans le jardin, je n'en sais rien, fit le type d'un air lugubre, mais Jack avait déjà filé.

Jack vit immédiatement que la Madone des Drive-in, la reine des séries B, n'était nulle part les grands jardins qui s'étendaient devant l'hôtel ; il l'aurait d'ailleurs aperçue en rentrant tout à l'heure. Et puis, ce n'était pas le genre de Lily Cavannaugh d'aller musarder dans les jardins, ça lui ressemblait aussi peu que faire une course d'obstacles sur la plage.

Quelques voitures passèrent dans l'avenue de l'Embarcadère. Une mouette poussa un cri au-dessus de lui, et le cœur de Jack se serra.

Il regarda des deux côtés de la rue en se passant la main dans les cheveux. Elle s'était peut-être posé des questions à propos de Speedy — elle avait peut-être voulu en savoir davantage sur le nouveau copain, plutôt bizarre, de son fils et avait été faire un tour au parc d'attractions. Mais pas plus qu'il ne l'imaginait faisant une promenade romantique dans les jardins, Jack ne la voyait à Arcadia. Il prit une direction moins familière, celle de la ville.

Séparée des jardins de l'Alhambra par une haie épaisse, la « Boutique du Thé et de la Confiture d'Arcadia » était la première d'une rangée de commerces aux couleurs éclatantes. Ce salon de thé et « le Drugstore de la Nouvelle-Angleterre » étaient les deux seuls endroits restés ouverts après le 1ᵉʳ septembre. Jack hésita un moment sur le trottoir craquelé. Un salon de thé, et encore moins une « Boutique du Thé et de la Confiture » était vraiment le dernier endroit susceptible d'être fréquenté par la Madone des Drive-in, mais puisqu'il passait devant, autant aller y jeter un coup d'œil à travers la vitrine.

Une femme avec un chignon fumait une cigarette devant sa caisse. Une serveuse en robe de rayonne rose était appuyée contre le mur. Jack ne vit aucun client. Puis soudain, tout au fond, il aperçut une vieille dame qui soulevait une tasse. A part la serveuse, elle était seule dans la salle. Il regarda la vieille dame reposer délicatement la tasse sur la soucoupe puis prendre une cigarette dans son sac et s'aperçut brusquement, et avec horreur, que cette vieille dame était sa mère. Un instant plus tard, l'impression de vieillesse avait disparu.

Pourtant cette image persistait en lui — c'était comme s'il la regardait à travers des lunettes à double foyer : il voyait en même temps Lily Cavannaugh-Sawyer et cette vieille femme. Elles n'étaient en fait qu'une seule et même personne.

Jack ouvrit la porte le plus doucement possible mais fit tout de même tinter la clochette qui était au-dessus. La dame blonde de la caisse lui fit un petit signe de tête en souriant. La serveuse se redressa et lissa le devant de sa robe. Sa mère lui lança un regard étonné puis lui fit un grand sourire.

— C'est toi, mon petit vadrouilleur, lui dit-elle. Tu es tellement grand, que je t'ai pris pour ton père quand tu es rentré. Il m'arrive d'oublier que tu n'as que douze ans.

3

— Tu m'as appelé « petit vadrouilleur », dit-il en tirant une chaise sur laquelle il se laissa tomber.

Le visage de Lily était très pâle et les cernes sous ses yeux ressemblaient à des meurtrissures.

— C'est bien ainsi que ton père t'appelait, non ? Ça vient de me revenir. Tu as vadrouillé toute la matinée.

— Il m'appelait « le petit vadrouilleur »...

— Quelque chose comme ça... je t'assure. Quand tu étais tout petit. *Jack la Vadrouille,* c'est ça. C'est comme ça qu'il t'appelait. Jack la Vadrouille. Tu sais, quand tu cavalais partout sur la pelouse ? Je me souviens, c'était drôle. Au fait, j'ai laissé la porte ouverte. Je ne savais plus si tu avais pris tes clés.

— J'ai vu, fit-il, encore sous le coup de ce qu'il venait d'apprendre.

— Tu veux manger quelque chose ? Je ne pouvais supporter l'idée de faire un repas de plus dans cet hôtel.

La serveuse s'approcha de leur table.

— Jeune homme ? fit-elle en levant son bloc de commande.

— Comment savais-tu que je viendrais te chercher ici ?

— Et où voudrais-tu aller ? répliqua sa mère, puis, s'adressant à la serveuse : servez-lui le petit déjeuner « trois étoiles ». Il grandit d'un centimètre par jour.

Jack se renversa sur le dossier de sa chaise. Comment allait-il lui annoncer ça ?

Sa mère le dévisageait avec curiosité ; il décida de ne pas attendre, et se jeta à l'eau :

— Maman, si je m'en vais pendant quelque temps, est-ce que tu iras bien ?

— Que veux-tu dire par « est-ce que tu iras bien ? » Et que veux-tu dire par « pendant quelque temps » ?

— Est-ce que tu pourras te débrouiller seule... euh. Est-ce que l'oncle Morgan risque de t'embêter ?

— Bien sûr que je peux me débrouiller seule. Mais qu'est-ce que c'est que cette histoire, Jack ? Tu n'iras nulle part.

— Il faut que je parte, je t'assure, lui dit-il. Puis il se rendit compte qu'il parlait comme un gosse qui réclame un jouet. Heureusement, la serveuse apportait les toasts et le jus de tomate. Il détourna les yeux un moment, et quand il la regarda à nouveau, sa mère était en train de prendre de la confiture dans un petit pot pour l'étaler sur un toast triangulaire.

— Il faut que je parte, insista-t-il.

Sa mère lui tendit le toast ; elle avait l'air préoccupé, mais ne dit rien.

— Je serai peut-être absent assez longtemps. Je vais essayer de t'aider. C'est pour ça que je pars.

— M'aider ?

Et Jack s'aperçut que son incrédulité était à environ 75 pour 100 authentique.

— Je vais essayer de te sauver la vie.

— Rien que ça ?

— Je peux le faire.

— Tu peux me sauver la vie ? C'est très amusant, Jacky ; tu n'as jamais songé à faire de la production à la télé ? Tu ferais un malheur aux heures de grande écoute.

Elle avait reposé le couteau rougi de confiture et le regardait d'un air moqueur : mais il vit deux choses derrière cette façade d'incompréhension. Une expression de terreur, et le faible espoir — difficile à percevoir — que Jack pût, qui sait, réussir.

— Même si tu dis non, je partirai, dit-il. Alors tu ferais aussi bien de me donner ta bénédiction.

— Tu me proposes vraiment un marché formidable. D'autant plus que je n'ai pas la moindre idée de ce que tu racontes.

— Je n'en suis pas si sûr — je crois que tu t'en doutes, Maman. Papa, lui, aurait su de quoi je parle.

Lily rougit ; elle pinça la bouche qui ne fut plus qu'une ligne.

— C'est tellement injuste de dire ça que tu devrais avoir honte, Jacky. Ce n'est pas un argument à utiliser contre moi.

— Je dis seulement que Papa savait, lui.

— Eh bien tu dis des conneries, mon chéri.

La serveuse, qui posait devant Jack une assiette d'œufs brouillés, de purée de pommes de terre et de saucisses, laissa échapper un soupir de désapprobation.

Quand elle eut fini son cirque et qu'elle se fut éloignée, Lily haussa les épaules.

— Je n'ai pas la cote avec le personnel de ce patelin, dit-elle. Mais une connerie est une connerie, comme dit Gertrude Stein.

— Maman, je vais te sauver la vie, répéta Jack. Et je dois aller très loin chercher quelque chose qui te guérira. Voilà pourquoi je dois partir.

— J'aimerais bien savoir de quoi tu parles.

Juste une conversation ordinaire, se dit Jack : aussi ordinaire que de demander la permission d'aller passer deux nuits chez un copain. Il coupa une saucisse en deux et s'en fourra un morceau dans la bouche. Sa mère le regardait avec attention. Les saucisses liquidées, Jack engouffra une fourchette d'œufs. La bouteille de Speedy pesait comme une pierre contre ses reins.

— J'aimerais que tu tiennes compte des petites remarques que je te fais, aussi bêtes qu'elles soient.

Jack avala les œufs et remplit sa bouche de pommes de terre — elles étaient délicieuses.

Lily croisa les mains devant elle. Plus il resterait sans rien dire, mieux elle l'écouterait quand il parlerait. Il faisait mine de se concentrer sur ce qu'il mangeait, les œufs, les saucisses, les pommes de terre ; les saucisses, les pommes de terre, les œufs ; les pommes de terre, les œufs, les saucisses, jusqu'à ce qu'il sentît qu'elle s'apprêtait à l'engueuler.

Mon père m'appelait Jack la Vadrouille, se dit-il. Il ne s'était pas trompé. Il avait tapé dans le mille.

— Jack...

— Maman, dit-il. Est-ce que Papa ne te téléphonait pas quelquefois de très loin alors qu'il était censé être en ville ?

Elle haussa les sourcils.

— Autre chose : est-ce qu'il ne t'est pas arrivé d'entrer dans une pièce où il devait se trouver — où tu savais qu'il se trouvait — et qu'il n'y soit pas ? Qu'elle réfléchisse un peu là-dessus.

— Non, dit-elle.

Ils laissèrent retomber les effets de la réponse négative.

Puis elle ajouta :

— Presque jamais.

— Maman, ça m'est même arrivé à moi ! lui dit Jack.

— Il y avait toujours une explication, tu le sais bien.

— Mon père — et tu es bien placée pour le savoir, était plutôt doué pour expliquer les choses. Surtout les trucs difficiles à piger. Il était très fort pour ça. C'est, entre autres, pour cette raison qu'il était un si bon imprésario.

Lily resta silencieuse.

— Bon, maintenant je sais où il allait, dit Jack. J'y suis déjà allé aussi. J'y étais ce matin. Et si je retourne là-bas, j'ai une chance de te sauver la vie.

— *Ma vie n'a besoin d'être sauvée ni par toi, ni par personne*, dit-elle d'une voix sifflante. Jack baissa les yeux sur son assiette dévastée et marmonna quelque chose.

— Qu'est-ce que tu racontes ? demanda-t-elle durement.

— Je dis que je ne suis pas d'accord.

— Et si je te demandais comment tu comptes me sauver la vie, comme tu dis ?

— Je ne pourrais pas te répondre. Parce que je ne comprends pas encore tout moi-même pour l'instant. Maman, de toute façon je manque l'école... donne-moi une chance. Je ne serai peut-être parti qu'une semaine.

Elle haussa les sourcils.

— Peut-être plus, reconnut-il.

— Je pense que tu es complètement cinglé, dit-elle. Mais il vit bien qu'elle avait envie de le croire, et ses paroles suivantes en furent la preuve. Au cas — *au cas* — où je serais assez folle pour te permettre de partir pour cet endroit tellement mystérieux, peux-tu m'assurer que tu ne seras pas en danger ?

— Papa revenait toujours, fit remarquer Jack.

— Je préfère risquer ma vie que la tienne, dit-elle.

L'évidence de ce qu'elle venait de dire pesa lourdement entre eux.

— Je t'appellerai chaque fois que je le pourrai, dit-il enfin. Mais ne t'inquiète pas si tu ne reçois pas de coup de fil pendant deux semaines. Je ferai comme Papa, je reviendrai.

— C'est une véritable histoire de fous, dit-elle. Et je ne m'exclus pas. Comment vas-tu faire pour aller là-bas ? Et où se trouve cet endroit ? Tu as assez d'argent ?

— J'ai tout ce qu'il faut, dit-il en espérant qu'elle ne revienne pas aux deux premières questions. Le silence s'étirant indéfiniment, il finit par lui dire :

— Je pense que je voyagerai la plupart du temps à pied. Je ne peux pas t'en dire beaucoup plus, Maman.

— Jack la Vadrouille, dit-elle. J'arrive presque à te croire.

— Oui, dit-il. Crois-moi.

Il hocha la tête en pensant : *Tu sais peut-être des choses que la reine sait, et c'est pour ça que tu ne résistes pas davantage.*

— Tu as raison de me croire puisque c'est vrai. C'est ça qui est bien.

— Bon, eh bien puisque tu dis que de toute façon tu iras...

— En effet.

— ... Tout ce que je pourrai ajouter est sans importance. Elle le regarda courageusement. En fait, c'est très important. Je le sais. Mon chéri, je veux que tu reviennes le plus vite possible. Tu ne pars pas tout de suite, de toute façon ?

— Si, Maman. Il respira profondément. Il faut que je parte maintenant. Dès que je t'aurai quittée.

— J'arrive presque à croire à cette histoire de fous. Tu es bien le fils de Phil Sawyer. T'aurais pas une petite copine là-bas, par hasard ?... Elle lui lança un regard inquisiteur. Non. Pas de petite copine. D'accord. Sauve-moi la vie. Vas-y. File.

Elle agita la tête et Jack eut l'impression de voir ses yeux briller intensément.

— Si tu dois partir, va-t-en maintenant, Jacky. Appelle-moi demain.

— Si c'est possible, dit-il en se levant.

— Si c'est possible, évidemment. Excuse-moi.

Elle baissa les yeux mais ne regarda rien. Des taches rouges illuminèrent ses pommettes.

Jack se pencha pour l'embrasser mais elle l'éloigna d'un geste. La serveuse les regardait comme s'ils étaient deux acteurs en train de jouer une scène. En dépit de ce que sa mère venait de lui dire, Jack craignit que le niveau de son incrédulité eût quelque peu baissé et qu'il fût maintenant aux environs de 50 pour 100 ; ce qui signifiait que Lily ne savait plus que croire.

Elle le regarda à nouveau et il revit l'éclat fiévreux briller dans ses yeux. La colère, les larmes ?

— Sois prudent, dit-elle et elle fit signe à la serveuse.

— Je t'aime, dit Jack.

— Tu choisis bien ton moment. Maintenant elle souriait presque. File, Jacky. Va-t-en avant que je m'aperçoive que je fais une bêtise.

— Je suis parti, dit-il.

Il fit demi-tour et sortit du restaurant. Il avait l'impression d'avoir un étau autour de la tête, comme si les os de son crâne étaient devenus trop grands pour leur habitacle de chair. La lumière jaune et vive du soleil l'éblouissait. Jack entendit la porte du salon de thé se fermer aussitôt après le tintement de la sonnette. Il cligna des yeux, traversa l'avenue de l'Embarcadère sans prendre garde aux voitures. Arrivé sur le trottoir d'en face, il se rendit compte qu'il lui fallait retourner à l'hôtel pour chercher des vêtements. Sa mère n'était pas toujours sortie du salon de thé lorsqu'il poussa la grande porte de l'Alhambra.

En le voyant, le portier recula en lui décochant un regard sombre. Jack ressentit l'émotion qui bouillonnait dans cet homme sans se rappeler pourquoi il réagissait devant lui avec tant de force. La conversation avec sa mère — finalement plus courte qu'il ne l'eût pensé — semblait avoir duré des jours. Autrefois, sur l'autre bord du gouffre du temps qu'il avait passé dans le salon de thé, il avait traité le portier d'ignoble salaud. Devait-il s'excuser ? Il ne se rappelait même plus ce qui l'avait mis en rage contre ce type...

Sa mère avait accepté de le laisser partir — elle l'avait autorisé à faire ce voyage. Et en traversant la croix de feu du regard du portier, Jack comprit enfin pourquoi. Il n'avait pas mentionné le Talisman explicitement, mais l'eût-il fait — eût-il mentionné l'aspect le plus dément de sa mission — qu'elle l'aurait accepté également. Et s'il lui avait dit qu'il rapporterait un papillon d'un mètre de long pour le rôtir au four, elle aurait accepté de manger le papillon rôti. Elle se serait moquée d'elle-même, mais elle l'aurait accepté. Le fait qu'elle se raccrochât à de tels fétus de paille montrait bien l'ampleur de son angoisse. Mais en partie seulement, car au plus profond d'elle-même elle savait que ces prétendus fétus de paille étaient en réalité des briques. Elle lui avait donné l'autorisation de partir parce qu'au plus profond d'elle-même, elle connaissait l'existence des Territoires.

Est-ce qu'il lui arrivait de se réveiller la nuit avec le nom de *Laura DeLoessian* dans l'esprit.

Une fois dans sa chambre, il fourra au hasard des vêtements dans son sac à dos : tout ce qui lui tombait sous la main et qui n'était pas trop volumineux : quelques chemises, des chaussettes, un chandail, un short. Jack roula une paire de jeans qu'il ajouta au reste ; puis craignant que ce fût trop lourd, il enleva presque toutes les chemises et les chaussettes. Le chandail aussi. Au dernier moment, il pensa à la brosse à dents. Puis il glissa les courroies du sac sur ses épaules pour en estimer le poids : ça allait. Il se sentait capable de marcher toute la journée avec ces quelques kilos. Il resta immobile un moment — il lui manquait quelqu'un, quelqu'un à qui dire adieu. Sa mère ne reviendrait pas avant d'être certaine qu'il fût parti — si elle le voyait maintenant, elle lui donnerait l'ordre de rester. Il ne pouvait tout de même pas prendre congé de ces trois pièces anonymes comme il l'eût fait d'une maison qu'il aimait : les chambres d'hôtel acceptaient les départs sans émotion. Il finit par aller près du téléphone et sur le bloc de papier pelure imprimé d'un dessin représentant l'Alhambra, il écrivit avec le petit crayon émoussé destiné à cet effet les trois seules choses qu'il avait à dire :

> *Merci*
> *Je t'aime*
> *A bientôt*

4

Jack descendit l'avenue de l'Embarcadère sous le pâle soleil septentrional en se demandant à quel endroit il... basculerait de l'autre côté. C'était bien le mot. Et aussi, s'il devait revoir une dernière fois Speedy avant de passer dans les Territoires. Cela paraissait une nécessité, il savait si peu de choses sur le lieu où il se rendait, sur les gens qu'il risquait d'y rencontrer, sur ce qu'il allait y chercher...

Ça ressemble à une boule de cristal.

Etait-ce là le seul renseignement concernant le Talisman que Speedy avait décidé de lui donner ? Ça, et la recommandation de ne pas le laisser tomber ? A l'idée de ce manque notoire de préparation Jack se sentit presque mal — c'était comme s'il devait se présenter à un examen sans avoir jamais suivi un cours.

Il avait le sentiment qu'il pouvait décoller de l'endroit même où il se trouvait tant il était impatient d'entreprendre son voyage, de s'en aller, de bouger. Il comprit qu'*il lui fallait être dans les Territoires,* le filet lumineux de cette nécessité brillait avec éclat dans l'enchevêtrement de ses émotions et de ses désirs. Il éprouvait le besoin de respirer l'air de là-bas. Les Territoires, avec leurs longues plaines et leurs massifs de montagnes basses, leurs champs d'herbes hautes et les fleuves étincelants qui les traversaient, l'appelaient. Jack était physiquement envahi par la nostalgie de ce paysage. Et il aurait volontiers sorti la bouteille de sa poche pour boire — sans plaisir — une gorgée de l'écœurant breuvage, s'il n'avait vu à cet instant l'ex-propriétaire de la bouteille accroupi contre un arbre, les mains croisées sur les genoux. Un sac de papier brun était posé à côté de lui, et sur le sac, un énorme sandwich qui lui avait tout l'air d'être au saucisson de foie et aux oignons.

— Je vois que tu es sur le départ, lui dit Speedy en souriant. Alors, ça y est, tu pars ? T'as fait tes adieux ? Ta mère sait que tu seras absent pendant un bout de temps ?

Jack hocha la tête et Speedy lui tendit son sandwich :

— Tu n'as pas faim ? Il est trop gros pour moi.

— Je viens de manger, lui répondit le garçon. Je suis content de vous voir avant de partir. Je voulais vous dire au revoir.

— Je vois que mon petit copain a le feu au train, dit Speedy. Il a comme qui dirait envie de se remuer.

— Speedy ?

— Mais j'ai apporté quelques trucs que tu dois prendre avec toi. Tu veux voir ce que c'est ?

— Speedy ?

L'homme fit un clin d'œil à Jack.

— Saviez-vous que mon père m'appelait « Jack la Vadrouille » ?

— Oh, j'ai dû entendre ça quelque part, dit Speedy en souriant. Viens donc voir ce que je t'ai apporté. Et il faut aussi que je t'explique ce que tu dois faire en arrivant là-bas, hein ?

Soulagé, Jack traversa le trottoir et s'approcha de l'arbre de Speedy. Le vieil homme posa le sandwich sur ses genoux et fouilla dans le sac en papier.

— Joyeux Noël ! dit-il en lui tendant un vieux bouquin fatigué. Jack vit que c'était un vieux guide Rand McNally, comportant des cartes routières.

— Merci, dit Jack en prenant le livre.

— C'est que là-bas il n'y a pas de cartes, expliqua Speedy. Alors vaut mieux que tu suives les routes de ce brave vieux guide Rand McNally. Au moins, tu sauras où tu vas.

— D'accord, fit Jack, et il fit glisser le sac à dos de ses épaules pour pouvoir y mettre le gros bouquin.

— Il y a encore autre chose, que tu n'es pas obligé de ranger dans ce machin que tu as sur le dos, dit Speedy en posant le sandwich sur le sac en papier et en se levant d'un seul mouvement délié. Ça, tu peux le mettre dans ta poche. Il plongea la main dans la poche gauche de sa chemise et en retira, coincé entre l'index et le médius, comme les Taritounes de Lily, un objet triangulaire que le garçon mit un moment à reconnaître. C'était un médiator de guitare.

— Prends ça et garde-le soigneusement. Il faudra que tu le montres à quelqu'un là-bas. A une personne qui t'aidera.

Jack retourna l'objet entre ses doigts. Il n'en avait jamais vu de pareil — en ivoire incrusté d'un motif en filigrane représentant une espèce d'écriture non terrestre. Un très bel objet, mais un peu trop lourd pour être utilisé comme plectre.

— Quelle personne ? demanda Jack, en glissant le médiator dans sa poche de pantalon.

— Il a une grande cicatrice sur le visage — tu le rencontreras très vite. C'est un garde. En fait, il est capitaine des Gardes Extérieurs, et c'est lui qui t'emmènera voir la dame que tu dois voir. Celle que tu dois voir absolument. C'est la deuxième raison de ton voyage. Et mon copain le capitaine, quand il saura pourquoi t'es là-bas, il se débrouillera pour te conduire à elle.

— Cette dame... commença Jack.

— Oui, dit Speedy. Tu as pigé.

— C'est la reine.

— Regarde-la bien, Jack. Tu verras ce que tu verras quand tu la verras. Tu verras ce qu'elle est, tu comprends ? Et quand tu l'auras vue, tu pourras partir vers l'Ouest.

Debout devant Jack, Speedy le regardait d'un air grave comme s'il n'était pas sûr de le revoir un jour, puis tout son visage se contracta et il lui dit :

— Évite le vieux Bloat. Méfie-toi de lui et de son Double. Ce fumier de Bloat peut découvrir où tu es, si tu ne fais pas gaffe, et s'il le sait, il te suivra à la trace comme un renard qui poursuit une oie.

Speedy plongea les mains dans ses poches et regarda à nouveau Jack comme s'il cherchait quelque chose à ajouter.

— Trouve le Talisman, fiston, conclut-il. Trouve-le et ramène-le. Ça va être une sacrée galère. Mais il faut que tu sois plus fort que la galère et que tu assures comme un chef.

Jack était tellement concentré sur ce que disait Speedy qu'il l'écoutait en clignant des yeux. Un homme avec une cicatrice, capitaine des Gardes Extérieurs. La reine. Morgan Sloat qui le poursuivait comme un rapace. Dans un endroit dangereux à l'autre bout du continent. Une galère...

— D'accord, dit-il en souhaitant soudain être encore avec sa mère dans le salon de thé.

Speedy lui fit un sourire en coin, plein d'affection.

— Eh oui, mon pote Jack la Vadrouille est un gars super. Le sourire s'accentua. Il est temps de boire un petit coup de potion magique, qu'est-ce que t'en dis ?

— Oui, je crois, dit Jack. Il sortit la bouteille sombre de sa poche et dévissa le bouchon. Il leva une fois encore les yeux sur Speedy dont le regard pâle plongea dans le sien.

— Speedy te donnera un coup de main chaque fois que ça sera possible.

Jack hocha la tête, battit des paupières et porta le goulot à ses lèvres. Un spasme involontaire lui ferma le gosier quand il sentit l'odeur écœurante et sucrée. Il leva la bouteille et le goût de l'odeur lui remplit la bouche. Son estomac se contracta. Il avala le liquide âpre et brûlant qui se répandit dans sa gorge.

Avant même d'ouvrir les yeux, Jack sut, à la richesse et à la légèreté des odeurs qui parvenaient jusqu'à lui, qu'il avait basculé dans les Territoires. Odeurs de chevaux, d'herbe, de poussière ; un étourdissant fumet de viande crue ; la senteur même de l'air pur.

INTERLUDE

SLOAT DANS CE MONDE (I)

— Je sais bien que je travaille trop, disait Morgan Sloat à son fils Richard ce soir-là. C'était une conversation téléphonique : le jeune garçon parlant dans le récepteur du téléphone commun installé dans le couloir du dortoir, et son père assis derrière son bureau, au dernier étage d'une des dernières acquisitions Sawyer & Sloat, un immeuble très rentable situé à Beverly Hills.

« Je t'assure, poursuivit-il, qu'il faut s'occuper personnellement des affaires pour que ça marche. Surtout quand il s'agit de la veuve et du fils de son ancien associé. J'espère que ça. sera juste un aller-retour. Je n'ai pas l'intention de m'éterniser dans ce putain de New Hampshire, je pense régler ça en moins d'une semaine. Je te rappellerai quand tout sera terminé. On ira peut-être faire un voyage tous les deux : on visitera la Californie en chemin de fer, comme au bon vieux temps, hein ? Ça existe la justice. Fais confiance à ton père.

L'acquisition de l'immeuble s'était faite d'autant plus facilement que Sloat avait tenu à prendre la direction des opérations. Après qu'ils eurent, Sawyer et lui, négocié l'achat d'un bail à court terme puis (à la suite d'une avalanche de procès) celui d'un bail à long terme, ils avaient effectué les travaux nécessaires, augmenté les loyers qui furent fixés à la surface corrigée, et fait de la publicité pour attirer de nouveaux locataires. Les seuls anciens occupants qui restaient étaient les propriétaires du restaurant chinois du rez-de-chaussée. Ceux-là payaient encore un loyer dérisoire. Sloat avait essayé de leur faire entendre raison, mais quand ils comprirent qu'il s'agissait de payer davantage, ils se montrèrent soudain incapables de saisir le moindre mot d'anglais. Ses tentatives de négociations traînaient depuis quelque temps quand Sloat aperçut un jour l'un des plongeurs du restaurant qui sortait par la porte de service avec un baquet d'huile de friture usée. Il suivit l'homme dans un cul-de-sac sombre et étroit et le vit, non sans plaisir, déverser l'huile dans une poubelle. Il ne lui en fallait pas davantage. Dès le lendemain, une porte grillagée fermait le cul-de-sac pour en empêcher l'accès ; et le surlendemain, un inspecteur du ministère de la Santé se présentait avec une plainte et dressait un procès-verbal. Dès lors, le plongeur fut obligé, pour aller vider ses déchets, huile y compris, de passer par la salle de restaurant et de suivre un passage délimité par une chaîne métallique que Sloat avait fait installer le long de la façade extérieure. Bientôt, à cause de la proximité des poubelles, les clients commencèrent à se plaindre d'odeurs bizarres et désagréables et les affaires se mirent à péricliter. Comme par miracle, les propriétaires du restaurant retrouvèrent l'usage de la langue anglaise et proposèrent de payer le double de leur loyer actuel. Sloat accueillit leur proposition avec un speech pseudo reconnaissant, mais le soir-même, après avoir ingurgité trois grands martinis, il prit sa voiture et se rendit au restaurant. Il sortit une batte de base-ball de son coffre et brisa la longue vitrine qui donnait autrefois sur la rue et qui maintenant offrait une vue sinistre sur un couloir qui débouchait sur un tas de poubelles.

Il avait fait ce genre de choses... Mais lorsqu'il agissait ainsi, il n'était pas vraiment lui-même.

Le lendemain matin, le Chinois avait demandé un autre rendez-vous et lui avait cette fois proposé de payer un loyer quatre fois plus élevé.

— Je vois que vous parlez en homme, maintenant, dit Sloat au Chinois impassible. Eh bien, pour vous montrer que je compatis à vos malheurs, je vous paierai la moitié des frais de remplacement de la vitrine.

Neuf mois après que la société Sawyer & Sloat eut pris possession de l'immeuble, les loyers avaient tellement augmenté que les estimations des bénéfices qui avaient été faites à l'origine étaient largement dépassées. L'immeuble était aujourd'hui l'une des plus modestes entreprises de la société Sawyer & Sloat, mais Morgan en était aussi fier que des nouvelles structures monumentales que la société avait édifiées au cœur de la ville. Lorsqu'il venait travailler le matin, et ce, tous les jours, il lui suffisait de passer devant l'endroit où il avait fait installer la fameuse clôture pour se rappeler que c'était lui qui avait contribué à la réussite de Sawyer & Sloat et que ses revendications étaient donc tout à fait justifiées.

Tandis qu'il parlait à son fils, le sentiment exaltant de la légitimité de ses exigences l'enflammait — après tout, Richard étant en quelque sorte le symbole de son immortalité, c'était pour lui qu'il tenait tant à récupérer la part de Phil Sawyer dans la société. Pour lui offrir la possibilité d'aller dans les meilleures universités et de faire des études de commerce et de droit avant d'entrer dans l'affaire. Ainsi armé, Richard Sloat dirigerait avec brio la délicate et complexe machine que représentait Sawyer & Sloat quand le temps viendrait : au début du siècle prochain. La ridicule ambition de Richard de devenir chimiste ne résisterait pas longtemps à l'acharnement que mettait Sloat à la détruire : ce garçon était tout de même assez intelligent pour voir que le travail de son père était bien plus passionnant, et combien plus rémunérateur, que la manipulation de tubes à essai au-dessus d'un bec Bunsen. Cette histoire de « recherche scientifique » passerait assez vite une fois que Richard aurait un aperçu du monde réel. Et s'il tenait à être loyal envers Jack Sawyer, on pourrait toujours lui faire comprendre que cinquante mille dollars par an et une éducation universitaire de bonne qualité n'était pas seulement équitable mais magnanime. Princier. Qui d'ailleurs pouvait affirmer que Jack tiendrait à participer à l'affaire, ni qu'il en aurait d'ailleurs les compétences.

En outre, un accident pouvait toujours arriver. Qui pouvait même être sûr que Jack Sawyer vivrait jusqu'à vingt ans ?

— J'y vais pour régler toutes les histoires de succession, d'actes de propriété, disait Sloat à son fils. Lily m'évite depuis trop longtemps. Elle a le cerveau en bouillie maintenant, crois-moi. Elle n'en a probablement plus que pour un an. Je dois profiter de ce que je l'ai coincée pour mettre le paquet. Sinon, elle risque de placer la succession sous tutelle — ou en fidéicommis — car je ne crois pas que la mère de ton cher petit copain me laisserait l'administration de ses biens. Bon, je ne veux pas t'embêter avec mes problèmes. Je voulais simplement te prévenir que je ne serai pas à la maison pendant quelque temps, au cas où tu appellerais ou écrirais. Et n'oublie pas notre voyage en train, d'accord ? On remettra ça tous les deux !

Le garçon promit d'écrire, de bien travailler, de ne pas s'inquiéter pour son père, ni pour Lily Cavannaugh, ni pour Jack.

Et plus tard, quand ce fils obéissant serait, disons, en dernière année à Stanford ou à Yale, Sloat lui ferait connaître les Territoires. Richard aurait alors cinq ou six ans de moins que lui-même le jour où Phil Sawyer, complètement défoncé après avoir fumé de l'herbe dans leur premier petit bureau de Hollywood Nord, l'avait d'abord amusé puis exaspéré (car Sloat était persuadé que Phil Sawyer se fichait de lui), puis intrigué en piquant sa curiosité (car Phil Sawyer était à coup sûr trop raide pour inventer toute cette salade de science-fiction sur un autre univers). Et quand Richard verrait les Territoires, le tour serait joué. Et si son état d'esprit n'avait toujours pas changé spontanément, il changerait à ce moment-là sans que Sloat s'en mêle. Un seul petit tour dans les Territoires suffit à ébranler la confiance que l'on peut avoir dans l'omniscience des savants.

Sloat passa la main sur son crâne luisant puis caressa ses grosses moustaches. Le son de la voix de son fils l'avait, sans raison, rassuré : tant que Richard lui obéirait sagement, tout serait pour le mieux dans le meilleur des mondes.

Il faisait déjà nuit à Springfield, dans l'Illinois, où se trouvait l'école Thayer. Richard parcourait le couloir vert du pavillon Nelson pour retourner à sa table d'étude. Il pensait peut-être aux bons moments qu'ils avaient passés ensemble et qu'ils passeraient encore Morgan et lui dans le petit train qui longeait la côte californienne. Il dormirait profondément quand le jet de son père forcerait la résistance de l'air à quelque cent kilomètres au nord ; Morgan lui, tirerait le rideau de son hublot de première classe et regarderait au-dessous de lui, espérant que les nuages se dissipent pour qu'il puisse voir la lune.

Son intention était de rentrer directement chez lui — il habitait à trente minutes seulement de son bureau — pour se changer, manger quelque chose, se faire peut-être une petite ligne de coke, avant de partir pour l'aéroport.

Mais il fut obligé de faire un détour par l'autoroute jusqu'à la Marina : un rendez-vous avec un client devenu dingue sous acide qui était sur le point de se faire virer d'un film, et un autre rendez-vous avec une bande d'emmerdeurs qui prétendaient que le projet de construction Sawyer & Sloat au-dessus de Marina del Rey risquait de polluer la plage — le genre de choses qui ne pouvaient être remises à plus tard. Dès qu'il aurait réglé le problème Lily Cavannaugh et son rejeton, Sloat se promit de laisser tomber certains de ses clients — il avait en vue de plus gros poissons maintenant. Oui, vraiment, cette fois sa participation ne se bornerait pas à 10 pour 100. En y repensant, Sloat se demandait comment il avait fait pour supporter aussi longtemps Phil Sawyer. Son associé ne jouait jamais pour gagner, il ne s'investissait pas à fond ; il s'encombrait toujours de notions morales et sentimentales telles que la loyauté ou le sens de l'honneur ; il était corrompu par les histoires que l'on raconte aux gosses — pour qu'ils soient un peu civilisés — avant de leur arracher le bandeau des yeux. Aussi trivial que cela pût paraître, compte tenu des intérêts qui étaient en jeu, il n'arrivait pas à oublier que les Sawyer lui étaient redevables, et pas qu'un peu ! A cette idée, aussi fulgurante qu'une crise cardiaque, une giclée d'acide lui vrilla l'estomac et tandis qu'il traversait le parking encore ensoleillé de l'immeuble où sa voiture était garée, il plongea la main dans la poche de sa veste et en sortit un paquet froissé de Di-Gel, le remède miracle.

Phil Sawyer l'avait sous-estimé, et ça Morgan ne l'avait pas encore digéré. C'est parce que Phil l'avait toujours considéré comme une espèce de serpent à sonnette apprivoisé que l'on ne pouvait sortir de son panier sans le surveiller que les autres en avaient fait autant. Le gardien du parking, un plouc minable en chapeau de cow-boy, le guettait du coin de l'œil tandis qu'il faisait le tour de sa voiture pour y détecter une éventuelle égratignure. Le Di-Gel avait fait fondre en partie la boule de feu qui lui brûlait les entrailles, mais Sloat sentit pourtant son col de chemise se mouiller de sueur. Le gardien avait intérêt à ne pas la ramener : quelques semaines plus tôt, Sloat l'avait terrorisé en piquant une colère parce qu'il avait découvert une minuscule éraflure sur la portière de sa BMW. Pendant qu'il l'insultait, il avait vu la fureur assombrir les yeux verts du cow-boy, et un soudain accès de joie l'avait fait s'approcher de lui en continuant à l'injurier, avec l'espoir que l'autre lui rentrerait dedans. Mais ce minable s'était dégonflé brusquement, lamentablement, et avait même osé suggérer, en s'excusant, que c'était *pas grand-chose* et qu'il avait peut-être récolté ça ailleurs. Peut-être dans le parking d'un restaurant ? Vous savez comment les alcoolos traitent les voitures, et on ne voit pas bien, la nuit...

— Ferme ta sale gueule, lui avait dit Sloat. Ce pas grand-chose, comme tu dis, va me coûter le double de ce que tu gagnes en une semaine. Je devrais te virer, cow-boy de mes deux, et la seule chose qui me retient, c'est qu'il y a deux chances sur cent pour que tu dises vrai : hier soir, quand je suis sorti de chez Chasen, je ne me souviens pas d'avoir regardé sous la poignée de la porte, je l'ai peut-être FAIT, mais peut-être PAS, mais je te préviens : dorénavant, si tu m'adresses la parole autrement que pour me dire

« Bonjour, monsieur Sloat » et « Au revoir, monsieur Sloat » je te ferai virer à une telle vitesse que t'auras l'impression qu'on te décapite.

C'est pour cela que le cow-boy l'observait tandis qu'il inspectait sa carrosserie, car il savait bien que le couperet tomberait immédiatement si Sloat découvrait la moindre égratignure — il avait même peur de s'approcher pour lui dire le fameux « Bonjour monsieur Sloat ». Celui-ci, depuis la fenêtre de son bureau qui donnait sur le parking, avait déjà vu le gardien essuyer avec frénésie la carrosserie de la BMW pour en ôter quelque crotte d'oiseau, éclaboussure ou salissure. C'est ça l'avantage d'être patron, mon pote !

En quittant le parking, Sloat jeta un coup d'œil dans le rétroviseur et vit sur le visage du cow-boy la même expression que celle qu'avait eue Phil Sawyer, la dernière fois, juste avant de mourir quelque part dans l'Utah, au milieu de nulle part. Et son sourire ne le quitta plus qu'à la bretelle de l'autoroute.

Philip Sawyer avait mésestimé Morgan Sloat depuis le jour de leur première rencontre, quand ils étaient tous deux en première année à Yale. En y repensant, Sloat se dit que ce n'était pas difficile de le sous-estimer à l'époque — un garçon de dix-huit ans, qui débarquait d'Akron, boulot, balourd, gonflé d'angoisse et d'ambition, sortant de l'Ohio pour la première fois de sa vie. Il avait eu beaucoup de mal à cacher son ignorance aux autres qui parlaient si facilement de New York, du Club 21, ou du Stork Club, de Dave Brubeck qui passait au Basin Street et d'Errol Garner au Vanguard. « J'adore ce quartier de New York ! » avait-il lancé un jour, sur un ton aussi décontracté que possible, les doigts crispés, les mains moites (le matin ses mains portaient souvent la marque de ses ongles incrustée dans les paumes). « Quel quartier, Morgan ? » lui avait demandé Tom Woodbine. Les autres avaient pouffé. « Tu sais bien, Broadway et le Village. Par là-bas. » Fusèrent d'autres rires, encore plus cruels. Il était moche et mal habillé ; sa garde-robe était composée en tout et pour tout de deux costumes gris foncé, tous deux coupés à l'évidence pour un type aux épaules d'épouvantail. Il avait commencé à perdre ses cheveux au lycée, et on apercevait la peau rose de son crâne sous les coiffures courtes et plates.

Non, on ne pouvait pas dire que Sloat avait été un Adonis, et ça avait beaucoup joué. Les autres lui donnaient l'impression d'être un poing fermé : ses paumes meurtries, le matin, étaient à l'image de son âme ténébreuse. Les autres, tous passionnés de théâtre, comme Sawyer et lui-même, avaient des belles gueules, des ventres plats et l'allure décontractée. Vautrés dans les canapés de leurs suites à Davenport, tandis que lui, Sloat, auréolé d'une brume de sueur, restait debout pour ne pas froisser ses pantalons et pouvoir ainsi les porter quelques jours de plus, ils donnaient parfois l'impression d'un cénacle de jeunes dieux, avec leur chandail en cashmere négligemment jetés sur les épaules comme la toison d'or. Ils avaient l'intention de devenir acteurs, scénaristes, paroliers. Sloat se voyait déjà metteur en scène, les empêtrant dans un inextricable réseau de complications et d'intrigues que lui seul pourrait débrouiller.

Ses copains de chambre étaient Sawyer et Tom Woodbine, tous deux lui paraissant terriblement riches. Woodbine ne s'intéressait pas au théâtre, mais traînait dans les ateliers d'art dramatique pour faire comme Phil. Fils à papa, lui aussi, Tom Woodbine différait cependant des autres par son extrême sérieux et sa loyauté. Son but était de devenir avocat et il semblait déjà posséder la probité et l'impartialité d'un juge. (D'ailleurs, la plupart des camarades de Woodbine lui prédisaient qu'il finirait à la Cour Suprême, ce qui ne laissait pas de l'embarrasser.) Selon les critères de Sloat, Woodbine n'avait aucune ambition, étant davantage intéressé par l'aspect moral que par l'aspect matériel des choses. Bien sûr puisqu'il avait tout — et quand par malheur il lui manquait quoi que ce soit, les autres étaient prêts à le lui donner — comment aurait-il pu, lui tellement gâté par la nature et l'amitié, être ambitieux ? Sloat, presque inconsciemment, détestait Woodbine et ne parvenait pas à l'appeler Tommy.

Pendant les quatre années qu'ils passèrent à Yale, Sloat mit en scène deux pièces de théâtre : *No Exit,* que la critique du journal de l'université qualifia d'« imbroglio enragé », et *Volpone.* Cette dernière étant décrite comme une pièce « brouillonne, cynique et sinistre, bref, un cafouillage presque inimaginable ». Sloat fut tenu pour responsable de la plupart de ces qualificatifs. Sa vision étant trop intense, trop foisonneuse, il n'était peut-être pas fait pour être metteur en scène, après tout. Son ambition n'avait pas diminué pour autant, elle avait simplement pris une autre direction. Si, plus tard, il n'était pas lui-même derrière la caméra, pourquoi ne pas se trouver derrière les gens qui eux, étaient devant. Phil Sawyer s'était mis aussi à penser comme lui — il n'avait jamais été convaincu de ses talents d'homme de théâtre mais pensait, en revanche, posséder les qualités nécessaires à un bon imprésario.

— Et si nous allions monter une agence à Los Angeles ? avait proposé Philip en dernière année. C'est une idée complètement dingue et nos parents vont être furieux, mais ça peut marcher. Même si on doit galérer pendant un ou deux ans.

Car contrairement à ce que pensait Sloat, il l'avait appris depuis, Phil Sawyer n'avait pas de fortune. Il avait seulement l'air d'en avoir.

— Et dès que nous en aurons les moyens, on engagera Tommy comme avocat. D'ici là, il aura fini son droit.

— Bonne idée. D'accord, avait dit Sloat, se disant qu'il serait toujours temps d'annuler le projet au moment voulu. Et comment allons-nous appeler notre société ?

— Comme tu veux. Sloat & Sawyer. Ou alors, si on se réfère à l'ordre alphabétique...

— Sawyer & Sloat, oui, c'est formidable ! Par ordre alphabétique, avait acquiescé Sloat qui fulminait intérieurement, persuadé que son associé l'obligeait par là à suggérer une fois pour toute qu'il venait en second après Sawyer.

Comme l'avait prédit Phil, les parents s'élevèrent contre cette idée, mais les deux futurs inventeurs de talents mirent tout de même le cap sur Los Angeles à bord de la vieille De Soto de Morgan (encore une preuve que Sawyer était son débiteur) et louèrent un bureau dans un immeuble situé dans le quartier nord d'Hollywood où ils s'installèrent au milieu d'une population prospère de rats et de punaises. Ils commencèrent alors à écumer les clubs et les boîtes de nuit, faisant circuler partout où ils passaient leur carte de visite toute neuve. Rien — presque quatre mois déjà, et c'était un fiasco. Ils avaient récolté un comique qui se soûlait trop pour être drôle, un auteur qui ne savait pas écrire, une strip-teaseuse qui se faisait payer cash pour pouvoir arnaquer ses impresarii. C'est alors qu'un jour, en fin d'après-midi, défoncé à la marijuana et au whisky, Phil Sawyer lui avait parlé, en se tordant de rire, des Territoires.

— *Et tu sais quoi, toi qui est si ambitieux ? Je suis capable d'aller là-bas. Et oui, mon cher associé, je sais comment aller là-bas !*

Quelque temps après — ils allaient maintenant tous les deux sur les Territoires — Phil Sawyer rencontra, à un cocktail donné par la réception, une jeune actrice qui montait, et moins d'une heure plus tard, ils avaient leur première cliente importante. Celle-ci avait trois amies, toutes aussi insatisfaites qu'elle de leur agent. Et l'une de ces jeunes femmes avait un copain qui venait d'écrire un très bon scénario et qui avait besoin d'un agent, et ce copain avait un copain qui... Avant la fin de la troisième année, ils étaient installés dans un nouveau bureau, avaient changé d'appartement, et possédaient une part du gâteau hollywoodien. Les Territoires, Sloat l'acceptait sans le comprendre, leur étaient bénéfiques.

Sawyer s'occupait des clients : Sloat de l'argent, des investissements, de la gestion de l'agence. Sawyer dépensait l'argent — déjeuners, billets d'avions —, Sloat l'économisait, ce qui justifiait qu'il se servît un peu au passage. Après tout c'était bien lui qui cherchait des nouveaux domaines d'investissements : développement de terrains, immobilier, production de films. Quand Tommy Woodbine débarqua à Los Angeles, Sawyer & Sloat était déjà une affaire florissante de cinq millions de dollars.

Sloat s'aperçut qu'il détestait toujours autant son ancien camarade de promotion : Woodbine avait pris quinze kilos et, dans son costume trois pièces bleu foncé, avait plus que jamais l'air d'un magistrat, et se conduisait d'ailleurs comme tel. Il avait le teint fleuri (alcoolique ? se demandait Sloat) et ses manières étaient toujours aussi aimables et empruntées. La vie l'avait marqué — des petites rides d'intelligence au coin des yeux, le regard infiniment plus prudent que celui du fils à papa étudiant à Yale. Sloat comprit presque aussitôt, et sut que Phil Sawyer ne le verrait jamais, si on ne le lui disait pas, que Tommy Woodbine vivait avec un lourd secret : quoi qu'il eût été jadis, il était maintenant homosexuel. Lui-même devait se qualifier de *gay*. Ce qui avait facilité les choses — même se débarrasser de lui avait été plus facile.

Car tout le monde sait que les pédés se font toujours assassiner, pas vrai ? De plus, une tapette de cent cinq kilos pouvait-elle assurer l'éducation d'un adolescent ? Finalement Sloat avait épargné à Phil Sawyer les conséquences posthumes d'un grave manque de discernement. Si Sawyer avait fait de Sloat son exécuteur testamentaire et le tuteur de son fils, il n'y aurait eu aucun problème. Pour l'instant, les deux tueurs des Territoires — ceux-là mêmes qui avaient loupé l'enlèvement du gosse autrefois — avaient brûlé un feu rouge et failli se faire arrêter avant de repartir chez eux.

Tout aurait été bien plus simple, se disait Sloat pour la énième fois, si Phil ne s'était jamais marié. Sans Lily, pas de Jack ; et sans Jack, pas de problèmes. Phil n'avait peut-être jamais lu le rapport que Sloat avait préparé concernant le passé de Lily Cavannaugh : des informations précises sur : où, quand, et avec qui. Ça aurait probablement tué dans l'œuf cette histoire d'amour, aussi radicalement que la fourgonnette noire avait écrasé Tom Woodbine. En tout cas, si Sawyer avait lu ce rapport détaillé, ça l'avait laissé de marbre. Il voulait épouser Lily et il l'avait fait. Quant à son putain de Double, il avait épousé la reine Laura. Encore un mauvais calcul. Et récompensé de la même manière ; normal.

Finalement, se disait Sloat avec une certaine satisfaction, il ne restait plus que quelques détails à régler et tout rentrerait dans l'ordre. Après tant d'années — à son retour d'Arcadia Beach — il aurait enfin la totalité de Sawyer & Sloat dans la poche. Et dans les Territoires, les choses se présentaient de la même façon : ses projets étaient sur le point de se réaliser, le pouvoir était prêt à tomber dans les mains de Morgan. Dès que la reine serait morte, son régent dirigerait le pays en introduisant tous les petits changements que lui et Sloat avaient prévus. Et il n'y aurait plus qu'à regarder le fric s'entasser. Le fric et tout le reste.

Son client, Asher Dondorf, vivait au rez-de-chaussée d'un appartement neuf situé dans une des petites ruelles de la Marina qui donnaient sur la plage. Dondorf était un vieil acteur de composition qui avait curieusement eu beaucoup de succès vers la fin des années 70 dans une série télévisée où il tenait le rôle d'un propriétaire qui avait comme locataire deux jeunes détectives privés, mignons comme des bébés pandas, qui eux, étaient les vedettes de la série. Dès les premiers épisodes où il avait fait quelques apparitions, Dondorf avait reçu tellement de courrier que les scénaristes avaient décidé de développer son rôle, le transformant en papa-poule des deux autres, lui faisant découvrir les auteurs de deux meurtres, courir de grands dangers etc, etc. Son salaire avait doublé, triplé, quadruplé, et lorsque au bout de six ans, la série s'était arrêtée, il était retourné au cinéma. C'était là que les problèmes avaient commencé, Dondorf se prenant pour une star, alors que les producteurs ne voyaient en lui qu'un acteur de composition, au demeurant populaire, mais ne pouvant en aucun cas être un atout majeur pour un projet quel qu'il fût. Dondorf voulait des fleurs dans son salon, un coiffeur personnel, un coach personnel pour ses dialogues, plus d'argent, plus de considération, plus d'amour, plus de tout. Bref, Dondorf faisait chier le peuple.

Après avoir garé sa voiture dans l'étroite ruelle et en être sorti en prenant soin de ne pas érafler la portière contre le mur de brique, Sloat prit une décision : si, dans les jours à venir, il apprenait, ou soupçonnait, que Jack Sawyer avait découvert l'existence des Territoires, il le tuerait. Il y avait quand même des risques qu'il ne fallait pas prendre.

Sloat sourit intérieurement en se glissant un autre comprimé de Di-Gel dans la bouche et gratta à la porte de l'appartement. Il savait déjà qu'Asher Dondorf avait l'intention de se suicider. Et qu'il avait déjà prévu de faire ça dans son salon, en foutant le plus de bordel possible. Un connard hystérique tel que son futur ex-client pensait à coup sûr qu'un suicide sanguinolent serait une excellente revanche sur la banque qui avait hypothéqué son appartement.

Quand Dondorf, pâle et tremblant, lui ouvrit la porte, le sourire chaleureux dont le gratifia Sloat était tout à fait sincère.

DEUXIÈME PARTIE

Les chemins de l'épreuve

Chapitre 6

LE PAVILLON DE LA REINE

1

Les brins d'herbe en dent de scie qui se dressaient devant les yeux de Jack étaient hauts et raides comme des sabres. Ils couperaient le vent mais ne plieraient pas. Jack leva la tête en poussant un gémissement. Il ne possédait pas la dignité de l'herbe. Il avait encore l'estomac retourné et les yeux et le front brûlants. Il se mit à genoux et s'obligea à se lever. Une longue charrette tirée par des chevaux descendait dans sa direction, sur le chemin poussiéreux, et son conducteur, un homme au visage rouge et barbu, presque aussi corpulent que les tonneaux de bois qui brinquebalaient bruyamment à l'arrière, avait les yeux fixés sur lui. Jack lui fit un signe de tête et tout en essayant d'avoir l'air d'un garnement surpris en train de piquer un petit roupillon en douce, enregistra le plus de détails possible sur le bonhomme.

Une fois debout, il se sentit mieux, mieux d'ailleurs que jamais depuis son départ de Los Angeles ; pas seulement physiquement, mais en quelque sorte en harmonie avec son corps, et mystérieusement bien dans sa peau. Le vent tiède et odorant des Territoires lui caressait le visage — parfum délicat et fleuri très distinct de la forte odeur de viande crue dont le fond de l'air était chargé. Jack se passa les mains sur le visage et jeta un regard furtif au conducteur du chariot, le premier homme des Territoires qu'il rencontrait.

S'il lui adressait la parole, comment allait-il lui répondre ? Est-ce qu'on parlait même anglais, ici ? Le même anglais que lui ? Jack s'imagina un instant débarquer dans un monde où les gens s'adresseraient à lui en disant : Où allez-vous de ce pas, gentil damoiseau ? et prit aussitôt la décision, si cela devait être le cas, de faire semblant d'être muet.

Le conducteur finit par détourner son regard de Jack et s'adressa en marmonnant à ses chevaux dans une langue qui n'était décidément pas de l'anglo-américain des années 80. « Hue Hue. » Mais peut-être était-ce ainsi qu'on parlait à la gent chevaline ? Jack recula dans les salicornes, regrettant de ne pas s'être levé quelques secondes plut tôt. L'homme le dévisagea à nouveau et surprit Jack en lui faisant un signe de tête — ni amical, ni inamical, un simple geste de reconnaissance entre pairs : « *J'ai hâte que cette journée de travail soit terminée, mon frère.* » Jack répondit par un signe, essaya de ne pas mettre les mains dans ses poches, et dut avoir l'air quelque peu ébahi, car l'homme éclata de rire — et son rire n'était pas désagréable.

Les vêtements de Jack s'étaient transformés — il portait à la place de ses jeans en velours côtelé un gros pantalon de laine rude. Au-dessus de la ceinture, il était vêtu d'une espèce de veste ajustée en étoffe bleue très douce. Un justaucorps, peut-être ? se dit Jack. La veste était fermée non par des boutons mais par une rangée d'agrafes et d'œillères. L'ensemble, à l'évidence, cousu main.

Les baskets aussi, avaient disparu, remplacées par des sandales de cuir. Quant au sac à dos, il avait été métamorphosé en sacoche de cuir, retenue à l'épaule par une courroie, en cuir, elle aussi. L'homme sur le chariot portait des vêtements presque identiques — son justaucorps en cuir maculé était couvert d'auréoles qui, à l'intérieur d'autres auréoles, formaient des cercles concentriques comme le cœur d'un vieil arbre.

Dans un bruit de ferraille, la charrette passa devant Jack en soulevant un nuage de poussière. Des tonneaux lui parvint une odeur musquée de levure de bière. Derrière les tonneaux, Jack aperçut une triple pile de ce qu'il prit inconsidérément pour des pneus de camion. Il sentit leur odeur et s'avisa au même instant qu'ils étaient parfaitement et entièrement lisses, une odeur crémeuse, prometteuse de plaisirs subtils et profonds qui déclencha immédiatement sa faim. C'était du fromage. Mais un fromage comme il n'en avait jamais encore goûté. Derrière les grosses meules, au fond du chariot, un tas de viande crue tremblotait sous un essaim de mouches — des côtes de bœuf démesurées et saignantes, d'énormes tranches qui ressemblaient à de gigantesques steaks, et un morceau d'organes visqueux, qu'il ne put identifier. L'odeur puissante de la viande crue assaillit Jack, tuant la faim déclenchée par celle du fromage. Quand la charrette l'eut dépassé, il se planta au milieu du chemin et la regarda s'éloigner en cahotant vers le sommet d'une petite côte. Un instant plus tard, il se mit en marche derrière elle et se dirigea vers le nord.

Il était encore à mi-côte quand il aperçut le mât de la grande tente, entouré de fanions claquant au vent. C'était là qu'il devait se rendre, se dit-il. Il fit encore quelques mètres, passa devant le buisson de mûres inoubliables dont il s'était régalé lors de sa première visite (s'en souvenant avec gourmandise, il en fourra deux énormes dans sa bouche) et arriva en haut de la côte d'où il put enfin voir la tente en entier. C'était un vaste pavillon avec une cour intérieure, des portes d'accès et de longues ailes de part et d'autre de l'édifice central. Tout comme l'Alhambra, cette excentrique structure — l'intuition de Jack lui souffla qu'il s'agissait d'un pavillon d'été — dominait l'océan. Poussés par des forces aussi puissantes et invisibles que celles de l'aimant sur la limaille de fer, des gens entraient et sortaient du pavillon par petits groupes. Des groupes qui se formaient, se divisaient, pour circuler à nouveau.

Jack vit que si certains hommes portaient des vêtements somptueux, la plupart étaient habillés comme lui. Quelques femmes, vêtues de longues robes d'une blancheur éclatante, traversaient la cour intérieure avec une détermination de généraux d'armée. Devant le grand pavillon se dressaient une multitude de petites tentes et de cabanes en bois d'aspect précaire ; là aussi il y avait des gens qui marchaient, qui mangeaient, parlaient et marchandaient. Ceux-là pourtant paraissaient se déplacer d'une manière plus décontractée, moins ordonnée. C'était quelque part au milieu de cette foule affairée qu'il lui faudrait trouver l'homme à la cicatrice.

Avant de poursuivre son chemin, il jeta un coup d'œil derrière lui, tout en bas du chemin d'ornières, pour voir ce qu'était devenu le parc d'attractions.

En voyant deux petits chevaux tirer des charrues, à environ cinquante mètres de là, il se dit que le parc s'était transformé en ferme, mais en remarquant une petite foule attroupée au bout du champ, il comprit qu'il s'agissait d'une course de chevaux. Son regard fut alors attiré par un immense rouquin, nu jusqu'à la ceinture, qui tournait sur lui-même comme une toupie. Il tenait un objet long et lourd dans ses bras tendus. Puis il s'arrêta brusquement en lâchant l'objet, qui vola longtemps avant de tomber et de rebondir sur l'herbe — c'était un marteau. Le parc d'attractions était donc une foire et pas une ferme — Jack distinguait maintenant des tables couvertes de victuailles, et des enfants sur les épaules de leur père.

Y avait-il là aussi, s'assurant que chaque courroie et harnais était en bon état, que chaque fourneau était rempli de bois, un Speedy Parker qui veillait à tout ? Jack l'espérait.

Et sa mère, était-elle encore assise toute seule dans le salon de thé, en train de se demander pourquoi elle l'avait laissé partir ?

Jack se retourna et vit la longue charrette cahotante franchir les portes du palais d'été et tourner sur la gauche, fendant la foule, comme une voiture qui tourne dans la Cinquième Avenue fend au carrefour la foule des piétons. Il se remit aussitôt en route.

2

Jack craignait que remarquant qu'il était différent d'eux, les gens qui allaient et venaient devant le pavillon se retournent sur lui. Aussi gardait-il la plupart du temps les yeux baissés, et prenait-il l'air absorbé d'un gamin chargé de faire des commissions compliquées qu'il essaye de se remémorer : *une pelle, deux pioches, une pelote de ficelle, un bocal de graisse d'oie...* Mais il se rendit bientôt compte que personne ne faisait attention à lui. Les badauds se pressaient, ou flânaient, inspectaient les marchandises — tapis, pots en fer, bracelets — présentées dans les petites tentes ; ils buvaient dans des bols en bois, se tiraient par la manche pour faire une remarque ou entamer une conversation, discutaient avec les gardes à l'entrée du pavillon, chacun occupé à ses propres affaires. Il se sentit alors ridicule de faire tout ce cinéma, se redressa et entreprit de se rapprocher, mine de rien, de la grande porte.

Il s'était vite rendu compte qu'il ne lui serait pas possible de la franchir comme ça — les deux gardes postés de part et d'autre de l'entrée arrêtaient et interrogeaient tous ceux qui voulaient pénétrer à l'intérieur du palais d'été. Tous devaient montrer des laissez-passer ou exhiber des sceaux ou des insignes qui leur en permettaient l'accès. Jack n'ayant, quant à lui, que le médiator d'ivoire que lui avait remis Speedy Parker, il ne pensait pas que cela satisferait les gardes. Ils venaient justement de laisser entrer un homme qui leur avait présenté un insigne en argent. Un autre qui le suivait fut arrêté. Il commença par discuter, puis changeant de tactique, se mit à supplier. Le garde, inflexible, remua la tête et lui ordonna de partir.

— Ses hommes à lui n'ont aucun problème pour entrer, dit quelqu'un à la droite de Jack, résolvant, ce faisant, le problème du langage sur les Territoires. Jack tourna la tête pour voir si c'était à lui que l'on s'adressait. Mais l'homme d'âge mûr qui marchait près de Jack parlait à quelqu'un d'autre, vêtu lui aussi, comme la plupart des gens qui se trouvaient là, très simplement.

— Ils ont intérêt à agir ainsi, répondit le deuxième. Il doit arriver aujourd'hui, il ne va plus tarder maintenant.

Jack suivit les deux hommes qui se dirigeaient vers la porte.

Comme ils approchaient, les gardes s'avancèrent vers eux ; Jack resta en retrait. Il n'avait encore vu personne avec une cicatrice, ni d'ailleurs aucun officier. Les seuls soldats qu'il avait rencontrés étaient ces deux sentinelles, toutes deux jeunes et d'allure campagnarde — avec leur grosse face rubiconde qui émergeait d'un uniforme à jabot empesé, on aurait dit des fermiers déguisés. Les deux hommes que Jack suivait avaient sûrement montré patte blanche, car après quelques minutes de conversation, les gardes reculèrent et leur firent signe de passer. L'un des gardes regarda Jack d'un œil inquisiteur, et celui-ci détourna la tête et s'éloigna.

Il ne pourrait jamais entrer dans le palais s'il ne trouvait pas l'homme à la cicatrice.

Un petit groupe d'individus s'approcha du garde qui avait dévisagé Jack et commença à discuter : ils n'avaient malheureusement pas leurs laissez-passer mais ils étaient attendus, une affaire très importante, il y avait beaucoup d'argent en jeu. Le garde disait non en remuant la tête, son menton frottant le jabot blanc de son uniforme. Tandis que Jack les observait en se demandant toujours comment trouver le capitaine, le chef des quémandeurs leva le poing au ciel. Son visage était à présent aussi rouge que celui du garde. Il fit mine de repousser le soldat de la main. L'autre garde vint rejoindre son compagnon — tous deux avaient l'air hostile et ennuyé.

Un troisième personnage, de haute taille et portant beau, vêtu d'un uniforme un peu différent des deux autres — c'était peut-être sa manière de revêtir l'uniforme qui donnait l'impression qu'il aurait pu convenir aussi bien sur une scène d'opérette que sur un champ de bataille —, se matérialisa sans bruit à côté d'eux. Jack remarqua qu'il n'avait pas de jabot et que son couvre-chef n'était pas un tricorne, mais un casque pointu. Il s'entretint avec les gardes puis se tourna vers le chef du groupe. Cris et récriminations cessèrent sur-le-champ. L'homme parlait calmement : Jack vit refluer le danger, les sollicitateurs perdre leur assurance, leurs épaules se voûter. Ils commencèrent à s'éloigner. L'officier les regarda partir puis se tourna vers les gardes pour leur parler.

Tandis que l'officier, par sa seule présence, faisait fuir les hommes du groupe, Jack planté devant lui ne pouvait détacher ses yeux de la longue cicatrice en zigzag qui lui zébrait le visage de l'œil droit à la mâchoire.

Après avoir salué les gardes, l'officier s'éloigna à son tour. Il marchait rapidement, sans regarder à droite ni à gauche, fendant la foule, se dirigeant apparemment vers un endroit situé à côté du palais d'été. Jack lui emboîta le pas.

— Monsieur ! appela-t-il, mais l'homme continua à avancer dans la foule des badauds.

Jack contourna en courant quelques hommes et femmes qui entraînaient de force un cochon vers l'une des petites tentes, se faufila parmi d'autres gens qui se dirigeaient vers la porte du palais, et finit par être assez près de l'officier pour lui toucher le coude :

— Capitaine ?

L'officier se retourna et Jack s'arrêta net, pétrifié. De près, la cicatrice paraissait en relief, comme une créature vivante plaquée sur le visage. Même sans cicatrice, se dit Jack, le visage de cet homme exprimerait une violente impatience.

— Qu'y a-t-il, petit ? demanda-t-il.

— Capitaine, je suis sensé m'adresser à vous — je dois absolument voir la Dame, mais je ne crois pas pouvoir entrer dans le palais sans votre aide. Oh, je dois aussi vous montrer ça.

Il plongea la main dans la vaste poche de ses pantalons — encore un peu nouveaux pour lui — et ses doigts se refermèrent sur l'objet triangulaire.

Quand il ouvrit la main, quelle ne fut pas sa surprise de voir que ce n'était plus un médiator mais une longue dent, une dent de requin peut-être, incrustée d'un motif sinueux en or.

Quand Jack leva les yeux sur le capitaine, s'attendant presque à recevoir une gifle, il vit que celui-ci avait l'air tout aussi stupéfait. L'impatience qui avait semblé être inhérente à sa personnalité avait totalement disparu. Ses traits énergiques furent un instant altérés par une expression d'incertitude mêlée de crainte. Le capitaine tendit la main vers celle de Jack qui crut qu'il voulait prendre la dent incrustée : il la lui aurait volontiers remise, mais l'homme se contenta de replier les doigts du garçon sur l'objet.

— Suis-moi, lui dit-il.

Ils se dirigèrent sur le côté du grand pavillon et le capitaine fit passer Jack derrière un immense pan de toile raide. Là, dans l'obscurité rougeoyante, on aurait dit que quelqu'un avait dessiné un gros trait rose sur le visage du soldat.

— Cet objet, dit-il d'une voix calme. Où l'as-tu trouvé ?

— C'est Speedy Parker qui me l'a donné. Il m'a dit de vous chercher et de vous le montrer.

L'homme hocha la tête.

— Ce nom m'est inconnu, dit-il en serrant fermement le poignet du garçon. Donne-moi cet objet et dis-moi où tu l'as volé.

— J'ai dit la vérité, se défendit Jack. C'est Lester Speedy Parker qui me l'a donné. Il travaille au parc d'attractions. Mais quand il me l'a remis, ce n'était pas une dent, c'était un médiator de guitare.

— J'ai l'impression que tu ne sais pas ce qui t'attend, petit.

— Vous le connaissez, fit Jack d'une voix suppliante. Il vous a décrit à moi — il m'a dit que vous étiez capitaine des Gardes Extérieurs. C'est Speedy qui m'a dit de vous chercher.

Le capitaine hocha à nouveau la tête et resserra son étreinte autour du poignet de Jack.

— Décris-moi cet homme. Je vais bien voir si tu mens ou non. Alors à ta place, je ferais attention à ce que je raconte.

— C'est un vieil homme, dit Jack. Il était musicien autrefois.

Il eut l'impression de voir un éclair traverser le regard de l'homme, comme si ça lui rappelait quelque chose.

— Il est noir — c'est un Noir — avec des cheveux blancs. Son visage est marqué de rides profondes et il est maigre comme un clou. Mais il est beaucoup plus costaud qu'il n'en a l'air.

— Un Noir ? Tu veux dire un homme à la peau sombre ?

— C'est-à-dire que les Noirs ne sont pas *vraiment* noirs. Tout comme les Blancs ne sont pas vraiment blancs.

— Un homme à la peau sombre qui s'appelle Parker ?

L'officier relâcha son étreinte.

— Ici, on l'appelle Parkus. Ainsi tu viens de...

Il désigna du menton un point invisible au-delà de l'horizon.

— C'est ça, fit Jack.

— Et Parkus... Parker... t'a envoyé pour voir notre reine ?

— Il m'a dit qu'il fallait que je la voie. Et que vous me conduiriez auprès d'elle.

— Il faudra faire vite, dit le capitaine. Je crois que j'ai une idée, mais il n'y a pas de temps à perdre.

Il avait changé d'état d'esprit avec une aisance toute militaire.

— Maintenant, écoute-moi bien. Nous avons beaucoup de bâtards chez nous, alors on dira que tu es un de mes fils, d'un autre lit. Que tu m'as désobéi, que tu n'as pas fait ce que je t'avais demandé, et que je suis furieux contre toi. Je crois que personne ne nous arrêtera si nous jouons notre rôle avec conviction. Je vais pouvoir te faire rentrer, mais ça risque d'être un peu plus difficile quand nous serons à l'intérieur. Tu penses que tu pourras y arriver ? A convaincre les gens que tu es mon fils ?

— Ma mère est actrice, lui dit Jack, tout fier de Lily.

— Bon. Eh bien nous allons voir ce qu'elle t'a appris, dit le capitaine en lui faisant — à sa grande surprise — un clin d'œil. J'essaierai de ne pas trop te malmener.

Puis il étonna le garçon en l'attrapant fermement par le haut du bras.

— Allons-y, dit-il, et il sortit de leur abri en traînant Jack derrière lui.

« Quand je te dis de laver par terre derrière la cuisine, tu dois le faire ! dit d'une voix forte le capitaine sans le regarder. Tu as compris ? Tu dois faire ton travail ! Et si tu ne le fais pas, tu dois être puni !

— Mais j'ai presque tout fait !... pleurnicha Jack.

— Je ne t'ai pas dit de faire presque tout !... hurla le capitaine, en traînant Jack par le bras. La foule se séparait pour les laisser passer. Certains souriaient à Jack d'un air compatissant.

— Je t'assure que j'allais finir, j'allais y retourner !...

L'officier tira encore plus fort sur le bras de Jack en franchissant la porte, sans jeter un regard aux gardes.

— Non, Papa ! hurla Jack. Tu me fais mal !

— Ce n'est qu'un avant-goût de ce que tu vas recevoir ! répliqua le capitaine et il lui fit traverser la vaste cour que Jack avait aperçue du chemin charretier.

Au fond de la cour, l'officier l'entraîna sur un escalier de bois qui menait à l'intérieur du palais.

— Maintenant, tu as intérêt à jouer serré, chuchota le capitaine, et il s'engouffra dans un long couloir, en étreignant toujours aussi fort le bras de Jack pour y laisser des marques.

— Je ne te désobéirai plus ! cria Jack.

L'homme s'engagea dans un autre couloir, plus étroit. L'intérieur du palais ne ressemblait pas du tout à l'intérieur d'une tente. C'était un véritable labyrinthe composé de corridors et de petites salles, et partout flottait une odeur de fumée et de graillon.

— Promets-le-moi ! aboya le capitaine.

— Je te le promets ! Je te le promets !

En débouchant d'un couloir, ils tombèrent sur un petit groupe d'hommes élégamment vêtus qui bavardaient, appuyés contre le mur ou étendus sur des sofas. Ils tournèrent la tête en voyant arriver le bruyant tandem. L'un d'eux, qui venait, sur un ton moqueur, de donner des ordres à deux femmes qui portaient des piles de draps, lança un regard soupçonneux dans leur direction.

— Et moi je te promets de te donner la raclée de ta vie, gronda le capitaine. Ça te passera l'envie de recommencer.

Deux ou trois des hommes rirent. Ils portaient des chapeaux à larges bords ornés de fourrure et leurs bottes étaient en velours. Ils avaient l'air avide et superficiel. L'homme qui parlait aux servantes, celui qui paraissait être le responsable, était grand et squelettique, son visage tendu reflétait l'ambition et il suivit du regard l'officier et le garçon qui passaient devant lui.

— Non ! Je t'en supplie, gémit Jack.

— Chaque fois que tu me supplies, c'est un coup de fouet de plus, grommela le capitaine, ce qui déclencha à nouveau le rire des hommes. Le grand maigre se permit même un sourire froid comme une lame avant de se retourner vers les servantes.

Le capitaine poussa le garçon dans une chambre vide remplie de meubles poussiéreux. Puis il lâcha enfin le bras douloureux de Jack.

— Ces types-là sont ses hommes, dit-il à voix basse. Comment sera la vie quand...

Il hocha la tête et pendant un instant parut oublier sa hâte.

— Dans le *Livre du Bon Fermier,* il est dit que les humbles hériteront la terre, mais ces types sont totalement dépourvus d'humilité. Ils ne sont bons qu'à pérorer. Ils veulent posséder les richesses, ils veulent...

Il leva les yeux, non désireux, ou incapable de dire ce que ces hommes voulaient. Puis son regard se reporta sur le garçon.

— Il va falloir se dépêcher, mais heureusement, il y a encore dans ce palais des passages secrets inconnus d'eux.

Il désigna du menton un mur en bois jauni.

Jack le suivit, et comprit ce qu'il voulait dire quand son grand compagnon appuya sur deux clous sombres à l'extrémité gauche d'une planche couverte de poussière. Aussitôt le panneau bascula vers l'intérieur, découvrant un étroit passage obscur pas plus haut qu'un cercueil dressé.

— Tu pourras seulement jeter un coup d'œil, le temps de l'apercevoir, dit-il. Mais je suppose que ça doit te suffire. Et de toute façon, tu ne pourrais pas t'approcher d'elle. Continue **tout droit** jusqu'à ce que je te dise de t'arrêter, chuchota le capitaine. Et Jack se glissa dans le passage.

Quand le capitaine referma le panneau derrière eux, Jack se mit lentement en marche dans une totale obscurité.

L'étroit boyau était sinueux, occasionnellement éclairé par une faible lueur qui parvenait jusque-là par une fissure dans une porte dérobée ou d'une lucarne au-dessus de leur tête. Jack perdit bientôt le sens de l'orientation et suivit aveuglément les instructions que lui soufflait son compagnon. A un certain moment, lui parvint un délicieux fumet de viande grillée, puis un peu plus tard une odeur caractéristique d'égout.

— Arrête-toi, lui dit enfin le capitaine. Maintenant, lève les bras, je vais te soulever.

— Je pourrai voir quelque chose ?

— Tu vas le savoir tout de suite, répondit le capitaine en le prenant sous les aisselles et en le soulevant du sol. Il y a un panneau devant toi, chuchota-t-il. Fais-le glisser vers la gauche.

Jack tendit sa main dans le noir et sentit une surface de bois lisse. Elle glissa facilement et la lumière éclaira suffisamment le passage pour que Jack aperçoive une araignée grosse comme un chat qui se baladait au plafond. Il regarda au-dessous de lui et vit une immense pièce, vaste comme un hall d'hôtel, remplie de femmes en robes blanches et de meubles précieux et richement décorés qui évoquèrent pour lui tous les musées qu'il avait visités avec ses parents. Au centre de la pièce, sur un lit immense, gisait une femme endormie ou inconsciente ; seules sa tête et ses épaules étaient visibles au-dessus des draps.

Jack faillit alors hurler de terreur et de surprise quand il vit que la femme endormie était sa mère. C'était bien elle, et elle était mourante.

— Tu l'as vue ! fit à voix basse le capitaine en le serrant avec plus de fermeté dans ses bras.

Bouche bée, Jack ne pouvait détacher les yeux de sa mère. Elle était mourante, il n'y avait plus de doute ; même sa peau était d'une blancheur maladive, et sa chevelure avait perdu tout éclat. Les femmes qui lui dispensaient les soins s'affairaient autour d'elle, tirant les draps, rangeant des livres sur une table, mais elles faisaient à l'évidence semblant de s'occuper, car elles ne savaient pas comment venir en aide à la malade. Ces caméristes savaient que pour ce genre de maladie, il n'y avait pas d'aide possible. Réussir à retarder la mort d'une semaine, ou même d'un mois était déjà une gageure.

Jack reporta son regard sur le visage blême comme un masque de cire et comprit enfin que cette femme n'était pas sa mère. Son menton était plus rond, la forme du nez plus classique. Cette moribonde était le Double de sa mère ; c'était Laura DeLoessian. Speedy avait peut-être voulu qu'il voie plus de choses encore, mais il n'en était pas capable : ce visage blafard et inerte ne révélait rien de la femme qui était derrière.

— Ça va, dit-il en remettant le panneau en place. Et le capitaine le reposa sur le sol.

Il demanda dans l'obscurité :

— De quoi souffre-t-elle ?

— Personne ne le sait, dit la voix du capitaine au-dessus de lui. La reine ne voit plus, elle ne parle plus, ne bouge plus... Il se tut un moment puis ajouta : Nous devons retourner là-bas.

Ils émergèrent sans bruit du passage obscur dans la pièce vide et poussiéreuse. Le capitaine brossa les toiles d'araignée qui s'étaient accrochées à son uniforme. Penchant la tête sur le côté, il regarda longuement Jack, le visage empreint d'inquiétude.

— Maintenant tu dois répondre à ma question, dit-il.

— Oui.

— Est-ce qu'on t'a envoyé ici pour la sauver ? Pour sauver la reine ?

Jack acquiesça.

— Je crois. Je crois que c'est en partie pour ça. Dites-moi une chose. Il hésita. Pourquoi ces salauds, là-bas, ne prennent-ils pas le pouvoir ? Elle ne serait sûrement pas en mesure de les arrêter.

Le capitaine sourit. Il n'y avait pas le moindre humour dans ce sourire.

— A cause de moi, dit-il. *Mes hommes et moi* nous les empêcherions de le faire. Je ne sais pas quelles ont été leurs menées, là-bas, aux Avant-Postes où l'ordre est très précaire. Mais ici, nous sommes fidèles à la reine.

Juste sous l'œil, sur la pommette vierge de cicatrice, un muscle tressautait comme un poisson. Il pressait ses mains l'une contre l'autre.

— Et tes ordres, tes instructions, peu importe... c'est bien d'aller vers l'Ouest, c'est bien ça, non ?

Jack sentait presque physiquement la tension de l'homme qui ne contrôlait son agitation croissante que grâce à une autodiscipline pratiquée depuis toujours.

— Oui, répondit Jack. Je dois en effet partir pour l'Ouest. C'est bien ce que je dois faire, n'est-ce pas ? Me rendre à l'autre Alhambra ?

— Je ne peux rien dire, je ne peux rien dire, laissa échapper le capitaine en reculant d'un pas. Il faut te sortir d'ici le plus vite possible. Je ne peux pas te dire ce que tu dois faire.

Il ne pouvait même plus regarder Jack maintenant.

— Mais tu ne peux pas rester ici une minute de plus. Voyons. Euh, voyons si on peux te faire filer avant l'arrivée de Morgan.

— Morgan ? répéta Jack, pensant n'avoir pas bien entendu. Morgan Sloat ? Il doit venir ici ?

Chapitre 7

FARREN

1

Le capitaine fit mine de ne pas avoir entendu la question de Jack. Il fixait un coin de cette pièce inutilisée comme s'il y avait là-bas quelque chose à regarder. Il réfléchissait intensément, et très vite, Jack le voyait bien. Et l'oncle Tommy lui disait toujours qu'interrompre une grande personne qui réfléchissait était aussi impoli qu'interrompre une grande personne qui parlait. Mais...

Evite le vieux Bloat. Méfie toi de lui — de lui et de son Double... Il va te suivre à la trace comme un renard qui poursuit une oie.

Speedy lui avait dit ça, mais Jack avait tellement été obnubilé par le Talisman qu'il en avait presque oublié cette recommandation. Maintenant les paroles de Speedy lui revenaient, lui faisant l'effet d'un coup de matraque sur la nuque.

— A quoi ressemble-t-il ? demanda Jack au capitaine.

L'autre sursauta comme si on le tirait d'une rêverie profonde :

— Morgan ?

— Oui. Est-ce qu'il est gros et plutôt chauve ? Et quand il est en colère, est-ce qu'il fait comme ça ? demanda-t-il avec un talent inné d'imitation — talent qui avait fait s'écrouler de rire son père, même lorsqu'il était fatigué et déprimé.

Il se transforma littéralement en Morgan Sloat : l'air soudain vieux, il plissa le front, comme le faisait l'oncle Morgan quand il était fâché, rentra les joues en baissant la tête pour avoir un double menton, ses lèvres se gonflèrent en une moue qui le fit ressembler à un poisson, et il se mit à lever et baisser rapidement les sourcils.

— Est-ce qu'il fait comme ça ?

— Non, dit le capitaine.

Mais un éclair traversa son regard, comme lorsque Jack lui avait dit que Speedy Parker était un vieux Noir.

— Morgan est grand comme ça, fit le capitaine en mettant la main sur son épaule droite, pour montrer à Jack la hauteur. Il a les cheveux longs et il boite. Il a un pied bot. Il porte un talon de compensation, mais...

Il haussa les épaules.

— Vous avez pourtant eu l'air de le reconnaître quand je l'ai mimé. Vous...

— Chut ! Ne crie pas si fort, bon sang !

— Je crois que je sais qui c'est, dit Jack à voix basse.

Et pour la première fois, il comprit ce qui se passait en lui et pourquoi il avait peur. Il le comprit bien mieux qu'il ne comprenait le monde qui l'entourait. *L'oncle Morgan, ici, mon Dieu !*

— Morgan, c'est Morgan, mon garçon. Et ce n'est pas quelqu'un avec qui on plaisante. Allez viens. Sortons d'ici.

Sa main se referma à nouveau sur le bras de Jack qui tressaillit de douleur mais ne moufta pas.

Parker devient Parkus. Et Morgan... ça ne peut pas être une coïncidence.

— Attendez, dit-il, une autre question lui venant à l'esprit. Est-ce qu'elle avait un fils ?

— La reine ?

— Oui.

— Elle avait un fils, en effet, répondit de mauvaise grâce le capitaine. Oui, mon garçon. Mais nous ne pouvons plus rester ici. Nous...

— Parlez-moi de lui.

— Il n'y a rien à en dire, répondit le capitaine. L'enfant est mort très vite, six semaines après être sorti du ventre de sa mère. Le bruit a couru que l'un des hommes de Morgan — peut-être Osmond — avait étouffé le bébé. Mais ce sont des ragots mesquins. Je n'ai aucune sympathie pour Morgan d'Orris, mais tout le monde sait bien qu'un enfant sur dix meurt au berceau. Personne ne sait pourquoi ; ils meurent mystérieusement, sans raison. Il y a un dicton qui dit *Aucun clou n'échappe au marteau du Grand Charpentier.* Aux yeux du Grand Charpentier, un enfant royal est comme les autres. Il... eh, petit, tu vas bien ?

Jack eut l'impression que tout devenait gris autour de lui. Il chancela, et les bras fermes du capitaine l'accueillirent, doux comme un oreiller de plumes.

Jack aussi avait failli mourir au berceau.

Sa mère lui avait raconté comment ça s'était passé — elle l'avait retrouvé inerte, apparemment sans vie, dans son berceau, les lèvres bleues, les joues couleur de cierge funéraire éteint. Elle lui avait raconté comment elle l'avait pris dans les bras et s'était précipitée dans le salon. Son père et Sloat, en train de fumer de l'herbe en buvant du vin, regardaient un match de catch à la télévision. Son père l'avait arraché aux bras de sa mère et lui avait pincé le nez très fort (*tu as eu des marques pendant presque un mois, Jacky,* lui avait dit sa mère avec un rire nerveux) et avait posé sa bouche sur celle, minuscule, du bébé, tandis que Morgan criait : *Je crois que c'est inutile, Phil, je crois que c'est inutile !*

(*Il était rigolo, l'oncle Morgan, n'est-ce pas, maman ?* avait dit Jack. *Oui, très rigolo, Jacky-boy,* avait répondu sa mère avec un sourire bizarre, en allumant une de ses Herbert Taritoune à celle qui se consumait dans le cendrier).

— Petit ! dit à voix basse le capitaine, et il le secoua si fort que la tête de Jack se renversa avec un petit craquement.

Il le vit : Morgan se levant, souriant d'un air décontracté, disant quelque chose comme : *« Je reviens tout de suite, Phil, le temps d'aller faire un peu de place »,* et son père remarquant à peine son départ, trop absorbé par Haystack Calhoun qui faisait une clé au bras à son malheureux adversaire ; Morgan passant du salon éclairé par l'écran de télé à l'obscurité feutrée de la chambre d'enfant où le petit Jack Sawyer dormait dans la grenouillère Mickey; le petit Jack Sawyer bien au chaud et en sécurité dans ses couches douillettes. Il vit l'oncle Morgan jeter un regard furtif derrière lui, vers le rectangle lumineux de la porte du salon, fronçant son front dégarni et faisant une grimace qui le faisait ressembler à une perche goujonnière ; il vit l'oncle Morgan prendre un coussin sur un fauteuil proche, poser le coussin doucement mais fermement sur la tête du bébé endormi à plat ventre, tandis que l'autre main appuyait sur le petit dos. Puis, quand le bébé ne bougea plus du tout, il vit l'oncle Morgan remettre le coussin sur le fauteuil de la nurse, et se rendre à la salle de bains pour vider sa vessie.

Si sa mère n'était pas venue jeter un coup d'œil dans la chambre à ce moment-là...

Le corps de Jack se couvrit d'une sueur glacée.

Etait-ce ainsi que ça s'était passé ? C'était fort possible. Son cœur lui disait que oui. La coïncidence était trop évidente, trop flagrante.

Le fils de Laura DeLoessian, la reine des Territoires, était mort dans son berceau, à l'âge de six semaines.

Et à l'âge de six semaines, le fils de Phil et de Lily Sawyer avait failli mourir dans son berceau... et *Morgan Sloat était présent.*

Chaque fois que sa mère lui racontait cette histoire, elle la terminait par une blague : dès que Jack avait recommencé à respirer, Phil Sawyer avait failli détraquer leur Chrysler en fonçant comme un bolide à l'hôpital.

Vraiment très drôle, ouais !

2

— Allez, viens, maintenant, dit le capitaine.

— D'accord, fit Jack. Il se sentait encore étourdi et un peu faible. D'accord, allons-y...

— Chut !...

Le capitaine lança un regard inquiet dans la direction de voix qui s'approchaient. La cloison de droite n'était pas en bois mais en toile très épaisse. Elle s'arrêtait à dix centimètres du sol et Jack aperçut des pieds bottés qui passaient : il en vit cinq paires. Des bottes de soldats.

Une voix s'éleva au-dessus des bavardages.

— ... Je ne savais pas qu'il avait un fils.

— Pas étonnant, dit une autre voix, les bâtards font des bâtards... Tu devrais savoir ça, Simon.

Il y eut des éclats de rire gras et grivois, le même genre de rire que celui que Jack entendait au lycée derrière l'atelier de menuiserie, quand les grands élèves se passaient des joints en qualifiant les plus jeunes de noms mystérieux et en quelque sorte terrifiants : *pédés, hermaphrodites, tapettes,* chacune de leurs plaisanteries plutôt vaseuses suivie de rires qui ressemblaient à ceux-ci.

— Ferme-la ! Ferme-la ! lança une troisième voix. S'il t'entendait, tu serais affecté aux Avant-Postes avant que trente soleils n'aient achevé leur course.

Murmures.

Eclats de rire étouffés.

Une autre vanne, inintelligible, celle-ci, suivie d'autres rires qui s'éloignaient.

Jack regarda le capitaine qui fixait la paroi de toile avec un rictus qui lui découvrait les dents jusqu'aux gencives.

Inutile de demander de qui ils parlaient. Quant à leurs propos, ils pouvaient tomber dans n'importe quelle oreille, et pas forcément oreille amie. Quelqu'un pourrait se demander qui pouvait être ce bâtard subitement tombé du ciel. Même un gamin comme Jack pouvait deviner ça.

— Ça te suffit, maintenant ? fit le capitaine. Tu dois absolument partir.

Il avait envie de secouer le garçon mais n'osait pas. *Les instructions, les ordres, peu importe... sont d'aller... euh... vers l'ouest, c'est bien ça ?*

Il a changé, se dit Jack. *C'est la deuxième fois.*

La première fois, c'était quand Jack lui avait montré la dent de requin qui avait été un plectre dans un univers où les camionnettes remplaçaient les charrettes tirées par des chevaux. Et la deuxième fois, quand Jack lui avait dit qu'il partait pour l'Ouest. Il avait alors abandonné son attitude menaçante pour celle, amicale et empressée, de quelqu'un qui voulait l'aider à... quoi ?

Je ne peux pas dire... Je ne peux pas te dire ce qu'il faut faire.

Il s'agissait de quelque chose qui ressemblait à de la crainte... ou plutôt à une terreur primitive.

Il veut filer d'ici parce qu'il a peur qu'on nous découvre, se dit Jack. *Mais ce n'est pas seulement pour ça. Hein ? Il a peur de moi. Peur de...*

— Allez viens, dit le capitaine. Viens, pour l'amour de Jason !

— Pour l'amour de qui ? demanda bêtement Jack, mais le capitaine le poussait déjà dehors. Il le fit tourner à gauche, l'entraînant plutôt que le dirigeant, le long d'un corridor dont l'une des parois était en bois et l'autre en toile raide qui sentait le moisi.

— Ce n'est pas le chemin que nous avons pris, fit remarquer Jack à voix basse.

— Je veux éviter de passer devant les types que nous avons vus en entrant, répondit le capitaine, en chuchotant, lui aussi. Ce sont les hommes de Morgan. Tu te souviens du grand ? Celui qui est tellement maigre qu'on lui voit au travers ?

— Oui.

Jack se rappelait le sourire des lèvres minces et les yeux qui ne souriaient pas. Les autres avaient l'air plutôt gentils. Mais l'homme maigre lui avait semblé dur. Dément, même. Et autre chose encore : il lui avait paru vaguement familier.

— C'est Osmond, dit le capitaine en tirant Jack, vers la droite maintenant.

L'odeur de viande grillée s'était faite de plus en plus insistante et l'air en était saturé à présent. Jack n'avait encore jamais senti une odeur de viande qui déclenchât à ce point son appétit. Il avait peur, il était mentalement et émotionnellement tendu, peut-être au bord du gouffre de la folie... mais sa bouche salivait comme une folle.

— Osmond, c'est le bras droit de Morgan, grommela le capitaine. Il remarque tout. Et je préférerais qu'il ne te voie pas deux fois de suite, petit.

— Que voulez-vous dire ?

— Tss Tss Tss ! et il serra de plus belle le bras de Jack.

Ils approchaient maintenant d'une grande tenture qui fermait une porte. Jack trouvait qu'elle ressemblait à un rideau de douche — sauf que l'étoffe était tissée de mailles si lâches et si grossières qu'on aurait dit un filet ; quant aux anneaux auxquels elle était accrochée, ils étaient en os et non en chrome.

— Maintenant, crie ! lui souffla doucement le capitaine.

Il écarta le rideau et tira Jack dans une immense cuisine remplie d'arômes divers (celui de la viande prédominant nettement) et de nappes de vapeur brûlante. Jack entrevit confusément des braseros, une grande cheminée de pierre, des visages de femmes sous de longs voiles blancs flottants qui lui rappelaient les guimpes des religieuses. Certaines des femmes étaient alignées devant une grande auge en fer posée sur des tréteaux ; le visage en feu, elles lavaient des récipients et autres ustensiles de cuisine. D'autres, devant une espèce de comptoir qui courait le long du mur de la salle, éminçaient, découpaient, creusaient et épluchaient. L'une d'elles portait un plat en métal sur lequel il y avait une tarte à cuire.

Elles regardèrent d'un air ébahi Jack et le capitaine qui traversaient la cuisine en direction de la double porte du fond.

— C'est la dernière fois ! aboya l'officier en s'adressant à Jack, qu'il secouait avec l'acharnement d'un fox-terrier qui vient d'attraper un rat.

« C'est la dernière fois, tu m'entends ? La prochaine fois que tu renâcles à la besogne, je te fends la peau du dos et je t'épluche comme une patate bouillie !

Et il ajouta dans sa barbe :

— Elles n'oublieront pas cette scène et en feront des gorges chaudes, alors crie, bon sang !

El le capitaine au visage balafré lui fit traverser la cuisine enfumée en le tenant au collet et en lui tordant le bras.

Jack fit délibérément appel à la terrible vision de sa mère allongée dans une chapelle funéraire. Il la vit dans un nuage d'organdi blanc, couchée dans un cercueil, vêtue de la robe de mariée qu'elle portait dans *La randonnée sauvage* (RKO 1953), son visage qui devenait de plus en plus distinct, pâle comme une effigie de cire, avec, aux oreilles, les petits anneaux d'or qu'il lui avait offerts pour Noël, deux ans plut tôt. Puis son visage se transforma. Le menton s'arrondit, le nez devint plus droit, plus patricien. Ses cheveux prirent une teinte plus claire et parurent plus lourds. C'était maintenant Laura DeLoessian que Jack voyait dans le cercueil — et le cercueil lui-même n'était plus une bière lisse et anonyme de chapelle mortuaire, mais un long coffre taillé grossièrement dans une vieille souche — un cercueil de Viking, si cela avait jamais existé ; il lui fut facile d'imaginer le cercueil brûlé sur un bûcher imprégné d'essence plutôt qu'enseveli dans une terre accueillante. C'était Laura DeLoessian, la reine des Territoires, mais dans ce fantasme qui était devenu aussi clair qu'une vision, la reine portait la toilette de mariée que sa mère arborait dans le film *La randonnée sauvage,* et les boucles d'oreilles que l'oncle Tommy l'avait aidé à choisir chez Sharp, à Beverly Hills. Les larmes ne tardèrent pas à jaillir en un flot brûlant — pas des larmes feintes, mais de vraies larmes, versées non seulement pour sa mère, mais pour ces deux infortunées qui se mouraient dans des univers différents, liées par quelque lien invisible et fragile, mais que rien ne pouvait briser — du moins tant qu'elles seraient toutes deux vivantes.

A travers ses pleurs, il aperçut une espèce de géant en tunique blanche qui arrivait sur eux comme un bolide. Autour de la tête, il portait un bandeau rouge qui devait avoir, d'après Jack, la même fonction que la toque blanche des chefs de cuisine. Il brandissait une menaçante fourchette en bois à trois dents.

— Sortez *d'ici !* leur cria-t-il d'une voix haut perchée, ridicule dans la bouche de ce mastodonte — une voix fluette d'homosexuel s'en prenant furieusement à un vendeur de chaussures — mais la fourchette, elle, n'était pas ridicule, elle était sinistre.

Devant sa charge, les femmes s'éparpillèrent comme des volatiles. Celle qui portait le plat à tarte le lâcha et elle poussa un cri de désespoir quand elle vit la pâte se briser sur le sol. Du jus de fraise s'en échappa et se répandit tout autour, une belle couleur rouge de sang frais.

— SORDEZ DE MA KISINE, ESPÈCE DÉ LIMACES, C'EST INE KISINE, C'EST PAS UN RACCOURZI, C'EST PAS INE PISTE DÉ COURSE ET SI VOUS L'AVEZ OUBLIÉ, PAR LÉ GRAND CHARPENTIER, JE VOUS JIRE QUE JÉ VAIS VOUS TANNER LE KIR POUR VOUS EN FAIRE SOUVENIR !

Il brandissait la fourchette en détournant la tête et en fermant les yeux, comme si malgré la violence de ses paroles, la pensée de faire couler le sang était une chose trop *vulgaire* pour sa sensibilité. Le capitaine retira sa main du cou de Jack et la tendit — d'un geste qui semblait tout naturel. Un instant plus tard, le chef gisait sur le sol, étalé de tout son mètre quatre-vingt-dix. La fourchette à viande baignant dans une flaque de coulis de fraise constellé de petits morceaux de pâte. Le chef roula sur lui-même en se tenant le poignet et en poussant des cris aigus de sa voix de fausset. Les informations qu'il brâmait à la cantonade étaient désolantes : il était mort, le capitaine l'avait sûrement tué (il disait *dué* avec son étrange accent, de consonance vaguement teutonne) ; il était sûrement estropié pour la vie ; le cruel et sans-cœur capitaine des Gardes Extérieurs lui avait brisé la main droite, détruisant ainsi à jamais son gagne-pain ; il lui faudrait désormais mendier pour vivre ! Le capitaine lui avait fait terriblement mal, la douleur était atroce, insupportable !...

— *Tais-toi !* rugit le capitaine, et le chef se tut. Immédiatement. Il resta par terre comme un gros bébé, la main droite contre sa poitrine, son bandeau rouge de travers découvrant une oreille (dont le lobe était incrusté en son centre d'une petite perle noire), ses grosses joues tremblant comme de la gélatine. Les femmes de cuisine, estomaquées, n'en revenaient pas de voir le capitaine penché sur leur chef redouté, l'ogre de cette caverne enfumée où elles passaient leurs jours et leurs nuits. Jack, toujours en larmes, aperçut un garçon noir (à la peau sombre, corrigea aussitôt son cerveau) debout à côté du grand brasero. Bouche bée, le visage comiquement ébahi, comme dans un spectacle de pantomime, il continuait cependant à tourner la broche du cuissot de chevreuil suspendu au-dessus des braises incandescentes.

— Ecoute-moi, maintenant. Je vais te donner un conseil que tu ne trouveras pas dans le *Livre du Bon Fermier,* dit le capitaine au maître de ces lieux.

Il se pencha davantage sur le chef, jusqu'à ce que leurs nez se touchent presque (son étreinte paralysait toujours le bras de Jack — heureusement engourdi — et il ne le lâchait pas d'un centimètre).

— Ne recommence jamais plus... *jamais* plus à lever un couteau... ou une fourchette, ou une lance... ou Dieu sait quelle écharde sur quelqu'un si tu n'as pas vraiment l'intention de le tuer. Les chefs de cuisine sont connus pour leur tempérament, mais ce tempérament ne va pas jusqu'à les faire s'attaquer à la personne du capitaine des Gardes Extérieurs. Tu as compris ?

Le chef gémit une insulte vaguement vengeresse — Jack ne saisit pas tout — qui impliquait la mère du capitaine et les chiens qui rôdaient sur les dépotoirs au-delà du pavillon.

— Peut-être bien, dit le capitaine. Je n'ai jamais connu ladite dame. Mais ça ne répond certes pas à ma question.

Il donna un coup de botte crottée et poussiéreuse au chef. Il ne frappa pas fort mais le chef poussa un cri aigu comme si l'officier avait pris son élan pour lui défoncer les côtes. Les femmes en furent toutes secouées.

— Oui ou non, sommes-nous d'accord au sujet des chefs, des armes, et des capitaines ? Parce que sinon, je suis prêt à te fournir un complément d'explication.

— Oui, oui ! hoqueta le chef. Oui, on est d'accord !...

— Tant mieux, parce que j'ai donné suffisamment d'explications pour aujourd'hui.

Il secoua Jack : « Pas vrai, petit ? » Il le secoua encore et Jack émit un gémissement qui n'avait rien de feint.

— Voilà tout ce qu'il est capable de sortir, ce gamin, fit le capitaine. Il est un peu simplet. Il tient de sa mère...

Le capitaine balaya la cuisine d'un regard sombre.

— Je vous salue, mesdames. Que la bénédiction de la reine soit sur vous.

— Qu'il en soit de même pour vous, Bon seigneur, dit la plus âgée en faisant une révérence maladroite et sans grâce. Les autres femmes l'imitèrent.

Le capitaine entraîna Jack. La hanche du garçon heurta brutalement le bord de l'auge à vaisselle et il poussa de nouveau un cri. De l'eau bouillante gicla. Des petites gouttes fumantes éclaboussèrent le plancher et roulèrent dans les interstices avec un léger sifflement. *Ces femmes trempent les mains là-dedans,* se dit Jack. *Comment font-elles pour le supporter ?*

Puis le capitaine, qui le portait presque maintenant, le poussa derrière un autre rideau de toile qui donnait sur un corridor.

— Ouf ! fit tout bas le capitaine. Je n'aime pas **ça.** Je n'aime pas ça du tout. Ça sent très mauvais.

Ils tournèrent à gauche, puis à droite, et encore à droite. Jack avait l'impression qu'ils approchaient des murs extérieurs du pavillon. A l'intérieur, l'endroit lui semblait beaucoup plus vaste que vu du dehors. Le capitaine le poussa enfin dans une ouverture et ils se retrouvèrent dans la lumière du jour. Une lumière d'après-midi si éclatante, après la quasi-obscurité du pavillon, que Jack dut fermer les yeux pour éviter d'être aveuglé.

Le capitaine avançait sans hésiter. La boue giclait et gargouillait sous ses semelles. Il y avait dans l'air une odeur de paille, de chevaux et de fumier. Jack rouvrit les yeux et vit qu'ils traversaient maintenant ce qui devait être un paddock ou un corral, ou peut-être simplement une basse-cour. Il aperçut un couloir tendu de toile lâche et entendit des poules caqueter quelque part, de l'autre côté. Un homme nu, à l'exception d'un pagne sale autour des reins et de sandales rudimentaires, maigre à faire peur, mettait du foin dans le râtelier d'une stalle avec une fourche en bois. A l'intérieur, un cheval pas plus haut qu'un poney Shetland les regardait d'un air chagrin. Ils avaient déjà dépassé la stalle, quand l'esprit de Jack fut enfin capable d'accepter ce que ses yeux avaient vu : le cheval avait deux têtes.

— Euh, dit-il. Est-ce que je peux retourner jeter un coup d'œil à...

— On n'a pas le temps.

— Mais ce cheval avait...

— Pas le temps, te dis-je !

Puis élevant la voix, il hurla :

— Et si je t'attrape encore à traîner au lieu de faire ton travail, tu en recevras le *double !*

— Non ! cria Jack (en vérité, il commençait à trouver que la plaisanterie avait assez duré). Je jure que je ne recommencerai pas. Je t'ai promis de ne plus désobéir !

Ils arrivaient maintenant devant une grande porte à deux battants qui s'ouvrait dans un mur constitué de hauts piquets de bois non écorcés — on aurait dit une palissade de vieux western (sa mère avait aussi tourné dans des westerns). La porte était munie de lourds taquets mais la barre destinée à y être glissée — aussi grosse qu'une traverse de voie ferrée — n'était pas en place : elle était appuyée contre une pile de bois qui se trouvait sur la gauche. La porte était entrouverte d'une quinzaine de centimètres. Malgré son sens quelque peu perturbé de l'orientation, Jack comprit qu'ils avaient fait le tour complet du pavillon.

— Enfin ! dit le capitaine, en reprenant un ton normal. Dieu merci, maintenant...

— Capitaine ! appela une voix derrière eux.

Une voix basse mais portante, faussement désinvolte.

Le capitaine s'arrêta net. La voix s'était élevée au moment même où le compagnon balafré de Jack était sur le point de pousser le battant gauche du portail. Comme si le propriétaire de la voix les observait depuis un moment et avait attendu cet instant précis pour l'interpeller.

— Auriez-vous l'obligeance de me présenter votre... euh... fils ?

Le capitaine se retourna, faisant tourner Jack avec lui. Debout, au centre du paddock, sa présence en ce lieu paraissant totalement incongrue, se tenait le courtisan squelettique que le capitaine redoutait tant — Osmond. Ses yeux gris foncé mélancoliques les fixaient. Jack vit quelque chose remuer dans le fond de ces yeux, tout au fond. Sa peur se manifesta soudain comme une douleur aiguë, pointue, qui s'enfonçait en lui. *Ce type est fou.* Cette idée s'imposa immédiatement à lui. *Il est complètement dingue.*

Osmond fit deux pas dans leur direction. Il tenait dans sa main gauche le manche en cuir d'un long fouet. Le manche dur s'amenuisait à peine en une lanière sombre et souple enroulée trois fois autour de son épaule — la partie centrale du fouet était aussi grosse qu'un crotale des bois. Près de l'extrémité, la lanière se divisait en une douzaine de ramifications de cuir tressé, chacune terminée par un crampon de métal grossier mais néanmoins étincelant.

Osmond tira sur le manche du fouet et les cercles de cuir glissèrent de son épaule avec un sifflement sec. Il agita le manche et les lanières à bout métallique se tordirent lentement sur la terre boueuse couverte de paille.

— Votre fils ? répéta Osmond en avançant d'un pas. Et Jack comprit brusquement pourquoi le visage de cet homme lui avait semblé familier tout à l'heure. Celui qu'il appelait « Costume Blanc », le jour où il avait failli être kidnappé, n'était-il pas cet homme ?

Jack se dit que ce devait être lui.

3

Le capitaine ferma la main en la portant à son front et se pencha en avant pour le saluer. Après avoir hésité un instant, Jack l'imita.

— Mon fils Lewis, fit le capitaine d'un air guindé.

Jack lança un regard sur sa gauche et vit qu'il était toujours dans la même position. Il resta donc incliné, lui aussi, le cœur battant la chamade.

— Merci, capitaine. Merci, Lewis. Que la bénédiction de la reine soit sur vous.

Quand Osmond l'effleura du manche de son fouet, Jack faillit crier. Il avala son cri en se redressant.

Osmond, maintenant à deux pas d'eux, fixait Jack de son regard fou et mélancolique. Il portait un pourpoint en cuir orné de clous qui avaient l'air d'être des diamants. Sa chemise à jabot manquait totalement de sobriété. Un bracelet à maillons cliquetait ostensiblement à son poignet (à sa façon de tenir le fouet, Jack devina qu'il était gaucher). Ses cheveux, tirés en arrière, étaient serrés dans un large catogan de satin blanc. Deux odeurs différentes émanaient de sa personne. L'odeur dominante, ce que sa mère appelait « des parfums d'hommes » — lotion après-rasage, eau de Cologne etc. — sentait la poudre de riz. Elle évoquait pour Jack les vieux films anglais en noir et blanc où l'on voit un pauvre type comparaître devant la cour d'assise de l'*Old Bailey*. Dans ces films, les juges et les avocats portaient toujours des perruques, et Jack était sûr que les boîtes dans lesquelles ces perruques étaient rangées devaient dégager le même parfum qu'Osmond : un parfum sec et doux de sucre en poudre, celui dont on saupoudre les beignets.

Sous cette odeur, il y en avait une autre, plus vivace, encore plus déplaisante : elle semblait jaillir de lui. Une odeur de sueur — de sueur accumulée et de crasse, une odeur d'homme qui se lavait peu, si jamais il lui arrivait de le faire.

Oui. Cet homme était bien l'un de ceux qui avaient essayé de l'enlever, ce jour-là.

— Je ne savais pas que vous aviez un fils, capitaine Farren, dit Osmond.

Tout en parlant au capitaine, il gardait les yeux fixés sur Jack. *Lewis,* rectifia Jack. *Je m'appelle Lewis, je ne dois pas l'oublier...*

— Je m'en serais largement passé, répondit le capitaine en gratifiant Jack d'un regard de colère mâtiné de mépris.

« Je lui fais l'honneur de l'amener au Grand Pavillon et il se sauve comme un chien. Je l'ai rattrapé pendant qu'il jouait à...

— Oui, oui, fit Osmond avec un sourire lointain.

Il n'en croit pas un mot, se dit Jack et il sentit que la panique commençait à s'emparer de lui. *Pas un seul mot !*

— Les jeunes garçons sont très vilains. Ils sont tous très vilains, c'est inéluctable.

Il frappa légèrement le poignet de Jack avec le manche de son fouet. Celui-ci, les nerfs à vif, poussa un cri... et en rougit immédiatement de honte.

Osmond gloussa :

— Très vilains, oh oui, c'est inéluctable. Tous les jeunes garçons sont des vilains. Moi-même je l'étais, et je parie, capitaine Farren, que vous l'étiez aussi. Hein ? Hein ? N'étiez-vous pas vilain quand vous étiez jeune ?

— Si, Osmond, dit le capitaine.

— Très vilain ? demanda Osmond.

Il se mit à caracoler bizarrement dans la boue. Ses manières n'avaient rien d'efféminé : Osmond était très svelte, presque délicat, mais Jack sentait qu'il n'était pas homosexuel, et malgré ses propos qui le laissaient entendre, Jack avait l'impression que c'était faux. Non, ce qui le frappait chez cet homme, c'était une méchanceté innée... proche de la folie.

— *Très* vilain ? *Terriblement* vilain ?

— Oui, Osmond, répondit Farren, imperturbable. Sa cicatrice, luisant dans la lumière de l'après-midi, n'était plus rose, mais écarlate.

Osmond interrompit sa petite danse impromptue aussi brusquement qu'il l'avait commencée. Il regarda froidement le capitaine :

— Personne ne savait que vous aviez un fils, capitaine.

— C'est un bâtard, expliqua Farren. Il est un peu simple, et paresseux aussi, comme je viens de le découvrir.

Il se tourna vers Jack et lui flanqua une gifle. Il ne frappa pas très fort, mais sa main était dure comme de la brique. Jack poussa un hurlement et tomba dans la boue en se tenant l'oreille.

— Très vilain, terriblement vilain, répétait Osmond. Mais à présent son visage était redoutablement inexpressif et impénétrable.

« Lève-toi, vilain garçon. Les vilains garçons qui désobéissent à leur père doivent être punis. Et on doit les interroger, ces vilains garçons.

Il fit claquer son fouet. L'esprit chancelant de Jack fit aussitôt une association qui le renvoya à l'autre univers. Le claquement de fouet d'Osmond lui rappelait le bruit sec du petit fusil à air comprimé avec lequel il jouait quand il avait huit ans. Richard et lui avaient tous deux le même.

Osmond tendit sa main d'araignée blanche et saisit le bras couvert de boue de Jack. Il l'attira contre lui, contre ses odeurs de poudre sucrée et de crasse rance. Ses yeux gris de dingue pénétrèrent gravement dans les yeux bleus de Jack. Le garçon sentit sa vessie près d'éclater et fit un terrible effort pour se retenir.

— Qui es-tu ? demanda Osmond.

4

Les mots restèrent suspendus en l'air, au-dessus d'eux.

Jack sentait sur lui le regard sévère du capitaine qui ne pouvait dissimuler totalement son désespoir. Il entendit des poules caqueter, un chien aboyer et, quelque part au loin, le bruit d'une charrette.

Dis-moi la vérité ; je saurai si tu mens, disaient les yeux. *Tu ressembles beaucoup à un vilain garçon que j'ai rencontré autrefois en Californie — Es-tu ce garçon ?*

Et pendant un instant, la vérité trembla sur les lèvres de Jack.

Je m'appelle Jack. Jack Sawyer. Oui, c'est moi le garçon que vous avez connu en Californie, la reine des Territoires était ma mère. Seulement je suis mort, et je connais votre chef, je connais Morgan — l'oncle Morgan — et je vous dirai tout ce que vous voulez savoir si seulement vous arrêtez de me fixer avec vos yeux de dingue. Après tout, je ne suis qu'un gosse, et on sait bien que les gosses ne peuvent rien cacher, ils racontent tout...

Puis il entendit la voix de sa mère, dure, presque moqueuse.

Tu vas tout déballer à ce type, Jacky-boy ? A ce type-là ? Il cocote comme un comptoir de parfums dans un grand magasin au moment des soldes. On dirait une version médiévale de Charles Manson, en pire... Mais tu fais comme tu veux, après tout. Tu pourrais l'entortiller si tu voulais — mais tant pis, fais comme tu veux.

— Qui es-tu ? redemanda Osmond en l'attirant plus près. Et sur son visage, Jack vit maintenant une expression de totale confiance en soi — cet homme avait l'habitude d'obtenir les réponses qu'il désirait... De tout le monde, pas seulement des gosses de douze ans.

Jack, tremblant, inspira profondément (Si tu veux que ta voix porte au maximum, jusqu'au dernier balcon, tu dois la faire partir du diaphragme, Jacky. Comme si elle passait à travers un ampli avant de sortir) et hurla :

— J'ALLAIS REVENIR ! JE VOUS LE JURE !

Osmond, qui s'était attendu à un murmure indistinct et sans force, s'était penché sur lui. Il fit un bond en arrière comme si Jack l'avait frappé et lui donna une gifle. Puis, se prenant le pied dans les lanières de son fouet, manqua perdre l'équilibre.

— Espèce de sale petit...

— JE VOUS ASSURE ! NE ME FOUETTEZ PAS, OSMOND ! J'ALLAIS REVENIR ! JE NE VOULAIS PAS, JE NE VOULAIS PAS...

Le capitaine Farren se précipita sur lui et le frappa dans le dos. Jack s'étala de tout son long dans la boue et continua de hurler.

— Je vous ai dit qu'il était simple d'esprit. Je vous fais mes excuses, Osmond, dit la voix de Farren au-dessus de lui. Vous pouvez être sûr qu'il sera fouetté comme il le mérite. Il...

— Et d'abord, que fait-il ici ? brailla Osmond, d'une voix aiguë et acariâtre de poissonnière. Qu'est-ce que ce sale bâtard fiche ici ? Ne me proposez pas de me montrer son laissez-passer ! Je sais qu'il n'en a pas ! Vous l'avez fait entrer en cachette pour le nourrir à la table de la reine... pour qu'il vole l'argenterie de la reine... Car je sais bien qu'il est malfaisant... Un seul regard suffit pour comprendre que ce garçon est intolérablement, indubitablement mauvais !

Et le fouet s'abattit à nouveau. Ce n'était plus le petit coup sec d'un fusil à fléchette, mais le claquement d'un vingt-deux long rifle, et Jack n'eut que le temps de penser : *ce coup-ci, c'est pour moi*, qu'une grande main brûlante s'incrusta dans son dos. En pénétrant profondément dans sa chair, la douleur, au lieu de diminuer, s'intensifia. Une douleur à rendre fou. Il se tortilla dans la boue en hurlant.

Méchant garçon ! *Vilain* garçon ! Horriblement *vilain !*

Chaque qualificatif était ponctué d'un coup de fouet, infligeant une intolérable brûlure à Jack qui hurlait de douleur. Il se demandait combien de temps durerait son supplice — Osmond paraissant s'exciter davantage à chaque coup de fouet — quand il entendit une voix étrangère qui criait : « Osmond ! Osmond ! Ah, vous voilà, Dieu merci ! ».

Un bruit de pas qui couraient.

La voix d'Osmond, furieuse, et légèrement essoufflée :

— Eh bien ! Qu'y a-t-il ? Que se passe-t-il ?

Une main prit Jack par le coude et l'aida à se relever. Comme il vacillait sur ses pieds, le bras qui prolongeait la main glissa autour de sa taille pour le soutenir. Il était difficile de croire que le capitaine, qui s'était montré si dur et si sévère pendant la visite du pavillon, pouvait être si doux maintenant.

Jack eut un nouveau vertige. Le monde parut tourbillonner autour de lui. Le sang chaud dégoulinait dans son dos. Il regarda Osmond avec haine, un sentiment tout nouveau pour lui. Et cela lui fit du bien. C'était un excellent antidote à la peur et au désarroi.

Tu as fait ça — tu m'as fait mal, tu m'as blessé. Alors écoute-moi, connard, si j'ai l'occasion de te le faire payer...

— Ça va ? chuchota le capitaine.

— Oui.

— Quoi ? hurla Osmond en se tournant vers les deux hommes qui venaient d'interrompre la séance de flagellation.

Le premier était l'un des dandies devant qui Jack et le capitaine étaient passés en se rendant à la chambre secrète. L'autre ressemblait un peu au charretier que Jack avait rencontré en revenant sur les Territoires. Le malheureux paraissait terrifié et passablement mal en point — le sang coulait d'une blessure qu'il avait à la tête et qui lui tailladait presque tout le côté gauche du visage. Son bras gauche était écorché et son justaucorps déchiré.

— Qu'est-ce que tu dis, imbécile ?

— Mon chariot s'est renversé dans un tournant, à la sortie du village de Toutes-Mains, dit le charretier hébété. Il parlait avec la lenteur d'un homme qui a subi un choc. Mon fils Kilt est mort, Monseigneur. Il a été écrasé sous les tonneaux. Il venait d'avoir seize ans le jour de la fête de Mai. Sa mère...

— Quoi ? hurla à nouveau Osmond. Des tonneaux ? Des tonneaux de bière ? Pas de la Kingsland ? *Tu veux dire que tu as renversé tout un chargement de Kingsland, minable verge de bouc ? C'est bien ce que tu es en train de me raconter ? C'est çaaaaaa ?*

La voix d'Osmond prit un essor sur le dernier mot, comme pour imiter une diva. Elle frémissait et tremblotait. Il se remit à caracoler, mais de rage cette fois. La combinaison était si bizzare que Jack se mit les deux mains devant la bouche pour réprimer un fou rire. Le mouvement entraîna sa chemise qui frotta son dos meurtri, ce qui eut pour effet de le calmer avant que le capitaine ne marmonnât une réprimande.

Patiemment, comme si Osmond n'avait pas entendu la seule chose importante qu'il eût dite (c'est du moins ce qu'il croyait), le charretier reprit : « Il avait eu seize ans à la fête de Mai. Sa mère ne voulait pas qu'il m'accompagne. Je ne sais pas ce que je... »

Osmond leva son fouet qui s'abattit à une vitesse vertigineuse. Un instant plus tôt il le tenait négligemment dans la main gauche, les lanières de cuir traînant dans la boue, et l'instant d'après il le faisait claquer sèchement — c'était le bruit du fusil à air comprimé cette fois. Le charretier tituba en poussant un cri, les mains collées au visage. Du sang coula entre ses doigts sales. Il s'écroula en poussant un cri sourd et gargouillant : « Monseigneur ! Monseigneur ! Monseigneur ! »

Jack gémit et dit au capitaine :

— Partons d'ici. Vite !

— Attends, fit son compagnon.

L'expression rébarbative de son visage s'était atténuée quelque peu. On aurait dit qu'il y avait de l'espoir dans ses yeux.

Osmond se tourna vers le dandy qui recula d'un pas, sa grosse lippe rouge tremblotant.

— C'était de la Kingsland ? lui demanda Osmond d'une voix hachée.

— Osmond, vous ne devriez pas vous mettre dans cet état...

Osmond leva à nouveau son fouet dont les bouts ferrés vinrent claquer sur les bottes du dandy qui recula encore d'un pas.

— Ne me dis pas ce que je dois ou ne dois pas faire, dit-il. Contente-toi de répondre à mes questions. Je suis contrarié, Stephen. Je suis indubitablement, intolérablement contrarié. Etait-ce ou non de la Kingsland ?

— C'en était, répondit Stephen. Je le déplore, mais...

— Sur la route des Avant-Postes ?

— Osmond...

— *Sur la route des Avant-Postes ? Réponds-moi, verge coulante !*

— Oui, répondit l'autre.

— Evidemment, fit Osmond, et son visage se fendit d'un hideux sourire grimaçant. Où se trouve le village de Toutes-Mains, si ce n'est sur la route des Avant-Postes ! Est-ce qu'un village peut s'envoler ? Hein ? Un village peut-il voler d'un endroit à un autre, Stephen ? Est-ce possible ? Est-ce possible ?

— Non, Osmond, bien sûr que non.

— Non. Il y a donc des tonneaux en travers de la route des Avant-Postes, n'est-ce pas ? Si j'ai bien compris, un chariot renversé et des tonneaux bloquent la route des Avant-Postes, tandis que la meilleure bière des Territoires inonde le sol, pour le plus grand plaisir des vers de terre ! C'est bien ça, non ?

— Oui, oui... Mais...

— *Morgan arrive par la route des Avant-Postes ! hurla Osmond. Morgan va arriver et tu sais comment il conduit son attelage !* Si en arrivant au tournant, la diligence tombe sur ce foutoir, son cocher n'aura peut-être pas le temps de s'arrêter. *Il risque de verser ! Morgan risque d'être tué !*

— Mon Dieu ! fit Stephen épouvanté. Son visage pâle devint encore plus pâle.

Osmond hocha lentement la tête.

— Si la diligence de Morgan devait verser, je crois qu'il vaudrait mieux prier pour qu'il n'en sorte pas vivant. Car s'il survivait...

— Mais... mais...

Osmond se détourna de lui et se dirigea, presque en courant, vers le capitaine des Gardes Extérieurs et son fils. Derrière Osmond, se tordant toujours dans la boue, le malheureux charretier continuait à bredouiller des « Monseigneur » à la chaîne.

Le regard d'Osmond passa sur Jack comme s'il n'existait pas.

— Capitaine Farren, dit-il. Avez-vous suivi les événements des cinq dernières minutes ?

— Oui, Osmond.

— Vous avez suivi attentivement ? Vous avez bien assimilé ce que vous avez entendu ? Vous avez bien saisi ?

— Oui, je crois.

— Vous le croyez ? Quel excellent capitaine vous faites, capitaine ! Nous reparlerons plus tard de l'affaire qui nous intéressait tout à l'heure : comment un remarquable capitaine comme vous peut-il engendrer un testicule de grenouille comme votre rejeton ?

Son regard effleura le visage de Jack, brièvement, froidement.

— Mais ce n'est plus le moment, n'est-ce pas ? Je vous suggère de prendre une douzaine de vos hommes les plus musclés et de les envoyer au pas de course sur la route des Avant-Postes. Vous connaissez le chemin jusqu'à l'endroit de l'accident, n'est-ce pas ?

— Oui, Osmond.

Osmond jeta un rapide coup d'œil vers le ciel.

— On attend Morgan aux six heures de l'horloge — peut-être un peu plus tôt. Il est maintenant — deux heures. Je dirais deux. Vous diriez deux, vous aussi, capitaine ?

— Oui, Osmond.

— Et toi, que dirais-tu, petit merdeux ? Treize ? Vingt-trois ? Quatre-vingt un ?

Jack resta planté sans rien dire. Osmond fit une grimace de mépris et Jack se sentit à nouveau inondé par un reflux de haine.

Tu m'as frappé, et si j'ai la chance de... !

Osmond s'adressa de nouveau au capitaine.

— Je vous suggère de faire tout ce qui est en votre pouvoir pour sauver ce qui reste des tonneaux, jusqu'aux cinq heures de l'horloge. Après cinq heures, je vous conseille de faire nettoyer la route aussi rapidement que possible. Vous m'avez compris ?

— Oui, Osmond.

— Alors, filez !

Le capitaine Farren porta le poing à son front et fit une révérence. Bouche ouverte, l'air stupide, détestant tellement Osmond que son cerveau lui donnait l'impression de bouillonner, Jack l'imita. Osmond s'était détourné d'eux avant même qu'ils eussent commencé à saluer. Il marchait à grands pas vers le charretier en faisant claquer son fouet.

Le charretier l'entendit approcher et se mit à hurler.

— Allez viens, dit le capitaine en tirant une dernière fois le bras de Jack. Tu n'as pas besoin de voir ça.

— Oh non ! réussit à sortir Jack. Mon Dieu non !

Mais comme le capitaine Farren poussait le battant droit du portail et qu'ils quittaient le pavillon, Jack entendit ce qui se passait. Et il l'entendit encore dans ses rêves, cette nuit-là : des sifflements de fouet, les uns derrière les autres, chacun suivi du cri du pauvre charretier. Osmond aussi poussait des cris. Pour savoir exactement ce qu'étaient ces cris, il eût fallu se retourner et voir son visage — ce que Jack se refusait de faire.

Mais il était presque sûr de savoir ce que c'était.
Osmond poussait des cris de plaisir.

5

Ils se trouvaient à nouveau sur la place publique, devant le pavillon. Les badauds regardaient du coin de l'œil le capitaine Farren... et l'évitaient ostensiblement. Le capitaine avançait à grandes enjambées, le visage sombre et fermé, plongé dans ses pensées. Jack devait presque courir derrière lui pour être au pas.

— On a de la chance, dit soudain le capitaine. Une sacrée chance ! Je crois qu'il avait l'intention de te tuer.

Jack le regarda, stupéfait, la bouche sèche et brûlante.

— Il est fou, tu sais. Aussi fou que l'homme qui courait après un biscuit.

Jack n'avait pas la moindre idée de ce que cela pouvait signifier, mais il était d'accord sur le fait qu'Osmond était fou.

— Qu'est-ce que...

— Attends, dit le capitaine.

Ils étaient revenus près de la tente où le capitaine avait emmené Jack après avoir vu la dent de requin.

— Reste ici et attends-moi. Et surtout, ne parle à personne.

Le capitaine entra dans la tente. Jack regarda autour de lui en l'attendant. Un jongleur passa près de lui, lui jeta un regard sans perdre une seule des six balles qu'il lançait en l'air, entrecroisant leurs trajectoires selon une figure compliquée. Un petit groupe d'enfants en haillons le suivait comme les petits enfants du joueur de flûte de Hamelin. Une jeune femme lui proposa de lui montrer — pour quelques pièces — que son petit robinet pouvait servir à autre chose qu'à faire pipi. Elle avait un bébé sale accroché à son énorme sein, et Jack, le visage en feu, détourna les yeux.

La fille croassa un rire :

— Ho Ho Hooooo, le joli jeune homme est TIMIDE ! Viens par ici, mon mignon ! Viens...

— File d'ici, catin, ou tu finiras la journée sous les cuisines !

C'était le capitaine. Il était ressorti de la tente en compagnie d'un autre homme. Celui-ci, plus âgé et plus corpulent que Farren, avait, comme lui, l'air d'un vrai militaire et non d'un soldat d'opérette. Il essayait désespérément de fermer le devant de son uniforme sur son gros ventre sans lâcher l'instrument courbe qui ressemblait à un cor anglais qu'il avait dans les mains.

La fille au bébé sale détala sans demander son reste. Le capitaine prit le cor des mains de son gros compagnon pour qu'il puisse finir de s'habiller et lui dit quelques mots. Le gros acquiesça et, sa vareuse enfin fermée, reprit son instrument et s'éloigna à grands pas en soufflant du cor. Ce n'était pas le même son que celui que Jack avait entendu lors de son premier et court séjour dans les Territoires ; celui-là était éclatant comme celui d'une fanfare, c'était le son des hérauts. Celui-ci en revanche avait un timbre plus strident, un peu comme une sirène d'usine qui appelle les ouvriers au travail.

Le capitaine se tourna vers Jack :

— Viens avec moi, dit-il.

— Où ?

— Sur la route des Avant-Postes, répondit le capitaine Farren. Puis il ajouta avec une expression mi-émerveillée, mi-craintive :

— Ce que le père de mon père appelait la route de l'Ouest. Elle traverse une série de petits villages jusqu'aux Avant-Postes. Au-delà, elle ne mène nulle part... ou alors en enfer. Si tu vas vers l'Ouest, tu auras besoin de l'aide de Dieu, petit. Mais j'ai entendu dire que Lui-Même ne s'aventurait jamais au-delà des Avant-Postes. Allez, viens !

Des questions se pressaient aux lèvres de Jack — des milliers de questions — mais le capitaine avançait à une telle allure que le souffle lui manquait pour parler. Ils gravirent la remontée au sud du grand pavillon et passèrent devant l'endroit où Jack avait quitté les Territoires, la première fois. La foire paysanne était toute proche maintenant — Jack entendit un bonimenteur qui se donnait un mal fou pour faire monter des curieux sur Merveille, l'Ane du Diable : celui qui tenait deux minutes sur son dos gagnait un superbe prix. La brise marine portait sa voix qui parvenait à Jack avec une clarté parfaite, comme lui parvenaient aussi des odeurs de nourriture — maïs grillé et viande rôtie — qui lui mettaient l'eau à la bouche. Son estomac criait famine. A présent qu'il se sentait en sécurité loin d'Osmond le Grand et le Terrible, il avait une faim de loup.

Un peu avant d'arriver à la foire, ils prirent une route sur leur droite, beaucoup plus large que celle qui menait au grand pavillon. *La Route des Avant-Postes,* se dit Jack, puis, avec un petit frisson de peur, il corrigea aussitôt : *Non... La Route de l'Ouest. Celle qui mène au Talisman.*

Et il se dépêcha de rattraper le capitaine Farren.

6

Osmond avait raison, il suffisait d'aller droit devant soi. Ils étaient encore à plus d'un kilomètre du village au nom bizarre quand ils sentirent pour la première fois l'odeur aigre de la bière, portée par la brise.

La circulation en direction de l'est était intense sur la route. La plupart des véhicules étaient des chariots tirés par des chevaux (aucun à deux têtes, cependant). Certains d'entre eux étaient chargés à ras bord de ballots, de grands sacs, d'autres transportaient de la viande crue, et d'autres encore des cages de volailles caquetantes. Ils atteignaient le village de TOUTES-MAINS quand une charrette ouverte remplie de femmes passa près d'eux à une vitesse dangereuse. Les femmes riaient et poussaient des cris excités. L'une d'elles se mit debout, souleva sa jupe jusqu'au pubis, et ébaucha un mouvement de hanche obscène. Elle perdit l'équilibre et serait tombée par-dessus bord — en se brisant le cou dans le fossé — si l'une de ses compagnes ne l'avait rattrapée par la jupe et tirée brutalement en arrière.

Jack rougit à nouveau : il revit l'énorme sein de l'autre fille avec la bouche du bébé sale qui le tétait. *Ho Ho Hooooo, le joli petit jeune homme est TIMIDE !*

— Bon Dieu ! gronda Farren en pressant le pas. Ils sont tous ivres ! Ils se sont soûlés à la Kingsland ! Le charretier et les putains ! Il risque de les tuer sur la route ou de les faire tomber de la falaise — ça ne serait pas une grosse perte d'ailleurs. Ces catins sont toutes vérolées.

— Mais alors, dit Jack essoufflé, si tous ces chariots passent par là-bas, c'est que la route est dégagée, non ?

Ils traversaient le village maintenant. La large route de l'Ouest avait été suiffée pour tasser la terre. Des chariots circulaient, des petits groupes de gens allaient et venaient, et tout le monde paraissait parler trop fort. Jack aperçut deux hommes qui se querellaient devant ce qui devait être une taverne. Brusquement, l'un d'eux flanqua un coup de poing à l'autre. Un instant plus tard, les deux hommes roulaient sur le sol.

— *Les putains ne sont pas les seules à avoir bu de la bière, se dit Jack. Je crois que tous les habitants de ce patelin ont eu leur dose.*

— Tous les chariots que nous avons croisés venaient d'ici, expliqua le capitaine Farren. Les petits équipages pourront peut-être passer, mon garçon, mais la diligence de Morgan n'est pas petite.

— Morgan...

— Ne t'occupe pas de Morgan pour le moment.

Les relents de bière devenaient plus insistants à mesure qu'ils avançaient vers le centre du village et s'approchaient de la sortie. Jack avait mal aux jambes à force de courir pour rattraper le capitaine. Il se dit qu'ils devaient bien avoir fait cinq kilomètres maintenant. *Ça correspond à quelle distance dans mon univers ?* se demanda-t-il, et cette pensée lui fit aussitôt penser à l'élixir magique de Speedy. Convaincu que la bouteille n'y était plus, il chercha frénétiquement dans les poches de son justaucorps. Mais il se trompait, elle était toujours là, en sécurité, à l'intérieur du sous-vêtement — il ne savait pas comment on appelait ça sur les Territoires — qui avait remplacé son caleçon.

· Plus ils approchaient de la sortie du village, moins il y avait de chariots sur la route. Par contre, le flot des piétons se dirigeant vers l'est augmentait de manière spectaculaire. La plupart des gens déambulaient, titubant et riant, tous empestant la bière. Certains avec des vêtements mouillés : on aurait dit qu'ils s'étaient allongés dedans pour la laper comme des chiens assoiffés. C'était sûrement ce qu'ils avaient fait. Jack aperçut un type hilare qui tenait par la main un petit garçon qui riait comme un fou. La ressemblance de cet homme avec le portier de l'Alhambra était absolument cauchemardesque, et Jack comprit immédiatement qu'il était le Double de l'autre. L'homme et l'enfant étaient ivres et, comme Jack se retournait pour les suivre du regard, le petit garçon se mit à vomir. Celui que Jack supposait être son père le tira violemment par le bras alors que lui-même tirait de son côté pour aller faire ça discrètement dans les broussailles du fossé. Le malheureux gosse revint donc en chancelant près de son père, comme un chien entravé par une laisse trop courte et lâcha une gerbe de vomi sur un vieil homme qui ronflait, écroulé sur le bord de la route.

Le visage du capitaine s'assombrit :

— Dieu les pile, tous autant qu'ils sont ! dit-il.

Même les plus ivres d'entre eux s'écartaient ostensiblement de son chemin. Avant de quitter le poste de garde à l'entrée du pavillon, il avait attaché à sa ceinture une espèce de fourreau de cuir. Jack présumait (à juste titre) qu'il dissimulait une lame courte et maniable. Quand un ivrogne s'approchait de trop près, le capitaine mettait la main à la ceinture et l'autre filait aussitôt.

Dix minutes plus tard — au moment même où Jack pensait qu'il n'avait plus la force de suivre son compagnon — ils arrivèrent sur le lieu de l'accident. Le chariot avait versé à la sortie du virage sans que son conducteur puisse rien faire et les tonneaux s'étaient éparpillés. La plupart avaient éclaté sur la route, la transformant en un véritable bourbier sur une dizaine de mètres. L'un des chevaux était mort, écrasé par le chariot, son arrière-train seul était visible. L'autre gisait dans le fossé, un éclat de bois lui sortant de l'oreille. Jack se dit que cet éclat de bois ne s'était pas planté là par accident, mais qu'une âme charitable, ayant vu l'animal mortellement blessé, avait voulu abréger ses souffrances en se servant de ce qu'il avait sous la main. Il n'y avait pas d'autres chevaux en vue.

Mais entre le cheval écrasé et celui qui était mort dans le fossé était caché le fils du charretier, bras et jambes écartés. Une moitié de son visage était tournée vers le ciel pur des Territoires avec une expression ahurie, tandis que ce qui avait été l'autre n'était plus qu'un amas de chair sanguinolente constellé d'esquilles d'os blanc comme du plâtre.

Jack remarqua qu'on lui avait retourné les poches. Une douzaine de poivrots rôdaient sur les lieux de l'accident. Ils se déplaçaient avec lenteur, se penchant souvent sur une flaque pour tremper un mouchoir ou autre morceau d'étoffe arraché à un gilet, ou pour recueillir dans le creux de la main, la bière retenue dans l'empreinte d'un sabot. La plupart titubaient. Ils riaient et se querellaient bruyamment. La mère de Jack, après moult réticences, lui avait un jour permis d'aller avec Richard voir un double programme dans l'un des nombreux cinémas de Westwood à la séance de minuit : *La nuit des morts vivants* et *L'aube des morts*. Ces hommes complètement ivres qui traînaient les pieds en marchant lui rappelaient les zombies de ces deux chefs-d'œuvre du cinéma d'horreur.

Le capitaine Farren sortit son épée. Elle était telle que Jack l'avait imaginée : le contraire d'une épée de roman. Elle s'apparentait plus à un couteau de boucher, le manche était gainé de vieux cuir noirci de sueur et la lame en était piquetée, corrodée, ébréchée, de couleur noire, sauf le tranchant qui, lui, était acéré et *très* aiguisé.

— Fichez le camp ! aboya Farren. Ne touchez pas à la bière de la reine, sacripants ! Fichez le camp et retournez chez vous !

Des grognements de mécontentement accueillirent ces mots, mais les paysans s'éloignèrent du capitaine Farren — à l'exception d'une espèce de mastodonte au crâne chauve parsemé de touffes de cheveux qui poussaient incongrûment çà et là. Il devait bien peser cent cinquante kilos et mesurer près de deux mètres.

— Ça vous dirait de nous embarquer tous, soldat ? demanda l'homme en agitant une main crasseuse en direction du groupe de villageois qui, sur l'ordre de Farren, s'étaient écartés des flaques de bière et des tonneaux brisés.

— Et comment ! répondit en souriant le capitaine. Ça me plairait beaucoup, surtout si je t'embarque en premier, espèce de gros tas de merde imbibée !

Le sourire de Farren s'élargit et le bonhomme hésita devant sa détermination qu'il pressentait dangereuse.

— Viens me chercher, si tu veux, reprit Farren. Te taillader la couenne serait la meilleure chose qui me soit arrivée de la journée.

Le géant grommela dans sa barbe et s'éloigna en traînant les pieds.

— Vous tous, maintenant, cria Farren, reculez ! Une douzaine de mes hommes viennent de quitter le pavillon de la reine ! Cette corvée ne les enchante pas, et je les comprends ! Je ne peux pas répondre de leurs réactions s'ils vous trouvent ici. Je crois que vous feriez mieux de retourner dans votre village et de vous cacher dans vos caves avant qu'ils n'arrivent. Ce serait plus prudent ! Rentrez chez vous !

Ils n'attendirent pas pour se mettre en route vers le village de Toutes-Mains, le géant qui avait défié le capitaine marchant en tête. Farren poussa un grognement et revint sur le lieu de l'accident. Il enleva sa jaquette et en recouvrit le visage du fils du charretier.

— Je me demande qui a volé ce gamin alors qu'il était mourant, ou mort, dit Farren d'un air méditatif. Si je le savais, je le ferais crucifier avant la nuit.

Jack ne répondit rien.

Le capitaine resta longtemps les yeux fixés sur le cadavre du jeune garçon, sa main passant et repassant sur la cicatrice irrégulière qui lui zébrait le visage. Puis son regard croisa celui de Jack et il reprit enfin ses esprits.

— Il faut que tu partes maintenant, petit. Tout de suite. Avant qu'Osmond décide d'en savoir plus long sur mon idiot de fils.

— Comment ça va se passer pour vous ? demanda Jack.

Le capitaine lui fit un petit sourire.

— Je n'aurai pas de problèmes si tu pars. Je dirai que je t'ai renvoyé à ta mère, ou que j'étais tellement furieux contre toi que je t'ai tué en te frappant avec un gourdin. Osmond me croira, quelle que soit la version que je lui servirai. Il est fou. Ils sont tous fous. Ils attendent qu'elle meure. Ce qui ne saurait tarder. A moins que...

Il ne termina pas sa phrase.

— Va-t-en, dit-il. Ne tarde pas. Et dès que tu entendras la diligence de Morgan, quitte la route et enfonce-toi dans les bois. Très loin. Sinon il flairera ta présence, comme le chat flaire la souris. Il détecte immédiatement ce qui ne marche pas. Ce qui ne marche pas comme il veut. C'est un démon.

— Est-ce que je l'entendrai arriver ? Comment saurai-je que c'est sa diligence ? demanda timidement Jack.

Il regarda la route au-delà des débris de tonneaux. Elle montait en pente régulière jusqu'à la lisière d'une forêt de pins. Ça sera sombre là-dedans, se dit-il... Et Morgan arrivera par l'autre côté. Un sentiment de solitude mêlé de peur souleva en lui une vague de chagrin et de découragement comme il n'en avait jamais encore éprouvée auparavant.

Speedy, je ne peux pas ! Vous ne comprenez pas ça ? C'est au-dessus de mes forces, je ne suis qu'un gosse !

— La diligence de Morgan est tirée par un équipage de six paires de chevaux avec un treizième en tête, expliqua Farren. A grand galop, le boucan que fait ce maudit corbillard est comme le tonnerre qui roule sur la terre. Ne crains rien, tu l'entendras venir. Tu auras tout le temps d'aller te terrer quelque part. Mais fais-le, surtout.

Jack murmura quelque chose.

— Quoi ? demanda Farren d'une voix dure.

— Je disais que je ne voulais pas partir, dit Jack à peine plus haut.

Il était au bord des larmes et savait que s'il les laissait couler, il perdrait tout son sang-froid, s'effondrerait et demanderait au capitaine Farren de le protéger, de le sortir de là, de faire *quelque chose...*

— Je crois qu'il est trop tard pour prendre en considération tes désirs, dit le capitaine. Je ne connais pas ton histoire, petit, et je ne veux pas la connaître. Je ne veux même pas connaître ton nom.

Jack se tenait devant lui, les épaules basses, les yeux brûlants, les lèvres tremblantes.

— Redresse-toi, hurla soudain le capitaine d'une voix furieuse. Qui vas-tu sauver ? Où vas-tu ? Tu ne feras pas dix mètres avec cet air-là ! Tu es trop jeune pour être un homme, mais tu peux au moins faire semblant, non ? Tu as un air de chien battu !

Piqué au vif, Jack se redressa et ravala ses larmes. Son regard tomba sur la dépouille du fils du charretier et il pensa : *Au moins je ne suis pas comme lui, pas encore. Il a raison. M'apitoyer sur mon sort est un luxe que je ne peux pas me permettre.*

Bien que ce fût la vérité, il ne put s'empêcher de détester un petit peu le capitaine qui devinait ce qui se passait en lui et qui savait le manœuvrer facilement.

— Voilà qui est mieux, dit sèchement Farren. Pas beaucoup mieux, mais tout de même.

— Merci, dit Jack sur un ton sarcastique.

— Tu ne peux plus renoncer à ton projet, petit. Osmond est derrière toi. Et Morgan va bientôt l'être aussi. Peut-être que... Peut-être que là d'où tu viens tu as aussi des problèmes. Mais sache que si Parkus t'a envoyé à moi, c'est pour que je te remette ça. Alors prends-le et va-t-en.

Il lui tendit une pièce de monnaie. Jack hésita puis la prit. Elle avait la taille d'un demi-dollar Kennedy, mais était beaucoup plus lourde. Aussi lourde qu'une pièce d'or, se dit-il, bien qu'elle fût de couleur argent mat. Le profil de Laura DeLoessian y était gravé — il fut à nouveau frappé, brièvement mais pas violemment, par la ressemblance — en dépit des légères différences telles que la finesse du nez, la rondeur du menton, *c'était bien* sa mère. Jack le savait. Il retourna la pièce et vit sur l'autre face un animal possédant la tête et les ailes d'un aigle et le corps d'un lion. Il paraissait fixer Jack. Ce qui ne manqua pas de le rendre nerveux, aussi glissa-t-il la pièce d'argent à l'intérieur de son justaucorps où elle rejoignit la bouteille d'élixir magique de Speedy.

— C'est pour quoi faire ? demanda-t-il à Farren.

— Tu le sauras en temps voulu, répondit le capitaine. Ou peut-être pas. En tout cas, en ce qui me concerne, j'ai fait mon devoir envers toi. Dis-le à Parkus quand tu le verras.

Jack se sentit à nouveau envahi par une sensation d'irréalité.

— Va, mon garçon, lui dit Farren. La voix était moins dure mais le ton guère plus chaleureux. Fais ce que tu as à faire... et du mieux que tu peux.

Ce fut finalement cette sensation d'irréalité — l'impression qu'il était le produit de l'hallucination d'un autre — qui le fit bouger. Pied gauche, pied droit, pied dans la paille, pied dans le foin. Il donna un coup de pied à un débris de tonneau. Il enjamba un morceau de roue brisée, contourna l'arrière du chariot, sans être impressionné par le sang qui séchait, ni par les mouches qui bourdonnaient autour. Qu'est-ce que du sang et des mouches bourdonnantes dans un rêve ?

Il arriva au bout de la portion de route boueuse encombrée de morceaux de bois et autres débris et regarda en arrière... Mais le capitaine Farren tournait la tête de l'autre côté, guettant peut-être l'arrivée de ses hommes, évitant de regarder Jack. Quoi qu'il en fût, pour Jack, cela revenait au même. Un dos était un dos. C'était sans intérêt.

Il plongea la main dans son justaucorps pour y prendre la pièce que Farren lui avait remise et l'étreignit. Il se sentit un peu mieux. La gardant dans sa main, comme un enfant à qui l'on a donné une pièce pour s'acheter des bonbons, Jack se remit en route.

7

Deux heures plus tard, peut-être quatre, Jack entendit le bruit que le capitaine lui avait décrit comme « le tonnerre qui roule sur la terre ». Une fois le soleil disparu à l'ouest, caché par la forêt (ce qui arriva peu après que Jack s'y fut réfugié), il lui fut difficile d'avoir une juste notion du temps.

Venant de l'ouest, plusieurs véhicules avaient surgi, se dirigeant vraisemblablement vers le pavillon de la reine. Croyant à chaque fois qu'il s'agissait de Morgan (on les entendait venir de loin ; les sons portaient si bien que Jack ne pouvait s'empêcher de penser à l'histoire que lui avait racontée Speedy à propos du type qui sentait un radis qu'un autre arrachait de terre à un kilomètre de distance), il s'était précipité dans le fossé et avait grimpé à toute vitesse de l'autre côté pour aller se cacher dans les bois. Il détestait marcher dans cette forêt sombre — même près de la lisière d'où il pouvait apercevoir la route à travers les arbres ; ses nerfs étaient à rude épreuve. Mais il préférait encore ça à marcher à découvert en risquant d'être surpris par l'oncle Morgan (car il persistait à croire, malgré les dires du capitaine Farren, que le maître d'Osmond était bien l'oncle Morgan).

Aussi, chaque fois qu'il entendait approcher un chariot ou une carriole, filait-il se mettre à l'abri pour ne revenir sur la route qu'après le passage du véhicule. Une fois, comme il franchissait le fossé de droite, humide et rempli d'herbes, il sentit quelque chose lui passer sur le pied et poussa un cri.

Ce flux irrégulier de chariots, bien que pénible et le retardant passablement, avait tout de même quelque chose de réconfortant — il se sentait un peu moins seul.

A vrai dire, il n'avait plus qu'une seule envie : quitter ces maudits Territoires.

L'élixir magique de Speedy avait beau être le truc le plus répugnant qu'il eût jamais goûté, il en aurait volontiers avalé une gorgée si quelqu'un — Speedy, par exemple — était apparu devant ses yeux et l'avait assuré qu'après avoir bu de ce tord-boyau, la première chose qu'il verrait en tournant la tête serait les deux arches dorées d'un MacDonald — les deux mamelles de l'Amérique, comme disait sa mère. Le sentiment oppressant d'un danger grandissait en lui — l'impression que la forêt était vraiment menaçante, qu'il y avait là des choses conscientes de sa présence, que la forêt *elle-même* était peut-être consciente de sa présence. Les arbres allaient jusqu'à la route, n'est-ce pas ? Oui. Alors qu'avant ils s'arrêtaient à la limite du fossé, voilà qu'ils poussaient maintenant à l'intérieur, comme une lèpre. Avant, la forêt semblait seulement boisée de pins et d'épicéas. Maintenant, d'autres espèces s'étaient insinuées parmi eux, des arbres avec des troncs noirs et tordus comme des nœuds de corde pourrie ; certains ressemblant à des plantes hybrides — mi-sapin, mi-fougère — ces derniers avaient d'horribles racines grises qui agrippaient le sol comme des mains terreuses. *Notre petit copain ?* semblaient murmurer ces choses repoussantes à l'intérieur de sa tête. *NOTRE petit copain ?*

Tout ça c'est dans ta tête, Jacky-boy. Tu flippes un peu, c'est tout.

Sauf que ce n'était pas dans sa tête.

Les arbres *changeaient* pour de bon. Cette sensation oppressante d'air étouffant — cette sensation d'être observé — n'était que trop réelle. Il se mit alors à croire que l'envahissement obsessionnel de son esprit par des pensées aberrantes était dû à des messages que lui envoyaient les arbres eux-mêmes, sur ondes courtes.

Et la bouteille de Speedy qui était déjà à moitié vide et qui devait lui durer pendant toute la traversée des Etats-Unis. S'il en buvait chaque fois qu'il avait la trouille, elle serait complètement vide avant qu'il soit sorti de la Nouvelle-Angleterre.

Son esprit était également obsédé par la distance étonnante qu'il avait, à son retour des Territoires, accomplie dans son univers où un kilomètre équivalait à environ cinquante mètres ici. A ce rythme, à moins que cela ne variât, et Jack admettait que ce fût possible, il pouvait, en faisant quinze kilomètres sur les Territoires, atteindre la limite du New Hampshire. C'était comme porter des bottes de sept lieues.

Oui mais... ces arbres... ces répugnantes racines grises...

Quand il commencera à faire vraiment sombre — quand le ciel bleu deviendra mauve — je retournerai là-bas. C'est ça. Voilà. Je ne dois pas marcher la nuit dans les bois. Et si je manque d'élixir magique en Indiana ou dans un trou perdu, le vieux Speedy pourra toujours m'en envoyer une autre bouteille en colis exprès.

Occupé par ce projet — et se disant qu'il se sentait vraiment mieux dès qu'il avait un projet en tête (même si celui-ci concernait seulement les deux ou trois heures à venir), Jack s'aperçut brusquement qu'un autre véhicule et de nombreux chevaux s'approchaient.

Dressant l'oreille, il s'arrêta au milieu de la route. Il écarquilla les yeux et deux images se déroulèrent alors dans son esprit à une vitesse saccadée : celle de la grosse voiture dans laquelle ses deux ravisseurs étaient venus l'enlever — la voiture qui n'était pas une Mercedes — et celle de la fourgonnette ENFANT SAUVAGE qui prenait la fuite, le sang coulant sur la calandre défoncée, après avoir écrasé l'oncle Tommy. Il vit les mains du chauffard sur le volant. Sauf que ce n'était pas des mains. C'était de bizarres sabots articulés.

A grand galop, le boucan que fait ce maudit corbillard est comme le tonnerre qui roule sur la terre.

Maintenant qu'il l'entendait — le bruit encore lointain était très distinct à cause de la pureté de l'atmosphère — Jack se demandait comment il avait pu confondre les autres équipages avec celui de Morgan. Ce qui lui parvenait à présent était un bruit tout à fait inquiétant, lourd de mauvais présages — celui d'un corbillard, oui, d'un corbillard conduit par le diable en personne.

Il restait pétrifié sur la route, presque hypnotisé, comme un lapin aveuglé par les phares d'une voiture. Le bruit augmentait régulièrement — tonnerre de roues et de sabots, grincement de harnais de cuir. Il entendait maintenant les cris du conducteur qui hurlait : *Ho Hue ! Ho Huuuuuue !* HOOOOOO-HUUUUE !

Immobile, sa tête tambourinant d'horreur — *Je ne peux plus bouger. Oh mon Dieu, oh mon Dieu, Maman, Maman, Mamaaaaaaan... !* Il restait pétrifié sur la route, et l'œil de son imagination voyait l'énorme masse noire de la diligence, tirée par des animaux noirs qui ressemblaient plus à des pumas qu'à des chevaux, arriver comme un bolide ; il voyait le conducteur, debout à l'avant, les cheveux ébouriffés par le vent, le regard aussi fou et violent que celui d'un psychopathe qui brandit un couteau à cran d'arrêt.

Il le voyait venir sur lui, sans ralentir.

Il le voyait l'écraser.

Cette vision brisa net sa paralysie. Il courut vers la droite, dérapa sur le bas-côté, se prit le pied dans l'une des racines noueuses, tomba et roula sur le sol. Son dos, qui le laissait relativement tranquille depuis quelques heures, se réveilla soudain et Jack, meurtri, grimaça de douleur.

Il se releva, et se précipita, tête baissée, dans le bois.

Il se glissa derrière un arbre noir, mais le contact du tronc noueux était désagréablement visqueux — un peu comme celui des banyans de Hawaii où il avait passé ses vacances l'été dernier. Il alla se cacher derrière un tronc de pin.

Le tonnerre de la diligence et de son escorte devenait de plus en plus assourdissant. A chaque instant Jack s'attendait à voir l'attelage passer comme un éclair en direction du village de Toutes-Mains. Ses doigts se crispaient sur l'écorce élastique du pin. Il se mordait les lèvres.

Droit devant lui s'ouvrait un tunnel étroit dans les fougères et les aiguilles de pins ; cette trouée lui offrait une vue limitée mais parfaitement précise de la route. Et juste au moment où Jack se disait que l'équipage de Morgan n'arriverait jamais, une quinzaine de cavaliers passèrent au galop se dirigeant vers l'est. Celui qui était en tête portait une bannière mais Jack ne parvint pas à voir son emblème... et n'était pas certain d'en avoir envie. Puis la diligence elle-même traversa en trombe la ligne de mire de Jack.

Cela ne dura pas plus d'une seconde, peut-être moins — mais Jack s'en rappelait tous les détails. La diligence était une gigantesque voiture qui faisait bien quatre mètres de haut. Les paquets et les malles qui étaient attachées par de grosses cordes sur le toit ajoutaient encore un mètre. Chacun des chevaux de l'équipage portait sur la tête un plumet noir — dont les plumes étaient couchées par la vitesse. Plus tard, Jack se dit que Morgan avait sûrement besoin de changer de chevaux à chaque étape, car ses bêtes paraissaient à la limite de leurs forces. De leurs bouches jaillissaient des gouttes de sang et des traînées d'écume et leurs yeux fous, dont le blanc était visible, roulaient, exorbités.

Comme dans son imagination, ou dans la vision qu'il avait eue, des rideaux de crêpe noir claquaient aux fenêtres sans vitre. Soudain, un visage blanc apparut dans l'une de ces ouvertures sombres de forme oblongue. Un visage blanc encadré dans une forme bizarre. Cette soudaine apparition était aussi choquante que le visage d'un fantôme à la fenêtre en ruine d'un château hanté. Ce n'était pas le visage de Morgan Sloat... et pourtant, c'était bien lui.

Et le propriétaire de ce visage savait que Jack — ou quelque autre danger tout aussi haïssable et menaçant pour lui — se cachait dans les bois. Jack le comprit à ses yeux qui soudain s'aggrandirent et à l'horrible grimace qui lui tordit la bouche.

Le capitaine avait prévenu Jack : *Il te flairera comme un chat flaire une souris* et Jack, accablé, se disait maintenant : D'accord, il m'a flairé. Il sait que je suis ici. Alors que va-t-il m'arriver ? Il va faire arrêter la diligence et enverra les soldats à ma recherche dans les bois.

Un autre groupe de cavaliers, ceux qui l'escortaient à l'arrière, passa comme l'éclair. Jack attendit, les mains figées sur l'écorce de l'arbre, persuadé que Morgan les ferait s'arrêter. Mais rien de tel ne se produisit ; bientôt, le tonnerre de la diligence et des cavaliers commença à diminuer.

Les yeux. C'était ça qui était pareil. Ces yeux noirs dans ce visage blanc. Et...

Notre petit copain ?   OUIIIII !

Quelque chose glissa sur son pied et... grimpa sur sa cheville. Jack poussa un cri et fit un bond en arrière, croyant que c'était un serpent. Mais en baissant les yeux, il vit que l'une des racines grises montait le long de sa cheville... et s'enroulait maintenant autour de son mollet.

C'est impossible, pensa-t-il bêtement. *Les racines ne bougent pas...*

Il recula brusquement pour libérer sa jambe de l'entrave rugueuse, et ressentit une douleur vive au mollet, comme lorsqu'on se brûle en glissant le long d'une corde. Il leva les yeux et une peur irrépressible l'étreignit. Il crut comprendre pourquoi Morgan, bien qu'ayant senti sa présence, avait poursuivi sa route sans prendre la peine de s'arrêter ; Morgan connaissait cette forêt et savait que marcher dans les sous-bois était aussi dangereux que traverser à pied une rivière infestée de piranhas. Pourquoi le capitaine Farren ne l'avait-il pas prévenu ? La seule explication qui vint à l'esprit de Jack fut que le capitaine, n'ayant jamais poussé aussi loin vers l'ouest, ne savait rien de tout cela.

Toutes les racines des plantes hybrides se déplaçaient à présent ; elles se dressaient, retombaient, avançant rapidement dans sa direction sur la terre couverte d'humus. *Des entités et leurs femelles,* se dit déraisonnablement Jack. *De morbides entités et leurs femelles.* L'une des racines, particulièrement épaisse avec les extrémités noircies de terre et d'humidité, se dressa en face de lui en ondulant comme un cobra qui sort, hypnotisé par le son de la flûte, du panier d'un fakir. NOTRE *petit copain !* OUIIII !

La chose s'élança vers Jack qui recula pour lui échapper. Il s'aperçut que les racines formaient à présent un écran vivant entre lui et la route où il pourrait marcher en toute sécurité. Il s'appuya contre un arbre... et fit un bond en poussant un cri lorsqu'il sentit l'écorce onduler et se plisser dans son dos comme un muscle pris de contractions. Jack se retourna et vit que c'était un des arbres noirs au tronc noueux. Et le tronc bougeait, se contorsionnait. Les nœuds de l'écorce se tordaient pour former une espèce de visage repoussant, avec un œil noir largement ouvert, et l'autre fermé en un ignoble clin d'œil. L'arbre se fendit brusquement avec un bruit de déchirure et de la sève jaunâtre commença à s'en échapper. *C'EST BIEN LUI ! Oh Ouiiiii !*

Des racines en forme de doigts se glissèrent entre le bras et le torse de Jack, comme pour le chatouiller.

Il se dégagea, et faisant un terrible effort pour ne pas perdre la raison, chercha à saisir, dans son justaucorps, la bouteille de Speedy. Il percevait — vaguement — autour de lui d'épouvantables craquements. Il se dit que les arbres s'arrachaient du sol. Tolkien n'avait jamais parlé de ça.

Il saisit la bouteille par le goulot et la tira. Il dévissait maladroitement le bouchon lorsqu'une racine s'enroula sans effort autour de sa gorge. Un instant plus tard, elle le serrait aussi fort qu'un nœud coulant autour du cou d'un pendu.

Jack eut le souffle coupé. La bouteille lui échappa des mains tandis qu'il luttait contre la chose qui l'étranglait. Il parvint à glisser ses doigts sous la racine. Elle n'était pas froide et rêche, mais souple et élastique comme de la chair. Il lutta pour se dégager, conscient des gargouillis qui lui sortaient de la gorge et de la salive qui lui coulait sur le menton.

Après un dernier effort convulsif, il réussit à arracher la racine et à libérer son cou. Elle essaya alors d'enserrer son poignet et Jack écarta brusquement son bras en poussant un cri. Il baissa les yeux et vit la bouteille s'éloigner en rebondissant sur le sol, une racine grise enroulée autour du goulot.

Jack se précipita sur elle. D'autres racines attrapèrent ses jambes et s'enroulèrent autour d'elles. Il tomba lourdement sur le sol et, allongé, les bras tendus, les ongles grattant la terre, essaya de gagner quelques centimètres.

Il toucha enfin la paroi lisse de la bouteille verte... et referma ses doigts sur elle. Il tira aussi fort qu'il le put, vaguement conscient des racines qui emprisonnaient ses jambes dans un enchevêtrement de liens qui l'immobilisaient. Il dévissa complètement le bouchon. Une autre racine s'abattit alors sur lui avec une légèreté de toile d'araignée pour tenter de lui arracher la bouteille. Jack la repoussa et porta le goulot à ses lèvres. L'odeur de fruit pourri l'enveloppa soudain, comme une membrane vivante.

Speedy, je t'en supplie, fais que ça marche !

Tandis que les racines progressaient autour de sa taille et de son dos, en le faisant tourner dans tous les sens, Jack but le répugnant liquide qui lui coula sur les joues. Il l'avala, en gémissant, en priant, c'était mauvais, *ça ne marchait* pas. Il avait fermé les yeux et sentait les racines continuer à lui emprisonner les bras et les jambes, il sentait l'eau pénétrer sous ses jeans et sous sa chemise, il sentait

De l'eau ?

de la boue et de l'humidité, il entendait

Jeans ? Chemise ?

le croassement ininterrompu des grenouilles et...

8

Jack ouvrit les yeux et vit la lumière orange du coucher de soleil qui se reflétait dans une large rivière. Une forêt touffue poussait sur la rive est ; sur la rive ouest, celle où se trouvait Jack, une longue prairie en partie voilée par la brume vespérale qui montait du sol, descendait jusqu'au bord de l'eau. La berge était marécageuse. C'est là que Jack était couché, dans un véritable bourbier. De grandes herbes y poussaient encore — le gel qui aurait raison d'elles ne sévirait pas avant un ou deux mois — et le jeune garçon était pris dans ces herbes comme un dormeur qui vient de faire un cauchemar et qui, à son réveil, se retrouve empêtré dans ses draps.

Il se leva avec difficulté, complètement trempé et couvert de boue odorante, les courroies de son sac lui sciant les aisselles. Il enleva avec dégoût les herbes gluantes qui lui collaient au visage et aux bras. Il s'éloigna de la berge et, jetant un coup d'œil en arrière, aperçut la bouteille de Speedy couchée dans la boue, le bouchon à côté d'elle. Elle était aux deux tiers vide maintenant. Il avait dû en renverser pas mal au cours de sa lutte contre les arbres démoniaques des Territoires.

Il resta debout un moment, ses baskets crottées plantées dans la vase, à contempler la rivière. Il se retrouvait dans son univers, dans les bons vieux Etats-Unis d'Amérique. Il ne voyait pas les arches dorées de ses espérances, ni de gratte-ciel, ni de satellite clignoter dans le ciel crépusculaire, mais il savait où il était, tout comme il savait qui il était. Ce dont il n'était pas sûr, en revanche, c'était s'il avait vraiment séjourné dans l'autre univers.

Il regardait cette rivière inconnue, ce paysage, inconnu lui aussi, et entendit au loin le beuglement sourd d'un troupeau de vaches. Il se dit : *Tu es dans un endroit différent, Jacky-boy. Ce n'est certainement pas Arcadia Beach.*

Non, ce n'était pas Arcadia Beach, mais il connaissait trop peu la campagne aux alentours de la station balnéaire pour être sûr de ne pas se trouver à six ou huit kilomètres de là — suffisamment à l'intérieur des terres pour ne plus sentir l'odeur de l'Atlantique. Il avait l'impression de se réveiller après avoir fait un mauvais rêve — était-ce possible que tout n'eût été qu'un rêve ; tout, depuis le charretier avec son chargement de viande couverte de mouches jusqu'aux arbres vivants ? Une espèce de cauchemar éveillé dans lequel le somnanbulisme avait une large part ? Cela paraissait plausible. Sa mère était mourante, et il se disait maintenant qu'il le savait depuis longtemps — c'était trop flagrant — et bien que consciemment il eût refusé de l'admettre, son subconscient en avait tiré les conclusions qui s'imposaient. Ce qui avait favorisé un phénomène d'auto-hypnotisme ; et la rencontre avec ce vieil alcoolo de Speedy Parker avait fini de lui tourner la boule. C'était évident. Tout ça se tenait.

Jack frissonna et avala sa salive. Il eut du mal à déglutir. Pas comme lorsqu'on a une angine, plutôt comme une douleur musculaire.

Il leva la main gauche, celle qui ne tenait pas la bouteille, et se frotta doucement le cou. Pendant un moment il ressembla absurdement à une femme qui se passe la main sur la gorge pour en détecter les rides ou le double menton. Il découvrit une écorchure juste au-dessus de la pomme d'Adam. Elle n'avait pas beaucoup saigné mais était néanmoins trop douloureuse pour être touchée. C'était la marque de la racine qui avait essayé de l'étrangler.

C'était donc vrai, murmura Jack en regardant l'eau orangée, en écoutant le couac des grenouilles et le beuglement lointain des vaches. *Tout était vrai.*

9

Jack, tournant le dos à la rivière — et à l'Est — se mit à gravir la pente de la prairie.

Après avoir marché environ sept cents mètres, le frottement du sac sur son dos meurtri (les coups de fouet d'Osmond avaient laissé des marques douloureuses) lui fit penser à quelque chose. Quelque chose qui fit pousser à son estomac un gargouillement de plaisir.

Debout dans une flaque de brume, l'étoile du berger scintillant au-dessus de sa tête, Jack fit glisser le sac de ses épaules. Il ouvrit l'une des poches et y trouva le sandwich, pas la moitié, ni un morceau, mais le sandwich entier, enveloppé dans une feuille de journal. Les yeux de Jack se remplirent de larmes de reconnaissance et il aurait voulu que Speedy fût là pour lui sauter au cou.

Il n'y a pas dix minutes, tu l'as traité de vieil alcoolo.

Il en rougit rétrospectivement de honte, ce qui ne l'empêcha pas de faire un sort au sandwich, qu'il avala en quelques bouchées. Il referma le sac et le remit en place. Se sentant mieux maintenant — son estomac lui ficherait la paix pendant un moment — il reprit la route.

Peu après, il aperçut des lumières. Une ferme. Un chien se mit à aboyer — un gros aboiement qui ne pouvait venir que d'un très gros chien — et Jack sentit son sang se glacer dans ses veines.

Il doit être à l'intérieur de la maison, se dit-il. *Ou du moins enchaîné. Je l'espère.*

Il tourna vers la droite et au bout d'un moment les aboiements cessèrent. Se guidant sur les lumières de la ferme, il arriva bientôt sur une route bitumée. Il regarda à gauche, puis à droite, n'ayant aucune idée de la direction à prendre.

Et voilà, les amis, voilà notre héros, trempé jusqu'aux os, les baskets crottées, hésitant entre Charybde et Scylla. T'es pas sorti de l'auberge, Jacky-boy.

Le mal du pays et un sentiment de solitude déferlèrent à nouveau sur lui. Jack ne les laissa pas s'installer. Il mouilla son index et le secoua fort. Les gouttes de salive partirent à droite et il décida de choisir cette direction. Quarante minutes plus tard, au bord d'une route privée fermée par une chaîne, Jack aperçut une espèce d'abri en planches à côté d'un tas de gravier.

Il passa sous la chaîne et s'approcha de la petite cabane. La porte était fermée par un cadenas, mais sous l'une des cloisons, la terre était suffisamment tassée pour laisser un passage. Il ne lui fallut pas plus d'une minute pour se débarrasser du sac, se glisser à l'intérieur en se tortillant et, une fois dedans, tirer son sac derrière lui. La porte cadenassée le rassurait plutôt.

Il regarda autour de lui et vit un tas de vieux outils. A l'évidence, cet endroit n'avait pas été utilisé depuis longtemps, ce qui lui convenait tout à fait. Il se déshabilla entièrement, n'aimant pas la sensation désagréable des vêtements humides et maculés sur sa peau. En enlevant son pantalon il sentit la pièce de monnaie que lui avait donnée le capitaine Farren — géante au milieu de la menue monnaie ordinaire. Jack la sortit et vit que la pièce qui comportait le profil de la reine sur le côté face et un lion ailé sur le côté pile, était devenue une pièce d'argent d'un dollar 1921. Après avoir longuement contemplé le profil de la Liberté, il la remit dans la poche de son jean.

Il sortit des vêtements propres en se disant qu'il rangerait les sales dans son sac le lendemain — ils auraient le temps de sécher d'ici là. Il pourrait toujours les laver plus tard dans un ruisseau, ou peut-être dans un « Landromat ».

En cherchant des chaussettes, sa main rencontra un objet mince et dur. Il le sortit : c'était une brosse à dents. Aussitôt, une série d'images de chez lui surgirent — tout ce qu'évoquait une brosse à dents — des images rationnelles, sécurisantes. Cette fois-ci, pas moyen de les écarter et d'étouffer ses émotions. Une brosse à dents était un objet destiné à une salle de bains bien claire, quelque chose qu'on utilisait avec un pyjama douillet sur le corps et de chaudes pantoufles aux pieds. Ce n'était pas un objet qu'on trouvait dans un sac à dos, au fond d'une cabane à outils froide et sombre, à côté d'un tas de graviers, dans un trou perdu dont il ne connaissait même pas le nom.

La solitude l'envahit ; le sentiment qu'il avait d'être rejeté était à présent total. Il se mit à pleurer. Pas des larmes de rage impuissante comme on en verse pour masquer sa colère, mais les grosses larmes de chagrin de quelqu'un qui vient de découvrir à quel point il est seul et risque de l'être encore longtemps. Il pleurait parce qu'il avait l'impression qu'il n'y avait plus un endroit au monde où la sécurité et la raison régnaient encore. La solitude était une réalité ; mais dans sa situation, il lui fallait aussi envisager la possibilité de la folie.

Jack s'endormit avant que ses sanglots ne fussent entièrement apaisés. Il dormit en chien de fusil, enroulé autour de son sac, vêtu seulement de son caleçon et de ses chaussettes propres. Les larmes avaient tracé des rigoles claires dans la crasse de ses joues et il tenait encore la brosse à dents dans sa main relâchée.

Chapitre 8

LE TUNNEL D'OATLEY

1

Six jours plus tard, Jack avait presque entièrement émergé de son désespoir. A l'issue des six premières journées passées sur la route, il avait l'impression d'avoir quitté l'enfance et traversé l'adolescence pour entrer dans l'âge adulte — l'âge des compétences. Il est vrai qu'il n'était pas retourné sur les Territoires depuis son réveil au bord de la rivière ; mais il avait une bonne raison pour ce faire, malgré le ralentissement que cela impliquait : il se disait qu'il gardait l'élixir de Speedy pour quand il en aurait vraiment besoin.

Et puis Speedy ne lui avait-il pas conseillé de voyager de préférence dans ce monde ? Il ne faisait que suivre les ordres, après tout.

Quand le soleil était haut dans le ciel, que les voitures qui le prenaient en stop lui avaient fait faire cinquante ou soixante-dix kilomètres en direction de l'ouest et qu'il avait l'estomac plein, les Territoires lui semblaient incroyablement lointains et irréels : comme un film qu'on commence à oublier — une rêverie éphémère. Parfois même, quand il était affalé sur le siège du passager de la voiture d'un instituteur, en train de répondre aux sempiternelles questions qu'on lui posait et de raconter son histoire, il lui arrivait d'en oublier leur existence. Les Territoires sortaient de sa tête et il redevenait — presque — le petit garçon qu'il était au début de l'été.

Surtout sur les autoroutes, quand on le laissait à la sortie d'une rampe et que dix ou quinze minutes au maximum après qu'il eut levé le pouce il voyait une autre voiture s'arrêter pour le prendre.

Il était maintenant quelque part près de Batavia, à l'autre bout de l'État de New York, marchant à reculons pouce levé sur la bande d'arrêt d'urgence de la I-90, en direction de Buffalo — après Buffalo, il bifurquerait vers le Sud. Il se disait qu'il fallait bien réfléchir à la façon de faire les choses et ensuite s'y tenir. Jusqu'ici ça n'avait pas mal marché grâce au guide Rand McNally et à l'histoire. Si seulement il avait la chance de trouver une voiture qui aille jusqu'à Chicago ou à Denver (et rêver pour rêver, pourquoi pas jusqu'à Los Angeles ?) il pourrait être de retour chez lui avant la mi-octobre.

Il était hâlé par le soleil, il avait en poche quinze dollars que lui avait rapportés son dernier job — il avait fait la plonge au *Golden Spoon* à Auburn — et ses muscles étaient maintenant dérouillés et endurcis. Et bien qu'il eût parfois eu envie de pleurer, il n'avait plus versé une larme depuis cette première nuit où il s'était senti si malheureux. Il se contrôlait, c'était cela la différence. Maintenant qu'il savait comment procéder — il s'était donné assez de mal pour ça —, il était en mesure de dominer la situation ; il voyait déjà le bout de son voyage, encore qu'il restât un très long chemin à faire. S'il se déplaçait principalement dans ce monde, comme Speedy le lui avait conseillé, et s'il allait aussi vite qu'il l'avait fait jusqu'ici, il aurait largement le temps de retourner au New Hampshire avec le Talisman. Ça allait marcher et il aurait beaucoup moins de problèmes qu'il ne l'avait craint.

C'était du moins ce que Jack Sawyer s'imaginait, en clignant des yeux dans le soleil couchant, tandis qu'une Ford Fairlane bleu poussiéreux faisait une embardée pour se ranger sur le bas-côté de la route et attendait qu'il la rejoigne en courant. *Cinquante ou soixante kilomètres,* se dit-il. Il se représenta la page du vieux guide routier qu'il avait étudié le matin même et choisit : *Oatley.* Ce devait être un bled sinistre, minuscule, sans problème. C'était parti, et plus rien de mal ne pouvait lui arriver maintenant.

2

Jack se pencha et regarda par la vitre avant d'ouvrir la portière de la Ford. Des livres d'échantillons et des prospectus occupaient pêle-mêle le siège arrière ; deux énormes serviettes de cuir trônaient à la place du passager. L'homme bedonnant aux cheveux bruns, qui semblait imiter Jack en se penchant lui aussi au-dessus de son volant pour regarder par la vitre, était un voyageur de commerce. La veste de son costume bleu était suspendue à un crochet derrière son siège ; sa cravate était desserrée et les manches de sa chemise relevées. Un représentant d'une trentaine d'années qui sillonnait confortablement sa région. Il aimerait parler, comme tous les représentants. L'homme lui sourit et souleva l'une après l'autre les grosses serviettes qui étaient à côté de lui pour les balancer sur les papiers du siège arrière.

— Faut faire un peu de place, dit-il.

Jack savait que la première chose que lui demanderait le type, c'était pourquoi il n'était pas à l'école.

Il ouvrit la portière en disant :

— Merci bien, monsieur.

— Tu vas loin ? demanda le représentant en jetant un coup d'œil au rétroviseur tandis qu'il passait la première et reprenait la route.

— A Oatley, dit Jack. Ça doit être à cinquante kilomètres environ.

— T'es pas très fort en géographie, lui dit le type. Ça doit plutôt faire soixante-dix kilomètres.

Il tourna la tête pour regarder Jack et surprit le garçon en lui faisant un clin d'œil.

— Ne prends pas mal ce que je vais te dire, mais je déteste voir les gamins faire du stop. C'est pour ça que je m'arrête toujours quand j'en vois un. Au moins, avec moi, je suis sûr qu'il sera en sécurité. Pas question de touche-pipi, si tu vois ce que je veux dire. Il y a un tas de cinglés par ici, petit. Tu ne lis pas les journaux ? Et je parle de véritables carnivores. Tu pourrais facilement devenir une espèce en voie de disparition.

— Vous avez sûrement raison, dit Jack. Mais j'essaye de faire attention.

— Tu habites dans le coin si j'ai bien compris.

L'homme continuait à le regarder en jetant des petits coups d'œil devant lui sur la route et Jack chercha frénétiquement dans sa mémoire le nom d'une ville où il était déjà passé.

— Palmyra. Je suis de Palmyra.

Le représentant hocha la tête et dit :

— C'est une assez jolie petite ville.

Puis il reporta son attention sur la route. Jack se laissa aller dans le confortable siège recouvert de peluche.

Mais l'homme finit tout de même par lui demander :

— J'espère que tu ne fais pas l'école buissonnière, hein ?

Il était temps de sortir, pour la énième fois, la fameuse histoire.

Il l'avait racontée tant de fois déjà, changeant le nom des villes à mesure qu'il avançait vers l'ouest, qu'il avait l'impression de réciter un monologue appris par cœur.

— Non, monsieur. C'est seulement que je dois aller habiter quelque temps à Oatley chez ma tante, Helen Vaughan. C'est la sœur de ma mère. Elle est institutrice. Mon père est mort l'hiver dernier, vous comprenez, et depuis les choses ont mal tourné — en plus, depuis quinze jours la toux de ma mère a encore empiré et le docteur lui a dit qu'elle devait garder le lit le plus longtemps possible ; alors elle a demandé à sa sœur si elle pouvait me prendre chez elle pendant quelque temps. Comme elle est institutrice et tout, je vais sûrement aller à l'école chez elle, à Oatley. Tante Hélène n'est pas le genre à laisser un gosse manquer l'école.

— Et c'est ta mère qui t'a dit de faire de l'auto-stop jusqu'à Oatley ? demanda le conducteur.

— Oh non, pas du tout ! Elle n'aurait jamais fait ça. Non, elle m'a donné de l'argent pour l'autocar. Mais j'ai décidé de le garder. L'argent ne va plus rentrer chez nous avant longtemps et je crois que tante Hélène n'est pas très riche. Ma mère serait furax si elle savait que je faisais de l'auto-stop. Mais moi, je trouvais que c'était de l'argent jeté par les fenêtres. Après tout, cinq dollars c'est cinq dollars, alors pourquoi les donner à un chauffeur d'autocar ?

L'homme jeta un regard de côté.

— Combien de temps penses-tu rester à Oatley ?

— C'est difficile à dire. J'espère que ma mère se remettra très vite.

— Bon, mais ne fais pas d'auto-stop pour rentrer, d'accord ?

— On n'a plus de voiture, dit Jack, pour enjoliver l'histoire. Il commençait à y prendre plaisir. Vous vous rendez compte ? Ils sont venus l'enlever pendant la nuit. Ces sales lâches. Ils savaient que tout le monde dormirait. Ils sont venus pendant la nuit et l'ont volée dans le garage. Je me serais battu pour garder cette voiture, monsieur. Pas pour aller chez ma tante en voiture, mais quand ma mère va chez le docteur, elle est obligée de descendre la côte à pied et de longer cinq pâtés de maisons avant d'arriver à l'arrêt du bus. Ils ne devraient pas avoir le droit de faire ça, vous ne trouvez pas ? Débarquer comme ça chez les gens et leur piquer leur voiture ? On aurait recommencé à payer les traites dès qu'on l'aurait pu. Enfin, vous ne trouvez pas que c'est du vol, vous ?

— Ma foi, si ça m'arrivait, je crois bien que je dirais comme toi, répondit l'homme. Eh bien, j'espère que ta maman se remettra très vite.

— Moi aussi, ajouta Jack, parfaitement sincère.

Les panneaux signalant l'approche d'Oatley commencèrent d'apparaître.

Le représentant se rangea sur la bande d'arrêt d'urgence, juste après la rampe de sortie de l'autoroute, fit un sourire à Jack et lui dit :

— Bonne chance, petit.

Jack hocha la tête et ouvrit la portière.

— En tout cas, j'espère que tu ne seras pas obligé de rester trop longtemps à Oatley.

Jack lui lança un regard interrogateur.

— Tu es déjà venu, donc tu connais.

— Un peu. Pas vraiment.

— Ah, c'est vraiment un trou. Le genre de patelin où les types bouffent ce qu'ils ont écrasé sur la route. C'est Gorilleville. On bouffe la bière et après on boit le verre. Tu vois le genre ?

— Merci de m'avoir prévenu, dit Jack. Et il sortit de la voiture.

Le conducteur lui fit signe de la main et se remit en route. Quelques instants plus tard, la Fairlane n'était plus qu'une forme sombre qui filait vers le soleil orange, bas sur l'horizon.

3

Pendant un peu plus d'un kilomètre il marcha sur une route qui traversait une campagne plate et sans attrait — au loin, en bordure des champs, Jack aperçut des petites maisons à deux étages. Les champs étaient bruns et nus, et les maisons n'étaient pas des fermes. Elles étaient très espacées au milieu de ces terres désolées, de cette grisaille immobile que seuls les bruits de la circulation de la I-90 venaient troubler. Pas de beuglements de vaches, pas de hennissements — il n'y avait ni animaux ni équipements fermiers. Devant l'une des petites maisons, il y avait une demi-douzaine de carcasses de voitures rouillées. Ces habitations étaient celles de gens qui détestaient tellement leur prochain que même Oatley était trop peuplé pour eux. Les champs vides étaient les douves dont ils avaient besoin autour de leur château fort décrépi.

Il arriva enfin à un carrefour. On aurait dit un carrefour de dessin animé : deux routes étroites se coupant à angle droit, au milieu de nulle part, pour aller vers un autre nulle part. Jack commençait à douter de son sens de l'orientation et, après avoir ajusté son sac sur le dos, il s'approcha du poteau rouillé qui supportait les deux panneaux indicateurs, rouillés eux aussi, comportant le nom des rues. Aurait-il dû tourner à gauche plutôt qu'à droite à la sortie de la bretelle ? Sur le panneau indicateur de la route parallèle à l'autoroute était inscrit ROUTE DE DOGTOWN. Dogtown ? Jack regarda du côté de la fameuse route et ne vit qu'une platitude sans fin, des champs incultes traversés par le ruban noir de l'asphalte. Lui-même se trouvait sur l'autre route, celle qui avait pour nom MILLROAD. A un kilomètre de là, elle passait sous un tunnel dont l'ouverture était presque entièrement dissimulée par des branches d'arbres inclinés et un étrange rideau de lierre. Au milieu du lierre il y avait un écriteau blanc qui donnait l'impression d'être retenu par le feuillage. L'inscription était en trop petits caractères pour être déchiffrée. Jack plongea la main dans sa poche et étreignit la pièce que lui avait donnée le capitaine Farren.

Son estomac gémissait de faim. Il aurait bientôt besoin de manger, il lui fallait donc quitter cet endroit et trouver une ville où il pourrait gagner l'argent de ses repas. Vas-y pour Millroad — il pouvait au moins pousser un peu pour voir ce qu'il y avait de l'autre côté du tunnel. Jack repartit donc dans cette direction, et l'ouverture sombre du tunnel s'élargit à mesure qu'il approchait.

Froid, humide et sentant la poussière de brique et la terre retournée, le tunnel semblait maintenant se refermer sur le jeune garçon. Jack craignit pendant un moment qu'il ne s'enfonçât sous terre — aucun cercle de lumière n'était visible à l'autre bout — mais il se rendit vite compte qu'il marchait sur une route plate. Le panneau à l'entrée du tunnel annonçait en fait : ALLUMEZ VOS PHARES. Jack se cogna contre un mur de brique et sentit la poussière granuleuse lui tomber sur les mains. « Phares » se dit-il en lui-même, regrettant de ne pas avoir de lampe. Le tunnel devait faire une courbe. Il était entré, en marchant lentement, avec précaution, les bras tendus comme un aveugle, directement dans le mur. Maintenant, il continuait d'avancer à tâtons le long de la paroi de brique. Quand le coyote des dessins animés de Road Runner faisait ça, il finissait généralement aplati comme une crêpe sur le devant d'un camion.

Il entendit avec horreur quelque chose qui courait le long du tunnel.

Un rat, se dit-il. Ou peut-être un lapin qui prenait un raccourci entre deux champs. Mais ça avait l'air plus gros.

Il l'entendit à nouveau, plus loin dans l'obscurité, et fit un autre pas dans le noir. Juste devant lui, une seule fois, il perçut une inspiration. Il s'arrêta en se demandant : *est-ce un animal ?* Il garda les doigts posés sur le mur de brique humide, attendant l'expiration. Ce n'était pas le souffle d'un animal — aucun rat ni lapin ne respirait si profondément. Il avança de quelques centimètres, refusant d'admettre que ce qu'il y avait là l'avait effrayé.

Il s'immobilisa à nouveau en entendant devant lui un son qui ressemblait à un gloussement rauque. Un instant plus tard, une odeur familière mais non identifiable, âcre, forte et musquée, lui parvint de la sortie du tunnel.

Jack jeta un coup d'œil par-dessus son épaule. L'entrée était maintenant à moitié visible, cachée en partie par la courbe du mur, et paraissait très lointaine — elle avait la taille d'un terrier de lapin.

— Qui est là ? cria-t-il. Hé ! Qu'est-ce que c'est ? Il y a quelqu'un dans les parages ?

Il eut l'impression d'entendre un murmure dans la profondeur du tunnel.

Il se rappela qu'il n'était pas dans les Territoires — au pire, il avait surpris un imbécile de chien, venu faire un petit somme dans la fraîcheur. Si c'était le cas, il lui sauverait la vie en le réveillant avant l'arrivée d'une voiture.

— Eh le chien ! hurla-t-il. *Le chien !*

Il fut aussitôt récompensé par un bruit de pattes qui couraient dans le tunnel. Mais le bruit s'approchait-il ou s'éloignait-il ? Impossible de dire, en écoutant le doux *pat, pat, pat,* si l'animal s'en allait ou venait vers lui. Puis il se dit que le bruit venait peut-être de derrière et il tourna la tête pour regarder et se rendit compte qu'il avait tellement avancé qu'il ne voyait plus l'entrée du tunnel non plus.

— Où es-tu le chien ? fit-il.

Quelque chose gratta le sol à cinquante centimètres de lui et Jack fit un bond en avant et se cogna l'épaule contre le mur.

Il sentait une forme — celle d'un chien peut-être — dans l'obscurité. Il avança — et fut arrêté net par une impression de dislocation telle qu'il se crut de retour sur les Territoires. Le tunnel était envahi par une odeur de zoo, âcre et musquée et quel que fût l'animal qui s'approchait de lui, ce n'était pas un chien.

Une bouffée d'air froid chargée d'odeur de graisse et d'alcool lui arriva aux narines. Il sentit la forme se rapprocher davantage.

Pendant un court instant il aperçut un visage dans le noir, qui luisait d'une lumière intérieure maladive : un visage long à l'expression amère qui aurait pu être jeune mais qui ne l'était pas. Il sentait la sueur, la graisse et l'alcool. Jack s'aplatit contre le mur, poings levés, même lorsque le visage eut disparu dans le noir.

Terrifié, il crut entendre un bruit de pas, rapides et légers, qui couraient vers l'entrée du tunnel et il détourna les yeux du rectangle de ténèbres qui l'avait incité à regarder en arrière. Obscurité, silence. Le tunnel était vide à présent. Jack se glissa les mains sous les aisselles et se laissa aller contre le mur, son sac à dos lui servant de tampon. Il se remit en route au bout d'un moment.

A peine sorti du tunnel, Jack pivota sur lui-même pour l'affronter. Aucun son n'en sortit, aucune créature bizarre ne se glissa vers lui. Il fit trois ou quatre pas et regarda à l'intérieur. Et là, son cœur cessa presque de battre quand il vit arriver sur lui deux énormes yeux orange. En quelques secondes, la distance qui les séparait de Jack se réduisit de moitié. Jack ne pouvait plus bouger. Ses pieds semblaient pris dans l'asphalte. Il réussit finalement à tendre la main paume ouverte devant lui dans un geste instinctif, pour prévenir le danger. Les yeux continuèrent de s'approcher et il y eut un bruit de klaxon. Jack se jeta de côté quelques secondes à peine avant que la voiture ne surgît du tunnel, avec au volant un homme au visage rouge qui lui montra le poing.

— COOONAAAAAARD !... cria la bouche grimaçante.

Encore étourdi, Jack se retourna pour suivre du regard la voiture qui descendait la côte vers la petite ville qui devait être OATLEY.

4

Située au fond d'une longue cuvette, Oatley s'étendait misérablement de part et d'autre de ses deux rues principales. L'une, prolongeant Mill Road, passait devant un immense bâtiment délabré qui s'élevait au centre d'un vaste parking — c'est sûrement une usine, se dit Jack — et continuait entre des parcs de voitures d'occasion (banderoles pendouillantes), des restaurants de fast-food (les Grosses Mamelles de l'Amérique), un bowling avec une gigantesque enseigne lumineuse au néon (BOWL-A-RAMA !), des magasins d'alimentation et des stations-service. Passé ce qui était le centre commercial, Mill Road était bordé de vieux immeubles de deux étages devant lesquels des voitures étaient rangées, pare-chocs contre le trottoir. L'autre rue, visiblement le « quartier résidentiel » d'Oatley, était flanquée de grandes bâtisses avec des vérandas et de longues pelouses en pente. En cette fin d'après-midi, un feu de signalisation clignait son œil rouge à l'intersection des deux artères principales. Quelques pâtés de maisons plus loin, un autre feu tourna au vert devant un grand immeuble sale aux multiples fenêtres qui ressemblait à un hôpital psychiatrique et qui devait être le lycée local. Se déployant autour de ces deux grands axes, entre les immeubles anonymes entourés de hauts grillages, il y avait des petites maisons particulières.

De nombreuses fenêtres de l'usine étaient brisées et quelques-unes des maisons du centre avaient des planches à la place des vitres. Des tas de détritus et papiers volants jonchaient les cours de béton clôturées. Même les maisons les plus cossues paraissaient à l'abandon, avec leur véranda branlante et leur peinture écaillée. Les gens qui habitaient ces maisons devaient être les propriétaires des parcs de voitures d'occasion remplis d'automobiles invendables.

Pendant un moment, Jack envisagea de faire demi-tour pour aller jusqu'à Dogstown — où que cette ville se trouvât. Mais il eût fallu pour cela repasser par le tunnel. Une voiture klaxonna quelque part dans le centre et le son se déroula jusqu'à lui, chargé de nostalgie et d'une impression de solitude inexprimable.

Il ne put se détendre avant d'avoir atteint les portes de l'usine, le tunnel loin derrière lui. Presque un tiers des fenêtres de la façade en brique décrépie avaient été brisées et la plupart des autres étaient remplacées par un rectangle de carton brun. Même de la rue, Jack sentait les effluves d'huile et de graisse de machine, les odeurs de brûlé des engrenages grinçants et des courroies de transmission. Il enfonça les mains dans les poches et dévala la colline aussi vite qu'il le put.

5

De près, la ville était encore plus déprimante que ce qu'elle paraissait de là-haut. Les vendeurs de voitures appuyés contre les vitres des fenêtres de leur bureau étaient trop amorphes pour sortir. Leurs banderoles en lambeaux pendaient tristement, les panneaux jadis optimistes, plantés sur les trottoirs craquelés devant les rangées de voitures — SUPER OCCASION — L'AFFAIRE DE LA SEMAINE ! — étaient délavés maintenant. L'encre avait dégouliné sur certains calicots comme si on les avait laissés sous la pluie. Il y avait peu de passants dans les rues. Tandis que Jack se dirigeait vers le centre de la ville, il vit un vieillard aux joues creuses et au teint grisâtre essayer de tirer un caddy vide sur le trottoir. Quand Jack s'approcha de lui, il lui cracha des paroles hostiles et craintives en découvrant des gencives aussi noires que celles d'un blaireau. Il croyait que Jack voulait lui voler son caddy !

— Excusez-moi, lui dit Jack, le cœur battant.

Le vieux essaya de prendre le caddy dans ses bras comme pour le protéger, tout en montrant ses gencives noires à son ennemi.

— Excusez-moi, répéta Jack. Je voulais seulement...

— Faoprie de vooeur ! Faoprie de VOOEUR ! hurla le vieux fou, les larmes coulant dans les rides de ses joues.

Jack s'éloigna à toute allure.

Vingt ans plus tôt, pendant les années 60, Oatley avait dû être une petite ville prospère. L'éclat relatif de Mill Road qui traversait la ville était le produit de cette époque révolue — quand les affaires étaient florissantes et l'essence bon marché et que personne encore n'avait jamais entendu le terme « revenu illimité » parce que dans ce temps-là, c'était chose courante. Les gens avaient placé leur argent dans des opérations de franchise et ouvert des petits magasins qui, s'ils ne prospéraient pas vraiment, avaient réussi à ne pas sombrer complètement. Ces quelques pâtés de maisons commerciales tenaient encore le coup — en apparence — mais les restaurants étaient vides à l'exception de quelques adolescents qui s'ennuyaient à mourir en tétant leur bouteille de Coca-Cola ; et de trop nombreux magasins avaient accroché à leur vitrine des écriteaux, aussi passés que ceux des parcs de voitures d'occasion, qui annonçaient TOUT DOIT PARTIR ! ON LIQUIDE ! Jack n'en voyait aucun qui demandait du personnel, et il continuait à marcher.

Le centre ville d'Oatley montrait la réalité de la situation qui se cachait derrière les vestiges colorés et quelque peu clownesques des années 60. Jack avançait péniblement le long des maisons de brique qui paraissaient brûlées, son sac pesant de plus en plus lourd, les pieds de plus en plus douloureux.

Il aurait bien poussé jusqu'à Dogstown s'il n'avait pas eu si mal aux pieds et s'il n'avait pas fallu repasser par le tunnel de Mill Road. Il avait compris maintenant qu'il n'y avait aucun loup-garou hargneux tapi dans le noir là-bas. Personne ne lui avait parlé dans ce tunnel. Il était encore secoué par son séjour dans les Territoires, secoué d'avoir vu la reine, d'abord, et ensuite le garçon écrasé par le chariot, à qui il ne restait plus qu'une moitié de visage. Ensuite Morgan. Et les arbres. Mais ça s'était passé là-bas, *là-bas* où de telles choses pouvaient se produire, et se produisaient normalement même. *Ici*, la normalité ne permettait pas des manifestations d'aussi mauvais goût.

Il passait maintenant devant une longue vitrine sale où l'inscription écaillée DÉPÔT DE MEUBLES était à peine lisible sur la brique. Il mit les mains autour des yeux pour regarder à l'intérieur. Il y avait un lit et une chaise, tous deux recouverts d'un drap blanc, à quatre mètres l'un de l'autre sur le grand plancher nu. Jack continua d'avancer le long du pâté de maisons en se demandant s'il n'allait pas être obligé de mendier pour sa nourriture.

Un peu plus loin, devant un magasin entouré de planches, quatre hommes étaient installés à l'intérieur d'une voiture. Jack ne vit pas tout de suite que celle-ci, une vieille De Soto noire — qui donnait l'impression que Broderick Crawford allait en sortir — n'avait pas de roues. Collé au pare-brise, il y avait un carton de vingt centimètres sur dix qui annonçait : CLUB DU SOLEIL. A l'intérieur — deux sur le siège avant, et deux derrière — des hommes jouaient aux cartes. Jack s'approcha de la portière avant.

— Excusez-moi, dit-il, et le type le plus proche de lui lui lança un regard vitreux. Savez-vous où ?...

— Casse-toi, lui dit l'homme. Sa voix était épaisse et rocailleuse, peu habituée aux discours. Son visage, à moitié tourné vers Jack, était étrangement aplati, comme si quelqu'un l'avait piétiné quand il était au berceau, et piqué de cicatrices d'acné.

— Je me demandais si vous saviez où je pourrais trouver un boulot pour un jour ou deux.

— Essaye le Texas, lui dit l'autre, qui était du côté du volant, et ses deux copains assis à l'arrière s'écroulèrent de rire en renversant leur bière sur les cartes.

— Je t'ai dit de te casser, petit, dit l'homme aux yeux gris et au visage plat. Sinon tu vas recevoir la raclée de ta vie.

Jack comprit qu'il ne mentait pas — s'il restait là un instant de plus la rage de l'homme déborderait et il sortirait de la voiture pour lui taper dessus. Ensuite, il retournerait à l'intérieur et s'ouvrirait une autre bière. Des boîtes de *Rolling Rock* jonchaient déjà le plancher ; celles qui étaient vides, couchées un peu partout, les autres, debout dans leurs collets de plastique.

Jack recula et les yeux de poisson se détournèrent de lui.

— Finalement, je crois que je vais aller faire un tour au Texas, dit-il.

Il s'éloigna en tendant l'oreille pour écouter si la portière de la De Soto s'ouvrait, mais le seul bruit qu'il entendit fut celui d'une boîte de bière qu'on ouvrait.

Crack ! Pchitt !

Il poursuivit sa route.

Arrivé à l'angle du pâté de maisons, il s'arrêta pour regarder de l'autre côté de la rue principale. Il y avait là un gazon moribond couvert de mauvaises herbes jaunies d'où pointaient des statues en fibre de verre représentant des faons, genre *Disneyland*. Assise sur la balancelle de sa véranda, une vieille dame informe le dévisageait.

Jack se détourna du regard inquisiteur et vit devant lui le dernier des sinistres immeubles de brique de Mill Road. Trois marches en ciment menaient à une porte-écran ouverte. Dans une longue vitrine de verre était accrochée une publicité pour la BUDWEISER et, à cinquante centimètres, l'enseigne peinte qui annonçait : CHEZ UPDIKE. TAVERNE D'OATLEY. Et juste en dessous, écrit à la main sur un carton de vingt centimètres sur dix, comme celui de la De Soto, Jack lut les mots miraculeux ON RECHERCHE COMMIS. Il fit glisser le sac à dos de ses épaules, le cala sous le bras, et gravit les marches.

Pendant un court instant, le temps de quitter la lumière tombante de l'après-midi pour entrer dans l'obscurité du bar, il eut la même impression que celle qu'il avait eue en franchissant l'épais rideau de lierre qui masquait l'entrée du tunnel de Mill Road.

CHAPITRE 9

JACK DANS LA PLANTE CARNIVORE

1

Un peu moins de soixante heures plus tard, le Jack Sawyer qui se trouvait dans la réserve de la Taverne d'Oatley, le cabaret local, en train de cacher son sac derrière les fûts de *Bush* rangés au fond de la pièce comme des quilles en aluminium sur une piste de bowling géante, était dans un état d'esprit très différent de celui qui s'était risqué sous le tunnel de Mill Road, le mercredi précédent. Dans moins de deux heures, quand le cabaret fermerait enfin ses portes pour la nuit, Jack avait la ferme intention de prendre la fuite. Qu'il pût même penser son départ en ces termes — pas *partir*, par *poursuivre sa route*, mais *prendre la fuite* — montrait bien à quel point il jugeait sa situation désespérée.

J'avais six ans, six ans, John B. Sawyer avait six ans, Jack avait six ans. Six ans.

Cette pensée, apparemment absurde, lui était venue à l'esprit dans la soirée et ne cessait depuis de le tarauder. Il supposait qu'elle avait dû faire un long chemin pour lui montrer combien il avait peur maintenant, combien il était sûr que le piège commençait à se refermer sur lui. Il n'avait pas la moindre idée de ce que cette pensée signifiait : elle tournait et tournait dans sa tête comme un cheval de bois sur un carrousel.

Six ans. J'avais six ans. Jack Sawyer avait six ans.

Elle revenait et revenait sans cesse, elle tournait et tournait sans arrêt.

La réserve était séparée de la salle par un mur, et ce soir ce mur vibrait sous les bruits ; il palpitait comme un tambour.

La semaine de travail s'était achevée vingt minutes plus tôt, on était vendredi soir, le jour de paie des usines de textile et tissage d'Oatley et des usines de pneumatiques de Dogtown. La Taverne d'Oatley était bondée maintenant. Une grande affiche à la gauche du bar déclarait L'OCCUPATION DE CE LIEU PAR PLUS DE 220 PERSONNES EST EN VIOLATION DE L'ARTICLE 331 DU CODE DES POMPIERS DU COMTÉ DE GENESEE. En toute évidence cela ne valait pas pendant les week-ends, car Jack était sûr qu'il y avait en ce moment plus de trois cents personnes dans la salle. Trois cents personnes qui dansaient au son d'un orchestre de Country Music qui s'appelait Les « Genny Valley Boy ». Ils jouaient comme des pieds mais possédaient un pedal-steel (par ici, Jack, si les gens pouvaient s'enfiler un pedal-steel, ils le feraient).

— Jack ! hurla Lori à travers le mur de bruits.

Lori était la dulcinée de Smokey. Jack ne connaissait toujours pas son nom de famille. Il l'entendit à peine à cause du juke-box qui jouait à plein volume pendant que l'orchestre faisait une pause. Jack savait que les cinq musiciens étaient au bout du bar, en train de faire le plein de *Black Russians*[1] à moitié prix. Lori passa la tête dans l'entrebâillement de la porte de la réserve. Des cheveux blond filasse retenus en arrière par des barrettes de gamine en plastique bleu qui étincelaient sous l'éclairage fluorescent au-dessus d'elle.

— Jack, si tu ne te dépêches pas de sortir ce fût, je crois que ça va être ta fête.

— D'accord, dit Jack. Dites-lui que j'arrive.

Il sentit la chair de poule lui hérisser la peau des bras, pas seulement à cause du froid humide de la pièce : Smokey Updike n'était pas quelqu'un avec qui plaisanter — Smokey et ses calots de cuisinier en papier juché sur sa tête étroite ; Smokey et son dentier, acheté par correspondance, aux dents d'une blancheur et d'une régularité parfaite et macabre ; Smokey et son violent regard marron avec le blanc de l'œil jaune sale. Smokey Updike, qui à bien des égards était encore une énigme pour Jack — et donc encore plus effrayant —, avait en quelque sorte réussi à le retenir prisonnier.

Le juke-box s'arrêta un moment, mais le brouhaha des voix le remplaça avantageusement. Une espèce de cow-boy du lac Ontario poussa un énorme YOUPIIII ! d'ivrogne. Une femme cria. Un verre se brisa. Puis le juke-box se remit en marche, avec un bruit qui ressemblait un peu à une fusée Saturne qui vient de décoller de l'atmosphère.

Le genre d'endroit où les gens bouffent ce qu'ils ont écrasé sur la route. Cru.

Jack se pencha sur l'un des fûts d'aluminium et le tira sur un mètre, la bouche grimaçante, déformée de douleur, la sueur perlant sur le front malgré la fraîcheur due à l'air conditionné, et son pauvre dos protestant en vain.

Le fût crissa et grinça sur le ciment. Jack s'arrêta, le souffle court, les oreilles bourdonnantes.

Il fit rouler le diable jusqu'au fût de *Bush,* le redressa, puis vint se placer derrière le fût. Il réussit à le faire basculer sur son bord et avancer en roulant jusqu'au chariot. Tandis qu'il l'installait — l'énorme fût destiné au bar pesait seulement quelques livres de moins que le garçon — il lui échappa des mains et atterrit lourdement au pied du chariot, heureusement garni d'un bout de moquette pour amortir les chocs éventuels. Jack essaya de le manœuvrer tout en faisant attention de ne pas se prendre les mains. Il était lent. Le fût lui

---

1. Le Black Russian est un cocktail (N.d.T.).

écrasa les doigts contre le dos du chariot. Il y eut un bruit sourd, atroce, et Jack réussit tout de même à sortir ses doigts meurtris et palpitants de là. Il se fourra l'extrémité de la main gauche dans la bouche et se mit à la sucer, les larmes aux yeux.

La douleur n'était rien comparée au soupir du gaz qui s'échappait de la bonde qui fermait le fût. Si, en l'ouvrant, Smokey voyait de l'écume s'en échapper... ou pire encore... si en faisant sauter la bonde, la bière lui jaillissait à la figure...

Mais mieux valait ne pas penser à ça.

La veille, jeudi, quand il avait été « rouler un fût » pour Smokey, le fût avait carrément roulé sur le côté. La bonde du syphon avait sauté et traversé comme une balle toute la pièce. De la mousse de bière blanc doré s'était répandue sur le sol de la réserve et avait coulé jusqu'à la cuvette de vidange. Jack était resté planté là, malade de trouille, n'entendant plus les cris de Smokey. Ce n'était pas de la *Bush*, c'était de la *Kingsland*. Pas de la bière américaine mais de l'*ale*, comme celle des Territoires — la bière de la reine.

C'est à ce moment-là que Smokey l'avait frappé pour la première fois — un coup rapide qui avait envoyé Jack valser contre l'un des murs rugueux de la réserve.

— Voilà ta paie pour aujourd'hui, lui avait dit Smokey. J'espère que ça te passera l'envie de recommencer.

Ce qui avait le plus marqué Jack dans ce qu'il avait dit, c'est que ça impliquait qu'il aurait encore bien des occasions de recommencer ; comme si Smokey Updike s'attendait à ce que Jack restât très très longtemps chez lui.

— Jack dépêche-toi !

— Ça vient ! souffla Jack.

Il tira le chariot jusqu'à la porte, tendit la main derrière lui pour chercher la poignée, la tourna en poussant pour ouvrir. Il heurta quelque chose de gros, de mou et élastique.

— Fais attention, Bon Dieu !

— Oh pardon, dit Jack. Je suis désolé.

— Je t'en foutrai des désolé, petit merdeux, fit la voix.

Jack attendit que les pas lourds s'éloignent dans le couloir et essaya de nouveau d'ouvrir la porte.

Le couloir était étroit et peint d'un vert bilieux. Il sentait la merde, la pisse, et l'Ajax ammoniaqué. Des trous avaient été creusés çà et là dans la cloison de bois plâtrée ; un peu partout des graffiti vacillaient et titubaient, écrits par des poivrots désœuvrés attendant l'occasion de lâcher leurs chiens. Le plus grand des graffiti écrit au Magic marker noir, semblait hurler toute la colère sans objet qui sévissait à Oatley : *ENVOYEZ TOUS LES JUIFS ET LES NÈGRES EN IRAN !*

Le bruit de la salle parvenait jusqu'à la réserve ; il arrivait par vagues de sons qui paraissaient ne jamais se briser. Jack jeta un dernier coup d'œil dans la réserve au-dessus des fûts inclinés sur le chariot, pour s'assurer que son sac à dos n'était pas visible.

Il devait partir d'ici. Il le *devait*.

Cet appel téléphonique funeste, lui donnant l'impression d'être emprisonné dans une capsule de glace obscure... ça avait été terrible. Randolph Scott était pire. Ce n'était pas vraiment Randolph Scott, bien sûr. Seulement un type qui ressemblait à l'acteur dans ses films des années 50. Quant à Smokey Updike, c'était peut-être le pire de tous... bien que Jack n'en fût pas certain. Pas depuis qu'il avait vu (ou cru voir) les yeux du type qui ressemblait à Randolph Scott changer de couleur.

Mais que Oatley fût le pire endroit au monde... ça ne faisait aucun doute.

Oatley, dans l'État de New York, au fin fond du comté de Genny, lui semblait maintenant un piège horrible qui lui avait été tendu... une espèce de sarracénie urbaine. Une véritable merveille de la nature, cette ville carnivore. Facile d'y pénétrer. Pratiquement impossible d'en sortir.

2

Un grand balèze avec un gros bide qui ballottait attendait devant la porte des toilettes pour hommes. Il faisait passer un cure-dent en plastique d'un côté de sa bouche à l'autre en fixant Jack d'un air furieux. Jack se dit que c'était sûrement la panse de ce type qu'il avait cognée avec la porte.

— Petit merdeux, répéta le gros lard, puis la porte des WC s'ouvrit brusquement et un type en sortit.

Pendant un court instant, ses yeux et ceux de Jack se rencontrèrent. Le cœur du jeune garçon s'arrêta : c'était l'homme qui ressemblait à Randolph Scott. Mais celui-ci n'était pas un acteur, c'était un simple ouvrier qui travaillait à la minoterie d'Oatley et qui venait ici boire sa paye de la semaine. Plus tard dans la nuit, il repartirait dans une Mustang à moitié payée ou peut-être sur une moto payée aux trois quarts — une vieille Harley, avec probablement une étiquette *"ACHETEZ AMÉRICAIN"* collée sur le moteur.

Ses yeux sont devenus jaunes.

Non, c'est ton imagination, Jack. Seulement ton imagination. Ce n'est qu'un...

Ce n'était qu'un ouvrier de la minoterie qui lui lançait un regard torve parce qu'il était nouveau. Il avait probablement été à l'école d'Oatley, joué au football dans l'équipe locale, mis enceinte une majorette de la paroisse catholique et l'avait épousée, puis la majorette avait grossi comme une vache à force de bouffer des chocolats et des plats surgelés *Stouffer ;* un plouc d'Oatley parmi les autres, sauf que...

Mais ses yeux sont devenus jaunes.

Arrête ! C'est faux !

Pourtant, il y avait quelque chose en lui qui rappelait à Jack ce qui s'était passé quand il était arrivé en ville... ce qui était arrivé la première nuit.

Le gros bonhomme qui avait traité Jack de merdeux s'applatit contre le mur pour laisser passer ce beau gars bien baraqué en Levis et tee-shirt blanc impeccable. Randolph Scott se dirigea vers Jack. Ses grandes mains veinées se balançaient contre ses flancs.

Ses yeux bleus glacés étincelaient... puis commencèrent à changer, à briller et à s'éclaircir.

— Petit, dit-il, et Jack se sauva sans attendre la suite, en poussant la porte à battant avec son derrière, sans se soucier de heurter quelqu'un.

Le bruit lui tomba littéralement dessus. Kenny Rogers était en train de beugler un hymne paysan enthousiaste à quelqu'un qui s'appelait Reuben James. « *Vous devez tendre l'autre JOUE* ! braillait Kenny devant l'assistance de poivrots abrutis aux gueules renfrognées. *Il existe un monde meilleur pour les FAIBLES !* »

Personne ici ne semblait particulièrement faible aux yeux de Jack. Les musiciens de l'orchestre étaient remontés sur l'estrade et reprenaient leurs instruments. Tous, à l'exception du joueur de pedal-steel, avaient l'air complètement hébétés... ignorant peut-être même où ils se trouvaient. Le joueur de pedal-steel, lui, avait l'air de drôlement s'embêter.

A la gauche de Jack, une femme parlait sérieusement dans le combiné du téléphone payant qui était au mur — un appareil que Jack ne toucherait plus jamais, s'il pouvait l'éviter, même pour cent dollars. Pendant que la femme parlait, son compagnon émoustillé plongea sa main à l'intérieur de sa chemise de cow-boy. Sur la grande piste de danse, une soixantaine de couples se traînaient, sans tenir compte de l'air qui était joué, se contentant de s'étreindre en poussant des grognements, les mains agrippant les fesses, les bouches collées l'une contre l'autre, la sueur dégoulinant sur les joues et faisant de grands cercles sombres sous les aisselles.

— Enfin, *c'est pas trop tôt* ! dit Lori en soulevant le battant du bar pour que Jack puisse passer.

Smokey était un peu plus loin derrière le bar, chargeant le plateau de Gloria de gin-tonics, de vodka-citrons, et de la seule autre boisson qui semblait faire concurrence à la bière, la boisson de la ville d'Oatley : le *Black Russian*.

Jack aperçut Randolph Scott qui sortait de la porte à battants. Il jeta un regard à Jack, ses yeux bleus attrapant immédiatement ceux de Jack. Il lui fit un petit signe de tête comme pour lui dire : *On va parler, tous les deux. Oui mon pote. On va parler de ce qu'il y avait ou de ce qu'il n'y avait pas dans le tunnel d'Oatley. Ou de fouets. Ou de mères malades. On parlera peut-être de ton très très long séjour dans le comté de Genny... Car tu resteras peut-être ici jusqu'à ce que tu deviennes un vieillard qui pleure sur son caddy. Qu'en penses-tu Jacky ?*

Jack frémit.

Randolph Scott sourit, comme s'il avait vu... ou perçu le frisson. Puis il s'enfonça dans la foule et l'atmosphère enfumée.

Un instant plus tard, les doigts fins et puissants de Smokey mordaient l'épaule de Jack — cherchant l'endroit le plus vulnérable, et comme toujours le trouvant. C'étaient des doigts habiles, dressés à trouver les nerfs.

— Jack, faut te remuer, dit Smokey.

Le ton de sa voix était presque amical, mais les doigts creusaient, bougeaient, s'enfonçaient. Son haleine sentait les bonbons à la menthe qu'il suçait presque constamment. Son dentier acheté par correspondance cliquetait désagréablement. Parfois, quand il glissait un peu, Smokey l'aspirait pour le remettre en place en faisant un bruit de succion obscène.

— Faut te remuer ou je vais être obligé d'allumer un grand feu sous ton petit cul. Tu comprends ce que je veux dire ?

— Ooui, dit Jack, se retenant pour ne pas gémir.

— Très bien. Plus de problème alors.

Pendant une interminable seconde, les doigts de Smokey s'enfoncèrent encore davantage, broyant avec un enthousiasme mauvais le petit nid de nerfs qui se trouvait là. Jack finit tout de même par gémir. C'est ce que l'autre attendait. Il lâcha prise.

— Donne-moi un coup de main pour relever le fût, Jacky. Faut faire vite. Les gens picolent sec le vendredi soir.

— Samedi matin, fit stupidement remarquer Jack.

— Samedi matin aussi, allez viens !

Jack réussit à aider Smokey à soulever le fût jusqu'au compartiment carré qui se trouvait sous le bar. Les muscles fins et noueux de Smokey se gonflaient et se tordaient sous le tee-shirt *Oatley-Tap,* le sigle de la taverne. Le calot en papier resta en place sur sa petite tête de fouine, le bord touchant presque le sourcil gauche comme pour provoquer les lois de la pesanteur. Jack l'observait, retenant son souffle, tandis qu'il dévissait la bonde de plastique rouge qui fermait le fût. Celui-ci laissa échapper un soupir plus profond qu'il n'aurait dû... mais pas de mousse. Jack soupira à son tour... de soulagement.

Smokey fit rouler le fût vide dans sa direction.

— Va le remettre dans la réserve. Et ensuite, t'iras nettoyer les toilettes. Et rappelle-toi ce que je t'ai dit cet après-midi.

Jack se rappela. A trois heures, une sirène qui évoquait une alerte de bombardement avait retenti, le faisant presque sursauter. Lori avait dit en riant :

— *Regarde Jack, Smokey, je parie qu'il a fait pipi dans sa couche-culotte.*

Smokey lui avait lancé un regard en coin, sans sourire et lui avait fait signe d'approcher. Il lui avait expliqué que la sirène signifiait que c'était le jour de la paie à l'usine Oatley T&W. Et que la même sirène s'était mise en marche à l'usine de Dogtown Rubber, où l'on fabriquait des jouets de plage, des poupées gonflables, et des godemichets qui portaient des noms tels que « sceptre de l'extase ». Bientôt, avait-il ajouté, le bar serait rempli.

— Et toi et moi, Lori et Gloria, il va falloir foncer comme des fusées. Parce que quand l'aigle pousse son cri, le vendredi, on doit compenser les recettes qui ne rentrent pas le dimanche, lundi, mardi, mercredi et jeudi. Quand je te dirai de me rouler un fût, il faut qu'il soit devant moi avant même que j'aie terminé ma phrase. Et toutes les demi-heures, tu devras aller dans les toilettes des hommes avec ton balai et ta serpillière. Le vendredi soir, tous les quarts d'heure il y a un mec qui dégueule.

— C'est moi qui m'occupe des dames, dit Lori en s'approchant de lui.

Ses cheveux d'or étaient fins et ondulés, et son teint aussi blanc que celui d'un vampire de bande dessinée. Elle devait avoir un rhume ou alors elle se défonçait à la coke, car elle n'arrêtait pas de renifler. Mais Jack doutait que quiconque dans ce patelin eût assez de fric pour sniffer régulièrement de la coke.

— Mais les femmes sont quand même moins dégueulasses que les mecs, dit Lori. Presque autant, mais pas tout à fait.

— Ta gueule, Lori.

— Va te faire foutre, répliqua-t-elle, et la main de Smokey fendit l'air comme l'éclair. Il y eut un bruit sec et soudain l'empreinte de la paume de Smokey se dessina sur la joue de Lori comme une décalcomanie. Elle se mit à pleurnicher... mais quelle ne fut pas la surprise de Jack (mêlée de dégoût, il faut dire) de voir dans ses yeux une expression qui ressemblait au bonheur. C'était le regard d'une femme qui croyait qu'un tel traitement était une preuve d'amour.

— Si tu fais vite, il n'y aura pas de problèmes, avait dit Smokey. N'oublie pas de te grouiller quand je demande un fût. Et n'oublie pas d'aller toutes les demi-heures dans les chiottes avec ta serpillière pour nettoyer les dégueulis.

C'est alors qu'il avait redit à Smokey qu'il voulait s'en aller et que Smokey avait réitéré sa fausse promesse de le laisser partir dimanche après-midi... Mais à quoi bon repenser à ça.

Ça braillait encore plus fort maintenant, avec de gros rires qui éclataient de temps en temps. Il y eut un craquement de chaise brisée et un hurlement de douleur. Une bagarre — la troisième de la soirée — venait d'éclater sur la piste de danse. Smokey émit un juron et poussa Jack de côté.

— Débarrasse-moi de ce fût, dit-il.

Jack mit le fût vide sur le chariot et le fit rouler jusqu'à la porte à battants en regardant craintivement tout autour de lui pour voir s'il n'apercevait pas Randolph Scott. Il était au milieu des curieux qui regardaient la bagarre ; Jack se détendit un peu.

Dans la réserve, il posa le fût vide avec les autres près de l'aire de chargement — La Taverne d'Oatley en avait déjà écoulé six, ce soir. Cela fait, il alla jeter un coup d'œil à son sac à dos. Il eut un moment de panique en croyant qu'il avait disparu et son cœur commença à battre très fort — l'élixir magique se trouvait dans son sac avec la pièce de monnaie des Territoires qui s'était transformée en dollar d'argent. Il tâtonna vers la droite, la sueur perlant maintenant à son front, et le dénicha entre deux fûts. A travers le nylon vert du sac, il devina la forme de la bouteille de Speedy et son cœur ralentit. Mais il tremblait comme une feuille et flageolait sur ses jambes, comme lorsqu'on vient d'échapper à un danger.

Dans les toilettes, c'était l'horreur. Au début de la soirée, Jack en aurait peut-être vomi de dégoût, mais à présent, il semblait s'être en quelque sorte habitué à cette puanteur... et c'était ça le pire. Il fit couler l'eau chaude, y versa de l'Ajax et commença à passer le balai-éponge sur l'indescriptible saleté des lieux. Il se mit à repenser aux deux jours qui venaient de s'écouler, les considérant avec inquiétude, comme un animal considère avec inquiétude sa patte prise dans un piège.

3

La Taverne d'Oatley était sombre et lugubre, et apparemment vide, lorsque Jack y avait mis pour la première fois les pieds. Les prises de courant du juke-box, du billard électrique et des *Space Invaders* étaient toutes débranchées. La seule source de lumière venait du présentoir publicitaire *Bush* : une pendule numérique prise entre deux pics montagneux, qui ressemblait au plus bizarre *OVNI* qu'on puisse imaginer.

Jack se dirigea vers le bar avec un petit sourire. Il l'avait presque atteint lorsqu'une voix sans timbre s'éleva derrière lui.

— C'est un bar, ici. Les mineurs sont interdits. T'es idiot ou quoi ? Sors d'ici.

Jack sursauta. Il avait vérifié l'argent qu'il lui restait en poche et s'était dit que ça se passerait ici comme au *Golden Spoon* : il s'installerait sur un tabouret, commanderait quelque chose et demanderait ensuite s'il y avait un job pour lui. C'était bien entendu illégal d'employer un gamin de son âge — du moins sans une autorisation des parents ou du tuteur — et ça signifiait aussi qu'on pouvait l'engager au-dessous du salaire minimum. Bien au-dessous. Et les négociations commenceraient... comme d'habitude... par l'histoire n° 2 — Jack et son méchant beau-père.

Il se retourna et vit un homme assis seul dans l'un des box, qui le toisait avec froideur et mépris. L'homme était mince, mais on voyait ses muscles jouer sous son tee-shirt blanc et le long de son cou. Il portait un large pantalon blanc de cuisinier. Un calot en papier était posé de guingois sur son sourcil gauche. Sa tête était menue comme celle d'une fouine, et ses cheveux coupés court grisonnaient aux tempes. Posés entre ses deux grandes mains, il y avait un paquet de factures et une machine à calculer.

— J'ai vu que vous recherchiez un commis, dit Jack, mais sans trop d'espoir maintenant.

Ce type ne l'engagerait jamais, et Jack n'était pas certain d'avoir envie de travailler pour lui, d'ailleurs. Il avait une sale gueule.

— Ah, tu as lu l'écriteau ? fit l'homme dans le box. Tu as dû apprendre à lire les jours où tu ne faisais pas l'école buissonnière, hein ?

Il y avait des cigares Phillies Cheroots sur la table. Il donna une chiquenaude au paquet pour en faire sortir un.

— Mais je ne savais pas que c'était un bar, dit Jack en faisant un pas vers la porte.

Le soleil qui traversait la vitre sale donnait l'impression de tomber morte sur le sol, comme si la Taverne d'Oatley était située dans une autre dimension.

— J'ai cru que c'était... vous savez... un bar-gril. Quelque chose comme ça. Mais je m'en vais.

— Viens par ici.

Les yeux bruns de l'homme le fixaient.

— Non, non, ça va, dit Jack, nerveux. Je m'en vais...

— Viens ici et assieds-toi.

L'homme gratta une allumette sur l'ongle de son pouce et alluma son cigare. Une mouche qui faisait sa toilette sur une feuille de papier s'envola dans l'obscurité.

Les yeux restaient fixés sur Jack.

— Je ne vais pas te mordre.

Jack s'approcha lentement du box et se glissa en face de l'homme en croisant sagement ses mains devant lui.

Quelque soixante heures plus tard, tandis qu'il nettoyait les toilettes à minuit et demi, ses cheveux mouillés de sueur lui tombant sur les yeux, Jack pensait — non, il *savait* — que c'était sa propre attitude, stupidement confiante, qui avait permis au piège de se refermer (et il s'était refermé au moment même où il s'était assis en face de Smokey Updike — bien qu'il ne l'eût pas su alors). L'attrape-mouche Vénus se referme sur ses malheureuses victimes ; la sarracénie, parée d'un délicieux parfum et de pétales funestes, lisses comme du verre, attend seulement qu'un connard de puceron vienne voler à l'intérieur de sa corolle pour... le noyer dans les gouttes de pluie qu'elle a recueillies. A Oatley, la seule différence avec la sarracénie, c'était que la pièce était remplie de bière au lieu d'eau de pluie.

S'il s'était sauvé...

Mais il ne l'avait pas fait. Il s'était dit, en faisant un effort pour affronter le regard sombre et froid, qu'il y aurait peut-être finalement un job pour lui. Minette Banberry, la propriétaire du *Golden Spoon* à Auburn, s'était montrée plutôt gentille avec Jack, et lui avait même donné un petit baiser et trois gros sandwiches quand il était parti de chez elle ; mais il ne s'était pas fait d'illusions. Sa gentillesse, et même son espèce de générosité, n'excluait pas qu'elle fût froidement intéressée et même purement et simplement âpre au gain.

A New York, le salaire minimum était de trois dollars et quarante *cents* l'heure — cette information était affichée, conformément à la loi, dans la cuisine du *Golden Spoon,* sur une belle feuille de papier qui avait presque la taille d'une affiche de cinéma. Mais le cuisinier était un Haïtien qui parlait à peine l'anglais et qui n'avait sûrement pas de permis de travail. Il cuisinait merveilleusement bien et ne laissait jamais les pommes de terre ou les clams un instant de trop dans la friteuse. Quant à la fille qui aidait Mme Banberry dans la salle, elle était jolie mais avait l'air hébété : c'était une retardée qui avait été placée là par l'hôpital psychiatrique de Rome. Dans ces cas-là, les tarifs normalement en vigueur ne s'appliquaient pas, et la jeune fille avait expliqué à Jack en bégayant et avec une crainte non feinte qu'elle gagnait un dollar et vingt *cents toutes les heures* et *rien que pour elle.*

Jack lui-même gagnait un dollar cinquante. Il avait dû marchander pour obtenir ça et savait que si Mme Banberry n'avait pas été coincée — son ancien plongeur venait de la quitter le matin même : il était parti faire un tour pendant la pause café et n'était tout simplement pas revenu — elle n'aurait jamais accepté ses conditions. Elle lui aurait dit d'accepter un dollar vingt-cinq *cents* ou d'aller se faire voir ailleurs. On était dans un pays libre.

Maintenant, pensait-il avec un cynisme naïf qui faisait aussi partie de sa toute nouvelle assurance, voilà un autre style de Mme Banberry. Un homme maigre comme un clou et aimable comme une porte de prison au lieu d'une femme souriante qui a l'air d'une bonne grosse grand-mère ; mais en tout cas, pour lui comme pour elle, « un sou était un sou ».

— Alors comme ça, tu cherches du boulot ?

L'homme en pantalons blancs et calot de papier posa son cigare sur un vieux cendrier en fer-blanc avec le mot *CAMEL* imprimé en relief au fond. La mouche renonça à nettoyer ses pattes et s'envola.

— Oui, monsieur, mais puisque vous dites que c'est un bar...

Il se sentit à nouveau mal à l'aise. Ces yeux marron aux blancs jaunâtres le troublaient — c'étaient les yeux d'un vieux chat en chasse qui avait déjà rencontré pas mal de souris errantes comme lui.

— Oui, c'est moi le patron, dit l'homme. Je m'appelle Smokey Updike, ajouta-t-il en tendant la main.

Surpris, Jack la serra. Elle étreignit celle de Jack très fort, presque à la limite de la douleur. Puis il desserra son étreinte... sans pour autant relâcher la main de Jack.

— Alors ? fit-il.

— Alors quoi ? fit Jack, conscient d'avoir l'air stupide et apeuré — il *se sentait* stupide et apeuré. Et il voulait que Smokey Updike libère sa main.

— Tes parents ne t'ont jamais appris à te présenter ?

C'était tellement inattendu que Jack faillit presque bredouiller son véritable nom au lieu de celui qu'il avait donné au *Golden Spoon,* le nom qu'il donnait aussi aux gens qui le prenaient en stop et qui lui posaient des questions sur lui. Ce nom était Lewis Farren.

— Jack Saw... euh... Sawtelle, dit-il.

Updike garda encore un moment sa main, ses yeux marron rivés sur ceux de Jack. Puis la relâcha enfin.

— Jack-Saw-euh-Sawtelle ? dit-il. C'est sûrement le nom le plus long de tout le putain d'annuaire, hein, petit ?

Jack rougit mais ne répondit rien.

— T'es pas très grand, dit Updike. Tu crois que tu pourras faire rouler un fût de bière de quarante-cinq kilos jusqu'à un chariot ?

— Je crois que oui, dit Jack, ne sachant pas s'il en était capable ou non. Mais ça ne lui semblait pas insurmontable, et dans un endroit mort comme celui-ci, on ne devait changer de fût de bière que lorsque celui qui était sous les siphons du bar était vide.

Comme s'il lisait en lui, Updike reprit :

— Ouais, pour l'instant il n'y a pas un chat. Mais vers quatre ou cinq heures, on a pas mal de boulot. Et les week-ends, c'est complètement bondé. Et c'est là qu'il faudra en mettre un coup pour mériter ton salaire, Jack.

— Ma foi, je ne sais pas, fit Jack. Combien vous payez pour ça ?

— Un dollar de l'heure, dit Updike. Je voudrais bien te donner plus, mais...

Il haussa les épaules et frappa sa pile de factures. Il sourit même un peu, comme pour dire : *Tu sais ce que c'est, petit. A Oatley, tout marche au ralenti comme une montre bon marché qu'on a oublié de remonter... tout a commencé à péricliter en 1971.* Mais ses yeux ne souriaient pas. Il fixait le visage de Jack avec une concentration tranquille, comme un chat.

— Oh là là, c'est pas beaucoup, dit Jack.

Il parlait lentement mais réfléchissait très vite.

Cet endroit était un véritable tombeau — il n'y avait même pas un seul poivrot au bar en train de biberonner en regardant *General Hospital* à la télé. A Oatley, on buvait apparemment dans une voiture sans roue qu'on appelait un Club. Un dollar cinquante ce n'était pas beaucoup s'il fallait vraiment mettre la gomme, mais dans un boui-boui comme celui-ci, un dollar de l'heure était peut-être de l'argent gagné facilement.

— Non, ce n'est pas beaucoup, acquiesça Updike en retournant à sa machine à calculer. Le ton de sa voix disait que c'était à prendre ou à laisser, qu'il n'y aurait pas de discussion.

— Ça peut peut-être aller, dit Jack.

— Bon, c'est très bien, dit Updike. Mais il y a quand même quelque chose à régler. A qui veux-tu échapper, et qui est à tes trousses ?

Les yeux marron étaient à nouveau sur lui, et ils creusaient dur.

— Si tu as quelqu'un au train, je n'ai pas envie qu'il vienne m'emmerder ici.

Il en fallait plus pour ébranler la confiance de Jack. Il n'était peut-être pas le génie du siècle, mais il était tout de même assez futé pour savoir qu'il ne pouvait continuer longtemps sur les routes sans une deuxième histoire à servir à ses éventuels et futurs employeurs.

C'était le moment de sortir son histoire n° 2, celle du méchant beau-père.

— Je viens d'une petite ville du Vermont, dit-il. Fenderville. Mes parents ont divorcé il y a deux ans. Mon père a essayé d'avoir ma garde, mais le juge m'a confié à ma mère. C'est ce qui arrive la plupart du temps.

— Ces salauds de juges ! commenta Smokey.

Il s'était replongé dans ses factures et se penchait tellement sur son calculateur de poche que son nez touchait le clavier. Mais Jack pensait qu'il écoutait tout de même.

— Et alors, mon père est allé à Chicago et il a trouvé un boulot dans une usine là-bas, poursuivit Jack. Il m'écrit toutes les semaines, mais il n'est pas revenu depuis l'an dernier, depuis qu'Audrey lui a cassé la figure. Audrey, c'est...

— Ton beau-père, dit Updike, et pendant un instant les yeux de Jack s'étrécirent et sa méfiance première lui revint. Il n'y avait aucune sympathie dans la voix d'Updike. Au contraire, il semblait presque se moquer de lui, comme s'il savait que toute cette histoire n'était qu'un tissu de mensonges.

— Ouais, fit Jack. Ma mère l'a épousé il y a un an et demi. Il me bat tout le temps.

— C'est bien triste, Jack. Bien, bien triste.

Updike avait levé la tête à présent, et son regard était sardonique et incrédule.

— Alors maintenant tu pars pour Chicago où toi et ton papa allez vivre heureux pour toujours.

— En tout cas, je l'espère, dit Jack. Puis il eut une nouvelle inspiration. Tout ce que je sais, c'est que mon *vrai* père ne m'a jamais suspendu par le cou dans la penderie.

Il tira sur le col de son tee-shirt pour montrer la marque qu'il avait à la gorge. Quand il était au *Golden Spoon*, elle était encore à vif, d'un vilain rouge violacé, comme une brûlure au fer chaud, mais là-bas, il n'avait jamais eu l'occasion de la montrer. Maintenant elle s'était estompée. C'était bien sûr la marque laissée par la racine qui avait essayé de l'étrangler dans l'autre univers.

Il eut le plaisir de voir les yeux de Smokey s'agrandir de surprise et même de stupeur. Il se pencha en avant, éparpillant les feuilles jaunes et roses.

— Bon Dieu ! s'exclama-t-il, c'est ton beau-père qui t'a fait ça ?

— C'est pour ça que j'ai décidé de me sauver.

— Est-ce qu'il va radiner ici pour venir rechercher sa voiture, sa moto, ou son portefeuille ou sa putain de drogue qu'il avait planquée ?

Jack fit non de la tête.

Smokey le fixa encore un moment puis pressa le bouton OFF de sa calculatrice.

— Viens avec moi dans la réserve, petit.

— Pourquoi ?

— Je veux voir si tu es vraiment capable de faire rouler un fût. Si tu peux me balancer un baril quand j'en ai besoin, je t'engage.

4

Jack montra, à la grande satisfaction de Smokey Updike, qu'il avait la force de faire basculer un fût sur son bord pour le rouler jusqu'au pied du chariot. Il réussit même à lui faire croire que ce n'était pas difficile — ce ne fut que le lendemain qu'il lâcha prise et récolta un coup de poing sur le nez.

— Bon, eh bien ce n'est pas trop mal, dit Updike. T'es un peu fluet pour ce boulot et tu risques de te faire une putain de hernie, mais ça c'est ton problème.

Il dit à Jack qu'il pourrait commencer à midi et qu'il travaillerait jusqu'à une heure du matin. (Pendant aussi longtemps que tu pourras abattre du boulot, de toute façon.) Jack serait payé, lui dit Updike, tous les soirs après la fermeture. Rubis sur l'ongle.

Ils revinrent dans la grande salle où ils trouvèrent Lori, vêtue d'un short de basket bleu si court que les bords de sa culotte en rayonne dépassaient, et d'un corsage sans manches qui venait sûrement du super-marché Mammouth de Batavia. Ses fins cheveux blonds étaient retenus par des barrettes en plastique et elle fumait une Pall Mall dont le bout était tout mouillé et marqué de rouge à lèvres. Un grand crucifix pendait entre ses seins.

— Je te présente Jack, dit Smokey. Tu peux enlever l'écriteau de la vitrine.

— Tire-toi, petit, dit Lori. Il est encore temps.

— Tu vas fermer ta gueule !

— Si je veux !

Updike lui donna une claque sur les fesses, pas une claque affectueuse, mais une beigne qui la fit valdinguer contre le bord capitonné du bar. Jack cligna des yeux en repensant aux coups de fouet d'Osmond.

— Bravo, chef, dit Lori, les larmes aux yeux... Ses yeux qui reflétaient pourtant une expression de plaisir, comme si les choses se déroulaient exactement comme elles le devaient.

Le malaise que Jack éprouvait se fit plus intense, plus vif... c'était presque de la peur maintenant.

— Te fais pas de mouron, petit, lui dit Lori en se dirigeant vers la vitrine pour retirer la pancarte. Tout ira bien.

— Il s'appelle Jack, pas petit, dit Smokey.

Il était retourné dans le box où il avait « interviewé » Jack et rassemblait ses factures.

— Un petit, c'est le bébé d'un animal, on ne t'a pas appris ça à l'école ? Fais cuire un hamburger au petit. Il doit se mettre au travail à quatre heures.

Elle ôta la pancarte ON RECHERCHE UN COMMIS de la vitrine et la glissa derrière le juke-box, avec l'air de quelqu'un qui ne fait pas ça pour la première fois. En passant près de Jack, elle lui fit un clin d'œil.

Le téléphone sonna.

Tous trois sursautèrent au bruit de la sonnerie et regardèrent l'appareil. Il fit l'effet à Jack d'une énorme limace noire collée contre le mur. Ce fut un moment étrange, presque intemporel. Il eut le temps de remarquer l'extrême pâleur de Lori — les seules couleurs de ses joues provenaient des traces rougeâtres d'acné qui restaient de son adolescence. Il eut le temps d'étudier les traits de Smokey Updike qui exprimaient une cruauté secrète et ses longues mains aux veines apparentes. Il eut le temps de remarquer un écriteau jaune, au-dessus du téléphone, avec l'inscription : PRIÈRE DE LIMITER VOTRE APPEL A TROIS MINUTES.

Le téléphone continua à sonner dans la salle silencieuse.

Jack se dit, brusquement pris de panique : *C'est pour moi. C'est un appel qui vient de loin... de très très loin.*

— Réponds, Lori, dit Updike. T'es empotée, ma parole !

Lori alla au téléphone.

— *Oatley Tap,* dit-elle d'une voix faible et tremblante.

Elle écouta.

— Allô ?... Allô ?... Et merde !

Elle raccrocha bruyamment.

— Il n'y avait personne au bout du fil. C'étaient des gosses. Ils nous demandent parfois si nous avons mis le prince Albert en bouteille. Comment tu veux ton hamburger, petit ?

— *Jack* ! rugit Updike.

— D'accord, d'accord, *Jack*. Comment tu veux ton hamburger, Jack ?

Jack le lui dit, et elle le lui servit, cuit à point, comme il l'aimait, avec de la moutarde piquante et des oignons des Bermudes. Il les avala et but un verre de lait. Son malaise disparut avec sa faim. Elle avait dit que c'étaient des gosses. Pourtant, quand de temps à autre son regard se portait sur le téléphone, il se posait des questions.

5

A quatre heures, comme si le vide total du bar n'avait été qu'un décor destiné à le tromper — comme la sarracénie avec son apparence innocente et son odeur exquise — la porte s'ouvrit et une dizaine d'hommes entrèrent sans se presser. Lori brancha le juke-box, le billard électrique et l'appareil des *Space Invaders*. Quelques types saluèrent Smokey qui les gratifia d'un sourire torve qui dévoilait sa denture achetée par correspondance. Ils commandèrent presque tous de la bière. Deux ou trois demandèrent un Black Russian. L'un d'eux — un des membres du club du Soleil, Jack en était presque sûr — mit des pièces dans le juke-box pour entendre les voix de Mickey Gilley, Eddie Rabbit, Wayton Jenning et autres chanteurs de Country Music. Smokey dit à Jack d'aller chercher le seau et le balai dans la réserve et de nettoyer la piste de danse devant l'estrade de l'orchestre, qui attendait, déserte, le vendredi soir et l'orchestre des *Genny Valley Boys*. Et quand il fut propre, il dit à Jack de verser du *Glanzer* dessus et de frotter.

— Tu sauras que c'est fait quand tu pourras te voir sourire dedans, lui dit Smokey.

6

C'est ainsi que débuta son service à la Taverne d'Oatley.

Ça commence à se remplir vers les quatre, cinq heures.

Eh bien, il ne pouvait pas dire que Smokey lui avait menti. Le bar avait été désert jusqu'au moment précis où Jack avait repoussé son assiette pour se mettre au travail et mériter son salaire. Vers six heures, il y avait peut-être cinquante personnes dans la salle. Gloria — la serveuse baraquée comme un camionneur — vint prendre son service pour la plus grande joie de certains clients qui se mirent à pousser des hourras de bienvenue. Gloria rejoignit Lori pour leur servir quelques carafes de vin, beaucoup de Black Russians et des océans de bière.

En plus des tonneaux de *Bush*, Jack sortait aussi des caisses et des caisses de bière en bouteille — de la *Budweiser* bien sûr, mais aussi d'autres marques appréciées dans le coin : *Genesee, Utica Club* et *Rolling Rock*. Ses mains se couvraient d'ampoules et son dos lui faisait mal.

Quand il n'était pas dans la réserve pour chercher une caisse de bière ou pour « roule-moi-un-fût-Jack » (phrase qu'il commençait à redouter terriblement), il revenait sur la piste de danse avec sa serpillière et son gros bidon de *Glanzer*.

A un certain moment, une bouteille de bière vide lui passa à deux doigts de la tête avant d'aller se briser contre le mur. Smokey fit sortir le poivrot qui l'avait lancée avec un sourire d'alligator qui dénudait toutes ses fausses dents. Jack regarda par la fenêtre et vit le type atterrir sur le parcmètre avec une telle force que le signal rouge INFRACTIONS s'alluma.

— Allez, Jack, lui cria Smokey d'une voix impatiente depuis le bar. Il ne t'a pas touché, hein ? Dépêche-toi de me nettoyer ça !

Une demi-heure plus tard, Smokey l'envoya dans les toilettes. Un type d'âge mûr avec une coupe de cheveux à la Joe Pyne était debout, pas très frais, devant l'un des deux urinoirs remplis de glaçons, une main appuyée contre le mur, et l'autre brandissant un énorme pénis non circoncis. Une flaque de dégueulis fumait entre ses pataugas souillées.

— Nettoie-ça, petit, dit l'homme en se dirigeant d'un pas mal assuré vers la porte et en donnant une claque sur le dos de Jack qui faillit le faire tomber.

— Faut bien faire de la place comme on peut, pas vrai ?

Jack au supplice attendit que la porte se referme mais ne put se contrôler plus longtemps.

Il alla faire ça dans le seul cabinet de la Taverne où il eut sous le nez les preuves nauséabondes et écœurantes du passage du dernier client, qui avait évidemment oublié de tirer la chasse d'eau.

Jack vomit ce qui restait de son déjeuner, prit deux profondes inspirations et recommença à vomir. Il tâtonna pour trouver la chasse d'eau qu'il tira d'une main tremblante. Les voix de Waylon et Willie traversaient les murs et chantaient les charmes de Luckenbach, au Texas.

Soudain, le visage de sa mère apparut devant lui, plus beau qu'il ne l'avait jamais vu sur aucun écran, ses grands yeux sombres noyés de chagrin. Il la vit seule dans leur suite de l'Alhambra, une cigarette oubliée se consumant dans un cendrier à côté d'elle. Elle pleurait. Elle pleurait en pensant à lui. Le cœur de Jack se serra si fort qu'il crut qu'il allait mourir d'amour pour elle ; il avait tellement besoin d'elle — besoin d'avoir une vie où rien ne se cachait dans les tunnels, où les femmes ne désiraient pas être battues et malmenées, où les hommes ne vomissaient pas en pissant. Il voulait être près d'elle et détestait de toutes ses forces Speedy Parker qui l'avait poussé à prendre cette terrible et éprouvante route de l'Ouest.

A ce moment-là, tout ce qui lui restait de confiance en soit fut anéanti — complètement et pour toujours. Ses pensées conscientes furent dominées par un sentiment primitif et il poussa un gémissement qui se termina en cri d'enfant : *Je veux voir ma mère ! Je vous en supplie, mon Dieu, je veux voir ma MÈRE !...*

Il sortit du cabinet les jambes tremblantes, en se disant *bon, je me tire d'ici, va te faire foutre Speedy, le gosse rentre chez lui. Appelle ça comme tu voudras.* Il oubliait en cet instant que sa mère risquait de mourir. Sa douleur était telle qu'il ne pensait plus qu'à lui-même, aussi égoïste que n'importe quel animal devenu la proie d'un rapace : daim, lapin, écureuil, tamia. En cet instant, il l'aurait volontiers laissée mourir du cancer des poumons qui se développait furieusement et envoyait des métastases dans tout son corps, pour qu'elle le prenne dans ses bras et l'embrasse avant qu'il s'endorme, pour l'entendre dire de ne pas écouter sa saloperie de transistor au lit, et de ne pas passer la moitié de la nuit à lire sous les draps avec une torche électrique.

Il posa la main sur le mur et réussit peu à peu à se ressaisir. Il ne le fit pas consciemment, mais par un simple redressement mental, qualité qu'il tenait de Phil Sawyer et de Lily Cavannaugh. Il avait commis une erreur, une grosse erreur, oui, mais pas question de retourner en arrière. Les Territoires existaient, donc le Talisman pouvait exister aussi ; il n'allait pas assassiner sa mère par pleutrerie.

Jack remplit le seau d'eau chaude au robinet de la réserve et nettoya la saleté.

Quand il ressortit, il était dix heures et demie et le bar commençait à se dépeupler — Oatley était une ville ouvrière et les clients des ouvriers qui rentraient tôt chez eux les jours de semaine.

Lori lui dit :

— Tu es pâle comme un linge, Jack. Tu te sens bien ?

— Est-ce que je pourrais avoir un Canada-dry ? demanda-t-il timidement.

Elle lui en servit un et Jack le but en finissant de cirer la piste de danse. A minuit moins le quart, Smokey lui ordonna d'aller « rouler un fût » dans la réserve. Jack y réussit tout juste. A une heure moins le quart, Smokey commença à gueuler pour que les derniers clients vident leur verre. Lori débrancha le juke-box — Dick Curless mourut avec un gémissement qui n'en finissait plus — et quelques protestations timides s'élevèrent. Gloria débrancha les jeux électriques, enfila son chandail (qui était aussi rose que les bonbons mentholés que Smokey suçait tout le temps, aussi rose que les fausses gencives de son dentier), et s'en alla. Smokey commença à éteindre les lumières et à mettre les quatre ou cinq derniers poivrots à la porte.

— Très bien, Jack, dit-il quand ils furent partis. Tu as bien bossé. Tu as encore des progrès à faire, mais c'est un bon début. Tu peux aller dormir dans la réserve.

Au lieu de réclamer sa paye (que Smokey ne lui avait d'ailleurs pas proposé de lui donner) Jack se dirigea en titubant vers la porte, si épuisé qu'il ressemblait en modèle réduit aux ivrognes qu'on avait éjectés du bar un peu plus tôt.

Dans la réserve, il vit Lori accroupie dans un coin — sa position faisait dangereusement remonter son short — et pendant un instant, Jack, épouvanté, se dit qu'elle était en train de fouiller dans son sac. Puis il réalisa qu'elle lui avait préparé un lit de couvertures sur un matelas de sac de pommes. Elle avait aussi posé à la tête un petit oreiller de satin sur lequel était écrit FOIRE INTERNATIONALE DE NEW YORK.

— Je t'ai préparé un nid douillet, petit, dit-elle.

— Merci, dit-il.

C'était un simple geste de générosité spontanée, mais Jack eut beaucoup de mal à ne pas fondre en larmes. Il réussit même à sourire.

— Merci beaucoup, Lori.

— Pas de problème. Tu seras bien ici, Jack. Smokey n'est pas si mauvais que ça. Une fois qu'on le connaît, il n'est pas méchant.

Elle dit cela avec une vague expression de regret, comme si elle eût inconsciemment préféré qu'il le fût vraiment.

— Vous avez sûrement raison, dit Jack, puis il ajouta impulsivement : Mais je partirai demain. Oatley n'est pas pour moi je crois.

— Peut-être que tu partiras, Jack... mais peut-être que tu décideras de rester encore un peu. Dors, et tu verras demain matin, qu'en dis-tu ?

Il y avait quelque chose de forcé, de pas naturel, dans son petit speech — toute l'authenticité de son sourire quand elle lui avait dit « je t'ai préparé un nid douillet » avait disparu. Jack le remarqua, mais il était trop fatigué pour réagir.

— Bon, on verra, dit-il.

— Bien sûr, fit Lori en allant vers la porte.

Elle lui souffla un baiser de la paume sale de sa main

— Bonne nuit, Jack.

— Bonne nuit.

Il commença à enlever sa chemise... puis décida de la garder et de n'ôter que ses baskets. Il faisait très froid dans la réserve. Il s'assit sur son grabat, défit les lacets, retira une chaussure, puis l'autre. Au moment où il allait se laisser tomber sur le coussin-souvenir de la Foire Internationale de New York — il se serait sûrement endormi avant même que sa tête ne le touchât — il entendit le téléphone sonner dans le bar ; déchirant, perçant le silence de sa sonnerie stridente qui évoquait pour Jack des racines grises et sinueuses, des fouets et des poneys à deux têtes.

Dring, dring, dring, dring, dans le silence, dans le silence de mort.

Dring, dring, dring, bien longtemps après que les gosses qui avaient appelé pour demander s'ils avaient mis le prince Albert en bouteille fussent allés au lit. Dring, dring, dring. *Allo Jacky, c'est Morgan, je t'ai senti dans ma forêt, petit merdeux futé. Je t'ai SENTI dans ma forêt ; et d'où t'est venue l'idée que tu étais en sécurité dans ton univers ? Mes forêts sont partout, là-bas aussi. C'est ta dernière chance, Jacky. Rentre à la maison ou je passe à l'attaque. Tu n'as aucune chance, Tu ne...*

Jack se leva et traversa, chaussettes aux pieds, la réserve en courant. Son corps se couvrit entièrement de sueur.

Il entrouvrit la porte.

Dring, dring, dring, dring.

Puis enfin :

— Allô, ici *Oatley Tap*. J'espère que c'est pas une blague cette fois.

C'était la voix de Smokey. Un silence.

— Allô ?

Un autre silence.

— Allez vous faire foutre.

Smokey raccrocha bruyamment et Jack l'entendit retraverser le bar et monter l'escalier qui menait au petit appartement qu'il partageait au premier avec Lori.

7

Le regard incrédule de Jack allait de la feuille de papier vert qu'il avait dans la main gauche à la petite pile de billets — tous de un dollar — et de monnaie qu'il avait dans la main droite. C'était le lendemain matin à onze heures. Il avait réclamé sa paye le jeudi matin.

— Qu'est-ce que c'est que ça demanda-t-il, encore incapable de croire ce que ses yeux voyaient.

— Tu sais lire, rétorqua Smokey, et tu sais compter. Tu n'es pas aussi rapide que je le voudrais, Jack — du moins, pas encore — mais tu n'es pas bête.

Il était assis maintenant, avec l'argent dans une main et la feuille verte dans l'autre. La colère palpitait au milieu de son front comme une veine. La feuille verte, identique à celles qu'utilisait Mme Banberry au *Golden Spoon*, était une addition qui comportait le compte suivant :

1 hmbg	$ 1,35
1 hmbg	$ 1,35
1 lait	0,55
1 canada-dry	0,55
taxes	0,30

Le total était inscrit au bas de la page en grosses lettres entourées d'un cercle : $ 4,10.

Jack avait gagné neuf dollars en travaillant de quatre heures de l'après-midi à une heure du matin. Smokey lui en avait presque pris la moitié ; il lui restait ce qu'il avait dans la main droite : quatre dollars et quatre-vingt-dix cents.

Il leva les yeux, furieux — d'abord sur Lori, qui détourna la tête, vaguement gênée, puis sur Smokey qui soutint son regard.

— Ce n'est pas juste, dit-il d'une petite voix.

— Ce n'est pas vrai, Jack. Regarde les prix de la carte...

— Ce n'est pas ce que je veux dire, et vous le savez très bien.

Lori tressaillit, s'attendant probablement à ce qu'il reçoive une gifle... mais Smokey se contenta de regarder Jack avec une patience terrifiante.

— Je ne t'ai pas compté le lit, n'est-ce pas ?

— Le lit ! s'écria Jack, sentant le sang lui monter aux joues. Vous parlez d'un lit ! Des sacs de jute posés sur un sol en béton ! Vous appelez ça un lit ! Il ne manquerait plus que vous me comptiez le lit ! Espèce de sale escroc !

Lori laissa échapper un cri de frayeur et jeta un regard à Smokey... Mais celui-ci restait imperturbable, assis dans le box en face de Jack, l'épaisse fumée bleue de son cigare se déroulant entre eux. Un calot de papier neuf était posé de travers sur le front étroit de Smokey.

— Nous en avions parlé, je t'avais dit que tu dormirais là-bas, dit Smokey. Tu m'as demandé si tu pouvais être logé, je t'ai dit que oui. On n'a pas parlé des repas. Si on en avait parlé, on aurait peut-être pu se mettre d'accord, peut-être pas. Seulement voilà, tu ne m'as rien demandé, alors maintenant, tu ne peux rien réclamer.

Jack tremblait, des larmes de colère brillaient dans ses yeux. Il essaya de parler mais rien ne sortit qu'un petit bruit étranglé. Il était trop furieux pour dire quoi que ce soit.

— Bien sûr, si tu veux qu'on te fasse une réduction sur le prix des repas, en tant qu'employé de la maison, nous pouvons en discuter...

— Allez au *Diable* ! réussit à articuler Jack en serrant son gain dérisoire dans la main. Et gardez vos leçons de débrouillardise pour le prochain gosse que vous aurez entre les pattes, mais en tout cas, moi, je *m'en vais* !

Il traversa la salle jusqu'à la porte, et malgré sa colère il savait — il ne le croyait pas, il le savait vraiment — qu'il n'arriverait pas jusqu'au trottoir.

— Jack.

Il posa la main sur la poignée de la porte avec la ferme intention de la prendre et de la tourner — mais la voix était indéniablement menaçante. Il laissa tomber la main, et se retourna, sa colère l'ayant abandonné. Il se sentit soudain tout vieux et ratatiné. Lori était passée derrière le bar où elle balayait en fredonnant. Elle avait apparemment compris que Smokey ne casserait pas la figure de Jack, et comme rien d'autre n'avait d'importance, tout allait bien.

— Tu ne vas pas me laisser dans le pétrin avec tout le boulot qu'il va y avoir pendant le week-end.

— Je veux partir d'ici. Vous m'avez trompé.

— Non monsieur, dit Smokey. Je te l'ai expliqué. Tu n'as qu'à t'en prendre à toi-même. Maintenant, si tu veux on peut discuter de tes repas : 50 pour 100 de réduction sur la nourriture, et éventuellement les sodas gratuits. Je n'ai jamais fait ça avec le jeune garçon qui vient me donner un coup de main de temps à autre, mais ce week-end sera particulièrement difficile car tous les ouvriers du comté vont débarquer pour le ramassage des pommes. Et aussi, *je t'aime bien*, Jack. C'est pour ça que je ne t'ai pas fichu de claque tout à l'heure quand tu t'es montré si grossier, mais j'aurais peut-être dû. En tout cas j'ai besoin de toi ce week-end.

Jack sentit monter sa rage qui reflua aussitôt.

— Et si je refuse ? demanda-t-il. J'ai gagné cinq dollars, c'est toujours ça de pris, et finalement on peut considérer comme un bonus de ne plus être dans cette ville pourrie.

Smokey dit en regardant Jack avec un petit sourire rusé :

— Tu te souviens quand tu es allé nettoyer les chiottes derrière le type qui avait dégueulé ?

Jack acquiesça.

— Tu te rappelles comment il était ?

— Il avait les cheveux en brosse. Il était en kaki. Et alors ?

— C'était Digger Atwell. Son vrai nom, c'est Carlton, mais comme il a passé dix ans à s'occuper du cimetière de la ville, tout le monde l'appelle Digger[1]. Ça, c'était il y a vingt ou trente ans. Ensuite il est devenu flic, à l'époque où Nixon a été élu Président. Maintenant, c'est le chef de la police.

Smokey planta son cigare dans sa bouche, tira une bouffée et regarda Jack à nouveau.

— Digger et moi, on est potes depuis longtemps, dit Smokey. Et si tu me quittais maintenant, Jack, je ne pourrais pas te garantir que Digger ne te ferait pas d'ennuis. Peut-être bien qu'il te renverrait chez toi. Peut-être bien que tu te retrouverais à faire la cueillette des pommes pour la municipalité d'Oatley. Oatley possède... oh, environ vingt hectares de vergers. Peut-être que tu te ferais tabasser, ou... j'ai entendu dire que ce vieux Digger a un faible pour les gosses en vadrouille. Les garçons surtout.

Jack repensa au pénis de la taille d'un gourdin. Son sang se glaça et il se sentit mal.

— Ici, tu es sous mon aile, comme on dit, poursuivit Smokey. Mais une fois dehors, qui sait ? Digger se balade un peu partout. Tu peux sortir de la ville sans problème, comme tu risques de le voir s'arrêter à côté de toi dans sa grosse Plymouth. Digger n'est pas génial, mais il a du flair quelquefois. Ou... quelqu'un peut peut-être lui donner un tuyau et le prévenir.

Lori lavait la vaisselle derrière le bar. Elle s'essuya les mains, alluma la radio et commença à chanter de conserve avec l'orchestre un vieux tube des *Steppenwolf*.

— Écoute, continua Smokey. Reste ici, Jack. Travaille ce week-end. Et je t'accompagnerai moi-même à la sortie de la ville avec ma fourgonnette. Qu'est-ce que tu en penses ? Tu partiras d'ici dimanche à midi, avec presque trente putains de dollars en poche que tu n'avais pas en arrivant. Et en partant, tu te diras que Oatley n'est pas un endroit si dégueulasse que ça finalement. Alors, qu'est-ce que tu en dis ?

Jack regarda les yeux marron, remarqua le blanc qui était jaune avec des petites taches rouges ; il remarqua le grand sourire sincère bordé de fausses dents ; il remarqua même avec un terrifiant et étrange sentiment de *déjà vu* que la mouche était revenue sur le calot en papier de Smokey et qu'elle était en train de faire la toilette de ses pattes de devant, fines comme des cheveux.

Jack soupçonnait Smokey de savoir qu'il savait que tout ce qu'il lui avait raconté n'était qu'un tissu de mensonges. Mais ça lui était égal. Après avoir travaillé jusqu'aux premières heures du samedi matin, puis du dimanche matin, Jack dormirait probablement jusqu'à deux heures de l'après-midi dimanche, et alors Smokey lui dirait qu'il ne pouvait pas l'accompagner parce que Jack s'était réveillé trop tard et que pour l'instant il était occupé à regarder le match de football entre les *Colts* et les *Patriots*. Et Jack serait non

---

1. Digger : celui qui creuse (N.d.T.).

seulement trop fatigué pour marcher, mais il aurait également trop peur que Smokey cesse de s'intéresser au match, le temps de téléphoner à son copain Digger Atwell et de lui dire : « Il descend Mill Road, mon vieux, va donc le ramasser. Ensuite tu reviens ici pour regarder la deuxième mi-temps. Tu pourras picoler à l'œil mais pas question d'aller dégueuler dans mes chiottes tant que le gosse n'est pas revenu ici. »

C'était un scénario possible. Il pouvait en envisager d'autres, chacun différent, mais tous identiques, au fond.

Le sourire de Smokey s'élargit.

CHAPITRE 10

ELROY

1

Quand j'avais six ans...

La Taverne d'Oatley, qui la veille et l'avant-veille à la même heure commençait à se dépleupler, battait son plein maintenant comme si sa bruyante clientèle était bien décidée à accueillir l'aube. Jack vit que deux tables avaient disparu dans la bagarre qui avait éclaté juste avant sa dernière expédition aux toilettes. Maintenant, des couples dansaient à l'endroit où elles se trouvaient.

— C'est pas trop tôt, dit Smokey tandis que Jack longeait en titubant l'intérieur du bar pour mettre la caisse à côté du réfrigérateur. Range ces bouteilles là-dedans et va chercher la putain de *Budweiser*. Tu aurais dû commencer par ça, d'ailleurs.

— Lori ne m'avait pas dit que...

Une douleur fulgurante traversa le pied de Jack quand Smokey posa sa lourde chaussure sur sa basket. Il émit un cri étouffé et sentit les larmes lui piquer les yeux.

— Ferme-la, dit Smokey. Lori est con comme une malle, t'es assez intelligent pour le savoir. Retourne là-bas et rapporte-moi une caisse de *Budweiser*.

Jack retourna dans la réserve, boitant du pied que Smokey avait écrasé et se demandant si l'autre brute ne lui avait pas brisé les orteils. C'était bien possible. Sa tête était remplie de fumée et de bruit et résonnait au rythme des battements effrénés de l'orchestre des Genny Valley Boys, dont deux des musiciens chancelaient ostensiblement sur l'estrade. Une pensée dominait clairement les autres : il ne pourrait peut-être pas attendre jusqu'à la fermeture. Il ne tiendrait probablement pas le coup jusque-là. Si Oatley était une prison, la Taverne d'Oatley était sa cellule et sa fatigue à coup sûr un gardien aussi efficace que Smokey, peut-être même davantage.

Malgré ses inquiétudes à propos de l'endroit où il risquait d'atterrir s'il passait maintenant sur les Territoires, l'élixir magique lui paraissait de plus en plus le seul moyen de se tirer de là. S'il en buvait une toute petite gorgée, il décollerait... marcherait là-bas pendant deux kilomètres, trois au plus, vers l'ouest, et pourrait alors en reprendre un petit peu... et se retrouver sur le sol américain, bien au-delà des limites de la ville, de cet horrible patelin, peut-être même au-delà de Bushville ou de Pembroke, pourquoi pas ?

Quand j'avais six ans, quand Jacky-boy avait six ans, quand...

Il prit la caisse de *Budweiser* et la porta en titubant jusqu'à la porte... où se tenait le grand cow-boy baraqué aux mains énormes, celui qui ressemblait à Randolph Scott, et qui le regardait :

— Salut, Jack, dit-il.

Et Jack vit avec une terreur croissante que les iris des yeux de l'homme étaient jaunes comme des pattes de poulet. Tu n'as pas eu le message qui te disait de rentrer ? Tu n'es pas très obéissant, hein ?

Jack était debout avec la caisse de bière qui lui tirait les bras, fixant les yeux jaunes, et il comprit soudain, horrifié, que c'était *ça* qui rôdait dans le tunnel — cette chose humaine avec des yeux jaunes morts.

— Fichez-moi la paix, dit-il — les mots sortirent en un faible murmure découragé.

L'homme s'approcha plus près.

— Tu étais censé rentrer.

Jack essaya de reculer, mais il était à présent contre le mur, et comme le cow-boy qui ressemblait à Randolph Scott se penchait sur lui, il sentit l'odeur de charogne de son haleine.

2

Entre le moment où Jack avait pris son travail à midi et quatre heures de l'après-midi, ce jeudi-là, à l'heure où les gens commençaient à arriver à la Taverne après le travail, le téléphone mural avec sa pancarte PRIÈRE DE NE PAS DÉPASSER TROIS MINUTES, avait sonné deux fois.

La première fois, Jack n'en éprouva aucune peur, le correspondant étant un quémandeur du Fonds Uni.

Deux heures plus tard, alors que Jack était en train de ranger les bouteilles de la veille, la sonnerie stridente retentit à nouveau. Cette fois, il redressa la tête comme un animal qui hume un incendie de forêt... sauf que ce n'était pas du feu qu'il sentait, mais de la glace. Il se tourna vers l'appareil qui se trouvait à un mètre cinquante de l'endroit où il travaillait, et entendit craquer les tendons de son cou. Il se dit qu'il allait voir le téléphone encastré dans la glace, de la glace qui suintait à travers l'enveloppe de plastique noir de l'appareil, qui sortait des trous de l'écouteur et du micro en rigoles de givre bleutées, fines comme des pointes de crayon, qui pendait du cadran comme des stalactites, et la sébille de restitution des pièces remplie de glaçons.

Mais il ne vit que l'appareil ; tout le froid et la mort étaient à l'intérieur.

Jack le fixait, hypnotisé.

— Jack ! brailla Smokey. Réponds à ce putain de téléphone ! Merde, pourquoi je te paie ?

Jack regarda du côté de Smokey, désespéré comme un animal traqué... Mais Smokey lui lança un regard furibond, avec la bouche pincée et cette expression exaspérée qu'il avait eue juste avant de frapper Lori. Jack s'approcha de l'appareil, à peine conscient du mouvement de ses pieds ; il pénétra plus avant dans la capsule de froid, sentant la chair de poule lui hérisser les bras, et son nez commencer à couler.

Il tendit la main et attrapa le récepteur. Sa main devint engourdie. Il porta le récepteur à l'oreille. Son oreille s'engourdit.

— *Oatley Tap,* dit-il dans cette obscurité lugubre, et sa bouche s'engourdit.

La voix qui sortit de l'appareil était le croassement rauque et éraillé de quelque chose qui était mort depuis longtemps, d'une créature qui n'appartenait plus au monde des vivants ; voir cette créature le rendrait fou, ou le ferait mourir sur place avec des cristaux de givre sur les lèvres et les yeux aveuglés par des cataractes de glace.

— *Jack,* murmura la voix éraillée, rocailleuse, dans l'écouteur, et le visage du garçon devint lui aussi engourdi, comme lorsque le dentiste, en prévision d'une séance pénible, vous file un peu trop de novocaïne dans les gencives. *Ramène ton cul à la maison, Jack.*

De loin, de très loin, à des années-lumière semblait-il, il entendit sa propre voix répéter :

— Allô, ici la Taverne d'Oatley, qui est à l'appareil ? Allô ?... Allô ?... Froid, si froid.

Sa gorge était engourdie. Il aspira une bouffée d'air et ses poumons lui parurent se geler. Bientôt les ventricules de son cœur gèleraient eux aussi et il tomberait raide mort, tout simplement.

La voix glaciale chuchota : « *Des choses horribles peuvent arriver à un jeune garçon en vadrouille, Jack. Demande à n'importe qui.* »

Il raccrocha d'un geste rapide et maladroit. Il retira sa main et resta planté là, à fixer l'appareil.

— C'était encore ce connard, Jack ? demanda Lori, et sa voix était lointaine... mais cependant plus proche que la sienne quelques instants plus tôt.

Le monde revenait. Sur le récepteur de l'appareil, il pouvait voir l'empreinte de sa main dessinée dans une étincelante plaque de givre. Puis le givre commença à fondre et à couler sur le plastique noir.

3

C'est ce soir-là — le jeudi soir — que Jack vit pour la première fois le Randolph Scott du comté de Genny. Il y avait un peu moins de monde que la veille — comme d'habitude le jour qui précède celui de la paie — mais tout de même assez d'hommes présents pour occuper tous les tabourets du bar et les tables des boxes.

C'étaient des citadins originaires de la campagne où leurs charrues étaient probablement en train de rouiller dans les hangars ; des hommes qui auraient voulu être fermiers mais qui ne savaient plus comment on fait. Les casquettes *John Deere*[1] étaient nombreuses, mais Jack ne pensait pas que ceux qui l'arboraient eussent été à l'aise sur un tracteur. C'était des hommes en pantalons de treillis gris, marron ou vert ; des hommes avec leur nom cousu en lettres d'or sur leur chemise de travail bleue ; des hommes en boots à bouts carrés ou en pataugas ; des hommes qui portaient leur trousseau de clés à la ceinture. Ces hommes avaient le visage marqué, mais pas par les rides du rire ; leur bouche était dure. Ces hommes portaient des chapeaux de cow-boy et Jack, qui les regardait de derrière le bar, trouvait qu'il y en avait bien huit qui ressemblaient à Charlie Davies, le type qui posait pour la publicité de tabac à chiquer. Sauf que ces types-là ne chiquaient pas ; ils fumaient, ils fumaient comme des sapeurs.

Jack était en train de nettoyer la bulle de verre du juke-box quand Digger fit son apparition. L'appareil était débranché ; il y avait les *Yankees* à la télé, qui captaient toute l'attention des hommes assis au bar. La veille, Atwell avait débarqué, dans la tenue habituelle des habitants d'Oatley (pantalon de treillis, chemise kaki avec une rangée de crayons dans l'une des poches de poitrine, des bottes à bouts métalliques). Ce soir il portait un uniforme bleu de flic. Accroché à sa ceinture de cuir craquant, un holster avec un grand revolver à crosse de bois.

Il lança un regard à Jack, qui se rappela ce que Smokey avait dit de lui : *j'ai entendu dire que le vieux Digger avait un penchant pour les gosses en vadrouille. Les garçons surtout,* et il eut un mouvement de recul, comme s'il se sentait coupable de quelque chose. Digger Atwell lui fit un grand sourire.

— T'as décidé de rester avec nous, mon garçon ?

— Oui, monsieur, marmonna Jack, et il fit gicler du *Glassex* sur la bulle du juke-box qui était déjà étincelante de propreté. Il attendait seulement qu'Atwell s'en aille. Ce qu'il fit au bout d'un moment. Jack se retourna pour voir le flic bovin s'éloigner jusqu'au bar... c'est à ce moment-là que l'homme qui était assis tout au bout du bar se retourna lui aussi pour le regarder.

Randolph Scott, se dit immédiatement Jack, *c'est exactement ça.*

Mais malgré les traits réguliers et peu expressifs de son visage, le vrai Randolph Scott avait tout de même, indéniablement, une gueule de héros ; son charme venait du fait que son beau visage aux traits durs pouvait s'éclairer d'un sourire. Tandis que son sosie donnait à la fois l'impression de crever d'ennui et d'être fou.

Jack comprit avec un véritable effroi que c'était *lui*, Jack, que l'homme regardait. Il ne s'était pas simplement retourné pour jeter un coup d'œil dans la salle pendant la pub, non, il s'était retourné pour observer Jack. Jack le savait très bien.

---

1. Marque de tracteur (N.d.T.).

Le téléphone. Le téléphone et sa sonnerie.

Jack s'arracha, avec un terrible effort, à son regard. Il fixa la bulle de verre du juke-box où il vit son visage apeuré planer comme un fantôme au-dessus des disques qui se trouvaient à l'intérieur.

La sonnerie stridente du téléphone retentit.

L'homme qui était à l'extrémité gauche du bar regarda l'appareil puis dévisagea à nouveau Jack, qui restait pétrifié à côté du juke-box, la bouteille de *Glassex* dans une main, le chiffon dans l'autre, les cheveux dressés sur la tête et la peau glacée.

— Si c'est encore ce connard, j'irai chercher un sifflet et je sifflerai dans l'appareil, dit Lori en se dirigeant vers le taxiphone. Je rigole pas !

Elle était comme une actrice sur une scène de théâtre, et les clients, des figurants payés au tarif syndical de trente-cinq dollars par jour. Les deux seules personnes réelles de ce monde étaient lui-même et ce redoutable cow-boy aux mains gigantesques et aux yeux que Jack... ne distinguait... pas très bien.

Soudain, avec horreur, Jack l'entendit prononcer ces mots : *Magne-toi le cul et rentre chez toi,* en lui faisant un clin d'œil.

Le téléphone arrêta de sonner avant même que Lori ne posât sa main sur le combiné.

Randolph Scott se retourna vers le bar, finit son verre et brailla :

— Servez-moi une autre chope !

— Merde alors, fit Lori. Ce téléphone déconne.

4

Un peu plus tard, dans la réserve, Jack demanda à Lori qui était le type qui ressemblait à Randolph Scott.

— Qui ressemble à qui ? demanda-t-elle.

— A un vieil acteur qui joue dans des westerns. Il était assis au bout du bar.

Elle haussa les épaules.

— Pour moi, ils ont tous la même tronche. Une bande de connards en goguette. Ils piquent le fric que leur bonne femme a gagné au Bingo pour picoler.

— Celui qui demande des « chopes » de bière.

Le regard de Lori s'éclaira.

— Ah ouais ! Lui ! Il a l'air mauvais.

Elle ajouta ces derniers mots en véritable connaisseuse... comme elle eût apprécié la droiture de son nez ou la blancheur de son sourire.

— Qui est-ce ?

— Je ne sais pas son nom, dit Lori. Ça fait seulement une ou deux semaines qu'il vient ici. Je suppose que la minoterie a réembauché de nouveaux ouvriers. C'est...

— *Nom de Dieu, Jack, il vient ou non ce putain de fût ?*

Jack était en train de caler un énorme fût de *Bush* sur la plate-forme du chariot. Son poids et celui du tonneau étant presque les mêmes, la manœuvre nécessitait beaucoup de précaution et d'équilibre. Quand Smokey, sur le pas de la porte, se mit à hurler, Lori poussa un cri et Jack sursauta. Il perdit le contrôle du fût qui roula sur le côté, la bonde sauta comme un bouchon de bouteille de champagne et la bière jaillit en une longue gerbe d'or clair. Smokey continuait à vitupérer mais Jack ne pouvait détacher son regard de la bière, figé sur place... jusqu'à ce que Smokey lui retourne une beigne.

Quand Jack revint dans la salle, une vingtaine de minutes plus tard, tenant un Kleenex contre son nez tuméfié, Randolph Scott avait disparu.

5

J'ai six ans.
John Benjamin Sawyer a six ans.
Six ans.
Jack secoua la tête, essayant de chasser cette pensée qui le hantait, tandis que l'ouvrier de la minoterie qui n'en était pas un s'approchait de plus en plus près. Ses yeux... jaunes et qui donnaient l'impression d'être couverts d'écailles. Il — *la créature* — cligna des yeux, un clignement rapide, blanchâtre, noyé, et Jack remarqua que ses globes oculaires étaient recouverts de membranes nictitantes.

— Tu étais censé partir, chuchota-t-il à nouveau, et il tendit vers Jack ses mains qui commençaient à se transformer et à se couvrir de plaques dures.

La porte s'ouvrit brusquement, faisant entrer le flot rauque des voix des *Oak Ridge Boys*.

— Jack, je vais encore être obligé de te faire passer l'envie de traînasser ! dit Smokey derrière Randolph Scott.

Scott recula. Ses mains étaient redevenues des mains. Pas des sabots qui durcissaient. Des mains énormes et puissantes, avec leur réseau de grosses veines proéminentes. Il lui fit un autre clin d'œil, un tournoiement blanchâtre dans l'orbite sans paupière... puis les yeux de l'homme ne furent plus jaunes mais de nouveau d'une couleur bleu pâle, tout ce qu'il y avait de normal.

Après un dernier regard à Jack, il se dirigea vers les toilettes.

Smokey arrivait sur Jack maintenant, son calot de papier penché en avant, sa tête étroite de fouine légèrement inclinée, ses lèvres s'ouvrant sur ses dents d'alligator.

— Ne me le fais pas répéter, dit Smokey. C'est la dernière fois que je te préviens, et ne crois pas que je dis ça en l'air.

Comme avec Osmond, la rage de Jack monta soudain en lui — cette espèce de rage liée au sentiment désespéré d'injustice n'est peut-être jamais aussi violente qu'à douze ans — certains étudiants ont parfois l'impression de l'éprouver, mais ce n'est généralement qu'un pâle écho intellectuel.

Cette fois, le vase débordait.

— Je ne suis pas votre chien pour que vous me traitiez de cette façon, dit

Jack en avançant vers Smokey sur des jambes qui tremblaient encore de peur.

Surpris — probablement même éberlué — par la colère totalement inattendue de Jack, Smokey fit un pas en arrière.

— Jack, je te préviens...

— Non mon vieux, c'est moi qui vous préviens, s'entendit rétorquer Jack. Je ne suis pas Lori. Je n'aime pas être battu. Et si vous me frappez, je me défendrai, je ne me laisserai pas faire.

Le désarroi de Smokey ne dura qu'un instant. A l'évidence il ne connaissait pas tout — en vivant à Oatley il ne le pouvait pas — mais il croyait tout connaître, et même pour un minable tel que lui, l'assurance remplaçait avantageusement l'expérience.

Il saisit Jack par le col.

— Ne fais pas le mariole avec moi, Jack, dit-il en l'attirant vers lui. Tant que tu es à Oatley, tu n'es rien d'autre que mon chien. Tant que tu es à Oatley je te caresse quand j'en ai envie, et je te cogne quand je veux.

Il lui administra un coup sec sur la nuque. Jack se mordit la langue et poussa un cri. Des taches de colère enluminaient maintenant les joues blêmes de Smokey, comme un fard de mauvaise qualité.

— Tu ne le crois peut-être pas vraiment, Jack, mais c'est comme ça. Tant que tu es à Oatley, tu es mon chien ; et tu resteras à Oatley jusqu'à ce que je décide de te laisser partir. Et tu ferais bien de te mettre ça dans la tête sans attendre.

Il leva le poing. Pendant un instant, les trois ampoules de soixante watts qui étaient suspendues dans le couloir étroit étincelèrent violemment sur les éclats de diamant rosâtre de la bague en forme de fer à cheval qu'il portait au doigt. Puis le poing s'abattit sur le côté gauche du visage de Jack. Il fut projeté contre le mur couvert de graffitis, la joue gauche d'abord brûlante puis engourdie. Le goût de son propre sang lui remplit la bouche.

Smokey l'observa — avec le regard évaluateur d'un homme qui a l'intention d'acheter une génisse ou un billet de loterie. L'expression qu'il vit dans les yeux du garçon n'était sûrement pas celle qu'il attendait car il saisit Jack, encore tout étourdi, pour vraisemblablement le remettre d'aplomb en vue d'un deuxième round.

A ce moment précis, une femme cria dans le bar : « *Non Glenn ! Non !* » Il y eut une série de hurlements, des voix mâles, la plupart angoissées. Une autre femme poussa un cri — un cri aigu. Puis un coup de revolver claqua.

— Bordel de merde ! s'écria Smokey, prononçant ces mots avec une diction parfaite, comme un acteur de Broadway. Il repoussa Jack contre le mur, se retourna, et sortit comme un bolide par la porte à battants. Il y eut un autre coup de feu et un cri de douleur.

La seule chose dont Jack était sûr, c'est que c'était le moment de filer. Il n'attendrait pas la fin de la soirée, ni demain, ni dimanche matin. C'était maintenant même.

Le brouhaha parut se calmer. Il n'y eut pas de sirène de police, peut-être alors que personne n'avait été touché... Et Jack se souvint avec horreur que l'ouvrier qui ressemblait à Randolph Scott était toujours dans les toilettes.

Le garçon entra dans la réserve glacée qui sentait la bière, s'agenouilla près des fûts pour chercher son sac. Une fois de plus, un doute angoissant l'étreignit quand ses doigts ne rencontrèrent rien d'autre que le vide et le ciment sale du sol. Il craignit que Smokey, ou Lori, l'ait vu cacher son sac et s'en soit emparé. Raison de plus pour ne pas quitter Oatley, mon cher. Puis, le soulagement, presque aussi suffocant que sa peur, quand ses doigts rencontrèrent le nylon.

Jack mit le sac sur son dos et regarda avec regret la porte de chargement au fond de la réserve. Il aurait de loin préféré utiliser celle-ci plutôt que la porte de secours qui se trouvait tout au bout du couloir. Celle-là était trop près des toilettes des hommes. Mais s'il ouvrait la porte de chargement, une lumière rouge s'allumerait au bar. Et même si Smokey était encore occupé à séparer les bagarreurs, Lori la verrait et le préviendrait.

Donc...

Il se dirigea vers la porte qui s'ouvrait sur le couloir du fond. Il l'entrouvrit et risqua un œil. Le couloir était désert. Tant mieux, ça s'annonçait bien. Randolph Scott avait vidé sa vessie et était retourné voir ce qui se passait au bar pendant que Jack cherchait son sac. Formidable !

Oui, mais il est peut-être encore là-bas. Tu as envie de le rencontrer dans le couloir, Jacky ? Tu as envie de voir ses yeux redevenir jaunes ? Attends d'être sûr.

Mais il ne pouvait se permettre d'attendre. Smokey s'apercevrait bientôt qu'il n'était pas dans la salle en train d'aider Lori et Gloria à nettoyer les tables, ou derrière le bar, en train de ranger la vaisselle. Il allait revenir ici pour lui apprendre où était sa place dans l'ordre des choses. Donc...

Donc quoi ? Donc, tire-toi.

Peut-être qu'il est là-dedans, Jack, et qu'il t'attend... Peut-être qu'il va surgir de là comme un méchant diable à malice...

Charybde ou Scylla ? Smokey ou l'ouvrier de la minoterie ? Jack, au supplice, hésita encore un instant avant de se décider. Que l'homme aux yeux jaunes fût encore dans les toilettes était une possibilité, que Smokey allait rappliquer, une certitude.

Jack ouvrit la porte et sortit dans le corridor étroit. Le sac sur son dos lui semblait plus lourd — la preuve qu'il prenait la fuite pour quiconque le rencontrerait. Il s'engagea dans le corridor, avançant grotesquement sur la pointe des pieds malgré la musique tonitruante et le vacarme de la salle, son cœur battant à tout rompre.

J'avais six ans. Jacky avait six ans.

Et alors ? Pourquoi cette phrase revenait-elle sans cesse ?

Six ans ?

Le couloir lui paraissait interminable. Il avait l'impression de marcher sur une trépigneuse. Tout au bout, la porte de secours se rapprochait avec une lenteur assassine. La sueur perlait à son front et au-dessus de sa lèvre supérieure. Son regard se portait sans arrêt vers la droite, sur une porte où il y avait une silhouette de chien dessinée en noir. Sous la silhouette était écrit

CHIEN MÉCHANT. Au bout du couloir, une porte recouverte de peinture rouge écaillée avec un écriteau : SORTIE DE SECOURS ! À N'UTILISER QU'EN CAS D'URGENCE ! ALARME AUTOMATIQUE !

En réalité la sonnerie ne fonctionnait plus depuis deux ans. Lori l'avait dit à Jack lorsqu'il avait hésité à sortir par là pour aller vider les ordures. Presque arrivé, enfin. Juste en face du CHIEN MÉCHANT.

Il est là-dedans, je le sais... et s'il saute sur moi je vais crier. Je... je...

Jack posa une main tremblante sur la barre métallique de l'issue de secours. Elle lui parut agréablement fraîche. Pendant un court instant il crut vraiment qu'il pouvait échapper à sa prison et disparaître dans la nuit... enfin libre.

C'est alors que la porte derrière lui s'ouvrit bruyamment — celle où était écrit CHIEN MÉCHANT — et qu'une main l'attrapa par le sac à dos. Jack poussa un cri aigu, désespéré, d'animal pris au piège, et s'élança vers l'issue de secours, oubliant le sac et l'élixir magique qu'il contenait. Si les bretelles du sac s'étaient cassées, il se serait échappé sans se soucier du reste en fuyant par le terrain vague, rempli de mauvaises herbes et jonché de détritus, qui se trouvait derrière la taverne.

Mais les courroies étaient en nylon résistant et ne cassèrent pas. La porte s'entrouvrit, révélant fugacement une tranche sombre de nuit avant de se refermer lourdement. Jack fut entraîné dans les toilettes des femmes. On l'avait fait tourner sur lui-même et poussé violemment contre le mur. S'il avait heurté directement le mur, la bouteille d'élixir magique se serait sans doute brisée et répandue dans le sac, inondant de jus de raisin pourri ses quelques vêtements et son vieux guide Rand McNally. Mais ce fut sa nuque qui vint frapper l'unique lavabo des toilettes. La douleur fut terrible, atroce. L'ouvrier marchait sur lui, lentement, frottant ses jeans de ses mains qui avaient commencé à se transformer et à s'épaissir :

— Tu étais censé partir, petit, dit-il de sa voix qui devenait de plus en plus rauque, qui ressemblait de plus en plus à un grognement bestial.

Jack se tourna vers la gauche sans jamais quitter du regard le visage de l'homme. Ses yeux paraissaient presque transparents, pas seulement jaunes mais éclairés de l'intérieur... Les yeux d'une hideuse lanterne de *Halloween*.

— Mais tu peux faire confiance au vieil Elroy, dit la créature mi-bête mi-cow-boy.

Elle souriait maintenant, découvrant une gueule remplie de grandes dents crochues dont certaines étaient cassées ou ébréchées et les autres noires de pourriture. Jack poussa un cri.

— Oh, tu peux faire confiance à Elroy, dit la créature, ses paroles maintenant à peine distinctes d'un grognement de chien. Il ne te fera pas trop mal. Ça se passera bien, grogna-t-elle en se rapprochant de Jack. Tout se passera bien, oh oui, tu...

La créature continua à parler mais Jack ne comprenait plus ce qu'elle disait. Elle n'émettait plus que des grognements à présent.

Jack heurta du pied la haute poubelle qui se trouvait près de la porte. Et tandis que la bête-cow-boy tendait vers lui des pattes semblables à des sabots,

Jack saisit la poubelle et la jeta sur le monstre. Elle rebondit sur la poitrine d'Elroy. Jack tira sur lui la porte des toilettes et se précipita sur la gauche, vers l'issue de secours. Il appuya de toutes ses forces sur la barre qui l'ouvrait, conscient de la présence d'Elroy derrière lui. Il se faufila dans l'obscurité, derrière la Taverne d'Oatley.

Sur la droite il y avait un tas de poubelles remplies à ras bord. Jack en renversa trois en passant, elles tombèrent en faisant un boucan du diable et Jack entendit le cri de rage d'Elroy qui buta dedans.

Il se retourna à temps pour voir le monstre s'étaler. Il mit un moment à réaliser — *Oh, doux Jésus, il a une queue, il a une espèce de queue* — qu'il était à présent presque entièrement un animal. De la lumière dorée lui sortait bizarrement des yeux, comme deux rayons de lumière vive passant par deux trous de serrure.

Jack recula pour l'éviter, essayant de faire glisser le sac de son dos et d'en défaire les courroies avec des doigts raides comme du bois et l'esprit au comble de la confusion...

Jacky avait six ans. Aidez-moi, mon Dieu, Jack avait six ans, je vous en supplie mon Dieu...

... envahi de pensées et de prières incohérentes. La créature se débattit au milieu des poubelles en grognant. Jack vit une main cornée se lever et retomber avec un sifflement, pourfendant le bord d'une poubelle en tôle ondulée sur un mètre de long. Puis elle se releva, trébucha, faillit tomber et se remit en marche vers Jack en montrant les dents, sa gueule déformée presque au niveau de la poitrine maintenant. Jack réussit à percevoir ce qu'exprimaient les grognements.

— Je ne vais pas simplement te réduire en bouillie, petit poulet, je vais te tuer... *après*.

Jack l'entendait-il avec ses oreilles ? Ou dans sa tête ?

C'était sans importance. L'espace qui séparait ce monde et l'autre n'avait plus l'épaisseur d'un univers mais d'une simple membrane.

Le monstre-Elroy s'approcha en grondant, maladroit maintenant sur ses pattes de derrière, ses vêtements ballonnant aux mauvais endroits et la langue pendant hors de sa gueule fangeuse. Ils étaient sur le terrain vague, derrière la Taverne de Smokey Updike, oui, enfin ! Sur le terrain vague envahi de mauvaises herbes et de détritus — sommier rouillé ici, calandre de Ford 1975 là-bas, et la faucille blafarde de la lune au-dessus de sa tête qui transformait chaque éclat de verre brisé en œil mort et fixe, tout ça n'avait pas commencé dans le New Hampshire, n'est-ce pas ? Non. Ça n'avait pas commencé avec la maladie de sa mère, ni avec l'apparition de Lester Parker. Ça avait commencé quand...

Jacky avait six ans. Quand nous vivions tous en Californie et que personne ne vivait ailleurs et que Jack avait...

Il fit glisser les courroies de son sac à dos.

Le monstre revint sur lui, presque en dansant, lui rappelant l'espace d'un instant, dans la clarté incertaine de la lune, quelque personnage de dessin animé de Walt Disney.

Bêtement, Jack se mit à rire. Le monstre sauta sur lui en grognant. Le garçon fit un bond en arrière pour éviter le coup des lourds sabots cornés qui le manqua de peu et le monstre retomba sur le sommier et s'y empêtra. Hurlant et crachant de l'écume blanche, il tira et se tortilla pour dégager une patte prise dans les ressorts rouillés.

Jack tâtonna dans le fond de son sac pour prendre la bouteille. Sa main passa entre les chaussettes, les caleçons sales et ses jeans odorants roulés en boule. Il saisit la bouteille par le goulot et la tira hors du sac.

Elroy, finalement libéré, bondit en l'air avec un hurlement de rage.

Jack tomba sur le sol cendreux couvert d'herbes et de déchets et roula sur lui-même, les deux derniers doigts de la main gauche accrochés à une courroie du sac à dos, la main droite étreignant la bouteille. Il réussit à dévisser le bouchon avec le pouce et l'index de la main gauche, le sac se balançant au bout de sa courroie.

Est-ce qu'il va me suivre ? se demanda-t-il incongrûment en portant le flacon à ses lèvres. *Quand je décolle, est-ce que je fais un trou quelque part ? Est-ce qu'il peut me suivre dans ce trou et m'achever de l'autre côté ?*

La bouche de Jack se remplit du goût âcre de raisin pourri. Il eut un haut-le-cœur, sa gorge se ferma, donnant l'impression de changer de direction. Maintenant le goût répugnant se répandait dans les sinus et les narines, et Jack émit un grognement qui le secoua tout entier. Il entendait toujours les cris d'Elroy, mais ils semblaient lointains, comme si le monstre se trouvait à un bout du tunnel d'Oatley et lui, Jack, tombant à toute vitesse à l'autre bout. Il éprouvait en effet une sensation de chute et se dit : *Oh mon Dieu, quel imbécile je fais : je suis peut-être en train de me jeter du haut d'une falaise ou d'une montagne !*

Il étreignit le sac et la bouteille, les yeux désespérément fermés, attendant ce qui allait arriver, quoi que ce fût — avec ou sans Elroy, les Territoires ou le néant — et la pensée qui l'avait hanté toute la nuit revint au galop comme un cheval de carrousel — Dame d'argent, ou Ella-fend-l'azur. Il l'attrapa au vol et la monta dans un nuage nauséabond d'élixir magique, ne la lâchant plus, attendant ce qui allait arriver, sentant ses vêtements se transformer sur son corps.

Six ans oh oui quand nous avions tous six ans et que personne n'était rien d'autre et ça se passait en Californie et qui joue du saxo Papa est-ce Dexter Gordon ou est-ce est-ce que veut dire Maman quand elle dit que nous vivions sur une ligne de faille et où où oh où vas-tu Papa toi et l'oncle Morgan oh Papa parfois il te regarde comme comme oh comme s'il y avait une ligne de faille dans sa tête et un tremblement de terre derrière ses yeux et qui t'engloutit oh Papa !

Chutant, tournant, tournoyant dans les limbes, dans une odeur épaisse comme un nuage pourpre, Jack Sawyer, John Benjamin Sawyer, Jacky, Jacky.

... avait six ans lorsque tout commença, et qui jouait du saxo, Papa ? Qui jouait du saxophone quand j'avais six ans, quand Jacky avait six ans...

CHAPITRE 11

LA MORT DE JERRY BLEDSOE

1

Avait six ans... quand tout avait vraiment commencé, papa, quand les machines qui plus tard le conduisirent à Oatley et au-delà commencèrent à disparaître petit à petit. Il y avait eu un air de saxophone. *Six ans, Jacky avait six ans.* Son attention avait tout d'abord été entièrement captée par le jouet que lui avait offert son père, un modèle réduit de taxi londonien — une petite voiture lourde comme une brique qu'une bonne poussée envoyait directement rouler sur les parquets cirés jusqu'à l'autre bout de la pièce. C'était en fin d'après-midi, petit écolier à la fin de ses vacances d'été qui faisait rouler sa voiture toute neuve, lourde comme un tank, sur une latte de bois brut derrière le divan, sensation de bien-être dans le bureau à air conditionné... plus rien à faire, pas de coups de téléphone qui ne puissent attendre jusqu'au lendemain matin.

Jack pousse le lourd taxi sur la latte de bois, entendant à peine le roulement des pneus à cause du solo de saxophone. La petite voiture noire heurte un pied du divan, se renverse et s'arrête. Jack rampe le long du divan pour aller la chercher. Son père a les pieds sur le bureau, et l'oncle Morgan est installé dans l'un des fauteuils qui fait face au divan. Chacun sirote son verre ; bientôt ils le poseront sur la table, éteindront la platine et l'ampli et descendront jusqu'à leur voiture.

Quand nous avions tous six ans et que personne n'était rien d'autre et que c'était en Californie.

— Qui est au saxo ? entend-il Morgan demander, et comme dans un rêve il perçoit cette voix familière différemment : une intonation feutrée, dissimulée, dans la voix de Morgan, pénètre dans l'oreille de Jack. Il touche le toit du taxi et ses doigts s'engourdissent comme s'il touchait de la glace et pas de l'acier anglais.

— C'est Dexter Gordon, répond son père.

Sa voix est amicale et paresseuse, comme toujours, et Jack referme sa main sur le jouet.

— C'est un excellent enregistrement.

— « Daddy plays the horn. » Un vieux disque très chouette, hein ?

— Je vais essayer de le trouver.

Et Jack comprend tout à coup d'où vient la bizarrerie qu'il perçoit dans le ton de l'oncle Morgan — l'oncle Morgan n'aime pas du tout le jazz, il fait juste semblant devant le père de Jack, qui trouve un peu bête que son papa ne s'en soit pas aperçu, depuis le temps. Lui, l'a toujours su. L'oncle Morgan n'essaiera jamais de trouver « Daddy plays the horn », il dit ça pour flatter Phil Sawyer — et si Phil Sawyer ne s'en rend pas compte, c'est que comme tous les autres, il ne prête pas assez attention à Morgan Sloat. L'oncle Morgan, intelligent et ambitieux (futé comme un renard et sournois comme un avocat, dit toujours Lily), le brave oncle Morgan ne retient jamais l'attention — l'œil glisse sur lui presque sans le voir. Jack est prêt à parier que ses professeurs avaient du mal à retenir son nom quand il était jeune.

— Tu imagines ce que ce gars serait là-bas ? dit l'oncle Morgan, accrochant pour une fois l'attention du petit Jack.

Toujours cette même hypocrisie dans la voix, mais ce n'est pas ça qui agite l'esprit de Jack et le fait serrer très fort son lourd jouet — c'est le mot *là-bas* qui frappe directement son cerveau et qui maintenant résonne comme un carillon. Parce que *là-bas*, c'est précisément le pays des Chimères de Jack. Il le comprend immédiatement. Son père et l'oncle Morgan ont oublié qu'il est derrière le canapé et vont parler du pays des Chimères.

Son père connaît donc le pays des Chimères ? Alors que Jack n'en aurait jamais parlé, ni à son père ni à sa mère. Si son père le connaît c'est qu'il le doit — c'est aussi simple que ça. Et ce qu'il entend maintenant — Jack le ressent émotionnellement plus qu'il ne l'entend — c'est que son père fait tout pour sauver le pays des Chimères.

Pour quelque raison difficile à exprimer, la conjonction Morgan Sloat-pays des Chimères met le petit garçon mal à l'aise.

— Dis donc, fait l'oncle Morgan, ce Dexter Gordon leur plairait drôlement, tu ne crois pas ? Ils le nommeraient sûrement Duc des Terres Dévastées[1], ou quelque chose comme ça.

— Sûrement pas, dit Phil Sawyer. Pas s'ils l'aiment autant que nous.

Mais l'oncle Morgan ne l'aime pas, Papa, se dit Jack, réalisant soudain que c'est très important. Il ne l'aime pas du tout, vraiment pas, il trouve cette musique bruyante, dérangeante, il pense que ça lui enlève quelque chose...

— Oh, tu les connais mieux que moi, dit l'oncle Morgan sur un ton apparemment décontracté.

— C'est parce que j'y suis allé plus souvent que toi. Mais tu fais ce qu'il faut pour me rattraper.

Jack comprend, à la façon dont il dit ça, que son père sourit.

— Oh j'ai appris quelques petites choses, Phil. Mais vraiment, tu sais... je ne te serais jamais assez reconnaissant de m'avoir fait connaître tout ça.

---

1. Allusion à Duke Ellington qu'on appelle souvent le Duke (duc) (N.d.T.).

Les quatre syllabes de *reconnaissant* sont chargées de fumée et de bruit de verre brisé.

Mais tous ces petits avertissements ne font qu'altérer superficiellement le plaisir intense, presque béat, de Jack. Il les entend parler du pays des Chimères. Que ce pays puisse exister est tout simplement magique ! Il ne comprend pas tout ce qu'ils disent, les termes et le vocabulaire qu'ils emploient sont trop compliqués pour lui, mais le petit Jack de six ans est tout de même assez âgé pour comprendre le sens général de leur conversation de grandes personnes, et il en éprouve du bonheur et de l'émerveillement. Le pays des Chimères existe et Jack le partage en quelque sorte avec son père. Ce qui explique en grande partie sa joie.

2

— J'aimerais tout de même avoir quelques précisions, dit l'oncle Morgan.

Et Jack visualise aussitôt le mot *précision* : des lignes qui s'enchevêtrent comme des serpents.

— Chez eux la magie remplace la physique, n'est-ce pas ? Une monarchie agraire qui utilise la magie à la place de la Science ?

— C'est ça, dit Phil.

— Et il y a tout lieu de croire que ça dure depuis des siècles. Leur vie est restée pratiquement la même.

— C'est vrai, à l'exception des soulèvements politiques.

Mais la voix de Morgan se tend et l'excitation qu'il tente de dissimuler claque comme des petits fouets à chaque consonne.

— Bon, oublions les histoires politiques. Suppose que nous pensions un peu à nous pour changer. Tu vas me dire — et je suis d'accord avec toi, Phil — qu'on a déjà bien réussi en dehors des Territoires et qu'on doit faire attention à la façon dont nous introduisons des changements là-bas. Je ne suis pas contre. J'éprouve la même chose que toi.

Jack *entend* le silence de son père.

— Bon, poursuit Sloat. Puisque nous sommes dans une situation fondamentalement avantageuse, pourquoi ne pas en faire profiter tous ceux qui sont de notre côté ? Sans renoncer aux bénéfices, soyons tout de même généreux envers eux. Nous sommes leurs débiteurs, Phil. Regarde ce qu'ils ont fait pour nous. Je crois que nous pouvons créer là-bas une situation réellement synergétique. Notre énergie peut alimenter la leur et il peut en sortir quelque chose que nous n'avons même jamais pu imaginer, Phil. Et finalement, nous aurons l'air généreux — ce que nous sommes vraiment — sans pour autant nous nuire à nous-mêmes.

Il doit se pencher en fronçant les sourcils et en joignant les mains.

— Bien sûr, je n'ai pas une vision globale de la situation, tu le sais, mais à vrai dire je crois que l'idée même de synergie est valable en soi. Phil, est-ce que tu te rends compte de tout le fric qu'on pourrait se faire si on leur apportait l'électricité ? Si on filait des armes modernes aux hommes ad hoc, là-bas ? Tu imagines un peu ? Ce serait terriblement impressionnant. *Terriblement.*

Le bruit mou et humide de ses mains qui claquent l'une contre l'autre.

— Je ne veux pas te prendre au dépourvu, mais j'ai pensé qu'il serait temps pour nous de réfléchir dans ce sens. De songer à nous impliquer davantage dans les Territoires.

Phil Sawyer ne dit toujours rien. L'oncle Morgan frappe à nouveau dans ses mains. Finalement, Phil Sawyer avance d'une voix prudente :

— Tu songes à nous impliquer davantage dans les Territoires ?

— Je crois en effet que c'est la direction à prendre. Et je peux te donner toutes mes raisons, Phil, mais ça ne devrait pas être nécessaire. Tu te souviens aussi bien que moi, j'en suis sûr, de la situation dans laquelle nous étions avant d'aller là-bas ensemble. On aurait peut-être pu réussir aussi bien tout seuls, peut-être, mais je dois avouer en ce qui me concerne que je suis très heureux de ne plus être l'imprésario de deux ou trois strip-teaseuses minables et de Little Timmy Tiptoe.

— Attends un peu, dit le père de Jack.

— Des avions, continue l'oncle Morgan. Est-ce que tu imagines des avions ?

— Attends, attends, Morgan. J'ai un tas d'idées qui à l'évidence ne t'ont pas encore effleuré.

— Je suis toujours prêt à entendre des idées nouvelles, dit Morgan d'une voix redevenue feutrée.

— Très bien. Mon cher associé, je crois que nous devons être très attentifs à ce que nous faisons là-bas. Je crois que n'importe quel changement important, véritable, que nous leur apportons peut se retourner contre nous et avoir, ici, des répercussions terribles.

— Quel genre de répercussions ? demande Morgan.

— La guerre par exemple.

— C'est idiot, Phil. On n'a jamais rien vu de... à moins que tu ne penses à Bledsoe...

— En effet, c'est à lui que je pense. Était-ce une coïncidence ?

Bledsoe ? se dit Jack. Il a déjà entendu ce nom, mais c'est vague dans sa mémoire.

— Écoute, tu exagères. C'était loin d'être une guerre. D'ailleurs je ne vois pas le lien.

— Vraiment ? Tu te souviens de ce qu'on nous a raconté sur cet Étranger qui avait assassiné le vieux roi des Territoires — il y a très longtemps ? As-tu entendu parler de ça ?

— Oui, il me semble bien, dit l'oncle Morgan, et Jack perçoit à nouveau la fausseté de sa voix.

La chaise de son père grince — il ôte les pieds de son bureau et se penche en avant.

— Cet assassinat déclencha une guerre mineure sur les Territoires. Les partisans du vieux roi durent réprimer une révolte fomentée par une poignée de nobles mécontents. Ils avaient espéré prendre le pouvoir et diriger le pays à leur guise — saisir les terres, confisquer les propriétés, jeter leurs ennemis en prison et s'enrichir.

— Eh, sois juste, interrompit Morgan. Moi aussi j'ai entendu parler de cette histoire. Ils voulaient aussi apporter de l'ordre dans ce système idiotement inefficace — la fin justifie parfois les moyens. Je comprends ça très bien.

— Ce n'est pas à nous de juger leur politique, tu as raison. Mais voilà où je veux en venir : cette mini-guerre qui eut lieu là-bas dura environ trois semaines. Quand elle fut terminée, on compta une centaine de morts, peut-être moins. Est-ce que tu sais quand cette guerre a commencé ? En quelle année ? Quel jour ?

— Non, grommela l'oncle Morgan d'une voix boudeuse.

— C'était le 1ᵉʳ septembre 1939. Dans notre monde, c'est le jour où l'Allemagne a envahi la Pologne.

Son père s'arrête de parler, et Jack, serrant son petit taxi noir, se met à bâiller silencieusement mais copieusement.

— C'est complètement dingue, sort enfin Morgan. Leur guerre aurait déclenché la nôtre ? Tu crois vraiment ça ?

— Oui, je le crois, dit le père de Jack. Je crois que ce qui n'était là-bas qu'une échauffourée de trois semaines a en quelque sorte déclenché chez nous une guerre qui a duré six ans et tué des millions de gens. Oui, Morgan.

— Eh bien... fait l'oncle Morgan, et Jack se rend compte qu'il commence à souffler comme un phoque.

— Et il y a autre chose encore. J'ai parlé de ça à un tas de gens des Territoires et j'ai le sentiment que l'étranger qui a assassiné le roi était un *véritable* Étranger, si tu vois ce que je veux dire. Ceux qui l'ont rencontré avaient l'impression qu'il n'était pas très à l'aise dans les vêtements des Territoires. Il agissait comme quelqu'un qui n'est pas au courant des coutumes locales — et il avait du mal avec la monnaie du pays.

— Ah.

— Oui. S'ils ne l'avaient pas mis en pièces, après qu'il eut poignardé le roi, nous pourrions en être sûr. Mais de toute façon, je suis certain qu'il était...

— Comme nous.

— Oui, comme nous. Un visiteur, Morgan, je crois que nous devons éviter d'intervenir là-bas. Parce que nous ne savons absolument pas quels effets ça peut avoir. A dire vrai, je crois que nous sommes en permanence affectés par des événements qui se déroulent sur les Territoires. Et devrais-je t'avouer encore une chose que tu vas probablement qualifier de dingue ?

— Pourquoi pas ? répond Sloat.

— Les Territoires ne sont pas le seul monde parallèle.

3

— Tu dis n'importe quoi !

— Je t'assure. C'est l'impression que j'ai eue à une ou deux reprises quand j'étais là-bas. Que je côtoyais un *autre* univers — les Territoires des Territoires.

Oui, se dit Jack, évidemment, c'est obligé, le pays des Chimères du pays des Chimères, un endroit encore plus beau, et au-delà il y a le pays du pays du pays des Chimères, et plus loin encore, un autre lieu encore plus beau...

Jack se rend compte pour la première fois qu'il a terriblement sommeil. *Le pays des Chimères du pays des Chimères.*

Et le voilà qui s'endort, le petit taxi noir contre son ventre, son corps ancré au plancher, à la fois lourd de sommeil et merveilleusement léger.

La conversation continue probablement — Jack doit en manquer une grande partie. Il se redresse et retombe, à la fois lourd et léger, pendant toute la deuxième face du disque « Daddy plays the horn », durant laquelle Morgan Sloat doit argumenter d'abord en douceur, mais en serrant drôlement les poings et en fronçant les sourcils, pour défendre son projet ; puis finir par s'autoriser à paraître convaincu et finalement persuadé par les doutes de son associé.

A la fin de cette conversation qui revient à la mémoire du Jack Sawyer de douze ans, tandis qu'il flotte dans la dangereuse zone située entre Oatley, New York et un village inconnu des Territoires, Morgan Sloat s'est autorisé à paraître non seulement *persuadé*, mais reconnaissant envers Phil de la leçon que celui-ci vient de lui donner.

Quand Jack se réveille, la première chose qu'il entend c'est son père qui demande :

— Dis donc, Jack a disparu, ma parole !

Et la deuxième chose, c'est l'oncle Morgan qui répond :

— Merde, tu as raison, Phil. Tu as une façon de voir le fond des choses que je trouve formidable.

— Bon sang, mais où est Jack ? dit son père et Jack s'agite derrière le divan, et se réveille pour de bon. Le taxi noir tombe sur le sol.

— Ah, Ah ! On espionne les grandes personnes, *peut-être* ?

— Tu es derrière le divan, mon fils ? demande Phil.

Bruits de chaises que l'on repousse et de personnes qui se lèvent.

Jack dit : Coucou et récupère son taxi noir. Il a les jambes raides, il va avoir des fourmis s'il se lève.

Son père rit. Des pas s'approchent. Le visage rouge et bouffi de l'oncle Morgan apparaît au-dessus du canapé. Jack étend les jambes en bâillant. Le visage de son père apparaît à côté de celui de Sloat. Il sourit. Pendant un moment les deux têtes des adultes semblent flotter au-dessus du canapé.

— Allez, marmotte, on rentre à la maison, dit son père.

Quand le garçon regarde le visage de l'oncle Morgan, il voit le calcul se glisser sous sa peau et ramper sous les joues rebondies comme un serpent sous un rocher. Il est redevenu le Papa de Richard, le gentil oncle Morgan qui fait toujours des cadeaux spectaculaires à Noël et aux anniversaires, le gentil oncle Morgan, toujours moite de sueur, qui passe si facilement inaperçu. Mais à quoi ressemblait-il avant ça ? *A un tremblement de terre, à un homme qui rampe au-dessus de la ligne de faille qu'il a derrière les yeux, à une mécanique qui a été remontée et qui est prête à exploser...*

— Que dirais-tu d'une bonne glace avant de rentrer à la maison ? demande l'oncle Morgan. Ça te dit ?

— Oui, dit Jack.

— D'accord, on va s'arrêter à la cafétéria qui est dans le hall, dit son père.

— Miam miam miam, fait l'oncle Morgan. Maintenant, on parle vraiment de synergie, ajoute-t-il, en souriant à Jack.

C'était arrivé quand il avait six ans, et cela arriva à nouveau au milieu de sa chute vertigineuse à travers les limbes. En même temps que le goût répugnant de l'élixir pourpre de Speedy lui remontait dans la bouche et dans les sinus, resurgit le souvenir de cet après-midi paresseux qui s'était déroulé six ans plus tôt. Il revit la scène, comme si le breuvage magique lui avait rendu la mémoire de tous ces événements qui défilèrent à toute vitesse, au moment même où il se disait que cette fois, ce jus dégueulasse allait à coup sûr le faire vomir.

Les yeux de l'oncle Morgan étaient fumeux et à l'intérieur de Jack, une question, fumeuse elle aussi, bien qu'exigeante, interrogeait et interrogeait sans cesse :

Qui agissait ?

Quels changements ? Quels changements ?

Qui est responsable de ces changements, papa ?

Qui

a tué Jerry Bledsoe ?

L'élixir magique se fraya un chemin de force dans la bouche du garçon, des fils piquants et nauséabonds s'infiltrant dans son nez, et juste au moment où Jack sentait la terre meuble céder sous ses mains il eut un haut-le-cœur et vomit. *Qu'est*-ce qui avait tué Jerry Bledsoe ? Un liquide pourpre et fétide jaillit de la bouche de Jack qui manqua s'étouffer et il recula instinctivement — les pieds et les jambes pris dans les herbes hautes et raides. Il se mit à quatre pattes et attendit, patient comme un mulet, bouche ouverte, un deuxième spasme. Son estomac se contracta et il n'eut pas le temps de gémir qu'un jet de liquide répugnant remonta dans sa gorge en lui brûlant l'œsophage et gicla au-dehors. Des fils roses et visqueux pendaient de ses lèvres et il les essuya d'un geste lent. Il frotta ses mains sur ses pantalons, Jerry Bledsoe oui, *Jerry* — qui avait toujours son nom marqué sur sa chemise comme les pompistes — Jerry, qui était mort quand... Le garçon secoua la tête et se passa à nouveau les mains sur la bouche. Il cracha dans un nid d'herbes dentelées qui sortait comme une cocarde gigantesque de la terre brune. Une espèce d'instinct animal qu'il ne comprit pas lui fit recouvrir la flaque de vomi rosâtre. Un autre réflexe lui fit frotter ses paumes contre ses pantalons. Il leva enfin les yeux.

Il était agenouillé, dans la lumière crépusculaire, au bord d'un chemin poussiéreux. L'horrible et monstrueux Elroy ne l'avait pas suivi, il s'en rendit compte immédiatement. Des chiens enfermés dans une espèce de grande cage en bois aboyaient et grognaient dans sa direction, poussant leur museau à travers les fentes de leur prison. Au-delà de ce chenil s'élevait une bâtisse en bois de forme incertaine et de là aussi montaient dans le ciel immense des grognements de chiens. Des grognements et autres bruits qui ressemblaient sans aucun doute à ceux que Jack avait entendus à travers le mur de la Taverne d'Oatley : des vociférations d'ivrognes qui braillaient et se querellaient. Un bar — ici, ils devaient appeler ça auberge ou estaminet, se dit Jack. A présent qu'il n'était plus écœuré par l'élixir de Speedy, il sentait des odeurs pénétrantes de levure, de malte et de houblon. Il ne pouvait laisser les hommes de l'auberge le découvrir.

Pendant un instant il s'imagina en train de courir loin de tous ces chiens qui aboyaient et grognaient à travers les fentes de leur cage, et il se releva. Il eut l'impression que le ciel culbutait et s'obscurcissait au-dessus de sa tête. Et chez lui, dans son univers, que se passait-il ? Un gentil petit désastre à Oatley ? Une gentille petite inondation peut-être, ou un mignon petit incendie ? Jack longea furtivement l'auberge et se mit à marcher en crabe dans les hautes herbes. Environ cinquante mètres plus loin, il aperçut des grosses chandelles qui brûlaient aux fenêtres d'une maison. De quelque part à sa gauche, lui parvenaient des odeurs de porcherie. Quand il eut franchi la moitié de la distance qui séparait la maison de l'auberge, les chiens cessèrent d'aboyer et il reprit la direction de la route de l'Ouest. La nuit était sombre et sans lune.

Jerry Bledsoe.

4

Il y avait d'autres maisons, que Jack ne vit que lorsqu'il eut presque le nez dessus. Mis à part les buveurs tapageurs qu'il laissait derrière lui à l'auberge, les paysans des Territoires se couchaient avec le soleil. Pas de bougies allumées aux petites fenêtres carrées. Les maisons étaient elles aussi carrées et sombres; situées de part et d'autre de la route de l'Ouest, curieusement éloignées les unes des autres — comme dans un jeu visuel de magazine pour enfant, quelque chose clochait, mais Jack ne trouvait pas ce que c'était. Rien n'était à l'envers, rien ne brûlait, rien n'était placé à un endroit extravagant. La plupart de ces maisons avaient des toits épais aux lignes floues qui ressemblaient à des meules de foin taillées en brosses, et Jack se dit que c'était probablement du chaume — il en avait déjà entendu parler mais n'en avait encore jamais vu. *Morgan,* se dit-il soudain avec un frisson de panique. *Morgan d'Orris* et il vit les deux hommes, celui qui avait des cheveux longs et une chaussure compensée et l'associé de son père, toujours suant et se défonçant au boulot, ne faire plus qu'un pendant un instant — Morgan Sloat avec une chevelure de pirate et boitant. Mais ce n'était pas Morgan — le Morgan de ce monde — qui était incongru dans ce paysage.

Jack passa devant une maison basse d'un étage qui ressemblait à un gigantesque terrier le lapin, bizarrement soutenu par de grosses poutres en

X. Cette demeure était elle aussi recouverte d'un toit de chaume. S'il s'était trouvé à la sortie d'Oatley et qu'il était passé — ou pour être plus près de la vérité, qu'il était passé comme une flèche — devant cette maison, qu'aurait-il aperçu à la fenêtre de ce terrier pour lapins géants ? Il le savait : l'écran fluorescent et mouvant d'un poste de télévision. Mais comme sur les Territoires la télévision n'existait pas, ce n'était certes pas l'absence d'écran coloré et lumineux qui le surprenait. C'était autre chose, quelque chose d'inhérent à n'importe quel groupe d'habitations et dont l'absence faisait comme un trou. Et on remarque un trou avant même d'identifier ce qui manque.

La télévision, des postes de télévision... Jack poursuivit son chemin et se trouva devant la porte d'entrée — à quelques centimètres seulement en retrait de la route — d'une autre demeure, tout aussi minuscule — une maison de nain. Celle-ci n'était pas recouverte de chaume ni de gazon. Jack sourit en lui-même — ce minuscule village lui rappelait Hobbiton. Un Hobbit poseur de câble allait-il soudain s'arrêter devant la porte pour dire à la dame de la... cabane ? de la... niche ? bref, pour dire : « Madame, nous installons un câble dans votre région, moyennant la modique redevance mensuelle de... nous faisons ça immédiatement... vous allez pouvoir capter quinze nouvelles chaînes, vous pourrez recevoir *Midnight Blue,* et toutes les chaînes sportives et météorologiques, ainsi que... ?

Et il comprit brusquement ce qui manquait au paysage. Il n'y avait pas de poteaux devant les maisons. Pas de fils ! Pas d'antennes de télévision qui encombraient le ciel, pas d'immenses pylônes en bois le long de la route de l'Ouest ; parce que dans les Territoires il n'y avait pas d'électricité. C'est la raison pour laquelle il ne s'était pas autorisé à identifier l'élément absent.

Or, Jerry Bledsoe était, entre autres, l'électricien et le factotum de la société Sawyer & Sloat.

5

Quand son père et Morgan Sloat avaient prononcé le nom de *Bledsoe,* il lui avait semblé l'entendre pour la première fois, mais maintenant qu'il s'en souvenait, il avait déjà dû l'entendre une ou deux fois. Car pour tout le monde, Jerry Bledsoe était avant tout *Jerry,* le nom inscrit sur la poche de sa salopette. « Jerry ne pourrait-il pas faire quelque chose pour l'air conditionné ? », « Demande s'il te plaît à Jerry d'huiler les gonds de cette porte qui grince, ça me rend dingue ». Et Jerry apparaissait, dans ses vêtements de travail impeccables et bien repassés, ses cheveux roux qui commençaient à se raréfier coiffés à plat, ses lunettes rondes qui lui donnaient un air sérieux, et réparait tranquillement ce qui n'allait pas. Il y avait une Mme Jerry qui veillait à ce que les plis de ses pantalons marron fussent impeccables, et plusieurs petits Jerry, que la société Sawyer & Sloat n'oubliait jamais à Noël. Jack était petit à l'époque, et il associait le nom de Jerry à l'éternel adversaire de Tom le chat ; il imaginait que Mme Jerry et les petits Jerry vivaient dans un trou de souris gigantesque auquel on accédait par une porte taillée en demi-lune dans le bois d'une plinthe.

Mais qui avait tué Jerry Bledsoe ? Son père et Morgan Sloat, toujours si gentils avec les enfants de Bledsoe au moment de Noël ?

Jack avançait dans les ténèbres de la route de l'Ouest, regrettant de s'être rappelé le factotum de Sawyer & Sloat, regrettant ne pas s'être immédiatement endormi derrière le canapé. Le sommeil, c'est ce qu'il désirait plus que tout maintenant — bien plus que le souvenir troublant de cette conversation qui avait eu lieu six ans plus tôt et qui le taraudait sans cesse. Jack se promit de trouver un endroit où dormir dès qu'il aurait fait au moins trois kilomètres après la dernière maison du village. Un champ ferait l'affaire, et même un fossé. Ses jambes refusaient d'avancer ; tous ses muscles, même ses os, semblaient peser le double de leur poids.

C'était arrivé peu après le jour où Jack, qui suivait toujours comme un toutou son père partout où il allait, avait vu celui-ci disparaître pratiquement sous ses yeux. Par la suite, Phil Sawyer s'était arrangé pour disparaître de sa chambre, de la salle à manger, de la salle de conférence de Sawyer & Sloat. Mais ce jour-là, il exécuta son tour de passe-passe, déroutant s'il en fût, dans le garage jouxtant leur maison de Rodeo Drive.

Jack, assis sur un petit monticule qui était ce qui pouvait le plus s'apparenter à une colline dans ce coin de Beverly Hills, vit — sans être vu — son père sortir de la maison, traverser la pelouse en cherchant dans ses poches des clés ou de la monnaie et pénétrer dans le garage par la porte de côté. La grande porte blanche du garage qui aurait dû s'ouvrir quelques secondes plus tard resta obstinément fermée.

Jack remarqua que la voiture de son père était restée garée à la même place depuis le samedi matin : contre le trottoir, juste en face de chez eux. Quant à celle de Lily, elle n'était plus là — sa mère, après avoir planté une cigarette entre ses lèvres, avait déclaré qu'elle se rendait à une projection de *La piste dans la poussière,* le dernier film du réalisateur des *Bien-aimés de la mort,* et personne, Dieu merci, ne s'était avisé de l'en empêcher. Le garage était donc vide.

Jack attendit quelques minutes mais ni la porte d'entrée, ni la porte de côté ne s'ouvrirent. Il se laissa alors glisser en bas du monticule herbeux, se dirigea vers le garage et y entra. Le vaste espace familier était complètement vide. Des taches d'huile constellaient le sol de ciment gris. Des outils étaient suspendus à des crochets métalliques encastrés dans les murs. Jack poussa un cri de surprise et appela : « Papa ? » en regardant une nouvelle fois autour de lui, pour être sûr. Il aperçut un grillon qui s'était réfugié dans l'ombre protectrice d'un mur et crut presque que c'était de la magie et qu'un méchant sorcier s'était manifesté et... le grillon qui avait atteint le mur se glissa dans une fente invisible. Non, son père ne s'était certainement pas métamorphosé en grillon. Bien sûr que non. « Eh » dit le garçonnet en s'adressant apparemment à lui-même. Il marcha à reculons jusqu'à la porte de côté et sortit du garage. Le soleil tombait sur les pelouses moelleuses et luxuriantes de Rodeo Drive. Il pouvait appeler quelqu'un, mais qui ? La police ? *Mon papa est entré dans le garage et je ne l'ai pas trouvé à l'intérieur et maintenant j'ai peur...*

Deux heures plus tard, Phil Sawyer réapparut au coin de Beverly Wilshire et remonta la rue jusqu'à chez lui. Il portait sa veste sur l'épaule et sa cravate était desserrée — donnant à Jack l'impression d'un homme qui revenait d'un voyage au bout du monde.

Jack descendit du poste d'observation où il attendait avec anxiété et se précipita sur son père.

— On peut dire que tu en fais des kilomètres, Jack la Vadrouille, lui dit Phil Sawyer en souriant. Je croyais que c'était l'heure de la sieste, mon garçon ?

En remontant l'allée, ils entendirent la sonnerie du téléphone et un instinct — peut-être celui de garder son père près de lui — fit souhaiter à Jack que le téléphone eût déjà sonné une dizaine de fois et que celui qui appelait eût raccroché quand ils arriveraient à la porte d'entrée. Son père lui ébouriffa les cheveux, mit sa grande main chaude sur sa nuque puis ouvrit la porte. Il atteignit l'appareil en cinq grandes enjambées.

— Oui, Morgan, entendit Jack. Oh, des mauvaises nouvelles ? Oui, vas-y, dis-moi.

Au bout d'un long silence pendant lequel Jack put entendre la voix grêle et nasillarde de Morgan se glisser dans les fils du téléphone, son père dit :

— Oh, Jerry. Mon Dieu ! Pauvre Jerry. J'arrive tout de suite.

Puis il le regarda dans les yeux, sans sourire, sans clin d'œil, sans rien faire que le regarder fixement.

— J'arrive, Morgan. Je prends Jack avec moi, il attendra dans la voiture.

Jack sentit ses muscles se relâcher, et fut tellement soulagé qu'il ne demanda même pas pourquoi il devait attendre dans la voiture, ce qu'il n'aurait manqué de faire habituellement.

Phil remonta Rodeo Drive jusqu'à l'hôtel Beverly Hills, tourna à gauche pour s'engager dans Sunset Boulevard, et prit la direction de l'immeuble où se trouvait son bureau. Il ne disait rien.

Il roulait à toute vitesse et fit prendre à sa voiture un brusque virage pour venir se garer sur le parking devant l'immeuble. Il y avait déjà là deux voitures de police, un camion de pompiers, la petite Mercedes blanche décapotable de Morgan et la vieille Plymouth rouillée à deux portes qui appartenait à Jerry. Juste à l'intérieur de la porte d'entrée, l'oncle Morgan discutait avec un policier qui hochait lentement, lentement la tête, à l'évidence en signe de sympathie. Le bras droit de Morgan entourait les épaules d'une jeune femme mince, vêtue d'une robe trop large pour elle, qui avait posé sa tête contre sa poitrine. Jack devina, en apercevant son visage à demi-caché par le mouchoir blanc qu'elle pressait sur ses yeux, que c'était Mme Jerry. Un pompier casqué en ciré poussait devant lui des morceaux de métaux et de plastique, des cendres et du verre brisé pour en faire un tas informe à l'autre bout du hall. Phil dit à Jack :

— Attends-moi ici une ou deux minutes, d'accord, Jacky ? et se précipita dans l'immeuble.

Une jeune femme chinoise, assise sur une butée en béton, parlait à un policier. Devant elle, gisait un objet tout tordu que Jack mit un moment à reconnaître comme étant une bicyclette. En respirant Jack sentit une odeur âcre de fumée.

Vingt minutes plus tard, son père et l'oncle Morgan sortirent de l'immeuble. Étreignant toujours Mme Jerry, Morgan fit un signe d'adieu aux Sawyer. Il conduisit la femme jusqu'à sa voiture de poche et lui ouvrit la portière. Le père de Jack fit le tour du parking avant de s'engager à nouveau dans la circulation de Sunset Boulevard.

— Jerry est blessé ? demanda Jack.

— Il y a eu un terrible accident, répondit son père. C'est l'électricité — l'immeuble aurait pu sauter.

— Jerry est blessé ?

— Le malheureux fils de pute est tellement blessé qu'il en est mort, répondit Phil Sawyer.

Jack et Richard mirent deux mois à reconstituer l'histoire d'après les conversations qu'ils purent surprendre. La mère de Jack et la gouvernante de Richard leur fournirent les détails supplémentaires — la gouvernante, quant à elle, les plus sanglants.

Jerry Bledsoe était venu travailler un samedi pour essayer de réparer quelque chose qui clochait dans le système de sécurité. Il n'avait pas voulu venir un jour de semaine pour ne pas gêner ou irriter les occupants de l'immeuble en trifouillant le mécanisme très délicat de ce système. Celui-ci était relié au tableau de bord électrique principal de l'immeuble, installé au rez-de-chaussée, derrière deux grands panneaux de bois amovibles. Jerry avait posé ses outils par terre et, après avoir vérifié que le parking était vide et que personne ne sursauterait quand l'alarme se déclencherait, avait enlevé les panneaux. Puis il était descendu téléphoner de la cabine du sous-sol, pour avertir le commissariat central de ne pas tenir compte des signaux d'alarme qui proviendraient de l'immeuble Sawyer & Sloat tant qu'il n'aurait pas rappelé. Au moment où il remontait pour s'attaquer au nid de fils enchevêtrés qui arrivaient de partout sur le tableau, une jeune femme de vingt-trois ans qui s'appelait Loretta Chang, entrait à bicyclette sur le parking — elle distribuait des prospectus publicitaires pour un restaurant qui devait s'ouvrir au coin de la rue, quinze jours plus tard.

Mlle Chang avait plus tard déclaré à la police qu'elle avait regardé à travers la porte vitrée et vu un ouvrier arriver dans le hall en venant du sous-sol. Juste avant que l'homme n'eût ramassé son tournevis et touché le tableau électrique, elle avait senti le sol du parking trembler sous ses pieds. Elle s'était dit que ce devait être un mini-tremblement de terre : ayant toujours vécu à Los Angeles, Loretta Chang ne s'inquiétait pas des frémissements sismiques qui ne faisaient rien tomber autour d'elle. Elle avait vu Jerry Bledsoe se remettre bien d'aplomb sur ses jambes (il l'avait donc senti lui aussi, bien que personne d'autre ne l'eût remarqué), hocher la tête, puis insérer délicatement la pointe de son outil dans le nœud de fils électriques.

C'est alors que l'entrée et le hall du rez-de-chaussée de l'immeuble Sawyer & Sloat devinrent le théâtre d'un holocauste.

Le tableau électrique se transforma aussitôt en un rectangle de flammes ; des arcs bleu-jaune qui ressemblaient à des éclairs jaillirent et encerclèrent l'ouvrier. Des sonneries électriques se mirent à hurler sans discontinuité : *OUIN OUINNNN OUINNN OUINNN* ! Un globe de feu de presque deux mètres de hauteur se détacha du mur, poussa de côté Jerry Bledsoe qui était déjà mort, et roula dans le hall en direction de la sortie. La porte d'entrée transparente éclata en mille morceaux de verre et de bois tordus et fumants. Loretta Chang laissa tomber sa bicyclette et se rua vers le taxiphone qui se trouvait sur le trottoir d'en face. Comme elle donnait aux pompiers l'adresse de l'immeuble, elle remarqua que sa bicyclette avait presque été pliée en deux par une force inconnue qui avait jailli de la porte, et vu le cadavre de Jerry Bledsoe osciller d'avant en arrière devant le panneau dévasté. Des milliers de volts se déversaient dans son corps, le contractant par chocs successifs et le faisant basculer d'avant en arrière par des poussées régulières. Tous le système pileux et la plupart des vêtements du malheureux étaient carbonisés et sa peau avait pris une couleur grise tachetée. Ses lunettes avaient fondu et un bloc de plastique brun se solidifiait sur son nez qu'il recouvrait comme un cataplasme.

Jerry Bledsoe. *Qui est responsable de ces changements, papa ?*

Jack fit marcher ses pieds pendant une demi-heure encore après la dernière maisonnette à toit de chaume.

Des étoiles inconnues formant des constellations inconnues brillaient dans le ciel au-dessus de sa tête — messages envoyés dans un langage qu'il ne comprenait pas.

CHAPITRE 12

JACK VA AU MARCHÉ

1

Cette nuit-là il dormit dans une meule de foin, délicieusement odorante, des Territoires, commençant d'abord par faire un trou dans la paille puis se retournant pour respirer l'air frais qui lui parvenait du tunnel qu'il avait creusé. Il tendit l'oreille avec appréhension, guettant les moindres bruits — il avait lu quelque part ou entendu dire que les rats des champs adoraient les meules de foin. S'il y en avait dans celle-ci, eh bien un gros rat des villes nommé Jack Sawyer les avait réduits au silence. Il se détendit peu à peu, sa main gauche épousant la forme de la bouteille de Speedy — il avait bouché le goulot avec une touffe de mousse cueillie dans un ruisseau où il s'était arrêté pour boire. Il se dit qu'il en était probablement tombé un peu au fond de la bouteille. Quel dommage, cela allait gâcher l'odeur piquante et le bouquet délicat de l'élixir !...

Tandis qu'il était allongé, enfin au chaud, engourdi de fatigue, le sentiment qui prévalait en lui était le soulagement... comme s'il avait eu des poids de cent kilos attachés à son dos dont une bonne âme l'aurait soulagé. Il était de retour sur les Territoires, l'endroit où des gens aussi charmants que Morgan d'Orris, Osmond l'homme au fouet, et Elroy l'homme-bouc étaient chez eux ; les Territoires, où tout pouvait arriver.

Mais les Territoires pouvaient être bénéfiques aussi. Il se rappela l'avoir su quand il était petit, quand tout le monde vivait en Californie et que personne n'avait jamais vécu ailleurs. Les Territoires pouvaient être bénéfiques, et il avait l'impression de le sentir tout autour de lui maintenant. Ce calme, cette exquise odeur de foin et la pureté de l'air...

Est-ce qu'une mouche ou un puceron éprouve un soulagement si une brise inattendue vient ployer la sarracénie pour que l'insecte pris au piège puisse s'en échapper ? Jack ne savait pas... mais il savait qu'il avait échappé à Oatley, qu'il était loin du club du Soleil et des vieillards qui pleuraient au-dessus de leur caddy, loin des relents de bière, des puanteurs de vomi... et, surtout, loin de Smokey Updike et de la Taverne d'Oatley.

Il se dit qu'il voyagerait peut-être un moment sur les Territoires, pourquoi pas ?

Et c'est en pensant cela qu'il s'endormit.

2

Il avait marché pendant peut-être quatre ou cinq kilomètres sur la route de l'Ouest le lendemain matin, jouissant du soleil et de la bonne odeur terreuse des champs presque prêts pour la moisson de fin de l'été, lorsqu'un chariot apparut et que son conducteur, un fermier barbu vêtu d'une espèce de toge et de culottes grossières s'arrêta et l'interpella :

— Tu vas au marché, petit ?

Jack le regarda d'un air effaré, pris de panique en se rendant compte que le bonhomme ne parlait pas anglais — ce n'était pas une expression archaïque telle que « où allez-vous de ce pas, gentil damoiseau ? », ce n'était pas de l'anglais *du tout.*

À côté du fermier il y avait une dame vêtue d'une robe volumineuse qui portait un gamin de trois ans sur les genoux. Elle sourit gentiment à Jack et, tournant les yeux vers son époux, lui dit :

— Il est simple d'esprit, Henry.

Ils ne parlent pas l'anglais... et pourtant je comprends leur langage. Je pense d'ailleurs dans cette langue... et ce n'est pas tout — je perçois dans cette langue, ou avec cette langue, zut, peu importe la façon de le dire.

Jack comprit que c'est ce qui s'était passé lors de son dernier séjour sur les Territoires, mais il avait été trop tourneboulé pour s'en rendre compte alors ; les choses avaient bougé trop vite, et tout lui avait paru étrange.

Le fermier se pencha sur lui. Il souriait, dévoilant une dentition épouvantable :

— Tu es simplet, mon garçon ? demanda-t-il gentiment.

— Non, répondit Jack, souriant du mieux qu'il put, conscient de ne pas avoir dit non, mais un mot des Territoires qui signifiait non — en passant d'un monde à l'autre, tout comme il avait changé de vêtements, il avait changé de langue et de façon de penser (ou du moins de façon de se représenter les choses — il n'avait pas ce mot dans son vocabulaire, mais comprenait ce qu'il signifiait).

— Je ne suis pas simple d'esprit, répondit-il, c'est seulement que ma mère m'a dit de me méfier des gens que je risquais de rencontrer sur la route.

Maintenant, la femme du fermier souriait largement :

— Ta mère a raison, dit-elle. Tu vas au marché ?

— Oui, dit Jack. C'est-à-dire que je vais vers... l'Ouest.

— Monte derrière, alors, dit Henry, le fermier. Faut profiter pendant qu'il fait jour. Je veux vendre ma marchandise pour être de retour chez moi avant le coucher du soleil. Mon maïs n'est pas très beau, mais c'est le dernier de la saison. De toute façon, c'est déjà une aubaine d'avoir du maïs le neuvième mois. Je trouverai peut-être un acheteur.

— Merci, dit Jack en grimpant à l'arrière du chariot. Les épis étaient attachés par douzaines avec des liens grossiers et entassés comme des fagots. Si ce maïs-là n'était pas beau, Jack se demandait ce que pouvait être une belle récolte — il n'avait jamais vu d'aussi gros épis de sa vie. Il y avait aussi des petits tas de courges, de potirons, et autres légumes qui ressemblaient à des citrouilles — sauf qu'elles étaient rouges et non orangées. Jack ne savait pas ce que c'était mais il était certain qu'elles avaient un goût exquis. Son estomac gargouillait bruyamment. Il avait découvert ce qu'était la faim depuis qu'il était sur la route — pas la sensation fugitive que l'on éprouve en sortant de l'école et que quelques biscuits et un verre de chocolat malté peuvent calmer, mais un besoin **profond** qui parfois s'éloigne sans jamais vous quitter vraiment.

Il était assis à l'arrière du chariot, ses pieds chaussés de sandales se balançant dans le vide, touchant presque la terre durcie de la route de l'Ouest. Il y avait beaucoup de circulation ce jour-là ; la plupart des véhicules devaient se rendre au marché, se dit Jack. De temps en temps Henry échangeait un salut avec quelqu'un de sa connaissance.

Jack était en train de se demander quel goût pouvaient avoir ces grosses citrouilles couleur de pomme — et tout simplement sous quelle forme se présenterait son prochain repas — quand de petites mains saisirent ses cheveux et tirèrent un bon coup — assez fort pour lui faire venir les larmes aux yeux.

Il se retourna et vit le bambin de trois ans, debout derrière lui, pieds nus, un grand sourire sur le visage et quelques mèches de cheveux dans chaque main.

— Jason ! s'écria sa mère — mais le reproche était teinté d'indulgence *(Vous avez vu comme il a arraché vos cheveux ! Dieu qu'il est fort !)* Jason, ce n'est pas gentil !

Jason, pas le moins du monde ébranlé, continua à sourire. Son sourire était lumineux, enjôleur, aussi doux que l'odeur du foin sur lequel Jack avait passé la nuit. Jack ne put s'empêcher de le lui rendre... et bien qu'il n'y eût chez lui aucune intention ni calcul, il vit qu'il s'était gagné, ce faisant, l'amitié de la femme d'Henry.

— Assis, dit Jason, en oscillant d'avant en arrière, dans un mouvement inconscient de vieux loup de mer. Il continuait à sourire à Jack.

— Hein ?

— Nou.

— Je ne comprends pas, Jason.

— Assis — nou.

— Je ne...

Et alors Jason, qui était très costaud pour ses trois ans, se laissa tomber dans le giron de Jack sans cesser de sourire.

— *Assis-genoux,* ah oui, je comprends, se dit Jack, sentant la douleur fulgurante de ses testicules se répandre dans son bas-ventre.

— Vilain Jason ! lui cria sa mère sur le même ton grondeur-indulgentn'est-il-pas-mignon... et Jason, qui savait à quoi s'en tenir, la gratifia de son irrésistible sourire.

Jack s'aperçut que Jason faisait pipi sur lui. Oui, sans aucun doute, il faisait pipi.

Bienvenue sur les Territoires Jacky-boy !

Et Jack, assis dans ce chariot, le bébé dans ses bras, la chaude humidité traversant lentement ses vêtements, se mit à rire, le visage tourné vers le ciel bleu, si bleu.

3

Quelques minutes plus tard, la femme d'Henry vint près de lui et lui reprit Jason.

— Oh le vilain, il a fait pipi ! dit-elle de sa voix indulgente. *C'est un sacré pipi qu'il a fait mon Jason !* pensa Jack qui se remit à rire. Ce qui déclencha le rire de Jason et Mme Henry se joignit à eux.

Tandis qu'elle changeait Jason, elle posa à Jack une série de questions — comme celles qu'on lui avait souvent posées dans son univers. Mais ici, il fallait répondre très prudemment. Il était un étranger, et ses questions comportaient peut-être un piège. Il entendit la voix de son père dire à Morgan : *un vrai Etranger, si tu vois ce que je veux dire.*

Il s'aperçut que le mari de la femme l'écoutait avec attention. Il agrémenta son histoire de quelques variantes. Pas l'histoire qu'il racontait quand il cherchait un job, l'autre, celle qu'il réservait aux types qui le prenaient en stop quand ils se montraient curieux.

Il lui dit qu'il venait du village de Toutes-Mains — la mère de Jason se souvenait vaguement avoir déjà entendu ce nom, mais sans plus. Et il avait fait tout ce chemin ? Jack lui dit que oui. Et où allait-il ? Il lui confia (ainsi qu'à Henry qui l'écoutait sans rien dire) qu'il se rendait dans un village qui s'appelait Californie. De celui-là, elle n'avait jamais entendu parler, même vaguement, par les colporteurs qui racontent parfois tant de choses. Jack n'en fut pas vraiment surpris... mais il fut heureux que ni l'un ni l'autre ne s'écrie : « Californie ? On n'a jamais entendu parler d'un village qui porte ce nom ! Tu nous racontes des bobards, fiston ! » Dans les Territoires il devait y avoir de nombreux endroits — des lieux-dits aussi bien que des villages — dont les gens qui vivaient dans leur petit coin n'avaient jamais entendu parler. Pas de pylônes. Pas d'électricité. Pas de cinémas. Pas de télévision à câbles pour leur faire connaître les merveilles de Malibu ou de Sarasota. Pas de pub sur les Territoires, pour annoncer qu'un appel téléphonique pour les Avant-Postes après 17 heures ne coûte que cinq dollars quatre-vingt-trois, plus les taxes, et que les prix sont plus élevés les veilles des fêtes religieuses et autres.

Ils vivent dans le mystère, se dit-il. Quand on vit dans le mystère, on ne s'étonne pas d'entendre le nom d'un village qui nous est inconnu. Californie ne leur paraît pas plus bizarre que Toutes-Mains.

Ils ne posèrent d'ailleurs aucune question. Il leur expliqua que son père était mort l'année précédente et que sa mère était très malade (il songea même à ajouter que les huissiers de la reine étaient venus au milieu de la nuit pour emporter leur âne, sourit, et se dit qu'il ferait peut-être mieux de laisser ça de côté). Sa mère lui avait donné tout l'argent qu'elle possédait (sauf que le mot qui correspondait à l'argent dans ce langage étrange n'était pas *argent* mais quelque chose qui ressemblait à *bâton*), et l'avait envoyé chez sa tante Hélène qui habitait le village de Californie.

— Il y a des moments difficiles dans la vie, dit Mme Henry en serrant Jason, qu'elle avait changé, très fort contre elle.

— Toutes-Mains n'est pas loin du Palais d'été, n'est-ce pas, mon garçon ?

C'était la première fois qu'Henry lui adressait la parole depuis qu'il l'avait invité à monter dans le chariot.

— Oui, dit Jack. C'est tout près C'est-à-dire...

— Tu ne nous as pas dit de quoi ton père était mort.

Maintenant il le regardait. Ses yeux étaient inquisiteurs et toute la bonté que Jack y avait vue s'était évanouie : soufflée de ses prunelles comme la flamme d'une bougie est éteinte par le vent. Oui, il y avait des pièges.

— Il était malade ? demanda Mme Henry. Il y a tant de maladies par les temps qui courent — la variole, la peste... La vie est dure...

Pendant un court moment de délire Jack eut envie de lui dire : *Non, Mme Henry, il n'était pas malade. Il s'est ramassé une décharge de volts dans le corps, mon père. Vous comprenez il est allé travailler un samedi en laissant Mme Jerry et tous les petits Jerry — moi inclus — à la maison. Ça s'est passé quand on vivait tous dans un trou de souris creusé dans une plinthe et que personne ne vivait ailleurs, vous voyez. Et vous savez quoi ? Il a enfoncé son tournevis dans un tas de fils électriques et Mme Feeny qui travaille chez Richard Sloat a entendu l'oncle Morgan parler au téléphone et il disait que l'électricité avait explosé, toute l'électricité, et que ça avait cramé mon père, qu'il avait tellement cramé que ses lunettes avaient fondu sur son nez, seulement vous ne savez pas ce que sont les lunettes puisque ça n'existe pas par ici. Pas de lunettes... Pas d'électricité... Pas de Midnight Blue... pas d'avion, Mme Henry. Ne finissez pas comme Mme Jerry. Ne...*

— Peu importe qu'il ait été malade... dit le fermier barbu. Etait-il un *politique* ?

Jack le regarda. Sa bouche s'ouvrit mais aucun son n'en sortit. Il ne savait pas quoi dire. Il y avait trop de pièges.

Henry hocha la tête, comme s'il avait répondu.

— Allez saute, petit. Descends. Le marché est juste après la prochaine côte. Tu peux bien faire ça à pied, non ?

— Oui, dit Jack. Je peux.

Mme Henry eut l'air embarrassée... mais elle serra Jason contre elle, l'éloignant de Jack comme si celui-ci avait une maladie contagieuse.

Le fermier, toujours regardant Jack par-dessus son épaule, sourit tristement.

— Je suis désolé, tu as l'air d'un brave petit, mais on est des gens sans histoires par ici — tout ce qui se passe là-bas sur la côte concerne les grands seigneurs. La reine va mourir ou ne va pas mourir... et bien sûr, elle devra mourir un jour. *Dieu enfonce tous ses clous tôt ou tard.* Et la seule chose que les petites gens récoltent quand ils se mêlent des affaires des grands, c'est de la souffrance.

— Mon père...

— Je ne veux rien savoir de ton père ! dit durement Henry.

Sa femme s'écarta de Jack, tenant toujours Jason sur son sein.

— Bon ou mauvais, je ne sais rien et ne veux rien savoir — tout ce que je sais c'est qu'il est mort, je ne crois pas que tu aies menti à propos de ça. Et à sentir toutes les odeurs qu'il dégage, je vois bien que son fils a couché sur la dure et qu'il en a vu des vertes et des pas mûres. Le fils ne parle pas comme les gens d'ici. Alors descends. Moi aussi j'ai un fils, comme tu le vois.

Jack descendit du chariot, désolé de voir la peur sur le visage de la jeune femme — une peur qu'il avait suscitée. Le fermier avait raison — les petites gens n'avaient rien à gagner à se mêler des affaires des grands. Pas s'ils étaient intelligents.

CHAPITRE 13

LES HOMMES DANS LE CIEL

1

Ce fut un choc pour Jack de découvrir que l'argent qu'il s'était donné tant de mal à gagner s'était transformé en *bâtons de bois*. Des petits jonchets qui ressemblaient à ses serpents articulés confectionnés par un artisan maladroit. Le choc fut cependant de courte durée et il parvint à rire tristement de lui-même. Ces jonchets étaient évidemment une monnaie d'échange. En arrivant ici, tout s'était métamorphosé. Son dollar en argent s'était transformé en une pièce frappée d'un griffon, sa chemise en justaucorps, l'anglais en langage des Territoires, et les bons vieux billets américains... en bâtonnets jointés. Il avait quitté son univers avec environ vingt-deux dollars en poche et il supposait, bien qu'il eût compté quatorze joints sur l'un des bâtonnets et vingt sur l'autre, que cela correspondait à la même somme en monnaie du pays.

Le problème n'était pas seulement celui de la valeur de l'argent — il avait très peu d'idées sur ce qui était cher et ce qui ne l'était pas, et il parcourait les allées du marché avec l'impression d'être un concurrent de la célèbre émission : *Combien ça coûte ?* — sauf que s'il se plantait ici, il n'obtiendrait aucun prix de consolation ni une claque dans le dos de Bob Barker, le non moins célèbre animateur ; s'il se plantait ici, ils pouvaient tout aussi bien... il ne savait pas exactement ce qu'ils pourraient lui faire. Le flanquer dehors, à coup sûr. Lui faire du mal, le rosser ? Peut-être. Le tuer ? Probablement pas, mais comment en être certain ? C'étaient des gens du peuple. Pas des politiques. Et il était étranger.

Jack déambulait lentement parmi la foule bruyante et active du marché, essayant de résoudre le problème. Son estomac occupait toute son attention — il mourait de faim. Il aperçut Henry qui marchandait avec un vendeur de chèvres. Mme Henry se tenait près de lui, un peu en retrait, laissant les hommes discuter entre eux. Elle tournait le dos à Jack et portait le bébé dans les bras — *Jason, l'un des petits Henry*, se dit Jack — et Jason le reconnut. Il agita sa petite main potelée vers lui et Jack s'éloigna très vite, mettant autant de monde que possible entre les Henry et lui-même.

Partout flottait une odeur de viande grillée. Jack vit des marchands qui tournaient lentement des quartiers de viande de bœuf sur des petits tas de braises ambitieuses ; il vit des commis poser d'épaisses grillades qui semblaient être du porc sur de grosses tranches de pain de ménage et les apporter aux acheteurs. Ils ressemblaient à des encaisseurs de vente aux enchères. La plupart des acheteurs étaient comme Henry des fermiers et ils réclamaient eux aussi la nourriture de la même façon que les participants d'une vente aux enchères — ils se contentaient de lever la main, doigts tendus, d'un geste impérieux. Jack observa attentivement plusieurs transactions et vit que chaque fois, les bâtonnets jointés servaient de monnaie d'échange... Mais combien de doigts fallait-il lever ? se demandait-il. Finalement ça n'avait plus d'importance : que sa façon de faire le désignât ou non comme étranger, il lui fallait manger.

Il passa devant un spectacle de mime, n'y jetant qu'un bref coup d'œil bien que l'auditoire nombreux qu'il attirait — femmes et enfants pour la plupart — s'esclaffât et applaudît avec enthousiasme. Il s'approcha d'un éventaire installé entre deux cloisons de toile grossière où un malabar aux biceps tatoués officiait à côté d'un fossé rempli de braises. Une broche d'environ deux mètres de long tournait au-dessus du brasier. A chaque extrémité de la broche se tenait un petit souillon. Cinq gigantesques rôtis étaient empalés sur toute la longueur de la broche que les gamins tournaient à l'unisson.

— Bonne viande ! criait le malabar à la cantonade. Bonnes grillades ! Achetez mes bonnes grillades ! *Booooonnes* grillades ! Venez goûter mes bonnes grillades !

S'adressant au gamin le plus proche de lui :

— Ne t'endors pas, Morbleu !

Puis il reprit son boniment.

Un fermier qui passait avec sa fille, une adolescente, leva la main puis désigna le second morceau à partir de la gauche. Le commis s'arrêta de tourner la broche, assez longtemps pour que le patron coupe une tranche de viande dans le rôti et la pose sur un morceau de pain. L'un des garçons courut l'apporter au fermier qui sortit un bâtonnet jointé. Jack, qui suivait tous ses mouvements avec attention, le vit briser deux petits tronçons de bois et les tendre au jeune commis. Tandis que celui-ci retournait en courant à sa tâche, le client, comme n'importe quel homme remettant la monnaie dans sa poche, empocha ce qui lui restait du bâtonnet d'un geste absent mais précis, mordit une grosse bouchée dans sa tartine de viande et tendit le reste à sa fille qui l'imita avec presque autant d'enthousiasme.

L'estomac de Jack poussait des gargouillis désespérés. Il avait vu ce qu'il devait faire... du moins l'espérait-il.

— Bonnes grillades ! Bonnes grillades ! Bonnes...

Le malabar s'interrompit et baissa les yeux sur Jack, ses sourcils touffus se rejoignant au-dessus de ses yeux qui étaient petits mais loin d'être stupides.

— J'ai entendu ton estomac chanter, mon ami. Si tu as de l'argent, je ferai affaire avec toi et demanderai à Dieu de te bénir ce soir dans mes prières. Si tu n'en as pas, alors ôte ta stupide face de mouton de ma vue et va au diable !

Les deux petits rôtisseurs éclatèrent de rire, malgré leur évident épuisement — ils riaient comme s'ils n'avaient aucun contrôle des sons qu'ils émettaient.

L'odeur affolante de la viande qui grillait doucement eut raison des craintes de Jack. Il tendit le plus court de ses bâtonnets et désigna le second rôti à partir de la gauche. Il ne prononça pas un mot. Il lui paraissait plus prudent de ne pas parler. Le marchand poussa un grognement, ressortit son couteau rudimentaire, qu'il avait glissé dans sa ceinture, et en découpa une tranche — plus petite que celle qu'il avait coupée pour le fermier, remarqua Jack ; mais son estomac se fichait de ce genre de détail, il gargouillait de joie anticipée.

Le marchand flanqua la viande sur un morceau de pain et vint l'apporter lui-même à Jack. Il prit le bâtonnet que celui-ci lui tendait et en coupa trois tronçons au lieu de deux.

La voix de sa mère, amèrement ironique, s'éleva dans son esprit : *Bravo, Jacky-boy... Tu t'es bien fait baiser.*

Le marchand le fixait, souriant autour d'une bouche pleine de chicots noircis, le mettant au défi de dire quoi que ce soit, de protester. Tu devrais m'être reconnaissant de n'avoir pris que trois tronçons et non les quatorze. J'aurais pu, tu sais. Car tu pourrais aussi bien porter un écriteau autour de ton cou avec : JE SUIS ÉTRANGER ET JE SUIS SEUL. Alors dis-moi, face de mouton : t'as envie de me faire des histoires ?

Qu'il en eût envie ou non n'avait aucune importance — à l'évidence, il ne pouvait pas faire d'histoires. Et il ressentit une fois de plus une colère impuissante bouillir en lui.

— Allez, dit le marchand, qui en avait assez de le voir. Tu as eu à manger, maintenant file d'ici !

Et il agita sa grosse patte devant le visage de Jack. Ses doigts étaient couverts de cicatrices et il avait du sang sous les ongles.

Jack se dit : *Il suffirait que je brandisse une torche électrique pour que tu te sauves comme si tu avais tous les démons de la terre à tes trousses. Il suffirait que je te montre un avion pour que tu deviennes fou. Tu n'es pas aussi balaize que tu le crois, mon pote.*

Il sourit, et peut-être y avait-il quelque chose dans son sourire qui déplaisait au marchand car il recula devant Jack, l'air momentanément embarrassé. Puis ses gros sourcils se hérissèrent à nouveau.

— File d'ici ! hurla-t-il. File d'ici, Morbleu !

Et cette fois, Jack ne se fit pas prier.

2

La viande était délicieuse. Jack engloutit la tartine et se lécha les doigts le plus naturellement du monde en poursuivant son chemin... La viande avait vraiment le goût du porc et pourtant pas tout à fait. C'était une saveur plus riche, plus intense. Que ce fût du porc ou non, cela combla le gouffre de son estomac avec autorité. Jack se dit qu'il en emporterait volontiers un stock pour remplacer le casse-croûte quotidien qu'il mangeait à l'école.

A présent qu'il avait fait taire son estomac — pour un petit moment du moins — il était enfin capable de s'intéresser à ce qui se passait autour de lui... et sans le savoir, il faisait maintenant partie de la foule des badauds. Parmi les autres paysans, il était comme eux, déambulant dans ce marché, passant devant les éventaires, essayant de regarder partout à la fois. Des colporteurs le reconnaissaient, mais comme un pigeon potentiel parmi les autres. Ils l'interpellaient comme ils interpellaient tous ceux — n'importe qui : homme, femme, enfant — qui passaient devant eux. Jack contemplait, franchement éberlué, toutes les marchandises étalées autour de lui, des choses à la fois étranges et merveilleuses, et au milieu des curieux ébaubis et séduits comme lui, il cessait d'être un étranger — peut-être parce qu'il ne faisait plus d'effort pour paraître blasé dans un lieu où personne n'avait l'air blasé. Les gens riaient, se querellaient, marchandaient... mais personne n'avait l'air de s'ennuyer. Le marché lui rappelait le Pavillon de la reine, sans toutefois l'atmosphère tendue et trépidante qui régnait là-bas — le même mélange incongru d'odeurs flottait partout (où dominait celle de la viande grillée et du fumier) ; la même foule bigarrée aux vêtements de couleur (bien que les mieux vêtus de ces paysans ne pussent soutenir la comparaison — en matière d'élégance — avec les dandies rencontrés à l'intérieur du pavillon) ; la même juxtaposition à la fois troublante et comique du parfaitement normal et de l'extrêmement bizarre.

Il s'arrêta devant une échoppe où un homme vendait des tapis sur lesquels était tissé le portrait de la reine. Jack ne put s'empêcher de penser à la mère d'Hank Scoffler et de sourire. Quand Richard Sloat et Jack vivaient à Los Angeles, Hank était l'un de leurs petits copains. Et Mme Scoffler avait, en matière de décoration, le goût le plus kitsch qu'on pût imaginer. Mon Dieu, comme elle aurait adoré ces tapis, avec l'image de Laura DeLoessian, les cheveux tressés en couronne royale ! Ça valait largement ses peintures sur velours représentant le cerf royal de l'Alaska ou le diorama sur céramique, accroché derrière le bar de son salon, et qui figurait la Cène !...

Puis le visage tissé parut se transformer devant lui. Les traits de la reine s'estompèrent pour laisser place à ceux de sa mère, reproduits sur tous les tapis, les yeux trop foncés, la peau trop blanche.

Une fois de plus, le besoin de revoir sa mère l'envahit, déferlant en lui comme une vague, et dans son cœur il l'appela : *Maman ! Eh, Maman ! Bon Dieu qu'est-ce que je fiche ici ? Maman !* Comme n'importe quel amoureux transi il se demanda ce qu'elle faisait en ce moment, à cette minute même. Etait-elle assise à la fenêtre en train de contempler l'océan en fumant une cigarette, un livre ouvert à côté d'elle ? Regardait-elle la télévision ? Etait-elle au cinéma ? En train de dormir ? De mourir ?

Morte ? ajouta une voix malfaisante avant qu'il ne pût l'arrêter. *Morte, Jack. Déjà morte ?*

Arrête.

Il sentit les larmes lui piquer les yeux.

— Pourquoi si triste, mon petit ?

Surpris, Jack leva la tête et vit que le marchand de tapis le dévisageait. Il était aussi grand que le vendeur de viande et ses bras étaient également tatoués, mais son sourire était chaleureux. Aucune méchanceté dans ce sourire. Ça faisait une sacrée différence !

— Ce n'est rien, dit Jack.

— Si tu fais cette tête avec rien, tu ferais mieux de penser à quelque chose, mon fils.

— J'ai l'air tellement malheureux ? demanda Jack avec un petit sourire.

Sa façon de parler elle aussi était devenue naturelle — du moins pour le moment — et c'est peut-être la raison pour laquelle le marchand de tapis ne remarqua rien de bizarre dans son intonation.

— Cher petit, tu as tout simplement l'air de quelqu'un qui n'a plus qu'un seul ami sur cette face de la lune et qui voit le Grand Ours Blanc du Grand Nord en train de le déguster avec une cuillère en argent.

Jack sourit à nouveau. Le marchand de tapis se retourna pour prendre un objet sur son petit étal placé à droite de la plus grande tapisserie — un objet ovale muni d'une courte poignée. Il le retourna et le soleil étincela — c'était un miroir. Pour Jack, ce n'était qu'un objet sans valeur, le genre de truc que l'on peut gagner dans une kermesse en lançant cinq anneaux à la file autour d'une bouteille.

— Tiens, petit, dit l'homme. Regarde-toi dedans, et vois si je n'ai pas raison.

Jack fit ce qu'il disait et l'image qu'il vit dans le miroir le laissa tellement abasourdi qu'il eut l'impression que son cœur s'était arrêté de battre. C'était bien lui, mais il avait l'air d'un personnage de l'île du plaisir, dans la version Walt Disney de *Pinocchio ;* d'un de ces garçons qui à force de trop jouer au billard et fumer des cigares avaient été transformés en ânes. Ses yeux, normalement bleus et ronds, de par son héritage anglo-saxon, étaient devenus marron et bridés. Sa tignasse emmêlée, retombant sur son front, avait tout l'air d'une crinière. Il leva la main pour l'écarter mais ses doigts ne rencontrèrent que la peau — alors que dans le miroir ils paraissaient disparaître dans les cheveux. Il entendit le rire de satisfaction du marchand. Mais plus surprenant encore : la paire de longues oreilles d'âne qui retombait de chaque côté de son visage ! Et tandis qu'il s'examinait, fasciné, l'une d'elles se redressa.

Il pensa soudain : J'EN POSSÉDAIS un comme ça !

Et immédiatement après : *Dans le pays des Chimères, j'en possédais un comme ça. Dans l'autre univers, c'était un... c'était un...*

Il ne devait pas avoir plus de quatre ans à l'époque. Dans l'autre univers (sans même s'en rendre compte il avait cessé d'y penser comme l'univers de la réalité), c'était une grosse bille de verre, rose au centre. Un jour qu'il jouait dans l'allée devant chez lui, elle avait roulé sur le ciment et avant qu'il ait pu la rattraper, était tombée dans un trou d'égoût. Elle était partie —

pour toujours — s'était-il dit alors, assis au bord du trottoir, le visage caché dans les mains et pleurant toutes les larmes de son corps. Mais elle n'avait pas disparu ; il retrouvait maintenant son précieux trésor, aussi merveilleux aujourd'hui qu'il l'avait été pour lui quand il n'avait que trois ou quatre ans. Il sourit, enchanté. Et l'image se transforma à nouveau, et Jacky-l'âne devint Jacky-le chat, au visage sage et secrètement ironique. Ses yeux marron devinrent verts comme ceux de Tom-le chat. Et à la place des longues oreilles pendantes se dressaient des petites choses coquines, grises et veloutées.

— Je préfère ça, dit le marchand. Je préfère vraiment ça, mon gars. J'aime te voir joyeux. Un garçon joyeux est un garçon en bonne santé, et un garçon en bonne santé trouve sa voie dans le monde. C'est écrit dans le *Livre du Bon Fermier,* et si ça n'y est pas, ça devrait l'être. Je vais peut-être le griffonner sur l'exemplaire que je possède, si j'arrive à tirer assez d'argent de mes citrouilles pour en acheter un exemplaire. Tu veux le miroir ?

— Oui ! s'écria Jack. Oh oui, c'est super !

Il chercha des bâtonnets dans ses poches. Envolées, ses velléités d'économies !

— C'est combien ? demanda-t-il.

Le marchand fronça les sourcils et regarda furtivement autour de lui pour voir si on l'observait.

— Range-le bien, mon fils. Cache-le bien, surtout. Si tu montres le peu que tu as, le peu que tu as tu perdras. Les larrons sur le marché sont légion.

— Quoi ?

— Rien. Je ne te le vends pas. Je te le donne. La plupart se brisent à l'arrière de mon chariot quand je les transporte dans mon échoppe, le Dixième mois. Et quand les mères m'amènent leurs petiots, ils se regardent dedans mais ne veulent pas les acheter.

— Vous au moins vous êtes franc ! fit Jack.

Le marchand le regarda, l'air un peu surpris, et ils éclatèrent tous deux de rire.

— Je vois que tu es un joyeux garçon avec une langue bien pendue, dit l'homme. Reviens me voir, mon fils, quand plus vieux et plus audacieux tu seras. Ta bouche me servira, vers le Sud on ira, et la vente de nos marchandises on triplera.

Jack se tordait. Question *Rap,* ce type n'avait rien à envier à Sugarhill Gang.

— Merci, dit-il. (Un grand sourire invraisemblable était apparu sur la petite gueule du chat du miroir.) Merci beaucoup.

— Rends grâce à Dieu, dit le marchand... puis, après une hésitation... et surveille ton trésor.

Jack s'éloigna, glissant soigneusement le petit miroir dans son justaucorps, à côté de la bouteille de Speedy.

Et toutes les cinq minutes, il plongeait la main dans sa poche pour s'assurer que ses bâtonnets étaient toujours là.

Il avait fini par deviner ce que « larron » signifiait.

3

Deux éventaires plus loin, un homme à l'allure dépravée — bien différent du marchand de tapis poète — avec un bandeau sur l'œil et une forte odeur d'alcool se dégageant de sa personne, essayait de vendre un gros coq à un fermier. Il lui disait que s'il achetait ce coq pour ses poules, celles-ci pondraient des œufs à deux jaunes pendant toute l'année.

Jack, pourtant, ignora le coq et le boniment de son propriétaire. Il se joignit à un groupe d'enfants qui s'ébaudissaient devant l'attraction vedette du marchand borgne : un perroquet dans une grande cage en osier. Il était presque aussi grand que le plus jeune des gamins de la bande, et aussi vert foncé et lustré qu'une bouteille de Heineken. Ses yeux étaient couleur d'or éclatant... ses quatre yeux. Comme le poney qu'il avait aperçu dans l'écurie du pavillon, le perroquet avait deux têtes. Il agrippait son perchoir de ses deux grosses pattes jaunes et regardait d'un air placide des deux côtés à la fois, ses deux huppes se touchant presque.

L'oiseau se parlait à lui-même, au grand amusement des enfants — mais ce qui surprit le plus Jack, c'est que les gosses, bien qu'intéressés, n'avaient pas l'air étonnés ou émerveillés par le spectacle. Ils n'étaient pas comme les enfants qui voient un film pour la première fois, pétrifiés sur leur fauteuil, dévorant l'écran des yeux, mais plutôt comme ceux qui prennent leur dose hebdomadaire de dessins animés le mercredi après-midi à la télévision. C'était un prodige, oui, mais ce n'était pas nouveau pour eux. Et qui se lasse le plus rapidement des choses prodigieuses, sinon les enfants ?

— *Broaaaak !* C'est haut comment ? demanda Tête-Gauche.

— Très très bas, répondit Tête-Droite, et les enfants s'esclaffèrent.

— *Groaaaak !* Quelle est la grande vérité des nobles ? demandait à présent Tête-Gauche.

— C'est qu'un roi sera roi toute sa vie, et qu'un homme ordinaire devra se contenter de le rester.

Jack sourit et quelques enfants éclatèrent de rire, les autres eurent l'air déconcerté.

— Et qu'y a-t-il dans l'armoire de Mme Spratt ? demandait maintenant Tête-Gauche.

— Un spectacle qu'aucun homme ne verra jamais ! fit Tête-Droite, et bien que Jack fût dérouté par sa réponse, tous les autres enfants éclatèrent de rire.

Le perroquet pivota solennellement sur son perchoir et lâcha quelques crottes sur la paille au-dessous de lui.

— Qu'est-ce qui a effrayé à mort Alan Destry l'autre nuit ?

— Il a vu sa femme — *Groaaaak !* — sortir de son bain !

Le fermier s'éloigna, laissant le coq au vendeur borgne. Celui-ci se tourna vers les gosses et leur cria d'un air furieux :

— Fichez le camp d'ici ! Fichez le camp avant que je vous mette le cul au carré !

Les gosses s'éparpillèrent. Jack fila lui aussi, en jetant par-dessus son épaule un dernier regard au perroquet merveilleux.

4

A un autre éventaire, un peu plus loin, Jack échangea deux tronçons de bâtonnet contre une pomme et une louche de lait — le lait le plus délicieux et le plus onctueux qu'il eût jamais bu. Il se dit que s'il y avait eu le même chez lui, Nestlé et compagnie auraient fait faillite en huit jours ! Il était en train de finir de boire quand il aperçut la famille Henry qui marchait lentement dans sa direction. Il rendit la louche à la laitière qui reversa économiquement ce qui restait dans une grande bassine à côté d'elle.

Jack se dépêcha de filer ; il essuya sa moustache de lait en espérant que personne ayant bu à la louche avant lui n'eût la lèpre ou de l'herpès ou quelque chose comme ça. Mais il se dit que des maladies aussi affreuses n'existaient probablement pas par ici.

Il remonta l'allée principale, repassa devant les mimes, devant deux grosses matrones qui vendaient des pots et des poêlons (*les Tupperware des Territoires,* se dit Jack, ce qui le fit sourire), devant le merveilleux perroquet à deux têtes (maintenant, son propriétaire borgne buvait sans se cacher à une gourde d'argile, en arpentant comme un fou son échoppe, tenant son coq ahuri par le cou et interpellant agressivement les passants — Jack remarqua que le bras droit décharné de l'homme était recouvert de guano blanc-jaunâtre et fit la grimace — il passa devant une place où des fermiers s'étaient rassemblés. Il s'arrêta là un moment par curiosité. De nombreux fermiers fumaient des pipes en terre, et Jack vit circuler plusieurs gourdes d'argile comme celle que le vendeur d'oiseaux brandissait. Dans un long champ herbeux, des hommes faisaient tirer des pierres à de grands chevaux à poils longs qui avaient l'air triste et le regard doux et stupide.

Jack repassa devant l'éventaire du marchand de tapis. Celui-ci le vit et leva la main. Jack leva la sienne et faillit lui dire : *Tu peux en user, mais pas en abuser,* mais décida de s'abstenir. Il se rendit soudain compte qu'il avait le cafard. Le sentiment d'être étranger, d'être différent, l'envahit à nouveau.

Il arriva à un croisement. La route qui allait du nord au sud était à peine plus importante qu'un chemin de terre. La route de l'ouest était bien plus large.

Le vieux Jack la Vadrouille, se dit-il en essayant de sourire. Il redressa les épaules et entendit la bouteille de Speedy cliqueter contre le miroir. *Et voilà le vieux La Vadrouille sur la version « Territoires » de l'autoroute I-90.*

Ne me laissez pas tomber, mes petits pieds chéris !

Il se remit en route, et s'enfonça bientôt dans les vastes plaines de ses rêves.

5

Environ quatre heures plus tard, au milieu de l'après-midi, Jack était assis dans les herbes hautes qui bordaient la route et regardait au loin des hommes qui escaladaient une haute tour qui n'avait guère l'air stable — à cette distance, ils étaient à peine plus gros que des punaises. Il avait choisi cet endroit pour se délasser et manger sa pomme car c'est là que la route de l'Ouest était le moins loin de la fameuse tour. Elle était au moins encore à cinq kilomètres de distance (peut-être davantage — la surnaturelle transparence de l'air rendait difficile l'évaluation des distances), mais Jack l'avait vue depuis plus d'une heure déjà.

Jack mangea sa pomme, reposa ses pieds fatigués et se demanda ce que pouvait bien être cet édifice qui se dressait tout seul au milieu des herbes ondoyantes. Et bien sûr, il se demandait aussi pourquoi ces hommes grimpaient dessus. La tour se trouvait sous le vent par rapport à lui et le vent n'avait cessé de souffler depuis qu'il avait quitté la ville du marché. Chaque fois qu'il y avait une accalmie, il les entendait de loin s'interpeller et rire. Ils riaient beaucoup.

A environ huit kilomètres du marché, Jack avait traversé un hameau — si la définition de hameau s'appliquait à une minuscule agglomération de cinq petites maisons et d'un magasin qui était, à l'évidence, fermé depuis belle lurette. Ces demeures étaient les dernières habitations humaines qu'il avait rencontrées. Un peu avant d'apercevoir la tour, il se demandait justement si, sans s'en rendre compte, il avait déjà atteint les Avant-Postes. Il se souvenait que le capitaine Farren lui avait dit : *Au-delà des Avant-Postes, la route de l'Ouest ne mène nulle part... sinon en enfer. J'ai entendu dire que Dieu lui-même ne s'aventurait jamais au-delà des Avant-Postes...*

Jack frissonna un peu.

Mais il ne pensait pas avoir été si loin. En tout cas, il n'éprouvait absolument aucune angoisse comparable à celle qui l'avait étreint avant d'être attaqué par les arbres vivants de la forêt où il s'était caché pour échapper à la diligence de Morgan... Cette forêt maléfique, qui maintenant lui paraissait un hideux prologue à son séjour à Oatley.

Au contraire, toutes les sensations agréables qu'il avait éprouvées depuis qu'il s'était réveillé bien au chaud et reposé dans sa meule de foin, jusqu'au moment où le fermier Henry l'avait invité à descendre de son chariot, étaient réapparues. Il avait l'impression profonde que les Territoires, en dépit du mal qu'ils pouvaient abriter, étaient fondamentalement bénéfiques, et qu'il pouvait s'y intégrer chaque fois qu'il le désirait... et qu'il n'était pas du tout un Étranger...

Cela faisait déjà un bon moment qu'il avait le sentiment de *faire partie* des Territoires. Tandis qu'il cheminait d'un bon pas sur la route de l'Ouest, une pensée pour le moins bizarre lui avait traversé l'esprit, une pensée qui lui était venue à moitié en anglais et à moitié dans le dialecte des Territoires :

Quand je rêve, le seul moment où je SAIS vraiment que je rêve, c'est le moment où je commence à me réveiller. Si je suis en train de rêver et que je me réveille brusquement — si par exemple le réveil sonne, alors je tombe littéralement des nues. Au début, c'est le réveil qui semble un rêve. Et quand le rêve est profond, je ne suis pas étranger ici — est-ce bien ça que je veux dire ? Non, mais ça y ressemble. Je parie que mon père rêvait souvent et profondément. Et je parie que l'oncle Morgan ne rêve presque jamais.

Il avait pris la décision de boire une gorgée d'élixir magique pour repasser dans l'autre univers, dès qu'il verrait quelque chose qui risquait d'être dangereux... ou qui tout simplement lui faisait peur. Sinon, il avait l'intention de marcher toute la journée sur les Territoires et de ne retourner à New York que le soir. En fait, il aurait bien été tenté de passer la nuit ici s'il avait eu autre chose à manger que sa pomme. Mais ce n'était pas le cas, et il n'y avait ni restoroute ni station-service le long du large chemin de terre désert qui avait pour nom la route de l'Ouest.

Depuis que Jack avait laissé derrière lui le dernier hameau, les arbres centenaires qu'il avait vus autour de la ville du marché et des croisées de chemins avaient disparu pour laisser place, de part et d'autre de la route, à une vaste campagne herbeuse. Il avait l'impression d'avancer sur une interminable jetée traversant un océan infini. Il était seul ce jour-là sur la route de l'Ouest, marchant dans le vent frais, sous un ciel lumineux et ensoleillé. (On était fin septembre maintenant, pas étonnant qu'il fît frais, se dit-il, sauf que le mot qui lui vint à l'esprit n'était pas septembre, mais ce qui lui correspondait en dialecte des Territoires : *neuvième mois.*) Il ne rencontra aucun piéton, ni chariot, vide ou chargé. La bise soufflait presque sans arrêt, soupirant dans l'océan d'herbes avec des plaintes étouffées, à la fois solitaires et automnales. De grandes vagues ondoyaient dans les herbes.

Si on lui avait demandé : « *Comment te sens-tu Jack ?* » Il aurait répondu : « Pas mal, merci. Je me sens joyeux. » Joyeux était vraiment le mot qui lui serait venu à l'esprit tandis qu'il cheminait dans cette campagne déserte ; *ravissement* était le mot qu'il associait volontiers au dernier tube de musique pop interprété par le groupe rock Blondie. Il aurait été très surpris si on lui avait dit qu'il avait pleuré à plusieurs reprises en contemplant ces grandes vagues qui se poursuivaient jusqu'à l'horizon, devant un spectacle que peu d'enfants américains avaient l'occasion de voir : d'immenses étendues de terre sous un vaste ciel bleu d'une profondeur, oui, d'une profondeur vertigineuse. Un ciel dont le dôme n'était traversé par aucun jet et dont le bord n'était pas ourlé de la brume du smog.

Jack vivait une expérience sensorielle extraordinaire ; il voyait, entendait, respirait des choses toutes nouvelles pour lui, tandis que d'autres, auxquelles il était habitué, lui manquaient pour la première fois.

C'était un enfant très avancé pour son âge : élevé à Los Angeles par un père impresario et une mère actrice de cinéma, il eût été surprenant qu'il fût un enfant naïf — mais avancé ou non, il n'était tout de même qu'un enfant, ce qui présentait un avantage indéniable... du moins dans une situation comme celle-ci. Chez un adulte, un voyage solitaire à travers la campagne déserte aurait à coup sûr déclenché des sensations trop fortes, peut-être même une impression hallucinante de frôler la folie. Une heure — peut-être même moins — après avoir quitté la ville du marché, un adulte aurait saisi la bouteille de Speedy — probablement avec des doigts trop tremblants pour la tenir fermement.

Dans le cas de Jack, le choc avait traversé sa conscience presque sans laisser de trace, pour aller se nicher directement dans son subconscient. C'est la raison pour laquelle il ne sentait pas couler ses larmes quand il pleurait de bonheur (et quand à un certain moment sa vision se fit double, il crut que c'était dû à la sueur). Il se disait seulement : *Mon Dieu, comme je me sens bien... Je devrais pourtant flipper comme un fou dans ce désert, et pourtant je ne flippe pas.*

C'est ainsi que Jack, petit garçon solitaire sur la route de l'Ouest, avec son ombre qui s'allongeait de plus en plus derrière lui, considérait le ravissement dans lequel il se trouvait comme un état de joyeuse satisfaction. Il ne lui venait pas à l'esprit que cette euphorie était due au fait que moins de douze heures plus tôt il était encore prisonnier de la Taverne d'Oatley (il avait encore sur les doigts les ampoules que le dernier fût y avait laissées) ; que moins de douze heures plus tôt il échappait de justesse à un monstre sanguinaire qui était une espèce de « bouc-garou » ; que pour la première fois de sa vie il marchait sur une grande route complètement déserte : qu'il n'y avait aucun panneau Coca-Cola en vue ; ni d'affiche montrant le fameux-destrier-célèbre-dans-le-monde-entier de *Budweiser ;* pas de fils ubiquistes longeant la route, ou se croisant au-dessus d'elle, comme il en avait toujours vus sur *toutes les autres routes sur lesquelles il avait voyagé ;* il n'y avait rien qui ressemblât au bruit, même lointain, d'un avion, sans parler du grondement de tonnerre des 747 approchant l'aéroport de Los Angeles ou les F 111 qui décollaient en trombe de la station navale de Portsmouth et qui claquaient aussi fort que le fouet d'Osmond quand ils passaient au-dessus de l'Alhambra en direction de l'Atlantique : il n'y avait que le bruit de ses pas sur la route et le souffle pur de sa respiration.

Mon Dieu, comme je me sens bien, se dit Jack, en s'essuyant les yeux d'un geste distrait, et en définissant son aventure comme quelque chose de « joyeux ».

6

Et maintenant, il y avait le spectacle de la tour qui ne laissait de l'intriguer.

Ben dis donc, c'est pas moi qui monterait sur ce truc-là, se disait Jack. Il avait rongé la pomme jusqu'au trognon et, sans quitter la tour des yeux ni même penser à ce qu'il faisait, creusa un trou avec ses doigts dans la terre meuble et y enterra le trognon.

La tour semblait construite en planches et Jack se dit qu'elle devait bien avoir cent cinquante mètres de haut.

C'était un grand parallélépipède vide, les planches croisées s'élevant, X après X, sur ses quatre faces. Il y avait une plate-forme au sommet et Jack vit en clignant des yeux un certain nombre d'hommes se balader tout en haut.

Le vent soufflait doucement quand il s'assit au bord de la route, les bras autour de ses genoux repliés contre sa poitrine. Une grande ondulation traversa l'herbe en direction de la tour. Jack sentit son estomac se retourner en imaginant ce que l'on devait éprouver au sommet de cet édifice branlant qui oscillait dans le vent.

JAMAIS je ne ficherai les pieds sur ce truc-là, se dit-il, *même pas pour un million de dollars.*

Et maintenant, ce qu'il redoutait depuis qu'il avait vu des hommes en haut de la tour arriva : l'un d'eux tomba.

Jack se leva d'un bond. Son visage atterré avait l'expression de tous ceux qui bouche bée ont assisté au cirque à une acrobatie qui tourne au vinaigre — l'acrobate qui tombe et se retrouve en petit tas informe sur la piste, le trapéziste qui rate son trapèze au vol et tombe avec un bruit mat sur le filet, la pyramide humaine qui s'écroule inopinément, les corps s'effondrant les uns sur les autres —

Oh zut, oh merde, on.

Les yeux de Jack s'agrandirent soudain et sa bouche s'ouvrit encore davantage — jusqu'à ce qu'elle touche presque sa poitrine —, remonta dans les coins et s'épanouit en un sourire incrédule, médusé. L'homme n'était pas tombé, le vent ne l'avait pas poussé. De chaque côté de la plate-forme il y avait des espèces d'avancées qui ressemblaient à des plongeoirs — et l'homme avait tout simplement marché jusqu'au bout d'une de ces planches souples, et sauté. A mi-chemin, quelque chose avait commencé à se déployer — un parachute, s'était dit Jack, mais il n'aurait jamais le temps de s'ouvrir...

Mais ce n'était pas un parachute.

C'était des ailes.

Quand il se trouva à environ quinze mètres des hautes herbes, l'homme ralentit. Puis remonta. Il volait vers le ciel maintenant, les ailes s'élevant si haut qu'elles se touchaient presque — comme les deux huppes du perroquet à deux têtes qu'il avait vu à la foire — et redescendaient ensuite avec une force fantastique, comme les bras d'un nageur à la fin d'un sprint.

Ah ben ça alors ! se dit Jack, incapable de trouver autre chose tant il était sidéré. Ça surpassait tout ; c'était vraiment un comble. *Ben ça alors ! T'as vu ça ? Ah ben ça alors !*

Du sommet de la tour un deuxième homme s'élançait maintenant, puis un troisième et un quatrième. En moins de cinq minutes, il dut bien y avoir une cinquantaine d'hommes volants, faisant des figures compliquées mais précises, passant et repassant au-dessus de la tour, retombant de l'autre côté, faisant des huit, retournant à la tour, se posant sur la plate-forme, et recommençant.

Ils virevoltaient, dansaient, se croisaient dans l'espace. Jack, ravi, se mit à rire avec délices. Ça ressemblait un peu aux ballets nautiques des vieux films d'Esther Williams. Ces nageuses — surtout Esther Williams, évidemment — donnaient l'impression que c'était très facile, que vous-même auriez pu plonger et tournoyer comme elles, que vous-même et quelques copains auriez pu sauter simultanément des deux extrémités opposées d'un plongeoir et effectuer une danse aérienne représentant une fontaine humaine.

Mais il y avait pourtant une différence. Ces hommes qui volaient au loin, ne donnaient pas l'impression que c'était sans effort ; ils paraissaient dépenser une énergie prodigieuse pour rester dans l'air et Jack eut soudain la certitude qu'ils accomplissaient des mouvements aussi pénibles que certains exercices de gymnastique — quand il faut, par exemple, lever les jambes ou faire de longues séries d'abdominaux. *Pas de progrès sans effort !* rugissait le prof si quelqu'un avait le toupet de se plaindre.

Un autre souvenir lui revenait en mémoire — le jour où sa mère l'avait emmené voir son amie Myrna, une *vraie* danseuse qui s'entraînait dans un studio de danse de Wilshire Boulevard. Myrna faisait partie d'une troupe de ballet et Jack l'avait vue danser avec les autres danseurs — sa mère l'obligeait souvent à l'accompagner car elle s'y enquiquinait à mourir — presque autant qu'à l'église ou pendant les émissions éducatives de la télé du matin. Mais il n'avait jamais vu Myrna s'entraîner... jamais d'aussi près. Il avait été impressionné et quelque peu effrayé par le contraste qui existait entre la scène, où tous paraissaient glisser et se mouvoir sans effort sur les pointes, et le studio, où il les voyait à moins d'un mètre cinquante, sous la lumière crue qui tombait des immenses fenêtres qui allaient du plancher au plafond, et sans musique, avec seulement le chorégraphe qui frappait dans ses mains et qui leur hurlait des critiques impitoyables. Jamais de compliments, que des critiques. Les visages dégoulinants. Les maillots trempés de sueur. La salle, bien que vaste et aérée, puant la sueur. Les muscles luisants tremblaient et palpitaient, à la limite de l'épuisement. Les tendons ressortaient comme des câbles étanches. Des veines en relief battaient sur les fronts et sur les cous. A part les battements de mains et les remarques acerbes et impérieuses du maître de ballet, les seuls bruits que l'on entendait étaient le bruit mat des pointes des danseurs qui évoluaient sur le parquet et leurs halètements rauques et déchirants. Jack avait alors compris que les danseurs ne faisaient pas que gagner leur vie ; ils se tuaient. Il se rappelait surtout l'expression de leurs visages — toute cette concentration, cet épuisement, toutes ces souffrances... mais, transcendant la souffrance, ou tout au moins rôdant autour de ses limites, il avait vu de la joie. Et c'est cette expression de joie qui avait effrayé Jack, car elle lui avait paru inexplicable. Quel genre de personne pouvait jouir en se soumettant à une torture aussi atroce ?

Et ce qu'il voyait là était aussi de la souffrance, se dit-il. Ces hommes étaient-ils vraiment ailés comme les personnages des vieilles séries télévisées de *Flash Gordon*, ou étaient-ils comme Icare et Dédale, qui portaient des ailes attachées dans le dos ? Jack décida que ça n'avait finalement aucune importance... du moins pour lui.

De la joie.

Ils vivent dans un mystère. Ces gens vivent dans un mystère.

C'est la joie qui les anime.

C'était cela l'essentiel, la joie qui les animait. Qu'importait si les ailes leur poussaient sur le dos ou si elles tenaient grâce à un système de boucles et d'attaches. Car ce qu'il voyait, même à cette distance, c'était un effort identique à celui dont il avait été témoin autrefois dans le studio de danse de Wilshire Boulevard : un investissement excessif d'énergie dispensé dans le seul but de lancer un splendide et éphémère défi aux lois de la nature. Un tel déploiement d'énergie pour quelque chose qui durait si peu de temps était terrible ; que des gens aient envie de se mettre au défi était à la fois terrible et merveilleux.

Et ce n'est qu'un jeu, se dit Jack. Il en fut persuadé tout à coup. Un jeu, et peut-être même pas — ce n'était peut-être qu'un entraînement en vue d'un spectacle, comme ce qu'il avait vu au studio de danse. Un entraînement pour préparer un spectacle qui n'intéresserait que quelques personnes pendant un court laps de temps.

La joie, se dit-il à nouveau, debout maintenant, le visage levé pour regarder ces hommes volant au loin, le vent rabattant ses cheveux sur son front. Le temps de son innocence était sur le point de s'achever (Jack lui-même aurait reconnu de mauvaise grâce qu'il en sentait la fin approcher — un jeune garçon ne pouvait voyager sur les routes, ne pouvait vivre des expériences comme celle qu'il avait vécue à Oatley, et s'attendre à rester innocent et naïf) ; pourtant pendant des instants tels que celui-ci où il regardait le ciel, l'innocence première semblait lui être revenue, comme ce jeune pêcheur du poème d'Elisabeth Bishop, qui ne voyait autour de lui, en ce bref moment d'épiphanie, qu'arc-en-ciel, arc-en-ciel, arc-en-ciel.

Joie — mais c'est un mot vachement joyeux !

Se sentant mieux qu'il ne s'était jamais senti depuis que tout avait commencé — et Dieu seul sait à quel moment ça avait commencé — Jack se remit en route vers l'Ouest, le pas léger, le visage radieux, un sourire béat sur les lèvres. De temps à autre, il regardait par-dessus son épaule, et il continua de voir les hommes volants pendant encore un long moment. L'air des Territoires était si pur qu'il paraissait presque agrandir les images. Et l'impression de joie demeura, comme un arc-en-ciel à l'intérieur de sa tête, même après qu'il eut cessé de les voir.

7

Quand le soleil commença de descendre, Jack se rendit compte qu'il repoussait son retour dans l'autre monde — celui des Territoires *américains* — et pas seulement à cause du goût répugnant de l'élixir magique. Il le repoussait car il n'avait nulle envie de partir d'ici.

Un ruisseau avait surgi de la prairie (où des petits bosquets d'arbres avaient commencé d'apparaître — des arbres flexibles aux étranges cimes plates, comme des eucalyptus) et fait un crochet vers la droite de sorte que son cours longeait la route. Un peu plus loin sur sa droite, Jack aperçut une immense étendue d'eau. Tellement immense d'ailleurs, que Jack avait cru, jusqu'à une heure plus tôt, que c'était un morceau de ciel un peu plus bleu que le reste. Mais ce n'était pas le ciel ; c'était un lac. Un grand lac, se dit-il, souriant lui-même de la plaisanterie. Il pensa que le « double » de cette étendue d'eau devait être le lac Ontario dans l'autre monde.

Il se sentait bien. Il marchait dans la bonne direction — peut-être un peu trop vers le nord, mais il ne doutait pas que la route de l'Ouest bifurquerait bientôt. Cet état euphorique — qu'il qualifiait de joyeux — s'était quelque peu apaisé et il se sentait maintenant calme et serein, impression délicieuse, ô combien, et aussi pure que l'atmosphère des Territoires. Quelque chose pourtant vint troubler cette merveilleuse euphorie : le souvenir... *(six ans, il a six ans, Jack a six ans)* de Jerry Bledsoe. Pourquoi son esprit se donnait-il tant de mal pour faire remonter ce souvenir enfoui ?

Non — pas un souvenir... deux souvenirs. D'abord Richard et moi en train d'entendre Mme Feeny raconter à sa sœur que l'électricité s'était éteinte et qu'il avait été électrocuté, et que ses lunettes avaient fondu sur son nez, qu'elle avait entendu M. Sloat le dire au téléphone... et celui du jour où, allongé derrière le canapé, sans intention de me cacher pour écouter, j'ai entendu mon père qui disait : « Tout porte à conséquences, et certaines de ces conséquences peuvent être très déplaisantes. » Et ça avait dû être très déplaisant pour Jerry Bledsoe, n'est-ce pas ? Quand les lunettes se mettent à fondre sur le nez, je dirais qu'il s'est passé quelque chose de très déplaisant, oui...

Jack s'arrêta. S'arrêta net.

Qu'est-ce que tu essayes de dire ?

Qu'est-ce que tu essayes de dire, Jack. Ce jour-là, ton père était parti — et Morgan aussi. Ils étaient venus ici. Où ça, ici ? Je crois qu'ils se trouvaient dans un endroit des Territoires qui correspond à leur immeuble en Californie. Et ils ont dû faire quelque chose ; du moins l'un d'eux a fait quelque chose. Peut-être quelque chose de grave, peut-être rien d'autre que lancer une pierre... ou enterrer un trognon de pomme. Et cette action a, en quelque sorte, eu une répercussion là-bas. Une répercussion qui a tué Jerry Bledsoe.

Jack frissonna. Oh oui, il comprenait pourquoi il avait eu tant de mal à retrouver ce souvenir — le petit taxi noir, le murmure des deux hommes, Dexter Gordon qui jouait du saxo. Son esprit avait refoulé ce souvenir parce que (qui est responsable de ces perturbations, papa ?) cela signifiait que le seul fait d'être ici pouvait avoir des répercussions terribles dans l'autre monde. Déclencher la Troisième Guerre mondiale ? Non, probablement pas. Il n'avait assassiné aucun roi, jeune ou vieux. Mais qu'est-ce qui pouvait donc avoir entraîné la mort de Jerry Bledsoe ? L'oncle Morgan avait-il assassiné le Double de Jerry (s'il avait eu un Double) ? Ou avait-il essayé de vendre à un type important des Territoires le concept d'électricité ? Ça avait peut-être été quelque chose d'anodin... aussi anodin qu'acheter une tranche de viande au marché d'une petite ville ? Qui était responsable de ces perturbations ? *Qu'est-ce qui* déclenchait ces perturbations ?

Une jolie petite crue. Un mignon incendie.

Soudain Jack se sentit assoiffé.

Il s'approcha du ruisseau qui coulait le long de la route, se laissa tomber à genoux et plongea la main dedans pour y puiser de l'eau. Sa main se glaça aussitôt. Le ruisseau qui coulait doucement avait pris les couleurs du soleil couchant... mais les couleurs se teintèrent brusquement de rouge, à tel point que l'on eût dit un ruisseau de sang. Puis l'eau noircit. Pour redevenir transparente un moment plus tard et Jack vit...

Un petit cri lui échappa quand il vit la diligence de Morgan tirée par un équipage de douze chevaux écumants, coiffés d'un plumet noir, rouler à grand fracas sur la route de l'Ouest. Jack terrifié faillit s'évanouir quand il s'aperçut que le cocher assis sur le siège avant de la diligence, les pieds bottés sur le garde-boue, et qui sans cesse faisait claquer son fouet, était Elroy. Et ce qui tenait le fouet n'était pas une main mais une espèce de sabot. Elroy conduisait cette diligence de cauchemar. Elroy souriait, sa gueule s'ouvrant sur une rangée de crocs pourris ; Elroy qui n'avait qu'une seule idée en tête, retrouver Jack Sawyer, fendre le ventre de Jack Sawyer et lui sortir les tripes.

Jack se pencha sur le ruisseau, les yeux exorbités, la bouche tremblant d'effroi et d'horreur. Quelque chose dans cette vision l'avait frappé, ce n'était qu'un détail, mais tellement effrayant : les yeux des chevaux paraissaient rougeoyer. Ils paraissaient rougeoyer parce qu'ils reflétaient la lumière — la lumière du couchant.

La diligence allait, elle aussi, vers l'Ouest, par la même route... et elle le poursuivait.

Jack s'éloigna du ruisseau en rampant, pas certain de tenir debout même s'il le fallait, et se fraya un chemin dans les herbes jusqu'à la route. Il se laissa tomber de tout son long dans la poussière, la bouteille de Speedy et le miroir du marchand de tapis lui rentrant dans l'estomac. Il colla l'oreille contre la terre.

Il perçut un grondement continu dans le sol dur et sec. Un grondement distant... mais qui se rapprochait.

Elroy sur le siège extérieur... et Morgan à l'intérieur. Morgan Sloat ? Morgan d'Orris ? Quelle importance ? Ils ne faisaient qu'un.

Jack dut faire un effort pour briser l'effet hypnotique que le grondement exerçait sur lui et se remit debout. Il sortit la bouteille de Speedy — elle était la même sur les Territoires et aux Etats-Unis — de son justaucorps et enleva tout ce qu'il put de la mousse qui était enfoncée dans le goulot sans prendre garde aux brins qui tombaient dans le peu de liquide qui restait — pas plus de cinq centimètres maintenant. Il regarda nerveusement sur sa gauche, comme s'il s'attendait à voir la diligence noire apparaître à l'horizon, les yeux des chevaux reflétant le soleil couchant, et étincelant comme d'étranges lanternes. Evidemment, il ne vit rien. Comme il l'avait déjà remarqué, l'horizon sur les Territoires était plus proche et les sons portaient plus loin. La diligence de Morgan devait être à quinze kilomètres à l'est, peut-être même à vingt-cinq.

Il est tout près, se dit Jack et il leva la bouteille. Au moment où elle touchait les lèvres, son esprit lui cria : *Eh, attends une minute. Fais gaffe, idiot, tu veux te faire écraser ?* Il aurait l'air malin, n'est-ce pas, si en décollant au milieu de la route de l'Ouest, il se retrouvait là-bas au milieu d'une autoroute quelconque, risquant de se faire écraser par un poids lourd roulant à tout berzingue ou par un camion de livraison.

Il se traîna jusqu'au bord de la route... et fit une vingtaine de pas dans l'herbe épaisse, pour plus de sûreté... Il prit une profonde respiration, inhalant la merveilleuse odeur de cet endroit, essayant de retrouver cette impression de sécurité... cette impression d'arc-en-ciel.

Faut que j'essaye de me rappeler l'état dans lequel j'étais, se dit-il. *J'en aurai peut-être besoin... et je ne reviendrai peut-être pas avant un bon bout de temps.*

Il regarda autour de lui les prairies qui s'assombrissaient tandis que la nuit venant de l'est les recouvrait peu à peu. Le vent frais chargé d'odeurs lui ébouriffait les cheveux — véritable tignasse maintenant — et balayait les herbes.

Tu es prêt, Jacky-boy ?

Jack ferma les yeux et évita de penser au goût répugnant et au vomissement qui risquait de suivre.

— Banzaï, murmura-t-il, et il but.

CHAPITRE 14

BUDDY PARKINS

1

Il vomit un filet de bave pourpre, le visage à quelques centimètres de l'herbe qui recouvrait le haut talus du bas-côté d'une autoroute, secoua la tête et se mit à genoux, tournant le dos au lourd ciel gris. Le monde, ce monde-ci, puait. Jack recula un peu pour s'éloigner des fils de bave accrochés aux brins d'herbe, et l'odeur nauséabonde se modifia sans diminuer pour autant. Des effluves d'essence et autres poisons sans nom flottaient dans l'air ; et l'air lui-même exhalait un souffle fatigué, épuisé — même les bruits qui montaient de la route punissaient cet air moribond. L'envers d'un panneau de signalisation, tel un gigantesque écran de télévision, se dressait au-dessus de sa tête. Jack se leva en chancelant. Au loin, de l'autre côté de la route, étincelait une étendue d'eau sans fin, à peine plus grise que le ciel. Une espèce de luminescence maligne luisait à sa surface. De là aussi, s'élevait une odeur de limure de métal et de vapeurs d'exhaure. Le lac Ontario : la petite ville tapie là-bas devait être Olcott ou Kendall. Il s'était détourné de son chemin (un détour de cent cinquante kilomètres au moins) et avait perdu quatre jours et demi. Jack avança sous le panneau, espérant que ce n'était pas davantage, et leva la tête pour déchiffrer les lettres noires. Il s'essuya la bouche. ANGOLA. Angola ? Où est-ce que ça se trouvait ? Il essaya de distinguer la petite ville à travers l'atmosphère enfumée qu'il commençait presque à trouver supportable.

Et Rand McNally, son inestimable compagnon, lui révéla que l'étendue d'eau qu'il voyait au loin était celle du lac Érié — et qu'au lieu d'avoir perdu du temps, il en avait gagné.

Mais avant de décider s'il valait mieux après tout retourner sur les Territoires dès qu'il serait hors de danger — c'est-à-dire dès que la diligence de Morgan aurait depuis longtemps dépassé l'endroit d'où il avait décollé — avant de prendre la décision, papa, avant même de commencer à y songer, il devait descendre dans la petite ville enfumée d'Angola pour se rendre compte si Jack Sawyer, Jacky-boy, avait déclenché des perturbations. Il commença à descendre le talus, un jeune garçon de douze ans en jeans et chemise à carreaux, grand pour son âge, pas très soigné, l'air soudain bien trop soucieux.

A mi-chemin, il s'aperçut qu'il avait recommencé à penser en anglais.

2

Quelques jours plus tard, bien à l'ouest d'Angola, un homme qui s'appelait Buddy Parkins prit en stop sur l'autoroute 40, à la sortie de Cambridge dans l'Ohio, un grand garçon qui disait s'appeler Lewis Farren et qui arborait le même air trop soucieux. Ce gamin donnait vraiment l'impression d'avoir le visage rongé par l'inquiétude : *Détends-toi, fils, si tu ne le fais pas pour les autres, fais-le au moins pour toi,* avait-il envie de dire au jeune garçon. Mais à entendre son histoire, ce gosse avait eu son compte de problèmes. Une mère malade, un père mort, voilà qu'on l'expédiait à une tante institutrice à Buckeye Lake... Lewis Farren avait de quoi être soucieux. Il avait l'air de ne pas avoir vu un billet de cinq dollars depuis Noël. Pourtant... tout de même... Buddy se disait que ce petit Farren lui avait raconté des bobards.

D'abord, il dégageait une odeur de ferme, pas de ville. Buddy Parkins et ses frères possédaient trois cents acres de terres pas loin d'Amanda, à environ cinquante kilomètres au sud-est de Colombus, et Buddy ne pouvait se tromper là-dessus. Ce gosse dégageait la même odeur que Cambridge, et Cambridge c'était la campagne. Buddy avait grandi au milieu d'odeurs de ferme, de basse-cour, de fumier, de maïs, et de plants de petits pois, et les vêtements sales de ce gamin étaient imprégnés de toutes ces odeurs qui lui étaient familières.

Quant à ses vêtements, Mme Farren devait être drôlement mal en point, se dit Buddy, pour envoyer son fils en voyage avec des jeans tellement raides de crasse que les plis avaient l'air d'être en bronze. Et ses chaussures ! Les baskets de Lewis Farren tenaient à ses pieds par miracle, les lacets étaient tout collés et le tissu était déchiré à plusieurs endroits.

— Alors ils sont venus rechercher la voiture de ton père, c'est bien ça, Lewis ? demanda Buddy.

— Oui, ils ont fait ça — ces sales lâches sont venus après minuit et l'ont volée dans notre garage. Je trouve qu'ils n'avaient pas le droit de faire ça. Pas à des gens qui triment dur et qui ont l'intention de payer leurs traites dès qu'ils le pourront. Moi, je trouve. Vous êtes pas d'accord, vous ?

Le visage honnête et hâlé du gosse était tourné vers lui comme s'il s'agissait du problème le plus important qui se soit posé depuis l'amnistie de Nixon ou peut-être même de la baie des Cochons, et l'instinct de Buddy le poussait à acquiescer — il était enclin à être d'accord avec n'importe quelle opinion émise par un gamin qui sentait si bon la ferme.

— Quand on réfléchit bien, je suppose qu'il y a toujours deux aspects à chaque chose, dit en hésitant Buddy Parkins, quelque peu partagé.

Le garçon battit des paupières et reporta son attention sur la route. Buddy Parkins sentit l'angoisse du garçon et le nuage d'inquiétude qui semblait flotter au-dessus de lui et regretta presque de ne pas lui avoir donné la réponse dont il paraissait avoir besoin.

— Je suppose que ta tante est institutrice à l'école communale de Buckeye Lake, dit Buddy, espérant ainsi soulager en partie le chagrin de Lewis. Parlons de l'avenir et pas du passé.

— Oui, monsieur, c'est ça. Elle enseigne à l'école communale. Elle s'appelle Helen Vaugham.

Son expression ne changea pas.

Mais Buddy l'avait entendu — sans se prendre pour Henry Higgins, le professeur de la fameuse comédie musicale *My Fair Lady,* il entendait bien que ce jeune Lewis Farren ne parlait pas du tout comme un natif de l'Ohio. La voix du gosse ne collait pas, elle était trop pointue et montait et descendait là où il ne fallait pas. Il ne parlait pas comme les gens de l'Ohio. Et surtout pas comme les gens de la campagne de l'Ohio. Il avait un accent. Ou alors, était-il possible que certains garçons de Cambridge parlent comme ça ? Pour se donner un genre ? Buddy se dit que ce devait être ça.

Il y avait aussi ce journal que Lewis Farren n'avait pas ôté de dessous son bras gauche depuis qu'il était monté en voiture et qui confirmait les pires soupçons de Buddy, à savoir que son odorant petit compagnon s'était sauvé de chez lui et n'avait raconté que des bobards. Le nom du journal, seule chose que Buddy parvenait à voir en tournant un peu la tête, était l'*Angola Herald.* Il y avait un Angola en Afrique où un tas d'Anglais s'étaient engagés comme mercenaires, et un autre Angola dans l'État de New York — juste à côté du lac Érié. Il en avait entendu parler récemment au journal télévisé, il ne savait plus exactement à quel propos.

— J'aimerais te poser une question, Lewis, dit-il, et il s'éclaircit la voix.

— Oui ? fit le garçon.

— Comment se fait-il qu'un garçon qui vit dans un joli petit bourg sur l'autoroute 40 ait avec lui un journal d'Angola qui se trouve au diable dans l'État de New York ? Je suis curieux de le savoir, fiston.

Le garçon jeta un regard au journal plié sous son bras et le serra encore davantage, comme s'il craignait qu'il s'échappât.

— Oh, dit-il, je l'ai trouvé.

— Tu te fiches de moi !

— Non, monsieur. Je l'ai trouvé sur un banc de la gare routière, chez moi.

— Tu as été à la gare routière ce matin ?

— Oui, juste avant de prendre la décision de faire du stop et de garder l'argent du voyage. Si vous pouvez me laisser à la bretelle de Zanesville, M. Parkins, il ne me restera qu'un petit trajet à faire. J'arriverai probablement chez ma tante avant le dîner.

— C'est possible, dit Buddy, et il continua à conduire en silence pendant quelques kilomètres. Finalement, ne pouvant plus supporter ce silence tendu, il dit très calmement en regardant droit devant lui :

— Fiston, est-ce que tu t'es sauvé de chez toi ?

Il fut surpris par le sourire de Lewis Farren — pas une grimace, pas un rictus, mais un vrai sourire. Comme si l'idée même de se sauver de chez lui était drôle. Ça l'amusait. Le garçon le regarda une fraction de seconde après que Buddy lui eut lancé un regard de côté et leurs yeux se rencontrèrent.

Pendant une seconde, deux secondes, trois... pendant tout le temps que dura cet instant, Buddy Parkins fut frappé par la beauté du gosse. Il se serait cru incapable d'utiliser ce mot pour décrire un être humain de sexe mâle de plus de neuf mois, mais il devait reconnaître que sous la poussière de la route, le visage de Lewis Farren était vraiment très beau. Son sens de l'humour avait momentanément fait disparaître ses soucis, et Buddy lui trouvait — Buddy qui avait cinquante-deux ans et trois grands fils adolescents — un air de sincérité qu'une série d'expériences hors du commun avait à peine altéré. Ce Lewis Farren, qui devait avoir dans les douze ans, avait en quelque sorte été plus loin et en avait vu davantage que Buddy Parkins, et c'est ce qu'il avait vu et fait qui lui conférait cette beauté.

— Non, je ne me suis pas sauvé, monsieur Parkins, dit le garçon.

Puis il baissa les paupières et ses yeux se tournèrent à nouveau vers l'intérieur et perdirent leur éclat, leur lumière. Il se laissa de nouveau aller contre le siège. Leva son genou qu'il coinça contre le tableau de bord et remonta le journal sous son bras.

— Je veux bien, dit Buddy Parkins, reportant son regard sur la route. Il se sentait soulagé, bien qu'il ne sût vraiment pas pourquoi.

— Je veux bien croire que tu n'es pas un fugueur, Lewis. Mais tu me caches quand même quelque chose.

Le garçon ne répondit rien.

— Tu as travaillé dans une ferme, pas vrai ?

Lewis le regarda, surpris.

— Oui, c'est vrai. Je viens d'y passer trois jours. Deux dollars de l'heure.

Et ta maman était tellement mal en point qu'elle n'a pas pris la peine de laver tes vêtements avant de t'envoyer chez sa sœur, c'est ça, hein ? pensa Buddy à part soi, mais il dit :

— Lewis, j'aimerais bien que tu viennes à la maison avec moi. Je veux bien admettre que tu n'es pas un fugueur, mais je veux bien bouffer ma vieille bagnole, avec les pneus et tout, si tu es de Cambridge ; j'ai trois fils moi-même, et Billy, le plus jeune, doit avoir seulement trois ans de plus que toi, et chez nous, à la maison, je peux te dire qu'on sait nourrir les garçons. Tu pourras rester autant que tu veux, ça dépendra du nombre de questions auxquelles tu voudras bien répondre. Parce que je vais t'en poser des questions, du moins dès que nous aurons rompu le pain ensemble.

Il passa sa main sur la brosse grise de ses cheveux et jeta un coup d'œil à Lewis. Celui-ci ressemblait de plus en plus à un gosse et de moins en moins à une apparition.

— Tu es le bienvenu, fiston.

Souriant, Jack répondit :

— C'est vraiment très gentil à vous, monsieur Parkins, mais je ne peux pas accepter. Je dois aller chez, euh, ma tante à...

— Buckeye Lake, termina Buddy.

Le garçon avala sa salive et regarda à nouveau devant lui.

— Je t'aiderai si tu en as besoin, répéta Buddy.

Lewis, se tapotant l'avant-bras, qu'il avait musclé et hâlé, lui dit :

— Vous m'aidez déjà beaucoup en me prenant dans votre voiture, je vous assure.

Dix silencieuses minutes plus tard, Buddy regardait la silhouette lointaine du garçon descendre la rampe de sortie à Zanesville. Emmie lui aurait probablement fait la gueule s'il avait débarqué à la maison avec ce gamin bizarre, une bouche de plus à nourrir ; mais après l'avoir examiné et avoir parlé avec lui, elle aurait sorti les beaux verres et les belles assiettes qui lui venaient de sa mère. Buddy Parkins ne croyait pas qu'il existât une femme qui s'appelait Helen Vaughan à Buckeye Lake, et il n'était pas certain que ce mystérieux Lewis Farren eût même une mère — il avait tellement l'air d'un orphelin parti faire une commission au bout du monde !... Buddy garda les yeux fixés sur le gosse jusqu'à ce qu'il eût disparu à un tournant, et son regard rencontra alors l'énorme enseigne jaune et rouge d'un centre commercial qui se découpait dans l'espace.

Pendant un court instant, il eut envie de sauter de la voiture et de courir derrière le môme pour essayer de le faire revenir... puis il se rappela une scène qu'il avait vue au bulletin télévisé de six heures : une scène où il y avait de la fumée et plein de gens, et qui s'était déroulée à Angola, dans l'État de New York. Une mini catastrophe trop peu importante pour être rapportée plus d'une seule fois ; c'est ce qui était arrivé à Angola ; une de ces petites tragédies que les médias enterrent sous une avalanche d'autres nouvelles. Tout ce dont Buddy se souvenait, c'était l'image un peu floue, de poutres surgissant du sol comme autant d'herbes géantes, et de voitures écrasées autour d'un grand trou fumant, un trou qui avait l'air d'aller jusqu'en enfer.

Buddy Parkins regarda une dernière fois l'emplacement, vide maintenant, où s'était tenu le garçon, et après avoir appuyé sur l'embrayage, passa la première.

3

La mémoire de Buddy Parkins était plus fidèle qu'il ne le pensait. S'il avait pu voir la première page de ce numéro vieux d'un mois du *Angola Herald*, que « Lewis Farren », ce garçon énigmatique, gardait avec tant de précaution sous le bras, il aurait pu lire ces mots :

UN MONSTRUEUX TREMBLEMENT DE TERRE
TUE CINQ PERSONNES

De notre correspondant Joseph Gargan. Les travaux de construction de la tour *Rainbirds,* qui devait être l'immeuble le plus élevé et le plus luxueux d'Angola, viennent d'être tragiquement interrompus, à six mois de la fin, par un tremblement de terre sans précédent. La structure entière s'est effondrée, enterrant de nombreux ouvriers sous les décombres. Cinq corps ont été retirés des ruines de l'immeuble et les recherches se poursuivent pour retrouver deux autres ouvriers qui sont probablement morts. Les sept victimes étaient des soudeurs et des ajusteurs employés par les entreprises Speiser, et ils se trouvaient tous sur les poutres du deuxième étage de l'immeuble lorsque l'accident s'est produit.

Le tremblement de terre qui a secoué hier Angola est le premier qui ait été enregistré à ce jour dans l'histoire de la ville. Contacté par téléphone, Armin Van Pelt, du département de géologie de l'université de New York, a défini la fatale secousse comme une « bulle cosmique ». Les représentants de la Commission de Sécurité de l'État continuent leurs recherches sur le lieu de l'accident, comme toute équipe...

Les victimes étaient Robert Heidel, vingt-trois ans ; Thomas Thielke, trente-quatre ans ; Jérôme Wild, quarante-huit ans ; Michael Hagen, vingt-neuf ans ; et Bruce Davey, trente-neuf ans. Les deux autres qui n'avaient pas encore été retrouvés étaient Arnold Schulkamp, quarante-quatre ans, et Théodore Rasmussen, quarante-trois ans. Jack n'avait pas besoin de se reporter à la première page du journal pour se rappeler leurs noms. Le premier tremblement de terre de l'histoire d'Angola, dans l'État de New York, avait eu lieu au moment où il avait décollé des Territoires, sur la route de l'Ouest, et atterri à la sortie de la ville. Jack Sawyer aurait bien été tenté de suivre le brave Buddy Parkins et de s'installer dans la cuisine à la table familiale — pot-au-feu et tarte aux pommes — avant de se glisser bien au chaud dans le lit réservé aux amis des Parkins et de tirer la couette faite à la main sur sa tête. Il aurait bien eu envie de ne pas en sortir, sinon pour se mettre à table, pendant quatre ou cinq jours. Mais il avait aperçu derrière la table en pin noueux couverte de piles de fromages appétissants un gros trou de souris creusé dans une plinthe géante. Il avait également aperçu, sortant des jeans des trois fils Parkins, de longues queues fines. Qui est responsable de ces perturbations à la Jerry Bledsoe, Papa ? *Heidel, Thielke, Wild, Hagen, Davey ; Schulkamp et Rasmussen ?* Ces perturbations à la Jerry ? Il savait qui en était responsable.

4

L'immense panneau jaune et rouge où était écrit CENTRE COMMERCIAL BUCKEYE flottait devant les yeux de Jack tandis qu'il atteignait le premier tournant de la bretelle sinueuse. Puis il dériva au-dessus de son épaule avant de réapparaître de l'autre côté. Jack se rendit compte à ce moment-là que le panneau était monté sur un immense tripode jaune qui se dressait sur le parking d'un hypermarché qui apparut à Jack comme un assemblage futuriste de bâtiments ocres dépourvus de fenêtres — un instant plus tard, Jack s'aperçut que le centre commercial était recouvert et qu'il avait été victime d'une illusion optique. Il plongea la main dans sa poche et étreignit le rouleau serré de billets — vingt-trois dollars — qui constituait toute sa fortune.

Dans la lumière froide d'un début d'après-midi d'automne, Jack traversa la route en courant vers le parking du centre commercial.

S'il n'y avait pas eu cette conversation avec Buddy Parkins, Jack aurait probablement continué sur l'autoroute US 40 et essayé de faire encore une soixantaine de kilomètres — il voulait arriver dans les deux ou trois jours dans l'Illinois, où se trouvait Richard Sloat. La pensée de revoir son copain Richard l'avait soutenu pendant les quelques jours de travail épuisant qu'il avait passé à la ferme d'Elbert Palamountain : l'image du visage sérieux, derrière ses lunettes, de Richard Sloat dans sa chambre de l'école Thayer de Springfield lui avait donné autant d'énergie que les copieux repas préparés par Mme Palamountain. Jack avait toujours autant envie de revoir Richard, et le plus tôt possible, mais l'invitation de Buddy Parkins à venir chez lui avait en quelque sorte brisé son élan et il ne se sentait pas le courage de remonter dans une autre voiture et de débiter à nouveau toute l'histoire de A jusqu'à Z. (Il avait d'ailleurs l'impression qu'elle perdait de sa crédibilité.) Le centre commercial lui offrait une merveilleuse occasion de s'arrêter une heure ou deux et de se détendre un peu, surtout s'il y avait un cinéma dans le coin — Jack aurait volontiers regardé, et avec quel plaisir, la plus débile et sentimentale *Love Story* qui soit !

Et avant le film, s'il avait la chance de trouver un cinéma, il pourrait enfin faire deux choses qu'il aurait dû faire depuis au moins une semaine. Il avait vu le regard qu'avait jeté Buddy Parkins à ses baskets en voie de désintégration. Non seulement elles lâchaient de tous côtés, mais les semelles, autrefois souples et élastiques, étaient mystérieusement devenues dures comme du béton. Les jours où il avait parcouru de longues distances — ou quand il avait travaillé debout toute la journée — ses pieds étaient aussi douloureux que s'ils avaient été brûlés.

La deuxième chose qu'il devait faire : téléphoner à sa mère, était tellement chargée de culpabilité et autres sentiments redoutés que Jack ne s'autorisait pas à y penser consciemment. Il ne savait pas s'il pourrait se retenir de pleurer en entendant la voix de sa mère. Et si elle lui semblait faible — et si elle avait l'air vraiment malade ? Pourrait-il continuer vers l'Ouest si elle le suppliait d'une voix rauque de revenir dans le New Hampshire ? Il ne pouvait donc se permettre de reconnaître qu'il allait probablement lui téléphoner. Son esprit lui envoya brusquement l'image très nette d'une rangée de taxiphones sous leur casque-bulle-séchoir-à-cheveux en plastique mais la neutralisa aussitôt comme si Elroy ou quelqu'autre créature des Territoires pouvait jaillir du récepteur pour le prendre à la gorge.

Juste à ce moment, trois jeunes filles, plus âgées que Jack d'une ou deux années, sautèrent d'une *Subaru Brat* qui était arrivée comme un bolide sur le parking. Pendant un instant elles prirent des poses de mannequins, se contorsionnant maladroitement et arborant des expressions surprises et ravies. Puis elles reprirent une allure plus conventionnelle et jetèrent à Jack un regard indifférent en arrangeant leurs cheveux. Elles étaient tout en jambes ces petites princesses pleines d'assurance de classe de troisième, et quand elles riaient, elles mettaient leur main devant la bouche avec un geste qui signifiait que leur rire lui-même était risible. Jack ralentit son allure et se mit à avancer avec une démarche de somnambule. L'une des princesses le regarda et marmonna quelque chose à la brune qui était à côté d'elle.

Je suis différent maintenant, se dit Jack. Je ne suis plus comme elles.

L'évidence de sa solitude le transperça douloureusement.

Un garçon blond trapu qui portait un gilet bleu sans manches descendit à son tour de la voiture et rassembla les donzelles autour de lui en utilisant l'expédient simple et efficace qui consistait à les ignorer. Il devait être en terminale et faire au moins partie de l'arrière défense de l'équipe universitaire. Il jeta un rapide coup d'œil à Jack, puis contempla d'un air appréciateur la façade du centre commercial.

— Timmy ? dit la grande brune.

— Ouais, ouais, fit-il. J'étais en train de me demander ce qui sentait la merde par ici.

Il gratifia ses groupies d'un petit sourire supérieur. La brune regarda Jack en minaudant, puis traversa le parking avec ses amis. Les trois filles suivirent le corps arrogant de Timmy au-delà des portes de verre du centre commercial.

Jack attendit que les silhouettes de Timmy et de ses admiratrices, visibles à travers la façade vitrée, eussent rétréci jusqu'à devenir minuscules tout au fond de l'immense espace, pour poser le pied sur le seuil dont les portes s'ouvrirent automatiquement.

Il fut aussitôt happé par l'air froid et prédigéré.

De l'eau ruisselait d'une fontaine de deux étages et retombait dans un vaste bassin entouré de bancs. A chaque étage, des boutiques s'ouvraient sur la fontaine. De la musique insipide dégoulinait du plafond ocre en même temps qu'une bizarre lumière cuivrée ; l'odeur de popcorn qui avait frappé les narines de Jack au moment où les portes coulissantes s'étaient refermées derrière lui émanait d'un antique fourneau, rouge comme une voiture de pompiers, installé devant une librairie du rez-de-chaussée, à gauche de la fontaine. Jack se rendit vite compte qu'il n'y avait aucun cinéma dans les parages. Apercevant Timmy et ses princesses dégingandées sur l'escalier mécanique, à l'autre bout du bâtiment, Jack se dit qu'ils se rendaient probablement à La Table du Capitaine, le fast-food qui se trouvait tout en haut. Il plongea à nouveau la main dans sa poche et tâta son rouleau de billets. Le plectre de Speedy, la pièce d'argent du capitaine Farren et une poignée de pièces de monnaie étaient nichés tout au fond.

Au niveau où se trouvait Jack, il y avait un magasin de chaussures Fayva, coincé entre un marchand de biscuits Chips et un magasin de spiritueux qui annonçait PRIX PROMOTION pour le bourbon Hiram Walker et le chablis Inglenook. Il se dirigea vers le comptoir de chaussures de marche. L'employé qui se trouvait derrière la caisse enregistreuse se pencha — soupçonnant Jack de vouloir voler quelque chose quand il le vit s'approcher de l'étalage. Jack ne reconnut aucune des marques qui étaient sur le comptoir. Il n'y trouva aucune Nike, ni Puma — il n'y avait là que des Speedster, des Bullseye ou des Zooms, et les lacets de chaque paire étaient noués ensemble. C'étaient des baskets ordinaires, se dit Jack, pas des vraies chaussures de marche, mais ça irait quand même.

Il acheta les moins chères du magasin : en toile bleue striée de bandes en zigzag rouges sur les côtés. Aucune marque visible. Elles ne se distinguaient pas de la plupart des autres exposées sur le comptoir. A la caisse, il sortit six billets de un dollar et annonça à l'employé qu'il n'avait pas besoin de sac.

Jack s'installa sur l'un des bancs devant la grande fontaine et ôta ses vieilles Nike sans même prendre la peine de les délacer. Ses pieds soupirèrent d'aise quand il enfila ses baskets neuves. Il se leva et jeta les vieilles dans la grande poubelle noire où était inscrit en grosses lettres blanches : RESPECTEZ LA PROPRETÉ AUTOUR DE VOUS, et au-dessous, en petits caractères : *Nous n'avons qu'une seule Terre.*

Jack commença à déambuler le long des galeries, à la recherche de cabines téléphoniques. Arrivé devant le fourneau à popcorn il se départit de cinquante *cents* en échange d'un grand paquet de popcorn frais luisant d'huile. L'homme d'âge mûr en chapeau melon, avec une moustache de phoque et des élastiques aux manches, qui l'avait servi, lui expliqua que les taxiphones se trouvaient en haut à côté de la boutique des Trente et un parfums. Il fit un geste vague en direction de l'escalier mécanique le plus proche.

Tout en mangeant les popcorns qu'il se lançait dans la bouche, Jack monta derrière une jeune femme d'une vingtaine d'années et une autre plus âgée dont les hanches étaient si larges qu'elles occupaient presque toute la largeur de l'escalier ; toutes les deux portaient des pantalons.

Si Jack était obligé de décoller de cet endroit — ou même à deux ou trois kilomètres d'ici — les murs trembleraient-ils, et le plafond s'effondrerait-il, et les briques, les poutres, les haut-parleurs et autres appareils légers s'abattraient-ils sur tous les malheureux qui se trouvaient là ?

Et les trois stars de sous-préfecture et leur arrogant copain Timmy auraient-ils comme la plupart des autres des fractures du crâne, des membres cassés, des poitrines écrasées et... pendant un court instant, juste avant d'atteindre le haut de l'escalier mécanique, Jack vit dégringoler d'énormes morceaux de plâtre et des poutres métalliques, entendit le craquement terrible du plancher des mezzanines et des cris — ils étaient inaudibles mais toujours imprimés dans l'atmosphère.

Angola. Les tours Rainbirds.

Jack sentit la transpiration lui picoter les mains, et il les essuya sur ses jeans.

La boutique des TRENTE ET UN PARFUMS étincelait sur sa gauche d'une lumière froide, blanche et incandescente. Il marcha dans cette direction et vit une allée courbe juste en face. Les murs et le sol étaient couverts de tuiles brunes et dès que la courbe de l'allée le dissimula aux regards des personnes qui se trouvaient aux mezzanines, Jack aperçut trois taxiphones, qui, bien entendu, étaient sous des bulles de plastique transparent. En face, dans le couloir, il y avait les portes des toilettes des MESSIEURS et des DAMES.

Jack choisit la bulle du milieu et composa le 0 suivi de l'indicatif local et du numéro des Jardins de l'Alhambra.

— Allô ? fit la téléphoniste.

— Je voudrais parler à Mme Sawyer, chambre 407 ou 408 ; en PCV, s'il vous plaît. De la part de Jack.

En entendant la voix de la téléphoniste de l'hôtel, la poitrine de Jack se serra. Elle passa la communication à la chambre. Le téléphone sonna une fois, deux fois, trois fois.

Puis Jack entendit la voix de sa mère.

— Oh mon Dieu, comme je suis heureuse d'avoir de tes nouvelles ! C'est pas de la tarte pour une vieille comme moi de jouer les mères cools. Tu sais que ça me manque de ne pas te voir t'agiter autour de moi et me donner des conseils sur la façon de me comporter avec les serveurs !

— Tu as trop de classe pour la plupart des serveurs, c'est tout, dit Jack qui eut envie de pleurer de soulagement.

— Tu vas bien, Jack ? Dis-moi la vérité.

— Bien sûr que je vais bien, dit-il. Je vais très bien. Je voulais juste savoir si tu... enfin tu sais.

Il y eut un murmure électronique sur la ligne, un grésillement d'électricité statique qui faisait penser au bruit du vent chargé de sable sur la plage.

— Je vais bien, dit Lily. En pleine forme. Enfin, ça ne va pas plus mal de toute façon, si c'est ça qui t'inquiète. Je crois que j'aimerais bien savoir où tu es.

Jack attendit que la friture cesse pour répondre.

— Je suis dans l'Ohio pour le moment. Je vais bientôt voir Richard.

— Quand comptes-tu rentrer, Jacky-boy ?

— Je ne peux pas le dire. Malheureusement je n'en sais rien.

— Tu n'en sais rien ! Je te jure que si ton père ne t'avait pas donné ce surnom à la manque... et si tu m'avais demandé l'autorisation de partir dix minutes plus tôt ou dix minutes plus tard...

Une vague de grésillement couvrit sa voix et Jack se souvint d'elle dans le salon de thé : hagarde, fragile, une vieille femme.

Quand la friture cessa il lui demanda :

— Est-ce que ça se passe bien avec l'oncle Morgan ? Est-ce qu'il t'embête ?

— J'ai envoyé ton oncle Morgan se faire cuire un œuf.

— Il est donc venu ? Il était là-bas ? Il continue à t'embêter ?

— Je me suis débarrassée du gros Sloat environ deux jours après ton départ, mon coco. Ne te fais pas de mouron pour ça.

— Est-ce qu'il t'a dit où il allait ? demanda Jack. Mais à peine eut-il posé la question que le téléphone émit un bruit électrique aigu qui lui vrilla la tête. Jack fit la grimace et éloigna le récepteur de son oreille. Cet horrible bruit de friture était si fort que n'importe qui passant dans le couloir aurait pu l'entendre.

— Maman ! hurla Jack, approchant le récepteur de sa tête avec méfiance. Le grésillement augmenta comme si on avait ouvert une radio à plein volume sur la ligne.

Puis ce fut soudain le silence. Jack appuya le récepteur contre son oreille mais n'entendit qu'un silence absolu, profond, un silence de mort.

— Eh ! fit-il, et il appuya nerveusement sur la fourche. Le silence sinistre du téléphone paraissait s'écraser contre son oreille.

Tout aussi brusquement, comme si le fait d'appuyer sur la fourche l'avait déclenchée, la tonalité normale revint — oasis de salubrité, de régularité. Jack fouilla dans ses poches pour chercher une autre pièce de monnaie.

Il tenait le récepteur, maladroitement, dans sa main gauche tandis que l'autre était occupée à chercher. Il resta pétrifié quand il entendit la tonalité cesser d'un seul coup.

La voix de Morgan était aussi proche que si ce brave vieux Tonton lui parlait du téléphone voisin.

— Ramène ton cul, Jack.

La voix de Sloat était coupante comme un scalpel.

— Démerde-toi de rentrer avant qu'on soit obligé d'aller te chercher.

— Attends, dit Jack, comme s'il demandait un sursis : en fait, il était bien trop terrorisé pour savoir ce qu'il disait.

— Je ne peux plus attendre, mon petit pote. Tu es un assassin maintenant, c'est pas vrai ? Tu es un assassin. Alors on ne peut pas se permettre de te laisser continuer. Tu n'as plus qu'une chose à faire : rappliquer immédiatement dans le New Hampshire. Sinon, c'est dans un cercueil que tu rentreras !

Jack entendit le clic du récepteur. Il reposa le sien. L'appareil que Jack avait utilisé vibra puis se détacha du mur. Il resta suspendu un instant à un réseau de fils puis s'écrasa lourdement sur le sol.

La porte des toilettes pour hommes s'ouvrit bruyamment derrière Jack et une voix brailla.

— MERDE alors !

Jack se retourna et vit un garçon mince d'une vingtaine d'années avec des cheveux en brosse qui regardait les taxiphones d'un air ahuri. Il portait un tablier blanc et un nœud papillon : il était serveur dans l'un des restaurants.

— Je n'y suis pour rien, c'est arrivé comme ça, dit Jack.

— Ben merde alors !

Le garçon aux cheveux en brosse eut une expression effarée, s'apprêta à courir, puis se passa la main sur le sommet du crâne.

Jack s'éloigna à reculons dans le couloir. Quand il fut à mi-chemin de l'escalier mécanique il entendit enfin le serveur hurler :

— Monsieur Olafson ! Le téléphone, Monsieur Olafson !

Jack prit ses jambes à son cou.

Au dehors, il faisait très beau, mais curieusement, l'air était chargé d'humidité. Étourdi, Jack avança sur le trottoir. A six cents mètres de là, à l'autre bout du parking, apparut une voiture blanc et noir de police. Jack obliqua et suivit le trottoir. A quelques mètres de lui, une famille de six personnes essayait de faire entrer un banc par une autre porte du centre commercial. Jack ralentit et observa le mari et la femme tenter désespérément de relever le banc sur lequel les plus petits des gosses s'étaient assis, ne faisant pas un geste pour leur donner un coup de main. Ils finirent tout de même par entrer, tous ensemble autour du banc vertical — on aurait dit les porte-drapeaux de la fameuse photographie d'Iwo Jima... La voiture de police fit paresseusement le tour du parking.

Juste après la porte que l'encombrante famille avait réussi à franchir, avec leur non moins encombrant fardeau, un vieux noir était assis sur une caisse, une guitare sur les genoux. En s'approchant, Jack remarqua la sébile en métal aux pieds du vieillard. Il avait le visage caché derrière de grosses lunettes de soleil et portait un chapeau mou à larges bords plein de taches. Les manches de sa veste en daim étaient aussi ridées qu'une peau d'éléphant.

Jack s'écarta du vieillard pour lui laisser toute la place dont il avait besoin et vit qu'il portait un écriteau accroché autour du cou. Il s'approcha un peu pour voir ce qui était écrit en grosses lettres capitales tremblantes sur le carton d'une couleur beigeasse.

AVEUGLE DE NAISSANCE
JOUERA POUR VOUS CE QUE VOUS LUI DEMANDEREZ
DIEU VOUS BÉNISSE

Il avait presque dépassé l'homme à la vieille guitare quand il l'entendit marmonner d'une chaude voix éraillée : « Eh oui, mon pote ! »

Chapitre 15

LA BOULE DE NEIGE QUI CHANTE

1

Jack revint sur ses pas, le cœur battant à tout rompre.

Speedy ?

Le Noir chercha sa sébile à tâtons, la saisit, l'agita. Quelques rares pièces grattèrent le fond.

C'est Speedy. *C'est* bien *Speedy derrière ses lunettes noires.*

Jack en était certain. Mais l'instant suivant, il fut tout aussi certain que ce *n'était pas* lui. Speedy n'avait pas la même carrure — torse large, épaules carrées ; les épaules de son vieux copain étaient arrondies, un peu voûtées, et sa poitrine était légèrement concave. Mississipi John Hort plutôt que Ray Charles.

Mais je ne pourrai en être sûr que s'il enlève ses lunettes.

Il allait ouvrir la bouche pour prononcer le nom de Speedy, quand le vieil homme se mit soudain à jouer de son instrument. Ses doigts ridés, aussi noirs que du vieux noyer qui aurait été dûment huilé mais jamais poli, se déplaçaient avec grâce et rapidité à la fois sur les cordes et sur les touches. Il jouait bien, la mélodie s'égrenant sous ses doigts agiles. Au bout d'un moment, Jack reconnut l'air. Il l'avait entendu sur l'un des vieux disques de son père. Un album Vanguard qui s'appelait *Mississipi John Hurt To-day*. Le vieil aveugle ne les chantait point, mais Jack connaissait les paroles par cœur :

> *Oh mes amis, dites-moi, c'est-y pas dur ?*
> *De voir le vieux Lewis dans un nouveau cimetière*
> *les anges l'ont emporté...*

Le blond footballeur et ses trois princesses sortirent du centre par la porte principale. Chacune des filles portait un cône de glace. Le balèze avait une saucisse piquante dans chaque main. Ils s'approchèrent de l'endroit où se trouvait Jack. Celui-ci, dont toute l'attention était captée par le musicien, ne les avait même pas remarqués. Il était obnubilé par l'idée que ce vieil aveugle était Speedy, et qu'il avait, en quelque sorte, lu dans ses pensées. Comment expliquer autrement que le musicien se soit mis à jouer un air de Mississipi John Hurt au moment même où Jack s'était dit que cet homme lui ressemblait ? Et précisément une chanson qui comportait son nom de routard.

Le footballeur blond exécuta un transfert de saucisses pour libérer sa main droite qu'il abattit sur le dos de Jack avec toute la force dont il était capable. Les dents du jeune garçon se refermèrent sur sa langue comme un piège à ours. La douleur fut fulgurante et atroce.

— Amuse-toi bien, résidu de fausse couche, lui dit l'autre, et les minettes s'esclaffèrent en poussant des petits cris hystériques.

Jack trébucha sur la sébile du vieil aveugle ; elle se renversa et les pièces s'en échappèrent et roulèrent sur le trottoir.

Le doux rythme du blues s'arrêta sur un accord discordant.

M. Balèze et les Trois Petites Princesses étaient déjà repartis. Jack les regarda s'éloigner et se sentit envahi par un sentiment de haine impuissante — qui lui était désormais familier. Un sentiment que l'on ressent quand on est seul et assez jeune pour être à la merci et même la proie de n'importe qui — aussi bien d'un psychotique comme Osmond que d'un vieux luthérien sans humour tel qu'Elbert Palamountain, pour qui l'idéal d'une bonne journée de travail c'était de patauger douze heures durant sous la pluie glacée d'octobre dans un champ boueux et de s'installer le dos raide dans la cabine de son camion pendant l'heure du déjeuner pour y manger des sandwiches à l'oignon en lisant le Livre de Job.

Jack n'avait pas envie de leur rentrer dedans, bien qu'il eût l'étrange impression d'en être tout à fait capable — il sentait en lui une espèce de puissance qui ressemblait à une charge électrique. Il lui semblait d'ailleurs que les autres gens le savaient parfois eux aussi — que ça se voyait sur son visage. Mais il n'avait pas envie de leur rentrer dedans ; il voulait simplement qu'on lui fiche la paix. Il...

L'aveugle tâtonnait autour de lui pour récupérer les pièces éparses, ses grosses mains passant doucement sur le trottoir, comme pour le déchiffrer. Il tomba sur une pièce de dix *cents*, redressa la sébile et la fit tomber dedans. *Ding* !

Jack entendit l'une des minettes qui disait à voix basse :

— Je ne comprends pas qu'on le laisse ici, il est tellement dégoûtant !

Et elle ajouta encore plus bas : « Vraiment trop dégoûtant ! »

Jack se mit à genoux pour aider le guitariste à ramasser l'argent qu'il remit dans la sébile. A présent qu'il était tout près du vieil homme, il pouvait sentir son odeur de sueur âcre mélangée à une odeur de moisi, vaguement sucrée, un peu comme celle du maïs. Des gens bien habillés qui passaient par là les évitèrent ostensiblement.

— Merci, merci, marmonnait l'aveugle d'une voix monotone.

Jack sentit son haleine pimentée.

— Merci, Dieu vous bénisse. Merci.

C'est Speedy.

Ce n'est pas Speedy.

Ce qui l'obligea finalement à parler — ce n'était pas étonnant d'ailleurs — c'est qu'il se souvint qu'il ne restait presque plus d'élixir magique. A peine deux gorgées maintenant. Il ne savait pas, après ce qui était arrivé à Angola, s'il aurait encore le courage de retourner dans les Territoires mais, comme il était toujours déterminé à sauver la vie de sa mère, il lui faudrait peut-être y repartir quand même.

Et quel que fût le Talisman, il serait peut-être obligé d'aller le chercher dans l'autre univers.

Speedy ?

— ...Vous bénisse, merci, Dieu vous bénisse, je crois qu'il y en a une par là-bas.

Il tendit le doigt.

— Speedy ! C'est Jack.

— Y a pas de « Speedy » par ici, mon garçon. Non, monsieur.

Ses mains recommencèrent à caresser silencieusement le ciment dans la direction qu'il venait d'indiquer. L'une d'elles trouva une pièce qu'elle laissa tomber dans la sébile. L'autre frôla la chaussure d'une jeune femme élégante qui passait. Son joli minois insignifiant se tordit en une grimace de dégoût tandis qu'elle s'éloignait de lui.

Jack ramassa la dernière pièce dans le caniveau. C'était un dollar d'argent — une couronne avec sur l'une de ses faces la statue de la Liberté.

Des larmes commencèrent à couler de ses yeux. Elles roulèrent sur son visage pâle et il les essuya d'une main tremblante. Il pleurait sur Thielke, Wild, Hagen, Davey et Heidel. Sur sa mère. Sur Laura DeLoessian. Sur le fils du charretier qui gisait, mort, sur la route, les poches retournées. Mais avant tout sur lui-même. Il en avait assez d'être sur les routes. C'était peut-être un voyage de rêve quand on roulait en Cadillac, mais quand on était obligé de faire du stop, de rabâcher une histoire qui commençait à être rebattue, que l'on était à la merci de tous et la proie de chacun ce n'était plus qu'un voyage semé d'embûches. Jack, quant à lui, trouvait qu'il avait largement fait ses preuves... mais il lui était impossible de renoncer. S'il renonçait maintenant, le cancer emporterait sa mère, et l'oncle Morgan pourrait à son tour l'emporter *lui*.

— Je crois que je n'y arriverai pas, Speedy, pleurait-il. Je ne crois pas, tu sais.

Maintenant, ce n'étaient plus les pièces de monnaie que cherchaient les mains de l'aveugle, mais Jack. Les doigts caressants, compréhensifs, trouvèrent son bras et l'étreignirent. Jack sentait le coussin de calle durci à leur bout. L'aveugle attira Jack contre lui, dans les chaudes odeurs de sueur et de vieux piment. Jack appuya son visage contre la poitrine de Speedy.

— Hola, fiston. Je ne connais pas ce Speedy, mais j'ai l'impression que c'est quelqu'un qui compte beaucoup pour toi. Tu...

— Ma mère me manque, Speedy, continua Jack en pleurant. Et Sloat me traque. C'était encore lui, tout à l'heure, au téléphone. C'était bien lui. Et c'est pas ça le pire. Le pire, c'est ce qui s'est passé à Angola... Les tours Rainbirds... Ces cinq hommes... C'est moi, Speedy, c'est moi qui les ai tués en quittant les Territoires pour revenir ici ; je les ai tués comme mon père et Morgan Sloat ont tué Jerry Bledsoe autrefois.

C'était sorti maintenant, le pire était sorti. Il avait vomi la boule de culpabilité qu'il avait dans la gorge et qui menaçait de l'étouffer ; un torrent de larmes s'échappa de lui mais cette fois ce n'était plus des larmes de peur mais de soulagement. C'était avoué. Il s'était confessé. Il était un meurtrier.

— Hola, ça suffit ! s'écria le vieux noir.

Il paraissait secrètement ravi. Son bras fort et mince serrait Jack contre lui et il lui dit en le berçant :

— Tu essaies de porter un trop lourd fardeau, fiston. Ça, on peut le dire. Tu devrais peut-être en enlever un peu.

— Je les ai tués, murmura Jack. Thielke, Wild, Hagen, Davey...

— Eh bien, si ton pote Speedy était ici, dit le vieux Noir, je sais pas qui il est, ni où il se trouve dans ce vaste monde, mais il te dirait sûrement que tu peux pas porter le monde à toi tout seul sur tes épaules, mon petit gars. Tu peux pas. Personne ne peut. Si t'essayes de porter le monde sur tes épaules, eh bien d'abord tu vas te bousiller le dos, et après tu vas te bousiller le moral.

— J'ai tué...

— T'as mis un revolver sur la tempe d'un mec et t'as tiré, c'est ça ?

— Non... Le tremblement de terre... Je suis revenu...

— Jamais entendu parler de ça, dit l'aveugle.

Jack s'était légèrement écarté de lui et fixait le visage ridé avec curiosité. Mais le noir tournait maintenant la tête vers le parking. S'il était aveugle, alors il avait perçu, parmi les autres bruits, celui plus puissant du moteur de la voiture de police qui s'approchait, car c'était ça qu'il semblait fixer.

— Tout ce que je sais, c'est que tu m'as l'air un peu trop « ossédé » par le meurtre. Je parie que si un mec mourait d'une crise cardiaque devant nous, pendant qu'on est assis là, tu penserais que c'est toi qu'es responsable de sa mort. « Oh regarde, c'est moi qui ai tué ce type-là, c'est parce que j'étais assis ici ! Oh lala, Oh *maledictiooooon,* Oh *malheueueur...* Oh *ceci...* Oh *cela* !... »

Quand il prononça *ceci* et *cela,* l'aveugle ponctua ses paroles en pinçant la corde du Sol, puis du Do, pour revenir à nouveau au Sol. Il riait, tout content de lui.

— Speedy.

— Pas de Speedy dans le coin, répéta le Noir, et il lui fit un sourire torve qui dévoila ses dents jaunes. Sauf qu'il y a toujours des gens un peu trop « speedés » dès qu'il s'agit de se rendre responsable des choses que d'autres ont peut-être déclenchées. Je veux bien croire que tu cours parce que t'as quelqu'un au train, fiston.

Sol.

— Mais t'es peut-être aussi à côté de tes pompes.

Do, maintenant, avec un petit grattement rigolo au milieu qui fit sourire Jack malgré lui.

— Peut-être bien que quelqu'un t'en veut.

Il repinça le sol et posa la guitare à côté de lui (tandis que dans la voiture de police, les deux flics se demandaient avec anxiété lequel des deux serait obligé de toucher le vieux Boule de Neige s'il refusait de monter dans la voiture sans faire d'histoires).

— Peut-être un malheur, peut-être une malédictiooooon, et peut-être *ceci* et peut-être *cela*...

Il se remit à rire, comme si les craintes de Jack étaient du plus haut comique.

— Mais je ne sais pas ce qui arriverait si je...

— Personne ne sait jamais ce qui arrivera, pas vrai ? interrompit le vieux Noir qui était ou n'était peut-être pas Speedy Parker. Non. Personne ne sait rien. Si on pensait à ça, on aurait la trouille de sortir de chez soi et on resterait toute la journée à la maison ! Je ne connais pas tes problèmes, petit. Et je ne veux pas les connaître. T'es peut-être dingue avec ton tremblement de terre et le reste. Mais comme tu m'as aidé à ramasser mes pièces sans en piquer une seule — j'ai compté tous les *plink plink* qu'elles faisaient en tombant — je vais te donner un conseil. Y'a des choses contre lesquelles on ne peut rien. Y'a des fois où des gens meurent parce que quelqu'un a fait quelque chose... mais si ce quelqu'un n'avait pas fait cette chose, beaucoup plus de gens auraient été tués. Tu vois où je veux en venir, petit ?

Jack éprouva un brusque et profond soulagement. Et comment qu'il voyait ! L'aveugle parlait de choix difficiles à faire. Il suggérait qu'il y avait peut-être une différence entre un choix difficile et une conduite criminelle. Et que le criminel n'était peut-être pas celui qu'on croyait.

Le criminel était peut-être le type qui lui avait dit, cinq minutes plus tôt, de rappliquer illico dans le New Hampshire.

— Il se peut même, remarqua le vieil aveugle en pinçant un Ré mineur sur sa guitare, que tout ça soit voulu par le Seigneur, comme me le disait maman et comme ta maman te l'a peut-être dit aussi si c'était une bonne chrétienne. Ça se pourrait bien qu'on croie faire une chose, et qu'en fait on en fasse une autre. Dans la Bible, il est écrit que tout se qui se passe est voulu par le Seigneur, même les choses qui semblent mauvaises. Qu'est-ce que t'en penses, petit ?

— Je ne sais pas, répondit Jack sincèrement.

Il ne savait plus où il en était. Il lui suffisait de fermer les yeux pour voir le téléphone s'arracher du mur et se balancer au bout de ses fils comme une bizarre marionnette.

— En tout cas, à ton odeur, j'ai comme l'impression que tes ennuis t'ont poussé à tâter de la bouteille.

— Quoi ? fit Jack stupéfait. Puis il se dit : Je croyais que Speedy ressemblait à Mississipi John Hurt, et ce type s'est mis à jouer un blues de John Hurt... Maintenant voilà qu'il parle de l'élixir magique. Il prend des précautions, mais je jurerais que c'est bien de ça qu'il parle — c'est obligé !

— Vous lisez dans les pensées, n'est-ce pas ? dit Jack à voix basse. C'est dans les Territoires que vous avez appris, Speedy ?

— Je ne sais pas si je lis dans les pensées, répliqua l'aveugle. Mais ça fera quarante-deux ans en novembre prochain que mes lampes sont éteintes, et en quarante-deux ans, ton nez et tes oreilles ont le temps de prendre la relève. Je sens l'odeur de bibine sur toi, petit. T'en es comme qui dirait *imprégné*. On croirait que tu t'es lavé les cheveux avec !

Jack éprouva un étrange et vague sentiment de culpabilité — comme chaque fois qu'on l'accusait d'un forfait dont il était innocent — ou du moins en grande partie. Depuis son retour dans ce monde, il n'avait rien fait d'autre que toucher la bouteille presque vide. Son contact seul le remplissait de crainte — il éprouvait ce qu'avait probablement éprouvé un paysan européen du xive siècle en touchant un morceau de la Vraie Croix ou un doigt ayant appartenu à un saint. C'était carrément magique. Elle avait un pouvoir magique. Un pouvoir qui tuait même parfois des gens.

— Je n'en ai pas bu, je vous assure, finit-il par dire. D'abord il n'en reste presque plus. Je... je... et puis je trouve que ça a très mauvais goût !

Son estomac commençait à se nouer nerveusement ; rien que de penser à l'élixir lui donnait la nausée.

— Seulement, j'ai quand même besoin d'en avoir une petite réserve au cas où.

— Une petite réserve de jus vermeil ? Un gamin de ton âge ?

L'aveugle éclata de rire et fit un geste négatif de la main.

— Bon sang, t'as pas besoin de ça ! Les gosses n'ont pas besoin de ce poison pour voyager.

— Mais...

— Écoute. Je vais te chanter un petit air pour te remonter le moral. J'ai comme l'impression que t'en as besoin.

Il se mit à chanter, d'une voix tout à fait différente de quand il parlait. Elle était profonde, puissante et émouvante, dépourvue de l'accent très typique des Noirs. Jack, tout intimidé, se dit que c'était presque celle, cultivée et sophistiquée, d'un chanteur d'opéra qui s'amusait à chanter une petite rengaine populaire. En entendant cette voix riche et pleine, Jack eut la chair de poule. Les têtes se retournèrent tout le long du trottoir qui longeait le mur ocre et terne du centre commercial.

> *Quand s'approchera le rouge rossignol*
> *Cesseront alors les sanglots.*
> *Quand sa douce mélodie il chantera...*

Jack fut frappé par une douce et terrible impression de familiarité ; comme s'il avait déjà entendu cet air quelque part, ou en tout cas quelque chose qui y ressemblait fort. Et tandis que l'aveugle enchaînait, en souriant de son drôle de sourire jaune, Jack comprit d'où lui venait ce sentiment. Il savait maintenant ce qui avait fait se retourner les gens, comme ils se seraient retournés au passage d'une licorne au galop. Il y avait une étrange limpidité dans la voix de l'homme. La limpidité... disons... d'un air si pur que l'on pouvait sentir à un kilomètre l'odeur d'un radis qu'un homme arrachait du sol. Il chantait une vieille chanson de Tin Pan Alley... Mais la voix, elle, était celle, pure et limpide, des Territoires.

Lève-toi... Lève-toi, gros paresseux... sors de là... sors de là... sors de ton lit... vis, aime, ris et sois heur...

La guitare et la voix s'arrêtèrent soudain en même temps. Jack, dont le regard était fixé sur le visage de l'aveugle (essayant inconsciemment de reconnaître, derrière les lunettes noires, les yeux de Speedy), élargit son angle de vision et s'aperçut que deux flics se tenaient à côté du vieil homme.

— Tu sais, lui dit le guitariste d'une voix presque timide. Je n'entends rien mais j'ai comme l'impression de sentir quelque chose de bleu.

— Bon Dieu, Boule de neige, tu sais bien que tu n'as pas le droit de t'installer devant le centre commercial ! lui dit l'un des flics. Qu'est-ce que t'a dit le juge Hallas la dernière fois que tu as comparu devant lui ? Tu dois rester en ville, entre la rue du Centre et la rue Mural. Et pas ailleurs. Bon sang, mec, t'es devenu sénile ou quoi ? Ta bonne femme t'a filé la vérole avant de se faire la malle, ma parole ! Bon Dieu je ne...

Son collègue lui posa la main sur le bras en désignant Jack du menton avec une expression qui disait : Fais gaffe à ce que tu dis devant le gosse.

— Va voir ailleurs si j'y suis, petit, dit sèchement le premier flic.

Jack s'éloigna. Il ne pouvait pas rester. Même s'il avait pu faire quelque chose il n'aura pas pu rester là.

Il avait de la chance que l'attention du flic eût été attirée par cet homme qu'ils appelaient Boule de neige. S'ils l'avaient mieux regardé, Jack était certain qu'ils lui auraient demandé des explications. A part ses baskets neuves, tout le reste était dans un piteux état. Les flics ne mettent pas longtemps pour détecter un gosse en vadrouille ; et pour être en vadrouille, on peut dire que Jack l'était drôlement !

Il se voyait déjà dans la prison de Zanesville tandis que les flics de la ville, des braves types intègres en uniforme bleu qui écoutaient tous les jours Paul Harvey et qui étaient de fervents partisans du président Reagan, faisaient des recherches pour savoir à qui appartenait ce petit garçon-là.

Non, il ne tenait décidément pas à retenir l'attention des policiers de Zanesville.

Il entendit un moteur vrombir doucement derrière lui.

Il remonta un peu son sac à dos et eut l'air de s'intéresser passionnément à ses baskets neuves. Il vit du coin de l'œil la voiture de police le dépasser lentement.

L'aveugle était sur le siège arrière, le manche de sa guitare vertical à côté de lui.

Comme la voiture s'engageait dans l'une des allées qui menaient vers la sortie, l'aveugle tourna brusquement la tête et regarda par la vitre arrière ; il regarda Jack...

... et bien que le jeune garçon ne vît rien à travers les verres sales de ses lunettes noires, il savait bien que Lester « Speedy » Parker lui faisait un clin d'œil.

2

Jack fit en sorte d'éloigner de lui toute pensée jusqu'aux barrières de péage de l'autoroute. Il resta debout à contempler les panneaux qui lui semblaient les seules choses tangibles dans un monde... (*des mondes ?*) où tout le reste n'était qu'un gris tourbillon de folie. Il se sentait en effet pris dans un tourbillon dépressif qui essayait de s'insinuer en lui pour détruire sa détermination. Il reconnaissait que le besoin d'être près de sa mère jouait un grand rôle dans cette dépression, mais ce besoin lui semblait pourtant anodin et puéril comparé à ce qu'il éprouvait maintenant. Il se sentait à la dérive, sans rien de solide à quoi s'accrocher.

Debout à côté des panneaux de signalisation, le regard perdu dans la circulation qui ralentissait aux barrières de péage, Jack se rendit compte qu'il était dans un état presque suicidaire. Il avait réussi à tenir le coup pendant longtemps à l'idée de bientôt revoir Richard Sloat (et sans vouloir vraiment le reconnaître, il avait espéré et même plus qu'espéré que Richard le suivrait — après tout ce ne serait pas la première fois qu'un Sawyer et un Sloat feraient ensemble un voyage étrange, n'est-ce pas ?). Mais le dur travail qu'il avait accompli à la ferme des Palamountain et les événements particuliers qui s'étaient passés dans le centre commercial de Buckeye avaient conféré à cet espoir le faux éclat de la pyrite de cuivre.

Rentre à la maison, Jacky, tu es battu, lui chuchota une voix. *On va te faire la peau si tu continues... et la prochaine fois, il y aura peut-être cinquante morts. Ou cinq cents.*

I-70 Est

I-70 Ouest

Il plongea brusquement la main dans sa poche pour prendre une pièce de monnaie — celle qui dans son univers était un dollar en argent. Que les dieux, quels qu'ils soient, décident pour lui, une bonne fois pour toutes. Il était trop déprimé pour le faire lui-même.

Son dos était encore cuisant à l'endroit où l'avait frappé M. Muscle. Pile, il prendrait la rampe qui allait vers l'est et retournerait dans le New Hampshire. Face, il poursuivrait son chemin... et ne regarderait plus en arrière.

Il se tenait sur la terre meuble du bas-côté de la route ; il lança sa pièce dans l'air froid d'octobre. Elle s'éleva, tourna plusieurs fois sur elle-même, attrapant au vol les rayons du soleil, et Jack leva la tête pour suivre sa course.

Un break occupé par toute une famille qui interrompit un instant ses chamailleries pour le regarder avec curiosité passa près de Jack. L'homme qui était au volant, un expert-comptable qui commençait à perdre ses cheveux et qui se réveillait parfois au milieu de la nuit en s'imaginant qu'il avait des douleurs dans la poitrine et dans le bras gauche, fut soudain traversé par une série de pensées absurdes : Aventures. Danger. La défense d'une noble cause. Rêves de peur et de gloire. Il agita la tête comme pour chasser ces pensées et jeta un coup d'œil dans le rétroviseur au moment où le gamin se penchait pour regarder quelque chose par terre. *Bon Dieu* ! se dit le technocrate dégarni, *Sors-toi ces idées de la tête, Larry. Tu te prends pour Corto Maltese, ma parole* !

Larry s'engagea dans la file des voitures, monta rapidement à quatre-vingt-dix à l'heure, oubliant le gosse en jeans crasseux sur le bord de la route. S'il pouvait arriver chez lui à trois heures, il y serait à temps pour regarder le combat de poids moyens à la télé.

La pièce retomba. Jack se pencha. Côté face... mais ce n'était pas tout. Ce n'était plus la statue de la Liberté qu'il voyait, mais Laura DeLoessian, la reine des Territoires. Mais Seigneur, quelle différence avec le visage pâle et inerte qu'il avait entrevu dans le pavillon, entouré de dames de compagnie anxieuses dans leurs guimpes et voiles blancs ! Celui-ci était expressif, ardent et beau. Pas d'une beauté classique : la ligne de la mâchoire manquait de pureté, et la pommette que l'on voyait de profil n'était pas assez ferme. Mais elle avait un port de tête royal et l'intelligence irradiait de ses traits harmonieux.

Et puis, elle ressemblait tellement à sa mère !

Les yeux de Jack se remplirent de larmes et il serra très fort les paupières pour les empêcher de couler. Il avait assez pleuré pour aujourd'hui. Il avait eu sa réponse, il n'était plus question de s'attendrir sur lui-même.

Lorsqu'il rouvrit les yeux, Laura DeLoessian avait disparu ; la dame sur la pièce était à nouveau la statue de la Liberté.

Cela ne changeait rien : il avait eu sa réponse.

Il se pencha pour ramasser la pièce, la remit dans sa poche et se dirigea vers la rampe Ouest de l'autoroute I-70.

Le lendemain ; forte nébulosité dans le ciel qui annonçait une pluie froide ; à deux pas de la frontière entre l'Ohio et l'Indiana.

Jack se trouvait donc « à deux pas de la frontière », dans un bouquet d'arbres rabougris au-delà de l'aire de repos de Lewisburg sur la I-70. Le garçon était caché par les arbres — du moins l'espérait-il — et attendait que le grand chauve à la grande gueule remontât dans sa Chevrolet-Nova et reprît la route. Jack espérait que le type se déciderait avant qu'il ne commence à pleuvoir. Il avait assez froid comme ça sans avoir besoin d'être mouillé ; il avait eu mal à la gorge et le nez bouché toute la matinée. Il se dit qu'il était en train d'attraper la crève.

Le grand chauve à la grande gueule avait dit s'appeler Emory W. Light. Il avait fait monter Jack dans sa voiture vers onze heures, au nord de Dayton, et le garçon avait presque aussitôt éprouvé une profonde sensation de fatigue et un malaise au creux de l'estomac. Ce n'était pas la première fois qu'il était pris en stop par Emory W. Light. Dans le Vermont, Light avait donné le nom de Tom Ferguson et dit qu'il était chef de rayon dans un magasin de chaussures ; en Pennsylvanie, son nom d'emprunt était Bob Darrent (presque le même nom que le mec qui chantait « Splish Splash » Ah Ah Ah !) et sa profession, directeur de lycée ; cette fois Light annonça qu'il était

PDG de la Première Banque Commerciale de Paradise Falls, dans la ville du même nom, dans l'Ohio. Ferguson était maigre et brun, Darrent dodu comme un bébé sorti du bain, et cet Emory W. Light était grand, avec des yeux comme des œufs pochés derrière des lunettes sans bords, et il avait l'air de tomber des nues.

Pourtant Jack avait découvert que toutes ces différences n'étaient que superficielles. Ils avaient tous écouté son histoire avec le même intérêt passionné. Ils lui avaient tous demandé s'il avait une petite amie chez lui. Tôt ou tard il avait senti une main (une grande main hardie) posée sur sa cuisse, et quand il avait levé les yeux sur Ferguson/Darrent/Light il avait vu sur leur visage la même expression d'espoir libidineux (mélangé à un sentiment de culpabilité) et des gouttes de sueur sur la lèvre supérieure (dans le cas de Darrent, la sueur avait étincelé dans une moustache brune, comme des petits yeux pâles brillant dans un sous-bois clairsemé).

Ferguson lui avait demandé s'il voulait gagner dix dollars.

Darrent avait monté la mise jusqu'à vingt.

Light d'une belle voix ferme, qui tout de même frémissait et se brisait quand il passait d'un registre à l'autre, lui avait demandé s'il avait pas envie de gagner cinquante dollars — il gardait toujours un billet de cinquante dollars dans son talon gauche, dit-il, et serait heureux de le donner au jeune Lewis Farren. Il connaissait un endroit près de Randolph. Une grange vide.

Jack n'établit aucune corrélation entre l'augmentation régulière des offres de Light lors de ses différentes réincarnations et les changements qui avaient pu s'opérer en lui — il était peu enclin à l'introspection et guère intéressé par l'auto-analyse.

Il avait assez rapidement appris comment se comporter avec les gens comme Emory W. Light. Sa première expérience avec Light, qui se nommait alors Tom Ferguson, lui avait enseigné qu'il fallait être courageux mais pas téméraire. Quand Ferguson avait posé sa main sur sa cuisse, Jack avait immédiatement réagi avec une sensibilité toute californienne, les propositions des homosexuels étant là-bas monnaie courante.

— Non merci monsieur, je suis strictement hétéro.

On l'avait déjà entrepris auparavant, évidemment — la plupart du temps dans les cinémas, mais il se rappelait aussi le vendeur d'un magasin de vêtements d'Hollywood-Nord, qui lui avait gentiment offert de le sucer dans une cabine d'essayage (et qui, après que Jack lui eut répondu poliment « non merci », lui avait dit : « Très bien. Essaye donc ce blazer bleu pour voir si c'est bien ta taille »).

A Los Angeles un joli garçonnet de douze ans était en butte à certains désagréments qu'il devait apprendre à supporter, tout comme une jolie femme apprend à supporter de se faire quelquefois tripoter dans le métro. Il ne fallait surtout pas se gâcher la vie pour ce genre de choses.

Les propositions franches telles que les avait formulées Ferguson étaient moins problématiques que quelqu'un qui vous sautait dessus sans prévenir. On pouvait toujours les repousser.

Du moins en Californie. Les homos de l'Est — en particulier en province

— avaient une façon différente d'essuyer un refus.

Ferguson s'était arrêté brusquemennt dans un nuage de fumée en faisant grincer ses pneus et en laissant quarante mètres de caoutchouc derrière sa Pontiac.

— Tu me traites d'homo ? hurla-t-il. Tu oses me traiter de pédé ? Je ne suis pas pédé ! Bon Dieu ! On prend un putain de gosse en stop et il vous traite de sale pédé !

Jack l'avait regardé interloqué. Ne s'étant pas attendu à cet arrêt soudain, il s'était cogné la tête sur la saloperie de tableau de bord. Ferguson, qui l'instant d'avant le caressait de ses yeux bruns d'épagneul, semblait maintenant prêt à le tuer.

— Sors de là, hurla-t-il. C'est toi le pédé, c'est pas moi ! Sale pédé ! Fous le camp, petit pédé ! Sors d'ici ! J'ai une femme ! J'ai des enfants ! J'ai probablement des bâtards dispersés dans toute la Nouvelle-Angleterre ! Je ne suis pas pédé ! C'est toi qui l'es, pas moi. FOUS-MOI LE CAMP D'ICI !

Plus terrifié qu'il ne l'avait encore été, depuis sa rencontre avec Osmond, Jack était donc sorti sans demander son reste. Ferguson, toujours fulminant, avait démarré sur les chapeaux de roues en l'aspergeant de gravier. Jack était allé d'un pas mal assuré jusqu'à un muret de pierre, s'y était assis, et s'était mis à rigoler doucement. Le rire s'était transformé en hurlements de rire et c'était là qu'il avait pris la décision de développer une POLITIQUE, du moins jusqu'à ce qu'il sorte de la cambrousse. « Tout problème grave nécessite une POLITIQUE », avait dit son père autrefois, et Morgan avait acquiescé vigoureusement ; mais ce n'était pas ce qui pouvait retenir Jack.

Sa fameuse POLITIQUE avait très bien marché avec Bob Darrent, et il n'avait aucune raison de penser que cela ne marcherait pas avec Emory Light... le problème c'était qu'entre-temps il avait attrapé la crève et que son nez coulait. Il aurait bien voulu que Light fiche le camp. Debout derrière les arbres, Jack le voyait faire les cent pas, mains dans les poches, son gros crâne chauve luisant doucement sous le ciel lourd. A la barrière de péage, de gros camions passaient en bourdonnant, remplissant l'atmosphère d'émanations nauséabondes de diesel. Le petit bois dans lequel il se trouvait était jonché de détritus, comme tous les bois qui entouraient les aires de repos des autoroutes. Sacs de plastique vides. Grosses boîtes de Big Mac écrasées. Boîtes de Pepsi et de Budweiser défoncées avec la tirette d'ouverture qui cliquetait à l'intérieur quand on les poussait du pied. Bouteilles cassées de whisky Wild Irish Rose et de gin Five O'clock. Là, une petite culotte de nylon en lambeaux avec une serviette hygiénique moisie encore collée dans l'entrejambe. Un préservatif accroché à la branche brisée d'un arbre. Tout un tas de petites choses pimpantes, hé hé ! Sans compter les graffiti sur les murs des toilettes des hommes, pouvant presque tous vraiment intéresser un type comme Emory W. Light : JE VOUDRAI SUCÉ UN GROS ZOB. RENDEZ-VOUS ICI A QUATRE HEURES POUR LA MEILLEURE PIPE QU'ON T'A JAMAIS FAITE. ANCULE-MOI. Et là encore un poète « gay » avec de vastes aspirations : QUE TOUTE LA RACE HUMAINE/ÉJACULE SUR MON VISAGE SOURIANT.

J'ai la nostalgie des Territoires, se dit Jack, sans en être autrement surpris. Il poireautait là, entre deux bâtiments de brique au bord de la I-70, quelque part à l'ouest de l'Ohio, grelottant dans un chandail rapiécé qu'il avait acheté chez un fripier pour un dollar et demi, attendant que le gros type chauve qui était là-bas remonte sur son cheval et se tire.

La POLITIQUE de Jack était d'une extrême simplicité : ne jamais contrarier un type qui a des grosses mains hardies et une belle voix ferme.

Jack poussa un soupir de soulagement. Ça commençait à marcher : une expression mi-dégoûtée mi-furax s'était installée sur la grande gueule chauve de Light. Il retourna à sa voiture, monta dedans, fit une marche arrière si intempestive qu'il faillit emboutir une fourgonnette qui passait derrière lui (il y eut un bref klaxon et le passager du véhicule leva le médius en direction de Emory W. Light) et démarra.

Maintenant il ne restait plus à Jack qu'à retourner sur le bord de la route à l'endroit où les voitures qui quittaient l'aire de repos rejoignaient les autres à la barrière de péage et à trouver une autre voiture avant qu'il ne commence à pleuvoir.

Il jeta un dernier coup d'œil autour de lui. *Affreux, lamentable,* furent les mots qui lui vinrent tout naturellement à l'esprit tandis qu'il contemplait le tas d'ordures qui s'amoncelaient à quelques mètres de l'aire de repos. Jack avait l'impression de sentir la mort rôder — pas seulement ici ou sur les autoroutes, mais dans tous les lieux qu'il avait traversés. Il croyait parfois la voir, ombre sombre et désespérée comme les émanations brunes d'une cheminée de poids lourd diesel.

Il fut à nouveau pris de la nostalgie, nouvelle pour lui, des Territoires, et du désir de revoir le bleu profond du ciel et la courbe légère de l'horizon...

Mais ça déclenche des perturbations à la Jerry Bledsoe.

Ça j'en sais rien... Tout ce que je sais c'est que t'es vraiment « ossédé » par l'idée de meurtre.

En traversant l'aire de repos — il avait vraiment envie de pisser maintenant — Jack éternua trois fois, très vite. Il fit une grimace de douleur en avalant sa salive. Il allait tomber malade, oh ouais ! Formidable. Pas encore en Indiana, dix-huit degrés, ciel pluvieux, pas de voiture, et voilà que je tombe mal...

Ses pensées s'interrompirent brusquement. Il regarda le parking d'un air ahuri, bouche bée. Pendant un instant horrible il sentit ses entrailles se contracter et crut qu'il allait pisser dans son pantalon.

Au beau milieu du parking, parmi les quelque vingt places libres, il vit la BMW vert bouteille de l'oncle Morgan, maintenant grise de poussière. Pas d'erreur. C'était bien elle. Avec sa plaque californienne MLS (Morgan Luther Sloat). Elle donnait l'impression d'avoir été poussée au maximum et quelque peu malmenée.

Mais s'il a pris l'avion pour se rendre au New Hampshire, comment se fait-il que sa voiture se trouve ici ? lui souffla sa raison. *C'est une coïncidence, Jack, une simple...*

Puis il aperçut un homme qui lui tournait le dos devant le taxiphone et sut alors que ce n'était pas une coïncidence. L'homme portait un gros anorak doublé de fourrure de style militaire qui aurait tout à fait convenu pour une expédition dans le Grand Nord. Même de dos, il reconnaissait ces larges épaules et cette carcasse mastoc et molle.

L'homme qui téléphonait se retourna, coinçant le récepteur entre l'épaule et l'oreille.

Jack s'aplatit contre le mur de brique des toilettes pour hommes.

Est-ce qu'il m'a vu ?

Non, se dit-il. Non, je ne pense pas. Mais...

Mais le capitaine Farren avait dit que Morgan — l'autre Morgan — le flairerait comme un chat flaire une souris ; et c'était vrai. De la dangereuse forêt où il se cachait, Jack avait vu changer l'expression de son visage hideux à la fenêtre de la diligence.

Ce Morgan-ci le flairerait aussi, si Jack lui en laissait le temps.

Des pas approchaient.

Le visage paralysé de frayeur, il fit maladroitement glisser le sac de son dos, sachant que c'était trop tard ; qu'il était trop lent ; que Morgan allait arriver dans un instant et le prendrait par le cou en souriant. *Salut Jacky !* *Coucou, c'est moi ! Fini de rigoler maintenant, hein, petit con ?*

Un grand type en veste pied-de-poule passa le coin des WC et lança un regard indifférent à Jack, après quoi il alla boire à la fontaine.

Repartir. Il allait repartir. Il n'éprouvait plus de culpabilité, du moins pas pour l'instant ; seulement cette peur terrible d'être pris au piège étrangement mêlée à un sentiment de soulagement et de plaisir. Jack ouvrit son sac d'une main tremblante. Il y prit la bouteille de Speedy dans laquelle il restait à peine un centimètre de liquide pourpre

(Les gosses n'ont pas besoin de ce poison pour voyager, mais moi j'en ai besoin, Speedy, j'en ai besoin !)

qui clapotait au fond. Tant pis. Il allait repartir. Son cœur sauta à cette idée. Un grand sourire béat lui illumina le visage malgré le temps maussade et la peur qui lui serrait le cœur. *Je suis vachement content de repartir, oh oui !*

D'autres pas maintenant ; cette fois c'était l'oncle Morgan, pas de doute ; Jack reconnaissait la démarche lourde et néanmoins affectée. Mais sa peur avait disparu. L'oncle Morgan avait flairé quelque chose, à coup sûr, mais quand il tournerait le coin, il ne verrait rien d'autre que des sachets de Chips vides et des boîtes de bière écrasées.

Jack aspira à fond — aspira les odeurs grasses de vapeurs de diesel, et les émanations d'essence, et l'air froid de l'automne. Il porta la bouteille à ses lèvres. But une gorgée — la moitié de ce qui restait — et même avec les yeux fermés, il cligna des paupières lorsque...

Chapitre 16

WOLFT

1

... le soleil ardent frappa son visage.

Malgré la saveur âcre et écœurante de l'élixir magique, lui parvenait aux narines une odeur... une chaude odeur animale. Il était entouré de bêtes, il les entendait.

Apeuré, il ouvrit les yeux mais ne fut pas capable de distinguer quoi que ce soit. Il fut aveuglé par la brusque luminosité, comme si quelqu'un avait allumé un projecteur de plusieurs centaines de watts dans une pièce obscure.

Un flanc chaud couvert de fourrure le bouscula, pas méchamment (du moins l'espérait-il) mais plutôt du genre : « laissez-moi-passer-excusez-moi-merci ». Jack, qui s'était mis debout, retomba sur le sol.

— *Eh ! Eh ! Poussez-vous ! Écartez-vous ! Venez par ici* ! Une claque retentissante suivie d'une protestation d'animal mécontent, quelque chose qui se situait entre un Meuh... et un Béé...

— Par les clous du Seigneur ! T'es trop stupide ! File de là avant que je t'arrache les yeux !

Les yeux de Jack étaient à présent suffisamment habitués à l'éclat de cette pure journée d'automne des Territoires pour discerner, au milieu des remous d'un troupeau, un jeune géant qui frappait le dos et les flancs de ses bêtes avec apparemment beaucoup plus de plaisir que de force. Jack se redressa, s'empara automatiquement de la bouteille de Speedy qui ne contenait plus qu'une précieuse gorgée d'élixir et la remit dans le sac. Pas un instant il ne quitta des yeux le jeune homme qui lui tournait le dos.

Il était vraiment très grand — presque deux mètres — et ses épaules étaient si larges qu'elles semblaient légèrement disproportionnées. Une crinière grasse en broussaille lui tombait sur les épaules. Jack voyait ses muscles saillir et onduler tandis qu'il se déplaçait parmi ses bêtes qui ressemblaient à des vaches pygmées.

Il les éloignait de Jack et les poussait vers la route de l'Ouest.

Même de dos sa silhouette était surprenante, mais le plus surprenant chez lui, c'était la façon dont il était vêtu. Tous les gens que Jack avait rencontrés sur les Territoires (y compris lui-même) portaient des tuniques, des justaucorps, et des braies grossières.

Or ce type portait une salopette Oshkosh !

Quand il se retourna Jack éprouva un choc terrible et l'épouvante lui serra la gorge. Il bondit sur ses pieds.

C'était le monstre Elroy.

Ce berger était le monstre Elroy.

2

Sauf que ce n'était pas lui.

Si Jack n'était pas resté planté là, rien de ce qui arriva par la suite — au cinéma, dans la cabane, et dans l'enfer de La Maison du Soleil — ne se serait produit (ou tout au moins différemment) ; mais une fois debout, il resta immobile, pétrifié de terreur. Il fut incapable de courir, comme un cerf aveuglé par la torche électrique d'un chasseur.

Tandis que la créature en salopette s'approchait il se dit : *Elroy n'était pas aussi grand ni si baraqué que ça. Et ses yeux étaient jaunes.* Les yeux de celui-ci étaient en revanche d'une couleur orange vif pas possible. On avait, en les fixant, l'impression d'avoir devant soi les yeux étincelants d'une citrouille de Halloween[1]. Et alors que le sourire d'Elroy était un rictus qui préfigurait la folie et le meurtre, celui de ce phénomène était franc, joyeux et inoffensif.

Ses pieds nus étaient énormes et plats, et les orteils réunis par groupes de deux ou trois, à peine visibles sous les longs poils frisés. Jack affolé s'aperçut, avec une surprise craintive mêlée d'un amusement naissant, que ce n'était pas des sabots comme ceux d'Elroy, mais plutôt des grosses pattes de nounours.

Tandis que la distance entre lui et Jack diminuait, ses yeux... (*d'humain, d'animal ?*) étincelèrent et devinrent encore plus orange, prenant un court instant la teinte fluorescente des vêtements des chasseurs ou des ouvriers qui travaillent sur les chantiers routiers. Puis ils se ternirent et reprirent une couleur normale brun noisette. A mesure que la couleur changeait, le sourire de la créature oscillait entre la perplexité et la sympathie, et Jack comprit alors deux choses : d'une part il n'y avait rien de mauvais chez cet être-là, pas la moindre trace d'agressivité ; et d'autre part, il était très lent. Pas forcément faible, mais vraiment lent.

— Wolf ! s'écria en souriant le grand garçon-animal chevelu.

Il avait une grande langue pointue et Jack se dit en frissonnant qu'il ressemblait en effet à un loup[2]. Pas à un bouc comme Elroy, mais à un loup.

---

1. Veille de la Toussaint : la coutume veut que les enfants se déguisent et creusent des citrouilles dans lesquelles ils allument des bougies (*N.d.T.*)

2. Jeu de mots sur *Wolf* qui en anglais signifie *Loup* (N.d.T.).

Il espérait ne pas se tromper en pensant qu'il était inoffensif. *En tout cas, si je me suis planté à son sujet, je n'aurai plus dorénavant l'occasion de commettre ce genre d'erreur... Plus jamais.*

— Wolf ! Wolf !

Il tendit la main et Jack vit qu'elle était recouverte de poils mais plus luxuriants et plus fins que les poils qui poussaient sur ses pieds. C'était assez beau, finalement. Ils étaient plus épais à l'intérieur des paumes, où leur couleur était d'un beige très clair comme une étoile au front d'un cheval.

Mon Dieu je crois qu'il veut me donner une poignée de main !

Avec quelque réticence, pensant à l'oncle Tommy qui lui avait dit qu'il ne fallait jamais refuser une poignée de main, pas même à son pire ennemi (« Bagarre-toi à mort après, si tu le dois, mais serre-lui d'abord la main ») Jack tendit donc la sienne en se demandant si elle n'allait pas être broyée... ou peut-être même dévorée.

— Wolf ! Wolf ! On se serre la main, ici et maintenant ! s'écria, ravie, la bête humaine en salopette Hoshkosh. Ici et maintenant ! Brave vieux Wolf ! Que Dieu le pile ! *Wolf !*

Malgré son grand enthousiasme, la poignée de main de Wolf était assez douce et atténuée par la fourrure frisée qui lui tapissait la paume.

D'abord une salopette Oshkosh, puis une poignée de main d'un mec qui a tout d'un chien de traîneau sibérien géant et qui dégage une odeur de grange à foin après l'orage, se dit Jack. Qu'est-ce qui va suivre maintenant ? Il va m'inviter à venir à l'église avec lui dimanche prochain ?

— Brave vieux Wolf, tu vois ! Brave vieux Wolf ici et maintenant !

Il se prit ses vastes côtes dans les mains et rit, enchanté de lui-même. Puis il reprit la main de Jack.

Cette fois, il la secoua vigoureusement. Jack avait l'impression qu'il lui fallait faire quelque chose à son tour, sinon, ce jeune homme charmant, bien que simplet, allait garder sa main jusqu'au soir.

— Brave vieux Wolf, dit-il.

Il semblait que son nouveau copain appréciât grandement cette phrase.

Wolf s'esclaffa comme un gosse et lâcha la main de Jack. Quel soulagement ! La main lui était restituée sans avoir été broyée ni dévorée, mais Jack avait un peu le mal de mer. Wolf l'avait secouée avec plus d'énergie qu'un joueur chanceux ne secoue une machine à sous.

— Étranger, hein ? demanda Wolf.

Il enfonça ses grosses pattes poilues dans les fentes de sa salopette et se mit à jouer au billard de poche sans la moindre gêne.

— Oui, dit Jack, en se demandant quelle signification pouvait bien avoir ce mot sur les Territoires. Car il avait une signification très précise. Oui, je crois bien qu'on peut dire que je suis un étranger.

— Dieu me pile, mais ça se sent ! Ici et maintenant, et comment ! Ça sent même drôlement ! Pas mauvais, tu sais, mais c'est quand même un peu bizarre ! Wolf ! C'est moi. Wolf ! Wolf ! Wolf !

Il rejeta la tête en arrière et éclata de rire. Un rire qui s'acheva en une espèce de hurlement assez déconcertant.

Le jeune garçon comprit qu'il devait se présenter :
— Jack, dit-il. Jack Saw...

Sa main fut à nouveau happée et agitée.

— Sawyer, dit-il finalement, quand elle lui fut rendue.

Il sourit, avec l'impression d'être aussi défoncé que s'il avait fumé un énorme pétard à lui tout seul.

Cinq minutes plus tôt il se planquait derrière le mur en brique d'un chiotte sur la I-70, et il était maintenant en train de papoter avec un jeune mec qui ressemblait plus à un animal qu'à un être humain.

Et pour couronner le tout : son rhume avait complètement disparu !

3

— Wolf rencontre Jack ! Wolf rencontre Jack ! Ici et maintenant ! Bravo ! Bon ! Oh, Jason ! Les vaches sur la route ! Qu'elles sont stupides ! Wolf ! Wolf !

Wolf dévala la pente jusqu'à la route en hurlant contre son troupeau de bêtes qui regardaient autour d'elles d'un air ahuri, tout étonnées de ne plus trouver d'herbe. C'étaient de drôles d'animaux, un étrange croisement de vaches et de moutons. Jack se demanda quel nom donner à ce genre de races croisées et un seul mot lui vint à l'esprit : des *monstres*. Ni vaches, ni moutons, des *monstrons*. *Wolf s'occupe de son troupeau de monstrons ! Oh ouais ! Ici et maintenant !*

Il eut à nouveau l'impression d'être défoncé. Il s'assit par terre et se mit à rire comme un fou, en mettant les mains devant la bouche pour atténuer le bruit.

Le plus gros des monstrons ne dépassait pas le mètre vingt. Leur fourrure était laineuse et d'une teinte brunâtre, un peu comme la couleur des yeux de Wolf — du moins quand ils n'étincelaient pas comme une lanterne de Halloween. Elles avaient des petites cornes enroulées qui paraissaient totalement inutiles. Wolf leur fit quitter la route. Elle lui obéirent sans manifester aucune crainte. *Si une vache ou un mouton de chez moi avait flairé ce type, il l'aurait évité au risque de se rompre le cou,* se dit Jack.

Pourtant Jack aimait bien Wolf — il l'aimait d'instinct, tout comme il avait détesté Elroy d'instinct. Ce qui était d'autant plus suprenant que la similitude entre les deux était indéniable. Sauf qu'Elroy ressemblait à un bouc et Wolf à un... loup.

Jack s'approcha lentement de l'endroit où Wolf avait mis son troupeau à paître. Il se rappela sa fuite sur la pointe des pieds dans le couloir nauséabond de la Taverne d'Oatley quand il essayait d'atteindre la sortie de secours ; il se souvint avoir senti la présence d'Elroy, senti son odeur comme un vache de son univers sentirait à coup sûr celle de Wolf. Il se rappela comment les mains d'Elroy avaient commencé à se tordre et à épaissir, comment son cou avait gonflé, et comment ses dents s'étaient transformées en une rangée de crocs noircis.

— Wolf ?

Wolf se retourna et lui sourit. Ses yeux prirent une couleur orange et parurent à la fois sauvages et intelligents. Puis la lueur s'éteignit et ils redevinrent comme avant, brunâtres et ahuris.

— Serais-tu une espèce de...loup-garou ?

— Bien sûr, dit Wolf avec un grand sourire. Jack a tapé dans le mille. Wolf !

Jack s'assit sur une pierre et regarda Wolf d'un air songeur. Il croyait sincèrement qu'il lui serait impossible d'être encore plus surpris qu'il ne l'avait été jusque-là, mais Wolf y réussit pourtant, le plus gentiment du monde :

— Et comment va ton père, Jack ? demanda-t-il sur le ton anodin que l'on prend généralement pour demander des nouvelles de la famille. Comment va Phil en ce moment ? Wolf !

4

Jack eut l'impression de recevoir un grand coup sur la tête. Il resta un moment l'esprit vide, sans rien penser, comme une station de radio qui n'émet rien qu'une onde porteuse. Puis il vit le visage de Wolf se transformer. L'expression de bonheur et de curiosité puérile fut remplacée par une expression de chagrin. Jack vit que ses narines palpitaient rapidement.

— Il est mort, n'est-ce pas ? Wolf ! Je suis désolé, Jack. Que Dieu me pile ! Je suis stupide ! *Stupide* !

Wolf se frappa le front de la main et cette fois poussa un véritable hurlement. Un son qui glaça le sang de Jack. Les bêtes du troupeau, inquiètes, regardèrent autour d'elles.

— Oui, il est mort, dit Jack.

Il entendit sa voix dans ses oreilles plus que dans sa tête, comme si quelqu'un d'autre avait parlé.

— Mais... comment l'as-tu deviné ?

— Ton odeur a changé, lui répondit simplement Wolf. J'ai su qu'il était mort parce que c'était dans ton odeur. Pauvre Phil ! C'était un type bien ! Je te le dis ici et maintenant, Jack ! Ton père était un type bien ! Wolf !

— Oui, dit Jack. C'est vrai. Mais comment l'as-tu connu ? Et comment savais-tu que c'était mon père ?

Wolf regarda Jack comme s'il avait posé une question tellement idiote qu'elle méritait à peine une réponse.

— Je me souviens de son odeur, c'est tout. Wolf se souvient de toutes les odeurs. Et tu as exactement la même odeur que lui.

Vlan ! Jack se sentit à nouveau sonné. Il eut envie de se balancer d'avant en arrière sur le gazon résistant et moelleux et de hurler en se tenant le ventre. On lui avait déjà dit qu'il avait les yeux de son père, la bouche de son père, et même le talent de son père pour raconter des histoires, mais jamais, jusqu'ici, on ne lui avait dit qu'il avait la même odeur que son père. Pourtant, il reconnaissait qu'il y avait là une certaine logique.

— Comment l'as-tu connu ?

Wolf eut l'air effaré.

— Il est venu avec l'autre, dit-il enfin. Celui d'Orris. J'étais encore petit. L'autre était méchant. L'autre nous a volé. Ton père ne le savait pas, s'empressa-t-il d'ajouter, comme si Jack avait manifesté de la colère. Phil, ton père était bon. L'autre...

Wolf agita la tête lentement. Son visage exprimait maintenant bien autre chose que du plaisir. Comme s'il se remémorait quelque cauchemar de son enfance.

— Mauvais, dit-il. Mon père m'a dit qu'il s'est fait une place dans notre monde. Il était la plupart du temps dans son Double, mais il appartenait à ton univers. Nous savions qu'il était mauvais, ça se sentait. Mais qui écoute les loups ? Personne. Ton père savait aussi qu'il était mauvais, mais il ne pouvait pas le sentir aussi bien que nous. Il le savait, mais il ne se doutait pas à quel point !

Et Wolf rejetant la tête en arrière poussa à nouveau un hurlement, un terrible hululement de chagrin qui résonna contre le ciel d'un bleu profond.

SLOAT DANS CE MONDE (II)

De la poche de sa volumineuse parka (il l'avait achetée, convaincu qu'à l'est des Montagnes Rocheuses, l'Amérique n'était plus à partir du 1er octobre qu'un vaste territoire glacé — et il suait maintenant à grosses gouttes), Morgan sortit une petite boîte en acier. Il y avait sous la serrure dix minuscules boutons et un rectangle jaune de verre fumé de sept millimètres sur cinq. Avec l'ongle de son auriculaire gauche, il appuya sur plusieurs de ces boutons et une série de chiffres apparut brièvement à la fenêtre de lecture. Sloat avait acheté ce gadget à Zurich où on lui avait assuré que c'était le plus petit coffre du monde. Selon le type qui le lui avait vendu, rien ne pouvait altérer sa solidité à toute épreuve, pas même un séjour d'une semaine dans un four crématoire.

Il s'ouvrit avec un petit déclic.

Sloat rabattit deux minuscule ailettes de velours noir et découvrit un objet qu'il possédait depuis plus de vingt ans — bien avant la naissance de ce sale morveux qui lui causait tant d'ennuis. C'était une petite clé d'étain terni qui avait été autrefois plantée dans le dos d'un soldat mécanique. Sloat avait aperçut le jouet dans la vitrine d'un brocanteur de la petite ville de Point Venuti en Californie — ville à laquelle il portait un vif intérêt. Sous l'effet d'une force irrépressible (qu'il n'avait d'ailleurs jamais cherché à réprimer ; pas vraiment ; Morgan Sloat ayant toujours considéré ce type d'élan comme une vertu) il était entré dans la boutique et avait acheté le soldat abîmé et poussiéreux pour cinq dollars... Or, ce n'était pas le soldat qu'il désirait, mais la fameuse clé, qui avait attiré son attention, et qui plus tard lui avait confié certains secrets. A peine eut-il franchi la porte du brocanteur qu'il retira la clé et la glissa dans sa poche. Quant au malheureux soldat, il le jeta dans une poubelle qui était devant la Librairie de la Dangereuse Planète.

Pour l'instant, Sloat, debout à côté de sa voiture sur l'aire de repos de Lewisburg, regardait sa clé, qu'il avait sortie de son coffret. La clé, comme ce maudit guru de malheur de Jack, se métamorphosait dans les Territoires. Un jour, en revenant de là-bas, il l'avait laissé tomber sans s'en apercevoir dans le hall du vieil immeuble de la société. Elle devait encore être imprégnée de la magie des Territoires car ce couillon de Jerry Bledsoe avait cramé un peu plus d'une heure plus tard. Est-ce qu'il l'avait ramassée ? Ou avait-il seulement marché dessus ? Sloat n'en savait rien et s'en fichait éperdument. Et sachant que Jerry avait pris une assurance-vie, avec une double indemnité, en cas de mort accidentelle (c'était le gardien de l'immeuble avec lequel Sloat fumait de temps en temps un petit joint qui lui avait refilé ce détail piquant) il se disait que Nita Bledsoe avait tiré le gros lot ; lui-même, en revanche, avait failli devenir dingue en s'apercevant qu'il n'avait plus sa clé. C'était Phil Sawyer qui l'avait retrouvée et la lui avait rendue sans autre commentaire que :

— Tiens, Morgan. C'est bien ton porte-bonheur, non ? Ta poche doit être trouée. Je l'ai trouvée dans le hall quand ils ont enlevé le corps du pauvre vieux Jerry.

Oui, dans le hall. Dans le hall où flottait une odeur de mixer qui aurait fonctionné à grande vitesse pendant neuf heures d'affilée. Dans le hall où tout avait été arraché, où tout avait noirci ou fondu.

Tout, sauf cette modeste clé.

Cette clé qui dans les Territoires était une sorte de paratonnerre — et que Sloat accrocha autour du cou, au bout d'une fine chaîne en argent.

— A nous deux, Jacky, dit Sloat d'une voix presque tendre. Il est temps que cette histoire ridicule cesse une bonne fois pour toutes.

CHAPITRE 17

WOLF ET SON TROUPEAU

1

Wolf lui raconta un tas de choses tout en surveillant son troupeau pour qu'il n'aille pas sur la route. Il conduisait ses bêtes vers l'ouest, à une rivière qui coulait à cinq cents mètres de là. Quand Jack lui demanda où il vivait, Wolf lui désigna le nord d'un geste vague. Il habitait avec sa famille, dit-il. Quand Jack réclama quelques éclaircissements, un peu plus tard, son nouveau copain eut l'air surpris et expliqua qu'il n'avait encore ni femelle ni petits — qu'il ne voulait pas participer à ce qu'il appelait « le grand rut nuptial » avant un an ou deux. Jack comprit qu'il attendait le « grand rut nuptial » avec impatience en voyant le sourire innocemment paillard qui s'épanouit sur son visage.

— Mais tu m'as dit que tu vivais avec ta famille.

— Oh ! Famille ! Eux ! Wolf ! dit-il en riant. Bien sûr. *Eux* ! On vit tous ensemble. On est chargé de garder le bétail, tu sais. *Son* bétail.

— Celui de la reine ?

— Oui. Que Dieu la garde en vie, toujours toujours.

Et Wolf exécuta un salut aussi absurde qu'émouvant en se penchant en avant et en portant la main droite à son front.

Il posa d'autres questions dont les réponses expliquèrent bien des choses... du moins Jack en eut-il l'impression. Wolf était célibataire (encore que ce terme ne convînt pas vraiment). La famille dont il parlait était très importante en nombre — littéralement la Caste des Loups. C'était une caste de nomades, totalement fidèle à la reine, et qui se déplaçait sur les vastes espaces déserts compris entre les Avant-Postes et ce que Wolf appelait les « Terres peuplées », évoquant par ce terme les villes et les villages de l'est.

Les loups étaient pour la plupart de solides travailleurs à qui l'on pouvait faire confiance. Leur force était légendaire, leur courage indiscutable. Certains d'entre eux étaient allés dans les « Terres peuplées » de l'est où ils servaient la reine comme soldats, gardes, et même comme gardes du corps personnels. Wolf expliqua à Jack que leur vie avait deux seules pierres de touche ; la Dame et la famille. La plupart des Loups servaient comme lui leur Dame : en gardant ses troupeaux.

Le bétail des territoires était le principal fournisseur de viande, vêtements, suif, et graisse d'éclairage (ce n'était pas exactement ce qu'avait dit Wolf, mais ce que Jack en avait déduit des propos de son compagnon). Tout le bétail appartenait à la Reine et les Loups en étaient les bergers depuis des temps immémoriaux. C'était leur fonction. Jack ne put s'empêcher de penser à la relation qui existait jadis entre les Indiens des Grandes Plaines d'Amérique et les troupeaux de buffles... du moins jusqu'à ce que les hommes blancs ne soient venus sur ces territoires et en aient détruit l'équilibre.

— Le lion dormira avec la gazelle et le Loup avec le Monstron, murmura Jack, paraphrasant les Écritures avec un sourire.

Il était allongé sur le dos, les mains derrière la tête. Il se sentait merveilleusement paisible et heureux.

— Quoi, Jack ?

— Rien, dit-il. Wolf, est-ce que tu te transformes vraiment en bête sauvage à la pleine lune ?

— Bien sûr, dit Wolf, l'air surpris, comme si Jack lui avait posé une question aussi stupide que *Est-ce que tu remontes vraiment ton pantalon quand tu as fini de chier ?*

— Mais les étrangers, eux, ne se transforment pas, n'est-ce pas ? C'est Phil qui me l'a dit, ajouta Wolf.

— Et... le troupeau, quand vous vous métamorphosez... Est-ce que...

— Oh, quand on devient sauvage, on ne s'approche pas du troupeau ! répondit Wolf avec le plus grand sérieux. Bon Jason, non ! Sinon, nous aurions vite fait de dévorer les bêtes. Tu ne le savais pas ? Et un loup qui dévore du bétail doit être puni de mort. C'est dans le *Livre du Bon Fermier*. Wolf ! Wolf ! quand c'est la pleine lune, nous allons d'un côté et le troupeau va ailleurs. Les bêtes sont peut-être stupides mais elles savent qu'elles doivent s'éloigner quand la lune est pleine. Wolf ! Heureusement pour elles ! Que Dieu les pile !

— Mais vous vous nourrissez quand même de viande ?

— Toujours des questions ! Tu es bien comme ton père, dit Wolf. Wolf ! Ça ne me dérange pas d'ailleurs. Ouais, nous mangeons de la viande. Bien sûr ! On est des Loups, non ?

— Mais si vous ne touchez pas aux troupeaux, qu'est-ce que vous mangez alors ?

— On mange très bien, dit Wolf.

Et il refusa d'en dire plus sur le sujet.

Comme tout le reste sur les Territoires, Wolf était un mystère — un mystère à la fois merveilleux et inquiétant. Le fait qu'il eût autrefois connu le père de Jack et Morgan Sloat — qu'il eût tout au moins rencontré leurs Doubles à plusieurs occasions — ne faisait qu'ajouter au mystère de Wolf sans cependant l'expliquer totalement. Tout ce que lui avait dit Wolf poussait

Jack à poser d'autres nombreuses questions, auxquelles, pour la plupart, il ne pouvait — ou ne voulait — pas répondre.

La relation de la visite de Philip Sawtelle et d'Orris dans les Territoires illustrait bien l'imprécision de ses propos. Ils avaient fait leur première apparition dans les Territoires quand Wolf était dans la « petite lune » et vivait avec sa mère et ses deux « sœurs de portée ». Ils ne faisaient apparemment que passer par là, comme Jack, mais contrairement à lui se rendaient à l'est. (« Pour tout dire, tu es bien le seul humain que j'aie jamais rencontré aussi loin à l'ouest et qui continue dans cette direction », lui confia Wolf).

Ils étaient tous les deux bien sympathiques. Ce n'est que plus tard que les problèmes commencèrent... avec Orris. Après que l'associé du père de Jack se fut « fait une place dans notre monde » répéta Wolf — quand il parlait de Sloat, il semblait l'évoquer sous l'apparence physique d'Orris. Wolf lui raconta que Morgan avait enlevé une de ses sœurs de portée. (« Ma mère s'est rongé les mains et les pieds pendant un mois quand elle a compris que c'était lui qui l'avait prise », commenta Wolf d'une façon prosaïque). Mais il ne s'arrêta pas là. Wolf baissa le ton, et le visage empreint de crainte superstitieuse dit à Jack que « l'homme qui boitait » avait enlevé d'autres Loups et les avait emportés dans l'autre monde, le « Pays des Étrangers », où il leur avait appris à dévorer le bétail.

— C'est interdit aux gens de ta caste, n'est-ce pas ? fit Jack.

— Ils sont damnés, répondit simplement Wolf.

Quand Wolf avait parlé de l'enlèvement de sa sœur, Jack avait cru qu'il s'agissait d'un terme des Territoires qui signifiait *kidnapping*. Mais il comprenait maintenant qu'il ne s'agissait pas du tout de cela — à moins que Wolf, avec une poésie inconsciente, eût essayé de lui faire comprendre que Morgan s'était emparé de l'esprit de certains membres de la famille des Loups. Jack pensait plutôt que certains loups-garous avaient renié leur allégeance à la Couronne et abandonné leur rôle de gardiens de troupeaux pour se mettre au service de Morgan... Morgan Sloat et Morgan d'Orris.

Il pensa immédiatement à Elroy.

Un Loup qui dévore les bêtes de son troupeau doit être puni de mort.

Et aux deux types de la voiture verte qui s'étaient arrêtés pour demander leur chemin, qui lui avaient offert un Carambar, et qui avaient ensuite essayé de le pousser dans la voiture. Les yeux. *Leurs yeux avaient changé de couleur.*

Ils sont damnés.

Il s'est fait une place dans notre monde.

Jusqu'ici, Jack s'était senti heureux et en sécurité. Heureux d'être de retour sur les Territoires où le fond de l'air était frais, mais rien de comparable au temps froid, triste et gris qu'il y avait dans l'Ohio ; et en sécurité auprès du grand Wolf, si chaleureux et si gentil, à des kilomètres de tout et de tout le monde.

Il s'était fait une place dans notre monde.

Jack posa d'autres questions à Wolf sur son père — Philip Sawtell, comme on l'appelait sur les Territoires — mais Wolf se contenta de hocher la tête.

C'était un sacré brave type, et c'était un Double — donc un Étranger. Mais c'était tout ce que Wolf paraissait savoir. Les Doubles étaient, d'après lui, des créatures qui avaient une apparence humaine, mais il ne pouvait se permettre d'en dire davantage. Pas plus qu'il ne pouvait décrire Philip Sawtelle — il ne se souvenait plus de lui. Il ne se rappelait que son odeur. La seule chose qu'il savait, quant à lui, c'est qu'alors que ces Étrangers paraissaient tous les deux très gentils, seul Phil Sawyer l'était vraiment. Il avait même un jour apporté des cadeaux pour Wolf et ses sœurs de portée. Parmi ces cadeaux, il y en avait un qui ne s'était pas transformé en passant d'un monde à l'autre : c'était la salopette Oshkosh qu'il portait.

— Je ne voulais plus la quitter, dit Wolf. Au bout de cinq ans, ma mère a voulu s'en débarrasser. Elle disait qu'elle était usée jusqu'à la corde ! Que j'étais bien trop grand pour elle ! Wolf ! Elle disait que ce n'était plus qu'un assemblage de pièces qui se retenaient entre elles. Mais je ne voulais pas m'en séparer. Alors elle a fini par acheter une pièce d'étoffe à un colporteur qui allait vers les Avant-Postes. Je ne sais pas combien elle l'a payée, et, Wolf ! Je vais te dire la vérité, Jack, j'ai eu peur de le demander. Elle l'a teinte en bleu et m'a confectionné six salopettes neuves. Et celle que ton père m'a offerte, je dors dessus maintenant, Wolf ! Wolf ! C'est un sacré bon oreiller.

Wolf souriait si ouvertement — et pourtant si tristement aussi — que Jack en fut ému et qu'il prit sa main dans la sienne. C'était quelque chose qu'il n'aurait jamais pu faire dans son ancienne vie, quelles que fussent les circonstances, et il le regrettait maintenant. Il était heureux de serrer la main chaude et forte de Wolf.

— Je suis heureux que tu aies aimé mon père, dit-il.

— Oh oui, je l'aimais ! Wolf ! Wolf !

C'est à ce moment que la catastrophe se produisit.

2

Wolf s'arrêta de parler et regarda autour de lui, saisi d'effroi.

— Wolf, qu'est-ce qui se p...

— Chut !

C'est alors que Jack l'entendit. Wolf, dont l'ouïe était plus fine, avait perçu le bruit avant lui ; mais il augmentait rapidement, et un sourd ne tarderait pas à l'entendre à son tour, se dit Jack. Les bêtes regardèrent autour d'elles et commencèrent à s'éloigner, en un mouvement agité et houleux, de l'endroit d'où provenait le bruit. On aurait dit un bruitage, comme ceux qu'on entend à la radio, un bruitage censé imiter quelqu'un qui déchirait un drap par le milieu, très lentement. Et le volume continuait d'augmenter, d'augmenter jusqu'à ce que Jack eût l'impression de devenir fou.

Wolf bondit sur ses pieds, l'air à la fois interdit et effrayé. Le bruit de déchirure, comme un vrombissement sourd et rocailleux, continuait d'augmenter. Les bêtes se mirent à bêler de plus en plus fort. Certaines retournaient à la rivière et Jack qui regardait à ce moment-là dans cette direction en vit une qui flageola sur ses pattes avant de s'écrouler maladroitement dans un éclaboussement d'eau. Elle avait été poussée par ses compagnes qui reculaient affolées. Elle poussa un bêlement perçant. Une autre vache-mouton buta sur elle et fut, elle aussi, jetée à l'eau par la lente retraite du bétail. L'autre rive de la rivière était basse et marécageuse, bordée de roseaux verts. Celle des bêtes qui atteignit la berge opposée s'embourba rapidement dans la vase.

— *Oh, que Dieu pile cet imbécile d'animal* ! brailla Wolf qui dévala la pente vers la rivière où la première vache-mouton tombée à l'eau semblait à l'agonie.

— Wolf ! appela Jack, mais Wolf ne pouvait pas l'entendre.

Jack avait du mal à s'entendre lui-même dans ce fracas infernal. Il regarda sur sa droite, de ce côté de la rivière, et resta bouche bée devant ce qu'il vit. Un phénomène étrange se déroulait dans l'espace. Une bulle d'air gigantesque se ridait et ondulait à un mètre du sol, donnant l'impression de se tordre et de se déchirer. Comme à travers une nappe d'air chaud au-dessus d'un incinérateur, Jack aperçut la route brouillée à travers la bulle d'air.

Quelque chose déchire l'espace — quelque chose le traverse comme une blessure. Quelque chose qui vient de l'autre univers ? Doux Jason, est-ce que je fais pareil quand je passe d'un monde à l'autre ?

Mais même dans sa panique, Jack savait que ce n'était pas le cas.

Il croyait savoir qui seul était capable de « passer » de cette façon, en déchirant l'espace, en le violant presque.

Et il se précipita au bas de la pente.

3

Le bruit de déchirure continua, continua. Wolf était maintenant à genoux dans la rivière, essayant de remettre le deuxième animal sur ses pattes. Le premier, flottait, emporté par le courant, son corps flasque déchiqueté, lacéré.

Lève-toi ! Wolf ! Dieu te pile ! Lève-toi !

Wolf poussait et frappait la vache-mouton qui tournait et revenait sans cesse vers lui ; puis voyant qu'elle était en train de se noyer, il la prit dans ses bras et la tira hors de l'eau. « WOLF ! ICI ET MAINTENANT ! » hurla-t-il. Les manches de sa chemise se fendirent le long de ses biceps, rappelant à Jack David Banner quand il était pris d'une colère inspirée sous l'effet des rayons gamma qui le transformaient en Incroyable Hulk. Wolf se remit debout avec force éclaboussures ; il titubait, ses yeux lançaient des éclairs orange, sa salopette bleue était maintenant trempée. De l'eau coulait des naseaux de l'animal que Wolf serrait contre lui, comme un chiot démesuré. On ne voyait plus que le blanc de ses yeux révulsés.

— Wolf ! s'écria Jack. C'est Morgan ! C'est...

— *Le troupeau* ! répondit Wolf. *Wolf* ! *Wolf* ! *Mon maudit troupeau* ! *Jack* ! *N'essaye pas...*

Le reste de sa phrase fut emporté par un terrible coup de tonnerre qui fit trembler la terre. Le fracas du tonnerre recouvrit un moment l'autre bruit, celui étourdissant et monotone de déchirure. Presque aussi affolé que les bêtes de Wolf, Jack leva les yeux et vit le ciel bleu, pur, dépourvu de nuages, à part quelques-uns, blancs et cotonneux à des kilomètres.

Le tonnerre déclencha immédiatement la panique dans le troupeau de Wolf. Les bêtes essayèrent de s'enfuir, mais, délicieusement idiotes, elles retournaient en arrière au lieu d'avancer. Elles tombèrent dans l'eau et furent emportées par le courant. Jack entendit un bruit atroce d'os brisés, suivi du bêlement déchirant de l'animal qui souffrait. Wolf hurla de rage, lâcha la vache-mouton qu'il avait essayé de sauver et pataugea vers l'autre rive marécageuse.

Avant qu'il ait eu le temps de l'atteindre, une demi-douzaine de bêtes passèrent près de lui et l'entraînèrent. L'eau jaillit en fines gouttelettes étincelantes. Jack comprit qu'à présent c'était Wolf qui se trouvait en danger : il allait être écrasé et noyé par ces stupides animaux en fuite.

Jack entra dans la rivière, maintenant noire de boue. Le courant lui faisait sans cesse perdre l'équilibre. Une vache-mouton bêlante, roulant des yeux affolés, passa près de lui et le remous faillit le renverser. L'eau lui éclaboussa le visage, et Jack s'essuya les yeux.

A présent, le bruit semblait résonner sur la terre entière : DÉÉÉÉÉCHIIIIIRUUUUUREEEE...

Wolf. Peu importait Morgan, du moins pour l'instant. Wolf était en danger.

Sa tête hirsute et mouillée émergeait encore quand trois de ses bêtes arrivèrent droit sur lui ; Jack ne vit plus alors qu'une main velue qui s'agitait au-dessus de l'eau. Il avança, essayant de se frayer un chemin parmi les malheureux bestiaux, certains encore debout, les autres se débattant désespérément avant de couler.

— Jack ! cria une voix au-dessus du vacarme infernal.

Jack reconnut cette voix. C'était celle de l'oncle Morgan.

— *Jack* !

Il y eut un nouveau coup de tonnerre, un bruit sourd cette fois, qui traversa le ciel comme un obus.

Haletant, ses cheveux mouillés lui dégoulinant sur le front, Jack regarda par-dessus son épaule... et aperçut l'aire de repos de la sortie de Lewisburg, sur la I-70, en Ohio. Il la voyait comme à travers une vitre mal polie... mais il la voyait. L'angle du bâtiment en brique des toilettes était à gauche de la bulle d'air torturée. Le capot de ce qui ressemblait à une camionnette Chevrolet était à droite, flottant à un mètre au-dessus du pré où Wolf et lui étaient assis à bavarder tranquillement moins de cinq minutes plus tôt. Et au centre, tel un figurant dans un film retraçant l'expédition de l'amiral Byrd au pôle Sud, se tenait Morgan Sloat, sa grosse face déformée par une rage meurtrière. Était-ce une expression de rage ou d'autre chose ? De triomphe ? Oui. Jack se dit que ça y ressemblait fort.

Il était planté au beau milieu de la rivière dont l'eau lui arrivait en haut des cuisses, entouré de bêtes qui passaient près de lui en bêlant, fixant cette trouée qui avait été faite dans l'étoffe même de la réalité, les yeux écarquillés, la bouche grande ouverte.

Il m'a retrouvé, Oh mon Dieu, il m'a retrouvé.

« *Ah te voilà, petit trou du cul !* » cria Morgan à son adresse. Sa voix portait, mais en passant d'un univers à l'autre, elle avait pris une intonation étouffée, morte. Comme lorsqu'on entend un type hurler à l'intérieur d'une cabine téléphonique fermée.

A nous deux maintenant ! Tu vas voir ! Tu vas voir !

Morgan se mit en marche, le visage déformé comme s'il avait été en pâte à modeler, et Jack eut le temps de voir qu'il serrait un objet dans la main, un petit objet argenté qui tenait à son cou par une chaîne.

Jack resta pétrifié, incapable de bouger, tandis que Sloat franchissait la béance qui séparait les deux mondes. Au passage, il fit un numéro personnel de lycanthropie qui métamorphosa Morgan Sloat, investisseur, spéculateur immobilier et à l'occasion imprésario à Hollywood, en Morgan d'Orris prétendant au trône d'une reine mourante. Ses bajoues flasques et rubicondes se contractèrent. Leur couleur s'effaça. Des cheveux recouvrirent son crâne chauve, comme si quelqu'un d'invisible lui colorait le cuir chevelu, puis se mirent à pousser. Le Double de Sloat portait des cheveux longs, raides et sans vie. Jack vit qu'ils étaient noués sur la nuque en catogan d'où s'échappaient quelques mèches noires.

La parka vibra, disparut un instant, et revint sous la forme d'un manteau pourvu d'une capuche.

Les chaussures en daim de Morgan devinrent des cuissardes en cuir sombre dont le haut était rabattu, et ce qui devait être le manche d'une dague sortait de l'une d'elles.

Quant au petit objet d'argent qu'il tenait dans la main, il s'était transformé en une espèce de baguette dont l'extrémité incandescente brûlait d'une flamme bleue.

Oh mon Dieu ! C'est un paratonnerre ! C'est un...

— Jack !

Le cri était étouffé, étranglé, un gargouillis.

Jack pivota maladroitement sur lui-même, s'écarta de justesse du cadavre d'une vache-mouton qui flottait. Il aperçut la tête de Wolf qui s'enfonçait à nouveau sous l'eau, ses deux mains s'agitant en l'air. Jack avança avec peine en direction des mains, faisant de son mieux pour éviter le bétail. L'une des bêtes le bouscula au passage et Jack tomba dans l'eau et but la tasse. Il se releva aussitôt en toussant, en s'étranglant, sa main fouillant l'intérieur de son justaucorps pour s'assurer que la bouteille de Speedy n'avait pas été emportée. Elle était toujours là.

Petit ! Retourne-toi et regarde-moi, petit !

J'ai pas le temps pour l'instant, Morgan. Désolé, mais je dois d'abord échapper au troupeau de Wolf si je veux éviter de mourir noyé avant de mourir électrocuté par votre baguette de malheur. Je...

Un arc de feu bleu passa en grésillant au-dessus de l'épaule du garçon — comme un funeste arc-en-ciel électrique. Il atteignit l'une des vache-moutons prises dans la vase au milieu des roseaux et la malheureuse bête explosa littéralement, comme si elle avait avalé de la dynamite. Son sang gicla sous forme de gouttelettes, et des lambeaux de chair déchiquetée tombèrent en pluie autour de Jack.

Retourne-toi et regarde-moi, petit !

Il sentait la puissance de cet ordre qui lui agrippait le cerveau et essayait de le faire se retourner avec d'invisibles mains.

Wolf réapparut à la surface de l'eau, se débattant comme un forcené, ses yeux affolés regardant à travers le rideau mouillé de ses cheveux plaqués sur la face. Il ressemblait à un chien berger. Il toussait, tibubait hébété, ayant apparemment perdu conscience de l'endroit où il se trouvait.

— *Wolf !* cria Jack mais le tonnerre explosa à nouveau dans le ciel bleu, couvrant sa voix.

Wolf se pencha en avant et vomit une grande gerbe d'eau boueuse. Un instant plus tard, une autre bête terrifiée le heurta et l'entraîna à nouveau sous l'eau.

Ça y est, se dit Jack au désespoir. *Ça y est, il est mort, c'est sûr, il n'y a plus rien à faire que se tirer d'ici.*

Mais il continua pourtant en direction de Wolf, luttant contre le courant, écartant de son chemin une vache-mouton moribonde encore agitée de faibles soubresauts.

— *Jason !* cria Morgan d'Orris, et Jack comprit que Morgan n'était pas en train de jurer en dialecte des Territoires mais qu'il l'appelait par son nom. Car ici, il n'était plus Jack mais Jason.

Mais le fils de la reine est mort au berceau, il est mort, il...

Un nouvel éclair fulgurant fendit l'air, lui frôla les cheveux, et alla frapper l'autre rive où elle pulvérisa une des bêtes de Wolf. Non, pas entièrement. Les pattes de l'animal étaient toujours là, prises dans la vase comme des poteaux branlants. Puis sous les yeux de Jack, elles dérivèrent nonchalamment dans quatre directions différentes.

RETOURNE-TOI ET REGARDE-MOI. NOM DE DIEU !

Dans l'eau. Pourquoi ne balance-t-il pas son truc dans l'eau pour m'électrocuter, moi, Wolf et tout son bétail ?

C'est alors que son cours de physique de sixième lui revint en mémoire. Une fois l'électricité dans l'eau, elle peut se diriger n'importe où, et retourner aussi bien au générateur de courant.

Le visage commotionné de Wolf, toujours sous l'eau, chassa ces pensées de l'esprit de Jack. Il était encore vivant mais partiellement écrasé sous une vache-mouton qui, bien qu'apparemment indemne, était paralysée de peur. Les mains de Wolf continuaient à s'agiter pathétiquement, mais il faiblissait. Tandis que Jack franchissait les derniers mètres qui les séparaient, l'une de ses mains retomba inerte et flotta mollement, comme un nénuphar.

Jack s'approcha de la vache-mouton et lui donna un grand coup d'épaule comme l'aurait fait Jack Armstrong, le héros de son magazine préféré.

Si la bête avait été de la taille d'une vache normale, et non un modèle réduit, Jack n'aurait probablement jamais pu la faire bouger d'un iota, pas avec le courant qui travaillait contre lui. Mais elle avait la taille d'un mouton, et Jack était remonté à bloc. Elle poussa un bêlement quand il la heurta, recula en pataugeant, s'assit brièvement sur ses pattes de derrière puis se dirigea vers l'autre rive. Jack saisit alors les mains de Wolf et tira de toutes ses forces.

Wolf remonta avec la lourdeur d'un tronc d'arbre gorgé d'eau ; ses yeux maintenant vitreux étaient mi-clos, l'eau ruisselait de ses oreilles, de son nez et de sa bouche. Ses lèvres étaient bleues.

Jack, tenant Wolf serré contre lui, fut pris dans la fourche d'un éclair fulgurant. On aurait dit deux poivrots essayant de valser dans une piscine. Sur l'autre rive, une autre vache-mouton explosa, sa tête blessée continuant de bêler. Des langues de feu zébraient le marécage, éclairant les roseaux qui se dressaient sur la berge avant de trouver l'herbe sèche du talus qui montait vers les champs.

— *Wolf !* s'écria Jack. *Wolf ! Pour l'amour du ciel !*

— Ahhhh, gémit Wolf en vomissant de l'eau tiède et boueuse par-dessus l'épaule de Jack. Ahhhhhh...

Jack voyait maintenant Morgan debout sur l'autre rive, haute silhouette vêtue de noir. Sa capuche entourait d'une espèce d'aura lugubrement romantique son visage blafard qui ressemblait à celui d'un vampire. Jack eut le temps de penser que la magie des Territoires agissait même sur son redoutable tonton. Ici, Morgan n'était plus le gros crapaud actuaire hypertendu avec le pillage au cœur et le meurtre dans la tête ; son visage avait minci et pris une beauté froide et virile. Il pointa son bâton d'argent comme s'il se fût agi d'une baguette magique et une flamme bleue déchira l'espace.

— *Maintenant écoutez-moi, toi et ton abruti de copain !* hurla Morgan. Ses lèvres minces s'ouvrirent sur un sourire triomphant qui révéla une rangée de dents jaunâtres, détruisant à jamais la vague impression de beauté qu'avait eue Jack un instant plus tôt.

Wolf poussa un cri et gigota dans les bras douloureux de son jeune compagnon. Il fixait sur Morgan des yeux orange exorbités qui luisaient de haine et de peur.

— *Tu es un démon !* s'écria-t-il. *Un démon ! Ma sœur ! Ma sœur de portée ! Wolf ! Wolf ! Démon !*

Jack sortit la bouteille de son justaucorps. Il n'en restait plus qu'une gorgée, de toute façon. Il ne tenait plus Wolf que d'une seule main ; celui-ci semblait incapable de s'en sortir seul. Tant pis. Jack ne pouvait l'emporter avec lui dans l'autre univers, de toute façon... à moins que ?

— *Démon !* hurlait Wolf en pleurant, son visage mouillé glissant sur le bras de Jack.

Le dos de sa salopette était ballonné et flottait dans l'eau.

Odeur d'herbe brûlée. Odeur de chair brûlée.

Explosion de tonnerre.

Cette fois, la rivière de feu qui traversa l'espace passa si près de Jack que les poils de ses narines en roussirent et frisèrent.

JE VOUS AURAI TOUS LES DEUX, TOUS LES DEUX ! vociféra Morgan. JE T'APPRENDRAI A TE METTRE EN TRAVERS DE MA ROUTE, PETIT SALAUD ! VOUS ALLEZ GRILLER ENSEMBLE ! JE VAIS VOUS DÉTRUIRE !

— Tiens bon, Wolf ! cria Jack.

Il cessa de tenir Wolf hors de l'eau et lui prit la main qu'il serra très fort.

— Accroche-toi à moi, tu entends,

— *Wolf !*

Il leva la bouteille et l'horrible goût de raisin pourri lui remplit une dernière fois la bouche. Il but ce qui restait. Tandis qu'il avalait l'élixir, il entendit la bouteille se briser lorsque l'un des éclairs lancés par Morgan l'atteignit. Mais le bruit du verre cassé... le crépitement de l'électricité... et même les hurlements de Morgan étaient lointains maintenant.

Il eut l'impression de basculer en arrière et de tomber dans un trou. Peut-être une tombe. Puis la main de Wolf serra la sienne si fort que Jack poussa un gémissement. L'impression de vertige, de culbute, commença à s'estomper... et la lumière du soleil commença à se voiler pour devenir d'un mauve grisâtre de crépuscule d'octobre dans le centre industriel de l'Amérique. Une pluie glacée frappa Jack au visage et il eut faiblement conscience de se trouver dans une eau beaucoup plus froide que celle dans laquelle il se trouvait deux minutes plus tôt. Il entendit quelque part, non loin de là, le bourdonnement familier des poids lourds sur l'autoroute... mais cette fois ils donnaient l'impression de rouler directement au-dessus de lui.

Impossible, se dit-il. Mais l'était-ce vraiment ? Les limites de ce mot paraissaient infiniment élastiques. Il eut une vision vertigineuse de camions volants conduits par des hommes des Territoires avec de grandes ailes en toile attachées à leur dos.

Je suis de retour, se dit-il. De retour.

Même endroit, même heure.

Il éternua.

Et avec la même crève.

Deux choses cependant étaient différentes.

Il ne se trouvait pas sur une aire de repos. Il était plongé dans l'eau glacée d'une rivière qui coulait sous un pont.

Et Wolf était avec lui. Ça changeait tout.

Wolf qui hurlait comme un fou.

CHAPITRE 18

WOLF VA AU CINEMA

1

Un lourd camion passa au-dessus de leur tête, son moteur Diesel assourdissant faisant trembler le pont. Wolf se serra contre Jack en gémissant, et faillit les faire tous les deux tomber dans l'eau.

— Arrête ! cria Jack. Lâche-moi, Wolf ! C'est seulement un camion. *Lâche-moi !*

Il lui donna une gifle, à contrecœur — la terreur du pauvre Wolf était pathétique. Mais, pathétique ou non, Wolf, qui devait bien peser quatre-vingts kilos, avait sa grosse patte sur Jack, et s'ils tombaient tous les deux dans l'eau glacée ils choperaient à coup sûr une pneumonie.

— Wolf ! J'aime pas ça ! Wolf ! J'aime pas ça ! Wolf ! Wolf !

Mais il desserra son étreinte. Un instant plus tard, il laissa retomber ses bras le long de ses flancs. Et lorsqu'un autre poids lourd passa, avec grand fracas, sur le pont, il courba l'échine mais résista à l'envie de s'agripper à Jack. Il le fixait pourtant d'un air implorant qui signifiait :

— *Sors-moi d'ici, je t'en supplie. Fais quelque chose. Je préférerais mourir plutôt que vivre dans ce monde.*

— *Rien ne me ferait plus plaisir, Wolf, mais Morgan est là-bas. Et même s'il n'y était pas, je n'ai plus d'élixir magique.*

En baissant les yeux, il s'aperçut qu'il tenait encore dans sa main gauche le goulot brisé de la bouteille de Speedy, comme un type qui s'apprête à se bagarrer dans un bar. Quelle chance que Wolf n'ait pas été blessé quand il s'était accroché à Jack.

Jack jeta le goulot loin de lui. *Splash !*

Deux camions roulaient de conserve maintenant — le bruit était infernal. Wolf hurla de terreur et se plaqua les paumes sur les oreilles. Jack vit alors que tous les poils de ses mains avaient disparu au passage. Enfin, presque tous. Et il vit aussi que les deux premiers doigts de chaque main étaient de la même longueur.

— Allez viens, Wolf, dit Jack quand le vacarme cessa. Sortons d'ici, on a l'air de deux mecs qui vont bientôt être baptisés en direct à la télé.

Il prit la main de Wolf et grimaça de douleur quand son gentil compagnon referma les doigts sur lui. Wolf s'en aperçut et les desserra... un peu.

— Ne me laisse pas, Jack, dit-il. Je t'en supplie, surtout ne m'abandonne pas.

— Non, Wolf. Je ne t'abandonnerai pas, lui dit Jack en pensant :

Comment peux-tu te mettre dans de pareilles galères, espèce de con ? Te voilà sous un pont routier, quelque part en Ohio, avec ton loup-garou apprivoisé. Comment tu te débrouilles ? Tu t'entraînes ou quoi ? Et, au fait, Jacky-boy, c'est pour quand la prochaine pleine lune ? Tu le sais ?

Il ne le savait pas, et avec ce ciel nuageux et la pluie, il n'y avait aucun moyen de le savoir.

Quelles étaient ses chances ? Trente contre un en sa faveur ? Vingt-huit contre deux ?

De toute façon, elles n'étaient pas brillantes. Pas si les choses continuaient à se dérouler de cette manière.

— Non, je ne te laisserai pas, répéta-t-il en conduisant Wolf jusqu'à la berge. Le cadavre d'une poupée flottait dans les hauts-fonds, ventre à l'air, ses yeux bleus en verre fixant l'obscurité naissante. Jack avait mal aux muscles du bras à force d'avoir tiré Wolf jusqu'à ce monde, et l'articulation de son épaule l'élançait comme une dent cariée.

Comme ils sortaient de l'eau et posaient le pied sur l'herbe de la berge jonchée de détritus, Jack éternua de nouveau.

2

Cette fois, Jack avait fait sur les Territoires un peu plus de cinq cents mètres vers l'ouest — la distance franchie par Wolf pour aller faire boire son troupeau dans la rivière où il avait failli se noyer. Ce qui correspondait ici à environ quinze kilomètres de l'endroit d'où il avait décollé. Ils escaladèrent le talus — en fait ce fut Wolf qui tira Jack jusqu'en haut — et Jack aperçut, à la lueur des derniers rayons du jour, une bretelle de sortie à une centaine de mètres sur la droite de l'autoroute. Un panneau réflecteur annonçait : ARCANUM. DERNIÈRE SORTIE. FRONTIÈRE DE L'OHIO À 25 KM.

— Il va falloir faire du stop.

— Du stop ?

— Attends un peu que je te regarde.

Il se dit que ça pourrait aller, du moins dans le noir. Wolf portait encore sa salopette, qui était maintenant une véritable salopette d'origine, avec la fameuse marque OSHKOSH écrite dessus. Sa chemise tissée main était devenue une chemise en toile bleue comme celles que l'on trouvait dans les surplus de la marine. Quant à ses pieds, nus sur les Territoires, ils étaient maintenant chaussés d'énormes mocassins tout trempés et de chaussettes blanches.

Le plus étrange, c'était la paire de lunettes rondes cerclées de métal, comme celles que portait John Lennon, qui trônait au beau milieu de sa grosse bouille.

— Wolf, tu avais des problèmes de vision dans les Territoires ?

— Je ne le savais pas, dit Wolf. C'est bien possible. Wolf ! En tout cas, je vois drôlement mieux avec ces yeux de verre. Wolf ! Ici et maintenant !

Il regarda la circulation infernale sur l'autoroute et pendant quelques instants, Jack vit ce que Wolf voyait : des grosses bêtes en acier avec de gros yeux blanc-jaune qui grondaient sans arrêt dans la nuit en se déplaçant à une vitesse inimaginable sur des roues en caoutchouc qui brûlaient la route.

— Je vois même mieux que je ne le souhaiterais, conclut Wolf d'une voix triste.

3

Deux jours plus tard, deux garçons épuisés, les pieds en compote, passaient en boitant sur la route 32, entre des panneaux qui annonçaient d'un côté la limite de la municipalité, et de l'autre le restauroute 104, et pénétraient de ce fait dans la ville de Muncie, en Indiana. Jack avait une fièvre de cheval et toussait sans arrêt. Le visage de Wolf était blafard et boursouflé. Il avait l'air d'un bouledogue qui vient de perdre à un concours de sale gueule. La veille, il avait essayé de cueillir quelques pommes tardives sur un arbre qui poussait à l'ombre d'une grange abandonnée au bord de la route. Il avait même grimpé à l'arbre pour faire tomber quelques fruits d'automne ratatinés dans la bavette de sa salopette quand des guêpes qui avaient élu domicile quelque part dans les gouttières de la grange l'avaient découvert. Wolf était redescendu de l'arbre aussi vite que possible, avec un nuage brun autour de la tête. Et pourtant, malgré son œil complètement fermé et son nez qui commençait à ressembler à un énorme navet, il avait insisté pour que Jack prenne les plus belles pommes. Elles n'étaient pas très bonnes d'ailleurs — petites, acides et pleines de vers — et Jack n'avait pas tellement envie de les manger ; mais après ce que son copain avait enduré pour aller les chercher il n'avait pas eu le cœur de refuser.

Une grosse vieille Camaro, soulevée à l'arrière de telle sorte que son nez pointait sur la route, passa près d'eux en pétaradant.

— Holaaaa ! Couillons !... brailla l'un des occupants, et les autres, imbibés de bière, éclatèrent bruyamment de rire. Wolf poussa un hurlement et se cramponna à Jack. Jack avait pensé que Wolf finirait pas se débarrasser de sa terreur des voitures, mais il n'en était plus si sûr maintenant.

— Ça va, ça va, Wolf, dit-il excédé en se dégageant des bras de son compagnon pour la vingtième ou trentième fois de la journée. Ils sont partis.

— C'est trop fort ! grommela Wolf. Wolf ! Wolf ! Wolf ! Trop fort, Jack. Mes oreilles, mes oreilles !

— Il te faudrait un casque antibruit, dit Jack, agacé, pensant en lui-même : *Tu prendrais ton pied sur les autoroutes californiennes, Wolf. Si on est toujours ensemble, je t'emmènerai y faire un tour, d'accord ? Après on ira assister à quelques courses de stock-cars et à des moto-cross. Tu vas être fou de ce genre de trucs !* Tu sais qu'il y a des gars qui adorent ce bruit. Ils...

Mais une quinte de toux l'empêcha de continuer. Le monde autour de lui commença à disparaître dans un brouillard gris puis redevint distinct, mais très très lentement.

— Des gens qui aiment ça ! marmonna Wolf. Par Jason ! Comment peut-on aimer ce bruit, Jack ? Et les odeurs !...

Jack savait que le plus insupportable pour Wolf, c'était les odeurs. Ils n'étaient pas dans cet univers depuis quatre heures que son copain des Territoires appelait déjà ce monde le pays des Mauvaises Odeurs. Il avait vomi une demi-douzaine de fois la première nuit, commençant par arroser le sol de l'Ohio d'une eau boueuse provenant d'une rivière qui coulait dans un autre univers, puis, n'ayant plus rien dans l'estomac, il avait vomi de la bile.

C'était à cause des odeurs, expliqua-t-il, malheureux. Il ne comprenait pas comment Jack, comment n'importe qui, pouvait les supporter.

Jack savait ce dont il parlait — en revenant des Territoires, on était révulsé par des odeurs qu'on remarquait à peine quand on vivait au milieu d'elles. Le gas-oil, les gaz d'échappement des voitures, les déchets industriels, les ordures, les eaux usées, les produits chimiques. Puis on s'y habituait à nouveau. On s'y habituait, ou on devenait insensible. Sauf que ça ne se passait pas ainsi pour Wolf. Il détestait les voitures, il détestait les odeurs, il détestait ce monde. Jack pensait qu'il ne pourrait jamais s'y accoutumer. S'il ne ramenait pas Wolf dans son univers, Jack craignait qu'il ne devînt fou. *Et pendant ce temps, il va sûrement me rendre fou moi aussi,* se dit-il. *Ça ne va pas tarder d'ailleurs.*

Un camion de ferme chargé de poulets passa en trombe, suivi d'une file impatiente de voitures, dont certaines klaxonnaient. Wolf sauta presque dans les bras de Jack. Affaibli par la fièvre, celui-ci roula dans ·le fossé broussailleux rempli de détritus ; le choc fut si fort qu'il en claqua des dents.

— Je suis désolé, Jack, dit Wolf d'un air pitoyable. Dieu me pile !

— Ce n'est pas de ta faute. Arrêtons-nous. On va se reposer cinq minutes.

Wolf s'assit en silence à côté de Jack, le regardant d'un air anxieux. Il savait qu'il lui rendait les choses difficiles ; il savait que Jack avait besoin d'aller plus vite pour distancer Morgan mais aussi pour quelque autre raison mystérieuse. Il avait entendu Jack gémir en appelant sa mère dans son sommeil, et pleurer parfois ! Mais la seule fois qu'il l'avait vu pleurer éveillé fut quand Wolf avait perdu la boule à la barrière de péage de la rampe d'Arcanum. C'était là qu'il avait compris ce que Jack voulait dire quand il parlait de « faire du stop ». Quand Wolf avait dit à son petit compagnon qu'il ne croyait pas pouvoir monter en voiture — du moins pas avant longtemps, et peut-être jamais — Jack s'était assis sur la rambarde d'un garde-fou et s'était mis à pleurer dans ses mains. Puis il s'était arrêté, heureusement... mais quand il avait ôté les mains de son visage il avait lancé à Wolf un tel regard que celui-ci fut persuadé que Jack allait l'abandonner dans ce terrible pays des Mauvaises Odeurs... et sans Jack, il deviendrait vite fou.

4

Ils avaient gravi le chemin défoncé jusqu'à la bretelle de sortie d'Arcanum, Wolf se précipitant sur Jack et se blottissant contre lui chaque fois qu'une voiture ou un camion passait dans l'obscurité grandissante. Après le passage d'une voiture, Jack avait entendu dans son sillage une voix moqueuse lui crier « Alors, les pédés, on a perdu sa voiture ? ». Il avait secoué sa tête comme un chien qui veut chasser l'eau de ses yeux et avait simplement continué à avancer en tenant Wolf par la main, et en le tirant derrière lui : il ne le lâchait plus depuis que son grand copain avait fait mine de traîner la patte et essayé à plusieurs reprises de s'échapper vers les bois.

Le plus important était de quitter l'autoroute, où on n'avait pas le droit de faire du stop et d'arriver à l'entrée ouest de la rampe d'Arcanum. Certains États avaient en effet légalisé l'auto-stop sur les rampes (c'est ce que lui avait appris un chemineau avec qui il avait une nuit partagé une grange) ; et même dans les États où lever le pouce était absolument illégal, les flics fermaient en général les yeux si vous vous trouviez sur une bretelle de raccordement.

Donc, première chose, arriver à la bretelle. En espérant ne pas rencontrer une patrouille de police en chemin. La façon dont un officier de police routière traiterait Wolf... Jack préférait ne pas y penser. Il était sûrement persuadé d'avoir mis la main sur une réincarnation années 80 de Charles Manson portant les lunettes de John Lennon.

Ils atteignirent la bretelle et se postèrent sur la voie qui allait vers l'ouest. Dix minutes plus tard, une vieille Chrysler déglinguée s'arrêtait. Le conducteur, un grand baraqué avec un cou de taureau et une casquette qui portait l'inscription EQUIPEMENT FERMIER CASE derrière la tête, se pencha et ouvrit la portière.

— Allez, grimpez les enfants ! Quel sale temps, hein ?

— Merci, monsieur, oui alors, quel sale temps, dit Jack d'une voix enjouée.

Son esprit fonctionnait à vitesse surmultipliée, essayant d'imaginer comment il allait pouvoir insérer Wolf dans son histoire, et il ne fit pas attention à l'expression de Wolf.

L'homme, en revanche, la remarqua.

Son visage se durcit.

— Tu sens quelque chose, mon gars ?

Jack fut brutalement ramené à la réalité par le ton de l'homme qui était aussi dur que l'expression de son visage. Toute cordialité en avait disparu, et il donnait l'impression de sortir de la Taverne d'Oatley et « d'avoir bouffé quelques bières et bu le verre après ».

Jack se tourna vers Wolf.

Il palpitait des narines comme un ours qui flaire un putois. Il montrait les dents, et ses lèvres n'étaient pas seulement retroussées mais carrément plissées et formaient des petites crêtes sous le nez.

— Qu'est-ce qui se passe, il est débile ou quoi ? demanda à voix basse l'homme à la casquette en s'adressant à Jack.

— Non, heu... c'est seulement qu'il...

Wolf se mit à grogner.

Plus la peine d'insister.

— Oh bon Dieu ! fit le type sur le ton de quelqu'un qui ne peut simplement pas croire ce qui lui arrive.

Il appuya sur l'accélérateur et descendit la bretelle à tout berzingue après leur avoir fermé la portière au nez. Ses feux arrière clignotèrent brièvement, leur reflet rouge envoyant des flèches brouillées en direction du trottoir où se tenaient Jack et Wolf.

— Bravo, vieux ! *T'as gagné !* dit Jack en se tournant vers Wolf qui eut un mouvement de recul devant sa colère. *T'as gagné.* Et s'il a un émetteur CB, il doit être en ce moment sur la fréquence 19 en train de gueuler pour appeler les flics, et de raconter à n'importe qui voudra l'entendre que deux dingues essayent de faire du stop à la sortie d'Arcanum ! Jason ! ou Jésus ! ou le Diable, je m'en tape ! Tu veux vraiment qu'on te pile et qu'on t'enfonce des clous ? T'as qu'à continuer comme ça. Recommence ton cirque encore une ou deux fois, et tu seras pilé pour de vrai ! On sera d'ailleurs pilés tous les deux !

Epuisé, dérouté, frustré, presque à bout, il avança sur Wolf. Wolf tout craintif, qui, s'il l'avait voulu, aurait pu lui arracher la tête des épaules d'un seul revers de main, recula devant Jack.

— Ne crie pas, Jack, gémit-il. Les odeurs... être là-dedans... enfermé avec toutes ces odeurs...

— Moi je n'ai rien senti ! cria Jack.

Sa voix se brisa, sa gorge le faisait terriblement souffrir mais il ne pouvait quand même pas s'arrêter : c'était gueuler ou devenir fou. Ses cheveux mouillés lui tombaient sur les yeux. Il les écarta d'un mouvement de tête et frappa Wolf à l'épaule. Il entendit un petit craquement et sa main lui fit aussitôt mal. Comme s'il avait frappé un roc. Wolf poussa un hurlement atroce, ce qui rendit Jack encore plus furieux. Le fait que l'autre faisait du cinéma le mit hors de lui. Il avait passé moins de six heures sur les Territoires cette fois, mais il était vrai que la voiture du type sentait comme une tanière d'animal sauvage. Il flottait dans la cabine des relents de vieux café et de bière (il avait une boîte de *Stroh* ouverte entre ses jambes) ; il y avait, accroché au rétroviseur, un rafraîchisseur d'air qui dégageait un parfum écœurant et sucré — de la poudre de riz sur la joue d'un cadavre. Et ça sentait encore autre chose, une odeur plus secrète, plus humide...

— Rien senti ! brailla-t-il, sa voix faisant d'horribles couacs.

Il frappa Wolf à nouveau, sur l'autre épaule. Wolf se remit à hurler et lui tourna le dos, en se voûtant comme un gosse qui reçoit une raclée de son paternel en colère. Et Jack continua à cogner, s'acharnant sur le dos du géant, ses mains brûlantes faisant gicler des gouttes d'eau de la salopette de Wolf. Celui-ci gueulait chaque fois que le poing s'abattait.

— Alors tu ferais mieux de t'y habituer (paf) parce que dans la prochaine voiture il y aura peut-être un flic (paf) ou Morgan le Bouffi dans sa BMW vert-dégueulis (paf) et si tu ne peux pas te conduire autrement qu'en gros *bébé* débile, on va se retrouver dans une putain de galère et ça va faire *très mal* (paf). Est-ce que tu comprends ça ?

Wolf ne répondit pas. Il restait la tête rentrée dans les épaules, tournant le dos à Jack, tout tremblant sous la pluie. Il pleurait. Jack sentit une boule lui monter dans la gorge et ses yeux picoter. Ce qui ne fit qu'augmenter sa fureur. Il éprouvait un horrible besoin de se faire mal à lui-même et savait que frapper Wolf était le meilleur moyen d'y parvenir.

— *Retourne-toi !*

Wolf obtempéra. Derrière les lunettes rondes, de grosses larmes coulaient de ses yeux marron. Il avait la goutte au nez.

— Est-ce que tu comprends ?

— Oui, gémit Wolf. Oui, je comprends, mais je ne pouvais pas monter avec lui.

— Et pourquoi donc ?

Jack, les poings sur les hanches, le dévisageait d'un air furieux. Oh, il avait un de ces mal de crâne !

— Parce qu'il sentait la mort, dit Wolf dans un murmure.

Jack le regarda, interdit ; toute sa colère s'était évanouie.

— Tu ne l'as pas senti ! demanda doucement Wolf.

— Non, dit Jack d'une petite voix éraillée, en haletant. Car il avait bien senti quelque chose, n'est-ce pas ? Une odeur qu'il n'avait jamais sentie auparavant. Comme un mélange de...

Il l'avait au bout de la langue... Ça y est, il savait ce que c'était, et il se sentit soudain tout faible. Il se laissa lourdement tomber sur la rambarde de la route et regarda Wolf.

Ça sentait la merde et le raisin pourri. Oui. Pas exactement, mais pratiquement aussi dégueulasse.

— Il n'y a rien de pire, dit Wolf. C'est quand les gens oublient de se garder en bonne santé. Nous l'appelons — Wolf — le Mal Noir. Je pense qu'il ne savait même pas qu'il était malade. Et... les Étrangers ne peuvent pas le sentir, n'est-ce pas ?

— Non, répondit Jack tout bas.

S'il pouvait être téléporté subitement dans le New Hampshire, à l'Alhambra, est-ce qu'il percevrait la même puanteur sur sa mère.

Oui. Elle émanerait de toute sa personne, de ses pores, l'odeur de la merde et du raisin pourri, du Mal Noir.

— Chez nous ça s'appelle cancer, murmura Jack. *Ça s'appelle cancer et ma mère en est atteinte.*

— Je ne sais vraiment pas si je peux faire du stop, dit Wolf. J'essayerai encore si tu veux, Jack, mais les odeurs de l'intérieur... elles sont déjà si mauvaises à l'extérieur... *Wolf !* Mais dedans...

C'est alors que Jack avait caché son visage dans ses mains et versé des larmes de désespoir, et surtout d'épuisement. En effet, l'expression que Wolf avait cru voir sur le visage de Jack avait bel et bien existé ; il avait vraiment eu la tentation, plus que la tentation, le désir absolu, d'abandonner Wolf. Ses chances d'arriver en Californie et de trouver le Talisman — quel qu'il fût —, bien minces au départ, n'étaient à présent plus qu'un minuscule point à l'horizon. Wolf ne ferait pas que le ralentir ; il les entraînerait, tôt ou tard, tous les deux en prison. Probablement tôt. Et comment allait-il expliquer le phénomène qu'était Wolf à son copain Richard Sloat, si rationnel ?

Ce que Wolf avait vu sur le visage était la manifestation glacée d'un calcul intérieur qui lui coupa les jambes. Il tomba à genoux et tendit ses mains jointes vers Jack, tel un soupirant malheureux dans un mauvais drame victorien.

— Ne me laisse pas, Jack, implora-t-il. Ne laisse pas le vieux Wolf, ne m'abandonne pas ici, c'est *toi* qui m'as amené ; je t'en prie, je t'en supplie, ne me laisse pas seul ici...

Les paroles qui suivirent n'étaient plus intelligibles ; Wolf essayait de parler mais ne réussissait qu'à sangloter. Jack ressentit une immense lassitude. Elle commençait à lui aller bien, comme une vieille veste que l'on porte souvent. *Ne me laisse pas, c'est toi qui m'as amené ici.*

Et voilà, Wolf était sous sa responsabilité, n'est-ce pas ? Oui. Oh oui, et comment ! Il avait pris Wolf par la main et l'avait entraîné hors des Territoires jusqu'en Ohio : son épaule douloureuse en était la preuve. Il n'avait pas eu le choix, bien sûr ; Wolf était sur le point de se noyer, et même s'il ne s'était pas noyé, Morgan l'aurait fait griller avec son espèce de maudite baguette. C'est vrai qu'il pouvait se tourner vers Wolf et lui demander : *Qu'est-ce que tu préfères, mon vieux Wolf ? Avoir peur ici ou être mort là-bas ?*

Pas la peine de se raconter des histoires, il était bel et bien responsable de Wolf.

— Ne me laisse pas, Jack, pleurait Wolf. « Wolf ! Wolf ! Je t'en prie, ne laisse pas ton vieux copain Wolf. Je t'aiderai, je monterai la garde la nuit, je peux faire plein de choses, seulement ne m'abandonne pas...

— Arrête de me casser les oreilles et lève-toi, dit Jack calmement. Je ne te laisserai pas, mais il faut partir d'ici au cas où le type du camion nous enverrait un flic. Tirons-nous.

5

— Tu as décidé ce qu'on allait faire, Jack ? demanda Wolf timidement. Ils étaient assis depuis plus d'une demi-heure dans un fossé broussailleux, juste à la limite de la ville de Muncie, et lorsque Jack se tourna vers lui, Wolf fut soulagé de voir qu'il souriait. C'était un sourire fatigué et Wolf n'aimait pas les cernes sombres sous les yeux de Jack (il aimait encore moins son odeur — une odeur de maladie), mais c'était tout de même un sourire.

— Je crois que j'ai une idée de ce que nous allons faire très bientôt, dit Jack. J'y pensais justement il y a quelques jours, quand j'ai acheté mes baskets.

Il leva les pieds, et Wolf et lui contemplèrent les baskets en silence. Dans quel état elles étaient : sales et abîmées. La semelle gauche faisait des adieux déchirants à son empeigne. Jack les portait depuis... il plissa les yeux et réfléchit. Il avait du mal à se concentrer avec la fièvre. Trois jours. Seulement trois jours depuis qu'il les avait dégotées dans le panier des bonnes affaires du magasin Fayva. Et pourtant elles avaient l'air vieux et décati. Vraiment décati.

— De toute façon... soupira Jack. Puis son visage s'éclaira. Tu vois cet immeuble, là-bas, Wolf ?

L'immeuble, banal, une explosion d'angles en brique grise, s'élevait comme un îlot au milieu d'un parking géant. Wolf savait d'avance l'odeur qu'aurait le bitume de ce parking : celle de la chair d'animal en décomposition. Il suffoquerait mais Jack en serait à peine incommodé.

— Pour ton information, le panneau annonce *Town Line Sixplex*. On dirait une marque de cafetière, mais en fait ça veut dire que c'est un cinéma avec six salles différentes. On va bien trouver un film qui nous plaira. *Et comme c'est l'après-midi, il n'y aura pas beaucoup de monde, et c'est tant mieux parce qu'avec ta déplorable habitude de troubler l'ordre public.*

— Allez, viens.

Il se mit debout avec difficulté.

— Qu'est-ce que c'est qu'un cinéma, Jack ? demanda Wolf.

Il savait qu'il était un poids terrible pour Jack — si terrible qu'il hésitait maintenant à protester, ou même à exprimer un malaise. Mais il était saisi d'une crainte affreuse : qu'« aller au cinéma » soit la même chose que « faire du stop ». Jack appelait les chariots grondants des « voitures » et des « Chevrolet » ou des « familiales » (ces dernières devaient être comme les diligences des Territoires qui transportaient plusieurs passagers d'un relais à l'autre). « Cinémas » était peut-être le nom d'un autre moyen de transport bruyant et puant ? C'était tout à fait possible.

— Écoute, lui dit Jack. Ça sera plus facile à montrer qu'à expliquer. Mais je crois que ça te plaira. Allez, viens !

Jack trébucha en gravissant la pente du fossé et se retrouva à quatre pattes.

— Tu vas bien, Jack ? demanda Wolf d'une voix anxieuse.

Jack hocha la tête. Ils traversèrent le parking, qui sentait aussi mauvais que Wolf l'avait redouté.

6

Jack avait fait, en grande partie du moins, les cinquante kilomètres qui séparaient Arcanum, en Ohio, de Muncie, en Indiana, sur le large dos de Wolf. Wolf était terrifié par les voitures, par les camions ; presque toutes les odeurs lui donnaient la nausée ; il était capable de hurler et de s'enfuir au moindre bruit un peu fort. Mais il était presque infatigable. *On peut même supprimer le « presque »*, se disait Jack, *d'après ce que j'ai vu il est purement et simplement infatigable.*

Jack avait entraîné Wolf aussi vite que possible loin de la bretelle d'Arcanum, se forçant à faire sous la pluie un trot rouillé sur des jambes douloureuses. Sa tête cognait comme un poing à l'intérieur de son crâne, et il était sans cesse traversé par des vagues tantôt brûlantes tantôt glacées. Wolf, à sa gauche, avançait facilement, ses enjambées étaient si longues qu'il marchait au même rythme que Jack, mais sans se presser le moins du monde. Jack savait qu'il avait peut-être été un peu parano avec son histoire de flics, mais le type à la casquette avait vraiment eu l'air terrifié. Et furax.

Ils n'avaient pas encore fait cinq cents mètres qu'il attrapa une horrible crampe au côté et il demanda à Wolf s'il pouvait le porter sur son dos un moment.

— Hein ? fit Wolf.

— Tu sais, expliqua Jack en faisant les gestes.

Un grand sourire illumina le visage de Wolf. Enfin quelque chose qu'il comprenait. Enfin quelque chose qu'il pouvait faire.

— Tu veux dire à califourchon ?

— Ouais, si tu veux...

— Oh oui ! Wolf ! Ici et maintenant ! Je faisais toujours ça avec mes frères et sœurs de portée. Saute sur mon dos, Jack !

Wolf se pencha en avant, creusant ses mains en forme d'étriers pour les cuisses de Jack.

— Quand tu seras fatigué de me porter, tu n'auras qu'à me poser par...

Avant même qu'il eût fini sa phrase, Wolf l'avait calé sur son dos et descendait allègrement la route en courant dans l'obscurité — en courant réellement. Le vent froid et pluvieux écartait les cheveux du front brûlant de Jack.

— Wolf, tu vas te crever ! cria Jack.

— Pas moi ! Wolf ! Wolf ! Je cours ici et maintenant !

Pour la première fois depuis leur arrivée, Wolf paraissait vraiment heureux. Il courut dans l'obscurité pendant les deux heures qui suivirent — jusqu'à ce qu'ils soient bien à l'ouest d'Arcanum — sur une petite route asphaltée.

Jack aperçut une grange déserte qui s'effondrait dans un champ abandonné et c'est là qu'ils dormirent cette nuit-là.

Wolf voulait à tout prix éviter les zones urbaines où le vacarme de la circulation et les exhalaisons fétides montaient au ciel en nuages malsains, et Jack était d'accord. Wolf risquait trop d'attirer l'attention. Mais il insista tout de même pour s'arrêter une fois, à l'entrée d'un supermarché situé en bord de route, près de Harrisville, à la frontière de l'Indiana. Jack acheta un journal et chercha la rubrique météo, tandis que Wolf nerveux attendait sur la route, se penchant pour creuser la poussière, se redressant, marchant en rond, puis se penchant à nouveau. La prochaine lune tombait le 31 octobre — le jour de la fête d'Halloween, ça tombait bien. Jack jeta un coup d'œil à la première page pour vérifier la date d'aujourd'hui... On était le 26.

7

Jack poussa la porte de verre et entra à l'intérieur du *Town Line Sixplex*. Il regarda intensément Wolf, mais celui-ci — pour le moment du moins — paraissait calme. Il était même assez optimiste... du moins pour l'instant. Il n'appréciait pas vraiment le fait d'être à l'intérieur d'un immeuble, mais ce n'était tout de même pas une voiture. Ça sentait plutôt bon ici — une légère odeur de savon. Dommage qu'il y ait en arrière-plan des effluves âcres, presque rances. Wolf regarda sur sa gauche et vit une boîte en verre qui contenait des trucs blancs. C'est ça qui sentait bon.

— Jack, dit-il doucement.

— Oui ?

— Je voudrais de ce truc blanc, s'il te plaît. Mais pas la pisse.

— La pisse ? Qu'est-ce que tu racontes ?

Wolf chercha un mot plus convenable et le trouva : « urine ». Il montra une chose qui s'allumait avec écrit dessus AU GOÛT DE BEURRE.

— C'est bien de l'urine, non ? J'en suis sûr, à l'odeur.

Jack, fatigué, sourit.

— C'est du pop-corn grillé dans du faux beurre, admit-il. Tu as raison. Mais maintenant tu la boucles, d'accord ?

— D'accord, dit Wolf d'une voix humble. Ici et maintenant.

La caissière qui était en train de mâcher un énorme chewing-gum au raisin s'arrêta de mastiquer. Elle regarda Jack, puis le balèze qui l'accompagnait. A l'intérieur de sa bouche entrouverte, le chewing-gum restait collé sur la langue comme une grosse tumeur violette. Elle leva les yeux vers le gars qui se trouvait derrière le comptoir.

— Deux places, s'il vous plaît, demanda Jack.

Il sortit son rouleau de billets de un dollar, sales, écornés, avec un orphelin de cinq dollars au milieu.

— Quel film ? demanda la caissière, son regard faisant un aller-retour entre Jack et Wolf. On aurait dit qu'elle assistait à un match de ping-pong passionnant.

— Lequel commence maintenant ? s'enquit Jack.

— Voyons... Elle jeta un coup d'œil à la feuille collée à côté d'elle. Il y a le *Dragon volant,* salle 4. C'est un film de Kung Fu avec Chuck Morris, répondit-elle, son regard ne cessant d'aller de l'un à l'autre. Puis, salle 6, il y a deux grands films. Deux dessins animés de Ralph Bakshi : *Le Magicien* et *Le Seigneur des anneaux.*

Jack fut soulagé. Wolf n'était qu'un gosse grandi trop vite, et les enfants adoraient les dessins animés. Ça irait très bien. Wolf trouverait peut-être un sujet d'amusement dans le Pays des Mauvaises Odeurs. Quant à Jack, il pourrait dormir pendant trois heures.

— Celui-ci, dit-il. Le dessin animé.

— Ça fera quatre dollars, dit-elle. Il n'y a plus de réduction après quatorze heures.

Elle appuya sur un bouton et deux billets sortirent d'une fente avec un cliquetis mécanique. Wolf sursauta en poussant un petit cri.

La fille le dévisagea en levant les sourcils.

— Vous êtes nerveux, monsieur ?

— Pas monsieur, dit Wolf. Je m'appelle Wolf.

Il lui fit un sourire qui dévoilait un grand nombre de dents. Jack aurait juré que Wolf montrait maintenant plus de dents, quand il souriait, que un ou deux jours plus tôt. La fille guignait les quenottes d'un drôle d'air. Elle se mouilla les lèvres.

— Il va bien, dit Jack en haussant les épaules. Il est juste un peu... Vous comprenez, il ne quitte pas souvent la ferme.

Il tendit son unique billet de cinq dollars. Elle le prit du bout des doigts, comme si elle regrettait de ne pas avoir des pincettes.

— Allez, viens, Wolf.

Ils s'arrêtèrent devant le comptoir de bonbons, Jack fourrant la monnaie dans la poche de ses jeans crasseux. Il entendit la caissière qui chuchotait au vendeur de pop-corn :

— *T'as vu son nez ?*

Jack regarda Wolf et vit que ses narines palpitaient frénétiquement.

— Arrête, lui dit-il à voix basse.

— Arrête quoi ?

— De faire ça avec ton nez.

— Oh, je vais essayer, Jack, mais...

— Chut.

— Vous désirez ?

— Une boîte de bonbons à la menthe, des choco-rêves, et un grand paquet de pop-corn nature.

Le vendeur les servit. Wolf saisit à deux mains le paquet

Et merde, qu'ils appellent les flics s'ils en ont envie, après tout, se dit-il avec *une résignation bien adulte pour un enfant de son âge. Ça ne pourra pas nous ralentir davantage. Wolf ne peut pas monter dans les voitures neuves à cause de l'odeur du plastique, il ne peut pas monter dans les vieilles à cause des émanations de sueur, d'essence et de bière, et il ne peut probablement monter dans aucune voiture, cet abruti, parce qu'il est tout simplement claustrophobe ! Dis la vérité, Jacky-boy, même si c'est seulement à toi-même. Tu continues à t'auto-persuader que ça va s'arranger, mais c'est peu probable. Alors qu'est-ce que tu vas faire ? Traverser l'Indiana à pied, je suppose. Rectification : Wolf traversera l'Indiana à pied. Moi je traverserai l'Indiana à califourchon. Mais pour commencer, je dois faire rentrer Wolf dans cette putain de salle de cinéma et dormir pendant la projection des deux films, ou jusqu'à l'arrivée des flics. Et ça sera la fin de mon histoire, monsieur.*

— J'espère que les films vous plairont, dit le garçon de comptoir.

— Et moi donc ! répondit Jack.

Il commença à s'éloigner quand il se rendit tout à coup compte qu'il avait perdu Wolf en chemin. Il se retourna et vit son copain fixer quelque chose derrière la tête du vendeur de bonbons, avec une expression de stupéfaction qui ressemblait à de la crainte superstitieuse. Jack leva les yeux et vit une publicité mobile qui se balançait dans les courants d'air et qui annonçait la prochaine re-sortie de *Rencontres du troisième type,* le film de Steven Spielberg.

— Allez, viens, Wolf, dit-il.

8

A peine eurent-ils franchi la porte que Wolf sut que ça ne se passerait pas bien.

La salle était petite, sombre et humide. Quant aux odeurs, elles étaient épouvantables. Un poète eût-il senti ce que Wolf sentait maintenant, il aurait appelé ça une puanteur de rêves suintants. Mais Wolf n'était pas poète. Il savait seulement que l'horrible relent d'urine du pop-corn prédominait ici, et il eut soudain une terrible envie de vomir.

Les lumières commencèrent à s'éteindre progressivement jusqu'à ce que la salle soit plongée dans une obscurité de caverne.

— Jack, gémit-il, en saisissant le bras de Jack, Jack, il faut sortir d'ici, d'accord ?

— Mais ça va te plaire, Wolf, chuchota Jack, conscient de la détresse de Wolf, mais pas de la profondeur de son angoisse. Il était de toute façon toujours plus ou moins dans cet état : *angoissé,* c'était bien comme ça que ça s'appelait dans ce monde.

— Patiente un peu.

— D'accord, dit Wolf.

Et Jack entendit ses paroles d'acquiescement mais pas le tremblement de la voix qui signifiait que Wolf s'accrochait à deux mains pour ne pas perdre le contrôle.

Ils s'installèrent, Wolf du côté de l'allée, ses grandes jambes inconfortablement repliées, le paquet de pop-corn (dont il ne voulait plus) serré contre sa poitrine.

La flamme jaune d'une allumette étincela quelques rangs devant eux. Jack sentit l'odeur sèche de l'herbe, si familière dans les cinémas qu'à peine identifiée, on l'oubliait. Wolf, pour sa part, sentit un incendie de forêt.

— Jack !...

— Chut ! le film commence.

Et je suis en train de m'assoupir.

Jack ne saurait jamais à quel point Wolf avait été héroïque durant les quelques minutes qui suivirent ; Wolf lui-même ne savait pas qu'il en aurait été capable. Il savait seulement qu'il devait patienter et endurer ce cauchemar pour Jack. *Ça ne doit* pas être dangereux, se disait-il. Regarde, Wolf, Jack est en train de s'endormir. Il s'endort ici et maintenant. Et tu sais bien que Jack ne t'emmènerait jamais dans un Lieu de Douleur, alors tiens le coup... ça va aller...

Mais Wolf était un être cyclique, et son cycle approchait de son apogée mensuelle. L'instinct était chez lui indéniablement et merveilleusement domestiqué, et sa raison lui disait qu'il n'y avait aucun danger, sinon Jack ne l'aurait jamais amené ici. Mais il était comme un homme qui a envie d'éternuer dans une église et qui s'en empêche sous prétexte que c'est impoli.

Il était donc assis, dans une grotte sombre et malodorante, en train de respirer des odeurs d'incendie de forêts, sursautant chaque fois qu'une ombre descendait l'allée centrale, attendant, pétrifié, que d'autres ombres au-dessus de sa tête fassent tomber quelque chose sur lui. C'est alors qu'une fenêtre magique s'ouvrit au fond de la grotte, et il resta figé dans l'odeur âcre de sa propre sueur, terrifié, les yeux écarquillés d'horreur, tandis que devant lui des voitures s'écrasaient, se retournaient, que des immeubles brûlaient et qu'un homme en poursuivait un autre.

— C'est le film annoncé, marmonna Jack. Je t'ai dit que ça te plairait...

Il y eut des voix — l'une disait *interdit de fumer,* une autre *Ne rien jeter par terre,* une autre *Prix réduits pour les groupes,* et une autre encore *Prix réduits en matinée les jours de semaine jusqu'à seize heures.*

— Wolf, on s'est fait baiser, marmonna Jack. Et il commença une autre phrase qui s'acheva en ronflement.

Une dernière voix annonça *et maintenant votre film* et c'est alors que Wolf craqua. *Le Seigneur des anneaux* de Bakshi était en son Dolby, et le projectionniste avait reçu la consigne de le mettre à plein tube l'après-midi, parce que les spectateurs étaient pour la plupart des défoncés et que les défoncés appréciaient vraiment le Dolby à plein tube.

Il y avait des bruits de cuivre discordants et grinçants. La fenêtre magique s'ouvrit à nouveau et maintenant Wolf *voyait* réellement l'incendie — des flammes orange et rouges qui bougeaient.

Il poussa un hurlement et bondit sur ses pieds, tirant Jack qui était déjà presque endormi.

— *Jack,* s'écria-t-il. *Viens, sortons ! Il faut sortir ! Tu vois le feu ! Wolf ! Wolf !*

— Assis devant ! cria quelqu'un.

— Ta gueule, connard ! cria un autre

La porte du fond de la salle 6 s'ouvrit.

— Qu'est-ce qui se passe, là-dedans ?

— Tais-toi, Wolf, siffla Jack. Pour l'amour du ciel...

— HOU OU OU OU OU OU OU OU !... hurla Wolf.

Une femme dévisagea Wolf quand la lumière blanche du hall tomba sur lui. Elle poussa un hurlement et tira son petit garçon par la main. Elle le tira, littéralement : le gosse avait dérapé sur le tapis jonché de pop-corn et se retrouvait à genoux. Il avait perdu un basket.

— HOOOOOO HOU OU OU OU OU OU OU HOOOOOOO HOU HOU HOU OU OU OU HO HO HO OU OU OU !

Le défoncé qui était trois rangs plus bas se retourna et les regarda d'un air vaguement intéressé. Il avait un joint allumé dans la main et un autre coincé derrière l'oreille.

— Génial... fit-il. Les loups-garous de Londres ont encore frappé, hein ?

— D'accord, dit Jack. D'accord, on va sortir. Pas de problème. Mais ne recommence plus, d'accord ? D'accord ?

Il entraîna Wolf vers la sortie. Il se sentait à nouveau complètement épuisé.

La lumière du hall, frappant durement ses yeux, le transperça. La femme qui avait tiré son rejeton par le bras était appuyée dans un coin, le bras autour du gosse. Quand elle vit Jack qui poussait Wolf vers les doubles portes de la salle 6, elle prit l'enfant dans ses bras et sortit en courant.

Le garçon de comptoir, la caissière, le projectionniste et un grand type en veste de sport à carreaux qui avait l'air d'un bookmaker sur un champ de courses formaient un petit groupe serré. Jack se dit que le type en veste à carreaux et en chaussures blanches devait être le directeur.

Les portes des autres salles de la ruche s'entrouvrirent. Des visages surgirent de l'obscurité pour voir d'où venait ce boucan. Jack leur trouvait l'air de blaireaux se risquant hors de leur trou.

— Dehors, dit l'homme en veste à carreaux. Sortez, j'ai appelé la police. Ils seront là dans cinq minutes.

Mon œil, se dit Jack, avec une lueur d'espoir. *Tu n'as pas eu le temps d'appeler. Et si on se tire tout de suite, peut-être — je dis bien peut-être — ne prendras-tu même pas la peine de le faire.*

— On s'en va, dit-il. Écoutez, je suis vraiment désolé. Vous comprenez... mon grand frère est épileptique et il vient d'avoir une crise. On... on a oublié ses médicaments.

En entendant le mot *épileptique,* la caissière et le garçon de comptoir reculèrent, comme s'ils avaient entendu le mot *lèpre.*

— Viens, Wolf.

Il vit le directeur baisser les yeux et sa bouche prendre une moue de dégoût. Jack suivit son regard et vit une tache sombre sur la salopette de Wolf. Le pauvre garçon avait pissé de trouille.

Wolf s'en aperçut au même moment. Beaucoup de choses lui étaient étrangères dans l'univers de Jack, mais il savait apparemment reconnaître un regard de mépris. Il éclata en gros sanglots aussi bruyants que déchirants.

— *Jack, je suis désolé,* Wolf est vraiment DÉSOLÉ !

— Emmenez-le d'ici, dit le directeur d'un air dédaigneux, et il leur tourna le dos.

Jack mit son bras autour de Wolf et le dirigea vers la porte.

— Viens, Wolf, dit-il.

Il parlait calmement avec une sincère tendresse. Wolf ne l'avait encore jamais autant bouleversé.

— Viens, c'est ma faute, pas la tienne. On s'en va.

— Désolé, dit Wolf en pleurant, et il ajouta, d'une voix entrecoupée de sanglots : je suis mauvais, Dieu me pile, je suis mauvais.

— Mais non, tu es très gentil, dit Jack. Allez, viens.

Il poussa la porte et ils se retrouvèrent dans la fraîcheur de l'après-midi d'octobre.

La femme et son gosse étaient bien à une vingtaine de mètres d'eux, mais, quand elle aperçut Jack et Wolf, elle partit à reculons vers sa voiture, en tenant son enfant devant elle, comme un gangster pris au piège avec un otage.

— Ne le laisse pas s'approcher ! hurla-t-elle. Ne laisse pas ce monstre approcher de mon bébé ! Tu entends ? *Ne le laisse pas s'approcher de moi !*

Jack aurait bien voulu lui dire quelque chose pour la calmer. Mais il ne savait pas quoi. Il était trop fatigué.

Ils se remirent tous deux en route, traversant le parking en diagonale. A mi-chemin, Jack chancela. Le monde devint gris tout à coup.

Il fut vaguement conscient que Wolf le soulevait dans ses bras et qu'il l'emportait comme un petit enfant. Vaguement conscient aussi que Wolf pleurait.

— Jack, je suis désolé, je t'en supplie, ne déteste pas Wolf. Je peux être ton brave vieux Wolf, attends, tu verras.

— Je ne te déteste pas, dit Jack. Je sais que tu es... que tu es un brave vieux...

Mais il s'endormit avant la fin de sa phrase. Quand il se réveilla, la nuit était tombée, et Muncie loin derrière eux. Wolf avait abandonné les grandes voies de circulation et avait suivi des petites routes et des chemins de terre. Pas le moins du monde embarrassé par le manque de panneaux de signalisation, il avait continué tout droit vers l'ouest avec l'instinct infaillible d'un oiseau migrateur.

Ils dormirent cette nuit-là dans une maison vide au nord de Cammack, et Jack eut l'impression, en se réveillant le matin, que sa fièvre était un peu tombée.

C'est au milieu de la matinée — le matin du 28 octobre — que Jack s'aperçut que les poils étaient revenus sur les paumes de Wolf.

CHAPITRE 19

JACK DANS LA CABANE

1

Cette nuit-là ils campèrent dans les ruines d'une maison détruite par le feu, entre un grand champ et un bouquet d'arbres. Il y avait bien une ferme, tout au bout du champ, mais Jack pensait qu'ils seraient tout de même en sécurité s'ils se tenaient tranquillement à l'intérieur. Wolf sortit dans les bois après le coucher du soleil. Il avançait lentement, le visage courbé vers la terre. Avant de le perdre de vue, Jack se dit qu'il avait tout l'air d'un myope en train de chercher ses lunettes. Jack commençait à se sentir nerveux (il avait des visions de Wolf pris dans la mâchoire d'un piège et qui se retenait tristement de hurler en se rongeant la patte...) en attendant Wolf, qui revint, marchant normalement cette fois, les mains serrées autour d'un paquet de plantes qu'il avait cueillies avec leurs racines.

— Qu'est-ce que tu as dans les mains, Wolf ? demanda Jack.

— Des médecines, fit Wolf d'un ton morne. Mais elles ne sont pas très bonnes. *Wolf !* Rien n'est vraiment bon dans ton monde !

— Des médecines ? Qu'est-ce que tu veux dire ?

Mais Wolf refusa d'en dire plus. Il sortit deux allumettes de la poche de la bavette de sa salopette et alluma un feu sans fumée ; il demanda à Jack de lui trouver un récipient. Jack lui apporta une boîte de bière ramassée dans le fossé. Wolf la huma et plissa le nez.

— Ça sent encore mauvais. J'ai besoin d'eau, Jack. De l'eau propre. Je vais aller en chercher si tu es trop fatigué.

— Wolf, je veux savoir ce que tu es en train de mijoter.

— Bon, j'y vais, fit Wolf. Il y a une ferme là-bas. *Wolf !* Il doit y avoir de l'eau. Repose-toi.

Jack eut la vision de la femme du fermier qui regardait par la fenêtre de sa cuisine en faisant sa vaisselle et qui apercevait soudain Wolf en train de passer furtivement devant la porte de la cour avec une boîte de bière dans une patte poilue et un paquet de racines dans l'autre.

— C'est moi qui irai, dit-il.

La ferme était à cent cinquante mètres de là où ils s'étaient installés, et l'on voyait de loin les fenêtres luire d'une chaude lumière jaune. Jack s'y rendit, remplit sans incident la boîte de bière au robinet d'un hangar et revint.

A mi-chemin il vit que son ombre le suivait : il leva les yeux vers le ciel.

A l'est, la lune, presque pleine maintenant, montait à l'horizon.

Soucieux, Jack retourna auprès de Wolf et lui donna la boîte remplie d'eau. Wolf la renifla, fit à nouveau une grimace mais ne dit rien. Il la posa sur le feu et entreprit de glisser sans l'ouverture du couvercle des petits fragments des diverses plantes et racines qu'il avait rapportées. Cinq minutes plus tard environ, une odeur épouvantable — une véritable puanteur — commença à monter de la boîte. Jack fit la grimace. Il était sûr que Wolf avait l'intention de lui faire boire cette potion dégueulasse, et tout aussi sûr que ça le tuerait. Lentement et horriblement, c'était certain.

Il ferma les yeux et poussa quelques ronflements sonores spectaculaires. Wolf n'oserait jamais le réveiller s'il le croyait endormi. Personne ne réveille les malades, n'est-ce pas ? Or Jack était vraiment malade : sa fièvre était revenue la veille, dans la soirée, avec son cortège de douleurs et de frissons glacés, même alors qu'il transpirait de tous les pores de sa peau.

L'épiant à travers ses cils, Jack vit Wolf mettre la boîte de côté pour la faire refroidir. Wolf s'assit, leva la tête et contempla le ciel, ses bras velus entourant ses genoux. Son visage rêveur était d'une étrange beauté.

Il regarde la lune, se dit Jack avec un petit pincement de peur.

Quand nous nous transformons, nous n'approchons pas du troupeau. Doux Jason, non ! On le dévorerait sinon ! Wolf, je voudrais bien savoir : est-ce moi ton troupeau maintenant ?

Jack frémit.

Cinq minutes plus tard — Jack était presque endormi — Wolf se pencha au-dessus de la boîte, la huma, hocha la tête, la prit et s'approcha de l'endroit où était appuyé Jack — une poutre noire de fumée couchée sur le sol avec une chemise pliée sous la tête en guise de coussin. Jack ferma les yeux très fort et se remit à ronfler.

— Allez, Jack, dit Wolf sur un ton jovial. Je sais que tu es réveillé. Tu ne peux pas me tromper, Jack.

Jack ouvrit les yeux et lança à Wolf un regard peu amène.

— Comment le sais-tu ?

— Les gens ont une odeur de sommeil et une odeur de réveil, dit Wolf. Même les Étrangers doivent savoir ça, non ?

— Je ne le crois pas, dit Jack.

— De toute façon, il faut boire ça. C'est une médecine. Bois-la, Jack. Ici et maintenant.

— Je n'en veux pas.

L'odeur qui s'exhalait de la boîte était rance et marécageuse.

— Jack, dit Wolf. Tu dégages une odeur de maladie, toi aussi.

Jack le fixa sans rien dire.

— Oui, dit Wolf. Et ça ne fait qu'empirer. Ce n'est pas très grave, pas encore, mais — *Wolf !* — ça va s'aggraver si tu ne te soignes pas.

— Wolf, je suis sûr que tu reconnais toutes les herbes et les plantes des Territoires à leur odeur, mais ici c'est justement le pays des Mauvaises Odeurs, tu te souviens ? Tu as probablement de l'ambroisie là-dedans, et du sumac vénéneux, et de l'orobe, et...

— Elles sont bonnes, interrompit Wolf. Pas assez fortes, Dieu les pile, mais ça ira quand même. Tout ne sent pas mauvais ici, Jack. Il y a de bonnes odeurs aussi. Mais elles sont comme les plantes qui guérissent : faibles. Je pense que jadis elles étaient plus fortes.

Wolf regardait encore la lune d'un air rêveur, et Wolf ressentit à nouveau le malaise qu'il avait eu tout à l'heure.

— Je parie que c'était un bon endroit autrefois, poursuivit Wolf. Propre et plein de force...

— Wolf ? fit Jack à voix basse. Wolf, les poils sont revenus sur tes paumes.

Wolf s'arrêta de parler pour regarder ses mains. Pendant un court instant — c'était peut-être dû à son imagination fiévreuse, et même si c'était le cas, ça ne dura qu'un instant — Wolf jeta sur Jack un regard gourmand. Puis il parut se secouer, comme pour échapper à un mauvais rêve.

— Oui, dit-il. Mais je n'ai pas envie d'en parler, et je ne veux pas que tu m'en parles. Ça n'a aucune importance, pas encore. *Wolf !* Bois ton remède, Jack, c'est la seule chose qui doit te préoccuper.

Il avait l'air tellement malheureux qu'il aurait paru ridicule s'il n'avait pas été si visiblement sincère.

Jack céda et avala le contenu de la boîte. Il ne pouvait vraiment pas supporter l'expression chagrine et douloureuse de son ami. Le goût en était bien aussi épouvantable qu'il l'avait imaginé... *et pendant un instant il eut l'impression que le monde chavirait autour de lui. N'était-ce pas exactement ce qu'il éprouvait au moment où il « décollait » pour aller dans les Territoires ?*

— Wolf, s'écria-t-il. Wolf, tiens-moi la main !

Wolf s'exécuta, l'air à la fois inquiet et surexcité.

— Jack, Jacky ? Qu'est-ce qu'il se passe ?

Le goût du remède commençait à s'atténuer dans sa bouche. En même temps, l'espèce de chaleur qu'il éprouvait quand sa mère l'autorisait à boire une gorgée de cognac — en de rares occasions il est vrai — commença à se répandre dans son estomac. Et le monde autour de lui redevint solide. L'oscillation qu'il avait cru percevoir n'était peut-être, elle aussi, qu'un effet de son imagination... Mais Jack en doutait.

Nous avons failli décoller. Pendant un moment nous avons été à deux doigts de basculer. Je peux peut-être repartir sans l'aide de l'élixir magique... C'est peut-être possible !

— Jack, qu'est-ce qu'il se passe ?

— Je me sens mieux, dit-il. Et il réussit à sourire. Je me sens mieux, c'est tout.

Il s'aperçut qu'il disait la vérité.

— Ton odeur est meilleure elle aussi, dit Wolf d'une voix réjouie. *Wolf ! Wolf !*

2

Le lendemain, son état continua de s'améliorer, mais il restait cependant faible. Wolf le porta « à califourchon » et ils poursuivirent leur chemin vers l'Ouest.

Vint le crépuscule et ils commencèrent à chercher un gîte pour la nuit. Jack découvrit une cabane à bois dans une petite ravine sans attrait. Elle s'élevait au milieu d'un tas de détritus et de vieux pneus. Wolf accepta sans commentaire. Il avait été taciturne toute la journée.

Jack s'endormit presque immédiatement et se réveilla vers onze heures avec une forte envie de faire pipi. Il regarda à côté de lui et vit que la place de Wolf était vide. Il se dit qu'il était probablement parti chercher d'autres plantes pour lui administrer l'équivalent d'une piqûre de rappel. Jack plissa le nez. Mais si Wolf avait l'intention de lui faire encore ingurgiter de son truc, il le ferait. Ça lui avait fait un sacré bien.

Il sortit de la cabane — grand échalas portant un short de jockey, des baskets délacés, et une chemise flottante. Il pissa pendant ce qui lui parut une éternité, tout en regardant le ciel.

C'était une de ces nuits trompeuses comme il y en a parfois dans le Midwest en octobre et au début de novembre, juste avant l'arrivée de l'hiver, qui tombe alors avec la cruauté d'un couperet de fer. La chaleur était presque tropicale, et la brise douce comme une caresse.

La lune flottait au-dessus de lui, blanche, ronde, très belle. Elle déversait sur toutes choses une clarté illusoire et mystérieuse qui à la fois semblait les éclairer et les obscurcir. Jack la contemplait, conscient du pouvoir hypnotique qu'elle exerçait sur lui mais ne s'en souciant pas vraiment.

Nous n'approchons pas du troupeau quand nous nous transformons. Doux Jason. Non !

Est-ce moi ton troupeau maintenant, Wolf ?

Il y avait un visage sur la lune. Jack vit sans surprise que c'était celui de Wolf... sauf qu'il n'était pas aussi large et avenant, qu'il n'avait pas cette expression un peu surprise, cet air de bonté et de simplicité. Ce visage-là était étroit, ah oui, et sombre ; il était sombre et velu, mais les poils n'étaient pas importants. Il était sombre d'intention.

Nous ne nous approchons pas d'eux, nous les dévorerions sinon, dévorerions, nous les dévorerions, Jack, quand nous nous transformons, nous les...

Le visage sur la lune — un clair-obscur gravé dans de l'os représentait celui d'une bête hargneuse, tête penchée, au moment crucial qui précède le bond sur la proie, sa gueule ouverte pleine de dents.

Nous les dévorerions, nous les tuerions, tuer, tuer, TUER TUER.

Un doigt se posa sur l'épaule de Jack et descendit lentement jusqu'à sa taille.

Jack était là, debout, son pénis à la main, la peau légèrement pincée entre le pouce et l'index, à regarder la lune. Un nouveau jet d'urine jaillit de lui.

— Je t'ai fait peur, dit Wolf derrière lui. Je suis désolé, Jack. Dieu me pile !

Pendant un court instant, Jack ne fut pas certain que Wolf soit vraiment désolé.

Il eut même l'impression que Wolf souriait.

Jack fut soudain persuadé qu'il allait être dévoré.

Maison en brique ? pensa-t-il absurdement. *Je n'ai même pas une maison en paille où courir m'abriter.*

Maintenant il avait peur ; la terreur s'infiltrait dans ses veines, plus brûlante que n'importe quelle fièvre.

Qui a peur du grand méchant loup ? Méchant loup, méchant loup ?

— Jack ?

J'ai... j'ai... oh mon Dieu, j'ai peur du grand méchant loup...

Il se retourna lentement.

Le visage de Wolf, glabre, avec un air mal rasé quand ils étaient arrivés à la cabane, était à présent recouvert de longs poils : une véritable barbe qui paraissait partir des tempes. Ses yeux brillaient d'une couleur rouge orangé éclatante.

— Wolf, tu vas bien ? murmura Jack d'une voix enrouée. Il ne pouvait pas parler plus fort.

— Oui, dit Wolf. J'ai couru avec la lune. C'est beau. J'ai couru... couru... couru. Mais je vais bien, Jack.

En souriant pour montrer à quel point il allait bien, Wolf exhiba une rangée de dents gigantesques qui ressemblaient à des crocs. Jack recula, horrifié. On aurait dit la bouche d'*Alien,* la fameuse créature du film.

Wolf s'en aperçut et l'effarement assombrit sa physionomie dont les traits étaient à présent plus durs, plus marqués.

Mais sous la consternation — plutôt superficielle — Jack percevait autre chose. Un quelque chose rigolard qui montrait les dents. Un quelque chose qui poursuivrait sa proie jusqu'à ce que la peur fasse gicler le sang des narines de la victime. Jusqu'à ce qu'elle gémisse et supplie. Quelque chose qui déchirerait sa proie en riant.

Qui rirait, même si Jack était la proie.

Surtout si c'était lui la proie.

— Jack, je suis désolé, dit-il. Le moment... approche. Nous devons nous préparer. Nous... demain. Nous devons... il faudra...

Il leva les yeux et la fascination se répandit sur sa face tandis qu'il regardait le ciel.

Il redressa la tête et poussa un hurlement.

Et Jack eut l'impression d'entendre — très faiblement — le loup qui était sur la lune lui répondre.

L'épouvante s'empara de lui, calmement, entièrement. Jack ne ferma plus l'œil de la nuit.

3

Le lendemain, Wolf, moins excité — enfin, un peu moins —, était en revanche presque malade d'anxiété.

Il était en train d'expliquer — du mieux qu'il le pouvait — ce qu'il faudrait faire au moment fatidique, quand un avion passa au-dessus d'eux. Wolf bondit sur ses pieds, se précipita dehors et hurla sans sa direction en levant les poings au ciel. Ses pieds velus étaient nus. Ils avaient gonflé, faisant éclater les mocassins bon marché.

Il essayait d'expliquer à Wolf les précautions à prendre, mais il ne savait pas grand-chose, à part de vieilles histoires et de vagues on-dit. Il savait ce qui se passait dans son univers mais il pressentait que ça pouvait être bien pire — beaucoup plus puissant et plus dangereux — sur la terre des Étrangers. C'est ce qu'il redoutait maintenant. Il sentait cette puissance, cette force, monter en lui, et cette nuit, quand la lune se lèverait, il était sûr que cette force l'emporterait.

Il répétait et répétait sans arrêt qu'il ne voulait pas faire de mal à Jack, qu'il préférerait se tuer plutôt que de lui faire mal.

4

La petite ville la plus proche s'appelait Daleville. Jack y arriva peu après que l'horloge de l'hôtel de ville eut sonné midi. Il entra dans la quincaillerie « Aux Vraies Valeurs » une main enfoncée dans la poche de ses pantalons, serrée autour du rouleau de billets.

— Tu désires quelque chose, fiston ?

— Oui, monsieur, dit Jack. Je voudrais un cadenas.

— Viens par ici, alors, et regardons ce qu'il y a. J'ai des Yales, des Mossler, des Lok-tits. Quel genre veux-tu ?

— Un gros, dit Jack, en lui lançant un regard sombre, presque inquiétant. Son étrange et beau visage était émacié mais toujours aussi expressif.

— Un gros, fit le vendeur d'un ton rêveur. Et pour quoi faire, si je peux me permettre ?

— C'est pour mon chien, dit Jack d'une voix posée.

Une histoire. Ils avaient toujours besoin d'une histoire. Il avait inventé celle-ci en venant de la cabane où ils avaient passé les deux dernières nuits.

— J'en ai besoin pour mon chien. Il mord, je dois l'enfermer.

5

Celui qui convenait coûtait dix dollars, lui laissant, en tout et pour tout, l'énorme fortune de dix dollars. Ça lui faisait mal de dépenser autant, et il prit la décision d'en prendre un qui coûtait moins cher... quand il se rappela soudain l'expression de Wolf hurlant à la lune, avec ses yeux qui lançaient des éclairs orange.

Il paya donc les dix dollars.

Il refit le chemin qui menait à la cabane en levant le pouce chaque fois qu'il voyait une voiture, mais évidemment aucune ne s'arrêta. Il avait peut-être l'air trop agité, excité. Le journal que le vendeur de la quincaillerie lui avait laissé consulter annonçait le coucher du soleil à dix-huit heures pile. Le lever de la lune n'était pas indiqué, mais Jack pensait que ce serait au plus tard à sept heures. Il était déjà une heure de l'après-midi et il ne savait toujours pas où caser Wolf cette nuit.

Tu dois m'enfermer, Jack, lui avait dit Wolf. Il faut m'enfermer pour de vrai. Parce que si je sors, je ferai du mal à tous ceux que je rencontrerai et que je pourrai attraper. Même toi, Jack. Même toi. Alors tu dois m'enfermer et me garder enfermé sans tenir compte de ce que je fais ou je dis. Trois jours, Jack, jusqu'à ce que la lune recommence à décroître. Trois jours... même quatre, pour plus de sécurité.

Oui, mais où ? Ça devait être un endroit éloigné de toute habitation pour que personne n'entende, si — quand, corrigea-t-il à contrecœur — il commencerait à pousser ses hurlements. Et ce devait être un endroit beaucoup plus solide que la cabane de bûcheron où ils se trouvaient pour le moment. Si Jack fermait la porte de cette loge avec son beau cadenas à dix dollars, Wolf pourrait en sortir en défonçant le mur du fond.

Où alors ?

Il ne le savait pas ; la seule chose qu'il savait c'est qu'il lui restait six heures pour trouver un lieu adéquat... peut-être moins.

Il pressa le pas.

6

Avant d'arriver à la loge de bûcheron, ils étaient passés devant plusieurs maisons vides, ils avaient même dormi une nuit dans l'une d'elles, et Jack, depuis Daleville, marchait en regardant partout, en essayant de déceler des signes évidents de maisons inhabitées : fenêtres sans rideaux, pancartes qui signalaient EN VENTE, gazon non tondu dont l'herbe s'élevait à la hauteur de la deuxième marche du perron, et l'impression de désolation qui se dégageait toujours des maisons vides. Il n'avait pas l'intention d'enfermer Wolf dans une chambre à coucher et de l'y laisser pendant les trois jours de sa transformation. Wolf serait capable de casser la porte. Il avait en vue une ferme devant laquelle ils étaient passés précédemment et qui possédait une réserve à légumes.

Une lourde porte de chêne encastrée dans un monticule herbeux, comme une porte de conte de fées, et derrière cette porte, une pièce sans mur et sans plafond — une pièce souterraine, une espèce de cave dont aucune créature ne pourrait s'échapper, sauf en creusant pendant un mois. Cette réserve à légumes aurait été parfaite, car le sol et les murs en terre battue auraient empêché Wolf de se blesser lui-même.

Mais la ferme vide à laquelle il songeait se trouvait à cinquante ou soixante kilomètres derrière eux. Ils n'y arriveraient jamais avant le lever de la lune. Et Wolf serait-il d'accord pour se taper soixante kilomètres dans le seul but de rester enfermé seul, sans nourriture, et si près du moment de sa transformation ?

Supposons alors qu'il soit trop tard. Supposons que le moment fatidique soit trop proche et que Wolf refuse en effet de se laisser emprisonner, de quelque manière que ce soit ? Que se passerait-il si l'aspect sauvage et indiscipliné de sa personnalité prenait le pas sur l'autre, et qu'il commençait à rôder dans ce monde nouveau pour lui en se demandant où trouver une nourriture qui lui convienne ? Le lourd cadenas qui menaçait de déchirer les coutures du pantalon de Jack se révélerait totalement inutile.

Et s'il rebroussait chemin, se dit Jack. Il pourrait retourner à Daleville et poursuivre sa route vers l'ouest. Dans un jour ou deux il serait près de Lapel ou de Cicero ; il pourrait peut-être travailler un après-midi dans un magasin d'alimentation ou donner un coup de main dans une ferme, histoire de faire un ou deux repas à l'œil et de gagner quelques dollars, puis continuer jusqu'à la frontière de l'Illinois qu'il atteindrait bientôt. Une fois en Illinois, pas de problème, se dit Jack. Il ne savait pas encore comment il ferait, mais il était presque certain de pouvoir arriver à Springfield, où se trouvait l'école Thayer, un ou deux jours après avoir franchi la frontière de l'État.

Il était à présent à quatre cents mètres de la loge et se demandait, perplexe, comment il allait expliquer la présence de Wolf à Richard Sloat. Son vieux copain Richard, avec ses lunettes rondes, ses cravates et ses chaussures en cuir de Cordoue lacées ? C'est que Richard était tellement rationnel ! Et bien que très intelligent, il était également fort têtu, et ne croyait que ce qu'il voyait. Contrairement à Jack, Richard n'avait jamais été friand de contes de fées quand il était petit ; il était toujours resté de glace devant les films de Walt Disney, où les marraines transformaient les citrouilles en carrosses, et les méchantes reines mères possédaient des miroirs magiques. Ce genre d'histoires était trop absurde pour capter l'imagination de Richard quand il avait six ans (ou huit ans ou dix ans) ; en revanche, une photographie prise par un microscope électronique !... Il avait été vraiment passionné par le rubicube, dont il réussissait à aligner les couleurs en moins de quatre-vingt-dix secondes. Et Jack ne pensait pas qu'il serait prêt à croire à l'existence d'un loup-garou de plus de deux mètres.

Il resta planté un moment sur la route, hésitant sur ce qu'il devait faire — il se crut capable, un instant seulement, de laisser Wolf derrière lui et de poursuivre son chemin pour aller chercher d'abord Richard, puis le Talisman.

Et si c'était moi le troupeau ? se demandait-il in petto. Mais il se souvint alors que Wolf avait dévalé le talus et s'était jeté à l'eau pour aller sauver ses pauvres bêtes terrifiées.

7

La cabane était vide. Dès que Jack s'aperçut que la porte était ouverte, il sut que Wolf avait filé. Il descendit la pente de la ravine, se frayant un chemin parmi les détritus, refusant presque de le croire. Wolf était incapable de faire cinq mètres tout seul ; pourtant c'est ce qu'il avait fait.

— Wolf ! Je suis là ! cria-t-il. Eh, Wolf ? J'ai le cadenas !

Il savait qu'il parlait dans le vide mais jeta tout de même, pour en être sûr, un coup d'œil à l'intérieur de la loge. Son sac était posé sur un petit banc de bois, à côté d'une pile de magazines bon marché qui dataient de 1973. Dans un des coins de la cabane sans fenêtre il y avait une pile de bois de toutes les tailles, comme si quelqu'un avait amassé sans enthousiasme quelques branches pour essayer de faire du feu. Le reste de la cabane était vide. Jack se retourna et contempla, impuissant, les pentes de la ravine. Eparpillés dans les mauvaises herbes, des vieux pneus, un paquet de tracts en décomposition sur lesquels on pouvait lire le nom de Lugar, une plaque d'immatriculation ébréchée, bleu et blanc, qui provenait du Connecticut, des bouteilles de bière avec des étiquettes si délavées qu'on ne voyait plus la marque... mais pas de Wolf. Jack mit les mains en cornet autour de sa bouche :

— Ohé, Wolf ! Je suis revenu !

Il n'attendait pas de réponse et n'en obtint pas. Wolf était bel et bien parti.

— Merde ! dit Jack en mettant les mains sur les hanches. Des émotions contradictoires : exaspération, soulagement, anxiété se bousculaient en lui. Wolf avait fui pour épargner sa vie — c'était sûrement là la raison de sa disparition. Il avait profité du départ de son copain pour Daleville pour s'échapper. Il avait couru à toute allure sur ses jambes infatigables et devait être maintenant à des kilomètres, attendant que la lune se lève. Il pouvait être n'importe où maintenant.

Et c'était bien cela qui inquiétait tant Jack. Il était peut-être allé jusqu'au bois que l'on voyait au bout du champ que bordait la ravine pour s'y repaître de lapins, de souris des champs et autres taupes et blaireaux, bref, de tout le petit monde qui peuplait le *Vent dans les saules*. Ce qui eût été futé de sa part. Mais Wolf avait peut-être aussi flairé du bétail sur pied et se trouvait réellement en danger quelque part. Tout comme il avait pu flairer le fermier et sa famille. Ou même pire, il était peut-être allé vers le nord et s'était approché d'une des villes qui s'y trouvaient. Jack ne pouvait en être certain, mais il se disait que Wolf, transformé en loup-garou, était tout à fait capable de massacrer une demi-douzaine de personnes avant de l'être à son tour.

— Merde, merde, merde, dit Jack et il entreprit de grimper sur l'autre versant de la ravine.

Il avait perdu l'espoir de revoir Wolf — il ne le reverrait jamais plus, se dit-il. Dans quelques jours, en lisant un journal local, il lirait l'horrible description d'un carnage perpétré par un énorme loup affamé qui s'était aventuré dans la rue principale d'une ville, apparemment à la recherche de nourriture. Et il lirait des noms. D'autres noms comme ceux de Thielle, Heidel, Hagen...

Il regarda d'abord en direction de la route, espérant encore apercevoir la silhouette de Wolf fuyant vers l'est — il espérait qu'il n'avait pas été jusqu'à Daleville. Mais la longue route était aussi déserte que la cabane.

Évidemment.

Le soleil, aussi précis que la montre qu'il portait au poignet, avait disparu derrière son méridien.

En désespoir de cause, Jack se retourna vers le vaste champ et scruta la lisière des bois, tout au fond. Rien ne bougeait hormis les chaumes agités par le souffle d'une brise fraîche.

LA CHASSE AU LOUP MEURTRIER SE POURSUIT, lirait-on dans quelques jours à la une des journaux.

Puis un grand bloc de pierre brune s'ébranla à la limite de la forêt, et Jack se rendit compte que c'était Wolf. Accroupi sur ses talons, il observait Jack.

— Oh, espèce de salaud ! s'exclama celui-ci. Et bien que soulagé, il devait s'avouer qu'il n'avait pas été totalement malheureux du départ de Wolf. Il fit un pas dans sa direction.

Wolf ne bougea pas, mais parut davantage sur le qui-vive. Le second pas de Jack nécessita plus de courage que le premier.

Il avait fait cinq ou six mètres quand il s'aperçut que la métamorphose de Wolf était bien avancée. Ses cheveux avaient encore épaissi et étaient tout ébouriffés, comme s'il les avait lavés et séchés au séchoir électrique : sa barbe montait à présent jusqu'aux yeux. Accroupi comme il l'était, son corps tout entier paraissait plus large, plus puissant. Ses yeux, remplis de feu liquide, lançaient des flammes orange.

Jack se força à avancer plus près. Il faillit s'arrêter lorsqu'il crut voir que Wolf avait maintenant des pattes à la place des mains, mais comprit, un instant plus tard, que ses mains et ses doigts étaient entièrement recouverts de poils sombres et épais. Wolf continuait à l'épier de ses yeux flamboyants. Jack s'approcha encore, puis s'arrêta. Pour la première fois depuis le moment où il avait rencontré Wolf en train de garder son troupeau, il lui était impossible de lire sur son visage. Peut-être Wolf était-il devenu trop différent pour ça, ou peut-être ses poils abondants cachaient-ils trop ses traits. Mais ce dont Wolf était certain, en tout cas, c'est que Wolf était en proie à une vive émotion.

A trois mètres de lui, il s'arrêta pour de bon et s'obligea à regarder le loup-garou dans les yeux.

— C'est pour bientôt, Jacky, lui dit Wolf, et sa bouche s'ouvrit en une parodie de sourire.

— J'ai cru que tu t'étais sauvé, lui dit Jack.

— Je me suis assis ici pour te voir arriver, Wolf !

Jack ne savait pas comment prendre cette déclaration. Obscurément, elle lui rappelait le Petit Chaperon Rouge. Les dents de Wolf lui paraissaient maintenant particulièrement nombreuses, puissantes et pointues.

— J'ai le cadenas, dit-il. Il le sortit de sa poche et le lui montra. Tu as réfléchi pendant mon absence, Wolf ?

Le visage de Wolf — les yeux, les dents, tout — lançait des éclairs.

— C'est toi le troupeau maintenant, Jacky, dit-il. Et redressant la tête, il poussa un long hurlement.

8

Un Jack Sawyer moins effrayé eût peut-être dit : « Arrête ton cirque, tu veux ? » ou « Si tu continues comme ça, on va avoir tous les chiens du comté au cul. » Mais ces deux remarques moururent dans sa gorge. Il était bien trop terrifié pour émettre une parole. Wolf le gratifia à nouveau de son sourire numéro un, sa gueule ressemblant à une pub télévisée pour les couteaux Ginsu, et il se mit debout sans effort. Les lunettes à la John Lennon parurent s'enfoncer dans la broussaille de sa barbe et de ses cheveux qui lui tombaient maintenant sur le front. Il semblait mesurer plus de deux mètres, et paraissait aussi trapu que les fûts de bière rangés dans la réserve de la Taverne d'Oatley.

— Il y a de bonnes odeurs dans ce monde, Jacky, lui dit Wolf.

Et Jack comprit alors l'état dans lequel se trouvait son copain. Il exultait. Il était comme un homme qui, contre toutes les chances, avait vaincu un combat particulièrement difficile. Et derrière ce triomphe perçait une joie sauvage que Jack lui avait déjà vue.

Il fit un petit pas en arrière, se demandant si le vent, en ce qui le concernait, soufflait dans le bon sens.

— Ce n'est pas ce que tu disais avant, dit-il, manquant un peu de cohérence.

— Avant c'était avant, maintenant c'est maintenant, répliqua Wolf. Il y a des bonnes choses, un tas de bonnes choses dans les parages. Tu peux être sûr que Wolf va les trouver.

Cela n'était pas fait pour rassurer Jack, au contraire. Il voyait — il sentait presque — la gourmandise confiante, la faim amorale, briller dans les yeux rougeoyants. *Je mangerai tout ce que je pourrai attraper* — voilà ce que signifiaient ses propos. *Attraper et tuer.*

— J'espère que ces bonnes choses ne sont pas des humains, Wolf, dit Jack calmement.

Wolf leva le menton et émit une série de gargouillis, mi-hurlements, mi-rires.

— Wolf a besoin de manger, dit-il, et sa voix elle aussi était joyeuse. Oh, Jacky, comme Wolf a besoin de manger ! MANGER ! Wolf !

— Je vais devoir t'enfermer dans cette cabane, dit Jack. Tu te souviens, Wolf ? J'ai le cadenas. Il faut seulement espérer qu'il sera assez solide. Allons là-bas maintenant, Wolf. Tu me fous la trouille.

Cette fois, Wolf éclata franchement de rire — de son rire gargouillis.

— La trouille ! Wolf le sait bien ! Wolf le sait, Jacky. Tu dégages l'odeur de la trouille !

— Ça ne m'étonne pas, dit Jack. Allez, on y va, d'accord ?

— Oh, moi je ne vais pas dans la cabane, dit Wolf, et une longue langue pointue apparut entre ses mâchoires. Non, pas moi, Jacky. Pas Wolf. Wolf ne peut pas aller dans la cabane.

Les mâchoires s'écartèrent et des centaines de dents brillèrent.

— Wolf s'est souvenu, Jacky. Wolf ! Ici et maintenant ! Wolf s'est souvenu !

Jack recula.

— Je sens encore l'odeur de la peur. Même sur tes chaussures. Sur tes chaussures, Jacky ! Wolf !

Des pompes qui puaient la trouille étaient à l'évidence d'un comique fou.

— Il faut aller dans la cabane, c'est ça dont tu dois te souvenir, Wolf.

— C'est pas vrai ! Wolf ! C'est toi qui vas dans la cabane, Jacky. Jacky va dans la cabane, je n'ai pas oublié. Wolf !

Les yeux du loup-garou virèrent du rouge orangé éclatant à une douce teinte mauve.

— C'est dans le *Livre du Bon Fermier,* Jacky. L'histoire du loup qui ne voulait pas faire de mal à son troupeau, tu te souviens, Jacky ? Le bétail va dans la grange. Tu te souviens ? Le cadenas va sur la porte. Quand le Loup sait qu'il va se transformer, il met le troupeau dans la grange et le loquet ferme la porte. Il ne Voulait Pas Faire De Mal à Son Troupeau.

Les mâchoires s'ouvrirent à nouveau tout grand, et la grande langue sombre se recourba au bout, ce qui devait signifier qu'il était fou de joie.

— Non, non ! Il ne Fera Aucun Mal à Son Troupeau ! Wolf ! Ici et Maintenant.

— Tu veux que je reste enfermé dans la cabane pendant trois jours ? demanda Jack.

— Je dois manger, Jacky, répondit simplement Wolf, et le garçon vit un éclair lugubre et funeste s'échapper des yeux changeants de Wolf.

— Quand la lune m'emporte, il faut que je mange. Il y a de bonnes odeurs par ici, Jacky. Plein de bonnes choses à manger pour Wolf. Quand la lune me laissera libre, Jacky pourra sortir de la cabane.

— Qu'arrivera-t-il si je refuse d'être enfermé pendant trois jours ?

— Alors Wolf tuera Jacky. Et Wolf sera damné.

— Et tout ça se trouve dans le *Livre du Bon Fermier,* n'est-ce pas ?

Wolf hocha la tête.

— Je m'en suis souvenu. Je m'en suis souvenu à temps, Jacky. Pendant que je t'attendais.

Jack essayait de s'habituer à l'idée de Wolf. Il lui faudrait passer trois jours sans manger. Wolf voulait être libre de rôder. Jack serait en prison et Wolf libre de ses mouvements. C'était pourtant le seul moyen de survivre à la métamorphose de Wolf. Puisque Jack avait le choix entre trois jours de jeûne et la mort, il choisissait l'estomac vide. Mais il comprit soudain que ce revirement de situation n'était en réalité qu'apparent — enfermé dans la loge, il serait tout de même libre, tandis que Wolf, au-dehors, ne le serait pas. Sa cage serait seulement plus vaste que celle de Jack.

— Que Dieu bénisse le *Livre du Bon Fermier,* car je n'y aurais jamais songé moi-même.

Wolf lui lança un regard flamboyant puis considéra à nouveau le ciel avec une avidité gourmande.

— C'est pour bientôt, Jack. Tu vas être le troupeau. Je dois t'enfermer dans la cabane.

— D'accord, acquiesça Jack. Je crois que c'est nécessaire.

Wolf eut l'air de trouver ça très drôle car il éclata d'un rire tonitruant, passa un bras autour de la taille de Jack, le souleva, et traversa le champ en le portant comme un paquet.

— Wolf s'occupera de toi, Jacky, dit-il quand il en eut enfin assez de rigoler.

Il posa délicatement le garçon sur le sol, au bord de la ravine.

— Wolf, fit Jack.

Wolf ouvrit les mâchoires et commença à se gratter l'entrejambe.

— Tu ne dois tuer personne, lui recommanda Jack. Ne l'oublie pas — si tu n'as pas oublié cette histoire, tu n'as pas non plus oublié qu'il t'est interdit de tuer des gens. Sinon tu seras pourchassé, c'est sûr. Si tu tues des gens, même une seule personne, ils se mettront en chasse à leur tour et te tueront. Car ils t'attraperont, Wolf, je te le jure. Ils cloueront ta peau sur une planche.

— C'est promis, Jacky. Pas d'humain. Les animaux ont une meilleure odeur que les gens. Pas d'humain, Wolf !

Ils dégringolèrent la ravine. Jack ôta le cadenas de sa poche, le glissa dans l'anneau de métal qui fermait la porte et montra à Wolf comment utiliser la clé.

— Après, tu pousseras la clé sous la porte, d'accord ? Et quand tu seras redevenu normal, je te la rendrai de la même façon.

Jack vérifia le bas de la porte — il y avait entre le bois et le sol un espace de quelques centimètres.

— D'accord, Jack. Tu me la feras passer.

— Bon, alors qu'est-ce qu'on fait maintenant ? demanda Jack. Je rentre tout de suite dans la cabane ?

— Assieds-toi là, dit Wolf en montrant le sol, à trente centimètres de l'entrée à l'intérieur de la cabane.

Jack leva vers lui un regard surpris mais obéit. Wolf s'accroupit alors sur le seuil de la porte ouverte et, sans même regarder Jack, lui tendit la main. Jack prit la main de Wolf. Il avait l'impression de tenir un animal velu de la taille d'un lapin. Wolf serra si fort que Jack faillit crier — mais même s'il avait crié, il ne pensait pas que Wolf l'eût entendu. Son ami contemplait à nouveau le ciel, et sa physionomie était rêveuse, paisible, ravie. Au bout d'une ou deux secondes, Jack installa sa main plus confortablement dans celle de Wolf.

— On va rester longtemps comme ça ? s'enquit-il.

Wolf attendit presque une minute avant de répondre :

— Jusqu'à... répondit-il, et il étreignit à nouveau la main du jeune garçon.

9

Séparés par le chambranle de la porte, ils restèrent ainsi des heures, sans rien dire, jusqu'à ce que la lumière commence à décliner. Wolf se mit alors à trembler imperceptiblement pendant une vingtaine de minutes, et le tremblement de sa main s'intensifia quand l'obscurité s'installa pour de bon. *Il est comme un cheval pur-sang qui, avant la course, tremble d'impatience en attendant le signal du starter*, se dit Jack.

— Elle commence à m'emporter, dit doucement Wolf. Nous allons bientôt courir ensemble. C'est dommage que tu ne puisses pas courir avec nous, Jacky.

Il se tourna pour regarder Jack et celui-ci vit que Wolf était sincère mais que la bête sauvage qu'il était aussi exprimait bien autre chose : *J'aimerais non seulement courir avec toi, mon jeune ami, mais surtout après toi.*

— Je crois qu'il faut fermer la porte, maintenant, dit Jack.

Il essaya de libérer sa main de l'étreinte de Wolf, mais dut attendre que celui-ci se résigne à la lâcher, ce qu'il fit presque dédaigneusement.

— Enferme Jack à l'intérieur, et Wolf à l'extérieur.

Les yeux de Wolf étincelèrent et prirent brièvement la teinte de métal en fusion de ceux d'Elroy.

— Souviens-toi, tu dois veiller à la sécurité du troupeau, lui dit Jack en reculant jusqu'au fond de la cabane.

— Le troupeau va dans la grange et le cadenas va sur la porte. Il ne s'Attaquera Pas à Son TROUPEAU.

Les yeux de Wolf cessèrent de lancer des flammes et prirent une teinte orangée.

— Mets le cadenas sur la porte.

— Dieu me pile ! C'est ce que je fais, dit Wolf. Je mets le sacré cadenas sur le bon Dieu de porte, tu vois ?

Il poussa la porte qui claqua sur Jack, l'enfermant dans l'obscurité.

— Tu entends, Jacky ? C'est ce sacré cadenas !

Jack entendit successivement le bruit du cadenas qui glissait sur l'œilleton de métal et le déclic du rachet.

— La clé maintenant, dit Jack.

— La bon Dieu de clé, ici et maintenant, dit Wolf.

Et Jack entendit la clé entrer, tourner dans la serrure et en ressortir. Une seconde plus tard, Wolf la lui envoyait, d'une pichenette, sous la porte. Elle rebondit sur le sol.

— Merci, fit Jack d'une voix enrouée. Il se pencha et tâtonna le long des planches jusqu'à ce qu'il la trouve. Il la prit dans sa main et la serra avec une telle force qu'elle s'incrusta dans sa paume, y laissant une meurtrissure de la forme de la Floride, qui durerait presque cinq jours, et dont il remarquerait la disparition seulement après son arrestation.

Puis il la rangea soigneusement au fond de sa poche.

Il entendait derrière la porte les halètements précipités de Wolf.

— Tu es fâché contre moi, Wolf ? chuchota-t-il derrière la porte.

Un poing frappa contre le bois, très fort.

— Non ! Pas fâché ! Wolf !

— Très bien, dit Jack. Pas d'être humain, Wolf. Ne l'oublie pas. Sinon ils te donneront la chasse et te tueront.

— Pas d'humain surtout OU OU OU OOOOOOOO HHHOOOOO OU OU OU !

Le mot se transforma, se liquéfia en un long hurlement. Jack entendit le corps de Wolf qui s'abattait contre la porte, il vit ses longs pieds velus se glisser sous l'ouverture. Il comprenait que Wolf était plaqué contre le battant.

— Pas fâché, Jack, chuchota-t-il comme s'il était gêné d'avoir poussé ce hurlement. Wolf pas fâché. Wolf a seulement besoin, Jacky. C'est pour bientôt maintenant. Pour sacrément bientôt !

— Je sais, dit Jack ayant soudain terriblement envie de pleurer — il regrettait de ne pas avoir embrassé Wolf. Et il regrettait encore plus de ne pas s'être arrêté dans la ferme où Wolf aurait pu être à l'abri dans la cave à légumes et lui, Jack, à l'extérieur.

L'idée que Wolf était de fait *enfermé à l'extérieur* vint le tarauder à nouveau.

Les pieds de Wolf, dont Jack s'aperçut qu'ils s'étaient allongés et affinés, disparurent de dessous la porte.

Wolf poussa un grognement, haleta, puis grogna encore. Il s'éloigna de la porte et émit un son qui ressemblait à un « Aaaah ».

— Wolf ? appela Jack.

Un hurlement à crever le tympan s'éleva au-dessus de Jack : Wolf avait déjà atteint le haut de la ravine.

— Fais attention, dit Jack, sachant que Wolf ne pouvait pas l'entendre et craignant, eût-il été assez près pour l'entendre, qu'il ne l'ait pas compris.

Suivirent bientôt une série de hurlements — les cris de joie d'un être qui se sent enfin libre, ou les cris de désespoir de quelqu'un qui se retrouve, une fois de plus, privé de sa liberté. Jack hésitait entre les deux. Sinistres, lugubres, d'une étrange beauté, les hurlements de Wolf s'élevaient au clair de lune comme autant d'écharpes flottant dans la nuit. Jack ne s'aperçut qu'il tremblait qu'après s'être entouré le corps de ses bras, qu'il sentait vibrer contre sa poitrine qui, elle aussi, semblait vibrer.

Les hurlements diminuèrent, s'éloignèrent. Wolf courait avec la lune.

10

Wolf passa trois jours et trois nuits à chercher sa nourriture. Il s'endormait à l'aube et se réveillait à midi dans un trou qu'il avait découvert sous un tronc de chêne abattu. Contrairement aux craintes de Jack, il ne se sentait pas le moins du monde emprisonné. Les bois qui commençaient à l'autre bout du champ s'étendaient sur des kilomètres et foisonnaient de gibier : souris, lapins, chats, chiens, écureuils. Du gibier facile, de surcroît. Il aurait pu rester là et aurait eu suffisamment de nourriture pour tenir jusqu'à sa prochaine transformation.

Mais pas plus qu'il n'aurait pu empêcher sa transformation, il ne pouvait davantage rester confiné dans ces bois. Il lui fallait courir avec la lune. La lune l'entraînait dans les cours de fermes et les pâturages, près des habitations isolées de banlieue et sur des routes en construction où des bulldozers et des rouleaux compresseurs, géants asymétriques, gisaient au bas des talus comme des dinosaures endormis. Habituellement, l'intelligence de Wolf résidait en grande partie dans son flair, mais il n'est pas exagéré d'affirmer que son odorat, toujours très développé, l'était maintenant de façon extraordinaire. Il pouvait non seulement sentir une cage à poules remplie de volaille à sept kilomètres mais distinguer aussi leur odeur de celle des vaches, des cochons et des chevaux qui vivaient dans la même ferme — ce qui était primordial. Il sentait aussi les poulets quand ils se déplaçaient. Il savait d'instinct si l'un des cochons endormis avait une patte blessée, ou une vache de l'étable, un ulcère au pis.

Et ce monde — qui était l'univers de la lune, n'est-ce pas ? — ne dégageait plus des odeurs de pollution et de mort. Les lieux qu'il traversait étaient plus primitifs, plus archaïques. Il respirait à présent ce qu'il restait de la douceur et de la force originelles de la terre ; ce qui restait des qualités qui avaient autrefois été les mêmes que celles des Territoires. Même lorsqu'il approchait une habitation humaine, même lorsqu'il brisait la colonne vertébrale du chien de la famille, qu'il le mettait en pièces avant de le dévorer entièrement, Wolf percevait les cours d'eau pure qui coulaient sous la terre, tout comme il sentait la neige sur une montagne éloignée, quelque part à l'ouest. L'endroit était parfait pour un loup affamé qui avait des tabous concernant le genre humain.

Il ne tua donc personne.

Il faut dire aussi qu'il ne rencontra personne. Pendant les trois jours fatidiques de pleine lune, Wolf n'épargna aucun spécimen de la faune de l'est de l'Indiana, pas même un putois et une famille entière de lynx qui vivaient dans des grottes calcaires, sur les collines, deux vallées plus loin. La première nuit qu'il passa dans les bois, il attrapa une chauve-souris qui volait en rase-mottes et, après lui avoir arraché la tête d'un coup de dents, avala le reste qui remuait encore. Des escadrons entiers de chats domestiques furent happés ; des pelotons de chiens itou. Avec quelle allégresse il massacra, une nuit, tous les cochons d'une porcherie de la taille d'un pâté de maisons !

Par deux fois cependant, Wolf découvrit qu'une force mystérieuse l'empêchait de tuer sa proie. Cette force étrange lui était pourtant familière. Il ne s'agissait pas d'un interdit d'ordre moral, mais d'une force magnétique négative qui l'empêchait de traverser des lieux d'apparence ordinaire. L'un de ces lieux était une clairière au milieu d'un bois où il poursuivait un lapin, et l'autre, l'arrière-cour minable d'une ferme où gémissait un chien attaché à un poteau. A peine Wolf eut-il posé la patte sur le sol de ces deux endroits que ses poils se hérissèrent et que sa colonne vertébrale fut parcourue d'une décharge électrique. La clairière et l'arrière-cour étaient des lieux sacrés et il lui était absolument interdit d'y tuer. C'était aussi simple que ça. Comme tous les lieux sacrés, ils étaient situés à l'écart depuis la nuit des temps. La nuit des temps, c'est bien cela que Wolf sentait peser sur ces lieux interdits. C'est la raison pour laquelle il avait simplement reculé et s'en était allé rôder ailleurs.

Wolf était comme les hommes volants que Jack avait vus sur la tour, il vivait dans un mystère, et ce genre de phénomène était loin de l'étonner.

Et il n'oubliait pas ses obligations envers Jack Sawyer.

11

Dans la cabane verrouillée, Jack se trouva confronté plus rudement encore qu'il ne l'avait jamais été dans sa vie, aux limites de sa personnalité et de son esprit.

Le seul mobilier de la cabane était le petit banc de bois, et la seule distraction qu'elle offrait, la pile de magazines vieux d'une dizaine d'années. Et il ne pouvait d'ailleurs pas les lire. Il n'y avait pas de fenêtre et donc pas de lumière à part celle qui se glissait le matin sous la porte : il ne parvenait même pas à distinguer les images. Quant aux mots ils étaient alignés, indéchiffrables, comme des files d'asticots grisâtres.

Il ne parvenait pas à imaginer comment il ferait pour supporter les trois jours qui allaient suivre. Il s'approcha du banc, se cogna douloureusement le genou et s'assit pour réfléchir.

La première chose dont il prit conscience était que le temps dans la cabane n'avait rien à voir avec le temps du dehors. A l'extérieur, les secondes s'écoulaient rapidement, se fondaient en minutes qui se fondaient en heures : des jours, des semaines entières se déroulaient avec une régularité de métronome. A l'intérieur de la cabane, les secondes refusaient obstinément de bouger — elles s'étiraient, monstrueuses, des secondes de plastiqueur. Une heure pouvait passer à l'extérieur tandis qu'à l'intérieur quatre ou cinq secondes gonflaient comme des baudruches, remplissant l'espace-temps.

La deuxième chose dont Jack prit conscience, c'est que penser à la lenteur du temps ne faisait qu'empirer les choses. Une fois que l'on commençait à être obnubilé par l'écoulement des secondes, elles refusaient plus ou moins d'avancer. Aussi entreprit-il de mesurer les dimensions de sa geôle, histoire de ne plus penser au nombre de secondes qu'il fallait pour faire trois jours. En posant un pied devant l'autre et en comptant ses pas, il découvrit que la cabane mesurait approximativement deux mètres dix sur deux mètres soixante-dix. Au moins, il aurait assez de place pour s'étendre la nuit. S'il faisait le tour complet de la cabane, il parcourait environ neuf mètres.

S'il faisait cent soixante-cinq fois le tour de la cabane, il couvrirait une distance d'un kilomètre six cents.

S'il ne mangeait pas, il pouvait en tout cas marcher. Il enleva sa montre et la fourra dans sa poche, se promettant de ne la consulter que lorsque ce serait absolument nécessaire.

Il venait d'accomplir le tiers de son premier kilomètre quand il se souvint qu'il n'y avait pas d'eau dans la cabane. Pas de nourriture, pas d'eau. Il se dit qu'il fallait plus de trois ou quatre jours pour mourir de soif. Si Wolf revenait le chercher, tout irait bien — bien, peut-être pas, mais en tout cas il survivrait. Mais si Wolf ne revenait pas ? Il lui faudrait défoncer la porte.

Il ferait peut-être mieux de s'y mettre dès à présent, tant qu'il lui restait encore des forces.

Jack alla à la porte et la poussa des deux mains. Il insista et il entendit les gonds grincer. A titre d'expérience Jack lança son épaule sur le bord de la porte, à l'opposé des gonds. Il se fit très mal, mais ne pensa pas avoir ne fût-ce qu'ébranlé cette satanée porte. Il cogna avec plus de force. Les gonds gémirent mais ne bougèrent pas d'un iota. Wolf, lui, l'aurait défoncée d'une seule main, mais Jack se dit qu'il ne la déplacerait pas d'un pouce, même s'il devait transformer son épaule à force de cogner dedans.

Il lui faudrait donc attendre Wolf.

Au milieu de la nuit, Jack avait bien fait une dizaine de kilomètres — il avait un peu perdu le fil et ne se souvenait plus très bien du nombre de fois où il avait atteint le chiffre cent soixante-cinq, mais c'était quelque chose comme sept ou huit. Il avait la bouche sèche et son estomac gargouillait de faim. La cabane sentait l'urine car Jack avait été obligé de pisser contre le mur du fond, où une fente entre deux planches laissait espérer qu'il s'en était écoulé au moins un peu à l'extérieur. Il se sentait physiquement épuisé mais ne croyait pas être capable de dormir. D'après sa montre, il n'avait pas passé plus de cinq heures enfermé : mais s'il considérait la distorsion du temps dans la cabane, il devait s'être écoulé plus de vingt-quatre heures. Il avait peur de s'allonger.

Son esprit ne le laisserait pas en paix — du moins le croyait-il. Il avait essayé de faire la liste de tous les livres qu'il avait lus au cours de l'année, de tous ses profs, de tous les joueurs de l'équipe des Dodgers de Los Angeles... mais des images inquiétantes, désordonnées, n'avaient cessé de s'imposer à lui. Morgan en train de déchirer l'espace. Le visage de Wolf flottant sous l'eau, ses mains dérivant comme de lourdes plantes aquatiques. Jerry Beldsoe, tressautant et oscillant devant le tableau électrique, ses lunettes fondues sur le nez. L'homme dont les mains se transformaient en sabots et dont les yeux devenaient jaunes. Les dents de l'oncle Tommy qui brillaient dans le caniveau de Sunset Boulevard. Morgan Sloat qui venait vers lui, son crâne chauve soudain recouvert de cheveux noirs ondulés — mais l'oncle Morgan ne s'approchait pas de lui, il s'approchait de sa mère.

— Les chansons de Fats Waller, dit-il dans le noir, histoire de se brancher sur un autre circuit. « Your Feets too big ». « Aint Misbehaving ». « Jitterbug Walz ». « Keepin Out of Mischief Now ».

Le monstre Elroy était près de sa mère, il posait sa main sur sa hanche en lui susurrant des propos lubriques.

— Les pays d'Amérique centrale : Nicaragua, Honduras, Guatemala, Costa Rica...

Même lorsque, à bout de force, il fut obligé de s'allonger par terre et de se mettre en boule, avec son sac comme oreiller, Elroy et Morgan Sloat continuèrent à le tourmenter. Osmond, les yeux fous, faisait claquer son fouet sur le dos de Lily Cavannaugh. Wolf se redressait, massif, n'ayant plus rien d'humain, et récoltait une balle de fusil en plein cœur.

Réveillé par les premières lueurs du jour, Jack sentit aussitôt une odeur de sang. Tout son corps avait besoin d'eau et de nourriture. Il poussa un gémissement. Il ne survivrait pas à deux autres nuits comme celle-ci. Le soleil levant éclairait faiblement le plafond et les murs de la cabane. Elle paraissait plus vaste que la veille. Surpris de voir que son organisme recelait encore de l'humidité, il eut à nouveau envie de pisser. Il comprit finalement que la cabane lui semblait plus vaste parce qu'il était couché sur le sol.

L'odeur du sang vint à nouveau frapper ses narines et il regarda du côté de la porte. Il vit les pattes de derrière d'un lapin écorché qui avaient été glissées sous la porte. Ecartelées sur les planches grossières, elles luisaient, dégoulinantes de sang. Des taches de terre et une longue entaille montraient qu'on avait eu du mal à les passer sous la porte. Wolf essayait de le nourrir.

— Oh mon Dieu ! grogna Jack.

L'apparence humaine des pattes du lapin était déconcertante.

Jack en eut l'estomac retourné. Mais au lieu de vomir, il se mit à rire, frappé par une idée absurde qui lui était venue à l'esprit. Wolf se conduisait comme un chat qui tous les matins est fier d'apporter une souris éviscérée ou un oiseau crevé à ses maîtres.

Jack ramassa l'horrible présent du bout des doigts et le mit sous le banc. Il avait encore envie de rire, mais ses yeux étaient mouillés. Wolf avait survécu à la première nuit de sa métamorphose, et Jack aussi.

Le lendemain matin apporta un morceau de viande non identifiable, de vague forme ovoïde, autour d'un os blanc, étonnamment blanc, brisé à chaque bout.

12

Le matin du quatrième jour, Jack entendit quelqu'un qui dévalait la pente de la ravine. Un oiseau effrayé poussa un cri rauque puis s'envola bruyamment du toit de la cabane. Des pas lourds s'approchèrent de la porte. Jack se redressa sur les coudes et cligna des yeux dans l'obscurité.

Un grand corps s'abattit lourdement contre la porte et resta là. Une paire de mocassins de cuir déchirés et tachés apparurent sous la porte.

— Wolf ? demanda doucement Jack. C'est toi, n'est-ce pas ?

— Passe-moi la clé, Jack.

Jack plongea la main dans sa poche et en ressortit la clé qu'il poussa directement entre les mocassins. Une grande main brune apparut et la prit.

— Tu as apporté de l'eau ? s'enquit Jack.

En dépit de ce qu'il avait pu tirer des macabres présents de Wolf, il était dans un état de déshydratation avancé — ses lèvres étaient boursouflées et craquelées, et sa langue gonflée, comme trop cuite. La clé glissa dans le cadenas, Jack l'entendit s'ouvrir avec un cliquetis.

Puis le cadenas glissa de la porte.

— Un petit peu, lui dit Wolf. Ferme les yeux, Jack. Tu as des yeux-de-nuit pour l'instant.

Jack porta les mains à ses yeux dès que la porte s'ouvrit, mais la lumière qui déferla violemment dans la cabane parvint tout de même à s'infiltrer à travers ses doigts et à lui transpercer les yeux.

Il poussa un gémissement de douleur.

— Ça va passer, lui dit Wolf, tout près de lui. Jack sentit que ses bras l'entouraient et qu'ils le soulevaient.

— Ferme les yeux, prévint Wolf avant de sortir à reculons.

Lorsque Jack dit « de l'eau » et qu'il sentit le bord rouillé d'un vieux gobelet contre ses lèvres, il sut pourquoi Wolf n'avait pas voulu s'attarder à l'intérieur. Au-dehors, l'air était d'une fraîcheur et d'une douceur incroyables — on l'aurait dit importé des Territoires. Il avala une gorgée d'eau qui lui parut la chose la plus exquise qu'il eût jamais goûtée, et qui descendit dans son corps comme une petite rivière étincelante, ravivant tout ce qu'elle touchait. Il avait l'impression d'être littéralement irrigué.

Wolf lui ôta le gobelet des lèvres avant qu'il ait bu à satiété.

— Tu le vomiras si je t'en donne plus, lui expliqua Wolf. Ouvre les yeux maintenant, juste un tout petit peu.

Jack suivit ses conseils. Un million de particules lumineuses se précipitèrent sous ses paupières. Il poussa un cri,

Wolf s'assit, tenant toujours Jack dans ses bras.

— Bois, dit-il en portant à nouveau le gobelet aux lèvres de son jeune ami. Ouvre les yeux un peu plus.

La lumière lui fit beaucoup moins mal.

Tandis qu'un autre filet d'eau miraculeux glissait dans sa gorge, Jack affronta à travers le rideau de ses cils l'éblouissante clarté du jour.

— Ah, fit Jack. Comment se fait-il que l'eau soit si bonne ?

— C'est à cause du vent d'ouest, répondit promptement Wolf.

Jack ouvrit les yeux davantage. Le fourmillement lumineux s'estompa et Jack commença à distinguer la teinte marron de la cabane et le mélange de brun et de vert de la ravine. Sa tête reposait sur l'épaule de Wolf. L'estomac rebondi de son ami soutenait sa colonne vertébrale.

— Tu vas bien, Wolf ? demanda-t-il. Tu as trouvé de quoi manger ?

— Wolf trouve toujours de quoi manger, répondit Wolf simplement.

Il tapota la cuisse de Jack.

— Merci de m'avoir apporté ces morceaux de viande.

— Je t'avais promis. Tu étais le troupeau. Tu te souviens ?

— Oh que oui, je me souviens, dit Jack. Je peux avoir encore un peu d'eau ?

Il se laissa glisser des genoux de Wolf et s'assit par terre, en face de lui.

Wolf lui tendit le gobelet. Les lunettes à la John Lennon avaient réintégré leur place ; la barbe de Wolf n'était plus maintenant qu'une ombre sur ses joues ; ses cheveux noirs, toujours aussi longs et gras, tombaient sur ses épaules. Le visage de Wolf était amical et paisible, un peu las. Sur sa salopette il portait un sweat-shirt gris, de deux tailles trop petit, avec imprimé sur le devant INDIANA UNIVERSITY ATHLETIC DEPARTMENT.

Jamais encore depuis que Jack l'avait rencontré, Wolf n'avait eu physionomie aussi humaine. Pas au point de pouvoir se présenter sans encombre à l'oral du baccalauréat, mais il n'aurait vraiment pas détonné dans une équipe de footballeurs universitaires.

Jack but encore un peu d'eau — la main de Wolf planant au-dessus de la tasse en métal rouillé, prête à s'en saisir si Jack en avalait trop.

— Tu vas vraiment bien ?

— Tout va bien ici et maintenant, dit Wolf.

Il frotta son autre main sur son ventre, si rebondi qu'il tendait le tissu de son sweat-shirt qui semblait près de craquer.

— Je suis juste un peu fatigué. J'ai besoin de faire une petite sieste, Jack. Ici et maintenant.

— D'où sors-tu ce sweat-shirt ?

— Il était suspendu sur une corde à linge, dit Wolf. Il fait frisquet dans ce monde, Jacky.

— Tu n'as fait de mal à personne, n'est-ce pas ?

— A personne, Wolf ! Bois doucement surtout.

Ses yeux prirent brièvement une couleur orange de citrouille de Halloween, et Jack comprit à ce moment-là que Wolf ne ressemblerait jamais à un être humain ordinaire. Puis Wolf ouvrit la bouche et bâilla.

— Juste un petit somme, dit-il.

Il s'installa dans une position plus confortable, appuya sa tête contre la pente de la ravine et s'endormit presque instantanément.

TROISIÈME PARTIE

Une collision de mondes

Chapitre 20

RAMASSÉS PAR LA POLICE

1

Vers deux heures de l'après-midi, ils se trouvaient à cent soixante-dix kilomètres à l'ouest, et Jack Sawyer avait lui aussi l'impression de courir avec la lune... tant les choses s'étaient bien passées. Malgré une faim dévorante, Jack sirotait doucement son eau dans la timbale rouillée, en guettant le réveil de Wolf. Finalement celui-ci s'agita.

— Prêt, Jack ? dit-il avant de hisser le gamin sur son dos et de gagner Daleville au trot.

Tandis que Wolf restait dehors assis sur le trottoir en tâchant de ne pas se faire remarquer, Jack pénétra dans le Burger King de Daleville. D'abord il se rendit aux toilettes pour hommes et se dénuda jusqu'à la taille. Même dans les lavabos, l'odeur affolante de la viande grillée lui mettait l'eau à la bouche. Il se rinça les mains, les bras, la poitrine, la figure. Puis, la tête plantée sous le robinet, il se lava les cheveux avec du savon liquide. Des serviettes en papier froissées voltigèrent l'une après l'autre sur le sol.

Enfin prêt, il se présenta au comptoir. Là, la fille en uniforme le dévisagea pendant qu'il passa sa commande... ses cheveux mouillés, pensa-t-il. En attendant que la commande arrive, la fille recula et s'adossa au passe-plat, le regard toujours aussi effronté.

Il attaquait son premier whopper quand il se retourna vers les portes vitrées. Du jus dégoulinait sur son menton. Il était si affamé qu'il mâchait à peine. Trois énormes bouchées eurent presque raison du gros sandwich. Au moment où il se bourrait la bouche une quatrième et ultime fois, Jack vit par la vitre que Wolf avait attiré une foule d'enfants. La viande se congela sur sa langue, son estomac se ferma.

Jack se rua à l'extérieur, s'évertuant à avaler sa ration de bouffe hachée, pain mou, pickles, laitue, tomates et sauce. Plantés dans la rue, les gosses encerclaient Wolf de trois côtés, le fixant tout aussi impudemment que la serveuse avait fixé Jack. Wolf se recroquevillait sur le trottoir du mieux qu'il pouvait, le dos rond et le cou renfoncé comme celui d'une tortue. Ses oreilles semblaient aplaties contre son crâne. La boule d'aliments se coinça dans la gorge de Jack, telle une balle de golf et, bien qu'il déglutît frénétiquement, elle ne descendit que d'un cran.

Wolf l'aperçut du coin de l'œil et se détendit ostensiblement. Deux mètres plus loin, un grand type de vingt ans en jean ouvrit la portière d'un pick-up rouge cabossé, s'appuya à la carrosserie et observa la scène en souriant.

— Prends un burger, Wolf, lança Jack aussi désinvolte que possible.

Il tendit la boîte à Wolf, lequel la renifla, puis, relevant la tête, en engloutit un énorme morceau. Il se mit à mastiquer méthodiquement. Epatés et fascinés, les enfants se rapprochèrent davantage. Certains gloussaient de rire.

— Comment s'appelle-t-il ? s'enquit une petite fille avec des couettes blondes nouées par un élégant ruban-cadeau rose. C'est un monstre ?

Un gamin de sept ou huit ans avec des cheveux en brosse se glissa devant la fillette.

— C'est Hulk, n'est-ce pas ? C'est vraiment M. Hulk. Hein ? Hein ? Hé ? Non ?

Wolf avait réussi à extraire les reliefs du whopper de son emballage en carton. De la paume de la main, il fourra le tout dans sa bouche. Des bouts de laitue tombèrent entre ses genoux relevés ; de la mayonnaise et du jus de viande lui barbouillèrent le menton, les joues. Tout le reste se transforma en une pulpe brunâtre, hachée menu entre les puissants crocs de Wolf. A peine eut-il avalé qu'il entreprit de lécher l'intérieur de la boîte.

Jack lui retira délicatement l'emballage des mains.

— Non, c'est juste mon cousin, et pas un monstre ni M. Hulk. Pourquoi ne nous laissez-vous pas tranquilles, hein, les gosses ? Allez-vous-en. Laissez-nous tranquilles.

Ils continuèrent à traîner. A présent, Wolf se suçait les doigts.

— Si vous persistez à le fixer comme ça, vous risquez de le rendre furieux. Je ne sais pas ce qu'il ferait, une fois fou furieux.

Le gosse avec la coupe en brosse avait assez souvent vu la métamorphose de David Banner pour se faire une idée de ce que la colère pourrait provoquer chez ce monstrueux carnivore de Burger King. Il recula d'un pas. La plupart des autres l'imitèrent.

— Allez-vous-en, s'il vous plaît, dit Jack.

Mais les enfants s'immobilisèrent derechef. Les poings serrés, Jack se dressa aussi haut qu'une montagne.

— Que Dieu vous pile, ne me regardez pas ! beugla-t-il. Ne vous moquez pas de moi ! Tout le monde se moque de moi !

Les mômes s'éparpillèrent. Haletant, la figure cramoisie, Wolf les observa sans bouger, qui dévalaient Main Street et disparaissaient au carrefour. Quand tous furent partis, il s'entoura de ses bras et coula un regard vers Jack. Sa confusion faisait peine à voir.

— Wolf n'aurait pas dû crier, énonça-t-il. Ils étaient encore petits.

— Une bonne frousse ne leur fera pas de mal, rétorqua une voix, et Jack remarqua que le jeune homme à la voiture rouge était encore accoté à sa portière, tout souriant.

— Moi-même, je n'avais jamais rien vu de pareil auparavant. Cousins, dites-vous ?

Soupçonneux, Jack hocha la tête.

— Hé, je ne voulais pas être indiscret ou quoi que ce soit. Il s'avança, jeune homme amène aux cheveux bruns, avec un gilet sans manches et une chemise écossaise. Je n'ai pas du tout envie de me moquer de quiconque actuellement, vous savez. Il s'interrompit, leva les mains, paumes vers le ciel. Vraiment. Je pensais seulement que vous les gars aviez l'air de vieux routards.

Jack jeta un coup d'œil à Wolf qui s'étreignait encore de honte mais n'en fusillait pas moins l'intrus derrière ses lunettes rondes.

— Moi aussi, je l'ai été, poursuivit l'autre. Hé, tu piges... l'année où j'ai quitté ce bon vieux D.H.S. — Daleville High School, tu sais — j'ai fait du stop jusqu'en Californie du nord et, pour le retour, pareil. Bref, si vous allez vers l'ouest, je peux vous prendre.

— Peux pas, Jacky.

Wolf tonitruait en aparté.

— Jusqu'où ? demanda Jack. Nous essayons de rejoindre Springfield. J'ai un ami à Springfield.

— *Hé, no problema, señor.* Il leva à nouveau ses mains. Je vais justement du côté de Cayuga, tout près de la frontière de l'Illinois. Laissez-moi avaler un burger, et on file. D'une traite. Dans une heure et demie, peut-être moins, vous serez à mi-chemin de Springfield.

— *Peux pas,* grinça à nouveau Wolf.

— Il y a un seul problème, O.K. ? J'ai de la marchandise sur la banquette avant. L'un de vous deux devra voyager derrière. Ce n'est pas l'air qui lui manquera.

— Vous ne vous doutez pas à quel point c'est formidable, s'exclama Jack, qui ne disait autre chose que la vérité. On vous retrouve dès que vous revenez. Wolf se mit à danser d'excitation. Juré. Nous serons là, monsieur. Et merci.

Il se tourna pour chuchoter à l'oreille de Wolf, sitôt que l'homme eut franchi les portes.

C'est ainsi que lorsque le jeune homme — Bill « Buck » Thompson, car tel était son nom — retourna à son pick-up, chargé de deux emballages de whopper supplémentaires, il trouva un Wolf tranquillement agenouillé sur la plate-forme, les bras accoudés à l'une des ridelles, bouche ouverte, le nez déjà dressé. Jack était sur le siège du passager, encombré d'une pile de volumineux paquets en plastique qui avaient été ficelés, puis fermés avec des agrafes et enfin abondamment arrosés de déodorant domestique, à en juger le parfum. Les parois translucides des sacs laissaient voir de longues boutures vert tendre, semblables à des fougères. Des grappes de punaises grouillaient sur ces frondes amputées.

— Il m'a semblé que vous aviez encore un peu faim, annonça-t-il en lançant un autre whopper à Wolf. Puis il se glissa à la place du chauffeur, séparé de Jack par le tas de sacs en plastique. J'croyais qu'il l'attraperait entre ses dents, sans vouloir critiquer ton cousin. Tiens, prends celui-ci, il a déjà pulvérisé le sien.

Et ils parcoururent cent cinquante kilomètres vers l'ouest, Wolf ivre de joie de sentir l'air lui fouetter le visage, à demi hypnotisé par la vitesse et la diversité des odeurs que son nez repérait au vol. Les yeux étincelants et rougeoyants, attentif à chaque nuance du vent, Wolf sautait d'un côté à l'autre derrière l'habitacle, tendant ses narines dans la tourmente.

Buck Thompson se présenta comme fermier. Il déblatéra sans interruption durant les soixante-quinze minutes où il garda le pied au plancher, et ne posa pas une seule question à Jack. Et lorsqu'il s'engagea sur un étroit chemin de terre juste à l'entrée de la ville de Cayuga, il piocha dans sa poche de poitrine et en sortit une cigarette légèrement biscornue, roulée dans un papier presque arachnéen.

— On m'a parlé d'Œil-rouge, dit-il. Mais ton cousin est cocasse. Il fourra la cigarette dans la main de Jack. Fais-lui-en prendre un peu quand il s'énerve, tu veux ? Ordre du médecin.

Machinalement, Jack glissa le joint dans la poche de sa chemise et descendit de l'auto.

— Merci, Buck, lança-t-il au conducteur.

— Mec, j'ai eu la sensation d'assister à quelque chose quand je l'ai vu manger, répondit Buck. Comment fais-tu pour le sortir ? Tu cries « en avant, en avant » ?

Une fois que Wolf eut compris que la promenade était terminée, il sauta à bas de la camionnette.

Le pick-up rouge démarra, laissant un long panache de poussière derrière lui.

— On recommence ! bramait Wolf. Jacky ! On recommence !

— J'aimerais bien, bonhomme, dit Jack. Viens, marchons un peu. Il passera probablement quelqu'un.

Il pensait que sa chance avait tourné, qu'en un rien de temps lui et Wolf traverseraient la frontière de l'Illinois — il n'avait jamais douté que les choses iraient sur des roulettes, une fois arrivé à Springfield, à Thayer School et à Richard. Mais l'esprit de Jack revivait encore partiellement l'épisode de la cabane, où ce qui est irréel boursoufle et déforme tout ce qui est réel, et, lorsque les mauvais effets recommençaient à se produire, ils se produisaient si vite qu'il était incapable de les contrôler. Jack ne vit pas l'Illinois avant longtemps, et dans l'intervalle il se retrouva dans la cabane.

2

L'ahurissante accélération des événements qui conduisit au Foyer du Soleil se déclencha dix minutes après que les deux garçons eurent dépassé la sommaire petite pancarte leur disant qu'ils étaient à présent à Cayuga, 23 568 habitants. Cayuga proprement dite restait invisible. A droite, la plaine ondulait sous les interminables plantations de maïs ; à gauche, un champ nu leur permettait de voir où la route tournait, puis filait droit vers l'horizon plat. Juste au moment où Jack constatait qu'ils devraient sans doute marcher à pied jusqu'en ville avant de trouver un nouveau chauffeur, une voiture apparut sur cette route, roulant à grande vitesse dans leur direction.

— Voyage à l'arrière ? hurla Wolf, levant allègrement ses bras par-dessus tête. Wolf voyage à l'arrière ! Ici et maintenant.

— Elle ne va pas dans le bon sens, dit Jack. Reste calme et laisse-la nous dépasser, Wolf. Baisse tes bras, sinon il va croire que tu lui fais signe.

A contrecœur Wolf descendit ses bras. La voiture était presque arrivée au virage qui l'amènerait directement à hauteur de Jack et de Wolf.

— Pas de voyage à l'arrière alors ? demanda Wolf avec une moue quasi puérile.

Jack secoua la tête. Il scrutait un médaillon ovale peint sur la poussiéreuse portière blanche de l'auto. Cela aurait pu être la Commission des Parcs du Comté, ou le Comité de Protection de la Nature de l'Etat. N'importe quoi depuis le véhicule officiel de l'ingénieur agronome jusqu'au bien du Service des Ponts et Chaussées de Cayuga. Mais lorsqu'elle s'engagea dans le virage, Jack reconnut une voiture de police.

— C'est un flic, Wolf. Un policier. Continue à marcher et reste bien détendu. Nous n'avons pas envie qu'il s'arrête.

— Qu'est-ce qu'un foliacé[1] ? La voix de Wolf avait dégringolé de plusieurs registres ; il voyait bien que la voiture fonçait désormais droit sur eux. Est-ce qu'un foliacé tue des loups ?

— Non, répondit Jack, ils n'en tuent absolument jamais.

Mais cela n'eut aucun effet ; Wolf enferma la main de Jack dans la sienne, qui tremblait.

— Lâche-moi, je t'en prie, Wolf, implora Jack. Il va trouver ça bizarre.

Wolf laissa retomber sa main.

Comme la voiture de police se rapprochait, Jack jeta un coup d'œil à la silhouette au volant, puis fit demi-tour et revint en arrière de quelques pas, de sorte à pouvoir surveiller Wolf. Ce qu'il avait aperçu n'était guère rassurant. Le policier qui conduisait arborait un visage autoritaire, large et terreux, avec des paquets de graisse blême à la place des pommettes. De plus, la physionomie de Wolf trahissait la terreur. Ses yeux, ses narines se dilataient ; il découvrait ses dents.

— Tu as vraiment aimé voyager à l'arrière de cette camionnette, n'est-ce pas ? l'interpella Jack.

Son expression de terreur s'estompa, et Wolf ébaucha même un sourire.

---

1. Par *foliacé*, nous tentons de transposer l'anglais *coppiceman*, mot qui signifie *homme des bois* et qui évoque la contraction de *cop* et de *policeman* *(flic, policier)*.

Le véhicule de police passa en trombe — Jack sentit que le conducteur tournait la tête pour les inspecter.

— Parfait, dit Jack. Il poursuit sa route. C'est bon, Wolf.

Il repartait lorsqu'il entendit soudain s'amplifier à nouveau le bruit de l'auto.

— Foliacé revient !

— Il retourne probablement à Cayuga, le rassura Jack. Tourne-toi et fais exactement comme moi. Ne le regarde pas.

Wolf et Jack continuèrent leur chemin, feignant d'ignorer l'auto, qui semblait se traîner exprès derrière eux. Wolf émit un son, entre le gémissement et le hurlement.

Le véhicule de police déboîta afin de les doubler, fit clignoter ses stops, et puis s'arrêta devant, en travers de la route. L'officier ouvrit brutalement sa portière et posa ses pieds par terre. Après quoi il s'extirpa de son siège. S'il était à peu près de la taille de Jack, tout son poids se concentrait dans sa figure et son estomac — ses jambes étaient maigres comme des allumettes, ses épaules et ses bras ceux d'un homme normalement constitué. Sa bedaine, emmaillotée dans l'uniforme marron telle une dinde de quinze livres, débordait de chaque côté du large ceinturon.

— Je n'ai pas le temps, dit-il en tendant le bras, adossé à la portière ouverte. Racontez-moi votre histoire. Allez.

Wolf vint se nicher derrière Jack et arrondit le dos, les mains fourrées au fond des poches de sa salopette.

— Nous allons à Springfield, inspecteur, répondit Jack. Nous avons fait du stop — je crois que peut-être nous n'aurions pas dû.

— Tu crois que peut-être vous n'auriez pas dû. Sainte canule ! Qui est ce type qui essaye de passer pour ton ombre, un Wookie[1] ?

— C'est mon cousin. Un instant, Jack réfléchit frénétiquement : l'histoire devait être suffisamment amendée pour inclure Wolf. Je suis censé le ramener chez lui. Il habite Springfield avec sa tante Hélène, je veux dire ma tante Hélène, celle qui est institutrice. A Springfield.

— Pourquoi, il s'est échappé de quelque part ?

— Non, non, rien de tel. C'était seulement que...

Le flic le regardait l'air inexpressif, la figure congestionnée.

— Noms.

A présent le gamin était face à un dilemme : Wolf ne manquerait pas de l'appeler Jack, quel que fût le nom qu'il donnerait au flic.

— Je m'appelle Jack Parker, articula-t-il, et voici...

— Attends. Je veux que le débile me le dise lui-même. Allez, toi. Tu te rappelles ton nom, bourrique ?

Wolf se tortillait derrière Jack, le menton enfoncé dans la bavette de sa salopette. Il marmonna quelque chose.

— J'ai pas entendu, fiston.

— Wolf, chuchota-t-il.

---

1. Dans *La Guerre des Etoiles,* le copilote de Han Solo est de la race des Wookies.

— Wolf. Probable que j'aurais dû deviner. Quel est ton prénom, à moins qu'ils ne t'aient donné qu'un numéro ?

Wolf plissait hermétiquement les yeux et se dandinait sur ses jambes.

— Allons, Phil, intervint Jack, pensant que c'était un des rares noms dont Wolf pouvait se souvenir.

Mais il avait à peine dit cela que Wolf leva la tête et redressa le corps en braillant :

— JACK ! JACK ! WOLF JACK !

— Nous l'appelons Jack parfois, expliqua le gamin, sachant que c'était déjà trop tard. C'est parce qu'il m'aime tant ; parfois je suis le seul à pouvoir en tirer quelque chose. Il est même possible que je reste à Springfield quelques jours de plus, juste pour être sûr qu'il se réhabitue.

— Sûr que je suis fatigué de t'entendre, l'ami Jack. Pourquoi ne montes-tu pas derrière avec ce bon vieux Jack-Phil ? Nous irions en ville éclaircir tout cela. Comme Jack ne bougeait pas, le policier posa une main sur la crosse de l'énorme pistolet qui pendait à sa ceinture serrée à craquer. Grimpez dans l'auto. Lui d'abord. Je veux savoir ce que vous faites à deux cents kilomètres de chez vous un jour d'école. Dans l'auto. Tout de suite.

— Ah ! inspecteur ! commença Jack, et dans son dos Wolf geignit.

— Non. Peux pas.

— Mon cousin a un problème, reprit Jack. Il est claustrophobe. Les espaces réduits, spécialement les intérieurs de voitures, le rendent malade. Nous pouvons seulement voyager en pick-up, de sorte qu'il puisse rester à l'arrière.

— *Grimpez dans l'auto,* répéta le policier.

Et de s'avancer d'un pas et d'ouvrir la portière arrière.

— PEUX PAS ! brama Wolf. Wolf PEUT PAS ! Ça pue, Jacky, ça PUE là-dedans.

Son nez **et sa** lèvre faisaient des plis en se retroussant.

— Tu le fais monter ou je m'en occupe, lança le flic à Jack.

— Wolf, cela ne durera pas longtemps, dit Jack en attrapant la main de Wolf, qui la lui abandonna à contrecœur.

Jack le tira vers la banquette arrière du véhicule, Wolf traînant littéralement les pieds sur la chaussée.

Pendant quelques secondes, cela parut marcher. Wolf parvint assez près de l'auto pour frôler la carrosserie. Puis son corps tout entier fut pris de tremblements. Il se cramponna des deux mains à l'encadrement de la portière. On eût dit qu'il allait tenter de fendre le toit en deux, comme fait un hercule de foire avec le bottin.

— S'il te plaît, dit Jack doucement. Il le faut.

Mais Wolf était terrifié, et trop dégoûté par ce qu'il avait pu renifler. Il secoua violemment la tête. De la salive coulait de sa bouche et dégouttait sur le toit de l'auto.

Le policier contourna Jack et décrocha quelque chose d'un mousqueton de son ceinturon. Jack eut juste le temps de voir que ce n'était pas son pistolet avant que le flic n'abattît expertement son nerf de bœuf sur le bas du crâne de

Wolf. Le torse de celui-ci s'affala sur le toit de l'auto, et puis tout Wolf s'effondra gracieusement sur la chaussée poussiéreuse.

— Passe de l'autre côté, ordonna le flic, remettant sa matraque en place. Nous finirons bien par rentrer ce gros tas de merde dans le véhicule.

Deux ou trois minutes plus tard, après qu'ils eurent à deux reprises laissé retomber le lourd corps insensible de Wolf sur la chaussée, ils fonçaient en direction de Cayuga.

— Je sais d'avance ce qui va t'arriver, ainsi qu'à ton débile de cousin, si vous êtes vraiment cousins, ce dont je doute.

Le flic dévisagea Jack dans son rétroviseur arrière, et ses prunelles semblaient trempées dans du goudron frais.

Le sang de Jack ne fit qu'un tour dans ses veines et son cœur cogna dans sa poitrine. Il se rappelait la cigarette dans sa poche de chemise. Il vérifia à tâtons, puis retira sa main avant que le flic pût lui faire une réflexion.

— Il faut que je lui remette ses chaussures, tenta Jack. Elles sont tombées.

— Laisse, dit le flic, sans pour autant faire d'autre objection lorsque Jack se pencha.

Une fois hors de son champ de vision, celui-ci enfila d'abord l'un des mocassins décousus sur le talon nu de Wolf, puis sortit en vitesse le joint de sa poche et l'enfourna dans sa bouche. Il mordit en plein dedans et des filaments secs se répandirent sur sa langue avec un bizarre goût de tisane. Jack entreprit de les mastiquer. Quelque chose lui gratta la gorge ; il se redressa brusquement, plaqua sa main devant sa bouche et essaya de tousser les lèvres fermées. Quand son malaise fut dissipé, il se dépêcha d'avaler toute la marijuana, plutôt gluante maintenant à cause de la salive. Jack passa sa langue sur ses dents afin de récupérer le moindre brin.

— Il y a quelques surprises qui t'attendent, railla le policier. Tu vas recueillir un peu de soleil dans ton âme.

— Du soleil dans mon âme ? répéta Jack, croyant que le flic l'avait vu fourrer le joint dans sa bouche.

— Plus quelques ampoules aux mains, ajouta le flic qui foudroyait gaiement du regard le reflet coupable de Jack dans son rétroviseur.

L'Hôtel de Ville de Cayuga était un ténébreux labyrinthe de couloirs mal éclairés et d'étroits escaliers qui, contre toute attente, semblaient donner en haut, côte à côte avec des salles également étroites. L'eau chantonnait et gargouillait dans les canalisations.

— Que je vous explique une chose, les gosses, dit le policier en les poussant vers le dernier escalier à droite. Vous n'êtes pas en état d'arrestation. Pigé ? Seulement en garde à vue aux fins d'interrogatoire. Je n'ai pas envie d'entendre vos conneries sur le droit au téléphone. Vous restez à l'ombre jusqu'à ce que vous nous disiez qui vous êtes et ce que vous mijotez, poursuivit le flic. Vous m'entendez ? A l'ombre. Nulle part. Nous allons voir le juge Fairchild[1] ; il est magistrat, et si vous ne nous dites pas la

---

1. *Fairchild, Bon Enfant* en anglais.

vérité, il vous en coûtera de sacrées graves conséquences. A l'étage. Dépêchons !

En haut de l'escalier, le policier poussa une porte. Une femme d'âge mûr avec une robe noire et des lunettes à monture métallique leva les yeux d'une machine à écrire placée de biais contre le mur opposé.

— Encore deux fugueurs, annonça le policier. Prévenez-le que nous sommes là.

Elle hocha la tête, décrocha son téléphone et prononça quelques mots.

— Vous pouvez entrer, leur dit la secrétaire, dont les yeux erraient de Wolf à Jack et vice versa.

Le flic les bouscula à travers l'antichambre et ouvrit la porte d'une pièce deux fois plus spacieuse, garnie de livres sur un large panneau et de photos, diplômes et certificats sous verre sur un autre. Les hautes fenêtres en face avaient les stores baissés. Un homme grand et maigre, vêtu d'un complet sombre, d'une chemise blanche froissée et d'une étroite cravate sans motif défini, se tenait debout derrière un bureau de bois écaillé qui devait mesurer au moins six pieds de long. Les rides sur le visage de l'homme formaient une carte en relief, et ses cheveux étaient si noirs qu'ils devaient être teints. Encore visibles, des relents de fumée de cigarette flottaient dans l'air.

— Eh bien ! que nous amènes-tu, Franky ? Sa voix sonnait étonnamment grave, presque théâtrale.

— Des gosses que j'ai ramassés sur French Lick Road, après chez Thompson.

Les rides du juge Fairchild se tordirent en un sourire quand celui-ci examina Jack.

— As-tu ta carte d'identité sur toi, mon fils ?

— Non, monsieur, répondit Jack.

— As-tu dit toute la vérité à l'inspecteur Williams ici présent ? Il ne le croit pas, sinon tu ne serais pas là.

— Oui, monsieur, répondit Jack.

— Alors raconte-moi ton histoire.

Il fit le tour de son bureau, déchirant les nuages étales de fumée juste au-dessus de sa tête, et s'assit à moitié sur le coin le plus proche de Jack. En louchant, il s'alluma une cigarette. Jack vit les yeux pâles et creux du juge le scruter à travers la tabagie et sut qu'ils n'exprimaient aucune sympathie.

Encore la plante carnivore.

Jack prit sa respiration.

— Je m'appelle Jack Parker. C'est mon cousin, et lui aussi s'appelle Jack. Jack Wolf. Mais son vrai nom est Philip. Il séjournait chez nous à Daleville parce que son père est mort et que sa mère est tombée malade. Je le ramenais à Springfield.

— Simple d'esprit, non ?

— Un peu lent, reconnut Jack, qui jeta un coup d'œil à Wolf.

Son ami paraissait à peine conscient.

— Comment s'appelle ta mère ? demanda le juge à Wolf, lequel ne réagit en aucune manière. Ses yeux étaient clos et ses mains enfoncées dans ses poches.

— Elle s'appelle Helen, suppléa Jack. Helen Vaughan.

Le juge décolla du bureau et se dirigea vers Jack à pas lents.

— As-tu bu, mon fils ? Tu n'as pas l'air dans ton assiette.

Arrivé à la hauteur de Jack, le juge se pencha en avant.

— Fais-moi sentir ton haleine.

Jack ouvrit la bouche et expira.

— Non. Pas d'alcool. Le juge se redressa. Mais c'est le seul point sur lequel tu dis la vérité, n'est-ce pas ? Tu essayes de me monter un bateau, petit.

— Je regrette que nous ayons fait du stop, répliqua Jack, conscient qu'il devait désormais faire très attention à ses paroles. Non seulement ce qu'il disait pouvait influer sur leur remise en liberté à lui et à Wolf, mais il éprouvait quelques difficultés à former ses mots. Tout semblait se passer au ralenti. Comme dans la cabane, les secondes échappaient au métronome. En réalité, nous en avons fait à peine, parce que Wolf — c'est-à-dire Jack — déteste être enfermé dans une voiture. Nous ne le referons plus. Nous n'avons rien fait de mal, monsieur, et c'est la vérité vraie.

— Tu sembles ne pas comprendre, fiston, dit le juge, et ses yeux lointains luisaient de nouveau. — *Il y prend plaisir,* comprit Jack. Le juge Fairchild retourna lentement derrière son bureau. — L'auto-stop n'est pas la question. Vous deux, les garçons, vous vous baladez seuls sur les routes, venant de nulle part, n'allant nulle part — une véritable source d'ennuis. Sa voix coulait comme du miel. Or nous possédons ici dans ce comté ce que nous jugeons être une commodité des plus inhabituelles, — garantie et subventionnée par l'Etat, entre parenthèses, qui pourrait avoir été fondée expressément pour le bénéfice de gamins comme vous. Cela s'appelle le Saint Foyer du Jardinier du Soleil pour Garçons Indisciplinés. Les résultats de Gardener, un vrai jardinier, avec les jeunes gens à problèmes tiennent quasiment du miracle. Nous lui avons confié quelques spécimens difficiles, et en un rien de temps il obtient que ces garçons se mettent à genoux pour implorer le pardon de Jésus. Maintenant je dirai que c'est assez spécial, n'est-ce pas !

Jack déglutit. Il avait la bouche encore plus sèche que dans la grange.

— Monsieur, il est vraiment urgent que nous allions à Springfield. Tout le monde va s'inquiéter.

— J'en doute fort, dit le juge, souriant de toutes ses rides. Mais je vous le promets. Dès que vous autres, petits farceurs, prendrez le chemin du Foyer du Soleil, je téléphonerai à Springfield pour tâcher d'avoir le numéro de cette Helen... Wolf, non ? Ou est-ce Helen Vaughan ?

— Vaughan, acquiesça Jack, et la fièvre lui fit monter le sang au visage.

— Oui, dit le juge.

Wolf secoua la tête en clignant des paupières, puis posa une main sur l'épaule de Jack.

— Tu reprends tes esprits, fiston ? s'enquit le juge. Peux-tu me dire ton âge ?

Wolf cligna encore des yeux et regarda Jack.

— Seize ans, dit Jack.

— Et toi ?

— Douze.

— Oh, je t'aurais cru un peu plus vieux. Raison de plus pour veiller à ce qu'on prenne soin de toi dès à présent, avant qu'il ne t'arrive de graves ennuis, n'est-ce pas ton avis, Franky ?

— *Amen*, dit le policier.

— Vous deux, revenez me voir dans un mois, reprit le juge. Nous verrons alors si vous avez retrouvé la mémoire. Pourquoi as-tu les yeux si rouges ?

— Je les sens tout drôles, répondit Jack.

Le policier aboya. Il avait éclaté de rire, comprit Jack avec une seconde de retard.

— Emmène-les, Franky, ordonna le juge. Il empoignait déjà le téléphone. Vous allez changer pendant ces trente jours à compter d'aujourd'hui. Croyez-moi.

Pendant qu'ils redescendaient le perron de l'Hôtel de Ville en brique rouge, Jack demanda à Franky Williams pourquoi le juge s'était informé de leur âge. Le flic s'immobilisa sur la dernière marche et tourna sa figure enflammée vers Jack pour le regarder méchamment.

— En général, ce vieux Soleil les prend à douze et les libère à dix-neuf. Il ricana. Tu m'dis ne l'avoir jamais entendu à la radio ? C'est sans doute la plus grande curiosité que nous possédions dans le coin. Je suis sûr et certain qu'on connaît ce sacré Jardinier du Soleil même là-bas à Daleville.

Ses dents étaient de petits chicots décolorés, irrégulièrement espacés.

3

Vingt minutes plus tard, ils se retrouvaient en pleine campagne.

Wolf avait grimpé sur la banquette arrière de la voiture, et, chose étonnante, sans faire trop d'embarras. Franky Williams avait sorti sa matraque du ceinturon.

— Tu en veux encore, espèce de foutu cinglé ? menaça-t-il. Qui sait ? Ça pourrait te rendre intelligent.

Wolf avait tremblé, son nez s'était plissé, mais il avait suivi Jack dans l'auto. Plaquant immédiatement sa main sur ses narines, il s'était mis à respirer par la bouche.

— Nous fuirons cet endroit, Wolf, lui avait murmuré Jack à l'oreille. Un jour ou deux, c'est tout, et nous verrons comment faire.

— Interdiction de bavarder, fit savoir le siège avant.

Jack se sentait étrangement détendu. Il était certain qu'ils trouveraient un moyen de s'évader. Il se renversa contre le siège en skaï, la main de Wolf cramponnée à la sienne, et regarda défiler les champs.

— La voici, annonça Franky Williams à l'avant. Votre future maison

Jack aperçut une congrégation surréaliste de hauts murs en brique érigés au milieu des terres. Trop hauts pour qu'on voie de l'autre côté, les murs du Foyer étaient surmontés de trois rangs de fil barbelé et de tessons de bouteille encastrés dans du ciment. A présent la voiture longeait des champs inféconds, bordés de clôtures où alternaient les barbelés et le fil de fer normal.

— Il y a soixante arpents par ici, commenta Williams. Et le tout est entouré de murs ou de clôtures, vous pouvez me croire. C'est l'œuvre des gamins eux-mêmes.

Un large portail de fer interrompait l'enfilade de murs, là où la petite route débouchait devant le domaine du Foyer. Dès que la voiture de police se fut engagée dans l'allée, les grilles s'entrouvrirent, commandées par quelque cellule photoélectrique.

— Caméra vidéo, expliqua le policier. Ils sentent la chair fraîche.

Jack se pencha en avant et appuya son visage contre le pare-brise. Des garçons en veste de treillis travaillaient dans les prés étendus de chaque côté, à biner et à ratisser, à pousser des brouettes.

— Les deux merdeux que vous êtes m'avez rapporté vingt sacs, dit Williams. Plus vingt autres pour le juge Fairchild. C'est pas génial ?

CHAPITRE 21

LE FOYER DU SOLEIL

1

Le Foyer ressemblait à une espèce de jeu de cubes, songea Jack — qui se seraient ajoutés au hasard des besoins de place. Puis il remarqua que les innombrables fenêtres étaient munies de barreaux, et que le bâtiment tentaculaire évoquait à première vue une prison, plutôt qu'un jardin d'enfants.

La plupart des gamins dans les champs avaient posé leurs outils afin d'observer l'arrivée de la voiture de police.

Franky Williams s'arrêta sur le large terre-plein arrondi au bout de l'allée. A peine eut-il coupé le contact qu'une haute silhouette franchit la porte d'entrée et s'immobilisa pour les contempler du haut des marches, les mains jointes devant lui. Sous une épaisse tignasse de cheveux blancs ondulés, l'homme exhibait un visage anormalement jeune — comme si ces traits burinés, profondément masculins, avaient été dessinés ou du moins modifiés par la chirurgie esthétique. Ce visage était celui d'un homme à même de vendre n'importe quoi, n'importe où et à n'importe qui. Ses vêtements étaient aussi immaculés que ses cheveux : costume blanc, chaussures blanches, chemise blanche, outre une écharpe de soie blanche flottant autour de son cou. Au moment où Jack et Wolf descendaient de l'arrière, l'homme en blanc sortit de sa poche-poitrine une paire de lunettes de soleil vert sombre, les chaussa sur son nez et fit mine un moment d'examiner les garçons avant de sourire. De longs plis fendirent ses joues. Ensuite, il ôta ses verres et les rempocha.

— Eh bien ! dit-il. Bien, bien, bien. Où en serions-nous tous sans vous, inspecteur Williams ?

— Bonsoir, révérend Gardener, dit le policier.

— Est-ce le menu fretin habituel ou bien ces deux effrontés se sont-ils vraiment livrés à des activités criminelles ?

— Vagabondage, trancha le flic. Les poings sur les hanches, il guignait Gardener du coin de l'œil, comme si toute cette blancheur lui blessait la vue.

Ont refusé de décliner à Fairchild leur véritable identité. Celui-là, le gros, dit-il en montrant Wolf du doigt, il n'a pas décroché les dents. J'ai dû lui cogner sur la tête rien que pour le faire entrer dans l'auto.

Sunlight Gardener secoua la tête d'un air tragique.

— Pourquoi ne pas les amener ici pour les présentations ? Nous nous occuperions de toutes les formalités. Y a-t-il une quelconque raison pour que ces deux aient l'air si, euh, dirais-je, hébété ?

— Rien, à part que j'ai sonné les cloches au gros.

— Hum !

Gardener se recula d'un pas, entrecroisant ses doigts sur sa poitrine.

Le temps que Williams propulse les deux garçons en haut des marches de l'imposante véranda, Gardener tendit le cou pour mieux voir ses nouveaux arrivants. Jack et Wolf atteignirent le sommet du perron et avancèrent en hésitant sur le sol de la terrasse. Franky Williams s'épongeait le front et soufflait dans leur sillage. Gardener souriait extatiquement, mais son regard allait et venait d'un des gamins à l'autre. Une seconde après qu'une lueur dure, froide et familière eut jailli de ses yeux en direction de Jack, le révérend ressortit les lunettes de sa poche et les remit. Le sourire demeurait tendre et extatique, mais, aussi subjugué fût-il par un sentiment de fausse sécurité, Jack se sentit glacé par ce regard — parce qu'il l'avait déjà vu auparavant.

Le révérend Gardener baissa ses lunettes sur l'arête du nez et lorgna d'un air narquois par-dessus sa monture.

— Noms ? Noms ? Pourriez-vous nous donner vos noms, messieurs ?

— Je m'appelle Jack, dit le garçon avant de s'arrêter net.

Il refusait d'ajouter un mot à moins d'y être forcé. La réalité sembla un instant se replier et se déformer autour de Jack : il avait l'impression d'être repassé dans les Territoires ; mais à présent les Territoires se montraient mauvais et menaçants, et une fumée âcre, des flammes bondissantes et les cris des torturés emplissaient l'air.

Une main puissante lui saisit le coude et l'obligea à se tenir droit. Au lieu de l'âcreté de la fumée, Jack renifla une eau de cologne forte et douçeâtre, répandue avec trop de libéralité. Une paire d'yeux gris mélancoliques plongeaient droit dans les siens.

— As-tu été un vilain garçon, Jack ? As-tu été un très vilain garçon ?

— Non, nous faisions juste du stop, et...

— Je pense que tu es légèrement défoncé, diagnostiqua le révérend Gardener. Nous devrons veiller à ce que l'on t'accorde une attention spéciale, n'est-ce pas ? La main lâcha son coude ; Gardener s'écarta et cacha à nouveau ses yeux derrière ses lunettes. Tu as un nom de famille, j'imagine ?

— Parker, énonça Jack.

— Ouais.

Sunlight Gardener arracha les lunettes de sa tête, exécuta une petite pirouette et passa à l'examen de Wolf. Aucun signe en lui ne révélait s'il croyait Jack ou non.

— Sapristi, s'exclama-t-il. Tu es un robuste spécimen, n'est-ce pas ? Particulièrement solide. Nous n'aurons certainement aucune peine à trouver un emploi pour un grand et gros garçon comme toi, Dieu soit loué. Et puis-je te demander d'imiter M. Jack Parker ici présent et de me dire ton nom ?

Jack regarda Wolf avec anxiété. Celui-ci tenait la tête baissée et respirait difficilement. Une trace brillante de bave allait du coin de la bouche à son menton. Une tache noire, mi-crasse mi-graisse, décorait le plastron du sweat-shirt universitaire volé. Wolf secoua la tête, mais son geste paraissait dénué de sens ; il aurait pu aussi bien chasser une mouche.

— Ton nom, mon fils ? Ton nom ? Tu t'appelles Bill ? Paul ? Sammy ? Non. — Quelque chose d'extrêmement carré, je suis sûr. George, peut-être ?

— Wolf, balbutia Wolf.

— Ah ! que c'est joli. Gardener leur fit un beau sourire. M. Parker et M. Wolf. Pourriez-vous les escorter à l'intérieur, inspecteur Williams ? Et ne sommes-nous pas heureux que M. Bast soit déjà installé ? Car la présence de M. Hector Bast — l'un de nos régisseurs, à propos — signifie que nous serons probablement en mesure d'équiper M. Wolf. Il inspecta les deux garçons par-dessus la monture de ses lunettes. L'une de nos convictions, ici au Saint Foyer, réside en ce que les soldats du Seigneur progressent mieux une fois en uniforme. Or, Heck Bast a à peu près la même carrure que votre ami Wolf, jeune Jack Parker. Aussi, autant du point de vue de l'habillement que de la discipline, serez-vous réellement très bien servis. Une consolation, non ?

— Jack, appela Wolf à voix basse.

— Oui.

— J'ai mal à la tête, Jack. Très mal.

— Vous avez mal à votre petite tête, M. Wolf ?

Le révérend Gardener pirouetta vers Wolf et lui tapota gentiment le bras. Wolf retira vivement son bras, sa physionomie exprimant un excessif réflexe de dégoût. L'eau de Cologne, pensa Jack ; cette odeur forte, entêtante, agissait comme de l'ammoniaque sur les narines sensibles de Wolf.

— Ne t'inquiète pas, mon fils, reprit Gardener, apparemment indifférent à l'attitude de rejet de Wolf. M. Bast ou M. Singer, notre autre régisseur, s'en occuperont dedans. Frank, je croyais vous avoir dit de les faire entrer.

L'inspecteur Williams réagit comme si une épingle l'avait piqué dans le dos. Sa figure se congestionna davantage, et, mettant en branle son corps insolite, il franchit la véranda en direction de la porte d'entrée.

Gardener papillonna encore devant Jack, et le gamin comprit que toute cette gesticulation maniérée n'était qu'une espèce d'autosatisfaction stérile : dessous, l'homme en blanc cachait une folie froide. Cliquetante, une lourde chaîne d'or sortit de la manche de Gardener et resta accrochée à la base de son pouce. Jack entendit le sifflement du fouet cinglant les airs et cette fois il reconnut les yeux gris foncé de Gardener.

Gardener était le double d'Osmond.

— Dedans, jeunes gens, intima Gardener, indiquant la porte ouverte avec une courbette.

2

A propos, monsieur Parker, dit Sunlight Gardener, une fois entré, est-il possible que nous nous soyons déjà rencontrés ? Il doit bien y avoir une raison pour que vous me sembliez si familier, non ?

— Je ne sais pas, répliqua Jack qui examinait soupçonneusement l'étrange intérieur du Saint Foyer.

De longues banquettes recouvertes d'un tissu bleu marine occupaient un mur sur la moquette vert foncé ; deux bureaux monumentaux à plateaux de cuir étaient disposés contre le mur d'en face. A l'un des bureaux, un adolescent boutonneux leur jeta un coup d'œil maussade avant de retourner à son écran vidéo, où un prédicateur TV vaticinait contre le rock'n'roll. L'autre adolescent assis au bureau adjacent se redressa et fixa Jack d'un regard hostile. Il était brun et mince, et son visage étroit trahissait l'intelligence ainsi qu'un mauvais caractère. Sur la poche de son pull blanc à col roulé était épinglé un badge rectangulaire semblable à ceux portés par les soldats : SINGER.

— Mais je suis persuadé que nous nous sommes rencontrés quelque part, n'est-ce pas, mon gars. Je vous assure, c'est forcé ; je n'oublie pas, je suis littéralement incapable d'oublier la tête d'un garçon que j'ai connu. Avez-vous jamais eu des ennuis auparavant, Jack ?

— Je ne vous ai jamais vu, affirma Jack.

De l'autre côté de la pièce, un gamin massif s'était levé d'une des banquettes et se tenait désormais au garde-à-vous. Lui aussi arborait un pull blanc à col roulé et un badge militaire. Ses mains erraient nerveusement de ses cuisses à sa ceinture, au fond des poches de son blue-jean, avant de revenir au point de départ. Il mesurait au moins un mètre quatre-vingt-dix et semblait peser près de cent cinquante kilos. L'acné lui enflammait les joues et le front. Manifestement, c'était Bast.

— Eh bien ! peut-être que cela me reviendra plus tard, conclut Gardener. Heck, viens ici accompagner nos nouveaux arrivants au bureau, veux-tu ?

Bast s'avança, l'air mauvais. Il fit exprès de venir tout près de Wolf avant se s'écarter au dernier moment, prenant toujours un air de plus en plus mauvais ; si Wolf avait ouvert les yeux, ce dont il se garda, il n'aurait rien vu d'autre que les cratères lunaires du front de Bast et les méchants petits yeux, pareils à ceux d'un ours, qui saillaient sous leurs sourcils épais. Bast reporta son regard sur Jack.

— V'nez, marmonna-t-il en agitant une main vers le bureau.

— Inscription, puis emmène-les à la lingerie pour les vêtements, ordonna Gardener d'une voix neutre. Il sourit à Jack de tous ses chromes. Jack Parker, dit-il doucement. Je me demande qui tu es vraiment, Jack Parker. Bast, assure-toi qu'il ne reste rien dans leurs poches.

Bast ricana.

D'un pas tranquille, Gardener retraversa la pièce vers un Franky Williams visiblement impatient et tira nonchalamment un long portefeuille en cuir de la poche intérieure de son veston. Jack le vit se mettre à compter de l'argent dans les mains du policier.

— Fais attention, morveux, l'apostropha le gosse derrière le bureau, et Jack se retourna pour faire front.

L'autre jouait avec un crayon, les minauderies de sa figure composant un masque complètement inadéquat à ce qui apparut aux perceptions aiguisées de Jack comme une colère congénitale; une rage qui bouillonnait au tréfonds de lui, éternellement alimentée.

— Sait-il écrire ?

— Seigneur, je ne pense pas, répondit Jack.

— Alors tu devras signer à sa place. Singer poussa vers lui deux feuillets format machine. En lettres d'imprimerie sur la ligne du haut, normales sur celle du bas. Là où il y a les croix.

Il se renversa sur son siège, porta le crayon à ses lèvres et se vautra éloquemment dans son coin. Jack supposa que c'était un truc emprunté au révérend Gardener.

JACK PARKER, écrivit-il, puis il gribouilla quelque chose d'analogue au bas de la page. PHILIP JACK WOLF. Encore un gribouillis, très éloigné de son écriture habituelle.

— A présent, vous voilà pupilles de l'Etat d'Indiana, et vous ne serez pas autre chose pendant les trente prochains jours, à moins que vous ne décidiez de rester plus longtemps. Singer tira les papiers vers lui. Vous serez...

— Décidiez ? s'enquit Jack. Qu'entendez-vous par décider ?

Un soupçon de rouge envahit les pommettes de Singer. Il pencha la tête de côté et affecta de sourire.

— Je parie que tu ignores que 60 pour 100 de nos gosses sont ici volontairement. C'est possible, ouais. Tu pourrais décider de rester ici.

Jack s'efforça de garder un visage impassible.

La bouche de Singer se tordit violemment, comme accrochée par un hameçon.

— C'est un très bon endroit, et si jamais je t'entends le critiquer, je te secouerai les puces ; c'est le meilleur endroit où tu aies jamais mis les pieds, j'en suis sûr. Je vais te dire autre chose : tu n'as pas le choix. Tu dois respecter le Foyer du Soleil. Tu comprends ?

Jack inclina la tête.

— Et lui ? Il comprend ?

Jack leva les yeux vers Wolf, qui clignait lentement des paupières tout en respirant par la bouche.

— Je pense.

— Parfait. Vous serez compagnons de chambre. La journée commence à cinq heures, quand nous allons à la chapelle. Travaux des champs jusqu'à sept, puis petit déjeuner dans la salle à manger. Retour aux champs jusqu'à midi, heure où nous avons droit au déjeuner, plus à la lecture de la Bible...

Tout le monde y passe, aussi vaudrait-il mieux que tu commences à réfléchir à ce que tu liras. Aucun des passages sexy du Cantique des Cantiques, à moins que tu ne désires connaître ce qu'est la discipline. Après déjeuner, encore du travail.

Il fixa Jack d'un regard pénétrant.

— Hé ! ne crois pas que tu travailles pour rien au Foyer du Soleil. En contrepartie de notre arrangement avec l'Etat, tout le monde reçoit un bon salaire horaire, lequel est fixé en fonction du coût de ton entretien ici : vêtements et nourriture, électricité, chauffage, ce genre de truc. Tu es crédité de cinquante *cents* par heure. Ce qui signifie que tu gagnes cinq dollars par jour pour les heures effectuées, soit trente dollars par semaine. Les dimanches se passent à la chapelle du Soleil, sauf pendant l'heure où nous branchons *L'Heure de l'Evangile du Soleil*.

Le rouge s'étala sous son épiderme et, bon gré mal gré, Jack approuva d'un signe de tête.

— Si tu tournes bien et si tu peux t'exprimer comme un être humain, ce qui est hors de portée de la majorité, alors tu pourras tenter le PE... le Personnel Extérieur. Nous avons deux équipes de PE, l'une qui fait les rues en vendant des recueils de cantiques, des fleurs et les opuscules du révérend Gardener, et l'autre de service à l'aéroport. Quoi qu'il en soit, nous disposons d'un mois pour vous convertir, espèces de vauriens, et vous faire voir à quel point vos minables vies étaient grossières, souillées et malsaines avant de venir ici, et c'est par là que nous commençons, tout de suite précisément.

Singer se leva, la figure aussi flamboyante qu'une feuille d'automne, et posa délicatement le bout de ses doigts sur le dessus du bureau.

— Maintenant, videz vos poches.

— Ici et maintenant, marmotta Wolf, comme un perroquet.

— RETOURNEZ-LES ! cria Singer. JE VEUX TOUT VOIR !

Bast se planta à côté de Wolf. Ayant raccompagné Franky Williams à son véhicule, le révérend Gardener rôdait délibérément dans les parages de Jack.

— Les biens personnels tendent à trop assujettir nos garçons au passé, avons-nous trouvé, ronronna Gardener à l'adresse de Jack. Fatal. Nous jugeons ce moyen efficace.

— VIDEZ VOS POCHES ! brailla Singer, presque ivre de rage.

Jack exhuma de ses poches les vestiges aléatoires de ses pérégrinations sur la route. Un mouchoir rouge que la femme d'Elbert Palamountain lui avait donné lorsqu'elle l'avait vu se moucher dans sa manche, deux pochettes d'allumettes, les quelques dollars et la menue monnaie qui constituaient toute sa fortune... en tout, six dollars et quarante-deux *cents*..., la clé de la chambre 407 à l'hôtel des Jardins de l'Alhambra. Il referma ses doigts sur les trois objets qu'il avait l'intention de garder.

— Je présume que vous voulez aussi mon sac, dit-il.

— Evidemment, espèce de petit fumier, clama Singer. Bien sûr qu'on veut ton sac dégueulasse, mais d'abord on veut ce que tu essaies de cacher. Sors-le tout de suite.

A contrecœur, Jack tira de sa poche le médiator de Speedy, la bille du docteur et le dollar d'argent en forme de grosse roue ; il déposa le tout dans le creux du mouchoir.

— Ce ne sont que des porte-bonheur.

Singer ramassa le médiator.

— Hé, qu'est-ce que c'est ? Je veux dire, qu'est-ce que c'est ?

— Un plectre.

— Ouais, évidemment. Singer le retourna entre ses doigts, le renifla. S'il avait mordu dedans, Jack lui aurait tapé sur la figure. Un plectre. Tu me dis la vérité ?

— C'est un ami qui me l'a donné, dit Jack, se sentant soudain plus seul et désemparé qu'il ne l'avait jamais été au cours de ces semaines de voyage. Il se remémora Boule de Neige à l'extérieur du centre commercial, qui l'avait regardé avec les yeux de Speedy, qui, d'une manière incompréhensible pour Jack, avait réellement été Speedy Parker. Dont il venait d'adopter le nom.

— Je parie qu'il l'a volé, conclut Singer à la cantonade avant de reposer le médiator dans le mouchoir, à côté de la pièce et de la bille. Maintenant le sac.

Lorsque Jack eut décroché son sac à dos pour le lui tendre, Singer fouilla quelques minutes dedans avec un dépit et un dégoût croissants. Le dégoût tenait à l'état des vêtements laissés par Jack, le dépit au refus du sac de recéler la moindre drogue.

Speedy, où es-tu maintenant ?

— Il n'a rien, gémit Singer. Pensez-vous que nous devrions le fouiller entièrement ?

Gardener secoua la tête.

— Voyons ce que nous pouvons apprendre de M. Wolf.

Bast roula des épaules menaçantes.

— Eh bien ? s'écria Singer.

— Il n'a rien dans ses poches, protesta Jack.

— Je veux qu'il VIDE ses poches ! hurla Singer. Qu'il les VIDE SUR LA TABLE !

Wolf planta son menton dans sa poitrine et garda les yeux clos.

— Tu n'as rien dans tes poches, n'est-ce pas ? lui demanda Jack.

Wolf hocha la tête une fois, très lentement.

— Il ment ! Le nigaud ment ! caqueta Singer. Allez, espèce de gros balourd, étale tes trucs sur la table. Il cliqua bruyamment deux fois dans ses mains. Oh, ouaouh, et Williams qui ne l'a même pas fouillé. Ni Fairchild ! C'est incroyable... ils vont avoir l'air de crétins !

Bast mit son nez sous celui de Wolf et gronda :

— Si tu ne vides pas tes poches en vitesse sur la table, je vais te démolir le portrait.

— Obéis, Wolf, dit Jack doucement.

Wolf geignit. Puis il sortit son poing droit de la poche de sa salopette, se pencha par-dessus le bureau, tendit sa main et desserra ses doigts. Trois allumettes de bois et deux petits cailloux polis, veinés, striés et colorés, tombèrent sur le cuir. Quand sa main gauche s'ouvrit, deux autres jolis petits cailloux roulèrent à côté des premiers.

— Des cachets ! Singer se rua dessus.

— Ne sois pas idiot, Sonny, le rabroua Gardener.

— Tu m'as ridiculisé, dit tout bas Singer à Jack, quoique d'un ton véhément, dès qu'ils furent dans l'escalier menant aux étages supérieurs.

Celui-ci était recouvert d'un tapis à motif floral défraîchi. Seules les pièces principales au rez-de-chaussée du Foyer du Soleil avaient été décorées, aménagées ; tout le reste paraissait vieux et mal entretenu.

— Tu vas le regretter, je te le promets... PERSONNE ne fait passer Sonny Singer pour un imbécile. Pratiquement je dirige la baraque, espèce d'idiots. Seigneur ! Il planta son étroit visage en feu sous le nez de Jack. Votre coup en bas n'était pas mal, avec le nigaud et ses maudits cailloux. Il coulera de l'eau sous les ponts avant que tu t'en remettes.

— Je ne savais pas qu'il gardait quelque chose dans ses poches, protesta Jack.

Devançant Jack et Wolf d'un pas, Singer se figea brusquement sur place. Ses yeux se rétrécirent ; sa figure entière sembla se crisper. Jack ne comprit ce qui allait se passer qu'une seconde avant que la main de Singer ne lui cinglât la joue.

— Jack ? chuchota Wolf.

— Ça va, répondit-il.

— Si tu me fais du tort, je t'en fais deux fois plus, siffla Singer à Jack. Si tu me fais du tort en présence du révérend Gardener, je t'en fais quatre fois plus, tu piges ?

— Ouais, dit Jack. Je crois que j'ai pigé. Ne sommes-nous pas censés changer de vêtements ?

Singer pivota et reprit son ascension ; pendant une seconde Jack resta immobile à contempler le dos mince et tendu de l'autre gamin s'élever dans les escaliers. *Toi aussi,* se disait-il. *Toi et Osmond. Un jour.* Après quoi il le suivit et Wolf clopina derrière.

Dans une longue salle remplie de cartons, Singer gesticulait à la porte, tandis qu'un grand garçon au doux visage inexpressif et aux mouvements de somnambule leur cherchait des affaires en fourrageant sur les étagères.

— Des souliers aussi. Tu lui trouves des chaussures réglementaires ou tu vas casser des cailloux toute la journée, lança Singer depuis l'entrée, ostensiblement sans regarder l'employé.

Avec une lassitude dégoûtée... sans doute encore l'un des enseignements de Gardener.

L'autre finit par repérer une paire de lourds croquenots noirs à lacets, pointure 45, dans un coin du magasin, et Jack les enfila aux pieds de Wolf. Ensuite, Singer leur fit monter une autre volée de marches pour accéder à l'étage du dortoir. Ici aucun effort pour tenter de masquer la véritable nature du Foyer du Soleil. Un couloir étroit parcourait toute la longueur du sommet de la bâtisse ; il devait bien avoir quinze mètres de long. Des rangées de portes exiguës avec des lucarnes aménagées à hauteur d'homme couraient de chaque côté de l'interminable couloir. Aux yeux de Jack, le prétendu dortoir avait tout l'air d'une prison.

Singer les entraîna dans l'étroit corridor et s'arrêta bientôt devant une des portes.

— Le premier jour, personne ne travaille. Vous commencerez l'horaire normal demain. Donc, pour le moment, entrez là-dedans et lisez la Bible ou quelque chose dans ce genre jusqu'à cinq heures. Je reviendrai vous chercher à temps pour la confession. Et changez-vous, hein ?

— Tu veux dire que tu vas nous enfermer ici pendant les trois heures qui viennent ? s'insurgea Jack.

— Tu veux que je te tienne la main, peut-être ! explosa Singer, le visage à nouveau empourpré. Ecoute. Si tu étais volontaire, je pourrais te laisser te promener, faire le tour des lieux. Mais, étant donné que tu es pupille de l'État par un référé du poste de police local, tu es à deux doigts du criminel reconnu. Peut-être dans un mois serez-vous volontaires, avec un peu de chance. Entre-temps, rentrez dans votre chambre et comportez-vous en êtres humains créés à l'image de Dieu, et non en animaux.

Avec impatience, il introduisit une clé dans la serrure, ouvrit grand la porte et se planta à côté.

— Entrez là-dedans. Je n'ai pas que ça à faire.

— Et nos affaires ?

Singer soupira théâtralement.

— Espèce de petits salauds, croyez-vous qu'on s'abaisserait à vous voler quoi que ce soit ?

Jack se força à ne pas répondre.

Singer soupira derechef.

— OK ! On les garde pour vous, dans un classeur avec votre nom dessus. Dans le bureau du révérend Gardener au rez-de-chaussée ; c'est là où on garde aussi votre argent jusqu'au moment de votre libération. D'accord ? Maintenant entrez là-dedans avant que je vous dénonce pour désobéissance. Je parle sérieusement.

Wolf et Jack pénétrèrent dans le minuscule local. Lorsque Singer eut claqué la porte, l'ampoule du plafond s'alluma automatiquement, révélant un cagibi sans fenêtre, des lits superposés en fer, un petit lavabo de coin et une chaise métallique. Rien d'autre. Sur les murs en placoplâtre, des marques jaunâtres de scotch montraient les anciens emplacements des images collées par le précédent locataire. La serrure cliqueta. En se retournant, Jack et Wolf aperçurent le visage excédé de Singer dans le judas rectangulaire.

— Soyez sages maintenant, dit-il en ricanant, et il disparut.

— Non, Jacky, gémit Wolf. Le plafond planait à un pouce du sommet de sa tête. Wolf ne peut pas rester ici.

— Tu ferais mieux de t'asseoir, dit Jack. Tu préfères la couchette du haut ou celle du bas ?

— Hein ?

— Prends celui du bas et assieds-toi. Nous sommes mal tombés ici.

— Wolf le sait, Jacky. Wolf sait que c'est un endroit mauvais, mauvais. Peux pas rester.

— Pourquoi est-ce un mauvais endroit ? Je veux dire, comment le sais-tu ?

Wolf s'assit lourdement sur la couchette du bas, jeta ses nouveaux habits par terre et ramassa distraitement le livre et les deux brochures à portée de sa main. Le livre était une Bible reliée en une matière synthétique ressemblant à de la peau bleue ; quant aux brochures, Jack vit en regardant celles posées sur son propre lit qu'elles s'intitulaient *La Voie Supérieure vers la Grâce Eternelle* et *Dieu vous aime !*

— Wolf le sait. Tu le sais aussi, Jacky.

Wolf leva la tête vers lui, presque avec reproche. Puis il rabaissa les yeux sur les ouvrages entre ses mains, se mit à les tourner et à les retourner, comme un jeu de cartes. De l'avis de Jack, c'était les premiers livres que voyait Wolf.

— L'homme blanc, articula Wolf si doucement que Jack entendit à peine.

— L'homme blanc ?

Wolf tendit l'une des brochures, la couverture de derrière en premier. Celle-ci montrait pleine page une photo noir et blanc du révérend Gardener, ses beaux cheveux flottant au vent, les bras tendus... un homme d'une grâce éternelle, bien-aimé de Dieu.

— Lui, reprit Wolf. Il tue, Jacky. Avec des fouets. C'est un de ses repaires. Aucun Wolf ne devrait jamais se trouver dans un de ses repaires. Aucun Jack Sawyer, non plus. Jamais. Il faut nous en aller d'ici, Jacky.

— Nous nous échapperons, affirma Jack. Je te le promets. Pas aujourd'hui. ni demain... Il faut un plan. Mais bientôt.

Les pieds de Wolf dépassaient largement du bord du lit.

— Bientôt.

Bientôt, avait-il promis à la requête de Wolf. Lequel était terrifié. Jack ne pouvait certifier que Wolf avait déjà vu Osmond dans les Territoires, mais il en avait certainement entendu parler. La réputation d'Osmond dans les Territoires, au moins parmi les membres de la famille Loup, paraissait encore pire que celle de Morgan. Cependant, quoique Jack et Wolf aient tous deux reconnu Osmond en Gardener, Gardener, lui, ne les avait pas reconnus... ce qui soulevait deux possibilités. Soit Gardener s'amusait d'eux en feignant l'ignorance, ou bien c'était un Double comme la mère de Jack, profondément apparenté à un personnage des Territoires mais inconscient de cette parenté si ce n'est au tréfonds de soi.

Et si c'était vrai, comme Jack le pensait, alors lui et Wolf pouvaient attendre le bon moment pour s'échapper. Ils avaient tout leur temps pour observer, apprendre.

Jack endossa les vêtements rêches. Les souliers noirs à bout carré semblaient peser plusieurs livres pièce et convenir à n'importe quel pied.

Non sans peine, il persuada Wolf d'enfiler l'uniforme du Foyer du Soleil. Ensuite, tous les deux s'étendirent. Jack entendit Wolf se mettre à ronfler, et au bout d'un moment, lui-même s'assoupit. Dans ses rêves, sa mère se trouvait quelque part dans le noir et l'appelait au secours, au secours.

CHAPITRE 22

LE SERMON

1

A cinq heures de l'après-midi, la cloche électrique retentit dans les couloirs, une longue sonnerie atone. Wolf bondit de sa couchette en se cognant le côté de la tête aux montants métalliques, suffisamment fort pour réveiller Jack en sursaut, qui sommeillait.

La cloche cessa de hurler environ au bout de quinze secondes ; Wolf continua.

Il se réfugia en chancelant dans un coin, les mains plaquées contre son crâne.

— *Mauvais endroit, Jack !* braillait-il. *Mauvais endroit ici et maintenant ! Me faut sortir d'ici ! Me faut sortir d'ici MAINTENANT !*

Coups dans le mur.

— Tais-toi, l'idiot !

De l'autre côté, un rire chevalin, hennissant, strident.

— Vos âmes prennent un peu le soleil maintenant, les gars ! Et d'après c'que dit l'gros, ça doit être bon !

Presque pareils à des cris d'horreur, les hennissements et les gloussements reprirent de plus belle.

— *Mauvais, Jack ! Wolf ! Jason ! Mauvais, mauvais...*

Des portes s'ouvraient du haut en bas du corridor. Jack percevait le martèlement de nombreux pieds chaussés des croquenots du Foyer du Soleil.

Il descendit de la couchette du dessus, se forçant à bouger. Il se sentait en porte à faux avec la réalité... ni réveillé ni non plus vraiment endormi. Traverser le minuscule local en direction de Wolf équivalait à se déplacer dans du sirop.

A présent, Jack se sentait fatigué... très fatigué.

— Wolf, dit-il. Wolf, arrête.

— Peux pas, Jacky !

Wolf sanglotait. Il gardait toujours ses bras autour de sa tête, comme pour l'empêcher d'exploser.

— Il le faut, Wolf. Nous devons sortir dans le couloir.

— Peux pas, Jacky, sanglotait Wolf. C'est un mauvais endroit, mauvaises odeurs...

Dans le couloir, quelqu'un — Jack crut reconnaître Heck Bast — cria :

— A confesse !

— A confesse ! cria un autre, et tous de scander en chœur :

— *A confesse ! A confesse !*

Cela ressemblait à quelque étrange slogan de football.

— Si nous devons sortir d'ici sains et saufs, il nous faut rester calmes.

— Peux pas, Jacky, peux pas rester calme, mauvais...

Leur porte allait s'ouvrir d'une minute à l'autre et Bast ou Sonny Singer ferait son apparition... peut-être les deux. Ils n'étaient pas prêts pour la confession, quoi que cela signifiât, et, bien que les nouvelles recrues du Foyer du Soleil aient droit à un certain nombre de bêtises pendant leur période d'orientation, Jack pensait que leurs chances d'évasion augmenteraient s'ils se fondaient de leur mieux dans la masse, et le plus tôt possible. Avec Wolf, cela n'allait pas être chose facile. *Seigneur, je suis désolé de t'avoir entraîné là-dedans, bonhomme,* se dit Jack. *Mais la situation est ce qu'elle est. Et si nous n'arrivons pas à prendre le dessus, elle s'en chargera. Donc si je suis dur avec toi, c'est pour ton bien. Du moins je l'espère,* rajouta-t-il misérablement par-devant lui.

— Wolf, chuchota-t-il. Veux-tu que Singer recommence à me frapper ?

— Non, Jack, non...

— Alors tu ferais mieux de sortir dans le couloir avec moi, poursuivit Jack. Tu dois te souvenir que ce que tu fais influe beaucoup sur la manière dont Singer et ce type Bast me traitent. Singer m'a déjà frappé à cause de tes pierres...

— On pourrait aussi le frapper, répliqua Wolf.

Bien qu'il parlât doucement à voix basse, ses yeux soudain se rétrécirent, étincelèrent d'orange. Un instant, Jack vit luire les dents blanches de Wolf entre ses lèvres... non pas comme si Wolf souriait, plutôt comme si ses dents avaient poussé.

— Surtout n'y pense pas, le tança sévèrement Jack. Cela ne ferait qu'aggraver les choses.

Les bras de Wolf lâchèrent enfin sa tête.

— Jack, je ne sais pas...

— Tu vas essayer ? le pressa Jack en jetant un autre coup d'œil inquiet vers la porte.

— J'essaierai, chevrota Wolf.

Des larmes brillaient dans ses yeux.

2

Le couloir de l'étage aurait dû resplendir sous les feux de fin d'après-midi, mais non. On eût dit qu'une espèce d'écran obturait les fenêtres à chaque extrémité, de sorte que les pensionnaires puissent regarder dehors — où brillait le soleil réel — sans que la lumière fût pour autant autorisée à entrer. Celle-ci semblait s'évanouir sur les étroits appuis intérieurs de ces hautes croisées victoriennes.

Il y avait quarante garçons devant vingt portes ; dix de chaque côté. Jack et Wolf furent de loin les derniers à apparaître, mais leur retard passa inaperçu. Singer, Bast et deux autres comparses avaient trouvé quelqu'un à brimer et ne se souciaient guère de surveillance.

Leur victime était un gosse d'une quinzaine d'années avec des lunettes et un torse chétif, qui se tenait pitoyablement au garde-à-vous, son pantalon de treillis entassé sur ses godillots noirs. Il ne portait pas de caleçon.

— As-tu enfin arrêté ? demanda Singer.

— Je...

— *La ferme !* hurla en dernier un des deux autres qui accompagnaient Singer et Bast.

Au lieu des treillis, le quatuor arborait des blue-jeans et des pulls à col roulé d'un blanc immaculé. Jack apprit assez tôt que le type qui venait de crier était Warwick. Le gros s'appelait Casey.

— Quand nous voudrons que tu parles, nous te le ferons savoir ! vociférait à présent Warwick. Tu continues à te secouer la nouille, Morton ?

Morton tremblait sans rien dire.

— RÉPONDS ! cria Casey.

C'était un garçon boulot qui ressemblait vaguement à un Tweedledum malveillant.

— Non, chuchota Morton.

— QUOI ? PARLE PLUS FORT ! s'égosilla Singer.

— Non ! gémit Morton.

— Si tu peux arrêter une semaine entière, tu récupéreras ton calebard, conclut Singer avec l'air de celui qui accorde une grande faveur à un sujet peu méritant. Maintenant, remonte ton pantalon, espèce de petit fumier.

En reniflant, Morton se pencha afin de remonter son pantalon.

Les gamins descendirent, prêts pour la confession et le souper.

3

La confession avait lieu dans une grande salle à murs nus, en face de la salle à manger. Il régnait une odeur appétissante de haricots et de hot dogs, et Jack remarqua que les narines de Wolf frémissaient spasmodiquement. Pour la première fois de la journée, ses yeux perdirent leur expression hébétée, et Wolf prit l'air intéressé.

Jack appréhendait la « confession » plus qu'il ne l'avait avoué à Wolf. Allongé sur sa couchette les mains derrière la tête, il avait remarqué quelque chose de noir dans un coin du plafond. Une minute ou deux, il s'imagina que c'était une sorte de scarabée mort, ou une carapace vide... Il pensait qu'en s'approchant il verrait peut-être la toile d'araignée où l'insecte s'était trouvé pris. C'était un cafard, d'accord, mais pas du genre organique. Bien plutôt un petit micro à l'ancienne mode, vissé dans le mur avec un piton. Derrière, un cordon serpentait jusqu'à un vilain trou dans le plâtre. Il n'avait été fait aucun véritable effort pour le dissimuler. Cela faisait partie du service, les enfants. Le révérend Gardener Ecoute Mieux.

Après la découverte du mouchard, après l'ignoble petite scène avec Morton dans le couloir, il s'était attendu à ce que la confession soit une manifestation fanatique, voire hystérique, diabolique. Quelqu'un, éventuellement Gardener en personne, plus probablement Sonny Singer ou Hector Bast, s'essaierait à lui faire avouer qu'il avait abusé de drogues sur la route, qu'en pleine nuit, toujours sur la route, il s'introduisait par effraction dans les maisons afin de les cambrioler, qu'il crachait sur tous les trottoirs qu'il pouvait trouver sur la route, et qu'il se branlait après une dure journée sur la route. S'il n'avait commis aucun de ces méfaits, de toute façon ils le harcèleraient jusqu'à ce qu'il les reconnaisse. Ils tenteraient de le briser. Jack pensait pouvoir résister à pareil traitement, mais il n'était pas sûr de Wolf.

Mais le plus déconcertant dans cette affaire de confession, c'était le zèle avec lequel l'abordaient les pensionnaires du Foyer.

L'encadrement maison — les gosses au col roulé blanc — s'assirent au premier rang. En regardant autour de lui, Jack vit que les autres fixaient la porte ouverte avec une sorte d'impatience imbécile. Il supposa qu'ils attendaient l'heure du dîner. D'accord, ça sentait sacrément bon, surtout après toutes ces semaines d'hamburgers au petit bonheur la chance, intercalés de grosses portions de rien du tout. Puis le révérend Gardener entra d'un pas vif et Jack vit les expressions d'expectative se transformer en regards béats. Apparemment, ce n'était pas le repas qu'ils attendaient. Morton, le même qui se faisait tout petit dans le couloir d'en haut avec ses pantalons sur les chevilles à peine un quart d'heure avant, paraissait quasi exalté.

Les garçons se mirent debout. Wolf resta assis, les narines palpitantes, l'air sidéré et effrayé, jusqu'à ce que Jack l'empoigne par sa chemise et le fasse se lever.

— Fais comme eux, Wolf, marmonna-t-il.

— Asseyez-vous, les enfants, dit Gardener. Asseyez-vous, je vous en prie.

Tous s'assirent. Sunlight Gardener portait un jean délavé, surmonté d'une éblouissante chemise en soie blanche à col ouvert. Il les contempla avec un sourire bienveillant. Les gamins lui retournèrent des regards pleins de dévotion, pour la plupart. Wolf remarqua qu'un seul individu — cheveux châtains ondulés qui formaient une banane sur son front, menton fuyant, délicates menottes aussi blanches que la faïence de Delft d'oncle Tommy — se détournait, la main plaquée sur la bouche pour masquer un ricanement, ce qui redonna courage à Jack. Manifestement, ce qui se passait ici n'avait pas tourné la tête à tout le monde... quoique à bon nombre. Ceux-là se retrouvaient la tête à l'envers, autant qu'on pût en juger. Le môme avec les grandes dents de lapin regardait Gardener, éperdu d'adoration.

— Prions. Heck, veux-tu commencer ?

Heck s'exécuta. Il priait vite et mécaniquement. C'était comme d'écouter « Compose-ta-Prière » enregistré par un dyslexique. Après avoir demandé à Dieu de les gratifier dans les jours et les semaines à venir, de leur pardonner leurs offenses et de les aider à devenir meilleurs, Heck Bast psalmodia :

— AunomdenotreSeigneurJésus-Christamen, avant de se rasseoir.

— Merci, Heck, conclut Gardener.

S'étant saisi d'une chaise, il l'avait tournée devant derrière et s'était assis à califourchon, à la manière du cow-boy pur et dur dans un western de John Ford. Ce soir, il se montrait sous un meilleur jour ; la folie égocentrique, stérile, que Jack avait repérée le matin même, s'était presque estompée.

— Ecoutons une douzaine de confessions, s'il vous plaît. Pas davantage. Veux-tu nous montrer la voie, Andy ?

Warwick, une ridicule expression de piété sur la figure, prit la place d'Heck.

— Merci, révérend Gardener, dit-il avant de regarder ses congénères. Confession, reprit-il. Qui commence ?

Il y eut un bruissement de ruche... et puis des mains commencèrent à se lever. Deux... six... neuf en tout.

— Roy Owdersfelt, appela Warwick.

Roy Owdersfelt, un garçon longiligne avec un bouton gros comme une tumeur au bout du nez, se leva en tordant ses mains décharnées devant lui.

— J'ai volé dix sacs dans le porte-monnaie de ma mère l'année dernière ! annonça-t-il d'une voix aiguë, stridente. Une main crasseuse et couverte de croûtes grimpa jusqu'à sa figure, se posa sur la pustule et la pinça d'un geste craintif. Je les ai emportés au Magicien d'Oseille[1] et je les ai changés en pièces de vingt-cinq *cents* et j'ai joué à tous ces jeux comme le Pac-Man et le Laser Strike jusqu'à ce qu'il ne me reste rien ! C'était l'argent qu'elle avait mis de côté pour la facture de gaz, et c'est comme ça qu'ils nous ont coupé le chauffage un bon bout de temps ! Il cligna des yeux à la ronde. Et mon frère est tombé malade et il a fallu qu'il aille à l'hôpital d'Indianapolis avec une pneumonie ! Parce que j'avais volé cet argent ! Voilà ma confession.

Roy Owdersfelt se rassit.

— Roy peut-il être pardonné ? enchaîna le révérend Gardener.

— *Roy peut être pardonné,* répondirent les garçons à l'unisson.

— L'un d'entre nous peut-il lui pardonner, les enfants ?

— *Personne.*

— Qui peut lui pardonner ?

— *Dieu par l'entremise de Son Fils Unique, Jésus.*

— Veux-tu prier Jésus d'intercéder en ta faveur ? demanda Gardener à Roy Owdersfelt.

— Sûr que je veux ! s'écria Roy Owdersfelt d'une voix tremblante en tripotant son bouton.

Jack s'aperçut que Roy Owdersfelt était en larmes.

---

1. Jeu de mots entre Wizard of Odds et le célèbre *Wizard of Oz, Le Magicien d'Oz.*

— Et la prochaine fois que viendra ta maman, vas-tu lui dire que tu reconnais avoir péché contre elle et ton petit frère et à la face de Dieu, et qu'il n'y a pas de garçon plus repentant ?

— Juré !

Gardener fit un signe de tête à Andy Warwick.

— Confession, cria Warwick.

Avant que la confession ne se terminât à six heures, presque tout un chacun, à l'exception de Jack et de Wolf, avait levé la main, dans l'espoir de relater quelque péché à l'assistance. Plusieurs confessèrent de menus larcins. D'autres racontèrent avoir volé de l'alcool et bu jusqu'à en être malades. Bien sûr, il y avait beaucoup d'histoires de drogues.

Warwick les apostrophait, mais c'était l'approbation du révérend Gardener qu'ils guettaient pendant qu'ils parlaient... et parlaient... et parlaient.

Il leur fait aimer leurs péchés, pensa Jack, mal à l'aise. *Ils l'adorent, désirent son approbation, et je parie qu'ils ne l'obtiennent que s'ils se confessent. Certains de ces pauvres andouilles inventent même probablement leurs crimes.*

Les effluves en provenance du réfectoire devenaient de plus en plus puissants. L'estomac de Wolf ne cessait de gargouiller à côté de Jack. Une fois, tandis qu'un gamin pleurnichard avouait avoir accroché au mur un exemplaire de *Penthouse* de sorte à pouvoir regarder des photos cochonnes de femmes au « sexe à l'air », comme il disait, l'estomac de Wolf fit tant de bruit que Jack lui donna un coup de coude.

Passé la dernière confession de la soirée, Gardener récita une prière courte et harmonieuse. Ensuite, il se posta à l'entrée, simple et pourtant resplendissant dans son jean et sa chemise de soie blanche, pendant que les garçons sortaient à la queue leu leu. Au moment où passaient Jack et Wolf, il emprisonna le poignet de Jack dans l'une de ses mains.

— Je t'ai déjà rencontré.

— *Confesse-toi*, ordonnaient les yeux du révérend Gardener.

Et Jack ressentit l'envie d'obéir.

Que oui, nous nous connaissons. Tu m'as fouetté le dos jusqu'au sang.

— Non, répliqua-t-il.

— Oh, si, s'entêta Gardener. Oh, si. Je t'ai déjà rencontré. En Californie ? Dans le Maine ? L'Oklahoma ? Où ?

Confesse-toi.

— Je ne vous connais pas, dit Jack.

Gardener gloussa. A l'intérieur de sa tête, Jack en était sûr, Gardener dansait la gigue et faisait claquer son fouet.

— C'est ce qu'a répondu Pierre quand on lui a demandé s'il connaissait Jésus, dit le révérend. Mais Pierre a menti. Comme toi, à mon avis. Etait-ce au Texas, Jack ? A El Paso ? Etait-ce à Jérusalem au cours d'une autre vie ? Sur le Golgotha, le lieu du calvaire ?

— Je vous dis...

— Oui, oui, je sais, nous venons de faire connaissance.

Nouveau gloussement. Wolf, à ce que vit Jack, s'était écarté du révérend autant que le lui permettait la largeur de la porte. A cause de l'odeur.

L'odeur écœurante, entêtante de son eau de Cologne. Et dessous, les relents de la folie.

— Je n'oublie jamais une tête, Jack. Je n'oublie jamais une tête ni un lieu. Je me rappellerai où nous nous sommes rencontrés.

Ses yeux voltigèrent de Jack à Wolf, qui gémit légèrement en reculant, puis se reposèrent sur Jack.

— Bon appétit, Jack, dit-il. Bon appétit, Wolf. Votre vraie vie au Foyer du Soleil commence demain.

A mi-escalier, il se retourna pour un dernier regard.

— Je n'oublie jamais un lieu ni une tête, Jack. Je me rappellerai.

Seigneur, j'espère que non, pensa Jack, froidement. *Pas avant que je ne sois au moins à trois mille kilomètres de cette foutue pri...*

Quelque chose le heurta avec violence. Jack valdingua dans le hall, agitant frénétiquement les bras pour récupérer son équilibre. Il se cogna le crâne sur le sol en béton et vit une belle pluie d'étoiles.

Lorsqu'il retrouva la position assise, il aperçut Singer et Bast plantés l'un à côté de l'autre, en train de ricaner. Derrière eux se tenait Casey, son pull blanc distendu par son gros ventre. Wolf fixait Singer et Bast, et la tension dans son attitude alerta Jack.

— Non, Wolf ! cria-t-il sévèrement.

Wolf se relâcha.

— Non, vas-y, idiot, lança Heck Bast avec un petit rire. Ne l'écoute pas. Essaye avec moi, si tu veux. Un peu d'échauffement ne me déplaît jamais avant dîner.

— Laisse l'idiot tranquille, Heck, trancha son comparse en jetant un coup d'œil à Wolf. Il n'est que le corps. Singer fit un signe de tête vers Jack. Voici le cerveau. Voici le cerveau qu'on doit laver. Il baissa les yeux sur lui, les mains sur les genoux, tel un adulte qui se penche pour échanger un ou deux mots gentils avec un tout-petit. Et on te le lavera, M. Jack Parker. Tu peux me croire.

— Tire-toi, espèce de sale brute, lança Jack exprès.

Singer recula comme si on l'avait giflé, une rougeur montant depuis le col pour lui envahir le cou et le visage. Avec un grognement, Heck Bast s'avança d'un pas.

Singer agrippa Bast par le bras.

— Pas maintenant, plus tard, dit-il, sans quitter Jack du regard.

Jack se remit debout.

— Vous avez intérêt à faire attention, les menaça-t-il tous les deux à voix basse, et si Hector Bast faisait toujours front, Sonny Singer eut l'air presque effrayé.

Un instant, il lui sembla lire sur la physionomie de Jack Sawyer quelque chose d'à la fois fort et combatif... quelque chose qui n'y était pas deux mois auparavant, quand un gamin beaucoup plus jeune avait laissé derrière lui la petite station balnéaire d'Arcadia Beach et s'était mis en marche vers l'ouest.

4

Jack se dit qu'oncle Tommy aurait — sans méchanceté — qualifié le dîner d'échantillon culinaire de la Fédération Agricole Américaine. Assis autour de longues tables, les gamins étaient servis par quatre d'entre eux, qui avaient revêtu un uniforme blanc immaculé après la période du confessionnal.

Encore une prière, et le ravitaillement arriva. D'énormes saladiers en verre remplis de haricots frais circulèrent d'un bout à l'autre des quatre tables, ainsi que des plats fumants de saucisses rouges bon marché, des compotiers de tranches d'ananas en boîte, du lait à profusion dans des cartons d'emballage marqués DENRÉES HORS COMMERCE et COOPÉRATIVE LAITIÈRE DE L'ÉTAT D'INDIANA.

Wolf s'empiffrait avec une concentration maussade, la tête basse, un quignon de pain toujours à la main qui lui servait à la fois à pousser et à essuyer. Sous les yeux de Jack, il engloutit cinq saucisses et trois rations de haricots durs comme du bois. Pensant à leur minuscule chambre sans aération, Jack se demanda s'il allait avoir besoin d'un masque à gaz cette nuit. Il présuma que oui, non qu'il fût probable qu'on lui en octroyât un. L'air catastrophé, il regarda Wolf se verser une quatrième platée de haricots.

Après dîner, tous se levèrent, se mirent en rangs et débarrassèrent les tables. Tandis qu'il emportait à la cuisine leurs gamelles, une miche de pain amochée par Wolf et deux briques de lait, Jack gardait les yeux bien ouverts. Les simples inscriptions sur les cartons à lait lui avaient donné une idée.

Cet endroit n'était pas une prison ni une maison de correction. Sans doute était-il classé comme une sorte d'internat, et la loi devait exiger que des inspecteurs d'État gardent un œil dessus. La cuisine constituait un local susceptible d'attirer l'œil de l'État d'Indiana. Des barreaux aux fenêtres d'en haut, d'accord. Des barreaux aux fenêtres de la cuisine ? Jack n'y croyait pas. Ceux-ci susciteraient trop de questions.

La cuisine pouvait représenter un bon point de départ pour une tentative d'évasion ; aussi Jack l'étudia-t-il soigneusement.

Elle ressemblait un peu à la cafétéria de son collège de Californie. Le sol et les murs étaient carrelés, les immenses éviers et les plans de travail en acier inoxydable. Les placards avaient à peu près les dimensions de silos à légumes. Un vieux lave-vaisselle à tapis roulant occupait un mur. Trois mômes manipulaient déjà cette vénérable antiquité sous la supervision du chef, en habits blancs. L'homme était malingre, pâle et doté d'un petit visage chafouin. Une cigarette sans filtre était collée à sa lèvre supérieure, et cela suffit à Jack pour reconnaître en lui un allié éventuel. Il doutait que le révérend Gardener permît à ses ouailles de fumer des cigarettes.

Sur le mur, il aperçut un certificat sous verre qui proclamait que cette cuisine collective avait été jugée conforme aux normes fixées par l'État d'Indiana et le Gouvernement des États-Unis.

Et non, il n'y avait pas de barreau sur les vitres en verre dépoli.

Le type chafouin jeta un regard à Jack, détacha le mégot de sa lèvre et l'expédia dans un des éviers.

— Des bleus, toi et ton copain, hein ? questionna-t-il. Eh bien, vous deviendrez assez tôt des anciens. Les jeunes vieillissent très vite ici au Foyer du Soleil, n'est-ce pas, Sonny ?

Il sourit avec insolence à l'intention de Sonny Singer. Il était absolument évident que celui-ci ne savait pas comment répondre à un tel sourire ; il paraissait gêné et indécis, rien qu'un gosse encore.

— Tu sais que tu n'es pas censé parler aux pensionnaires, Rudolph, se défendit-il.

— Tu peux te la foutre au cul si tu ne trouves pas de pute pour t'envoyer en l'air, mon pote, rétorqua Rudolph en dévisageant Singer paresseusement. Tu sais ça, non ?

Singer lui rendit son regard, les lèvres d'abord tremblantes, puis grimaçantes, enfin affreusement pincées.

Soudain il pivota sur place.

— Office du soir ! hurla-t-il avec rage. Office du soir, dépêchons, allons, débarrassez les tables et retournez dans le hall, nous sommes en retard ! Office du soir !

5

Les garçons descendirent en masse un étroit escalier éclairé par des ampoules nues, recouvertes de grillage. Les murs en plâtre étaient humides et Jack n'aimait pas la manière dont Wolf roulait ses globes oculaires.

Après cela, la crypte constituait une surprise. La majeure partie du sous-sol — qui était considérable — avait été transformée en une chapelle moderne d'un seul tenant. L'air ici en bas était agréable : ni trop chaud, ni trop froid. Et sain. Jack entendait le froufroutement de la climatisation à proximité. Il y avait cinq bancs séparés par une allée centrale conduisant à une estrade avec un lutrin et une simple croix en bois pendue sur une tenture en velours violet.

Quelque part, on jouait de l'orgue.

Les adolescents se glissèrent en silence entre les bancs. Le micro du lutrin présentait à son bout une enceinte de qualité professionnelle. Grâce à sa mère,. Jack avait fréquenté pas mal de studios d'enregistrement, assis sagement dans un coin en train de lire ou de faire ses devoirs, pendant qu'elle faisait des doublages pour la télé ou bouclait quelque dialogue fumeux ; il savait fort bien que ce type de protection servait à empêcher l'artiste d'« avaler » le micro. Il trouvait étrange d'en voir un dans la chapelle d'un internat religieux pour pupilles de l'État. Deux caméras vidéo flanquaient le lutrin, l'une pour prendre le profil droit du révérend Gardener, la deuxième réservée au gauche. Aucune ne fonctionnait ce soir. Il y avait de lourdes tapisseries violettes sur les murs. A droite, elles étaient uniformes. Toutefois une vitre rectangulaire s'encastrait dans le mur gauche. Jack apercevait

Casey penché au-dessus d'une console hyper-sophistiquée, un magnétophone à bobines à portée de sa main droite. Sous les yeux de Jack, Casey décrocha une paire d'écouteurs de la console et se les glissa sur les oreilles.

En levant la tête, Jack vit des poutres de bois s'élever en une série de six modestes arcs. Entre ceux-ci était fixé un panneau de stuc blanc... insonorisé. Tout en gardant l'apparence d'une chapelle, l'endroit constituait un studio de radio et de télé mixte extrêmement perfectionné. Brusquement, Jack pensa à Jimmy Swaggart, Rex Humbard, Jack Van Impe.

Mes amis, posez seulement la main sur votre téléviseur et vous serez GUÉRIS ! ! !

Il eut soudain envie de hurler de rire.

Une petite porte s'ouvrit à gauche du podium et le révérend Gardener fit irruption. Il était vêtu de blanc de la tête aux pieds, et Jack nota sur les figures de nombreux gamins une gamme d'expressions allant de l'exaltation à la franche adoration; mais Jack dut encore se faire violence pour ne pas s'esclaffer. L'apparition en blanc qui approchait du lutrin lui rappelait une série de spots publicitaires qu'il avait vus étant très jeune.

Il trouva que le révérend Gardener ressemblait à Monsieur Propre.

— Qu'y a-t-il, Jack ? Tu embaumes comme si quelque chose était vraiment drôle, chuchota Wolf d'une voix rauque en se tournant vers lui.

Jack pouffa si fort dans la main qu'il pressait sur sa bouche qu'un peu de morve incolore coula entre ses doigts.

Le visage rayonnant de bonne santé, Sunlight Gardener tournait les pages de l'énorme Bible posée sur le lutrin, apparemment perdu dans une méditation sans fond. Jack distinguait le sinistre paysage de terre brûlée offert par la figure d'Heck Bast, ainsi que la physionomie menue et suspicieuse de Sonny Singer. Ce qui le dégrisa sur-le-champ.

Trônant dans sa cage de verre, Casey surveillait attentivement Gardener. Et lorsque ce dernier leva sa noble tête de la Bible pour river ses yeux brumeux, rêveurs et profondément déments sur son auditoire, Casey appuya sur un commutateur. Les bobines du gros magnétophone se mirent à tourner.

6

Ne t'irrite pas contre les méchants,
entonnait le révérend Gardener. Sa voix était grave, mélodieuse, méditative.

Ne porte pas envie à ceux
Qui font le mal.
Car ils seront fauchés soudain comme l'herbe ;
Ils se faneront comme l'herbe verte.
Confie-toi en l'Éternel, et fais le bien ;
Habite les Territoires —

Jack Sawyer sentit son cœur faire un vilain bond dans sa poitrine.

— *et te repais de vérité,*

> *Et prends ton plaisir en l'Éternel,*
> *Et il t'accordera ce que ton cœur demande.*
> *Remets à l'Éternel le soin de ton sort,*
> *Et te confie en lui,*
> *Et il agira...*
> *Réprime la colère, et laisse là l'emportement ;*
> *Ne t'irrite pas, car ce serait mal ;*
> *Et ceux qui font le mal seront retranchés ;*
> *Mais ceux qui s'attendent à l'Éternel,*
> *Ceux-là posséderont le Territoire*[1].

Gardener referma le Livre Saint.

— Que Dieu joigne sa Bénédiction à la lecture de son Verbe Sacré, conclut-il.

Il contempla ses mains un long, long moment. Dans le box vitré de Casey, les bandes du magnétophone tournaient toujours. Puis il releva les yeux, et mentalement Jack entendit tout à coup cet homme crier : *Pas la Kingsland ? Tu veux dire que tu as renversé tout un chargement de Kingsland, minable verge de bouc ? C'est bien ce que tu es en train de me raconter ?*

Le révérend Gardener scruta sérieusement sa jeune assistance masculine. Tous les visages étaient tendus vers lui : visages ronds, maigres, meurtris, visages flamboyants d'acné, visages à l'expression sournoise, et d'autres qui étaient ouverts, juvéniles et charmants.

— Qu'est-ce que cela signifie, les garçons ? Comprenez-vous le Psaume Trente-sept ? Comprenez-vous ce beau, très beau chant ?

Non, disaient leurs visages... ouverts ou sournois, doux et transparents, grêlés et vérolés. *Pas trop, j'n'ai pas dépassé l'école primaire, j'ai fait la route, zoné, eu des problèmes... Dites-moi... Dites-moi...*

— Cela signifie NE TE FAIS PAS SUER ! hurla soudainement, affreusement, Gardener dans son micro.

Wolf se recroquevilla avec un petit gémissement.

— Maintenant vous savez ce que cela signifie, n'est-ce pas ? Vous avez entendu, les garçons, non ?

— Yé ! brailla quelqu'un dans le dos de Jack.

— OH YÉ ! fit écho Gardener, rayonnant. NE TE FAIS PAS SUER ! TRANSPIRATION NÉGATIVE ! Ce sont de belles paroles, n'est-ce pas, les garçons ? Voilà un exemple de *beêêêles* paroles, OH YÉ !

— Yé !... YÉ !

— Ce Psaume dit que vous n'avez pas à vous SOUCIER des méchants ! PAS DE SUÉE ! OH YÉ ! Il dit que vous n'avez pas à vous SOUCIER des faiseurs de péché et d'iniquité ! TRANSPIRATION NÉGATIVE ! Ce Psaume-ci dit que si vous MARCHEZ et PARLEZ avec le Seigneur, TOUT VA BIEN

---

1. L'extrait du Psaume 37 cité par les auteurs étant en tous points conforme à celui de la Bible Anglaise, nous reproduisons la traduction française établie par la Société Biblique de France (La Sainte Bible, 1908).

SE PASSER ! Vous comprenez ça, les garçons ? Tendez-vous une oreille compréhensive ?

— Yé !

— *Alleluia* ! cria Heck Bast, souriant aux anges.

— *Amen* ! rajouta un gamin aux grands yeux indolents derrière ses verres grossissants.

Gardener s'empara du micro avec une aisance étudiée, et Jack se remémora un artiste de cabaret à Las Vegas. Le révérend se mit à avancer et à reculer sur un tempo affecté, nerveux. Parfois il effectuait un petit pas de gigue avec ses chaussures de cuir blanc immaculé ; tantôt il était Dizzy Gillespie, tantôt Jerry Lee Lewis, tantôt Stan Kenton, tantôt Gene Vincent ; il se laissait aller au swing fiévreux du témoignage de Dieu.

— Non, vous n'avez rien à craindre ! Ah, non ! Vous n'avez rien à craindre du gosse qui veut vous montrer des images cochonnes ! Vous n'avez rien à craindre du gars qui prétend qu'une seule taffe sur un seul joint ne peut pas faire de mal et que vous n'êtes qu'une tante si vous ne la tirez pas ! Ah, non ! PARCE QUE QUAND VOUS CONNAISSEZ LE SEIGNEUR VOUS ALLEZ MARCHER AVEC LE SEIGNEUR, N'AI-JE PAS RAISON ?

— YÉ ! ! !

— OH YÉ ! ET QUAND VOUS CONNAISSEZ LE SEIGNEUR VOUS ALLEZ PARLER AVEC LE SEIGNEUR, N'AI-JE PAS RAISON ?

— YÉ !

— JE NE VOUS ENTENDS PAS, N'AI-JE PAS RAISON ?

— YÉ ! ! !

Ils s'égosillaient, nombre d'entre eux se balançant désormais frénétiquement d'avant en arrière.

— SI J'AI RAISON DITES ALLELUIA !

— ALLELUIA !

— SI J'AI RAISON DITES OH YÉ !

— OH YÉ !

Tous se balançaient d'avant en arrière ; impuissants, Jack et Wolf suivaient le mouvement. Jack remarqua que certains gosses pleuraient réellement.

— Maintenant, dites-moi, reprit Gardener en les regardant d'un air chaleureux, confidentiel. Y a-t-il place pour le méchant ici au Foyer du Soleil ? Hein ? Qu'en pensez-vous?

— Non, *monsieur* ! s'écria le garçon dégingandé aux dents de lapin.

— C'est juste, approuva Gardener, en regagnant la chaire.

D'un geste rapide, professionnel, il secoua le micro afin de dégager le fil de ses pieds et le reposa sur son support. A la bonne heure ! A bas les esprits cancaniers et les faiseurs d'iniquité ! Dites alleluia !

— Alleluia, répétèrent les gosses.

— Amen, acquiesça le révérend. Le Seigneur dit — dans le livre d'Isaïe, il le dit — que si vous vous en remettez au Seigneur, vous vous élèverez — oh yé ! — avec des ailes comme les aigles, et que votre force sera décuplée et je

vous affirme, les garçons, QUE LE FOYER DU SOLEIL EST UN NID D'AIGLES, POUVEZ-VOUS DIRE OH YÉ ?
— OH YÉ !
Il y eut un autre break. Le révérend Gardener agrippa les bords du lutrin, la tête inclinée comme en prière, ses beaux cheveux blancs retombant en ondulations régulières. Quand il reprit la parole, sa voix était grave et songeuse. Il ne leva pas les yeux. Les garçons écoutaient en retenant leur souffle.
— Mais nous avons des ennemis, énonça enfin Gardener.
Ce n'était qu'un murmure, mais le micro le capta et le retransmit parfaitement.
Les garçons soupirèrent... le bruissement du vent à travers les feuilles d'automne.
Heck Bast regardait férocement à la ronde, roulant des yeux, ses boutons si enflammés qu'il avait l'air de quelqu'un atteint d'une maladie tropicale. *Montre-moi un ennemi,* clamait la figure d'Heck Bast. *Ouais, vas-y, montre-moi un ennemi et vois un peu ce qui va lui arriver !*
Gardener releva la tête. Ses yeux apparurent alors pleins de larmes.
— Oui, nous avons des ennemis, répéta-t-il. Deux fois déjà l'État d'Indiana a tenté de me fermer. Vous savez quoi ? Les humanistes de gauche ne supportent même pas la pensée que je sois ici au Foyer du Soleil pour enseigner à mes garçons l'amour de Jésus et de leur pays. Ça les rend fous, et voulez-vous savoir une chose, les garçons ? Voulez-vous savoir un obscur vieux secret ?
Ils se penchèrent en avant, les yeux rivés sur le révérend.
— Nous ne les rendons pas seulement fous, expliqua Gardener en un chuchotement rauque de conspirateur. Nous leur faisons peueuèueur !
— Alleluia !
— Oh yé !
— Amen !
En un éclair, le révérend Gardener empoigna à nouveau le micro, et le voilà reparti ! De haut en bas ! D'arrière en avant ! Parfois il exécutait un deux-temps aussi carré qu'un chanteur dans un cake-walk de 1910 ! Il scandait ses mots, brandissant le bras d'abord vers l'assistance, puis en direction du ciel, là où Dieu avait vraisemblablement tiré son fauteuil pour écouter.
— *Nous leur faisons peur, oh yé ! Si peur qu'ils doivent prendre un autre verre, un autre joint ou une autre ligne de cocaïne ! Nous leur faisons peur, parce que même des humanistes de gauche aussi malins qu'eux, négateurs de Dieu, adversaires de Jésus, peuvent flairer la vertu et l'amour de Dieu, et lorsqu'ils flairent cela, ils peuvent flairer le soufre qui émane de leurs pores, et ils n'aiment pas cette odeur, que non !*
Alors ils dépêchent un ou deux inspecteurs supplémentaires pour fourrer des ordures sous les comptoirs de cuisine, ou lâcher des charançons dans la farine. Ils lancent un paquet de viles rumeurs sur la façon dont mes gosses sont battus. *Etes-vous battus ?*

— NON ! rugirent-ils avec indignation, et Jack fut éberlué de voir Morton rugir aussi farouchement que tous les autres, alors qu'une ecchymose commençait déjà à se former sur sa joue.

— Alors ils ont envoyé une bande de malins petits reporters d'un quelconque journal télévisé de gauche ! s'écria Gardener avec une espèce d'étonnement écœuré. A peine arrivés ici, ils ont dit : « OK, qui sommes-nous censés passer à la moulinette ? Nous l'avons déjà fait cent fois, nous sommes maîtres dans l'art de souiller la vertu, ne vous inquiétez pas pour nous, donnez-nous seulement quelques joints ou quelques verres et indiquez-nous la bonne direction. »

Mais nous les avons eus, n'est-ce pas, les garçons ?

(Grondement d'assentiment, presque hargneux.)

— Ils n'ont trouvé personne enchaîné aux poutres de la grange, n'est-ce pas ? Ni aucun pensionnaire prisonnier d'une camisole de force, comme ils l'avaient entendu dire en ville par ces maudits chacals du Bureau de l'Éducation, n'est-ce pas ? Ni aucun garçon aux ongles arrachés, ou au crâne rasé, rien de tel ! Tout ce qu'ils ont pu trouver, c'étaient quelques garçons qui disaient avoir reçu la fessée, et ils l'avaient VRAIMENT reçue, oh yé, on leur a donné la fessée et, sur cette affaire, je témoignerai en personne devant le Trône de Dieu Tout-Puissant, un détecteur de mensonges accroché à chaque bras, parce que le Livre Saint affirme : QUI AIME BIEN CHÂTIE BIEN, et si vous le croyez, les garçons, dites alleluia !

— ALLELUIA !

— Même le Bureau de l'Éducation de l'Indiana, alors qu'ils aimeraient se débarrasser de moi et laisser le champ libre au démon, même *eux* ont dû admettre qu'en ce qui concerne la fessée, la loi de Dieu et celle de l'État d'Indiana s'entendent en gros sur les termes : QUI AIME BIEN CHÂTIE BIEN !

Ils ont trouvé des gosses HEUREUX ! EN BONNE SANTÉ ! Ils ont trouvé des gosses qui voulaient MARCHER avec le Seigneur et PARLER avec le Seigneur, oh ! pouvez-vous dire alléluia ?

(Ils le pouvaient.)

— Pouvez-vous dire oh yé ?

(Ils le pouvaient aussi.)

Le révérend Gardener retourna à son lutrin.

— Le Seigneur protège ceux qui L'aiment, et le Seigneur n'accepte pas de voir qu'une bande de gauchistes drogués à la solde des communistes détruisent cet havre de paix pour enfants paumés, fatigués.

Il y a eu quelques gamins qui ont raconté des cancans à ces prétendus journalistes, poursuivit Gardener. J'ai entendu répéter ces mensonges aux informations télévisées, et bien que ceux qui remuaient cette boue fussent trop lâches pour montrer leurs visages à l'écran, je reconnaissais — oh yé — je reconnaissais leurs voix. Quand on a élevé un enfant, quand on a tendrement tenu sa tête contre son sein lorsqu'il appelait sa maman la nuit, alors je pense qu'on connaît sa voix.

Ces garçons ont disparu à présent. Dieu puisse leur pardonner — je

l'espère, oh yé — mais le révérend Gardener n'est qu'un homme.
Il inclina la tête, soulignant ainsi le caractère honteux de cet aveu. Mais
lorsqu'il la redressa, ses yeux étaient encore fiévreux, brillants de colère.

— Le révérend Gardener ne peut pas leur pardonner. Aussi le révérend
les renvoie-t-il sur la route. Ils ont été expédiés dans les Territoires, mais
là-bas ils n'auront rien à manger ; là-bas, même les arbres peuvent les
dévorer, comme des bêtes qui rôdent la nuit.

(Silence horrifié dans la salle. Derrière sa vitre, même Casey paraissait
pâle et étrange.)

— Le Livre Saint raconte que Dieu envoya Caïn à l'est d'Eden, sur la terre
de Nod. Être jeté sur la route est pareil, mes enfants. Vous êtes en lieu sûr
ici. (Il les passa en revue.)

— Mais si vous faiblissez... si vous mentez... alors malheur à vous !
L'Enfer guette le récidiviste, tout comme il guette le garçon ou l'homme qui
plonge exprès dedans. Souvenez-vous-en, mes enfants. Souvenez-vous-en.
Prions.

CHAPITRE 23

FERD JANKLOW

1

Cela prit à Jack moins d'une semaine pour décider qu'un détour par les Territoires constituait le seul moyen possible de s'échapper du Foyer du Soleil. Il voulait bien essayer, mais il comprit qu'il ferait n'importe quoi, courrait n'importe quel risque, si seulement il pouvait éviter de décoller du Foyer lui-même.

Il n'y avait aucune raison concrète à cela, sauf qu'une voix intérieure lui chuchotait que ce qui était mauvais ici serait encore pire là-bas. Peut-être était-ce un mauvais endroit d'un monde l'autre... comme une tache sur une pomme qui gagne jusqu'aux pépins. Quoi qu'il en soit, le Foyer du Soleil était suffisant ; à moins d'y être forcé, il n'éprouvait aucune envie de voir à quoi ressemblait son homologue des Territoires.

Mais il devait exister un moyen.

Wolf et Jack, comme les autres gamins pas assez veinards pour appartenir au Personnel Extérieur — et ils étaient la majorité — passaient leurs journées dans ce que les vétérans appelaient le Champ du Bout. C'était environ à deux kilomètres par la route, à l'extrémité du domaine de Gardener, et les garçons passaient leur temps à y casser des cailloux. Il ne restait pas d'autres travaux des champs à cette époque de l'année. Les dernières récoltes avaient été moissonnées à la mi-octobre, mais, ainsi que le soulignait le révérend Gardener chaque matin à l'heure des Dévotions, les pierres étaient toujours de saison.

Assis au fond de l'un des deux camions déglingués du Foyer, Jack contemplait le Champ du Bout, avec Wolf accroupi à ses côtés, la tête basse, comme un gosse qui a la gueule de bois. Il avait plu du côté ouest, et le Champ du Bout était un bourbier visqueux, gluant. Avant-hier, un pensionnaire l'avait maudit à voix basse, le qualifiant de « vrai suce-botte ».

Supposons que nous filions simplement ? pensait Jack pour la énième fois. *Supposons que je crie « En avant ! » à Wolf et que nous prenions la poudre d'escampette ? Vers où ? Le nord, là où il y a ces arbres, et le mur en pierre. C'est là que s'arrête la propriété.*

Peut-être y a-t-il une clôture.

Nous l'escaladerons. Vu les circonstances, Wolf peut me lancer par-dessus, s'il le faut.

S'il y avait du fil barbelé.

Se faufiler dessous. Ou...

Ou Wolf pourrait l'arracher à mains nues. Jack préférait ne pas y penser, mais il savait que Wolf en avait la force... et s'il lui demandait, Wolf le ferait. Quitte à se déchirer les chairs, mais il était encore plus déchiré actuellement.

Et puis quoi ?

Décoller, bien sûr. Quoi d'autre ? S'ils pouvaient seulement fuir le domaine appartenant au révérend Gardener, chuchotait sa voix intérieure, ils auraient une chance de s'en sortir.

Or Singer et Bast (que Jack en était venu à associer aux Jumeaux Thuggsy[1]) seraient dans l'incapacité d'utiliser l'un des camions pour les poursuivre ; le premier engin à s'aventurer dans le Champ du Bout avant les grandes gelées de décembre s'embourberait jusqu'à hauteur du moteur.

Ce serait une course à pied, ni plus ni moins. Il faut essayer. Plutôt que de tenter le coup là-bas, au Foyer. Et...

Et ce n'était pas uniquement la détresse croissante de Wolf qui le stimulait ; Jack s'angoissait de plus en plus pour Lily, qui mourait à petit feu dans le New Hampshire, tandis qu'on le forçait à chanter *Alleluia*.

En avant. Elixir magique ou non. Il faut essayer.

Mais avant que Jack ne fût fin prêt, Ferd Janklow tenta sa chance.

Les grands esprits se rencontrent, amen.

2

Tout se passa très vite. Un moment avant, Jack écoutait Ferd Janklow et son lot habituel de sornettes drôles, cyniques. Celui d'après, Ferd fonçait dans l'obscurité à travers champs en direction du mur du nord. Jusqu'à la tentative de Ferd, la journée avait paru aussi terriblement fastidieuse que n'importe quelle autre passée au Foyer du Soleil. Le temps était froid et couvert ; il y avait comme une odeur de pluie, ou même de neige, dans l'air. Jack se redressa pour soulager son dos endolori, et aussi pour voir si Sonny Singer traînait dans le coin. Sonny prenait plaisir à brimer Jack. La plupart des brimades étaient vraiment pénibles. Jack se faisait marcher sur les pieds, on le poussait dans les escaliers, son assiette avait voltigé hors de ses mains trois repas d'affilée — jusqu'à ce qu'il eût appris à la nicher contre son flanc tout en la maintenant d'une main de fer.

Jack se demandait pourquoi Sonny n'avait pas organisé une rossée

_____

1. Jeu de mots sur les Bobbsey Twins, deux héros de bande dessinée, et *thugs,* qui désigne des gangsters, des voyous (N.d.T.).

collective. Jack pensait que la raison en tenait sans doute à l'intérêt porté par le révérend au nouveau. Il ne voulait pas y penser, tant cela l'épouvantait, mais c'était cohérent. Sonny Singer se retenait parce que Gardener le lui avait recommandé, raison supplémentaire de décamper d'ici au plus vite.

Il regarda sur sa droite. A une vingtaine de mètres environ, Wolf déterrait des cailloux, les cheveux dans la figure. Plus près se trouvait un garçon maigre comme un échalas avec des dents de lapin ; Donald Keegan, il s'appelait. Donny lui sourit avec adoration, découvrant ainsi ses étonnantes quenottes. De la salive dégouttait du bout de sa langue pendante. Jack détourna hâtivement le regard.

Ferd Janklow était à sa gauche : le garçon avec la grosse banane et les fines mains de porcelaine. Dans la semaine suivant l'incarcération de Jack et de Wolf au Foyer du Soleil, lui et Ferd devenaient de bons amis.

Ferd ricanait sarcastiquement.

— Donny est amoureux de toi, dit-il.

— Va te faire foutre, répliqua Jack, qui, de honte, piqua un fard.

— Je parie que Donny s'exécuterait avec plaisir si tu voulais, continua Ferd. N'est-ce pas, Donny ?

— J'aimerais que tu arrêtes, supplia Jack.

Il se sentait gêné au possible.

Donny est amoureux de toi.

L'enfer, se dit-il, c'était que peut-être ce pauvre retardé de Donny Keegan était vraiment amoureux de lui... d'ailleurs, Donny ne se trouvait sans doute pas seul dans son cas. Bizarrement, Jack se prit à penser à ce gentil monsieur qui lui avait proposé de l'emmener chez lui avant de se décider à le lâcher à la sortie du centre commercial, près de Zanesville. *Il l'a vu en premier*, conclut Jack. *Quoi qu'il y ait de changé en moi, cet homme l'a vu en premier.*

— Tu es devenu très populaire par ici, Jack, reprit Ferd. Tiens, je crois que même le vieux Heck Bast te sucerait si tu le lui demandais.

— Mec, c'est dégueulasse, s'écria Jack, cramoisi. Je veux dire...

Laissant brusquement tomber la pierre sur laquelle il s'escrimait, Ferd se releva, regarda autour de lui afin de vérifier qu'aucun pull blanc ne faisait attention à lui et se retourna enfin vers Jack.

— Allez, mon chéri, dit-il, ce fut une réunion très ennuyeuse, et je dois vraiment partir.

Ferd fit des bruits de baisers à l'attention de Jack, puis un sourire d'un éclat surnaturel illumina et épanouit son étroite figure pâle. Un instant après, il s'était envolé et courait vers le mur de pierre au fond du Champ, courait avec ses longues enjambées de faucheux.

En effet, il profita de ce que les gardes dormaient — du moins dans une certaine mesure. Pedersen parlait jupons avec Warwick et un gosse au visage chevalin du nom de Peabody, un membre du Personnel Extérieur qui avait été provisoirement relégué au Foyer. Heck Bast s'était vu accorder le suprême plaisir d'accompagner le révérend Gardener à Muncie pour une course quelconque. Ferd prit une bonne tête d'avance avant que ne retentît un cri d'alarme.

— *Hé ! Hé ! quelqu'un fiche le camp !*

Jack badait son camarade, lequel était déjà à six rangées devant et fonçait comme un fou. Même en voyant éventer son propre plan, Jack ressentit une brève sensation de triomphe, et de tout son cœur il lui souhaita de réussir. *Vas-y ! Vas-y, espèce de cynique enfoiré ! Vas-y, pour l'amour de Jason !*

— C'est Ferd Janklow, gargouilla Donny Keegan, avant de s'esclaffer de son grand rire hennissant.

3

Les garçons se rassemblèrent dans la salle commune pour se confesser, ce soir-là comme les autres, mais la confession fut annulée. Andy Warwick entra à grands pas, annonça l'annulation avec une sécheresse abrupte et leur dit qu'ils pouvaient disposer d'une heure de « fraternité » avant le dîner. Après quoi il repartit.

Jack trouva que Warwick avait l'air terrifié sous son vernis d'autorité style pas de l'oie.

Et Ferd Janklow manquait à l'appel.

Jack inspecta la pièce du regard et constata avec humour noir que, si c'était cela « fraterniser l'un avec l'autre », il redouterait de voir ce qui se passerait si Warwick leur avait ordonné une heure de silence. Assis autour de l'immense pièce en longueur, ils étaient trente-neuf mômes entre neuf et dix-sept ans, qui contemplaient leurs mains, s'arrachaient les croûtes et se rongeaient maussadement les ongles. Tous partageaient une expression commune : junkies privés de leur fix. Ils voulaient entendre des confessions ; pire, ils voulaient faire la leur.

Aucun ne mentionna Ferd Janklow. C'était comme si Ferd, malgré ses grimaces pendant les sermons du révérend et ses délicates mains de porcelaine, n'avait jamais existé.

Jack eut du mal à résister à l'impulsion de se lever pour les insulter. Au lieu de quoi il se mit à réfléchir comme il ne l'avait jamais fait de sa vie.

Il n'est pas là parce qu'ils l'ont tué. Ils sont tous fous. Vous croyez que la folie n'est pas contagieuse ? Regardez seulement ce qui s'est passé chez ces dingues en Amérique du Sud... quand le type aux lunettes réfléchissantes leur a dit de boire le jus de raisin noir ; ils ont dit : oui, m'sieur, et ils ont bu.

Jack passa en revue les visages vides, las, hâves, mornes... et imagina comme ils s'éclaireraient et s'enflammeraient, si le révérend Gardener entrait, s'il entrait à l'instant.

Ils le feraient aussi, si le révérend Gardener le leur demandait. Ils boiraient, et puis ils me tiendraient de force, ainsi que Wolf, et nous obligeraient à l'avaler. Ferd avait raison : ils ont lu quelque chose sur ma figure, quelque chose qui m'a marqué dans les Territoires, et peut-être m'aiment-ils un peu... je pense que c'est ce qui a alerté Heck Bast, à propos... Ce morveux n'a pas l'habitude d'aimer qui ou quoi que ce soit. Donc, ouais, peut-être m'aiment-ils un peu... mais ils l'aiment encore davantage. Ils le feraient. Ils sont fous.

Ferd aurait pu lui expliquer ça, et, assis là, dans la salle commune, Jack supposa que Ferd le lui avait bel et bien expliqué.

Celui-ci raconta à Jack qu'il avait été confié au Foyer par ses propres parents, des Chrétiens réformés qui tombaient à genoux dans le salon chaque fois qu'un membre du Club des 700 entamait une prière. Ni l'un ni l'autre n'avait compris Ferd, lequel était d'une tout autre étoffe. Ils pensaient que Ferd devait être un enfant du démon... le bâtard d'un gauchiste, d'un communiste. Lorsqu'il fugua pour la quatrième fois et fut ramassé par nul autre que Franky Williams, ses parents vinrent au Foyer du Soleil, où Ferd avait été bien sûr enfermé, et eurent le coup de foudre pour le révérend Gardener. Voilà la solution à tous les problèmes que causait leur brillant fils, si gênant, rebelle. Le révérend Gardener ramènerait leur fils vers le Seigneur. Le révérend Gardener lui montrerait l'égarement de sa conduite. Le révérend Gardener en prendrait la responsabilité et l'arracherait aux rues d'Anderson.

— Ils ont lu cet article sur le Foyer du Soleil dans le *Sunday Report,* relata Ferd à Jack. Ils m'envoyèrent une carte postale disant que Dieu punirait les menteurs et les faux prophètes dans un lac de feu. Je leur ai répondu ; Rudolph des cuisines a fait sortir la lettre en douce. Rudolph est un type vraiment sympa. Il marqua une pause. Tu sais comment Ferd Janklow définit un type sympa, Jack ?

— Non.

— Quelqu'un qui se laisse acheter, lâcha Ferd en éclatant d'un rire douloureux, cynique. Deux sacs pour les talents de postier de Rudolph. Donc je leur ai écrit une lettre où je disais que si Dieu punissait les menteurs comme ils le prétendaient, alors j'espérais que le révérend Gardener pourrait trouver dans l'autre monde une paire de caleçons en amiante, parce qu'il mentait comme un arracheur de dents sur ce qui se passait ici. Chaque détail donné par le *Sunday Report* — les rumeurs sur les camisoles de force et le Mitard — tout était vrai. Oh ! impossible de le prouver. Le type est fou, mais malin. Si tu le sous-estimes, il t'en coûtera cher, ainsi qu'à Phil le Loup-Sans-Peur, pour faire bonne mesure.

— Ces gars du *Sunday Report* s'y entendent d'habitude à prendre les gens la main dans le sac, objecta Jack. Du moins, c'est ce que dit maman.

— Oh ! il a eu peur. Il n'arrêtait pas de brailler. T'as vu Humphrey Bogart dans *Ouragan sur le Caine ?* Avant qu'ils ne montrent leur nez, il était pareil pendant une semaine. Lorsqu'ils finirent par débarquer ici, il était tout sucre tout miel, mais la semaine précédente avait été un enfer. M. Ice Cream chiait dans son froc. C'était la semaine où il a fait descendre Benny Woodruff du deuxième étage à coups de pied parce qu'il l'avait surpris avec une B.D. de Superman. Benny est resté inanimé durant trois heures, et il n'arrivait pas à se rappeler qui il était ni où il était jusqu'à cette nuit.

Fred s'interrompit.

— Il savait qu'ils venaient. Comme il sait toujours quand les inspecteurs d'Etat vont faire une inspection surprise. Il a caché les camisoles dans le grenier et fait croire que le Mitard était une grange à fourrage.

Nouveau rire meurtri, cynique de Ferd.

— Tu sais ce qu'ont fait mes vieux, Jack ? Ils ont envoyé une photocopie de ma lettre au révérend Gardener. « Pour mon bien », dit mon père dans sa lettre suivante. Et devine quoi ? Au tour de Ferd d'aller au Mitard, avec la bénédiction de mes vieux !

Encore son rire meurtri.

— Je vais te dire autre chose. Il ne plaisantait pas à l'office du soir. Les gosses qui ont parlé aux gens du *Sunday Report* ont tous disparu... enfin, ceux sur qui il a pu mettre la main.

De la même manière que Ferd a aujourd'hui disparu, pensa Jack, regardant Wolf broyer du noir de l'autre côté de la pièce. Il frissonna, les mains soudain très, très froides.

Ton copain Phil le Loup-Sans-Peur.

Les poils de Wolf recommençaient-ils à pousser ? Si tôt ? Certainement pas. Mais cela reviendrait, bien sûr... c'était aussi inéluctable que les marées.

Et à propos, Jack, pendant que nous restons assis là à nous interroger sur les dangers d'une telle situation, comment va ta mère ? Cette chère Lily, reine des séries B ? Perd-elle du poids ? Souffre-t-elle ? Commence-t-elle enfin à se sentir rongé par ces petites ratiches pointues, tandis que tu restes ici à prendre racine dans cette mystérieuse prison ? Peut-être Morgan se prépare-t-il à déchaîner ses foudres et à donner un coup de main au cancer ?

La simple idée des camisoles l'avait choqué, et bien qu'il ait vu le Mitard — un horrible monument en fer qui trônait dans l'arrière-cour du Foyer telle quelque étrange épave de frigo —, il n'arrivait pas à croire que Gardener enfermât vraiment des gosses dedans. Ferd l'en avait peu à peu persuadé, parlant à voix basse pendant qu'ils ramassaient les pierres du Champ du Bout.

— Il a une belle installation ici, avait déclaré Ferd. Une affaire en or. Ses manifestations religieuses couvrent tout le Centre-Ouest par la radio, ainsi que la majeure partie du pays par les télés câblées et les stations indépendantes. Nous formons son public de base. Nous passons aussi bien à la télé qu'à la radio, surtout quand Roy Owdersfelt ne tripote pas son putain de bouton au bout du nez. Gardener a Casey — son producteur de radio et de télé préféré — pour enregistrer sur vidéo-cassettes l'office du matin et sur cassettes normales celui du soir. Il monte ensemble le son et l'image et trafique le tout jusqu'à ce que Gardener ressemble à Billy Graham et que nous autres fassions autant de bruit que la foule du Yankee Stadium lors des demi-finales du Championnat du Monde. D'ailleurs, Casey ne s'arrête pas là. C'est le génie de la maison. T'as vu le mouchard dans ta chambre ? Casey en a posé partout. L'ensemble aboutit dans la salle de contrôle, et le seul chemin pour y aller donne dans le bureau privé de Gardener. Les micros sont sensibles à la voix, donc il n'enregistre pas pour rien. Les histoires juteuses, il les réserve pour le révérend Gardener. J'ai appris que Casey a bidulé le téléphone de Gardener afin que celui-ci puisse donner ses appels longue distance à l'œil, et je sais fichtrement bien qu'il a raccordé le Foyer au câble de télé qui passe devant. Ça te plaît l'idée de M. Ice Cream en train de s'installer pour regarder un bon double programme sur Cinemax après une dure journée passée à fourguer Jésus aux masses ? Moi j'adore. Ce type est aussi américain que des enjoliveurs truqués, Jack, et ici, en Indiana, ils l'apprécient presque autant que le basket au lycée.

Ferd fit remonter sa morve, grimaça, secoua la tête et cracha dans la terre.

— Tu plaisantes, dit Jack.

— Ferd Janklow ne plaisante jamais sur les Crétins en Marche du Foyer du Soleil, affirma sentencieusement Ferd. Il est riche, ne déclare rien au fisc, il s'est mis dans la poche le bureau local de l'enseignement primaire — je veux dire qu'ils sont terrorisés ; il y a cette femme qui fuit pratiquement chaque fois qu'elle vient par ici, avec l'air de quelqu'un qui se défie plus ou moins du mauvais œil. Et comme je te l'ai dit, il semble toujours savoir quand un membre du ministère de l'Education va nous rendre une visite surprise. Nous briquons la maison du sol au plafond, Bast le Bâtard monte les camisoles au grenier, et le Mitard se remplit de foin par miracle. Et lorsqu'ils arrivent, nous sommes toujours en classe. A combien de cours as-tu assisté depuis que tu as atterri dans ce paradis, Jack ?

— A aucun, reconnut Jack.

— Aucun ! acquiesça Ferd, ravi.

Il rit encore de son rire amer, cynique, et son rire disait :

Devine ce que j'ai découvert quand j'ai eu sept ou huit ans : j'ai découvert que je me faisais royalement baiser par la vie, et que les choses n'allaient pas changer du jour au lendemain. Ou peut-être n'allaient-elles jamais changer. Et bien que cela me tue, ça a aussi son côté rigolo. Tu vois ce que je veux dire, mon lapin ?

4

Tel était le cours des pensées de Jack quand des doigts durs lui saisirent le bas de la nuque aux points sensibles sous les oreilles et le soulevèrent de sa chaise. Il fut englobé dans un nuage d'haleine fétide et confronté — si l'on peut dire — à l'aride paysage lunaire de la bouille d'Heck Bast.

— Le révérend et moi étions encore à Muncie lorsqu'ils ont emmené à l'hôpital ton drôle de copain agitateur, siffla-t-il. Ses doigts palpitaient et serraient, palpitaient et serraient. La douleur était intolérable. Jack gémit et Heck ricana. Son rictus ouvrit la voie à de nouvelles bouffées de mauvaise haleine. Le révérend a appris la nouvelle sur son beeper. Janklow ressemblait à une pizza qui a passé trois quarts d'heure dans un four à micro-ondes. Il s'écoulera un bon bout de temps avant qu'ils ne remettent ce garçon sur pied.

Ce n'est pas à moi qu'il s'adresse, se dit Jack, *mais à toute la salle. Le message que nous sommes censés recevoir est que Ferd est toujours en vie.*

— Tu es un menteur puant, s'écria-t-il. Ferd...

Heck Bast le frappa. Jack alla s'étaler par terre. Les gosses se dispersèrent loin de lui. Donny Keegan brayait depuis quelque part.

Un grondement de rage s'éleva. Jack leva les yeux, étourdi, et secoua la tête en vue de s'éclaircir les idées. Heck pivota et vit Wolf planté en protecteur au-dessus de Jack, sa lèvre supérieure retroussée, les mirettes projetant d'étranges reflets orange derrière les lunettes rondes.

— Ainsi l'idiot accepte-t-il finalement une danse, se rengorgea Heck en ébauchant un sourire. Hé, parfait ! J'adore danser. Viens, morveux. Viens ici, que nous dansions.

Toujours grognant, la lèvre à présent recouverte de salive, Wolf se mit à avancer. Heck vint à sa rencontre. Les chaises grincèrent sur le lino, comme les autres s'empressaient de reculer pour leur laisser la place.

— Que se passe-t-il ?

A l'entrée, Sonny Singer. Inutile de terminer sa question ; il voyait bien ce qui se passait. Tout souriant, il ferma la porte et s'y adossa pour regarder, les bras croisés sur son torse rachitique, son étroit visage sombre actuellement illuminé.

Jack reporta son regard sur Wolf et Heck.

— Wolf, sois prudent ! cria-t-il.

— Je serai prudent, Jack, lui répondit Wolf d'une voix proche du grognement. Je...

— *Dansons,* trou du cul, marmonna Heck Bast, et de décocher un swing de paysan qui siffla dans les airs avant d'atteindre Wolf à la pommette droite, ce qui fit reculer celui-ci de trois ou quatre pas.

Donny Keegan poussa son rire hennissant, strident, dont Jack savait désormais que c'était aussi souvent signe d'effroi que de joie.

Le swing était un beau coup, puissant. En d'autres circonstances, le combat se serait probablement arrêté là. Malheureusement pour Hector Bast, ce fut l'unique coup qu'il plaça.

Il progressait avec assurance, ses gros poings à hauteur de poitrine, et tenta un nouveau swing. Cette fois, le bras de Wolf passa à l'offensive. Wolf attrapa le poing d'Heck.

La main d'Heck était imposante. Celle de Wolf encore plus.

Le poing de Wolf engloutit celui d'Heck.

Le poing de Wolf se verrouilla.

De l'intérieur sortit un bruit comme du bois sec qui craque avant de casser.

Le sourire confiant d'Heck se figea, puis se fendilla. Un instant plus tard, il se mit à hurler.

— Fallait pas toucher au troupeau, espèce de salaud, chuchota Wolf. Oh, votre Bible par-ci et votre Bible par-là... *Wolf !* Alors que tout ce que vous avez à faire c'est d'écouter six vers du *Livre du Bon Fermier* pour savoir qu'on ne doit jamais...

Crac !

... jamais...

Croc !

— JAMAIS toucher au troupeau.

Heck Bast tomba à genoux, pleurant comme un veau. Wolf tenait toujours le poing d'Heck dans le sien, et le bras de ce dernier était tendu vers le haut.

Heck ressemblait à un fasciste agenouillé pour faire le salut hitlérien. Le bras de Wolf paraissait rigide comme la pierre, quoique sa figure ne trahît pas le moindre effort ; à part les yeux étincelants, celle-ci était presque sereine.

Du sang se mit à dégouliner du poing de Wolf.

— Wolf, arrête ! Ça suffit !

Regardant en vitesse autour de lui, Jack vit que Sonny avait disparu par la porte ouverte. La plupart des garçons étaient maintenant debout. Le visage terrifié et anxieux, ils s'écartaient de Wolf autant que le permettaient les murs de la pièce. Pourtant, au centre, le tableau restait le même : Heck Bast à genoux, le bras levé et déjeté, son battoir avalé par celui de Wolf, le sang ruisselant sur le sol.

Des gens s'entassèrent dans l'entrée. Casey, Warwick, Sonny Singer, trois autres grands gaillards. Et le révérend Gardener, avec, à la main, une petite mallette noire, semblable à un étui de longue-vue.

— *Ça suffit, j'ai dit !* Jack jeta un coup d'œil aux nouveaux arrivants et courut vers Wolf. *Ici et maintenant ! Ici et maintenant !*

— Très bien, dit doucement Wolf.

Il lâcha la main d'Heck, et Jack vit une chose horriblement mutilée qui ressemblait à un hélico écrabouillé. Les doigts d'Heck saillaient en angles aigus. Heck vagissait en tenant son moignon contre sa poitrine.

— Très bien, Jack.

Le groupe des six se saisit de Wolf. Lequel fit un demi-tour, dégagea l'un de ses bras, poussa, et soudain Warwick partit se fracasser contre le mur. Quelqu'un hurla.

— Tenez-le ! glapit Gardener. Tenez-le, pour l'amour du Ciel !

Il ouvrait sa mallette noire.

— *Non, Wolf !* cria Jack. *Arrête !*

Durant un moment, Wolf continua à se débattre, puis il baissa sa garde, ce qui leur permit de l'acculer contre le mur. Aux yeux de Jack, ils avaient l'air de Lilliputiens se cramponnant à Gulliver. Sonny semblait enfin avoir peur de Wolf.

— Tenez-le, répéta Gardener, qui sortit une seringue étincelante de sa mallette. Un sourire affecté, presque timide, s'épanouissait sur sa figure. Tenez-le, gloire au Seigneur !

— Vous n'avez pas besoin de ça, tenta Jack.

— Jack ? Wolf parut soudain effrayé. Jack ? *Jack ?*

En se ruant vers Wolf, Sunlight Gardener bouscula Jack au passage. Le contact fut aussi cinglant qu'une mèche de fouet. Jack s'en alla bouler contre Morton, qui se déroba en hurlant comme si Jack était contagieux. Un peu plus tard, Wolf recommença à se débattre... mais ils étaient six, et c'était trop. Peut-être en eût-il été autrement à l'époque de la Métamorphose.

— *Jack !* beugla-t-il. *Jack ! Jack !*

— Tenez-le, gloire à Dieu, murmura Gardener, ses lèvres découvrant brusquement ses dents, et il plongea la seringue dans le bras de Wolf.

Wolf se raidit, renversa sa tête en arrière et hurla à la mort.

Je te tuerai, salaud, pensa Jack irrationnellement. *Je te tuerai, je te tuerai, je te tuerai.*

Wolf se démenait comme un diable. Gardener se recula, observant froidement la scène. Wolf donna un coup de genou dans l'énorme bedaine de Casey. Celui-ci se vida de son air, chancela en arrière, puis revint à la charge. Une ou deux minutes après, Wolf fléchissait... puis s'affaissait.

Jack bondit sur ses pieds, pleurant de rage. Il tenta de fendre le noyau de pulls blancs qui tenaient son ami — sous ses yeux, il vit Casey flanquer son poing dans la figure baissée de Wolf, et le sang se mit à gicler du nez du malheureux.

Des mains les retenaient. Il se débattit, puis en regardant autour de lui reconnut les têtes terrifiées des garçons avec lesquels il ramassait les cailloux dans le Champ du Bout.

— Je le veux au Mitard, conclut Gardener, lorsque les genoux de Wolf finirent par céder. Il se tourna lentement du côté de Jack. A moins que peut-être vous ne préfériez me dire où nous nous sommes rencontrés par le passé, monsieur Parker ?

Jack fixait ses pointes de souliers sans rien dire. De chaudes larmes de haine lui piquaient, lui brûlaient les yeux.

— Au Mitard donc, répéta Gardener. Il est possible que vous changiez d'avis quand il commencera ses vocalises, monsieur Parker.

Gardener sortit à grands pas.

5

Wolf hurlait toujours lorsque Jack et les autres gamins furent emmenés à l'office du matin. Les yeux de Gardener semblèrent se poser ironiquement sur le visage tendu, pâle de Jack. *Peut-être maintenant, monsieur Parker ?*

Wolf, c'est ma mère, ma mère...

Wolf hurlait toujours lorsque Jack et les autres gamins astreints aux travaux des champs furent séparés en deux groupes et conduits aux camions. En passant à côté du Mitard, Jack dut réprimer une folle envie de plaquer ses mains sur ses oreilles. Ces grognements, ces sanglots inarticulés.

Tout d'un coup, Sonny Singer vint à ses côtés.

— Le révérend Gardener est dans son bureau, prêt à entendre ta confession, morveux, lui lança-t-il. M'a dit de te dire qu'il laissera sortir l'idiot du Mitard à la minute même où tu lui raconteras ce qu'il veut savoir.

La voix de Sonny était doucereuse, son visage inquiétant.

Wolf, hurlant et glapissant pour qu'on le relâche, martelant d'une pluie de coups les parois métalliques à rivets.

Ah ! Wolf ! c'est ma MÈRE.

— Je n'ai rien à lui raconter, dit Jack.

Soudain, il fit face à Sonny, retournant contre celui-ci la force nouvelle qu'il avait acquise dans les Territoires. Sonny fit deux immenses pas en arrière, le visage épouvanté, horrifié.

S'emmêlant les pieds, il tituba et heurta le flanc d'un des camions tournant au ralenti. N'eût-il été là, il tombait par terre.

— Parfait, dit Sonny... Ses mots sortaient en un jet haletant, frisant la plainte. Très bien, très bien, laisse tomber. Son visage mince redevenait arrogant. Le révérend Gardener m'a dit que, si tu refusais, je devrais te rappeler que ton ami crie à cause de toi. Tu piges ?

— Je sais pourquoi il crie.

— Grimpe dans le camion ! brailla méchamment Petersen qui passa devant eux en les regardant à peine... mais une fois à la hauteur de Sonny, Petersen fit la grimace, comme s'il avait reniflé une odeur de pourri.

Jack entendait crier Wolf même après que les camions se furent mis à rouler, alors que les pots d'échappement n'étaient plus que de la dentelle et que les moteurs mugissaient sauvagement. Et les cris de Wolf ne s'atténuaient pas. Désormais Jack était en communication avec l'esprit de Wolf, et il entendait encore crier Wolf lorsque les brigades de travail eurent atteint le Champ du Bout. De savoir que ces cris ne résonnaient que dans sa tête n'améliorait en rien la situation.

Vers l'heure du déjeuner, Wolf se tut, et Jack comprit, brusquement et sans aucun doute possible, que Gardener avait ordonné de le faire sortir du Mitard avant que ses cris et ses hurlements n'attirent dangereusement l'attention. Après ce qui était arrivé à Ferd, il n'avait aucune envie que le Foyer du Soleil éveille l'attention du public.

Quand les brigades du travail rentrèrent en fin d'après-midi, la porte du Mitard était ouverte, l'intérieur vide. Dans la chambre qu'ils partageaient à l'étage, Wolf était allongé sur la couchette du bas. Il sourit tristement à l'arrivée de Jack.

— Comment va ta tête, Jack ? Ton bleu a l'air moins vilain. Wolf !

— Wolf, tu vas bien ?

— J'ai crié, n'est-ce pas ? Pas pu m'en empêcher.

— Wolf, je suis désolé, dit Jack.

Wolf paraissait bizarre : trop blanc, en quelque manière diminué.

Il se meurt, pensa Jack. Non, corrigea son esprit : Wolf se mourait depuis qu'ils étaient passés en ce monde afin d'échapper à Morgan. Mais à présent il dépérissait plus vite. Trop blanc... diminué... mais...

Jack se sentit glacé.

Les bras et les jambes de Wolf n'étaient pas tout à fait nus ; un fin duvet les recouvrait. Il n'y en avait pas trace deux nuits auparavant, Jack l'aurait juré.

Il regretta de ne pouvoir se ruer à la fenêtre et de vérifier de visu l'état de la lune, manière de s'assurer qu'il ne s'était pas trompé de dix-sept jours.

— Ce n'est pas l'époque de la Métamorphose, Jacky, dit Wolf.

Sa voix était blanche, littéralement cassée. Celle d'un malade. Mais j'ai commencé à me transformer dans cet endroit sombre et puant où ils m'ont mis. Wolf ! Oui. Parce que j'étais fou de terreur. Parce que je criais de toutes mes forces. A eux seuls les cris peuvent provoquer la Métamorphose si Wolf a assez de souffle. Wolf caressa les poils de ses jambes. Ça s'en ira.

— Gardener a bien fixé un prix pour ta libération, avoua Jack, mais je ne pouvais pas le payer. J'aurais voulu, mais... Wolf... ma mère...

Sa voix s'altéra et se brouilla de larmes.

— Chut, Jacky. Wolf est au courant. Ici et maintenant.

Wolf réitéra son terrible sourire triste et prit la main de Jack.

CHAPITRE 24

JACK ÉNUMÈRE LES PLANÈTES

1

Une nouvelle semaine au Foyer du Soleil, gloire à Dieu ! La lune s'arrondissait.

Lundi, un Gardener tout souriant demanda aux adolescents de s'incliner et de remercier Dieu pour la conversion de leur frère Ferdinand Janklow. Ferd s'était trouvé une vocation pour le Christ lors de sa convalescence au Parkland Hospital, annonça Gardener avec un sourire radieux. Ferd avait appelé ses parents en PCV pour leur dire qu'il voulait devenir un émule spirituel du Seigneur, et ils prièrent ensemble pour son salut pendant la communication, après quoi ses parents étaient venus le chercher dans la journée. *Mort et enterré dans la terre gelée de l'Indiana... ou expédié dans les territoires, peut-être, où ne risquait de s'aventurer aucune patrouille de l'État d'Indiana.*

Mardi, le temps était trop pluvieux pour les travaux des champs. La plupart des pensionnaires reçurent la permission de rester dans leurs chambres et de lire ou de dormir mais, pour Jack et Wolf, le temps des brimades avait commencé. Sous une pluie battante, Wolf charriait des paquets d'ordures depuis la grange et les hangars jusqu'au bord de la route. Jack devait s'occuper de nettoyer les W.-C. Il supposait que Warwick et Casey, qui lui avaient assigné cette corvée, croyaient lui donner une tâche réellement répugnante. Manifestement, ceux-ci n'avaient jamais vu les toilettes pour hommes de la Taverne d'Oatley mondialement connue.

Encore une autre semaine au Foyer du Soleil, oh yé ! Hector Bast revint mercredi, le bras droit plâtré jusqu'au coude, sa grosse bouille plate si pâle que les boutons y ressortaient en rouge vif.

— Le docteur dit que je peux ne jamais m'en resservir, dit Heck Bast. Toi et ton cinglé de copain, vous me le paierez cher, Parker.

— Tu veux qu'il t'arrive la même chose à l'autre main ? lui demanda Jack... mais il n'était pas rassuré.

Ce n'était pas seulement le désir de se venger qu'il lisait dans les yeux d'Heck, mais une fureur meurtrière.

— Je n'ai pas peur de lui, le défia Heck. Sonny raconte que le Mitard a enlevé presque tout le mauvais en lui. Sonny dit qu'il fera n'importe quoi pour ne pas y retourner. Quant à toi...

Le poing gauche d'Heck partit comme un éclair. Il était encore plus maladroit de la main gauche que de la droite, mais Jack, surpris par la colère froide du gaillard, ne vit rien venir. Ses lèvres esquissèrent un drôle de sourire et s'ouvrirent sous le choc. Il alla bouler contre le mur.

Une porte s'ouvrit et Billy Adams jeta un œil.

— *Ferme cette porte ou je vais t'aider !* glapit Heck, et Adams, peu amateur de voies de fait, obtempéra en vitesse.

Heck s'avança vers Jack. Encore chancelant, celui-ci s'écarta du mur et leva ses poings. Heck s'immobilisa.

— Tu aimerais ça, pas vrai ? l'apostropha Heck. Te battre avec un gars qui n'a qu'une main.

La couleur lui monta au visage.

Des bruits de pas résonnèrent au deuxième étage, en direction de l'escalier. Heck toisa Jack.

— Voilà Sonny. Va-t'en. Sors d'ici. Nous t'aurons, mon pote. Toi et aussi l'idiot. Le révérend Gardener nous le permet, à moins que tu lui dises ce qu'il désire savoir.

Heck ricana.

— Fais-moi une faveur, morveux. Ne lui dis rien.

2

Oui, on avait pris quelque chose à Wolf dans le Mitard, pensait Jack. Six heures s'étaient écoulées depuis sa confrontation avec Heck Bast dans le hall. La cloche de la confession sonnerait bientôt, mais pour le moment Wolf dormait profondément sur la couchette en dessous. Dehors, la pluie continuait à crépiter contre les murs du Foyer du Soleil.

Il ne s'agissait pas de bon ou de mauvais, et Jack savait que le Mitard n'était pas seul responsable. Pas même le Foyer du Soleil. C'était ce monde en général. Wolf avait tout simplement le mal du pays. Il avait perdu presque toute vitalité. Il souriait rarement et ne riait plus du tout. Quand Warwick le grondait à table parce qu'il mangeait avec ses doigts, Wolf se faisait tout petit.

Ça ne doit pas tarder, Jacky. Parce que je meurs. Wolf meurt.

Heck Bast prétendait ne pas avoir peur de Wolf, et, en effet, il ne semblait pas rester grand-chose d'effrayant ; il semblait que d'écraser la main d'Heck eût été la dernière manifestation de force dont Wolf fût capable.

La cloche de la confession sonna.

Cette nuit-là, après la confession, le dîner et l'office, Jack et Wolf regagnèrent leur chambre pour trouver leurs deux lits trempés et empestant l'urine. Jack courut à la porte, l'ouvrit à la volée et vit Sonny, Warwick et un grand dadais du nom de Van Zandt plantés dans le couloir en train de ricaner.

— J'parie que nous nous sommes trompés d'endroit, morveux, ironisa Sonny. On croyait que c'était les toilettes, vu les étrons qui flottent toujours dans le coin.

Van Zandt ne se tint plus de rire à ce mot d'esprit.

Jack les regarda fixement un long moment, et Van Zandt se calma.

— Qui regardes-tu, l'étron ? Tu veux qu'on te casse ton joli petit nez ?

Jack referma la porte, se retourna et vit que Wolf s'était endormi tout habillé sur sa couchette mouillée. Sa barbe repoussait, mais sa figure n'en paraissait pas moins livide, sa peau flasque et luisante. C'était la tête d'un malade.

Laisse-le tranquille, pensa Jack avec lassitude. *S'il est aussi fatigué, laisse-le dormir.*

Non, tu ne vas pas le laisser dormir dans un lit souillé. Tu ne peux pas !

Mécaniquement, Jack alla près de Wolf, le secoua pour le réveiller, l'arracha au matelas humide et nauséabond et le déshabilla. Ils dormirent par terre, pelotonnés l'un contre l'autre.

A quatre heures du matin, la porte s'ouvrit, livrant passage à Sonny et à Heck. Ils forcèrent Jack à se lever et le portèrent à moitié jusqu'à l'antre de Gardener au sous-sol.

Celui-ci était assis, les pieds sur un coin de son bureau. Malgré l'heure, sa toilette était impeccable. Derrière lui, il y avait une image de Jésus marchant sur la mer de Galilée à la stupéfaction de ses disciples qui en restaient bouche bée. A droite, il y avait une vitre en verre donnant sur le studio obscur où Casey jouait au savant fou. Une lourde chaîne porte-clés pendait à la ceinture de Gardener. Les clés, une bonne poignée, gisaient dans la paume de sa main. Il jouait avec celles-ci tout en parlant.

— Tu ne nous as pas offert une seule confession depuis que tu es arrivé, Jack, dit le révérend d'un ton de doux reproche. La confession allège l'âme. Sans confession, pas question d'être sauvé. Oh, je ne parle pas de la confession barbare, idolâtre des catholiques. Je parle de celle entre tes frères et ton Sauveur.

— Je garderai ça entre moi et mon Sauveur, si cela ne vous fait rien, répliqua Jack tout uniment, et, en dépit de sa peur et de son hébétement, il ne put s'empêcher de savourer l'expression de fureur qui envahit la figure de Gardener.

— Cela ne me fait rien ! s'exclama Gardener.

Une douleur explosa dans les reins de Jack, qui tomba à genoux.

— Fais attention à ce que tu dis au révérend Gardener, morveux, commenta Sonny. Certains d'entre nous ici défendons son parti.

— Dieu te bénisse pour ton amour et ta confiance, Sonny, énonça Gardener avec gravité, avant de retourner son attention vers Jack.

— Lève-toi, mon fils.

Jack réussit à se relever en s'agrippant au bord du somptueux bureau en bois blond.

— Quel est ton vrai nom ?

— Jack Parker.

Il vit Gardener faire un signe imperceptible et voulut se retourner, mais un instant trop tard. Une nouvelle douleur explosa dans ses reins. Il hurla et retomba, cognant sa veille ecchymose au front contre le bord du bureau de Gardener.

— D'où viens-tu, espèce de diable de gosse, menteur impudent ?

— De Pennsylvanie.

Cette fois, la douleur explosa dans la partie charnue de sa cuisse gauche. Il roula en position fœtale sur le tapis blanc du Karastan, les genoux recroquevillés contre la poitrine.

— Relevez-le.

Sonny et Heck le relevèrent.

Gardener fouilla dans la poche de son veston blanc et en extirpa un briquet Zippo. Actionnant la molette, il produisit une grande flamme jaune qu'il approcha lentement de la figure de Jack. Vingt centimètres. Il percevait l'odeur âcre, agréable de l'essence. Quinze centimètres. A présent, il sentait la chaleur. Dix centimètres. Encore trois centimètres, peut-être moins, et l'inconfort tournerait au supplice. Les yeux du révérend Gardener étaient embués de plaisir. Ses lèvres tremblaient en retenant un sourire.

— Ouais ! Heck avait une haleine chaude, qui empestait le poivron rance. Ouais, allez-y !

— D'où est-ce que je te connais ?

— Je ne vous ai jamais vu avant ! haleta Jack.

La flamme se rapprochait. Les yeux de Jack se mirent à larmoyer et, sentant que sa peau commençait à griller, il s'efforça de rejeter la tête en arrière. Sonny Singer la maintint en avant.

— Où t'ai-je déjà vu ? grinça Sunlight Gardener. La flamme dansante du briquet se reflétait au fond de ses pupilles noires, chaque étincelle étant le double de l'autre. Dernière chance !

Dis-le-lui, pour l'amour de Dieu, dis-le-lui !

— Si nous nous sommes déjà rencontrés, je ne m'en souviens pas, souffla Jack. Peut-être en Californie.

Le Zippo claqua en se refermant. Jack sanglota de soulagement.

— Emmenez-le, ordonna Gardener.

Ils entraînèrent Jack vers la porte.

— Cela ne t'apportera rien, tu sais, déclara le révérend Gardener, lequel s'était détourné et feignait de méditer sur l'image de Jésus marchant sur les eaux. Je te le ferai dire. Sinon cette nuit, alors demain soir. Sinon demain, alors la nuit d'après. Pourquoi ne pas te faciliter les choses, Jack ?

Celui-ci garda le silence. Un instant plus tard, on lui tordit le bras dans le dos. Il geignit.

— *Dis-lui !* murmura Sonny.

Et une partie de Jack était d'accord, non parce qu'il souffrait mais parce que... *la confession allégeait l'âme.*

Il se rappelait la cour boueuse ; il se rappelait ce même homme sous une enveloppe de chair différente lui demandant qui il était ; il se rappelait avoir pensé : *Je vous dirai tout ce que vous voulez savoir si seulement vous arrêtez de me regarder avec ces yeux de défoncé, juré. Après tout, je ne suis qu'un gosse, et on sait bien que les gosses ne peuvent rien cacher, ils racontent tout.*

Puis il se rappela la voix de sa mère, cette voix rauque qui lui demandait s'il allait vider ses tripes devant ce type.

— Je ne peux vous dire ce que je ne sais pas, balbutia-t-il.

Les lèvres de Gardener s'étirèrent en un cruel petit sourire.

— Ramenez-le dans la chambre, conclut-il.

3

Encore une autre semaine au Foyer du Soleil, dites amen, frères et sœurs. Encore une autre longue, longue semaine.

Jack s'attarda dans les cuisines après que les autres furent repartis en laissant leur vaisselle du petit déjeuner. Il savait fort bien qu'il s'exposait à une nouvelle correction, davantage de brimades... mais, désormais, cela semblait une considération mineure. Seulement trois heures auparavant, le révérend Gardener avait été à deux doigts de lui brûler les lèvres. Il l'avait lu dans ses yeux de dément, sondé dans son cœur de dément. Après quelque chose de pareil, le risque d'une correction semblait effectivement une considération très mineure.

La toque du chef de Rudolph était aussi grise que le ciel bas de novembre. Quand Jack prononça son nom en un quasi-murmure, Rudolph posa sur lui un regard cynique, injecté de sang. Son haleine puait le whisky bon marché.

— Tu ferais mieux de filer, blanc-bec. Ils te gardent à l'œil.

Dis-moi quelque chose que je ne sache pas.

Jack jeta un coup d'œil vers l'antique lave-vaisselle qui cognait et sifflait et soufflait les vapeurs de son haleine de dragon sur les gamins en train de le recharger. Ceux-ci semblaient ne pas voir Jack ni Rudolph, mais Jack n'était pas dupe. Des racontars circuleraient. Oh, oui ! Au Foyer du Soleil, on vous prenait votre blé, et les racontars devenaient une sorte de monnaie de substitution.

— Il faut que je sorte d'ici, dit Jack. Moi et mon immense copain. Combien prendriez-vous pour regarder ailleurs pendant que nous sortirions par la porte de service ?

— Plus que tu ne pourrais me payer, même si tu arrivais à remettre la main sur ce qu'ils t'ont pris quand ils t'ont amené ici, mon pote, répondit Rudolph.

Ses paroles étaient dures mais il dévisageait Jack avec une espèce de gentillesse attendrie.

Oui, bien sûr... tout avait disparu, jusqu'au moindre objet. Le médiator, le dollar d'argent, la grosse bille de docteur, ses six dollars… disparus ! Serrés dans une enveloppe et rangés quelque part, sans doute en bas dans le bureau de Gardener. Mais…

— Écoutez, je vous donnerai une reconnaissance de dette.

Rudolph sourit.

— Venant d'un élément de ce ramassis de voleurs et de drogués, c'est presque risible, déclara-t-il. Tu peux te la foutre au cul ta reconnaissance, mon vieux.

Jack dirigea sur Rudolph toute la force neuve qui était en lui. Il y avait moyen de dissimuler cette force, cette nouvelle beauté — dans une certaine mesure, du moins — mais à présent qu'il la laissait jaillir librement, il vit Rudolph reculer, le visage momentanément troublé et défait.

— Ma reconnaissance serait valable et je pense que vous le savez, dit Jack tout bas. Donnez-moi une adresse où vous envoyer l'argent. Combien ? Ferd Janklow m'a dit que vous postiez une lettre pour deux sacs. Dix vous suffiraient-ils pour regarder ailleurs le temps que nous fassions un tour ?

— Ni dix, ni vingt, ni cent, répondit Rudolph à voix basse. Maintenant il regardait Jack avec une tristesse qui épouvanta Jack. Ce fut ce regard, tout autant qu'autre chose, si ce n'est plus, qui lui disait combien lui et Wolf étaient mal partis. Ouais, je l'ai déjà fait. Parfois pour cinq sacs. Parfois, que tu me croies ou non, gratuitement. Je l'aurais fait gratis pour Ferd Janklow. C'était un gentil gosse. Ces enfoirés…

Rudolph leva un poing rougi par les détergents et l'agita vers le mur carrelé de vert. Voyant Morton, le voleur de pudding, en train de l'observer, Rudolph lui fit les gros yeux. Morton s'empressa de détourner le regard.

— Alors, pourquoi non ? s'enquit Jack désespérément.

— Parce que j'ai peur, mon vieux, avoua Rudolph.

— Que voulez-vous dire ? Le soir où je suis passé ici, quand Sonny a commencé à vous chercher des crosses…

— Singer ! Rudolph eut un geste méprisant de la main. Je n'ai pas peur de Singer, ni de Best, aussi costaud soit-il. C'est lui dont j'ai peur.

— Gardener ?

— C'est un diable échappé de l'enfer, affirma Rudolph.

Il hésita avant d'ajouter : « Je vais te raconter quelque chose que je n'ai jamais dit à personne. Une semaine, il mettait du retard à me donner ma paye et je suis descendu dans son bureau. D'habitude, je ne le fais pas, je n'aime pas descendre au sous-sol, mais cette fois il le fallait… Bon, il fallait que je parle d'homme à homme. J'avais besoin d'argent rapidement, tu vois ce que je veux dire ? Et je l'ai vu descendre dans son bureau, donc je savais qu'il y était. J'y suis allé et j'ai frappé à la porte, et elle s'est ouverte à ce moment-là, parce qu'elle n'était pas bien fermée. Et tu sais quoi, mon petit ? *Il n'était pas là.* »

Au fur et à mesure qu'il débitait son histoire, Rudolph avait baissé la voix, au point que Jack avait peine à entendre le chef au milieu du tumulte asthmatique du lave-vaisselle. En même temps ses yeux s'étaient agrandis comme ceux d'un enfant qui revit un mauvais rêve.

— J'ai cru qu'il était peut-être dans le fameux studio d'enregistrement, mais non. Et il ne se trouvait pas non plus dans la chapelle parce qu'il n'y a pas de porte communicante. Il existe bien une porte du bureau qui donne sur l'extérieur, mais elle était verrouillée de l'intérieur. Alors, où était-il passé, mon pote ? *Où était-il passé ?*

Connaissant la vérité, Jack ne put que regarder Rudolph d'un air stupide.

— Je pense que c'est un démon échappé tout droit de l'enfer et qu'il a pris quelque mystérieux ascenseur pour descendre faire son rapport à leur putain de Q.G., reprit Rudolph. J'aimerais t'aider mais je ne peux pas. Tout l'argent de Fort Knox ne suffit pas pour que je me mette en travers du chemin de l'Homme du Soleil. Maintenant, file d'ici. Peut-être n'ont-ils pas remarqué que tu manquais.

Bien sûr qu'ils l'avaient remarqué. Au moment où il se faufilait entre les portes battantes, Warwick se glissa derrière lui et frappa Jack au milieu du dos avec ses mains entrelacées en forme de poing géant. Tandis qu'il partait en titubant à travers la cafétéria déserte, Casey surgit de nulle part, tel un diable à ressort, et tendit méchamment son pied. Ne pouvant l'éviter, Jack trébucha ; ses jambes se dérobèrent sous lui et il s'écroula dans une avalanche de chaises. Il se releva en refoulant des larmes de rage et de honte.

— Tu ne devrais pas mettre tant de temps à rapporter ton bol, morveux, railla Casey. Il pourrait t'en coûter.

— Ouais. Maintenant, monte à l'étage. Les camions attendent le départ.

4

A quatre heures du matin, il fut réveillé et ramené au bureau du révérend Gardener.

Gardener leva les yeux de sa Bible comme s'il était surpris de le voir.

— Prêt à te confesser, Jack Parker ?

— Je n'ai rien...

De nouveau le briquet. Sa flamme, dansant à deux centimètres du bout de son nez.

— Confesse-toi. Où nous sommes-nous rencontrés ? La flamme dansa encore un peu plus près. Je veux te le faire dire, Jack. Où ? *Où ?*

— *Saturne !* hurla Jack. C'était tout ce qui lui venait à l'esprit. *Uranus ! Mercure ! Quelque part dans la ceinture d'astéroïdes ! Io ! Ganymède ! Dei...*

Une douleur atroce, profonde et irradiante, explosa dans son bas-ventre comme Hector Bast lui explorait l'entrejambe de sa main valide et lui serrait les testicules.

— Là, dit Heck Bast avec un sourire plein d'entrain. Ne l'avais-tu donc pas vu venir, espèce de maudit moqueur ?

Jack s'effondra à terre au ralenti, en sanglotant.

Le révérend Gardener se pencha doucement vers lui, le visage serein, presque béat.

— La prochaine fois, ce sera au tour de ton ami, ronronna Gardener. Et avec lui je ne me gênerai pas. Penses-y, Jack. Jusqu'à demain soir.

Mais demain soir, décida Jack, Wolf et lui ne seraient plus là. S'il ne restait que les Territoires, alors va pour les Territoires... à condition qu'il trouve le chemin du retour.

Chapitre 25

JACK ET WOLF VONT EN ENFER

1

Il fallait qu'ils décollent du rez-de-chaussée. Jack se concentra là-dessus plutôt que sur la question de savoir s'ils seraient capables ou non de décoller. Ce serait plus simple de partir de la chambre, mais le misérable petit cagibi que Wolf et lui partageaient se trouvait au deuxième étage, à quinze mètres de haut. Jack ne savait pas exactement à quel point la géographie et la topographie des Territoires correspondaient à celles de l'Indiana, mais il n'allait pas prendre le risque de se rompre le cou.

Il expliqua à Wolf la marche à suivre.

— Tu comprends ?

— Oui, répondit Wolf, apathique.

— Alors, redis-le-moi, vieux.

— Après le petit déjeuner, je vais aux toilettes en face de la salle commune. J'entre dans le premier box. Si personne ne remarque que je suis parti, tu me rejoindras. Et nous retournerons dans les Territoires. C'est ça, Jacky ?

— Tout à fait, acquiesça Jack, qui posa la main sur l'épaule de Wolf et la serra.

Wolf sourit de son air triste. Jack hésita avant d'ajouter :

— Je suis désolé de t'avoir entraîné là-dedans. Tout est de ma faute.

— Non, Jack, objecta gentiment Wolf. Nous allons tenter le coup. Peut-être...

Une brève lueur d'espoir sembla briller dans les yeux de Wolf.

— Oui, dit Jack. Peut-être.

2

Jack était trop angoissé pour avoir faim, mais il se dit qu'il pouvait attirer l'attention s'il ne mangeait pas son petit déjeuner. Aussi se gava-t-il d'œufs et de pommes de terre au goût de sciure, faisant même un sort à un bout de bacon graisseux.

Le temps s'était enfin éclairci. Il avait gelé pendant la nuit, et les cailloux du Champ du Bout ressembleraient à des chapelets de scories incrustées dans du plastique durci.

Emporter les assiettes à la cuisine.

Permission aux garçons de regagner la salle commune tandis que Sonny Singer, Hector Bast et Andy Warwick prenaient les consignes du jour.

Ils s'assirent au hasard, l'air absent. Pedersen avait un nouvel exemplaire de la revue publiée par l'organisation de Gardener, *Le Soleil de Jésus*. Il tournait distraitement les pages, levant les yeux de temps à autre pour surveiller ses troupes.

Wolf interrogea Jack du regard. Celui-ci hocha la tête. Wolf se leva et sortit pesamment de la pièce. Pedersen leva les yeux, vit Wolf traverser le hall et pénétrer dans les étroites latrines d'en face, puis se replongea dans sa revue.

Jack compta jusqu'à soixante et s'obligea à compter derechef jusqu'à soixante. Ce furent les deux minutes les plus longues de sa vie. Il avait horriblement peur que Sonny et Heck reviennent dans la salle commune et ordonnent aux garçons de rallier les camions, et il voulait aller aux toilettes avant que cela ne se produise. Mais Pedersen n'était pas idiot. Si Jack suivait Wolf de trop près, Pedersen suspecterait quelque chose.

Finalement, Jack se leva et traversa la pièce en direction de la porte. Celle-ci semblait incroyablement loin, et ses pieds en plomb lui donnaient l'impression de ne pas avancer ; on aurait dit une illusion d'optique.

Pedersen dressa la tête.

— Où vas-tu, morveux ?

— Aux toilettes, répondit Jack.

Sa langue était sèche. Il avait entendu dire que, sous l'effet de la peur, les gens avaient la *bouche* sèche, mais la *langue* ?

— Ils vont remonter dans une minute, déclara Pedersen en opinant du chef vers le fond du hall, où l'escalier descendait à la chapelle, au studio et au bureau de Gardener. Tu ferais mieux de te retenir pour arroser le Champ du Bout.

— Il faut que j'aille chier, insista désespérément Jack.

Sûr. Et peut-être que toi et ton gros benêt de copain aimez bien vous branler un peu ensemble avant de commencer la journée. Rien que pour vous mettre en forme. Va te rasseoir.

— Eh bien, vas-y alors, lança Pedersen avec mauvaise humeur. Ne reste pas planté là à geindre.

Il retourna à sa revue. Jack traversa le hall et disparut dans les toilettes.

3

Wolf avait choisi le mauvais box ; il était au milieu de la rangée, ses godillots éculés reconnaissables sous la porte. Jack poussa le battant. A eux deux, il n'y avait plus de place, et Wolf dégageait une odeur forte, nettement animale.

— OK ! dit Jack. Essayons.

— Jack, j'ai peur.

Jack émit un rire chevrotant.

— Moi aussi j'ai peur.

— Comment on...

— Je ne sais pas. Donne-moi tes mains.

Cela paraissait un bon début.

Wolf mit ses mains velues — des pattes, pour ainsi dire — dans celles de Jack, lequel sentit aussitôt une force surnaturelle couler en lui. La force de Wolf n'avait donc pas disparu, finalement. Simplement, elle s'était enfouie, comme une source s'enfouit parfois lors d'une saison furieusement torride.

Jack ferma les yeux.

— Je *veux* y retourner, dit-il. Je *veux* y retourner. Wolf, *aide-moi* !

— Oui, souffla Wolf. Je le ferai si je peux ! Wolf !

— Maintenant.

— Ici et maintenant !

Jack étreignit plus fort les battoirs de Wolf. Il flairait l'odeur du Lysol. Quelque part il entendit passer une voiture. Le téléphone sonna. *Je bois l'élixir magique*, pensa-t-il. *Dans ma tête je le bois, ici et tout de suite je le bois, je le renifle, si noir et si épais et nouveau, je reconnais son goût, je sens ma gorge se serrer.*

Comme le goût lui emplissait la gorge, le monde vacilla sous leurs pieds et tout autour.

— Jacky, ça marche, s'écria Wolf.

Ce qui ébranla sa farouche concentration ; durant un instant, il saisit que ce n'était qu'un truc, comme d'essayer de s'endormir en comptant les moutons, et le monde se stabilisa de nouveau. L'odeur du Lysol reflua. Vaguement il entendit une voix plaintive répondre au téléphone : « Oui, allô, qui est-ce ? »

Peu importe, ce n'est pas un truc, pas du tout — c'est magique. C'est magique et je l'ai déjà fait quand j'étais petit et je peux le refaire. Speedy l'a dit, ce chanteur aveugle Boule de Neige l'a dit aussi, L'ELIXIR MAGIQUE EST DANS MA TETE.

Il y jeta toute sa force, toute sa volonté... et l'aisance avec laquelle ils décollèrent fut stupéfiante, comme si un horion décoché à un bloc de granit heurtait à la place un décor de papier mâché adroitement peint, en sorte que le coup qui aurait dû vous briser les jointures ne rencontrait pas la moindre résistance.

4

A Jack qui gardait les paupières hermétiquement closes, il sembla que le sol s'éboulait d'abord sous ses pieds... avant de disparaître complètement.

Oh merde ! Nous allons tomber, pensa-t-il atterré.

Mais ce ne fut pas réellement une chute, seulement un léger dérapage. Un instant plus tard, Wolf et lui se tenaient fermement dans la poussière, et non plus sur le dur carrelage des toilettes.

Un relent de souffe mélangé à des odeurs d'égouts les submergea. C'était une véritable puanteur, et Jack perdit tout espoir.

— Jason ! Qu'est-ce que ça sent ? gémit Wolf. Oh ! Jason, quelle odeur, je ne peux pas rester ici, Jacky, je ne peux pas !

Jack ouvrit brusquement les yeux. Au même moment, Wolf lui lâcha les mains et s'avança à l'aveuglette, les yeux toujours hermétiquement clos. Jack remarqua que le treillis mal coupé de Wolf et sa chemise à carreaux avaient cédé la place à la combinaison Oshkosh que Jack avait vue à l'origine sur le dos de l'immense berger. Disparues les lunettes à la John Lennon. Et Wolf allait droit vers le bord d'un précipice à un mètre environ.

— *Wolf !* Il se rua sur Wolf et lui passa les bras autour de la taille. *Wolf, non !*

— Jacky, je ne peux pas rester, geignit Wolf. C'est une Fosse, une des Fosses que Morgan a ouvertes. Oh ! je sais que c'est Morgan, je le sens à l'odeur.

— *Wolf, il y a une falaise, tu vas tomber !*

Les yeux de Wolf s'ouvrirent. Sa mâchoire s'allongea quand il vit le gouffre enfumé qui s'ouvrait sous leurs pieds. Au fin fond de ses profondeurs brumeuses luisait un brasier rouge, tel un œil infecté.

— Une Fosse, geignait Wolf. Oh, Jacky, c'est une Fosse ! Fourneaux du Cœur Noir en bas. Cœur Noir au centre du monde. Je ne peux pas rester, Jacky, c'est la pire chose qui existe.

Tandis que Wolf et lui se tenaient au bord de la Fosse, contemplant l'enfer en bas, ou le Cœur Noir au centre du monde, la première pensée rationnelle de Jack fut que la géographie des Territoires et celle de l'Indiana n'étaient pas pareilles. Au Foyer du Soleil, il n'y avait pas d'endroit correspondant à cette falaise, à cette Fosse hideuse.

Un mètre à droite, pensa Jack, soudain malade d'horreur. Cela suffisait : juste un mètre à droite. Et si Wolf m'avait écouté.

Si Wolf avait écouté Jack, ils auraient décollé du premier box. Et ce faisant, ils auraient atterri dans les Territoires, passé le bord de la falaise.

Les jambes en coton, il s'agrippa de nouveau à Wolf, cette fois en quête d'un appui.

Wolf le soutint machinalement, ses yeux agrandis tournant à l'orange. Sa figure offrait un mélange de peur et de consternation.

Cela ressemblait à l'immense mine de molybdène à ciel ouvert qu'il avait visitée avec sa mère quand ils avaient séjourné dans le Colorado trois hivers auparavant ; ils étaient allés à Vail pour skier mais un jour il faisait trop froid pour ça et donc ils avaient fait une excursion en car jusqu'à la mine de molybdène des Continental Minerals, près de la petite ville de Sidewinder. « Ça m'évoque la Géhenne, Jacky », avait-elle dit, et tout en regardant dehors par la vitre frangée de givre, son visage était devenu triste et rêveur. « Je souhaite qu'ils ferment ces lieux jusqu'au dernier. Ils tirent de la terre le feu et la destruction. C'est vraiment la Géhenne. »

D'épais panaches d'une fumée suffocante montaient du tréfonds de la Fosse. Ses parois étaient veinées de larges filons d'un quelconque métal vert toxique. Elle mesurait peut-être huit cents mètres de diamètre. Une route descendait en spirale le long du pourtour interne. Jacky y apercevait des silhouettes en train de s'escrimer dans les deux sens.

C'était un genre de prison, tout comme le Foyer du Soleil, avec des prisonniers et des geôliers. Les prisonniers étaient nus, harnachés par deux à des carrioles rappelant les pousse-pousse — des carrioles remplies d'énormes tas de ce minerai vert, d'aspect huileux. Leurs visages étaient des bois grossiers burinés par la souffrance. De gros ulcères rouges suintaient sur leur peau noircie de suie.

Les gardiens s'agitaient alentour, et Jack vit avec stupeur que ce n'était pas des humains, ni de près ni de loin. Ils étaient tordus et bossus ; leurs mains tenaient plutôt de la serre et leurs oreilles pointaient comme celles de M. Spock. *Mince, ce sont des gargouilles !* pensa-t-il. *Tous ces monstres de cauchemar sur les cathédrales de France — Maman possédait un livre et j'ai bien cru que nous allions devoir les voir toutes d'un bout du pays à l'autre mais elle y a renoncé quand j'ai fait un mauvais rêve et mouillé mon lit — venaient-elles d'ici ? Quelqu'un les a-t-il vues ici ? Un contemporain du Moyen Age qui aurait sauté le pas, vu cet endroit et cru qu'il avait une vision de l'enfer ?*

Sauf qu'il ne s'agissait pas d'une vision.

Les gargouilles brandissaient des fouets et, par-dessus le fracas des roues et le craquement régulier des pierres sous l'effet de la chaleur, Jack les entendait claquer et siffler. Pendant que Wolf et lui regardaient, une équipe d'hommes s'arrêta presque en haut de la route, têtes baissées, avec les tendons du cou saillant comme des cordes, les jambes tremblantes d'épuisement.

La monstruosité qui les gardait — une créature contrefaite avec un pagne entortillé autour des cuisses et une crête irrégulière de crins raides hérissant son échine décharnée — abattit son fouet à droite et à gauche, les houspillant dans un langage strident, suraigu, qui taraudait les tympans de Jack. Celui-ci distingua les mêmes perles d'argent qui décoraient le fouet d'Osmond et, le temps d'un battement de cils, le bras d'un prisonnier avait été lacéré et la nuque d'un autre réduite en lambeaux.

Les hommes gémirent et repartirent de l'avant, leur sang formant tache dans le crépuscule jaunâtre. La créature hurlait et baragouinait, et son bras droit, plaqué de métal gris, s'agitait en faisant tournoyer le fouet au-dessus des têtes des esclaves. Avec une dernière saccade mal assurée, ils amenèrent la carriole au sommet, sur le plat. L'un d'eux tomba à genoux, épuisé, et la poussée de l'engin l'envoya à plat ventre. Une des roues lui passa sur le dos. Jack entendit le bruit que fit la colonne vertébrale du prisonnier quand elle se brisa. On aurait dit le coup de pistolet du starter.

La gargouille hurla de rage lorsque la carriole branla, puis versa, éparpillant son chargement sur le sol aride, crevassé, craquelé en haut de la Fosse. En deux puissantes foulées, il se rua sur le malheureux à terre et leva son fouet. Au même moment, le moribond leva la tête et regarda Jack Sawyer droit dans les yeux.

C'était Ferd Janklow.

Wolf aussi le reconnut.

Tous deux se blottirent l'un contre l'autre.

Et repassèrent de l'autre côté.

5

Ils se retrouvèrent dans un endroit fermé, minuscule — des toilettes, en fait — et Jack pouvait à peine respirer parce que les bras de Wolf le serraient à l'étouffer. En outre, l'un de ses pieds nageait dans l'eau. Sans le vouloir, il avait réussi à atterrir avec une jambe au fond d'une cuvette de W.-C. Oh, génial ! *Des choses pareilles n'arrivent jamais à Conan le Barbare*, pensa tristement Jack.

— Jack *non*, Jack *non*, la Fosse, c'était la Fosse, *non*, Jack...

— Arrête ! Arrête, Wolf ! On est de retour !

— Non, non, n...

Wolf s'interrompit, ouvrit lentement ses yeux.

— De retour ?

— Tu peux me croire, ici et maintenant, alors lâche-moi ; tu m'écrases les côtes, et, en plus, mon pied est coincé dans ce fichu...

La porte entre les toilettes et le hall s'ouvrit avec fracas. Elle heurta le mur carrelé suffisamment fort pour faire voler en éclats la vitre en verre dépoli.

La porte du box se rabattit. Andy Warwick risqua un œil et jeta quatre mots méprisants, vengeurs.

— *Espèces de sales pédés.*

Saisissant un Wolf ahuri par le devant de sa chemise à carreaux, il le tira à l'extérieur. Le pantalon de Wolf s'accrocha au couvercle en acier du distributeur de papier hygiénique et arracha du mur l'appareil entier. Le rouleau de papier se détacha et se mit à dévider sur le sol. Warwick envoya Wolf bouler dans les lavabos qui se trouvaient juste à la bonne hauteur pour l'atteindre aux parties. Wolf s'écroula par terre en se tenant le bas-ventre.

Warwick se retourna vers Jack, et Sonny Singer apparut à son tour sur le seuil. Il tendit le bras et agrippa Jack par le plastron.

— Très bon, espèce de tante, commença Sonny, qui n'alla pas plus loin.

Depuis que Wolf et lui avaient été coffrés en cet endroit, Sonny Singer traînait toujours dans les pattes de Jack. Sonny Singer avec sa figure sombre et rusée qui voulait tant ressembler au révérend Gardener (et le plus tôt possible). Sonny Singer qui avait inauguré le charmant qualificatif de *morveux*. Sonny Singer de qui venait indubitablement l'idée de pisser dans leurs lits.

Jack envoya son poing droit, sans l'agiter frénétiquement à la manière d'Heck Bast, mais d'un souple et puissant mouvement du coude. Son poing rencontra le nez de Sonny. Il s'ensuivit un craquement perceptible. Jack éprouva un instant de satisfaction si parfait qu'il touchait au sublime.

— Là, s'écria Jack, qui retira enfin son pied des W.-C.

Un large sourire se peignit sur sa figure, et il s'adressa en pensée à Wolf, de toutes ses forces.

Nous ne nous débrouillons pas mal, Wolf ; tu as brisé la main d'un de ces salauds, et moi j'ai cassé le nez à un autre.

Poussant des cris d'orfraie, Sonny chancela en arrière, du sang giclant entre ses doigts.

Jack sortit du box, ses poings tendus devant lui en une assez bonne imitation de John L. Sullivan.

— Je t'avais dit de faire attention, Sonny. Maintenant, à moi de t'apprendre à chanter l'alléluia.

— Heck ! hurlait Sonny. Andy ! Casey ! Au secours !

— Sonny, tu n'as pas l'air rassuré, ironisa Jack. Je me demande pourquoi.

Alors, quelque chose — comme un mur de brique — s'abattit sur sa nuque, le projetant dans un des miroirs au-dessus des lavabos. Si ç'avait été du verre, il aurait explosé en blessant gravement Jack. Mais tous les miroirs étaient en acier poli. Il ne devait pas y avoir de suicide au Foyer du Soleil.

Jack arriva à lever un bras, ce qui amortit un peu le choc, mais il ne se sentait pas moins étourdi quand il pivota pour voir Heck Bast en train de ricaner. Celui-ci l'avait frappé avec le plâtre de sa main droite.

Tout en regardant Heck, une énorme et effroyable conclusion s'imposa brusquement à son esprit. *C'était toi !*

— Ça m'a fait un mal d'enfer, dit Heck, tenant sa main blessée de la main gauche, mais ça valait le coup, morveux.

Il fit mine d'avancer.

C'était toi ! C'était toi qui t'acharnais sur Ferd dans l'autre monde, jusqu'à le fouetter à mort. C'était toi, la gargouille c'était ton double !

Une rage aussi brûlante que la honte submergea Jack. Comme Heck venait à sa portée, Jack s'adossa au lavabo, s'y cramponna des deux mains et lança en l'air ses deux pieds, lesquels atteignirent Heck Bast en pleine poitrine et l'envoyèrent promener dans le box resté ouvert. Le soulier, qui, lors du voyage de retour, s'était fiché dans la cuvette des W.-C., laissa une belle empreinte mouillée sur le pull blanc à col roulé. L'air ahuri, Heck s'effondra dans le cabinet au milieu des éclaboussures. Son plâtre résonna contre le carrelage.

A présent, d'autres se précipitaient sur les lieux. Wolf tâchait de se relever, les cheveux pendant sur sa figure. Une main toujours plaquée sur son nez sanguinolent, Sonny avançait vers lui, dans l'intention manifeste de le rouer de coups de pied.

— Ouais, essaie un peu de le toucher, Sonny, dit Jack doucement, et Sonny se fit tout petit.

Jack attrapa Wolf par un bras et l'aida à se remettre debout. Il vit comme dans un rêve que Wolf était revenu plus velu que jamais. *La situation devient trop stressante pour lui ; elle provoque sa Métamorphose. Seigneur, cela ne finira donc jamais, jamais... jamais...*

Wolf et lui se reculèrent loin des autres — Warwick, Pedersen, Peabody, Singer — vers le fond des toilettes. Heck émergeait du box où l'avait expédié Jack, et celui-ci nota une chose au passage. Ils avaient décollé du quatrième box de la rangée. Or, Heck Bast sortait du cinquième. Ils s'étaient déplacés dans l'autre monde juste assez pour revenir dans un box différent.

— Ils étaient en train de se sodomiser là-dedans ! cria Sonny d'une voix assourdie et nasillarde. Le retardé et le joli cœur ! Warwick et moi, on les a surpris la bite à l'air !

Les fesses de Jack effleurèrent le carrelage froid. Nulle part où s'enfuir. Il lâcha Wolf, qui s'affaissa, hébété et pitoyable, et leva ses poings.

— Allez, dit-il. A qui le tour ?

— Tu vas te battre contre nous tous ? demanda Pedersen.

— S'il le faut, oui, répondit Jack. Qu'allez-vous faire, m'écarteler au nom de Jésus ? Allez !

Une trace de malaise sur la figure de Pedersen ; un signe de peur bleue sur celle de Casey. Ils s'arrêtèrent... vraiment ils s'arrêtèrent. Jack connut un instant de fol espoir. Les gamins le fixaient, aussi mal à l'aise que des hommes regardant un chien enragé qui peut être abattu... mais qui peut aussi mordre quelqu'un avant.

— Écartez-vous, les garçons, intervint une voix mielleuse, sonore, et tous de reculer docilement, un air de soulagement illuminant leurs traits.

C'était le révérend Gardener. Le révérend Gardener saurait comment agir.

Celui-ci s'approcha du duo acculé au mur. Vêtu ce matin d'un pantalon sombre et d'une chemise en satin blanc avec des manches amples à la Byron, il portait sa mallette à piqûres.

Il regarda Jack et soupira.

— Sais-tu ce que dit la Bible sur l'homosexualité, Jack ?

Jack lui montra les dents.

Gardener hocha tristement la tête, comme s'il s'y attendait.

— Eh bien, tous les garçons sont vilains, déclara-t-il. C'est axiomatique.

Il ouvrit la mallette. La seringue étincelait.

— Je pense néanmoins que toi et ton ami vous exerciez à des choses encore pires que la sodomie, reprit Gardener de son mielleux ton de reproche. A aller dans des endroits réservés à vos supérieurs et aînés, par exemple.

Sonny Singer et Hector Bast échangèrent un regard étonné, gêné.

— Je pense qu'une bonne part de ce mal. . de cette perversité... est de ma faute. Il exhiba la seringue, y jeta un coup d'œil, puis sortit une fiole. Tendant sa mallette à Warwick, il remplit sa seringue. Je n'ai jamais voulu contraindre mes garçons à la confession, mais sans confession il ne peut y avoir de conversion au Christ, et sans conversion, le mal continue à croître. Aussi, bien que je le regrette profondément, je crois que le temps de demander est passé, et qu'est venu le temps d'exiger au nom du Seigneur. Pedersen. Peabody. Warwick. Casey. Attrapez-les !

Sur son ordre, les garçons se précipitèrent comme autant de chiens dressés. Jack flanqua un coup à Peabody avant de voir ses mains immobilisées.

— *Laichez-moi le chogner* ! brailla Sonny avec son nouvel accent nasillard. A coups de coude, il se faufila à travers la foule des gamins éberlués, les yeux étincelants de haine. *Che veux le chogner !*

— Pas maintenant, trancha Gardener. Plus tard, peut-être. Nous prierons d'abord, n'est-ce pas, Sonny ?

— Ouais. L'éclat de son regard était devenu nettement fiévreux. Che vais brier toute la chournée.

Tel un homme qui finit par se réveiller après un très long somme, Wolf regarda autour de lui en grognant. Il vit qu'on tenait Jack, vit aussi l'aiguille de la seringue et décrocha de Jack le bras de Pedersen comme si c'était le bras d'un enfant. Un rugissement étonnamment puissant jaillit de sa gorge.

— *Non ! Lâchez*-le !

Gardener pirouetta vers l'angle aveugle de Wolf avec une grâce naturelle qui rappela à Jack Osmond s'en prenant au charretier dans cette cour d'écurie boueuse. L'aiguille miroita avant de plonger. Wolf virevolta, mugissant comme si un taon l'avait piqué... ce qui — en un sens — venait de lui arriver. Il tenta un geste vers la seringue, mais Gardener esquiva adroitement le coup.

Les garçons, qui assistaient à la scène avec la passivité typique du Foyer, se mirent alors à refluer en masse vers la sortie, l'air terrifié. De voir Wolf, le grand benêt, dans une rage pareille ne les intéressait aucunement.

— *Lâchez-LE ! Lâ--chez... lâ--chez..*

— *Wolf !*

— Jack... Jacky...

Wolf le regarda avec des yeux effarés qui, tels d'étranges kaléidoscopes, passèrent du noisette à l'orange, puis au rouge foncé. Il tendit ses mains poilues vers Jack tandis qu'Hector Bast se glissait derrière lui et l'envoyait au sol d'une bourrade.

— *Wolf ! Wolf !* Jack contemplait son ami avec des yeux humides, révoltés. *Si tu l'as tué, espèce de fils de pute...*

— Chut, monsieur Jack Parker, lui murmura Gardener à l'oreille, et Jack sentit une piqûre d'aiguille dans son bras. Taisez-vous maintenant. Nous allons verser un peu de soleil dans votre âme. Et peut-être verrons-nous alors si ça vous dit de pousser une pleine charrette sur la route en spirale. Chantez avec moi alléluia !

Ce dernier mot l'accompagna dans les ténèbres de l'oubli.

Alléluia... alléluia... alléluia...

CHAPITRE 26

WOLF AU MITARD

1

Jack s'était réveillé bien avant qu'ils ne s'en rendissent compte, mais il ne comprit que très progressivement qui il était, ce qui lui était arrivé et comment se présentait la situation ; semblable en cela au soldat qui survit à un tir de barrage long et acharné. Son bras lui élançait, là où Gardener l'avait piqué. Sa tête lui faisait si mal que ses globes oculaires semblaient palpiter. Il avait furieusement soif.

Il monta d'un cran sur l'échelle de la conscience lorsqu'il tenta de palper la chair meurtrie de son bras droit de l'autre main. Il n'y arrivait pas. Et la raison de cette incapacité tenait à ce que ses bras étaient ni plus ni moins attachés dans son dos. Il flaira la vieille toile moisie ; l'odeur d'une tente de scout retrouvée au grenier après de nombreuses années d'oubli. Ce fut seulement alors — quoiqu'il la contemplât stupidement depuis dix minutes sous ses paupières mi-closes — qu'il saisit ce qu'il portait : une camisole de force.

Ferd l'aurait deviné plus vite, Jacky-boy, pensa-t-il, et de penser à Ferd eut un effet régulateur sur son esprit en dépit de l'horrible migraine. Il bougea légèrement et les élancements de sa tête et les pulsations du bras lui arrachèrent un gémissement. Il ne put se retenir.

Heck Bast :

— Il se réveille.

Révérend Gardener :

— Non, impossible. Je lui ai donné une dose de cheval. Il n'émergera pas avant neuf heures du soir au plus tôt. Il fait seulement des rêves. Heck, je veux que tu montes organiser la séance des confessions. Dis-leur qu'il n'y aura pas d'office du soir ; j'ai un avion à prendre, et ce n'est que le début de ce qui s'annonce comme une très longue nuit. Sonny, tu restes pour m'aider à mettre le registre à jour.

Heck :

— On dirait *vraiment* qu'il se réveille.

Gardener :

— Allez, Heck. Demande à Bobby Peabody d'aller jeter un coup d'œil à Wolf.

Sonny, ricanant :

— Il n'aime pas beaucoup être là-dedans, n'est-ce pas ?

Ah, Wolf, ils t'ont remis au Mitard ! se lamenta Jack intérieurement. *Je suis désolé... ma faute... tout cela est de ma faute...*

— Les damnés se soucient rarement des rouages du salut, Jack entendit dire Gardener. Quand les démons intérieurs commencent à mourir, ils sortent en criant. Vas-y maintenant, Heck.

— Oui, révérend.

Sans le voir, Jack entendit Heck s'éloigner à pas lourds. Il n'osait pas encore ouvrir les paupières.

2

Coincé dans cette boîte grossière, fabrication maison, telle, en son cercueil de fer, la victime d'obsèques prématurées, Wolf avait hurlé le jour durant, se mettant les poings en sang à force de marteler les parois du Mitard, tapant des pieds contre la porte à deux verrous, à l'autre bout du cercueil, jusqu'à ce que la douleur irradie de ses jambes à l'entrecuisse. Ce n'était pas avec ses poings ni avec ses pieds qu'il allait se libérer, il le savait, tout comme il savait aussi qu'ils ne le laisseraient pas sortir simplement parce qu'il criait. Mais il ne pouvait s'en empêcher. Par-dessus tout, les loups détestaient être enfermés.

Ses cris portaient à travers les terrains attenant au Foyer et même jusqu'aux champs à côté. Les gosses qui les entendaient échangeaient des regards anxieux en silence.

— J'l'ai vu aux toilettes ce matin, et il est devenu méchant, confia Roy Owdersfelt à Morton, la voix blanche d'angoisse.

— Est-ce qu'ils se branlaient, comme a dit Sonny ? s'enquit Morton.

Un nouveau hurlement monta du cercueil de fer ; les deux garçons jetèrent un regard dans sa direction.

— Et comment ! affirma Roy avec feu. Je n'ai pas bien vu parce que je suis petit, mais Buster Oates était juste devant et il a dit que le retardé mental avait une quéquette de la taille d'une bouche d'incendie. Voilà ce qu'il a dit.

— Seigneur ! s'exclama respectueusement Morton, pensant peut-être à son membre minuscule.

Wolf hurla tout le jour, mais, dès que le soleil se mit à décliner, il se tut. Les garçons trouvaient ce nouveau silence menaçant. Ils se regardaient souvent entre eux, et encore plus souvent, quoique plus mal à l'aise, risquaient un regard vers le rectangle en fer planté au milieu d'un coin pelé dans l'arrière-cour du Foyer. Le Mitard mesurait un mètre quatre-vingts de long sur quatre-vingt-dix centimètres de haut ; hormis le grossier carré découpé dans la face ouest et recouvert d'un gros grillage d'acier, il ressemblait exactement à un cercueil métallique. Que se passait-il à l'intérieur ? se demandaient-ils. Et même, lors de la confession, durant laquelle d'habitude les garçons se laissaient captiver, toute autre considération oubliée, ils ne quittèrent pas des yeux l'unique fenêtre de la salle commune, alors que celle-ci donnait du côté opposé au Mitard.

Que se passait-il à l'intérieur ?

Hector Bast savait qu'ils avaient l'esprit ailleurs, et cela l'exaspérait, mais il était incapable d'intervenir parce qu'il ignorait ce qui précisément n'allait pas. Un sentiment d'attente frileuse tenaillait les pensionnaires du Foyer. Leurs frimousses étaient plus pâles que jamais ; leurs yeux étincelaient comme ceux des toxicomanes.

Que se passait-il là-dedans ?

Ce qui se passait se révélait assez simple.

Wolf s'en allait avec la lune.

Il le sentit venir lorsque le carré de soleil projeté par la bouche d'aération se mit à gagner en hauteur, tandis que la qualité de la lumière devenait rougeâtre. C'était trop tôt pour aller avec la lune ; celle-ci n'était pas encore complètement pleine et il lui en coûterait. Pourtant, cela arriverait, comme cela finissait toujours par arriver aux Loups, que ce fût l'époque ou non, lorsqu'on les mettait trop aux abois. Wolf s'était contrôlé longtemps afin de faire plaisir à Jacky. Pour Jack, il avait accompli en ce monde de grands actes d'héroïsme. Jack en devinerait vaguement certains, sans jamais appréhender de près ou de loin leur véritable ampleur.

Mais à présent il se mourait, et s'en allait avec la lune, et parce que ceci rendait cela plus que supportable — presque sacré et nécessairement écrit — Wolf s'en allait avec soulagement et allégresse. C'était merveilleux de ne plus avoir à se battre.

Sa bouche, soudain un abîme de dents.

3

Après le départ d'Heck, il y eut des bruits de bureau : le léger grincement de chaises qu'on bouge, le cliquetis des clés accrochées à la ceinture du révérend, une porte de classeur qui s'ouvre et se referme.

— Abelson. Deux cent quarante dollars et trente-six *cents*.

Bruits de touches qu'on frappe. Peter Abelson faisait partie du PE. Comme tous les garçons du PE, il était brillant, bien fait de sa personne, et ne celait aucun défaut physique. Jack ne l'avait vu qu'en de rares occasions, mais il trouvait qu'Abelson ressemblait à Dondi, ce gosse déshérité aux grands yeux, héros de bande dessinée.

— Clark. Soixante-deux dollars et dix-sept *cents*.

Touches qu'on frappe. La machine ronronna lorsque Sonny appuya sur la touche TOTAL.

— Cela fait une drôle de chute, remarqua Sonny.

— Je lui parlerai, sois sans crainte. Je t'en prie, ne discute pas maintenant,

Sonny. M. Sloat arrive à Muncie à dix heures et quart, et la route est longue. Je ne veux pas être en retard.

— Excusez-moi, révérend.

Gardener répondit quelque chose que Jack n'entendit même pas. Le nom de *Sloat* lui avait donné un choc ; toutefois, il n'était pas réellement surpris, sachant au fond de lui que cela faisait partie du jeu. Gardener avait conçu des soupçons depuis le début. Il n'avait pas voulu ennuyer son chef avec des vétilles, conjectura Jack. A moins qu'il ne se fût refusé à admettre qu'il avait besoin d'aide pour arracher la vérité à Jack. Mais, finalement, il avait appelé. Où ? Dans l'Est ? L'Ouest ? Jack aurait donné beaucoup juste pour savoir. Morgan se trouvait-il à Los Angeles ou dans le New-Hampshire ?

Bonjour, monsieur Sloat. J'espère que je ne vous dérange pas. La police locale m'a amené un garçon — deux, en fait, mais c'est seulement le plus intelligent qui m'intéresse. Il me semble le connaître. Ou alors c'est peut-être mon... ah, mon autre moi qui le connaît. Il prétend s'appeler Jack Parker, mais... Comment ? Le décrire ? Très bien...

Et les hostilités avaient commencé.

Je t'en prie, ne discute pas, Sonny. M. Sloat arrive à Muncie à dix heures et quart...

Il restait peu de temps.

Je t'avais dit de te magner le cul, Jack... trop tard maintenant.

Tous les garçons sont mauvais. C'est axiomatique.

Jack leva légèrement la tête pour inspecter la pièce. Gardener et Sonny Singer étaient assis à côté derrière le bureau, dans le repaire souterrain du révérend. Sonny tapait sur une machine à calculer tandis que Gardener lui dictait chiffre après chiffre, chacun suivant le nom d'un membre du Personnel Extérieur, les noms étant eux-mêmes classés par ordre alphabétique. En face du révérend, il y avait un registre, un grand classeur métallique et une pile irrégulière d'enveloppes. Le temps que Gardener tienne une enveloppe pour déchiffrer le montant gribouillé dessus, Jack put en voir le revers. Un dessin représentait deux heureux bambins, chacun chargé d'une Bible, qui gambadaient main dans la main sur la route en direction d'une église. Il était écrit dessous : JE SERAI UN RAYON DE SOLEIL POUR JÉSUS.

— Temkin. Cent six dollars tout ronds.

L'enveloppe partit dans le classeur rejoindre ses pareilles déjà enregistrées.

— Je crois qu'il recommence, commenta Sonny.

— Dieu voit la vérité mais sait patienter, déclara Gardener d'un ton doucereux. Victor est très bien. Maintenant, tais-toi et terminons-en avant six heures.

Sonny tapota sur sa machine.

Le tableau de Jésus marchant sur les eaux avait été repoussé, révélant un coffre-fort derrière. Le coffre était ouvert.

Jack nota la présence d'autres choses intéressantes sur le bureau de

Gardener ; deux enveloppes, l'une marquée JACK PARKER, et l'autre PHILIP JACK WOLF. Plus son cher vieux sac.

La troisième chose était le trousseau de clés du révérend. Des clés, les yeux de Jack errèrent jusqu'à la porte fermée sur le mur de gauche, la sortie privée de Gardener, il le savait. Si seulement il y avait un moyen...

— Yellin. Soixante-deux dollars et dix-neuf *cents*.

Gardener soupira, déposa la dernière enveloppe dans le long bac en acier et referma son registre.

— Apparemment, Heck avait raison. Je crois que notre cher ami, M. Jack Parker, s'est réveillé.

Il se leva, contourna son bureau et se dirigea vers Jack. Ses yeux fous, couleur noisette, flamboyaient. Il plongea la main dans sa poche et ressortit son briquet. A la vue de celui-ci, Jack sentit la panique monter en lui.

— Seulement, tu ne t'appelles pas du tout Parker, n'est-ce pas, mon cher petit ? Ton vrai nom est Sawyer, n'est-ce pas ? Eh oui. Sawyer. Et quelqu'un qui s'intéresse beaucoup à toi va arriver très, très bientôt. Et nous aurons toutes sortes de choses passionnantes à lui raconter, n'est-ce pas ?

Le révérend Gardener gloussa de rire et rabattit le capuchon du Zippo, mettant à jour la molette noircie, la mèche fuligineuse.

— La confession allège l'âme, susurra-t-il en allumant son briquet.

4

Pan !

— Qu'est-ce que c'est ? s'inquiéta Rudolph, quittant des yeux sa batterie de fours.

Le souper — quinze énormes dindes en tourte — se présentait on ne peut mieux.

— Quoi ? demanda George Irwinson.

A l'évier, où il pelait des pommes de terre, Donny Keegan lâcha son grand rire hennissant.

— Je n'ai rien entendu, reprit Irwinson.

Donny rit de plus belle.

Rudolph le toisa, exaspéré.

— Tu vas faire des rubans avec ces maudites patates, espèce d'idiot ?

— Hi hi hi hi !

Pan !

— Là, tu l'as entendu cette fois, non ?

Irwinson se contenta de secouer la tête.

Soudain, Rudolph eut peur. Ces bruits provenaient du Mitard — qu'il était censé, bien sûr, prendre pour un parc à fourrage. Drôle de hasard. Le gros garçon se trouvait dedans, celui dont ils disaient qu'il avait été surpris ce matin en train de se tripoter avec son copain, celui qui seulement la veille avait essayé d'acheter son silence. Ils disaient que le gros avait placé un méchant coup avant que Bast ne lui flanque une volée... et certains disaient aussi que le gros n'avait pas simplement cassé la main de Bast ; ils affirmaient qu'il l'avait réduite en bouillie. C'était un mensonge, bien sûr, impossible autrement, mais...

PAN !

Cette fois, Irwinson regarda autour de lui. Brusquement, Rudolph décida qu'il avait besoin d'aller aux toilettes. Et qu'il monterait peut-être jusqu'au deuxième pour faire ce qu'il avait à faire. Et qu'il n'en ressortirait pas sans doute avant deux ou trois heures. Il sentait venir l'orage, un gros orage.

PAN ! PAN !

Merde pour les dindes en tourte !

Rudolph ôta son tablier, le jeta sur la paillasse, par-dessus la morue séchée qu'il faisait tremper pour le dîner de demain soir, et se dirigea vers la sortie.

— Où allez-vous ? s'enquit Irwinson.

Soudain trop aiguë, sa voix chevrotait. Ses cheveux humides lui pendant sur la figure, Donny Keegan travaillait furieusement à transformer en balles de golf des pommes de terre originellement de la taille d'un ballon de foot.

PAN ! PAN ! PAN-PAN-PAN !

Rudolph ne prit pas la peine de répondre à Irwinson et, au moment où il atteignait le premier étage, il courait presque. Les temps étaient durs en Indiana, l'embauche rare, et le révérend Gardener payait en espèces.

N'empêche que Rudolph commençait à se demander si l'heure n'était pas venue de chercher un nouvel emploi, autrement dit : laissez-moi sortir d'ici !

5

PAN !

Le verrou d'en haut de la porte du Mitard se brisa en deux. Momentanément, il y eut un trou sombre entre la paroi et la porte.

Un instant de silence. Puis :

PAN !

Le verrou du bas crissa, ploya.

PAN !

Il céda.

La porte du Mitard grinça en tournant sur ses gros gonds de fabrication grossière. Apparurent deux énormes pieds à l'épaisse toison, talons en l'air. De longues griffes se plantèrent dans la terre.

Wolf entreprit de sortir en se tortillant.

6

La flamme oscillait d'avant en arrière sous les yeux de Jack ; d'avant en arrière, d'avant en arrière. Le révérend Gardener semblait un croisement entre l'hypnotiseur de foire et quelque acteur de l'ancien temps mimant la biographie d'un Grand Savant au cinéma de minuit. Paul Muni, par exemple.

C'était comique ; s'il n'avait pas été aussi terrifié, Jack aurait rigolé. Et peut-être rigolerait-il, après tout.

— A présent, j'ai quelques questions à te poser, et tu vas y répondre, dit Gardener. M. Morgan pourrait t'arracher lui-même les réponses — oh, sans difficulté, indubitablement ! — mais je préfère lui épargner cette corvée. Donc... Depuis quand es-tu capable d'émigrer ?

— Je ne vois pas ce que vous voulez dire.

— Depuis quand es-tu capable d'émigrer dans les Territoires ?

— J'ignore de quoi vous parlez.

La flamme se rapprocha.

— Où est le nègre ?

— Qui ?

— Le nègre, le nègre ! brailla Gardener. Parker, Parkus, peu importe comment il s'appelle ! Où est-il ?

— J'ignore de qui vous parlez !

— Sonny ! Andy ! hurla Gardener. Détachez sa main gauche et tendez-la-moi.

Warwick se pencha pour faire quelque chose par-dessus l'épaule de Jack. L'instant d'après, ils dépliaient le bras de Jack de derrière son dos. En se réveillant, son membre fut assailli de picotements. Jack tenta de se débattre, en vain. Ils tendirent sa main en l'air.

— Maintenant, écartez-lui les doigts.

Sonny tira l'annulaire et le petit doigt d'un côté ; Warwick l'index et le médius de l'autre. Dans la seconde qui suivit, Gardener avait appliqué la flamme du Zippo sur la membrane à la base du V ainsi formé. La douleur était atroce, irradiant de son bras gauche jusqu'à sembler emplir le corps entier. Une bonne odeur de roussi envahit l'atmosphère. Lui. Brûlé. Lui.

Au bout d'une éternité, Gardener retira son Zippo et le referma. Des gouttes de sueur perlaient sur son front. Il haletait.

— Les démons crient avant de sortir, déclara-t-il. Que oui, ils crient ! N'est-ce pas, les garçons ?

— Oui, gloire à Dieu ! récita Warwick.

— Personne ne peut vous river ce clou, ajouta Sonny.

— Oh, oui, je le sais. Et comment ! Je connais à la fois les secrets des garçons et des démons.

Gardener pouffa, puis se pencha en avant, sa figure touchant presque celle de Jack. Le parfum entêtant de l'eau de Cologne submergea les narines de Jack. Aussi terrible que cela pût être, il trouva que cela valait mieux que l'odeur de sa chair brûlée.

— Alors, Jack. Depuis quand émigres-tu ? Où est le nègre ? Que sait ta mère de tout ça ? A qui en as-tu parlé ? Qu'est-ce que le nègre t'a raconté ? Nous commencerons par là.

— J'ignore de quoi vous parlez.

Gardener dénuda ses dents en un rictus.

— Les garçons, lança-t-il. Nous allons encore faire couler un peu de soleil dans l'âme de votre camarade. Rattachez son bras gauche et libérez-lui le droit.

Le révérend Gardener rouvrit son briquet et patienta, son pouce négligemment posé sur la molette.

7

George Irwinson et Donny Keegan se trouvaient toujours dans la cuisine.

— Il y a quelqu'un dehors, déclara nerveusement George.

Donny ne dit rien. Il avait fini de peler les pommes de terre et se réchauffait actuellement devant les fours. Il se demandait quoi faire. La confession avait lieu juste au bout du hall, il le savait, et voilà où il aurait voulu être, dans un endroit sûr, alors qu'ici, aux cuisines, il se sentait très, très nerveux. Mais Rudolph ne les avait pas congédiés. Mieux valait ne pas bouger.

— J'ai entendu quelqu'un, insista George.

Donny éclata de rire.

— Hi hi hi !

— Arrête ! Ton rire me fait gerber, s'exclama George. J'ai une nouvelle BD de Captain America sous mon matelas. Si tu jettes un coup d'œil dehors, je te la prêterai.

Donny secoua la tête et poussa un nouvel hennissement

George regarda en direction de la porte. On aurait dit un bruit de grattement. Gratter à la porte. Comme un chien qui voudrait rentrer. Un chiot perdu, sans maître. Sauf quel genre de chiot perdu pourrait gratter en haut d'une porte qui mesurait près de deux mètres ?

George alla à la fenêtre regarder dehors. Il ne voyait presque rien dans l'obscurité. Le Mitard n'était plus qu'une ombre parmi d'autres.

George se dirigea vers la porte.

8

Jack cria si fort qu'il crut s'être déchiré les cordes vocales. Désormais, Casey aussi s'était mis de la partie, Casey avec son gros ventre ballottant, et c'était une aubaine pour eux, car, actuellement, il en fallait trois — Casey, Warwick et Sonny Singer — pour immobiliser le bras de Jack et maintenir sa main au contact de la flamme.

Lorsque Gardener éloigna enfin celle-ci, il y avait une tache noire, cloquée, boursouflée, de la taille d'un *quarter* sur le dessus de la main de Jack.

Gardener se leva, récupéra sur son bureau l'enveloppe au nom de JACK PARKER et la rapporta avec lui. Il en sortit le médiator.

— Qu'est-ce que c'est ?

— Un médiator, bredouilla Jack.

Ses mains lui faisaient souffrir le martyre.
— Qu'est-ce que c'est dans les Territoires ?
— Je ne sais pas ce que vous voulez dire.
— Et ça ?
— Une bille. Vous êtes aveugle ou quoi ?
— Est-ce aussi un jouet dans les Territoires ?
— Je ne...
— Est-ce un miroir ?
— ... sais...
— Est-ce une toupie qui disparaît quand on la fait tourner vite ?
— ... de quoi vous...
— TU LE SAIS ! TU LE SAIS, ESPÈCE DE MAUDIT DRÔLE, PÉDÉ !
— ... parlez...
Gardener gifla Jack en pleine figure.
Il sortit le dollar d'argent, les yeux brillants.
— Qu'est-ce que c'est ?
— Un porte-bonheur que m'a donné ma tante Helen.
— Qu'est-ce dans les Territoires ?
— Une boîte de Rice Crispies.
Gardener leva son briquet.
— Ta dernière chance, mon petit.
— Ça devient un vibraphone qui joue « Crazy Rhythm ».
— Redonnez-moi sa main droite, ordonna Gardener.
Jack eut beau se débattre, ils étendirent sa main à plat.

9

Dans les rôtissoires, les dindes en tourte commençaient à se carboniser.

George Irwinson était planté devant la porte depuis près de cinq minutes, tâchant de prendre son courage à deux mains pour l'ouvrir. Le bruit de grattement ne s'était pas reproduit.

— Bon, je vais te montrer qu'il n'y a pas de quoi avoir peur, espèce de froussard, dit bravement George. Quand on est fort du Seigneur, on n'a jamais besoin d'avoir peur !

Après cette noble déclaration, il ouvrit grand la porte. Une immense créature noiraude et hirsute se tenait sur le seuil, les yeux rougeoyants au fond de leurs orbites. George distingua la patte qui se leva et retomba dans l'orageux crépuscule d'automne. Des griffes d'une vingtaine de centimètres étincelèrent à la lumière de la cuisine. Elles se plantèrent dans le cou de George Irwinson, dont la tête vola à travers la pièce dans un jet de sang pour aller rouler aux pieds de Donny Keegan, hilare, follement hilare.

Retombant à quatre pattes, Wolf bondit dans la cuisine. Il passa devant Donny Keegan sans le regarder et fonça dans le hall.

10

Wolf ! Wolf ! Ici et maintenant !

D'accord, c'était la voix de Wolf qui résonnait en son esprit, mais plus grave, plus riche, plus impérative que jamais. Elle perçait à travers la souffrance embrumant son esprit, tel un beau couteau suédois.

Il pensa : *Wolf court avec la lune.* Cette pensée suscita en lui un mélange de triomphe et de chagrin.

Le révérend Gardener regardait en l'air, les yeux rétrécis. En cet instant, il ressemblait lui-même beaucoup à une bête, une bête qui a flairé le danger.

— Révérend ? interrogea Sonny, lequel haletait légèrement, les pupilles très dilatées.

Il jouit, constata Jack. *Si je me mets à parler, Sonny sera déçu.*

— J'ai entendu du bruit, dit Gardener. Casey, va écouter ce qui se passe dans la cuisine et la salle commune.

— Bien.

Casey s'esquiva.

Gardener reporta ses yeux sur Jack.

— Je vais devoir bientôt partir à Muncie, annonça-t-il, et lorsque j'accueillerai M. Morgan, je veux être en mesure de lui fournir immédiatement certains renseignements. Tu devrais donc parler, Jack. Évite-toi de grandes souffrances.

Jack affronta son regard, dans l'espoir que les violents battements de son cœur ne se devinent pas à sa figure, ni à une pulsation plus rapide, apparente, des veines du cou. Si Wolf était sorti du Mitard...

Gardener tenait le médiator donné par Speedy dans une main, et la pièce, cadeau du capitaine Farren, dans l'autre.

— Qu'est-ce que c'est ?

— Quand je décolle, ils se transforment en testicules de tortue, répondit Jack en éclatant d'un rire sauvage, hystérique.

Le visage de Gardener se congestionna de colère.

— Rattachez-lui les bras, ordonna-t-il à Sonny et Andy. Rattachez ses bras et puis baissez la culotte de ce maudit bâtard. Voyons ce qui se passe si nous lui chauffons les roustons.

11

Heck Bast s'ennuyait mortellement pendant la confession. Il les avait tous déjà entendus, ces misérables péchés sur commande. *J'ai volé du fric dans le porte-monnaie de ma mère, je fumais des joints dans la cour de récréation, nous mettions de la colle dans un sac-poubelle pour la renifler, j'ai fait ci, j'ai fait ça.* Des histoires de gamins. Aucun intérêt. Rien qui l'empêche de penser aux douloureux élancements de sa main. Heck aurait voulu être en bas afin de s'exercer sur le dénommé Sawyer. Ensuite, ils s'attaqueraient au gros débile qui avait réussi à le surprendre et à détruire sa bonne main droite.

Oui, se mettre au travail sur le gros débile serait un véritable plaisir. De préférence avec un jeu de tenailles.

Un garçon du nom de Vernon Skarda était présentement en train d'ânonner.

— ... donc, lui et moi, nous avons vu qu'elle avait les clés sur elle, voyez ce que je veux dire ? Donc, il fait : « Sautons sur la salope et emmenons-la derrière le bloc », il fait. Mais je savais que ça n'allait pas, et je lui ai dit ; alors, il fait : « Tu n'es qu'un froussard. » Alors, je fais : « J'n'suis pas un froussard. » Comme ça. Alors, il fait : « Prouve-le, prouve-le. » « C'est pas de la rigolade », je fais. Alors...

Oh ! Doux Jésus, pensa Heck. Sa main commençait vraiment à lui élancer, et ses pilules contre la douleur étaient en haut dans sa chambre. De l'autre côté de la pièce, il vit Peabody bâiller à se décrocher la mâchoire....

— Donc nous avons fait le tour du bloc, et puis il me fait...

Soudain, la porte claqua vers l'intérieur, si fort que les gonds sautèrent. Elle heurta le mur, rebondit, cogna au passage un gamin du nom de Tom Cassidy, le fit tomber et le cloua au sol. Quelque chose se rua dans la salle ; d'abord, Heck Bast crut que c'était la plus grosse saloperie de chien qu'il ait vu de sa vie. Les gosses hurlèrent et bondirent de leurs chaises... et puis restèrent figés sur place, les yeux écarquillés d'incrédulité, tandis que la bête noirâtre qu'était Wolf se tenait debout, des lambeaux de treillis et de chemise à carreaux encore accrochés à son corps.

Vernon Skarda fixait le vide, les yeux exorbités, la mâchoire pendante.

Wolf rugit, ses yeux flamboyant à la ronde, pendant que les garçons reculaient loin de lui. Pedersen battit en retraite vers la sortie. Wolf, si grand que sa tête touchait presque le plafond, réagit avec la rapidité de l'éclair. Il lança un bras épais comme une poutre. Ses griffes forèrent un canal dans le dos de Pedersen. Durant un instant, sa colonne vertébrale fut nettement visible, on aurait dit un câble sanguinolent. Des caillots éclaboussèrent les murs. Pedersen fit encore un grand pas chancelant dans le hall, puis s'affaissa.

Wolf pivota... et ses prunelles étincelantes s'arrêtèrent sur Heck Bast. Celui-ci se sentit soudain les jambes molles, face à cette horreur hirsute aux yeux rouges. Il savait qui c'était... ou, du moins, qui ç'avait été.

Heck aurait donné n'importe quoi au monde rien que pour s'ennuyer comme avant.

12

Jack était de nouveau assis, ses mains brûlées, palpitantes, coincées dans le creux de ses reins ; Sonny avait lacé la camisole très serré avant de déboutonner et de baisser le pantalon de Jack.

— A présent, lança Gardener qui tenait son Zippo de manière que Jack puisse le voir, écoute-moi, Jack, écoute-moi bien. Je vais recommencer à te poser des questions. Et, si tu n'y réponds pas avec sincérité, la sodomie est une tentation qui ne te travaillera jamais plus.

Sonny gloussa sans retenue. Cette lueur de désir glauque, inhumaine, avait réapparu dans ses yeux. Il contemplait la tête de Jack avec une gourmandise morbide.

— Révérend Gardener ! Révérend Gardener ! C'était Casey, qui avait l'air désemparé. Jack rouvrit les yeux. Une espèce de monstre se promène en haut !

— Je ne veux pas qu'on me dérange.

— Donny Kergan rit comme un malade dans la cuisine ! Et...

— Il a dit qu'il ne voulait pas être dérangé, l'interrompit Sonny. Tu n'as pas entendu ?

Mais Casey était trop effaré pour en tenir compte.

— .... et c'est comme s'il y avait une émeute dans la salle commune ! Des cris ! Des hurlements ! Et on dirait...

Brusquement, l'esprit de Jack répercuta un rugissement d'une force et d'une vitalité incroyables :

Jacky ! Où es-tu ? Wolf ! Où es-tu, ici et maintenant ?

— ... qu'on a lâché une meute de chiens ou je ne sais quoi là-haut ! Gardener fixait désormais Casey, les yeux plissés, les lèvres pincées.

Dans le bureau de Gardener ! En bas ! Là où nous étions au début ! En tas, Jacky ?

En bas ! En BAS, Wolf !

Ici et maintenant !

C'était bien ça ; Wolf avait perdu la tête. Venant d'en haut, Jack entendit un coup et un cri.

— Révérend Gardener ? s'inquiéta Casey. Sa figure habituellement enflammée devint d'une pâleur mortelle. Révérend Gardener, qu'est-ce que c'est ? Qu'est-ce ?

— Tais-toi ! cria Gardener, et Casey se rétracta comme si on l'avait giflé, les yeux ronds de reproche, ses grosses bajoues tremblotantes.

Passant devant lui, Gardener se dirigea vers le coffre, d'où il sortit un énorme pistolet qu'il fourra dans sa ceinture. Pour la première fois, le révérend avait l'air inquiet et dérouté.

Au rez-de-chaussée, il y eut un sourd fracas, suivi de braillements. Singer, Warwick et Casey, tous levèrent des yeux anxieux vers en haut ; on eût dit les occupants d'un abri antiatomique écoutant avec angoisse un sifflement qui s'amplifiait au-dessus d'eux.

Gardener dévisagea Jack. Un rictus émergea sur sa figure ; les coins de sa bouche tressautaient irrégulièrement, comme si des ficelles y étaient attachées, des ficelles qui seraient tirées par un marionnettiste peu doué.

— Il va venir ici, n'est-ce pas ? reprit Gardener. Il inclina la tête comme si Jack avait acquiescé. Il va venir... mais je ne pense pas qu'il repartira.

13

Wolf sauta. Heck Bast tenta de se protéger la gorge du plâtre de sa main droite. Il y eut une douleur fulgurante, un craquement sec et un nuage de poussière lorsque Wolf, d'un coup de dents, arracha le plâtre, ainsi que ce qu'il y avait dedans. Heck fixait stupidement l'ancien emplacement de sa main. Le sang gicla de son poignet, trempant son pull blanc d'une tiédeur écarlate, brillante.

— Je t'en prie, gémit Heck. Je t'en prie, je t'en prie, ne...

Wolf recracha la main. Sa tête revint à la charge avec la rapidité d'un serpent qui attaque. Heck sentit un vague tiraillement quand Wolf l'égorgea, puis plus rien.

14

Au moment où il surgit de la salle commune, Peabody dérapa dans le sang de Pedersen, tomba sur un genou, se releva, puis galopa à l'autre bout du hall, se vomissant dessus en chemin. Des gosses couraient dans tous les sens, poussant des cris paniqués. La panique de Peabody n'allait pas jusque-là. Il se rappelait ce qu'il était censé faire en cas de situation grave — bien qu'il ne crût pas qu'on eût jamais prévu une situation aussi grave que celle-ci ; il avait dans l'idée que le révérend Gardener pensait plutôt à un gosse qui piquerait sa crise en en découpant un autre en morceaux, quelque chose dans ce style.

Après le parloir où défilaient les nouveaux venus lors de leur arrivée au Foyer du Soleil, il y avait un petit bureau à l'usage exclusif des brutes que Gardener considérait comme ses « assistants ».

Peabody se barricada dans le réduit, décrocha le téléphone et composa un numéro d'urgence. Un instant plus tard, il parlait à Francky Williams.

— Peabody, du Foyer du Soleil, énonça-t-il. Vous devriez monter jusqu'ici avec toute la police du coin, inspecteur Williams. L'enfer s'est...

De l'autre côté, il perçut un cri plaintif suivi d'un bruit de bois cassé. Il y eut un grondement, une espèce d'aboiement, et le cri s'arrêta net.

— ... déchaîné chez nous, termina-t-il.

— Quel genre d'enfer ? s'enquit Williams avec impatience. Laisse-moi parler à Gardener.

— Je ne sais pas où est le révérend, mais, s'il le pouvait, il vous appellerait lui-même. Il y a des morts. Des *gosses*.

— *Quoi ?*

— Venez donc chez nous avec plein d'hommes, supplia Peabody. Et aussi des armes.

Encore un cri. Le craquement de quelque chose de lourd — la grosse commode ancienne dans l'entrée, sans doute... renversée.

— Des mitraillettes, si vous en trouvez.

Un cliquetis cristallin tandis que le grand lustre du hall s'écroulait.

Peabody se fit tout petit. On aurait dit que le monstre mettait à sac la baraque entière à mains nues.

— Merde, apportez une bombe nucléaire si vous pouvez, rajouta Peabody en se mettant à pleurnicher.

— Qu'est-ce ?

Peabody raccrocha avant que Williams finisse sa phrase. Il rampa dans l'espace sous le bureau. Entoura sa tête de ses bras. Et commença à prier avec ferveur que tout ceci ne se révèle être qu'un rêve — la pire saloperie de cauchemar qu'il eût jamais eu.

15

Wolf se déchaînait dans le hall entre la salle commune et la porte d'entrée, s'arrêtant seulement le temps de renverser la commode et de sauter souplement en l'air pour s'accrocher au lustre. Tel Tarzan, il se balança dessus jusqu'à ce qu'il décroche du plafond et arrose d'éclats de cristal tout le tapis du hall.

En TAS. Jacky était en TAS. Bon... quel tas ?

Incapable de supporter plus longtemps l'horrible tension de l'attente, un gamin ouvrit brusquement la porte du placard où il se cachait et s'élança vers l'escalier. Wolf le rattrapa et le jeta d'un bout à l'autre du hall. Le gosse heurta la porte de la cuisine dans un bruit d'os cassés et s'écroula comme une masse.

L'odeur grisante du sang fraîchement versé faisait tourner la tête de Wolf. Ses poils pendaient en boucles ensanglantées sur sa mâchoire et son museau. Il tentait de ne pas perdre le fil de ses pensées, mais il avait du mal, bien du mal. A présent, il fallait qu'il trouve Jacky très vite, avant qu'il ne perdît complètement la faculté de penser.

Il rebroussa chemin vers la cuisine, par où il était entré, courant à quatre pattes parce qu'ainsi, il se déplaçait plus vite et plus facilement... et, soudain, en passant devant une porte close, il se souvint. L'endroit exigu. L'impression de descendre dans un tombeau. L'âcre odeur d'humidité dans sa gorge.

En BAS. Derrière cette porte. Ici et maintenant !

— *Wolf !* glapit-il, bien que les gosses blottis dans leurs cachettes au rez-de-chaussée et au premier étage n'entendissent qu'un strident hurlement de triomphe. Il leva les béliers de combat qu'étaient ses bras puissamment musclés et les abattit sur la porte, qui s'ouvrit par le milieu en vomissant une pluie d'éclats de bois dans la cage d'escalier. Wolf se faufila au travers et, oui, voilà l'endroit étroit comme un goulet ; voilà le chemin menant au lieu où l'Homme Blanc avait débité ses mensonges pendant que Jack et ce brave Wolf devaient rester assis à l'écouter.

Jack s'y trouvait actuellement. Wolf flairait son odeur.

Mais il flairait aussi l'Homme Blanc... et l'odeur de la poudre.

Prudence...

Que oui. Les loups savaient être prudents. Les loups pouvaient courir, déchiqueter et tuer, mais quand il le fallait... les Wolfs savaient être prudents.

Il descendit l'escalier à quatre pattes, silencieux comme une ombre, les yeux aussi rouges que des signaux de stop.

16

Gardener devenait progressivement de plus en plus nerveux ; aux yeux de Jack, il avait l'air d'un homme qui approchait le seuil critique. Ses yeux erraient frénétiquement en un triangle, du studio où Casey écoutait de toutes ses oreilles à Jack, et de celui-ci à la porte menant au hall.

La plupart des bruits venant de l'étage s'étaient tus depuis quelque temps déjà.

Alors, Sonny Singer fit un pas vers la porte.

— Je vais monter voir ce qui se...

— *Tu ne vas nulle part ! Reviens ici !*

Sonny tressaillit comme si Gardener l'avait frappé.

— Que se passe-t-il, révérend Gardener ? demanda Jack. Vous semblez un peu nerveux.

La gifle de Sonny le déséquilibra.

— Fais attention à la manière dont tu parles, morveux ! Fais attention !

— Tu sembles nerveux aussi, Sonny. Et toi, Warwick. Et Casey, là.

— *Fais-le taire !* s'écria soudain Gardener. *Tu ne peux rien faire ? Dois-je tout faire ici moi-même ?*

Sonny gifla de nouveau Jack, beaucoup plus brutalement. Quoique son nez se mît à saigner, Jack souriait. Wolf était maintenant tout près... et Wolf se montrait prudent. Jack caressa le fol espoir qu'ils pourraient s'en sortir vivants.

Se dressant brusquement, Casey arracha les écouteurs de sa tête et appuya sur le bouton de l'intercom.

— Révérend Gardener ! J'entends des sirènes sur les micros extérieurs !

Les yeux de Gardener, à présent anormalement élargis, se reportèrent sur Casey.

— Quoi ? Combien ? A quelle distance ?

— Pas mal, on dirait, répondit Casey. Encore assez loin. Mais ils viennent par ici. Aucun doute là-dessus.

Gardener perdit alors son aplomb ; Jack en fut témoin. L'homme resta assis un moment, indécis, puis il s'essuya délicatement la bouche du revers de la main.

Ce n'est pas à cause de ce qui s'est passé à l'étage, ni des sirènes. Il sait aussi que Wolf approche. A sa manière, il le sent... et il n'aime pas ça. Wolf, nous avons peut-être une chance ! Peut-être !

Gardener tendit le pistolet à Sonny Singer.

— Je n'ai pas le temps de m'occuper de la police, ni de la pagaïe qu'il peut y avoir en haut, surtout maintenant, déclara-t-il. Morgan Sloat compte davantage. Je pars à Muncie. Sonny, toi et Andy venez avec moi. Surveille notre ami Jack pendant que je sors la voiture du garage. Quand vous m'entendrez corner, venez me rejoindre.

— Et Casey ? marmonna Andy Warwick.

— Oui, oui, d'accord, Casey aussi, acquiesça aussitôt Gardener, et Jack pensa : *il vous laisse tomber, espèces d'enfoirés. Il vous laisse tomber ; c'est si évident qu'il pourrait aussi bien louer un panneau sur le Sunset Strip et l'annoncer par voie d'affiche. Vous n'avez même pas assez de cervelle pour le comprendre. Vous resteriez assis ici dix ans à attendre un coup d'avertisseur, s'il y avait assez de provisions et de papier hygiénique.*

Gardener se leva. La figure empourprée par sa nouvelle importance, Sonny Singer s'assit derrière le bureau et braqua le revolver sur Jack.

— Si son débile de copain pointe son nez, dit Gardener, abats-le.

— Comment pourrait-il pointer son nez ? s'offusqua Sonny. Il est au Mitard.

— Peu importe, reprit Gardener. C'est un démon ; tous les deux sont des démons, c'est indubitable, axiomatique si le débile se montre, abats-le, abats-les tous les deux.

Il tripota son trousseau de clés et en choisit une.

— A mon coup d'avertisseur, insista-t-il, avant d'ouvrir la porte pour sortir.

Jack tendit l'oreille mais n'entendit rien, en fait de bruits de sirène.

La porte se referma derrière le révérend Gardener.

17

Le temps, qui s'étirait.

Une minute qui en paraissait deux ; deux qui en paraissaient dix ; quatre qui duraient une heure. Les trois « assistants » de Gardener qui restaient avec Jack avaient l'air de jouer au jeu de la statue. Raide comme la justice, Sonny trônait derrière le bureau du révérend, une place qu'il savourait et convoitait. Son arme pointée fermement sur la tête de Jack. Warwick gardait la porte menant au hall. Casey siégeait dans son box brillamment éclairé, les écouteurs de nouveau sur les oreilles, regardant fixement à travers la vitre opposée dans les ténèbres de la chapelle, sans rien voir, tout ouïe.

— Il ne vous emmènera pas avec lui, lança soudain Jack, légèrement surpris par le son de sa voix, calme et unie.

— La ferme, morveux, aboya Sonny.

— Si tu retiens ta respiration jusqu'à son coup de klaxon, tu as le temps de devenir violet, le nargua Jack.

— Au prochain mot qu'il dit, casse-lui le nez, Andy, cria Sonny.

— C'est ça, reprit Jack. Casse-moi le nez, Andy. Abats-moi, Sonny. Les flics arrivent, Gardener est parti, et ils vont trouver votre trio en compagnie d'un cadavre en camisole de force. Il s'interrompit et corrigea : un cadavre en camisole de force avec le nez cassé.

— Cogne-le, Andy, dit Sonny.

Quittant la porte, Andy Warwick gagna l'endroit où était assis Jack, entravé, son pantalon et son caleçon entortillés autour de ses chevilles. Jack tourna ouvertement sa figure vers celle de Warwick.

— C'est ça, Andy, l'apostropha-t-il. Cogne-moi. Je resterai tranquille. Quelle bonne cible !

Andy Warwick ferma le poing, prit de l'élan... et puis hésita. Ses yeux reflétèrent l'incertitude.

Il y avait un réveil digital sur le bureau de Gardener. Le regard de Jack s'y posa un instant, puis se reporta sur Warwick.

— Cela fait quatre minutes, Andy. Combien de temps faut-il à un type pour sortir une auto du garage ? Surtout quand il est pressé ?

Sonny Singer bondit hors du fauteuil du révérend, contourna le bureau et fonça sur Jack. Son visage étroit et sournois était furieux, ses poings serrés. Il fit mine de frapper Jack. Warwick, plus costaud, l'en empêcha. La physionomie de ce dernier trahissait à présent l'embarras... un profond embarras.

— Attends, dit-il.

— Je n'ai pas à l'écouter ! Je...

— Pourquoi ne demandez-vous pas à Casey si les sirènes se rapprochent ? questionna Jack ; et le froncement de sourcils de Warwick s'accentua. Vous êtes dans le pétrin, vous ne le voyez pas ? Faut-il que je vous fasse un dessin ? Ça sent mauvais ici. Il l'a compris... *senti* ! Il vous laisse en plan. D'après le remue-ménage en haut...

Se dégageant de la timide prise de Warwick, Sonny flanqua une beigne à Jack, dont la tête bascula sur le côté, puis retrouva lentement la position droite.

— ... c'est un plan vraiment merdique, termina Jack.

— Tais-toi ou je te tue, siffla Sonny.

Les chiffres du réveil changèrent.

— Déjà cinq minutes, commenta Jack.

— Sonny, intervint Warwick d'une voix entrecoupée. Enlevons-lui ce truc.

— Non ! cria Sonny d'un ton offensé, rageur... en fin de compte, effrayé.

— Tu sais ce qu'a dit le révérend, débita Warwick à toute allure. Avant. Lorsque les gens de la télé sont venus. Personne ne doit voir les camisoles. Ils ne comprendraient pas. Ils...

Clic ! L'intercom.

— Sonny ! Andy ! Casey avait l'air paniqué. Elles se rapprochent ! Les sirènes ! Seigneur ! Qu'est-ce qu'on est censé faire ?

— Enlevons-la-lui tout de suite !

La bouille de Warwick était livide, à part deux taches rouges aux pommettes.

— Le révérend Gardener a dit aussi...

— Je me fous de ce qu'il a dit aussi ! La voix de Warwick fléchit, exprimant désormais la peur la plus puérile. On va se faire attraper, Sonny ! On va se faire attraper !

Et Jack pensa qu'il entendait effectivement les sirènes, à moins que ce ne fût l'effet de son imagination.

Sonny roula des yeux en direction de Jack avec l'horrible indécision d'une bête piégée. Il leva à demi son revolver et, durant un instant, Jack crut que Sonny allait réellement l'abattre.

Mais il s'était écoulé six minutes, et toujours aucun signe de la divinité, annonçant que le *deus ex machina* levait le camp pour Muncie.

— C'est toi qui le détaches, concéda en boudant Sonny à Andy Warwick. Je ne veux même pas le toucher. C'est un pécheur, et un pédé.

Sonny se réfugia derrière le bureau tandis qu'Andy Warwick s'emmêlait les doigts avec les lacets de la camisole.

— Tu ferais mieux de ne rien dire, haleta-t-il. Tu ferais mieux de ne rien dire ou je te tuerai moi-même.

Bras droit de libre.

Bras gauche de libre.

Ils retombèrent mollement sur ses genoux. Les fourmillements revenaient. Warwick lui arracha l'odieux appareil, une horreur de toile grisâtre et de liens en cuir. Regardant l'objet dans ses mains, Warwick fit la grimace. Il se précipita de l'autre côté de la pièce et entreprit de le dissimuler dans le coffre-fort du révérend.

— Remonte ton pantalon, ordonna Sonny. Tu crois que j'ai envie de regarder tes accessoires ?

Jack s'affaira avec son caleçon, empoigna la ceinture de son pantalon, la lâcha et réussit à remonter le tout.

Clic ! L'intercom.

— Sonny ! Andy ! Voix de Casey, paniqué. J'entends quelque chose !

— Ils arrivent ? hurla presque Sonny. Warwick redoubla d'efforts pour enfoncer la camisole dans le coffre. Ils arrivent devant...

— *Non ! Dans la chapelle ! Je ne vois rien mais j'entends quelque chose dans la...*

Il y eut une explosion de verre brisé lorsque Wolf bondit des ténèbres de la chapelle à l'intérieur du studio.

18

Casey sur son fauteuil pivotant se repoussa loin de la console, ses cris hideusement amplifiés.

Dans le studio, il y eut une brève tempête de verre. Wolf atterrit à quatre pattes sur la console inclinée et glissa d'un bord à l'autre, ses yeux jetant une lueur rouge. Ses longues griffes tournaient des manettes et appuyaient sur des boutons au hasard. Le gros magnétophone Sony se mit en marche.

— ... COMMUNISTES ! brailla la voix du révérend Gardener.

Le volume était poussé au maximum, noyant les hurlements de Casey et les cris de Warwick : « Abats-le, Sonny, abats-le, *abats*-le ! » Mais il n'y avait pas que la voix de Gardener. En arrière-fond, telle une musique infernale, résonnait un concert de sirènes rugissantes comme les micros de Casey retransmettaient l'arrivée d'une caravane de véhicules de police dans l'allée du Foyer du Soleil.

— ... OH ! ILS VONT VOUS DIRE QUE C'EST TRÈS BIEN DE RE-GARDER DES LIVRES COCHONS ! ILS VOUS DIRONT QU'IL IMPORTE PEU QU'IL SOIT ILLÉGAL DE PRIER DANS LES ÉCOLES PUBLIQUES ! ILS VOUS DIRONT QU'IL IMPORTE ENCORE MOINS QU'IL Y AIT SEIZE REPRÉSENTANTS ET DEUX GOUVERNEURS QUI SOIENT HOMO-SEXUELS NOTOIRES ! ILS VOUS DIRONT...

Le siège de Casey alla rouler contre la paroi en verre séparant le studio du bureau de Gardener. Il tourna la tête et, un instant, tous purent voir ses yeux exorbités d'angoisse. Puis Wolf sauta du haut de la console, la gueule droit sur le ventre de Casey, où il creusa un sillon. Ses mâchoires se mirent à travailler à la vitesse d'une moissonneuse-batteuse. Le sang fusa et éclaboussa la vitre tandis que Casey était pris de convulsions.

— *Abats-le, Sonny, abats cette saloperie !* gueulait Warwick.

— J'pense que j'vais plutôt abattre celui-là, déclara Sonny en se retournant vers Jack.

Parlant avec l'air de quelqu'un qui a fini par prendre une grave décision, il hocha la tête, esquissa un rictus.

— ... JOUR VIENDRA, MES GARÇONS ! OH OUI ! UN GRAND JOUR, ET CE JOUR-LÀ, CES MAUDITS ATHÉES COMMUNISTES VONT S'APER-CEVOIR QUE LE ROC NE LES PROTÉGERA PAS, L'ARBRE MORT NE LEUR FOURNIRA PAS D'ABRI ! ILS VONT, OH ALLÉLUIA ! ILS VONT...

Wolf, grondant et éventrant.

Le révérend Gardener, vaticinant contre le communisme et l'humanisme, les maudits revendeurs de drogues qui voulaient l'assurance que la prière ne revienne jamais dans les écoles publiques.

Bruits de sirènes à l'extérieur ; portières qui claquent ; quelqu'un disant à un autre d'y aller calmement, le gosse avait paru choqué.

— Oui, c'est bien toi, le responsable de tout.

Il leva son 45. Le museau du 45 paraissait aussi grand que l'entrée du tunnel d'Oatley.

La paroi vitrée entre le studio et le bureau vola en éclats de leur côté avec un grésillement sourd. Une masse hirsute et noiraude fit irruption dans la pièce, le museau presque coupé en deux par un tesson de verre, les pattes ensanglantées. Elle poussa un cri presque humain, et une pensée frappa Jack si violemment qu'il partit à la renverse :

ON NE DOIT PAS FAIRE DE MAL AU TROUPEAU !

— *Wolf !* gémit-il. Attention ! Attention, il a un...

Sonny appuya deux fois sur la détente. Les détonations furent assourdis-santes dans un espace aussi confiné. Les balles n'étaient pas destinées à Wolf, mais à Jack. Au lieu de quoi elles atteignirent Wolf, parce qu'à cet instant il se trouvait entre les deux garçons, en plein élan. Jack vit s'ouvrir d'énormes trous déchiquetés, sanguinolents, dans le flanc de Wolf, à l'endroit d'où ressortaient les balles. La trajectoire des deux projectiles se modifia en pulvérisant les côtes de Wolf, et aucune ne toucha Jack, quoiqu'il en sentît une passer au ras de sa joue gauche.

— *Wolf !*

Le bond souple, agile de Wolf s'alourdit. Son épaule droite se déroba et il s'écrasa contre le mur dans une gerbe de sang, faisant tomber une photo sous verre du révérend coiffé du fez des Shriners[1].

Hilare, Sonny Singer pivota vers Wolf et refit feu. Il tenait son arme à deux mains et ses bras tressaillirent sous l'effet du recul. La fumée formait un épais nuage irrespirable, immobile. Tant bien que mal, Wolf se remit à quatre pattes, puis se dressa sur ses postérieures. Un déchirant hurlement de rage et de douleur couvrit les imprécations préenregistrées du révérend.

Sonny tira sur Wolf une quatrième fois. Le projectile laissa une caverne béante dans son bras gauche. Du sang et du cartilage voltigèrent.

JACKY ! JACKY, OH JACKY ! MAL, J'AI MAL.

Jack se traîna en avant et s'empara du réveil digital de Gardener ; c'était simplement la première chose qui lui tombait sous la main.

— *Sonny, regarde !* cria Warwick. Regarde...

Alors, Wolf, son torse entier une forêt sanglante de poils coagulés, fondit sur lui. Warwick s'agrippa à Wolf et un instant ils eurent presque l'air de danser.

— ... DANS UN LAC DE FEU À JAMAIS ! CAR LA BIBLE DIT...

Rassemblant toutes ses forces, Jack abattit le radio-réveil sur le crâne de Sonny, au moment où celui-ci allait se retourner. Le plastique craqua. Les chiffres à l'affichage du réveil se mirent à défiler aléatoirement.

Sonny pivota sur ses talons, tâchant de relever son arme. Jack fit décrire un moulinet à son appareil, lequel atterrit sur la bouche de Sonny. Les lèvres de Sonny se retroussèrent en un affreux rictus de dément. Il y eut un bruit sec lorsque ses dents se cassèrent. Son doigt enfonça de nouveau la détente. La balle partit entre ses pieds.

Il se cogna au mur, rebondit et sourit à Jack avec sa bouche ensanglantée. Chancelant sur ses jambes, il leva le pistolet.

— Maudit...

Wolf jeta Warwick. Celui-ci vola dans les airs avec une légèreté sans pareille et percuta Sonny dans le dos quand ce dernier faisait feu. La balle partit au hasard, ricocha sur l'une des bobines en train de tourner dans le studio et la pulvérisa. La voix stridente, déclamatoire du révérend Gardener s'éteignit.

Grondant, titubant, Wolf s'avança vers Sonny Singer, qui braqua son 45 sur lui et appuya sur la détente. Il y eut un clic sec, inopérant. Le sourire dégoulinant de Sonny se brouilla.

---

1. Les Shriners, sous-version populaire des Lyons ou des Rotariens.

— Non, protesta-t-il, et d'appuyer encore sur la détente... encore et encore...

Quand Wolf tendit la patte, il lança l'arme et tenta de se protéger derrière l'immense bureau de Gardener. Le pistolet heurta Wolf à la tête et, avec le peu de forces qui lui restaient, Wolf sauta par-dessus le meuble, éparpillant tout ce qui était posé dessus. Sonny recula mais Wolf put lui empoigner le bras.

— *Non !* glapit Sonny. *Non, t'as pas intérêt, sinon tu retournes au Mitard. Je suis quelqu'un ici, je... je... ahahah !*

Wolf tordit le bras de Sonny. Il y eut un bruit de déchirure, comme un enfant trop gourmand arrache le pilon d'une dinde rôtie. Soudain, le bras de Sonny se retrouva dans la grosse patte de Wolf. Sonny vacilla sur ses jambes, l'épaule pissant le sang. Jack aperçut une articulation blanche et luisante ; il se détourna, en proie à de violentes nausées.

19

Quand il rouvrit les yeux, Wolf titubait au milieu du carnage, jadis le bureau de Gardener. Ses yeux viraient au jaune pâle, comme des bougies qui s'éteignent. Quelque chose survenait à sa figure, à ses bras et à ses jambes : il redevenait Wolf... Voyant ça, Jack comprit alors pleinement ce que cela voulait dire. Les anciennes légendes avaient menti, selon lesquelles seules les balles d'argent pouvaient détruire un loup-garou, mais apparemment elles ne mentaient pas sur tout. Wolf se métamorphosait parce qu'il mourait.

— *Wolf, non !* gémit-il en réussissant à se mettre debout. Il arriva à mi-chemin de Wolf, glissa dans une flaque de sang, tomba à genoux, se releva. *Non !*

— Jacky...

Sa voix était grave, gutturale, guère plus qu'un grognement... quoique intelligible.

Et, chose incroyable, Wolf ébauchait un sourire.

Warwick avait ouvert la porte de Gardener. Les yeux agrandis d'effroi, il grimpait lentement les marches à reculons.

— *Vas-y !* hurla Jack. *Vas-y, sors d'ici !*

Andy Warwick détala comme un lapin.

Une voix venue de l'intercom — celle de Franky William — interrompit le bourdonnement monotone des enceintes. L'horreur y rivalisait avec une terrible excitation morbide.

— Bon Dieu, regardez-moi ça ! On dirait que quelqu'un s'est amusé avec un hachoir de boucher ! Vous, les gars, vérifiez la cuisine !

Wolf s'écroula, tel un arbre mort...

Jack s'agenouilla, le retourna face à lui. Les poils s'effaçaient des joues de Wolf avec la vitesse surnaturelle d'un polaroïd. Ses yeux étaient redevenus couleur noisette. Mais il paraissait à Jack affreusement las.

— Jacky — Wolf leva une main ensanglantée et effleura la joue de Jack. Touché... toi ? Il t'a...

— Non, répondit Jack qui berçait la tête de son ami. Non, Wolf. Il ne m'a pas eu. Pas une fois.

— Je...

Les yeux de Wolf se fermèrent, puis se rouvrirent lentement. Il sourit avec une douceur ineffable et parla en articulant soigneusement chaque mot, poussé par le besoin manifeste de s'expliquer.

— J'ai... protégé... mon... troupeau.

— Oui, balbutia Jack, et ses larmes se mirent à couler. Jusqu'à lui faire mal. Il sanglotait en berçant la tête émaciée, ébouriffée de Wolf. Tu l'as fait, mon bon vieux Wolf.

— Mon bon... bon vieux Jacky.

— Wolf, je vais monter à l'étage... il y a les flics... une ambulance...

— Non ! Une fois de plus, Wolf sembla faire un gros effort. Va-t'en... va-t'en...

— *Pas sans toi, Wolf !* Toutes les lumières se dédoublèrent, triplèrent. Jack tenait la tête de Wolf dans ses mains brûlées. Pas sans toi, beuh, jamais...

— Wolf... ne veut pas vivre dans ce monde.

Aspirant une frémissante goulée d'air dans sa large poitrine déchiquetée, il ébaucha un nouveau sourire.

— Ça sent... ça sent trop mauvais.

— Wolf... écoute, Wolf.

Wolf lui saisit tendrement les mains ; dans l'étreinte, Jack sentait les paumes de Wolf perdre leur duvet. C'était une sensation terrible, fantomatique.

— Je t'aime, Jacky.

— Moi aussi je t'aime, Wolf, dit Jack. Ici et maintenant.

Wolf sourit.

— Je rentre, Jacky... Je le sens. Je rentre...

Soudain, les mains de Wolf perdirent leur substance entre celles de Jack.

— *Wolf !* s'écria-t-il.

— Je rentre chez moi...

— *Wolf, non !*

Il sentit son cœur se serrer, prêt à se briser. Oh oui ! On pouvait avoir le cœur brisé, il en était sûr.

— *Wolf, reviens, je t'aime !*

Désormais, il émanait de Wolf une sensation de légèreté, l'impression qu'il se transformait en une espèce de cocon soyeux... ou en un miroitement illusoire. Un songe.

— ... adieu...

Wolf devenait transparent comme du verre. Transparent... transparent.

— *Wolf !*

—... je t'aime. Je...

Wolf était parti. A l'endroit où il se trouvait par terre, il ne restait plus qu'un contour sanglant.

— Oh, mon Dieu ! gémit Jack. Oh, mon Dieu ! Oh, mon Dieu !

Il se recroquevilla sur lui-même et se mit à se balancer d'avant en arrière en gémissant au milieu du bureau dévasté.

CHAPITRE 27

JACK S'ÉCLIPSE A NOUVEAU

1

Le temps passa. Jack avait perdu la notion du temps. Assis, les bras enroulés autour de lui comme s'il portait encore la camisole, il se balançait d'avant en arrière et gémissait en se demandant si Wolf était vraiment parti.

Il est parti. Oui, il est parti. Et devine qui l'a tué, Jack ? Devine qui ?

A un moment donné, le bourdonnement des enceintes prit une tonalité grésillante. Après quoi le bruit de friture s'amplifia et tout fut coupé : bourdonnement, cris à l'étage, moteurs tournant au ralenti devant. Jack le remarqua à peine.

Va-t'en, Wolf m'a dit de m'en aller.

Je ne peux pas. Je ne peux pas. Je suis fatigué, et tout ce que je fais tourne mal. Des gens se font tuer.

Arrête, bougre d'idiot complaisant ! Pense à ta mère, Jack.

Non ! Je suis fatigué. Laissez-moi.

Et la reine.

Je vous en prie, laissez-moi tranquille.

Finalement, il entendit s'ouvrir la porte en haut de l'escalier, et cela le réveilla. Il ne voulait pas qu'on le trouve ici. Qu'ils le ramassent dehors, dans la cour, mais pas dans cette pièce puante, enfumée, souillée de sang, où lui-même s'était fait torturer et son ami tuer.

Sans penser à ce qu'il faisait, Jack récupéra l'enveloppe marquée au nom de JACK PARKER. Il vérifia son contenu et vit le médiator, le dollar d'argent, son vieux portefeuille, l'atlas routier Rand McNally. Inclinant l'enveloppe, il vit aussi sa bille. Jack fourra le tout dans son havresac et enfila celui-ci avec l'impression d'agir en état d'hypnose.

Bruits de pas dans l'escalier, lents et prudents.

— ... où est cette putain de lumière...

— ... drôle d'odeur, comme dans un zoo...

— .. faites attention les gars.

Le regard de Jack se posa sur le bac en acier, où s'entassaient en ordre les enveloppes portant l'inscription : JE SERAI UN RAYON DE SOLEIL POUR JÉSUS. Il en intercepta deux.

Désormais, s'ils t'attrapent à la sortie, ils peuvent te garder pour vol aussi bien que pour meurtre.

Aucune importance. Actuellement, il bougeait pour le simple plaisir de bouger, rien de plus.

L'arrière-cour se révéla complètement déserte. Planté en haut de l'escalier menant à l'extérieur, Jack jeta des regards à la ronde, osant à peine y croire. De devant, lui parvenaient un brouhaha, des lumières clignotantes, d'occasionnels bruits de parasites et des échos de voix émanant des radios de la police dont le volume était poussé au maximum ; mais la cour était vide. C'était incompréhensible. Mais il supposa qu'ils étaient suffisamment ébranlés, bouleversés par ce qu'ils avaient trouvé à l'intérieur...

Puis retentit une voix assourdie, à moins de six mètres sur la gauche de Jack.

— Nom de Dieu ! Tu vois ce que je vois ?

Jack tourna vivement la tête. Là, reposant sur la terre battue, tel un grossier sarcophage de l'Age de Fer, se dressait le Mitard. Une torche électrique se déplaçait à l'intérieur. Jack voyait pointer des semelles de chaussures. Accroupie à l'entrée, une silhouette indistincte était en train d'examiner la porte.

— On dirait que ce truc a été arraché de ses gonds, cria le gars qui inspectait la porte. Pourtant, je ne sais pas comment on a pu faire ça. Les gonds sont en acier. Mais ils n'en sont pas moins... tordus.

— Laisse tomber tes foutus gonds, reprit la voix assourdie. Ce satané machin... Ils enfermaient des gosses dedans, Paulie ! Bien sûr qu'ils le faisaient ! Des gosses ! Il y a des initiales sur les parois...

La lumière se déplaça.

— ... ainsi que des versets de la Bible...

La lumière se déplaça encore.

— ... et des graffiti. De petits dessins. Avec des bonshommes en forme de bâtons, comme en font les gosses... Bon Dieu, tu crois que Williams était au courant ?

— Il devait l'être, répondit Paulie, encore fasciné par les gonds déchiquetés de la porte du Mitard.

Paulie était penché en avant ; son collègue ressortait à reculons. Sans faire le moindre effort pour se cacher, Jack traversa l'arrière-cour à leur insu. Il longea le garage et déboucha sur le bas-côté de la route. De là, il jouissait d'un bel angle de vision sur l'enchevêtrement des véhicules de police dans la cour de devant du Foyer du Soleil. Pendant qu'il regardait, une ambulance arriva en trouant la nuit de son gyrophare tournoyant et des mugissements de sa sirène.

— J't'aimais, Wolf, marmonna Jack avant de passer un bras sur ses yeux humides.

Il partit sur la route dans l'obscurité, pensant qu'il se ferait probablement ramasser avant même d'avoir parcouru un kilomètre.

Mais, trois heures plus tard, il marchait toujours en direction de l'ouest ; apparemment, les flics avaient suffisamment de quoi s'occuper sur place.

2

Droit devant, il y avait une voie à grande circulation, passé la prochaine côte ou celle d'après. Jack apercevait à l'horizon la lueur orangeâtre des lampes à arc, entendait le vrombissement des semi-remorques.

Faisant halte dans un ravin jonché d'ordures, il se lava les mains et la figure à un filet d'eau qui coulait d'une rigole. L'eau était glacée, mais au moins elle anesthésia momentanément les élancements de ses mains. Les vieilles précautions revenaient presque spontanément.

Jack resta quelque temps où il était, sous le sombre ciel nocturne d'Indiana, à écouter la rumeur des gros camions.

Le vent bruissant dans les arbres fit voler ses cheveux. A cause de la perte de Wolf, il avait le cœur gros, mais même cela n'empêchait pas qu'il était bon, ô combien, de se retrouver libre.

Une heure après, un routier ralentissait devant le gamin pâle et exténué, planté sur la voie de service, le pouce tendu. Jack grimpa à bord.

— Tu vas où, petit ? lui demanda le routier.

Jack était trop fatigué et trop abattu pour s'embarrasser de l'histoire — d'ailleurs, il s'en souvenait à peine. Il présuma qu'elle lui reviendrait assez tôt.

— Dans l'Ouest, répondit-il. Aussi loin que vous allez.

— Jusqu'à mi-État.

— Parfait, dit Jack avant de s'endormir comme un plomb.

L'énorme Diamond Reo roulait dans la nuit froide de l'Indiana ; Charlie Daniels sur le radio-cassette, il roulait vers l'ouest, chassant ses propres phares en direction de l'Illinois.

CHAPITRE 28

LE RÊVE DE JACK

1

Bien sûr, il emmenait Wolf. Wolf était retourné chez lui, mais une grande ombre fidèle voyageait aux côtés de Jack dans chacun des poids lourds, camions Volkswagen et véhicules poussiéreux qui ahanaient sur les grandes routes de l'Illinois. Ce fantôme souriant fendait le cœur de Jack. Parfois, il voyait — croyait voir — l'énorme masse poilue de Wolf gambader, folâtrer dans les champs dénudés. Libre, Wolf lui souriait avec des yeux couleur de citrouille. Lorsqu'il détournait le regard, Jack ressentait l'absence d'une main se refermant sur la sienne. Maintenant que son ami lui manquait si fondamentalement, le souvenir de son impatience avec lui le remplissait de honte, lui faisait monter le sang au visage. Un nombre incalculable de fois, il avait pensé abandonner Wolf. Honte, honte à lui. Wolf avait été — Jack mit du temps à trouver le mot — *noble*. Or, cet être... noble, si déplacé en ce monde, était mort pour lui.

J'ai protégé mon troupeau. Jack Sawyer n'était plus le troupeau. *J'ai protégé mon troupeau.* Il y eut des fois où les routiers ou les agents d'assurances qui avaient ramassé ce garçon étrange et séduisant sur le bord de la route — qui le prenaient même s'il était crasseux et hirsute, même si auparavant ils n'avaient jamais pris d'auto-stoppeur de leurs vies — se retournaient et le voyaient refouler ses larmes.

Jack pleurait Wolf tout en filant à travers l'Illinois. Une fois dans cet État, il avait toujours su qu'il n'aurait aucun problème de transport, et c'était vrai que souvent il n'avait qu'à brandir son pouce et regarder le prochain conducteur droit dans les yeux — embarquement immédiat. La plupart des automobilistes ne lui réclamaient même pas l'histoire. Tout ce qui lui incombait, c'était de fournir un minimum d'explications sur son équipée solitaire. « Je vais voir un ami à Springfield. » « Je dois récupérer une voiture et la ramener à la maison. » « Parfait, parfait », disaient les conducteurs... Avaient-ils seulement entendu ? Impossible à dire. Jack feuilletait en esprit une pile d'images haute d'un kilomètre : image de Wolf plongeant dans la rivière pour sauver le bétail des Territoires, Wolf fourrant son nez dans un emballage odorant qui avait contenu un hamburger, Wolf lui glissant de la nourriture dans la cabane, faisant irruption dans le studio d'enregistrement, recevant les balles, s'estompant... Jack n'avait pas envie de revoir ces choses, mais il le fallait, et les larmes lui brûlaient les yeux.

Non loin de Danville, un petit homme d'une cinquantaine d'années avec des cheveux gris fer et l'expression à la fois ferme et amusée de celui qui a été prof de seconde pendant vingt ans ne cessait de lui jeter des regards furtifs de derrière son volant.

— N'as-tu pas froid, bonhomme ? finit-il par lui demander. Tu devrais porter autre chose que cette petite veste.

— Peut-être un peu, reconnut Jack.

Le révérend Gardener trouvait les vestes de coton assez chaudes pour les travaux des champs d'un bout de l'hiver à l'autre, mais actuellement le froid le pénétrait par tous les pores.

— J'ai un manteau sur la banquette arrière, dit le type. Prends-le. Non, n'essaie pas de discuter. Ce manteau t'appartient désormais. Crois-moi, je ne me gèlerai pas pour autant.

— Mais...

— Tu n'as pas le choix dans cette affaire. Maintenant, c'est ton manteau. Essaie-le.

Jack tendit le bras par-dessus son siège et tira sur ses genoux un lourd pan d'étoffe. Au début, celui-ci lui parut sans forme, anonyme. Une grande poche surpiquée apparut, puis un bouton de duffel-coat. C'était un manteau en loden, embaumant le tabac à pipe.

— Mon ex-, expliqua l'homme. Je le garde dans la voiture parce que je ne sais pas quoi en faire. L'an dernier, les gosses m'ont offert ce truc en duvet. Donc, tu le prends.

Jack gesticula pour endosser le vêtement, gardant dessous sa veste en coton.

— Oh, m'sieur, dit-il.

C'était comme d'être embrassé par un ours, avec un faible pour le Borkum Riff.

— Bon, reprit l'homme. A présent, si tu te retrouves de nouveau planté sur la route dans le vent et dans le froid, tu pourras remercier Myles P. Kiger d'Ogden, Illinois, d'avoir sauvé ta peau. Ta...

Myles P. Kiger eut l'air de vouloir ajouter quelque chose : le mot resta une seconde en suspens, le type souriait toujours ; puis son sourire devint comique d'embarras et Kiger rejeta la tête en avant. Dans la clarté grise du matin, Jack vit des marbrures rouges s'étendre sur ses joues de bienfaiteur.

Ta (quelque chose) peau ?

Oh, non.

Ta jolie peau. Palpable, désirable, adorable... Jack fourra ses mains au fond de ses poches et serra son manteau autour de lui. Myles P. Kiger d'Ogden, Illinois, regardait droit devant lui.

— Hum ! s'exclama Kiger, exactement comme un personnage de BD.

— Merci pour le manteau, dit Jack. Vraiment. Je penserai à vous chaque fois que je le porterai.

— Allez, ça va, répliqua Kiger. N'y pense plus.

Mais durant une seconde sa figure évoqua bizarrement celle du pauvre Donny Keegan, là-bas, au Foyer du Soleil.

— Il y a un endroit un peu plus loin, reprit Kiger d'une voix hachée, abrupte, empreinte d'un calme trompeur. Nous pouvons y déjeuner si tu veux.

— Je n'ai plus d'argent, dit Jack ; déclaration exactement à deux dollars et trente-huit *cents* au-dessous de la vérité.

— Ne t'inquiète pas pour ça.

Kiger avait déjà mis son clignotant.

Ils s'engagèrent sur une aire de stationnement presque vide, balayée par les vents, devant une structure grise et basse qui ressemblait à un wagon de chemin de fer. Une enseigne au néon clignotait au-dessus de la porte centrale : EMPIRE DINER. Kiger s'arrêta en face d'une des longues fenêtres de l'auberge et ils sortirent de l'auto. Ce manteau lui tiendrait chaud, constata Jack. Sa poitrine et ses bras lui semblaient protégés par une armure de laine. Jack se mit en branle vers la porte surmontée de l'enseigne, puis se retourna lorsqu'il s'aperçut que Kiger restait posté à côté de sa voiture. L'homme aux cheveux gris, qui mesurait guère plus de cinq centimètres que Jack, contemplait ce dernier par-dessus le toit de l'auto.

— Dis, articula Kiger.

— Écoutez, je ne verrai aucun inconvénient à vous rendre votre manteau, .assura Jack.

— Non, il est à toi maintenant. Je me disais seulement que je n'avais pas vraiment faim après tout, et que si je continuais ma route, je pouvais réaliser un bon temps et rentrer à la maison un peu plus tôt.

— Sûr, acquiesça Jack.

— Ici, tu trouveras facilement un autre chauffeur. Je te le promets. Je ne te laisserais pas si tu devais rester en plan.

— Bien.

— Attends. J'ai dit que je t'invitais à déjeuner, et je tiendrai parole. Il enfonça la main dans une poche de pantalon, puis tendit un billet à Jack par-dessus le toit de l'auto. Le vent glacial ébouriffait ses cheveux et les rabattait sur son front. — Prends-le.

— Non, merci, répliqua Jack. Ça va. J'ai deux dollars.

— Paie-toi un bon steak, insista Kiger, qui s'appuyait sur la carrosserie en brandissant son billet comme s'il offrait une bouée ou en réclamait une.

A contrecœur, Jack s'avança pour prendre le billet du bout des doigts de Kiger. C'était un billet de dix.

— Merci beaucoup. Vraiment.

— Tiens, pourquoi ne prends-tu pas aussi le journal, histoire d'avoir quelque chose à lire ? Tu sais, si tu dois attendre un peu. Kiger avait déjà ouvert la portière, et plongeait pour pêcher un journal plié sur la banquette arrière. — Je l'ai déjà lu.

Il le lança à Jack.

Les poches du loden étaient si vastes que Jack put glisser le quotidien dans l'une d'elles.

Planté à côté de sa portière ouverte, Myles P. Kiger resta un bon moment à lorgner Jack.

— Ne prends pas mal ce que je vais te dire, mais je crois que tu vas mener une vie intéressante, déclara-t-il.

— Elle l'est déjà pas mal, rétorqua Jack, qui ne mentait pas.

Le steak de Salisbury coûtait cinq dollars et quarante *cents*, et il était garni de frites. Jack s'assit au bout du comptoir et ouvrit le journal. L'article se trouvait en deuxième page ; la veille, il l'avait vu à la une d'un quotidien de l'Indiana. ARRESTATIONS LIÉES À UN HORRIBLE MASSACRE. Le juge local Ernest Fairchild et l'inspecteur de police Franck B. Williams de Cayuga, Indiana, ont été inculpés de détournement de fonds publics et de trafic de pots-de-vin au cours de l'enquête sur la mort de six pensionnaires du Foyer du Soleil pour les Pupilles de l'État. Le populaire évangéliste Robert Gardener a apparemment quitté les lieux peu avant l'arrivée de la police et, bien qu'il ne soit pas encore l'objet d'un mandat d'arrêt, il est activement recherché aux fins d'interrogatoire. ETAIT-CE UN NOUVEAU JIM JONES ? disait la légende d'un portrait de Gardener du temps de sa splendeur, les bras tendus, ses cheveux retombant en ondulations impeccables. Des chiens avaient conduit la Police d'État à un secteur proche des clôtures électriques où des cadavres d'enfants avaient été enterrés sans cérémonie — cinq corps en tout, la plupart si décomposés que toute identification s'avérait impossible. Ils seraient probablement en mesure d'identifier Ferd Janklow. Ses parents pourraient lui offrir un véritable enterrement, sans cesser de se demander ce qu'ils avaient fait de mal au juste, et comment leur amour pour Jésus avait pu condamner leur génial rebelle de fils.

Quand le steak de Salisbury arriva, Jack le trouva filandreux et trop salé, mais il n'en laissa pas une miette. Et sauça le jus épais avec les frites mal cuites de l'Empire Diner. Il venait juste de terminer son repas lorsqu'un routier barbu avec une casquette des Detroit Tigers enfoncée sur ses longs cheveux noirs, un parka qui imitait la peau de loup et un gros cigare au bec, s'arrêta à sa hauteur pour lui demander :

— Tu fais du stop, l'ami ? Je vais à Decatur.

A mi-chemin de Springfield, les doigts dans le nez.

2

Cette nuit-là, dans un hôtel à trois dollars la chambre que lui avait indiqué le routier, Jack fit deux rêves distincts : du moins, par la suite, se rappela-t-il ces deux-là parmi tous ceux qui inondèrent son lit ; ou alors, les deux ne formaient en fait qu'un seul long rêve. Jack avait verrouillé sa porte, fait pipi dans le lavabo taché et fendu, enfoui son sac sous l'oreiller et s'était endormi en tenant sa grosse bille, qui devenait un miroir dans le monde des Territoires. Il y avait un soupçon de musique, une touche presque cinématographique, du be-bop vif, fougueux, à un volume si bas que Jack eut du mal à reconnaître les principaux instruments, une trompette et un saxo alto. *Richard, demain, je devrais voir Richard Sloat*, pensa Jack déjà somnolent avant de sombrer via l'abîme du rythme dans un océan d'inconscience.

Wolf trottait vers lui à travers un paysage fumant, désolé. Les séparaient des rangées de fil barbelé, s'enroulant de temps à autre en de fantastiques entrelacs échevelés. De profondes tranchées morcelaient aussi la terre dévastée ; Wolf en sauta une avec aisance et manqua s'affaler dans un des barbelés.

— Fais attention, cria Jack.

Wolf se rattrapa avant de tomber. Il agita sa grosse patte pour bien montrer à Jack qu'il n'était pas blessé, après quoi il franchit précautionneusement l'obstacle.

Jack se sentit submergé par une vague de bonheur et de soulagement inattendue. Wolf n'était pas mort ; Wolf allait le rejoindre.

Wolf passa donc les barbelés et repartit au trot. La distance entre lui et Jack parut mystérieusement doubler de longueur, la fumée grise flottant au-dessus des multiples tranchées brouillait presque l'immense silhouette hirsute en mouvement.

— Jason ! hurla Wolf. Jason ! Jason !

— Je suis là, répondit Jack.

— J'n'y arrive pas, Jason ! Wolf n'y arrive pas !

— Essaye encore, brailla Jack. Merde, n'abandonne pas !

Wolf fit halte devant un impénétrable enchevêtrement de fils de fer et, à travers la fumée, Jack le vit se remettre à quatre pattes et trotter d'avant en arrière, furetant à la recherche d'un passage. Wolf trottinait de long en large, chaque fois s'éloignant davantage, manifestement de plus en plus dérouté au fil des secondes. Finalement, Wolf se releva sur ses postérieurs et posa ses pattes sur l'épais buisson de barbelés, creusant un trou par où il puisse crier :

— Wolf peut pas ! Jason, Wolf peut pas !

— Je t'aime, Wolf, hurla Jack à travers la plaine calcinée.

— JASON ! brailla Wolf en retour. FAIS ATTENTION ! Ils sont à ta RECHERCHE ! Ils sont PLUS nombreux !

— Qui ? voulait demander Jack, mais il le savait.

Ensuite, l'ambiance du rêve changea du tout au tout, à moins que n'en débutât un autre. Il se retrouvait dans les ruines du bureau et du studio d'enregistrement au Foyer du Soleil, et l'odeur de la poudre et de la chair brûlée infestait l'air. Le corps mutilé de Singer gisait en tas sur le sol, et la masse inerte de Casey pendait par l'encadrement de la vitre brisée. Assis par terre, Jack berçait Wolf dans ses bras, conscient que celui-ci était en train de mourir. Seulement, Wolf n'était pas Wolf.

Jack étreignait le corps tressaillant de Richard Sloat, et c'était Richard qui mourait. Derrière les verres de ses binocles en plastique noir, les yeux de Richard erraient douloureusement à l'aventure.

— Oh non, oh non, haleta Jack avec horreur.

Richard avait le bras fracassé, et sa poitrine était une bouillie de chair déchiquetée et de lambeaux de chemise souillés de sang. Ici et là, des os fracturés étincelaient comme des dents bien blanches.

— Je ne veux pas mourir, gémit Richard, chaque mot lui coûtant un effort surhumain. Jason, tu ne devrais pas avoir...

— Tu ne peux pas mourir aussi, supplia Jack. Pas toi.

Le corps de Richard tressauta entre les bras de Jack ; un son long et doux jaillit de la gorge de Richard, et puis les yeux de Richard, soudain clairs et calmes, croisèrent ceux de Jack... Jason. L'écho du nom, qui était presque approprié, résonna faiblement dans l'air empuanti.

— Tu m'as tué, souffla Richard, ou plutôt *'u m'as 'ué,* étant donné que ses lèvres refusaient de prononcer une des lettres.

Le regard de Richard se troubla définitivement et son corps parut instantanément peser plus lourd dans les mains de Richard. La vie s'en était enfuie. Jason DeLoessian écarquilla les yeux d'horreur...

3

... et Jack Sawyer se dressa tout droit dans le lit froid, étranger, d'un hôtel minable de Decatur, Illinois, et, à la lueur jaunâtre projetée par un réverbère dehors, il vit son haleine exhaler autant de buée que deux bouches à la fois. Il ne se retint de crier qu'en joignant les mains, ses mains à lui, et en les serrant assez fort pour casser une noix. Un autre énorme panache blanc fusa hors de ses poumons.

Richard.

Wolf galopait à travers ce monde mort en criant... quoi ? *Jason.*

Le cœur du gamin bondit dans sa poitrine, avec la force et la vivacité d'un cheval qui saute une barrière.

CHAPITRE 29

RICHARD A THAYER

1

Le lendemain matin à onze heures, un Jack Sawyer épuisé posa son sac à l'extrémité d'un long terrain de jeux couvert d'herbe sèche marron. Au loin, deux hommes avec des vestes écossaises et des casquettes de base-ball s'escrimaient avec un râteau et une machine à souffler les feuilles sur la pelouse entourant le groupe de bâtiments le plus distant. A gauche de Jack, juste derrière le mur en brique rouge de la bibliothèque de Thayer, s'étendait le parking de la faculté. A l'entrée du collège de Thayer, une immense grille ouvrait sur une allée d'arbres qui faisait le tour d'un grand quadrilatère sillonné de chemins étroits. Si quelque chose ressortait sur le campus, c'était bien la bibliothèque — un vaisseau de verre, d'acier et de brique, style Bauhaus.

Jack avait déjà remarqué qu'un portail secondaire donnait sur une autre voie d'accès en face de la bibliothèque, laquelle faisait les deux tiers de la longueur de l'école pour se terminer à l'emplacement des poubelles, nichées dans le cul-de-sac juste avant le talus qui formait le plateau du terrain de foot.

Jack entreprit de traverser le terrain en direction des bâtiments d'étude. Lorsque les Thayerites se rendraient au réfectoire, il chercherait la chambre de Richard : Entrée 5, Nelson House.

L'herbe sèche d'hiver craquait sous ses pieds. Jack drapa autour de lui l'excellent manteau de Myles P. Kiger — le manteau au moins avait le look prépa, à défaut de son propriétaire. Jack passa entre le foyer des élèves et un dortoir de grands baptisé Spence House pour se diriger vers le campus. Des voix ensommeillées filtraient par les fenêtres du bâtiment.

2

Jetant un coup d'œil sur le campus, Jack aperçut une silhouette chenue en bronze verdâtre, juchée sur un socle de la hauteur d'un établi de menuisier et légèrement voûtée afin d'examiner la couverture d'un gros livre. Le doyen Thayer, présuma Jack. Il portait un col empesé, une lavallière et le froc d'un Transcendantaliste de la Nouvelle-Angleterre. Inclinée sur son ouvrage, la tête d'airain du doyen Thayer indiquait la direction générale des bâtiments de classe.

Jack prit à angle droit au bout du chemin. Devant, un vacarme soudain jaillit d'une fenêtre dans les étages ; des garçons braillant les syllabes d'un nom qui ressemblait à « Etheridge ! Etheridge ! » Puis une irruption de cris et de hurlements inarticulés, accompagnés des bruits d'un lourd mobilier qu'on tire sur le plancher. « *Etheridge !* »

Entendant une porte claquer dans son dos, Jack regarda par-dessus son épaule à temps pour voir un grand garçon aux cheveux blond filasse dévaler le perron du Spence House. Il portait une veste sport en tweed, une cravate et une paire de chaussures de chasse L.L. Bean Maine[1]. Seule une longue écharpe bleu et jaune enroulée plusieurs fois autour de son cou le protégeait du froid. Sa figure allongée paraissait à la fois hagarde et arrogante, l'expression de circonstance d'un aîné en proie à une juste colère. Jack rabattit sur sa tête le capuchon de son duffle-coat et poursuivit son chemin.

— Que personne ne bouge ! cria le jeune homme en direction de la fenêtre. Vous, les bleus, restez où vous êtes !

Jack se défilait vers le bâtiment suivant.

— Vous déplacez les chaises ! hurla le jeune homme derrière lui. Je vous entends ! ARRETEZ !

Puis Jack s'entendit interpeller par le type en fureur.

Jack se retourna, le cœur battant la chamade.

— Toi, là-bas, rentre tout de suite à Nelson House, au pas de gymnastique et dare-dare, sur-le-champ. Ou j'irai trouver ton principal.

— Oui, monsieur, dit Jack, qui se détourna en vitesse pour prendre la direction indiquée par le préfet.

— *Tu as au moins sept minutes de retard !* glapit Etheridge, et Jack de démarrer au trot. *Au pas de gymnastique, j'ai dit !*

Jack se mit à courir.

En descendant la pente — il espérait que c'était le bon chemin ; du moins était-ce la direction où Etheridge lui avait paru regarder — il vit une longue voiture noire, une limousine, qui se faufilait juste par les grilles principales et remontait en ronronnant la longue allée menant au campus. Il se dit que celui qui se dissimulait derrière les vitres teintées de la limousine devait être autre chose qu'un simple parent d'élève.

La longue voiture noire progressait avec une lenteur insolente.

Non, pensa Jack. Je me monte la tête.

---

1. Ce qui se fait de plus chic en matière de vêtements de chasse.

Cependant, ses pieds étaient en plomb. Il regarda la limousine arriver au fond du campus et s'arrêter, le moteur au ralenti. Un chauffeur noir avec la carrure d'un arrière de football émergea du siège avant et alla ouvrir la portière arrière droite. Un vieillard aux cheveux blancs, un étranger, s'extirpa avec peine de la limousine. Il portait un pardessus noir qui révélait un plastron d'un blanc immaculé et une sobre cravate sombre. L'inconnu fit signe à son chauffeur et se mit à clopiner sur le campus en direction du bâtiment principal, sans même jeter un coup d'œil du côté de Jack. Tendant théâtralement le cou, le chauffeur inspecta le ciel, comme s'il évaluait les risques de neige. Jack recula et observa le vieil homme qui attaquait les marches du Foyer. Le Noir continua son examen spécieux. Jack rebroussa chemin jusqu'à ce qu'il se retrouve caché par le flanc du bâtiment, puis il fit demi-tour et partit au trot.

Nelson House était un bâtiment de brique à deux étages de l'autre côté du campus. Deux fenêtres du rez-de-chaussée lui montrèrent une douzaine de grands exerçant leurs privilèges : qui de lire vautré sur un divan, qui de jouer une vague partie de cartes sur une table basse ; d'autres ˣfixaient paresseusement ce qui ne pouvait être qu'un téléviseur installé sous les fenêtres.

Une porte invisible claqua un peu plus haut sur la colline, et Jack entrevit le grand blond, Etheridge, qui regagnait à grands pas son propre bâtiment après s'être occupé des crimes des bizuts.

Jack longea la façade de l'immeuble et une rafale de vent glacé le cingla en pleine figure dès qu'il en atteignit le bout. Passé le coin, il y avait une porte étroite et une plaque, en bois cette fois, blanche avec des lettres gothiques noires, indiquant ENTRÉE 5. Une enfilade de fenêtres courait jusqu'au prochain coin.

Et ici, à la troisième fenêtre... vif soulagement. Car voici Richard Sloat, ses lunettes fermement accrochées aux oreilles, son nœud de cravate impeccable, ses mains légèrement tachées d'encre, assis tout droit à son bureau en train de lire un énorme bouquin comme si sa vie en dépendait. Il se tenait de biais par rapport à Jack, qui eut ainsi le loisir de détailler l'auguste et cher profil de Richard avant de gratter au carreau.

Richard leva brusquement le nez de son livre et ouvrit des yeux ronds, aussi effrayé qu'étonné par ce bruit incongru.

— Richard, appela doucement Jack, qui fut récompensé en voyant la bouille stupéfaite de son ami se tourner vers lui.

La surprise donnait à Richard un air idiot.

— Ouvre la fenêtre, dit Jack en prononçant chaque mot avec un soin exagéré en sorte que son ami puisse lire sur ses lèvres.

Richard se leva de son bureau, ses gestes encore ralentis par le choc. Jack lui fit signe de remonter la fenêtre. Quand Richard atteignit celle-ci, il posa ses mains sur le cadre et toisa sévèrement Jack un instant... Son regard critique était un condensé de jugement sur la figure sale de Jack, ses cheveux plats, dégoûtants, son arrivée peu orthodoxe et le reste. *Que diable mijotes-tu en ce moment ?* Finalement il leva la fenêtre à guillotine.

— Et alors ? dit Richard. Les gens normaux utilisent la porte.

— Génial, s'exclama Jack dans un éclat de rire. Quand je serai comme les gens normaux, je ferai probablement pareil. Recule, d'accord ?

L'air de quelqu'un pris au dépourvu, Richard fit deux ou trois pas en arrière.

Se hissant sur l'appui de la fenêtre, Jack se glissa à l'intérieur, la tête la première.

— Niquedouille.

— D'accord, salut, reprit Richard. Je présume que c'est quand même sympa de te voir. Mais il faut bientôt que j'aille déjeuner. Tu pourrais prendre une douche, à mon avis. Tous les autres seront en bas dans la salle à manger.

Il s'arrêta de parler, comme s'il s'étonnait d'en avoir dit autant.

A ce que vit Jack, il fallait traiter Richard avec ménagement.

— Pourrais-tu me rapporter de quoi manger ? Je meurs littéralement de faim.

— Génial, répéta Richard. D'abord, tu mets tout le monde sur les dents, y compris mon père, en fuguant ; ensuite, tu entres par effraction, et maintenant tu me demandes de voler de la nourriture pour toi. Super, bien sûr. D'accord. Génial.

— Il faut que nous parlions de pas mal de choses, tenta Jack.

— *Si,* objecta Richard en se penchant légèrement en avant, les mains dans les poches, *si* tu repars aujourd'hui dans le New Hampshire, ou *si* tu me laisses appeler papa pour qu'il vienne te chercher, j'essaierai de chiper un peu de rab pour toi.

— Je veux bien parler de tout avec toi, mon vieux Richie. De tout. Même de rentrer à la maison, sûr.

Richard inclina la tête.

— Mais où étais-tu donc passé ? Ses yeux étincelèrent derrière ses verres épais. Puis un grand battement de paupières, surprenant. Et comment diable peux-tu justifier la manière dont ta mère et toi traitez mon père ? Merde, Jack. Je crois vraiment que tu devrais retourner dans cet endroit du New Hampshire.

— J'y retournerai, dit Jack. Promis. Mais pas avant d'avoir accompli ma quête. Puis-je m'asseoir quelque part ? Je suis mort de fatigue.

Richard indiqua son lit du menton, puis — attitude typique chez lui — agita la main en direction de sa chaise de bureau, plus proche de Jack.

Des portes claquaient dans le couloir. Des éclats de voix résonnèrent à hauteur de la chambre de Richard, un bruit de traînements de pieds.

— As-tu entendu parler du Foyer du Soleil ? demanda Jack. J'y étais. Deux de mes amis sont morts au Foyer du Soleil, et tiens-toi bien, Richard, le second était un loup-garou.

Le visage de Richard se crispa.

— Eh bien, voici une étrange coïncidence, car...

— J'étais vraiment au Foyer du Soleil, Richard.

— J'entends bien, acquiesça Richard. OK. Je reviendrai environ dans une demi-heure avec du ravitaillement. Alors je te confierai qui habite la chambre à côté. Mais ce sont des histoires à la Seabrook Island, n'est-ce pas ? Dis-moi la vérité.

— Ouais, sans doute.

Jack laissa le manteau de Myles P. Kiger glisser de ses épaules et se draper sur le dossier du siège.

— Je reviens, répéta Richard, qui salua vaguement Jack en faisant retraite vers la porte.

Jack ôta ses chaussures et ferma les yeux.

3

La conversation à laquelle Richard.faisait allusion avec ses « histoires à la Seabrook Island », et que Jack se rappelait aussi bien que son ami, eut lieu la dernière semaine de leur ultime séjour dans la villégiature du même nom.

Du vivant de Phil Sawyer, les deux familles prenaient leurs vacances ensemble presque chaque année. L'été suivant sa mort, Morgan Sloat et Lily Sawyer avaient tenté de maintenir la tradition et réservé des chambres pour eux quatre dans l'immense vieil hôtel de Seabrook Island, Caroline du Sud, qui avait abrité certains de leurs étés les plus heureux. L'expérience n'avait pas marché.

Les gamins étaient chacun habitués à la compagnie de l'autre. Ils étaient aussi habitués à des lieux comme Seabrook Island. Toute leur enfance, Richard Sloat et Jack Sawyer avaient gambadé dans des stations balnéaires et sur d'immenses plages calcinées... mais désormais le climat s'était mystérieusement altéré. Un sérieux imprévu s'insinua dans leurs vies, une espèce de maladresse.

Le décès de Phil Sawyer avait modifié jusqu'à la coloration du futur. Ce dernier été à Seabrook, Jack se mit à réfléchir qu'il pourrait ne pas avoir envie de remplacer son père derrière son bureau, qu'il attendait davantage de la vie. Davantage ? Il savait — c'était l'une des choses qu'il savait réellement — que ce magique « davantage » était lié aux Chimères. Lorsqu'il eut constaté cela en lui, il se rendit compte d'autre chose : son ami Richard n'était pas seulement incapable de ressentir cette exigence, mais en fait il désirait clairement son contraire. Richard en voulait moins. Richard ne voulait rien qu'il ne puisse respecter.

Jack et Richard avaient filé tout seuls dans cette période creuse que constituent les heures séparant le lunch des cocktails dans les bonnes stations. En réalité, ils n'étaient pas allés bien loin, rien qu'au sommet d'une colline couverte de pins qui surplombait l'arrière du restaurant. Sous eux, scintillait l'eau de la grande piscine rectangulaire de l'hôtel, où, d'une nage aussi efficace que régulière, Lily Cavannaugh Sawyer parcourait longueur de bassin après longueur de bassin. A l'une des tables au bord de la piscine était assis le père de Richard, enveloppé dans un peignoir d'éponge moelleux et bouffant, ses pieds blancs dans des tongs ; en même temps qu'il mangeait un sandwich club, de l'autre main il s'escrimait à manipuler un téléphone de campagne.

— C'est ce genre de truc que tu veux ? demanda-t-il à Richard, qui, au lieu d'être vautré comme lui, se tenait correctement assis à côté, avec son inévitable livre. *La Vie de Thomas Edison.*

— Ce que je veux ? Quand je serai grand, tu veux dire ? Richard paraissait un peu interloqué par la question. — C'est assez agréable à mon avis. Je ne sais pas si c'est ce que je veux.

— Sais-tu ce que je veux, Richard ? Tu dis toujours que tu veux être chercheur en chimie, insista Jack. Pourquoi dis-tu ça ? Qu'est-ce que cela signifie ?

— Cela signifie que je veux être chercheur en chimie.

Richard sourit.

— Tu sais ce que je veux dire, non ? Où est l'intérêt de devenir chercheur en chimie ? Crois-tu que ce sera drôle ? Crois-tu que tu vas guérir le cancer et sauver la vie de millions de gens ?

Richard le regarda très franchement, ses yeux légèrement grossis par les verres qu'il portait depuis quatre mois.

— Je ne crois pas que je guérirai le cancer, non. Mais là n'est pas la question. L'intérêt consiste à découvrir comment les choses fonctionnent. L'intérêt, c'est que, malgré l'apparence, les choses fonctionnent vraiment, réellement, selon un ordre précis, et l'on peut découvrir celui-ci.

— L'ordre.

— Ouais. Pourquoi donc souris-tu ?

Jack ricana.

— Tu vas penser que je suis fou. J'aimerais trouver quelque chose qui rende tout ceci, tous ces types riches qui tapent sur des balles de golf et hurlent dans leurs téléphones, qui rende tout ceci ridicule.

— C'est déjà ridicule, approuva Richard, sans aucune intention humoristique.

— Tu ne crois pas parfois que la vie transcende l'ordre ? A son tour, il dévisagea la physionomie de Richard, naïve dans son scepticisme. Tu ne rêves jamais d'un soupçon de magie, Richard ?

— Tu sais, quelquefois je pense que tu n'aimes que le chaos, répliqua Richard en s'empourprant un peu. Je pense que tu te moques de moi. Si tu rêves de magie, tu détruis complètement tout ce en quoi je crois. En fait, tu détruis la réalité.

— Peut-être n'y a-t-il pas qu'une seule réalité.

— Dans *Alice au pays des Merveilles*, sûr !

Richard perdit son sang-froid.

Il partit à grands pas à travers les pins, et Jack comprit pour la première fois que la discussion soulevée par sa passion des Chimères mettait son ami hors de lui. Les longues jambes de Jack lui permirent de rattraper Richard en quelques secondes.

— Je ne me moquais pas de toi, lui affirma-t-il. Simplement, j'étais curieux de savoir pourquoi tu dis toujours que tu veux être chimiste.

Richard s'arrêta pile et scruta Jack, l'air sérieux.

— Arrête de m'énerver avec ce genre de truc, déclara Richard. Ce ne sont que des discours à la Seabrook Island. C'est déjà assez dur de faire partie des six ou sept personnes sensées d'Amérique sans avoir son meilleur ami qui débranche totalement.

Depuis ce jour, Richard Sloat se hérissait au moindre signe de fantaisie en Jack, qu'il disqualifiait aussitôt comme étant des « trucs à la Seabrook Island ».

4

Lorsque Richard revint du réfectoire, Jack, douché de frais et ses cheveux humides plaqués sur son crâne, feuilletait distraitement des livres, assis au bureau de son copain. Au moment où Richard surgit à la porte, chargé d'une substantielle quantité de victuailles entortillées dans une serviette en papier tachée de gras, Jack se demandait si la conversation à venir serait plus facile au cas où les bouquins sur le bureau s'intituleraient *Le Seigneur des Anneaux* ou *Les Garennes de Watership Down* plutôt que *Chimie Organique* et *Casse-Tête Mathématiques*.

— Qu'y avait-il au déjeuner ? s'enquit Jack.

— Tu as de la chance. Du poulet de ferme sauté — une des rares choses servies ici qui ne vous fassent pas regretter l'animal sacrifié à la chaîne alimentaire.

Il tendit à Jack la serviette graisseuse. Quatre énormes morceaux de poulet, bien enrobés de pâte, exhalaient un arôme incroyablement intense et délectable. Jack s'y attaqua.

— Depuis quand manges-tu en grognant comme un cochon ?

Richard remonta ses lunettes sur le nez et s'assit sur son lit étroit. Sous la veste de tweed, il portait un pull jacquard marron au col en V, dont le bas était enfoui dans la ceinture de son pantalon.

Jack éprouva un moment de malaise, se demandant s'il était vraiment possible de discuter des Territoires avec quelqu'un si collet monté qu'il coinçait son pull sous sa ceinture.

— La dernière fois que j'ai mangé, répondit-il doucement, c'était hier, vers midi. J'ai un peu faim, Richard. Merci de m'avoir apporté le poulet. C'est génial. Jamais je n'en ai mangé d'aussi bon. Tu es un type bien, de braver ainsi l'exclusion.

— Tu crois que c'est de la plaisanterie, n'est-ce pas ?

Fronçant les sourcils, Richard tira sur son pull. Si on te trouve ici, je me ferai probablement virer. Alors cesse de faire de l'esprit. Nous devons trouver comment te rapatrier dans le New Hampshire.

Silence, durant un moment : regard appréciateur de Jack, attitude ferme de Richard.

— Tu veux que je t'explique ce que je fais, je le sais bien, Richard, énonça Jack, la bouche pleine, et, crois-moi, cela ne va pas être facile.

— Tu n'es plus le même, tu sais, lança Richard. Tu parais... plus âgé. Mais ce n'est pas tout. Tu as changé.

— Je sais que j'ai changé. Toi aussi, tu serais un peu différent si tu me suivais depuis septembre.

Jack sourit, contempla le sourcilleux Richard dans ses habits de bon petit garçon et se dit qu'il ne serait jamais capable de l'éclairer sur son père. Il en était tout bonnement incapable. Si les événements s'en chargeaient à sa place, tant mieux ; mais lui-même ne se sentait pas le cœur de faire une telle révélation.

Son ami gardait les sourcils froncés, attendant manifestement le début de l'histoire.

Manière sans doute de repousser le moment où il lui faudrait convaincre Richard le Raisonnable de l'incroyable, Jack posa une question.

— Est-ce que le gosse de la chambre d'à côté quitte le collège ? De dehors, j'ai vu des valises sur son lit.

— Euh, oui, c'est intéressant, admit Richard. Je veux dire, intéressant à la lumière de ce que tu racontes. Il s'en va ; en fait, il est déjà parti. Quelqu'un est censé venir prendre ses affaires, je crois. Dieu sait quelle histoire insensée tu vas en tirer, mais mon voisin était Reuel Gardener. Le fils du fameux prédicateur qui dirigeait le foyer d'où tu prétends t'être évadé. Richard ignora la brusque quinte de toux de Jack. A plus d'un titre, dirais-je, Reuel n'avait rien du voisin de chambre normal, et vraisemblablement personne ici n'a beaucoup regretté son départ. Juste quand l'article est sorti sur les gosses qui étaient morts dans l'endroit dirigé par son père, il a reçu un télégramme lui ordonnant de quitter Thayer.

Jack avait enfin avalé le morceau de poulet qui avait failli l'étouffer.

— Le fils du révérend Gardener ? Ce type avait un fils ? Et il était *ici* ?

— Il est arrivé au début du trimestre, déclara uniment Richard. C'est ce que j'essayais de te dire tout à l'heure.

Soudain, aux yeux de Jack, le collège de Thayer devint menaçant, d'une manière que Richard ne pouvait pas comprendre.

— De quoi avait-il l'air ?

— D'un sadique, assena Richard. Quelquefois, j'entendais de drôles de bruits venant de la chambre de Reuel. Et un jour, dans le coin des poubelles, j'ai vu un cadavre de chat qui n'avait plus d'yeux ni d'oreilles. En le voyant, tu savais que c'était le genre de personne à pouvoir torturer un chat. Et il sentait un peu le cuir anglais moisi, je trouve.

Richard garda un silence minutieusement calculé avant de s'enquérir :

— Étais-tu vraiment au Foyer du Soleil ?

— Pendant un mois. C'était l'enfer, ou sa proche banlieue. Il respira à fond, lorgnant la figure renfrognée quoique à demi convaincue de Richard. Pour toi, Richard, c'est difficile à avaler, je le sais, mais le gars avec moi était un loup-garou. Et, s'il ne s'était pas fait tuer en me sauvant la vie, il serait ici actuellement.

— Un loup-garou. Des poils à l'intérieur des paumes de mains. Se transforme en un monstre assoiffé de sang les soirs de pleine lune.

Pensivement, Richard inspecta la pièce minuscule.

Jack attendit que le regard de Richard lui revienne.

— Veux-tu savoir ce que je fais ? Veux-tu que je t'explique pourquoi je traverse tout le pays en auto-stop ?

— Si tu ne le fais pas, je vais me mettre à crier, déclara Richard.

— Bon, reprit Jack. J'essaie de sauver la vie de ma mère.

Au moment où il prononçait cette phrase, celle-ci lui parut d'une clarté prodigieuse.

— Comment diable vas-tu faire ? explosa Richard. Ta mère a probablement un cancer. Comme mon père te l'a souligné, elle a besoin de la science et des docteurs... et tu mets les voiles. A quoi vas-tu recourir pour sauver ta mère, Jack ? A la magie ?

Les yeux de Jack commencèrent à lui piquer.

— Tu as pigé, mon pote.

Levant le bras, il pressa ses yeux déjà humides contre l'étoffe, au creux de son coude.

— Oh, hé, calme-toi, hé, écoute... articula Richard en tirant frénétiquement sur son pull. Ne pleure pas, Jack, allez, je t'en prie, je sais que c'est une terrible chose... je ne voulais pas... c'était seulement que...

Richard avait instantanément traversé la pièce sans faire de bruit ; à présent, il tapotait gauchement le bras et l'épaule de Jack.

— Ça va, dit Jack qui baissa son bras. Il ne s'agit pas d'une quelconque lubie, Richard, peu importe ce que tu penses. Il se redressa sur son siège. Mon père m'appelait Jack la Vadrouille, comme un vieil homme à Arcadia Beach.

Jack espérait ne pas se tromper sur la sympathie de Richard, d'habitude assez forte pour vaincre ses résistances ; quand il examina la tête de Richard, il sut que c'était vrai. Son ami avait l'air inquiet, tendre, droit.

Jack commença son histoire.

5

Tout autour des deux garçons, la vie de Nelson House continuait, à la fois calme et turbulente à la manière des internats, ponctuée de cris, de vociférations et de rires. Des bruits de pas défilèrent derrière la porte, sans s'arrêter. De la chambre au-dessus provenaient des battements réguliers ainsi qu'un écho occasionnel de musique que Jack finit par reconnaître comme un disque de Blue Oyster Cult. Il commença par parler des Chimères. Après quoi il enchaîna avec Speedy Parker. Il décrivit la voix qui l'interpella du creux du tourbillon de sable. Et puis il raconta à Richard comment il avait pris l'« élixir magique » de Speedy la première fois qu'il était passé dans les Territoires.

— Mais je crois que c'était simplement du mauvais vin, de la vinasse, ajouta Jack. Plus tard, une fois le stock épuisé, je me suis aperçu que je n'en avais pas besoin pour décoller. Je pouvais y arriver tout seul.

— OK, admit diplomatiquement Richard.

Jack s'attacha à représenter concrètement les Territoires : le chemin de charroi, la vue du palais d'été, sa spécificité et son intemporalité. Le capitaine Farren ; la reine agonisante, ce qui l'amena aux Doubles ; Osmond. La scène au village Toutes-Mains ; la route de l'Avant-Poste qui recouvrait la route de l'Ouest. Il montra à Richard sa petite collection d'objets sacrés ; le médiator, la bille et la pièce. Richard se contenta de les tourner et de les retourner entre ses doigts et les lui rendit sans autre commentaire. Puis Jack revécut ses infortunes d'Oatley. Richard écouta l'épisode en silence, mais l'air ahuri.

Jack omit soigneusement Morgan Sloat comme Morgan d'Orris de son compte rendu de la scène sur l'aire de repos de Lewisburg, au bord de l'I-70 dans l'ouest de l'Ohio.

Ensuite Jack en vint à décrire Wolf tel qu'il l'avait vu la première fois, ce géant resplendissant dans sa salopette Oshkosh, et il sentit ses yeux se gonfler à nouveau de larmes. En fait, il surprit vraiment Richard par ses sanglots, quand il raconta les aventures de Wolf en auto ; il confessa son impatience envers son compagnon, luttant pour ne pas se remettre à sangloter, et tint bon un long moment : il réussit à terminer le récit de la première Métamorphose de Wolf sans une larme ou un serrement de gorge. Puis il essuya de nouvelles difficultés. La rage l'incitait à parler librement jusqu'à ce qu'il en arrive à Ferd Janklow, et ses yeux le brûlèrent de plus belle.

Richard resta longtemps silencieux. Puis il se leva et tira un mouchoir propre d'un tiroir du bureau. Jack se moucha le nez dans un bruit de grandes eaux.

— Voilà ce qui s'est passé, conclut Jack. En résumé.

— Quelles sont tes lectures ? Quels films as-tu vus ?

— Va te faire foutre, s'écria Jack.

Il se leva et traversa la pièce afin de récupérer son sac, mais Richard tendit le bras et posa la main sur le poignet de Jack.

— Je ne pense pas que tu as tout inventé. Je pense que tu n'as rien inventé du tout.

— C'est vrai ?

— Oui. Je ne sais pas quoi penser en fait, mais je suis sûr que tu ne me mentirais pas exprès. Il laissa retomber sa main. Je crois que tu étais au Foyer du Soleil, j'y crois très bien. Et je crois que tu avais un ami prénommé Wolf qui est mort là-bas. Je suis désolé, mais je ne peux pas prendre tes Territoires au sérieux, comme je me refuse à accepter que ton ami ait été un loup-garou.

— Donc tu me prends pour un cinglé, dit Jack.

— Je pense que tu as des ennuis. Mais je ne vais pas appeler mon père, pas plus que je ne vais te mettre dehors. Il faudra qu'on se partage mon lit ce soir. Si nous entendons M. Haywood faire son tour d'inspection, tu te cacheras sous le sommier.

Ayant pris un air légèrement autoritaire, Richard posa les mains sur ses hanches et engloba sa chambre d'un œil critique.

— Tu dois te reposer. Je suis sûr qu'une partie du problème vient de là. Ils ont manqué de te tuer dans cet horrible endroit ; ton esprit en a souffert et maintenant tu as besoin de repos.

— Oui, admit Jack.

Richard regarda en l'air.

— Il faut que j'aille bientôt à mon entraînement de basket, mais tu peux rester caché ici, et plus tard je te rapporterai encore de la nourriture du réfectoire. La chose la plus importante, c'est que tu as besoin de te reposer et de rentrer chez toi.

— Le New Hampshire, c'est pas chez moi, protesta Jack.

CHAPITRE 30

THAYER EN FOLIE

1

Par la fenêtre, Jack voyait des garçons emmitouflés dans leurs manteaux, le dos voûté contre le froid, aller et venir entre la bibliothèque et les autres bâtiments. Etheridge, qui avait apostrophé Jack ce matin, passa d'un air affairé, son écharpe flottant au vent.

Richard sortit une veste sport en tweed de l'étroit placard près de son lit.

— Rien ne me fera penser que de retourner dans le New Hampshire ne soit pas la meilleure solution. Maintenant, il faut que j'aille jouer au basket, autrement Frazer m'infligera dix tours de piste à son retour. Aujourd'hui, c'est un remplaçant qui nous fait travailler ; Frazer a dit qu'il nous secouerait les puces si nous séchions. Tu veux que je te prête des vêtements propres ? J'ai au moins une chemise qui t'ira... Mon père me l'a fait envoyer de New York, et Brooks Brothers s'est trompé de taille.

— Montre, dit Jack.

Ses habits étaient indubitablement une honte, si raides de crasse qu'à chaque fois qu'il y pensait, Jack s'identifiait à Pigpen, ce personnage des Peanuts qui vit dans un nuage de saleté et de réprobation. Richard lui donna une Oxford blanche encore dans sa poche en cellophane.

— Génial, merci, s'exclama Jack, qui la sortit de l'emballage et se mit à ôter les épingles. C'était presque sa taille.

— Il y a aussi une veste que tu peux essayer, ajouta Richard. Le blazer au fond de la penderie. Essaye-le, d'accord ? Et tant que tu y es, mets aussi une de mes cravates. Juste au cas où quelqu'un entrerait. Dis que tu collabores au journal *Saint-Louis-Jour* et que tu dépends d'un échange intercollèges. Nous en faisons deux ou trois par an : des gosses d'ici vont ailleurs, et vice versa, pour travailler au bulletin du collège adverse. Il se dirigea vers la porte. Je reviendrai avant dîner pour voir comment tu vas.

Deux stylos étaient accrochés à un étui en plastique dans sa poche de veston, remarqua Jack, et le veston lui-même boutonné de haut en bas.

En quelques minutes, un silence total tomba sur Nelson House. De la fenêtre de Richard, Jack apercevait des étudiants assis à leurs tables dans l'encadrement des baies de la bibliothèque. Plus personne ne rôdait dans les allées ni sur l'herbe brune. Une sonnerie obsédante se déclencha, ponctuant le début de l'étude. Jack s'étira en bâillant. Une sensation de sécurité l'envahit : l'ambiance du collège, avec tout son rituel familier de sonneries, de cours et d'entraînements de basket. Peut-être lui serait-il possible de rester encore une journée ; peut-être lui serait-il même possible d'appeler sa mère depuis l'un des téléphones de Nelson House. En tout cas, il pouvait toujours rattraper son sommeil.

Jack s'approcha du placard et trouva le blazer pendu là où Richard avait dit qu'il serait. Une étiquette était encore accrochée à l'une des manches ; Sloat l'avait expédié de New York mais Richard ne l'avait jamais porté. Comme la chemise, le blazer était trop petit d'une taille pour Jack et lui engonçait un peu les épaules, mais la coupe était ample et les manches laissaient dépasser les poignets de chemise de deux centimètres.

Jack détacha une cravate du crochet à l'intérieur du placard. Il glissa celle-ci autour de son cou, après quoi, laborieusement, il fit son nœud. Ensuite il s'examina dans la glace et éclata de rire tout haut. Jack vit qu'il avait enfin réussi. Il regardait le beau blazer neuf, la cravate club, sa chemise blanche comme neige, ses jeans froissés. Voilà. C'était un prépa.

2

Richard était devenu, nota Jack, un admirateur de John McPhee, Lewis Thomas et Stephen Jay Gould. Rien qu'à cause du titre, il choisit *Le Pouce du panda* dans les rangées de livres sur les étagères, puis il se mit au lit.

Richard ne revint pas de son entraînement de basket avant ce qui parut à Jack un temps incroyablement long. Ce dernier tournait en rond dans la pièce minuscule. Il ne pouvait pas s'imaginer ce qui empêchait Richard de regagner sa chambre, mais son imagination lui suggérait calamité sur calamité.

A la cinquième ou sixième fois qu'il consultait sa montre, il remarqua qu'il ne voyait plus aucun élève sur le campus.

Quoi qu'il soit arrivé à Richard, c'était arrivé au collège entier.

L'après-midi tirait à sa fin. Richard aussi était mort, pensa-t-il. Peut-être tout le collège Thayer était-il mort ; Jack était une plaie, un messager de la mort. Il n'avait rien mangé de la journée depuis le poulet que Richard lui avait rapporté du réfectoire, mais la faim ne le tracassait pas. Jack s'assit, assommé de désespoir. Il semait la destruction partout où il allait.

3

Puis des bruits de pas résonnèrent dans le couloir.

Venant de l'étage au-dessus, Jack entendait à présent vaguement le boum

boum boum d'une ligne de basse qu'il reconnut comme extraite d'un disque de Blue Oyster Cult. Les pas s'arrêtèrent de l'autre côté du battant. Jack se précipita à la porte.

Richard apparut dans l'entrée. Deux garçons aux cheveux filasse et aux cravates en berne jetèrent un coup d'œil en passant dans le couloir. La musique rock était beaucoup plus audible à l'extérieur.

— Où étais-tu tout cet après-midi ? s'enquit Jack.

— Eh bien, ça a été bizarroïde, répondit Richard. Ils ont annulé tous les cours de l'après-midi. M. Dufrey a même interdit aux gosses de se rendre à leurs casiers. Et puis nous avons dû tous aller à l'entraînement de basket, et c'était encore plus dingue.

— Qui est M. Dufrey ?

Richard le regarda comme s'il venait de basculer de son berceau.

— Qui est M. Dufrey ? C'est le directeur. Ne sais-tu donc rien de ce collège ?

— Non, mais je commence à en avoir une idée, répliqua Jack. En quoi votre entraînement était-il si dingue ?

— Tu te souviens ? Je t'avais dit que notre entraîneur habituel avait délégué un de ses copains aujourd'hui. Bon, il nous a même menacés de dix tours de piste si nous tentions de sécher. Donc, je pensais que son copain serait le genre Al Maguire, tu sais, un as du ballon. Thayer College n'a pas une très bonne réputation sportive. Bref, je croyais que son remplaçant serait quelqu'un.

— Laisse-moi deviner. Ce type n'avait rien d'un athlète.

Richard dressa le menton, médusé.

— Non, avoua-t-il. Non, rien de rien. Il regarda Jack avec considération. Il passait son temps à fumer. Et ses cheveux étaient longs et gras. Il n'avait rien d'un entraîneur. Pour te dire la vérité, il incarnait tout ce qu'abomine la majorité des entraîneurs. Même ses yeux avaient l'air bizarre. Je parie qu'il se défonce à l'herbe. Richard tira sur son pull. A mon avis, il ne connaissait rien au basket. Il ne nous a même pas fait travailler la technique. C'est ce que nous faisons d'habitude après l'échauffement. Nous nous sommes contentés de courir et de faire quelques paniers, pendant qu'il nous insultait. En rigolant. Comme si des gosses en train de jouer au basket était la chose la plus grotesque qu'il ait vue dans sa vie. Tu as déjà vu un entraîneur qui prenne le sport à la rigolade ? Même les exercices d'échauffement étaient étranges. Il disait seulement : « Ok, faites des pompes », et continuait à fumer. Aucun compte, pas de cadence, chacun peinant dans son coin. Après, c'était : « Ok, courez un peu. » Il paraissait... vraiment fou. Demain, je crois que je vais me plaindre à notre entraîneur.

— Je n'irais me plaindre ni à lui ni au directeur si j'étais toi, déclara Jack.

— Oh, j'ai pigé, s'exclama Richard. M. Dufrey fait partie de la bande. Celle des Territoires.

— Ou il travaille pour eux, acquiesça Jack.

— Ne vois-tu pas que tu peux faire coller *n'importe quoi* dans ton schéma ? *N'importe quoi* qui aille de travers ? C'est trop facile : tu peux tout interpréter de cette manière. Voilà comment fonctionne la folie. On établit des relations imaginaires.

— Et on voit des choses qui n'existent pas.

Richard haussa les épaules et, malgré son geste d'insouciance, sa figure était défaite.

— C'est toi qui le dis.

— Attends une minute, protesta Jack. Tu te rappelles quand je t'ai parlé de l'immeuble qui s'est écroulé à Angola, dans l'État de New York ?

— Les Rainbird Towers.

— Quelle mémoire. Je crois que cet accident était de ma faute.

— Jack, tu es...

— Fou, coupa Jack. Je sais. Écoute, est-ce que quelqu'un me dénoncerait si nous allions regarder le journal télévisé ?

— J'en doute. De toute façon, la plupart des gens étudient pour l'instant. Pourquoi ?

Parce que je veux savoir ce qui s'est passé dans le coin, pensa Jack en son for intérieur. *Joyeux petits incendies, charmants petits tremblements de terre... des signes qu'ils passent la ligne de démarcation. Qu'ils sont à mes trousses. A nos trousses.*

— J'ai besoin d'un changement de décor, mon vieux Richard, dit Jack, avant de lui emboîter le pas dans le couloir verdâtre.

Chapitre 31

THAYER EN ENFER

1

Jack prit conscience du changement le premier, et comprit ce qui était arrivé ; c'était arrivé avant, pendant l'absence de Richard, et il y était sensible.

Le bruyant « heavy metal » de « Tattoo Vampire » par Blue Oyster Cult s'était tu. La télé du foyer, qui diffusait les piailleries d'un épisode d'*Hogan's Heroes* à la place des informations, s'était purement et simplement endormie.

Richard se tourna vers Jack, bouche bée.

— Je n'aime pas ça, coco, déclara Jack. Les tam-tams locaux se sont arrêtés. C'est trop calme.

— Ah, ah, s'exclama faiblement Richard.

— Richard, puis-je te poser une question ?

— Oui, bien sûr.

— Est-ce que tu as peur ?

La figure de Richard montrait qu'il désirait plus que tout répondre : *Non, bien sûr que non ; Nelson House est toujours plus calme à ce moment de la journée.* Malheureusement, Richard était absolument incapable de mentir. Cher vieux Richard, Jack éprouva un élan d'affection.

— Oui, admit Richard. J'ai un peu peur.

— Puis-je te demander autre chose ?

— Je pense que oui, bien sûr.

— Pourquoi chuchotons-nous tous les deux ?

Richard le dévisagea longtemps sans rien dire. Puis il reprit le couloir en sens inverse.

Les portes de toutes les chambres étaient ouvertes ou entrebâillées. Jack flaira une bonne odeur familière filtrant par la porte entrouverte de l'appartement 4 ; de ses doigts blessés, il poussa le battant.

— Lequel fume parmi eux ? demanda Jack.

— Quoi ? répondit Richard d'une voix mal assurée.

Jack renifla bruyamment.

— Tu sens pas ?

Revenant sur ses pas, Richard inspecta la pièce. Les deux lampes de bureau étaient allumées. Il y avait un ouvrage d'Histoire ouvert sur une table, un exemplaire d'*Heavy Metal* sur l'autre. Des posters décoraient les murs : la Costa del Sol, Frodo et Sam en train de cheminer dans les plaines fumantes et crevassées de Mordor à la recherche du château de Sauron, le grand Eddie Van Halen. Des écouteurs gisaient sur l'exemplaire d'*Heavy Metal,* émettant des couinements grêles.

— Si on peut se faire exclure en laissant un ami dormir sous son lit, je doute que les fumeurs n'aient droit qu'à une tape sur la main, n'est-ce pas ? énonça Jack.

— C'est une cause de renvoi, bien sûr.

Richard fixait le joint, littéralement hypnotisé, et Jack trouva qu'il avait l'air plus choqué et désemparé qu'à aucun autre moment, même quand Jack lui avait montré les cicatrices entre ses doigts.

— Nelson House est vide, diagnostiqua Jack.

— Ne sois pas ridicule !

La voix de Richard était cinglante.

— C'est pourtant vrai.. D'un geste, Jack balaya le couloir. Nous ne sommes plus que tous les deux. Or on ne fait pas sortir une trentaine de garçons d'un dortoir sans faire de bruit. Ils ne sont pas simplement partis ; ils ont disparu.

— Au fin fond des Territoires, je présume.

— Je ne sais pas, dit Jack. Peut-être sont-ils encore ici, mais dans une dimension légèrement différente. Peut-être qu'ils sont là-bas. Ou à Cleveland. Mais ils ne sont pas où nous sommes.

— Referme cette porte, cria brusquement Richard et, comme Jack ne réagissait pas assez vite à son gré, il la ferma lui-même.

— Tu ne veux pas prendre le...

— Je ne veux même pas y toucher, trancha Richard. Je devrais les signaler, tu sais. Je devrais les signaler tous les deux à M. Haywood.

— Tu ferais ça ? s'enquit Jack, fasciné.

Richard sembla vexé.

— Non... probablement pas, reconnut-il. Mais je n'approuve pas pour autant.

— Une forme de désordre, commenta Jack.

— Ouais. (Les yeux de Richard étincelèrent derrière ses verres, lui confirmant que c'était la vérité ; Jack avait tapé en plein dans le mille et, que cela lui plaise ou non, c'était son problème. Richard repartit dans le couloir.) Je veux savoir ce qui se passe ici, ajouta-t-il, et crois-moi, je vais trouver.

Cela pourrait être beaucoup plus mauvais pour ta santé que la marijuana, Richie, pensa Jack en suivant son ami.

2

Debout dans le salon, ils regardaient dehors. Richard tendit le doigt vers le campus. Dans les dernières lueurs du jour, Jack distingua une bande de garçons traînant plus ou moins autour de la statue verdâtre d'Elder Thayer.

— Ils fument ! s'écria Richard, furieux. Au beau milieu du campus, ils *fument* !

Jack pensa immédiatement à l'odeur d'herbe dans le couloir de Richard.

— Ils fument, d'accord, dit-il à Richard, et pas le genre de cigarette qu'on trouve dans les distributeurs.

De colère, Richard faisait tambouriner ses phalanges contre la vitre. A ses yeux, nota Jack, le dortoir anormalement désert était oublié ; oublié aussi l'entraîneur suppléant avec son blouson de cuir et ses cigarettes à la chaîne ; oubliée enfin l'apparente aberration mentale de Jack. Cet air de propriétaire outragé sur la bouille de Richard parlait pour lui : *quand une bande de garçons traînent comme ça en fumant des joints à deux doigts de la statue du fondateur de mon collège, c'est comme si l'on me disait que la terre est plate, ou que les nombres premiers sont parfois divisibles par deux ou tout autre énormité.*

Le cœur de Jack débordait de pitié pour son ami, mais il était aussi plein d'admiration devant une attitude qui devait paraître aussi réactionnaire et même excentrique à ses condisciples. Il se redemanda si Richard supporterait les chocs qui pouvaient les attendre.

— Richard, reprit-il, ces types ne sont pas de Thayer, si ?

— Seigneur, tu es vraiment devenu fou, Jack. Ce sont des Deuxième Cycle. Je les reconnais tous jusqu'au dernier. Le garçon qui porte ce ridicule chapeau en cuir s'appelle Norrington. Celui avec le survêtement vert, c'est Buckley. Je vois Garson... Littlefield... Celui à l'écharpe s'appelle Etheridge, énuméra-t-il.

— Es-tu *sûr* que c'est bien Etheridge ?

— *Bien sûr que c'est lui !* s'indigna Richard.

Soudain, il tourna le loquet de la fenêtre, remonta celle-ci et se pencha dans l'air froid.

Jack tira Richard en arrière.

— Richard, je t'en prie, écoute-moi.

Richard ne voulait rien entendre. Il se retourna pour se pencher à nouveau dans le crépuscule glacé.

— Hé !

Non, n'attire pas leur attention, Richard, pour l'amour du ciel...

— *Hé, vous les gars ! Etheridge ! Norrington ! Littlefield ! Que diable se passe-t-il ici ?*

Leur bavardage et leurs rires gras s'interrompirent. La silhouette qui portait l'écharpe d'Etheridge virevolta en direction de la voix de Richard. Il inclina légèrement la tête en levant les yeux vers eux. Les lumières de la bibliothèque et les reflets rougeoyants du coucher de soleil hivernal tombèrent sur sa figure. Les mains de Richard volèrent à sa bouche.

La moitié droite du visage offert ressemblait effectivement un peu à celle d'Etheridge — un Etheridge plus âgé, qui aurait fréquenté pas mal d'endroits inconnus des gentils élèves des grandes écoles, et qui aurait aussi fait pas mal de choses défendues. L'autre moitié était une bouillie de cicatrices. Un croissant étincelant qui aurait pu être un œil luisait au fond d'un cratère dans le gâchis de chair bosselée sous le front. On aurait dit une bille qui aurait roulé dans une flaque de suif fondu. Un seul long croc pointait hors du coin gauche de la bouche.

C'est son Double, conclut Jack avec une tranquille certitude. *En bas, c'est le Double d'Etheridge. Sont-ils tous des Doubles ? Le Double de Littlefield, celui de Norrington, celui de Buckley et ainsi de suite ? C'est impossible !*

— Sloat ! hurla la créature Etheridge en amorçant deux pas vers Nelson House.

La lueur des réverbères de l'allée tombait désormais en plein sur sa figure ravagée.

— Ferme la fenêtre, chuchota Richard. Ferme la fenêtre. Je me suis trompé. Il ressemble à Etheridge, mais ce n'est pas lui, peut-être son frère aîné. Peut-être quelqu'un a-t-il jeté de l'acide de batterie ou je ne sais quoi à la figure du frère d'Etheridge et maintenant il est devenu fou, mais ce n'est pas Etheridge alors *referme la fenêtre Jack, referme-la tout de suite.*

En-dessous, la créature Etheridge se traîna encore d'un pas dans leur direction en ricanant. Sa langue, hideusement longue, pendait de sa bouche tel un serpentin déroulé.

— Sloat ! cria-t-elle derechef. Livre-nous ton passager !

Jack et Richard sursautèrent tous les deux, chacun dévisageant l'autre avec une expression tendue.

Un hurlement grelotta dans la nuit... car il faisait nuit désormais ; fini le crépuscule.

Richard regardait Jack, et un instant Jack vit un éclair de franche haine dans les yeux de l'autre gamin... son père signé. *Pourquoi fallait-il que tu viennes ici, Jack ? Hein ? Pourquoi fallait-il que tu me mettes dans le bain ? Pourquoi fallait-il que tu me plonges dans toutes ces sacrées histoires à la Seabrook Island ?*

— Veux-tu que je m'en aille ? demanda Jack doucement.

Les yeux de Richard gardèrent un moment cet air de colère dévastatrice, avant de retrouver leur gentillesse naturelle.

— Non, balbutia-t-il en passant distraitement ses mains dans ses cheveux. Non, tu ne vas nulle part. Il y a... il y a des chiens enragés dehors. Des chiens enragés, Jack, sur le campus de Thayer ! Je veux dire... tu les as vus ?

— Ouais, j'les ai vus, Richie, acquiesça Jack à voix basse, tandis que Richard passait encore ses mains dans ses cheveux auparavant impeccables, à chaque fois les ébouriffant davantage.

L'ami si soigné et ordonné de Jack commençait à ressembler vaguement au cousin de Donald Duck, notre sympathique savant-fou, Géo Trouvetout.

— Appeler Boynton, de la sécurité, voilà ce que je dois faire, marmonnait Richard. Alerter Boynton ou la police de la ville, ou...

Un vagissement s'éleva des arbres à l'autre bout du campus, du tréfonds des ombres entrelacées... un vagissement perçant, chevrotant, aux consonances presque humaines. Richard jeta un regard de ce côté, la bouche tremblante à la manière des vieilles personnes, puis il regarda Jack d'un air suppliant.

— Ferme la fenêtre, Jack, d'accord ? Je me sens fiévreux. Je crois que j'ai attrapé froid.

— Sûr, Richard, dit Jack, et il ferma, cantonnant de son mieux les cris à l'extérieur.

CHAPITRE 32

« LIVRE-NOUS TON PASSAGER »

1

— Aide-moi, Richard, grommela Jack.

— Je refuse de bouger le bureau, Jack, ânonna Richard d'une voix puérile. (Les cernes sombres sous ses yeux étaient à présent encore plus prononcés qu'ils ne l'avaient été dans le salon.) Ce n'est pas sa place.

Dehors sur le campus, un nouveau hurlement fusa dans les airs.

Le lit se trouvait contre la porte. La chambre de Richard était désormais entièrement bouleversée. Planté au milieu, Richard regarda autour de lui en battant des paupières. Enfin, il alla à son lit et en arracha les couvertures. Sans un mot, il en tendit une à Jack, puis prit la sienne et l'étendit sur le sol. Il sortit sa monnaie et son portefeuille de ses poches et les posa en ordre sur le bureau. Après quoi, il se coucha au centre de sa couverture, replia les bords sur lui et resta couché là par terre, ses lunettes encore sur le nez, sa figure l'image muette du désespoir.

Le silence ambiant était pesant et irréel, rompu seulement par les vrombissements lointains des poids lourds sur l'autoroute. A l'intérieur même de Nelson House, il régnait un silence anormal.

— Je ne veux pas parler de ce qui rôde dehors, annonça Richard. Je veux que ce soit clair.

— OK, Richard, l'apaisa Jack. Nous n'en parlerons pas.

— Bonne nuit, Jack.

— Bonne nuit, Richard.

Richard lui fit un petit sourire triste, et terriblement las ; pourtant il s'y lisait assez de tendre amitié pour réchauffer le cœur de Jack et le lui crever à la fois.

— Je suis quand même content que tu sois venu, reprit Richard. Nous parlerons de tout ça demain matin. Je suis sûr qu'on comprendra mieux alors. Cette petite fièvre dont je souffre aura disparu.

Richard roula sur son flanc droit et ferma les yeux. Cinq minutes plus tard, malgré le sol dur, il dormait profondément.

Jack resta assis un bon moment à scruter l'obscurité, tantôt il apercevait les lumières des autos défilant sur Springfield Avenue ; tantôt les phares et même les réverbères semblaient s'effacer, comme si le collège tout entier continuait à déraper hors de la réalité et restait provisoirement suspendu dans quelques limbes avant de se remettre en place.

Le vent se leva. Jack entendait crépiter les dernières feuilles gelées sur les arbres du campus ; les branches se cognaient entre elles comme des osselets, tandis qu'un mugissement glacial résonnait dans les passages entre les bâtiments.

2

— Le type s'approche, chuchota Jack, tendu. Il était environ une heure du matin. Le double d'Etheridge.

— Qui ça ?

— Ne t'occupe pas, répondit Jack. Rendors-toi. Tu refuses de voir la réalité en face.

Mais Richard se dressa sur son séant. Avant de repérer la silhouette contrefaite et tassée qui s'avançait vers Nelson House, son regard parcourut tout le campus. Richard parut terriblement choqué, profondément effrayé.

Le lierre sur Monkson Fieldhouse qui, le matin même, quoique étique gardait encore un peu de vert, arborait désormais un vilain jaune sale.

— *Sloat ! Livre-nous ton passager !*

Soudain Richard ne souhaita qu'une seule chose, se rendormir, jusqu'à ce que sa grippe fût complètement guérie (car il s'était réveillé en décidant que ce *devait* être la grippe, pas un simple chaud et froid ni une poussée de fièvre, mais une bonne grippe) ; l'état grippal, voilà ce qui lui provoquait des hallucinations aussi tortueuses, affreuses. Il n'aurait jamais dû rester planté devant cette fenêtre ouverte... ni d'ailleurs permettre à Jack de passer par la fenêtre de sa chambre. A cette pensée, Richard éprouva une honte immédiate et profonde.

3

Jack jeta un regard en biais à Richard mais sa figure livide et ses yeux gonflés lui suggérèrent que le malheureux s'enfonçait de plus en plus dans le Pays Magique de la Surcharge.

La créature dehors était trapue. Elle progressait sur l'herbe blanche de givre, pareille à un troll qui émergerait de sous un pont, ses pattes griffues atteignant presque les genoux. Elle portait un duffel-coat de l'armée avec ETHERIDGE marqué au pochoir sur la poche gauche. Le manteau pendait, débraillé. Dessous, Jack distinguait une chemise Pendleton déchirée et froissée. Une tache sombre, qui pouvait être du sang ou du vomi, en maculait tout un côté. La cravate chiffonnée était en reps bleu avec des E majuscules brodés en doré par-dessus ; deux ou trois chardons y étaient accrochés comme autant de grotesques épingles de cravate. Seule fonctionnait une moitié de la figure de ce nouvel Etheridge. Il y avait de la terre dans ses cheveux et des feuilles sur ses habits.

— *Sloat ! Livre-nous ton passager !*

Jack contemplait le double monstrueux d'Etheridge, hypnotisé par ses yeux qui vibraient littéralement dans leurs orbites, tels des diapasons sur leurs supports. Il dut faire un effort pour détourner le regard.

— Richard ! grogna-t-il. Ne regarde pas ses yeux.

Richard ne répondit pas ; pâle, comme obnubilé par une drogue, il fixait la caricature ricanante d'Etheridge.

Épouvanté, Jack donna un coup d'épaule à son ami.

— Oh, cria Richard. Saisissant brusquement la main de Jack, il la pressa contre son front. Tu ne me trouves pas chaud ? lui demanda-t-il.

Jack lâcha le front de Richard, lequel était un peu moite, mais guère plus.

— Brûlant, mentit-il.

— Je le savais, s'exclama Richard avec un vif soulagement. Il faut que j'aille bientôt à l'infirmerie. Je crois que j'ai besoin d'un antibiotique.

— *Livre-le-nous, Sloat !*

— Poussons le bureau contre la fenêtre, proposa Jack.

— *Tu ne cours aucun danger, Sloat !* brailla Etheridge.

Il grimaça un sourire rassurant ; en fait, uniquement la moitié droite de son visage souriait. La gauche continuait à béer de façon macabre.

— Comment peut-il ressembler autant à Etheridge ? s'enquit Richard avec un calme anormal, désarmant. Comment sa voix peut-elle nous parvenir si distinctement malgré la vitre ? Qu'est-il arrivé à sa figure ? Sa voix vibra un peu et retrouva ses accents désespérés lorsqu'il posa sa dernière question, celle qui sur le moment semblait être la plus vitale, du moins aux yeux de Richard Sloat. — Où s'est-il procuré la cravate d'Etheridge, Jack ?

— Je ne sais pas, dit Jack. *A tous les coups, nous repartons pour Seabrook Island. Richie, et je crois que nous allons danser le boogie jusqu'à ce que tu en gerbes.*

— *Livre-le-nous, Sloat, ou nous allons venir le chercher !*

La créature exhiba son unique croc en un féroce rictus de cannibale.

— *Renvoie-nous ton passager, Sloat, il est mort ! Il est mort, et si tu ne t'en débarrasses pas bientôt, tu le sentiras quand il commencera à puer !*

— Aide-moi à déplacer ce foutu bureau ! siffla Jack.

— Oui, articula Richard. Oui, d'accord. Nous allons déplacer le bureau et puis je m'allongerai, et plus tard j'irai peut-être faire un tour à l'infirmerie. Qu'en penses-tu, Jack ? Qu'est-ce que tu en dis ? Est-ce un bon plan ?

(Toute sa frimousse mendiait l'approbation de Jack.)

— On verra, temporisa celui-ci. D'abord le plus urgent. Le bureau. Ils peuvent jeter des pierres.

4

Peu après, Richard se mit à gémir et à s'agiter dans son sommeil ; car il s'était rendormi. C'était assez pénible ; puis les larmes se mirent à sourdre du coin de ses yeux et cela devint intolérable.

— Je ne peux pas l'abandonner, gémissait Richard avec la voix naïve et pleurnicharde d'un enfant de cinq ans.

Jack le surveillait avec des frissons dans le dos. — Je ne peux pas l'abandonner, je veux mon papa, s'il vous plaît, dites-moi où est mon papa, il est entré dans le placard, mais le placard est vide, je veux mon papa, il me dira ce que je dois faire, s'il vous plaît.

Une pierre vint fracasser le carreau. Jack poussa un hurlement.

Le projectile rebondit sur l'envers du bureau qui bloquait la fenêtre. Quelques éclats de verre voltigèrent par les interstices à gauche et à droite du meuble et se pulvérisèrent au contact du sol.

— *Livre-nous ton passager, Sloat !*

— J'n'peux pas, gémit Richard en se tortillant sous sa couverture.

— *Livre-le-nous !* vociféra dehors une autre voix stridente, hilare. *Nous le ramènerons à Seabrook Island, Richard ! Là où est sa place !*

Encore un caillou. Instinctivement, Jack s'aplatit, bien que cette pierre rebondisse aussi contre le bureau. Des chiens hurlaient, jappaient et grondaient.

— Pas à Seabrook Island, marmonna Richard dans son sommeil. Où est mon papa ? Je veux qu'il sorte du placard ! Je vous en prie, *je vous en prie, pas d'histoire à la Seabrook Island*, JE VOUS EN PRIE.

Alors Jack se mit à genoux et secoua Richard comme un prunier en lui disant de se réveiller, ce n'était qu'un rêve, réveille-toi, pour l'amour du Ciel, *réveille-toi !*

— J'vous prie, j'vous prie, j'vous prie.

Un chœur rauque, inhumain, monta d'en bas. Les voix ressemblaient au chœur des animaux dans *l'Ile du docteur Moreau* d'H.G. Wells.

— Rébeille-toi, rébeille-toi, rébeille-toi ! entonna une seconde chorale.

Des chiens hurlaient à la mort.

Une rafale de pierres s'abattit sur la fenêtre, brisant davantage de verre et martelant l'envers du bureau, qui branla sur ses bases.

— PAPA EST DANS LE PLACARD ! hurla Richard. PAPA, SORS, S'IL TE PLAIT, SORS, J'AI PEUR !

— *J'vous prie, j'vous prie, j'vous prie !*

— *Rébeille-toi, rébeille-toi, rébeille-toi !*

Les mains de Richard battaient l'air.

Nouvelle volée de pierres qui bombarda le bureau.

Bientôt il se présenterait à la fenêtre un caillou assez gros pour crever le meuble bon marché ou simplement le faire culbuter, se dit Jack.

Dehors, ils s'esclaffaient et braillaient et chantaient avec leurs hideuses voix de trolls. Des chiens — une meute, à présent — hurlaient et grondaient à qui mieux mieux.

— PAPAAA ! cria Richard d'une voix aiguë à donner la chair de poule. Jack le gifla.

Les yeux de Richard s'ouvrirent. Un long moment, il fixa Jack d'un terrible regard, sans le reconnaître, comme si son rêve avait altéré sa raison en se dissipant. Enfin, il aspira une bouffée longue et tremblante, puis poussa un soupir.

— Un cauchemar, énonça-t-il. A cause de la fièvre, je suppose. Horrible. Mais je ne me souviens pas exactement de ce que c'était ! ajouta-t-il vivement, comme si Jack allait le lui demander.

— Richard, je veux que nous quittions cette pièce, déclara ce dernier.

— Quitter cette... ? Richard regarda Jack comme s'il était devenu fou. Je ne peux pas, Jack. J'ai une fièvre de... au moins 38°, peut-être 39°. Je ne peux pas.

— Au pire tu as quelques dixièmes en trop, Richard, objecta calmement Jack. Probablement même pas...

— Je suis brûlant ! protesta Richard.

— Ils nous jettent des pierres, Richard.

— Les hallucinations ne peuvent pas jeter de pierres, Jack, affirma Richard, comme s'il expliquait un fait simple mais vital à un handicapé mental. Ce sont des histoires à la Seabrook Island. C'...

Nouveau jet de pierres sur la fenêtre.

— *Livre-nous ton passager, Sloat !*

— Viens, Richard, intima Jack en forçant l'autre gamin à se lever.

Il le traîna jusqu'à la porte et dans le couloir. Jack se sentait alors vraiment désolé pour Richard... peut-être pas autant que pour Wolf... mais il en prenait le chemin.

— Non... malade... fièvre... je ne peux pas...

Davantage de cailloux martelèrent le bureau derrière eux.

Richard se cramponna à Jack en hurlant, comme un gosse qui se noie. Gloussements de rire hystérique à l'extérieur. Des chiens aboyaient en se battant entre eux. Jack vit la bouille blanche de Richard blêmir encore davantage ; il le vit chanceler et se précipita, mais pas à temps pour le rattraper avant qu'il s'effondre devant la porte de Reuel Gardener.

5

Ce n'était qu'une petite syncope, et Richard revint à lui assez vite quand Jack le pinça aux endroits sensibles entre le pouce et l'index. Il ne parlerait pas de ce qui se passait dehors — en fait il feindrait de ne pas savoir de quoi parlait Jack.

A pas prudents, ils avançaient dans le couloir en direction de l'escalier. Arrivés au foyer, Jack pointa sa tête à l'intérieur.

— Richard, regarde ça ! siffla-t-il.

A contrecœur, Richard jeta un coup d'œil. Le foyer était dévasté. Les chaises cul par-dessus tête. Les coussins du canapé avaient été éventrés. Le portrait à l'huile d'Elder Thayer sur le mur du fond défiguré ; on avait dessiné une paire de cornes démoniaques sur ses cheveux blancs bien coiffés. Un autre lui avait rajouté une moustache sous le nez, et un troisième s'était servi d'une lime à ongles ou d'un instrument analogue pour graver un grossier phallus à l'emplacement de l'entrejambe. Le verre de la vitrine était brisé.

Jack n'aimait pas beaucoup l'air horrifié, incrédule et comateux, qui se peignit sur les traits de Richard. D'une certaine manière, de fantastiques et rutilants bataillons d'elfes dans les couloirs, ou des dragons arpentant le campus auraient été pour lui plus faciles à accepter que cette constante érosion de Thayer College qu'il avait appris à connaître et à aimer... ce collège que Richard croyait naïvement être bon et noble, un rempart incontesté contre ce monde où l'on ne pouvait compter sur rien... pas même, pensa Jack, sur le fait que les pères doivent ressortir des placards où ils sont entrés.

— Qui a fait ça ? demanda Richard, outré. Les monstres, se répondit-il lui-même. Voilà les coupables. Il consulta Jack du regard, le visage assombri par un orage de soupçons. C'est peut-être les Colombiens ? lança-t-il soudain. C'est peut-être les Colombiens, un nouvel épisode de la lutte pour le monopole de la drogue, y as-tu pensé, Jack ?

Jack dut réprimer une folle envie de hurler de rire. Voilà sans doute une explication que seul Richard Sloat pouvait imaginer. C'était la faute aux Colombiens. Les bagarres rangées pour la cocaïne étaient arrivées jusqu'au Thayer College de Springfield, Illinois. Élémentaire, mon cher Watson ; il y a sept chances et demie sur cent pour que ce problème comporte une solution.

— Je pense que tout est possible, commenta Jack. Allons jeter un œil à l'étage.

— Mais pour quoi faire, bon sang ?

— Eh bien... peut-être trouverons-nous quelqu'un, dit Jack, sans vraiment y croire ; mais il fallait bien dire quelque chose. Peut-être que quelqu'un se cache là-haut. Un être normal comme nous.

Richard examina Jack, puis le foyer en pagaïe. L'air de souffrance hagard réapparut sur sa figure, cet air qui disait : *je ne tiens vraiment pas à regarder ça, mais pour une raison obscure on dirait que c'est la seule chose qui m'intéresse ; c'est une pulsion perverse, comme de mordre dans un citron, faire crisser ses ongles sur le tableau noir ou de gratter la faïence de l'évier avec les dents d'une fourchette.*

— La drogue sévit dans ce pays, déclara Richard avec un ton incroyablement pontifiant. J'ai lu un article sur la prolifération des drogues dans *La Nouvelle République* juste la semaine dernière. Jack, tous ces gens dehors doivent être défoncés ! Déjantés ! Ils pou...

— Viens, Richard, l'interrompit Jack calmement.

— Je ne suis pas sûr de pouvoir monter l'escalier, protesta Richard, grognon. J'ai peut-être trop de fièvre pour grimper l'escalier.

— Essaye toujours, conclut Jack en continuant à l'entraîner dans la bonne direction.

6

Au moment où ils atteignaient le palier du premier étage, le son reflua dans le silence étale, presque menaçant, qui régnait sur Nelson House. Dehors les chiens grognaient et aboyaient — on aurait dit à présent qu'ils se comptaient, non plus par dizaines ni vingtaines, mais par centaines. Les cloches de la chapelle se mirent à sonner à toute volée.

Les cloches rendaient complètement dingues les bâtards qui vadrouillaient sur le campus. Les bêtes s'en prenaient les unes aux autres, roulaient sur l'herbe — qui paraissait de plus en plus piétinée, sale et négligée, et mordaient toutes les choses à leur portée. Sous les yeux de Jack, l'une d'entre elles s'attaqua à un orme. Une autre sauta sur la statue d'Elder Thayer. Lorsque, tous crocs dehors, sa gueule se referma sur le bronze massif, le sang fusa, gicla.

Jack se détourna, pris de nausées.

— Viens, Richard, répéta-t-il.

Ce dernier finit par obtempérer.

7

Le premier étage présentait un foutoir inouï de meubles renversés, fenêtres brisées, rembourrage, disques avec lesquels on avait apparemment joué au Frisbee, vêtements épars dans tous les coins.

Envahi de vapeur, le deuxième étage était aussi chaud et humide qu'une forêt tropicale après la pluie. Quand ils arrivèrent devant la porte marquée DOUCHES, la température avoisinait celle d'un sauna. La buée, qu'ils avaient d'abord vue ramper en minces spirales dans l'escalier, s'était transformée en un brouillard opaque.

— Reste ici, intima Jack. Attends-moi.

— D'accord, Jack, acquiesça sereinement Richard, forçant sa voix juste assez pour couvrir le tambourinage des douches.

Ses lunettes s'étaient embuées, mais il n'eut pas le geste de les essuyer.

Jack poussa la porte et entra. La chaleur était moite et pesante. Ses vêtements dégoulinèrent immédiatement de sueur à cause de la torride humidité ambiante. La pièce carrelée grondait sous le martèlement de l'eau. Les vingt douches marchaient, et tous les gicleurs étaient dirigés sur une pile d'affaires de sports au milieu du carrelage. L'eau arrivait bien à traverser ce tas insensé, mais lentement, et les lieux étaient inondés. Jack ôta ses chaussures et fit le tour en se glissant sous les douches pour rester sec le plus possible, et éviter de se faire ébouillanter. Celui qui avait ouvert les robinets n'aimait apparemment pas l'eau froide. Il les ferma tous, un à un. Il n'avait aucune raison de faire cela, aucune raison valable, et il se reprocha de perdre ainsi son temps, alors qu'il aurait dû réfléchir au moyen de sortir d'ici — de Nelson House et du campus de Thayer — avant que ne tombe le couperet.

Aucune raison, sauf que Richard n'était peut-être pas le seul à avoir besoin de créer l'ordre à partir du chaos... créer l'ordre et le perpétuer.

Il regagna le couloir, mais Richard avait disparu.

— Richard ?

Il sentit son cœur s'emballer dans sa poitrine.

Pas de réponse.

— Richard !

Une odeur d'eau de Cologne flottait dans l'air, aux relents délétères.

— *Richard, où diable t'es-tu fourré !*

Richard posa la main sur l'épaule de Jack, qui hurla.

8

— Je ne comprends pas pourquoi tu as crié comme ça, dit Richard après coup. Ce n'était que moi.

— Je me sens nerveux, répliqua Jack faiblement.

Ils étaient assis au deuxième étage, dans la chambre d'un garçon au nom étrangement harmonieux d'Albert Humbert. Richard lui expliqua qu'Albert Humbert, qui avait pour surnom Albert le Pâté, était le pensionnaire le plus obèse du collège, et Jack le crut sans peine ; sa chambre recelait une étonnante variété de friandises — c'était le repaire d'un gosse dont le cauchemar ne consistait pas à se faire évincer de l'équipe de basket ou à rater une interro de trigo, mais plutôt à se réveiller en pleine nuit sans pouvoir trouver un Ring-Ding ou son pot de beurre de cacahuètes. Une bonne part de la camelote était éparpillée çà et là. Le bocal en verre contenant la pâte de guimauve était cassé, mais de toute façon Jack n'avait jamais raffolé de guimauve. Il dédaigna aussi les bâtons de réglisse ; Albert le Pâté en possédait un carton entier, rangé sur l'étagère supérieure de son placard. Au revers du carton, il y avait écrit : *Joyeux anniversaire, chéri, de la part de ta maman qui t'aime.*

Certaines Mamans qui t'aiment envoient des bâtons de réglisse par cartons, et certains Papas qui t'aiment commandent des blazers chez Brooks Brothers, pensa tristement Jack, *et, s'il y a une différence, seul Jason la connaît.*

Dans la chambre d'Albert le Pâté, ils trouvèrent suffisamment de nourriture pour se composer un semblant de repas : Slim Jims, rondelles de saucisson, pommes chips. Actuellement ils terminaient avec un paquet de biscuits. Jack avait récupéré le fauteuil d'Albert dans le couloir et s'était installé près de la fenêtre. Richard occupait le lit d'Albert.

— Eh ben, tu es vraiment nerveux, approuva Richard tout en refusant d'un signe de tête lorsque Jack lui offrit le dernier gâteau. Paranoïaque, en fait. Cela provient des deux derniers mois que tu as passés sur la route. Tu seras d'aplomb une fois rentré à la maison, auprès de ta mère, Jack.

— Richard, rétorqua Jack en jetant l'emballage vide, mets ton nez dans le caca. Tu vois pas ce qui se passe dehors sur ton campus ?

Richard s'humecta les lèvres.

— Je t'ai déjà expliqué, dit-il. J'ai de la fièvre. Sans doute ne se produit-il rien du tout, ou alors des choses parfaitement normales que mon esprit déforme ou intensifie. C'est une possibilité. L'autre, c'est... eh bien... des vendeurs de dope.

Richard se pencha sur son lit.

— Tu ne t'es pas amusé à prendre des drogues, n'est-ce pas, Jack ? Pendant que tu faisais la route ?

La vieille lueur incisive, intelligente, s'était soudain ranimée dans les yeux de Richard. *Voilà l'explication, la raison d'être de toute cette folie,* disaient ses yeux. *Jack s'est retrouvé mêlé à une affaire de drogue et tous ces gens l'ont suivi jusqu'ici.*

— Non, le contra Jack avec lassitude. J'ai toujours pensé que tu avais les pieds sur terre, Richard, poursuivit Jack. Je n'aurais jamais cru te voir, *toi,* te triturer la cervelle pour déformer les faits.

— Jack, c'est seulement... une hallucination, et tu le sais !

— Une guerre des gangs à Springfield, Illinois ? ironisa Jack. Qui raconte des histoires à la Seabrook Island en ce moment ?

Ce fut alors qu'une pierre fracassa la fenêtre d'Albert Humbert, projetant du verre d'un bout à l'autre de la pièce.

CHAPITRE 33

RICHARD DANS LE CIRAGE

1

Richard hurla et leva un bras pour se protéger la figure. Les éclats de verre volaient.

— *Livre-le-nous, Sloat !*

Jack se leva, en proie à une rage sourde.

Richard s'agrippa à son bras.

— Jack, non ! Écarte-toi de la fenêtre !

— Merde, gronda Jack. Je suis fatigué d'entendre parler de moi comme d'une pizza.

La créature Etheridge se tenait de l'autre côté de l'allée, sur le trottoir au bord du terre-plein, les yeux levés vers eux.

— Fiche le camp d'ici ! lui cria Jack.

Une brusque inspiration se fit jour dans son esprit. Il hésita, puis brailla : *Je vous ordonne de vous en aller, tous ! Je vous ordonne de partir au nom de ma mère, la reine !*

La créature Etheridge tressaillit comme si quelqu'un avait pris un fouet pour le cingler en pleine figure.

Puis l'air de surprise peinée s'estompa et la créature se mit à ricaner.

— Elle est morte, Sawyer ! hurla-t-elle en retour — mais le regard de Jack s'était aiguisé pendant sa période errante, et il reconnut une expression de malaise inquiet sous le triomphe de commande. La reine Laura est morte, et ta mère aussi est morte... morte dans le New Hampshire... morte et *puante*.

— *Hors d'ici* ! brailla encore Jack, et il eut l'impression que la créature Etheridge sursautait à nouveau de rage et de frustration.

Richard l'avait rejoint à la fenêtre, pâle et distrait.

— De quoi parlez-vous tous les deux ? demanda-t-il, regardant fixement la caricature qui grimaçait en dessous. Comment Etheridge sait-il que ta mère séjourne dans le New Hampshire ?

— *Sloat* ! glapit la créature Etheridge. *Où est ta cravate ?*

Un spasme de culpabilité contracta les traits de Richard ; ses mains se portèrent convulsivement à son col de chemise.

— *Nous laisserons passer cette fois, si tu renvoies ton passager, Sloat !* glapit la créature Etheridge. *Si tu le renvoies, tout peut redevenir comme avant ! C'est ça que tu veux, non ?*

Richard contemplait la créature en hochant la tête — Jack en était sûr — quasi inconsciemment. Son visage chiffonné était noué par la souffrance, ses yeux étincelant de larmes retenues. Il voulait que tout redevienne comme avant, que oui.

— *Tu n'aimes pas ton collège, Sloat ?* cria la créature Etheridge en direction de leur fenêtre.

— Si, marmonna Richard en ravalant un sanglot. Si, bien sûr que je l'aime.

— Tu sais ce que nous faisons aux petits voyous qui n'aiment pas ce collège ? Livre-le-nous ! Ce sera comme s'il n'y avait jamais mis les pieds !

Richard se retourna lentement et regarda Jack avec des yeux terriblement vides.

— A toi de décider, Richie, énonça Jack à voix basse.

— Il trimballe des drogues, Richard ! surenchérit la créature. Quatre ou cinq sortes différentes ! Coke, hash, poudre d'ange ! Il revend sa camelote pour financer son équipée dans l'Ouest ! Où crois-tu qu'il a trouvé le beau manteau qu'il portait quand il est apparu sur le pas de ta porte ?

— La drogue, s'exclama Richard avec un frisson d'intense soulagement. Je le savais.

— Mais tu ne vas pas le croire, protesta Jack. Ce n'est pas la drogue qui a changé ton collège, Richard. Et les chiens...

— Livre-le-nous, Sl...

La voix d'Etheridge s'estompait, s'estompait.

Lorsque les deux garçons regardèrent à nouveau en bas, la créature s'était volatilisée.

— Où était passé ton père, à ton avis ? s'enquit Jack d'une voix douce. Où crois-tu qu'il est allé le jour où il a disparu dans le placard, Richard ?

Richard se détourna doucement pour lui faire face, et sa figure, d'ordinaire si calme, intelligente et sereine, commença à se fendiller. Sa poitrine se mit à faire des bonds irréguliers. Soudain Richard tomba dans les bras de Jack, se cramponnant à lui avec une panique aveugle.

— Ça m-m-m-m'a touchééé ! hurla-t-il. Tout son corps tremblait entre les mains de Jack, tel un câble soumis à une trop forte tension. Ça m'a touché, ça m-m-m'a touché, quelque chose à l'intérieur m-m'a touché ET JE NE SAIS PAS CE QUE C'ÉTAIT !

2

Son front brûlant pressé contre l'épaule de Jack, Richard cracha l'histoire qu'il avait gardée en lui durant toutes ces années. Cela venait par petits bouts, comme des fragments de projectile. En l'écoutant, Jack se remémora l'époque où son propre père était allé dans le garage... et avait réapparu deux heures plus tard au coin de la rue. C'était déjà dur, mais ce qui était arrivé à Richard était bien pire. Cela expliquait la volonté de fer de ce dernier, son obstination à ne voir que la réalité, toute la réalité et rien que la réalité. Cela expliquait son rejet de toute forme de romanesque, y compris de la science-fiction... Or, Jack le savait de sa propre expérience scolaire, d'habitude les futurs techniciens comme Richard étaient friands de S.-F... du moins tant que c'était du sérieux, par exemple les grands classiques Heinlein, Asimov, Arthur C. Clarke, Larry Niven — épargnez-nous les sornettes métaphysiques des Robert Silverberg et autres Barry Malzberg, s'il vous plaît, et nous lirons les bouquins où ils nous cassent la tête avec tous les logarithmes et les quadrants stellaires. Pas Richard, pourtant. Son dégoût de la fiction allait si loin qu'il n'aurait jamais touché un roman à moins que ce ne fût pour un devoir — plus jeune, il avait laissé Jack choisir ses livres pour les rapports de lecture libre, indifférent à leur contenu, les avalant comme si c'était des céréales. Pour Jack, cela devint un défi de trouver une histoire — n'importe laquelle — qui plairait à Richard, qui divertirait Richard, qui l'emporterait comme de bons romans ou récits emportaient parfois Jack... Les bons, pensa-t-il, étaient presque aussi bons que les Chimères, et chacun dessinait sa propre version des Territoires. Mais il fut impuissant à déclencher en lui la moindre réaction, étincelle ou *frisson*. Qu'il s'agisse du *Poney Rouge*, du *Démon de la piste*, de *l'Attrape-Cœurs* ou de *Je suis une légende*, sa réaction demeurait la même : concentration avec froncement de sourcils et regard hébété, suivie d'une rédaction avec nouveaux froncements de sourcils et regard hébété qui lui vaudrait un C ou, si son professeur d'anglais se sentait particulièrement en veine ce jour-là, un B. Ce fut à cause de ses C en anglais que Richard manqua le tableau d'honneur les quelques rares fois où il ne l'obtint pas.

Jack avait terminé le *Seigneur des Mouches* de William Golding, frissonnant et tremblant de tout son corps ; à la fois exalté et effrayé, souhaitant par-dessus tout ce qu'il souhaitait toujours quand l'histoire était particulièrement excellente, qu'elle ne s'arrête pas, qu'elle puisse toujours continuer, comme le faisait la vie (sauf que la vie se révélait toujours beaucoup plus ennuyeuse et insignifiante que les romans). Sachant que Richard avait un rapport de lecture en retard, il lui avait prêté le livre de poche écorné, pensant que cela marcherait, déclencherait quelque chose ; Richard devait réagir à l'histoire de ces garçons paumés et de leur retour à la sauvagerie. Mais Richard avait laborieusement parcouru le *Seigneur des Mouches* comme tous les autres romans précédents, et rédigé un rapport qui contenait autant de feu et de zèle que l'autopsie d'une victime d'un accident de la circulation par un médecin légiste collet-monté. *Qu'est-ce qui t'arrive ?* avait explosé Jack, ulcéré. *Au nom du Ciel, qu'as-tu contre une bonne histoire, Richard ?* Et Richard l'avait regardé, interdit, sans rien comprendre apparemment à la colère de Jack. *Il n'y a rien de tel qu'une histoire bien ficelée et inventée de toutes pièces, n'est-ce pas ?* avait répondu Richard.

Ce jour-là, Jack était reparti absolument stupéfait du refus total de la fiction manifesté par Richard, mais il pensait mieux le comprendre désormais — mieux qu'il ne le voulait vraiment, peut-être. Peut-être qu'aux yeux de Richard, chaque couverture de livre qui s'ouvrait ressemblait un peu à une porte de placard entrebâillée ; peut-être que toute ouverture glacée représentant des gens qui n'existaient pas comme s'ils étaient parfaitement réels rappelait à Richard le matin où il en avait Eu Assez Pour Toujours.

3

Richard voit son père entrer dans le placard de la grande chambre de devant, refermer la porte pliante derrière lui. Il a cinq ans, peut-être six... En tout cas, moins de sept. Il attend cinq minutes, puis dix, et comme son père n'est toujours pas ressorti du placard, il commence à avoir peur. Il pleure. Il pleure... (sa pipe il pleure son pot à tabac il pleure) son père et quand son père ne répond pas il appelle de plus en plus fort et en appelant il s'approche de plus en plus du placard et finalement, lorsqu'au bout d'un quart d'heure, son père n'est toujours pas ressorti, Richard ouvre la porte pliante et entre à l'intérieur où il fait noir comme dans un four.

Et il se passe quelque chose.

Après avoir bataillé avec les tweeds rêches, les cotons moelleux et les soyeuses doublures des manteaux, complets et vestons de sport de son père, l'odeur de tissu, de boules de naphtaline et de renfermé commence à céder la place à une autre odeur : une odeur sèche, chaude. Richard se lance à l'aventure en criant le nom de son père, il croit qu'il doit y avoir un feu là derrière et que son père brûle peut-être dedans, parce ça sent le feu... Et soudain il s'aperçoit que les planches se sont évanouies sous ses pieds et qu'il marche en pleine terre. D'étranges insectes noirs avec des yeux en grappe au bout de longs pédoncules bondissent tout autour de ses pantoufles duveteuses. Papa ! hurle-t-il. Les manteaux et les complets ont disparu, le sol a disparu, mais il n'y a pas de neige blanche et craquante à la place ; il y a une terre noire et nauséabonde qui est apparemment le berceau de ces horribles insectes noirs à ressorts ; cet endroit n'a rien à voir avec Narnia. D'autres cris répondent à ceux de Richard — des cris et des rires de déments. Une sombre rafale le plonge dans la fumée, et Richard fait demi-tour pour repartir à tâtons par où il est venu, les mains tendues comme celles d'un aveugle, cherchant désespérément les manteaux, le nez à l'affût du parfum âcre de la naphtaline.

Et soudain une main s'enroule autour de son poignet.

Papa ? interroge-t-il, mais quand il baisse les yeux, au lieu d'une main humaine, il voit une chose verte à écailles recouverte de ventouses ondoyantes, une chose verte reliée à un long bras caoutchouteux qui s'étend dans les ténèbres en direction d'une paire d'yeux jaunes et fendus qui le fixent avec un appétit évident.

Il se dégage en hurlant et se lance à l'aveuglette dans le noir... et juste au moment où ses doigts tâtonnants retrouvent les manteaux et les complets de son père, au moment où il entend déjà le bruit béni, bien rationnel, des cintres qui s'entrechoquent, cette main verte pleine de ventouses court sèchement sur sa nuque... et disparaît.

Tout tremblant, pâle comme un linge, il attend pendant trois heures devant ce satané placard, terrifié à l'idée d'y rentrer, terrifié par la main verte et les yeux jaunes, de plus en plus convaincu que son père doit être mort. Et lorsque son père réintègre la pièce au bout d'environ quatre heures, non pas par la porte du placard, mais par celle qui fait communiquer la chambre et le corridor de l'étage — la porte DERRIÈRE Richard —, lorsque cette chose se produit, Richard rejette le romanesque une bonne fois pour toutes ; Richard nie le romanesque, Richard refuse de traiter avec le romanesque, de pactiser ou de consentir à un compromis. Tout bonnement et simplement, il en a Eu Assez Pour Toujours. Il bondit, se précipite vers son père, le bien-aimé Morgan Sloat, et le serre si fort que ses bras lui feront mal toute la semaine. Morgan le soulève en riant et lui répond que c'est probablement quelque chose qu'il a mangé au petit déjeuner, mais il se sent mieux à présent, et il embrasse la joue de son père, renifle l'odeur chérie de sueur et d'eau de Cologne mêlées. Et plus tard ce même jour, il ramasse tous ses livres d'histoire — la Bibliothèque Rouge et Or, les bouquins en relief, les manuels Je-Peux-Lire, les livres du Dr Seuss, Le Livre Vert Enchanté pour les Jeunes — et les range dans un carton, puis descend le carton à la cave en se disant : « Je me fiche qu'un tremblement de terre survienne maintenant et ouvre une fissure dans le sol qui engloutisse jusqu'au dernier de ces livres. En fait, ce serait un soulagement. Ce serait même un tel soulagement que je rigolerais probablement toute la journée et une bonne partie du week-end. » Si cela n'arrive pas, Richard se sent fort soulagé quand les ouvrages se retrouvent enfermés dans une double obscurité, celle du carton et celle de la cave. Il ne les regardera plus jamais, pas plus qu'il ne se risquera à nouveau dans le placard de son père, et bien qu'il rêve parfois qu'il y a quelque chose sous son lit ou dans sa penderie, une chose aux étroits yeux jaunes, il ne repensera plus à cette main verte et couverte de ventouses jusqu'à ce que ces temps étranges s'abattent sur le collège de Thayer et que, fait inhabituel, il fonde en larmes dans les bras de son ami Jack Sawyer.

Il en avait Eu Assez Pour Toujours.

4

Jack espérait qu'après le récit de son histoire et une bonne crise de larmes, Richard retrouverait plus ou moins sa personnalité normale, portée à la rationalité. Jack se fichait pas mal que Richard ne gobe pas tout ; s'il pouvait seulement se résigner à accepter la pierre d'angle de cette folie, il pourrait, grâce à son formidable intellect, aider Jack à trouver une issue... une issue hors du campus de Thayer d'abord, puis une issue à la vie de Richard avant que ce dernier ne devienne complètement cinglé.

Mais les choses ne marchèrent pas ainsi. Quand Jack entreprit de lui parler — de raconter à Richard la fois où son père à lui, Phil, était entré dans le garage pour ne plus en ressortir — Richard refusa d'écouter. Le secret de ce qui s'était passé autrefois dans le placard était divulgué (même si Richard s'accrochait encore obstinément à l'idée d'hallucination) mais celui-ci en avait Eu Assez pour Toujours.

Le lendemain matin, Jack redescendit afin de récupérer ses affaires, plus quelques objets dont il pensait que Richard aurait besoin : brosse à dents, manuels, cahiers, vêtements de rechange. Ils passeraient la journée dans la chambre d'Albert le Pâté, décida-t-il, gardant ainsi d'en haut un œil sur le terre-plein et le portail. A la nuit tombée, peut-être pourraient-ils se sauver.

5

Jack fouilla dans le bureau d'Albert et dénicha un flacon d'aspirine pour nourrissons. Il le contempla un moment, pensant que ces petites pilules orange en disaient presque autant sur la Maman qui t'aime du malheureux Albert que le carton de bâtons de réglisse sur l'étagère du placard. Jack en fit sortir une demi-douzaine qu'il donna à Richard, lequel les prit distraitement.

— Viens t'étendre ici, dit Jack.

— Non, objecta Richard d'un ton maussade, nerveux et terriblement malheureux. Il retourna se poster à la fenêtre. Je devrais avoir une montre, Jack. Si ce genre de choses se reproduit, il faudrait avoir une montre. En sorte qu'un rapport complet puisse être transmis aux... aux administrateurs, plus tard.

Jack effleura le front de Richard, qui était frais, presque glacé.

— Ta fièvre monte, Richard, déclara-t-il néanmoins. Tu devrais te coucher jusqu'à ce que l'aspirine fasse son effet.

— Ça monte ? Richard le regarda avec une gratitude pathétique. C'est vrai ?

— C'est vrai, acquiesça-t-il avec gravité. Viens t'étendre.

Richard s'assoupit cinq minutes après. Jack s'installa dans le vaste fauteuil d'Albert, dont le siège était presque aussi défoncé que le milieu de son matelas. Le visage cireux de Richard luisait dans le petit jour naissant.

6

Tant bien que mal, la journé s'écoula, et vers quatre heures, Jack s'endormit pour se réveiller en pleine obscurité, sans savoir combien de temps avait duré son inconscience. Il constata avec soulagement qu'il avait passé une nuit sans rêves. Richard s'agitait dans son sommeil et Jack devina que celui-ci ne tarderait pas à s'éveiller. Jack se leva et s'étira ; la raideur de son dos lui arracha une grimace. Il alla à la fenêtre, regarda dehors et resta figé, les yeux écarquillés. Sa première pensée fut : *Je ne veux pas que Richard voie ça, si je peux l'empêcher.*

Oh, mon Dieu, il faut que nous partions d'ici, et le plus tôt possible, se dit

Jack, terrifié. *Même si, pour d'obscures raisons, ils ont peur de venir jusqu'à nous.*

Mais allait-il vraiment emmener Richard avec lui ? Ils ne l'en croyaient pas capable, il le savait ; ils comptaient sur ses scrupules à exposer davantage son ami à un tel vent de folie.

Décolle, Jackie. Tu dois décoller, et tu le sais. Et tu dois emmener Richard avec toi parce que cet endroit devient un enfer.

Je ne peux pas. Passer dans les Territoires ferait dérailler complètement Richard.

Aucune importance. Il le faut. De toute façon, c'est la meilleure solution — peut-être la seule — parce qu'ils ne s'y attendent pas.

— Jack ? Richard se dressa sur son séant. Sans ses lunettes, sa figure dégageait une étrange impression de nudité. Jack, c'est fini ? Était-ce un mauvais rêve ?

Jack s'assit sur le lit et passa un bras autour des épaules de Richard.

— Non, dit-il d'une voix douce et apaisante. Ce n'est pas encore fini, Richard.

— Je crois que ma fièvre empire, annonça Richard en se dégageant de Jack.

D'un pas nonchalant, il alla à la fenêtre, une branche de ses lunettes délicatement pincée entre le pouce et l'index de sa main droite. Il enfourcha ses binocles et regarda dehors. Des silhouettes aux yeux flamboyants erraient en tous sens. Un long moment, il resta planté là, et puis il fit quelque chose de si contradictoire avec lui-même que Jack eut peine à y croire. Enlevant ses lunettes, il les laissa tomber exprès. L'un des verres se brisa avec un petit craquement sec. Après quoi il marcha délibérément dessus, pulvérisant ainsi les deux verres.

Alors, il les ramassa, les regarda et puis les jeta négligemment dans la corbeille à papier d'Albert le Pâté, qu'il manqua d'ailleurs de loin. Il y avait désormais quelque chose de légèrement têtu dans la physionomie de Richard, quelque chose qui disait : *je ne veux plus rien voir, donc, je me suis débrouillé pour ne plus rien voir. J'ai Eu Ma Dose Pour Toujours.*

— Regarde, dit-il d'une voix neutre, imperturbable. J'ai cassé mes lunettes. J'en avais une autre paire, mais je les ai cassées au cours de gym il y a quinze jours. Sans elles, je suis presque aveugle.

Jack savait que ce n'était pas vrai, mais il était trop décontenancé pour faire un commentaire. Il n'arrivait pas à trouver une réponse appropriée à l'action radicale accomplie par Richard ; cela témoignait trop de sa farouche résistance au délire.

— Je crois que ma température monte aussi, ajouta Richard. Il te reste de l'aspirine, Jack ?

Jack ouvrit le tiroir du bureau et, sans un mot, tendit le flacon à Richard. Richard avala six ou huit cachets, puis se recoucha.

7

Au fur et à mesure que la nuit avançait, Richard, qui avait pourtant promis de discuter de leur situation, revint maintes et maintes fois sur sa parole. Il était hors de question de parler de départ, prétendait-il, ni de rien, pas maintenant, la fièvre lui était revenue et bien, bien plus forte ; d'après lui, elle atteignait au moins 39°, peut-être 39,3°. Il affirmait avoir besoin de dormir.

— Richard, pour l'amour du Ciel ! lança Jack. Tu me lâches ! Je ne me serais jamais attendu à ça de ta part...

— Ne sois pas ridicule, protesta Richard en tombant à la renverse sur le lit d'Albert. Je suis malade, Jack. Tu ne peux pas me demander d'ergoter sur toutes ces aberrations quand je suis malade.

— Richard, veux-tu que je m'en aille sans toi ?

Un instant, Richard considéra Jack par-dessus son épaule en clignant lentement des paupières.

— Tu ne ferais pas ça, conclut-il avant de se rendormir.

8

Aux environs de neuf heures, le campus entra dans une autre de ses mystérieuses accalmies, et Richard, sentant peut-être que son équilibre mental serait soumis à moins de pression, daigna se réveiller et jeta les jambes hors de son lit. Des taches brunes constellaient les murs ; il les regarda fixement jusqu'à ce qu'il vît Jack venir vers lui.

— Je me sens beaucoup mieux, Jack, déclara-t-il vivement, mais parler de départ servirait à quoi ? Il fait noir et...

— Nous devons partir cette nuit, le coupa sévèrement Jack. Tout ce qu'ils ont à faire, c'est de nous attendre dehors. Il y a des champignons qui poussent sur les murs, et ne me raconte pas que tu ne les vois pas.

Richard sourit avec indulgence, ce qui faillit pousser Jack à bout. Il adorait Richard, mais il l'aurait pilé avec plaisir contre l'une des cloisons pourries.

Au même moment, de longues et grosses blattes blanchâtres commencèrent à grouiller dans la chambre d'Albert le Pâté. Elles émergeaient des taches brunes, comme si les champignons leur donnaient naissance par l'opération du Saint-Esprit. Elles se tordaient et se tortillaient, pendant à moitié hors des souillures marron clair, puis tombaient par terre et se mettaient à trottiner aveuglément en direction du lit.

Jack s'était demandé si la vue de Richard n'était pas réellement plus mauvaise que dans son souvenir, à moins qu'elle n'ait beaucoup décliné depuis la dernière fois où il avait vu Richard. A présent, il constatait que sa première réaction s'avérait exacte. Richard voyait relativement bien. En tout cas, il n'avait aucun mal à repérer les créatures gélatineuses qui sortaient des murs. Avec un hurlement, il se serra contre Jack, les traits convulsés de répulsion.

— *Des cafards, Jack ! Quelle horreur ! Des cafards ! Des cafards !*

— Tout ira bien, très bien, Richard, dit Jack en retenant Richard avec une force qu'il ne se connaissait pas. Nous attendrons seulement le petit matin, d'accord ? Aucun problème, d'accord ?

Les insectes grouillaient par douzaines, centaines, espèces de créatures dodues d'un blanc cireux comme des asticots géants. Certains s'écrasaient au contact du sol. Le reste rampait paresseusement de leur côté.

— *Des cafards, Seigneur. Il nous faut sortir d'ici, il faut...*

— Dieu merci, ce gosse voit enfin clair ! s'exclama Jack.

Il jeta le havresac sur son épaule gauche et, de la main droite, empoigna le coude de Richard, qu'il entraîna vers la porte. Des cafards blancs éclataient et giclaient sous leurs semelles. A présent, c'était un véritable flot qui coulait des murs brunis ; une éclosion répugnante et continue avait lieu dans toute la chambre d'Albert. Une grappe de blattes dégringola d'une tache au plafond et atterrit en se tortillant sur les cheveux et les épaules de Jack ; celui-ci s'en débarrassa comme il put et tira par la porte un Richard qui se débattait en s'égosillant.

Je crois que nous sommes sur la bonne voie, se dit Jack. *Dieu nous entende, je le crois vraiment.*

<h1 style="text-align:center">9</h1>

Ils se retrouvèrent une fois encore au foyer. Richard se révéla avoir encore moins d'idée que Jack sur la façon de filer du campus. Jack savait au moins une chose : pas question de se fier à ce calme trompeur ni de sortir de Nelson House par la grande porte.

En regardant bien à gauche par la grande baie du foyer, Jack distinguait un bâtiment en brique octogonal et trapu.

— Qu'est-ce que c'est, Richard ?

— Hein ?

Richard contemplait les paresseux torrents de boue gluante qui déferlaient sur le terre-plein virant au noir.

— Le petit bâtiment bas en brique.

— Oh, le dépôt.

— Quel dépôt ?

— Le nom n'a plus de signification, expliqua Richard qui surveillait toujours anxieusement l'invasion de boue. Pareil pour notre infirmerie. On l'appelle la crèmerie parce qu'à la place, il y avait jadis une véritable laiterie ainsi qu'une usine de mise en bouteilles. Jusque vers 1910, au moins. La tradition, Jack. C'est très important. Voilà une des raisons pour lesquelles j'aime Thayer College.

Tristement, Richard jeta un nouveau coup d'œil au campus boueux.

— Disons, une des raisons pour lesquelles je l'aimais.

— La crèmerie, OK. Mais le dépôt ?

Peu à peu, Richard s'échauffait aux idées conjuguées de Thayer et de Tradition.

— Tout ce coin de Springfield était une tête de ligne, reprit-il. En fait, dans l'ancien temps...

— De quel ancien temps parles-tu, Richard ?

— Oh ! Vers 1880-1890. Tu vois...

Richard perdit le fil. Ses yeux de myope se mirent à faire le tour de la pièce à la recherche des cafards, présuma Jack. Il n'y en avait pas... du moins, pas encore. Mais il voyait déjà quelques taches brunâtres se former sur les murs. Si les cafards n'étaient pas encore là, ils ne tarderaient pas.

— Allons, Richard, l'aiguillonna Jack. D'habitude, tu n'as besoin de personne pour ouvrir la bouche.

Richard ébaucha un sourire. Son regard se reporta sur Jack.

— Springfield était l'une des trois ou quatre plus importantes têtes de ligne d'Amérique durant les deux dernières décennies du XIXe siècle. Si l'on se sert d'un compas, tous les points autour étaient géographiquement accessibles. Il porta la main à sa figure, index tendu pour repousser ses lunettes sur son nez d'un geste savant, constata l'absence de celles-ci et laissa retomber sa main avec un petit air gêné. Des voies principales partaient en étoile de Springfield. Ce collège existe parce qu'Andrew Thayer en avait saisi les possibilités. Le transport par rail fit sa fortune. Surtout celui à destination de la côte ouest. Il fut le premier à voir le potentiel des communications avec l'Ouest aussi bien qu'avec l'Est.

Soudain une pensée se fit jour dans la tête de Jack, noyant toutes ses autres pensées sous sa lumière crue.

— La côte Ouest ?

Son estomac se noua. S'il était encore incapable d'identifier l'objet révélé par ce nouvel éclairage, le mot qui lui vint à l'esprit était absolument clair et lumineux.

Talisman !

— La côte Ouest, as-tu dit ?

— Bien sûr. Richard regarda Jack de travers. Jack, tu deviens sourd ?

— Non, le rassura Jack. (*Springfield était l'une des trois ou quatre plus importantes têtes de ligne d'Amérique...*) Non, ça va. (*Il fut le premier à voir le potentiel des communications avec l'Ouest...*)

— Eh ben, tu paraissais sacrément bizarre il y a une minute.

En d'autres termes, il fut le premier à voir le potentiel de la liaison par rail avec les Avant-Postes.

Jack savait parfaitement que Springfield constituait toujours un point crucial quelconque, peut-être un point de communication. Ce qui expliquerait sans doute pourquoi la magie de Morgan marchait si bien ici.

— Il y avait des tas de charbon, des centres de triage, des rotondes, des hangars à wagons et environ un billion de kilomètres de rails et de voies de garage, poursuivait Richard. Cela couvrait tout l'actuel emplacement du collège. Si on pioche de quelques pieds sous le gazon, on trouve partout des cendres, des bouts de rail et plein de ferraille. Mais tout ce qui reste aujourd'hui, c'est ce minuscule bâtiment. Le dépôt. Bien sûr, ce n'a jamais été un vrai dépôt ; à cause de sa petitesse, n'importe qui peut le voir. C'était le bureau principal de la gare, là où le chef de gare et le mécanicien traitaient leurs affaires.

— Tu en connais un rayon sur la question, dit Jack quasi machinalement, tant il avait encore la tête pleine de cette brutale et soudaine illumination.

— Cela fait partie des traditions de Thayer, déclara Richard avec simplicité.

— A quoi sert-il maintenant ?

— Il y a un théâtre de poche à l'intérieur. Pour les productions du club de Comédie, mais celui-ci n'a guère brillé par son activité ces deux dernières années.

— Crois-tu qu'il soit fermé ?

— Pourquoi fermerait-on le dépôt ? répliqua Richard. A moins de penser que l'on trouve un quelconque intérêt à voler les décors des *Fantasticks*[1], montés en 1979.

— Donc nous pourrions y entrer ?

— Je le pense, oui. Mais pourquoi...

Jack montra du doigt une porte juste derrière les tables de ping-pong.

— Qu'y a-t-il de l'autre côté ?

— Des distributeurs automatiques. Et un four à micro-ondes payant pour réchauffer son casse-croûte ou des plats surgelés. Jack...

— Viens.

— Jack, je crois que ma fièvre remonte. Richard sourit pitoyablement. Peut-être devrions-nous rester un peu ici. Nous pourrions réquisitionner les banquettes pour la nuit.

— Tu vois ces taches brunes sur les murs ? objecta sévèrement Jack, le doigt tendu.

— Non, pas sans mes lunettes, bien sûr que non !

— Bon, elles sont là. Et dans moins d'une heure, les cafards vont éclore.

— Très bien, dit Richard sans demander son reste.

10

Les distributeurs automatiques empestaient.

Jack avait l'impression que toute la marchandise s'était gâtée à l'intérieur. De la moisissure bleue recouvrait les crackers au fromage, les Doritos, les Jax et les couennes de porc grillées. De lents ruisseaux de glace fondue dégoulinaient des panneaux sur le devant de la machine à crème glacée.

Jack tira Richard vers la fenêtre et regarda dehors. D'ici, Jack distinguait assez bien le dépôt. Au-delà, il apercevait la clôture de grillage et la route de service sortant du campus.

---

1. Célèbre revue qui a tenu la scène plus de trente ans (N.d.T.).

— Dans quelques secondes nous serons dehors, chuchota Jack, qui déverrouilla la fenêtre et la fit coulisser.

Ce collège existe parce qu'Andrew Thayer en avait saisi les possibilités... Et toi, Jackie, tu les vois, les possibilités ?

Peut-être que oui, se dit-il.

— Est-ce que ces gens rôdent encore par ici ? s'enquit nerveusement Richard.

— Non, répondit Jack en jetant un regard des plus superficiels.

Qu'ils soient là ou non n'avait plus vraiment d'importance.

L'une des trois ou quatre plus importantes têtes de ligne d'Amérique... le transport par rail fit sa fortune... surtout à destination de la côte Ouest... il fut le premier à voir le potentiel des communications avec l'Ouest... Ouest.. Ouest...

Un épais remugle de marée basse relevé d'odeurs de poubelle entra par la fenêtre. Jack enfourcha l'appui de la fenêtre et fit mine d'attraper la main de Richard.

Celui-ci se recula, le visage piteux et tiré par la peur.

— Jack... je ne sais pas...

— Cet endroit se désagrège, dit Jack. Bientôt, il grouillera aussi de cafards. Allons, viens. Si quelqu'un me voit assis sur la fenêtre, nous perdrons toute chance de détaler comme des lièvres.

— Je n'y comprends rien ! gémit Richard. Je ne comprends fichtre rien à ce qui se passe ici !

— Tais-toi et viens, répéta Jack. Ou je te laisse, Richard. Devant Dieu, je le ferai. Je t'aime bien, mais ma mère est en train de mourir. Je te laisserai te défendre tout seul.

Richard scruta le visage de Jack et vit — même sans ses lunettes — qu'il ne plaisantait pas.

— J'ai une sacrée trouille, chuchota-t-il en empoignant la main de Jack.

— Ne fais pas tant d'histoires, dit Jack avant de prendre son élan.

Une seconde après, ses pieds atterrissaient sur la pelouse crottée. Richard sauta derrière lui.

— On va courir jusqu'au dépôt, murmura Jack. A mon avis, il y a une cinquantaine de mètres. Si c'est ouvert, on entre ; sinon, on tâchera de se cacher comme on peut sur le côté, face à Nelson House. Une fois sûrs que personne ne nous a vus, et que tout reste calme...

— On fonce vers la clôture.

— Exact. (A moins qu'il ne nous faille peut-être décoller, mais peu importe pour le moment.) La petite route. J'ai dans l'idée que si on réussit à sortir de l'enceinte de Thayer, tout redeviendra normal. Au bout de trois cents mètres, quand tu regarderas par-dessus ton épaule, tu verras les lumières des dortoirs et de la bibliothèque briller comme d'habitude, Richard.

— Ce serait génial, acquiesça celui-ci avec tant de désenchantement que c'en était navrant.

— Bon, tu es prêt ?

— Je pense, balbutia Richard.

— Galope jusqu'au dépôt. Plaque-toi contre le mur. En bas, de sorte à être camouflé par les buissons. Tu les vois ?

— Oui.

— OK... on y va.

Ils s'arrachèrent de Nelson House et coururent côte à côte en direction du dépôt.

11

Soufflant de petits nuages blancs avec leurs bouches, martelant le sol fangeux de leurs pieds, ils n'étaient guère qu'à mi-chemin lorsque les cloches de la chapelle déclenchèrent un vacarme de tous les diables. Les chiens hurlaient en chœur à l'unisson des cloches.

Tous les pseudo-préfets étaient de retour. Jack chercha Richard à tâtons, et inversement. Leurs mains s'étreignirent.

Richard hurlait en essayant de l'entraîner sur la gauche. Sa main se resserra sur celle de Jack jusqu'à faire craquer ses jointures paralysées. Un loup blanc efflanqué, le président de la Compagnie des Loups, contournait le dépôt et trottait à présent de leur côté. C'était le vieux à la limousine, en déduisit Jack. Suivaient d'autres chiens et loups... et alors Jack comprit dans un vertige que certains d'entre eux n'étaient pas du tout des chiens, mais des garçons à moitié transformés, et d'autres de grandes personnes — des professeurs, présuma-t-il.

— *Mr Dufrey !* cria Richard en tendant sa main libre. (*Mince, tu y vois assez bien pour quelqu'un qui a perdu ses verres, Richie,* délira intérieurement Jack.) *Mr Dufrey ! Oh, mon Dieu, c'est Mr Dufrey ! Mr Dufrey ! Mr Dufrey !*

Voilà comment Jack eut sa première et dernière vision du directeur de Thayer College ; un minuscule vieillard aux cheveux gris, avec un énorme nez busqué et le corps velu et décharné d'un singe de joueur d'orgue de Barbarie. Il courait à toute vitesse à quatre pattes, de concert avec les chiens et les garçons, une toque brinquebalant follement sur sa tête sans jamais dégringoler. Il sourit à l'intention de Jack et de Richard, et sa longue langue pendante, jaunie par la nicotine, fit irruption au milieu de son rictus.

— *Mr Dufrey ! Oh, mon Dieu ! Oh, ce n'est pas vrai ! Mr Dufrey ! Mr Du...*

Richard tirait Jack peu à peu vers la gauche. Ce dernier était plus costaud, mais l'autre cédait à la panique. Des explosions ébranlèrent les airs. Cette nauséabonde odeur d'ordures s'épaississait de plus en plus. Jack percevait le léger *floc-floc* de la boue jaillissant de la terre. Le loup blanc qui conduisait la meute gagnait du terrain, et Richard tentait de s'en éloigner pour se rapprocher de la clôture, et c'était bien, mais c'était mal aussi, c'était mal parce qu'il fallait qu'ils aillent au dépôt, non à la clôture. Voilà l'endroit sensible, le voilà, parce que ç'avait été l'une des trois ou quatre plus importantes têtes de ligne d'Amérique, parce qu'Andrew Thayer avait été le premier à voir le potentiel des communications avec l'Ouest, parce qu'Andrew Thayer en avait vu le potentiel et lui à son tour, Jack Sawyer, en voyait aussi le potentiel. Bien sûr, tout cela n'était que pure intuition, mais Jack en était venu à croire qu'en ces matières universelles, son intuition était la seule chose à laquelle il pouvait se fier.

— *Lâche ton passager, Sloat !* gargouillait Dufrey. *Lâche ton passager, il est trop mignon pour toi !*

Mais qu'est-ce qu'un passager ? se demanda Jack en ces quelques dernières secondes où Richard luttait aveuglément pour quitter le cap, et où Jack l'y ramenait de force, droit sur la bande mélangée de bâtards, garçons et professeurs qui couraient derrière le grand loup blanc, en direction du dépôt. *Je vais te dire ce qu'est un passager ; un passager est quelqu'un qui voyage. Et où un passager commence-t-il son voyage ? Voyons, dans un dépôt...*

— *Jack, il va mordre !* cria Richard.

Le loup l'emporta sur Dufrey et il leur sauta dessus, les mâchoires béantes, tel un piège armé. Dans leurs dos retentit un énorme craquement sourd, tandis que Nelson House s'ouvrait comme un melon trop mûr.

A présent, c'était au tour de Jack d'attraper les doigts de Richard et de serrer de plus en plus fort ; les cloches déchaînées sonnaient dans la nuit au milieu du flamboiement des cocktails Molotov et des détonations de pétards.

— *Tiens bon !* brailla-t-il. *Tiens bon, Richard, nous partons !*

Il eut le temps de penser : *désormais les rôles sont inversés ; c'est Richard qui est le troupeau, qui est mon passager ! Que Dieu nous aide !*

— *Jack, qu'est-ce qui se passe ?* hurla Richard. *Qu'est-ce que tu fais ? Arrête ! ARRÊTE ! ARRÊTE !...*

Richard continuait à hurler mais Jack ne l'entendait plus. Soudain, triomphalement, ce sentiment d'insidieuse malédiction se fendit comme un œuf pourri et son cerveau s'emplit de lumière... de lumière et d'un air doux et pur, un air si pur qu'on pouvait sentir à un kilomètre le radis qu'un paysan arrachait dans son jardin. Soudain, Jack eut l'impression qu'il n'avait simplement qu'à prendre son élan pour bondir au-dessus du campus... ou voler, pareil à ces hommes qui s'accrochaient des ailes dans le dos.

Oh ! la lumière et la limpidité de l'air remplaçaient ce relent fétide d'ordures, ainsi que sa sensation de traverser des ténèbres vides, et durant un moment tout lui parut clair et plein d'éclat ; durant un moment tout ne fut qu'arc-en-ciel, arc-en-ciel, arc-en-ciel.

Voilà comment Jack s'envola à nouveau pour les Territoires, cette fois alors qu'il galopait tête baissée à travers le campus en pleine dégénérescence, sur fond de cloches fêlées et de grondements de chiens.

Et cette fois il emmenait avec lui Richard, le fils de Morgan Sloat.

INTERLUDE

SLOAT DANS CE MONDE
ORRIS DANS LES TERRITOIRES (III)

Peu après sept heures, le matin qui suivit la fuite de Jack et de Richard, Morgan Sloat s'arrêta au bord du trottoir juste devant le portail principal de Thayer College et gara sa voiture. Un panonceau indiquait que la place était réservée aux handicapés. Sloat y jeta un coup d'œil indifférent, puis fouilla dans sa poche, en sortit un flacon de cocaïne et aspira un bon coup. Instantanément, le monde parut gagner en couleur et en vitalité. C'était un merveilleux produit. Morgan se demanda si cela pousserait dans les Territoires, et si son effet serait plus fort là-bas.

Sunlight Gardener en personne avait réveillé Sloat dans sa maison de Beverly Hills à deux heures du matin pour lui raconter ce qui s'était passé... Il était minuit à Springfield et la voix de Gardener chevrotait. Manifestement, il était terrifié à l'idée que Morgan pique une colère, et en même temps furieux d'avoir manqué Jack Sawyer d'à peine une heure.

Loin de se mettre en colère, Sloat était en fait resté d'un calme olympien. Il éprouvait un sentiment de fatalité qu'il attribuait à cette autre facette de son caractère — à son côté *irisé* comme il disait en un jeu de mot mal compris sur son nom[1].

— Calme-toi, l'avait réconforté Sloat. Je serai là-bas le plus tôt possible. Prends ton mal en patience, coco.

Il avait coupé la communication avant que Gardener puisse répondre, et s'était étendu sur son lit, les yeux fermés et les mains croisées sur son estomac. Il y eut un instant d'apesanteur... rien qu'un instant... puis il perçut sous lui une sensation de mouvement. Il entendait le claquement des lanières

---

1. *Côté irisé* pour *Orris-ness* en anglais. En effet, Orris est une variante d'*Iris*, divinité grecque préolympienne qui personnifiait l'*arc-en-ciel* et, en général, le chemin entre le Ciel et la Terre. Devenue la messagère des Olympiens, on la représentait ailée, tenant dans un main le *bâton* du héraut. N'oublions pas qu'*irisé* se dit de quelque chose qui prend les couleurs du prisme...

de cuir, les gémissements et les cognements des grossiers ressorts en fer, les jurons de son cocher.

Il rouvrit les yeux dans la peau de Morgan d'Orris.

Comme toujours, sa première réaction tenait du pur ravissement ; à côté, la coke semblait de l'aspirine pour nourrisson. Sa poitrine était plus étroite, son poids moindre. Le cœur de Morgan oscillait entre quatre-vingt-cinq pulsations/minute et cent vingt en cas de contrariété. Celui d'Orris dépassait rarement soixante-cinq. Morgan Sloat avait une acuité visuelle de 10/10, mais Morgan d'Orris voyait encore mieux. Il repérait la moindre fissure dans la paroi de la diligence et pouvait en suivre le tracé, tout comme il pouvait s'émerveiller devant la beauté des rideaux en filet qui s'envolaient par les fenêtres. La cocaïne avait obstrué les narines de Sloat, émoussant son sens de l'odorat. Le nez d'Orris était totalement dégagé, ce qui lui permettait de sentir la poussière, la terre et l'air avec une parfaite fidélité ; un peu comme s'il était capable de distinguer et d'apprécier chacune des molécules.

Derrière lui, Morgan avait laissé un grand lit vide marqué par l'empreinte de son corps imposant. Ici, il occupait un banc plus somptueux que n'importe quelle banquette de Rolls-Royce jamais fabriquée et roulait vers l'ouest, en direction.des derniers Avant-Postes. En direction d'un endroit qui s'appelait le dépôt des Avant-Postes, d'un homme baptisé Anders. Il savait ces choses, savait exactement où il se trouvait, parce qu'Orris était encore là, à l'intérieur de sa tête, et lui parlait à la manière dont l'hémisphère cérébral droit parlait au gauche durant les rêveries : à voix basse mais distinctement. Sloat avait parlé à Orris avec la **même voix** intérieure, lors des rares occasions où Orris avait émigré dans ce que Jack en était venu à considérer comme les Territoires américains. Quand quelqu'un émigrait et s'introduisait dans le corps de son Double, le résultat était une sorte de possession bénigne. En lisant, Sloat avait eu connaissance de cas plus graves, et quoique le sujet ne l'intéressât pas beaucoup, il présumait que ces pauvres lourdauds malchanceux devaient leurs tourments à des auto-stoppeurs fous en provenance d'autres mondes, à moins que ce ne fût le monde américain lui-même qui les ait rendus fous. Cela semblait plus que plausible ; la tête de ce pauvre vieil Orris avait reçu un sacré choc les deux ou trois fois où celui-ci y avait fait un saut, bien que son excitation eût été à la mesure de sa terreur.

La diligence fit une puissante embardée ; dans les Avant-Postes, on prend les routes comme elles se présentent, en remerciant Dieu de leur seule présence. En changeant de position, Orris sentit un élancement de douleur dans son pied bot.

— Doucement. Que Dieu vous pile, marmonna le cocher au-dessus. Son fouet siffla et claqua. En avant, espèces de fils de putes ! En avant !

Sloat sourit, ravi d'être là, même si cela ne durerait pas. Il savait déjà ce qu'il avait besoin de savoir : la voix d'Orris le lui avait murmuré. La diligence arriverait au dépôt des Avant-Postes — au Thayer College dans l'autre monde — bien avant le lever du jour. C'était possible de les y surprendre, à condition qu'ils se soient attardés ; sinon, les Terres Désolées les attendaient. Cela le blessait et l'exaspérait à la fois de penser que Richard suivait à présent le mioche Sawyer, mais s'il fallait un sacrifice... après tout, Orris avait bien survécu à la perte de son fils, lui.

La seule chose qui avait maintenu Jack en vie aussi longtemps, c'était l'ahurissante simplicité de sa nature. Chaque fois que le drôle s'envolait quelque part, il se retrouvait toujours dans l'endroit équivalent à celui qu'il avait laissé. Alors que Sloat atterrissait toujours là où était Orris, c'est-à-dire aussi bien à des kilomètres de distance de là où il voulait être... comme c'était actuellement le cas. S'il avait été inspiré à l'aire de repos, le Sawyer l'avait été davantage.

— Ta chance tournera assez tôt, mon petit ami, dit Orris.

La diligence essuya une autre terrible embardée. Il grimaça, puis ricana. A défaut d'autre chose, la situation se simplifiait, même si la confrontation finale revêtait des implications plus vastes et plus profondes.

Assez.

Il ferma les yeux et se croisa les bras. Un court instant, il ressentit un nouvel élancement de douleur dans son pied contrefait... et lorsqu'il rouvrit les yeux, Sloat contemplait le plafond de son appartement. Comme toujours, il y avait le moment où les kilos en trop lui tombaient dessus avec un poids effarant et où son cœur battait la breloque avant d'accélérer le rythme.

Alors il s'était remis debout pour appeler le Business Jet de la côte Ouest. Soixante-dix minutes plus tard, il avait quitté L.A. Le décollage raide et abrupt du Lear lui avait fait l'effet habituel — comme si on lui avait fixé un chalumeau au derrière. Ils avaient atterri à Springfield à cinq heures cinquante, heure locale, pendant qu'Orris devait approcher du dépôt des Avant-Postes dans les Territoires. Sloat avait loué une berline Hertz et le voilà arrivé. Les transports américains présentaient des avantages.

Il descendit de l'auto et, juste au moment où retentissait la sonnerie du matin, pénétra sur le campus de Thayer que son propre fils avait si récemment quitté.

C'était une de ces matinées typiques en semaine à Thayer. Les cloches de la chapelle jouaient normalement un air matinal, quelque chose de classique quoique difficile à reconnaître, qui ressemblait vaguement à un « Te Deum. » Des internes croisèrent Sloat sur le chemin du réfectoire ou de l'entraînement. Peut-être un peu plus silencieux que d'habitude, ils arboraient la même bouille, pâle et légèrement hébétée, comme s'ils avaient tous partagé un mauvais rêve.

Ce qui était effectivement le cas, songea Sloat. Le regard pensif, il fit halte un instant devant Nelson House. Simplement, ils ignoraient à quel point ils étaient fondamentalement irréels, comme doit l'être n'importe quelle créature vivant à proximité des points de passage entre les mondes. Faisant le tour par le côté, il observa un agent de service occupé à ramasser les éclats de verre éparpillés à la ronde comme autant de faux diamants. Par-delà son dos baissé, Sloat avait vue sur le foyer de Nelson House, où un Albert le Pâté incroyablement calme était assis en train de regarder d'un œil torve un dessin animé de Bugs Bunny.

Sloat s'élança en direction du dépôt, revivant en pensée la première fois ou

Orris était passé en ce monde. Il pensait à cette époque avec une nostalgie qui était si l'on y réfléchissait bien relativement grotesque : après tout, il avait failli en mourir. *Tous deux* avaient failli en mourir. Mais c'était au milieu des années 50, or à présent il avait la cinquantaine passée. De là venait toute la différence.

Il rentrait du bureau et le soleil se couchait sur Los Angeles dans une brume de violets baveux et de jaunes ternes. En ce temps-là, le smog de L.A. n'existait pas encore vraiment. Il se trouvait sur Sunset Boulevard en train de regarder un panneau publicitaire vantant le nouveau disque de Peggy Lee lorsqu'il avait senti le froid saisir son esprit. On aurait dit qu'une source avait brusquement jailli quelque part dans son subconscient, y déversant une étrangeté inconnue qui ressemblait à... à... (*à du sperme*)... il ne savait pas exactement à quoi. Sauf que ça se réchauffait rapidement, acquérait des connaissances, et qu'il avait eu juste le temps de réaliser que c'était *lui*, Orris ; après quoi tout s'était retrouvé sens dessus dessous comme un panneau secret qui bascule — une bibliothèque côté pile, une coiffeuse Chippendale côté face, l'une comme l'autre s'adaptant parfaitement au style de la pièce. Et c'était Orris assis au volant d'une Ford aérodynamique de 1952, Orris portant le complet croisé marron et la cravate John Penske, Orris encore qui se tripotait l'entrecuisse, non par inconfort, mais avec une curiosité mêlée de dégoût. Orris qui, bien sûr, ignorait le port du caleçon.

Il y eu un moment, se souvenait-il, où la Ford manqua monter sur le trottoir, mais alors du fond de son subconscient Morgan Sloat avait pris en main cette partie de l'opération, laissant ainsi Orris libre de poursuivre sa route, les yeux écarquillés de ravissement. Et ce qui restait de Morgan Sloat était aussi ravi. Comme un homme qui est ravi de faire visiter sa maison à un ami et qui découvre que celui-ci apprécie les lieux autant que lui.

Orris s'était aventuré dans un restaurant drive-in ; après quelques tâtonnements avec sa nouvelle monnaie, il avait commandé un hamburger, des frites et un milkshake au chocolat. Les mots lui venaient facilement aux lèvres, coulant de son subconscient comme de l'eau de source. Sa première bouchée de hamburger s'accompagna de grandes hésitations... puis il avait englouti le reste à la vitesse où Wolf engloutit son premier Whopper. D'une main, il enfournait les frites dans sa bouche, tandis que, de l'autre, il réglait la radio afin de capter une alléchante mixture de bop, Perry Como, grand orchestre et premier rhythm'n'blues. Après avoir fini son milkshake, Orris passa une deuxième commande identique.

A la moitié du second hamburger, il — Sloat aussi bien qu'Orris — commença à se sentir barbouillé. Soudain, les oignons frits lui parurent trop forts, écœurants ; soudain, les odeurs de gaz d'échappement l'incommodèrent. Ses bras s'étaient mis brusquement à le démanger. Il retira sa veste de complet — le second milkshake, celui au moka, capota pendant l'opération, renversant de la crème glacée sur les coussins de la Ford — et examina ses avant-bras. De vilaines cloques avec un point rouge au centre apparaissaient ici et là et s'étendaient de plus en plus. Il eut l'estomac révulsé ; il se pencha par la portière et, vomissant dans le bac fixé à portée, il avait senti qu'Orris se sauvait, retournait dans son monde d'origine.

— Puis-je vous rendre service, monsieur ?

— Hein ?

Arraché en sursaut à sa rêverie, Sloat regarda autour de lui. Un grand garçon blond, manifestement un préfet, était planté là, dans son uniforme de prépa : blazer marine impeccable porté sur une chemise à col ouvert et une paire de jeans délavés.

Il repoussa ses cheveux en arrière, dégageant ses yeux qui avaient aussi cette expression rêveuse, hébétée.

— Je m'appelle Etheridge, monsieur. Je me demandais seulement si je pouvais vous aider. Vous avez l'air... perdu.

Sloat sourit. Il se retint de dire : *Non, c'est vous qui avez cet air-là, mon ami.* Tout allait bien. Le mioche Sawyer était toujours en vadrouille, mais Sloat savait où il galopait, ce qui signifiait que Jacky était tenu en laisse. Quoique invisible, ce n'en était pas moins une laisse.

— Perdu dans le passé, voilà tout, dit-il. L'ancien temps. Je ne suis pas un étranger ici, monsieur Etheridge, si c'est cela qui vous tourmente. Mon fils est interne ici. Richard Sloat.

Un instant, les yeux d'Etheridge se firent encore plus songeurs — sidérés, égarés. Puis ils se ranimèrent.

— Mais oui ! Richard ! s'exclama-t-il.

— Je vais monter voir le directeur dans un instant. Je voulais seulement d'abord faire un petit tour.

— Eh bien, voilà qui est parfait ! Etheridge consulta sa montre. J'ai du travail ce matin, alors si vous êtes sûr de n'avoir besoin de rien...

— J'en suis sûr.

Etheridge lui fit un signe de tête, un vague sourire et s'éloigna.

Sloat le regarda partir, puis inspecta le terrain qui le séparait de Nelson House. Nota à nouveau le carreau cassé. En plein dans le mille. Il était juste — plus que juste — de supposer que, quelque part entre Nelson House et le bâtiment octogonal en brique, les deux gamins avaient Émigré dans les Territoires. S'il voulait, il pouvait les suivre. Pénétrer à l'intérieur — pas de verrou à la porte — et disparaître pour réapparaître là où le corps d'Orris se trouvait en ce moment. Ce ne serait pas loin d'ici ; sans doute, en fait, devant le gardien du dépôt en personne. Pas question d'Émigrer en un lieu situé peut-être à cent kilomètres du point stratégique dans la géographie des Territoires, sans autre moyen de couvrir la distance intermédiaire que la charrette, ou pire, les pinces comme disait son père.

Selon toute vraisemblance, les gamins devaient avoir continué. Dans les Terres Dévastées. Si c'était le cas, celles-ci les achèveraient. Et Osmond, le Double du révérend Gardener, serait plus que capable d'arracher tous les renseignements en la possession d'Anders. Osmond et son horrible fils. Pas besoin d'Émigrer le moins du monde.

Sauf peut-être à seule fin d'inspection. Pour le plaisir et le délassement de redevenir Orris, ne serait-ce que quelques secondes.

Et pour en avoir la certitude, bien sûr. Depuis l'enfance, sa vie entière avait été un exercice de la certitude.

Une fois encore, il se retourna pour s'assurer qu'Etheridge ne traînait plus dans le coin, puis il ouvrit la porte du dépôt et entra.

Outre la pénombre, il régnait dedans une odeur de renfermé, incroyablement nostalgique — celle des vieux cosmétiques et des décors en toile. Un instant, il s'imagina avoir fait quelque chose d'encore plus inouï qu'Émigrer ; il eut l'impression d'avoir remonté le temps jusqu'à sa période universitaire, lorsque Phil Sawyer et lui étaient encore des étudiants passionnés de théâtre.

Ses yeux finirent par s'accommoder à l'obscurité ambiante ; il distingua les accessoires familiers, presque obscènes : le buste en plâtre de Pallas pour une mise en scène du *Corbeau*, une volière rutilante de tous ses ors, un rayonnage garni de fausses reliures — et se souvint qu'il se trouvait dans le semblant de « petit théâtre » offert par Thayer College.

Marquant un temps d'arrêt, Sloat inspira profondément les relents de moisi et suivit des yeux un rayon de soleil poussiéreux qui tombait d'une petite lucarne. La lumière vacilla et devint soudain mordorée, de la couleur d'une lampe. Le voilà de retour dans les Territoires. En deux temps trois mouvements le voilà dans les Territoires. La rapidité de la transformation le fit presque chanceler de joie. D'ordinaire, il y avait un léger décalage, une sensation de dérapage d'un monde à l'autre. Cette césure lui semblait directement proportionnelle à la distance séparant les corps physiques de ses deux soi, Sloat et Orris. Une fois, quand il avait émigré du Japon, où il négociait avec les Shaw Brothers les droits d'un terrible roman sur les stars d'Hollywood menacées par un *ninja* enragé[1], ce délai avait duré si longtemps qu'il avait craint de s'être perdu à jamais dans le purgatoire vide et insensible qui existe entre les mondes. Mais comme ceux-ci avaient été proches cette fois... si proches ! Cela ressemblait aux rares occasions, songea-t-il... (*songea Orris*) où un homme et une femme parviennent à l'orgasme exactement au même moment.

Les effluves de toile et de peintures séchées avaient cédé la place à l'odeur légère et agréable de la lampe à l'huile. Celle posée sur la table coulait beaucoup, vomissant des panaches de fumée noire. A sa gauche, le couvert était mis, avec les reliefs d'un repas se figeant dans des assiettes grossières. Trois assiettes.

Orris s'avança en traînant un peu son pied bot, comme toujours. Basculant vers soi l'une des assiettes, il fit couler la lampe à la surface de la graisse, ce qui provoqua une infection. *Qui a mangé dans celle-ci ? Etait-ce Anders, Jason ou Richard... ce gosse aurait-il pu être Rushton si mon fils avait vécu ?*

Rushton s'était noyé en barbotant dans un étang pas loin de la Grande Maison. C'était à l'occasion d'un pique-nique. Orris et sa femme avaient bu pas mal de vin. Le soleil tapait. Le garçonnet, encore bébé, faisait sa sieste. Orris et son épouse avaient fait l'amour avant de s'endormir dans la douce

---

1. Spécialiste du crime dans le Japon de l'ancien temps, utilisé dans le jeu de rôles « Donjons et Dragons »

chaleur de l'après-midi. Lui avait été tiré de son sommeil par les cris de l'enfant. Une fois réveillé, Rushton était descendu dans l'eau. Là, il avait un peu pataugé, suffisamment pour perdre pied avant de s'affoler. Orris clopina jusqu'au bord de l'eau, plongea et nagea aussi vite qu'il pouvait vers l'endroit où son fils se débattait. C'était son pied, son maudit pied, qui l'avait gêné, coûtant peut-être ainsi la vie au gamin. Enfin arrivé à sa hauteur, le gosse avait coulé. Tant bien que mal, Orris l'avait attrapé par les cheveux et tiré sur la berge... mais Rushton était d'ores et déjà bleu, mort.

Margaret s'était supprimée moins de six semaines après.

Sept mois plus tard à Westwood, le jeune fils de Morgan Sloat avait aussi failli se noyer dans une piscine du YMCA au cours d'une leçon de natation. On l'avait retiré du bassin aussi bleu que Rushton... mais le moniteur s'était employé à le ranimer au bouche à bouche, et Richard Sloat avait réagi.

Dieu lui pile les ongles, pensa Orris, quand un ronflement sourd, sonore, lui fit tourner la tête.

Anders, le gardien du dépôt, roupillait sur une paillasse dans un coin, son kilt impudiquement remonté sur ses chausses. Un cruchon de vin en terre gisait renversé à côté. Du vin lui avait coulé dans les cheveux.

Derechef, il ronfla, puis gémit, comme sous l'emprise d'un mauvais rêve.

Aucun de tes rêves ne peut être aussi sombre que l'est à présent ton avenir, songea méchamment Orris, qui fit un pas en avant, la cape au vent, et regarda Anders sans aucune pitié.

Sloat était tout à fait capable de manigancer un meurtre, mais à chaque fois, c'était Orris qui avait Émigré pour perpétrer l'acte lui-même. Sous les apparences de Sloat, c'était Orris qui avait tenté d'étouffer le nourrisson Jack Sawyer avec un oreiller, tandis qu'un commentateur sportif ronronnait en arrière-fond. Orris qui avait veillé à l'assassinat de Phil Sawyer dans l'Utah (tout comme il avait veillé à l'assassinat du jumeau de Phil Sawyer, le prince roturier Philip Sawtelle, dans les Territoires.)

Sloat avait le goût du sang, quoiqu'il y fût aussi radicalement allergique qu'Orris l'était à la nourriture américaine et à l'air américain. C'était Morgan d'Orris, jadis surnommé Morgan Pied-Boum, qui avait toujours accompli les méfaits complotés par Sloat.

Mon fils est mort ; le sien vit toujours. Le fils Sawtelle est mort : celui de Sawyer vit toujours. Mais on peut remédier à ce genre de choses. On y remédiera. Pas de Talisman pour vous, mes chers petits amis. Vous voilà en route vers une version radioactive d'Oatley. Or chacun de vous doit mourir pour équilibrer la balance. Dieu lui pile les ongles.

— Et si Dieu se défile, vous pouvez compter sur moi, dit-il tout fort.

L'homme à terre émit un nouveau gémissement, comme s'il avait entendu. Orris s'avança encore d'un pas, peut-être dans l'intention de le réveiller à coups de pied, puis il tendit la tête. Dans le lointain, il entendait le martèlement des sabots, le faible grincement et le cliquetis des harnais, les juremens grossiers des bouviers.

Ce devait être Osmond alors. Bon. Laissons Osmond régler la situation ;

lui-même avait mieux à faire qu'à interroger un gars avec la gueule de bois puisqu'il savait déjà ce que ce dernier aurait à dire.

Orris boitilla jusqu'à la porte, l'ouvrit et contempla le magnifique coucher de soleil aux couleurs de pêche. C'était de cette direction — celle du soleil couchant — que venait le bruit de la cavalcade. Un bref instant, il se laissa imbiber par cette somptueuse lumière, puis il se retourna vers l'ouest, là où le ciel gardait encore le coloris d'une fraîche ecchymose. Le paysage était sombre... sauf là où le premier rayon de soleil révélait une paire de lignes parallèles et brillantes.

Mes enfants, vous courez tout droit à la mort, se dit Orris avec satisfaction... lorsque lui vint à l'esprit une pensée qui lui donna encore plus satisfaction : peut-être la camarde avait-elle déjà fait son œuvre.

— Bon, dit Orris en fermant les yeux.

L'instant d'après, Morgan Sloat qui rouvrait les yeux tournait la poignée de la porte du petit théâtre de Thayer College en réfléchissant à son retour sur la côte Ouest.

Il était temps de faire un petit pèlerinage, songea-t-il. Dans une ville de Californie, nommée Point Venuti. D'abord une excursion dans l'Est, peut-être une visite à la reine — et puis...

— L'air de la mer me fera du bien, lança-t-il au buste de Pallas.

Désormais insensible aux odeurs de toile et de cosmétiques, Sloat replongea à l'intérieur, s'envoya une nouvelle dose à l'aide du petit flacon dans sa poche et, ainsi revigoré, dévala la colline en direction de sa voiture.

QUATRIÈME PARTIE

Le Talisman

Chapitre 34

ANDERS

1

Soudain Jack s'aperçut que, s'il courait toujours, il courait dans le vide, pareil à un personnage de dessin animé qui a juste le temps d'un deuxième coup d'œil ahuri avant de plonger six mille mètres plus bas. Mais cela ne faisait pas six mille mètres. Il eut juste le temps de constater que le sol s'était dérobé, et puis il dégringola d'environ un mètre cinquante, toujours en courant. Quoique chancelant, il aurait pu rester debout, mais Richard vint lui rentrer dedans et tous deux firent la culbute.

— *Regarde, Jack !* hurlait Richard — lequel n'avait apparemment nulle envie de suivre son propre conseil puisque ses yeux restaient hermétiquement clos. *Regarde le loup ! Regarde Mr Dufrey ! Regarde...*

— Arrête ça, Richard ! Ces cris haletants l'épouvantaient plus que n'importe quoi d'autre. Richard semblait fou, complètement fou. Arrête, tout va bien ! Ils sont partis !

— *Regarde Etheridge ! Regarde les cafards ! Regarde, Jack !*

— Richard, ils sont partis ! Regarde autour de toi, au nom de Jason !

Jack ne risquait pas de le faire lui-même mais il savait qu'ils avaient réussi leur coup : l'air était doux et immobile, la nuit parfaitement silencieuse hormis une légère brise, par bonheur tiède.

— *Regarde, Jack ! Regarde, Jack ! Regarde, regarde...*

Tel un sombre écho à l'intérieur de sa tête, Jack crut entendre les cabots de Nelson House en train de reprendre en chœur : *Rébeille-toi, rébeille-toi, rébeille-toi ! S'il te blaît, s'il te blaît, s'il te blaît !*

— Regarde, Jack ! gémit Richard. La figure enfouie dans la terre, il avait l'air d'un musulman fanatique décidé à se mettre bien avec Allah. REGARDE ! LE LOUP ! LES PRÉFETS ! LE DIRECTEUR ! REGAR...

Paniqué à l'idée que Richard était vraiment devenu fou, Jack releva la tête de son ami par le col de sa chemise et le gifla.

Les imprécations de Richard s'arrêtèrent net. Bouche bée, il regarda Jack, et celui-ci vit apparaître l'empreinte de sa main sur la joue pâle de Richard en une espèce de vague tatouage rouge. A sa honte se substitua un besoin urgent de savoir où ils se trouvaient exactement. Il faisait clair ; sinon il lui eût été impossible de voir la marque.

Un début de réponse à cette question se fit jour en lui... tout à fait certain et indubitable... du moins, dans une certaine mesure.

Les Avant-Postes, Jackie-boy. Te voilà dans les Avant-Postes maintenant.

Mais avant de pouvoir s'appesantir là-dessus, il lui fallait aider Richard à reprendre pied.

— Ça va, Richie ?

Stupéfait, ce dernier fixait Jack d'un air à la fois hébété et vexé.

— Tu m'as frappé, Jack.

— Je t'ai giflé. C'est ce qu'on est censé faire avec les hystériques.

— Je ne suis pas hystérique, je ne l'ai jamais été de ma... S'interrompant, Richard bondit sur ses pieds et regarda fiévreusement autour de lui. Le loup ! Nous devons guetter le loup, Jack ! Si nous arrivons à sauter la clôture, il ne pourra pas nous avoir !

Si Jack ne l'avait pas attrapé pour le retenir, il aurait tout de go déguerpi dans la pénombre, droit sur une barrière anti-cyclone désormais reléguée dans un autre monde.

— Le loup n'est plus là. Richard.

— Hein ?

— Nous y sommes arrivés.

— De quoi parles-tu ?

— Des Territoires, Richard ! Nous sommes dans les Territoires ! Nous avons décollé !

Et tu as failli m'arracher le bras de l'épaule, espèce de sale mécréant, pensa Jack en massant son membre douloureux. *La prochaine fois que j'essaierai de faire passer quelqu'un, je vais me dégoter un véritable marmot, le genre à croire encore au Père Noël et aux cloches de Rome.*

— C'est grotesque, énonça lentement Richard. Les Territoires n'existent pas, Jack.

— S'ils n'existent pas, rétorqua Jack, sévère, comment se fait-il alors que le gros loup blanc ne te morde pas les fesses ? Ou ton maudit directeur ?

Richard dévisagea Jack, ouvrit la bouche pour dire quelque chose, puis la referma. Il regarda alentour, cette fois avec un peu plus d'attention (du moins Jack l'espérait-il). Celui-ci l'imita, goûtant par la même occasion la tiédeur et la limpidité de l'air. Morgan et sa bande de petites vipères pouvaient faire irruption d'une seconde à l'autre, mais pour le moment c'était impossible de ne pas donner libre cours à la joie purement animale de se sentir de retour.

Ils se trouvaient dans un champ. Une haute herbe jaunâtre avec des épis barbus — pas du blé, mais quelque chose d'analogue ; une graminée comestible, en tout cas, s'étendait de tous côtés dans la nuit. La brise chaude y déployait des ondes mystérieuses quoique plutôt esthétiques. A droite, une baraque en bois surmontait un léger talus, une lanterne accrochée à un poteau à l'entrée. Une flamme jaune presque trop éblouissante pour qu'on la regarde dansait nettement sous le globe de verre. Jack nota que le bâtiment était octogonal. Les deux garçons avaient atterri dans les Territoires à l'orée du cercle de lumière projeté par la lampe... et il y avait quelque chose de l'autre côté du cercle, quelque chose de métallique, qui renvoyait des éclats de lumière. Jack lorgnait cette faible lueur argentée... et comprit soudain. Ce qu'il ressentit n'était pas tant de l'étonnement qu'un sentiment d'espérance comblée. On aurait dit que deux importantes pièces du puzzle venaient de s'emboîter, l'une dans les Territoires Américains et l'autre dans ce monde-ci.

C'étaient des rails de chemin de fer. Et bien qu'il fût impossible de s'orienter dans les ténèbres, Jack songea qu'il savait dans quelle direction allaient ces rails.

Vers l'Ouest.

2

— Viens, dit Jack.

— Je ne veux pas monter là-haut, objecta Richard.

— Pourquoi non ?

— Trop de trucs délirants. Richard s'humecta les lèvres. Il pourrait y avoir n'importe quoi dans cette baraque. Des chiens. Des cinglés. Derechef, il s'humecta les lèvres. Des cafards.

— Je te l'ai dit, nous sommes dans les Territoires à présent. Tout le délire a disparu... c'est propre par ici. Merde, Richard, ne le *sens*-tu pas ?

— Les Territoires n'existent pas, réitéra faiblement Richard.

— Regarde autour de toi.

— Non, dit Richard.

Sa voix était plus faible que jamais, celle d'un enfant épouvantablement têtu.

Jack arracha une poignée d'herbe barbue.

— Regarde ça !

Richard détourna la tête.

Jack dut réprimer une violente envie de le secouer.

Au lieu de quoi il jeta les brins d'herbe, compta mentalement jusqu'à dix, puis se mit à gravir la colline. Baissant les yeux, il vit qu'il portait maintenant des espèces de jambières en cuir. Richard était vêtu de manière similaire et arborait autour du cou un foulard rouge qui semblait sortir tout droit d'un tableau de Frederic Remington. Jack porta la main à son propre cou et y découvrit un foulard identique. Passant les mains sur son corps, il s'aperçut que le manteau merveilleusement chaud de Myles P. Kiger s'était transformé en une sorte de poncho mexicain. *Je parie que je ressemble à une publicité pour Taco Bell,* se dit-il intérieurement en ricanant.

Une expression de panique extrême se lut sur la bouille de Richard lorsque Jack escalada la colline, le laissant tout seul au fond.

— Où vas-tu ?

Jack dévisagea Richard et redescendit. Il posa les mains sur les épaules de son ami et le regarda fermement droit dans les yeux.

— Nous ne pouvons pas rester ici, expliqua-t-il. On doit nous avoir vus décoller. Peut-être ne peuvent-ils pas nous suivre, peut-être que si. Je l'ignore. J'en sais autant sur les lois régissant tout ceci qu'un mioche de cinq ans sur le magnétisme... et tout ce qu'un mioche de cinq ans sait sur le sujet, c'est que les aimants parfois attirent et parfois repoussent. Mais pour le moment c'est tout que j'ai besoin de savoir. Nous devons filer d'ici. Point à la ligne.

— Je rêve, j'en suis sûr.

D'un signe du menton, Jack indiqua l'édifice de bois délabré.

— Tu peux venir ou tu peux rester ici. Si tu veux rester, je reviendrai te chercher dès que j'aurai inspecté les lieux.

— Rien de tout cela n'est vrai, déclara Richard. Ses yeux sans verre, nus, étaient grands et aplatis, comme ensablés. Un instant, il leva les yeux vers les cieux sombres des Territoires avec leurs constellations étranges et inconnues, puis frissonna et détourna le regard. J'ai de la fièvre. C'est la grippe. Il y a déjà eu pas mal de cas. Ça fait délirer. Tu joues un petit rôle dans mon délire, Jack.

— Bon, je ferai porter ma carte à la Guilde des Acteurs du Délire dès que l'occasion se présentera, ironisa Jack. Entre-temps, pourquoi ne restes-tu pas tranquille ici, Richard ? Si rien de tout cela n'est vrai, alors tu n'as rien à craindre.

Et Jack de repartir en songeant que deux ou trois autres de ces discussions à la Lewis Caroll suffiraient à convaincre Richard que lui-même était fou.

Arrivé à mi-hauteur de la pente, Richard vint le rejoindre.

— Je serais revenu te chercher, lui dit Jack.

— Je sais, répliqua Richard. Je me suis dit que je pouvais aussi bien venir avec toi. Du moment que tout cela n'est qu'un rêve.

— Bien, tiens ta langue s'il y a quelqu'un en haut, recommanda Jack. Je crois que c'est le cas ; il me semble avoir vu quelqu'un me regarder par la fenêtre de devant.

— Que vas-tu faire ? s'enquit Richard.

Jack sourit.

— Improviser, Richie, répondit-il. C'est ce que je fais depuis que j'ai quitté le New Hampshire. Improviser à vue de nez.

3

Ils atteignirent le perron. Richard se cramponnait à l'épaule de Jack de toutes ses forces. Jack se tourna vers lui avec exaspération ; le Crampon breveté Kansas City qu'était Richard devenait lassant à la longue.

— Quoi ? demanda Jack.

— C'est un rêve, bien sûr, dit Richard, et je peux le prouver.

— Comment ?

— *Nous ne parlons plus anglais, Jack ! Nous parlons une autre langue et même couramment, mais ce n'est pas de l'anglais !*

— Ouais, acquiesça Jack. Bizarre, n'est-ce pas ?

Après quoi il escalada les marches, laissant Richard planté en bas, bouche bée.

4

Au bout d'une ou deux secondes, Richard reprit ses esprits et grimpa à quatre pattes derrière Jack. Les planches étaient gondolées, branlantes et pleines d'échardes. Des pieds de cette céréale si barbue avaient poussé par endroits. Loin dans les ténèbres profondes, les deux garçons percevaient le bourdonnement monotone des insectes — ce n'étaient pas les stridulations flûtées des criquets mais un son plus doux ; tant de choses semblaient plus douces par ici, songea Jack.

Le fanal extérieur se trouvait désormais dans leur dos ; leurs ombres couraient devant eux sur la véranda, puis formaient un angle droit pour grimper à mi-porte. Il y avait une vieille enseigne défraîchie sur cette porte. Un court instant, Jack crut lire d'étranges caractères cyrilliques, aussi indéchiffrables que du russe. Puis ceux-ci s'éclaircirent et le mot n'était pas une surprise. DÉPÔT.

Jack levait déjà le point pour frapper quand il secoua légèrement la tête. Non. Il ne frapperait pas. Ce n'était pas un domicile privé ; sur la pancarte, il y avait marqué DÉPÔT, et c'était un mot qu'il associait à des bâtiments publics — des endroits pour attendre les bus Greyhound ou les trains Amtrak, des aires d'embarquement pour les Cieux Amicaux.

D'une poussée, il ouvrit la porte. Une amicale lumière et une voix résolument inamicale déferlèrent ensemble sous la véranda.

— *Va-t'en, espèce de démon !* criait une voix éraillée. *Va-t'en, je pars au matin ! Je le jure ! Le train est dans le hangar ! Va-t'en ! J'ai juré que j'irais et j'irai, alors tu t'en vas... tu t'en vas et tu me laisses en paix !*

Jack fronça le sourcil. Richard garda la bouche ouverte. Le local était propre quoique vétuste. Les planches s'avéraient si gondolées que les murs semblaient presque onduler. Sur l'un de ceux-ci, une toile représentant une diligence de la dimension d'un baleinier. Un antique comptoir, dont le dessus était pratiquement aussi ondulé que les murs, courait au milieu de la pièce, la partageant en deux. Derrière, sur le mur du fond, il y avait un tableau noir avec ARRIVÉES marqué en haut d'une colonne et DÉPARTS en haut d'une autre. A contempler le vieux panneau, Jack en déduisit que cela faisait belle lurette qu'on n'y avait rien inscrit ; il se dit que si l'on s'avisait d'écrire dessus même avec un bout de craie tendre, l'ardoise se désagrégerait et tomberait sur le sol disloqué.

Sur un coin du comptoir était posé le plus gros sablier que Jack ait jamais vu ; rempli de sable vert, il était aussi gros qu'un magnum de champagne.

— *Laisse-moi tranquille, tu veux ? J'ai promis que j'irais, et j'irai ! S'il te plaît, Morgan ! Pitié ! Je te l'ai promis, et si tu ne me crois pas, regarde dans le hangar ! Le train est prêt, je jure que le train est prêt !*

S'ensuivit une bonne quantité de bredouillements et de gargouillements de la même veine. L'imposant vieillard dégoisant ainsi se blottissait dans le coin droit de la pièce. Jack estimait à un mètre quatre-vingt-dix au moins la taille de l'ancêtre, même dans son actuelle attitude servile. Le plafond bas du dépôt n'était qu'à une dizaine de centimètres de sa tête. Il pouvait avoir soixante-dix ans, tout comme ce pouvait être un octogénaire passablement bien conservé. Une barbe d'un blanc neigeux prenait naissance sous ses yeux et lui dégringolait sur la poitrine en une houppe de cheveux de bébé. Ses épaules étaient larges, quoique à présent si voûtées qu'on eût dit qu'on les lui avait rompues en l'obligeant à porter de lourdes charges pendant de nombreuses longues années. De profondes pattes d'oie irradiaient des coins de ses yeux ; de grandes crevasses plissaient son front. Son teint était d'un jaune cireux. L'homme portait un kilt blanc moucheté de fils écarlates. Il avait manifestement une peur bleue. Il brandissait un énorme gourdin mais sans grande conviction.

Jack jeta un coup d'œil rapide à Richard lorsque le vieillard mentionna le nom de son père, mais son ami était à cent lieues de remarquer de telles finesses.

— Je ne suis pas celui que tu crois, lança Jack en s'avançant vers le vieil homme.

— *Va-t'en !* braila ce dernier. *C'est de la blague ! Je sais que le démon peut se cacher derrière une jolie frimousse ! Va-t'en ! Je le ferai ! Il est prêt à partir, demain à la première heure ! J'ai dit que je le ferais et je n'ai pas changé d'avis. Maintenant va-t'en, tu veux ?*

Le sac à dos était à présent une musette pendue au bras de Jack. Allant jusqu'au comptoir, celui-ci farfouilla dedans, mit de côté le miroir et le faisceau de jonchets qui lui servaient d'argent. Ses doigts se refermèrent sur ce qu'il cherchait et refirent surface. C'était la pièce que le capitaine Farren lui avait donnée dans le temps, celle avec la reine côté pile et le griffon côté face. Il l'abattit sur le comptoir et la douce clarté de la pièce tomba sur le ravissant profil de Laura DeLoessian ; une fois de plus, la ressemblance entre ce profil et celui de sa mère le frappa de stupeur. *Se ressemblaient-elles autant au début ? Est-ce à force d'y penser que je remarque leur air de famille ? Ou bien suis-je en train de les confondre en les identifiant l'une à l'autre ?*

Le vieillard battit en retraite quand Jack s'approcha du comptoir ; on aurait pu croire qu'il allait jouer au passe-muraille. Ses mots se déversaient en un flot hystérique. Lorsque Jack abattit sa pièce sur le comptoir à la façon dont le méchant exige un verre dans les westerns, il s'arrêta brusquement de parler et fixa l'objet avec des yeux ronds, ses commissures des lèvres tressautant et luisant de salive. Ses yeux ronds se reportèrent sur la figure de Jack qu'il vit enfin pour la première fois.

— Jason, murmura-t-il d'une voix chevrotante. Ses fausses rodomontades étaient oubliées. A présent, il ne tremblait plus de peur mais de respect. Jason !

— Non, tenta Jack. Je m'appelle...

Puis il s'interrompit, conscient que le mot qui sortirait en cette langue bizarre n'était pas *Jack* mais...

— *Jason !* s'exclama le vieillard en tombant à genoux. Jason, tu es venu ! Tu es venu et tout ira bien, oui, tout ira bien, tout ira bien, et toutes sortes de choses iront bien !

— Hé, dit Jack. Hé, vraiment...

— *Jason ! Jason est venu et la Reine i'a bien, oui, toutes so'tes de choses i'ont bien !*

Moins prêt à affronter cette adoration larmoyante qu'il ne l'avait été à braver l'agressivité terrorisée du vieux gardien du dépôt, Jack se tourna vers Richard... mais il n'y avait aucune aide à en attendre. Richard s'était étendu par terre à gauche de la porte et aussitôt rendormi, à moins qu'il ne fît bougrement bien semblant.

— Oh merde, gémit Jack.

Le vieillard restait agenouillé à caqueter et sangloter. La situation évoluait rapidement du plus pur ridicule au comique cosmique. Jack improvisa un rôle et passa derrière le comptoir.

— Allons, relève-toi, mon bon et fidèle serviteur, dit Jack.

Il se demanda sombrement si le Christ ou Bouddha avaient eu ce genre de problèmes. Debout, camarade.

— *Jason ! Jason !* sanglotait le vieil homme.

Ses cheveux blancs noyèrent les sandales de Jack comme il se penchait en avant pour lui baiser les pieds. Foin de bises légères ; c'étaient de bons gros bécots de paysan. Jack se mit à glousser malgré lui. Alors qu'il avait réussi à les faire sortir d'Illinois, voilà qu'ils se trouvaient dans un dépôt en ruine, au milieu d'un immense champ de céréale qui n'était pas vraiment du blé, quelque part dans les Avant-Postes, et Richard dormait au pied de la porte, tandis que ce drôle de vieillard lui baisait les pieds en le chatouillant avec sa barbe.

— *Relève-toi !* hurla Jack entre deux rires. Il tenta de reculer mais heurta le comptoir. *Lève-toi, ô mon bon serviteur ! Remets-toi sur tes satanés pieds, lève-toi, ça suffit !*

— *Jason !* (Smack.) *Tout i'a bien !* (Smack, smack.)

Et toutes so'tes de choses i'ont bien, acheva intérieurement Jack en gloussant de plus belle pendant que le vieillard lui embrassait les orteils à travers ses sandales. *J'ignorais qu'on lisait Robert Burns jusqu'ici, dans les Territoires, mais il me faut me rendre à l'évidence...*

Smack, smack, smack.

Oh, assez. Je ne peux plus le supporter.

— LÈVE-TOI ! s'époumona-t-il, et le vieillard finit par se relever, tout tremblant et sanglotant, incapable de regarder Jack dans les yeux.

Cependant, ses épaules étonnamment larges s'étaient un peu redressées, perdant leur air rompu, et Jack en était obscurément satisfait.

5

Vaille que vaille, il s'écoula une heure avant que Jack pût mettre la conversation sur des rails. A peine commençaient-ils à discuter qu'Anders, qui était loueur de chevaux de profession, s'embarquait dans un nouvel accès du style « O-Jason-mon-Jason-comme-tu-es-grand » et Jack devait à tout prix le calmer aussi vite que possible... surtout avant que les baisements de pieds ne reprennent. Néanmoins, Jack aimait bien le vieillard et compatissait à son sort. A seule fin de compassion, il lui suffisait d'imaginer ce qu'il ressentirait si Jésus ou Bouddha apparaissait à la station-service du coin ou à la queue du réfectoire du collège. En outre, il devait admettre une autre réalité incontournable : il y avait une part de lui-même qui n'était pas vraiment surprise de l'attitude d'Anders. Tout en restant Jack, il sentait aussi qu'il s'identifiait de plus en plus à... l'autre.

Mais il était mort.

C'était vrai, indéniablement vrai. Jason était mort, et Morgan d'Orris était probablement pour quelque chose dans cette mort. Mais des êtres comme Jason avaient moyen de revenir, n'est-ce pas ?

Jack ne regretta pas le temps passé à faire parler Anders, ne serait-ce que parce que cela lui permit de s'assurer que Richard ne jouait pas la comédie et qu'il s'était vraiment rendormi. Voilà qui était parfait, car Anders avait beaucoup à dire sur Morgan.

Autrefois, lui raconta-t-il, ce relais de diligence avait été le dernier du monde connu et répondait au joli nom de dépôt des Avant-Postes. Au-delà, dit-il, le monde devenait un lieu monstrueux.

— Comment monstrueux ? l'interrogea Jack.

— Je ne sais pas, répliqua Anders en rallumant sa pipe.

Il scruta les ténèbres, et sa physionomie se rembrunit.

Il circule des histoires sur les Terres Dévastées, mais chacune a tendance à se différencier de l'autre, et toutes commencent par : « Je connais un homme qui a rencontré un homme qui s'était égaré aux confins des Terres Dévastées pendant trois jours et il m'a dit... » Mais je n'ai jamais entendu une histoire qui commençât par : « *Je* m'étais perdu aux confins des Terres Dévastées durant trois jours et *je* dis... » Tu vois la différence, monseigneur Jason ?

— Je vois, énonça lentement Jack. (*Les Terres Dévastées.* Rien que le nom lui donnait la chair de poule et faisait dresser les cheveux sur sa nuque.) Alors personne ne sait comment c'est ?

— Mais non, dit Anders. Mais même si le quart de ce que j'ai entendu dire est vrai...

— Qu'as-tu entendu dire ?

— Qu'il y a là-bas des monstres à côté desquels les créatures des puits de mine d'Orris paraissent presque normales. Qu'il y a des boules de feu qui roulent à travers les montagnes et les déserts en laissant de longues traces noires derrière elles ; au jour, ces traces sont noires mais on dit qu'elles brillent la nuit. Et si un homme s'approche trop près de l'une de ces boules, il tombe horriblement malade. Il perd ses cheveux, et des ulcères se mettent à éclore sur tout son corps, et puis il commence à vomir ; et peut-être qu'il guérit, mais le plus souvent il ne fait que vomir et vomir jusqu'à ce que son estomac éclate et que sa gorge se rompe et puis...

Anders se mit debout.

— Monseigneur ! Pourquoi cet air ? As-tu vu quelque chose par la fenêtre ? As-tu aperçu un spectre sur ces satanés doubles rails ?

Anders surveillait anxieusement la fenêtre.

Irradiation radioactive, songeait Jack. *Sans le savoir il a décrit au iota près les symptômes de l'irradiation radioactive.*

L'an dernier, en cours de physique, ils avaient étudié à la fois les armes nucléaires et les conséquences d'une exposition aux radiations ; comme sa mère était plus ou moins engagée dans le mouvement pour le gel nucléaire ainsi que dans celui contre la prolifération des centrales atomiques, Jack avait prêté une oreille attentive.

A quel point, se dit-il, à quel point l'irradiation radioactive concordait avec la représentation des Terres Dévastées ! Et puis, brusquement, il comprit autre chose : c'était dans l'ouest qu'avaient eu lieu les premiers essais... là où le prototype de la bombe d'Hiroshima avait été suspendu à une grue pour la mise à feu, là où bon nombre de banlieues peuplées uniquement de mannequins en cire avaient été froidement détruites afin que l'Armée puisse se faire une idée approximative des effets d'une explosion nucléaire et de la pluie de feu consécutive. En fin de compte, ils étaient retournés dans l'Utah et le Nevada, parmi les derniers *véritables* Territoires Américains, et avaient tout bonnement repris leurs expériences souterraines. A sa connaissance, l'administration possédait pas mal de terrain dans ces immenses déserts, ces enchevêtrements de buttes, de *mesas* et de *bad lands* crénelées, et les bombes n'étaient pas leur seul objet d'expérimentation.

Combien de merde Sloat amènerait-il par ici au cas où la reine mourrait ? Combien de merde y avait-il déjà amenée ? Cette tête de ligne ex-relais de diligence faisait-elle partie de son réseau de transport ?

— Tu n'as pas l'air dans ton assiette, monseigneur. Tu es blanc comme un linge, j'en fais le serment.

— Ça va, articula lentement Jack. Rassieds-toi. Continue ton récit et rallume ta pipe ; elle s'est éteinte.

Anders ôta la pipe de sa bouche, la ralluma et reporta son regard sur la fenêtre... Son visage ne s'était pas seulement rembruni ; désormais la terreur le rendait hagard.

— Mais j'apprendrai assez tôt si toutes ces histoires sont vraies, je suppose.

— Pourquoi cela ?

— Parce que je pars dans les Terres Dévastées demain matin, au petit jour, répondit Anders. Je pars dans les Terres Dévastées aux commandes de la machine diabolique de Morgan d'Orris, dans le hangar là-bas, pour convoyer Dieu seul sait quelle sorte d'immondes diableries.

Jack le regarda fixement, le cœur battant, la tête bourdonnante.

— Où ? Loin ? Jusqu'à l'océan ? La grande mer ?

Anders opina doucement du chef.

— Ouais, acquiesça-t-il. Jusqu'à la mer. Et...

Sa voix baissa d'un ton, devint un faible murmure. Ses yeux roulèrent en direction des fenêtres obscures, comme s'il craignait que quelque innommable créature puisse risquer un œil, espionner, écouter aux portes.

— Morgan m'attendra là-bas, et nous devons livrer ses marchandises.

— A quel endroit ? demanda Jack.

— A l'hôtel Noir, acheva Anders à voix basse, d'un ton tremblant.

6

Jack réprima un nouvel accès de fou rire. *L'hôtel Noir* : on aurait dit le titre d'un mauvais roman policier. Et pourtant... et pourtant... tout avait bien commencé dans un hôtel, n'est-ce pas ? A l'Alhambra, dans le New Hampshire, sur la côte atlantique. Y avait-il un autre hôtel sur la côte pacifique, voire même une deuxième horreur de vieil hôtel victorien et biscornu ? Serait-ce là que sa longue et étrange aventure était censée se terminer ? Dans quelque réplique de l'Alhambra avec un minable parc d'attractions à proximité ? Cette idée était terriblement parlante, au point même de confirmer d'une façon aussi précise qu'insolite celle des Doubles et du Jumelage...

— Pourquoi me regardes-tu ainsi, monseigneur ?

Au ton de sa voix, Anders semblait agité, ému.

Jack détourna prestement le regard.

— Je suis désolé, s'excusa-t-il. Je réfléchissais.

Il sourit avec bonhomie, et le loueur de chevaux lui rendit timidement son sourire.

— J'aimerais que tu arrêtes de m'appeler ainsi.

— T'appeler comment, monseigneur ?

— Monseigneur.

— Monseigneur ?

Anders prit l'air ahuri. Loin de jouer à l'écho du cimetière, il cherchait à comprendre. Jack eut l'intuition que, s'il tentait d'insister, il s'enliserait dans un sketch du genre : « Qui vient en premier ? Lequel en second ? »

— Peu importe, conclut Jack. Il se pencha en avant. Je désire que tu me racontes tout. Peux-tu faire cela ?

— Je tâcherai, dit Anders.

7

Au début, les mots lui venaient lentement. C'était un célibataire qui avait passé sa vie entière dans les Avant-Postes et, même dans ses meilleurs moments, il n'avait pas l'habitude de s'épancher. A présent, il était sommé de parler par un garçon qu'il considérait au moins comme de sang royal et peut-être même d'essence divine. Mais peu à peu sa langue se dénoua, et vers la fin de son récit, terriblement troublant sinon concluant, c'était un déluge de paroles. Jack n'éprouvait aucune difficulté à suivre le fil de l'histoire malgré l'accent du bonhomme, qu'il transposait mentalement en une sorte de roulement de R à la Robert Burns.

Anders connaissait Morgan du fait que Morgan était tout simplement Seigneur des Avant-Postes. Son véritable titre, Morgan d'Orris, ne s'étendait pas si loin, mais concrètement cela revenait presque au même. Orris était le cantonnement le plus reculé des Avant-Postes, et le seul secteur réellement organisé de cette immense friche. Étant donné qu'il gouvernait Orris en maître absolu, Morgan gouvernait le restant des Avant-Postes par défaut. De plus, les méchants Loups s'étaient mis à graviter autour de Morgan ces quinze dernières années. Au début, cela importait peu, car il y avait peu de Loups méchants (sauf que le mot employé par Anders sonnait plutôt comme *enragés* aux oreilles de Jack). Mais au cours des ans leur nombre s'était accru, et Anders affirmait avoir entendu dire que, depuis que la reine était tombée malade, plus de la moitié de la tribu des bergers-écorcheurs était gangrenée par le mal. Ils n'étaient pas les seules créatures contrôlées par Morgan d'Orris, précisa Anders ; il y en avait d'autres encore pires. Certaines, à ce qu'on disait, étaient capables de rendre un homme fou d'un simple regard.

Jack pensa à Elroy, le croque-mitaine du bar Oatley, et frissonna.

— Est-ce que la partie des Avant-Postes où nous sommes porte un nom ? demanda Jack.

— Monseigneur ?

— La partie où nous sommes actuellement.

— Aucun nom en particulier, monseigneur, mais j'ai entendu des gens l'appeler Ellis Breaks.

— Ellis Breaks, répéta Jack.

Une vague carte géographique des Territoires, probablement fausse à plus d'un titre, commençait enfin à prendre forme dans l'esprit de Jack. Il y avait les Territoires, qui correspondaient à l'Est américain ; les Avant-Postes, lesquels coïncidaient avec le Midwest et ses grandes plaines (Ellis Breaks ? Illinois ? Nebraska ?) et les Terres Dévastées qui équivalaient à l'Ouest américain.

Il regarda Anders si longtemps, si intensément, qu'à la fin mal à l'aise, le loueur de chevaux recommença à s'agiter.

— Je suis désolé, dit Jack. Continue.

Son père, reprit Anders, avait été le dernier cocher à « rouler vers l'Est » depuis le dépôt des Territoires. Anders avait été son apprenti. Mais déjà à cette époque, disait-il, il y avait de grands troubles ainsi que des soulèvements. L'assassinat du vieux roi et la courte guerre qui suivit avaient déclenché le début de ces soulèvements, et bien que le sacre de la bonne reine Laura eût mis fin à la guerre, les insurrections avaient continué de plus belle, semblant progressivement gagner vers l'Est depuis le monstrueux gâchis des Terres Dévastées. D'après Anders, il y en avait qui croyaient que le mal venait directement de l'Ouest.

— Je ne suis pas sûr de te comprendre, objecta Jack bien qu'il pensât le contraire dans le secret de son cœur.

— Au bout de la terre, expliqua Anders. Au bord de la grande mer, là où je suis censé aller.

En d'autres termes, tout a commencé dans l'endroit même d'où venait mon père... mon père et moi, et Richard... et Morgan, Le Vieux Sloat.

Les troubles, poursuivit Anders, avaient atteint les Avant-Postes, et actuellement la tribu Loup se trouvait partiellement gangrenée... dans quelle mesure, personne ne le savait, mais le loueur avoua à Jack qu'il craignait que la gangrène ne les emportât tous si on ne l'arrêtait pas. Une fois arrivés jusqu'ici, les soulèvements s'étaient bien propagés dans l'Est, où, disait-on, la reine gisait à l'article de la mort.

— Ce n'est pas vrai, n'est-ce pas, monseigneur ? s'enquit Anders... presque en suppliant.

Jack le dévisagea.

— Devrais-je connaître la réponse à ta question ? interrogea-t-il.

— Bien sûr, répondit Anders. N'es-tu pas son fils ?

Durant un instant, le monde entier parut à Jack devenir très silencieux. Au dehors, le bourdonnement mélodieux des insectes se tut. Entre deux lourdes et pénibles inspirations, Richard sembla retenir son souffle.

Même son propre cœur parut s'arrêter... surtout cela, peut-être.

Alors il dit d'un ton parfaitement uni :

— Oui... je suis son fils. Et c'est vrai... elle est très malade.

— Mourante ? insista Anders avec ses yeux de chien implorant. Est-elle vraiment mourante, monseigneur ?

Jack esquissa un sourire.

— Cela reste à voir, dit-il.

8

Aux dires d'Anders, jusqu'au déclenchement des troubles Morgan d'Orris n'était qu'un obscur seigneur des marches ; il avait hérité son titre d'opérette d'un père réputé pour être un bouffon gras et puant. De son vivant, celui-ci avait été un objet de risée, continua Anders, et sa mort resta dans la lignée du personnage.

— Il fut pris de diarrhée après un jour de libations au vin de pêche et mourut de la courante.

Les gens s'étaient préparés à rigoler avec le fils du défunt, mais la rigolade avait fait long feu après le début des pendaisons à Orris. Et lorsque les troubles commencèrent dans les années suivant la disparition du vieux roi, Morgan entama son ascension comme une étoile de mauvais augure monte dans le ciel.

Tout cela n'avait pas grande signification vu depuis les Avant-Postes ; ces grands espaces vides faisaient paraître futiles les événements politiques. Seule la mortelle transformation de la tribu Loup eut des conséquences concrètes pour eux, et puisque la plupart des méchants Loups émigrèrent dans l'Autre Endroit, même ça ne changea pas grand-chose à leurs vies. (« Cela nous tracasse un peu, monseigneur » fut la seule chose que réussirent à enregistrer les oreilles de Jack.)

Par la suite, peu après que les nouvelles de la maladie de la reine se furent répandues à travers l'Ouest, Morgan avait fait venir de ses mines dans l'Est une équipe d'esclaves contrefaits, grotesques ; ces derniers étaient surveillés par des Loups en rupture de ban ainsi que d'autres créatures plus étranges. Leur contremaître était un affreux bonhomme muni d'un fouet ; alors qu'il était omniprésent au début des travaux, il avait soudain disparu. Anders, qui tout au long de ces terribles semaines et mois demeura tapi dans sa maison, laquelle se trouvait à un peu plus de huit kilomètres au sud d'ici, s'était félicité de le voir partir. D'après la rumeur, Morgan aurait rappelé le père Fouettard dans l'Est, où les affaires auraient atteint un point crucial. Anders ignorait si c'était vrai ou non, et ne s'en souciait guère. Simplement il se réjouissait du départ de cet individu, qui se faisait parfois accompagner d'un garçonnet étique, d'aspect particulièrement macabre.

— Son nom, s'enquit Jack. Quel était son nom ?

— Monseigneur, je n'en sais rien. Les Loups l'appelaient Celui-aux-Lanières. Les esclaves l'appelaient tout bonnement le diable. Je dirais que tous avaient raison.

— S'habillait-il en dandy ? Avec des vestes de velours ? Des richelieu à boucle, peut-être ?

Anders inclina la tête.

— Se mettait-il beaucoup de parfum ?

— Que oui ! Que oui !

— Et son fouet comporte de fins lacets en cuir avec des cabochons métalliques au bout ?

— Oui, monseigneur. Un méchant fouet. Et il s'en servait sacrément bien, que oui.

C'était Osmond. Alias le révérend Gardener. Il était dans les parages à superviser un projet pour le compte de Morgan... puis la reine est tombée malade et Osmond a été rappelé au palais d'Été, où j'ai eu le plaisir de le rencontrer.

— Son fils, dit Jack. Comment était son fils ?

— Maigre, articula lentement Anders. Avec un œil à fleur de tête. C'est tout ce dont je me souviens. Il... monseigneur, le fils du Fouettard était difficile à voir. Les Loups semblaient le craindre davantage que son père, alors que le fils ne portait pas de fouet. Ils disaient qu'il était *vague*.

— Vague, médita Jack.

— Oui. Par ce mot, ils désignent quelqu'un qu'on a peine à voir, même en le cherchant bien du regard. L'invisibilité reste impossible, à ce que prétendent les Loups, mais l'on peut se rendre *vague* à condition de connaître l'astuce. La plupart des Loups sont au courant, et ce petit fils de pute l'était aussi. Donc tout ce que je me rappelle, c'est sa maigreur et cet œil à fleur de tête. Il était laid comme les sept péchés capitaux.

Anders marqua un temps d'arrêt.

— Il aimait torturer les êtres. Les petits êtres. Il les emportait sous la véranda et j'entendais des cris horribles... Anders frissonna. C'est l'une des raisons pour lesquelles je restais chez moi, vois-tu. J'ai horreur d'entendre les bestioles hurler de douleur. Cela me met hors de moi. Vraiment.

Tout ce que racontait Anders soulevait une tempête de nouvelles questions dans l'esprit de Jack. En particulier, il aurait aimé apprendre ce qu'Anders savait des Loups ; rien que d'entendre parler d'eux suscitait en son cœur à la fois du plaisir et un profond et douloureux chagrin pour son Wolf à lui.

Mais le temps filait ; cet homme devait rouler vers l'Ouest le lendemain matin, d'un moment à l'autre une horde de collégiens en folie sous la férule de Morgan en personne pouvait débouler de ce que le vieux loueur appelait l'Autre Endroit, Richard risquait de se réveiller et de vouloir savoir qui était ce fameux Morgan dont ils parlaient, et qui était cet être *vague*... cet être *vague* qui évoquait si irrésistiblement son voisin de palier à Nelson House.

— Ils ont débarqué, lança-t-il, toute l'équipe débarqua, et Osmond leur servait de contremaître... du moins jusqu'à ce qu'il soit rappelé, ou tant qu'il ne célébrait pas l'office du soir dans l'Indiana...

— Monseigneur ?

A nouveau la bouille d'Anders se pétrifia de stupéfaction.

— Ils ont débarqué pour construire... quoi ?

Jack était sûr de connaître déjà la réponse mais il souhaitait l'entendre de la bouche d'Anders.

— Le chemin de fer, tiens, répondit Anders. Le chemin qui va vers l'Ouest dans les Terres Dévastées, celui que je dois prendre demain.

Il frissonna.

— Non, déclara Jack.

Une excitation terrible, fiévreuse, explosa dans sa poitrine, tel un soleil ; il bondit sur ses pieds. Revoilà le déclic dans sa tête, ce terrible pressentiment que de grandes choses se préparaient.

Anders tomba lourdement à genoux tandis que la figure de Jack brillait d'un nouvel éclat. Le bruit fit sursauter Richard qui s'assit comme un somnambule.

— Pas toi, reprit Jack. Moi. Et lui.

Il montra Richard du doigt.

— Jack ? Richard posa sur lui ses yeux de myope, vagues et encore ensommeillés. De quoi parlez-vous ? Et pourquoi le monsieur renifle-t-il le plancher ?

— Monseigneur... ta volonté, bien sûr... mais je ne comprends pas...

— Pas toi, répéta Jack, nous. Nous conduirons le train à ta place.

— Mais monseigneur, pourquoi ? bredouilla Anders sans oser lever la tête.

Jack scruta les ténèbres dehors.

— Parce que, dit-il enfin, je crois qu'il y a quelque chose au bout du chemin de fer, au bout ou presqu'au bout, que je dois trouver.

SLOAT DANS CE MONDE (IV)

Le 10 décembre, un Morgan Sloat chaudement vêtu était assis sur l'inconfortable petite chaise en bois au chevet de Lily Sawyer ; comme il était gelé, il s'était drapé dans son pardessus de cashmere et gardait les mains enfouies au fond de ses poches ; mais il s'amusait beaucoup plus que son apparence ne le laissait voir. Lily se mourait. Elle s'en allait vers ce lieu d'où l'on ne revient jamais, pas même si l'on est une reine trônant au milieu d'un lit aussi vaste qu'un terrain de foot.

Le lit de Lily n'était pas si grand, et elle-même ne ressemblait pas le moins du monde à une reine. La maladie lui avait pris sa beauté, émacié le visage, la vieillissant de vingt ans d'un coup. D'un air appréciateur, Sloat laissa errer ses yeux sur les arcades sourcilières proéminentes, son front semblable à une carapace de tortue. Son corps ravagé faisait à peine une bosse sous les draps et les couvertures. Sloat savait que l'Alhambra se faisait grassement payer pour laisser Lily Cavanaugh Sawyer tranquille, et pour cause, puisque c'était lui le bailleur. Ils ne s'embêtaient plus à chauffer sa chambre. Elle était l'unique cliente de l'hôtel. A part le réceptionniste et le chef cuisinier, les seuls employés encore présents à l'Alhambra étaient trois bonnes portugaises qui passaient tout leur temps à astiquer le hall ; ce devait être elles qui fournissaient Lily en couvertures. Quant à lui, Sloat avait réquisitionné la suite au fond du hall et ordonné au réceptionniste et aux bonnes de garder un œil sur Lily.

— Tu as meilleure mine, Lily, dit-il pour voir si elle allait ouvrir les yeux. Il me semble vraiment qu'il y a des signes d'amélioration.

— Je me demande pourquoi tu fais semblant d'être humain, répliqua-t-elle sans bouger rien d'autre que sa bouche.

— Je suis ton meilleur ami, se défendit-il.

Alors, elle ouvrit les yeux, et ceux-ci étaient trop vifs à son goût.

— Sors d'ici, chuchota-t-elle. Tu es ignoble.

— J'essaye de t'aider, et j'ose souhaiter que tu t'en souviennes. J'ai tous les papiers, Lily. Tu n'as plus qu'à signer. Une fois cela fait, toi et ton fils, vous serez à l'abri pour toute la vie.

Sloat considéra Lily avec une expression de tristesse ironique. A propos, je n'ai pas réussi à localiser Jack. Tu lui as parlé récemment ?

— Tu sais bien que non, dit-elle, et sans sangloter, comme il l'aurait espéré.

— Je trouve que sa place devrait être ici, pas toi ?

— Tu pisses dans un violon, rétorqua Lily.

— Je pense que je vais effectivement aller aux toilettes, si tu permets, dit-il en se levant. Lily referma les yeux, ignorant sa présence. En tout cas, j'espère qu'il n'a pas d'ennuis, poursuivit-il. Des choses terribles arrivent aux gamins, sur la route. Lily ne daignait toujours pas répondre. Des choses auxquelles je préfère ne pas penser.

Contournant le bout du lit, il se dirigea vers la porte de la salle de bains. Lily gisait sous ses draps, pareille à un mouchoir en papier froissé. Sloat entra dans la salle de bains.

Il se frotta les mains, referma délicatement le battant et ouvrit les deux robinets du lavabo. De la poche de son manteau, il extirpa un petit flacon marron d'une capacité de deux grammes, et de la poche intérieure de son veston un petit étui contenant un miroir, une lame de rasoir et une courte paille en cuivre. Sur le miroir, il versa environ un huitième de gramme de péruvienne, la cocaïne la plus pure qu'il ait pu trouver. Ensuite, il la hacha rituellement avec sa lame de façon à modeler deux belles lignes. Au moyen de sa paille métallique, il les inhala à la file, hoqueta, inspira à fond et bloqua sa respiration une seconde ou deux.

— Aaah !

Ses sinus se dilatèrent comme des tunnels. Tout au fond, un goutte-à-goutte se mit à distiller ses merveilles. Sloat passa ses mains sous l'eau, puis, par égard pour son nez, s'humecta les narines du pouce et de l'index. Il s'essuya les mains et la figure.

Le joli petit train, se permit-il de penser, *le joli petit train ; j'en suis plus fier que de mon fils, je crois.*

Morgan Sloat se délecta de la vision de son cher train, lequel restait identique d'un monde à l'autre et qui, en débarquant à Point Venuti avec sa précieuse cargaison, serait la première manifestation concrète de son ambitieux plan consistant à importer la technologie moderne dans les Territoires. Point Venuti ! Sloat souriait tandis que la coke lui explosait à travers la cervelle, diffusant son habituel message que tout irait bien, tout irait bien. Le petit Jacky Sawyer aurait une sacrée chance s'il réchappait de la bizarre petite ville de Point Venuti. En fait, il aurait déjà de la chance s'il y arrivait, attendu qu'il lui faudrait d'abord traverser les Terres Dévastées. Mais la drogue était là pour rappeler à Sloat qu'à certains égards il préférait que Jack rallie bien le petit Point Venuti, si perverti, dangereux, il préférait même que Jack survive à son contact avec l'hôtel Noir, qui, loin de se résumer à des planches, des clous, des briques et de la pierre, était aussi vivant à sa façon... parce qu'il était possible qu'il en ressorte avec le Talisman dans ses petites mains de voleur. Et si cela devait arriver...

Oui, si cet événement absolument extraordinaire venait à se produire, tout irait très bien en effet.

Et Jack Sawyer et le Talisman seraient tous les deux brisés en deux.

Et lui, Morgan Sloat, jouirait enfin d'un cadre à sa mesure. Le laps d'une seconde, il se vit tendant les bras vers les immensités étoilées, vers des mondes géminés tels des amants sur un lit, vers tout ce que le Talisman garantissait, et que lui convoitait tant depuis qu'il avait acheté l'Azincourt, dans le temps. Jack pouvait lui obtenir tout cela. Quel délice ! La gloire.

Pour célébrer cette idée, Sloat ressortit la fiole de sa poche et, sans s'embêter avec le rituel de la lame et du miroir, se servit simplement de la petite cuillère qui y était accrochée pour porter la blanche poudre médicinale à une narine, puis à l'autre. Un délice, oui.

Reniflant encore, il réintégra la chambre. Lily paraissait légèrement plus animée, mais il était désormais de si bonne humeur que même cette preuve de vitalité ne suffit pas à l'assombrir. Brillants et drôlement creux à l'intérieur de leurs orbites, les yeux de Lily le suivirent à travers la pièce.

— Oncle Glauque a un nouveau vice, ironisa-t-elle.

— Et toi, tu es en train de mourir, riposta-t-il. Que choisirais-tu entre les deux ?

— Abuse de ce truc et tu mourras aussi.

Nullement ébranlé par son hostilité, Sloat regagna sa chaise bancale.

— Au nom du ciel, Lily, sois un peu adulte, dit-il. Tout le monde prend de la coke aujourd'hui. Tu es dépassée, tu l'es depuis des années. Tu veux essayer ?

Exhibant le flacon de sa poche, il le balança par la chaînette qui tenait la petite cuiller.

— Sors d'ici.

Sloat lui secoua le flacon sous le nez.

Lily s'assit sur son lit avec la vivacité d'un serpent à sonnettes et lui cracha au visage.

— Salope !

Tirant son mouchoir, il recula tandis que le crachat lui dégoulinait sur la joue.

— Si cette merde est si merveilleuse, pourquoi faut-il que tu te faufiles dans les toilettes pour en prendre ? Ne réponds pas. Simplement, laisse-moi tranquille. Je ne veux plus te voir, Glauque. Sors ton gros cul d'ici.

— Tu vas mourir toute seule, Lily, déclama-t-il, en proie soudain à une joie froide, cruelle. Tu vas mourir toute seule, et cette ridicule petite ville va te jeter à la fosse commune, et ton fils va se faire tuer parce qu'il lui est impossible de faire face à ce qui l'attend, et personne n'entendra plus jamais reparler de vous. Il eut un rictus. Ses poings replets et poilus blanchirent en se serrant. Tu te rappelles Asher Dondorf, Lily ? Notre client ? Ce sous-fifre de la série *Flanagan et Flanagan* ? J'ai lu un entrefilet sur lui dans l'*Hollywood Reporter*... un numéro d'il y a quelques semaines. S'est tiré dessus dans son living, mais le coup ne devait pas être fameux, puisqu'au lieu de se tuer, il s'est juste fait sauter la voûte du palais avant de sombrer dans le coma. Peut tenir des années, je crois, rien qu'à pourrir sur place. Il se pencha vers elle, le front plissé. Toi et ce cher vieux Asher avez pas mal de choses en commun, il me semble.

Impassible, elle soutint son regard. On aurait dit que ses yeux s'étaient enfoncés dans son crâne, et en cet instant elle ressemblait à une vieille pionnière boucanée avec un fusil à écureuil dans une main et la Bible dans l'autre.

— Mon fils va me sauver la vie, déclara-t-elle. Jack va me sauver la vie et tu ne pourras pas l'en empêcher.

— Eh bien, nous verrons, n'est-ce pas ? répondit Sloat. Nous verrons.

CHAPITRE 35

LES TERRES DÉVASTÉES

1

— Mais seras-tu en sécurité, monseigneur ? demanda Anders, agenouillé aux pieds de Jack avec son kilt blanc et rouge éployé autour de lui comme une jupe.

— Jack ? s'enquit Richard d'une voix geignarde, déplacée, aux intonations aiguës.

Anders tenait de biais sa grosse tête blanche et lorgnait Jack comme s'il lui avait posé une énigme. Il avait l'air d'un énorme chien perdu.

— Je veux dire, je serai à peu près aussi en sécurité que toi. C'est tout.

— Mais monseigneur...

— Jack ? intervint à nouveau la voix chagrine de Richard. J'ai sommeil, et pourtant je devrais être réveillé, mais nous sommes encore dans ce drôle d'endroit, donc je rêve toujours... mais je veux rester éveillé, Jack, je ne veux plus faire ce rêve. Non. Je ne veux plus.

Et c'est pourquoi tu as cassé tes fichues lunettes, se dit Jack, avant de poursuivre à haute voix :

— Ce n'est pas un rêve, Richie. Nous devons repartir sur les routes. Nous allons prendre le train.

— Hein ? s'exclama Richard qui s'assit en se frottant les yeux.

Si Anders ressemblait à un gros chien blanc en jupe, Richard faisait irrésistiblement penser à un bébé qui vient de se réveiller.

— Monseigneur Jason, implora Anders. A présent, il paraissait prêt à pleurer... de soulagement, pensa Jack. Est-ce ta volonté ? Est-ce ta volonté de conduire cette machine du diable à travers les Terres Dévastées ?

— Absolument, acquiesça Jack.

— Où sommes-nous ? s'alarma Richard. Tu es sûr qu'ils ne nous suivent pas ?

Jack se tourna de son côté. Assis sur le plancher jaune gondolé, Richard clignait stupidement des paupières, la terreur l'enveloppant encore comme un brouillard.

— O.K., dit-il. Je vais répondre à ta question. Nous nous trouvons dans une région des Territoires qui s'appelle Ellis Breaks...

— J'ai mal à la tête, coupa Richard.

Il avait refermé les yeux.

— Et grâce au train du monsieur, reprit Jack, nous allons traverser les Terres Dévastées pour arriver à l'hôtel Noir, ou le plus près possible. Voilà, Richard, que tu me croies ou non. Et plus tôt nous partirons, plus nous aurons de chances d'échapper à ceux qui essayent de nous retrouver.

— Etheridge, murmura Richard. Mr Dufrey. Il passa en revue le moelleux intérieur du dépôt, comme s'il s'attendait à ce que tous leurs poursuivants fassent brutalement irruption au travers des murs. C'est une tumeur cérébrale, tu sais, déclara-t-il à Jack d'un ton parfaitement raisonnable. Voilà d'où vient ma migraine.

— Monseigneur Jason, radotait Anders en s'inclinant si bas que ses cheveux effleurèrent les planches ondulées. Comme tu es bon, O mon Très Haut, comme tu es bon envers ton plus humble serviteur, envers tous ceux qui ne méritent pas ta présence bénie...

Il rampa en avant et Jack vit avec horreur qu'il s'apprêtait à recommencer son cirque du baise-pied.

— Et même très avancée, je dirais, suggéra Richard.

— Lève-toi, s'il te plaît, Anders, ordonna Jack en reculant. Lève-toi, allez, ça suffit. Le vieillard n'en continua pas moins à ramper en marmonnant, tant il était soulagé de ne pas avoir à endurer les Terres Dévastées. DEBOUT ! brailla Jack.

Anders leva la tête, le front plissé.

— Oui, monseigneur.

Il se releva péniblement.

— Amène ta tumeur cérébrale par ici, Richard, dit Jack. Nous allons voir si nous pouvons conduire ce satané train.

2

Anders s'était faufilé derrière le long comptoir et farfouillait dans un tiroir.

— Je crois qu'il marche par l'œuvre des démons, monseigneur, dit-il. D'étranges démons, entrechoqués tous ensemble. Ils ne paraissent pas vivants, pourtant ils le sont. Oui.

Il extirpa du tiroir la plus grosse, la plus grande chandelle que Jack ait jamais vue. Dans une boîte posée sur le comptoir, Anders choisit une fine baguette de bois tendre, longue d'une trentaine de centimètres, dont il plongea le bout dans le foyer d'une lampe. La baguette s'enflamma et Anders s'en servit pour allumer sa monstrueuse chandelle. Après quoi il secoua son « allumette » jusqu'à ce que la flamme s'éteigne dans un ruban de fumée.

— Des démons ? releva Jack.

— De drôles de choses carrées... je crois que les démons sont enfermés dedans. Comme ils crachotent et crépitent parfois ! Je vais te montrer, seigneur Jason.

Sans un mot de plus, il bondit vers la porte, la douce lueur de la bougie effaçant momentanément toutes ses rides. Lui emboîtant le pas, Jack sortit dans l'immensité paisible des Territoires profonds. Il se souvint de la photo sur le mur du bureau de Speedy Parker, une photo empreinte même alors d'un charme inexplicable, et constata qu'il se trouvait actuellement près du site qu'elle représentait. Dans le lointain, s'élevait une montagne d'aspect familier. En bas du petit tertre, les champs de céréales se déployaient dans toutes les directions, ondoyant selon d'immenses motifs réguliers. D'un pas hésitant, Richard vint à la hauteur de Jack en se massant les tempes. Détonnant dans le reste du paysage, les bandes de métal argenté s'étiraient inexorablement vers l'ouest.

— Le hangar est derrière, monseigneur, dit Anders à voix basse, avant de contourner la façade du dépôt avec des allures de conspirateur. Jack jeta un nouveau coup d'œil vers la montagne éloignée... A présent, elle ressemblait moins à celle de la photo... plus récent, le relief ; de l'Ouest, pas de l'Est.

— Que signifie ce truc de « monseigneur Jason » ? lui chuchota Richard à l'oreille. Il croit te connaître.

— C'est dur à expliquer, temporisa Jack.

Richard tripota son foulard, puis agrippa d'une main le biceps de Jack. Le vieux crampon de Kansas City.

— Qu'est devenu le collège, Jack ? Où sont passés les chiens ? Où sommes-nous ?

— Écoute, viens, dit Jack. Tu dois encore rêver.

— Oui, renchérit Richard avec le soulagement le plus vif. Oui, c'est ça, n'est-ce pas ? Je suis toujours endormi. Tu m'as raconté toutes ces absurdités sur les Territoires, et maintenant j'en rêve.

— Ouais, approuva Jack, qui se glissa derrière Anders.

L'ancêtre tenait l'énorme chandelle comme une torche et dévalait la pente postérieure du talus en direction d'un autre bâtiment octogonal en bois, légèrement plus important. Les deux garçons sillonnèrent la haute herbe jaunâtre à sa suite. De la lumière tombait d'un autre globe transparent, révélant que ce second édifice était ouvert aux extrémités, comme si l'on avait coupé à ras deux faces opposées de l'octogone. Le chemin de fer argenté passait par les ouvertures ainsi ménagées. Atteignant le hangar, Anders se retourna pour attendre les jeunes gens. Avec sa chandelle brandie, qui flamboyait en grésillant, sa longue barbe et sa toilette insolite, Anders évoquait une créature de légende ou de conte de fées, un sorcier ou un magicien.

— Voilà où il demeure depuis son arrivée, et puissent les démons l'entraîner hors d'ici. Anders fronça le sourcil à l'intention des garçons, et tous ses plis se creusèrent davantage. Invention diabolique. Une chose nauséabonde, savez-vous ? Une fois ses compagnons en face de lui, il jeta un regard par-dessus son épaule. Jack comprit qu'Anders appréhendait même la seule présence du train dans le hangar. La moitié de sa cargaison est à bord, et elle aussi pue l'enfer.

Jack pénétra par l'ouverture la plus proche, forçant Anders à le suivre. Se frottant toujours les yeux, Richard fermait la marche en trébuchant. Le petit train reposait sur ses rails, tourné vers l'Ouest ; une locomotive bizarre, un fourgon, une plate-forme étroitement bâchée. De ce dernier wagon émanait l'odeur tant exécrée par Anders. Inconnue des Territoires, cette dernière était pénétrante, un mélange d'huile et de métal.

Richard alla directement dans un des coins du hangar, s'assit par terre le dos au mur et ferma les paupières.

— Connais-tu son fonctionnement, monseigneur ? s'enquit Anders à mi-voix.

Jack fit signe que non et remonta le long des rails jusqu'à la tête du train. Oui, voilà les « démons » d'Anders. C'était une batterie d'accumulateurs, exactement comme Jack l'avait prévu. Seize en tout, en deux rangées accolées ensemble dans un conteneur métallique reposant sur les quatre premières roues de la cabine. Toute la partie avant du train évoquait une version sophistiquée de la bicyclette du garçon-livreur, sauf qu'à la place de la bicyclette, il y avait un minuscule habitacle qui rappelait quelque chose à Jack... quelque chose qu'il n'arriva pas à identifier immédiatement.

— Les démons commandent le « bâton » vertical, expliqua Anders dans son dos.

Jack se hissa dans la petite cabine. Le « bâton » mentionné par Anders était un levier de vitesse encastré dans une fente dotée de trois crans. Alors Jack sut à quoi ressemblait l'ensemble. Le train obéissait au même principe qu'un kart de golf. Fonctionnant à l'électricité, il ne comportait que trois positions : marche avant, arrière et point mort. C'était le seul genre de train qui pouvait affronter les Territoires, et Morgan Sloat devait l'avoir fait construire spécialement pour lui.

— Les démons dans les boîtes crachotent et crépitent, et commandent au bâton, et le bâton entraîne le train, monseigneur.

Anders errait anxieusement au bas de la cabine, la figure crispée en un impressionnant réseau de rides.

— Tu devais partir demain matin ? s'informa Jack auprès du vieil homme.

— Ouais.

— Mais le train est déjà prêt ?

— Oui, monseigneur.

Jack hocha la tête et sauta à terre.

— En quoi consiste la cargaison ?

— Des diableries, répondit Anders d'un ton lugubre. Pour les méchants Loups. A destination de l'hôtel Noir.

J'aurais une longueur d'avance sur Morgan Sloat si je partais maintenant, songea Jack en jetant un regard gêné du côté de Richard, lequel s'était débrouillé pour se rendormir. Si ce n'était cette tête de cochon hypochondriaque de Richard le Rationnel, il ne serait jamais tombé sur le Tchou-Tchou de Sloat ; et ce dernier aurait pu utiliser ses « diableries » (des armes, évidemment) contre lui, dès qu'il se serait aventuré dans les parages de l'hôtel Noir. Car l'hôtel représentait le terme de sa quête, il en était sûr désormais. Et tout cela semblait prouver que Richard, aussi inefficace et ennuyeux fût-il, allait se révéler plus important pour cette quête que Jack ne l'avait imaginé. Le rejeton de Sawyer et celui de Sloat ; le rejeton du Prince Philip Sawtelle et celui de Morgan d'Orris. Durant un instant, le monde tournoya au-dessus de sa tête, et il eut l'intuition fugace que Richard pouvait jouer un rôle essentiel dans ce qu'il allait devoir accomplir à l'hôtel Noir. Puis Richard renifla et garda la bouche ouverte, et cette fugitive sensation de compréhension s'évanouit.

— Jetons un œil à ces diableries, dit-il enfin.

Jack pirouetta et arpenta en sens inverse toute la longueur du train, notant au passage pour la première fois que le sol du hangar octogonal se divisait en deux parties : la plus importante consistait en un rond central pareil à une assiette géante. Puis il y avait une fente dans le bois, et ce qui se trouvait au-delà du périmètre du cercle s'étendait jusqu'aux murs. Jack ignorait tout de la rotonde mais il en comprenait le concept : la partie circulaire du plancher pouvait tourner à cent quatre-vingts degrés. Normalement, les trains ou les diligences arrivaient par l'Est et repartaient dans la même direction.

La bâche couvrant la cargaison était attachée avec un gros filin brun, si hérissé qu'on eût dit de la paille de fer. En peinant, Jack souleva un pan, regarda dessous et ne vit que du noir.

— Aide-moi, lança-t-il en se retournant vers Anders.

Le vieillard s'avança, les sourcils froncés, et d'un geste adroit et puissant défit un nœud. La bâche se détendit brusquement. Lorsque Jack en resouleva un coin, il découvrit que la moitié de la plate-forme était occupée par une rangée de caisses en bois marquées PIÈCES DE MACHINE. Des fusils, pensa-t-il ; Morgan est en train d'armer ses Loups rebelles. Le restant d'espace sous la bâche contenait d'épais paquets rectangulaires d'une matière caoutchouteuse enveloppée dans des feuilles de plastique transparent. Jack n'avait aucune idée de la nature de cette matière mais il aurait juré que ce n'était pas du pain bénit. Laissant retomber la bâche, il recula d'un pas, et Anders tira sur la grosse corde pour refaire le nœud.

— Nous partons ce soir, annonça Jack qui venait juste de le décider.

— Mais monseigneur Jason... les Terres Dévastées... ce soir... sais-tu...

— Je sais, oui, l'interrompit Jack. Je sais aussi que j'aurai bien besoin d'un effet de surprise. Morgan et l'homme que les Loups appellent Celui aux Lanières vont se lancer à mes trousses, et si je me montre douze heures avant l'horaire prévu du train, Richard et moi nous aurons une chance d'en sortir vivants.

L'air sombre, Anders hocha la tête, reprenant son air de bon gros chien forcé de s'accommoder de fâcheuses circonstances

De nouveau Jack contempla Richard endormi, assis la bouche ouverte. Comme s'il lisait dans ses pensées, Anders reporta aussi son regard sur le dormeur.

— Morgan d'Orris avait-il un fils ? demanda Jack.

— Effectivement, monseigneur. La brève union de Morgan eut un fruit : un enfant mâle du nom de Rushton.

— Et qu'est-il advenu de Rushton ? Comme si je ne le savais pas.

— Il est mort, dit laconiquement Anders. Morgan n'était pas fait pour être père.

Jack frissonna en se souvenant de la façon dont son ennemi avait fendu les airs et manqué tuer le troupeau entier de Wolf.

— Nous partons, décida-t-il. S'il te plaît, Anders, peux-tu m'aider à faire monter Richard dans la cabine ?

— Monseigneur... Anders baissa le nez, puis le redressa et jeta à Jack un regard presque paternel. Le voyage durera au moins deux jours, peut-être trois, avant que vous n'atteigniez la côte occidentale. As-tu des provisions ? Accepterais-tu de partager mon dîner ?

Jack secoua la tête, impatient d'attaquer la dernière étape de sa chasse au Talisman, mais soudain son estomac gargouilla incongrûment, lui rappelant que cela faisait fort longtemps qu'il n'avait rien avalé à part les Ring-Dings et des biscuits rances dans la chambre d'Albert le Pâté.

— Eh bien, admit-il, je suppose qu'une demi-heure de plus ou de moins ne change pas grand-chose. Merci, Anders. Veux-tu m'aider à remettre Richard debout ? (Et peut-être qu'après tout il n'était pas si pressé de traverser les Terres Dévastées, pensa-t-il.)

A eux deux, du premier coup ils remirent Richard sur ses pieds. Comme le loir, celui-ci ouvrit les yeux, sourit et s'affala en arrière pour se rendormir.

— Un repas, proposa Jack. Un vrai repas. Ça te dit, vieux ?

— Je ne mange jamais dans mes rêves, répliqua Richard avec une logique surréaliste. Il bâilla, puis s'essuya les yeux. Progressivement, il avait retrouvé la station debout et ne s'appuyait plus sur Anders ni Jack. Néanmoins, j'ai très faim à dire vrai. Mon rêve est interminable, n'est-ce pas, Jack ? Il en semblait presque fier.

— Ouais, acquiesça Jack.

— Dis, c'est ce train que nous allons prendre ? On dirait un dessin animé.

— Ouais.

— Tu peux conduire ce machin, Jack ? C'est un rêve, je sais, mais...

— C'est presque aussi difficile que de manœuvrer mon vieux train électrique, le rassura Jack. Je peux le conduire, et toi aussi.

— Je n'ai pas envie, objecta Richard, et sa voix retrouva ses intonations geignardes, veules. Je n'ai pas du tout envie de monter dans ce train. Je veux retourner dans ma chambre.

— Viens plutôt manger un peu, proposa Jack, qui se retrouva en train de le piloter hors du hangar. Après, on file vers la Californie.

Ainsi, juste avant leur expédition dans les Terres Dévastées, les Territoires apparurent-ils aux garçons sous de favorables auspices. Anders leur offrit d'épaisses tranches d'un pain moelleux, manifestement fait avec le grain poussant autour du Dépôt, des brochettes de viande tendre et d'étranges légumes aussi charnus que succulents, un nectar rose très parfumé que Jack rapprocha de la papaye, bien qu'il sût que ce n'en était pas. Richard mastiquait dans une sorte de transe, laissant le jus lui dégouliner sur le menton jusqu'à ce que Jack l'essuie.

— La Californie, bredouilla-t-il une fois. J'aurais dû m'en douter.

Présumant qu'il faisait allusion à la réputation de folie attachée à cet État, Jack s'abstint de le questionner. Il s'inquiétait davantage des ravages qu'eux deux effectuaient dans le stock de provisions, vraisemblablement limité, du vieil homme, mais leur hôte ne cessait de s'éclipser derrière son comptoir, où lui ou son père avant lui s'était installé un petit fourreau à bois, pour réapparaître avec encore plus de victuailles. Muffins au froment, pieds de veau en gelée, des choses qui ressemblaient à des pilons de poulet mais qui avaient goût de... quoi ? D'encens et de myrrhe ? De fleurs ? La saveur lui explosa littéralement sur la langue, et il songea que lui aussi allait se mettre à baver.

Le trio siégeait autour d'une table minuscule dans le local chaud et ambré. A la fin du festin, Anders produisit presque timidement un lourd cruchon à moitié plein de vin rouge. Jack en but un fond de verre avec la sensation de jouer le scénario d'un autre.

3

Deux heures après, se sentant pris de somnolence, Jack se demanda si ce repas pantagruélique n'avait pas été une grosse bourde. D'abord, il y avait eu le départ du dépôt d'Ellis Breaks, qui n'était pas allé sans difficulté ; en deuxième lieu, il y avait Richard qui menaçait sérieusement de devenir fou ; et enfin, le comble de tout, il y avait les Terres Dévastées. Dont le délire dépassait de loin celui de Richard, et qui exigeaient une concentration absolue.

Après dîner, ils étaient retournés tous les trois dans le hangar, et là les pépins avaient commencé. Jack savait qu'il était terrifié par ce qui les attendait en route — et, il le vérifiait à présent, cette terreur se justifiait parfaitement — et sans doute cette fébrilité avait-elle influé sur son comportement. La première difficulté vint de ce qu'il avait voulu dédommager le vieil Anders avec la pièce donnée par le capitaine Farren. Anders réagit comme si son Jason bien-aimé l'avait poignardé dans le dos. Sacrilège ! Outrage ! En offrant cette pièce, Jack n'avait pas seulement insulté le vieux loueur de chevaux ; symboliquement, il avait traîné sa religion dans la boue. Apparemment, une fois rassasiés de surnaturel, les êtres divins n'étaient pas censés donner la pièce à leurs disciples. Anders avait été suffisamment contrarié pour abattre sa main sur la « boîte à diable » (ainsi appelait-il le conteneur métallique réservé aux accus), et Jack sentit qu'Anders avait été fortement tenté de prendre pour cible autre chose que le train. Jack n'aboutit qu'à une pseudo-trêve : Anders ne voulait pas plus de ses excuses que de son argent. Finalement, le vieillard s'était calmé devant l'ampleur de la consternation du gamin, mais il ne retrouva véritablement son attitude normale que lorsque Jack émit à haute voix l'hypothèse que la fameuse pièce devait avoir d'autres fonctions, d'autres rôles.

— Tu n'es pas le vrai Jason, regretta le vieillard, cependant la monnaie de la reine peut te conduire à ton destin.

Il secoua lourdement la tête. Son geste d'adieu manquait à l'évidence de chaleur.

Mais Richard n'était pas innocent dans tout ça. Ce qui avait commencé comme une sorte de phobie puérile se mua vite en terreur panique : Richard refusait de grimper dans la cabine. Jusqu'alors, il avait déambulé dans le hangar, sans un regard pour le train, simulant une torpeur indifférente. Lorsqu'il comprit enfin que Jack parlait sérieusement, il perdit les pédales. Et, bizarrement, c'était l'idée d'aboutir en Californie qui l'avait le plus perturbé.

— NON ! NON ! JE NE PEUX PAS ! avait hurlé Richard quand Jack le poussa vers le train. JE VEUX RETOURNER DANS MA CHAMBRE !

— Ils peuvent nous suivre, Richard, lui dit-il avec lassitude. Nous devons lever le camp. Il tendit la main et prit Richard par le bras. Ce n'est qu'un rêve, tu te rappelles ?

— Oh Seigneur, oh Seigneur, répétait Anders en errant sans but dans le hangar, et Jack constata que, pour une fois, le loueur de chevaux ne s'adressait pas à lui.

— IL FAUT QUE JE REVIENNE DANS MA CHAMBRE ! glapissait Richard.

Ses yeux étaient si hermétiquement clos qu'une seule barre douloureuse courait d'une tempe à l'autre.

Comme un écho de Wolf. Jack avait essayé de tirer Richard vers la machine, mais Richard demeurait planté sur place, pareil à une mule.

— JE NE VEUX PAS Y ALLER ! brailla-t-il.

— Bon, tu ne peux pas non plus rester ici, riposta Jack. Il fit encore un vague effort pour traîner Richard, et cette fois réussit effectivement à le bouger de cinquante centimètres. Richard, gronda-t-il. C'est ridicule. Veux-tu te retrouver tout seul ? Veux-tu qu'on te laisse seul dans les Territoires ? Richard secoua la tête. Alors viens avec moi. Il est encore temps. Dans deux jours, nous serons en Californie.

— Sale histoire, marmonnait Anders pour lui-même en observant la scène.

Richard continuait simplement à secouer la tête, incarnation même du refus.

— Je ne peux pas y aller, répétait-il. Je ne peux pas monter dans ce train et je ne peux pas y aller.

— En Californie ?

Richard pinça ses lèvres en une fine couture et referma les yeux.

— Merde alors ! s'exclama Jack. Peux-tu m'aider, Anders ?

L'immense vieillard lui jeta un regard dérouté, quasi dégoûté, puis traversa pesamment la pièce et cueillit Richard dans ses bras comme un simple chiot. Le garçon émit un jappement de protestation. Anders le déposa sur la banquette rembourrée de la cabine.

— Jack ! s'écria Richard de crainte d'atterrir tout seul dans les Terres Dévastées.

— Je suis là, répondit Jack qui grimpait déjà de l'autre côté. Merci, Anders, dit-il au vieux loueur de chevaux, qui hocha la tête d'un air pessimiste avant de battre en retraite dans un coin du hangar.

— Prenez garde.

Richard avait fondu en larmes, et Anders le regardait sans pitié aucune.

Jack appuya sur le contact, et deux énormes étincelles bleues fusèrent de la « boîte à diable » juste au moment où le moteur commença à vrombir.

— Allons-y, lança Jack en passant en marche avant.

Le train se mit à glisser hors du hangar. Richard pleurnichait, les genoux relevés. Marmonnant quelque chose comme « absurde » ou « impossible » (Jack entendit surtout résonner les sifflantes), il enfouit sa figure entre ses genoux. On aurait dit qu'il essayait de se mettre en rond. Jack fit signe à Anders, qui lui rendit son salut, après quoi ils sortirent de la zone éclairée et se retrouvèrent sous le vaste ciel obscur. La silhouette d'Anders se profila dans l'ouverture, comme s'il avait décidé de leur courir après. Le train ne pouvait pas dépasser cinquante kilomètres à l'heure, songea Jack, et pour le moment n'allait guère à plus de quinze ou de vingt, ce qui lui semblait insupportablement lent. L'Ouest, se répéta Jack, l'Ouest, l'Ouest, l'Ouest. Anders recula à l'abri du hangar, et sa barbe pendait sur son torse massif comme une plaque de gel. La locomotive fit une embardée, une autre étincelle bleue s'envola en grésillant ; Jack se redressa sur son siège afin de regarder où ils allaient.

— NON ! hurla Richard, manquant de faire tomber Jack de la cabine. JE NE VEUX PAS ! JE NE VEUX PAS Y ALLER !

Il avait bien relevé la tête, sans y voir davantage ; ses yeux restaient hermétiquement clos, sa physionomie serrée comme un poing.

— Tais-toi, lui ordonna Jack.

Devant, la voie filait droit au milieu des champs infinis aux épis ondoyants ; des monts indistincts, de vieux chicots, flottaient entre les nuages à l'occident. Jetant un dernier coup d'œil par-dessus son épaule, Jack vit la petite oasis de chaleur et de lumière qu'étaient le dépôt et son hangar octogonal s'enfoncer lentement derrière lui. Anders formait une grande ombre dans la lumière de l'entrée. Jack esquissa un ultime salut, et l'ombre lui répondit. Jack se retourna et contempla l'immensité de blé, toute cette distance lyrique. Si c'était ça, les Terres Dévastées, les deux prochains jours promettaient d'être vraiment reposants.

Bien sûr que ce n'était pas ça, pas du tout. Même au clair de lune il voyait bien que les épis se raréfiaient, devenaient tout rabougris ; le changement avait commencé environ une demi-heure après leur départ. A présent, même la couleur paraissait bizarre, quasi artificielle : non plus le beau jaune naturel qu'il voyait auparavant, mais le jaune de quelque chose qu'on a laissé trop près d'une puissante source de chaleur et qui s'est fané. Richard présentait désormais un aspect similaire. Après avoir bruyamment respiré un bon moment, il s'était mis à pleurer en silence, avec aussi peu de pudeur qu'une fille abandonnée, puis avait sombré dans un sommeil agité.

— Je ne veux pas y retourner, marmonna-t-il dans son sommeil, du moins tels furent les mots que Jack crut entendre.

Richard semblait rapetisser en dormant.

Le paysage entier changeait de caractère. Les grandes étendues de plaines d'Ellis Breaks avaient cédé la place à un pays de cavités secrètes et de sombres petites vallées fourrées d'arbres noirs. D'énormes rochers gisaient à la ronde, crânes, œufs, dents géantes. Jusqu'à la nature du sol qui s'était modifiée, devenant beaucoup plus sablonneuse. Par deux fois, les parois d'une vallée se dressèrent en à pic au-dessus de la voie, et de chaque côté Jack distingua seulement des falaises rougeâtres et broussailleuses, envahies de plantes grimpantes. De temps à autre, Jack croyait apercevoir un animal qui détalait pour se mettre à couvert, mais la clarté était trop faible, et l'animal trop rapide pour qu'il puisse l'identifier. Quoique Jack eût le pressentiment que si la bête s'était immobilisée au beau milieu de Rodeo Drive en plein midi, il aurait toujours eu quelque mal à l'identifier : une vague impression que sa tête était deux fois plus grosse que la normale, que son propriétaire faisait bien de fuir le regard humain.

Au bout d'une heure et demie, Richard gémissait toujours dans son sommeil tandis que le paysage basculait dans l'étrangeté la plus absolue. La deuxième fois qu'ils émergèrent d'une de ces vallées claustrophobiques, Jack avait été surpris par une soudaine impression d'espace ; au début, c'était comme de revenir dans les Territoires, au pays des Chimères. Ensuite, malgré les ténèbres, il avait remarqué combien les arbres étaient chétifs et tordus, puis il avait senti l'odeur. Sans doute celle-ci s'était-elle lentement insinuée dans sa conscience, mais ce ne fut qu'après avoir vu à quel point les malheureux arbustes disséminés sur la plaine noire s'étaient recroquevillés, pareils à des bêtes suppliciées, qu'il avait fini par flairer dans l'air une faible quoique indéniable odeur de pourri. Putréfaction, feu de l'enfer. Ici les Territoires puaient littéralement.

Il flottait sur le pays un parfum de fleurs mortes, et dessous, comme pour Osmond, une odeur plus forte, plus âcre. Si Morgan, sous l'un ou l'autre de ses visages, en était responsable, alors il avait en un sens apporté la mort au cœur des Territoires. Telle était la conviction de Jack.

Le dédale de vallées et de cuvettes avait désormais disparu, remplacé par un vaste désert rouge. L'inquiétante végétation rabougrie faisait des pointillés sur les dunes de cet immense désert. Devant Jack, le chemin de fer déroulait ses rails argentés à travers le néant rouge et enténébré ; à sa gauche, l'obscurité débouchait aussi sur le vide.

Toujours est-il que la terre rouge semblait déserte. Pendant plusieurs heures, Jack ne vit rien de plus gros que les bestioles contrefaites qui se dissimulaient sur les pentes des terrassements de la voie. Sauf qu'à certains moments il surprenait un mouvement furtif du coin de l'œil, et quand il se retournait pour mieux voir, il n'y avait plus rien. D'abord, il pensa qu'il était suivi. Puis, durant un fiévreux intermède long de vingt ou trente minutes, il s'imagina avoir à ses trousses les monstres canins de Thayer College. Partout où il posait les yeux, quelque chose venait juste de s'arrêter de bouger... en s'éclipsant derrière un tronc noueux ou en s'enfouissant dans le sable. Au cours de cette période, l'immense désert des Terres Dévastées lui parut non pas vide et mort, mais riche de toute une vie clandestine, fuyante. Jack se cramponnait au levier de commande, comme si cela pouvait changer quelque chose, suppliant le petit train d'aller plus vite, plus vite. Richard gémissait, pelotonné dans le creux du siège. Jack s'imagina que tous ces êtres, toutes ces créatures mi-humaines mi-canines, fonçaient sur eux et pria pour que Richard gardât les yeux fermés.

— NON ! glapit celui-ci dans son sommeil.

Jack faillit dégringoler de la cabine. Il *voyait* déjà Etheridge et Mr Dufrey bondir dans leur sillage. La langue pendante, tricotant des antérieurs, ils gagnaient du terrain. La seconde d'après, Jack comprit qu'il n'avait vu que des ombres mouvantes. Les collégiens qui caracolaient avec leur directeur avaient été soufflés comme des bougies d'anniversaire.

— PAS LÀ ! brailla Richard.

Jack inspira à fond. Lui, tous deux, étaient saufs. Les dangers des Terres Dévastées étaient surestimés, essentiellement littéraires. Dans quelques heures, le soleil allait se lever. Jack porta sa montre à hauteur d'yeux et constata qu'ils étaient à bord depuis deux heures seulement. Sa bouche s'ouvrit en un énorme bâillement, et il se prit à regretter d'avoir autant mangé au dépôt.

Du gâteau, songea-t-il, cela va être...

Et juste quand il s'apprêtait à conclure sa paraphrase de Burns, dont, chose plutôt surprenante, le vieil Anders avait cité des vers, il aperçut la première boule de feu, laquelle détruisit ses dernières illusions.

4

Une boule de feu chauffée à blanc d'au moins trois mètres de diamètre bascula par-dessus l'horizon et fonça d'abord droit sur le train.

— Sacré nom d'un chien, marmonna Jack à part soi, se remémorant ce qu'Anders lui avait dit sur les boules de feu. *Si un homme s'approche trop près d'une de ces boules, il tombe horriblement malade... perd ses cheveux... ulcères se mettent à éclore sur tout son corps... il commence à vomir... vomir et vomir jusqu'à ce que son estomac éclate et que sa gorge se rompe...* Il déglutit, péniblement ; on aurait dit qu'il avalait un cent de clous.

— Je vous en prie, Mon Dieu, s'écria-t-il à haute voix.

La boule de feu géante se ruait droit sur lui, comme si elle possédait une intelligence et avait décidé d'effacer Jack Sawyer et Richard Sloat de la surface de la terre. *Irradiation radioactive.* L'estomac de Jack se contracta et ses testicules se ratatinèrent contre son bas-ventre. *Irradiation. Vomir et vomir jusqu'à ce que son estomac éclate...*

L'excellent dîner offert par Anders lui remonta à la gorge. La boule de feu continuait à rouler droit sur le train, projetant des étincelles et grésillant avec une ardente énergie. Derrière, s'allongeait une queue dorée incandescente qui semblait imprimer comme par magie de nouvelles traces brûlantes, menaçantes dans le sol rouge. Au moment précis où la boule rebondit sur la terre et partit en zigzag telle une balle de tennis géante en déviant inoffensivement sur la gauche, Jack entrevit clairement pour la première fois les créatures qu'il soupçonnait à ses trousses depuis le début. L'éclat rougeoyant de la boule errante et la rémanence lumineuse des anciennes marques par terre illumina un groupe de bêtes difformes qui avaient effectivement suivi le train. C'étaient des chiens, du moins eux ou leurs ancêtres l'avaient-ils été jadis, et Jack jeta un regard anxieux vers Richard afin de s'assurer qu'il dormait toujours. Restant à distance, les créatures s'aplatirent sur le sol comme des serpents. Elles avaient bien des gueules de chiens mais, à ce que vit Jack, leurs postérieurs étaient atrophiés et leurs corps sans poil ni queue. Elles avaient l'air mouillé : leur peau rose et glabre luisait comme celle des souriceaux nouveau-nés. Les bêtes grognaient, détestant être vues. C'étaient ces horribles chiens mutants que Jack avait aperçus sur les talus des terrassements. Vulnérables, couchés sur le ventre, ils sifflaient et grondaient et reculaient en rampant ; eux aussi craignaient les boules de feu et les marques qu'elles gravaient dans la terre. Puis Jack capta l'odeur du météore qui désormais regagnait l'horizon rapidement, presque furieusement, embrasant une rangée entière de maigres arbustes. Feu de l'enfer, corruption.

Une autre boule de feu jaillit à l'horizon et disparut en flamboyant vers la gauche. Un relent de relations manquées, d'espoirs déçus et de désirs malsains, voilà ce que Jack, qui avait le cœur au bord des lèvres, s'imagina retrouver dans l'odeur méphitique répandue par le feu. Aboyant à la mort, la meute des chiens mutants s'égailla dans une démonstration de crocs étincelants, un bruissement de mouvements furtifs, un chuintement de corps pesants et dépourvus de jambes qui se traînaient dans la poussière. Combien y en avait-il ? De derrière la souche d'un arbre en flammes qui tâchait de cacher sa cime dans son tronc, deux des chiens contrefaits lui montrèrent les dents.

Puis un autre météore bondit du vaste horizon, creusant un large sillon igné loin du train ; Jack distingua momentanément ce qui ressemblait à une petite remise délabrée, juste en contrebas de la courbe du mur du désert. Devant se tenait une immense silhouette humaine masculine en train de le regarder. Une impression de gigantisme, de toison, de force et de malveillance...

Jack était profondément conscient de la lenteur du petit train d'Anders, de la vulnérabilité de Richard et de la sienne vis-à-vis de quiconque ayant le désir de les voir d'un peu plus près. Si la première boule de feu avait dispersé les horribles monstres canins, venir à bout des représentants humains des Terres Dévastées représentait une autre paire de manches. Avant que ne s'éteignît la lueur de la trace incandescente, Jack vit que la silhouette devant la remise suivait leur progression, tournant une grosse tête hirsute au passage du train. Si ce qu'il avait vu était des chiens, alors à quoi ressembleraient les gens ? Dans le dernier flamboiement du météore, la créature humanoïde détala de l'autre côté de son logis. Une épaisse queue reptilienne se balança au bout de son arrière-train, puis la créature disparut derrière la bicoque et tout redevint noir ; rien, ni chiens ni bête humaine ni remise, ne fut plus visible. Jack n'était même pas sûr d'avoir vraiment vu quelque chose.

Richard tressaillit dans son sommeil, et Jack posa la main sur le levier rudimentaire, dans le vain espoir d'augmenter la vitesse. Les bruits de chiens s'estompaient progressivement derrière eux. En nage, Jack leva de nouveau son poignet gauche à hauteur d'yeux et vit qu'il s'était écoulé à peine un quart d'heure depuis la dernière fois qu'il avait consulté sa montre. S'étonnant de continuer à bâiller, il regretta encore de s'être autant empiffré au Dépôt.

— NON ! ! cria Richard. NON ! JE NE VEUX PAS ALLER LA-BAS !

Là-bas ? s'interrogea Jack. Où était-ce là-bas ? La Californie ? Ou bien tout endroit menaçant où risquait de s'effondrer l'équilibre précaire de Richard, aussi instable qu'un étalon ?

5

Pendant que Richard dormait, Jack passa toute la nuit au levier de commande à observer les traces des défunts météores scintiller sur la surface rougeâtre de la terre. Leur odeur de fleurs mortes et de pourriture sous-jacente emplissait l'air. De temps en temps, il entendait les cris des chiens mutants, ou ceux d'autres malheureuses créatures, s'élever entre les racines des arbres rabougris, comme incarnés, qui parsemaient encore le paysage. Les accus projetaient occasionnellement un arc bleu pétaradant. Richard flottait dans un état au-delà du sommeil, protégé par une inconscience à la fois vitale et voulue. Il ne réitéra plus ses cris torturés. En fait, il se contentait de rester pelotonné dans son coin, le souffle court, comme si l'acte même de respirer lui coûtait trop d'énergie. Jack souhaitait autant qu'il craignait le point du jour. Lorsque le matin viendrait, il pourrait voir les animaux ; mais qu'y aurait-il d'autre à voir ?

De temps à autre, il jetait un œil à Richard. Le teint de son ami semblait étrangement pâle, d'un gris presque spectral.

6

Le matin vint avec une relâche des ténèbres. Une bande rougeâtre apparut sur la ligne concave de l'horizon oriental, et bientôt un panache rosé sourdait dessous, poussant haut dans le ciel cet optimiste rougeoiement. Jack se sentait les yeux presque aussi rouges que l'aurore, et il avait mal aux jambes. Richard gisait en travers de la petite banquette, respirant à peine, comme à contrecœur. C'était vrai, constata Jack : la figure de Richard paraissait particulièrement grise. Ses paupières tressautèrent sous l'effet d'un rêve, et Jack espéra que son ami n'allait pas se remettre à crier. Richard ouvrit la bouche, mais à la place d'un cri strident, il en sortit le bout de sa langue. Richard se lécha la lèvre supérieure, ronfla, puis sombra de nouveau dans un coma hébété.

Bien que Jack souhaitât désespérément s'asseoir et fermer les yeux, il ne dérangea pas Richard. Car plus Jack voyait de choses au fur et à mesure que le jour nouveau dévoilait les détails des Terres Dévastées, plus il espérait que l'inconscience de Richard durerait aussi longtemps que lui-même pourrait endurer les conditions à bord de l'inconfortable petit train. Il n'éprouvait aucune envie de voir la réaction de Richard Sloat devant les idiosyncrasies des Terres Dévastées. Un peu de souffrance, beaucoup de fatigue, tel était le prix minimal à payer pour une paix qu'il savait provisoire.

Ce qu'il voyait en louchant, c'était un panorama où rien ne semblait avoir échappé à la mutilation, au dessèchement. A la lueur de la lune, on aurait dit un vaste désert, disons un désert garni d'arbres. A présent Jack s'apercevait que son « désert » était vraiment spécial. Ce qu'il avait pris pour une qualité de sable rougeâtre se révélait une terre poudreuse, meuble ; il semblait qu'un homme s'y enfoncerait jusqu'aux chevilles, si ce n'est aux genoux. Sur ce sol aride poussaient des arbres misérables. Si on les regardait de face, ils étaient pareils à leur aspect nocturne, si noueux qu'ils semblaient s'échiner à se replier sous leurs propres racines recroquevillées. C'était déjà suffisamment inquiétant, à plus forte raison pour Richard le Rationnel. Mais vus de biais, du coin de l'œil, on voyait alors un être vivant au supplice ; les branches tordues devenaient des bras cachant un visage angoissé, figé en train de crier. Tant que Jack ne regardait pas les arbres de face, il distinguait en détail leurs masques torturés, le O de la bouche ouverte, les yeux exorbités et le nez tombant, les longues rides tristes sillonnant les joues. Ils juraient, imploraient, hurlaient à son intention ; leurs voix muettes flottaient dans l'air, telle une fumée. Jack gémit. Comme l'ensemble des Terres Dévastées, ces arbres avaient été empoisonnés.

De chaque côté, la terre rougeâtre s'étendait sur des kilomètres, parsemée ici et là de touffes d'herbe suspecte, du même jaune vif que l'urine ou le jaune de chrome. Si ce n'était le hideux coloris des hautes herbes, ces zones auraient évoqué des oasis, car chacune entourait un petit trou d'eau en forme de rond. L'eau était noire, et des flaques graisseuses flottaient à sa surface. Plus denses que l'eau, en tout cas, elle-même déjà graisseuse, toxique. La seconde de ces pseudo-oasis que vit Jack se mit à ondoyer paresseusement au passage du train, et d'abord Jack pensa avec horreur que même l'eau noire était vivante, un être aussi tourmenté que les arbres qu'il ne voulait plus voir. Puis il vit brièvement quelque chose monter à la surface de l'épais liquide, un large dos noir ou un flanc, lequel se retourna avant de laisser apparaître une énorme gueule vorace qui mordit dans le vide. Un soupçon d'écailles qui auraient été irisées si le monstre ne s'était pas décoloré dans l'étang. *Saperlote*, se dit Jack, *c'était un poisson ?* Il lui semblait mesurer près de six mètres de long, beaucoup trop pour habiter la petite mare. Une longue queue battit l'eau avant que le mastodonte ne replonge dans les profondeurs, apparemment considérables.

Jack scruta attentivement l'horizon, croyant avoir entrevu la forme ronde d'une tête en train de les épier. A ce mouvement inattendu, il éprouva un nouveau choc, analogue à celui que cette espèce de monstre du Loch Ness lui avait donné. Comment diable une tête pourrait-elle l'épier depuis l'horizon ?

Parce que ce qu'il prenait pour l'horizon ne l'était pas, comprit-il finalement ; toute la nuit, et tant qu'il ne vit pas réellement ce qui limitait son champ visuel, il sous-estima terriblement la grandeur des Terres Dévastées. Au fur et à mesure que le soleil montait dans le ciel, il finit par se rendre compte qu'il se trouvait dans une large vallée, dont les bords distants de part et d'autre ne constituaient pas la limite du monde mais la ligne de faîte rocailleuse d'une chaîne de montagnes. N'importe qui ou n'importe quoi pouvait les poursuivre en restant hors de vue de l'autre côté des monts environnants. Il se remémora l'humanoïde à la queue de crocodile qui s'était faufilé derrière la petite remise. Pouvait-il avoir pisté Jack toute la nuit dans l'espoir que celui-ci s'endorme ?

Le train ahanait au fond de la vallée cuivrée, se traînant avec une lenteur brusquement terrifiante.

Il examina un à un les sommets alentour, sans rien voir, à part les rayons matinaux qui doraient les rochers escarpés loin au-dessus de sa tête. Jack fit un tour sur lui-même dans la cabine ; sur le moment, la peur et la tension lui firent complètement oublier sa fatigue. Richard mit un bras sur ses yeux et continua à roupiller. N'importe quoi, n'importe qui pouvait leur avoir filé le train, à l'affût.

Un mouvement lent, presque insensible, sur sa gauche, lui fit retenir son souffle. Un mouvement immense, sinueux... Jack eut la vision d'une demi-douzaine d'hommes-crocodiles qui basculaient en rampant de ce côté-ci de la montagne ; mettant ses mains en visière sur ses yeux, il fouilla du regard l'endroit où il croyait les avoir vus. Les roches étaient teintées du même rouge que la terre poudreuse, et au milieu un sentier encaissé se frayait un chemin parmi les crêtes grâce à une fissure dans les parois verticales. Ce qui évoluait entre deux pitons n'avait rien d'une forme humaine. C'était un serpent ; du moins, Jack le crut... La créature se glissa dans une partie masquée du chemin, et Jack ne vit qu'un énorme corps reptilien, cylindrique et lisse, disparaître derrière les rochers. La peau du monstre semblait bizarrement striée ; brûlée, aussi. Un aperçu, juste avant sa disparition, de trous noirs déchiquetés dans son flanc... Jack tendit le cou pour bien voir l'endroit d'où il émergerait, et assista quelques secondes au spectacle totalement déroutant d'une tête de ver géant qui pivotait dans sa direction, enfouie au quart dans l'épaisse poussière rouge. En dépit de ses yeux membraneux, encapuchonnés, c'était une tête de ver.

Quelque animal débuola de sous un rocher, une espèce de cul-de-jatte hydrocéphale, et lorsque le gros ver lui fonça dessus, Jack constata que sa proie n'était autre qu'un chien mutant. Ouvrant une bouche comme la fente d'une boîte à lettres municipale, le lombric engloutit le pseudo-chien affolé. Jack entendit nettement le craquement des os. Les gémissements cessèrent. L'énorme ver avala le chien tout rond, comme une pilule. Or, juste devant sa masse monstrueuse s'étendait une des marques noires laissées par les boules de feu, et alors, sous les yeux de Jack, le monstre oblong s'enterra dans la poussière tel un submersible qui s'enfonce sous la surface de l'océan. Apparemment, celui-ci comprenait que les traces des météores étaient dangereuses et allait creuser dessous, à la façon des vers. Jack regarda jusqu'à ce que l'atroce créature eût complètement disparu dans la poudre rouge, puis avec angoisse parcourut des yeux toute la longueur de la pente rougeâtre, constellée de touffes pubiennes d'herbe jaune vif, en se demandant où elle referait surface.

Dès qu'il fut raisonnablement certain que le ver n'allait pas entreprendre d'ingurgiter le train, Jack se remit à inspecter la crête des montagnes environnantes.

7

Avant que Richard ne se réveillât en fin d'après-midi, Jack vit :

au moins une tête reconnaissable en train d'épier du haut des montagnes ;

deux autres boules de feu meurtrières qui rebondirent droit sur lui ;

le squelette sans tête de ce qu'il prit d'abord pour un gros lapin, avant de se rendre compte avec un soulèvement de cœur que c'était un bébé humain, aux os soigneusement curés, gisant au bord de la voie et suivi de près par :

le crâne infantile rond et étincelant dudit bébé, à demi enfoui dans la terre meuble. Jack vit aussi :

une meute de chiens à grosse tête, encore plus dégénérés que ceux déjà rencontrés, qui se traînaient pathétiquement derrière le train, bavant de faim ;

trois cabanes de planches, des habitations humaines, bâties sur pilotis à cause de l'épaisse poussière, laissant à penser que quelque part dans cette brousse puante et polluée qu'étaient les Terres Dévastées d'autres gens devaient chasser pour survivre ;

un petit oiseau parcheminé sans plumes, garanti pur Territoires, doté d'une tête simiesque et barbue et d'ailes se terminant par des doigts nettement formés ; et le pire de tout (hormis ce qu'il *crut* voir), deux animaux complètement méconnaissables qui se désaltéraient à un des étangs noirs... des animaux avec de longues dents, des yeux humains, les membres antérieurs rappelant ceux du cochon et les postérieurs ceux d'un félin, la gueule hérissée de poils. Quand le train passa à leur hauteur, Jack s'aperçut que les testicules du mâle étaient enflés comme des oreillers et pendaient par terre. Qu'est-ce qui avait causé de telles monstruosités ? Dégâts nucléaires, présuma Jack, étant donné qu'il ne voyait guère autre chose ayant le pouvoir de tant déformer la nature. Déjà empoisonnés à la naissance, les monstres flairèrent l'eau également empoisonnée et grondèrent au passage du petit convoi.

Notre monde pourrait bien ressembler à ça un jour, songea Jack. Quel délice.

8

Ensuite il y eut les choses qu'il *crut* voir. Sa peau commençait à le brûler et à le démanger ; il avait déjà jeté sur le plancher l'espèce de poncho qui avait remplacé le manteau de Myles P. Kiger. Avant midi, il se débarrassa aussi de sa chemise tissée main. Il avait un mauvais goût dans la bouche, un mélange acide de métal rouillé et de fruit pourri. De la sueur lui dégoulinait des cheveux dans les yeux. Il était si fatigué qu'il se mit à rêver debout, les yeux ouverts et irrités par la transpiration. Il vit les chiens obscènes détaler en immenses meutes à travers les montagnes ; il vit les nuages rougeâtres s'ouvrir au-dessus de sa tête et tenter de saisir Richard et lui avec de longs bras flamboyants, les bras du démon. Quand enfin ses yeux se fermèrent, il vit un Morgan d'Orris haut de quatre mètres et tout vêtu de noir, jetant la foudre sur la terre à la ronde, y creusant de grands cratères et entonnoirs poussiéreux.

— Non, non, non, marmonna Richard en gémissant.

Morgan d'Orris s'estompa comme un filet de fumée, et les yeux douloureux de Jack se rouvrirent d'un coup.

— Jack ? dit Richard.

Devant eux, la terre rouge était vide, excepté les traces noircies des boules de feu. Jack se frotta les yeux et regarda Richard qui s'étirait mollement.

— Ouais, répondit-il. Comment vas-tu ?

Richard gisait à plat sur la banquette dure, battant des paupières, le visage gris et tiré.

— Désolé de t'avoir posé la question, ajouta Jack.

— Non, protesta Richard. Je vais mieux, vraiment. Et Jack de sentir une partie de sa tension l'abandonner. J'ai encore mal à la tête, mais je vais mieux.

— Tu faisais pas mal de boucan dans ton... hum... lança Jack, se demandant dans quelle mesure son copain était capable d'affronter la réalité.

— Dans mon sommeil. Ouais, je me doute que j'en ai fait.

Le visage de Richard se plissa, mais pour une fois Jack n'eut pas à se blinder contre un cri.

— Je sais que je ne rêve pas, maintenant, Jack. Et je sais que je n'ai pas de tumeur au cerveau.

— Sais-tu où nous sommes ?

— A bord du train. Le train du vieil homme. Dans ce qu'il a appelé les Terres Dévastées.

— Eh bien, on peut dire que tu me scies ! s'exclama Jack, souriant.

Richard rougit en dépit de son teint blafard.

— D'où tu tiens ça ? s'enquit Jack, encore pas très sûr de pouvoir croire en cette transformation.

— Bon, je savais que je ne rêvais pas, expliqua Richard ; et ses joues s'empourprèrent davantage. Je pense... je pense qu'il est désormais temps d'arrêter de lutter. Si nous sommes dans les Territoires, alors nous sommes dans les Territoires, peu importe si c'est impossible. Ses yeux croisèrent ceux de Jack, et l'humour de leur regard stupéfia ce dernier. Tu te rappelles ce sablier géant au dépôt ? Après que Jack eut opiné du bonnet, Richard reprit : Eh bien, c'était ça, vraiment... Quand j'ai vu cet objet, je savais que je ne pouvais pas avoir tout inventé. Parce que je savais fort bien que je n'aurais pas pu inventer un objet pareil. Je n'aurais pas pu. C'est tout... pas pu. Si je devais inventer une horloge primitive, elle aurait toutes sortes de rouages, et de grosses poulies... elle ne serait pas si simple. Donc je ne l'avais pas inventée. Par conséquent, tout le reste aussi était réel.

— Bon, comment te sens-tu maintenant ? demanda Jack. Tu as dormi longtemps.

— Je suis encore si fatigué que je peux à peine lever la tête. De manière générale, je ne me sens pas très en forme, je le crains.

— Richard, il faut que je te pose une question. Y a-t-il une raison quelconque pour que tu aies peur d'aller en Californie ?

Richard baissa les yeux et secoua la tête.

— As-tu déjà entendu parler d'un endroit qui s'appelle l'hôtel Noir ?

Richard continuait de secouer la tête. Il ne disait pas la vérité, mais comme le reconnaissait lui-même Jack, il l'affrontait de son mieux. Le reste (car soudain Jack fut persuadé qu'il y avait autre chose) devrait attendre. Jusqu'à ce qu'ils aient vraiment atteint l'hôtel Noir, peut-être. Le Double de Rushton, le Double de Jason : oui, ensemble ils trouveraient la prison du Talisman.

— Bien, parfait, dit-il. Peux-tu marcher ?

— Je crois.

— Bon, parce qu'il y a quelque chose que je veux faire maintenant... depuis que tu ne meurs plus d'une tumeur cérébrale, je veux dire. Et j'ai besoin de ton aide.

— Qu'est-ce que c'est ? demanda Richard en s'essuyant la figure d'une main tremblante.

— J'aimerais ouvrir une ou deux caisses sur la plate-forme et voir si nous ne pouvons pas nous procurer des armes.

— Je hais, je déteste les fusils, s'écria Richard. Tu devrais toi aussi. Si personne n'avait de fusils, ton père...

— Ouais, et si les cochons avaient des ailes, ils voleraient, riposta Jack. Je suis certain qu'on nous suit.

— Eh bien, peut-être que c'est mon père, énonça Richard d'une voix pleine d'espoir.

Jack émit un grognement et dégagea le petit levier de commande du premier cran. Le train se mit à perdre considérablement de sa vitesse. Quand il eut ralenti pour s'arrêter, Jack passa au point mort.

— Tu crois que tu peux descendre ?

— Bien sûr, dit Richard en se levant trop vite.

Ses jambes fléchirent aux genoux, et il se rassit lourdement sur la banquette. A présent, son visage semblait plus gris que jamais, et des perles de sueur luisaient sur son front et sa lèvre supérieure.

— Ah, peut-être que non, murmura-t-il.

— Vas-y en douceur dit Jack en s'approchant de Richard pour poser une main au creux de son coude et l'autre sur son front brûlant, moite. Décontracte-toi.

Richard ferma ses paupières, puis regarda Jack droit dans les yeux avec une expression de confiance absolue.

— J'y ait été trop brusquement, déclara-t-il. A force d'être resté si longtemps dans la même position, j'ai des fourmis partout.

— Vas-y en douceur alors, répéta Jack, avant d'aider un Richard haletant à se remettre sur ses pieds.

— Ça fait mal.

— Rien qu'un petit moment. J'ai besoin de ton aide, Richard.

Richard tenta un pas en avant, et siffla de plus belle.

— Ouille !

Il avança l'autre jambe, puis se pencha légèrement en avant et se donna des tapes sur les mollets et les cuisses. Sous les yeux de Jack, la figure de Richard s'altéra, mais pas sous l'effet de la douleur, cette fois ; un air de totale incrédulité se peignit sur ses traits.

Jack suivit la direction de son regard et vit un de ces oiseaux simiesques et sans plumes voltiger devant le train.

— Ouais, il y a pas mal de choses bizarres par ici, commenta-t-il. Je me sentirais beaucoup mieux si nous dénichions des armes sous cette bâche.

— Que penses-tu qu'il y ait de l'autre côté de ces montagnes ? demanda Richard. Toujours la même chose ?

— Non, je crois qu'il y a davantage de gens là-bas, répondit Jack. Si on peut appeler ça des gens. Deux fois, j'ai surpris quelqu'un en train de nous observer.

Voyant l'expression de subite panique qui envahit la figure de Richard, Jack ajouta :

— Je ne crois pas que ce soit quelqu'un de ton collège. Mais cela ne vaut guère mieux. Je ne cherche pas à te faire peur, mon pote, mais je connais les Terres Dévastées un peu plus que toi.

— Les Terres Dévastées, répéta dubitativement Richard. Il lorgna la vallée de poussière rouge avec ses touffes scabreuses d'herbe couleur de pipi. Oh... cet arbre... ah...

— Je sais, le coupa Jack. Il faut que tu apprennes à ne pas en tenir compte.

— Mais qui au monde provoquerait une telle dévastation ? s'indigna Richard. Ce n'est pas naturel, tu sais.

— Peut-être que nous le découvrirons un jour. Jack aida Richard à sortir de la cabine, en sorte que tous deux se retrouvèrent sur un étroit marchepied

qui surplombait les roues. Ne t'aventure pas dans cette poussière. Nous
ignorons sa profondeur. Je n'ai aucune envie d'aller t'y repêcher.

Richard frissonna... mais peut-être était-ce parce qu'il venait de remarquer
du coin de l'œil un autre de ces arbres suppliciés, suppliants. Ensemble, les
deux garçons longèrent à petits pas le flanc du train immobile jusqu'à ce
qu'ils puissent passer sur l'attelage du fourgon vide. De là une étroite échelle
métallique conduisait sur le toit. A l'autre bout du wagon, une deuxième
échelle leur permit de descendre sur la plate-forme.

Jack tira sur la grosse corde hérissée, tâchant de se rappeler comment
Anders l'avait dénouée si facilement.

— Je crois que c'est ici, annonça Richard en tenant une boucle aussi
torsadée qu'une cravate de chanvre. Jack ?

— Essaye.

Richard n'était pas assez robuste pour défaire le nœud tout seul, mais
lorsque Jack l'aida à tirer sur le cordage proéminent, la « cravate » disparut
comme par enchantement, et la bâche s'affaissa sur le tas de caisses. Jack
découvrit les plus proches : PIÈCES DE MACHINE, ainsi qu'un jeu de boîtes
plus petites qu'il n'avait pas vues la première fois, marquées : LENTILLES.

— Voilà, s'écria-t-il. Si seulement nous disposions d'un pied-de-biche.

Il jeta un œil sur le versant de la vallée, et un arbre torturé ouvrit la bouche
et hurla en silence. Y avait-il une autre tête là-haut en train de les
espionner ? Peut-être était-ce l'un des vers géants qui rampait dans leur
direction.

— Allons, essayons d'arracher le couvercle d'une de ces caisses, reprit-il,
et Richard revint docilement à côté de lui.

Après six violentes tentatives, Jack sentit enfin le couvercle bouger en
même temps qu'il entendit grincer les clous. Richard s'acharnait toujours de
son côté.

— Ça va, lui dit Jack. Richard paraissait encore plus cireux et mal en point
qu'avant tous ces efforts. Je l'aurai au prochain coup.

Richard recula et faillit s'affaler sur l'une des petites boîtes. Récupérant
son équilibre, il se mit à explorer les dessous de la bâche distendue.

Jack s'arc-bouta devant l'énorme caisse, serra les dents et saisit dans ses
mains un coin du couvercle. Après avoir pris une bonne inspiration, il tira
jusqu'à ce que ses muscles en tremblent. Juste au moment où il allait lâcher,
les clous crissèrent plus fort et commencèrent à se détacher du bois.

— HAN ! cria-t-il en décrochant le couvercle.

Empilés à l'intérieur, luisants de graisse, il y avait une demi-douzaine de
fusils d'une sorte inconnue de Jack, comme des pompes à huile se
métamorphosant en papillons, mi-mécaniques, mi-insectes. Il en empoigna
un et l'examina de plus près, pour voir s'il était capable de deviner comment
ça marchait. C'était une arme automatique ; il lui fallait donc un chargeur.
Jack se baissa et se servit du canon de son fusil pour forcer une des boîtes
marquées LENTILLES. Comme il s'y attendait, celle-ci contenait une petite
pile de chargeurs dégoulinants de graisse et ensachés dans des poches de
plastique.

— C'est un Uzi, déclara Richard dans son dos. Le pistolet-mitrailleur des Israéliens. Une arme assez sophistiquée, à ce que je crois. Le joujou préféré des terroristes.

— Comment le sais-tu ? demanda Richard en attrapant un deuxième fusil.

— Je regarde la télé. Qu'est-ce que tu crois ?

Jack se familiarisait avec le chargeur, qu'il introduisit d'abord à l'envers dans sa cavité avant de trouver la position correcte. Ensuite, il repéra la sécurité, l'ôta, puis la remit.

— C'est rudement laid, dit Richard.

— Ne te plains pas, tu vas en avoir un aussi.

Jack prit un second chargeur pour Richard, et après un moment de réflexion les sortit tous de la boîte, s'en fourra deux dans les poches, en lança deux autres à Richard qui réussit à les rattraper, et glissa le reste dans sa musette.

— Beuh ! s'exclama Richard.

— Je crois que c'est une garantie, conclut Jack.

9

A peine de retour dans la cabine, Richard s'effondra sur la banquette. Les montées et les descentes des deux échelles plus la balade sur l'étroit rebord de métal au-dessus des roues l'avaient presque vidé de toute son énergie. Mais il laissa à Jack la place de s'asseoir et, les paupières lourdes, regarda son copain remettre le train en marche. Jack ramassa son poncho et s'en servit pour frotter son fusil.

— Qu'est-ce que tu fais ?

— J'enlève la graisse. Tu devrais en faire autant dès que j'aurai fini.

Les deux garçons passèrent le reste de la journée à transpirer assis dans la cabine pourtant ouverte au vent, tâchant d'oublier les lamentations des arbres, l'odeur de pourri ambiante et la faim qui les tenaillait. Jack remarqua qu'une floraison de pustules était apparue autour de la bouche de Richard. Finalement, Jack ôta l'Uzi des mains de Richard, en nettoya la graisse et enclencha le chargeur. Le sel de la sueur brûlait ses lèvres gercées.

Jack ferma les yeux. Peut-être s'était-il imaginé ces têtes qui guettaient depuis les hauteurs ; peut-être que personne ne les suivait après tout. Il entendit le moteur grésiller et jeter une énorme étincelle, et sentit que le bruit faisait sursauter Richard. L'instant d'après, il dormait, rêvant d'un festin.

Quand Richard secoua l'épaule de Jack, l'arrachant à un monde où il dévorait une pizza de la taille d'un pneu de camion, les ombres commençaient à peine d'envahir la vallée, estompant la souffrance des arbres en lamentation. Même eux, tout recroquevillés avec leurs mains tendues en travers du visage, semblaient beaux à la lumière rase du couchant. L'épaisse poussière rouge flamboyait et scintillait. Les ombres s'imprimaient à sa surface, s'allongeant de manière presque perceptible à l'œil. Le jaune horrible des herbes virait à un orange doux. Les rougeoiements du soleil déclinant éclaboussaient de biais les pitons en haut de la vallée.

— J'ai pensé que tu aimerais voir ça, dit Richard. Quelques petits ulcères supplémentaires ornaient le tour de sa bouche. Richard ébaucha un pâle sourire. Ça m'a paru assez spécial... le spectre, je veux dire.

Jack craignit que Richard n'allât se lancer dans une explication scientifique du changement des couleurs au coucher du soleil, mais son ami était trop épuisé ou malade pour un cours de physique. En silence, les deux compères regardèrent le crépuscule assombrir tous les coloris alentour, transformant le ciel d'occident en une nimbe violette.

— Tu sais ce que tu transportes d'autre sur ton engin ? demanda Richard.

— Quoi d'autre ? s'enquit Jack.

A la vérité, il s'en fichait pas mal. Ce ne pouvait être rien de bon. Il espérait vivre assez longtemps pour assister à un autre coucher de soleil aussi somptueux que celui-là, aussi riche en émotion.

— Du plastic. Tout enveloppé en paquets d'un kilo... je crois, par kilos, en tout cas. De quoi faire sauter une ville entière. Si l'un de ces fusils part accidentellement, ou si quelqu'un tire une balle dans ces sacs, il ne restera du train qu'un trou dans le sol.

— Si tu ne le fais pas, moi non plus, rétorqua Jack, qui préférait se laisser ravir par le soleil couchant ; celui-ci lui semblait étrangement prémonitoire, l'accomplissement d'un rêve, et l'incitait à se remémorer tout ce qu'il avait subi depuis son départ de l'hôtel des Jardins de l'Alhambra.

Il revit sa mère buvant du thé dans la petite pâtisserie, soudain une vieille femme lasse ; Speedy Parker assis au pied d'un arbre ; Wolf gardant son troupeau ; Smokey et Lori de l'horrible taverne d'Oatley ; tous les visages exécrés du foyer du Soleil : Heck Bast, Sonny Singer et les autres. Wolf lui manquait cruellement, car ce déploiement des derniers feux semblait dédié à son souvenir, quoique Jack n'eût su dire pourquoi. Il souhaita tenir la main de Richard, puis pensa : *Eh bien, pourquoi pas ?* et tâtonna sur la banquette jusqu'à ce qu'il trouve la patte moite, plutôt crasseuse, de son ami. Ses doigts se refermèrent dessus.

— Je me sens si malade, énonça Richard. Ce n'est pas comme... avant. J'ai l'estomac barbouillé et toute la figure me démange.

— Je pense que tu iras mieux dès que nous aurons quitté ces lieux, déclara Jack.

Mais quelle preuve en avez-vous, docteur ? Quelle preuve avez-vous que vous n'êtes pas en train de l'empoisonner ? Il n'en avait aucune. Jack se consola avec l'idée, une nouvelle invention (découverte ?) de son cru, que Richard jouait un rôle essentiel dans ce qui allait se passer à l'hôtel Noir. Il allait avoir besoin de Richard Sloat, et pas seulement parce que Richard Sloat se révélait capable de distinguer le plastic de sacs d'engrais.

Richard avait-il déjà été à l'hôtel Noir ? S'était-il réellement trouvé à proximité du Talisman ? Il jeta un coup d'œil à son ami qui respirait vite et laborieusement. La main de Richard reposait dans la sienne comme un froid moulage de cire.

— Je ne veux plus de ce fusil, gémit Richard en le faisant glisser de ses genoux. L'odeur me rend malade.

— D'accord, dit Jack en le tirant sur les siens de sa main libre.

L'un des arbres s'insinua dans son champ de vision et hurla de douleur muette. Bientôt les chiens mutants se mettraient à fourrager. Jack embrassa du regard les collines à sa gauche, du côté de Richard, et aperçut une silhouette humaine qui se faufilait entre les rochers.

10

— Hé, appela-t-il, n'en revenant pas. Indifférent à son émotion, le coucher du soleil cuivré continuait à magnifier l'innommable. Hé, Richard.

— Quoi ? T'es malade aussi ?

— Je crois avoir vu quelqu'un là-haut. De ton côté.

Scrutant à nouveau les rochers escarpés, il ne vit plus rien bouger.

— Je m'en fous, dit Richard.

— Tu ferais mieux de ne pas t'en foutre. Tu ne vois pas qu'ils préparent leur coup ? Ils vont nous tomber dessus dès qu'il fera trop sombre pour les voir.

Richard entrouvrit l'œil gauche et fit son inspection sans enthousiasme.

— Je ne vois pas un chat.

— Moi non plus pour l'instant, mais je suis content que nous soyons allés récupérer ces fusils. Assieds-toi droit et monte la garde, Richard, si tu veux sortir d'ici vivant.

— Qu'est-ce que t'es casse-pied, merde ! Mais Richard se redressa sur son séant et ouvrit grand les deux yeux. Je t'assure Jack, je ne vois rien ! La nuit tombe déjà. Tu as probablement imaginé...

— Chut, le coupa Jack, qui crut voir une deuxième forme se glisser derrière un rocher au sommet de la vallée. Ils sont deux. Je me demande s'il n'y en aurait pas un troisième...

— Moi, je me demande bien ce que tu as vu, s'entêta Richard. D'ailleurs pourquoi nous voudrait-on du mal ? Je veux dire, ce n'est pas...

Jack tourna la tête et reporta ses yeux sur la voie devant eux. Quelque chose se coula derrière un tronc d'arbre. Quelque chose de plus gros qu'un chien, nota Jack.

— Euh ! Je crois qu'un autre type nous attend là-bas.

Un instant, la peur le paralysa ; il ne savait pas quoi faire pour se protéger des trois assaillants. Son estomac se noua. Empoignant l'Uzi posé sur ses genoux, il le contempla sans un mot, se demandant s'il était réellement capable de s'en servir. Est-ce que les bandits des Terres Dévastées possédaient aussi des armes à feu ?

— Richard, je suis navré, dit-il. Mais cette fois je crois que nous sommes dans la merde jusqu'au cou, et je vais avoir besoin de ton aide.

— Qu'est-ce que je fais ? s'enquit Richard d'une petite voix.

— Reprends ton fusil, dit Jack en lui tendant. A mon avis, on devrait se baisser pour ne pas leur offrir une trop bonne cible.

Il s'accroupit et Richard l'imita avec des gestes lents, comme s'il était sous l'eau. Un long cri retentit derrière eux, suivi d'un autre venant de plus haut.

— Ils savent qu'on les a vus, balbutia Richard. Mais où sont-ils ?

La réponse ne se fit pas attendre. Encore visible dans le sombre crépuscule violacé, un homme... ou ce qui de loin ressemblait à un homme... surgit à découvert et se mit à dévaler la pente en direction du train. Ses oripeaux flottaient dans son dos, et il criait comme un Indien en brandissant quelque chose dans ses mains. Cela semblait être un bâton flexible, et Jack s'interrogeait encore sur sa fonction quand il entendit, plus qu'il ne le vit, un mince projectile fendre les airs à deux doigts de sa tête.

— Sapristi ! Ils ont des arcs et des flèches ! s'exclama-t-il.

Richard gémit, et Jack crut qu'il allait leur vomir dessus.

— Je dois l'abattre, murmura-t-il.

Richard déglutit et émit un son inarticulé.

— Et merde, dit Jack en ôtant le cran de sécurité de son Uzi.

Relevant la tête, il vit l'être dépenaillé derrière qui décochait juste une autre flèche. Si le coup avait porté, Jack serait resté sur cette vision, mais la flèche, inoffensive, se planta dans la paroi de la petite locomotive. Jack leva son Uzi et appuya sur la détente.

Il ne s'attendait pas à ce qui lui arriva. Il croyait que le fusil demeurerait immobile entre ses mains et lâcherait docilement quelques balles. Au lieu de quoi l'Uzi tressauta comme un animal, émettant une série de détonations assez fortes pour lui rompre les tympans. L'odeur de la poudre lui picota la nez. L'épouvantail derrière le train leva les bras en l'air de stupéfaction, non parce qu'il avait été blessé. Enfin Jack pensa à lâcher la détente. Il n'avait aucune idée du nombre de coups qu'il venait de gaspiller ni du nombre de balles qui restaient dans le chargeur.

— Tu-tu-tu l'as eu ? Tu-tu-l'as eu ? demanda Richard.

A présent l'homme escaladait le versant de la vallée dans un envol d'immenses pieds plats. Puis Jack s'aperçut que ce n'était pas des pieds ; l'inconnu marchait sur des engins en forme de plateaux, l'équivalent local des raquettes de montagnard. Il cherchait un arbre pour se mettre à couvert.

Jack leva l'Uzi des deux mains et pointa son canon court. Puis délicatement, il enfonça la détente. Le fusil se cabra dans ses mains, mais moins que la première fois. Les balles se dispersèrent en arc, et l'une d'elles au moins atteignit la cible voulue, car l'homme bascula de côté comme si un camion venait de le renverser. Ses pieds perdirent leurs raquettes.

— Passe-moi ton fusil, dit Jack en prenant à Richard le second Uzi.

Toujours accroupi, il vida un demi-chargeur dans les ombres obscures en face et espéra avoir tué la créature qui y était postée.

Une autre flèche cliqueta contre le train, et une troisième frappa la paroi du fourgon avec un bruit mat.

Richard tremblait et pleurait au fond de la cabine.

— Recharge le mien, lui intima Jack, qui extirpa un chargeur de sa poche et le lui mit sous le nez.

Il scruta le versant de la vallée en quête du second agresseur. Dans moins d'une minute, il ferait trop sombre pour voir quoi que ce soit.

— Je le vois, hurla Richard. Je l'ai vu... là.

Il montra du doigt une ombre qui progressait silencieusement, résolument, au milieu des rocs, et Jack, lui, le canarda bruyamment avec le restant du chargeur. Quand il eut fini, Richard lui prit son fusil et lui donna l'autre à la place.

— Zentils garzons, bons garzons, zézaya une voix du côté droit... A quelle distance d'eux, impossible de le dire. Vous arrêtez maintenant, z'arrête auzzi, pizé ? Z'est terminé maintenant, zette histoire. Vous zentils garzons, peut-être vous me vendez ze fuzzil. Vous tuez beaucoup avec za, ze vois.

— *Jack*, chuchota frénétiquement Richard pour l'avertir.

— Jette ton arc et tes flèches, hurla Jack, toujours à croupetons à côté de Richard.

— Jack, tu es fou ! chuchota Richard.

— Ze les zette maintenant, reprit la voix loin devant. Quelque chose de léger atterrit dans la poussière. Vous les garzons, arrêtez d'avanzer, vendez-moi le fuzzil, pizé ?

— D'accord, brailla Jack. Viens ici qu'on te voie.

— Pizé, dit la voix.

Jack tira en arrière le levier de commande, faisant stopper le train.

— A mon signal, chuchota-t-il à Richard, pousse-le vite en avant, d'accord ?

— Oh, Seigneur, souffla Richard.

Jack vérifia le cran de sûreté de l'arme que Richard venait de lui donner. Un filet de sueur lui ruissela du front directement dans l'œil droit.

— Z'est tout bon, oui, dit encore la voix. Garzons peuvent z'azzeoir, oui. Azzis, les garzons.

Le train roulait au ralenti vers leur interlocuteur.

— Mets ta main sur le levier. C'est pour bientôt.

D'une main tremblante, qui paraissait trop petite et enfantine pour accomplir quoi que ce soit d'important, Richard effleura le levier.

Brusquement Jack eut un souvenir très net du vieil Anders agenouillé à ses pieds sur un plancher gondolé, en train de demander : *Mais seras-tu en sécurité, monseigneur ?* Il lui avait répondu avec désinvolture, sans prendre sa question au sérieux. Qu'étaient les Terres Dévastées pour un garçon qui avait trimbalé des fûts de bière pour Smokey Updike ?

Pour l'instant, il avait plus peur de mouiller sa culotte que de voir Richard rendre son repas sur l'équivalent local du loden de Myles P. Kiger.

Un éclat de rire résonna dans l'obscurité près de la cabine ; Jack se dressa en brandissant son fusil, et hurla juste au moment où un corps pesant heurtait le flanc de la locomotive et s'y agrippait. Richard appuya sur le levier et le train bondit en avant.

Un bras nu et velu se cramponnait à la paroi de la cabine. *Voilà ce qu'on appelle le Far West*, songea Jack avant que le torse entier du bonhomme ne planât au-dessus d'eux. Richard poussa un cri aigu, et Jack faillit vider ses boyaux dans sa culotte.

La gueule était quasi toute en dents... c'était une gueule aussi férocement méchante qu'un serpent à sonnettes découvrant ses crocs, et une goutte de ce que Jack prit instinctivement pour du venin dégoulina de la longue denture recourbée. Mis à part son nez minuscule, la créature surplombant les garçons ressemblait tout à fait à un homme avec une tête de serpent. D'une main membraneuse, il leva un couteau. Pris de panique, Jack tira un coup au hasard.

Alors le monstre changea d'attitude et vacilla un moment en arrière, et Jack mit une fraction de seconde pour s'apercevoir que la main membraneuse et le couteau avaient disparu. La créature brandit un moignon ensanglanté et laissa une tache pourpre sur la chemise de Jack. La raison de Jack l'abandonna opportunément, et ses doigts s'entendirent pour braquer l'Uzi droit sur la poitrine de l'ennemi et rappuyer sur la détente.

Un énorme trou se dessina en rouge sur le torse marbré, et les dents suintantes claquèrent les unes contre les autres. Jack continuait à presser la détente ; le canon de l'Uzi se leva tout seul et détruisit la tête du monstre en une ou deux secondes de carnage total. A la suite de quoi ce dernier disparut. Seules une grande éclaboussure sur la paroi de la cabine et une tache sanglante sur la chemise de Jack témoignaient que les deux gamins n'avaient pas rêvé la scène entière.

— Fais attention ! glapit Richard.
— Je l'ai eu, souffla Jack.
— Où est-il passé ?
— Il est tombé, dit Jack. Il est mort.
— Tu lui as arraché la main, chuchota Richard. Comment as-tu fait ?

Tendant ses mains devant lui, Jack vit combien elles tremblaient. L'odeur de la poudre les enveloppait.

— J'ai imité quelqu'un qui tire bien en quelque sorte.

Il baissa ses mains et s'humecta les lèvres.

Douze heures plus tard, quand le soleil se leva une nouvelle fois sur les Terres Dévastées, aucun des deux n'avait dormi ; ils avaient passé toute la nuit au garde-à-vous, crispés sur leurs fusils et attentifs au moindre bruit. Gardant en mémoire la quantité de munitions charriée par le train, de temps en temps Jack tirait au hasard quelques salves en direction des bords de la vallée. Et tout ce second jour, s'il y avait des êtres ou des montres dans ce secteur reculé des Terres Dévastées, ils laissèrent passer les voyageurs sans encombre. Ce qui pouvait signifier, songea Jack avec lassitude, qu'ils connaissaient l'existence des fusils. Ou bien que par ici, si près de la côte ouest, personne ne voulait toucher au train de Morgan. Il ne fit part de rien à Richard, dont les yeux étaient troubles et chassieux, et qui avait souvent l'air fiévreux.

11

Le soir du même jour, Jack flairait une odeur d'iode dans l'air âcre.

CHAPITRE 36

JACK ET RICHARD PARTENT EN GUERRE

1

Ce soir-là, le coucher fut plus vaste — le paysage commençait à s'élargir au fur et à mesure qu'ils approchaient de l'océan — mais bien moins spectaculaire. Jack immobilisa le train au sommet d'une colline pelée et refit une excursion sur la plate-forme. Il fureta pendant près d'une heure, juusqu'à ce que les coloris délavés s'estompent dans le ciel et qu'un croissant de lune se lève à l'est, et rapporta six boîtes, toutes étiquetées LÈNTILLES.

— Ouvre-les, lança-t-il à Richard. Compte-les. Tu es nommé gardien des chargeurs.

— Fantastique, dit Richard d'une voix faible. Je savais bien que mes études me serviraient un jour à quelque chose.

Jack s'en retourna sur la plate-forme et força le couvercle d'une des caisses marquées PIÈCES DE MACHINE. Ce faisant, il entendit un cri rauque, dur, quelque part dans les ténèbres, suivi d'un hurlement aigu de douleur.

— Jack ? Jack, tu es là ?

— Juste à côté ! répondit Jack, qui trouvait très imprudent que tous les deux s'interpellent comme une paire de lavandières par-dessus la clôture du jardin, mais la voix de Richard trahissait son affolement.

— Tu reviens bientôt ?

— J'arrive ! cria Jack en redoublant d'efforts avec le canon de son Uzi.

Ils laissaient les Terres Dévastées derrière eux, mais Jack n'avait aucune envie de s'éterniser sur place. Ça aurait été plus simple de transporter la caisse de fusils jusqu'à la locomotive, mais le poids en était trop lourd.

Mes Uzi ne sont pas lourds, ce sont les miens, pensa Jack, et il gloussa doucement dans le noir.

— *Jack ?*

Le ton de Richard était suraigu, hystérique.

— Retiens-toi, mon vieux, dit-il.

— Ne m'appelle pas mon vieux, répliqua Richard.

Dans un grincement les clous sortirent du couvercle, lequel se souleva suffisamment pour que Jack puisse tirer dessus. Ce dernier empoigna deux des fusils graissés et s'apprêtait à repartir quand il remarqua une autre caisse, environ de la taille d'un carton de téléviseur portatif. Un pan de bâche la dissimulait auparavant à la vue.

Sous le faible clair de lune, Jack retraversa au galop le toit du fourgon, sentant la brise lui caresser le visage. Un air salubre, sans un soupçon de puanteur, aucun relent de putréfaction ; rien qu'une saine humidité et, reconnaissable entre toutes, l'odeur de l'iode.

— Qu'est-ce que tu fabriques ? ronchonna Richard. Jack, on a des fusils ! Et des balles ! Pourquoi fallait-il que tu retournes en chercher d'autres ? N'importe quoi aurait pu grimper ici pendant que tu faisais le fou !

— Davantage de fusils parce que les mitraillettes ont tendance à chauffer, dit Jack. Davantage de balles parce que les fusillades risquent de se multiplier. Moi aussi je regarde la télé, vois-tu.

Il repartait déjà en direction de la plate-forme, curieux de voir ce qu'il y avait dans la boîte carrée.

Richard l'agrippa. La panique transformait ses doigts en de véritables serres.

— Richard, tout se passera bien.

— Quelque chose peut t'attraper !

— Je crois que nous sommes presque sortis des Terres.

— Quelque chose peut m'attraper moi ! Jack, ne me laisse pas tout seul !

Richard éclata en pleurs. Il ne fit pas le geste de se détourner ni de se cacher la figure avec les mains ; il resta seulement planté là, les traits crispés, les yeux débordants de larmes. Richard apparut alors à Jack terriblement vulnérable. Jack l'enlaça de ses bras et l'étreignit.

— Si on te prend et si on te tue, qu'est-ce qu'il va m'arriver ? sanglota Richard. Comment sortirai-je d'ici ?

Je n'en sais rien, songea Jack. *Je n'en sais vraiment rien.*

2

Ainsi Richard accompagna-t-il Jack dans sa dernière incursion à l'arsenal volant. Ce qui impliquait de le hisser en haut de l'échelle, puis de le soutenir sur le toit du fourgon et de l'aider précautionneusement à descendre, comme on peut aider une vieille dame impotente à traverser la rue. Mentalement, Richard le Rationnel revenait sur scène, mais peu à peu sa santé physique se dégradait.

Malgré la graisse de protection qui suintait entre les lattes, la boîte carrée portait la mention : FRUITS. Ce qui n'était pas complètement inexact, découvrit Jack une fois qu'ils l'eurent ouverte. La boîte se révéla pleine de grenades. La variété explosive.

— Sainte Hannah, chuchota Richard.

— Je ne sais pas qui sait, mais soit, admit Jack. Aide-moi. A mon avis, nous pouvons chacun en prendre quatre ou cinq dans notre chemise.

— Pourquoi toute cette puissance de feu ? demanda Richard. Tu te
prépares à affronter une armée ?

— Quelque chose dans ce genre.

3

Tandis que Jack et lui parcouraient le toit du fourgon en sens inverse,
Richard leva les yeux vers le ciel, et un vertige le saisit. Richard tituba et Jack
dut le retenir afin qu'il ne basculât pas par-dessus bord. Il s'était aperçu qu'il
ne reconnaissait ni les constellations de l'hémisphère nord, ni celles du sud.
Les étoiles du firmament lui étaient étrangères... pourtant elles formaient
des motifs, et quelque part dans ce monde incroyable et inconnu, des marins
devaient s'y repérer pour naviguer. Ce fut cette réflexion qui enfonça le clou
à Richard... le lui enfonça d'un dernier coup imparable.

Puis la voix de Jack l'appela de très loin :

— Hé, Richie ! Jason ! Tu as failli tomber en bas !

Finalement ils regagnèrent la locomotive.

Jack embraya le levier en marche avant, appuya à fond sur l'accélérateur,
et la torche électrique géante de Morgan d'Orris redémarra. Jack jeta un
coup d'œil sur le plancher : quatre fusils-mitrailleurs Uzi, presque vingt piles
de chargeurs, dix par pile, plus dix grenades à main avec des goupilles qui
ressemblaient à des tirettes de canettes.

— Si nous n'avons pas assez de munitions à présent, déclara Jack, autant
laisser tomber.

— Qu'est-ce que tu attends, Jack ?

Jack se contenta de secouer la tête.

— Je parie que tu me prends pour un vrai nullard, hein ? s'enquit
Richard.

Jack ricana.

— Je ne te le fais pas dire, mon vieux.

— Ne m'appelle pas mon vieux !

— Vieux-vieux-*vieux* !

Cette fois, sa vieille taquinerie suscita un léger sourire. Peu de chose, de
quoi plutôt souligner les cloques autour des lèvres de Richard... mais c'était
mieux que rien.

— Ça ne t'embête pas si je retourne dans les bras de Morphée ? demanda
Richard en poussant de côté les chargeurs de fusils pour s'installer dans un
coin, roulé dans le poncho de Jack. Toutes ces escalades en portant du
poids... Je crois que je dois être vraiment malade, tant je me sens vanné.

— Pas du tout, répondit Jack.

En effet, il lui semblait retrouver un second souffle. Il ne doutait pas en
avoir besoin sous peu.

— Je sens déjà l'océan, ajouta Richard, et dans sa voix Jack perçut un
étonnant mélange d'amour, de dégoût, de nostalgie et de peur.

Les paupières de Richard s'abaissèrent.

Jack pressa à fond la pédale de l'accélérateur. Son sentiment que le dénouement, quel qu'il fût, était désormais proche n'avait jamais été plus fort.

4

Les derniers misérables et pitoyables vestiges des Terres Dévastées avaient disparu avant que la lune ne se couche. Le grain avait réapparu. Quoique plus rêche que celui d'Ellis-Breaks, il n'en émanait pas moins une impression de santé et d'hygiène. Jack entendait le cri léger des oiseaux qui ressemblaient à des mouettes. C'était un son indiciblement désolé, dans ces immenses champs ondoyant à ciel ouvert qui sentaient vaguement la végétation avec un pénétrant arrière-goût de mer salée.

Dès minuit, le train vrombissait au milieu des bosquets d'arbres ; la plupart étaient des conifères, et l'odeur de pin mêlée aux effluves d'air salé semblait concrétiser le lien entre le lieu où il allait et celui d'où il venait. Sa mère et lui ne s'étaient jamais beaucoup attardés en Californie du Nord — peut-être parce que Glauque y allait souvent en vacances — mais il se souvenait avoir entendu dire par Lily que la région de Mendocino et Sausalito ressemblait énormément à la Nouvelle-Angleterre, y compris jusqu'aux « boîtes à sel » du cap Cod. Les compagnies de cinéma en quête d'extérieurs de la Nouvelle-Angleterre se contentaient de remonter la côte plutôt que de traverser tout le continent, et le grand public ne voyait jamais la différence.

Les choses sont comme elles doivent être. De façon étrange, je reviens dans l'endroit que j'ai quitté.

Richard : *Tu te prépares à affronter une armée ?*

Il était content que Richard se soit rendormi : ainsi n'aurait-il pas à répondre à sa question, du moins pas encore.

Anders : *Des diableries. Pour les méchants Loups. A destination de l'hôtel Noir.*

Les diableries consistaient en fusils-mitrailleurs Uzi, plastic et grenades. Les diableries étaient ici, pas les méchants Loups. Néanmoins, le fourgon était vide, et Jack trouvait ce fait terriblement éloquent.

Voici une histoire qui te concerne, Richie ? et je suis drôlement content que tu dormes en sorte que je n'ai pas à te la raconter. Morgan sait que j'arrive, et il organise une surprise-partie. Seulement ce sont des loups-garous et non des pin-up qui vont bondir hors du gâteau, et ils sont censés tenir des grenades et des mitraillettes en guise de serpentins. Nous avons en quelque sorte piraté son train et nous sommes en avance de dix à douze heures sur l'horaire, mais si nous fonçons droit sur un campement de Loups prêts à récupérer le Tchou-Tchou des Territoires — et à mon avis, c'est ce que nous faisons — l'effet de surprise ne sera pas du luxe.

Jack se passa une main sur un côté du visage.

Ce serait plus facile de stopper le train à bonne distance des troupes de choc de Morgan et de faire un grand cercle pour contourner leur cantonnement. Plus facile et aussi plus sûr.

Mais les méchants Loups courraient toujours dans la nature, Richie, tu piges ?

Jack contempla l'arsenal sur le plancher de la cabine en se demandant s'il pouvait vraiment monter une action de commando contre la Brigade des Loups. Et quel commando ! Ce bon vieux Jack Sawyer, Roi Vagabond de la Plonge, et son Associé Comateux, Richard. Jack se demanda s'il était devenu fou. Il présuma que oui, parce que c'était exactement ce qu'il faisait ; la dernière chose à laquelle les autres s'attendraient... mais c'était trop, beaucoup trop. Il avait été fouetté ; Wolf avait été tué. Ils avaient détruit le collège de Richard, ainsi que la raison de ce dernier, et, autant qu'il sache, Morgan Sloat était revenu dans le New Hampshire pour harceler sa mère.

Fou ou pas, l'heure des règlements de comptes était venue.

Jack se pencha, empoigna un des Uzi chargés et l'ajusta sur son bras, tandis que la voie se déroulait devant lui et que l'odeur de sel devenait de plus en plus sensible.

5

Aux petites heures du matin, Jack dormit un peu, appuyé contre l'accélérateur. Ce ne l'aurait guère réconforté de savoir qu'un tel stratagème s'appelait faire le mort. Lorsque l'aube se leva, ce fut Richard qui le réveilla.

— Quelque chose en face.

Avant de regarder dans cette direction, Jack dévisagea Richard, dans l'espoir que celui-ci aurait meilleure mine à la lumière du jour, mais même le maquillage de l'aurore ne suffisait pas à masquer le fait que Richard était malade. Sous la nouvelle clarté, la dominante de son teint était passée du gris au jaune... voilà tout.

— *Hé, le train ! Salut, espèce de foutu train !*

Guttural, le cri évoquait un grognement d'animal. Jack regarda devant lui. Ils approchaient d'un édifice grand comme un carton à chaussures.

Un Loup était planté au poste de garde, mais toute ressemblance avec le Wolf de Jack s'arrêtait aux flamboyantes prunelles orange. La tête du Loup paraissait terriblement aplatie, comme si une main géante lui avait cisaillé la calotte crânienne. Sa gueule surplombait sa mâchoire prognathe comme un rocher se balance au-dessus d'un profond ravin. Même son expression d'agréable surprise ne pouvait cacher sa stupidité crasse, brutale. Des tresses de poils pendaient de ses joues. Une cicatrice en croix lui barrait le front.

Le Loup portait une espèce d'uniforme de soldat... ou ce qu'il s'imaginait être tel. Ses pantalons verts pochés aux genoux bouffaient sur des bottes noires... dont les bouts avaient été coupés, nota Jack, pour laisser à l'air ses orteils velus et griffus.

— *Train !* aboya-t-il, comme la locomotive attaquait les derniers cinquante mètres.

Avec un sourire féroce, il se mit à sauter sur place en claquant des doigts comme Cab Calloway. La bave coulait de sa bouche en vilains caillots.

— *Train ! Train ! Foutu train ICI ET MAINTENANT ?* Sa gueule bâilla en un immense rictus inquiétant, découvrant une rangée de chicots jaunes. *Vous les gars, foutrement en avance, d'accord, d'accord !*

— Jack, qu'est-ce que c'est ? s'enquit Richard.

Dans la panique, sa main se cramponna à l'épaule de Jack, mais à son honneur, il faut dire qu'il garda une voix à peu près égale.

— C'est un Loup. Un de ceux de Morgan.

Voilà, Jack, tu as prononcé son nom. Andouille !

Mais ils avaient d'autres sujets d'inquiétude à l'heure actuelle. Le train arrivait à hauteur du poste de garde, et manifestement le Loup s'apprêtait à grimper à bord. Sous les yeux de Jack, la créature esquissa un maladroit entrechat, martelant la poussière de ses bottes tronquées. Elle avait un coutelas accroché au ceinturon en cuir qu'elle portait en bandoulière sur son poitrail nu, mais pas de fusil.

Jack rabattit la sûreté de son Uzi.

— Morgan ? Qui est Morgan ? *Quel* Morgan ?

— Pas maintenant, dit Jack.

Sa concentration se fixa sur un point précis, le Loup. A son intention, Jack affecta un grand sourire artificiel, tenant l'Uzi vers le bas, bien hors de vue.

— *Le foutu train d'Anders ! Parfait ! Ici et maintenant !*

Une poignée pareille à un gros crampon saillait sur le flanc droit de la locomotive au-dessus du large marchepied. Ricanant sauvagement, aspergant son menton de bave et visiblement dément, le Loup s'agrippa à la poignée et bondit lestement sur la marche.

— Hé, où est le vieux ? Wolf ! Où est...

Jack leva l'Uzi et envoya une balle dans l'œil gauche du Loup.

La flamboyante lueur orange s'éteignit comme une flamme de bougie dans une forte bourrasque de vent. Le Loup bascula de la marche en arrière, tel un mauvais plongeur, et heurta lourdement le sol.

— Jack !

Richard le força à se retourner, l'air presque aussi sauvage que le loup, sauf que c'était la terreur, non la joie, qui lui déformait les traits.

— *Tu parlais de mon père ? Mon père est-il impliqué là-dedans ?*

— Richard, est-ce que tu as confiance en moi ?

— Oui, mais...

— Alors, laisse tomber. *Laisse tomber.* Ce n'est pas le moment.

— Mais...

— Prends un fusil.

— Jack...

Richard se baissa et attrapa un des Uzi.

— Je déteste les armes, répéta-t-il.

— Ouais, je sais. Moi non plus, je n'en raffole pas particulièrement, Richie. Mais c'est l'heure des règlements de comptes.

6

Désormais la voie approchait d'une haute enceinte en palissade. De derrière montaient des grognements et des vociférations, des vivats, des claquements de mains, le bruit des bottes frappant en cadence la terre battue. Il y avait aussi d'autres bruits moins reconnaissables, mais tous évoquaient pour Jack vaguement la même chose : *l'instruction militaire*. La zone comprise entre le poste de garde et la palissade maintenant proche faisait huit cents mètres de large, et dans tout ce vacarme, Jack doutait que quelqu'un eût entendu son unique coup de feu. Étant électrique, le train roulait quasi silencieusement. Ils bénéficieraient encore de l'avantage de la surprise.

Les rails disparaissaient sous un portail à deux battants aménagé dans la palanque. Jack distinguait des jours entre les rondins mal dégrossis.

— Jack, tu devrais ralentir.

A présent, ils se trouvaient à cent cinquante mètres du portail. Derrière, des voix braillardes psalmodiaient :

— *Sonnez ! Ung-deux ! Drois-quatre ! Sonnez !*

Repensant aux nanimaux de Wells, Jack frémit.

— Impossible, mon vieux. Nous fonçons dans le portail. Tu as juste le temps de faire tes prières.

— Jack, tu es fou !

— Je sais.

Cent mètres. Le moteur ronronnait. Une étincelle bleue fusa en grésillant. De chaque côté défilait la terre nue. *Pas de grain ici*, songea Jack. *Si Noel Coward avait écrit une pièce sur Morgan Sloat, je parie qu'il l'aurait intitulée* Paille Spirit[1].

— Jack, et si ce minable petit train sort de ses rails ?

— Eh bien, c'est possible, je pense, dit Jack.

— Ou s'il enfonce le portail et que les rails *s'arrêtent ?*

— Cela reviendrait au même, non ?

Cinquante mètres.

— Jack, tu as vraiment perdu la tête ou quoi ?

— Oui, je crois. Enlève la sécurité de ton fusil, Richard.

Richard rabattit le cran.

Bruits sourds... grognements... hommes au pas... le crissement du cuir... cris... un hurlement de rire inhumain qui fit sursauter Richard. Et pourtant une ferme résolution se lisait sur la figure de Richard ; Jack sourit avec fierté. *Il ne veut pas me lâcher ; rationnel ou pas, ce vieux Richard ne veut vraiment pas me lâcher.*

Vingt-cinq mètres.

Hurlements... glapissements... ordres vociférés... et un *cri étouffé* de reptile... *Grouououou !* qui fit dresser le duvet sur la nuque de Jack.

---

1. Jeu de mots avec *White Spirit*, bien sûr. En anglais, *Blight Spirit*, qui signifie littéralement : essence de nielle (N.d.T.).

— Si nous nous en sortons, déclara celui-ci, je t'offre un Chiliburger au Dairy Queen.

— Fais-moi gerber ! glapit Richard, qui, chose incroyable, piqua un fou rire.

En cet instant, le jaune maladif de sa figure parut s'atténuer légèrement.

Cinq mètres... or les troncs écorcés qui composaient le portail avaient l'air solides, oui, très solides, et Jack eut juste le temps de se demander s'il n'avait pas commis une grosse erreur.

— A plat ventre, vieux !

— Ne m'appelle...

Le train heurta le portail de bois, les projetant tous les deux en avant.

7

Le portail était vraiment robuste ; en outre, on l'avait barricadé de l'intérieur avec deux grosses barres de bois. Le train de Morgan, lui, était plutôt léger, et ses batteries presque à plat après sa longue randonnée d'un bout à l'autre des Terres Dévastées. Le choc de la collision l'aurait sûrement fait dérailler, et les deux gamins auraient pu se faire tuer dans l'accident, sauf que le portail avait son talon d'Achille. Des gonds neufs, forgés selon les techniques américaines modernes, étaient en commande. Néanmoins, ceux-ci n'étaient pas encore arrivés, et les vieux gonds en fer cédèrent lorsque la locomotive heurta le portail.

Le train franchit la palissade à environ quarante kilomètres à l'heure, poussant devant lui le portail disloqué. Une piste d'obstacles avait été aménagée sur tout le périmètre du terrain ; à l'instar d'un chasse-neige, le portail se mit à pousser les haies artisanales en bois, à les renverser, les traîner et les réduire en miettes.

Il surprit aussi un Loup en train d'effectuer ses tours de piste de sanction. Ses pieds disparurent sous le bas du portail baladeur et furent mâchés tout crus, bottes comprises. Entamant sa Métamorphose dans un concert de cris et de grognements, le Loup tenta de s'agripper au portail avec des griffes qui atteignirent rapidement la longueur et l'effilement des crampons d'un poseur de lignes téléphoniques. Le portail se trouvait alors à un mètre cinquante de l'autre côté de la palissade. Assez curieusement, le Loup grimpa presque jusqu'en haut avant que Jack ne mît son levier de vitesse au point mort. Le train s'immobilisa. Le portail retomba, soulevant un nuage de poussière et écrasant le malheureux sous son poids. Derrière la dernière voiture, les poils continuèrent à pousser sur les moignons de pieds du Loup, et cela durant plusieurs minutes.

La situation à l'intérieur se révélait meilleure que Jack n'avait osé l'espérer. Apparemment, l'établissement se levait de bonne heure, selon la routine militaire, et la majorité des troupes semblait dehors à en baver pour un bizarre menu de manœuvres et d'exercices de musculation.

— *A ta droite* hurla-t-il à Richard.

— Pour quoi faire ? répondit Richard.

Ouvrant la bouche, Jack cria : pour oncle Tommy Woodbine, fauché dans la rue ; pour un roulier inconnu, fouetté à mort dans une cour boueuse ; pour Ferd Janklow ; pour Wolf, mort dans le bureau dégoûtant du révérend Gardener ; pour sa mère ; mais surtout, découvrit-il, pour la reine Laura DeLoessian, qui était aussi sa mère, et pour le crime qui était commis dans le sein des Territoires. Jason parlait à travers lui, et sa voix grondait comme le tonnerre.

— RÉDUIS-LES EN BOUILLIE ! brailla Jack Sawyer/Jason DeLoessian en ouvrant le feu sur sa gauche.

8

Du côté de Jack, il y avait un grossier terrain de manœuvres, et du côté de Richard, un long baraquement en bois. Celui-ci ressemblait au refuge des films de Roy Rogers, mais Richard devina que c'était une caserne. En fait, l'endroit entier paraissait plus familier à Richard que toutes les choses aperçues jusqu'alors dans ce monde fantastique ou l'avait emmené Jack. Il en avait déjà vu de semblables aux journaux télévisés. Les rebelles payés par la CIA pour prendre le pouvoir dans les pays d'Amérique Centrale et du Sud s'entraînaient dans des endroits semblables. Seulement les camps d'entraînement se trouvaient d'habitude en Floride, et ces êtres qui déboulaient du baraquement n'étaient pas des *cubanos* ; Richard n'aurait su dire ce qu'ils étaient.

Certains d'entre eux ressemblaient un peu aux représentations médiévales des démons et des satyres. D'autres faisaient penser à des humains dégénérés, presque à des hommes des cavernes. Et l'une des créatures titubant dans le soleil matinal avait des écailles et des paupières nictitantes... elle rappelait un crocodile qui aurait trouvé la station debout. Sous les yeux de Richard, elle leva le museau et poussa le cri que Jack et lui avaient entendu tout à l'heure : *GrououououOUOU !* Il eut juste le temps de remarquer que la plupart de ces diaboliques créatures avaient l'air ahuri, quand l'Uzi de Jack ébranla le monde de son fracas.

Sur le terrain du côté de Jack, environ deux douzaines de Loups répondaient à l'appel. Comme le Loup du poste de garde, la majorité portait des pantalons kaki, des bottes découpées devant et des ceinturons en bandoulière. Toujours comme lui, ils avaient des têtes plates et un air stupide, particulièrement mauvais.

S'interrompant au beau milieu de leurs gesticulations de pantins, ils regardèrent entrer le train vrombissant, le portail et leur malheureux congénère qui courait à l'endroit et au moment où il ne fallait pas, amalgamés à l'avant. Au cri de Jack, ils commencèrent à s'agiter, mais c'était déjà trop tard.

Le gros de la brigade des Loups de Morgan, soigneusement sélectionnés et triés sur le volet sur une période de cinq ans pour leur force et leur brutalité, leur respect et leur loyauté envers leur maître, fut ratissé d'une seule rafale crépitante de mitraillette. Ils trébuchaient et partaient en arrière, le poitrail déchiqueté, la tête ensanglantée. Il y eut bien des grognements de fureur hébétée et quelques hurlements de douleur... mais pas beaucoup. La plupart se contentaient de mourir.

Jack éjecta son chargeur, en attrapa un autre et l'enclencha. Sur la gauche du terrain de manœuvres, quatre Loups avaient réussi à s'enfuir ; au centre, deux autres étaient tombés en deçà de la ligne de feu. Quoique blessés, ces deux-là fondaient à présent sur lui, leurs orteils aux longues griffes labourant la terre tassée, la gueule hérissée de poils, les yeux flamboyants. Pendant qu'ils couraient sus à la locomotive, Jack vit les crocs pousser dans leurs bouches et pointer entre les nouveaux poils raides qui leur mangeaient le menton.

Il appuya sur la détente de l'Uzi en veillant à présent à maintenir le canon brûlant vers le bas ; le puissant recul avait tendance à dévier l'arme vers le haut. Les deux assaillants furent repoussés si violemment qu'ils voltigèrent dans les airs la tête en bas comme des acrobates. Sans demander leur reste, les quatre autres Loups foncèrent vers l'endroit où se trouvait le portail deux minutes plus tôt.

L'assortiment de monstres qui s'était déversé de la caserne style refuge parut finalement se faire à l'idée que, quoique au volant du train de Morgan, les nouveaux venus étaient rien moins que sympathiques. Il n'y eut pas de charge concertée, mais ils se mirent à avancer en un caillot bouillonnant. Richard posa le canon de l'Uzi sur la rambarde de la locomotive et à son tour ouvrit le feu. Les projectiles les mirent en pièces, les forçant à reculer. Deux êtres ressemblant à des chèvres retombèrent à quatre pattes sur leurs sabots et galopèrent se réfugier à l'intérieur. Richard en vit deux autres tournoyer et s'affaler sous l'impact des balles. Une joie si sauvage l'envahit qu'il faillit s'évanouir.

Les balles firent éclater aussi le ventre blanc verdâtre du pseudo-crocodile, et un liquide noir (du venin, pas du sang) se mit à gicler. La créature tomba à la renverse mais sa queue sembla amortir le choc. D'un bond, elle se releva et s'élança vers le train, du côté de Richard, en poussant à nouveau son grand cri rauque... et cette fois Richard crut percevoir dans ce cri une intonation hideusement féminine.

Il enfonça la détente de l'Uzi. Rien ne se produisit. Le chargeur était vide.

Le pseudo-crocodile trottait avec une détermination pesante, gauche, ralentie. Ses yeux étincelaient de fureur meurtrière... et d'intelligence. Des vestiges de seins tressautaient sur sa poitrine écailleuse.

Il se pencha, farfouilla sans quitter le pseudo-crocodile du regard et trouva une des grenades.

Comme à Seabrook Island, songea rêvement Richard. *Jack a beau appeler cet endroit les Territoires, c'est comme à Seabrook Island, et il n'y a aucune raison d'avoir peur, vraiment aucune. Tout cela n'est qu'un rêve et si ce monstre à écailles plante ses griffes dans mon cou, je vais sûrement me réveiller, et même si ce n'est pas un rêve, de toute façon Jack me sauvera, je sais qu'il le fera, je le sais, parce qu'ici Jack est une espèce de dieu.*

Il dégoupilla sa grenade, réfréna une forte envie de la jeter simplement d'un geste paniqué, et la loba délicatement par en dessous.

— *Jack, baisse-toi !*

Jack se tapit immédiatement à l'abri, sans regarder. Richard l'imita, non sans avoir aperçu auparavant une scène incroyable d'humour noir : le pseudo-crocodile avait récupéré la grenade... et essayait de la manger.

L'explosion ne produisit pas le bruit sourd auquel Richard s'attendait mais un rugissement sonore qui lui vrilla douloureusement les oreilles. Il entendit une sorte d'éclaboussement, comme si on avait jeté un seau d'eau de son côté du train.

Relevant la tête, il vit que la locomotive, le fourgon et la plate-forme étaient recouverts d'entrailles fumantes, de sang noir et de bouts de chair de crocodile. Toute la façade de la caserne avait été soufflée. La majorité des décombres de bois étaient ensanglantés. En plein milieu, il distingua un pied velu dépassant d'une botte tronquée.

L'amas de planches bougea sous ses yeux, et deux des créatures caprines s'en extirpèrent. Richard se baissa, trouva un chargeur plein et l'enclencha dans le magasin. La bataille devenait chaude, juste comme l'avait dit Jack. *Youpi !* pensa Richard malgré lui avant de rouvrir le feu.

9

Quand Jack remonta le nez après le tir à la grenade, il vit que les quatre Loups épargnés par ses deux premières fusillades s'échappaient par la brèche laissée par le portail en hurlant de terreur. Ils couraient côte à côte, et Jack les tenait dans sa ligne de mire. Il leva l'Uzi, puis le rabaissa, tout en sachant qu'il les retrouverait plus tard, probablement à l'hôtel Noir, conscient donc de sa sottise... mais, sot ou pas, il se montrait tout bonnement incapable de leur tirer dans le dos.

Alors un hurlement efféminé, suraigu, s'éleva derrière le baraquement.

— *Sortez de là ! Sortez de là, j'ai dit ! En avant ! En avant !*

On entendait siffler et claquer un fouet.

Jack reconnaissait le bruit, comme il reconnaissait la voix. La dernière fois qu'il l'avait entendue, il se trouvait emmailloté dans une camisole de force. Cette voix, Jack l'aurait reconnue n'importe où.

... Si son débile de copain se présente, abats-le.

Bon, tu t'en es sorti, mais peut-être l'heure est-elle venue aujourd'hui de rendre des comptes... et d'après le son de ta voix, peut-être que tu le sais.

— *Attrapez-les ! Qu'est-ce qui vous arrive, bandes de lâches ? Attrapez-les ! Dois-je vous montrer comment il faut faire ? Suivez-nous, suivez-nous !*

Trois êtres sortirent de derrière les ruines du baraquement, et seul un d'entre eux appartenait sans conteste à la race humaine : Osmond. Celui-ci tenait son fouet d'une main, un fusil Sten de l'autre. Il arborait une cape rouge, des bottes noires et une culotte de soie blanche avec des jambes amples, flottantes, lesquelles étaient éclaboussées de sang frais. A sa gauche, il y avait une sorte de bouc hirsute accoutré d'un jean et de bottes mexicaines. Jack et la créature se toisèrent, se reconnaissant au premier coup d'œil. C'était l'horrible cow-boy de la Taverne d'Oatley. Alias Randolph Scott. Alias Elroy. Ce dernier ricana à la vue de Jack ; sa longue langue se déroula pour lécher sa lèvre supérieure, sa lippe plutôt.

— Attrape-le ! hurla Osmond à Elroy.

Jack tenta de lever l'Uzi, mais celui-ci pesait soudain très lourd dans ses bras. Si Osmond était horrible et la réapparition d'Elroy encore pire, l'être planté entre les deux se révéla un cauchemar. C'était Reuel Gardener, version des Territoires, bien sûr ; le fils d'Osmond, le fils du révérend. Et effectivement il avait un peu l'air d'un enfant... un enfant dessiné par un brillant sujet de maternelle doté d'un esprit cruel.

Il était maigre et d'un blanc laiteux ; l'un de ses bras se terminait en un tentacule vermiculaire qui peu ou prou rappelait à Jack le fouet d'Osmond. Ses yeux, l'un à fleur de tête, se situaient à des niveaux différents. De gros ulcères rouges recouvraient ses joues.

Ce doit être l'effet de l'irradiation... Jason, je crois que le rejeton d'Osmond s'est approché d'un peu trop près des boules de feu... mais le reste... Jason.... Mon Dieu... C'était quoi sa mère ? Au nom de tous les mondes, C'ÉTAIT QUOI SA MÈRE ?

— *Attrapez le prétendant !* brailla Osmond. *Épargnez le fils de Morgan mais attrapez le prétendant ! Attrapez le faux Jason ! Sortez d'ici, bandes de lâches ! Ils sont à court de munitions !*

Rugissements, beuglements. Dans un instant, Jack le savait, un frais contingent de Loups, soutenus par les Freaks et les Grecs associés, allait surgir du fond du long baraquement où ils avaient dû courir s'abriter de l'explosion, et probablement se blottir là, tête basse, là où ils seraient bien restés... si ce n'était Osmond.

— *Tu n'aurais pas dû reprendre la route, mon poulet,* gronda Elroy en bondissant vers le train.

Sa queue fouettait les airs. Reuel Gardener, ou son équivalent en ce monde, émit un sourd miaulement et fit mine de le suivre. Osmond tendit le bras pour le tirer en arrière. Ses doigts parurent à Jack s'enfoncer dans le cou filandreux, répugnant, du monstrueux gamin.

Ensuite, il ajusta son Uzi et vida un chargeur entier à bout portant dans la gueule d'Elroy. La créature fut décapitée, et pourtant Elroy, sans tête, continua un instant à grimper, et l'une de ses mains aux doigts soudés en deux ongles, vague parodie d'un pied fourchu, tâtonna en direction de Jack avant que le corps ne basculât à la renverse.

Jack le contempla, médusé ; à la Taverne d'Oatley, il avait maintes et maintes fois rêvé cette confrontation finale et cauchemardesque, tâchant de fuir le monstre en trébuchant à travers ce qui lui semblait une jungle obscure, remplie de ressorts de sommier et d'éclats de verre. Revoilà donc cette créature, et il avait réussi à la tuer. Son esprit se refusait à admettre la réalité. C'était comme si Jack avait tué le croque-mitaine de son enfance.

Richard hurlait comme un perdu, et son fusil-mitrailleur émettait un grondement assourdissant.

— *C'est Reuel ! Oh ! Jack oh mon Dieu oh ! Jason c'est Reuel, c'est Reuel...*

L'Uzi entre les mains de Richard cracha une autre brève rafale avant de se taire, le chargeur vide. Reuel échappa aux mains de son père et d'un pas titubant sautilla vers le train en miaulant. Sa lèvre supérieure se retroussa, découvrant de longues dents qui avaient l'air fausses et fragiles, comme les dents de cire dont s'affublent les gosses pour Halloween.

La dernière rafale de Richard le toucha à la poitrine et au cou, trouant le kilt et la vareuse marron qu'il portait, déchiquetant sa chair en longs lambeaux irréguliers. Des filets de sang sombre coulaient paresseusement de ses blessures, sans plus. Peut-être jadis Reuel avait-il été humain ; Jack supposait que c'était possible. En tout cas, il n'avait plus rien d'humain désormais. Les balles ne le ralentirent même pas. L'être qui enjamba gauchement le corps d'Elroy était un démon, empestant le champignon frais.

Quelque chose chauffait contre la jambe de Jack. Juste tiède au début... puis brûlant. Qu'est-ce que c'était ? Il avait l'impression d'avoir une bouilloire dans la poche. Mais il n'eut pas le temps de s'appesantir. Le spectacle se déroulait sous ses yeux. En technicolor.

Richard lâcha son Uzi et tituba en arrière, portant les mains à sa figure. Ses yeux horrifiés fixaient le prétendu Reuel par les interstices entre ses doigts.

— *Empêche-le de me toucher, Jack ! Empêche-leeee...*

Reuel gargouillait et miaulait. Ses mains claquèrent sur la paroi de la locomotive et le son évoqua de grandes nageoires battant la boue.

Jack aperçut en effet d'épaisses membranes jaunâtres entre ses phalanges.

— *Reviens !* cria Osmond à son fils, et la peur transparaissait dans sa voix. *Reviens, il est méchant, il te fera du mal, tous les garçons sont méchants, c'est axiomatique, reviens, reviens !*

Reuel gazouillait et grognait avec enthousiasme. Il se hissa à bord et Richard se réfugia au fond de la cabine en poussant des cris d'orfraie.

— NE LE LAISSE PAS ME TOUCHER.

D'autres Loups, d'autres montres étranges tournaient le coin au pas de charge. L'un d'eux, une créature avec des cornes torsadées de bélier pointant de chaque côté de sa tête, vêtue uniquement d'une paire de culottes rapiécées à la L'il Abner, s'étala par terre et fut piétinée par ses collègues.

Cercle de chaleur contre la cuisse de Jack.

Reuel, lançant à présent une patte grêle par-dessus la rambarde de la cabine. Il bavait, cherchant à l'attraper, et sa jambe se tortillait ; ce n'était pas du tout une jambe, mais un tentacule. Jack pointa l'Uzi et tira.

La moitié de la tête de Reuel se détacha comme du pudding. Un flot de vers se mit à couler de ce qui restait.

Reuel avançait toujours.

Tendait ses doigts membraneux dans sa direction.

Les hurlements de Richard, ceux d'Osmond fusionnant, ne faisant plus qu'un.

Une brûlure pareille à un fer rouge sur sa jambe et soudain il sut ce que c'était alors même que les mains de Reuel s'abattaient sur ses épaules : c'était la pièce que lui avait donnée le capitaine Farren, celle qu'Anders avait refusée.

Il fourra la main dans sa poche. La pièce faisait comme un bout de minerai dans sa paume ; il serra le poing, et sentit se propager en lui un courant à haute tension. Reuel le sentit aussi. Ses bavements et grognements de triomphe se transformèrent en miaulements de peur. Il tenta de reculer, son seul œil restant roulant éperdument.

Jack exhuma la pièce qui flamboya dans sa main. Il sentait nettement la chaleur, mais celle-ci ne le brûlait pas.

Le profil de la reine rayonnait comme le soleil.

— *En son nom, espèce d'immonde avorton !* clama Jack. *Disparais de la surface de la terre !*

Ouvrant les doigts, il abattit sa main sur le front de Reuel.

Reuel et son père hurlèrent à l'unisson... Osmond, un ténor frisant le soprano, Reuel, un bourdonnement grave d'insecte. La pièce glissa dans le front de Reuel comme une pointe incandescente de tisonnier dans une motte de beurre. Un infâme liquide sombre de la couleur du thé infusé dégoulina de la tête de Reuel sur le poignet de Jack. Le liquide était brûlant. Dedans, il y avait de minuscules vers qui grouillaient et se tortillaient sur la peau de Jack. Il sentait leurs morsures. Cependant il appuya plus fort des deux premiers doigts de sa main droite, enfonçant davantage la pièce dans la tête du monstre.

— *Disparais de la surface de ce monde, ignominie ! Au nom de la reine et au nom de son fils, disparais de la surface de ce monde !*

La créature criait et gémissait ; Osmond criait et gémissait avec elle. Les nouveaux renforts s'étaient arrêtés pour s'attrouper derrière Osmond, leurs physionomies empreintes d'une terreur superstitieuse. A leurs yeux, Jack semblait avoir grandi et dégager un halo lumineux.

Reuel tressaillit. Émit encore un gargouillis. L'humeur noire qui ruisselait de sa tête devint jaune. Un dernier ver, long et blafard, sortit en se tortillant du trou laissé par la pièce et tomba sur le plancher de la cabine. Jack l'écrasa. Un giclement explosa sous son talon. Reuel s'affaissa en un tas humide.

Alors un tel cri de rage et de douleur s'éleva dans l'enceinte poussiéreuse que Jack crut que son crâne allait éclater. Richard s'était recroquevillé en fœtus, les bras repliés au-dessus de sa tête.

Osmond se lamentait. Il avait lâché son fouet et son fusil.

— *Salaud ! cria-t-il* en menaçant Jack de ses poings. *Regarde ce que tu as fait ! Espèce de sale mauvais garçon ! Je te hais, je te hais pour l'éternité et dans l'au-delà ! Sale Prétendant ! Je te tuerai ! Morgan te tuera ! Oh mon cher fils unique !* SALAUD ! MORGAN TE TUERA POUR CE QUE TU AS FAIT ! MORGAN.

Les autres reprirent sa plainte d'une voix chuchotante, qui rappelait à Jack les pensionnaires du foyer du Soleil : *dites Alleluia*. Puis ils se turent à cause d'un nouveau bruit.

Instantanément, Jack se trouva ramené au plaisant après-midi qu'il avait passé avec Wolf, tous deux assis au bord de l'eau, à regarder le troupeau paître et se désaltérer pendant que Wolf lui décrivait sa famille. C'était assez plaisant... du moins jusqu'à l'arrivée de Morgan.

Or voici que Morgan revenait. Non pas en douceur mais en se frayant, forçant même un passage.

— Morgan ! C'est...

— ... Morgan, Seigneur...

— Seigneur d'Orris..

— Morgan... Morgan... Morgan...

Le bruit de déchirure s'amplifiait de plus en plus. Les Loups s'agenouillèrent dans la poussière. Osmond dansa lourdement la gigue, ses bottes noires piétinant les lanières de cuir incrustées d'acier de son fouet.

— Mauvais garçon ! Sale garçon ! Maintenant tu vas payer ! Morgan arrive ! Morgan !

A cinq mètres environ sur la droite d'Osmond, l'air se brouilla et commença à miroiter comme au-dessus d'un incinérateur d'ordures.

Tournant la tête, Jack vit Richard pelotonné au milieu des fusils, des munitions et des grenades, pareil à un bambin qui se serait endormi en jouant à la guerre. Seulement Richard ne dormait pas, il le savait, et ce n'était pas un jeu. Si Richard voyait son père surgir d'une brèche entre les mondes, Jack craignait qu'il ne perdît les pédales.

Jack rampa aux côtés de son copain et le prit étroitement dans ses bras. Ce bruit de drap déchiré s'amplifia encore, et brusquement il entendit la voix de Morgan beugler avec rage :

— *Qu'est-ce que mon train fiche ici maintenant, bougres d'idiots ?*

Jack entendit geindre Osmond :

— *Le sale prétendant a tué mon fils !*

— On y va, Richie, murmura Jack, tout en serrant fort le torse malingre de Richard. Il est temps de quitter le navire.

Il ferma les yeux, se concentra... puis il y eut ce bref instant de vertige tournoyant quand tous les deux décollèrent.

CHAPITRE 37

RICHARD RETROUVE LA MÉMOIRE

1

S'ensuivit une sensation de roulis et de tangage, comme s'il y avait quelque solution de continuité entre les deux mondes. Jack entendit encore Osmond hurler :

— *Mauvais ! Tous les garçons ! Axiomatique ! Sale ! Sale !*

Durant un moment, ils planèrent dans les airs. Richard cria. Puis Jack atterrit sur l'épaule. La tête de Richard rebondit contre sa poitrine. Sans ouvrir les yeux ni lâcher Richard, Jack gisait simplement là sur le sol, le nez et l'oreille aux aguets.

Le silence. Ni absolu ni complet, mais grand... avec deux ou trois chants d'oiseaux en contrepoint.

L'odeur était fraîche et salée. Une bonne odeur... mais pas si bonne que celle qui embaumait le monde des Territoires. Même ici, où que ce fût, Jack distinguait une vague puanteur, analogue aux relents de vieille huile imprégnés dans le béton des fosses à vidange des garages. C'était l'odeur de trop nombreux moteurs utilisés par trop de gens, et l'atmosphère entière en était polluée. Son nez y était devenu sensible et Jack pouvait la sentir même ici, dans un endroit où on entendait aucun bruit d'autos.

— Jack ? C'est bon ?

— Bien sûr, répondit Jack en rouvrant les yeux pour voir s'il disait vrai.

Son premier coup d'œil lui suggéra une idée terrifiante : comme quoi, dans son désir frénétique de se sauver, de fuir avant l'arrivée de Morgan, ils auraient effectué un bond en avant dans le temps au lieu de repasser dans les Territoires américains. Les lieux paraissaient identiques, quoique plus anciens, désormais abandonnés, comme si un ou deux siècles s'étaient écoulés. Le train stationnait toujours sur la voie, semblable à lui-même. A la différence du reste. Les rails qui traversaient la cour herbeuse où eux deux se trouvaient pour aller se perdre Dieu seul savait où étaient vieux et rongés par la rouille. Les traverses avaient l'air spongieuses et pourries. De hautes herbes poussaient dans les intervalles.

Jack serra davantage Richard, lequel se débattit mollement contre son étreinte et ouvrit enfin les paupières.

— Où sommes-nous ? questionna-t-il Jack en regardant autour de lui.

A la place de la caserne style refuge, il y avait un long abri Quonset avec un toit en tôle ondulée rouillé. La toiture était la seule chose que l'un et l'autre distinguaient clairement ; le reste disparaissait sous le lierre et les herbes sauvages. Sur le devant subsistaient deux poteaux où jadis s'accrochait peut-être une enseigne. En tout cas, il y avait belle lurette.

— Je ne sais pas, dit Jack. Puis, regardant à l'emplacement de la piste d'obstacles, désormais une ornière de terre à peine visible envahie de phlox sauvages et de gerbes d'or, il formula sa hantise à haute voix : Il se pourrait que nous ayons fait un saut dans le temps.

A sa grande stupéfaction, Richard s'esclaffa.

— Alors c'est intéressant de savoir que rien ne va beaucoup changer dans le futur, déclara-t-il en montrant du doigt une feuille de papier épinglée à l'un des poteaux plantés devant l'abri.

Malgré la marque des intempéries, celle-ci demeurait parfaitement lisible.

ENTRÉE INTERDITE
PAR ORDRE DU BUREAU DU SHÉRIF DU COMTÉ DE MENDOCINO
PAR ORDRE DE LA POLICE DE L'ÉTAT DE CALIFORNIE
LES CONTREVENANTS SERONT POURSUIVIS

2

— Bon, si tu savais où nous étions, dit Jack, se sentant simultanément ridicule et soulagé, pourquoi posais-tu la question ?

— Je viens de le voir, riposta Richard, et toute envie qu'aurait pu avoir Jack de chiner ce dernier se volatilisa.

Richard avait une mine épouvantable. On aurait dit qu'il couvait une sorte de tuberculose qui lui rongeait l'esprit au lieu des poumons. Ce n'était pas seulement son éprouvant aller et retour dans les Territoires ; il semblait vraiment s'y être fait. Mais désormais il savait aussi autre chose. Il ne s'agissait pas uniquement d'une réalité qui se révélait radicalement différente de tous les concepts acquis, et à laquelle il aurait pu s'adapter, moyennant suffisamment de mondes et de temps. Découvrir que son papa fait partie des types aux chemises noires, songeait Jack, n'a rien de réjouissant.

— OK, dit-il en affectant la gaieté. Au fond de lui, il se sentait d'humeur un peu gaie. Échapper à un monstre tel que Reuel avait de quoi rendre gai même un gosse atteint d'un cancer terminal, il l'aurait juré. Plus tu vas et plus tu gagnes, Richie-boy. Il y a des promesses qu'il faut tenir, des kilomètres à parcourir avant d'aller dormir, or tu es le dernier des casse-pieds.

Richard fit la grimace.

— On devrait descendre celui qui a insinué que tu avais le sens de l'humour, vieux.

— *Bitez mon crank, mon ami*[1].

— Où allons-nous ?

— Je ne sais pas, répondit Jack. Quelque part par ici. Je le sens. Comme un hameçon qui s'accroche à mon esprit.

— Point Venuti ?

Jack tourna la tête et dévisagea longuement Richard. Les yeux battus de ce dernier restèrent indéchiffrables.

— Pourquoi tu dis ça, vieux ?

— C'est là où nous allons ?

Jack haussa les épaules. *Peut-être que oui, peut-être que non.*

Tous deux se mirent à cheminer lentement sur le terrain de manœuvres envahi de mauvaises herbes et Richard changea de sujet.

— Tout était réel ? Ils approchaient du portail rouillé. Une trouée de ciel bleu délavé apparut au-dessus du vert. Vraiment réel ?

— Nous avons passé deux ou trois jours dans un train électrique qui roulait environ à quarante kilomètres à l'heure, cinquante au maximum, répliqua Jack, et, partis de Springfield, Illinois, nous voici je ne sais comment en Californie du Nord, près de la côte. Et maintenant tu me demandes si c'est réel.

— Oui... oui, mais...

Jack tendit ses bras. Ses poignets étaient couverts de vilaines plaies rouges qui le piquaient et le démangeaient.

— Des morsures de vers, lança-t-il. Les vers qui dégoulinaient de la tête de Reuel Gardener.

Se détournant, Richard hoqueta bruyamment.

Jack le soutint. Sinon, pensa-t-il, Richard se serait tout bonnement affalé. Il fut effaré de voir à quel point Richard avait maigri, à quel point sa peau était brûlante sous sa chemise.

— Je regrette d'avoir dit ça, s'excusa Jack dès que Richard parut un peu mieux. C'était assez cru.

— Ouais, plutôt. Mais je pense que c'est peut-être la seule chose qui pouvait... tu sais...

— Te convaincre ?

— Ouais. Peut-être. Richard le regarda avec ses yeux meurtris, sans défense. A présent, il avait des boutons sur tout le front. Les ulcères essaimaient autour de sa bouche. Jack, il faut que je te demande quelque chose, et je veux que tu me répondes... tu sais, franchement. Je veux te demander.

Oh, je sais ce que tu veux me demander, Richie.

— Dans quelques minutes, coupa Jack. Nous jouerons au jeu des questions et des réponses dans quelques minutes. Mais d'abord une tâche nous attend.

— Laquelle ?

Sans daigner répondre, Jack gagna le petit train et resta planté là un

---

1. Sic. *Crank* désigne en anglais un paradoxe, un bon mot.

moment à le contempler : la locomotive trapue, le fourgon vide, la plate-forme. Se serait-il par hasard débrouillé pour faire passer l'engin entier en Californie du Nord ? Il n'y croyait pas. Décoller avec Wolf n'avait pas été une sinécure ; entraîner Richard dans les Territoires avait manqué de lui désarticuler l'épaule, et les deux expériences s'étaient accompagnées d'un effort conscient de sa part. Autant qu'il pouvait s'en souvenir, il n'avait pas du tout pensé au train en décollant, seulement à arracher Richard du camp paramilitaire avant qu'il ne reconnût son vieux. Tout changeait légèrement d'aspect en passant d'un monde dans l'autre ; l'acte d'Émigrer semblait impliquer une forme de translation. Les chemises pouvaient se transformer en pourpoints, les jeans en pantalons de laine, l'argent en faisceau de jonchets. Mais ce train paraissait exactement identique à ce qu'il était là-bas. Morgan avait réussi à créer un objet qui résistait à la Migration.

Ils portaient aussi des blue-jeans là-bas, Jackie.

Ouais. Et bien qu'Osmond fût muni de son précieux fouet, il tenait aussi un fusil-mitrailleur.

Le fusil-mitrailleur de Morgan. Le train de Morgan.

Un frisson lui courut dans le dos. Il entendait encore Anders marmonner : *Sale histoire.*

D'accord, c'était vrai. Une très sale histoire. Anders avait raison ; c'était des démons qui s'entrechoquaient ensemble. Jack passa la main dans la cabine de la locomotive, récupéra un des Uzi, changea de chargeur et revint en direction de Richard qui le regardait faire avec un intérêt pâle et languissant.

— On dirait un vieux camp de survie, remarqua-t-il.

— Tu veux dire ce genre d'endroits où des baroudeurs se préparent à la Troisième Guerre mondiale ?

— Oui, en quelque sorte. Il en existe pas mal en Californie du Nord... ils éclosent et prospèrent un temps, et puis les gens s'en lassent si la Troisième Guerre mondiale se fait trop attendre, ou bien ils se font chasser pour détention illégale d'armes ou de drogues ou autre chose. C'est mon... mon père qui me l'a dit.

Jack s'abstint de tout commentaire.

— Que vas-tu faire avec ce fusil, Jack ?

— Je vais essayer de me débarrasser de ce train. Tu y vois une objection ?

Richard frissonna ; sa bouche s'affaissa en une grimace de dégoût.

— Absolument aucune.

— Crois-tu que l'Uzi suffise ? Si je tire dans cette saloperie de plastic ?

— Une balle, non. Un chargeur entier, peut-être.

— Voyons.

Jack ôta la sécurité.

Richard s'agrippa à son bras.

— Il serait plus sage de nous rapprocher de la clôture avant de tenter l'expérience.

— D'accord.

Une fois arrivé à la clôture couverte de lierre, Jack braqua son Uzi sur les paquets plats et spongieux de plastic. Il appuya sur la détente, et l'Uzi fit voler le silence en éclats. Un moment, une flamme resta mystiquement suspendue au bout du canon. La fusillade résonna affreusement fort dans le silence recueilli du camp abandonné. Surpris, des oiseaux piaillèrent de peur et mirent le cap sur un coin de la forêt plus tranquille. Richard tressaillit et pressa ses mains sur ses oreilles. La bâche tressautait, dansait. Enfin, quoiqu'il appuyât encore sur la détente, le feu cessa. Le chargeur était épuisé, et le train reposait toujours sur ses rails.

— Eh bien, dit Jack, c'était génial. As-tu une autre i...

Dans un grondement de tonnerre, la plate-forme explosa en un rideau de flammes bleues. Jack vit le wagon s'élever nettement au-dessus de la voie, comme s'il allait s'envoler. Attrapant Richard par le cou, il le précipita à terre.

Les explosions se succédèrent longtemps. Du métal volait dans tous les sens en sifflant, retombait en pluie drue et sonore sur le toit de l'abri Quonset. De temps à autre, un bout plus gros émettait un son pareil à celui d'un gong chinois, ou bien un grincement quand quelque éclat vraiment gros réussissait à passer à travers. Alors quelque chose frappa la clôture juste au-dessus de la tête de Jack, laissant un trou plus large que ses deux poings réunis, et Jack décida qu'il était temps de filer. Empoignant Richard, il se mit à le tirer vers l'entrée.

— *Non* ! hurla Richard. *La voie* !

— *Quoi* ?

— *La voie* !

Un projectile fondait sur eux ; les deux garçons plongèrent. Leurs têtes se cognèrent.

— *La voie* ! hurla Richard en se massant le crâne d'une main blafarde.

— Pigé !

Jack était dérouté mais confiant. Il fallait bien aller quelque part.

Les deux gamins partirent en rampant le long du grillage rouillé, pareils à des soldats traversant un no man's land. Richard avançait légèrement en tête, se guidant sur la brèche dans la clôture par où la voie ressortait à l'extérieur de l'enceinte.

En se sauvant, Jack regarda par-dessus son épaule ; il vit tout ce qu'il avait besoin de voir à travers le portail entrouvert. Le gros du train semblait s'être purement volatilisé. Des morceaux de métal tordu, certains reconnaissables, pas la majorité, jonchaient le sol en un vaste cercle autour de l'endroit où l'engin avait réintégré l'Amérique, où il avait été aussi construit, acheté et payé. Qu'ils ne se soient pas fait tuer par un shrapnel vagabond était déjà étonnant ; qu'ils s'en tirent sans même une égratignure tenait presque du miracle.

Le pire était passé à présent. Ils se retrouvaient dehors, sur pied (quoique prêts à plonger ou à fuir en cas d'explosions résiduelles).

— Mon père n'appréciera pas que tu aies fait sauter son train, Jack, dit Richard.

Sa voix semblait parfaitement calme mais, lorsque Jack le regarda, il vit que Richard pleurait.

— Richard.

— Non, il n'appréciera pas du tout, répéta Richard comme s'il se parlait à lui-même.

3

Une bande touffue, luxuriante d'herbes folles poussait à hauteur de genoux au centre de la voie de chemin de fer qui sortait du camp pour aller dans une direction que Jack estima être grossièrement le sud. Les rails eux-mêmes étaient rouillés et depuis longtemps hors de service ; par endroits, ils se tordaient bizarrement jusqu'à onduler.

Les tremblements de terre, se dit Jack avec une angoisse nauséeuse.

Derrière eux, le plastic continuait à exploser. Chaque fois, Jack croyait que c'était fini, quand retentissait un nouveau BOUM ! long et rauque ; on aurait dit le bruit d'un géant qui s'éclaircissait la voix. Ou qui lâchait un vent. Risquant un coup d'œil en arrière, il vit un voile de fumée noire flotter dans le ciel. Il guetta le crépitement nourri, puissant de l'incendie — comme toute personne ayant vécu quelque temps sur la côte californienne, il avait peur du feu — sans rien détecter à l'oreille. Drus et gorgés d'humidité, même les bois ici rappelaient la Nouvelle-Angleterre. Assurément, c'était l'antithèse de la région ocre de Baja avec son air clair, archisec. La forêt débordait presque de vie ; la voie ferrée, quant à elle, allait lentement en se rétrécissant entre les taillis, les arbres envahissants et le lierre omniprésent (du lierre vénéneux, je parie, songea Jack en grattant inconsciemment les boutons de ses mains), avec le ciel bleu délavé formant un chemin quasi symétrique au-dessus. Sur l'accotement, même les escarbilles étaient moussues. Cet endroit respirait le secret, y était propice.

Il accéléra le pas, et pas seulement pour prendre de l'avance au cas où les flics ou les pompiers se montreraient. Cette allure garantissait aussi le silence de Richard. Celui-ci s'escrimait trop à garder la cadence pour discuter... ou poser des questions.

Ils avaient parcouru environ trois kilomètres et Jack se félicitait encore de son astuce pour couper court à la conversation, lorsque Richard l'appela d'une toute petite voix sifflante :

— Hé, Jack...

Jack se retourna à temps pour voir Richard, qui s'était légèrement laissé distancer, basculer en avant. Sur son teint couleur de papier mâché, les taches ressortaient comme des envies.

Jack le rattrapa... tout juste. Richard semblait aussi léger qu'une plume.

— Oh, Seigneur, Richard !

— Je me sentais bien jusqu'à maintenant, dit Richard de la même petite voix sifflante. Sa respiration était très rapide, très sèche. Ses yeux restèrent mi-clos. Jack apercevait seulement les blancs et les minuscules arcs des iris bleus. J'ai eu... un malaise. Désolé.

De derrière eux provint une autre violente, éructante explosion, suivie du cliquetis des débris de train arrosant la tôle de l'abri Quonset. Jack jeta un coup d'œil dans cette direction, puis remonta la voie d'un regard anxieux.

— Peux-tu t'accrocher à mon cou ? Je vais te porter un peu.

(*L'ombre de Wolf*, songea-t-il.)

— Oui, je peux.

— Si tu ne peux pas, dis-le.

— Jack, commença Richard avec un réconfortant regain d'irascibilité typique de ce vieux raseur de Richard. Si je ne pouvais pas, je ne dirais pas que je peux.

Jack aida Richard à se relever. Celui-ci resta planté sur place, chancelant, l'air de quelqu'un qui va s'étaler par terre si on lui souffle à peine dessus. Jack se tourna et s'accroupit, les semelles de ses baskets posées sur une vieille traverse pourrie. Il attrapa les cuisses de son ami, tandis que celui-ci lui passait les bras autour du cou. Jack se mit debout et détala entre les rails à une allure rapide, proche du trot. Porter Richard semblait ne lui poser aucun problème, et pas seulement parce que son ami avait perdu du poids. Jack avait charrié des fûts de bière, trimbalé des cartons, ramassé des pommes. Il s'était amusé à casser des cailloux dans le Champ du Bout de Gardener, dites-moi alléluia. Tout cela l'avait endurci. Mais son endurcissement touchait plus à ses fibres intimes que ne l'aurait fait un banal et insouciant exercice physique. Ce n'était pas non plus à cause de ses évolutions acrobatiques entre les deux mondes, ni parce que cet autre monde, aussi fantastique fût-il, avait déteint sur lui comme de la peinture fraîche. Jack comprenait obscurément qu'il tâchait de faire plus que de sauver simplement la vie de sa mère ; depuis le tout début, il avait tâché de dépasser cela. Il voulait faire quelque chose de bien, et il commençait à se rendre compte qu'une aussi folle entreprise ne pouvait qu'endurcir.

Il se mit à trotter.

— Si j'ai le mal de mer, dit Richard, sa voix chevrotant en cadence avec les pas de Jack, je vais te vomir sur la tête.

— Je savais que je pouvais compter sur toi, Richie, haleta Jack, souriant.

— Je me sens... parfaitement ridicule là-haut. Une sorte de balai à ressort humain.

— C'est probablement de quoi tu as l'air, vieux.

— Ne... ne m'appelle pas vieux, chuchota Richard, et le sourire de Jack s'élargit.

Oh Richard, espèce de canaille, puisses-tu vivre éternellement, pensait-il.

4

— Je connaissais cet homme, chuchota Richard au-dessus de Jack.

Cela le fit sursauter, comme s'il dormait. Richard était monté sur son dos dix minutes plus tôt, ensemble ils avaient couvert encore deux kilomètres, et il ne se présentait toujours aucun signe de civilisation. Rien que la voie ferrée et ces effluves d'air salé.

La voie, s'interrogea Jack. *Conduit-elle bien là où je crois ?*

— L'homme au fouet et à la mitraillette. Je le connaissais. Je l'ai vu traîner.

— Quand ? souffla Jack.

— Il y a longtemps. Quand j'étais tout gamin. Puis Richard ajouta à contrecœur : A l'époque où j'ai fait ce... ce drôle de rêve dans le placard. Il marqua une pause. Sauf que je crois que ce n'était pas un rêve, n'est-ce pas ?

— Non, je ne crois pas.

— Oui. L'homme au fouet était-il le père de Reuel ?

— Qu'en penses-tu ?

— C'était lui, reconnut Richard d'un ton morne. Bien sûr que oui.

Jack marqua une halte.

— Richard, où cette voie conduit-elle ?

— Tu le sais, répondit Richard avec une sérénité étrange, creuse.

— Ouais, je crois le savoir. Mais j'aimerais te l'entendre dire. Jack s'interrompit. Je pense que j'ai besoin de te l'entendre dire. Où va-t-elle ?

— Elle va jusqu'à une ville qui s'appelle Point Venuti, dit Richard, qui semblait de nouveau au bord des larmes. Il y a un grand hôtel là-bas. J'ignore si c'est l'endroit que tu cherches ou non, mais à mon avis c'est probablement le cas.

— C'est aussi le mien, dit Jack qui redémarra.

Les jambes de Richard sous les bras, une douleur persistante dans le dos, il suivait la voie qui le mènerait, ainsi que Richard, à l'endroit où résidait le salut de sa mère.

5

Chemin faisant, Richard parlait. S'il n'en vint pas directement aux responsabilités de son père dans cette histoire de fous, il commença lentement à tourner autour du pot.

— J'ai connu cet homme dans le temps, reprit Richard. J'en suis absolument sûr. Il venait à la maison. Toujours par l'arrière-cour. Au lieu de sonner ou de frapper, il... grattait à la porte. Ça me donnait la chair de poule. Ça me terrorisait tellement que j'en aurais fait pipi dans ma culotte. Il était grand — oh, tous les adultes paraissent grands aux petits gamins — mais ce type était très grand, et il avait des cheveux blancs. La plupart du temps, il portait des lunettes noires. Ou parfois le genre de lunettes de soleil qui ont des verres réflecteurs. Quand j'ai lu cet article sur lui dans le *Sunday Report*, je savais que je l'avais déjà vu quelque part. Le soir où passait son émission, mon père était en haut, plongé dans la paperasse. J'étais assis devant la télé, et quand mon père est entré pour voir ce qui se passait il a failli laisser tomber le verre qu'il tenait. Après quoi il a changé de chaîne pour mettre une rediffusion de *Star Trek*.

« Seulement le type ne s'appelait par Gardener à l'époque où il venait voir mon père. Son nom... je n'arrive pas à me le rappeler. Mais c'était quelque chose comme Banlon... ou Orlon...

— Osmond ?

Richard s'épanouit.

— *Voilà*. Je n'ai jamais su son prénom. Mais il venait régulièrement une ou deux fois par mois. Quelquefois plus souvent. A un moment donné, il est venu presque tous les soirs, pendant une semaine, et puis on ne l'a plus revu durant six mois. Chaque fois qu'il venait, je m'enfermais dans ma chambre. Je n'aimais pas son odeur. Il cocottait vraiment... l'eau de Cologne, je suppose, mais ça sentait vraiment plus fort. Comme du parfum. Du parfum de prisunic. Mais dessous...

— Dessous, il puait comme s'il ne s'était pas lavé depuis dix ans.

Richard le regarda, les yeux ronds.

— Moi aussi, je l'ai rencontré sous la casquette d'Osmond, expliqua Jack. Il le lui avait déjà expliqué, du moins en partie, mais Richard n'avait rien écouté. Désormais il écoutait. Dans le New Hampshire, version Territoires, avant que je ne le retrouve dans l'Indiana en la personne du révérend Gardener.

— Donc tu dois déjà avoir vu ce... ce *monstre*.

— Reuel ? Jack secoua la tête. Reuel devait alors se trouver dans les Terres Dévastées, en train de terminer son traitement au cobalt. Jack pensa aux ulcères purulents sur la figure de la créature, aux vers qui en sortaient. Il regarda ses poignets rouges et enflés à l'endroit des piqûres, et frémit. Je n'ai vu Reuel qu'à la fin, et je n'ai jamais connu son Double américain. Quel âge avais-tu quand Osmond a commencé ses visites ?

— Je devais avoir quatre ans. Le truc du... tu sais, du placard... n'était pas encore arrivé. Je me rappelle avoir eu encore plus peur de lui après ça.

— Après que la chose t'a touché dans le placard ?

— Oui.

— Et c'est arrivé quand tu avais cinq ans.

— Oui.

— Quand nous avions tous les deux cinq ans.

— Oui. Tu peux me reposer par terre. Je vais marcher un moment.

Jack obtempéra. Ils marchèrent en silence, la tête basse, sans se regarder. A cinq ans, quelque chose avait bondi de l'obscurité pour toucher Richard. Quand tous les deux avaient six ans.

(Six, Jack avait six ans)

Jack avait surpris son père et Morgan Sloat en train de parler de l'endroit où ils allaient, celui que Jacky appelait le pays des Chimères. Et plus tard la même année, quelque chose avait bondi de l'obscurité et l'avait touché, lui et sa mère. C'était la voix de Morgan Sloat, ni plus ni moins. Morgan Sloat qui appelait de Green River, Utah. En sanglotant. Phil Sawyer, Tommy Woodbine et lui étaient partis trois jours avant pour leur traditionnelle partie de chasse du mois de novembre. Un autre pote de la fac, Randy Glover, possédait un luxueux pavillon de chasse à Blessington, Utah. D'habitude, Glover chassait avec eux, mais cette année-là il faisait une croisière aux Caraïbes. Morgan appelait pour annoncer que Phil avait été abattu, apparemment par un autre chasseur. Tommy Woodbine et lui l'avaient évacué de la forêt sur une civière de fortune. D'après Morgan, Phil avait repris conscience à l'arrière de la Jeep Cherokee de Glover, et l'aurait chargé d'embrasser Jack et Lily pour lui. Un quart d'heure plus tard, il mourait alors que Morgan roulait à fond de train vers Green River et l'hôpital le plus proche.

Morgan n'avait pas tué Phil ; Tommy était là pour témoigner que le trio était réuni quand le coup était parti, au cas où on aurait demandé un témoignage (bien sûr, on n'en demanda pas).

Ce qui ne voulait pas dire qu'il n'avait pas payé quelqu'un, songeait à présent Jack. Ni que l'oncle Tommy n'avait pas tu ses doutes sur la nature des événements. Auquel cas peut-être l'oncle Tommy n'avait pas été tué seulement en sorte que Jack et sa mère mourante se retrouvent sans défense devant les exactions de Morgan. Peut-être était-il mort parce que Morgan en avait marre de se demander si ce vieux pédé n'allait pas un jour insinuer à l'héritier que le décès de Phil Sawyer recouvrait autre chose qu'un accident. Jack eut des fourmillements d'effroi et de dégoût.

— Cet homme traînait-il dans les parages lorsque ton père et le mien sont partis ensemble à la chasse pour la dernière fois ? s'enquit impétueusement Jack.

— Jack, j'avais quatre ans...

— Non, pas du tout, tu en avais six. Tu avais quatre ans quand il a commencé à vous fréquenter, tu en avais six quand mon père s'est fait tuer dans l'Utah. Et tu t'en souviens très bien, Richard. Traînait-il dans les parages avant la mort de mon père ?

— C'était l'époque où il venait presque tous les soirs de la semaine, admit Richard d'une voix à peine audible. Juste avant la dernière partie de chasse.

Bien que rien de tout cela ne fût précisément de la faute de Richard, Jack ne put contenir son amertume.

— Papa est mort dans un accident de chasse en Utah, oncle Tommy écrasé à L.A. Le pourcentage de décès est foutrement élevé parmi les proches de ton père, Richard.

— Jack, commença Richard d'une petite voix tremblante.

— Je veux dire, c'est la goutte d'eau qui fait déborder le vase ou tant va la cruche à l'eau..., choisis le cliché que tu veux, intervint Jack. Mais quand j'ai débarqué dans ton collège, tu m'as traité de cinglé.

— Jack, tu ne comp...

— Non, je ne peux pas. J'étais fatigué et tu m'as donné l'hospitalité. Super. J'avais faim et tu m'as procuré de la nourriture. Génial. Mais ce dont j'avais le plus besoin, c'était que tu me croies. Je savais que c'était trop demander, mais sapristi ! Tu connaissais le type dont je parlais ! Tu savais qu'il hantait la vie de ton père avant ! Et tout ce que tu as trouvé à dire, c'est : ce bon vieux Jack a pris une insolation à Seabrook Island, ce genre de blabla ! Seigneur, je croyais que nous étions plus amis que ça, Richard !

— Tu ne comprends toujours pas.

— Quoi ? Que tu avais trop peur des histoires à la Seabrook Island pour me faire un peu confiance ?

La voix de Jack vacilla d'indignation lasse.

— Non. J'avais peur d'une chose plus grave.

— Ah ouais ? Jack s'interrompit et scruta méchamment la bouille pâle et pitoyable de Richard. Qu'y avait-il de plus grave pour Richard le Rationnel ?

— J'avais peur, dit Richard d'un ton parfaitement calme. J'avais peur que, si j'en savais davantage... sur cet homme, Osmond, ou sur ce qui se trouvait à l'époque dans le placard, je ne puisse plus aimer mon père comme avant. Et j'avais raison.

Se couvrant la figure de ses doigts maigres, crasseux, Richard fondit en larmes.

6

Jack resta planté à regarder Richard pleurer et se traita de tous les noms. Peu importait l'autre visage de Morgan, il était toujours le père de Richard Sloat ; le fantôme de Morgan apparaissait sous la forme des mains de Richard ou dans les traits de son visage. L'avait-il oublié ? Non... mais l'amère déception causée par Richard avait momentanément fait passer cela au second plan. Sa nervosité grandissante y était aussi pour beaucoup. Le Talisman était à présent très, très proche, et il le sentait dans ses terminaisons nerveuses à la manière dont le cheval flaire l'eau dans le désert ou un lointain feu de brousse dans les plaines. Cette nervosité s'exprimait par une espèce de vaine superficialité.

Ouais, bon, ce gars est censé être ton meilleur copain. Jackie-boy... Amuse-toi si tu veux, mais ne piétine pas Richard. Ce gosse est malade, au cas où tu ne l'aurais pas remarqué.

Il fit un geste vers Richard. Celui-ci tenta de le repousser. Jack n'en tint pas compte. Il serra Richard contre lui. Tous deux se tinrent ainsi un moment au milieu de la voie ferrée abandonnée ; la tête de Richard reposait sur l'épaule de Jack.

— Écoute, plaida maladroitement Jack. Essaye de ne pas te faire trop de souci pour... tu sais... tout... encore un peu, Richard. Essaye seulement de suivre le changement, tu vois ?

Bonhomme, cela sonne vraiment faux. Comme de dire à quelqu'un qu'il a le cancer mais « ne vous inquiétez surtout pas car nous allons bientôt vous passer *Star Wars* en vidéo et ça va vous ragaillardir. »

— Bien sûr, acquiesça Richard en se dégageant de Jack.

Les larmes avaient tracé deux sillons propres sur sa figure sale. D'un bras, il s'essuya les yeux et esquissa un sourire. Tout i'a bien et tout i'a bien.

— Et toutes so'tes de choses i'ont bien, entonna Jack.

Ils achevèrent ensemble, puis éclatèrent de rire ensemble, et tout fut oublié.

— Viens, lança Richard. Allons-y.

— Où ?

— Chercher ton Talisman, dit Richard. D'après ce que tu dis, il doit se trouver à Point Venuti. C'est la prochaine ville sur la ligne. Viens, Jack. Partons. Mais marche lentement ; je n'ai pas encore fini de parler.

Jack le dévisagea avec curiosité, puis il se remirent en marche, mais à pas lents.

7

Maintenant que les vannes s'étaient ouvertes et que Richard acceptait de commencer à se souvenir, il se révéla une source d'information inattendue. Jack avait comme l'impression d'avoir réfléchi sur un puzzle sans savoir qu'il lui manquait plusieurs pièces importantes. Celles-ci se trouvaient en la possession de Richard depuis le début. Richard était déjà venu au camp de survie ; voilà pour la première pièce. Son père en avait été propriétaire.

— Tu es sûr qu'il s'agit du même endroit, Richard ? demanda Jack d'un ton dubitatif.

— Absolument, répondit Richard. Même vu de l'autre côté, il me paraissait déjà familier. Quand nous avons traversé... j'en étais sûr.

Jack hocha la tête, ne sachant quoi faire d'autre.

— Nous séjournions à Point Venuti. Nous y passions toujours avant de venir ici. Le train était un régal. Je veux dire, combien de papas possèdent leur propre train privé ?

— Pas beaucoup, admit Jack. Je crois que Diamond Jim Brady et certains de ses copains ont un train à eux, mais j'ignore s'ils sont papa.

— Oh, mon père ne faisait pas partie de leur ligue, s'exclama Richard avec un éclat de rire. Et Jack songea : *Richard, tu risques d'être surpris.* Nous allions de L.A. à Point Venuti avec une voiture de location. Il y avait un motel où nous descendions. Rien que nous deux. Richard s'arrêta. Ses yeux s'embrumèrent d'amour et de nostalgie. Ensuite... après avoir un peu traîné... nous prenions le train de papa pour monter au camp de la Bonne Volonté. C'était un tout petit train. Il regarda Jack, effaré. Comme celui par lequel nous sommes venus, je crois.

— Le camp de la Bonne Volonté ?

Mais Richard parut ne pas l'avoir entendu. Il contemplait la voie ferrée rouillée. Par ici elle était intacte, mais Jack pensait que Richard devait se remémorer les bouts de ferraille tordue qu'ils avaient rencontrés un peu plus haut. En deux ou trois endroits, les extrémités des rails se recourbaient en l'air, comme des cordes de guitare cassées. Jack devinait que, dans les Territoires, la voie serait en parfait état, soigneusement et amoureusement entretenue.

— Tu vois, jadis ici il y avait un tramway, déclara Richard. C'était dans les années 30, m'a dit mon père. La Ligne Rouge du Comté de Mendocino. Seulement ce n'était pas le comté qui en était propriétaire, mais une compagnie privée, et ils ont fait faillite, parce qu'en Californie... tu sais...

Jack inclina la tête. En Californie, tout le monde se déplaçait en voiture.

— Richard, pourquoi ne m'as-tu jamais parlé de cet endroit ?

— C'était une chose dont mon père m'avait interdit de te parler. Tes parents et toi, vous saviez que nous prenions parfois des vacances en Californie du Nord et il disait que c'était très bien mais qu'il ne fallait pas que je te parle du train ou du camp de la Bonne Volonté. Il prétendait que si j'en parlais, Phil se mettrait en colère parce que c'était un secret.

Richard marqua une pause.

— Il disait que si j'avais la langue trop longue, il ne m'emmènerait plus jamais. Je croyais que cela tenait au fait qu'ils étaient censés être associés. Je devine qu'il s'agissait de tout autre chose.

— La ligne de tramway a fait faillite à cause des voitures et des autoroutes. Il s'interrompit, l'air pensif. Voici un bon point pour l'endroit où tu m'as traîné, Jack. Aussi bizarre qu'il soit, il n'empeste pas les hydrocarbures. Je pourrais m'y faire.

Jack hocha encore la tête, sans rien dire.

— La compagnie de tramway a fini par vendre toute la ligne, avec clause du grand-père et le reste, à une société d'exploitation[1]. Eux aussi croyaient que les gens allaient émigrer vers l'intérieur des terres. Sauf que ça ne s'est pas produit.

— Alors ton père l'a achetée.

— Oui, je crois. Je ne sais pas vraiment. Il ne s'est jamais beaucoup étendu sur le rachat de la ligne... ou la manière dont il a fait remplacer les rails de tramway par des rails de train.

Cela représentait un travail énorme, se dit Jack, avant de penser soudain aux puits de mine et à la main-d'œuvre immigrée, apparemment illimitée de Morgan d'Orris.

— Je sais qu'il les a changés, mais uniquement parce que je possède un livre sur les chemins de fer et que j'ai découvert qu'il existait une différence d'écartement. Les tramways roulent sur une voie de quatre-vingt-dix, alors que celle-ci mesure cent quarante-quatre centimètres.

Jack s'agenouilla, et oui, il apercevait une vague double encoche à l'intérieur des rails existants, trace de l'ancienne voie de tramway.

— Il avait un petit train rouge, dit Richard comme dans un rêve. Rien qu'une locomotive et deux wagons, avec un moteur diesel électrique. Cela le faisait rire ; il disait que la seule chose qui distinguait les hommes des enfants, c'était le prix de leurs jouets. Il y avait une vieille station de tram sur la colline au-dessus de Point Venuti. Nous montions là-haut, garions notre auto de location et pénétrions dedans. Je me souviens de ce que sentait cette

---

1. Clause incluse dans la constitution de certains États du Sud, limitant le droit de vote à ceux dont les grands-parents jouissaient déjà de droits politiques, et déclarée illégale par la Cour Suprême en 1915 (N.d.T.).

station ; une odeur de vieux, mais agréable... le vieux soleil, en quelque sorte. Et le train nous attendait. Et mon père... qui disait : « En voiture pour le camp de la Bonne Volonté, Richard. Tu as ton ticket ? Et il y avait de la limonade... ou du thé glacé... et nous nous installions dans la cabine... parfois il transportait des trucs... des fournitures... derrière... mais nous nous asseyions devant... et... et... »

Richard déglutit péniblement et, d'une main, s'essuya les yeux.

— Et c'était un moment génial, acheva-t-il. Rien que lui et moi. C'était super.

Il jeta un regard à la ronde, ses yeux étincelant de larmes retenues.

— Au camp de la Bonne Volonté, il y avait un pont tournant pour faire pivoter le train, précisa-t-il. A cette époque. La vieille époque.

Richard émit un sanglot étranglé, terrible.

— Richard...

Jack esquissa un geste vers lui. Richard le repoussa et s'écarta en effaçant les larmes de ses joues du dos de ses mains.

— J'n'étais pas si grand alors, dit-il avec un sourire. (Forcé.) *Rien* n'était si grand alors, hein, Jack ?

— Non, acquiesça Jack, qui se retrouva lui aussi en train de pleurer. *Oh, Richard. Oh, mon bon vieux Richard.*

— Non, répéta Richard, souriant. Il inspecta les bois omniprésents et sécha ses larmes de ses menottes crasseuses. Rien n'était si grand alors. A l'époque où nous étions petits. Quand nous vivions tous en Californie et que personne n'habitait ailleurs.

Richard regarda Jack en se forçant à sourire.

— Jack, aide-moi, dit-il. J'ai la sensation de m'être b-bêtement laissé piéger et je...je...

Puis Richard tomba à genoux avec ses cheveux sur sa frimousse épuisée, et Jack le rejoignit par terre, et je ne peux guère vous en dire davantage... sinon que tous deux se consolèrent l'un l'autre de leur mieux, et, comme vous le savez sans doute d'après votre cruelle expérience, cela ne réussit jamais complètement.

8

— La clôture était neuve à l'époque, dit Richard, dès qu'il eut retrouvé l'usage de la parole. Ils s'étaient remis en marche. Un engoulevent gazouilla dans les hauteurs d'un chêne majestueux. Les effluves d'air salé s'amplifiaient. Je m'en souviens. Et, sur la pancarte, était écrit : CAMP DE LA BONNE VOLONTÉ. Il y avait une piste d'obstacles, des cordes à nœuds pour grimper et d'autres cordes auxquelles on se suspendait pour franchir d'énormes flaques d'eau. Cela ressemblait un peu à un camp de recrues dans un film sur les marines de la Deuxième Guerre mondiale. Sauf que les gars qui s'exerçaient aux agrès n'avaient rien de marines. Ils étaient gros, et tous habillés pareil... en survêtement gris, avec CAMP DE LA BONNE VOLONTÉ écrit en petites lettres sur la poitrine, et un passepoil rouge sur les coutures du pantalon. On aurait dit qu'ils allaient tous avoir une attaque ou une crise cardiaque d'une minute à l'autre. Peut-être les deux en même temps. Parfois nous y passions la nuit. Deux ou trois fois, nous y sommes restés tout le week-end. Pas dans l'abri Quonset ; c'était une espèce de caserne à l'usage des types qui payaient pour retrouver la forme.

— S'ils ne faisaient pas autre chose.

— Ouais, exact. S'ils ne faisaient pas autre chose. Quoi qu'il en soit, nous logions dans une grande tente et dormions sur des lits de camp. C'était l'aventure. De nouveau, Richard souriait mélancoliquement. Mais tu as raison, Jack ; les types qui s'agitaient dans le coin n'avaient pas tous l'air d'hommes d'affaires obnubilés par leur ligne. Les autres...

— Eh bien, les autres ? insista Jack, doucement.

— Certains — la majorité — ressemblaient à ces énormes créatures poilues de l'autre monde, reprit Richard d'une voix si basse que Jack dut tendre l'oreille. Les Loups. Je veux dire, on aurait dit presque des gens normaux, mais pas tout à fait. Ils paraissaient... rudes. Tu sais ?

Jack hocha la tête. Il savait.

— Je me rappelle que j'avais un peu peur de regarder leurs yeux de près. De temps en temps, on y voyait ces drôles éclairs de lumière... comme si leur cerveau prenait feu. Les autres... Une lueur d'intelligence brilla dans les yeux de Richard. Les autres faisaient penser à ce pseudo-entraîneur de basket dont je t'ai parlé. Celui au blouson de cuir, et qui fumait.

— On est à combien de Point Venuti, Richard ?

— Je ne sais pas exactement. Mais nous faisions le trajet en deux ou trois heures, et le train ne roulait jamais très vite. A son régime de croisière, peut-être, sans plus. Tout compte fait, il y a guère plus de trente-cinq kilomètres jusqu'au camp. Probablement un peu moins.

— Donc peut-être sommes-nous à moins de vingt-cinq kilomètres. *Du... Talisman.*

— Ouais. C'est ça.

La lumière faiblissant, Jack leva les yeux. Histoire de montrer que l'interprétation sentimentale de la nature n'était pas si sentimentale que ça, le soleil voguait actuellement derrière un plan de nuées. La température sembla chuter de dix degrés, et le jour se ternir. L'engoulevent se tut.

9

Richard repéra l'écriteau le premier. Un simple carré de bois chaulé, peint de lettres noires. Il se dressait sur le côté gauche de la voie ferré ; et le lierre en ensevelissait le poteau, comme s'il était là depuis le début des temps. Toutefois le message restait d'actualité : LES BONS OISEAUX PEUVENT VOLER. LES MAUVAIS GARÇONS DOIVENT MOURIR. CECI EST VOTRE DERNIÈRE CHANCE : RENTREZ CHEZ VOUS.

— Tu peux t'en aller, Richie, dit gentiment Jack. Je ne t'en voudrai pas.

Ils te laisseront passer sans te toucher. Ce ne sont pas tes affaires.

— Je crois que si, objecta Richard.

— Je t'ai entraîné.

— Non, dit Richard. C'est mon père qui m'a entraîné. Ou le destin. Ou Dieu. Ou Jason. Peu importe d'ailleurs. Je reste.

— Très bien, conclut Jack. Allons-y.

Une fois à hauteur du panneau, Jack jeta sa jambe à la manière Kung fu et le renversa d'un bon coup de pied.

— Ainsi va la vie, vieux, commenta Richard avec un petit sourire.

— Merci. Mais ne m'appelle pas vieux.

10

Bien qu'il ait retrouvé sa mine pâlotte et fatiguée, Richard parla une heure durant, tandis qu'ils descendaient la voie en direction de l'océan Pacifique qui sentait de plus en plus fort. Il épancha un flot de souvenirs emmagasinés en lui depuis des années. Quoique la figure de Jack n'en trahît rien, la stupeur le disputait en lui à une pitié profonde, spontanée, envers l'enfant solitaire, avide de la moindre marque d'affection de son père, que lui révélait incidemment Richard.

Il regardait la pâleur de Richard, les pustules sur ses joues, son front et autour de sa bouche ; écoutait sa voix vacillante, presque chuchotante, qui n'en flanchait pas pour autant, maintenant que l'occasion de raconter toutes ces choses lui était enfin offerte, et se félicitait une fois de plus que Morgan Sloat ne soit pas son père à lui.

Richard dit à Jack qu'il se souvenait de repères sur cette partie du chemin de fer. A un certain endroit, au-dessus des arbres, on apercevait le toit d'une grange, avec une publicité défraîchie pour les Chesterfield Kings.

— *Twenty great tobaccos make twenty wonderful smoke*[1], cita Richard en souriant. Sauf qu'à l'époque, on voyait la grange tout entière.

Du doigt, il désigna un énorme pin à double parasol, puis annonça à Jack, un quart d'heure plus tard :

— De l'autre côté de cette colline, il y avait un rocher qui ressemblait exactement à une grenouille. Voyons s'il est toujours là.

Il y était, et Jack supposa qu'il ressemblait à une grenouille. Légèrement. Avec un effort d'imagination. *Et peut-être que ça aide d'avoir trois ans. Ou quatre. Ou sept. Peu importe l'âge qu'on a.*

Richard avait adoré le chemin de fer, de même qu'il avait pris le camp pour argent comptant ; avec sa piste de course, ses haies en bois et ses cordes de gymnastique. Mais il n'avait pas aimé Point Venuti. Après quelques instants de réflexion, Richard se souvenait même du nom du motel où son père et lui descendaient durant leurs séjours dans la petite ville côtière. Le Kingsland

---

1. *Vingt grands tabacs pour vingt merveilleuses cigarettes.*

Motel, énonça-t-il..., et Jack s'aperçut que ce nom ne le surprenait pas beaucoup.

D'après Richard, le Kingsland Motel se trouvait en contrebas du vieil hôtel qui intéressait particulièrement son père. Richard apercevait l'édifice depuis sa fenêtre ; et ne l'aimait pas du tout. C'était un immense bâtiment, plein de coins et de recoins, avec des clochetons, des pignons, des bulbes, des dômes et des tours, au sommet desquels tournoyaient des girouettes en cuivre de formes étranges. Celles-ci tournaient même s'il n'y avait pas de vent, déclara Richard ; il se souvenait parfaitement de s'être posté à la fenêtre de sa chambre pour les regarder virevolter en tous sens, ces étranges objets de cuivre en forme de croissants de lune, de scarabées et de caractères chinois, qui clignotaient au soleil, tandis que l'océan écumait et grondait en dessous.

Ah, oui, docteur, cela me revient maintenant, songeait Jack.

— L'hôtel était abandonné ? s'enquit Jack.

— Oui, à vendre.

— Comment s'appelait-il ?

L'Azincourt. Richard s'interrompit, avant de rajouter une touche enfantine, du genre de celles qu'affectionnent les tout-petits. Il était noir, en bois, mais on aurait dit de la pierre. De la vieille pierre noire. D'ailleurs, c'est ainsi que l'appelaient mon père et ses amis : l'hôtel Noir.

11

— Est-ce que ton père a acheté l'hôtel, comme il l'a fait pour le camp ? s'enquit Jack, en partie pour distraire Richard, en partie seulement.

Richard médita un moment sa question, puis hocha la tête.

— Oui, répondit-il. Je pense que oui. Au bout d'un certain temps. Au début, quand il a commencé à m'emmener là-bas, il y avait une pancarte A VENDRE sur les grilles à l'entrée, mais un jour où nous y sommes repassés, elle avait disparu.

— Mais vous n'y avez jamais résidé ?

— Grands dieux, non ! Richard frémit. Le seul moyen de m'y faire entrer eût été de me traîner avec une laisse... et encore ce n'est pas sûr.

— Tu n'y as jamais mis les pieds ?

— Non. Et je ne les y mettrai jamais.

Ah, Richie boy, ne t'a-t-on jamais appris à ne jamais dire jamais ?

— Cela est-il vrai aussi pour ton père ? Il n'y est jamais entré ?

— Pas à ma connaissance, déclara Richard de son ton le plus magistral. Son index effleura l'arête de son nez, comme pour repousser ses lunettes absentes. Je mettrais ma main au feu qu'il n'y a jamais pénétré. Il était aussi terrifié que moi. Mais moi, j'étais seulement terrifié, alors que pour mon père il y avait autre chose. Il était...

— Il était quoi ?

— Il était obsédé par cet endroit, je crois, admit Richard contre son gré. Richard marqua une pause, les yeux vagues, perdu dans ses souvenirs. Tous les jours, il allait se planter devant. Et pas seulement cinq minutes ; il restait là, disons, trois heures. Quelquefois davantage. La plupart du temps, mon père était seul. Mais pas toujours. Il avait... de drôles d'amis.

— Des Loups ?

— Je pense, dit Richard, presque en colère. Ouais, je pense que certains devaient être des Loups, puisque tu les appelles ainsi. Ils avaient l'air mal à l'aise dans leurs vêtements, toujours en train de se gratter, en général là où il ne faut pas quand on est bien élevé. D'autres ressemblaient au pseudo-entraîneur. Le genre dur et abject. Parmi ces types, j'en retrouvais quelques-uns au camp de la Bonne Volonté. Je vais te dire une chose, Jack : cet endroit les épouvantait encore plus que mon père. Une fois dans les parages, ils se faisaient tout petits.

— Le révérend Gardener ? Il y était aussi ?

— Humm hum, acquiesça Richard. Quoique à Point Venuti il ressemblât davantage à l'homme que nous avons vu là-bas...

— A Osmond ?

— Oui. Mais ces gens ne venaient pas très souvent. La plupart du temps, mon père était tout seul. Parfois, il demandait au restaurant du motel de lui préparer des sandwiches, et il s'asseyait sur un banc municipal pour manger son casse-croûte en contemplant l'hôtel. Planté à la fenêtre du hall du Kingsland, je regardais mon père en train de regarder le fameux hôtel. Je détestais sa figure dans ces occasions. Il semblait effrayé, mais on aurait dit aussi qu'il... qu'il gloussait.

— Gloussait, rumina Jack.

— Quelquefois il me demandait si je voulais venir avec lui, à quoi je répondais toujours non. Il hochait la tête et je me souviens qu'une fois il a dit : « Un jour viendra où tu comprendras tout, Richie. En temps voulu. » Je me rappelle avoir pensé que si cela concernait l'hôtel Noir, je me passerais très bien de comprendre.

« Une fois où il était soûl, continua Richard, il m'a confié qu'il y avait quelque chose dans ce lieu. Il disait que c'était là depuis des lustres. Nous étions chacun sur notre lit, je me souviens. Le vent soufflait fort cette nuit-là. J'entendais les vagues déferler sur la plage, ainsi que le grincement des girouettes qui tournaient en haut des tours de l'Azincourt. Cela faisait un bruit effrayant. Je pensais à cet endroit, à toutes ces pièces vides...

— Fantômes mis à part, marmonna Jack.

Croyant entendre des bruits de pas, il regarda derrière eux à la dérobée. Rien. Personne. A perte de vue, la voix était déserte.

— C'est vrai, fantômes mis à part, reconnut Richard. Donc je lui ai demandé : « Est-ce précieux, papa ? »

« C'est l'objet le plus précieux qui soit », a-t-il déclaré.

« Alors il y a de fortes chances pour qu'un junkie force la porte pour aller le voler », ai-je dit. Ce n'était pas... comment dire ?... ce n'était pas un sujet que je souhaitais poursuivre, mais je ne voulais pas non plus qu'il s'endorme. Pas avec le vent qui soufflait dehors, et le bruit des girouettes grinçant dans la nuit.

« Il a éclaté de rire, puis j'ai entendu un tintement quand il se servit une nouvelle rasade de bourbon avec la bouteille posée par terre.

« Personne n'ira le cambrioler, Richie, m'a-t-il dit. Et le malheureux junkie qui se hasarderait dans l'Azincourt verrait des choses qu'il n'a jamais vues de sa vie. Il avala son verre, et je devinais qu'il commençait à s'endormir. Seule une personne au monde pourrait y toucher, et il ne risque pas de s'en approcher, Richie. Je te le garantis. Ce qui m'intéresse, c'est que cet objet est le même là-bas qu'ici. Il ne change pas, du moins autant que je sache. J'aimerais bien m'en emparer, mais je ne vais pas essayer, en tout cas pas maintenant, et peut-être jamais. Je pourrais faire des choses avec... tu penses !... mais, à tout prendre, je crois préférer que cet objet reste là où il est.

« Je commençais à avoir sommeil moi aussi, mais je lui demandai de quoi il voulait parler.

— Qu'a-t-il répondu ? demanda Jack, la bouche sèche.

— Il l'a appelé... Richard hésita, les sourcils froncés par l'effort de la réflexion. Il l'a appelé « l'essieu de tous les mondes possibles. ». Puis il s'est esclaffé, avant de l'appeler autrement. Tu n'aimeras pas.

— Qu'est-ce que c'était ?

— Tu vas te mettre en colère.

— Allez, Richard. Crache le morceau.

— Il l'a appelé... « la marotte de Phil Sawyer ».

En fait de colère, Jack ressentit une grisante bouffée d'excitation. Il ne s'était pas trompé ; c'était le Talisman. L'essieu de tous les mondes possibles. Combien de mondes ? Dieu seul savait. Les Territoires américains ; les Territoires eux-mêmes ; les hypothétiques Territoires des Territoires, et ainsi de suite, telles les rayures qui montent et descendent sans cesse sur une enseigne tournante de barbier. Un univers de mondes, un macrocosme de mondes multidimensionnels... et en tous un objet qui restait identique ; une force unificatrice qui se révélait indéniablement bonne, même si celle-ci se trouvait actuellement prisonnière d'un endroit néfaste : le Talisman, essieu de tous les mondes possibles. Et était-ce aussi la marotte de Phil Sawyer ? Probablement. La marotte de Phil... la marotte de Jack... celle de Morgan... de Gardener... et bien sûr, le dernier espoir de deux reines.

— Il n'y a pas que des Doubles, déclara-t-il à voix basse.

Richard traînait la jambe en regardant les traverses pourries disparaître sous ses pieds. Tout à coup, il regarda Jack nerveusement.

— Il n'y a pas que des Doubles, parce qu'il y a plus de deux mondes. Il y a des triplés... des quadruplés... qui sait ? Morgan Sloat ici ; Morgan d'Orris là-bas ; peut-être Morgan, duc d'Azreel, quelque part ailleurs. *Mais il n'a jamais mis les pieds à l'hôtel.*

— J'ignore ce dont tu parles, dit Richard d'une voix résignée.

Mais je suis certain que tu ne vas pas t'arrêter en si bon chemin, sous-entendait son ton de résignation. *De l'absurdité à la démence pure, il n'y a qu'un pas ; embarquement immédiat pour Seabrook Island !*

— Il ne peut pas y entrer. C'est-à-dire, Morgan de Californie... et sais-tu pourquoi ? Parce que Morgan d'Orris ne le peut pas. Si l'un des deux ne peut entrer dans sa version de l'hôtel Noir, alors aucun d'eux ne le peut. Tu vois ?

— Non.

Rendu fébrile par sa découverte, Jack n'entendit même pas la réponse de Richard.

— Deux Morgan, ou des douzaines. Peu importe. Deux Lily, ou des douzaines... des douzaines de reines dans des douzaines de mondes, Richard, tu te rends compte ? Ça ne choque pas ton esprit ? Des douzaines d'hôtel noirs... sauf que dans certains mondes, c'est peut-être un parc d'attractions noir... ou un camping-caravaning noir... ou je ne sais quoi. Mais Richard...

Se figeant sur place, il attrapa Richard par les épaules et chercha son regard, les yeux étincelants. Un moment, Richard lutta pour se dégager, avant de renoncer, subjugué par la farouche beauté du visage de Jack. Soudain, fugitivement, Richard crut que tout était possible. Soudain, fugitivement il se sentit guéri.

— Quoi ? murmura-t-il.

— Certaines choses ne sont pas exclues. Par exemple certaines personnes, qui sont... eh bien... de *nature unique*... Je ne vois pas comment le dire autrement. Elles sont pareilles que lui... le Talisman. De nature unique. Moi, par exemple, je suis unique. J'avais un jumeau, mais il est mort. Pas seulement dans le monde des Territoires, dans tous les mondes sauf celui-ci. Je le sais, je le sens. Mon père le savait aussi. Voilà pourquoi il me surnommait Jack la Vadrouille. Quand je suis ici, je ne suis pas là-bas, et quand je suis là-bas, je ne suis pas ici. *La même chose pour toi*, Richard !

Richard le regardait fixement, muet.

— Tu ne t'en souviens pas. Tu passais surtout ton temps chez Cinglé & Co pendant que je discutais avec Anders. Mais il m'a appris que Morgan d'Orris avait un héritier mâle. Rushton. Tu sais qui c'était ?

— Oui, chuchota Richard, toujours incapable de détourner son regard de celui de Jack. C'était mon Double.

— Exact. Le petit garçon est mort, m'a dit Anders. Le Talisman est unique. Nous sommes uniques. Ce qui n'est pas le cas de ton père. J'ai vu Morgan d'Orris dans l'autre monde ; s'il ressemble à ton père, ce n'est pas lui. Il ne pouvait pas pénétrer dans l'hôtel Noir, Richard, et il ne le peut toujours pas. Mais il savait que tu étais unique, tout comme moi. Il souhaite ma mort, mais il a besoin de toi.

— Parce qu'alors, au cas où il déciderait de s'emparer du Talisman, il pourrait toujours t'envoyer le chercher, n'est-ce pas ?

Richard se mit à trembler.

— Aucune importance, dit Jack d'un ton dur. Il n'aura pas à se poser la question, car nous allons le récupérer à sa place.

— Jack, je ne crois pas que je puisse entrer là-dedans, protesta Richard, mais il parlait à voix basse, presque en chuchotant, et Jack, qui s'était déjà remis en marche, n'entendit rien.

Richard dut trotter pour le rattraper.

12

La conversation s'éteignit. Midi passa. Les bois étaient devenus très silencieux, et par deux fois Jack vit des arbres qui poussaient très près de la voie, avec des troncs noueux, biscornus et des racines enchevêtrées. Il n'aimait pas beaucoup l'aspect de ces arbres. Ceux-ci lui semblaient familiers.

A force de regarder les traverses qui fuyaient sous ses pas, Richard finit par trébucher et tomba la tête la première. Après quoi Jack le porta de nouveau sur le dos.

— Là, Jack, cria Richard au bout de ce qui parut une éternité.

Droit devant, la voie ferrée disparaissait à l'intérieur d'un ancien dépôt. Les portes bâillaient sur une obscurité épaisse qui respirait les mites et l'abandon. Au-delà du dépôt (qui devait jadis avoir un certain charme d'après Richard, même si Jack le trouvait sinistre aujourd'hui), il y avait une route nationale, la 101, conjectura ce dernier.

Encore au-delà, l'océan... il entendait la rumeur du ressac.

— Je crois que nous y sommes, lâcha-t-il d'une voix sèche.

— Presque, précisa Richard. Point Venuti se trouve à un ou deux kilomètres plus bas sur la route. Je donnerais n'importe quoi pour ne pas y aller. Jack... Jack, où vas-tu ?

Mais Jack ne se retourna pas. Enjambant la voie, il contourna un de ces arbres d'aspect si inquiétant, plutôt un arbrisseau, et se dirigea vers la route. Les hautes herbes fouettaient son jean élimé. A l'intérieur du dépôt de tramway, autrefois la gare privée de Morgan Sloat, quelque chose bougea avec un dégoûtant bruit de succion, mais Jack ne prit même pas le temps d'y jeter un coup d'œil.

Il débaula sur la chaussée, traversa et se mit à marcher au bord de la route.

13

Vers la mi-décembre de l'année 1981, le jeune Jack Sawyer, debout à l'endroit où les vagues viennent mourir sur la plage, contemplait l'immuable océan Pacifique, les mains enfoncées dans les poches de son jean. C'était un gamin de douze ans, extraordinairement beau pour son âge. Le vent du large ébouriffait ses cheveux châtains, probablement trop longs, dégageant son grand front pur. Il pensait à sa mère, qui se mourait, à ses amis, à la fois présents et absents, et aux mondes à l'intérieur des mondes, chacun suivant un cours concentrique.

J'ai tenu la distance, songea-t-il avec un frisson. *D'une côte à l'autre avec Jack Sawyer le Vadrouilleur.* Ses yeux se remplirent brusquement de larmes. Il inspira à fond l'air salé. *Me voici...* Le Talisman était désormais à portée de sa main.

— Jack !

Jack ignora son ami ; son regard était fasciné par le Pacifique, la crête des vagues scintillant d'or au soleil. Il était arrivé à bon port. Il...

— _Jack !_

Richard le tapa sur l'épaule, mettant un terme à son hébétude.

— Hein ?

— Regarde ! Bouche bée, Richard lui montrait du doigt quelque chose sur la route, dans la direction présumée de Point Venuti. Regarde là-bas !

Jack regarda. S'il comprenait la surprise de Richard, lui-même n'en éprouvait aucune ; en tout cas pas davantage que la fois où Richard lui avait cité le nom du motel de Point Venuti où il descendait avec son père. Non, cela ne le surprenait pas outre mesure, mais...

Mais c'était sacrément bon de revoir sa mère.

Sa figure, qui faisait six mètres de haut, affichait une jeunesse que Jack n'avait pu connaître. C'était Lily à l'apogée de sa carrière. Ses cheveux, d'un éclatant blond cuivré un rien be-bop, étaient tirés en une queue de cheval à la Tuesday Weld. Toutefois, sa moue insouciante de diablesse était déjà reconnaissable. Personne d'autre au cinéma n'avait osé un tel sourire ; elle l'avait inventé, et en détenait toujours l'exclusivité. Elle regardait par-dessus son épaule nue. Jack. Richard. Le Pacifique bleu.

C'était sa mère... mais lorsqu'il cligna des yeux, ses traits se modifièrent légèrement. La ligne du menton et de la mâchoire s'arrondit, les pommettes devinrent moins saillantes, les cheveux plus foncés, les yeux encore plus bleus. A présent, c'était le portrait de Laura DeLoessian, mère de Jason. Derechef, Jack cligna des paupières, et il retrouva sa mère : sa mère à vingt-huit ans, souriant au monde avec défi, d'un air mutin.

C'était un panneau d'affichage. En haut et en travers, il était écrit :

TROISIÈME FESTIVAL ANNUEL DU FILM POLICIER DE SÉRIE B
POINT VENUTI, CALIFORNIE
CINÉMA BITKER
10 DÉCEMBRE - 20 DÉCEMBRE
AVEC EN VEDETTE CETTE ANNÉE
LILY CAVANNAUGH
« LA REINE DES SÉRIES B »

— Jack, c'est ta mère, dit Richard. Le respect enrouait sa voix. S'agit-il d'une coïncidence ? Ce n'est pas possible, si ?

Jack secoua la tête. Non, tu parles d'une coïncidence...

— Viens, lança-t-il à Richard. Je crois que nous sommes presque arrivés.

Tous les deux cheminèrent côte à côte sur la route de Point Venuti.

CHAPITRE 38

LE BOUT DE LA ROUTE

1

Tout en marchant, Jack étudia soigneusement la démarche voûtée et le visage luisant de Richard. Ce dernier semblait à présent se traîner à la seule force de la volonté. Quelques nouveaux boutons purulents avaient éclos sur sa figure.

— Ça va, Richie ?

— Non, je ne me sens pas très bien, mais je peux encore marcher, Jack. Tu n'as pas besoin de me porter.

Baissant la tête, Richard continua à avancer pitoyablement. Jack comprit que son ami, qui avait tant de souvenirs de ce singulier petit chemin de fer et de sa singulière petite gare, s'accommodait moins bien que lui de la réalité actuellement existante : traverses cassées, rouillées, mauvaises herbes, lierre vénéneux... plus au bout, un bâtiment délabré, dont la peinture, encore pimpante dans sa mémoire, s'était toute défraîchie, une bicoque où quelque chose rampait maladroitement dans l'obscurité.

J'ai la sensation de m'être laissé piéger, avait dit Richard, et Jack croyait comprendre ça, mais pas avec l'*intime* compréhension de Richard. C'était peut-être plus que celui-ci ne pouvait en supporter. Un pan entier de l'enfance de Richard s'écroulait comme un château de cartes. La voie ferrée et la gare abandonnée avec les orbites creuses de ses fenêtres avaient dû paraître une sinistre parodie aux yeux de Richard ; encore d'autres fragments de son passé détruit, dans le sillage de tout ce qu'il apprenait ou admettait concernant son père. A l'instar de celle de Jack, toute la vie de Richard commençait à se plier à la loi des Territoires, or Richard n'était pas préparé à une telle transformation.

2

Pour ce qu'il avait dit à Richard du Talisman, Jack aurait juré que c'était la vérité : le Talisman savait qu'ils arrivaient. Jack l'avait senti juste au moment de voir le portrait de sa mère resplendir sur le panneau publicitaire. Cette impression se révélait désormais aussi pressante que puissante. Comme si un énorme animal s'était réveillé à des kilomètres de distance, et que son ronronnement fasse résonner la terre... ou comme si toutes les ampoules électriques d'un immeuble de cent étages venaient de s'allumer juste au-dessus de l'horizon, provoquant une illumination assez forte pour masquer les étoiles... ou encore comme si l'on avait branché le plus grand aimant du monde, qui attirait la boucle de ceinture de Jack, la monnaie enfouie dans ses poches et ses plombages dentaires, et n'aurait de cesse avant de l'aspirer en son cœur. Cet énorme animal ronronnant, cette illumination soudaine et brutale, cette force magnétique... tout cela vibrait dans la poitrine de Jack. Là-bas, dans la direction de Point Venuti, quelque chose réclamait Jack Sawyer, et ce que Jack Sawyer savait principalement de l'objet qui l'appelait de manière si viscérale, c'était qu'il était gros. Gros. De la taille d'un éléphant, d'une ville. Une telle force ne pouvait émaner d'une babiole.

Et Jack s'interrogea sur son aptitude à manier quelque chose d'aussi monumental. Le Talisman était prisonnier d'un vieil hôtel magique et sinistre ; sans doute l'avait-on caché là non seulement pour le protéger des mains criminelles, mais en partie aussi parce que son maniement se révélait difficile pour quiconque, quelles que fussent ses intentions. Jack se demanda si Jason n'avait pas été le seul être capable de le manipuler, de s'en servir sans faire du mal à lui-même ni au Talisman. Conscient de la force et de l'urgence de son appel, Jack ne pouvait qu'espérer ne pas faiblir devant le Talisman.

— Tu comprendras, Richie. Richard le surprit par ces paroles, prononcées d'une voix grave, sourde. Mon père disait ça. Il disait que je comprendrais. « *Tu comprendras, Richie.* »

— Ouais, fit Jack en regardant soucieusement son ami. Comment te sens-tu, Richard ?

En plus des abcès encerclant ses lèvres, Richard présentait désormais une collection de rougeurs ou de boutons virulents en travers de ses tempes et de son front bourgeonnants. On aurait dit qu'un essaim d'insectes avait réussi à se nicher juste sous la surface de son épiderme irrité. Un instant, Jack eut la vision de Richard Sloat le matin où il avait escaladé sa fenêtre du foyer Nelson, à Thayer College ; Richard Sloat avec ses lunettes fermement campées sur l'arête du nez et son pull fourré dans la ceinture de son pantalon. Est-ce que ce garçon excessivement solide, correct, referait un jour surface ?

— Je peux encore marcher, dit Richard. Mais qu'est-ce qu'il voulait dire ? C'est ça que j'étais censé comprendre ou quoi ?

— Tu as quelque chose de nouveau sur la figure, constata Jack. Veux-tu te reposer un peu ?

— Naan, répondit Richard avec la même inflexion caverneuse. Mais je sens cette éruption. Ça me démange. Je crois que j'en ai aussi dans le dos.

— Fais voir, dit Jack.

Docile comme un chien, Richard s'immobilisa au milieu de la route. Les yeux clos, il respirait par la bouche. Les plaques rouges flamboyaient sur ses tempes et son front. Jack passa derrière lui, remonta sa veste et souleva le dos de sa chemise oxford maculée et crasseuse, autrefois bleue. Ici, les boutons semblaient plus petits, pas aussi monstrueux ou virulents ; ils s'étendaient des maigres omoplates de Richard jusqu'au bas de son dos, à peine gros comme des tiques.

Inconsciemment, Richard poussa un immense soupir découragé.

— Tu en as ici aussi, mais moins, le rassura Jack.

— Merci, dit Richard. Inspirant un bon coup, il leva la tête. Le ciel gris au-dessus paraissait assez lourd pour écraser la terre. L'océan bouillonnait contre les rochers, en bas de la falaise abrupte. Il ne reste plus que trois kilomètres, vrai de vrai, reprit Richard. J'y arriverai.

— Je peux te porter quand tu voudras, déclara Jack, exprimant ainsi sans le vouloir sa conviction que Richard aurait·besoin de remonter sur son dos d'ici peu.

Richard secoua la tête et tenta vainement de rentrer sa chemise dans son pantalon.

— Parfois je pense que je... parfois je pense que je ne pourrai pas...

— Nous allons pénétrer dans cet hôtel, Richard, coupa Jack en prenant Richard par le bras pour le forcer à avancer. Toi et moi. Ensemble. Je n'ai pas la moindre idée de ce qui va se passer une fois que nous y serons, mais tu m'accompagnes. Peu importe qui essaye de nous arrêter. Rappelle-toi bien ça.

Richard lui lança un regard mi-craintif, mi-reconnaissant. A présent, Jack apercevait les contours irréguliers des futures pustules grouillant sous la peau de ses joues. Une fois de plus, Jack fut conscient de la puissante force qui l'attirait, le forçait à marcher comme il avait forcé Richard.

— Tu parles de mon père, traduisit Richard.

Il battit des paupières et Jack pensa qu'il luttait contre les larmes ; l'épuisement magnifiait les émotions de Richard.

— Entre autres, dit Jack, pas très sincère. Allons-y, mon pote.

— Mais que dois-je comprendre ? Je ne...

Richard regarda autour de lui, clignant ses yeux sans défense. Le monde était flou pour Richard, se rappela Jack.

— Tu commences déjà à comprendre, Richie, souligna Jack.

Alors un sourire incroyablement amer tordit un instant la bouche de Richard. Il lui avait été donné de comprendre beaucoup plus qu'il ne souhaitait savoir. D'ailleurs, son ami lui-même regrettait momentanément de ne s'être pas sauvé tout seul de Thayer College au beau milieu de la nuit. Mais le temps où il aurait pu préserver l'innocence de Richard était loin derrière lui, s'il avait vraiment existé. Richard jouait un rôle essentiel dans la mission de Jack. Celui-ci sentit des mains puissantes étreindre son cœur : les mains de Jason, celles du Talisman.

— Nous sommes sur la bonne route, dit-il, et Richard aligna son rythme de marche sur le sien.

— Nous allons trouver mon père à Point Venuti, n'est-ce pas ?

— Je te protégerai, Richard, affirma Jack. Maintenant, c'est toi le troupeau.

— Quoi ?

— Personne ne te fera de mal, à moins que tu ne te grattes à mort.

Chemin faisant, Richard marmonnait tout bas. Ses mains glissaient sur ses tempes enflammées pour les frotter encore et encore. De temps à autre, il plongeait ses doigts dans sa tignasse et se grattait comme un chien avec des grognements à moitié satisfaits.

3

Peu après que Richard eut remonté sa chemise, révélant l'efflorescence de son dos, ils aperçurent le premier arbre des Territoires. Celui-ci poussait sur le bord de la route, côté terre ; son branchage sombre et sa colonne d'écorce grossière et irrégulière émergeaient d'un buisson de lierre rougeâtre, plastifié. Dans le tronc béaient des trous, en forme d'yeux ou de bouches. Depuis l'épais tapis de plantes en bas, un bruissement de racines gourmandes agita les feuilles cireuses au-dessus, comme s'il soufflait une brise.

— Retraversons la route, dit Jack en espérant que Richard n'ait pas vu l'arbre.

Derrière eux, il entendait encore les grosses racines caoutchouteuses ramper entre les tiges de lierre.

Est-ce un GARÇON ? N'y a-t-il pas un GARÇON là-haut ? Un garçon SPÉCIAL peut-être ?

Les mains de Richard voltigeaient de ses flancs à ses épaules, et de là à ses tempes et à son cuir chevelu. Sur ses joues, la seconde éruption de pustules évoquait un maquillage de film d'horreur ; il aurait pu incarner un bébé monstre dans un des vieux péplums de Lily Cavannaugh. Jack remarqua que, sur le dos des mains de Richard, les pustules rouges commençaient à se fondre en grandes zébrures flamboyantes.

— Tu peux vraiment continuer à marcher, Richard ? s'enquit-il.

Richard inclina la tête.

— Bien sûr. Pendant quelque temps. Il lorgna de l'autre côté de la route. Ce n'était pas un arbre normal, n'est-ce pas ? Je n'avais jamais vu un arbre pareil auparavant, pas même dans un bouquin. C'était un arbre des Territoires, non ?

— J'en ai bien peur, admit Jack.

— Ce qui signifie que les Territoires sont réellement proches, n'est-ce pas ?

— En effet.

— Donc, là-haut, il y aura davantage de ces arbres, n'est-ce pas ?

— Si tu connais la réponse, pourquoi me poses-tu des questions ? riposta Jack. Oh, Jason, je dis n'importe quoi. Excuse-moi, Richie. Je crois que j'espérais que tu ne l'avais pas vu. Ouais, j'imagine qu'il y en aura de plus en plus. Ne nous en approchons pas trop.

En tout état de cause, Jack songea que « là-haut » était une drôle de manière de désigner l'endroit où ils allaient. La route descendait résolument suivant une pente régulière, et chaque cinquante mètres parcourus semblait la soustraire davantage au jour. Tout trahissait l'invasion des Territoires.

— Peux-tu jeter un coup d'œil à mon dos ? supplia Richard.

— Sûr. Jack retroussa à nouveau la chemise de Richard. Il se garda bien de dire quoi que ce soit, alors que sa première réaction eût été de gémir. Le dos de Richard était à présent tout hérissé de cloques rouges d'où paraissait presque irradier de la chaleur.

— Ça a un peu empiré, dit-il.

— Je m'en doutais. Rien qu'un peu, hein ?

— Rien qu'un peu.

En moins de deux, pensa Jack, Richard allait diablement ressembler à une valise en croco... Crocoboy, le fils d'Elephant man.

Pas loin devant, deux arbres poussaient ensemble, entrelaçant leurs troncs verruqueux d'une manière qui suggérait la violence plutôt que l'amour. Comme Jack les surveillait du regard en se dépêchant de les dépasser, il crut voir les trous noirs de l'écorce grimacer dans leur direction pour leur souffler des baisers ou des injures. De même qu'il était sûr d'entendre grincer les racines au pied des arbres siamois. (*GARÇON ! Un GARÇON par ici ! NOTRE garçon !*)

Bien que ce fût en plein après-midi, l'air devint sombre, bizarrement grenu, comme une vieille photo de journal. Là où poussaient avant les graminées sur le bas-côté intérieur de la route, là où fleurissait la délicate dentelle blanche de la ciguë, une herbe rase méconnaissable tapissait la terre. Dotée de rares feuilles et d'aucune fleur, celle-ci évoquait des serpents lovés ensemble et sentait vaguement le mazout. A l'occasion, le soleil flamboyait dans les ténèbres granulaires, tel un faible incendie orangé. Cela rappelait à Jack un cliché de Gary, Indiana, pris de nuit ; les flammes infernales nourries de toxiques, sur fond de ciel noir et pollué. D'en bas, le Talisman l'attirait aussi sûrement que le ferait un géant en l'attrapant par ses vêtements. L'essieu de tous les mondes possibles. Il embarquerait Richard dans cet enfer — et défendrait sa vie de toutes ses forces — même s'il fallait qu'il l'y traînât par les chevilles. Et ce dernier devait être sensible à la détermination de Jack, car, sans cesser de se gratter les flancs et les épaules, il trottait péniblement à ses côtés.

J'y arriverai, se dit Jack, décidant d'ignorer le mal qu'il se donnait pour ranimer son courage. *Dussé-je traverser une douzaine de mondes différents, j'y arriverai.*

4

Trois cents mètres plus bas, un groupe de vilains arbres des Territoires étaient massés sur le bord de la route, tels des brigands. Arrivé à leur hauteur de l'autre côté de la chaussée, Jack risqua un coup d'œil sur les racines sinueuses et entrevit, à demi enfoui dans la terre où celles-ci serpentaient, un petit squelette blanchi, jadis un gamin de huit ou neuf ans, portant encore une chemise écossaise vert et noir qui tombait en poussière. Jack déglutit et passa son chemin en vitesse, Richard à la remorque comme un animal en laisse.

5

Quelques minutes plus tard, Jack Sawyer contemplait Point Venuti pour la première fois.

CHAPITRE 39

POINT VENUTI

1

Point Venuti se situait en contrebas dans le paysage, accroché aux parois de la falaise qui dévalait vers l'océan. Au fond, une chaîne de montagnes en dents de scie se dressait massivement dans le clair-obscur. Celles-ci ressemblaient à d'antiques éléphants profondément ridés. La route longeait de hauts murs en bois, puis contournait une longue structure métallique brunâtre — une usine ou un entrepôt — avant de disparaître dans une volée de terrasses, les toits mats d'autres entrepôts. Du point de vue de Jack, la route ne réapparaissait pas avant d'attaquer la pente d'en face, grimpant vers le sud en direction de San Francisco. Il ne voyait que la descente en escalier des toitures d'entrepôts, des parkings clôturés et, loin vers la droite, le gris hivernal des flots. Il n'y avait pas un chat sur la portion de route visible ; personne ne se montrait dans toute la rangée de petites fenêtres à l'arrière de l'usine la plus proche. La poussière tourbillonnait à travers les parkings vides. Point Venuti semblait désert, mais Jack savait que ce n'était qu'une apparence. Morgan Sloat et ses cohortes — du moins celles qui avaient survécu à l'arrivée surprise du Tchou-Tchou des Territoires — attendaient de pied ferme l'entrée en scène de Jack la Vadrouille et Richard le Rationnel. Le Talisman tonnait contre Jack, le pressant d'arriver.

— Eh bien, nous y voilà, coco, dit-il, et de se lancer en avant.

Deux nouvelles facettes de Point Venuti vinrent s'offrir immédiatement à sa vue. La première consista en l'apparition d'une vingtaine de centimètres de l'arrière d'une limousine Cadillac ; Jack distinguait la peinture noire polie, le pare-chocs rutilant, un bout de feu arrière droit. Jack regretta ardemment que le Loup renégat assis au volant n'ait pas fait partie des victimes du camp de la Bonne Volonté. Puis il reporta son regard sur l'océan. Les eaux grisâtres moussaient au bord du rivage. Un mouvement insensible au-dessus de l'usine et des toits d'entrepôts retint son attention au milieu du pas suivant. VIENS ICI, criait le Talisman à sa manière magnétique, irrésistible. Point Venuti semblait se refermer à la manière d'un poing. Haut au-dessus des toits, et seulement alors visible, une girouette sombre, sans couleur, en forme de tête de loup tournoyait aléatoirement en arrière et en avant, sans obéir à aucun vent.

Dès que Jack vit la girouette déréglée tourner de gauche à droite, puis de droite à gauche et effectuer ensuite un cercle complet, il sut qu'il venait d'avoir son premier aperçu de l'hôtel Noir, du moins de l'un de ses charmes. Des toits des entrepôts, de la route devant, de toute la ville invisible, montait une incontestable sensation d'hostilité, aussi palpable qu'une gifle en pleine figure. Les Territoires suintaient littéralement à Point Venuti, constata Jack ; par ici, la réalité était bien rongée. La tête de loup tourbillonnait absurdement entre ciel et terre, tandis que le Talisman continuait d'attirer Jack. VIENS ICI VIENS ICI MAINTENANT MAINTENANT... Jack prit conscience qu'au moyen d'une attraction accrue et incroyable, le Talisman chantait en son honneur. Sans parole ni harmonie, quoique musicale, la courbe d'un chant de baleine qui demeurerait inaudible à n'importe qui d'autre.

Le Talisman savait qu'il venait d'apercevoir la girouette de l'hôtel.

Point Venuti avait beau être l'endroit le plus dépravé et le plus dangereux de toute l'Amérique du Nord et du Sud, songea Jack, du coup doublement courageux, rien ne saurait l'empêcher de pénétrer dans l'hôtel Azincourt. Il se tourna vers Richard avec la sensation de n'avoir rien fait que se reposer et s'entraîner pendant un mois, et tâcha de masquer la consternation que lui inspirait l'état de son ami. Richard ne réussirait pas non plus à l'arrêter ; si besoin était, il ferait passer ce dernier à travers les murs de ce maudit hôtel. Il vit l'infortuné Richard labourer de ses ongles son cuir chevelu, puis l'urticaire géant de ses joues et de ses tempes.

— Nous allons y arriver, Richard, dit-il. Je le sais. Je me fiche de toutes les dingueries qu'ils peuvent nous faire voir. Nous allons y arriver.

— Nos ennuis vont avoir des ennuis avec nous, déclara Richard, citant — certainement à son insu — le docteur Seuss. Il marqua une pause. Je ne sais pas si j'en suis capable. Je t'assure. Je ne tiens plus debout. Il jeta à Jack un regard mettant à nu son angoisse. Qu'est-ce qui *m'arrive*, Jack ?

— Je l'ignore, mais je sais comment arrêter ça... (En espérant qu'il dise vrai.)

— C'est mon père qui me fait ça ? demanda misérablement Richard.

De ses mains, il tâta gauchement son visage enflé, puis sortit sa chemise de son pantalon et examina le florissant exanthème rouge sur son estomac. Rappelant vaguement la forme de l'État d'Oklahoma, les papules commençaient à la ceinture et s'étalaient des deux côtés en remontant près du cou.

— On dirait une sorte de virus. C'est mon père qui me l'a donné ?

— Je ne crois pas qu'il l'ait fait exprès, Richie, dit Jack. Si ça a un sens.

— Pas le moindre, répliqua Richard.

— Tout va s'arrêter. L'express de Seabrook Island arrive au bout de sa route.

Richard à ses côtés, Jack allait de l'avant... quand il vit les feux arrière de la Cadillac s'allumer, puis s'éteindre, avant que le véhicule ne sortît de leur champ de vision.

Cette fois, il n'y aurait pas d'attaque surprise ni de glorieuse arrivée pulvérisant une clôture avec un train d'armement et de munitions, mais même si tout le monde à Point Venuti était au courant de leur venue, Jack suivait sa route. Brusquement, il avait l'impression d'avoir endossé une armure et de tenir un glaive magique. Personne là-bas n'avait le pouvoir de lui nuire, du moins pas avant qu'il n'atteigne l'hôtel Azincourt. Jack suivait sa route, Richard le Rationnel à ses côtés, et tout irait bien. Mais il n'avait pas fait trois pas, tous ses muscles au diapason du Talisman, qu'il disqualifiait l'image du chevalier partant au combat au profit d'une autre bien meilleure, plus appropriée. L'image sortait tout droit d'un des films de sa mère, transmise par télégramme céleste. Il se vit à cheval, un chapeau à larges bords sur le crâne et un pistolet fixé à la hanche, en train de galoper pour aller nettoyer Deadwood Gulch.

Last Train to Hangtown, se souvint-il : Lily Cavannaugh, Clint Walker et Will Hutchins, 1960. Ainsi soit-il.

2

Quatre ou cinq arbres des Territoires surgissaient de la terre battue marron devant le premier des bâtiments abandonnés. Peut-être étaient-ils là depuis toujours, laissant traîner leurs branches sur la route presque jusqu'à la ligne blanche, peut-être pas ; Jack ne se souvenait pas de les avoir vus, la première fois où il regarda d'en haut la ville embusquée. Pourtant, il n'était guère plus concevable d'ignorer les arbres qu'une meute de chiens enragés. Tandis que Richard et lui approchaient de l'entrepôt, il entendait bruire leurs racines à la surface du sol. (*NOTRE garçon ? NOTRE garçon.*)

— Passons de l'autre côté de la route, dit-il à Richard en empoignant sa main boursouflée pour le faire traverser.

Sitôt qu'ils atteignirent le bord opposé de la chaussée, un arbre des Territoires s'étira visiblement dans leur direction, branche et racine comprises. Si les végétaux possédaient un estomac, ils auraient entendu le sien gargouiller. La branche noueuse et la racine lisse, serpentine, franchirent d'un coup la ligne continue, puis la moitié de la distance restante jusqu'aux garçons. Jack donna un coup de coude à Richard, suffoqué, avant de l'attraper par le bras pour le faire avancer. (*MON MON MON MON GARÇON ! OUIII !*)

Un bruit perçant, déchirant, emplit soudain les airs, et un instant Jack crut que Morgan d'Orris se forçait à nouveau un passage entre les mondes, redevenant Morgan Sloat... Morgan Sloat avec une dernière proposition impossible à refuser, impliquant une mitraillette, un chalumeau et une paire de tenailles chauffées à blanc... mais à la place du père furibond de Richard, la cime de l'arbre s'abattit au milieu de la route, rebondit une fois dans un craquement de branchage, puis roula sur le côté tel un animal mort.

— Oh, mon Dieu, s'exclama Richard. Il a jailli du sol pour nous courir après.

Exactement ce que pensait Jack.

— Un arbre kamikaze, commenta-t-il. Je crois que la situation risque légèrement de s'emballer, ici à Point Venuti.

— A cause de l'hôtel Noir ?

— Sûr... mais aussi à cause du Talisman. Inspectant la route, il repéra un autre bouquet d'arbres carnivores environ dix mètres plus bas. L'ambiance ou les vibrations, appelle comme tu voudras ce méli-mélo, s'annoncent bien survoltées... parce que tout est confondu, le bon et le mauvais, le noir et le blanc.

Tout en parlant, Jack gardait l'œil sur le bosquet dont ils se rapprochaient à présent lentement ; sous ses yeux, l'arbre le plus proche tourna sa cime vers eux, comme si celui-ci avait reconnu sa voix.

Peut-être que la ville entière devenait un énorme Oatley, songeait Jack, et peut-être qu'il s'en sortirait après tout... mais si un tunnel devait se présenter, la dernière chose que ferait Jack Sawyer serait de s'y aventurer. Il n'avait absolument aucune envie de rencontrer la version locale d'Elroy.

— J'ai peur, dit Richard derrière lui. Jack, et si d'autres arbres se mettent à bondir du sol comme ça ?

— Tu sais, le rassura Jack, j'ai remarqué que, même s'ils sont mobiles, les arbres ne peuvent aller très loin. Même une tortue comme toi est capable de battre un arbre à la course.

Il attaquait le virage final, qui descendait entre les derniers entrepôts. Le Talisman l'appelait de plus belle, aussi sonore que la harpe chantante du géant dans *Jack and the Beanstalk*. Jack sortit enfin du tournant, et le reste de Point Venuti s'étendit sous ses pieds.

Son côté Jason le poussait de l'avant. Jadis Point Venuti devait constituer une plaisante petite station balnéaire, mais cette époque était révolue depuis longtemps. Désormais Point Venuti équivalait au tunnel d'Oatley, et il lui faudrait le traverser d'un bout à l'autre. La chaussée défoncée, lézardée, plongeait dans un quartier de maisons incendiées, encerclées d'arbres des Territoires. Les ouvriers des usines et des entrepôts aujourd'hui vides devaient loger dans ces minuscules bicoques en bois. Un ou deux vestiges suffisaient à montrer ce à quoi celles-ci pouvaient ressembler. Des carcasses tordues de voitures brûlées gisaient çà et là autour des maisons, envahies d'herbes sauvages. A travers les fondations dévastées des habitations minuscules rampaient lentement les racines des arbres des Territoires. Des briques et des planches noircies, des baignoires cassées, renversées, des tuyaux déformés jonchaient les parkings sinistrés. Une tache de blanc tira l'œil de Jack, mais il regarda ailleurs dès qu'il reconnut les os blanchis d'un squelette démembré, accroché sous le nœud de racines. Autrefois des gosses avaient parcouru ces rues à bicyclette, des ménagères se réunissaient dans les cuisines pour se plaindre du chômage et des bas salaires, des hommes astiquaient leurs autos dans les allées... tout cela enfui à jamais. Une balançoire déglinguée, effritée par la rouille, pointait ses articulations entre les gravats et les herbes folles.

De petites flammes rougeâtres clignotaient dans le ciel enténébré.

Après le secteur des deux pâtés de maisons incendiés et des arbres voraces, un feu de circulation éteint pendait au-dessus d'un croisement désert. De l'autre côté du croisement, sur le flanc d'un bâtiment calciné, on pouvait encore lire : UH OH ! BETTER GET MAA sous la photo cloquée, vérolée, de l'avant d'une voiture jaillissant littéralement de la vitrine. L'incendie n'était pas allé plus loin, au grand regret de Jack. Point Venuti se révélant une ville pestiférée, le feu aurait mieux valu que la corruption. Le bâtiment avec la publicité à moitié détruite pour la peinture Maaco était le premier d'une rangée de commerces. La librairie de la Planète Dangereuse, Thé et Sympathie, la boutique diététique de Ferdy, Néon Village ; Jack ne déchiffrait qu'un petit nombre d'enseignes, car sur la plupart des façades la peinture s'était écaillée et racornie depuis belle lurette. Ces boutiques semblaient fermées, aussi abandonnées que les usines et les entrepôts en haut de la colline. Même de là où il se tenait, Jack voyait bien que les vitrines étaient cassées depuis si longtemps qu'on aurait dit des lunettes sans verre, des yeux vides d'idiot. Des taches de peinture décoraient les devantures de magasins, rouges, noires et jaunes, sortes de balafres étrangement criardes dans la triste pénombre. Une femme nue, si famélique que Jack pouvait lui compter les côtes, tournoyait lentement et cérémonieusement comme une girouette sur la chaussée jonchée d'ordures. Au-dessus du corps pâle avec ses seins tombants et sa toison pubienne, sa figure était peinte en orange vif. Ses cheveux aussi était orange. Jack s'immobilisa et regarda la folle au visage peinturluré et à la crinière teinte lever ses bras, tordre son torse aussi posément que quelqu'un en train d'exécuter un mouvement de Tai Chui, lancer son pied gauche au-dessus d'une charogne de chien grouillante de mouches et rester ainsi figée, telle une statue. Symbole de tout Point Venuti, la dingue tint sa position. Lentement, son pied redescendit et la silhouette décharnée pivota.

Au-delà de la femme, au-delà de la rangée de commerces déserts, la grande rue devenait résidentielle, du moins à ce que supposait Jack. Ici aussi, des balafres de peinture vive défiguraient les constructions, de petites maisons à un étage jadis d'un blanc éclatant, désormais recouvertes d'estafilades de couleurs et de graffiti. Un slogan lui sauta aux yeux : TU ES MORT MAINTENANT, gribouillé sur le côté d'un bâtiment lézardé, isolé, qui devait sans doute abriter autrefois une pension de famille. Les mots ne dataient pas d'aujourd'hui.

JASON, J'AI BESOIN DE TOI, lui clamait le Talisman dans un langage à la fois en deçà et au-delà de la parole.

— Je ne peux pas, chuchota Richard à ses côtés. Jack, je sais que je ne peux pas.

Après le désespérant alignement de maisons décrépies, la route replongeait, et Jack n'apercevait que les arrières d'une paire de limousines Cadillac noires, une de chaque côté de la rue, garées dans le sens de la pente, moteur au ralenti. Comme une photo truquée, l'air incroyablement énorme et lugubre, le haut — la moitié ? le tiers ? — de l'hôtel Noir surplombait les arrières de Cadillac et les horribles petites baraques. L'hôtel semblait flotter, tronqué à cause de la dernière déclivité.

— Je ne peux pas y aller, répétait Richard.

— Je ne suis même pas sûr que nous puissions dépasser les arbres, dit Jack. Prépare-toi, Richie.

Richard émit un drôle de reniflement que Jack ne reconnut pas tout de suite comme un bruit de pleurs. Il posa le bras sur l'épaule de Richard. L'hôtel possédait le paysage, c'était évident. L'hôtel Noir possédait Point Venuti, l'air au-dessus, la terre en dessous. En le regardant, Jack vit les girouettes virevolter dans des sens contraires, les clochetons et les bulbes se dresser telles des verrues dans l'air grisâtre. L'Azincourt paraissait effectivement construit en pierre... une pierre millénaire, aussi noire que du goudron. A une fenêtre de l'étage, une lumière clignota soudain ; aux yeux de Jack, c'était comme si l'hôtel lui avait cligné de l'œil, secrètement réjoui de le trouver enfin si proche. Une vague silhouette sembla s'effacer de la fenêtre ; une seconde après, le reflet d'un nuage ondoya sur la vitre.

Depuis quelque part à l'intérieur, le Talisman entonnait son chant, que seul Jack pouvait capter.

3

— Je crois qu'il a grandi, souffla Richard.

Celui-ci avait oublié de se gratter depuis qu'il avait vu l'hôtel flotter, passé la dernière côte. Les larmes ruisselaient sur les pustules rouges de ses joues, et Jack nota que ses yeux étaient complètement enfouis sous l'urticaire ; Richard n'avait même plus besoin de lorgner.

— C'est impossible, mais l'hôtel était plus petit, Jack. J'en suis sûr.

— A partir de maintenant, rien n'est impossible, dit Jack, plutôt inutilement, car cela faisait longtemps qu'ils avaient pénétré dans le royaume de l'impossible.

Et l'Azincourt se révélait si immense, si monumental, qu'il semblait disproportionné avec le reste de la ville.

L'excentricité architecturale de l'hôtel Noir, tous les pignons et les girouettes en cuivre hérissant les tours cannelées, les coupoles et les bulbes, qui auraient dû lui donner un air fantaisie, ne le rendaient que plus menaçant, cauchemardesque. On aurait dit qu'il sortait d'une espèce d'anti-Disneyland où Donald Duck aurait étranglé Fifi, Riri et Loulou, et où Mickey aurait abattu Minnie bourrée d'héroïne.

— J'ai peur, dit Richard, et JASON VIENS MAINTENANT chantait le Talisman.

— Ne me lâche pas d'une semelle, vieux, et nous filerons de cet endroit comme des anguilles.

JASON VIENS MAINTENANT !

Le bosquet d'arbres des Territoires juste devant se mit à bruire au moment où Jack avança.

Terrifié, Richard lambinait derrière. Jack songea que ce dernier se retrouvait peut-être à présent quasiment aveugle, privé de ses verres et avec ses yeux qui se fermaient progressivement. Il tendit le bras et tira Richard en avant, sentant du même coup à quel point sa main et son poignet avaient fondu.

Richard vint en trébuchant. Son poignet décharné brûlait dans la main de Jack.

— Surtout, ne ralentis pas, dit Jack. Tout ce que nous avons à faire, c'est de les doubler.

— Je ne peux pas, sanglotait Richard.

— Veux-tu que je te porte ? Je suis sérieux, Richard. Je veux dire, ça pourrait être pire. Je parie que si nous ne lui avions pas anéanti autant de troupes là-bas, il aurait posté des gardes tous les cinquante mètres.

— Tu ne progresserais pas assez vite si tu me portais. Je te ralentirais.

Et tu crois que tu fais quoi, en ce moment ? vint à l'esprit de Jack, au lieu de quoi il dit simplement :

— Reste à ma droite, Richie, et à trois, fonce comme un dératé. Pigé ? Un... deux... trois !

Tirant Richard par le bras, il se mit à longer les arbres au trot. Richard fit un faux pas, hoqueta, puis réussit à se redresser et à suivre sans tomber. Des geysers de poussière apparurent au pied des troncs, branle-bas de terre pulvérisée et de choses grouillantes qui ressemblaient à des scarabées géants, aussi brillants que du cirage de chaussure. Un petit oiseau marron s'envola des herbes proches du bouquet d'arbres vengeurs, et une racine flexible comme une trompe d'éléphant fouetta la poussière et l'attrapa en plein vol.

Une autre racine glissait en direction de la cheville gauche de Jack, sans être assez longue. Les bouches d'écorce noueuse criaient et hurlaient...
(AMOUREUX ? AMOUREUX ?)

Jack serra les dents et lutta pour forcer Richard à fuir. Les cimes des arbres enchevêtrés commençaient déjà à se balancer et à s'incliner. Des nids et des familles entières de racines serpentaient vers la ligne blanche, se déplaçant comme si chacune était dotée d'une volonté indépendante. Richard faiblit, puis ralentit incontestablement quand il tourna la tête pour éviter Jack et regarder les arbres tentaculaires.

— Avance ! brailla Jack en lui secouant le bras.

Ses excroissances rouges lui donnèrent la sensation de pierres bouillantes enfouies sous la peau. Il traîna Richard de force, voyant trop de racines entrelacées ramper joyeusement sur la ligne médiane.

Jack prit Richard par la taille au moment précis où une longue racine sifflait dans les airs et venait s'enrouler autour de son bras.

— Seigneur ! glapit Richard. Jason ! Elle m'a eu ! Elle m'a eu !

Avec horreur, Jack vit l'extrémité de la racine, une aveugle tête de ver, se dresser et le regarder fixement. Après quoi celle-ci ondula paresseusement dans les airs, puis s'enroula une fois de plus autour du bras brûlant de

Richard. Une flopée de racines glissaient sur la chaussée dans leur direction.

Jack tirait Richard de toutes ses forces et regagna quinze centimètres. La racine accrochée au bras de son ami se tendit comme une corde. Jack verrouilla ses bras autour de la taille de Richard et se rejeta impitoyablement en arrière. Richard poussa un effroyable cri inarticulé. Une seconde, Jack craignit que l'épaule de Richard n'ait cédé, mais une grosse voix intérieure ordonna : TIRE ! Il s'arc-bouta sur ses talons et força de plus belle.

Puis tous deux faillirent s'écrouler dans un nid de racines rampantes, car l'unique vrille enserrant le bras de Richard venait de casser net. Jack ne garda son équilibre qu'en pédalant frénétiquement à l'envers, les reins cambrés pour entraîner aussi Richard sur la route. Dans cette attitude, ils dépassaient les derniers arbres quand ils entendirent les craquements et les déchirements qu'ils connaissaient déjà. Cette fois, Jack n'eut pas besoin d'enjoindre Richard de prendre les jambes à son cou.

L'arbre le plus proche s'extirpa du sol en grondant et retomba dans un bruit de tremblement de terre à peine à un mètre environ derrière Richard. A sa suite, les autres s'effondrèrent sur la chaussée, agitant leurs racines comme des chevelures rebelles.

— Tu m'as sauvé la vie, dit Richard, qui s'était remis à pleurer de fatigue, de faiblesse et d'émotion plutôt que de peur.

— A partir de maintenant, mon vieux, tu grimpes sur mon dos, dit Jack, haletant, et il se baissa pour aider Richard à se mettre en position.

4

— J'aurais dû te le dire, chuchota Richard. Son visage était brûlant dans le cou de Jack, tout comme sa bouche contre son oreille. J'ai peur que tu me détestes, mais je ne t'en voudrais pas, vraiment. Je sais que j'aurais dû te le dire.

Il semblait ne peser guère plus qu'une cosse, comme s'il ne restait plus rien de lui à l'intérieur.

— A propos de quoi ?

Jack installa Richard carrément au milieu de son dos, et éprouva à nouveau l'inquiétante sensation qu'il ne transportait qu'une enveloppe vide de chair.

— L'homme qui venait rendre visite à mon père... et le camp de la Bonne Volonté... et le placard. Sonnant creux, le corps de Richard trembla contre le dos de son ami. J'aurais dû te le dire. Mais je pouvais même pas me l'avouer à moi-même.

Le Talisman lui fait cet effet, songea Jack. Un instant plus tard, il se corrigeait : *non. C'est l'hôtel Noir qui lui fait cet effet.*

Les deux limousines, qui stationnaient l'avant vers le bas en haut de la prochaine colline, avaient à un moment disparu pendant la bagarre avec les arbres des Territoires, mais l'hôtel subsistait, grandissant encore au moindre pas de Jack. La femme nue et efflanquée, une autre victime de l'hôtel, exécutait toujours sa folle pavane devant la morne enfilade des boutiques. Les flammèches rouges dansaient, vacillaient, dansaient dans l'air obscurci. Il n'y avait plus d'heure : ni matin, ni après-midi, ni nuit. C'était le temps des Terres Dévastées. L'hôtel Azincourt semblait vraiment bâti en pierre, bien que Jack sût qu'il n'en était rien. On aurait dit que le bois s'était calcifié, épaissi, qu'il avait noirci de l'intérieur. Les girouettes de cuivre, loup, corbeau, serpent et motifs circulaires cryptiques que Jack ne reconnaissait pas, pivotaient suivant des vents contraires. Plusieurs fenêtres clignotèrent en avertissement, mais cela pouvait être tout bonnement le reflet occasionnel des feux follets. Il n'apercevait toujours pas le fond de la vallée ni le rez-de-chaussée de l'Azincourt, et ne serait en mesure de les voir qu'une fois passé la librairie, le salon de thé et les autres commerces qui avaient échappé au sinistre. Où était donc Morgan Sloat ?

D'ailleurs où se trouvait tout le fichu comité de réception ? Captant de nouveau l'appel du Talisman, Jack resserra sa prise sur les jambes fluettes de Richard, et sentit un être plus fort, plus dur, prendre le dessus en lui.

— Ne va pas me détester parce que je n'ai pas pu... balbutia Richard, laissant sa phrase en suspens.

JASON, VIENS MAINTENANT VIENS MAINTENANT !

Jack se cramponna aux maigres guiboles de Richard et traversa la zone incendiée où jadis se dressaient tant de maisons. Les arbres des Territoires qui utilisaient ce quartier sinistré comme leur réfectoire privé murmurèrent et s'agitèrent, mais ils étaient trop loin pour inquiéter Jack.

La femme au milieu de la rue déserte et semée d'ordures pirouetta lentement sur elle-même dès lors qu'elle prit conscience de la progression du garçon. Elle était en plein milieu d'un exercice complexe, mais toute ressemblance avec le Tai Chui s'évanouit lorsqu'elle laissa retomber ses bras et sa jambe tendue pour rester plantée comme un piquet à côté d'un chien mort, à regarder Jack et son fardeau descendre la côte dans sa direction. Durant un moment, elle fit penser à un mirage, trop hallucinante pour être réelle, cette femme famélique avec ses cheveux hérissés et sa figure orange vif ; puis elle bondit maladroitement de l'autre côté de la rue, dans un magasin anonyme. Jack ricana, sans s'en rendre compte — tant la sensation de triomphe et de ce qu'il ne pouvait appeler autrement que son indomptable vaillance le prit par surprise.

— Es-tu vraiment capable d'y arriver ? haleta Richard, et Jack répondit :

— A partir de maintenant, je peux tout faire.

Il aurait pu ramener Richard jusque dans l'Illinois si le puissant objet mélodieux emprisonné dans l'hôtel lui avait ordonné de le faire. De nouveau, Jack sentit le dénouement proche et songea : *il fait si sombre ici parce que tous ces mondes s'entassent, se chevauchent comme une triple surimpression sur un même film.*

5

Jack perçut les habitants de Point Venuti avant de les voir. Ils ne l'attaqueraient pas — Jack en avait la certitude absolue depuis que la folle s'était enfuie dans une des boutiques. Ils l'observaient. Depuis les vérandas, à travers les treillis, du fond des salles vides, ils l'épiaient ; avec peur, fureur ou de frustration, impossible à dire.

Richard s'était endormi ou évanoui sur son dos, et respirait par petites bouffées sèches et brûlantes.

Jack contourna la charogne de chien et jeta un regard en biais dans le trou qui tenait lieu de vitrine à la librairie La Planète Dangereuse. D'abord, il ne distingua que les macaronis sales des seringues hypodermiques usagées qui jonchaient le sol, au milieu des livres ouverts à plat éparpillés de-ci, de-là Sur les murs, les hautes étagères vides formaient autant de bâillements. Puis un mouvement convulsif dans l'arrière sombre du magasin lui tira l'œil, et deux silhouettes pâles sortirent de l'obscurité. Toutes deux arboraient la barbe et de longs corps nus où les tendons saillaient pareils à des cordes. Les blancs de quatre yeux fous étincelèrent dans sa direction. L'un des deux hommes n'avait qu'une main et grimaçait un sourire. Son érection se balançait devant lui, monstrueux bâton blême. Il devait rêver, se dit Jack. Où était passée l'autre main du type ? Il risqua un nouveau coup d'œil. Désormais il ne voyait plus qu'un enchevêtrement de membres blancs et décharnés.

Jack ne regarda la vitrine d'aucune autre boutique, mais des yeux invisibles suivaient son cheminement.

Bientôt il dépassa les minuscules pavillons à un étage. TU ES MORT MAINTENANT s'étendait sur un mur latéral. Il ne regarderait pas les vitrines, se promit-il ; interdiction.

Des figures orange hérissées de crinières orange s'agitèrent derrière une fenêtre du rez-de-chaussée.

— Chéri, chuchota une femme depuis la maison suivante. Mon cher petit Jason.

Cette fois, il regarda. TU ES MORT MAINTENANT. Elle se tenait juste de l'autre côté d'une petite fenêtre cassée, en train de tripoter les chaînes qui avaient été serties dans ses mamelons, avec un sourire en coin à son intention. Jack sonda ses yeux inexpressifs, et la femme laissa retomber ses mains et s'écarta gauchement de la fenêtre. La chaîne pendit de toute sa longueur entre ses seins.

Des yeux espionnaient Jack du fond des pièces obscures, entre les mailles de treillis, depuis les espaces vides sous les vérandas.

L'hôtel surgit devant lui, mais plus du tout en droite ligne. La route devait avoir insensiblement obliqué, car à présent l'Azincourt se profilait résolument sur sa gauche. A propos, avait-il toujours l'air aussi imposant ? Son côté Jason, ou Jason en personne, se réveilla en Jack, et il vit que l'hôtel Noir, quoique toujours immense, n'avait rien d'une montagne.

VIENS, J'AI BESOIN DE TOI MAINTENANT, cria le Talisman. TU AS

RAISON : IL N'EST PAS AUSSI GRAND QU'IL VEUT TE LE FAIRE CROIRE.

En haut de la dernière côte, Jack fit halte pour regarder en bas. Ils étaient là, d'accord, tous sans exception. Et il y avait l'hôtel Noir, tout *entier*. Main Street descendait jusqu'à la plage, laquelle était de sable blond coupé d'énormes affleurements rocheux pareils à des chicots décolorés. L'Azincourt se dressait à une courte distance sur sa gauche, flanqué du côté océan par une jetée en pierre massive qui s'avançait loin dans la mer. Devant, garées à la file, une douzaine de longues limousines noires attendaient, moteurs au ralenti, certaines poussiéreuses, d'autres polies comme des miroirs. Des serpentins de fumée blanche, nuages bas plus blancs que l'air, s'échappaient de nombreuses voitures. Des hommes avec le complet sombre des agents du FBI patrouillaient le long de la clôture, leurs mains à hauteur d'yeux. Lorsque Jack aperçut deux éclairs de lumière rouge scintiller devant la figure de l'un d'eux, il fit instinctivement un bond de côté, derrière le mur d'une petite bicoque, réagissant avant même d'avoir pris conscience que les autres étaient équipés de jumelles.

Durant une ou deux secondes, il devait avoir offert une cible parfaite, planté debout au sommet de la colline. Comprenant qu'un instant d'inattention avait failli provoquer sa capture, Jack eut momentanément du mal à respirer et reposa son épaule contre les bardeaux gris qui s'écaillaient. D'une secousse, Jack remonta Richard sur son dos en une position plus confortable.

Quoi qu'il en soit, il savait à présent qu'il devrait d'une manière ou d'une autre s'approcher de l'hôtel Noir par la mer, ce qui impliquait de traverser la plage ni vu ni connu.

Une fois redressé, il risqua un coup d'œil au coin de la maison et scruta le bas de la pente. L'armée réduite de Morgan Sloat siégeait dans les limousines ou, errant comme des fourmis, ils s'attroupaient face à la haute grille noire. Dans un moment de délire, Jack se remémora avec une totale précision sa première vision du palais d'été de la reine. Alors il avait aussi contemplé un théâtre grouillant de gens qui apparemment allaient et venaient de façon erratique. Comment était-ce à présent ? Ce jour-là — qui semblait appartenir à la préhistoire, si loin devait-il remonter dans sa mémoire — la foule autour de la tente, la scène entière dégageaient en dépit de tout une indéniable aura d'ordre et de paix. Cela était fini désormais, Jack en aurait juré. Actuellement Osmond devait régler la scène devant l'imposante structure de toile, et ces gens assez braves pour se risquer à l'intérieur du pavillon devaient y entrer la tête détournée. Et la reine alors ? s'inquiéta Jack, qui ne put s'empêcher de se rappeler ces traits étonnamment familiers enchâssés dans l'écrin blanc de la literie.

Et puis le cœur de Jack manqua de s'arrêter, et la vision du pavillon et de la reine malade sombra dans un coin de sa mémoire. Le révérend Gardener pénétra dans le champ de vision de Jack, un porte-voix à la main. La brise de mer rabattait une épaisse mèche de cheveux blancs en travers de ses lunettes de soleil. Le temps d'une seconde, Jack eut l'impression de renifler son odeur douceâtre d'eau de Cologne mêlée à sa puanteur de fauve. Jack en oublia de respirer pendant cinq secondes peut-être, et resta simplement planté à côté du mur de bardeaux cloqué et fissuré, les yeux fixés sur le forcené qui hurla des ordres à des hommes vêtus de noir, pirouetta, montra du doigt quelque chose hors de la vue de Jack et esquissa une éloquente moue de mécontentement.

Jack songea à respirer.

— Eh bien, voici une situation intéressante, Richard, énonça Jack. Nous avons un hôtel qui peut doubler de taille, à mon avis selon son humeur, et en bas nous avons aussi le bonhomme le plus cinglé de la terre.

Richard, que Jack croyait endormi, le surprit en marmonnant un truc à peine audible comme *pâque*.

— Quoi ?

— A l'attaque, chuchota faiblement Richard. En avant, mon pote.

Jack rit de bon cœur. Une seconde après, il descendait prudemment la pente, longeant l'arrière des maisons à travers les hautes prêles, en direction de la plage.

CHAPITRE 40

SPEEDY A LA PLAGE

1

Au bas de la pente, Jack s'aplatit dans l'herbe et rampa, traînant Richard comme il avait autrefois traîné son sac à dos. Lorsqu'il atteignit la lisière des hautes graminées jaunes en bordure de la route, il progressa à plat ventre centimètre par centimètre en ouvrant l'œil. Directement en face de lui, de l'autre côté de la chaussée, commençait la plage. D'énormes rochers érodés par la tempête se détachaient sur le sable grisâtre ; le ressac argenté écumait sur le rivage. A gauche, Jack inspecta la rue. Un peu plus loin que l'hôtel, du côté intérieur de la route côtière, se dressait un long édifice en ruine pareil à une pièce montée coupée en tranches. Au-dessus, une enseigne de bois avec un énorme trou au milieu annonçait KINGSLA TEL. Le Kingsland Motel, se rappela Jack, là où Morgan Sloat s'installait, lui et son petit garçon, lors de ses obsessionnels pèlerinages à l'hôtel Noir. Une tache blanche qui n'était autre que le révérend Gardener errait plus haut dans la rue, morigénant manifestement plusieurs des hommes en noir et agitant la main vers la colline. *Il ignore que je suis déjà ici*, songea Jack tandis que l'un des individus entreprenait de traverser la route de la plage en regardant à droite et à gauche. Gardener fit un nouveau geste sec, impérieux de la main, et la limousine stationnée en bas de Main Street s'éloigna de l'hôtel et se mit à rouler au pas derrière l'homme au complet sombre. Celui-ci déboutonna son veston dès qu'il se retrouva sur le trottoir de Main Street et sortit un pistolet d'un holster à l'épaule.

Les conducteurs au volant des limousines tournèrent la tête et scrutèrent la colline. Jack bénit sa chance : cinq minutes de plus, et un Loup renégat armé d'un pistolet géant aurait mis un terme à sa quête du grand mystère mélodieux de l'hôtel Noir.

Il n'apercevait que les deux derniers étages de l'hôtel, et ses tournettes aléatoires fichées en haut des excentricités architecturales de la toiture. A cause de sa vision en contre-plongée, la digue qui coupait la grève en deux à droite de l'établissement semblait s'élever à six mètres ou plus, dévalant le sable pour s'avancer dans l'eau.

VIENS MAINTENANT VIENS MAINTENANT, criait le Talisman avec des mots qui n'étaient pas des mots, plutôt l'expression quasi physique de l'urgence.

L'homme au pistolet était désormais hors de vue, mais les conducteurs le suivaient toujours des yeux pendant qu'il gravissait la côte en direction des aliénés de Point Venuti. Le révérend Gardener leva son porte-voix et gronda :

— Exterminez-le ! Je veux qu'il soit exterminé ! Il pointa son engin vers un autre type en noir, qui ajustait précisément ses lunettes pour scruter la rue en direction de Jack. Toi ! Espèce d'abruti ! Prends l'autre côté de la rue... et *extermine-moi ce méchant garçon*, oh oui, le plus méchant des méchants garçons, *méchant*...

Sa voix se perdit, tandis que le second type s'élançait au trot vers le trottoir opposé, son poing déjà prolongé par le pistolet.

C'était le moment ou jamais, jugea Jack ; personne ne surveillait la route côtière.

— Accroche-toi bien, murmura-t-il à Richard, qui ne broncha pas. Ça va valser.

Il se mit à croupetons, sachant que le dos de Richard était sans doute visible au dessus des graminées jaunes et des herbes hautes. Plié en deux, il bondit hors du bas-côté et posa les pieds sur la chaussée.

En un rien de temps, Jack Sawyer se retrouva à plat ventre dans le sable crissant. Il se propulsa en avant à l'aide de ses pieds. Une des mains de Richard se cramponnait à son épaule. Jack se tortilla sur la grève jusqu'à ce qu'il arrive derrière la première grande dalle rocheuse, après quoi il resta étendu sans bouger, essoufflé, le menton dans ses mains, avec Richard aussi léger qu'une plume sur son dos. A environ six mètres, l'eau battait le bord de la plage. Jack entendait encore le révérend Gardener hurler après les imbéciles et les incompétents, sa voix hystérique portant depuis le haut de Main Street. Le Talisman le pressait d'avancer, le pressait encore et encore...

Richard dégringola de son dos.

— Ça va ?

Levant une main grêle, Richard effleura son front du bout des doigts, le pouce calé sur la joue.

— Je crois. Tu vois mon père ?

Jack secoua la tête.

— Pas encore.

— Mais il est ici.

— Je pense. Il devrait y être.

Le Kingsland, se remémora Jack, revoyant mentalement la façade défraîchie, l'enseigne de bois démantibulée. Morgan Sloat devait se terrer dans le motel où il avait si souvent séjourné six ou sept ans auparavant. Sur-le-champ, Jack sentit la présence menaçante de Morgan Sloat dans les parages, comme si de savoir où était Sloat avait convoqué sa personne.

— Allez, ne t'inquiète pas pour lui. La voix de Richard semblait prête à se briser. Je veux dire, ne t'inquiète pas pour moi à cause de lui. Je pense qu'il est mort, Jack.

Jack dévisagea son ami avec un regain d'angoisse : se pourrait-il que Richard perde vraiment la tête ? Nul doute que Richard fût fiévreux. En haut de la côte, le révérend Gardener brailla : DISPERSEZ-VOUS ! avec son porte-voix.

— Tu crois...

Puis Jack entendit une autre voix, laquelle ne faisait d'abord que chuchoter en contrepoint des ordres furieux de Gardener. Cet accent lui était déjà familier, et Jack reconnut son timbre et son débit avant de l'avoir véritablement identifiée. Et, bizarrement, il constata que le son particulier de cette voix tendait à le décontracter — presque comme s'il pouvait dès à présent cesser d'intriguer et de se tourmenter puisque tout allait rentrer dans l'ordre — avant même de pouvoir nommer son propriétaire.

— Jack Sawyer, répéta la voix. Par ici, fiston.

C'était la voix de Speedy Parker.

— Oui, souffla Richard, et il referma ses yeux bouffis, semblable à un cadavre délavé par la mer.

Je crois que mon père est mort, voulait dire Richard, mais l'esprit de Jack n'avait que faire des élucubrations de son camarade.

— Par ici, appela encore Speedy, et le gamin vit que le son provenait du plus gros amas de rochers, trois pitons verticaux reliés à la base, tout proches du bord de l'eau. Une ligne sombre, marque de la marée haute, coupait la roche au quart de sa hauteur.

— Speedy, murmura Jack.

— Ouais, bouchon, lui vint en réponse. Amène-toi par ici sans que ces zombies te voient, tu peux ? Et fais suivre aussi ton camarade.

Richard gisait toujours sur le sable, face au ciel, sa main sur sa figure.

— Viens, Richie, lui chuchota Jack à l'oreille. Il faut descendre un peu plus la plage. Speedy est là.

— Speedy ? chuchota en retour Richard, si doucement que Jack eut du mal à entendre.

— Un ami. Tu vois les rochers en bas ? Il souleva la tête de Richard sur son cou de poulet. Il est derrière. Il va nous aider, Richie. Dorénavant nous avons besoin d'un coup de main.

— Je ne vois pas bien, geignit Richard. Et je suis si fatigué...

— Regrimpe sur mon dos.

Il se tourna et s'aplatit le plus possible dans le sable. Les bras de Richard lui entourèrent les épaules et se joignirent mollement.

Jack jeta un œil au coin du rocher. Au bout de la route, le révérend Gardener rajustait sa coiffure tout en se dirigeant à grandes enjambées vers l'entrée du Kingsland Motel. L'hôtel Noir dressait sa masse imposante. Le Talisman appelait Jack Sawyer à pleine gorge. Gardener hésita une fois à la porte du motel, lissa ses cheveux des deux mains, secoua la tête, puis fit promptement volte-face et se mit à remonter d'un pas encore plus rapide l'interminable file de limousines. Son porte-voix se leva.

— AU RAPPORT TOUS LES QUARTS D'HEURE ! glapit-il. VOUS LES ÉCLAIREURS : DITES-MOI SI VOUS VOYEZ UNE MOUCHE VOLER ! JE SUIS SÉRIEUX !

Gardener s'éloignait ; tous les autres l'observaient. C'était le bon moment. Jack se rua hors de son abri de pierre et, plié en deux tandis qu'il agrippait les avant-bras inconsistants de Richard, il dévala la plage au galop. Ses pieds soulevaient de véritables escalopes de sable humide. Les trois colonnes jointes de rochers, qui lui avaient paru si proches pendant sa discussion avec Speedy, semblaient à présent se situer à un kilomètre ; l'espace libre qui l'en séparait ne diminuait en rien. On aurait dit que les rocs reculaient au fur et à mesure que lui-même avançait. Jack s'attendait à entendre claquer un coup de feu. Sentirait-il la balle en premier, ou bien percevrait-il la détonation avant que le projectile ne l'abatte ? A la fin, les trois piliers emplirent sa vision tout entière et il arriva à bon port, se projeta en avant et patina pour se réfugier derrière.

— Speedy ! s'exclama-t-il, prêt à éclater de rire malgré les événements.

Mais la vue de Speedy, qui était assis adossé contre le pilier du milieu, avec une petite couverture bigarrée à ses côtés, lui enleva toute envie de rire... et, du même coup, la moitié de ses espoirs.

2

Car Speedy Parker avait plus mauvaise mine que Richard. De loin. Sa figure crevassée, suintante, ébaucha un piètre salut à l'intention de Jack, et le gamin conclut que Speedy ne faisait que confirmer son désespoir. Speedy ne portait qu'un vieux caleçon marron, et toute sa peau semblait horriblement ravagée, comme en proie à la lèpre.

— Mets-toi à ton aise maintenant, mon vieux Jack-la-Vadrouille, murmura Speedy d'une voix nasillarde, enrouée. Il y a pas mal de choses que tu dois entendre, alors ouvre bien tes oreilles.

— Comment ça va ? s'enquit Jack. Je veux dire... Seigneur, Speedy... y a-t-il quelque chose que je puisse faire pour toi ?

Il déposa doucement Richard sur le sable.

— Ouvre tes oreilles, comme j't'ai dit. Ne va pas t'faire de souci pour Speedy. J'n'suis pas trop en forme, comme tu peux le voir, mis j'peux retrouver la forme, si tu fais bien ce qu'il faut. Le papa de ton petit camarade m'a infligé ce mal... à son propre fils aussi, on dirait. Le vieux Glauque ne veut pas voir son môme rôder dans cet hôtel, non, monsieur. Mais tu dois l'y emmener, fiston. Il n'y a pas d'autre solution. Tu dois le faire.

Speedy semblait tour à tour se matérialiser et s'estomper comme il instruisait Jack, qui n'avait jamais eu plus envie de hurler et de gémir depuis la mort de Wolf. Ses yeux lui piquaient, et il se retenait de pleurer.

— Je sais, Speedy, acquiesça-t-il. Je l'avais deviné.

— T'es un bon ga'çon, déclara le vieillard. Il renversa sa tête de côté et dévisagea Jack attentivement. T'es unique, c'est vrai. La route t'a laissé sa marque, je vois. T'es unique. Tu dois y arriver.

— Comment va maman, Speedy ? demanda Jack. Je t'en prie, dis-moi. Elle est encore en vie, hein ?

— Tu l'appelleras dès que tu peux pour t'assurer qu'elle va bien, répondit Speedy. Mais d'abord tu dois aller le chercher. Parce que sinon, elle mourra. Comme Laura, la reine. Elle mourra aussi. Grimaçant de douleur, Speedy se secoua pour redresser son dos. Laisse-moi t'expliquer. A la cour, presque tout le monde l'a abandonnée... l'a déjà donnée pour morte. Sa physionomie exprima le dégoût. Ils ont tous peur de Morgan. Parce qu'ils savent que Morgan les écorchera vivants s'ils ne lui prêtent pas allégeance dès maintenant. Alors que Laura n'a pas encore rendu son dernier souffle. Mais au fin fond des Territoires, des serpents à deux pattes comme Osmond et sa bande ont traîné leurs guêtres en disant aux gens qu'elle était déjà morte. Or, si elle meurt, Jack-la-Vadrouille, si elle meurt... Il tendit sa figure dévastée vers le garçon. Alors nous aurons une horreur noire dans les deux mondes. Une horrible noirceur. Tu peux appeler ta maman. Mais d'abord tu dois aller le chercher. Tu le dois. C'est notre dernier espoir à présent.

Jack n'eut pas besoin de lui demander ce qu'il voulait dire.

— J'suis content que tu comprennes, fiston.

Speedy ferma les yeux et adossa sa tête contre la pierre.

La seconde d'après, ses yeux se rouvrirent lentement.

— Les destinées. Voilà de quoi il s'agit. Plus de destinées, plus de vies que tu n'connais. As-tu entendu le nom de Rushton ? J'espère que oui, depuis tout ce temps.

Jack hocha la tête.

— Toutes ces destinées expliquent pourquoi ta maman t'a conduit jusqu'à l'hôtel de l'Alhambra, Jack-la-Vadrouille. J'étais simplement assis à t'attendre, confiant que tu te montrerais. Le Talisman t'a attiré ici, petit. Jason. Voici un nom que tu connais aussi, j'espère.

— C'est moi, déclara Jack.

— Alors empare-toi du Talisman. J'ai apporté cette petite chose ; elle te sera utile.

D'un geste las, il empoigna la couverture, qui, nota Jack, était en caoutchouc et n'avait donc après tout rien d'une couverture.

Jack prit le paquet caoutchouteux de la main scarifiée de Speedy.

— Mais comment puis-je accéder à l'hôtel ? demanda-t-il. Je ne peux pas franchir la grille, et je ne peux pas non plus nager avec Richard.

— Souffle là-dedans.

Les yeux de Speedy s'étaient refermés.

Jack déplia l'objet. C'était un canot pneumatique en forme de cheval mais sans pattes.

— Tu la reconnais ? Aussi cassée fût-elle, la voix nostalgique de Speedy retrouva une certaine clarté. Toi et moi, nous l'avons ramassée dans le temps. Je t'avais expliqué son nom.

Soudain, Jack se souvint d'être venu voir Speedy, ce jour qui semblait plein d'ombres et de lumières, et de l'avoir trouvé assis à l'intérieur d'un baraquement circulaire, en train de réparer les chevaux du manège. *Tu vas prendre quelques libertés avec la Dame, mais je parie qu'elle ne s'en formalisera pas si tu m'aides à la remettre là d'où elle vient.* A présent, ceci aussi prenait une autre signification. Une nouvelle pièce du puzzle se mit en place pour Jack.

— Dame d'Argent, énonça-t-il.

Speedy lui fit un clin d'œil, et une fois de plus Jack éprouva la sensation irréelle que l'ensemble de sa vie avait concouru à l'amener précisément à ce point.

— Ton camarade tiendra le coup ?

Sa question était — presque — superflue.

— Je crois que oui.

Jack jeta un regard anxieux sur Richard qui avait roulé sur le flanc et respirait à peine, les yeux clos.

— Alors tant que tu y crois, gonfle notre bonne Dame d'Argent que voici. Tu dois emmener ce garçon avec toi quoi qu'il arrive. Lui aussi a son rôle à jouer.

Le teint de Speedy sembla encore s'altérer le temps de leur station sur la plage ; il avait pris une coloration grise malsaine. Avant de porter l'embout à ses lèvres, Jack réitéra sa question :

— Je ne peux vraiment rien faire pour toi, Speedy ?

— Bien sûr que si. Va au drugstore de Point Venuti et achète-moi un flacon d'onguent de Lydia Pinkham. Speedy secoua la tête. Tu sais parfaitement comment aider Speedy Parker, petit. Empare-toi du Talisman. Voilà toute l'aide dont j'ai besoin.

Jack souffla dans la bouée.

3

Très peu de temps après, il enfonçait le bouchon situé à l'arrière du canot, qui présentait la forme d'un cheval en caoutchouc long d'environ un mètre mais doté d'un dos anormalement large.

— Je ne sais pas si je serai capable de hisser Richard là-dessus, dit-il en pensant à voix haute, loin de se plaindre.

— Il est capable d'obéir aux ordres, monsieur Jack-la-Vadrouille. Assieds-toi simplement derrière lui et aide-le à se tenir. C'est tout ce dont il a besoin.

Et de fait Richard s'était traîné à l'abri des blocs de rocher et respirait doucement et régulièrement, la bouche ouverte. Jack n'aurait su dire s'il dormait ou non.

— Très bien, opina Jack. Y a-t-il un ponton ou quelque chose d'approchant derrière le bâtiment ?

— Mieux qu'un ponton, Jacky. Dès que tu auras dépassé la digue, tu verras d'énormes pilotis ; ils ont bâti toute une partie de l'hôtel au-dessus des eaux. Tu verras une échelle au milieu des pilotis. Fais grimper Richard en haut de l'échelle et vous débarquerez sur la grande terrasse de derrière. Là, d'immenses fenêtres, ce genre de fenêtres qui sont aussi des portes, tu sais ? Ouvre une de ces portes-fenêtres et vous atterrirez dans la salle à manger. Il ébaucha un sourire. Une fois dans la salle à manger, je présume que tu seras capable de flairer le Talisman. Mais n'en aie pas peur, fiston. Il t'attend ; il viendra à ta main comme un bon chien.

— Comment empêcher tous ces types de se lancer à ma poursuite ?

— Peuh, ils ne peuvent pas entrer dans l'hôtel Noir.

Le mépris que lui inspirait la stupidité de Jack s'imprima sur tous ses traits.

— Je sais, dans l'eau je veux dire. Pourquoi ne me poursuivraient-ils pas avec un bateau ou je ne sais quoi ?

Speedy esquissa alors un sourire douloureux mais sincère.

— Je pense que tu vas vite comprendre, Jack-la-Vadrouille. Le vieux Glauque et ses gars doivent se tenir à l'écart de l'eau, hi hi hi. Ne t'en fais donc pas pour ça. Rappelle-toi seulement ce que je t'ai dit et fais ce que tu as à faire, t'entends ?

— Je suis déjà là, riposta Jack, qui se coula entre les rochers pour scruter le front de mer et l'hôtel.

Il avait réussi à traverser la route et à rejoindre la cachette de Speedy sans se faire voir ; sûr qu'il pouvait tirer Richard jusqu'à l'eau et le faire monter sur le pneumatique. Avec un peu de chance, il arriverait même à atteindre les pilotis en catimini. Gardener et les hommes aux lunettes concentraient leur attention sur la ville et la colline.

Jack risqua un coup d'œil par l'encoignure d'un bloc. Les limousines stationnaient toujours devant l'hôtel. Jack tendit le nez un peu plus pour apercevoir l'autre côté de la rue. Un individu en complet sombre s'apprêtait à franchir le seuil de cette ruine de Kingsland Motel ; il luttait pour s'empêcher de regarder l'hôtel Noir, remarqua Jack.

Un coup de sifflet déchira les airs, aussi aigu et obsédant qu'un cri de femme.

— Vas-y ! murmura Speedy d'une voix rauque.

Dressant brusquement la tête, Jack vit en haut de la pente herbeuse, juste derrière les bicoques délabrées, un autre type vêtu de sombre qui s'époumonait sur son sifflet en tendant le doigt dans sa direction. Ses cheveux noirs flottaient sur ses épaules ; avec ses cheveux, son costume noir et ses lunettes de soleil, on aurait dit l'Ange de la Mort.

— TROUVEZ-LE ! TROUVEZ-LE ! braillait Sunlight Gardener. ABATTEZ-LE ! MILLE DOLLARS AU FRÈRE QUI ME RAPPORTERA SES COUILLES !

Jack se blottit à l'abri des rochers. Moins d'une seconde après, une balle ricocha en plein sur le pilier central bien avant que le bruit de la détonation ne leur parvînt. *Bon je suis fixé maintenant*, songea Jack en attrapant Richard par le bras et en le traînant vers le canot. *D'abord, on se fait descendre, puis on entend le coup partir.*

— Il faut y aller à présent, dit Speedy en un flot précipité de paroles. Dans trente secondes, il va y avoir une belle fusillade. Reste derrière la digue le plus possible, puis coupe au plus court. Va le chercher, Jack.

Jack lança à Speedy un regard affolé, désespéré, tandis qu'une seconde balle claquait dans le sable à l'entrée de leur petit refuge. Puis il poussa Richard à l'avant du canot et nota avec une certaine satisfaction que son ami avait assez de présence d'esprit pour empoigner les touffes de la crinière en caoutchouc et s'y cramponner. Speedy leva la main droite dans un geste à la fois de salut et de bénédiction. A genoux, Jack donna une poussée au canot qui le projeta presque au ras de l'eau. Entendant un autre coup de sifflet strident, il se mit à quatre pattes. Jack courait encore lorsque le pneumatique prit la mer ; quand il se hissa à bord, il était mouillé jusqu'à la taille.

Jack souqua ferme le long de la digue. Une fois arrivé au bout, il obliqua vers le large et se remit à pagayer.

4

Après quoi Jack se concentra sur ses rames, chassant résolument de son esprit toute considération sur ce qu'il ferait si les hommes de main de Morgan avaient tué Speedy. Il fallait qu'il parvienne aux pilotis, un point c'était tout. Une balle heurta l'eau, provoquant un minuscule geyser à environ deux mètres sur sa gauche. Il en entendit une autre ricocher en sifflant sur la digue. Jack ramait de toutes ses forces.

Un certain temps s'écoula. Combien ? il n'en avait aucune idée. Finalement, Jack se laissa rouler par-dessus bord et gagna l'arrière à la nage, de sorte qu'il puisse pousser encore plus vite avec des ciseaux de jambes. Un courant presque imperceptible le portait vers son but. Enfin apparurent les pilotis, de hautes colonnes de bois entartrées, aussi grosses que des poteaux téléphoniques. Jack leva le menton hors de l'eau et vit l'énorme masse de l'hôtel se dresser au-dessus de la grande plate-forme noire qui les surplombait. Il jeta un coup d'œil à droite, en arrière, mais Speedy n'avait pas bougé. A moins que... Ses bras semblaient dans une position différente. Peut-être que...

Il régnait une certaine effervescence sur la lande en pente, derrière la rangée de maisons en ruine. Jack leva les yeux et aperçut quatre hommes en complet sombre qui galopaient vers la plage. Une vague fouetta le canot, manquant de le lui arracher des mains. Richard gémit. Deux des hommes les montraient du doigt en faisant des mouvements avec leurs bouches.

Un autre rouleau secoua le canot et menaça de le rabattre vers le rivage avec ses passagers.

Un rouleau, songea Jack, quel rouleau ?

Il regarda à l'avant du pneumatique dès que celui-ci replongea dans un creux. Le large dos gris de quelque chose sûrement trop gros pour n'être qu'un simple poisson s'enfonçait loin de la surface. Un requin ? Avec angoisse, Jack prit conscience de ses deux jambes qui flottaient derrière lui.

Il mit la tête sous l'eau, terrifié à l'idée de voir un ventre oblong en forme de cigare foncer sur lui toutes dents dehors.

S'il ne vit pas cette forme-là, pas exactement, ce qu'il vit le stupéfia.

L'océan, qui semblait à présent très profond, se révélait aussi peuplé qu'un aquarium, quoique ne contenant aucun poisson de taille ou d'aspect habituel. Seuls des monstres évoluaient dans cet aquarium. Sous les jambes de Jack s'affairait tout un zoo d'animaux géants, parfois terriblement laids. Ils devaient circuler sous lui et le canot depuis qu'il y avait assez de fond pour eux, car les flots grouillaient littéralement. La créature qui terrorisait les Loups renégats ondoya à dix mètres de profondeur, long comme un train de marchandises à destination du sud. Elle remontait sous le nez de Jack. Une membrane clignotait sur ses yeux. D'interminables moustaches pendaient de sa gueule abyssale ; celle-ci évoquait un monte-charge, songea Jack. Le monstre glissa à sa hauteur, poussant Jack plus près de l'hôtel grâce au volume d'eau déplacé, et dressa un mufle ruisselant au-dessus des flots. Son profil velu rappelait l'Homme de Néanderthal.

Le vieux Glauque et ses gars doivent se tenir à l'écart de l'eau, lui avait dit Speedy en rigolant.

La force qui cachait le Talisman dans l'hôtel Noir avait lâché ces créatures dans les eaux de Point Venuti afin de s'assurer que les méchants restent à distance ; et Speedy le savait. Les corps gigantesques guidaient délicatement le canot de plus en plus près des pilotis, mais les remous ainsi occasionnés ne permettaient à Jack d'avoir qu'une vue très fragmentaire de ce qui se passait à terre.

En chevauchant une crête, il aperçut le révérend Gardener planté devant la grille noire, cheveux au vent, en train de braquer sur lui un long et lourd fusil de chasse. Le pneumatique piqua dans le creux de la lame ; le projectile siffla loin au-dessus de sa tête avec le bruit d'un oiseau-mouche, bientôt suivi de la détonation. Lorsque Gardener tira un deuxième coup, un être pisciforme de trois mètres de long avec une grande nageoire dorsale en guise de voile bondit aussitôt hors des flots pour stopper la balle. D'un seul et même mouvement, l'animal se cabra et fendit à nouveau l'eau. Jack entrevit un énorme trou déchiqueté dans son flanc. Lorsqu'il se retrouva à nouveau en haut d'une vague, Gardener partit au trot à travers la plage, visiblement en direction du Kingsland Motel. Les poissons géants continuèrent à déporter le frêle esquif vers les pilotis.

5

Une échelle, avait dit Speedy, et, dès que Jack arriva sous la grande plate-forme, il scruta la pénombre afin de tâcher de la repérer. Les gros pilots, incrustés d'algues et d'arapèdes et tout ruisselants de varech, se dressaient en quatre rangées. Si l'échelle avait été posée à l'époque des fondations, il se pouvait qu'elle fût désormais hors de service ; en tout cas, une échelle de bois recouverte de fucus et de crustacés n'était pas chose facile à trouver. Les énormes pieux hérissés n'avaient pas cette épaisseur à l'origine. Jack posa ses avant-bras sur l'arrière du canot et se servit de la belle queue en caoutchouc pour remonter à bord. Ensuite, tout frissonnant, il déboutonna sa chemise trempée — la même oxford blanche, sport, trop petite d'une taille, dont Richard lui avait fait cadeau à l'autre bout des Terres Dévastées — et la laissa tomber pesamment au fond du canot. Ayant perdu ses chaussures dans l'eau, il enleva aussi ses chaussettes humides et les jeta sur la chemise en tas. Richard était assis à la proue, affalé sur ses genoux, les yeux clos et la bouche fermée.

— Nous cherchons une échelle, dit Jack.

Richard acquiesça d'un signe de tête à peine perceptible.

— Crois-tu que tu pourrais grimper à l'échelle, Richie ?

— Peut-être, chuchota Richard.

— Bon, elle se trouve quelque part dans le coin. Probablement fixée à un de ces pilotis.

Ramant des deux mains, Jack amena le canot entre deux pilots de la première rangée. L'appel du Talisman était continu à présent et semblait presque suffisamment puissant pour l'arracher du pneumatique et le déposer sur la terrasse. Ils dérivaient entre la première et la deuxième haie de pilotis, d'ores et déjà sous l'alignement noir et massif de la plate-forme ; ici comme au-dehors, des feux follets s'enflammaient dans les airs, vacillaient, s'éteignaient. Jack compta : quatre rangées de poteaux, à raison de cinq par rangée. Soit vingt endroits possibles pour l'échelle. Avec l'obscurité ambiante et l'inextricable dédale de couloirs offert par les pilotis, leur excursion tenait de la visite des Catacombes.

— Ils ne nous ont pas descendus, remarqua Richard, impassible.

Sur le même ton où il aurait pu dire : il n'y a plus de pain à la boulangerie.

— On nous a donné un coup de main.

Jack regarda Richard replié sur ses genoux. Celui-ci serait incapable de monter à l'échelle si on ne le galvanisait pas un peu.

— Nous allons droit sur un pilotis, lança Jack. Penche-toi et pousse en arrière, tu veux ?

— Quoi ?

— Evite-nous de heurter le pilotis, répéta Jack. Allez, Richard. Il faut que tu m'aides.

Cela parut marcher. Richard entrouvrit l'œil gauche et posa sa main droite sur le bord du pneumatique. Comme ils dérivaient de plus en plus près du gros pieu, il tendit la main gauche afin de dévier leur trajectoire. Alors quelque chose sur le pilier émit un bruit de ventouse, comme des lèvres qu'on suçote.

Richard grogna et rétracta sa main.

— Qu'est-ce que c'était ? demanda Jack, sans que Richard eût besoin de lui répondre.

Désormais les deux garçons distinguaient les espèces de limaces accrochées au bois. C'est qu'avant leurs yeux et leurs bouches étaient fermées. Effrayées, elle commencèrent à bouger sur leur perchoir en claquant des dents. Jack mit ses mains dans l'eau et fit passer l'avant du canot derrière le pilotis.

— Mon Dieu, s'écria Richard. Les minuscules bouches sans lèvre recélaient une flopée de dents. Seigneur, je ne supporte pas...

— Il te faudra bien le supporter, Richard, dit Jack. Tu n'as pas entendu Speedy là-bas sur la plage ? Peut-être est-il mort à l'heure actuelle, Richard, et, si c'est vrai, il a risqué sa vie pour s'assurer que je savais ta présence nécessaire ici.

Richard avait refermé les yeux.

— Et je me fiche du nombre de limaces qu'il nous faudra tuer pour grimper, tu monteras l'échelle, Richard. Un point, c'est tout. Voilà.

— Tu m'embêtes, riposta Richard. Tu n'as pas à me parler comme ça. J'en ai marre de tes grands airs. Je sais que je monterai à l'échelle, où qu'elle soit. J'ai au moins quarante de fièvre, mais je sais que je monterai cette échelle. Sauf que j'ignore si je pourrai le supporter. Alors va au diable. Richard avait débité tout son discours les yeux clos. Péniblement, il rouvrit ses mirettes. Zut !

— J'ai besoin de toi, plaida Jack.

— Zut. Je monterai l'échelle, espèce d'idiot.

— En ce cas, je ferais mieux de la trouver, déclara Jack en poussant le canot vers la rangée de poteaux suivante, quand soudain il l'aperçut.

6

L'échelle pendait tout droit entre les deux rangées du milieu, à environ un mètre vingt de la surface de l'eau. Un vague rectangle en haut indiquait qu'une trappe s'ouvrait sur la plate-forme. Vu l'obscurité, ce n'était qu'un fantôme d'échelle, à peine visible.

— Au travail, Richie, dit Jack.

Arrivé au prochain poteau, il guida le canot avec précaution, veillant bien à ne pas l'érafler au passage. Les centaines de pseudo-limaces accrochées au pilotis montrèrent leurs crocs. En quelques secondes, la tête de cheval à l'avant du canot glissait sous le bout de l'échelle, après quoi Jack n'eut qu'à tendre la main pour attraper le barreau du bas.

— Bon, s'exclama-t-il.

En premier lieu, il noua une des manches de sa chemise trempée après l'échelon, et l'autre autour de la queue en caoutchouc à portée de sa main. Au moins, le canot resterait là, s'ils ressortaient un jour de l'hôtel. Jack se sentit brusquement la bouche sèche. Le Talisman chantait, l'appelait. Prudemment, il se mit debout dans le canot et se suspendit à l'échelle.

— Toi d'abord, intima-t-il. Ça ne va pas être facile, mais je t'aiderai.

— Je me passerai de ton aide, répliqua Richard.

En se levant, il manqua de basculer en avant et de les jeter tous deux par-dessus bord.

— Doucement.

— Lâche-moi.

Richard allongea les deux bras et récupéra son équilibre. Sa bouche était pincée. Il semblait avoir peur de respirer. Il fit un pas en avant.

— Bien

— Idiot. Richard avança le pied gauche, leva le bras droit, ramena son pied droit. Maintenant il pouvait atteindre le bout de l'échelle avec ses mains, tout en lorgnant farouchement de l'œil droit. Tu vois ?

— Ouais, admit Jack qui tendit ses deux mains devant lui, paumes en l'air, les doigts ouverts, indiquant par là qu'il n'ennuierait plus Richard avec ses propositions d'aide.

Richard s'agrippa à l'échelle de toutes ses forces, et ses pieds glissèrent irrésistiblement en avant, entraînant du même coup le canot. En une seconde, il se retrouva suspendu à moitié au-dessus de l'eau ; seule la chemise de Jack empêcha le canot de se dérober sous les pieds de Richard.

— Au secours !

— Recule tes pieds.

Richard obéit et se redressa, le souffle court.

— Laisse-moi te donner un coup de main, d'accord ?

— D'accord.

Jack rampa au fond du canot jusqu'à ce qu'il arrive exactement devant Richard. Il se redressa avec force précautions. Richard se cramponnait des deux mains au barreau du bas, tout tremblant. Jack posa ses mains sur les hanches osseuses de Richard.

— Je vais t'aider à te soulever. Essaye de ne pas me donner de coups de pied. Simplement hisse-toi assez haut pour mettre ton genou sur l'échelon. D'abord pose tes mains sur le deuxième.

Richard entrouvrit un œil et obtempéra.

— Tu es prêt ?

— Vas-y.

Le pneumatique glissa de l'avant, mais Jack porta Richard si haut que celui-ci put facilement caler son genou droit sur le barreau du bas. Puis Jack agrippa les montants de l'échelle et se servit de la force de ses bras et de ses jambes pour stabiliser le canot. Richard grommelait tout en luttant pour ramener son autre genou sur le barreau ; il y réussit en une seconde. Deux secondes de plus, et Richard Sloat se tenait debout sur l'échelle.

— Je ne peux pas aller plus loin, dit-il. Je crois que je vais tomber. Je me sens si mal, Jack.

— Encore un, je t'en prie. Je t'en prie. Ensuite je pourrai t'aider.

D'un geste très las, Richard fit monter ses mains d'un cran. Cherchant la plate-forme des yeux, Jack constata que l'échelle devait mesurer dix mètres de haut.

— Maintenant bouge tes pieds. Je t'en supplie, Richard.

Richard posa lentement un pied, puis deux, sur le second échelon.

Avec les mains, Jack prit appui de chaque côté des pieds de Richard et se hissa à son tour. Le canot virevolta en demi-cercle, mais Jack leva les genoux et accrocha solidement ses deux jambes au dernier barreau. Retenu par la chemise, le canot revint aussitôt à sa place, tel un chien au bout d'une laisse.

Au tiers de l'échelle, Jack dut ceinturer Richard afin de l'empêcher de dégringoler dans l'eau sombre.

Du moins le rectangle formé par la trappe flottait-il dans la charpente noire à la verticale du crâne de Jack. Il maintint contre lui le pauvre Richard, dont la tête inconsciente retomba contre sa poitrine, en bloquant à la fois celui-ci et l'échelle de la main gauche, et s'attaqua à la trappe de la dextre. Supposons qu'on l'ait condamnée avec des clous ? Mais celle-ci s'ouvrit instantanément et se rabattit avec fracas sur la plate-forme. Jack verrouilla son bras gauche sous les aisselles de Richard et le tira hors des ténèbres par l'orifice du puits.

SLOAT DANS CE MONDE (V)

Le Motel Kingsland étant resté vide pendant près de six ans, il dégageait l'odeur de moisi et de papier journal jauni typique des bâtiments abandonnés depuis une éterniné. Au début cette odeur avait incommodé Sloat. Sa grand-mère maternelle était morte à la maison quand Sloat n'était encore qu'un gamin ; cela lui avait pris quatre ans, mais elle finit par réussir son coup. Or l'odeur de sa mort ressemblait à celle-ci. Il ne voulait pas d'une telle odeur, ni de tels souvenirs, au moment présumé de sa consécration.

Toutefois cela importait guère à présent. Pas plus que n'importaient les pertes rageantes que lui avait infligées l'arrivée intempestive de Jack au camp de la Bonne Volonté. Ses sentiments antérieurs de consternation et de fureur avaient cédé la place à une surexcitation frénétique. La tête baissée, les lèvres contractées, les yeux brillants, il arpentait la chambre où Richard et lui avaient séjourné dans le temps. Parfois, il nouait ses mains derrière son dos, parfois il claquait un poing dans le creux de l'autre, parfois il caressait son crâne chauve. La plupart du temps, cependant, il faisait les cent pas comme il le faisait à la fac, les poings si serrés qu'ils en avaient quelque chose d'anal, ses ongles invisibles vicieusement plantés dans ses paumes. Son estomac passait tour à tour de l'aigreur à une légèreté vertigineuse.

Les choses approchaient de la conclusion.

Non, non. Bonne idée, mauvaise formule.

Les choses se mettaient *en place*.

Richard est condamné d'avance. Mon fils est mort Nécessaire. Il a survécu tout juste aux Terres Dévastées, mais il ne survivra jamais à l'Azincourt. Il est mort. Ne garde aucun fol espoir là-dessus. Jack Sawyer l'a tué, et pour ça, je lui arracherai les yeux.

— Mais moi aussi, je l'ai tué, murmura Morgan, marquant une halte.

Soudain il pensa à son père.

Gordon Sloat avait été un austère pasteur luthérien de l'Ohio ; Morgan avait passé toute son enfance à fuir cet homme dur et intraitable. Finalement, il s'était réfugié à Yale. Dès sa seconde année de lycée, il avait jeté son dévolu sur Yale pour une raison bien particulière, alors inconsciente quoique aussi ancrée qu'une pierre angulaire : c'était un endroit où son père si rude, rustique, n'oserait jamais aller. Si son père essayait un jour de mettre les pieds sur le campus de Yale, *quelque chose* lui arriverait. Quant à la nature de ce *quelque chose,* le lycéen Sloat n'était pas fixé… mais grosso modo ce serait proche, à son avis, de ce qui était arrivé à la Méchante Sorcière du *Magicien d'Oz* lorsque Dorothy lui jeta un seau d'eau. Or cette prémonition parut s'avérer : son père n'avait jamais mis les pieds sur le campus de Yale. Depuis le premier jour de Morgan là-bas, l'emprise de Gordon Sloat sur son fils avait commencé à décliner ; ce seul fait tendait à justifier l'ensemble de ces peines et de ces efforts.

Mais aujourd'hui qu'il se tenait les poings serrés avec ses ongles plantés dans ses paumes tendres, son père fit entendre sa voix : *qu'est-ce que cela rapporte de gagner le monde, si on doit perdre son propre fils ?*

Un instant, cette odeur jaune et humide, l'odeur du motel désert, l'odeur de grand-mère, l'odeur de mort, lui emplit les narines, menaçant de l'asphyxier, et Morgan Sloat/Morgan d'Orris eut peur.

Qu'est-ce que cela rapporte…

Car il est dit dans Le Livre du Bon Fermier *qu'un homme ne doit pas conduire au sacrifice le fruit de sa semence, car qu'*…

Qu'est-ce que cela rapporte…

Cet homme sera damné, damné, damné.

… à un homme de gagner le monde entier, s'il doit perdre son propre fils ?

Ce plâtre puant. L'odeur sèche d'antiques crottes de souris tombées en poussière dans les coins sombres derrière les cloisons. Cinglés. Il y avait des cinglés dans les rues.

Qu'est-ce que cela rapporte à un homme ?

Mort. Un fils mort en ce monde, un fils mort dans l'autre.

Qu'est-ce que cela rapporte à un homme ?

Ton fils est mort, Morgan. Impossible autrement. Mort en mer ou mort dans les pilotis et flottant là-dessous, ou mort… pour sûr !… en haut. Ne pouvait pas tenir le coup. Ne pouvait pas…

Qu'est-ce que cela rapporte…

Et soudain la réponse s'imposa d'elle-même.

— *Cela lui rapporte le monde !* cria Morgan dans la pièce délabrée. Il éclata de rire et se remit à faire les cent pas. Cela lui rapporte le *monde,* et par Jason, le monde suffit bien !

Riant comme un fou, il se mit à marcher de plus en plus vite, et avant longtemps, le sang dégouttait de ses poings crispés.

Une voiture s'arrêta dehors environ dix minutes plus tard. Morgan se précipita à la fenêtre et vit Sunlight Gardener bondir hors de la Cadillac.

Quelques secondes après, ce dernier tambourinait à la porte des deux poings, pareil à un môme de trois ans qui trépigne de colère. Morgan comprit que l'homme avait complètement perdu la boule, et se demanda si c'était un bien ou un mal.

— Morgan ! braillait Gardener. Ouvrez-moi, Monseigneur ! Des nouvelles ! J'ai des nouvelles !

A mon avis, je connais déjà toutes tes nouvelles grâce à mes jumelles. Tambourine encore à la porte, Gardener, le temps que je me prononce là-dessus. Est-ce un bien que tu deviennes fou, ou est-ce un mal ?

Un bien, décida Morgan. Dans l'Indiana, au moment crucial, Gardener avait attiré sur lui les feux des projecteurs et s'était sauvé sans avoir définitivement réglé son compte à Jack. Mais à présent son total désarroi le rendait à nouveau fiable. Si Morgan avait besoin d'un kamikaze, Sunlight Gardener serait le premier à monter dans l'avion.

— Ouvrez-moi, Monseigneur ! Des nouvelles ! Des nouvelles ! D...

Morgan ouvrit la porte. Bien que lui-même se sentît follement excité, le visage qu'il présenta à Gardener affichait une sérénité presque surnaturelle.

— Tout doux, dit-il. Tout doux, Gard. Tu vas te claquer un vaisseau sanguin.

— Ils sont allés à l'hôtel... la plage... tiré sur eux pendant qu'ils se trouvaient sur la plage... andouilles les ont manqués... dans l'eau, ai-je pensé... nous les aurons dans l'eau... puis les monstres des profondeurs sont montés... je le tenais dans mon viseur... je tenais ce sale, sale gamin *juste dans mon viseur*... et puis... les monstres... ils... ils...

— Calme-toi, l'interrompit Morgan d'un ton apaisant.

Refermant la porte, il sortit une flasque de sa poche intérieure et la tendit à Gardener, qui en dévissa le bouchon et avala deux immenses lampées. Morgan patientait, l'air bonhomme, serein, mais une veine palpitait au centre de son front et ses mains s'ouvraient et se fermaient, s'ouvraient et se fermaient.

Allés à l'hôtel, oui. Morgan avait vu le grotesque petit canot avec sa tête de cheval bariolée et sa queue en plastique danser sur l'eau dans cette direction.

— Mon fils, lança-t-il à Gardener. D'après tes hommes, était-il vivant ou mort quand Jack l'a embarqué sur sa bouée ?

Gardener secoua la tête, mais ses yeux étaient éloquents :

— Personne n'est sûr de rien, monseigneur. Certains disent qu'ils l'ont vu bouger, d'autres affirment le contraire.

Peu importe. S'il n'était pas encore mort, il l'est maintenant. Rien qu'en respirant l'air de là-bas, ses poumons exploseront.

Les joues de Gardener ruisselaient de whisky et ses yeux larmoyaient. Loin de rendre la flasque, il s'y cramponnait toujours. Ce qui ne gênait Sloat en rien. Il ne voulait ni whisky ni cocaïne. Comme disaient ces ringards des années 60, il était défoncé naturellement.

— Reprends au début, ordonna Morgan, et cette fois sois cohérent.

Dans ce que raconta Gardener, le seul fait que Morgan n'eût pas déjà glané de son premier jet entrecoupé consistait en la présence du vieux nègre sur la plage, encore qu'il l'aurait parié. Néanmoins il laissa poursuivre Gardener. Sa voix était reposante, sa fureur tonifiante.

Pendant que Gardener dégoisait, Morgan révisa ses options une dernière fois, éliminant son fils de l'équation avec un bref pincement de regret.

Qu'est-ce que cela rapporte à un homme ? Cela lui rapporte le monde, et le monde suffit bien... ou, dans le cas présent, des mondes. Deux pour commencer, et davantage si la partie continue. Je peux tous les gouverner si je veux ; je peux être une sorte de Dieu de l'Univers.

Quant au Talisman, c'est...

La clé ?

Non, oh ! non.

Pas une clé, mais une porte : une porte verrouillée se dressant entre lui et son destin. Il n'avait aucune envie d'ouvrir cette porte, plutôt de la détruire, de la détruire absolument, complètement, pour l'éternité, en sorte qu'elle ne pût jamais se refermer, encore moins se verrouiller.

Une fois le Talisman réduit en miettes, tous ces mondes LUI appartiendraient.

— Gard ! cria-t-il, et de se remettre à déambuler d'une démarche saccadée.

Gardener regarda Morgan d'un air interrogateur.

— Qu'est-ce que cela rapporte à un homme ? susurra-t-il avec gaieté.

— Monseigneur ? Je ne comp...

Morgan s'immobilisa devant Gardener, les yeux étincelant de fièvre. Ses traits ondoyèrent. Devinrent ceux de Morgan d'Orris. Redevinrent ceux de Morgan Sloat.

— Cela lui rapporte le *monde,* déclama Morgan, posant ses mains sur les épaules d'Osmond. Quand il retira celles-ci une seconde plus tard, Osmond avait laissé la place à Gardener. Cela lui rapporte le *monde,* et le monde suffit bien.

— Monseigneur, vous ne comprenez pas, reprit Gardener en dévisageant Morgan comme s'il était fou. Je crois qu'ils sont entrés. Là où c'est. Nous avons essayé de les abattre, mais les monstres... les monstres des profondeurs... sont montés les protéger, exactement comme *Le Livre du Bon Fermier* a dit qu'ils le feraient... et s'ils sont *à l'intérieur...*

Le ton de Gardener monta. Osmond roula des yeux où la haine le disputait à l'effroi.

— Si, je comprends, affirma Morgan pour le réconforter. Sa figure et sa voix se voulaient calmes, mais ses poings se serrèrent de plus belle, et du sang dégoulina sur la moquette moisie. Oui, monsieur, oui, en effet, ma chère folle. Ils sont entrés, et mon fils ne va jamais plus en ressortir. Tu as perdu le tien, Gard, et aujourd'hui je perds le mien.

— *Sawyer !* glapit Gardener. Jack *Sawyer ! Jason !* Ce...

Gardener se livra à un horrible accès de jurons qui dura cinq bonnes minutes. Il maudit Jack en deux langues ; sa voix s'emballa, dénotant la douleur et la folie furieuse. Morgan ne broncha pas et le laissa vider son sac.

Lorsque Gardener se tut, haletant, et but une autre gorgée au goulot, Morgan conclut.

— Exact ! Bon doublage ! Maintenant écoute, Gard. Tu m'écoutes ?

— Oui, Monseigneur.

Les yeux d'Osmond/Gardener brillèrent avec une attention maligne.

— Mon fils ne ressortira jamais plus de l'hôtel Noir, et je ne crois pas que Sawyer y arrive non plus. Selon toute probabilité, il ne se sent pas encore suffisamment Jason pour affronter ce qui s'y trouve. Ça le tuera vraisemblablement, ou le rendra fou, à moins qu'il ne se fasse expédier à cent mondes d'ici. Mais il peut s'en sortir. Oui, il le peut.

— C'est le plus méchant des méchants enfants de putain qui aient jamais vu le jour, chuchota Gardener.

Sa main serra la flasque... serra... serra... et maintenant ses doigts laissaient de véritables marques dans l'acier du petit flacon.

— Tu prétends que le vieux nègre se trouve en bas sur la plage ?

— Oui.

— Parker, dit Morgan au même moment où Osmond disait :

— Parkus.

— Mort ? s'enquit Morgan sans grand intérêt.

— Je ne sais pas. Je crois. Dois-je envoyer des hommes pour le ramasser ?

— *Non !* objecta durement Morgan. Non... mais tous les deux, on va y faire un tour, n'est-ce pas, Gard ?

— Tous les deux ?

Morgan se prit à ricaner.

— Oui. Toi... moi... rien que nous. Parce que si Jack ressort de l'hôtel, c'est là qu'il ira d'abord. Il ne laisserait pas son vieil oiseau de nuit de copain sur le sable, n'est-ce pas ?

Alors Gardener se mit aussi à ricaner.

— Non, répondit-il, non.

Pour la première fois, Morgan prit conscience de sourds élancements dans ses mains. Il les ouvrit et contempla pensivement le sang qui coulait des profondes plaies semi-circulaires au creux de ses paumes. Son rictus ne disparut pas pour autant ; au contraire, il s'élargit.

Gardener l'observait avec solennité. Une grande sensation de puissance envahit Morgan. Il porta la main à son cou et referma ses doigts ensanglantés sur la clé qui déclenchait la foudre.

— Cela lui rapporte le *monde,* chuchota-t-il. Dites-moi alléluia.

Ses lèvres se retroussèrent davantage. Il sourit du triste sourire jaune du loup solitaire... un vieux loup mais encore sournois, coriace et puissant à souhait.

— Viens, Gard, lança-t-il. Allons à la plage.

CHAPITRE 41

L'HOTEL NOIR

1

Richard Sloat n'était pas mort, mais lorsque Jack prit son vieux copain dans ses bras, celui-ci était inconscient.

Qui est le troupeau maintenant ? l'interrogea mentalement Wolf ? *Sois prudent, Jacky ! Wolf ! Sois...*

VIENS A MOI ! VIENS MAINTENANT ! appelait le Talisman de sa puissante voix silencieuse. VIENS A MOI, AMÈNE LE TROUPEAU, ET TOUT IRA BIEN ET TOUT IRA BIEN ET...

— ... toutes sortes de choses iront bien, coassa Jack.

Il prit son élan et fut à deux doigts de tomber par la trappe, tel un gosse participant à une bizarre double exécution par pendaison. *Se balancer au bout d'une corde avec un ami*, songea Jack déraisonnablement. Le sang battait dans ses oreilles, et un instant il crut qu'il allait vomir dans l'eau grise clapotant contre les pilotis. Puis il se reprit et referma l'abattant du bout du pied. Désormais on n'entendait que le bruit des girouettes... ces symboles cabalistiques en cuivre qui tournoyaient frénétiquement dans le ciel.

Jack se tourna vers l'Azincourt.

Il vit qu'il se trouvait sur une large plate-forme, pareille à une véranda surélevée. Jadis, les snobs des années 20 ou 30 s'asseyaient ici au moment du cocktail à l'ombre des parasols pour déguster des gin rickeys et des sidecars, les uns lisant le dernier roman d'Edgar Wallace ou d'Ellery Queen, les autres jetant un œil distrait du côté où l'île Los Cavernes se laissait vaguement deviner... le dos d'une baleine gris-bleu en train de rêvasser à l'horizon. Les hommes en blanc, les dames couleur pastel.

Jadis, peut-être.

A présent, les planches étaient gondolées, tordues, pleines d'échardes. Jack ignorait de quelle couleur la terrasse avait été peinte à l'origine, mais aujourd'hui celle-ci était devenue toute noire comme le reste de l'hôtel ; Jack s'imagina que les tumeurs malignes des poumons de sa mère devaient être de la même couleur que cet endroit.

A environ six mètres de lui se dressaient les fameuses portes-fenêtres de Speedy, par où les habitués allaient et venaient dans l'ancien temps. Elles avaient été badigeonnées à grands coups de peinture blanche de sorte qu'on aurait dit des yeux d'aveugle.

Sur une, il était écrit :

DERNIÈRE CHANCE DE RENTRER CHEZ VOUS

Rumeur des vagues. Vacarme de la quincaillerie virevoltant sur les toits tarabiscotés. Relents d'air salé et de vieilles boissons renversées... renversées il y avait des lustres par des êtres élégants qui étaient aujourd'hui ridés et enterrés. Puanteur de l'hôtel en soi. Jack réexamina la vitre blanchie et s'aperçut sans véritable surprise que le message avait déjà changé.

ELLE EST DÉJÀ MORTE JACK ALORS POURQUOI TE TRACASSER ? (*maintenant qui est le troupeau ?*)

— C'est toi, Richie, murmura Jack, mais tu n'es pas seul.

Richard émit un ronflement de protestation dans les bras de Jack.

— Allons, dit Jack, qui se mit en marche. La dernière ligne droite. A prendre ou à laisser.

2

Les carreaux blancs parurent réellement s'écarquiller lorsque Jack marcha vers l'Azincourt, comme si l'hôtel Noir lui lançait un regard aussi aveugle que méprisant.

Espèce de gamin. Tu crois vraiment pouvoir entrer ici et en ressortir un jour ? Tu crois qu'il y a vraiment tant de Jason que ça en toi ?

Des flammeroles rouges, comme celles qu'il avait vues dans les airs, brillaient et dansaient derrière la vitre opaque. En un instant, elles prirent forme. Sous les yeux écarquillés de Jack, elles se transformèrent en de minuscules farfadets qui évoluèrent pour converger vers les poignées de portes en cuivre. Celles-ci se mirent à luire faiblement, tel le fer dans la forge.

Vas-y, petit. Touches-en une. Essaye.

Autrefois, vers l'âge de six ans, Jack avait posé un doigt sur la plaque froide d'une cuisinière électrique avant de tourner le bouton sur le réglage le plus fort. Simplement curieux de savoir combien de temps le brûleur allait mettre pour chauffer. Une seconde plus tard, il retirait son doigt déjà tout cloqué en braillant de douleur. Phil Sawyer avait déboulé au pas de course, jeté un œil et demandé à Jack depuis quand il ressentait cette étrange compulsion à vouloir brûler vif.

Jack resta planté avec Richard dans ses bras, fixant les poignées luisantes.

Vas-y, petit. Tu te rappelles comment le fourneau brûlait ? Tu croyais que tu aurais tout le temps d'enlever ton doigt... Mince, pensais-tu, ce truc ne devient quand même pas rouge en une minute... mais tu t'es blessé tout de suite, n'est-ce pas ? Alors, à ton avis, Jack, que vas-tu ressentir cette fois ?

De nouveaux renforts de feux follets glissèrent fluidement sur la vitre en direction des poignées de portes-fenêtres. Lesquelles commençaient à prendre la délicate teinte rouge veinée de blanc du métal à la limite de la fusion, près de couler. S'il se hasardait à y toucher, elles lui entreraient dans la chair, carbonisant ses tissus et faisant bouillir son sang. La souffrance dépasserait tout ce qu'il avait connu auparavant.

Il tergiversa un moment avec Richard dans ses bras, dans l'espoir que le Talisman réitérerait son appel, ou que son "côté-Jason" monterait au créneau. Au lieu de quoi ce fut la voix de sa mère qui résonna dans sa tête. *Faut-il toujours que quelque chose ou quelqu'un te pousse, Jackie ? Allons, mon grand. Tu as entrepris cette expédition tout seul ; tu peux continuer si tu le veux vraiment. Est-ce que l'autre type doit tout faire à ta place ?*

— D'accord, maman, dit Jack. Il souriait légèrement mais sa voix chevrotait de peur. Un bon point pour toi. J'espère seulement qu'on a pensé à emporter la crème antisolaire.

Il tendit le bras et saisit l'une des poignées incandescentes.

Sauf qu'elle ne l'était pas ; tout n'était qu'illusion. La poignée était tiède, rien de plus. Dès que Jack l'eut tournée, toutes les autres perdirent leur éclat rougeoyant. Et dès qu'il poussa la porte vitrée vers l'intérieur, le Talisman l'interpella aussitôt, lui donnant la chair de poule.

BIEN JOUÉ ! JASON ! À MOI ! VIENS À MOI !

Richard toujours dans ses bras, Jack pénétra dans la salle à manger de l'hôtel Noir.

3

Au moment où il franchissait le seuil il sentit une force inanimée (une sorte de main molle) travailler à lui bloquer le passage. Jack s'arc-bouta, et une ou deux secondes après, cette sensation d'obstacle disparut.

La pièce n'était pas sombre à proprement parler, mais les fenêtres badigeonnées lui donnaient une blancheur monochrome qui déplaisait à Jack. Il se sentait comme embrumé, aveugle. Il y avait des odeurs jaunies de décrépitude entre ces murs où le plâtre tournait lentement en soupe immonde : des relents de vieillesse stérile et d'aigres ténèbres. Mais il y avait encore autre chose, et Jack le savait et l'appréhendait.

Car les lieux n'étaient pas déserts.

Quel genre de choses pouvaient s'y trouver, il l'ignorait... mais il savait que Sloat n'avait jamais osé y entrer, et il présumait que personne d'autre ne s'y risquerait. Ses poumons trouvaient l'atmosphère lourde et pénible, comme chargée d'un poison à action lente. Il sentait l'ensemble des mystérieux étages, des passages dérobés, des chambres secrètes et des culs-de-sac peser sur sa tête, tels les murs d'une crypte gigantesque et complexe. Ici régnaient la folie, la mort en maraude et une irrationalité imbécile. Jack manquait de mots pour exprimer ces phénomènes mais, loin de leur être insensible, il les connaissait pour ce qu'ils étaient. Exactement comme il savait que tous les talismans de l'univers ne suffiraient pas à le protéger d'eux. Il avait entamé une étrange danse rituelle dont il pressentait que la conclusion n'était en rien prédestinée.

Il ne devait compter que sur lui-même.

Quelque chose lui chatouilla la nuque. Jack se frotta de la main et fit un bond de côté. Richard geignit sourdement entre ses bras.

C'était une énorme araignée noire pendue à un fil. Levant le nez, Jack aperçut sa toile dans l'un des ventilateurs à jamais figés dans les hauteurs, un écheveau crasseux tissé entre les pales en bois. Le corps de l'araignée était boursouflé. Jack distingua ses yeux. Il ne se souvenait pas avoir jamais vu des yeux d'araignée auparavant. Jack entreprit de se faufiler vers les tables afin de contourner l'animal en suspens. L'araignée pivota au bout de son fil, décidée à le suivre.

— Zale *voleur* ! grinça-t-elle soudain.

Jack hurla en serrant Richard contre lui avec une énergie galvanisée, paniquée. Son cri se répercuta d'un bout à l'autre de la salle à manger au plafond élevé. Quelque part au loin parmi les ombres retentit un son métallique, suivi d'un éclat de rire.

— *Zale voleur, zale VOLEUR* ! grinça derechef l'araignée, avant de regrimper vite dans sa toile sous les caissons à volutes en fer-blanc.

Le cœur battant, Jack traversa la salle à manger et déposa Richard sur l'une des tables. Le gamin gémit encore, très faiblement. Jack devinait les protubérances informes sous les vêtements du malheureux.

— Faut que je t'abandonne un petit moment, mon pote, murmura Jack.

Du fond de la pénombre au-dessus de sa tête :

— Ze prendrai... ze prendrai bien... bien zoin de lui, ezpèze de zale... zale voleur...

On entendit un petit gloussement lugubre et râpeux.

Il y avait une pile de linge sous la table où Jack avait allongé Richard. Les deux ou trois nappes du dessus se révélèrent gluantes de moisissure, mais au milieu de la pile il en dénicha une qui n'était pas trop sale. Il la déplia, en recouvrit Richard jusqu'au menton et s'éloigna.

Le chuchotement de l'araignée résonnait à peine du haut de son ventilateur, au tréfonds d'une obscurité qui empestait les mouches sèches et les guêpes momifiées dans de la soie.

— ... ze prendrai zoin de lui, ezpèze de zale voleur...

Glacé, Jack leva la tête, mais il ne réussit pas à voir l'araignée. Il imaginait facilement ses petits yeux froids, mais ce n'était que son imagination. Une vision révoltante, angoissante s'imposa à lui : la même araignée en train de zigzaguer sur la figure de Richard, de se faufiler entre ses lèvres molles pour aller dans sa bouche tout en fredonnant *zale voleur, zale voleur, zale voleur...*

S'il pensa bien à remonter la nappe jusque sur la bouche de Richard, il se rendit compte qu'il était incapable de transformer Richard en quelque chose qui ressemblât autant à un cadavre ; c'eût été presque une invitation.

Il retourna auprès de Richard et resta là, indécis, sachant que son indécision même devait on ne peut plus réjouir les forces en jeu... comme tout ce qui le tenait à distance du Talisman.

Il farfouilla dans sa poche et en extirpa la grosse bille vert foncé. Le miroir magique dans l'autre monde. Jack n'avait aucune raison de croire que cet objet détenait un pouvoir spécial contre les forces mauvaises, mais il venait des Territoires... et, mis à part les Terres Dévastées, les Territoires s'avéraient naturellement bons. Or ce qui est bon de nature devait développer son propre pouvoir contre le mal, en déduisit Jack.

Il coinça la bille dans la main de Richard. Celle-ci se referma, puis se rouvrit lentement dès que Jack retira sa propre main.

Quelque part au-dessus de sa tête, l'araignée émit un gloussement obscène.

Jack se pencha sur Richard, tâchant d'ignorer l'odeur de la maladie — si semblable à celle des lieux.

— Garde-la dans ta main, Richard. Garde-la bien, mon vieux.

— Ne.. vieux, marmonna Richard, mais ses doigts ne lâchèrent pas la bille.

— Merci, Richie, dit Jack. Il embrassa délicatement Richard sur la joue, puis arpenta la salle à manger en direction de la double porte close à l'autre bout. *C'est comme l'Alhambra*, songea-t-il. *Là-bas, la salle à manger donnait sur les jardins, ici elle donne sur une terrasse au-dessus de la mer. Dans les deux endroits, une porte à double battant qui s'ouvre sur le reste de l'hôtel.*

En traversant la pièce, il sentit cette main morte lui faire de nouveau obstacle ; c'était l'hôtel qui le repoussait, essayait de le refouler.

N'y pense pas, se dit Jack en continuant son chemin.

La force hostile sembla s'évanouir presque sur-le-champ.

Nous disposons d'autres moyens, chuchota la porte à son arrivée. Jack entendit encore un vague bruit de métal creux.

Tu t'inquiètes à cause de Sloat, chuchota la porte, sauf qu'à présent il n'y avait pas qu'*elle* — la voix que percevait Jack émanait désormais de l'hôtel entier. *Tu t'inquiètes à cause de Sloat, des méchants Loups, des êtres qui ressemblent à des chèvres, des entraîneurs de basket qui n'en sont pas vraiment ; tu t'inquiètes pour des armes, du plastic et des clés magiques. Nous ici ne nous en faisons pour rien de tout ça, petit. Cela ne représente rien à nos yeux. Morgan Sloat n'est pas autre chose qu'une fourmi affairée. Il n'a que vingt ans à vivre, or cela équivaut pour nous à l'intervalle entre deux respirations. Dans l'hôtel Noir, nous ne nous soucions seulement que du Talisman : le lien de tous les mondes possibles. Tu viens comme un cambrioleur nous dévaliser de ce qui nous appartient, et nous t'avertissons une dernière fois : nous disposons d'autres moyens pour neutraliser les sales voleurs de ton espèce. Et si tu t'entêtes, tu vas en faire l'expérience... à tes dépens*

4

Jack poussa d'abord l'un des battants, puis l'autre. Les pentures de la porte grincèrent désagréablement en tournant pour la première fois depuis des années sur leurs gonds encastrés.

Au-delà de la porte, il y avait un sombre corridor. *Il doit déboucher dans le hall*, réfléchit Jack. *Ensuite, si cet endroit ressemble réellement à l'Alhambra, je devrai monter un étage par le grand escalier.*

Sur le palier du premier, il trouverait la grande salle de bal. Et à l'intérieur de celle-ci, il trouverait l'objet de sa quête.

Jack jeta un coup d'œil en arrière, vit que Richard n'avait pas bougé et se glissa dans le corridor en refermant les portes derrière lui.

Il se mit à progresser lentement dans le couloir, ses baskets sales et éculées chuintant sur le tapis moisi.

Un peu plus loin, Jack distingua une autre porte à double battant, avec des oiseaux peints dessus.

A proximité se succédait une kyrielle de salles de réception. Voici le Salon de Californie, directement en face du Salon des Quarante-Neuf. Cinq pas de plus en direction de la porte aux oiseaux peints, et voilà le Salon Mendocino (gravé dans un panneau du bas de la porte en acajou : TA MÈRE EST MORTE EN HURLANT.) Au bout du corridor, tout au bout, il y avait une lumière d'aquarium. Le hall.

Cling.

Jack fit brusquement volte-face et, juste après l'un de ces encadrements de porte pointus, il entrevit un semblant de mouvement dans la gorge de pierre du corridor...

(? des pierres ?) (?des encadrements pointus ?)

Angoissé, Jack battit des paupières. Le couloir était décoré de boiseries en acajou foncé qui avait déjà commencé à pourrir sous l'action de l'humidité marine. Pas de pierre. Et les portes donnant sur le Salon Mendocino, le Salon de Californie ou celui des Quarante-Neuf était en fait de simples portes, sensiblement rectangulaires et sans le moindre pic. Pourtant, un court instant, il avait cru voir des ouvertures pareilles à des arcs brisés de cathédrale. Comblant ces ouvertures, il y avait des herses métalliques, du genre de celles qu'on peut lever ou baisser en actionnant un treuil. Des herses armées par le bas de pointes en fer d'aspect menaçant. Quand la grille était abaissée pour bloquer le passage, les pointes s'emboîtaient exactement dans des trous par terre.

Pas d'arcs de pierre, Jackie. Vérifie toi-même. De simples portes. Tu as vu ce style de grilles dans la tour de Londres, lors du périple que tu as fait avec maman et oncle Tommy il y a trois ans. Tu délires un peu, c'est tout...

Mais le nœud au creux de son estomac était indéniable.

Elles étaient là, d'accord. J'ai décollé... le laps d'une seconde, je me suis retrouvé dans les Territoires.

Cling.

Jack pirouetta dans l'autre sens ; la sueur perla sur son front et sur ses joues, ses cheveux commencèrent à se dresser sur sa nuque.

Il revit la même chose... un reflet métallique parmi les ombres d'un des salons. Il vit d'énormes pierres noires comme le péché, leurs surfaces grossières tachées de mousse verte. D'ignobles cafards albinos et mous grouillaient dans les larges pores du mortier en décomposition entre les blocs. Des appliques vides s'intercalaient tous les quatre ou six mètres. Les torches jadis supportées par celles-ci avaient depuis longtemps disparu.

Cling.

Cette fois, il ne sourcilla même pas. Le monde dérapait sous ses yeux, ondoyant tel un objet aperçu au fond d'un ruisseau limpide. Les murs retrouvèrent leur acajou noirâtre à la place des blocs de pierre. Les portes redevinrent des *portes*, et non des grilles hérissées de pointes. Les deux mondes, que ne séparait qu'une membrane aussi fine qu'un bas de soie féminin, avaient d'ores et déjà commencé à se chevaucher.

Et Jack fut obligé de constater que son côté Jason commençait aussi à empiéter sur son côté Jack ; une troisième personne émergeait du mélange des deux.

J'ignore la nature exacte de cet alliage, mais j'espère qu'il est solide... parce qu'il y a des choses derrière ces portes... derrière toutes.

Jack repartit dans le couloir vers le hall.

Cling.

Les mondes ne s'interchangèrent pas cette fois ; les portes massives demeurèrent des portes, et il ne surprit aucun mouvement.

Pourtant juste derrière. Juste derrière...

A présent il entendait quelque chose derrière la porte décorée à double battant... dans le ciel au-dessus du paysage de marais était écrit BAR DU HÉRON. C'était le bruit d'une grosse machine rouillée qui se mettait en marche. Jack se tourna vers

(*Jason se tourna vers*)

vers la porte entrebâillée ;

(*la herse qui se levait*)

sa main plongea dans

(*la sacoche*)

la poche

(*qu'il portait au ceinturon, par-dessus son pourpoint*)

de son jean et se referma sur le médiator que lui avait donné Speedy dans le temps.

(*et se referma sur la dent de requin*)

Il attendit de voir ce qui allait sortir du Bar du Héron, et les murs de l'hôtel chuchotèrent doucement : *nous disposons de moyens spéciaux pour neutraliser les sales voleurs de ton espèce. Tu aurais dû renoncer pendant qu'il en était encore temps... parce que maintenant ton heure est venue, petit*

5

Cling... BOUM !

Cling... BOUM !

Cling... BOUM !

Le bruit était énorme, cacophonique et métallique. Quelque chose d'implacable, d'impitoyable s'en dégageait qui terrifiait Jack plus que ne l'aurait fait n'importe quel son plus humain.

Le tout se rapprochait en se traînant selon son lent rythme d'idiot :
Cling... BOUM !
Cling... BOUM !
Cling... BOUM !
Il s'écoula un long silence. Pressé contre le mur de droite à un mètre des
portes laquées, Jack attendit, les nerfs si tendus qu'ils lui semblaient
bourdonner. Pendant un bon moment, il ne se passa rien du tout. Jack se prit
à espérer que le ferrailleur était reparti dans son monde d'origine par
quelque trappe interdimensionnelle. Soudain conscient que son dos lui faisait
mal à cause de sa position anormalement droite et immobile, il se relâcha.

Alors retentit un fracas assourdissant, et un énorme poing ganté aux
jointures hérissées de pointes émoussées, longues de cinq centimètres, fit
irruption au milieu du ciel bleu qui s'écaillait sur le battant. Jack se plaqua à
nouveau contre le mur, bouche bée.

Et, dépassé par les événements, battit en retraite dans les Territoires.

6

Une silhouette dans une armure rouillée, noirâtre, se profilait de l'autre
côté de la herse. Seule la visière, noire et horizontale, guère plus large qu'un
pouce, barrait le heaume cylindrique. Celui-ci était surmonté d'un plumet
rouge défraîchi — fourmillant de cafards blêmes. Lesquels se révélaient de la
même espèce, nota Jason, que ceux qui avaient émergé des cloisons d'abord
dans la chambre d'Albert le Pâté, puis dans tout Thayer College. Le heaume
se prolongeait par une coiffe de mailles qui drapait les épaules du chevalier
rouillé à la manière d'une étole de femme. Les bras et les avant-bras étaient
plaqués de lourds brassards en acier qui s'articulaient aux coudes par des
cubitières. Celles-ci étaient incrustées d'antiques couches de crasse, et
crissaient au moindre geste du chevalier telles les voix exigeantes, haut
perchées d'enfants mal élevés.

Ses poings cuirassés flamboyaient de toutes leurs pointes.

Planté contre le mur de pierre, Jack les fixait, incapable en fait de
détourner le regard ; il avait la bouche pâteuse comme du carton, et ses
globes oculaires semblaient enfler dans leurs orbites au rythme de ses
battements de cœur.

A la main droite, le chevalier tenait *le martel de fer* : une masse d'armes
avec une tête de métal rouillé de quinze kilos, muette comme la tombe.

La herse : n'oublie pas que la herse te sépare de lui...

Mais alors, en l'absence de toute aide humaine, le treuil se mit à tourner ;
et la chaîne métallique, dont chaque maillon mesurait l'avant-bras de Jack,
s'enroula autour du tambour, et la grille remonta.

7

Le gantelet se retira de la porte, laissant un trou déchiqueté ; de pastorale romantique défraîchie, la fresque vira instantanément au blason surréaliste : on aurait dit à présent que quelque chasseur apocalyptique, déçu par sa journée dans les marais, avait mitraillé le ciel dans un accès de rage. Puis la masse d'armes explosa à travers le ciel en un choc violent, oblitérant l'un des deux hérons qui se débattaient pour s'envoler. Jack leva la main devant sa figure pour se protéger des éclats de bois. Le *martel de fer* disparut. Il s'ensuivit un autre court silence, presque assez long pour que Jack pense à fuir. Alors le poing clouté s'abattit une deuxième fois, tourna dans un sens puis dans l'autre en élargissant le trou, avant de se retirer. Une seconde après, la masse d'armes surgit au milieu d'une touffe de roseaux et un grand morceau du battant de droite tomba sur le tapis.

Désormais Jack distinguait la silhouette massive du chevalier dans la pénombre du Bar du Héron. Ce n'était pas la même armure que celle portée par l'assaillant de Jason dans le château noir. Celui-là arborait un heaume quasi cylindrique avec un plumet rouge, tandis que celui-ci portait un heaume qui évoquait une tête d'oiseau en acier poli. Des cornes s'élevaient de chaque côté, sortant du casque grosso modo à hauteur des oreilles. Jack aperçut le plastron de la cuirasse, une jupe de métal et, dessous, la cotte de mailles. La masse d'armes était la même dans les deux mondes, et dans les deux mondes les doubles chevaliers la lâchèrent au même instant, comme par mépris... qui aurait besoin d'une masse d'armes pour vaincre un adversaire aussi chétif ?

Fuis ! Jack ! Fuis !

Oui, chuchota l'hôtel. *Fuis ! C'est ce que les sales voleurs sont censés faire ! Fuis ! FUIS !*

Mais il ne fuirait pas. Dût-il en mourir, il ne s'enfuirait pas... parce que cette hypocrite voix chuchotante avait raison. Les sales voleurs ne faisaient pas autre chose que fuir.

Or, je ne suis pas un voleur, pensa lugubrement Jack. *Cette créature peut me tuer, je ne fuirai pas. Parce que je ne suis pas un voleur.*

— Je ne m'enfuirai pas ! hurla Jack à l'impassible tête d'oiseau en acier poli. *Je ne suis pas un voleur ! Vous m'entendez ? Je viens chercher ce qui me revient et JE NE SUIS PAS UN VOLEUR !*

Un gémissement fusa du ventail au bas du casque. Le chevalier leva ses poings cloutés et les abattit en même temps, l'un sur le battant de gauche, l'autre sur celui de droite, tous deux déjà branlants. Le paysage marécageux qui y était peint vola en éclats. Les gonds lâchèrent... et, au moment où la porte entière s'effondrait, Jack vit de visu le héron qui restait s'envoler tel un oiseau dans un dessin animé de Walt Disney, les yeux brillants d'effroi.

Le complet d'armure s'avança vers lui comme un robot meurtrier, levant les pieds et les reposant avec fracas. Il mesurait plus de deux mètres de haut, et lorsqu'il franchit le seuil, les cornes qui pointaient du heaume firent une série de belles entailles dans le chambranle supérieur. On aurait dit des guillemets.

File ! cria une voix geignarde dans sa tête.

File ! espèce de voleur ! chuchota l'hôtel.

— *Non*, riposta Jack.

Il fixa du regard le chevalier qui approchait, et sa main serra très fort le médiator au fond de sa poche. Les gantelets cloutés se portèrent à la visière du casque. La relevèrent. Jack n'en crut pas ses yeux.

L'intérieur du heaume était vide.

Puis les mains cuirassées firent mine d'attraper Jack.

8

Montant plus haut, les gantelets empoignèrent le heaume cylindrique de part et d'autre et le soulevèrent lentement, mettant au jour la figure hagarde, livide d'un homme qui paraissait avoir au moins trois cents ans. Tout un côté de la tête de l'ancêtre avait été fracassé. Des éclats d'os saillaient à travers la peau, pareils à des bouts de coquille d'œuf, et la plaie était recouverte d'une mixture noire que Jason identifia comme de la cervelle pourrie. Cet être ne respirait pas, mais les yeux bordés de rouge qui jaugeaient Jason s'avéraient diaboliquement étincelants et concupiscents. Cette horreur ricana, et Jason remarqua les dents pointues comme des aiguilles qui allaient le mettre en pièces.

L'armure avançait gauchement en cliquetant... mais il y avait d'autres bruits.

Jason regarda à gauche, en direction de la grande salle (*du hall*) du château (*de l'hôtel*) et aperçut un second chevalier, celui-ci affublé d'une calotte plate, en forme de bol. Derrière venaient un troisième... et un quatrième. Ils remontaient lentement le corridor, ces vieux complets d'armure ambulants qui abritaient désormais des espèces de vampires.

Puis les mains le saisirent aux épaules. Les pointes émoussées des gants s'y enfoncèrent, ainsi que dans ses bras. Du sang tiède gicla, et le visage ridé, livide se crispa en un horrible rictus affamé. Les cubitières crissèrent et grincèrent lorsque le chevalier défunt tira le garçon vers lui.

9

Jack hurla de souffrance — les courtes pointes émoussées des gantelets se trouvaient en lui, en lui, et il comprit une bonne fois pour toutes que c'était réel, et que ce monstre allait le tuer d'un moment à l'autre.

Il se vit tiré vers les ténèbres vides, béantes à l'intérieur du heaume...

Mais celui-ci était-il vraiment vide ?

Jack eut l'impression fugace et trouble de voir une double lueur rouge dans l'obscurité... quelque chose comme des yeux. Et tandis que les mains cuirassées accentuaient leur prise, il se sentit glacé, comme si tous les hivers du monde avaient mystérieusement fusionné pour ne plus en former qu'un... et que ce courant d'air glacial se déversait actuellement du heaume vide.

Il va vraiment me tuer et ma mère mourra, Richard mourra, Sloat l'emportera, va me tuer, va

(me mettre en pièces m'éventrer avec ses dents)

me geler sur place...

JACK ! cria la voix de Speedy.

(JASON ! cria la voix de Parkus.)

Le médiator, bonhomme ! Sors ton médiator ! Avant qu'il ne soit trop tard !
AU NOM DE JASON SORS TON MÉDIATOR AVANT QU'IL NE SOIT TROP TARD !

Les doigts de Jack se refermèrent sur l'objet qui se révéla aussi chaud que l'avait été la pièce, et le froid engourdissant céda la place à une brutale et étourdissante sensation de triomphe. Jack l'exhuma de sa poche, criant de douleur comme ses muscles perforés se contractaient sous l'action des pointes enfoncées en lui, sans pour autant perdre cette sensation de triomphe... cette agréable sensation de *chaleur* venant des Territoires, cette lumineuse impression d'*arc-en-ciel*.

Le médiator, car c'en était un de nouveau, se trouvait entre ses doigts, un lourd et solide triangle d'ivoire, avec d'étranges dessins incrustés en filigrane... et en cet instant présent Jack (*et Jason*) vit ces dessins composer un portrait... celui de Laura DeLoessian. (*Le portrait de Lily Cavanaugh Sawyer*).

10

— *En son nom, espèce de répugnant avorton !* s'écrièrent-ils ensemble... quoiqu'on n'entendît qu'un seul cri : celui d'une nature unique, Jack/Jason. *Disparais de la surface de ce monde ! Au nom de la reine et au nom de son fils, disparais de la surface de ce monde !*

Jason abattit le médiator de guitare sur le visage décharné, blafard de ce vieux vampire en complet d'armure ; réintégrant Jack dans l'instant sans sourciller, il vit son médiator sombrer dans le néant noir et glacé. En tant que Jason, il vit encore les yeux rouges du vampire s'exorbiter d'incrédulité quand le bout du médiator plongea au centre de son front profondément ridé. Aussitôt après ces mêmes yeux qui se voilaient déjà explosèrent, et une humeur noire et fumante, grouillant de minuscules vers venimeux, lui ruissela sur la main et le poignet.

11

Jack alla voltiger contre le mur, se cognant la tête. Malgré ce coup et les violents élancements de ses bras et de ses épaules, il se cramponna à son médiator.

Le complet d'armure cliquetait tel un épouvantail fabriqué avec des boîtes de conserve. Jack eut le temps de voir que le tout enflait avant de lever la main pour se protéger les yeux.

L'armure se désintégra. Loin de projeter des éclats à la ronde, celle-ci tomba simplement en morceaux... Jack se dit que, s'il l'avait vu au cinéma et non en réalité, tapi dans un obscur couloir de cet hôtel puant, avec du sang qui lui dégoulinait sous les aisselles, il aurait éclaté de rire. Le heaume en acier poli, qui ressemblait tant à une tête d'oiseau, atterrit par terre avec un bruit étouffé. Le gorgerin incurvé, censé empêcher l'ennemi de passer une lame ou le bout d'une lance à travers la gorge du chevalier, dégringola directement à l'intérieur en faisant tinter les anneaux étroitement serrés de la cotte de mailles. Le plastron et la dossière se détachèrent, pareils à des serre-livres en fer forgé. Les jambières s'ouvrirent. Durant deux secondes, le métal plut sur le tapis moisi, et puis il ne resta plus qu'un vague tas de ferraille.

Jack s'aida du mur pour se relever, les yeux écarquillés comme s'il s'attendait à voir soudain le complet d'armure se reconstituer. En fait, il s'attendait réellement à quelque chose de ce genre. Mais comme rien ne se passait, il tourna à gauche, dans le sens du hall... et aperçut trois autres complets d'armure qui faisaient lentement mouvement vers lui. L'un brandissait une bannière miteuse, tachée de moisissure, et dessus il y avait un symbole que Jack reconnut : il l'avait vu ondoyer sur les étendards portés par les soldats de Morgan d'Orris qui escortaient la diligence noire de celui-ci sur la route des Avant-Postes en direction du pavillon de la reine Laura. L'emblème de Morgan... mais les nouveaux arrivants n'étaient pas les sbires de Morgan, comprit obscurément Jack ; ils arboraient sa bannière comme une sorte de blague morbide à l'intention de cet intrus rempli d'effroi qui prétendait dérober leur seule raison d'être.

— Assez, murmura Jack d'une voix enrouée.

Le médiator tremblait entre ses doigts. Quelque chose lui était arrivé ; il avait été quelque peu endommagé lorsque Jack s'en était servi pour détruire le complet d'armure sorti du Bar du Héron. L'ivoire, auparavant couleur crème, avait sensiblement jauni. Un fin réseau de craquelures sillonnait à présent sa surface.

Les complets d'armure avançaient en ferraillant en cadence. L'un dégaina lentement une longue épée qui se terminait par une féroce double pointe.

— Assez, gémit Jack. Oh mon Dieu, je vous en prie, assez. Je suis fatigué, je n'en peux plus, assez, assez...

Jack-la-Vadrouille, mon vieux Jack-la-Vadrouille...

— *Speedy, je n'en peux plus !* cria-t-il.

Les larmes formaient des rigoles sur sa frimousse crasseuse. Les armures approchaient aussi inexorablement que des pièces d'acier sur une chaîne de montage automatisée. Il entendait un vent polaire siffler entre leurs sombres interstices froids.

... tu dois aller en Californie pour le ramener.

— *Je t'en prie, Speedy, assez !*

Venaient à sa rencontre... têtes de robot en métal noir, jambarts rouillés, cottes de mailles souillées et barbouillées de mousse et de moisissure.

Fais de ton mieux, Jack-la-Vadrouille, chuchota Speedy, épuisé, avant de disparaître, et Jack eut le choix entre tenir ou succomber.

CHAPITRE 42

JACK ET LE TALISMAN

1

Tu as commis une erreur... clama une voix spectrale dans la tête de Jack Sawyer, comme celui-ci restait planté devant le Bar du Héron à regarder les autres complets d'armure fondre sur lui. Sur l'écran de sa mémoire, il revit un homme furieux... un homme qui n'était en fait qu'un gamin monté en graine... remonter une rue de western face à la caméra tout en agrafant un ceinturon puis un deuxième de manière que la paire se croise sur son ventre. *Tu as commis une erreur. Tu aurais dû tuer les deux frères Ellis !*

2

De tous les films de sa mère, celui que Jack avait toujours préféré était *Last Train to Hangtown*, tourné en 1960 et sorti en 1961. C'était une production de la Warner Bros, et les rôles principaux (comme dans beaucoup de films à petit budget que la Warner produisit à cette époque) étaient tenus par des acteurs issus de la demi-douzaine de séries télévisées produites alors par la Warner. Dans *Last Train*, on retrouvait Jack Kelly du *Maverick Show* (le Joueur Suave), ainsi qu'Andrew Duggan de *Bourbon Street Beat* (le Méchant Gros Eleveur). Clint Walker, qui incarnait à la télé un personnage appelé Cheyenne Bodie, jouait Rafe Ellis (Le shérif-à-la-retraite-qui-doit-reprendre-les-armes-une-dernière-fois). Inger Stevens avait été initialement pressentie pour tenir le rôle de la-fille-du-dancing-aux-bras-de-fer-et-au-cœur-d'or, mais Miss Stevens s'était alitée avec une mauvaise bronchite et Lily Cavanaugh avait pris sa place. C'était le genre de rôle qu'elle aurait pu tenir avec brio même dans le coma. Un jour que ses parents le croyaient endormi et discutaient dans le séjour au rez-de-chaussée, Jack qui allait à pas de loup à la salle de bains boire un verre d'eau entendit sa mère dire quelque chose de saisissant... d'assez saisissant en tout cas pour que Jack s'en souvienne sa vie durant : Toutes les femmes que j'ai interprétées savaient baiser, mais aucune d'entre elles ne savait encore péter, déclara-t-elle à Phil.

Will Hutchins, qui jouait dans une autre émission de la Warner (laquelle s'intitulait *Sugarfoot)* apparaissait aussi dans le film. *Last Train to Hangtown* était le chouchou de Jack surtout à cause du personnage incarné par Hutchins. C'était ce personnage (du nom d'Andy Ellis) qui s'imposait à son esprit las, vacillant, surmené, pendant qu'il regardait le défilé d'armures descendre le couloir sombre dans sa direction.

Andy Ellis était le jeune-frère-pleutre-qui-devient-enragé-dans-la-dernière-bobine. Après s'être caché et fait tout petit d'un bout à l'autre du film, il sort pour affronter les méchants mignons de Duggan après que le mignon en chef (interprété par le sinistre et mal rasé Jack Elam dont les yeux se croisaient les bras et qui jouait les mignons en chef dans toutes sortes de productions Warner au théâtre comme à la télé) eut abattu son frère Rafe dans le dos.

Hutchins avait dévalé la rue poussiéreuse en plan panoramique, bouclant les cartouchières de son frère, hurlant : « Venez ! Venez donc, je vous attends ! Vous avez commis une erreur ! Vous auriez dû tuer les *deux* frères Ellis ! »

Will Hutchins ne comptait pas parmi les plus grands acteurs de tous les temps, mais il avait accompli là, du moins aux yeux de Jack, une performance d'une vérité limpide et d'un réel éclat. On sentait que le gosse courait droit à la mort et le savait, mais entendait aller jusqu'au bout quoi qu'il arrive. Et bien qu'il fût terrifié, il ne montrait pas la moindre réticence à marcher vers le dénouement ; il avançait avec détermination, sûr de ce qu'il voulait faire, même s'il devait tâtonner avec les boucles des ceinturons.

Les complets d'armure gagnaient du terrain et progressaient en se balançant d'un pied sur l'autre comme les robots pour enfants. Il ne leur manque que des clés dans le dos, songea Jack.

Il se tourna face à eux, le médiator jauni entre le pouce et l'index de la main droite, comme pour plaquer un accord.

Le trio parut hésiter, apparemment sensible à son absence de peur. L'hôtel entier sembla soudain hésiter, ou ouvrir les yeux sur un danger qui se révélait plus grave qu'il ne l'avait jugé au premier abord ; les planchers firent gémir leurs planches, quelque part des portes claquèrent l'une après l'autre, et sur les toits les ornements de cuivre cessèrent un moment de virevolter.

Puis les complets d'armure repartirent avec force cliquetis, formant à présent un véritable mur de cuirasses et de cottes de mailles, de jambières, de heaumes et de gorgerins étincelants. L'un arborait un fléau d'armes, un autre une masse, celui du milieu tenait l'épée à double pointe.

Brusquement Jack se lança à leur rencontre. Ses yeux s'enflammèrent ; il brandissait le médiator devant lui. Ses traits prirent l'éclat rayonnant de Jason Il
       dérapa
momentanément dans les Territoires et *devint* Jason ; par ici la dent de requin qui remplaçait le médiator semblait en feu. Comme il s'approchait des trois chevaliers, l'un d'eux retira son heaume, révélant encore un de ces vieux

visages blafards ; celui-ci avait des mâchoires épaisses et, sous son cou, pendouillaient des fanons cireux, pareils à de la bougie fondue. Il jeta son heaume dans sa direction. Jack l'esquiva aisément

et

réintégra

son moi-Jack, tandis qu'un casque rebondissait sur un mur lambrissé dans son dos. Une armure sans tête se tenait plantée devant lui.

Vous croyez que cela m'impressionne ? pensa-t-il avec mépris. *On m'a déjà fait le coup. Ça ne me fait pas peur, vous ne me faites pas peur, et j'aurai ce que je veux, un point c'est tout.*

Cette fois, il ne sentit pas seulement que l'hôtel *l'écoutait ;* cette fois, celui-ci semblait se rétracter à l'entour, tout comme la muqueuse d'un organe digestif peut se rétracter autour d'un bout de viande avariée. A l'étage, dans les cinq chambres où étaient morts les cinq Chevaliers Gardiens, cinq fenêtres explosèrent comme autant de coups de feu. Jack fonça sur les complets d'armure.

D'une voix claire et joyeusement triomphante, le Talisman appela de quelque part en haut.

JASON ! À MOI !

— *Venez !* cria Jack aux armures, et d'attraper le fou rire.

Il ne pouvait s'en empêcher. Jamais le rire ne lui avait paru si important, si efficace, si bon ; c'était comme de l'eau de source ou d'un torrent.

Venez, je vous attends ! J'ignore de quelle foutue Table Ronde vous sortez, mais vous auriez mieux fait d'y rester ! Vous avez commis une erreur !

Riant de plus belle, mais aussi déterminé intérieurement que Wotan sur le rocher des Walkyries, Jack bondit sur la silhouette décapitée, chancelante du milieu.

— *Vous auriez dû tuer les* deux *frères Ellis !* hurla-t-il, et lorsque le médiator de guitare passa dans la zone d'air glacial où aurait dû se trouver la tête du chevalier, le complet d'armure s'effondra.

3

Dans sa chambre à l'Alhambra, Lily Cavannaugh Sawyer leva soudain les yeux du livre qu'elle était en train de lire. Il lui semblait avoir entendu quelqu'un (non, pas simplement quelqu'un, *Jack !*) appeler du fin fond du couloir désert, peut-être même depuis le hall. Elle tendit l'oreille, les yeux écarquillés, les lèvres pincées, le cœur plein d'espoir... en vain. Jackie était toujours absent, le cancer continuait à la ronger, et il restait encore une heure et demie avant qu'elle puisse prendre un autre gros cachet marron de ce remède de cheval qui atténuait un peu la douleur.

Désormais elle pensait de plus en plus souvent à absorber tous ses cachets à la fois. Cela ferait plus qu'atténuer provisoirement la douleur ; ça y mettrait un point final. *Ils disent qu'on ne peut pas guérir du cancer, mais* vous ne croyez pas à ces bêtises, Mrs Cavannaugh... Essayez d'en avaler deux douzaines. Qu'en dites-vous ? Vous voulez tenter le coup ?

Ce qui la retenait de le faire, c'était Jack... elle désirait tant le revoir qu'elle s'imaginait entendre sa voix... non pas en train de l'appeler, un truc simple trop rebattu, mais de citer un de ses vieux films.

— Tu n'es qu'une vieille folle, Lily, coassa-t-elle avant de s'allumer une Herbert Tarrytoon de ses doigts tremblants, amaigris. Elle aspira deux bouffées, puis l'éteignit. Plus de deux bouffées déclenchait une crise de toux ces jours-ci, or la toux la laissait sur le flanc. Une vieille folle.

Elle ramassa son livre, incapable de lire parce que les larmes coulaient sur sa figure et que ses entrailles la faisaient souffrir, souffrir, tant souffrir, et elle voulait prendre tous les cachets marron mais elle voulait d'abord le revoir, son cher fils aux yeux brillants et au front noble et lisse.

Reviens, Jack, pensa-t-elle. Je t'en prie reviens bientôt ou la prochaine fois que je te parlerai ce sera par l'intermédiaire du Ouija[1]. Je t'en prie, Jack, je t'en prie reviens.

Fermant les yeux, elle essaya de sommeiller.

4

Le chevalier qui tenait le fléau d'armes vacilla encore un moment, faisant admirer son vide intérieur, puis explosa à son tour. Celui qui restait leva sa masse... et s'écroula simplement en tas. Après être resté un temps hilare au milieu des débris, Jack se pétrifia quand il jeta un regard au médiator de Speedy.

Celui-ci était à présent d'un jaune sale et foncé ; le vernis craquelé était devenu un lacis de fissures.

Aucune importance, Jack-la-Vadrouille. Tu continues. A mon avis, il doit rester encore une de ces boîtes de conserve ambulantes dans le coin. Auquel cas tu t'en chargeras, n'est-ce pas ?

— Oui, s'il le faut, marmonna Jack à voix haute.

A coups de pied, Jack repoussa une jambière, un heaume, un plastron et s'en fut en marchant au milieu du couloir, le tapis gargouillant sous ses baskets. En atteignant le hall, il jeta un bref coup d'œil à la ronde.

JACK ! VIENS À MOI ! JASON ! VIENS À MOI ! psalmodiait le Talisman.

Jack se rua dans l'escalier. A mi-hauteur, il inspecta le palier et aperçut le dernier des chevaliers qui le regardait d'en haut. Sa silhouette gigantesque mesurait plus de trois mètres ; son armure et son panache étaient noirs, et une effroyable lueur rouge filtrait par la visière de son heaume.

Un de ses poings gantés agrippait une énorme masse.

Durant un instant, Jack demeura figé sur les marches, puis il reprit son ascension.

1. Le Ouija est une sorte de jeu grâce auquel on prédit l'avenir en communiquant avec les esprits des morts (! !).

5

Ils ont gardé le meilleur pour la fin, se dit Jack, et pendant qu'il grimpait fermement vers le chevalier noir, il

se glissa

derechef

dans la peau de Jason. Le chevalier portait encore une armure noire quoique d'un modèle différent ; sa visière relevée montrait un visage défiguré par de vieilles plaies séchées. Jason reconnut la nature de celles-ci. Cet individu s'était un peu trop approché d'une des boules de feu des Terres Dévastées pour que sa santé n'en pâtît pas.

D'autres silhouettes le croisaient dans l'escalier, des gens qu'il avait du mal à distinguer, comme ses doigts reposaient sur une large rampe sculptée, non pas en acajou des Antilles, mais en sidéroxylon, pur produit des Territoires. Des silhouettes en pourpoints, d'autres en blouses de soie, des femmes avec de grandes robes évasées et des capuchons d'un blanc immaculé dégageant leurs cheveux artistiquement coiffés ; ces êtres étaient beaux mais condamnés... et peut-être les fantômes paraissent toujours ainsi aux vivants. Sinon pourquoi l'idée même de fantôme inspirerait tant de terreur ?

JASON ! À MOI ! chantait le Talisman, et durant un instant cette réalité toute morcelée sembla s'effondrer ; loin de décoller, il eut l'impression de *chuter* d'un monde l'autre comme un homme qui passe à travers les planchers pourris successifs d'une ancienne tour de bois. La peur lui était étrangère. La pensée qu'il pourrait ne jamais en revenir, qu'il continuerait indéfiniment à dégringoler la chaîne des réalités, au risque de se perdre comme dans un bois... l'effleura bien, mais il la chassa aussitôt. Tout cela arriva à Jason... *(et à Jack)* en un éclair ; son pied mettrait davantage de temps pour escalader une marche du grand escalier. Il reviendrait ; il était de nature unique et ne croyait pas possible que ce genre de personne puisse se perdre, parce qu'il avait sa place dans tous ces mondes. *Mais je n'existe pas simultanément en tous,* songea Jason.

(Jack.) Voilà l'important, voilà la différence : je papillonne de l'un à l'autre, probablement trop vite pour qu'on me voie, en laissant derrière moi un bruit tel qu'un claquement de mains ou un boum supersonique, tandis que l'air se referme sur le vide où j'ai pris place le temps d'un millième de seconde.

Dans nombre de ces mondes, l'hôtel noir n'était qu'une ruine... c'étaient des mondes, pensa-t-il vaguement, où le grand mal actuellement en équilibre sur le fil reliant la Californie et les Territoires était déjà advenu. Sur l'un d'eux, la mer qui grondait et rugissait à l'assaut du rivage s'avérait d'un vert pâle, terne ; le ciel affichait un aspect gangréneux similaire. Sur un autre, il vit une créature volante aussi grosse qu'une roulotte Conestoga replier ses ailes et sa huppe et fondre vers la terre tel un faucon. Elle attaqua une espèce de mouton et remonta en chandelle, tenant dans son bec l'arrière-train ensanglanté.

Décolle... décolle... décolle. Les mondes défilaient sous ses yeux comme des cartes battues par un joueur professionnel.

Voici encore l'hôtel, et il y avait une demi-douzaine de versions différentes du chevalier noir au-dessus de lui, mais l'intention restait partout la même, et les différences avaient aussi peu d'importance que les accessoires de prototypes automobiles rivaux. Voilà une tente noire emplie d'une âcre et puissante odeur de toile moisie... elle était déchirée en beaucoup d'endroits en sorte que le soleil y dardait des rayons poussiéreux et divergents. Dans ce monde, Jack/Jason s'accrochait à une espèce de gréement, et le chevalier noir se tenait sur une tourelle de bois qui tenait de la hune de vigie, et en grimpant il décolla encore... et encore... et encore.

Ici l'océan entier était en feu ; ici l'hôtel ressemblait pas mal à ce qu'il était à Point Venuti, sauf qu'il se trouvait à moitié englouti sous les flots. Un moment, Jack/Jason crut être dans une cabine d'ascenseur, avec le chevalier juché au-dessus qui le guettait par la trappe. Ensuite, il se vit sur un talus, dont le sommet était gardé par un serpent géant, son long corps musclé cuirassé d'écailles noires et luisantes.

Et quand arriverai-je au bout ? Quand finirai-je de passer à travers les planchers et de m'abîmer dans les ténèbres ?

JASON ! JACK ! appelait le Talisman, et son appel résonnait dans tous les mondes. *À MOI !*

Et Jack arrivait, avec l'impression de rentrer chez lui.

6

Il ne s'était pas trompé ; il n'avait monté qu'un seul étage. Mais la réalité s'était à nouveau solidifiée. Le chevalier noir, *son* chevalier noir, celui de Jack Sawyer, bloquait le palier. Le monstre leva sa masse.

Malgré sa peur, Jack continuait à grimper, le médiator de Speedy brandi à bout de bras.

— Je ne vais pas me bagarrer avec toi, lança Jack. Tu ferais mieux de t'écarter de mon...

La silhouette noire balança sa masse. Celle-ci s'abattit avec une force incroyable. D'un bond, Jack l'évita. L'engin s'écrasa dans l'escalier à son ancienne place et fit voler en éclats toute la contremarche.

Le chevalier dégagea sa masse du trou noir. Jack sauta deux marches de plus, le médiator toujours coincé entre le pouce et l'index... et soudain celui-ci se désintégra purement et simplement, les fragments d'ivoire jauni retombant en pluie fine, pareils à des bouts de coquille d'œuf. La plupart vinrent saupoudrer le dessus des baskets de Jack, qui contempla ses pieds stupidement.

L'écho d'un rire éteint.

La masse, à laquelle s'accrochaient encore des échardes de bois et des lambeaux de vieux tapis humide, remonta entre les deux gantelets du chevalier. Par la fente du heaume, le regard rouge du spectre tomba sur le visage levé de Jack et parut tracer une horizontale ensanglantée en travers l'arête de son nez.

Encore cet éclat de rire asthmatique... qu'il n'entendait pas avec ses oreilles, puisqu'il savait que cette armure était aussi vide que les précédentes, rien qu'un corset d'acier pour un esprit damné, mais à l'intérieur de sa tête. *Tu as perdu, bonhomme... croyais-tu vraiment que ce petit objet ridicule te permettrait de passer ?*

La masse redescendit dans un sifflement, cette fois en diagonale, et Jack détourna les yeux du regard rouge juste à temps pour plonger ; il sentit la tête de la masse effleurer le haut de ses cheveux une seconde avant d'aller arracher un tronçon de rampe d'un mètre et de l'envoyer valdinguer dans les airs.

Cliquetis et grincement de métal, lorsque le chevalier se pencha vers lui, son heaume de guingois comme une hideuse et sarcastique parodie de sollicitude... puis la masse reprit son élan en vue d'un autre terrible coup.

Jack, tu n'as pas besoin d'élixir magique pour t'en sortir, et tu n'as pas non plus besoin de médiator magique pour tirer la chasse sur cette boîte de conserve !

La masse vrombit encore dans les airs... *vroum !* Jack chancela en arrière, rentrant l'estomac ; les muscles de ses épaules protestèrent en tirant autour des trous laissés par les gantelets.

La masse lui passa au ras de la poitrine, puis déquilla en fin de course une rangée de gros balustres en acajou comme si c'étaient de simples cure-dents. Jack se balançait dans le vide, se sentant absurde à la manière de Buster Keaton. Voulant se rattraper au moignon de rampe déchiqueté à sa gauche, il se planta des échardes sous deux de ses ongles. La douleur fut si intolérable qu'il crut un instant que ses globes oculaires allaient éclater. Puis il s'assura une bonne prise de la main droite, put se rétablir et s'écarter du gouffre.

Toute la magie est en toi, Jack ! Ne le sais-tu pas maintenant ?

Un instant, il resta planté là, hors d'haleine, puis il reprit son ascension, les yeux fixés sur l'inexpressif masque de fer au-dessus de lui.

— Vous feriez mieux de vous en aller, messire Gauvain.

Le chevalier inclina son immense heaume du même geste étrangement délicat... *Pardon, bonhomme, est-ce bien à moi que tu parles ?* Après quoi il lança sa masse.

Sans doute aveuglé par la peur, jusqu'à présent Jack n'avait pas remarqué combien la préparation de ces coups était lente, avec quelle évidence celle-ci annonçait leur trajectoire. Peut-être ses charnières étaient-elles rouillées, se dit-il. Quoi qu'il en soit, il lui devenait facile de bondir hors de portée maintenant qu'il avait de nouveau les idées claires.

Debout sur la pointe des pieds, il tendit les bras et saisit le heaume noir à deux mains. Le métal se révéla anormalement chaud : un cuir rêche brûlant de fièvre.

— Disparais de la surface de ce monde, déclara-t-il d'une voix grave, calme, presque sur le ton de la conversation. En son nom, je te l'ordonne.

La lueur rouge dans le heaume s'éteignit comme la chandelle à l'intérieur d'un potiron évidé, et brusquement le heaume pesa de tout son poids (sept kilos au bas mot) dans les mains de Jack, parce qu'il n'y avait plus rien pour le soutenir ; sous le heaume, le complet d'armure s'était affaissé.

— Vous auriez dû tuer les *deux* frères Ellis, conclut Jack avant de jeter le casque vide par-dessus bord. Celui-ci atterrit en bas avec fracas et roula sur le sol tel un jouet. L'hôtel parut se ratatiner.

Jack se tourna face au large couloir du premier étage, et là, enfin, il y avait de la lumière : une lumière claire, pure, comme la fois où il avait vu des hommes voler dans le ciel. Le corridor se terminait par une autre porte à double battant, qui était fermée, mais suffisamment de jour filtrait par en dessus et par en dessous, ainsi que par la fente verticale du milieu, pour que Jack sache que la lumière de l'autre côté devait avoir beaucoup d'éclat.

Il mourait d'envie de voir cette lumière, de même que sa source ; il venait de loin afin de l'admirer, et avait traversé de bien cruelles ténèbres.

Les lourdes portes étaient artistement marquetées, et portaient en haut, écrite à la feuille d'or légèrement écaillée mais parfaitement lisible, la mention : SALLE DE BAL DES TERRITOIRES.

— Hé maman, énonça Jack Sawyer d'une douce voix émerveillée en s'avançant dans le halo. Le bonheur enflammait son cœur, faisant naître arc-en-ciel sur arc-en-ciel. Hé maman, je crois que j'y suis arrivé, je crois bien que j'y suis arrivé.

Délicatement et avec vénération, Jack empoigna alors une poignée dans chaque main et, appuyant vers le bas, il ouvrit les battants. Ce faisant, un rayon grandissant de lumière pure tomba sur sa frimousse levée, éblouie.

7

Il se trouva que Sunlight Gardener fouillait la plage du regard à l'instant précis où Jack expédia le dernier des cinq Chevaliers Tutélaires. Il entendit une sourde détonation, comme si une faible charge de dynamite avait explosé quelque part au tréfonds de l'hôtel. Au même moment, un éclair de lumière brilla à toutes les fenêtres du premier étage de l'Azincourt, et tous les symboles de ferronnerie, lunes, étoiles, astéroïdes et autres étranges flèches brisées s'immobilisèrent simultanément.

Gardener s'était accoutré à la manière des flics de la brigade d'intervention de Los Angeles. Il avait enfilé un imposant gilet pare-balles par-dessus sa chemise blanche et portait un poste radio en bandoulière. L'antenne courtaude oscillait d'avant en arrière au moindre de ses mouvements. A son autre épaule pendait un Weatherbee 360, fusil de chasse presque aussi gros qu'un canon antiaérien, qui aurait fait baver d'envie même Robert Ruark. Gardener l'avait acheté six ans auparavant, lorsque les circonstances l'avaient obligé à se débarrasser de sa vieille pétoire. L'étui en zèbre véritable du Weatherbee se trouvait dans le coffre d'une Cadillac noire, à côté du corps de son fils.

— Morgan !

Morgan ne se retourna pas. Il se tenait légèrement à gauche d'un groupe de rochers inclinés qui saillaient sur le sable comme autant de crocs noirs. A six mètres au-delà des rochers et à un mètre seulement en deçà de la trace laissée par la marée haute, gisait Speedy Parker, alias Parkus. En tant que Parkus, il avait jadis ordonné la flétrissure de Morgan d'Orris : des cicatrices blêmes barraient l'intérieur des puissantes cuisses blanches de Morgan, marques auxquelles on reconnaît un traître dans les Territoires. Ce n'était que grâce à l'intercession de la reine Laura en personne que ces cicatrices ne sillonnaient pas ses joues à la place de ses cuisses, où elles étaient presque toujours dissimulées sous ses vêtements. Morgan, celui-ci autant que l'autre, n'avait pas pour autant chéri la reine... mais sa haine à l'égard de Parkus, qui avait étouffé ce premier complot, avait grandi de façon exponentielle.

Aujourd'hui Parkus/Parker gisait à plat ventre sur la plage, le crâne couvert de plaies suppurantes. Du sang dégouttait lentement de ses oreilles.

Morgan ne demandait qu'à croire que Parker était encore en vie en train de souffrir, mais le dernier frémissement perceptible de son dos remontait au moment où lui et Gardener avaient déboulé ici au pied de ces rochers, environ cinq minutes plus tôt.

Quand Gardener l'appela, Morgan ne se retourna pas parce qu'il était absorbé dans la contemplation de son vieil ennemi, aujourd'hui terrassé. Celui qui prétend que la vengeance n'est pas douce se fourre complètement le doigt dans l'œil.

— Morgan ! répéta Gardener.

Cette fois Morgan se retourna, les sourcils froncés.

— Eh bien ? Quoi ?

— Regarde ! La toiture de l'hôtel !

Morgan s'aperçut que toutes les girouettes et les décorations du toit — sculptures de cuivre qui tournaient exactement à la même vitesse, que le vent soit complètement tombé ou qu'il souffle en tempête — restaient immobiles. Au même moment la terre trembla brièvement sous leurs pieds et puis s'arrêta. On aurait dit qu'une bête souterraine d'une taille gigantesque avait tressailli dans son sommeil hivernal. Morgan aurait presque cru à un effet de son imagination si les yeux injectés de Gardener ne s'étaient pas en outre agrandis. *Je parie que tu regrettes d'avoir quitté l'Indiana, Gard*, pensa Morgan. *Aucun risque de tremblement de terre en Indiana, pas vrai ?*

Un éclair silencieux illumina à nouveau toutes les fenêtres de l'Azincourt.

— Qu'est-ce que cela signifie, Morgan ? s'enquit Gardener d'une voix rauque.

Pour la première fois chez Gardener, nota Morgan, la peur tempérait la folle rage due à la perte de son fils. C'était ennuyeux, mais on pouvait toujours ranimer sa frénésie antérieure, si nécessaire. Simplement Morgan détestait devoir dépenser son énergie sur quelque chose qui n'avait pas directement trait au problème consistant à débarrasser le monde — *tous les mondes* — de Jack Sawyer, lequel, non content d'avoir toujours été une peste, était devenu en grandissant le plus gros point noir de la vie de Sloat.

Le radio-émetteur de Gardener grésilla.

— Chef Quatre de la Brigade Rouge à l'Homme du Soleil ! A vous, Homme du Soleil !

— Ici, Homme du Soleil, Chef Quatre de la Brigade Rouge, aboya Gardener. Que se passe-t-il ?

Coup sur coup, Gardener reçut quatre rapports caquetants, surexcités, tous identiques. Aucun ne comportait la moindre information que le duo n'eût pas déjà recueillie par lui-même : éclairs de lumière, immobilité des girouettes, une sorte de tremblement de terre ou de secousse pré-sismique... mais les yeux brillants, Gardener apporta le même enthousiasme à chaque rapport, posant des questions tranchantes, glapissant « *Terminé !* » à la fin de chaque transmission, parfois intervenant par : « *Répétez* » ou « *Roger.* » Sloat trouvait qu'il imitait un mauvais acteur d'un film-catastrophe.

Mais si cela le rassurait, Sloat n'y voyait pas d'inconvénient. Cela lui éviterait de devoir répondre à la question de Gardener... et maintenant qu'il y pensait, il supposa possible que Gardener ne veuille pas qu'on réponde à sa question, et voilà pourquoi il se livrait à tout ce cirque avec la radio.

Les Gardiens étaient morts, ou hors de combat. Ce qui expliquait pourquoi les girouettes s'étaient arrêtées, et les éclairs de lumière ne signifiaient pas autre chose. Jack n'avait pas le Talisman... du moins, pas encore. S'il s'en emparait, il allait y avoir vraiment du rock'n'roll à Point Venuti. Et Sloat de penser maintenant que Jack s'en *emparerait*... qu'il était écrit depuis toujours qu'il s'en emparerait. Cette perspective ne l'effraya pas cependant.

Sa main chercha à tâtons la clé qui lui pendait au cou.

Gardener avait épuisé son stock de *terminé, roger* et *dix-quatre*. Il rendossa son matériel radio et dévisagea Morgan avec de grands yeux effrayés. Avant qu'il puisse prononcer un mot, Morgan posa des mains amicales sur les épaules de Gardener. S'il était capable d'aimer quelqu'un en dehors de son pauvre fils défunt, alors il éprouvait de l'amour, un amour pervers à n'en pas douter, pour cet homme. Morgan d'Orris et Osmond (ou Morgan Sloat et Roger Sunlight Gardener, au choix) avaient parcouru un long chemin ensemble.

C'était avec un fusil semblable à celui actuellement suspendu à l'épaule de Gardener que ce dernier avait abattu Phil Sawyer dans l'Utah.

— Ecoute, Gard, dit-il calmement. Nous allons gagner.

— En es-tu tellement sûr ? chuchota Gardener. Je crois qu'il a tué les Gardiens, Morgan. Je sais que ça paraît bizarre, mais je crois vraiment...

Il s'interrompit, la bouche tremblante à la manière des vieillards, les lèvres luisantes sous une fine couche de salive.

— Nous allons gagner, répéta Morgan de la même voix calme, et il pensait ce qu'il disait.

Les choses lui semblaient prédestinées. De nombreuses années, il avait attendu ce moment. Sa résolution avait été la bonne ; elle le demeurait aujourd'hui. Jack ressortirait avec le Talisman dans ses bras. Quoique doté d'un pouvoir infini, cet objet était fragile.

Sloat regarda le Weatherbee à lunette, capable de stopper un rhinocéros en pleine charge, puis palpa la clé qui déclenchait la foudre.

— Nous avons de quoi lui régler son compte quand il sortira, dit Morgan, avant d'ajouter : dans n'importe quel monde. Du moment que tu ne perds pas courage, Gard. Tant que tu restes avec moi.

Les lèvres tremblantes se calmèrent un peu.

— Morgan, bien sûr que je...

— Rappelle-toi qui a tué ton fils, dit doucement Morgan.

A l'instant précis où Jack Sawyer avait appliqué la pièce bouillante sur le front d'un monstre au fin fond des Territoires, Reuel Gardener, qui souffrait de crises d'épilepsie relativement inoffensives depuis l'âge de six ans (âge aussi auquel le fils d'Osmond avait commencé à présenter les symptômes de ce qu'on appelait la Maladie des Terres Dévastées), subit apparemment une crise du grand mal à l'arrière d'une Cadillac qu'un Loup conduisait d'Illinois en Californie par la I-70.

Violet d'étouffement, l'adolescent était mort dans les bras de Sunlight Gardener.

Celui-ci avait désormais les yeux exorbités.

— Rappelle-toi, répéta doucement Morgan.

— Méchant, chuchota Gardener. Tous les garçons. Axiomatique. Ce garçon en particulier.

— Exact ! approuva Morgan. Penses-y ! Nous pouvons l'arrêter, mais je veux d'abord m'assurer qu'il ne pourra ressortir de l'hôtel que par voie de terre.

Il conduisit Gardener jusqu'au rocher d'où il observait Parker. Des mouches — d'énormes mouches albinos — commençaient à se poser sur le cadavre du nègre, nota Morgan. C'était aussi génial qu'une annonce. S'il existait l'équivalent du magazine *Variety* pour les mouches, Morgan se serait fait un plaisir d'acheter un encart publicitaire donnant les coordonnées de Parker. Venez, venez toutes. Elles déposeraient leurs œufs dans les plis de sa chair en décomposition, et l'homme qui avait marqué les cuisses de son Double donnerait naissance à des asticots. C'était vraiment génial.

Il montra le débarcadère du doigt.

— Le canot se trouve là-dessous, dit-il. Dieu sait pourquoi, il a la forme d'un cheval. C'est sombre, je sais. Mais tu as toujours été un sacré tireur. Si tu arrives à le repérer, Gard, crible-le de balles. Coule-moi cette saleté.

Gardener ôta son fusil de l'épaule et regarda dans la lunette. Durant un long moment, le museau de son arme monstrueuse oscilla minutieusement dans tous les sens.

— Je le vois, murmura Gardener d'une voix jubilante, avant d'appuyer sur la détente.

La détonation se répercuta sur l'eau en une longue spirale jusqu'à épuisement de l'effet Doppler. Le canon du fusil se leva, puis se rabaissa. Gardener fit feu encore et encore.

— Je l'ai eu, clama Gardener, rabaissant son arme.

Il avait repris courage ; son moral était de nouveau au beau fixe. Il affichait le même sourire que lorsqu'il était rentré de sa mission dans l'Utah. Ce n'est plus qu'un pneu crevé maintenant. Tu veux jeter un coup d'œil par la lunette ? Il tendit le fusil à Sloat.

— Non, répondit celui-ci. Si tu dis que tu l'as eu, tu l'as eu. Désormais il lui faudra sortir par la terre ferme. Et nous savons par quelle direction il va arriver. A mon avis. il aura ce que nous guignons depuis de si nombreuses années.

Gardener le regarda avec des yeux brillants.

— Je suggère que nous montions là-haut.

Il indiqua du doigt la vieille promenade en planches, qui se situait juste derrière la clôture où il avait passé tant d'heures à contempler l'hôtel et à spéculer sur ce qui se trouvait dans la salle de bal.

— D'ac...

C'est alors que la terre se mit à gronder et à se soulever sous leurs pieds. Le monstre souterrain s'était réveillé ; il s'ébrouait en rugissant.

Au même instant, une lumière d'un blanc éblouissant illumina toutes les fenêtres de l'Azincourt... la lumière de mille soleils. Les fenêtres explosèrent toutes en même temps. Le verre vola en une pluie cristalline.

— SOUVIENS-TOI DE TON FILS ET SUIS-MOI ! hurla Sloat.

Son sens de la prédestination était on ne peut plus clair, clair et indubitable. *Après tout, il était censé gagner.*

Tous les deux se mirent à galoper sur la plage mouvante en direction des planches.

8

Empli d'émerveillement, Jack avançait lentement sur le parquet en bois de la salle de bal, la tête levée, les yeux étincelants. Sa figure baignait dans une pure clarté blanche qui recélait toutes les couleurs... les couleurs du levant, celles du couchant, celles de l'*arc-en-ciel*. Le Talisman pendait loin au-dessus de lui, pivotant lentement sur son axe.

C'était un globe de cristal dont la circonférence mesurait peut-être un mètre ; son halo était si brillant qu'il était impossible de déterminer exactement ses dimensions. Des lignes gracieusement incurvées semblaient sillonner sa surface, pareilles à des méridiens et à des parallèles... *et pourquoi pas ?* se dit Jack, encore ahuri de stupeur et de crainte mêlées. *Voici le monde... TOUS les mondes... en microcosme. Mieux : voici l'axe de tous les mondes possibles.*

Qui chante, tourne, *flamboie.*

Il se planta dessous, submergé par sa chaleur et la claire intuition d'une force bien intentionnée. Comme dans un rêve, il sentait cette force couler en lui telle la limpide pluie de printemps qui réveille les puissances endormies en un milliard de graines minuscules. Une formidable joie jaillit dans sa conscience ainsi qu'une fusée, et Jack Sawyer leva en riant les deux mains au-dessus de sa figure renversée, manière à la fois de répondre à cette joie et d'imiter sa soudaine montée.

— *Viens donc !* cria-t-il,
                 et de se glisser
en Jason.

— *Viens donc !* répéta-t-il dans l'idiome harmonieusement fluide et légèrement flûté des Territoires.

Jason avait beau rire en criant, les larmes ruisselaient sur ses joues. Et il comprit que la quête avait commencé avec l'autre garçon et devait par conséquent se terminer avec lui ; aussi se laissa-t-il aller et regagna-t-il Jack Sawyer.

Au-dessus de sa tête, le Talisman frémissait dans les airs et tournait lentement en dégageant chaleur et lumière plus une sensation de bonté intrinsèque, de *candeur.*

— *Viens à moi !*

Le Talisman se mit à descendre tout seul.

9

Ainsi après tant de semaines et de tribulations dans les ténèbres et le désespoir ; après la découverte d'amis et leur perte ; après des jours d'efforts, et des nuits passées à dormir au creux de meules humides ; après avoir affronté les démons de lieux obscurs (dont non l'un des moindres nichait dans la fêlure de son âme)... après toutes ces péripéties, ce fut de cette façon que le Talisman se donna à Jack Sawyer.

Jack le regardait descendre, et bien que tout désir de fuite fût hors de question, il se sentit submergé par une sensation de mondes en péril, de mondes en balance. Son côté Jason était-il réel ? L'héritier de la reine Laura avait été tué ; ce n'était plus qu'un fantôme par qui juraient les habitants des Territoires. Pourtant Jack répondit par l'affirmative. La quête du Talisman menée par Jack, une quête qui incombait originellement à Jason, avait permis à celui-ci de revivre un temps. Jack avait vraiment eu un Double, quel qu'il fût. Si Jason se trouvait être un fantôme à l'instar des chevaliers, il pouvait aussi bien disparaître lorsque ce globe tournoyant, rayonnant toucherait le bout de ses doigts. Jack le tuerait une deuxième fois.

— *Cesse de te tourmenter, Jack,* chuchota une voix aux inflexions claires et chaleureuses.

Le voilà qui descendait : un globe, un monde, *tous* les mondes. C'était la gloire et la chaleur, c'était la bonté, c'était le renouveau de la blancheur. Et comme il en a toujours été et sera toujours avec le blanc, c'était effroyablement fragile.

Au fil de cette descente, les mondes tournoyaient dans sa tête. Loin d'éprouver la sensation de dégringoler à travers différentes couches de réalité, désormais il lui semblait contempler un univers entier de réalités, se chevauchant toutes l'une l'autre, entrelacées comme les anneaux d'une... *(réalité)* cotte de mailles.

Tu tends les bras à un univers de mondes, à un cosmos du bien, Jack...

(C'était la voix de son père.) *Ne le lâche pas, fiston. Au nom de Jason, ne le lâche pas.*

Mondes après mondes après mondes, certains magnifiques, d'autres diaboliques, chacun momentanément illuminé par la chaude lumière blanche de cette étoile que constituait le globe de cristal gravé de traits fins. Celui-ci planait lentement dans les airs en direction des doigts tendus, tremblants, de Jack Sawyer.

— *Viens à moi !* lui cria Jack comme lui-même l'avait souvent entendu. *Viens donc !*

Le Talisman arriva à un mètre de ses mains, les stigmatisant de sa douce chaleur salvatrice ; puis à cinquante centimètres, puis à vingt. Pivotant lentement sur son axe légèrement incliné, il hésita un moment, et Jack put distinguer à sa surface les contours éclatants, changeants, des continents et des océans et même des calottes glaciaires. Le Talisman hésita... et puis se coula lentement entre les mains levées de Jack.

CHAPITRE 43

NOUVELLES DE PARTOUT

1

Lily Cavannaugh, qui avait sombré dans un sommeil agité après s'être imaginé entendre la voix de Jack quelque part dans les étages, s'assit soudain toute droite dans son lit. Pour la première fois depuis bien des semaines, ses joues d'un jaune cireux s'empourprèrent vivement. Ses yeux brillaient d'un fol espoir.

— Jason ? haleta-t-elle, avant de froncer les sourcils ; ce n'était pas le nom de son fils.

Mais dans le rêve qui venait de la réveiller en sursaut, elle avait un fils qui s'appelait ainsi, et toujours selon ce rêve, elle-même était quelqu'un d'autre. L'effet de la drogue, bien sûr. A cause de la drogue, elle avait dit adieu à ses rêves.

— Jack ? tenta-t-elle à nouveau. Jack, où es-tu ?

Pas de réponse... mais elle le *sentait*, savait qu'il était vivant. Pour la première fois depuis longtemps, six mois peut-être, elle se sentit un peu mieux.

— Jackie, murmura-t-elle en attrapant ses cigarettes. Elle les considéra un moment, puis les jeta à l'autre bout de la pièce. Elles atterrirent dans l'âtre, en plein sur le tas d'ordures qu'elle voulait brûler en fin de journée. Je crois que je vais arrêter de fumer pour la deuxième et dernière fois de ma vie, Jackie, reprit-elle. Attends, chéri. Ta maman t'aime.

Et sans raison Lily se retrouva en train de sourire d'un air imbécile.

2

Donny Keegan, qui était de corvée de cuisine au foyer du Soleil quand Wolf s'était évadé du mitard, avait survécu à cette terrible nuit ; George Irwinson, son camarade d'infortune, n'avait pas eu autant de chance. A présent Donny se trouvait dans un orphelinat plus conventionnel à Muncie,

Indiana. A la différence de plusieurs des pensionnaires du foyer du Soleil, Donny était un véritable orphelin ; Gardener avait été obligé d'en prendre un petit nombre en guise de garantie pour l'État.

Alors qu'à moitié hébété, il lessivait un corridor sombre dans les étages, Donny leva soudain la tête, écarquillant ses yeux glauques. Dehors, les nuages qui crachotaient une neige légère sur les champs épuisés de décembre s'entrouvrirent brusquement à l'ouest, laissant passer un unique et large rayon de soleil, aussi terrible qu'exaltant dans sa beauté solitaire.

— *Tu as raison. OUI, je l'aime !* cria triomphalement Donny. C'était à Ferd Janklow que Donny s'adressait, bien que celui-ci, qui avait plus d'une araignée au plafond, eût déjà oublié son nom. *Il est beau et je l'aime, oui.*

Donny lâcha son rire d'idiot, excepté qu'à présent même son rire semblait presque beau. D'autres gamins se précipitèrent à leurs portes et contemplèrent Donny avec étonnement. Sa figure resplendissait au soleil de ce rayon unique, pur et éphémère, et l'un des témoins présents devait ce soir-là chuchoter à son meilleur ami que Donny Keegan avait un moment ressemblé au Christ.

Le moment s'enfuit ; les nuages recouvrirent cette surnaturelle trouée de ciel, et dans la soirée faisait rage la première grosse tempête de neige de l'hiver. Donny avait connu — ne serait-ce qu'un bref moment — ce que signifiait ce triomphant sentiment d'amour. Celui-ci s'estompa vite, à la manière des rêves au réveil... mais il n'oublia jamais la nature de ce sentiment, cette troublante sensation de grâce accomplie et accordée, et non promise et puis remise ; ce sentiment de clarté et de tendre et merveilleux amour ; cette impression d'extase au nouvel avènement du blanc.

3

Le juge Fairchild, qui avait expédié Jack et Wolf au foyer du Soleil, n'était plus juge du tout, et dès qu'il aurait épuisé ses dernières voies de recours, il irait en prison. Il ne faisait plus aucun doute que la prison l'attendait, et qu'il en verrait de dures là-bas. Peut-être n'en ressortirait-il plus vivant. C'était un vieil homme, et qui plus est, pas en très bonne santé. Si seulement on n'avait pas retrouvé ces fichus cadavres...

Eu égard aux circonstances, il était demeuré aussi jovial que possible, mais aujourd'hui, alors qu'il se nettoyait les ongles des mains avec la longue lame de son couteau de poche, assis chez lui dans son bureau, une immense vague de dépression le submergea. Tout à coup, il éloigna le couteau de ses ongles épais, l'examina pensivement un instant, puis en inséra la pointe dans sa narine droite.

— Oh merde, pourquoi pas ? murmura-t-il, après avoir gardé quelque temps cette position.

Levant brutalement le poing, il imprima un trajet bref et mortel à la lame de quinze centimètres, qui alla embrocher d'abord ses sinus, puis son cerveau.

4

Smokey Updike trônait dans un box de la Taverne d'Oatley, passant en revue ses factures et additionnant des chiffres sur sa calculette, exactement comme le jour où Jack avait fait sa connaissance. Sauf que c'était maintenant le début de la soirée et que Lori s'affairait à servir les premiers clients. Le juke-box jouait « I'd rather have a bottle in front of me (than a frontal lobotomy). »

Un moment avant tout était tranquille. Celui d'après, Smokey se redressa brusquement, faisant dégringoler de sa tête son petit calot de papier. Il agrippait le devant de son T-shirt blanc du côté gauche, là où une fulgurante décharge douloureuse venait de frapper telle une lame d'argent. *Que Dieu lui pile les ongles*, aurait dit Wolf.

Au même instant, le gril sauta soudain dans les airs avec une violente détonation. Il heurta une publicité Busch et l'arracha du plafond, avant de retomber avec fracas. Une âcre odeur de gaz se répandit presque aussitôt derrière le bar. Lori hurla.

Le juke-box s'accéléra : 45 tours, 78, 150, 400 ! La lamentation comico-sérieuse de la chanteuse tourna aux piailleries frénétiques d'écureuils affolés sur une rampe de fusée. La seconde d'après, le haut du juke-box explosait. Du verre coloré vola dans tous les sens.

Smokey jeta un coup d'œil à sa calculette et vit un mot unique clignoter en rouge sur le petit écran :

TALISMAN-TALISMAN-TALISMAN-TALISMAN

Alors ses yeux éclatèrent.

— *Lori, éteins le gaz !* glapit l'un des clients. Il descendit de son tabouret et se tourna vers Smokey. Smokey, dis-lui...

L'homme gémit de terreur lorsqu'il vit le sang gicler des cavités orbitaires de Smokey.

Un moment plus tard, la Taverne d'Oatley en entier volait dans le ciel, et avant que les voitures de pompiers puissent arriver de Dogtown et d'Elmira, tout le centre était en flammes.

Ce n'est pas une grosse perte, mes enfants, dites amen.

Au Thayer College, où la normalité régnait comme à l'ordinaire (si l'on excepte ce bref interlude dont les habitants du campus ne se souvenaient que comme une série de rêves vaguement reliés), les derniers cours de la journée venaient de commencer. La neige légère de l'Indiana donnait une froide bouillasse ici en Illinois. Les étudiants rêvassaient ou réfléchissaient assis dans leurs classes.

Soudain les cloches de la chapelle se mirent à sonner. Les têtes se levèrent. Les yeux s'arrondirent. D'un bout à l'autre du campus de Thayer, des rêves oubliés semblèrent brusquement se raviver.

5

Etheridge assistait au cours de mathématiques avancées et faisait rythmiquement aller et venir sa main pour soulager sa trique tout en fixant sans les voir les logarithmes que le vieux Mr Hunkins entassait sur le tableau noir. Il se représentait la jolie petite serveuse citadine qu'il allait niquer plus tard. Au lieu de collants, elle portait des porte-jarretelles et ne demandait qu'à garder ses bas pendant la baise. Alors Etheridge reporta son regard vers les fenêtres, oubliant son érection, oubliant sa serveuse aux longues jambes et aux bas nylon soyeux... soudain, sans aucune raison, Sloat s'imposa à son esprit. Ce petit chichiteux de Richard Sloat, qui aurait dû automatiquement être étiqueté comme pédale mais qui bizarrement ne l'était pas. Il pensa à Sloat et se demanda s'il allait bien. Intérieurement il se dit que Sloat, qui avait disparu du collège sans explication quatre jours auparavant et dont on n'avait plus de nouvelle depuis, filait peut-être du mauvais coton.

Dans son bureau de directeur, Mr Dufrey était en train d'envisager l'exclusion d'un garçon nommé George Hatfield pour tricherie aux examens devant un père aussi riche que courroucé, quand les cloches se mirent à carillonner un petit air imprévu. Quand ce fut terminé, Mr Dufrey se retrouva à quatre pattes avec ses cheveux gris rabattus sur les yeux et la langue qui lui pendait hors de la bouche. Hatfield Senior se tenait près de la porte — se blottissait contre celle-ci, en fait — les yeux ronds et la mâchoire crispée, toute colère oubliée sur le coup de la peur et de la stupéfaction, Mr Dufrey avait rampé en rond sur son tapis, aboyant comme un chien.

Albert le Pâté s'apprêtait juste à prendre une collation quand les cloches se mirent à résonner. Il regarda un moment du côté de la fenêtre en fronçant les sourcils à la manière d'une personne qui cherche un mot qu'elle a juste sur le bout de la langue. Avec un haussement d'épaules, il retourna à son paquet de chips. Sa mère venait de lui en envoyer un carton entier. Ses yeux s'agrandirent. Rien qu'un instant, mais c'était déjà trop, il crut que la poche grouillait de cafards blêmes et dodus.

Il tomba évanoui.

Lorsqu'il revint à lui et trouva le courage de réexaminer le paquet, il comprit que ça n'avait été qu'une hallucination. Bien sûr ! Qu'est-ce que ç'aurait pu être d'autre ? Néanmoins, cette hallucination devait à l'avenir exercer un étrange pouvoir sur lui ; chaque fois qu'il ouvrait un paquet de chips, un papier de sucre d'orge, un Slim Jim ou une boîte de singe Big Jerk, il voyait ces cafards en imagination. Au printemps, Albert avait perdu quinze kilos, jouait dans l'équipe de tennis de Thayer et couchait avec les filles. Albert était fou de joie. Pour la première fois de sa vie, il pensait pouvoir survivre à l'amour de sa mère.

6

Tous tournèrent la tête lorsque les cloches se mirent à sonner. Certains pouffèrent de rire, d'autres plissèrent le front, quelques-uns fondirent en larmes. Un duo de chiens hurla quelque part, chose fort étonnante car ces animaux étaient interdits sur le campus.

L'air joué par les cloches ne figurait pas dans le programme informatisé de la chapelle ; très mécontent, le surveillant général le vérifia par la suite. Un plaisantin suggéra dans le bulletin du collège de cette semaine-là que quelque nouveau devait penser aux vacances de Noël en programmant ce morceau, lequel s'intitulait « Happy Days Are Here Again. »

7

Bien qu'elle se crût beaucoup trop vieille pour une nouvelle grossesse, la mère du Loup de Jack Sawyer n'avait pas vu couler son sang à l'époque de la Métamorphose environ un an auparavant Trois mois plus tôt, elle avait mis bas des triplés — deux femelles et un mâle. Le travail avait été difficile, et le pressentiment que l'un de ses rejetons aînés allait mourir pesait lourdement sur son cœur. Elle savait que son enfant s'était aventuré dans l'Autre Lieu afin de protéger le troupeau, qu'il mourrait là-bas et qu'elle ne le reverrait jamais plus. C'était très dur, et ses pleurs ne s'expliquaient pas seulement par les douleurs de sa délivrance.

Pourtant, ce soir de pleine lune où elle dormait avec ses petits, tous étant encore trop jeunes pour le troupeau, elle roula sur le flanc avec un sourire sur sa gueule, attira à elle le dernier de la portée et se mit à le lécher. Tout endormi, le louveteau passa ses pattes autour du cou poilu maternel et pressa sa joue contre le poitrail duveteux. A présent, tous deux souriaient, et dans le sommeil animal de la mère, une pensée humaine se fit jour ; *Que Dieu lui pile les ongles pour de bon.* Et le clair de lune de ce monde où toutes les odeurs sentaient bon veillait sur eux deux qui roupillaient blottis l'un contre l'autre à côté des femelles nouvelles-nées.

8

Dans la ville de Goslin, Ohio (pas loin d'Amanda et à une cinquantaine de kilomètres de Columbus), un homme du nom de Buddy Parkins pelletait de la fiente de volaille dans un poulailler au crépuscule. Un masque de gaze lui couvrait le visage pour empêcher le nuage asphyxiant de poussière blanche qu'il soulevait de pénétrer dans son nez et dans sa bouche. L'air empestait l'ammoniac. La puanteur lui avait donné la migraine. En outre, il avait mal au dos parce qu'il était grand, à la différence du poulailler. Tout bien considéré, il devait admettre que c'était une drôle de corvée. Il avait trois fils, et chacun d'entre eux semblait foutrement occupé chaque fois que le poulailler avait besoin d'être nettoyé. La seule chose à en dire, c'était qu'il avait presque fini, et...

Le gosse ! Bon Dieu ! Ce gosse !

Brusquement, avec une totale précision et une émotion stupéfiante, il se souvint du garçon qui s'appelait soi-disant Lewis Farren. Ce garçon qui prétendait se rendre chez sa tante, Helen Vaughan, dans la ville de Buckeye Lake ; ce garçon qui s'était retourné vers Buddy quand celui-ci lui avait demandé si par hasard il ne fuguait pas, et qui, ce faisant, lui avait montré un visage empreint d'une honnêteté foncière et d'une beauté surprenante, inattendue... une beauté qui faisait penser aux arcs-en-ciel entraperçus après l'orage, ou aux couchers de soleil à la fin de journées harassantes, soldées par du travail bien fait et non bâclé.

Se redressant en sursaut, il se cogna la tête aux poutres du poulailler suffisamment fort pour que ses yeux se remplissent de larmes... mais son sourire extatique ne disparut pas pour autant. *Oh mon Dieu, ce gamin est LÀ-BAS, il est LÀ-BAS*, pensa Buddy Parkins, et quoiqu'il n'eût aucune idée sur l'endroit où ça se trouvait, il se sentit soudainement emporté par une violente et insidieuse sensation d'aventure complète. Jamais, depuis qu'il avait lu *L'Ile au Trésor* à l'âge de douze ans, et qu'à quatorze pour la première fois de sa vie il avait tenu dans sa main le sein d'une fille, Buddy ne s'était senti si bouleversé, si ému, en proie à une joie pareille. Eclatant de rire, il lâcha sa pelle et, sous les yeux épatés de ces stupides volatiles, se mit à danser la gigue au milieu de la fiente en rigolant derrière son masque et en claquant des doigts.

— Il est là-bas ! hurla Buddy Parkins à ses poulets, hilare. Nom d'une pipe, il est là-bas, il a finalement réussi, il est là-bas *et il l'a trouvé* !

Par la suite, il faillit penser, sans vraiment y croire, qu'il s'était laissé envaper par l'odeur de fiente. Cela n'expliquait pas tout, nom d'un chien. Il avait eu une sorte de révélation, mais il ne se souvenait plus de quoi... Il supposa que c'était comme ce poète anglais dont leur avait parlé un professeur de littérature du lycée : le gars avait pris une bonne dose d'opium et, sous la défonce, s'était mis à écrire un poème sur un pseudo-bordel chinois... sauf qu'en redescendant sur terre, il n'avait pu le terminer.

Pareil, conclut-il, sachant fort bien que ce n'était pas vrai, et bien qu'il ne pût se rappeler exactement les causes de sa joie d'alors, à l'instar de Donny Keegan, il n'oublia jamais comment celle-ci l'avait envahi si délicieusement à l'improviste ; il n'oublia jamais cette violente et insidieuse sensation d'avoir frôlé la grande aventure, contemplé un instant cette magnifique lumière blanche qui contenait en fait toutes les couleurs de l'arc-en-ciel.

9

Il y a une vieille chanson de Bobby Darin qui dit : *And the ground coughs up some roots/wearing denim shirts and boots/haul em away... haul em away*[1]. Voilà une chanson qui aurait fait délirer d'enthousiasme les jeunes de la région de Cayuga, Indiana, si sa popularité ne datait pas de bien avant leur époque. Le foyer du Soleil n'était abandonné que depuis une huitaine que les jeunes du coin lui attribuaient déjà une réputation de maison hantée. Vu les restes macabres découverts par les terrassiers au pied du mur de pierre dans le Champ du Bout, ce n'était guère surprenant. La pancarte A VENDRE semblait plantée sur la pelouse voilà un an, alors qu'elle remontait à peine à neuf jours. L'agent immobilier local avait déjà une fois baissé son prix et envisageait de recommencer.

Les événements le battirent de vitesse. Tandis que, sous un ciel plombé, la première neige se mettait à tomber sur Cayuga (et qu'à plus de trois mille kilomètres de là Jack Sawyer s'emparait du Talisman), les réservoirs de gaz derrière la cuisine explosèrent. Un technicien de l'Eastern Indiana Gas & Electric était passé la semaine précédente pour pomper tout le gaz à l'intérieur de sa citerne ; il aurait juré qu'on pouvait aller sans risque fumer une cigarette au fond de n'importe lequel de ces réservoirs, mais ceux-ci n'en explosèrent pas moins. Ils explosèrent au moment précis où les vitres de la Taverne d'Oatley volaient dans la rue (avec pas mal d'habitués portant des chemises de coton et des bottes... qu'emportèrent les équipes de secours d'Elmira).

Le foyer du Soleil brûla entièrement en un rien de temps. Dites Alléluia !

10

Dans tous les mondes, quelque chose comme une grosse bête bougea et se réinstalla en une position légèrement différente... mais à Point Venuti la bête logeait dans la terre ; elle gronda parce qu'on l'avait réveillée et ne se rendormit pas avant soixante-dix-neuf secondes selon l'Institut de Séismologie de Cal/Tech[2].

Le tremblement de terre avait commencé.

---

1. Et la terre recrache des racines/accoutrées de chemises en coton et de bottes, emporte-les au loin... emporte-les au loin.
2. California Institute of Technology.

CHAPITRE 44

LE TREMBLEMENT DE TERRE

1

Il se passa un certain temps avant que Jack ne se rendît compte que l'Azincourt branlait tout autour de lui, ce qui n'avait rien d'étonnant. Les événements le transportaient. En un sens, il ne se trouvait pas du tout à l'Azincourt, ni à Point Venuti, ni dans le comté de Mendocino ni en Californie, pas plus dans les Territoires américains que dans ces autres Territoires, mais il y était quand même, ainsi que dans une infinité d'autres mondes, et en tous à la fois. Jack n'occupait pas non plus simplement un seul endroit de tous ces mondes ; il était partout en eux parce qu'il *était* ces mondes. On aurait dit que le Talisman représentait bien davantage que ce que son père croyait. Ce n'était pas seulement l'axe de tous les mondes possibles, mais ces mondes eux-mêmes... ces mondes, plus les espaces intercalaires.

Voilà suffisamment de transcendantalisme pour rendre fou même un moine tibétain vivant dans une grotte. Jack Sawyer était partout ; Jack Sawyer était tout. Sur un monde à cinquante mille mondes de la Terre, un brin d'herbe mourait de soif dans une plaine quelconque au centre d'un continent dont la position correspondait grosso modo à celle de l'Afrique, et Jack mourait avec ce brin d'herbe. Dans un autre monde, des dragons copulaient au milieu d'un nuage loin au-dessus de la planète, et au contact de l'air froid leur haleine enflammée par l'extase provoqua un déluge et des inondations sur la terre en dessous ; Jack était le mâle, Jack était la femelle, Jack était le sperme, Jack était l'œuf. Aux confins de l'éther à un million d'univers de distance, trois atomes de poussière flottaient les uns près des autres dans l'espace interstellaire ; Jack était l'espace comme la poussière. Des galaxies se dévidaient autour de sa tête tels de longs rouleaux de papier, et le destin perforait chacune d'elles suivant des motifs aléatoires, les transformant en bandes de pianola macrocosmique qui joueraient n'importe quoi du ragtime aux hymnes funèbres. Les dents fortunées de Jack mordaient dans une orange ; la chair infortunée de Jack hurla quand les dents la déchirèrent. Il était un trillion de moutons sous un billion de lits. Il était un jeune kangourou rêvant de sa vie antérieure dans la poche marsupiale pendant que sa mère bondissait à travers une plaine violette où couraient et gambadaient des lapins de la taille d'un cerf. Il était un jambon sur pied au Pérou, et aussi des œufs dans un nid sous l'une des poules du poulailler que Buddy Parkins nettoyait dans l'Ohio. Il était la poudre de fiente dans le nez de Buddy Parkins, comme il était les poils vibratiles qui feraient bientôt éternuer Buddy Parkins ; il était cet éternuement ; il était les germes dans cet éternuement ; il était les atomes au sein des germes, et à l'intérieur des atomes il était les tachyons qui remontaient le temps vers la grande conflagration au début de la création.

Son cœur bondit et mille soleils flamboyèrent en autant de novæ.

Il aperçut un googol de moineaux dans un googol de mondes et prédit la chute ou le bien-être de chacun[1].

Il mourut dans la Géhenne des puits de mine des Territoires.

Il vécut sous la forme d'un virus grippal dans la cravate d'Etheridge.

Il courait vent arrière en des endroits reculés.

Il était...

Oh il était...

Il était Dieu. Dieu, ou quelque chose de si approchant que cela ne faisait aucune différence.

— *Non !* hurla Jack avec terreur. *Non, je refuse d'être Dieu ! Je vous en prie ! Je vous en prie ! Je refuse d'être Dieu. TOUT CE QUE JE VEUX, C'EST SAUVER LA VIE DE MA MÈRE !*

Alors, comme la main qui perd aux cartes se replie en un geste expert, l'infini soudain se referma et se réduisit à un rayon d'éblouissante lumière blanche que Jack suivit afin de réintégrer la Salle de Bal des Territoires, où à peine quelques secondes s'étaient écoulées. Jack tenait encore le Talisman entre ses mains.

2

Dehors, le sol avait entamé un spectaculaire numéro de danse orientale avec trémoussements et roulements de hanches à l'appui. La marée qui montait se ravisa et se mit à redescendre, découvrant un sable aussi bruni que les cuisses d'une starlette. Sur la grève laissée à nu sautaient d'étranges poissons, dont certains semblaient uniquement constitués de caillots d'yeux gélatineux.

En principe, les falaises derrière la ville consistaient en roches sédimentaires, mais n'importe quel géologiste vous aurait dit au premier coup d'œil que ces formations étaient aux roches sédimentaires ce que le nouveau riche est au Club des Quatre-Cents. Les hauteurs de Point Venuti étaient en fait de

---

1. Un googol = 10^{100}.

la boue en érection ; elles se fissuraient et éclataient en mille directions différentes. Durant un moment, les falaises résistèrent, avec leurs nouvelles lézardes qui s'ouvraient et se refermaient pareilles à des bouches hoquetantes, puis toutes s'effrondrèrent sur la ville en immenses glissements de terrain. Des averses de terre criblaient les airs. Au milieu, il y avait des blocs aussi gros que des usines de pneus Toledo.

La brigade des Loups de Morgan avait été décimée par l'attaque surprise de Jack et de Richard au camp de la Bonne Volonté. Désormais leur nombre s'avérait encore plus réduit car beaucoup d'entre eux se sauvaient en hurlant et en gémissant, poussés par une crainte superstitieuse. Certains repartirent en trombe dans leur monde d'origine. Parmi eux, quelques-uns s'en sortirent, mais la plupart se firent engloutir par les soulèvements qui se produisaient aussi là-bas. L'épicentre de cataclysmes similaires courait de cet endroit à travers tous les mondes, comme poinçonné par la sonde creuse d'un géomètre. Un groupe de trois Loups, vêtus de blousons de moto Fresno Demons, gagnèrent leur auto, une vieille et phallique Lincoln Mark IV, et réussirent à parcourir une rue et demie avec l'autoradio qui braillait du Harry James à tue-tête avant qu'un bloc de pierre ne dégringolât du ciel et n'écrabouillât le véhicule.

D'autres galopaient en hurlant dans les rues, en pleine Métamorphose. La femme aux chaînes incrustées dans les seins se pavanait sereinement devant l'un d'entre eux. Toujours sereine, elle s'arrachait de grandes plaques de cheveux. Elle en tendit une au Loup. Telles des tiges d'algues, les racines sanguinolentes oscillaient tandis qu'elle valsait sur place à même le sol instable.

— Tiens ! cria-t-elle avec un sourire serein. Un bouquet pour toi !

Pas du tout serein, lui, le Wolf lui arracha la tête d'un simple coup de dents et s'enfuit à toutes jambes.

3

Jack étudiait l'objet de sa capture, retenant son souffle comme un gosse qui a attiré une timide créature des bois et lui donne à manger dans sa main.

Ça scintillait au creux de ses paumes, croissant et décroissant tour à tour.

Avec mes battements de cœur, songea-t-il.

On aurait dit du verre, mais ses doigts éprouvaient une sensation de faible résistance. A peine appuya-t-il, la matière céda. Depuis chaque point de pression, de magnifiques traînées de couleur se propagèrent vers l'intérieur : bleu de Chine avec la main gauche, carmin foncé avec la droite. Il sourit... et puis son sourire s'évanouit.

Tu peux tuer un milliard de gens rien qu'en faisant ça... incendies, inondations. Dieu sait quoi. Rappelle-toi l'immeuble qui s'est effondré à Angola, New York, après...

— *Non, Jack*, murmura le Talisman, et Jack comprit pourquoi celui-ci avait répondu à la délicate pression de ses mains : il était vivant, bien sûr que oui. *Non. Jack. Tout ira bien. Tout ira bien... et toutes sortes de choses iront bien... Aie seulement la foi : sois loyal : tiens bon : surtout ne flanche pas maintenant.*

Paix en lui... ô paix combien profonde.

Arc-en-ciel, arc-en-ciel, arc-en-ciel, se dit Jack, et de se demander s'il pourrait jamais se décider à lâcher ce superbe bibelot.

4

Sur la plage en deçà des planches, Sunlight Gardener s'était jeté à plat ventre et piaillait de terreur, les doigts plantés dans le sable mou.

Morgan tituba vers lui comme un ivrogne et lui arracha le radio-émetteur de l'épaule.

— *Restez à l'extérieur !* rugit-il dedans, avant de s'apercevoir qu'il avait oublié de presser le bouton, ce dont acte.

RESTEZ A L'EXTERIEUR ! SI VOUS ESSAYEZ DE SORTIR DE LA VILLE, CES SALOPERIES DE FALAISES VOUS TOMBERONT DESSUS ! DES- CENDEZ ICI ! VENEZ ME REJOINDRE ! CE N'EST RIEN QU'UNE SÉRIE DE SALES EFFETS SPÉCIAUX ! DESCENDEZ ICI ! ENCERCLEZ LA PLAGE ! CEUX D'ENTRE VOUS QUI VIENDRONT SERONT RÉCOMPENSÉS ! LES AUTRES MOURRONT DANS LES PUITS DES TERRES DÉVASTÉES ! DESCENDEZ ICI ! C'EST LIBRE ! VENEZ ICI OU VOUS NE RISQUEZ RIEN ! DESCENDEZ, NOM DE NOM !

Il balança le radio-émetteur, qui s'ouvrit en deux. Des scarabées aux longues antennes y grouillaient par douzaines.

Morgan se baissa et obligea à se lever un Gardener hurlant, au visage de papier mâché.

— Debout, beauté, dit-il.

5

Du fond de son inconscience, Richard appela lorsque la table où il reposait l'envoya bouler par terre. Entendant son cri, Jack s'arracha à la contemplation fascinée du Talisman.

Il devint conscient que l'Azincourt gémissait à la manière d'un navire pris dans un coup de vent. Partout à la ronde, les planches craquaient, révélant dessous une charpente poussiéreuse. Les poutres oscillaient de droite à gauche, pareilles aux navettes d'un métier à tisser. Des blattes albinos fuyaient au trot la forte clarté du Talisman.

— *J'arrive, Richard !* cria-t-il, et de tenter la traversée de la pièce en sens inverse.

Il perdit une fois l'équilibre et tomba à terre en tenant bien haut la sphère éclatante, conscient de sa vulnérabilité : au moindre choc, elle se briserait.

Dieu seul savait ce qui se passerait alors. Il se dressa sur un genou, bascula en arrière sur les fesses et se remit tant bien que mal sur ses pieds.

D'en bas, Richard poussa encore un cri.

— *Richard ! J'arrive !*

Au-dessus de sa tête, une sorte de tintement de clochettes. Levant les yeux, il vit le lustre se balancer d'avant en arrière et de plus en plus vite. C'étaient ses pendeloques de cristal qui faisaient ce bruit. Sous les yeux de Jack, la chaîne lâcha, et le luminaire heurta le plancher délabré, telle une bombe à l'ogive pleine de diamants au lieu d'explosifs. Du verre vola dans tous les sens.

Jack se détourna et sortit de la pièce à grandes enjambées incertaines. On aurait dit un acteur comique en train de faire le numéro du marin ivre.

Le couloir. Il fut projeté d'abord contre un mur, puis contre l'autre, tandis que le sol ondulait et se fissurait. Chaque fois qu'il se cognait aux parois, il tenait le Talisman loin de lui, ses bras transformés en tenailles au bout desquelles celui-ci flamboyait comme un charbon incandescent.

Tu n'arriveras jamais en bas de l'escalier.

Il le faut. Il le faut.

Jack atteignit le palier où il avait affronté le chevalier noir. Le monde trembla de plus belle. Jack chancela et vit le heaume rouler erratiquement au rez-de-chaussée.

Jack continua à regarder en bas. L'escalier tanguait avec de grandes vagues torturées qui lui donnaient envie de vomir. Une marche cassa net, laissant un trou noir ondoyant.

— *Jack !*

— *J'arrive, Richard !*

Impossible que tu descendes cet escalier. Impossible, mon petit vieux.

Il le faut. Il le faut.

Tenant le précieux et fragile Talisman entre ses mains, Jack se lança dans une volée de marches qui ressemblait à un tapis volant pris dans une tornade.

L'escalier se souleva, le propulsant vers le même trou par où était tombé le heaume du chevalier noir. Jack hurla et chancela en arrière au bord de l'abîme, serrant de la main droite le Talisman contre sa poitrine et tâtonnant derrière lui avec la gauche. Tâtonnant dans le vide. Ses talons perdirent leur appui et se balancèrent au-dessus du néant.

6

Il s'était écoulé cinquante secondes depuis le début du tremblement de terre. Cinquante secondes seulement, mais les survivants d'un séisme vous diront que le temps objectif, celui de l'horloge, perd toute signification lors d'un tremblement de terre. Trois jours après celui de Los Angeles en 1964, un reporter de télévision demanda à un rescapé qui se trouvait près de l'épicentre combien de temps avait duré la secousse.

— Elle dure encore, répondit calmement le rescapé.

Soixante-deux secondes après le début du séisme, la quasi-totalité des Highlands de Point Venuti résolut de se plier au destin et de se transformer en Lowlands. Le tout s'affaissa sur la ville avec un *floc* boueux, laissant un unique piton de roche légèrement plus dure qui pointait en direction de l'Azincourt, tel un doigt accusateur. De l'une des falaises nouvellement effondrées, une cheminée sale saillait à la façon d'un pénis obscène.

7

Sur la plage, Morgan Sloat et Sunlight Gardener se cramponnaient l'un à l'autre avec l'air de jouer au hula-hoop. Gardener avait posé son fusil. Quelques Loups, aux yeux alternativement exorbités de terreur et brillants d'une rage diabolique, les avaient rejoints. Il en arrivait toujours davantage. Tous avaient fini ou entamé leur Métamorphose. Leurs vêtements pendaient en lambeaux. Morgan en vit un se précipiter à plat ventre et se mettre à mordre le sol mouvant, comme si celui-ci était un ennemi qu'on pouvait tuer. Morgan contempla cette folie, puis n'y pensa plus. Une camionnette portant les mots WILD CHILD écrits sur ses flancs avec un lettrage psychédélique fonçait à bride abattue à travers Point Venuti Square, là où des enfants mendiaient jadis à leurs parents des ice-creams et des insignes aux armes de l'Azincourt. Le camion parvint de l'autre côté, sauta par-dessus le trottoir et vrombit en direction de la plage, traçant au passage un sillon au milieu des concessions abandonnées. Une dernière fissure s'ouvrit dans la terre et le WILD CHILD qui avait tué Tommy Woodbine y disparut à jamais, tête première. Un jet de flammes s'éleva dans les airs quand le réservoir d'essence explosa. Sloat qui regardait pensa vaguement à son père en train de prêcher les flammes de la Pentecôte. Puis la terre se referma avec un craquement.

— Tiens bon, lança-t-il à Gardener. A mon avis, la baraque va lui tomber sur la tête et l'écraser comme une crêpe, mais si jamais il ressort, tu lui tires dessus, séisme ou pas.

— Comment on saura si ça se casse ? glapit Gardener.

Avec son rictus, Morgan évoquait un ours au milieu d'une plantation de canne à sucre.

— On le saura, répondit-il. Le soleil s'obscurcira.

Soixante-quatorze secondes.

8

Jack réussit à se rattraper de la main gauche à un tronçon de rampe déchiqueté. Le Talisman étincelait ardemment contre sa poitrine. Les méridiens et les parallèles qui le ceinturaient brillaient avec autant d'éclat que les filaments d'une ampoule électrique. Ses talons basculèrent et ses semelles se mirent à glisser.

Je tombe, Speedy ! Je vais tomber...

Soixante-dix-neuf secondes.

Cela s'arrêta.

Soudain cela s'arrêta tout simplement.

Sauf que pour Jack, comme pour le rescapé du séisme de 1964, cela durait encore, du moins dans un coin de son cerveau. Dans un coin de son cerveau, la terre continuerait éternellement à trembler comme une gelée de pique-nique paroissial.

Il s'écarta du trou et, chancelant, regagna le milieu de l'escalier tout tordu. Haletant, la figure luisante de sueur, il étreignit l'astre flamboyant du Talisman contre sa poitrine et resta planté là, à écouter le silence.

Quelque part, un lourd objet — un bureau ou une commode, peut-être — qui vacillait en déséquilibre finit par dégringoler dans un vacarme retentissant.

— Jack ! Je t'en prie ! Je crois que je vais mourir !

La voix faible, plaintive, de Richard sonnait en effet comme celle d'un garçon à la dernière extrémité.

— Richard ! J'arrive !

Il entreprit de descendre l'escalier, lequel était à présent de travers, penché et branlant. De nombreuses marches avaient disparu, et il lui fallait enjamber les espaces vides. A un endroit, où il en manquait quatre d'affilée, il dut sauter, maintenant d'une main le Talisman contre sa poitrine et laissant glisser l'autre sur la rampe gondolée.

Des choses continuaient à tomber. Du verre se fracassait en tintant. Quelque part, une chasse d'eau se déclenchait sans arrêt d'une manière obsédante.

A la réception dans le hall, le bureau en séquoia s'était fendu par le milieu. Toutefois, la porte à double battant était entrouverte, et un brillant rayon de soleil filtrait à travers ; le vieux tapis humide semblait grésiller et fumer en protestation contre cette lumière.

Les nuages se sont dissipés, songea Jack. *Le soleil brille dehors*. Et puis : *Nous allons franchir cette porte. Richie. Toi et moi. Comme des grands et deux fois plus fiers.*

Le couloir qui desservait le Bar du Héron et la salle à manger lui rappela les décors de certains vieux épisodes de *Twilight Zone*, où tout était de guingois, en porte à faux. Tantôt le sol penchait à gauche, tantôt à droite, quand il ne présentait pas la double bosse du chameau. Jack se fraya un chemin dans les ténèbres en s'éclairant avec le Talisman, la plus grosse torche électrique du monde.

Il se rua dans la salle à manger et vit Richard étendu par terre, entortillé dans sa nappe. Du sang lui coulait du nez. En s'approchant, il s'aperçut que plusieurs des protubérances rouges, indurées, s'étaient ouvertes et que des cafards blêmes sortaient des chairs de Richard et trottinaient tranquillement sur ses joues. Sous ses yeux, il y en eut même un qui s'extirpa de son nez.

Richard cria, un cri faible, pitoyable et plein de gargouillis, et s'y raccrocha désespérément. C'était le cri de quelqu'un à l'agonie.

Sa chemise faisait des creux et des bosses sous l'action des intrus.

Jack trébucha sur le plancher déjeté... et l'araignée se balança dans la pénombre, jetant son venin à l'aveuglette dans les airs.

— *Zale voleur !* baragouina-t-elle de sa voix geignarde, bourdonnante d'insecte. *Oh, ezpèze de zale voleur, remets-le à za plaze, remets-le à za plaze !*

Sans réfléchir, Jack leva le Talisman. Celui-ci projeta une pure lumière blanche — celle du spectre — et l'araignée noircit et se racornit. En une seconde, celle-ci se transforma en un minuscule bout de charbon fumant qui oscilla lentement dans le vide avant de s'arrêter net.

Pas le temps de bayer aux corneilles devant ce prodige. Richard était en train de mourir.

Arrivé à sa hauteur, Jack s'agenouilla près de lui et rabattit la nappe comme on fait d'un drap.

— J'ai fini par y arriver, vieux, murmura-t-il en s'efforçant d'ignorer les cafards qui s'échappaient de la chair de Richard.

Il leva le Talisman, réfléchit, puis le posa sur le front de son ami. Celui-ci brailla misérablement et se contorsionna pour se dégager. Jack plaqua un bras en travers du torse décharné de Richard et l'immobilisa sans trop de mal. Il s'éleva une terrible puanteur quand les cafards grillèrent sous l'action du Talisman.

Et maintenant ? Il restait quelque chose à faire, mais quoi ?

Englobant la pièce du regard, il eut l'œil tiré par le boulard vert qu'il avait laissé à Richard — la bille qui se transformait en miroir magique dans l'autre monde. Juste à ce moment-là, celle-ci roula spontanément de deux mètres, puis s'arrêta. Elle roula, oui. Elle roula parce que c'était une bille, et qu'il appartenait à la bille de rouler. Les billes étaient rondes. Les billes étaient rondes, et le Talisman aussi.

La lumière se fit dans son esprit tournoyant.

Tenant Richard, Jack roula lentement le Talisman sur toute la longueur de son corps. Dès qu'il eut atteint le torse, Richard cessa de se débattre. Jack pensa qu'il avait dû s'évanouir, mais un rapide coup d'œil lui prouva le contraire. Richard le dévisageait avec une lueur d'étonnement.

... et les pustules de sa figure avaient disparu ! Les protubérances rouges s'estompaient !

— Richard ! cria-t-il en éclatant de rire comme un fou. Hé, Richard, regarde ça ! Bwana fait joujou[1] !

Utilisant sa paume, Jack roula lentement le Talisman sur le ventre de Richard. Le Talisman étincelait de tous ses feux, chantant une harmonique pure, sans parole, de santé et de guérison. Une fois à hauteur de l'entrecuisse, Jack réunit les jambes grêles de Richard et fit rouler le Talisman dans le sillon ainsi formé jusqu'aux chevilles. Le Talisman passa du bleu vif... au rouge sombre... puis au jaune... et au vert tendre d'un pré en juin.

---

1. *Bwana make juju*, en anglais.

Enfin il redevint blanc.

— Jack, chuchota Richard. C'est là ce que nous sommes venus chercher ?

— Oui.

— C'est beau, dit Richard, qui marqua un temps d'hésitation. Je peux le tenir ?

Jack éprouva un brusque pincement de jalousie et garda un moment le Talisman contre lui. *Non ! Tu pourrais le casser ! En plus, il est à moi ! Pour lui, j'ai traversé tout le pays et combattu les chevaliers ! Tu ne l'auras pas ! C'est à moi ! A moi ! A...*

Soudain le Talisman dégagea un froid terrible entre ses mains, et durant un instant — un instant plus terrifiant pour Jack que tous les tremblements de terre de tous les mondes existants ou à venir — il devint d'un noir gothique. Sa lumière blanche s'était éteinte. Dans ses profondeurs menaçantes, mortifères, il distingua l'hôtel Noir. Au sommet des tours en poivrière, des clochetons et des pignons, sur les toits des coupoles qui saillaient pareilles à des verrues chargées de sourde malignité, les symboles cabalistiques virevoltaient — loup, corbeau et emblème sexuel contrefait.

Serais-tu le nouvel Azincourt alors ? chuchota le Talisman. *Même un gamin peut remplacer tout un hôtel... s'il le veut.*

La voix vibrante de sa mère résonna dans sa tête : *Si tu refuses de le partager, Jackie, si tu n'es pas capable de risquer le paquet pour ton ami, alors tu peux aussi bien rester là où tu es. Si tu n'es pas capable de partager le prix — de risquer le coup — ne prends même la peine de rentrer à la maison. Les gosses entendent cette merde toute leur vie, mais quand l'heure est venue de s'engager ou de la fermer, ce n'est pas tout à fait pareil, n'est-ce pas ? Si tu ne peux pas le partager, laisse-moi mourir, vieux, parce que je ne veux pas vivre à ce prix.*

Subitement, le Talisman parut peser très lourd, le poids d'un âne mort. Il n'empêche que Jack le souleva et le déposa dans les mains de Richard. Malgré ses doigts blancs et squelettiques, Richard le tenait facilement, et Jack comprit que cette sensation de poids n'était que le fruit de son imagination, d'un désir dénaturé et morbide. Lorsque le Talisman émit à nouveau sa glorieuse lumière blanche, Jack sentit ses propres ténèbres intérieures se dissiper. Il lui vint subrepticement à l'esprit que la propriété d'un objet ne peut s'exprimer qu'en termes de libre renonciation... et puis même cette pensée lui échappa.

Richard sourit, et ce sourire le transfigura. Jack avait déjà vu Richard sourire plusieurs fois, mais il émanait de ce sourire une paix qui lui était inconnue, une paix qui dépassait son entendement. A la lumière crue, salvatrice du Talisman, il remarqua que le visage de Richard, quoique encore ravagé, hagard et malsain, montrait des signes de guérison. Ce dernier berçait le Talisman dans son giron tout en souriant à Jack avec des yeux brillants.

— Si c'est l'express pour Seabrook Island, énonça-t-il, je pourrai prendre une carte d'abonnement. A condition que nous sortions un jour d'ici.

· — Tu te sens mieux ?

Le sourire de Richard rayonnait du même feu que le Talisman.

— Le mieux du monde, dit-il. Maintenant aide-moi à me lever Jack.

Jack s'apprêta à le prendre par l'épaule. Richard lui tendit le Talisman.

— Vaut mieux que tu prennes ça d'abord, expliqua-t-il. Je suis encore faible, et il veut revenir avec toi, je le sens.

Jack récupéra le Talisman et aida Richard à se relever. Celui-ci lui passa le bras autour du cou.

— Tu es prêt... vieux ?

— Ouais, acquiesça Richard. Prêt. Mais je crois que la route de la mer est coupée, Jack. Il me semble avoir entendu la plate-forme s'effondrer pendant le Grand Chambardement.

— Nous sortons par la grande porte, dit Jack. Même si Dieu jette une passerelle sur l'océan, des fenêtres d'ici à la plage, je sortirai quand même par la grande porte. Nous ne squattons pas cet endroit, Richie. Nous partons en tant que clients. J'ai le sentiment d'avoir payé plus que ma part. Qu'en penses-tu ?

Richard tendit une main maigre, paume vers le ciel.

Quoique en régression, des taches rouges flamboyaient encore dessus.

— Je crois qu'il nous faut attaquer, déclara-t-il. Tope là, Jacky.

Jack fit claquer sa paume contre celle de Richard, après quoi tous les deux repartirent en direction du hall d'entrée, Richard avec un bras autour du cou de Jack.

A mi-couloir, Richard fixa avec des yeux ronds le tas de ferraille rouillée.

— Sapristi, qu'est-ce que c'est ?

— Des boîtes de conserve, dit-il en souriant.

— Jack, au nom du ciel qu'est-ce...

— Aucune importance, Richard, coupa Jack

S'il rigolait et gardait encore le moral, une tension nouvelle s'emparait de son corps. Le tremblement de terre était à la fois fini et... pas fini. Morgan devait les attendre à présent. Ainsi que Gardener.

Aucune importance. Advienne que pourra.

Quand ils atteignirent le hall, Richard contempla avec épatement l'escalier, le bureau cassé, les trophées et les fanions en désordre. La tête empaillée d'un ours brun avait le museau planté dans un casier à courrier, comme pour renifler une bonne odeur — du miel, peut-être.

— Oh là là, s'écria Richard. Il s'en est fallu de peu que tout ne s'écroule.

Jack entraîna Richard vers la porte d'entrée et observa son appréciation presque gourmande du mince rai de lumière.

— Es-tu vraiment prêt, Richard ?

— Oui.

— Ton père est dehors.

— Non, impossible. Il est mort. Ce qui est dehors, c'est... comment tu dis ? Son Double.

— Oh.

Richard hocha la tête. Malgré la proximité du Talisman, il paraissait de nouveau épuisé.

— Oui.

— Il va y avoir de la bagarre.

— Eh bien, je ferai ce que je peux.

— Je t'adore, Richard.

Richard esquissa un sourire las.

— Moi aussi, je t'adore, Jack. Maintenant allons-y avant que je craque.

9

Sloat croyait réellement tout contrôler — la situation, bien sûr, mais aussi, chose plus importante, ses réactions. Il y croyait dur comme fer, jusqu'à tant qu'il vît son fils, manifestement faible et malade quoique encore bien en vie, ressortir de l'hôtel noir avec un bras passé autour du cou de Jack Sawyer et la tête appuyée contre son épaule.

Sloat croyait aussi définitivement contrôler ses sentiments envers le rejeton de Phil Sawyer ; c'était sa rage antérieure qui lui avait fait manquer Jack, d'abord au pavillon de la reine, puis dans le Midwest. Seigneur, celui-ci avait traversé l'Ohio sain et sauf, or l'Ohio était la porte à côté d'Orris, cette autre forteresse de Morgan. Mais sa fureur l'avait amené à se conduire de manière incontrôlée, et le gamin lui avait filé entre les doigts. Morgan avait donc contenu sa rage, mais à présent celle-ci se ranimait avec une liberté mauvaise et débridée. Comme si on arrosait de kérosène un feu qui couvait.

Son fils, toujours vivant. Et son fils bien-aimé, à qui il voulait transmettre la souveraineté des mondes et des univers, s'appuyait sur l'épaule de Sawyer.

Et ce n'était pas tout. Chatoyant et flamboyant telle une étoile tombée à terre, le Talisman se trouvait entre les mains de Sawyer. Même de sa place, Sloat pouvait le sentir : on aurait dit que le champ gravitationnel de la planète s'était soudain renforcé, tirant son corps vers le bas, mettant son cœur à rude épreuve, et que le temps s'accélérait, desséchant sa chair, obscurcissant sa vue.

— *Ça fait mal !* geignit Gardener à ses côtés.

La plupart des Loups qui, après le séisme, s'étaient regroupés autour de Morgan, à présent se sauvaient en titubant, les mains devant le visage. Deux d'entre eux vomissaient à n'en pouvoir mais.

Morgan éprouva un moment de flottement... et puis sa rage, son exaltation et la démence qui se nourrissait de ses rêves de suzeraineté de plus en plus grandioses, toutes ces choses eurent raison de sa maîtrise de soi.

Il porta ses pouces à ses oreilles et les enfonça profondément à l'intérieur au point de se faire mal. Puis il tira la langue et agita les doigts à l'intention de Mr Jack Sawyer, le Sale-Petit-Con-Condamné-à-Mort. Un instant plus tard, ses incisives supérieures s'abaissèrent à la façon d'une herse et lui tranchèrent le bout de la langue. Sloat ne s'en aperçut même pas. Il attrapa Gardener par son gilet pare-balles.

Le visage de celui-ci était décomposé par la peur

— Les voilà, il l'a, Morgan... Monseigneur... nous devrions fuir, nous devons fuir...

ABATS-LE ! cria Morgan à la figure de Gardener. Sa langue blessée projetait une fine brume sanglante. ABATS-LE, ESPÈCE DE GOSPELISTE BIDON, IL A TUÉ TON GARÇON ! ABATS-LE, LUI ET SON FOUTU TALISMAN ! VISE ENTRE SES BRAS ET DÉTRUIS-LE !

Sloat se mit alors à danser au ralenti devant Gardener en faisant d'horribles grimaces, les pouces de nouveau accrochés aux oreilles, ses doigts gigotant de chaque côté de sa tête, sa langue mutilée entrant et sortant de sa bouche à la manière de ces serpentins du Nouvel An qui se déroulent avec un cornement de trompette. Il avait l'air d'un enfant meurtrier — hilare et effrayant en même temps.

— IL A TUÉ TON FILS ! VENGE TON FILS ! ABATS-LE ! ABATS-LE ! TU AS ABATTU SON PÈRE, MAINTENANT TUE-LE !

— Reuel, articula rêveusement Gardener. Oui. Il a tué Reuel. C'est le plus méchant fils de garce qui ait jamais vu le jour. Tous les garçons. Axiomatique. Mais il... il...

Il se tourna face à l'hôtel Noir et ajusta son Weatherbee à l'épaule. Jack et Richard arrivaient en bas du perron disloqué et s'apprêtaient à descendre la grande allée, qui, encore plate quelques minutes auparavant, évoquait désormais une sorte de dallage défoncé. Dans le viseur Judkins, les deux gamins paraissaient aussi gros que des caravanes.

— ABATS-LE ! beugla Morgan.

Il ressortit sa langue sanguinolente et, d'un ton hideusement triomphant, émit une onomatopée enfantine : *ada-ada-ada-ah* ! Ses pieds, chaussés de mocassins Gucci crasseux, martelaient le sol. L'un d'eux atterrit en plein sur le bout de langue coupée et l'enfouit davantage dans le sable.

— ABATS-LE ! ABATS-LE ! hurla Morgan.

Le canon du Weatherbee décrivit de minutieux cercles, comme la fois où Gardener se préparait à tirer sur la bouée en forme de cheval, puis il s'immobilisa. Jack portait le Talisman contre sa poitrine. La ligne de mire cadrait son halo circulaire, flamboyant. La balle du 360 le heurterait de plein fouet, le faisant voler en éclats, et le soleil s'obscurcirait... *mais avant*, songea Gardener, *je verrai exploser la poitrine du plus méchant des méchants garçons.*

— C'est comme s'il était mort, murmura Gardener en commençant à presser la détente du Weatherbee.

10

Avec un gros effort, Richard leva la tête et eut les yeux éblouis par un reflet de soleil.

Deux hommes. L'un avec la tête légèrement inclinée, l'autre qui semblait danser. Un nouvel éclair de lumière, et Richard comprit. Il comprit... et Jack regardait ailleurs. Jack regardait du côté des rochers où gisait Speedy.

— Jack, regarde ! hurla-t-il.

Jack se retourna, surpris.

— Quoi...

Tout se passa très vite. Jack resta complètement en dehors du coup. Richard vit et comprit ce qui se passait sans qu'il pût jamais l'expliquer à Jack. Le soleil se refléta à nouveau sur le viseur du tireur. Le rayon réfléchi frappa cette fois le Talisman, qui le renvoya directement à l'expéditeur. Voilà ce que Richard raconta après à Jack, mais c'était comme si on disait que l'Empire State Building comportait quelques étages. Loin de seulement réfléchir le reflet de soleil, le Talisman l'*amplifia* et renvoya un rai épais de lumière pareil au rayon de la mort des films de S.F. Cela ne dura qu'une seconde, mais les rétines de Richard restèrent impressionnées pendant près d'une heure, d'abord en blanc, puis en vert, en bleu, et enfin, comme la sensation s'estompait, en jaune citron rappelant le soleil.

11

— C'est comme s'il était mort, murmura Gardener, puis son viseur se remplit d'un feu ardent.

Les épaisses lentilles optiques éclatèrent. Du verre fumant, en fusion, pénétra dans l'œil droit de Gardener. Les balles explosèrent dans le magasin du Weatherbee, déchiquetant sa partie médiane. Des éclats de métal amputèrent la majeure partie de la joue droite de Gardener. Un nuage de débris d'acier enveloppa Sloat, le laissant miraculeusement indemne. Trois Loups avaient survécu à tout ce qui précédait. Deux d'entre eux prenaient actuellement leurs jambes à leur cou. Le troisième gisait mort sur le dos, fixant le ciel, la détente du Weatherbee plantée exactement entre les deux yeux.

— Quoi ? braillait Morgan. Sa bouche ensanglantée pendait ouverte. Quoi ? Quoi ?

Gardener ressemblait étrangement au Wile E. Coyote des dessins animés après que l'un de ses tours de l'Acme Company eut foiré.

Il jeta son fusil, et Sloat remarqua que Gardener avait tous les doigts de la main gauche arrachés.

De sa main valide, Gardener sortit alors sa chemise de son pantalon avec des manières délicates, efféminées. Il y avait un étui de couteau fixé à la ceinture intérieure de son caleçon — un étroit fourreau en chevreau souple, d'où Gardener extirpa un manche d'ivoire serti de chrome. Appuyant sur un bouton, il fit jaillir une lame effilée, longue d'une quinzaine de centimètres.

— Méchant, chuchota-t-il. Méchant ! Sa voix grimpa d'un ton. Tous les garçons ! *Méchants ! C'est axiomatique ! C'est axiomatique ! AXIOMA-TIQUE !*

Au pas de course, Gardener se mit à remonter la plage en direction des planches de l'Azincourt, où se tenaient Jack et Richard. Sa voix continua à monter jusqu'à devenir un cri grêle, fébrile.

— MÉCHANT ! MAUVAIS ! MÉCHANT ! MAUVAAIIS ! MÉCHAAANT ! MAU..

Après être resté un moment sans bouger, Morgan saisit la clé qui lui pendait au cou. Par ce geste, il avait aussi l'impression de ressaisir ses pensées en déroute.

Il ira voir le vieux nègre, et c'est là que je l'aurai.

— *Mauvais !* glapissait Gardener en brandissant devant lui son couteau d'assassin.

Morgan fit volte-face et courut vers le bord de l'eau. Il se rendit vaguement compte que les Loups s'étaient enfuis jusqu'au dernier. Parfait.

Morgan s'occuperait tout seul de Jack Sawyer et du Talisman.

CHAPITRE 45

AU COURS DUQUEL BEAUCOUP DE CHOSES SE RÉSOLVENT SUR LA PLAGE

1

Porteur d'une folie dévastatrice, Sunlight Gardener courait vers Jack comme un dératé, le sang dégoulinant sur son visage mutilé. Sous un soleil ardent, pour la première fois depuis sans doute des décennies Point Venuti exhibait ses ruines : immeubles affaissés, canalisations coupées, trottoirs de guingois comme des livres ouverts à plat sur une étagère. De véritables bouquins gisaient çà et là, leurs couvertures déchirées claquant au ras des fissures dans le sol. Derrière Jack, l'Azincourt émit une sorte de plainte surnaturelle ; puis Jack entendit le vacarme de mille planches s'écroulant les unes sur les autres, de murs qui s'effondraient en une pluie de lattes et de gravas. D'abord à peine conscient que la silhouette d'insecte qui dévalait la plage était Morgan Sloat, le garçon comprit avec un pincement au cœur que son adversaire se dirigeait vers Speedy Parker — ou son cadavre.

— Il a un couteau, Jack, chuchota Richard.

La main estropiée de Gardener barbouillait distraitement de sang sa chemise de soie d'un blanc jadis immaculé.

— *MAUVAAAAIS !* grinça-t-il d'une voix encore perceptible malgré le battement constant du ressac et les échos persistants quoique intermittents de la destruction.

— Qu'est-ce que tu vas faire ? s'enquit Richard.

— Comment le saurais-je ? répondit Jack.

C'était la meilleure réponse, la plus sincère, qu'il puisse lui donner. Il n'avait aucune idée de la façon dont il pourrait contrer ce fou furieux. Pourtant, il y arriverait, il en était certain. Vous auriez dû tuer les *deux* frères Ellis, se dit-il à lui-même.

Hurlant toujours autant, Gardener volait sur le sable. Il se trouvait déjà à bonne distance, environ à mi-chemin entre le bout de la clôture et la façade de l'hôtel. Un masque rouge lui couvrait la moitié du visage. Sa main gauche ballante traçait un filet de sang régulier sur le sol sablonneux. De seconde en seconde, l'espace séparant le dément des gamins semblait diminuer de moitié. Morgan Sloat déboulait-il à l'heure actuelle sur la grève ? Jack ressentit une urgence pareille à celle du Talisman, qui le poussait de l'avant, toujours plus loin.

— Mauvais ! Axiomatique ! Mauvais ! criait Gardener.

— Décolle ! dit Richard à voix haute et Jack
s'esquiva
comme précédemment à l'intérieur de l'hôtel Noir.

Et se retrouva planté en face d'Osmond sous le soleil brûlant des Territoires. Ses certitudes l'abandonnèrent d'un seul coup. Tout était à la fois pareil et différent. Sans même regarder, il savait que se dressait derrière lui quelque chose de bien pis que l'Azincourt ; il n'avait jamais vu l'extérieur du château que l'hôtel devenait dans les Territoires, mais il sut instantanément que par la grande porte d'entrée une langue se déroulait à son intention... et qu'Osmond allait les repousser de ce côté, Richard et lui.

Osmond portait un bandeau sur l'œil droit et un gant souillé à la main gauche. Les lanières ouvragées de son fouet dégringolèrent de son épaule.

— Oh, oui, dit-il mi-sifflement mi-chuchotement. *Notre* garçon. Celui du capitaine Farren. Jack serra instinctivement le Talisman contre lui. L'écheveau du fouet glissa sur le sol, aussi docile au moindre mouvement du poignet d'Osmond que l'est un pur-sang à la main du jockey. Qu'est-ce que cela rapporte à un gamin de gagner un brimborion de verre s'il perd le monde ? Le fouet parut se soulever du sol presque de lui-même. RIEN ! NÉANT !

La véritable odeur d'Osmond, celle de pourriture, de crasse et de corruption secrète, fleurit soudain, et sa figure émaciée de dément se crispa, comme si la foudre l'avait frappée par en dessous. Avec un grand sourire vain, il leva le fouet entortillé au-dessus de son épaule.

— Verge de bouc, s'exclama Osmond quasi amoureusement.

Dans un sifflement, les mèches du fouet s'abattirent sur Jack, qui recula d'un pas, quoique pas suffisamment, dans un subit éclair de panique.

La main de Richard se cramponna à son épaule quand il redécolla, et le bruit horrible, presque moqueur, du fouet s'évanouit immédiatement dans les airs.

— *Couteau !* entendit-il de la bouche de Speedy.

Faisant taire son instinct, qui le poussait plutôt à fuir, Jack s'avança à l'ancien emplacement du fouet. Richard lâcha son épaule, et la voix de Speedy redevint un faible gémissement. De sa main gauche, Jack cala le Talisman étincelant contre son estomac, et il tendit la droite. Ses doigts se refermèrent magiquement autour d'un poignet osseux.

Sunlight Gardener gloussa.

— JACK ! brailla Richard dans son dos.

Il se retrouvait dans ce monde, sous un flot de lumière purificatrice, et une main armée d'un couteau descendait peu à peu vers lui. Le visage ravagé de Gardener planait seulement à une dizaine de centimètres du sien. Un relent d'ordures et de charognes abandonnées sur la route les entourait.

— Néant, répéta Gardener. Dites-moi alléluia.

Il força davantage avec son couteau élégant et fatal, mais Jack parvint à le tenir en échec.

— JACK ! cria une nouvelle fois Richard.

Sunlight Gardener le fixait avec les yeux vifs d'un oiseau, augmentant toujours la pression.

Tu ne sais donc pas ce qu'a fait Sunlight ? reprit la voix de Speedy. *Tu ne le sais pas encore ?*

Jack sonda l'œil anormalement mobile de Gardener. *Si.*

Richard entra en scène et donna un coup de pied dans la cheville de Gardener, puis le frappa à la tempe avec son poing frêle.

— Tu as tué mon père, accusa Jack.

La prunelle unique de Gardener flamboya en réponse.

— Tu as tué mon fils, espèce de méchant bâtard !

— Morgan Sloat t'a dit de tuer mon père et tu l'as fait.

Gardener fit descendre son poignard de cinq centimètres. Un grumeau de cartilage jaune et une bulle de sang suintaient du trou laissé par son œil droit.

Jack hurla — sous l'effet conjugué de l'horreur, de la rage et de tous les sentiments longtemps dissimulés d'abandon et de délaissement qui avaient suivi la mort de son père. Il s'aperçut qu'il avait complètement repoussé la main de Gardener. Il poussa un deuxième hurlement. Le moignon gauche de Gardener palpait le propre bras gauche de Jack. Celui-ci réussissait à peine à tordre le poignet de Gardener quand il sentit ce bourrelet de chair spongieuse s'insinuer entre son torse et son biceps. Richard continuait à harceler Gardener, mais ce dernier se débrouillait pour approcher sa patte mutilée du Talisman.

Gardener releva sa figure face à celle de Jack.

— *Alléluia*, murmura-t-il.

Jack s'arc-bouta de tout son corps, avec une force qu'il ne se connaissait pas, et rabattit vers le bas la main au couteau. Le membre estropié voltigea sur le côté. Jack serra le poignet de la main au couteau. Les tendons saillants se tordirent sous sa poigne. Puis l'arme tomba, aussi inoffensive à présent que le coussinet sans doigts qui lui martelait les côtes. Jack profita du déséquilibre de Gardener et, d'une bourrade, l'envoya dans les décors.

Après quoi il brandit le Talisman dans sa direction.

— Qu'est-ce que tu fais ? grommela Richard.

C'était bien, très bien. Jack s'avança vers Gardener, qui le foudroyait toujours du regard, quoique avec moins d'assurance, et tendit brusquement le Talisman. Gardener ricana, une autre grosse bulle de sang se formant dans son orbite vide, et lança un sauvage crochet du droit. Puis il plongea pour récupérer son poignard. Jack se précipita et appliqua la surface chaude et striée du Talisman à même la peau de Gardener. Même traitement pour le père que pour le fils. Jack bondit en arrière.

Gardener hurla telle une bête blessée, perdue. A l'endroit effleuré par le Talisman, la peau avait noirci, avant de se transformer en un liquide visqueux qui dégouttait du crâne. Jack recula encore d'un pas. Gardener tomba à genoux. Toute la peau de sa tête devint comme de la cire. En une

demi-seconde, seul un crâne étincelant saillait du col de la chemise souillée.
Te voilà bien soigné, pensa Jack, *et bon débarras !*

2

— Parfait, s'écria Jack, soudain pris d'une folle assurance. Allons le chercher, Richie. Al...

Regardant Richard, il vit que son ami frisait à nouveau la syncope. Les yeux mi-clos et hébétés, il chancelait sur le sable.

— Peut-être vaut-il mieux que tu m'attendes ici, tout compte fait, proposa Jack.

Richard secoua la tête.

— Je viens, Jack. Seabrook Island... Toute la ligne... jusqu'au terminus.

— Je vais devoir le tuer, l'avertit Jack. Enfin, si je peux.

Richard secoua à nouveau la tête, têtu comme un âne.

— Pas mon père. Je te l'ai dit. Père est mort. Si tu me laisses, je ramperai. Même dans la fange laissée par ce type, s'il le faut.

Jack reporta ses yeux sur les rochers. Bien qu'il ne réussît pas à voir Morgan, il ne doutait absolument pas de sa présence en ce lieu. Et si Speedy était encore en vie, Morgan devait en ce moment prendre des dispositions pour remédier à la situation.

Jack se força à sourire, sans grand résultat.

— Pense aux microbes que tu pourrais attraper. Après un nouveau temps d'hésitation, il lui tendit le Talisman à contrecœur. Je vais te porter, mais il faut que tu tiennes ça. Ne lâche pas la boule, Richard. Sinon...

Qu'avait dit Speedy ?

— Sinon, tout est perdu.

— Je ne la lâcherai pas.

Jack remit le Talisman entre les mains de Richard, et à son contact, ce dernier parut aussitôt aller mieux... mais pas autant que la première fois. Son visage trahissait une lassitude extrême. Baigné par la brillante clarté du Talisman, on aurait dit la frimousse d'un enfant mort illuminé par le flash d'un photographe de police.

C'est l'hôtel qui l'empoisonne.

Mais l'hôtel n'était pas le seul en cause. Il y avait Morgan. *Morgan* l'empoisonnait.

Jack se tourna, découvrant qu'il répugnait à quitter le Talisman des yeux ne serait-ce qu'un instant. Il plia le dos et improvisa des étriers avec ses mains.

Richard lui grimpa dessus, tenant le Talisman d'une main et enroulant l'autre autour du cou de Jack, qui empoigna ses cuisses.

Il est aussi léger qu'un chardon. Il a son cancer à lui. Il l'a eu toute sa vie. Morgan Sloat irradie le mal et Richard meurt à cause des retombées.

Conscient de la lumière et de la chaleur juste au-dessus de sa tête, Jack partit au trot en direction des rochers derrière lesquels gisait Speedy.

3

Jack contourna par la gauche le groupe de rochers avec Richard sur son dos, encore en proie à sa folle assurance... et la réalité se rappela à lui avec une soudaineté brutale. Une jambe massive vêtue d'un lainage marron clair (et juste sous le revers retroussé Jack entrevit vaguement une socquette de nylon marron parfaitement assortie) surgit brusquement de derrière le dernier rocher telle une barrière de péage.

— Merde ! s'écria mentalement Jack. *Il t'attendait, bougre de cinglé !*
Richard poussa un cri. Jack voulut s'arrêter, en vain.

Morgan lui fit un croche-pied comme la terreur de l'école le fait à un jeunot dans la cour de récréation. Après Smokey Updike, Osmond, Gardener, Elroy et un monstre qui évoquait un croisement entre un crocodile et un char d'assaut, ce qui suffit à le faire chuter, ce fut l'obèse et hypertendu Morgan Sloat qui, aux aguets derrière son rocher, attendait patiemment qu'un garçon trop confiant du nom de Jack Sawyer vînt se jeter dans la gueule du loup.

— *Hiiii !* cria Richard quand Jack trébucha en avant.
Confusément, il vit leur ombre commune se profiler sur sa gauche ; on eût dit que celle-ci possédait autant de bras qu'une idole hindoue. Il sentit le poids psychique du Talisman se déplacer... et se replacer.

— FAIS ATTENTION, RICHARD ! hurla Jack.
Les yeux agrandis par l'effroi, Richard passa par-dessus la tête de Jack. Les tendons de son cou saillaient comme des cordes de piano. Quand il tomba, il tenait toujours le Talisman. Les coins de sa bouche étaient tirés vers le bas en un rictus désespéré Richard atterrit la tête la première, pareil à l'ogive d'une fusée défectueuse. Aux alentours de l'endroit où Speedy s'était terré, le sable cédait la place à un grossier gravier hérissé de coquillages et de petits cailloux. Richard heurta une pierre qui avait été éructée par le tremblement de terre. Il y eut un choc sourd et compact. Durant un instant, Richard fit penser à une autruche avec sa tête enfouie dans le sable. Son postérieur, tendu d'un pantalon de coton sale et élimé, oscilla d'avant en arrière en déséquilibre dans les airs. En d'autres circonstances — des circonstances qui ne soient pas accompagnées par ce terrible choc sourd et compact, par exemple — la pose eût été comique, digne d'une Kodachrome : « Richard le Rationnel fait le fou sur la plage. » Mais ce n'était pas drôle du tout. Les mains de Richard s'ouvrirent au ralenti... et le Talisman roula un mètre plus bas sur la pente douce de la plage, reflétant le ciel et les nuages, non sur sa surface, mais dans ses profondeurs délicatement éclairées.

— *Richard !* brailla encore Jack.
Morgan se trouvait quelque part derrière, mais Jack l'avait momentanément oublié. Toute sa confiance s'était envolée ; au moment où cette fichue jambe vêtue de lainage marron clair avait surgi devant lui telle une barrière de péage. Mystifié comme un môme dans une cour de maternelle, et Richard... Richard était...

— *Rich...*

Richard roula sur le flanc et Jack vit que sa pauvre figure tirée ruisselait de sang. De forme triangulaire comme une voile déchirée, un bout de son cuir chevelu lui pendait presque sur l'œil. Jack distinguait les cheveux qui pointaient en dessous et caressaient la joue de Richard de leur broussaille couleur de sable... et à leur ancien emplacement, Jack voyait étinceler l'os du crâne de Richard Sloat.

— Est-ce qu'il s'est cassé ? s'enquit Richard. Sa voix se mua en un cri. *Jack, s'est-il cassé dans la chute ?*

— Ça va, Richie — ça...

Les yeux bordés de rouge de Richard s'écarquillèrent à cause d'un événement dans son dos.

— *Jack ! Jack ! Regarde...*

Une espèce de brique en cuir — en fait, l'un des mocassins Gucci de Morgan Sloat — s'écrasa entre les jambes de Jack, le touchant aux testicules. Le coup ayant porté de plein fouet, Jack se recroquevilla sur lui-même, soudain sujet à la plus grande douleur de sa vie, un supplice dépassant tout ce qu'il avait pu imaginer. Il ne pouvait même pas crier.

— Ça va, ironisa Morgan Sloat, sauf que tu n'as pas l'air bien, Jacky. Pas bien
du
tout

Et à présent l'homme qui marchait lentement sur Jack — lentement parce qu'il savourait la situation — s'avérait quelqu'un à qui Jack n'avait jamais été vraiment présenté. Cet homme avait été un visage blafard entrevu quelques instants par la fenêtre d'une énorme diligence noire, un visage avec des yeux sombres, mystérieusement alertés de sa présence ; il avait été la forme changeante, ondoyante, qui fit brutalement irruption dans la réalité du champ où Wolf et lui discutaient de merveilles telles que les frères de portée ou le rut de la pleine lune ; enfin il avait été une ombre dans les yeux d'Anders.

Mais je n'avais jamais vraiment rencontré Morgan d'Orris avant aujourd'hui, songea Jack, qui lui était toujours Jack — Jack avec un pantalon en coton crasseux, délavé, qu'on imaginerait davantage sur le dos d'un coolie, et des sandales aux lanières de cuir naturel, mais pas Jason, Jack. Son entrejambe lui faisait souffrir le martyre.

A une dizaine de mètres se trouvait le Talisman, projetant son éclatante clarté sur la grève de sable noir. Richard était hors de vue, mais l'esprit de Jack n'enregistra pas par ce fait tout de suite.

Morgan portait une cape bleu foncé attachée au cou par une agrafe en argent. Sa culotte était de la même laine claire que le pantalon de Sloat, mis à part qu'ici les jambes bouffaient sur des bottes noires.

Ce Morgan-ci marchait avec une légère claudication, son pied gauche infirme laissant sur le sable une ligne de courts traits d'union. L'agrafe en argent se balançait librement au moindre de ses mouvements, et Jack s'aperçut que le bijou n'avait strictement rien à voir avec la cape, laquelle s'attachait par un simple cordon noir. C'était une sorte de pendentif. Un moment, il crut qu'il s'agissait d'une crosse de golf miniature, le genre de breloque qu'une femme peut retirer de son bracelet pour la porter autour du cou, rien que pour le plaisir. Mais au fur et à mesure que Sloat approchait, il vit que c'était trop fin ; loin d'avoir la forme d'une crosse, cela se terminait en pointe.

On aurait dit un paratonnerre.

— Non, tu n'as pas l'air bien du tout, mon garçon, déclara Morgan d'Orris, arrivé à hauteur de Jack qui gisait les jambes repliées et gémissait en se pétrissant l'entrejambe. Il se pencha en avant, les mains posées sur les genoux, et étudia Jack, comme ferait un automobiliste avec un animal que son véhicule vient de renverser. Un animal plutôt peu intéressant, du genre de la marmotte ou de l'écureuil.

— Pas le moins du monde.

Morgan s'inclina davantage.

— Tu m'as posé un sacré problème, ajouta Morgan en se penchant plus bas. Tu m'as causé pas mal de dégâts. Mais finalement...

— Je crois que je vais mourir, murmura Jack.

— Pas encore. Oh, je sais qu'on a cette impression, mais crois-moi, tu ne vas pas mourir déjà. Dans cinq minutes environ, tu sauras à quoi ressemble réellement la mort.

— Non... vraiment... je me sens cassé... à l'intérieur, gémit Jack. Baisse-toi... Je veux te dire... te demander... supplier...

Les yeux sombres de Morgan flamboyèrent dans son visage blême. Peut-être à la seule pensée de Jack en train de le supplier. Il se pencha en sorte que sa figure touchât presque celle de Jack. Ce dernier avait remonté ses jambes pour lutter contre la douleur. Alors il les projeta vers le haut. Durant un instant, ce fut comme si une lame rouillée lui tailladait les parties jusqu'à l'estomac, mais le bruit de ses sandales frappant Morgan au visage, fendant ses lèvres et lui fracturant le nez compensa de loin ses souffrances.

Morgan d'Orris partit à la renverse, avec un rugissement de bête blessée, sa cape claquant au vent comme les ailes d'une chauve-souris géante.

Jack bondit sur ses pieds. Un moment, il aperçut le château noir — beaucoup plus grand que l'Azincourt, celui-ci semblait en fait couvrir plus d'un arpent — puis il se rua frénétiquement par-dessus le pauvre Parkus inconscient *(ou mort !)*. Il se rua sur le Talisman qui reposait paisiblement dans tout son éclat sur le sable, et tout en courant, il
repassa
dans les Territoires américains.

— *Espèce de canaille !* beuglait Morgan Sloat. *Espèce d'ignoble petite canaille ! Ma figure, ma figure, tu m'as fait mal à la figure !*

Il y eut un grésillement et comme une odeur d'ozone. Un éclair bleuâtre éblouissant tomba juste à droite de Jack, vitrifiant le sable.

Puis il prit le Talisman — *le reprit !* Les cuisants élancements de son entrejambe s'atténuèrent aussitôt. La boule de verre à bout de bras, il se tourna vers Morgan.

Morgan Sloat saignait de la lèvre et se tenait la joue d'une main. Tant qu'à faire, Jack espérait lui avoir cassé quelques dents. Dans l'autre main de Sloat, tendue en avant comme un curieux écho de la propre attitude de Jack, se trouvait l'objet en forme de clé qui venait de faire claquer un éclair dans le sable.

Jack fit un pas de côté, les bras brandis devant lui et le Talisman changeant intérieurement de couleurs, telle une machine à arcs-en-ciel. On aurait dit qu'il comprenait que Sloat était tout près, car la grosse boule de verre striée émettait une sorte de bourdonnement atonal que Jack ressentait plus qu'il n'entendait comme un picotement dans les mains. Une tranche d'un blanc éclatant s'ouvrit dans le Talisman, une espèce de rayon de lumière irradiant du centre, et Sloat fit à son tour un bond de côté en braquant sa clé sur la tête de Jack.

Il essuya une tache de sang sur sa lèvre inférieure.

— Tu m'as fait mal, espèce de petite canaille puante, cracha-t-il. Et ne vas pas t'imaginer que cette boule de verre va t'aider. Son avenir est encore plus court que le tien.

— Alors pourquoi en as-tu peur ? demanda le garçon en la lui fourrant sous le nez.

Sloat s'écarta, comme si le Talisman pouvait lui aussi lancer la foudre. *Il ne connaît pas la nature de ses pouvoirs,* comprit Jack ; *il en ignore absolument tout, il sait seulement qu'il le veut.*

— Lâche ça immédiatement, ordonna Sloat. Laisse-le, espèce de sale petite crapule. Ou bien je te fais sauter la cervelle séance tenante. Lâche ça.

— Tu as la trouille, riposta Jack. Maintenant que le Talisman est juste devant toi, tu as la trouille de venir le chercher.

— Je n'ai pas besoin de venir le chercher, dit Sloat. Bougre de maudit prétendant. Lâche-le. Il vaut mieux que ce soit toi qui le casses, Jacky.

— Attrape, Glauque, le défia Jack, sentant une tonique bouffée de rage monter en lui.

Jacky. Il *détestait* entendre le surnom que lui donnait sa mère dans la bouche baveuse de Sloat. Je ne suis pas l'hôtel Noir, Glauque. Je ne suis qu'un gosse. Serais-tu incapable de prendre une boule de verre à un gosse ?

Car il était clair pour lui que tous deux se retrouvaient pas tant que Jack gardait le Talisman dans ses mains. Une étincelle bleu foncé, aussi vive qu'une de celles émises par les « démons » d'Anders, s'enflamma et s'éteignit au centre du Talisman. Une autre suivit sur-le-champ. Jack sentait toujours le puissant *bourdonnement* qui émanait du cœur de la boule de verre strié. Il était destiné à recevoir le Talisman — il était *censé le recevoir.* Le Talisman connaissait son existence dès la première heure de sa naissance, songeait actuellement Jack, et attendait depuis lors qu'il vienne le libérer. Le Talisman avait besoin de Jack Sawyer et de personne d'autre.

— Allez viens, essaye de le prendre, railla Jack.

Avec un rictus, Sloat pointa sa clé dans sa direction. Du sang bavochait sur son menton. Un moment, Sloat parut déconcerté, aussi frustré et enragé qu'un taureau dans l'arène, et de fait Jack lui souriait. Puis ce dernier jeta un coup d'œil du côté où Richard gisait sur le sable, et son sourire s'évanouit. Richard avait la bouille littéralement couverte de sang, les cheveux tout souillés et collés.

— Espèce de sa… commença-t-il, mais ç'avait été une erreur de regarder ailleurs.

Un faisceau cautérisant de lumière bleu et jaune crépita sur la plage juste à côté de lui.

Il refit face à Sloat, qui lui décocha un autre éclair. Jack trépigna à reculons, et le rayon destructeur fondit le sable à ses pieds en une coulure liquide jaune qui se refroidit quasi instantanément en une longue plaque de verre.

— Ton fils est en train de mourir, dit Jack.

— Ta mère est en train de mourir, gronda Sloat en retour. Lâche cette saleté avant que je te coupe la tête. Tout de suite. Jette ça.

— Pourquoi ne vas-tu pas grimper une belette ? rétorqua Jack.

Morgan Sloat ouvrit la bouche, révélant une rangée de dents carrées tachées de sang.

— Je vais grimper ton *cadavre !* grinça-t-il.

La clé menaçante oscilla vers la tête de Jack. Les yeux de Sloat étincelèrent, et il leva brusquement la main de sorte que la clé pointât vers le ciel. Une longue gerbe de foudre sembla jaillir du poing de Sloat, s'élargissant au fur et à mesure qu'elle s'élevait. Le ciel s'obscurcit. Seuls le Talisman et la figure de Morgan Sloat brillaient dans les ténèbres soudaines, la figure de Sloat parce que le Talisman projetait sa lumière dessus. Jack devina que son visage devait aussi se détacher sous l'ardente clarté du Talisman. Et dès qu'il brandit son flambeau de Talisman vers Sloat, essayant Dieu sait quoi — de l'inciter à lâcher la clé, de le mettre en colère, de lui fourrer son impuissance sous le nez — Jack fut obligé d'admettre qu'il était loin d'avoir fait le tour des talents de Morgan Sloat. De gros flocons de neige tombaient en vrille du ciel sombre. Sloat disparut derrière le rideau de neige qui s'épaississait. Jack perçut son rire gras.

4

Elle s'extirpa péniblement de son lit de douleur et se rendit à la fenêtre, d'où elle contempla la plage déserte de décembre, éclairée par un unique réverbère sur les planches. Soudain une mouette se posa sur le rebord extérieur de la fenêtre. Un bout de cartilage lui pendait du coin du bec, et tout à coup elle pensa à Sloat. L'oiseau ressemblait à Sloat.

D'abord Lily recula, puis elle reprit sa place, prise d'une colère complètement ridicule. Une mouette n'avait pas le droit de ressembler à Sloat ni d'empiéter sur son territoire. . ce n'était pas juste. Elle tapa au carreau. L'oiseau hérissa brièvement ses plumes mais ne s'envola pas. Et Lily capta une pensée émanant du cerveau froid du palmipède, l'entendit aussi distinctement qu'une onde de radio.

Jack va mourir, Lily.. Jack va mourrrrir...

La mouette pencha sa tête en avant, toqua à la vitre aussi délibérément que le corbeau d'Edgar Allan Poe.

Mourrrrrrir...

— NON ! lui répondit-elle. VA TE FAIRE FOUTRE, SLOAT !

Cette fois, au lieu de se contenter de taper, elle lança un coup de poing, brisant la vitre. La mouette battit des ailes en rouscaillant et manqua tomber. Un air glacial s'engouffra par le trou de la fenêtre.

Du sang gouttait de la main de Lily — non, non, dégoulinait plutôt que gouttait. Elle s'était coupée profondément en deux endroits. Elle retira les éclats de verre du tranchant de sa main et s'essuya ensuite au corsage de sa chemise de nuit.

— TU NE T'ATTENDAIS PAS À ÇA, HEIN, MON SALAUD ? cria-t-elle à l'oiseau qui volait frénétiquement en cercles au-dessus des jardins. Elle fondit en larmes. Maintenant laisse-moi tranquille ! Laisse-moi tranquille ! LAISSE MON FILS TRANQUILLE !

Elle avait du sang partout. Un air glacé soufflait par le carreau qu'elle avait cassé. Et dehors elle vit les premiers flocons de neige descendre du ciel et musarder dans le halo blanchâtre du réverbère.

5

— Regarde, Jacky.

Tout doucement. A gauche.

Jack pivota de ce côté, brandissant le Talisman à la manière d'un projecteur, son faisceau lumineux empli de neige tournoyante.

Rien d'autre. Ténèbres... neige... la rumeur de l'océan.

— Tu te trompes de côté, Jacky.

Il pirouetta vers la droite, ses pieds glissant sur la neige verglacée. Plus près. L'autre était plus près.

Jack leva le Talisman.

— Viens le chercher, Glauque !

— Tu n'as pas une chance, Jack. Je peux t'avoir quand je veux.

Derrière lui... et encore plus près. Mais lorsqu'il tendit le Talisman flamboyant, il n'y avait pas de Sloat en vue. La neige lui rugit au visage. En ayant inhalé par mégarde, il se mit à tousser à cause du froid.

Sloat ricana directement en face de lui.

Jack recula et faillit trébucher sur Speedy.

— Ohé, Jacky !

Une main jaillit des ténèbres à gauche et tira l'oreille de Jack. Celui-ci se tourna dans cette direction, le cœur battant la chamade, les yeux exorbités. Il glissa et mit genou à terre.

Richard émit un râle étouffé quelque part tout près.

Au-dessus de sa tête, une canonnade de tonnerre retentit dans l'obscurité mystérieusement créée par Sloat.

— Lance-le-moi ! le nargua Sloat.

Il surgit de cette nuit impénétrable à tout temps de pose et esquissa un pas de danse sur fond de tempête, claquant des doigts de la main droite et agitant sa clé métallique sous le nez de Jack avec la gauche. Ses gestes syncopés, saccadés avaient quelque chose d'excentrique. Aux yeux de Jack, Sloat ressemblait follement à quelque chef d'orchestre latin de l'ancien temps — à Xavier Cugat, peut-être.

— Lance-le-moi, pourquoi pas ? Stand de tir, Jack ! Pigeon d'argile ! Ce vieux gros oncle Morgan ! Que dis-tu, Jack ? Tu tentes le coup ? Lance la boule et gagne une poupée Kewpie !

Et Jack s'aperçut qu'il avait porté le Talisman à son épaule droite, apparemment en vue de le lancer. *Il te houspille, dans l'espoir de te paniquer et de t'amener à cracher le morceau, de...*

Sloat s'évanouit dans le noir. La neige voltigeait en tourbillons.

Jack virevolta nerveusement sur place mais ne vit Sloat nulle part. *Il a dû décoller. Il a dû...*

— Que se passa, Jacky ?

Non, il se trouvait encore par ici. Quelque part à gauche.

— J'ai bien ri quand ton cher papa est mort, Jacky. Je lui ai ri en pleine figure. Quand son moteur a fini par lâcher, j'ai eu la sensation..

La voix roucoula, s'estompa un instant, revint. A droite. Jack effectua un demi-tour, sans comprendre ce qui se passait, les nerfs en pelote.

— ... que mon cœur allait s'envoler de joie. Véridique, Jacky.

Une pierre jaillit de la nuit — en direction non pas de Jack mais de la boule de verre. Jack l'esquiva, eut une vision fugitive de Sloat. Envolé, l'oiseau.

Un silence... puis Sloat fut de retour et changea de disque.

— J'ai sauté ta mère, Jacky, l'aiguillonna la voix derrière son dos.

Une grosse main chaude lui pinça le fond de la culotte.

Jack se retourna en manquant cette fois de trébucher sur Richard. Sous le coup de l'indignation, des larmes — brûlantes, douloureuses — sourdaient de ses yeux. Il avait beau les haïr, elles étaient là, et rien au monde ne les assécherait. Le vent hurlait comme un dragon dans une soufflerie. *La magie réside en toi,* avait dit Speedy, mais où était sa magie pour l'instant ? Où, mais où, mais où ?

— *Ta gueule ! Ne parle pas de maman !*

— Je l'ai bel et bien sautée, ajouta Sloat avec un entrain suffisant.

De nouveau à droite. Une forme obèse qui gesticulait dans le noir.

— Et c'est elle qui me l'a demandé, Jacky !

Derrière lui. *A côté !*

Jack pirouetta. Leva le Talisman, qui projeta un rayon de lumière blanche. Sloat battit en retraite, mais pas avant que Jack ait vu une grimace de douleur et de rage. Le rayon avait touché Sloat, lui avait fait mal.

Peu importe ce qu'il raconte. Ce sont des mensonges et tu le sais parfaitement. Mais comment fait-il ? On dirait Edgar Bergen. Non... Il est comme les Indiens qui encerclent un convoi de chariots dans le noir. Comment fait-il ?

— Tu m'as légèrement roussi la moustache cette fois, Jacky, commenta Sloat, et de pousser des gloussements obscènes. Il avait l'air un peu essoufflé, mais pas trop. Vraiment pas trop. Jack haletait autant qu'un chien par temps de canicule et roulait des yeux en cherchant Sloat dans la tempête. Mais je ne t'en tiendrai pas rigueur, Jacky. Bon, voyons. De quoi parlions-nous ? Ah oui, de ta mère...

Un léger murmure... un léger fondu... et puis un caillou surgit en sifflant de l'obscurité à droite et heurta Jack à la tempe. Ce dernier virevolta mais Sloat avait déjà redisparu, dérapant lestement à reculons dans la neige.

— Elle entortillait ses longues jambes autour de moi jusqu'à ce que je crie grâce ! déclara Sloat dans le dos de Jack, à droite. OH LA LA !

Ne te fais pas avoir, ne le laisse pas te démoraliser, ne...

Mais il n'y pouvait rien. C'était de sa mère dont parlait ce dégueulasse. Sa *mère !*

— *Arrête ! Ta gueule !*

Sloat se trouvait maintenant en face de lui, si proche que Jack aurait dû pouvoir le voir distinctement malgré la neige tourbillonnante, mais ce n'était qu'un reflet, comme un visage entrevu sous l'eau la nuit. Vrombissant dans la nuit, un nouveau caillou vint toucher Jack à la nuque. Jack partit en titubant et manqua encore trébucher sur Richard — un Richard qui disparaissait rapidement sous un manteau de neige.

Il vit trente-six chandelles... et comprit enfin ce qui se passait.

Sloat décolle ! Plane... passe d'un monde à l'autre !

Jack tourna en un vague cercle, tel un homme cerné par cent ennemis au lieu d'un seul. Un trait de foudre fusa de l'obscurité en un étroit rayon bleu-vert. Il y fit front avec le Talisman, dans l'espoir de le renvoyer sur Sloat. Trop tard. Il s'éteignit.

Alors comment se fait-il que je ne le voie pas là-bas ? Là-bas dans les Territoires ?

La réponse lui apparut en un éclair... et comme en contrepoint, le Talisman émit un magnifique faisceau de lumière crue qui troua la blancheur neigeuse à la façon du fanal d'une locomotive.

Je ne le vois pas là-bas, ni ne peux lui répondre, parce que je n'y suis PAS ! Jason a disparu... et je suis de nature unique ! Sloat passe sur une plage où il n'y a personne d'autre que Morgan d'Orris et un homme mort ou mourant du nom de Parkus ; Richard non plus n'est pas là, parce que le fils de Morgan d'Orris, Rushton, est mort il y a belle lurette et que Richard est lui aussi de nature unique ! Lorsque j'ai décollé tout à l'heure, le Talisman se trouvait là-bas... mais pas Richard ! Morgan décolle... plane... passe d'un monde à l'autre... essaie de me faire perdre les pédales...

— *Hou Hou ! Jacky !*

A gauche.

— *Par ici !*

A droite.

Mais Jack ne cherchait plus à se repérer à l'oreille. Il scrutait l'intérieur du

Talisman, attendant un coup de théâtre. Le coup de théâtre le plus important de sa vie.

Par-derrière. Cette fois il arriverait par-derrière.

Le Talisman clignota, une puissante lampe-tempête.

Jack pivota... et par la même occasion il sauta dans les Territoires sous un soleil éclatant. Et voilà Morgan d'Orris, énorme comme la vie et deux fois plus laid. Durant un instant, il ne comprit pas que Jack avait trouvé l'astuce et claudiqua en vitesse vers un point qui se situerait derrière Jack quand lui-même repasserait dans les Territoires américains. Un méchant sourire de garnement se lisait sur sa figure. Sa cape claquait et ondoyait au vent. Il traînait son pied gauche, et Jack s'aperçut que le sable alentour était couvert de ces empreintes hachées. Morgan avait couru en rond autour de Jack, tout en harcelant celui-ci avec des mensonges graveleux sur sa mère et des jets de pierres, sans cesser d'aller et venir entre ici et là.

— JE TE VOIS ! cria Jack à tue-tête.

Morgan se retourna et le fixa d'un air médusé, une main repliée sur sa tige d'argent.

— JE TE VOIS ! cria Jack derechef. Prêt pour un nouveau tour de piste, Glauque ?

Morgan d'Orris dirigea sur lui la pointe de sa tige, quittant en une seconde son masque hébété pour une expression de ruse caractérisée — celle d'un homme intelligent qui visualise instantanément toutes les potentialités d'une situation. Ses yeux se plissèrent. Durant cette seconde où Morgan d'Orris pointa sur lui son engin de mort et rétrécit ses yeux en viseurs de fusil, Jack fut à deux doigts de repasser dans les Territoires américains, ce qui l'aurait tué. Mais juste au moment où la prudence ou la panique allaient effectivement le propulser devant un camion de déménagement, la même intuition qui lui avait soufflé que Morgan allait et venait entre les mondes lui sauva de nouveau la vie ; Jack avait assimilé les procédés de son adversaire. Il tint bon, attendant toujours ce coup de théâtre quasi miraculeux. Pendant une fraction de seconde, Jack Sawyer retint sa respiration. Si Morgan avait été un brin moins fier de sa rouerie, il aurait aussi bien pu en cet instant assassiner Jack Sawyer selon son vœu le plus cher.

Au lieu de quoi, et conformément aux prévisions de Jack, l'image de Morgan s'effaça brusquement des Territoires. Jack respira. Le corps de Speedy (le corps de Parkus, corrigea aussitôt Jack) gisait inerte à quelques pas de là. Le dénouement approchait. Jack prit son inspiration et *repartit* à son tour.

Une fraîche coulée de verre tranchait sur le sable de la plage de Point Venuti, réfléchissant avec mille scintillements le soudain rayon de lumière blanche qui irradiait du Talisman.

— A côté, n'est-ce pas ? chuchota Morgan Sloat dans les ténèbres.

La neige cinglait Jack, un vent glacial anesthésiait ses membres, sa gorge, son front. A une longueur de voiture devant flottait la tête de Sloat, la bouche ouverte, ensanglantée, le front plissé à son habitude. Au milieu de la tempête, il tendait sa clé en direction de Jack, et une crête de neige poudreuse restait collée à la manche de son complet marron. Jack vit une traînée de sang noirâtre suinter de la narine gauche de son nez incongrûment petit. Injectés de rouge à cause de la douleur, les yeux de Sloat étincelaient dans l'obscurité ambiante.

6

L'air interdit, Richard Sloat rouvrit les yeux. Tout son corps était gelé. Au début, et sans émotion aucune, il se crut mort. Il avait dû tomber, probablement sur ces marches raides, vicieuses, derrière la grande tribune de Thayer College. Le voilà à présent refroidi, et rien ne pouvait plus lui arriver. Richard connut une seconde de soulagement intense.

Soudain la tête lui élança de douleur, en même temps qu'il sentit du sang tiède dégoutter sur sa main engourdie, deux sensations qui prouvaient que, quels que fussent les événements, Richard Llewellyn Sloat n'avait pas encore rendu l'âme. Il n'était qu'une créature souffrant de ses blessures. Tout le sommet du crâne lui semblait avoir été proprement découpé. Il n'avait pas la moindre idée de l'endroit où il se trouvait. Il faisait un froid noir. Ses yeux s'accommodèrent suffisamment pour l'informer qu'il gisait sur la neige. L'hiver était arrivé. Des tombereaux de neige tombaient sur lui du haut des cieux. Puis il entendit la voix de son père, et tout lui revint.

Richard garda sa main sur le sommet de sa tête, mais tourna lentement le menton de sorte à pouvoir regarder dans la direction de la voix de son père.

Jack Sawyer tenait le Talisman — tel fut le fait suivant enregistré par Richard. Le Talisman demeurait intact. Richard sentit revenir une part du soulagement qu'il avait éprouvé à la pensée qu'il était mort. Même sans ses lunettes, Richard voyait bien que Jack affichait cet air invincible, indomptable, qui le touchait tant. Jack avait l'air... l'air d'un héros, un point, c'était tout. Il avait l'air d'un héros outrageusement jeune, crasseux, échevelé, inadéquat pour le rôle à tous égards, mais indéniablement l'air d'un héros.

Aux yeux de Richard, Jack redevint alors simplement Jack. Cette extraordinaire aura, qui lui donnait l'air d'une star de cinéma daignant se balader sous l'aspect négligé d'un gamin de douze ans, avait totalement disparu. Pour Richard, cela ne rendait son héroïsme que plus impressionnant.

Son père sourit avec cruauté. Mais ce n'était pas son père. Celui-ci s'était laissé noyauter bien longtemps auparavant... noyauter par sa jalousie à l'égard de Phil Sawyer, par ses ambitions trop gourmandes.

— On peut continuer à tourner en rond comme ça éternellement, lança Jack. Je ne te donnerai jamais le Talisman, et tu ne seras jamais capable de le détruire avec ton gadget. Abandonne.

La pointe de la clé tenue par la main de son père oscilla lentement dans les airs pour finir par se braquer droit sur lui, ainsi que d'ailleurs le cupide visage paternel.

— D'abord, je vais faire sauter Richard, disait son père. Tu as vraiment envie de voir ton copain Richard transformé en bacon ? Hein ? Alors ? Et bien sûr je n'hésiterai pas non plus à faire un sort à cet autre casse-pieds.

Jack et Sloat échangèrent un bref regard. Son père ne plaisantait pas. Richard le savait. Il le tuerait si Jack ne lui remettait pas le Talisman. Ensuite, il tuerait le vieux Noir, Speedy.

— Ne l'écoute pas, réussit-il à chuchoter. Pourris-le. Dis-lui d'aller se faire voir.

Jack bouleversa Richard rien qu'en lui clignant de l'œil.

— Lâche gentiment le Talisman, entendit-il son père dire.

Richard vit avec horreur que Jack ouvrait les paumes de ses mains et laissait tomber le Talisman.

7

— *Non, Jack !*

Jack ne se retourna pas. *Tu ne possèdes pas une chose tant que tu n'es pas capable d'y renoncer,* lui martelait son esprit. *Tu ne possèdes pas une chose tant que tu n'es pas capable d'y renoncer, qu'est-ce que cela rapporte à un homme, cela ne lui rapporte rien, cela lui rapporte peau de balle, et on n'apprend pas ça à l'école, on l'apprend sur la route, on l'apprend de Ferd Janklow, de Wolf et de Richard qui se crashe la tête la première sur les rochers comme un Titan II qui a raté son décollage.*

On apprend ce genre de choses, ou l'on meurt quelque part dans le monde où ne brille aucune lumière.

— Plus de tuerie, dit-il dans les ténèbres enneigées de cet après-midi à la plage californien. Il aurait dû se sentir complètement fourbu — ç'avait été, somme toute, une succession d'horreurs quatre jours durant, et maintenant, juste à la fin, il avait lâché la balle comme un arrière débutant à qui il reste beaucoup à apprendre sur le foot. Il avait tout perdu. Pourtant c'était à n'en pas douter la voix d'Anders qu'il entendait, Anders qui s'était agenouillé devant Jack/Jason avec son kilt éployé autour de lui et son chef incliné ; Anders disant : Tout i'a bien, tout i'a bien et toutes so'tes de choses i'ont bien.

Le Talisman étincelait sur la grève, la neige fondant en gouttes d'eau le long de ses flancs délicatement rebondis, et dans chaque gouttelette il y avait un arc-en-ciel, et en ce moment précis Jack expérimenta la pureté renversante qui consiste à *renoncer à l'objet de sa quête*.

— Plus de *massacre.* Vas-y, casse-le si tu peux, déclara-t-il. Je le regrette pour toi.

Ce fut la goutte qui fit exploser Sloat. S'il avait gardé un brin de raison, il aurait déterré une pierre de la neige atterrante et fracassé le Talisman... comme celui-ci pouvait l'être dans sa vulnérabilité simple et offerte.

Au lieu de quoi il braqua sa clé dessus.

Ce faisant, son esprit regorgeait de souvenirs agréables, détestables, de

Jerry Bledsoe et de la femme de Jerry Bledsoe. Jerry Bledsoe, qu'il avait tué, et Nita Bledsoe, qui aurait dû être Lily Cavannaugh... Lily, qui l'avait giflé si fort que son nez avait saigné la fois où, fin soûl, il a vait essayé de l'entreprendre.

Le feu crépita — une flamme bleu-vert qui jaillit du canon ridicule de sa clé en fer-blanc, piqua droit sur le Talisman, le toucha, l'enveloppa, le transforma en un soleil ardent. Toutes les couleurs apparurent durant un instant... durant un instant tous les *mondes* apparurent. Puis plus rien.
Le Talisman avala la puissance de feu de la clé de Morgan.
L'engloutit entièrement.
L'obscurité retomba. Les pieds de Jack se dérobèrent sous lui et il tomba assis sur les mollets flasques de Speedy Parker. Ce dernier poussa un grognement et tressaillit.
Il y eut un répit de deux secondes où tout demeura en l'état... et puis soudain le Talisman recracha un flux de feu. Jack écarquilla les yeux en dépit d'une pensée obsédante, angoissante... *(ça va t'aveugler ! Jack ! Attention !)* et la topographie bouleversée de Point Venuti s'illumina comme si le Dieu de Tous les Univers s'était penché pour prendre une photo. Jack distingua l'Azincourt affaissé et à moitié détruit ; il vit les Highlands effondrés, transformés désormais en Lowlands ; il vit Richard couché sur le dos, Speedy gisant à plat ventre avec sa figure tournée de côté. Ce dernier souriait.
Puis Morgan Sloat fut projeté en arrière et enveloppé d'un nuage de feu issu de sa petite clé — feu qui avait été absorbé dans le tréfonds du Talisman, comme l'avaient été les reflets du soleil sur le viseur télescopique de Sunlight Gardener, et qui lui était retourné au centuple.
Une brèche s'ouvrit entre les mondes, au moins de la taille du tunnel conduisant à Oatley, et Jack vit Sloat s'y faire aspirer, son élégant complet marron en feu, une main squelettique, noircie, encore cramponnée à sa clé. Les yeux de Sloat bouillaient dans leurs orbites, mais ils n'en étaient pas moins grands ouverts... *lucides*.
Et au moment où il se volatilisait, Jack le vit se métamorphoser ; il vit la cape apparaître, pareille aux ailes d'une chauve-souris qui a frôlé de trop près la flamme d'une torche, ses bottes et ses cheveux en train de flamber, la clé se transformer en une espèce de paratonnerre miniature.
Il vit... la *lumière du jour !*

8

Le jour revint à flots. Ebloui, Jack se recroquevilla sur la plage enneigée. Au fond de ses oreilles, à l'intérieur de sa tête, il entendait encore le râle d'agonie de Morgan Sloat, pendant que celui-ci se faisait aspirer à travers tous les mondes existants avant de tomber dans l'oubli.
— Jack ? Malgré son étourdissement, Richard s'assit sur son séant en se

tenant la tête. Jack, que s'est-il passé ? Je crois que je suis tombé des marches du stade.

Speedy tressautait dans la neige. Alors il effectua une sorte de piètre pompe et chercha Jack du regard. Ses yeux trahissaient l'épuisement... mais son visage ne présentait plus un seul bouton.

— Du beau boulot, Jack, articula-t-il, et de sourire. Du beau...

Le souffle court, il piqua à nouveau du nez.

L'arc-en-ciel, songea Jack, pris de vertige. Il se leva, puis retomba. La neige qui lui couvrait la figure se mit à fondre en larmes glacées. Péniblement il s'agenouilla avant de se remettre debout. En dépit des points lumineux qui encombraient son champ de vision, Jack remarqua qu'à l'endroit où se tenait Morgan, il y avait dans la neige une immense empreinte calcinée qui se terminait en forme de goutte d'eau.

— *L'arc-en-ciel !* cria Jack Sawyer, et de lever les bras au ciel en riant et en sanglotant à la fois. *L'arc-en-ciel ! L'arc-en-ciel !*

Il se précipita sur le Talisman et le ramassa, toujours en pleurs.

Il le porta à Richard Sloat, qui avait été Rushton, à Speedy Parker, qui était ce qu'il était.

Il les guérit.

Arc-en-ciel, arc-en-ciel, arc-en-ciel !

CHAPITRE 46

ENCORE UN VOYAGE

1

Il les guérit, mais sans jamais pouvoir se remémorer exactement le déroulement des choses, ni aucun détail spécifique ; pendant quelque temps, le Talisman avait flamboyé et chanté entre ses mains, puis il gardait un très vague souvenir de son feu en train de se déverser sur eux, jusqu'à ce que ceux-ci parussent resplendir dans un bain de lumière. Voilà tout ce dont il se souvenait.

A la fin, l'éclat rayonnant du Talisman faiblit... faiblit... s'éteignit.

Pensant soudain à sa mère, Jack poussa un gémissement rauque.

Chancelant dans la neige fondue, Speedy vint le rejoindre et lui passa un bras autour des épaules.

— Ça reviendra, Jack-la-Vadrouille, lui dit Speedy.

Malgré son sourire, il avait l'air deux fois plus harassé que Jack. Speedy était guéri... mais il n'avait pas encore retrouvé la forme. *Notre monde le tue*, pensa tristement Jack. *En tout cas, il tue en lui son côté Speedy Parker. Le Talisman l'a guéri... mais il n'en est pas moins moribond.*

— Tu t'es occupé de lui, reprit Speedy, et tu dois croire qu'il va s'occuper de toi. Ne t'inquiète pas. Viens par ici, Jack, viens voir ton copain.

Jack obtempéra. Richard dormait au milieu de la neige fondue. Cet ignoble pan de peau pendante avait disparu, mais une longue cicatrice blanche transparaissait désormais parmi sa chevelure : une partie du cuir chevelu où les cheveux ne repousseraient jamais plus.

— Prends sa main.

— Pourquoi ? Dans quel but ?

— Nous allons décoller.

Jack dévisagea Speedy d'un air interrogateur, mais ce dernier ne lui fournit aucune explication. Il se contenta de hocher la tête, manière de dire : *Oui, tu m'as bien entendu.*

Bien, se dit Jack. *Jusque-là je lui ai fait confiance...*

Il se pencha et prit la main de Richard. Speedy tenait l'autre main de Jack. Avec une secousse imperceptible, le trio s'envola.

2

L'intuition de Jack était la bonne. La silhouette plantée à ses côtés, sur ce sable noir qui se révélait entièrement pointillé par le pied bot de Morgan d'Orris, paraissait se porter comme un charme.

Jack regardait avec crainte — et une pointe d'embarras — cet étranger qui ressemblait un peu au petit frère de Speedy Parker.

— Speedy — Mr Parkus, je veux dire — Qu'est-ce que vous...

— Vous les garçons, vous avez besoin de repos, déclara Parkus. Toi, évidemment, mais encore plus cet autre jeune écuyer. Il a frôlé la mort plus que personne ne le saura jamais, à part lui... et je ne pense pas qu'il soit du genre à s'avouer grand-chose, même à soi.

— Ouais, acquiesça Jack. Vous avez bien raison.

— Il se reposera mieux là-bas, lui dit Parkus, qui, portant Richard dans ses bras, se mit à remonter la plage, loin du château.

Même s'il trébuchait, Jack avançait le plus vite possible ; pourtant, il se retrouva progressivement distancé. Outre le souffle court et les jambes en coton, il avait mal à la tête, contrecoup de la bagarre finale ; la migraine du stress, supposa-t-il.

— Pourquoi... où...

Voilà tout ce qu'il réussit à dire. Jack tenait le Talisman contre sa poitrine. Celui-ci était bien terne à présent, sa surface noire de suie, opaque et pitoyable.

— Encore un petit effort, l'encouragea Parkus. Toi et ton ami ne voulez pas vous détendre près de son ancien repaire, n'est-ce pas ?

Et, exténué comme il l'était, Jack inclina la tête.

Parkus jeta un coup d'œil par-dessus son épaule, puis regarda Jack avec commisération.

— Ça empeste le mal en bas, ajouta-t-il, et ça empeste aussi ton monde, Jack.

— Pour moi, les deux sentent trop pareil pour que ça me console.

Parkus redémarra, Richard toujours dans ses bras.

3

Quarante mètres plus haut, sur la plage, il fit enfin halte. Par ici, le sable noir avait pris une teinte plus claire, sinon blanche, du moins grisâtre. Parkus posa Richard à terre délicatement. Jack s'étala à côté de lui. Le sable était chaud... délicieusement chaud. Aucune trace de neige ici.

Parkus s'assit en tailleur devant eux.

— Vous allez pouvoir dormir maintenant, dit-il. Peut-être que vous ne vous réveillerez pas avant demain. De toute façon, personne ne viendra vous embêter. Regarde.

Parkus balaya du bras l'endroit où se trouvait Point Venuti dans les Territoires américains. En premier, Jack vit le château noir, dont une aile entière était démolie et éventrée, comme s'il y avait eu une terrible explosion à l'intérieur. Désormais l'édifice paraissait presque prosaïque. Sa menace était partie en fumée, son trésor clandestin envolé. Ne restaient que des amas de pierres.

Etendant son regard, Jack nota que le tremblement de terre n'avait pas été aussi fort ici ; en outre, moins de choses se prêtaient à la destruction. Il vit quelques huttes écroulées, qui paraissaient avoir été construites de bric et de broc ; il aperçut bon nombre de diligences déglinguées, vraisemblablement des Cadillac dans les Territoires américains ; ici et là il distingua un cadavre velu.

— Ceux qui ont survécu sont déjà partis, expliqua Parkus. Ils savent ce qui s'est passé, ils savent qu'Orris est mort et ils ne vous ennuieront plus. Le mal qui sévissait ici a disparu. Est-ce que tu sais ça ? Le sens-tu ?

— Oui, chuchota Jack. Mais... Mr Parkus... vous n'allez... pas...

— Partir ? Si. Très bientôt. Toi et ton ami, vous allez piquer un bon petit somme, mais d'abord il faut que nous ayons un entretien tous les deux. Cela ne prendra pas longtemps, aussi je te demande de tenir ta tête droite, du moins pour le moment.

Non sans peine, Jack releva la tête et ouvrit grand ses yeux — enfin, presque. Parkus opina du chef.

— Quand vous vous réveillerez, foncez vers l'Est... mais ne décollez pas ! Restez ici quelque temps. A l'abri dans les Territoires. Il va y avoir pas mal d'agitation de l'autre côté : brigades de secours, équipes de journalistes, Jason sait quoi d'autre. Heureusement que la neige fondra avant que quiconque ait constaté sa présence, à l'exception de deux ou trois personnes qu'on prendra pour des cinglés.

— Pourquoi dois-tu t'en aller ?

— Il faut que je me promène un peu maintenant, Jack. Il y a du pain sur la planche par ici. La nouvelle de la mort de Morgan doit déjà se propager vers l'Est. A toute allure. Je suis à la traîne pour l'instant, et en principe je dois être devant. Je veux regagner les Avant-Postes... et l'Est... avant que pas mal de fripouilles ne se sauvent en d'autres lieux. Il reporta son regard sur l'océan, les yeux aussi gris et froids que du silex. Quand la note vient à échéance, les gens doivent payer. Morgan a disparu, mais il reste encore une dette en suspens.

— Vous êtes un genre de policier par ici, n'est-ce pas ?

Parkus hocha la tête.

— Je suis un mélange de Haut-Commissaire et d'Exécuteur de la haute justice. Enfin, ici. Il posa une main chaude, puissante sur la tête de Jack. Là-bas, je ne suis qu'un pauvre type qui va de ville en ville en faisant de petits boulots et en grattant quelques airs sur ma guitare. Et parfois, crois-moi, je préfère ça de beaucoup.

Il ébaucha un nouveau sourire, et cette fois c'était bien Speedy.

— Et tu reverras ce type de temps en temps, Jacky. Ouais, de temps en temps et de ville en ville. Dans un centre commercial, peut-être, ou un parc.

Il fit un clin d'œil à Jack.

— Mais Speedy ne va... pas bien, protesta ce dernier. Quelle qu'en soit la raison, le Talisman n'y a rien fait.

— Speedy est vieux, dit Parkus. Il a mon âge, mais ton monde l'a vieilli prématurément. N'empêche qu'il a encore quelques années devant lui. Probablement pas mal. Ne te fais pas de souci, Jack.

— Tu me le promets ? s'enquit Jack.

Parkus sourit d'une oreille à l'autre.

— Ouais, bonhomme.

Jack lui rendit son sourire d'un air las.

— Ton ami et toi, mettez le cap sur l'Est. Avancez jusqu'à ce que vous jugiez avoir couvert une dizaine de kilomètres. Une fois franchies ces petites collines, la marche vous deviendra facile, agréable. Repère alors un gros arbre, le plus gros arbre que tu aies jamais vu de ta vie. Tu vas au pied de ce gros vieil arbre, Jack, et tu prends la main de Richard pour repasser de l'autre côté. Vous atterrirez près d'un séquoia géant avec un tunnel creusé dans le tronc pour laisser passer la route. C'est la route Dix-Sept, et vous vous trouverez à la périphérie d'une petite ville de la Californie du Nord qui s'appelle Storeyville. Allez au centre ville. Il y a une station Mobil au feu clignotant.

— Et alors ?

Parkus haussa les épaules.

— Je n'en suis pas tout à fait sûr, mais il se pourrait, Jack, que tu rencontres quelqu'un de ta connaissance.

— Comment rentrerons-nous à la m...

— Chut, dit Parkus, qui posa sa main sur le front de Jack, exactement comme faisait sa mère quand il était

(*bout-de-chou, papa est parti à la chasse, c'est la tasse, la la la, fais dodo, Jacky, tout est bien et tout est bien*)

tout petit. Assez de questions. A mon avis, tout ira bien pour Richard et toi désormais.

Jack s'allongea, la boule opaque nichée au creux de son bras. Le marchand de sable n'était pas loin.

— Tu t'es montré brave et loyal, Jack, déclara Parkus avec calme et gravité. J'aimerais t'avoir pour fils... Je te salue pour ton courage et ta foi. Il y a beaucoup de gens dans d'autres mondes qui te doivent une fière chandelle. Et, d'une manière ou d'une autre, je pense que la plupart en sont conscients.

Jack ébaucha un sourire.

— Reste un peu, réussit-il à dire.

— D'accord, répondit Parkus. Jusqu'à ce que tu t'endormes. Ne t'inquiète pas, Jack. Ici, rien ne peut vous faire de mal.

— Maman dit toujours...

Mais avant qu'il ait terminé sa phrase, il sombra dans les bras de Morphée.

4

Et le jour suivant, où il s'était quand même réveillé, le sommeil continua en quelque mystérieuse façon à revendiquer ses droits, sinon le sommeil alors un protecteur engourdissement de son esprit, lequel se révéla rêveur et distrait la majorité de la journée. Lui, et Richard qui avait aussi des gestes lents et hésitants, se retrouvèrent sous le plus grand arbre du monde. Des paillettes de lumière jonchaient le sol de la forêt partout à la ronde. Dix adultes se tenant par la main n'auraient pu en faire le tour. L'arbre se dressait, massif et altier : au milieu d'une haute futaie, c'était un vrai léviathan, caractéristique de la luxuriance des Territoires.

Ne te fais pas de souci, lui avait recommandé Parkus, alors même que celui-ci menaçait de se volatiliser dans les airs comme le Chat du Cheshire. Jack renversa la tête afin d'admirer la cime de l'arbre. Il ne s'en rendait pas compte, mais il était émotionnellement épuisé. L'immensité de la ramure ne suscita en lui qu'un sursaut d'étonnement. Jack posa une main sur l'écorce incroyablement lisse. *J'ai tué l'homme qui a tué mon père*, se dit-il en son for intérieur. Dans son autre paume, il étreignait la boule sombre, apparemment morte, du Talisman. Richard scrutait les frondaisons géantes qui les surplombaient à la manière d'un gratte-ciel. Morgan était mort, Gardener également, et la neige sur la plage devait avoir fondu à l'heure actuelle. Cependant celle-ci n'était pas toute partie. Jack avait l'impression d'avoir une énorme congère dans la tête. Dans le temps, des millénaires auparavant, semblait-il, il pensait que s'il arrivait un jour à mettre réellement la main sur le Talisman, il serait si submergé de triomphe, d'émoi et d'excitation qu'il en pétillerait. Au lieu de quoi il ne ressentait aujourd'hui qu'un très vague écho de tout cela. Il neigeait dans sa tête, et Jack ne voyait pas plus loin que les instructions de Parker. Soudain il prit conscience que le monstrueux arbre l'aidait à se tenir debout.

— Prends ma main, dit-il à Richard.

— Mais comment allons-nous rentrer à la maison ? s'enquit Richard.

— Ne te fais pas de souci, répondit-il en serrant dans sa main celle de Richard.

Jack Sawyer n'avait pas besoin d'un arbre pour se tenir debout. Jack Sawyer avait parcouru les Terres Dévastées, vaincu l'hôtel Noir, Jack Sawyer s'était montré *brave et loyal*. Jack Sawyer était un gamin de douze ans complètement vanné, avec des flocons qui lui ensevelissaient la cervelle. Sans le moindre effort, il repassa dans son vrai monde, et Richard franchit la frontière derrière lui.

5

La forêt avait rétréci ; à présent, c'était une forêt américaine. Le dais de feuillage mouvant se trouvait notablement plus bas, les arbres aux alentours visiblement plus petits que dans ce coin de la forêt des Territoires où Parkus les avait emmenés. Jack remarqua à peine le changement d'échelle avant de découvrir devant lui la route couverte à deux voies ; mais la réalité du siècle lui sauta presque immédiatement à la figure, car dès qu'il aperçut la route, il entendit le vrombissement d'un petit moteur et, d'instinct, tira Richard en arrière, juste au moment où une Renault R5 Le Car leur passait en trombe sous le nez. L'auto s'engouffra à toute allure dans le tunnel creusé à l'intérieur du tronc du séquoia (qui n'atteignait peu ou prou que la moitié de la taille de son homologue des Territoires). Mais dans la Renault au moins un adulte et deux enfants ne regardaient pas les séquoias qu'ils étaient pourtant venus voir depuis le New Hampshire (« Laissez-les vivre ! »). La dame et les deux marmots sur la banquette arrière s'étaient retournés pour bader Jack et Richard. Leurs bouches grandes ouvertes faisaient penser à de minuscules grottes noires. Ils venaient de voir deux garçons apparaître comme des fantômes sur le bas-côté, émergeant soudainement et miraculeusement du néant, pareils au Capitaine Kirk et à Mr Spock une fois débarqués de l'*Enterprise*.

— Tu t'en sens pour marcher un peu ?

— Bien sûr, répondit Richard.

Jack s'engagea sur la chaussée de la Route 17 et pénétra dans l'énorme cavité de l'arbre.

Peut-être n'était-ce qu'un rêve, songeait-il. Peut-être se trouvait-il encore sur la plage des Territoires. Richard terrassé à ses côtés, tous les deux sous le regard affectueux de Parkus. *Maman dit toujours... maman dit toujours...*

6

Marchant comme à travers un brouillard épais (bien que dans cette région de la Californie du Nord le temps fût ce jour-là sec et ensoleillé), Jack Sawyer entraîna Richard Sloat hors de la forêt de séquoias par une route en pente qui longeait les champs arides de décembre.

... que la personne la plus importante d'un tournage est souvent l'opérateur...

Son corps avait besoin de repos, son esprit de récréation...

que le vermouth gâche un bon martini...

Richard suivait silencieusement en ruminant. Il était si lent qu'il fallut que Jack fasse une halte sur le bord de la route et attende que Richard le rattrape. Un gros bourg qui devait être Storeyville apparut à un kilomètre environ à l'horizon. Quelques constructions basses, blanches, bordaient la route de chaque côté. ANTIQUITÉS, proclamait une enseigne sur un toit. Passé les bâtiments, un feu clignotant pendait au-dessus d'un carrefour désert. Jack aperçut un coin de la pancarte MOBIL devant la station d'essence. Richard traînait la patte, la tête si baissée que son menton reposait presque sur sa poitrine. Quand Richard arriva à sa hauteur, Jack finit par comprendre que son ami pleurait.

Jack passa son bras autour des épaules de Richard.

— Je veux que tu saches quelque chose, lui dit-il.

— Quoi ?

Quoique striée de larmes, la frimousse de Richard restait défiante.

— Je t'adore, déclara Jack.

Richard reporta les yeux sur la chaussée. Jack laissa son bras où il était. Au bout d'un moment, Richard releva le menton, regarda Jack fixement et hocha la tête. Et cela équivalait à une chose que Lily Cavannaugh Sawyer avait vraiment dite une fois ou deux à son fils : *Jackie, il y a des fois où il n'est pas nécessaire de déballer ses tripes avec des mots.*

— Nous sommes sur le bon chemin, Richie, ajouta Jack. Et d'attendre que Richard essuyât ses larmes. Je crois que quelqu'un est censé nous guetter à la station Mobil.

— Hitler, peut-être ?

Richard pressa les paumes de ses mains contre ses yeux. En un instant, il fut prêt, et les deux garçons entrèrent ensemble dans Storeyville.

7

Une Cadillac stationnait du côté à l'ombre de la station, une Eldorado avec une antenne en boomerang à l'arrière. Elle paraissait aussi énorme qu'un camion, et noire comme la nuit.

— Oh Jack, merde de merde, gémit Richard qui s'agrippa à l'épaule de Jack, les yeux écarquillés, la bouche tremblante.

Jack sentit un nouveau flot d'adrénaline monter en lui. Loin de le regonfler, cela ne lui rendit sa fatigue que plus sensible. C'en était trop, beaucoup trop.

Serrant la boule de cristal toc qu'était devenu le Talisman, Jack descendit la côte, droit sur la station d'essence.

— *Jack !* cria faiblement Richard dans son dos. *Qu'est-ce que tu fais ? C'est EUX ! La même auto qu'à Thayer et qu'à Point Venuti*

— Parkus nous a dit de venir ici, répliqua Jack.

— Tu es cinglé, vieux, chuchota Richard.

— Je sais. Mais tout ira bien, tu verras. Et ne m'appelle pas « vieux ».

La portière de la Caddy s'ouvrit brusquement et une jambe puissamment musclée, vêtue d'un jean délavé, se balança à l'extérieur. Son anxiété tourna à la terreur pure et simple quand Jack s'aperçut que le bout du brodequin noir du conducteur avait été coupé, laissant pointer des orteils velus.

A ses côtés, Richard couina à la manière d'une souris.

C'était un Loup, d'accord ; Jack le devina avant même que le gars ne se retournât. Ce dernier mesurait près de deux mètres dix de haut, et avait des cheveux longs, hirsutes et pas très propres, qui retombaient en bataille sur son col, avec deux ou trois brins d'herbe pris dedans. Alors l'imposante silhouette pivota sur place ; Jack distingua des yeux aux éclairs orangés... et soudain sa terreur se mua en joie.

Jack se précipita vers le géant, en bas, se souciant comme d'une guigne du pompiste attiré par la curiosité et des badauds plantés devant le bazar. Ses cheveux flottaient au vent ; ses baskets avachies rebondissaient sur le sol ; un sourire radieux fendait sa figure ; ses prunelles étincelaient comme le Talisman.

Une salopette Oshkosh, mazette. De petites lunettes rondes : les binocles de John Lennon. Et un immense sourire accueillant.

— *Wolf* ! cria Jack Sawyer. *Wolf, tu es vivant ! Wolf, tu es vivant !*

Il se trouvait encore à plus d'un mètre de Wolf quand il lui sauta au cou, et Wolf qui souriait aux anges le rattrapa avec une adresse désinvolte.

— Jack Sawyer ! Wolf ! Regardez-moi ça ! Exactement ce que disait Parkus ! Me voici dans ce satané endroit qui pue la merde, et te voilà toi aussi ! Jack et son copain ! Wolf ! Super ! Génial ! Wolf !

Ce fut l'*odeur* de Wolf qui informa Jack que ce n'était pas *son* Wolf, tout comme ce fut encore son odeur qui lui apprit que c'était une sorte de parent... certainement très proche.

— J'ai bien connu ton frère de portée, balbutia Jack, toujours dans les bras robustes, poilus de Wolf.

En scrutant à présent son visage de près, il voyait bien que celui-ci était plus âgé, plus expérimenté, mais aussi gentil.

— Mon frère Wolf, répéta Wolf derrière Jack en le reposant à terre.

Tendant la main, il effleura le Talisman du bout d'un doigt. Son visage affichait un mélange de respect et de crainte. A son contact, une étincelle jaillit avant de s'enfoncer dans les profondeurs ternes du globe, pareille à une étoile filante.

Il respira un bon coup, regarda Jack et sourit. Jack lui rendit son sourire.

Richard arriva enfin, dévisageant le duo avec stupeur et circonspection.

— Dans les Territoires, il y a de bons Loups aussi bien que des mauvais... commença Jack.

— Des tas de bons Loups, intervint Wolf en tendant sa main à Richard.

Celui-ci hésita une seconde, puis la serra. L'expression de sa bouche, le temps que disparût sa main, donna à penser à Jack que Richard s'attendait au même genre de traitement que Wolf avait jadis réservé à Heck Bast.

— Voici le frère de portée de *mon* Wolf, annonça Jack avec fierté.

Il s'éclaircit la voix, ne sachant trop comment exprimer ses sentiments à l'égard des deux. Est-ce que les Loups comprenaient les condoléances ? Faisaient-elles partie de leur rituel ?

— J'ai beaucoup aimé ton frère, reprit-il. Il m'a sauvé la vie. A part Richard ici présent, c'est le meilleur ami que j'aie jamais eu, je pense. Je regrette tant qu'il soit mort.

— Il est dans la lune désormais, répondit le frère de Wolf. Il reviendra. Tout fiche le camp, Jack Sawyer, comme la lune. Tout revient, comme la lune. Venez. Il me tarde de quitter cet endroit nauséabond.

Richard eut l'air déconcerté, mais Jack comprenait, bien plus, il approuvait ; la station Mobil semblait enveloppée d'effluves chauds et huileux d'hydrocarbures brûlés. On aurait dit un suaire brunâtre laissant passer le jour.

Le Loup regagna la Cadillac et ouvrit la portière arrière à la manière d'un chauffeur... ce qu'il devait être, supposa Jack.

— Jack ?

Richard paraissait terrifié.

— Ça va, le rassura Jack.

— Mais où...

— Chez ma mère, je crois, expliqua Jack. A l'autre bout du pays, à Arcadia Beach, New Hampshire. En première classe. Allez, viens, Richie.

Ils marchèrent jusqu'à l'auto. Poussé dans un coin du spacieux siège arrière, il y avait un vieil étui de guitare en piteux état. Jack sentit son cœur bondir dans sa poitrine.

— Speedy ! Il se tourna vers le frère de Wolf. Est-ce que Speedy vient avec nous ?

— Je ne connais personne de speedé, répondit le Loup. J'avais un oncle qui était un peu speedé, avant de se faire estropier — Wolf ! — ensuite, il ne pouvait même plus suivre le troupeau.

Jack montra du doigt l'étui à guitare.

— D'où ça vient ?

Wolf sourit, révélant une belle rangée de dents.

— C'est Parkus qui l'a laissé, et ça aussi. J'allais oublier.

De sa poche arrière, il sortit une carte postale très ancienne. Le dessus représentait un manège de chevaux de bois dont certains avaient une tête familière — Ella Speed et Silver Lady, la Dame d'Argent, entre autres — mais les dames au premier plan portaient des corsets, et la majorité des hommes des chapeaux melons et des moustaches en guidon de vélo. La carte était soyeuse au toucher tant elle était vieille.

Jack la retourna, lisant d'abord la légende en haut au milieu : MANÈGE D'ARCADIA BEACH, 4 JUILLET 1894.

C'était Speedy, et non Parkus, qui avait griffonné quelques mots dans l'espace réservé à la correspondance. Son écriture d'illettré tenait du gribouillis ; en plus, il avait écrit avec un crayon gras, émoussé.

Tu as fait merveille, Jack. Prends ce dont tu as besoin dans l'étui. Garde le reste ou jette-le.

Jack fourra la carte postale dans sa poche revolver et se faufila à l'arrière de la Cadillac, se poussant à l'autre bout de la banquette pelucheuse. L'une des charnières du vieil étui à guitare était cassée. Il dégrafa les trois autres.

Richard était monté derrière Jack.

— Mince ! murmura-t-il.

L'étui à guitare était bourré de billets de vingt dollars.

8

Wolf les ramena à bon port, et bien que Jack ne gardât bientôt qu'un souvenir nébuleux des événements survenus cet automne-là, le moindre détail de ce voyage resta gravé dans sa mémoire pour le restant de ses jours.

Lui et Richard trônaient à l'arrière de l'Eldorado tandis que Wolf conduisait vers l'est, toujours vers l'est. Wolf connaissait les routes et Wolf tenait le volant. De temps en temps, il mettait les cassettes de Creedence Clearwater Revival — « Run Through The Jungle » semblait sa préférée — à un volume assourdissant. Sinon il passait de longues périodes à écouter les variations tonales du vent en triturant le bouton qui commandait l'ouverture de sa vitre. Cela paraissait littéralement le fasciner.

Cap sur l'Est — droit sur le soleil levant chaque matin, droit sur le mystérieux crépuscule bleu qui s'épaississait avec la nuit — à écouter encore et encore tantôt John Fogerty tantôt le vent.

Ils mangèrent dans des Stuckey's et dans des Burger King. Ils firent halte au Kentucky Fried Chicken. A ce dernier, Jack et Richard prirent un repas complet. Wolf se commanda un Panier familial et en avala les vingt et un ingrédients jusqu'au dernier. D'après les bruits qu'il faisait, il ingurgitait même les os. Ce qui rappela à Jack Wolf et l'histoire du pop-corn. Où était-ce déjà ? A Muncie. La banlieue de Muncie — le Town Line Sixplex. Juste avant qu'ils ne se fassent botter le cul au foyer du Soleil. Il sourit... et puis, le cœur fendu, il regarda par la vitre de sorte que Richard ne voie pas briller ses larmes.

Le second soir, ils s'arrêtèrent à Julesburg, Colorado, et Wolf leur concocta un dîner pantagruélique sur le barbecue portatif qu'il exhuma du coffre. Ils se restaurèrent au milieu d'un champ enneigé à la lueur des étoiles, emmitouflés dans d'épaisses parkas, achetées grâce au magot de l'étui à guitare. Une pluie d'étoiles filantes scintillait au-dessus de leurs têtes, et Wolf gambadait dans la neige comme un enfant.

— J'adore ce type, dit Richard d'une voix pensive.

— Ouais, moi aussi. Si tu avais connu son frère !

— J'aurais bien aimé. Richard entreprit de rassembler les détritus. Ce qu'il déclara ensuite désarçonna complètement Jack. J'oublie pas mal de choses, Jack.

— Que veux-tu dire ?

— Ce que je dis. A chaque nouveau kilomètre, je me souviens un peu moins de ce qui s'est passé. Tout devient brumeux. Et je crois... je crois que je préfère qu'il en soit ainsi. Au fait, es-tu vraiment sûr que ta mère va bien ?

Par trois fois Jack avait essayé d'appeler sa mère. Pas de réponse. Cela ne le préoccupait pas tellement Les choses allaient comme sur des roulettes. Il avait espoir. Quand il arriverait, elle serait là. Malade... mais encore en vie, il l'espérait.

— Oui.

— Alors comment se fait-il qu'elle ne réponde pas au téléphone ?

— Sloat a manipulé le téléphone, répondit Jack. Il a aussi manipulé le personnel de l'Alhambra, je parie. Elle est solide. Malade... mais solide. Toujours là. Je la sens.

— Et si ce remède miracle marche... Richard esquissa une grimace, puis se jeta à l'eau. Tu... je veux dire, tu crois quand même qu'elle me laissera... tu sais, habiter avec vous ?

— Non, dit Jack en aidant Richard à ramasser les vestiges du dîner. Elle t'enverra à l'orphelinat, probablement. Ou bien en prison. Ne sois pas ridicule, Richard. Bien sûr que tu pourras habiter avec nous.

— Euh... après tout ce qu'a fait mon père...

— C'était ton père, Richie, objecta Jack avec simplicité. Pas toi.

— Et tu ne passeras pas ton temps à parler du passé ? Tu sais... pour me rafraîchir la mémoire ?

— Non, si tu veux l'oublier.

— Je le veux, Jack. De tout mon cœur.

Wolf revenait.

— Vous êtes prêts ? Wolf !

— Fin prêts, répondit Jack. Ecoute, Wolf, si on passait la cassette de Scott Hamilton que j'ai trouvée à Cheyenne ?

— Bien sûr, Jack. Après on passera un peu de Creedence ?

— « Run Through The Jungle, » c'est ça ?

— Superbe morceau, Jack ! Sanglant ! *Wolf* ! Sacrément sanglant !

— Tu parles, Wolf.

Jack roula ses yeux en direction de Richard, lequel l'imita et pouffa de rire.

Le lendemain, ils traversèrent le Nebraska et l'Iowa ; le lendemain, ils passèrent devant la ruine éventrée du Foyer du Soleil. Jack se dit que Wolf les avait emmenés là exprès, qu'il voulait peut-être voir l'endroit où son frère avait péri. Il eut beau monter la musique du Creedence le plus fort possible sur l'autoradio, Jack avait toujours l'impression d'entendre l'écho des sanglots de Wolf.

Le temps, comme suspendu. Jack avait l'impression de flotter dans une ambiance d'armistice, de triomphe et de discours d'adieu. De mission honorablement remplie.

Aux alentours du soleil couchant du cinquième jour, ils débarquèrent en Nouvelle-Angleterre.

CHAPITRE 47

FIN DU VOYAGE

1

Une fois le trio arrivé là, tout le long trajet depuis la Californie jusqu'en Nouvelle-Angleterre leur parut n'avoir pris qu'une unique et longue après-midi, voire une soirée. Une après-midi qui dura des jours, une interminable soirée, regorgeant de couchers du soleil, de musique et d'émotions. *Par les grosses boules de feu errantes, je suis vraiment à côté de la plaque*, se dit Jack quand, pour la seconde fois en une demi-heure selon ses estimations, il lui arriva de consulter la discrète petite horloge encastrée dans le tableau de bord pour découvrir que trois heures avaient déjà filé. D'abord quel jour était-on ? « Run Through The Jungle » martelait les airs ; Wolf remuait la tête en cadence, souriant sans arrêt, trouvant infailliblement les meilleurs itinéraires ; la lunette arrière montrait le ciel entier découpé en immenses bandes de couleurs crépusculaires, violet, bleu et ce rouge particulièrement profond et poignant du soleil qui décline. Jack se remémorait le moindre détail de ce long, long voyage, le moindre mot, le moindre repas, la moindre nuance musicale, Zoot Sims ou John Fogerty ou bien tout simplement Wolf s'amusant avec les bruits de l'air, mais la véritable durée temporelle s'était faussée dans son esprit au point d'atteindre la concentration du diamant. Il dormait sur la banquette rembourrée et rouvrait les yeux sur le jour ou les ténèbres, le soleil ou les étoiles. Entre autres choses dont il se souvenait avec acuité, après qu'ils furent passés en Nouvelle-Angleterre et que le Talisman eut recommencé à briller, signalant ainsi le retour du temps normal — ou peut-être le retour du temps en soi pour Jack Sawyer — il y avait les têtes des gens en train d'épier le siège arrière de l'Eldorado (les gens dans les parkings, un marin et une fille aux traits bovins dans une décapotable à un feu rouge d'une petite ville ensoleillée de l'Iowa, un gamin dégingandé de l'Ohio affublé d'un équipement de cycliste style *Breaking Away*) dans l'espoir de voir si Mick Jagger ou Frank Sinatra n'avaient pas par hasard décidé de leur rendre une petite visite. Nenni, rien que nous, les copains. Le sommeil le prenait toujours de vitesse. Une fois, il se réveilla (dans le Colorado ? L'Illinois ?) aux accents du rock avec Wolf qui claquait des doigts, tout en conduisant sans à-coups sous un ciel panaché d'orange, de violet et de bleu, et vit que Richard avait fait l'acquisition d'un bouquin qu'il lisait à la lumière du plafonnier de l'Eldorado. Le livre était *Le cerveau de Broca*. Richard, lui, savait toujours quelle heure il était. Jack regarda en l'air et se laissa ravir par la musique, la palette du crépuscule.

Ils l'avaient *fait*, ils avaient *tout* fait... tout sauf ce qui restait à faire dans une petite station balnéaire déserte du New Hampshire.

Cinq jours ou une seule longue soirée de rêve ? « Run Through The Jungle. » Le saxe ténor de Zoot Sims clamant *Here's a story for you, do you like this story ?* Richard était son frère, son frère.

Jack retrouva la notion du temps à peu près quand le Talisman revint à la vie, lors du coucher de soleil du cinquième soir. *Oatley*, pensa Jack le sixième jour, *j'aurais pu montrer à Richard le tunnel d'Oatley et ce qui reste de la taverne*, j'aurais pu indiquer le chemin à Wolf... mais au fond il n'avait aucune envie de revoir Oatley ; il ne voyait pas quels plaisir ou satisfaction en tirer. En outre, maintenant il se rendait compte qu'ils étaient tout près, qu'ils avaient fait une longue route pendant que lui-même dérivait à travers le temps, tel du duvet de chardon. Wolf les avait aiguillés sur la grande artère L-95, à présent qu'ils traversaient le Connecticut, et qu'Arcadia Beach ne se trouvait plus qu'à quelques États de distance, plus haut sur la côte accidentée de la Nouvelle-Angleterre. Dorénavant, Jack comptait les kilomètres, et aussi les minutes.

2

Le 21 décembre à cinq heures et quart de l'après-midi, environ trois mois après que Jack Sawyer eut tourné ses yeux — et ses espoirs — vers l'Ouest, une Cadillac Eldorado noire vira sur l'allée de gravier de l'Hôtel des Jardins de l'Alhambra dans la petite ville d'Arcadia Beach, New Hampshire. A l'occident, le couchant était un tendre adieu de rouges et d'orange virant au jaune... au bleu... et au pourpre royal. Dans les jardins, les branches nues s'entrechoquaient sous l'effet de la bise hivernale. Moins d'une semaine auparavant, il y avait au milieu un arbre qui attrapait et dévorait de petits animaux — écureuils, oiseaux, le chat famélique aux côtes apparentes du réceptionniste. Cet arbuste était mort soudainement. Les autres végétaux du lieu, quoique actuellement squelettiques, n'en regorgeaient pas moins d'une vie endormie qui attendait son heure.

Les pneus à carcasse radiale de l'Eldorado crissèrent et crépitèrent sur les petits cailloux. De l'intérieur, assourdi derrière les vitres polarisées, résonnait la musique de Creedence Clearwater Revival. *The people who know my magic*, chantait John Fogerty, *have filled the land with smoke*[1].

---

1. Les gens qui connaissent ma magie ont empli la terre de fumée.

La Cadillac stoppa en face de la grande porte d'entrée, au-delà de laquelle seules régnaient les ténèbres. Les deux phares s'éteignirent et le long véhicule resta dans l'obscurité, un nuage blanc accroché à son pot d'échappement, ses feux de position orange allumés.

Ici en fin de journée ; ici au coucher du soleil avec ses coloris superbes se déployant à l'occident.

Ici.

Ici et maintenant.

3

L'arrière de la Caddy était éclairé d'une pâle lueur. Le Talisman scintillait... mais son éclat demeurait faible, dépassant à peine celui d'une luciole agonisante.

Richard se tourna lentement vers Jack, les traits tirés par la fatigue et l'anxiété. Il tenait son Carl Sagan des deux mains, tordant le livre de poche à la manière dont une blanchisseuse tord un drap.

Le Talisman de Richard, songea Jack, qui sourit.

— Jack, est-ce que tu veux...

— Non, coupa Jack. Attends que je t'appelle.

Il ouvrit la portière arrière droite, entreprit de descendre de l'auto, puis jeta un coup d'œil à Richard. Ce dernier se ratatinait sur son siège, tordant toujours son bouquin entre ses mains, l'air misérable.

Sans réfléchir, Jack fit marche arrière et embrassa Richard sur la joue. Richard lui passa les bras autour du cou et l'étreignit fougueusement un instant, avant de le laisser repartir. Ni l'un ni l'autre n'avait prononcé une parole.

4

Jack s'élança vers le perron qui donnait sur le hall... puis obliqua à droite et, à la place, marcha jusqu'au bout de l'allée. Il y avait une rambarde en fer ici. Dessous, le rocher fissuré dégringolait en gradins jusqu'à la plage. Plus loin à droite, les montagnes russes du parc d'attractions se détachaient sur le ciel enténébré.

Jack leva le visage face à l'Est. Le vent qui harcelait les jardins au cordeau lui dégagea les cheveux du front et les plaqua en arrière.

Jack brandit le globe à bout de bras en guise d'offrande à l'océan.

5

Le 21 décembre 1981, le jeune Jack Sawyer, debout à l'endroit où les vagues viennent mourir sur la plage, contemplait l'immuable océan Atlantique, un objet de grande valeur niché au creux de ses mains. Ce jour-là, sans le savoir, il venait d'avoir treize ans et était extraordinairement beau pour son âge. Le vent du large ébouriffait ses cheveux châtains, probablement trop longs, dégageant son grand front pur. Il pensait à sa mère et à la suite qu'ils avaient partagée dans cet hôtel. Allait-elle allumer la lumière là-haut ? Il se doutait que oui.

Jack fit volte-face, ses yeux étincelant farouchement à la lueur du Talisman.

6

D'une main étique, tremblante, Lily tâtonna le long du mur, à la recherche du commutateur électrique. Elle le trouva et alluma. Quiconque l'aurait vue à ce moment-là se serait enfui à toutes jambes. Au cours de la dernière semaine, le cancer s'était mis à galoper dans ses entrailles, comme s'il sentait que quelque chose se préparait qui lui gâcherait tout son plaisir. Lily Cavannaugh pesait trente-six kilos. Sa peau était jaunâtre, distendue sur son crâne comme du parchemin. Les cernes bistre sous ses yeux avaient définitivement viré au noir mat ; quant aux yeux eux-mêmes, ils brillaient dans leurs orbites avec une intelligence épuisée, fébrile. Sa poitrine avait disparu. La chair de ses bras également. Sur ses fesses et au dos de ses cuisses, les escarres commençaient à fleurir.

Ce n'était pas tout. La semaine passée, elle avait contracté une pneumonie.

Etant donné la gravité de son état, elle constituait bien sûr une candidate de premier choix pour n'importe quelle complication respiratoire. Cela aurait pu lui arriver dans les meilleures circonstances... ce qui n'était pas précisément le cas. Les radiateurs de l'Alhambra avaient cessé leurs ferraillements nocturnes quelques jours auparavant. Elle ne savait plus très bien quand ; le temps lui était devenu aussi flou et insaisissable que pour Jack dans son Eldorado. Tout ce qu'elle savait, c'était que la chaleur s'était enfuie la même nuit où elle avait donné un coup de poing dans la fenêtre afin de chasser la mouette qui ressemblait tant à Sloat.

Depuis cette fameuse nuit, l'Alhambra s'était transformée en chambre froide déserte. Une crypte où elle n'allait pas tarder à mourir.

Si Sloat était responsable de ce qui se passait à l'Alhambra, il avait fait du sacré bon boulot. Tout le monde était parti. *Tout le monde.* Plus de femmes de chambre traînant leurs chariots grinçants dans les couloirs. Plus d'agent technique en train de siffloter. Plus de réceptionniste obséquieux. Sloat les avait tous mis dans sa poche et emportés au loin.

Quatre jours avant — lorsqu'elle ne put même plus trouver dans sa chambre de quoi rassasier son appétit d'oiseau — elle s'était extirpée de son lit, puis aventurée pas à pas dans le couloir menant à l'ascenseur. Pour une telle expédition, Lily emportait une chaise avec elle, s'asseyant de temps en temps dessus, la tête oscillant d'épuisement, quand elle ne s'en servait pas comme d'une béquille. Lily mit quarante minutes pour parcourir les douze mètres de couloir qui la séparaient de la cage d'ascenseur.

A maintes reprises, elle avait appuyé sur le bouton d'appel, mais point de cabine. Les boutons ne s'allumèrent même pas.

— Sacré nom de Dieu, marmonna Lily d'une voix enrouée, avant de se traîner jusqu'à l'escalier, six mètres plus loin.

— Hé ! cria-t-elle dans le vide, lorsqu'une quinte de toux la plia en deux sur le dossier de sa chaise.

Peut-être qu'ils n'ont pas entendu mon appel mais, merde, c'est impossible qu'ils ne m'aient pas entendue cracher mes fichus poumons, se dit-elle.

Pourtant personne ne monta.

Elle appela encore et encore, eut un autre accès de toux et repartit alors en sens inverse dans le couloir, lequel paraissait aussi interminable que l'autoroute du Nebraska par temps clair. Lily n'osait pas descendre l'escalier, se sentant absolument incapable de le remonter. Et il n'y avait personne en bas : ni dans le hall, ni à la Selle d'Agneau, ni à la cafétéria, nulle part. Et le téléphone ne marchait plus. Du moins, le téléphone de sa chambre ne marchait pas, or elle n'avait repéré de sonnerie nulle part ailleurs dans cet antique mausolée. Cela ne valait pas le coup. Aucune chance. Elle n'avait pas envie de mourir de froid dans le hall.

— Jackie-boy, marmotta-t-elle. Où diable es...

Elle se remit alors à tousser et cette fois fut la bonne : au beau milieu de la crise, Lily s'affala évanouie sur le côté, faisant basculer sur elle l'hideuse chaise de salon, et elle resta étendue là, sur le sol glacé, pendant près d'une heure, et ce fut probablement à ce moment-là que la pneumonie s'installa dans le quartier condamné qu'était désormais l'organisme de Lily Cavannaugh. *Hé oh, Mrs C. ! Je suis nouvelle dans le coin ! Vous pouvez m'appeler Mrs P. ! La première arrivée au finish !*

Tant bien que mal, elle avait réintégré sa chambre et, depuis, stagnait au fond d'une spirale de fièvre, écoutant le bruit de plus en plus rauque de sa respiration jusqu'à ce que son esprit enfiévré se mît à imaginer ses poumons comme deux aquariums organiques où s'entrechoquaient quantité de chaînes immergées. Cependant, elle tint bon — elle tint bon parce qu'un coin de son esprit croyait dur comme fer que Jack était sur le chemin du retour.

7

Le début de son actuel coma fut comme une ride sur le sable — une ride qui se met à tournoyer, prise dans un tourbillon. Le bruit de chaînes immergées dans sa poitrine céda la place à une longue expiration sèche : *Hahhhhhhhhhhhhh...*

Alors quelque chose l'avait arrachée à cette spirale fatale pour la pousser à chercher l'interrupteur, à tâtons le long du mur dans l'obscurité glaciale. Elle sortit du lit. Elle n'en avait pas la force ; l'idée aurait fait sourire n'importe quel docteur, et pourtant elle y arriva. Elle retomba deux fois en arrière, puis finit par se mettre debout, la bouche tirée vers le bas en un rictus de souffrance. Elle palpa le vide en quête de la chaise, la trouva et entreprit péniblement d'aller à la fenêtre.

Lily Cavannaugh, reine des Séries B, n'était plus. C'était une véritable horreur ambulante, brûlante de fièvre, rongée par le cancer.

Elle atteignit la fenêtre, regarda dehors et vit une silhouette humaine en bas — et une boule de lumière.

— Jack ! tenta-t-elle d'articuler.

Rien ne sortit à part un chuchotement rauque. Elle leva une main, dans l'idée de l'agiter. Une terrible faiblesse...

— Haaahhhhhhhh...

... la submergea. Lily se cramponna au bord de la fenêtre.

— Jack !

Brusquement, le globe lumineux tenu par le visiteur se mit à flamboyer, illuminant sa figure, et c'était celle de Jack, c'était Jack, oh merci, mon Dieu, c'était Jack. Jack était de retour.

La silhouette démarra au pas de course.

— Jack !

Ses yeux creux de mourante devinrent encore plus brillants. Les larmes ruisselèrent sur ses joues hâves, cireuses.

8

— Maman !

Jack fonça à travers le hall, remarquant au passage l'antique standard téléphonique tout fondu et noirci, comme s'il y avait eu un court-circuit, et n'y pensant plus la seconde d'après. Il l'avait vue et elle paraissait pitoyable... on aurait dit un épouvantail dressé derrière la fenêtre.

— Maman !

Il bondit dans l'escalier qu'il grimpa quatre à quatre. Le Talisman crachota un éclair de lumière rosâtre et puis s'éteignit entre ses mains.

— Maman !

Le couloir qui desservait leurs chambres, au pas de charge, et maintenant, enfin, il percevait sa voix... Pour le moment, finis les intonations claironnantes et les petits rires de gorge ; c'était le croassement éraillé d'une créature à l'article de la mort.

— Jacky ?

— Maman !

Il se rua dans la chambre.

9

En bas dans l'auto, un Richard Sloat angoissé regardait fixement en l'air par sa vitre polarisée. Qu'est-ce qu'il fichait ici ? Qu'est-ce que Jack fichait ici ? En dépit de son mal aux yeux, Richard scrutait désespérément les fenêtres de l'étage dans la pénombre crépusculaire. Tandis qu'il se tordait le cou pour mieux voir, un éclair éblouissant fusa de plusieurs des ouvertures, projetant un voile momentané, quasi palpable, de lumière blanche sur la façade entière de l'hôtel. Avec un gémissement, Richard cacha sa tête entre ses genoux.

10

Elle gisait par terre sous la fenêtre — il finit par la repérer. Le lit froissé et crasseux était vide, la pièce entière, aussi en désordre qu'une chambre d'enfant, semblait vide... L'estomac de Jack se noua et il resta sans parole. Puis le Talisman lança un autre de ses grands éclairs aveuglants, noyant momentanément les lieux de flots de lumière blanche. Une dernière fois, elle prononça d'une voix rauque :
— *Jacky* !
Et lui hurla :
— *Maman* ! en l'apercevant recroquevillée sous la fenêtre, tel un vieux papier de bonbon.
Ses cheveux gras et plats traînaient sur la moquette sale. Ses mains pâles et agitées ressemblaient à de minuscules pattes d'animal.
— Oh Seigneur, maman, oh mon Dieu, oh merde, bredouilla-t-il en traversant la pièce d'un bond, et durant un instant qui lui parut aussi net qu'une image sur plaque photographique, il se vit flotter, planer au-dessus de la chambre glacée et encombrée de meubles. Sa chevelure répandue sur la moquette encrassée, ses petites mains noueuses.
Il respira l'âcre odeur de la maladie, de la mort proche. Jack n'était pas docteur, et il ignorait la plupart des maux qui affectaient l'organisme de Lily, mais il savait une chose : sa mère se mourait, sa vie s'enfuyait par des lézardes invisibles, et il ne lui restait que très peu de temps. Elle avait prononcé deux fois son nom, et c'était à peu près tout ce que ses forces lui permettaient. Se mettant déjà à pleurer, il plaqua sa main sur son front inconscient et déposa le Talisman sur le sol à côté d'elle.
Ses cheveux semblaient granuleux au toucher, et sa peau était brûlante.
— Oh maman, maman, dit-il en glissant ses bras sous elle.
Il n'arrivait pas encore à voir sa figure. A travers sa légère chemise de nuit, sa hanche paraissait aussi chaude que la porte d'un four. Sur son autre paume, l'omoplate gauche de Lily dégageait la même chaleur. Elle n'avait plus ses confortables coussinets de chair pour protéger ses os — durant une seconde hallucinante où le temps s'arrêta, il eut la sensation que c'était un petit enfant sale, malade et abandonné. Soudain les larmes jaillirent de ses yeux. Il la souleva, et on aurait dit qu'il ramassait une poupée de chiffon. Jack gémit. Les bras de Lily se déplièrent mollement, sans grâce... (*Richard*).
Richard lui avait paru... pas aussi mal que ça, pas même la fois où il lui

avait donné l'impression d'être une cosse desséchée sur son dos, quand tous deux descendaient la dernière côte avant ce cloaque de Point Venuti.

A cette époque-là, il ne restait pas grand-chose de Richard à part ses pustules et son exanthème, et lui aussi brûlait de fièvre. Mais avec un choc d'horreur, Jack était obligé de constater qu'il y avait alors en Richard plus de vitalité, plus de *substance* que sa mère n'en possédait à présent. Pourtant, elle avait prononcé son nom... (*et Richard avait failli mourir*).

Elle avait prononcé son nom. Il se raccrocha à ça. Elle était arrivée jusqu'à la fenêtre. Elle avait prononcé son nom. C'était impossible, impensable et même immoral d'imaginer qu'elle pouvait mourir. L'un de ses bras se balançait devant lui, tel un roseau prêt à être coupé par la faux... Son alliance lui était tombée du doigt. Il pleurait continuellement, incessamment, inconsciemment.

— Ça va aller, maman, répétait-il. Ça va aller, ça va aller maintenant, c'est bon, ça va aller.

Peut-être en guise d'acquiescement, un frisson parcourut le corps flasque dans ses bras.

Délicatement, il la déposa sur son lit, elle roula sur le côté, légère comme une plume. Arc-bouté sur un genou, il se pencha au-dessus d'elle. Ses cheveux ternes se dégagèrent de son visage.

11

Dans le temps, au tout début de son voyage, il avait eu honte de voir sa mère comme une vieille dame — une vieille épuisée, vannée au milieu d'un salon de thé. Dès qu'il l'avait reconnue, l'illusion s'était dissipée, et Lily Cavannaugh Sawyer avait retrouvé son apparence immuable. Car la véritable et réelle Lily Cavannaugh ne pouvait pas vieillir — elle serait éternellement une blonde avec un visage à l'expression coquine et au sourire ravageur. Telle était la Lily Cavannaugh dont la photo sur le panneau publicitaire avait mis du baume au cœur de son fils.

La femme sur le lit ressemblait très peu à l'actrice sur la photo. Momentanément, les larmes aveuglèrent Jack.

— Oh non, non, non, bredouilla-t-il en posant la main sur sa joue cadavérique.

Elle avait l'air de ne même plus avoir la force de remuer les doigts. Il saisit sa petite serre sèche et décolorée dans sa main.

— Je t'en prie, je t'en prie, ne...

Il n'osait pas prononcer le mot fatidique.

Alors il se rendit compte de l'énorme effort fourni par cette femme si chétive. Elle l'attendait, comprit-il en une soudaine et vertigineuse intuition. Sa mère savait qu'il rentrait. Elle n'avait jamais douté de son retour et, fait sans doute en relation avec l'existence du Talisman, elle connaissait l'heure de son arrivée.

— Je suis là, maman, murmura-t-il.

Des bulles de morve se formèrent au bout de ses narines. Sans plus de cérémonie, il s'essuya le nez avec la manche de son manteau.

Pour la première fois, il prit conscience qu'il tremblait de tout son corps.

— Je l'ai rapporté, annonça-t-il, expérimentant un instant de fierté absolue et de pur accomplissement. J'ai rapporté le Talisman, dit-il encore.

Tendrement, il reposa sa main osseuse sur le couvre-lit.

Près de la chaise, par terre, où Jack l'avait posé le plus délicatement possible, le Talisman continuait de briller. Mais son éclat restait faible, vacillant, voilé. Jack avait guéri Richard en faisant simplement rouler le globe sur toute la longueur du corps de son ami ; il avait fait la même chose pour Speedy. Mais cette fois, ce serait une autre paire de manches, et il ne savait pas ce qui allait se passer... à moins qu'on puisse savoir sans pouvoir y croire.

En aucun cas, il n'avait le droit de casser le Talisman, pas même pour sauver la vie de sa mère — ça, il le savait.

Alors une trouble blancheur envahit peu à peu l'intérieur du Talisman. Les clignotements se fondirent les uns dans les autres pour ne former qu'une lueur homogène. Jack apposa ses mains sur le Talisman, et celui-ci émit une aveuglante auréole lumineuse, *l'arc-en-ciel* ! qui semblait prête à parler. ENFIN !

Jack retraversa la pièce avec le Talisman qui éclaboussait de lumière le sol, les murs et le plafond, illuminant de temps en temps le lit avec crudité.

Une fois revenu au chevet de sa mère, Jack s'aperçut que la consistance du Talisman se modifiait subtilement au toucher. Sa dureté adamantine s'altéra, devint moins lisse, plus poreuse. Jack avait comme l'impression que ses bouts de doigts s'enfonçaient dans le Talisman. La blancheur lactescente de celui-ci bouillonna et s'obscurcit.

Et en ce moment précis, Jack eut une prémonition terrible, en fait bouleversante, qu'il aurait crue impossible, ce jour lointain où il s'était hasardé pour la première fois dans les Territoires. Il sut que, contrairement à toute attente, le Talisman, prétexte à tant de massacres et de remue-ménage, allait se transformer, changer à jamais, et qu'il allait le perdre. Le Talisman ne lui appartiendrait plus. Son extérieur limpide se voilait à son tour, et toute la surface bombée et artistiquement ciselée se ramollissait, donnant une sensation de plastique tiède, et non plus de verre.

A la hâte, Jack nicha le Talisman en ébullition entre les mains de sa mère. Celui-ci connaissait son boulot, ayant été forgé en vue d'un tel moment ; au sein de quelque forge fabuleuse, il avait été en effet créé afin de répondre à l'exigence de cette situation et d'aucune autre.

Jack ne savait pas à quoi s'attendre. A une explosion de lumière ? Une odeur de médicament ? Au Big Bang de la création ?

Rien ne se passa. Visiblement, sa mère inerte continuait à agoniser.

— Oh, je t'en prie, bafouilla Jack, je t'en prie... maman... je t'en prie...

Il retint son souffle. Une fissure, anciennement l'un des sillons verticaux du Talisman, s'était ouverte en silence. Lentement la lumière sourdait et baignait les mains de sa mère. De l'intérieur trouble de la boule molle qui se vidait, davantage de lumière se déversa par la fente entrebâillée. Dehors, retentit soudain un bruyant concert d'oiseaux célébrant leur existence.

12

Mais Jack se rendit à peine compte du phénomène. Haletant d'émotion, il se pencha en avant et regarda le Talisman se répandre sur la couche de sa mère. Rehaussée par des rais et des étincelles de lumière, une lueur trouble jaillissait de son tréfonds. Les yeux de Lily tressautèrent.

— Oh maman, chuchota Jack. Oh...

Le halo terni qui s'écoulait par l'ouverture du Talisman voilait peu à peu les bras de Lily. Son visage émacié, parcheminé, se crispa très légèrement. Inconsciemment, Jack respira... (*Quoi ?*) (*De la musique ?*).

Le nuage grisâtre sorti du cœur du Talisman s'allongeait sur le corps de sa mère, l'enveloppant d'une membrane ondoyante et diaphane quoique un peu opaque. Jack vit cette texture fluide se dérouler de la pitoyable poitrine de Lily jusqu'au bas de ses jambes décharnées. Outre le nuage fantomatique, la fente exhalait une merveilleuse fragrance, un parfum aigre-doux de fleurs et de terre, vraiment bon, revigorant ; une odeur de naissance, songea Jack bien qu'il n'ait jamais assisté à une naissance réelle. Jack inspira à fond et, au comble de l'émerveillement, conçut la pensée que lui-même, Jackie Sawyer, était en train de naître à cette minute... et puis il s'imagina avec un léger choc rétrospectif que l'orifice du Talisman était pareil à un vagin. (Bien sûr, il n'avait encore jamais vu de vagin et ne se faisait qu'une idée très rudimentaire de sa forme.) Jack regarda droit dans l'ouverture du Talisman ramolli, distendu.

Tout à coup, il prit conscience de l'incroyable vacarme des oiseaux, mystérieusement relevé de faibles accents de musique, de l'autre côté des fenêtres obscures. (*De la musique ? Quoi... ?*)

Une petite boule colorée, éclatante de lumière, traversa son champ de vision, scintilla un instant dans la fente béante, puis disparut sous la surface trouble du Talisman et sombra dans ses profondeurs gazeuses et mouvantes. Jack cligna des yeux. Cela ressemblait... Une autre suivit, et cette fois, il eut le temps de distinguer les démarcations de bleu, de marron et de vert sur le globe miniature, le tracé des littoraux et les minuscules chaînes de montagnes. Sur ce monde microscopique, il lui vint à l'esprit que se tenait un Jack Sawyer paralysé au spectacle d'un ciron encore plus petit, et que sur ce ciron se tenait un Jackie de la taille d'un grain de poussière occupé à contempler un monde aussi petit qu'un atome. Un nouveau monde suivit les deux premiers, virevoltant à la périphérie du nuage se formant à l'intérieur du Talisman.

Sa mère gémit et leva la main droite.

Jack ne contint plus ses sanglots. Elle survivrait. Il en était sûr à présent. Tout marchait comme l'avait prédit Speedy, et le Talisman faisait refluer la vie dans le corps harassé, ravagé par la maladie de sa mère, tuant le mal qui la tuait. Il se pencha davantage, concrétisant momentanément le fantasme qui obsédait son esprit : lui en train d'embrasser le Talisman. Des effluves de jasmin, d'hibiscus et d'humus fraîchement retourné emplirent ses narines Une larme goutta du bout de son nez et étincela comme une gemme aux rayons de lumière émis par le Talisman. Il vit une constellation dériver devant la fente béante, un radieux soleil jaune flotter dans le vaste espace noir. La musique semblait submerger le Talisman, la chambre, le monde entier dehors. Un visage de femme, celui d'une étrangère, franchit l'orifice. Des bouilles d'enfants aussi, puis des visages d'autres femmes... Les larmes ruisselaient sur sa figure, car il avait vu apparaître dans le Talisman le visage de sa mère, les traits délicats, spirituels et malicieux de la Reine d'une bonne cinquantaine de films commerciaux. Lorsqu'il vit sa propre figure dériver parmi l'ensemble des mondes et des vies qui allaient revivre leur naissance à l'intérieur du Talisman, il crut qu'il allait craquer d'émotion. Il se *dilatait*, respirait la lumière, et prit enfin conscience du surprenant brouhaha qui l'entourait quand il vit les yeux de sa mère s'entrouvrir au moins deux secondes bénites...

(Car vivants comme les oiseaux, aussi vivants que les mondes contenus au sein du Talisman, lui parvenaient les sonneries des trombones et des trompettes, les plaintes des saxophones ; la chorale des grenouilles, des tortues et des tourterelles qui chantaient : *The people who know my magic have filled the land with smoke* ; lui parvenaient aussi les hurlements des Loups composant leur musique de Loup en l'honneur de la lune. Les flots fouettèrent la proue d'un navire et un poisson fouetta la surface d'un lac avec l'arc de son corps et un arc-en-ciel fouetta le sol et un gosse vadrouilleur fouetta l'air d'un doigt plein de salive pour savoir la direction à prendre et un bambin qu'on venait de fouetter contracta sa frimousse et ouvrit grand la bouche ; et lui parvint aussi la puissante rumeur d'un orchestre jouant à l'unisson ; et la chambre résonna du phrasé rauque d'une voix unique montant de plus en plus haut par-dessus tous ces raids sonores. Des poids lourds martyrisaient leurs boîtes de vitesses et des sifflets d'usine retentissaient et quelque part un pneu éclata et quelque part un pétard fit long feu et un amant chuchota : *encore* et un enfant braila et la voix monta encore et encore et durant un moment Jack ne se rendit pas compte qu'il avait perdu la vue mais ensuite il la retrouva.)

Les yeux de Lily s'ouvrirent définitivement, fixant la figure de Jack avec une expression craintive du style « Où suis-je ? » C'était l'expression d'un nouveau-né qui vient de recevoir le monde de plein fouet. Puis elle tressaillit en reprenant craintivement son souffle — et ce faisant un torrent de mondes, de galaxies inclinées et d'univers déboulèrent hors du Talisman dans un flot de couleurs spectrales et lui coulèrent dans le nez et dans la bouche... ou se fixèrent sur son épiderme jauni, étincelant comme des perles de rosée, et l'imbibèrent aussitôt. Durant un moment, sa mère resplendit de tout son corps...

... durant un moment sa mère fut le Talisman.

Toute trace de maladie disparut de sa figure. Loin d'arriver au terme d'une séquence chronologique comme au cinéma, cela arriva *tout d'un coup. Instantanément.* Elle était au plus mal... et puis elle alla bien. Un teint rose et frais fleurit ses joues. Ses cheveux plaqués, ternes redevinrent soudain drus, gonflants et soyeux, de la couleur du miel foncé.

Jack la contemplait pendant qu'elle-même le dévisageait.

— Oh... oh... mon Dieu... murmura Lily.

L'arc-en-ciel resplendissant s'estompait désormais — mais la santé demeurait.

— Maman ?

Il se pencha en avant. Sous ses doigts, quelque chose se froissa comme de la cellophane. C'était la coque fragile du Talisman. Il la mit de côté sur la table de chevet et, pour cela poussa les flacons de médicaments. Certains s'écrasèrent par terre. Quelle importance ! Lily n'avait plus besoin de médicaments. Il posa la coque vide avec une délicatesse respectueuse, se doutant — non, sachant — que même ça disparaîtrait bientôt.

Sa mère sourit. C'était un sourire désarmant, épanoui, quelque peu surpris. *Bonjour, le monde, me revoici ! Qu'en dites-vous ?*

— Jack, tu es revenu, dit-elle enfin, et de se frotter les yeux comme pour s'assurer qu'il ne s'agissait pas d'un mirage.

— Evidemment, répliqua-t-il. Il esquissa un sourire, un assez beau sourire, en dépit des larmes qui ruisselaient sur son visage. Evidemment, qu'est-ce que tu crois ?

— Je me sens... beaucoup mieux, Jackie.

— Ouais ? Il sourit de plus belle, essuyant ses yeux humides avec les paumes de ses mains. C'est super, maman.

Les prunelles de Lily rayonnaient.

— Embrasse-moi, Jackie.

Dans une chambre au troisième étage d'un hôtel désert, sur le minuscule littoral du New Hampshire, le jeune Jack Sawyer se pencha du haut de ses treize ans, ferma les yeux et embrassa très fort sa mère en souriant. Sa vie ordinaire de collège, de copains, de jeux et de musique, une vie où il y avait des collèges où aller et des draps rêches entre lesquels se glisser la nuit, la vie ordinaire d'un gamin de treize ans (si tant est que l'on puisse considérer comme ordinaire la vie d'un tel être avec toute sa couleur et sa révolte) lui était enfin restituée, songeait-il. Le Talisman avait fait aussi cela pour lui. Quand il daigna se retourner pour le chercher du regard, le Talisman s'était volatilisé.

ÉPILOGUE

Dans un pavillon de toile blanche rempli de femmes soucieuses, Laura DeLoessian, reine des Territoires, rouvrit les yeux.

CONCLUSION

Ainsi se termine cette chronique. Celle-ci tournant strictement autour de l'histoire d'un *garçon,* elle doit s'arrêter là ; le récit ne pouvait se poursuivre sans devenir l'histoire d'un *homme.* Quand on écrit un roman sur des adultes, on sait exactement où s'arrêter — avec un mariage ; mais quand on écrit sur des jeunes gens, on doit s'arrêter dès qu'on peut.

La plupart des personnages qui apparaissent dans ce livre vivent toujours, et sont heureux et prospères. Un jour, il peut valoir la peine de reprendre le récit afin de voir... ce qu'ils sont devenus ; par suite, il est plus sage de ne rien révéler de leur vie présente.

Mark TWAIN, *Tom Sawyer*

TABLE DES MATIÈRES

Première partie

JACK PREND LA ROUTE

1. Les jardins de l'Alhambra	13
2. La sortie du tunnel	21
3. Speedy Parker	33
4. Jack dans les Territoires	50
5. Jack et Lily	65
INTERLUDE. Sloat dans ce monde (I)	78

Deuxième partie

LES CHEMINS DE L'ÉPREUVE

6. Le pavillon de la reine	89
7. Farren	99
8. Le tunnel d'Oatley	129
9. Jack dans la plante carnivore	139
10. Elroy	160
11. La mort de Jerry Bledsoe	171
12. Jack va au marché	184
13. Les hommes dans le ciel	190
14. Buddy Parkins	207
15. La boule de neige qui chante	219
16. Wolf	232
INTERLUDE. Sloat dans ce monde (II)	238
17. Wolf et son troupeau	240
18. Wolf va au cinéma	250
19. Jack dans la cabane	266

Troisième partie

UNE COLLISION DE MONDES

20. Ramassés par la police 289
21. Le Foyer du Soleil 301
22. Le sermon 312
23. Ferd Janklow 327
24. Jack énumère les planètes 339
25. Jack et Wolf vont en enfer 347
26. Wolf au mitard 356
27. Jack s'éclipse à nouveau 379
28. Le rêve de Jack 382
29. Richard à Thayer 388
30. Thayer en folie 399
31. Thayer en enfer 403
32. « Livre-nous ton passager » 408
33. Richard dans le cirage 417
INTERLUDE. Sloat dans ce monde/Orris dans les Territoires (III) 431

Quatrième partie

LE TALISMAN

34. Anders 441
INTERLUDE. Sloat dans ce monde (IV) 455
35. Les terres dévastées 459
36. Jack et Richard partent en guerre 485
37. Richard retrouve la mémoire 500
38. Le bout de la route 522
39. Point Venuti 528
40. Speedy à la plage 540
INTERLUDE. Sloat dans ce monde (V) 553
41. L'hôtel noir 558
42. Jack et le Talisman 571
43. Nouvelles de partout 585
44. Le tremblement de terre 592
45. Au cours duquel beaucoup de choses se résolvent sur la plage 606
46. Encore un voyage 623
47. Fin du voyage 634

Épilogue 646
Conclusion 647

Achevé d'imprimer en juillet 1998
sur presse Cameron
*par **Bussière Camedan Imprimeries***
à Saint-Amand-Montrond (Cher)
pour le compte de France Loisirs
123, boulevard de Grenelle, Paris

Cet ouvrage a été imprimé
sur du papier sans bois et sans acide

N° d'édition : 30033. N° d'impression : 983412/4.
Dépôt légal : février 1998.
Imprimé en France